Ullstein

DER AUTOR:

Ernst Wiechert, am 18. Mai 1887 im Forsthaus Kleinort Krs. Sensburg (Ostpreußen) geboren, studierte in Königsberg und war bis 1933 im höheren Schuldienst tätig; danach ließ er sich als freier Schriftsteller in Bayern nieder. Sein dichterisches Werk (Romane, Autobiographisches, Novellen und Märchen) ist bestimmt durch die Schwermut seiner ostpreußischen Heimat und das Erlebnis des Ersten Weltkriegs, an dem er als Offizier teilnahm. Wegen Widerstands gegen den Nationalsozialismus – er trat für Pastor Martin Niemöller und Eduard Spranger ein – wurde er 1938 verhaftet und für einige Monate ins Konzentrationslager Buchenwald gebracht. Nach dem Krieg siedelte er in die Schweiz über und hielt Gastvorlesungen in den USA. Ernst Wiechert starb am 24. August 1950 auf dem Rütihof am Zürichsee.

Ernst Wiechert

Die Jerominkinder

Roman

Ullstein

ein Ullstein Buch
Nr. 23384
im Verlag Ullstein GmbH,
Frankfurt/M – Berlin

Ungekürzte Ausgabe

Umschlagentwurf:
Hansbernd Lindemann
unter Verwendung einer
Farblithographie von
Paul Hey
Archiv für Kunst und Geschichte, Berlin

Taschenbuchausgabe mit freundlicher
Genehmigung der F. A. Herbig
Verlagsbuchhandlung GmbH, München

Printed in Germany 1994
Druck und Verarbeitung:
Ebner Ulm
ISBN 3 548 23384 8

Juni 1994
Gedruckt auf alterungs-
beständigem Papier mit
chlorfrei gebleichtem Zellstoff

Vom selben Autor
in der Reihe
der Ullstein Bücher:

Jahre und Zeiten (22119)
Die Majorin (22292)
Hirtennovelle/Der weiße Büffel (40122)
Frauengeschichten (40148)

Die Deutsche Bibliothek –
CIP-Einheitsaufnahme

Wiechert, Ernst:
Die Jerominkinder: Roman / Ernst
Wiechert. – Ungekürzte Ausg. –
Frankfurt/M; Berlin: Ullstein, 1994
(Ullstein-Buch; Nr. 23384)
ISBN 3-548-23384-8
NE: GT

Erster Band

„Um Gott her ist schrecklicher Glanz."
(Hiob 37)

I

Die Frauen von Sowirog kehrten in ihr Dorf zurück. Sie hatten zum Wochenmarkt in der Kreisstadt das Wenige getragen, was sie im Haushalt erübrigt hatten: etwas Butter, etwas Sahne, ein paar Pfund Fische aus dem See. Und Gogun, der Fröhliche, der „Kranichräuber", hatte in einem strohgefüllten Leiterwagen ihre Ferkel hingefahren.

Mit ihm hatten sie auch zurückkehren wollen, denn es war ein zwei Meilen langer Weg. Aber der Fröhliche war schon um die Mittagszeit betrunken gewesen. „Ihr Goldenen", hatte er gesagt und sie der Reihe nach geküßt. „Noch ein Stündchen, ihr Goldenen. Ein einziges kleines Stündchen!" Und obwohl seine Frau ihn mit einem Stein, den sie in ihr rotes Taschentuch gebunden hatte, in den Rücken geschlagen hatte, „um ihm den Nebel aus dem Kopf zu treiben", hatte er plötzlich auf beiden Händen vor aller Augen auf dem Marktplatz gestanden, hatte die eisenbeschlagenen Absätze hoch in der Luft zusammengeschlagen und dazu mit einer hellen Stimme sein Lieblingslied gesungen: „Zigánuschka, Zigánuschka, Zigánuschka moija . . ."

Da hatten sie sich abgewendet, weil sie den Text des Liedes kannten, und waren noch einmal durch die Straße mit den großen Schaufenstern gegangen. Sie hatten mit müden Augen auf die Schätze geblickt, die dort, unerreichbar für sie, lagen, und nur Gina, die junge Frau des Waldarbeiters Bojar, die ihr erstes Kind erwartete, war plötzlich mit einem zornigen Wort die Steintreppe hinaufgeeilt und nach einer Weile mit einer Kinderklapper wieder zurückgekommen, einem zerbrechlichen, kostbaren Ding, hell wie Elfenbein, mit roten und blauen Blumen, die wie ein wunderbarer Kranz um die Rundung liefen. Trotzig hatte sie das Spielzeug in die Höhe gehalten, so daß die Blumen in der Sonne wie lebendig glühten, indes ihr Kindermund schon wie im Weinen zuckte; aber als die alte höhnische Stimme der Mutter Kroll etwas von einer Krone sagte, die man nächstens den Kätnerkindern auf das Haar setzen werde, hatte sie nur böse aufgelacht und gesagt: „Besser vertan als vertrunken!"

Als sie nach zwei Stunden wieder am Markt angekommen waren, hatte Gogun auf der Deichsel des Wagens gesessen wie auf einem schmalen Sattel, die Peitsche in der Rechten, die Flasche in der Linken. „Noch ein halbes Stündchen, ihr Goldenen!" hatte er gebeten. Aber Marthe Jeromin, die wie eine Nonne unter ihnen war in ihrem schwarzen Kleid und dem weißen Kopftuch, hatte sich schroff umgedreht und war die Straße hinuntergegangen, die an der Kaserne vorbei ins offene Land führte. Und da war ihnen nichts übriggeblieben, als ihr zu folgen, wie sie ihr immer folgten, obwohl sie sie nicht liebten und sie immer noch eine Fremde war, aus den litauischen Mooren, wo sie Meineide schworen und farbige Kreuze auf den Kirchhöfen hatten.

Vor der Kaserne hatten sie noch einmal warten müssen, weil das Bataillon von einer Übung zurückkehrte und gerade in das geöffnete Tor bog. Die Klänge der Regimentskapelle erfüllten die schmale Straße mit Hall und Dröhnen, eine betäubende Woge von Silber und Gold, die sich an den Häusern brach und über den Köpfen der Wartenden zusammenschlug. Der Schritt der genagelten Stiefel schlug auf das Pflaster nieder, die Gewehrläufe schimmerten über dem verstaubten Blau der Uniformen, und sie standen und starrten regungslos mit verwirrten Augen auf diese Schlange des Glanzes, die sich prächtig und drohend vor ihnen in das Tor hineinwand, ein Gesicht dem nächsten, ein Glied dem andern gleichend, ja, als seien die Gesichter nur helle, leblose Flecken, die Glieder nur dünne Ringe unter einer bläulichen Haut und das Ganze dem Menschlichen und ihnen Vertrauten schon nicht mehr angehörig, eine drohende Kraft, die sich in eine unbekannte Höhle zurückwand.

Ihnen gegenüber, nur durch den schimmernden Zug von ihnen getrennt, hielt der Major und blickte über die Helmspitzen unter sich auf die Gruppe der wartenden Frauen. Er kannte diese demütigen und gebeugten Gestalten aus den

Walddörfern in der Runde, die so viele Söhne für des Kaisers Rock geboren, und es befremdete ihn, daß vor ihnen eine dunkle, nonnenhafte Frau stand, hochgewachsen und schmal, mit strengem, abweisendem Gesicht, aus dem die grauen Augen durch ihn hindurch-, ja über ihn hinwegsahen, als stehe er wie ein Zaun in ihrem Wege.

Und noch als er hinter dem Bataillon her sein Pferd in das Tor lenkte, streifte er mit einem Seitenblick das dunkle Gesicht über dem herabgeglittenen weißen Kopftuch, das die Augen nicht nach ihm wandte, sondern geradeaus auf die nun freigewordene Straße blickte, einem Ziele zugewendet, das still und nüchtern in der Ferne der dunklen Wälder liegen mochte.

„Ein schöner Herr ...", sagte eine ergriffene Stimme hinter ihr. „Fast so wie der Kaiser ..."

„Und beinahe so schön wie dein Gonschor mit den krummen Beinen", kam die spottende Antwort.

Und dann gingen sie endlich die Straße aus der Stadt hinaus, zwischen Häusern, die immer niedriger und seltener wurden, an der Abdeckerei vorbei, über der eine Wolke bösen Geruches hing, an der Windmühle auf dem Hügel über dem See vorbei, bis das freie Feld weit und grün sie umschloß.

Sie schoben die Kopftücher zurück und atmeten tief. Schön war die Stadt, ein Ort des Glanzes und des Reichtums, der Wunder und Verheißungen. Soldaten marschierten über ihre gepflasterten Straßen, ein Denkmal mit einem eisernen Adler stand hoch und feierlich über dem Markt, hinter spiegelnden Fenstern lagen die Schätze der Welt. Aber die Füße schmerzten in den ungewohnten Schuhen, das Geld verschwand aus dem zugeknöpften Taschentuch, und die Männer betranken sich, sowie man sie aus den Augen verlor.

Leicht ging es sich nun im Staub des Sommerweges, der sich warm zwischen die Zehen legte, gut war der Geruch der jungen Birkenblätter und schön und vertraut der Ruf der Kiebitze, die über ihren Nestern kreisten. Und wußte man auch nie, was einen zu Hause erwartete, eine verlaufene Ziege, ein angebrannter Topf, der Mann, der im Kruge lärmte, oder das Kleinste, das einen Knopf verschluckt hatte: das Haus würde doch dastehen, das gebeugte Dach, die blinden Fenster. Der

See würde glänzen, der Birnbaum auf dem steinigen Ackerrain blühen, die Kraniche auf den Moorwiesen rufen. Ohne Glanz war das Leben, mit schmerzendem Rücken ging man durch die Tage, auf der Schwelle saß die Sorge als Gast. Aber doch umschloß ein Zaun das Leben, ein Hund wachte, und Kinder wuchsen aus dem Gröbsten herauf, Blut vom eigenen Blut, die für einen Sarg sorgen würden und für ein Holzkreuz auf dem schmalen Hügel unter den alten Fliederbüschen und dem Holunder, in dem die Drosseln zur Herbstzeit lärmten.

Sie verließen die Chaussee, und die alte Landstraße stieg mit ihnen die Hänge zu den großen Wäldern hinauf. Weiße Frühjahrswolken zogen wie schwere Schiffe über ihnen dahin, und ihr Schatten legte sich kühlend auf ihre heißen Stirnen. Der Löwenzahn blühte, die Erde roch feucht und warm.

Sie hatten vier Stunden zu gehen, und einigemal rasteten sie auf einer der Lichtungen, auf der Grabenböschung, wo die Eidechsen über ihre nackten Füße glitten. Sie brachen von den Semmeln ab, die sie in ihren Körben trugen, vorsichtig die Krümel sammelnd, und tranken aus der blauen Blechkanne den kalten Kornkaffee. Sie beredeten die Stadt und das Dorf, den Wald und den See. Sie beredeten den Krugwirt Czwallinna, ob er wohl das Kind seiner Magd umgebracht habe, und den Gemeindevorsteher, ob er zwei oder drei Säcke mit Talern verborgen habe. Sie beredeten den Förster und den Gendarmen, den Fischereiaufseher und den Pfarrer, und nicht zuletzt den allmächtigen Herrn von Balk, dem der See gehörte und die Waldweide, die Torfbrüche und das Schilf, ja, dem sie fast alle gehörten mit Schuld und Zinseslast, Männer und Frauen und Mädchen. Besonders aber die Mädchen. Und der doch nicht der schlechteste Herr war. Nicht schlechter als der Kaiser, der ihre Söhne nahm, oder der Landrat, der ihre Groschen als Steuer nahm, oder der Tod, der sie alle nahm.

Sie beredeten es ohne Bitterkeit. Es war das Unabänderliche, das schon die Nacken ihrer Großväter und Großmütter gebeugt hatte und auch die Nacken ihrer Enkelkinder beugen würde. Aber aus gebeugtem Munde konnte man scherzen, über den schweren gelben Mantel des Herrn von Balk etwa, der ihm bis auf die Füße reichte, oder wie er seine Frau auf dem Mistwagen über die Grenze seiner Äcker fahren ließ, wenn er ihr „Dornenkronengesicht" nicht mehr ansehen konnte, wie er zu sagen pflegte.

Immer blieben die Augen still, auch beim Scherzen, und die Hand der Sorge blieb auf ihren Schultern, und die Falten blieben in ihren strengen Gesichtern. Aber wenn sie aufstanden, die Schuhe in der Hand und den Korb über dem Arm, sahen sie doch aus, als könnten alle Landräte und Gendarmen und Krugwirte der Welt sie nicht bis in die Erde hineinbeugen. Ihre Stirnen konnten den Acker berühren und ihre Knie den Staub der Straße, aber tiefer hinein gehörten nur die Toten, die sich nicht mehr wehren konnten.

Es gab Böse unter ihnen, wie die Mutter Kroll, die auf ihrem Ausgedinge lebte, aber eine Herrin blieb über Sohn und Schwiegertochter, mit harter Hand und hartem Herzen. Es gab Prahlerische und Törinnen, wie die Frau des krummbeinigen Gonschor, und kindlich Träumende und Trotzende wie Gina Bojar. Aber sie lebten doch zu dicht beisammen, als daß sie eine Welt der Täuschung vor einander hätten aufrichten können. Es gab Neid und Feindschaft in dem kleinen Dorf, Streit und Versöhnung; aber es gab keine Geheimnisse. Zu dicht stießen Giebel und Fenster aneinander. In Haß und Liebe waren sie nackend und bloß, und das einzelne Schicksal war auch des Dorfes Schicksal.

Und wie sie nun wieder aufstanden und sich auf den Weg machten, vom Staub umweht und der schon sinkenden Sonne beglänzt, ein müder und gebeugter Zug, auf dessen Schultern alle Tagewerke ihres Lebens zu liegen schienen, sahen sie doch aus wie Schwestern desselben Glaubens und desselben Schicksals, von der gleichen Hand geformt, von dem gleichen Befehl gelenkt.

Auch Marthe Jeromin, so still und abseits sie sich hielt. Vielleicht konnte man gegen einen Mann und seine Kinder leben, wenn es nottat. Aber gegen ein Dorf konnte man nicht leben. Es bestand nicht aus dem ungeschriebenen Gesetz der Lebenden, sondern aus dem Gesetz der Toten. Vieler Toter, die über Jahrhunderte zurück in der sandigen Erde lagen, auf dem Grunde des Sees und in den Mooren an seinem Rande. Deren

Gesichter zerfallen waren, aber deren Hände noch immer des Nachts an die niedrigen Türen pochten, wenn jemand aufstehen wollte gegen ihr Gesetz. Die Hütten zerfielen, die Dächer sanken ein, und viele Male waren Krieg und Pest, waren Mord und Brand über sie dahingegangen, so daß nur die verkohlten Schächte der Schornsteine gegen den roten Himmel gestanden hatten. Aber immer war jemand übriggeblieben, der aus seinem Blut aufgestanden war oder aus den Höhlen des Waldes zurückgekrochen kam. Der sich an den glühenden Balken wärmte und von Wurzeln und Rinde seine Nahrung gewann. Und von ihm war die Auferstehung ausgegangen. Auch hatte er das Gesetz bewahrt. Die Kätner fielen, die Kinder, das Vieh. Aber das Dorf fiel nicht. Aus Brache und Ödland wuchs wieder das Korn, die Schwalben kehrten zurück, der Flieder blühte über den zerstreuten Särgen. Stolze Geschlechter sanken dahin und kamen nicht wieder, aber die Armen kamen immer wieder. Sie waren fruchtbar wie die Erde, und ihren Samen trug der Wind, wie er den Samen der Erde über die Öde trug.

Während die Kiebitze über den Mooren schrien, dachte Marthe, daß sie sieben Kinder geboren hatte, und eines davon war ein Krüppelkind. Und eines war böse wie ein Wolf und eines finster und stolz. Und keines kam zu ihr, wie der junge Vogel in sein Nest kommt. „Frau Mutter", hatte der Wolf gestern zu ihr gesagt. „Frau Mutter, dürfen wir auf den Hof gehen und Atem schöpfen?" Sie hatte zugeschlagen, hart und genau, wie immer, wenn der lodernde Zorn ihr in die Augen schoß, aber der Schlag hatte sein Lächeln nicht ausgelöscht, das wie ein Aussatz um seine Mundwinkel saß.

„Frau Mutter", lachte sie bitter und blickte auf Ginas gesegneten Leib. „Wenn sie jung sind, denken sie, daß eine Klapper eines Kindes Herz gewinnt, aber wenn sie aufhören, jung zu sein, erkennen sie, daß sie nur der Schacht sind, aus dem es aufwärts steigt. Das Fremde, das ganz für sich ist. Von einem fremden Mann und fremden Ahnen. Dann büßen sie die Lust, und manchmal war es nicht einmal die Lust . . . getrieben wie die Kreatur und ärmer als sie, denn die Kreatur ist wenigstens ohne Scham . . ."

Sie blickte über die Schonungen hin, ob der Rauch des Meilers schon zu sehen wäre, wo ihr Mann die Kohlen für den Herrn von Balk brannte. Das war nun sein Tagwerk. Über den Netzen träumen, die der Großvater instand hielt; oder am Meiler liegen und dem Rauch nachsehen, der weiß oder blau über die Wipfel stieg; oder die Bäume fällen im königlichen Forst. Und einmal hatte sie gedacht, daß er ein Herr sein würde über Menschenherzen, mit seinen stillen Augen und der leisen Gewalt des Wortes, die ihm gegeben war und mit der er sie verzaubert hatte zwischen den dunklen Mooren ihrer Heimat. Aber der Wind unter seinen Flügeln war erstorben, und wie ein kranker Vogel suchte er sein Brot im Gebüsch. Sie hatten keinen Stolz hier und keine Wildheit. Sie waren Kinder des Waldes, und der Wald machte dumpf und still. Er war der große Zauberer, der die Netze auswarf und mit seinen kühlen Händen die Menschenherzen aus den Fäden nahm.

Die Sonne stand schon hinter dem Walde, als sie den Rauch des Dorfes rochen und Kiewitt sahen, der mit seiner alten Kuh den Pflug durch das Ödland zog. Sie hatten seinen Namen im Dorf vergessen und nannten ihn Kiewitt, wegen seiner hellen Stimme und weil er den Kopf zwischen die Schultern duckte, bevor er sprach. Er war derjenige, der die Gemeinschaft des Dorfes verlassen hatte, ein Sektengläubiger und Abseitiger, von dem sie sagten, er sei mit sechzig Jahren mit Moorwasser noch einmal getauft worden. Der Herr von Balk hatte ihm ein Stück Moorland gegeben, wo es an die Heide grenzte, und dort hatte er seine Hütte gebaut und seinen Herd gemauert. Er flocht Körbe und Fischreusen, Netze und Peitschenstiele, und alle Geheimnisse des Waldes waren ihm kund. Er war kein Gerechter, sondern ein Leidender, und man sagte, daß er den Tod sehe, wenn er am Waldrand stehe und über die Rohrdächer des Dorfes blickte.

„Kiewitt, komm mit!“ riefen die Kinder, und auch Gina rief es, als die kleine, gebeugte Gestalt in der Furche stand und geduldig wartete, bis die Kuh ihre Füße wieder langsam voreinander setzte.

Aber er schüttelte nur stumm den Kopf, deutete mit der Hand auf die gepflügte Erde und beugte sich dann herab, wobei er die rechte Hand an sein Ohr legte, als wolle er die Rufenden ermahnen, auf eine Stimme unter der Erde zu lauschen. Dann zog die Kuh wieder an, und sie sahen, wie die Griffe des Pfluges seine Arme hin und her warfen. So viele Wurzeln und Steine barg der Boden.

Da gingen sie weiter, Gina mit stillem Gesicht, und es war nicht nötig, daß die alte Frau Daida mahnend sagte: „Beuge dich, junge Frau, beuge dich!"

Auf der letzten Höhe sahen sie die dünne Rauchsäule des Meilers, und Marthe nickte ihnen zu, bevor sie zwischen den Wacholderbüschen verschwand. Sie wollte sehen, ob ihr Jüngster wieder am Meiler lag und seine Zeit vertat. Er und Maria hielten zum Vater, stille Kinder, die vor einem harten Wort erschraken. Sein Blut, nicht das ihrige, aber sie wußte nicht, ob sie es anders wünschen sollte.

Der Meiler war eine Laune des Herrn von Balk. Die Kohle ging zu den Schmieden und Bäckern der Umgegend, aber es kam ihm nicht auf die Kohle an. Es kam ihm auf das Geheimnis an, das Ort und Tätigkeit umspann, und daß der stille Mann mit dem alten Namen Jeromin in seinen Diensten stand. Immer wenn er durch das Dorf kam, hielt sein hochrädriger Wagen vor dem Haus mit dem alten Ahorn, und immer verlangte er, Frau Marthe zu sprechen. Aber oft ließ sie sagen, sie habe keine Zeit, und wenn sie Zeit zu haben meinte, sah sie über ihn hinweg, wie sie über den Offizier am Kasernentor hinweggesehen hatte. Es gab Weniges, auf dem sie ihre Augen ruhen ließ.

Doch kam er immer wieder. Unter allen Demütigen, die im Dorfe lebten, wo die Frauen noch seinen Ärmel zu küssen liebten, ragten diese beiden Stolzen auf wie die Pappeln über die Uferweiden: der Großvater Jeromin, der die Netze in seinem See stellte und von dem die Leute sagten, daß er schon Napoleon aus Rußland habe zurückkehren sehen, und Marthe, die Frau seines Sohnes. Für beide war er nichts als ein Bild wie andre Bilder, die im Raum der Welt aufgehängt waren, und beider Augen gingen durch ihn hindurch, als suchten sie die Wand hinter ihm, in die der Nagel seines Lebens eingeschlagen war.

Einmal sah Marthe sich um, ob er nicht zwischen den Büschen stehe wie ein Wolf um die Abenddämmerung. Aber dann ging sie ruhig weiter. Männer waren nicht zu fürchten, solange man sie nicht begehrte. Und sie begehrte nicht mehr.

„Die meisten von uns", sagte Jakob Jeromin zu seinem Sohn, „bleiben wie Fallholz, das der Sturm und Schnee von den Bäumen brachen. Sie liegen, wo sie gefallen sind, und werden wieder zu Erde. Die Armen haben keine Flügel. Und einige sind wie der Rauch, der aus dem Meiler steigt. Die Menschen sehen ihnen nach, aber der Wind verweht sie. Aber einige sind wie das Holz, das dort unter der Erde glüht. Sie werden Kohle, und sie bewegen die Welt."

Wunderbar war es, dem Vater zuzuhören. Man verstand nicht immer, was er sagte. Wie Wasser im Fließ glitt es vorbei, dunkel über die Schwärze des Grundes. Aber es rauschte und zog dahin, Schatten und Licht, Raum und Stille. Es war schöner, als was der Pfarrer sagte, und anders, als wenn die Mutter sprach. Nur der Großvater konnte noch so sprechen, aber bei ihm wußte man nicht, ob er nicht im Traume spreche, denn seine Augen waren oft geschlossen, und seine Worte fielen so langsam wie die Nebeltropfen vom Ahorn im Herbst.

Sie lagen auf der Lichtung, den Kopf an die Mooswand der Hütte gelehnt, und sahen zu, wie der Meiler rauchte. Ihre Gesichter waren schwarz unter dem hellen Haar, das des Vaters von der Arbeit und das des kleinen Jons, weil er es heimlich mit den Kohlenresten der alten Meiler eingerieben hatte, um zu sein, wie der Vater war. Er war Jons Ehrenreich getauft, aber des zweiten Namens schämte er sich. Die Mutter mußte wohl nicht klug gewesen sein, als sie ihn sich ausgedacht hatte, und die Leute im Dorf hatten die Köpfe zusammengesteckt. Der Vater hatte geschwiegen, wie er meistens tat, und erst in diesem Frühjahr, als er Jons in der Schule angemeldet und der alte Lehrer Stilling gesagt hatte, daß es ein schöner Name sei, hatte der Vater gemeint, daß es besser sei, die Leute gäben einen solchen Namen beim Begräbnis statt bei der Taufe. „Denn wer weiß von uns", hatte er hinzugesetzt, „ob er am Ende seines Lebens Ehrenreich heißen wird?"

Ja, das wisse wohl nur der liebe Gott, hatte der Lehrer nachdenklich gesagt.

„Und was ist das, die Welt bewegen, Vater?" fragte Jons.

„In der Schule werden sie dir sagen, daß es die Kaiser und Könige sind, die die Welt bewegen", erwiderte Jakob. „Aber du mußt das nicht glauben. Sie werfen Steine in das Wasser, aber sie schöpfen es nicht. Sie verbrennen, aber es bleibt nur Asche unter ihren Füßen, nicht Kohle. Christus hat die Welt bewegt und viele nach ihm. Er hat Blinde geheilt und Tote auferweckt. Er hat die Herzen bewegt. Und nur wer die Herzen bewegt, bewegt die Welt."

„Und der Großvater, hat er die Welt bewegt?"

„Der Großvater hat Speise für die Armen gefangen, ein ganzes Leben lang. Und auch Petrus war nicht mehr als ein Fischer. Und einmal, als ich ein Kind war, ist ein Mensch erschlagen worden in diesem Wald. Ein Förster. Wir haben alle gewußt, wer es getan hat, aber niemand hat es gesehen, und er hat es geleugnet und die Tat gerühmt, denn der Förster war ein strenger Mann gewesen, eine Zuchtrute über den Armen. Aber dann ist der Großvater zu ihm gegangen und hat in sein Herz gesprochen. Man hat den andern schreien und fluchen hören, so daß die Leute auf der Straße gestanden haben, alle vor ihren Türen, wie vor einem Gewitter, das Hagel bringt. Aber dann ist er leise geworden, immer leiser, und zuletzt ist der Großvater mit ihm aus der Tür getreten. Der andre hat wie ein alter Mann ausgesehen, grau und mit blinden Augen, aber der Großvater hat geleuchtet wie Jakob nach dem Kampf mit dem Engel, und er hat den anderen die Straße entlang geführt wie ein Kind, bis zum Hause des Gemeindevorstehers, und die Menschen haben kein Wort gesprochen, wie sie vorübergegangen sind. Und dort hat der andere bekannt, daß er es gewesen ist, und sie haben ihn fortgebracht vor den Richter. Viele Jahre ist er fortgewesen, in einem Haus, wo Eisenstangen vor den Fenstern sind, und dann ist er fortgezogen von hier, und keiner weiß, wohin seine Füße ihn getragen haben ... ein einfacher Mann war der Großvater, geringer als Pfarrer und Richter, nichts als ein Fischer, aber damals hat er die Welt bewegt!"

In seinem dunklen, mageren Gesicht unter dem hellen Haar leuchteten seine Augen, als habe er selbst den Kampf mit dem Engel geführt, und seine grobe, rußige Hand war wie die Hand eines Propheten, als er sie aufhob und sagte: „Auch die Armen können eine Krone tragen, Jons. Vergiß es nicht, wenn du groß bist und deine Hände an ein Werk legst!"

„Und du selbst, Vater?" fragte Jons, blaß vor Erregung.

Aber Jakob lächelte sein stilles, trauriges Lächeln. „Nein, Jons", sagte er freundlich. „Ich habe nichts bewegt. Nur Worte und Gedanken vielleicht. Ihr seid sieben, und da habe ich keine Zeit gehabt."

Jons dachte lange nach. „Aber Michael?" fragte er dann. „Wird es nicht vielleicht Michael sein?"

Michael war der älteste seiner vier Brüder, siebzehn Jahre alt, düster und schweigsam wie ein Novemberwald. Der Knecht beim Gemeindevorsteher war und kaum mehr als ein spöttisches Lächeln für den sechsjährigen Jons übrig hatte, aber dem er mit einer zärtlichen, scheuen Liebe ergeben war, wie dem Ritter Roland, dem in der Todesstunde sein Horn zersprang, und von dem Christean, der Bruder mit den Krücken, ihm erzählt hatte.

Der Vater legte ihm die schwarze Hand leise auf die Stirn. „Laß es gut sein, Jons", sagte er. „Ich glaube nicht, daß es Michael sein wird, aber wir wissen es nicht. Jeder von euch kann Ehrenreich heißen, wenn sie Sand auf eure Augen schütten werden."

Aber Jons wußte, daß es nicht jeder von ihnen sein konnte. Und er wußte auch, weshalb der Vater eben geseufzt hatte. Gotthold würde es nicht sein können. Er quälte die jungen Katzen und warf mit Steinen nach den Hunden, die an der Kette lagen. Und auf den Pfad zu den Booten hatte er Glasscherben gestreut, am Abend, bevor Jons barfuß zum Großvater gelaufen war. Und er war es auch gewesen, der „Frau Mutter" gesagt hatte. Nein, nicht jeder, und es wäre besser gewesen, die Mutter hätte ihm nicht diesen Namen gegeben. Denn vielleicht wartete der Vater am meisten auf ihn. Und er hatte doch eben erst begonnen, zur Schule zu gehen.

Der schwarze Fichtenwald stand hoch und regungslos um

die Lichtung, und die dünne Rauchsäule aus dem Meiler stieg so gerade wie ein Stab aus ihr empor. Wenn man die Augen halb schloß, konnte man meinen, daß sie bis zu der weißen Wolke reiche, die langsam über den Himmel schwamm, und wenn man Michael wäre, der die Habichtshorste ausnahm, würde man an diesem Stab vielleicht bis in die Wolke klettern können. Dann würde man das Dorf sehen und den See, das Schloß des Herrn von Balk und die Moore, und vor allem die großen, schwarzen Wälder, in denen der Förster erschlagen worden war, bei dessen Tode der Großvater die Welt bewegt hatte.

Die Kiebitze riefen auf dem Moor, und manchmal ging ein leises, hohes Sausen über den Wald. Dann rieselten die trockenen Fichtennadeln herab, oder ein Zapfen schlug mit dumpfem Laut ins Moos. Aber es war niemand gewesen, nur der Wind, und man brauchte die Augen nicht zu öffnen, auf deren Lidern die warme Sonne lag. Manchmal stand auch der Vater leise auf und schlich sich zum Meiler, wo er niederkauerte und in die unsichtbare Glut zu lauschen schien. Oder er hielt eine Stange in den Händen; und zwischen den leise gehobenen Wimpern sah er schwarz und riesig aus, ein Zauberer des Waldes, der die Bäume kochte, als eine dunkle Speise für alles, was unter den Wurzeln und dem Moose lebte.

Die Mutter aber war in der Stadt und Gotthold auf dem See, und kein Leid konnte geschehen, gar kein Leid. Und es war noch so viel Zeit, bis man die Welt bewegen mußte, so viel Zeit. Länger als bis Weihnachten und bis zum nächsten Geburtstag, und vielleicht erst dann, wenn die vier Reiter erscheinen würden, von denen der Großvater sprach, wenn er am Wasser saß um die Abendzeit und der hohle Wind den Regen anzeigte, den man noch nicht sah.

Jons mußte wohl geschlafen haben, denn als er die Augen öffnete, stand die Sonne schon als ein rotes Feuer hinter dem Wald. Der Vater war nicht zu sehen, aber der Speer war fort, mit dem er die Hechte in den Moorgräben schlug, um die Laichzeit, und auf der Schwelle der Hütte lagen Tafel und Fibel für ihn bereit und das grobe Brot mit der blauen Kanne für die Vespermahlzeit.

Es verlangte ihn sehr, hinzugehen, wo er den Vater wußte, aber er nahm doch die Tafel auf die Knie, den Griffel in die rechte Hand und das Brot in die linke. Niemand brauchte ihn zu seiner Pflicht zu treiben. Auch den Vater trieb niemand, und doch war sein Meiler noch nie erloschen.

Was er schrieb und las, war nur ein Spiel, denn längst hatte Christean ihn gelehrt, was Herr Stilling ihnen als große Wunder wies. Aber man konnte es so schreiben, daß es von dem nicht zu unterscheiden war, wie es in der Fibel stand, und es war schön, Herrn Stillings große Hand lobend auf seinem Haar zu fühlen. Sie war fast so wie des Vaters Hand. Wie der Mutter Hand auf seinem Haar sich anfühlen mochte, wußte er nicht.

Als er fertig war, ging er um den Meiler herum, eine Stange in der Hand, einen Schilfhalm mit einer ausgehöhlten Eichel wie eine Pfeife im Munde, die Augenbrauen zusammengezogen, die junge Stirn streng gefaltet. Der Herr von Balk sollte wissen, daß an seinem Meiler alles in Ordnung war.

Eine Weile sahen sie ihm beide zu, von verschiedenen Seiten. Der Vater, der gegen die Sonne stand, den Speer über der Schulter, das Netz mit den Hechten in der Hand. Und die Mutter zwischen den Wacholderbüschen, so dunkel und schmal, als sei auch sie dort gewachsen. Jakob lächelte auf seine stille Weise, ohne die Lippen zu bewegen, so wie ganz alte Leute lächeln, wenn sie zusehen, wie das Spiel des Lebens immer mit denselben bunten Reifen beginnt, und er mochte wohl nachgrübeln, ob dieses als das einzige seiner Kinder einmal den Namen Ehrenreich führen würde, den die Hoffart oder ein wilder, schmerzlicher Stolz an seinen unbewußten Anfang gebunden hatte.

Die Mutter, den Korb über dem Arm, das weiße Tuch um den Nacken, mit einer strengen Verlorenheit im Blick, in dem Mißbilligung und widerwillige Rührung sich mischten. Ein spielendes Kind, das ein Großer sein wollte, und ein Großer, der ein Kind war, beide geringen Spielen hingegeben, an Worten sich entzündend, die vor zweitausend Jahren schon gesprochen worden waren, die unendliche Male und von unzähligen Lippen wiederholt worden waren, die man mit dem Tode besiegelt hatte, und die doch den Armen keine Speise und den Reichen kein Gericht gegeben hatten. Nichts, das man greifen konnte und halten, sondern an dem man sich nur berauschen konnte wie an Träumen, um dann mit müden Knien die steinige Straße fortzusetzen.

Nein, auch er würde nicht Ehrenreich heißen. Auch an ihm würde der Name vertan worden sein als an der letzten Hoffnung ihres Leibes, weil fremdes Blut zu dem ihrigen geflossen war, Waldblut und Träumerblut. Ein Pfarrer würde er vielleicht werden, der an den Betten der Sterbenden saß, ein Meister der Worte, der die Kirchen erfüllte, ohne Brot in den Händen, ohne Schwert, ja selbst ohne Pflug und Spaten. Ein Diener würde er sein, aber kein Herr, ein Knecht und ein Hirte, ob auch die Großen der Erde sich flüchtig vor ihm neigen würden.

Und nach diesem wollte sie nicht mehr gebären, außer von einem fremden Manne. Aber sie würde ihn hassen, weil sie seiner bedürfen würde und die Natur dem Weibe versagt hatte, aus seinem eigenen Blute allein das Kind zu formen, das es ersehnte.

„Die Mutter . . .“, sagte Jons und nahm die Schilfpfeife aus dem Munde. Aber er lief ihr nicht entgegen und lehnte nur langsam die Stange gegen den Meiler. Auch flog sein Blick schnell in der Runde umher, ob der Vater nicht zu sehen sei.

„Er steht drüben mit dem Netz“, sagte Marthe nicht ohne Spott. „Bald seid ihr wieder zusammen.“

Sie setzte sich müde auf die Schwelle der Hütte, stellte den Korb neben sich und schob achtlos Tafel und Fibel zur Seite.

„Es ist schon alles fertig, was ich auf habe“, sagte Jons schüchtern. Sie warf einen flüchtigen Blick auf die Tafel und nickte. „Der Kaiser trägt eine Krone auf seinem Haupt“, las sie leise. Und nach einer Weile: „Ja, der eine eine Krone und der andere Asche . . .“ Sie faltete die Hände um die Knie und blickte über Jons hinweg in den Abend. Es roch nach Harz, nach Kien und Rauch, und es war wohl ein schöner Platz für einen, der Frieden geschlossen hatte mit dem Leben. Sie nickte Jakob zu und fuhr fort, über den Meiler hinaus in den dunklen Fichtenwald zu blicken.

Sie standen beide vor ihr, unruhig und bedrückt, ob sie auch alles recht gemacht hätten. Aber sie war wohl nur müde und weit fort mit ihren Gedanken wie immer.

„Hat er euch gut gefahren?" fragte Jakob endlich.

„Er war betrunken, und wir mußten gehen."

„O Mutter, so weit ... zwei Meilen ... hatte sie keinen Stein im Taschentuch?"

„Ja, sie hatte einen Stein, aber es half nichts. Zwei Meilen sind nicht weit."

„Ein paar Hechte sind da", meinte Jakob. „Es wird den Vater freuen ... und vielleicht auch dich."

Sie sah gedankenlos auf das Netz und nickte. Dann nahm sie aus dem Korb die Semmeln, die immer in Reihen zu fünf zusammengebacken waren, und reichte jedem von ihnen eine.

„Ich muß nun gehen", sagte sie. „Ihr bleibt wohl die Nacht hier."

Ja, für Jons wäre es wohl schöner, erwiderte Jakob verlegen. Der Harzgeruch sei gesund, und wo sie nun fünf in einer Kammer zusammen schliefen, wäre die Luft am Morgen nicht sehr gut. Vielleicht daß sie noch eine Kammer anbauen können im Sommer ...

Sie war schon aufgestanden, strich ihr Kleid glatt und sah ihn nachdenklich an. „Kammern, an denen man sechs Jahre baut, werden nie gebaut, Jakob", sagte sie. „Und nach ein paar Jahren haben wir ja auch Platz genug."

Sie bückte sich noch einmal, legte zwei von den Hechten ins Moos, sagte „Gute Nacht!" und ging in den Wald hinein. Ihr Kleid verschmolz mit der Schwärze der Schatten, und nur das weiße Kopftuch war noch eine Weile zu sehen.

Sie sahen ihr beide nach, seufzten beide, so daß der andre es nicht hören sollte, und gingen dann an ihre Arbeit. Jakob blieb vor dem Meiler stehen, die Hände um die rußige Stange gelegt, und Jons holte Wasser, machte Feuer, setzte den Kochtopf auf und nahm die Fische aus, still und ordentlich wie ein Erwachsener.

Als sie aßen, kam schon der schmale Frühlingsmond herauf und warf die Schatten auf ihre Hände. Die Kiebitze riefen immer noch, und von der hohlen Eiche klagte der Kauz. Sie hörten den Brunnen aus dem Dorf, wie der alte Balken sich ächzend neigte und wieder in die Höhe stieg, und die Haubentaucher auf dem See. Es war alles fern und fast unwirklich, und nur der Meiler war nahe, wärmend und vertraut. Es war alles gut zwischen ihnen, kein Unfriede und kein Geheimnis. Unter der Decke glühte das Holz, und der Vater würde wachen, daß der Brand nicht nach außen schlug. Der Vater konnte mehr, als die Mutter meinte. Er war der Herr des Waldes, mehr als der Herr von Balk, und wie er dastand, das Mondlicht auf dem hellen Haar und die Stange wie einen Speer im Arm, war er wohl wie ein König Löwenherz, allein im fremden Land, nur von seinem treuen Sänger Blondel bewacht.

Dann bat der Vater, ihm noch etwas zu lesen. Sie zündeten den Kienspan über dem Herde an, und der Vater schob ihm das große Buch hin. „Schlage es nun auf, wo du willst“, sagte er.

Die rußende Flamme ging unruhig über die großen Buchstaben, die sich zu so seltsamen Worten fügten, und die Worte zu so seltsamem Sinn, aber Jons wußte, daß er zu lesen hatte, wenn sie am Meiler waren, und seine kleine, helle Stimme gab sich gern an die großen Worte hin, die den Wald zu erfüllen schienen und wie erzene Schilde zwischen den Bäumen standen. Glanz und Gewalt gingen von ihnen aus, wie von Wetterwolken, die in den Wald hinabschlugen, und am Ende fiel es sanft wie Regen über das Herz, als läge man im trockenen Laub des Lagers und draußen rausche es warm und fruchtbar auf das Hüttendach.

„Siehe, es wird ein König regieren“, las er, „Gerechtigkeit anzurichten, und Fürsten werden herrschen, das Recht zu handhaben.

Daß ein jeglicher unter ihnen sein wird wie eine Zuflucht vor dem Wind, und wie ein Schirm vor dem Platzregen, wie die Wasserbäche am dürren Ort, wie der Schatten eines großen Felsen im trockenen Lande. . . “

Sein Finger folgte achtsam den Buchstaben, und zuerst war seine Stimme leise und wie erschrocken vor den großen Bildern. Aber dann, als er sah, daß niemand ihn argwöhnisch oder schadenfroh ansah, wie manchmal in der Schule, daß sie beide ganz allein waren im großen Wald unter dem weißen

Mond; daß nur der Vater ihm gegenüber saß, den Kopf in die Hände gestützt und die blauen Augen fast ehrfürchtig auf ihn gerichtet: da hob seine Stimme sich immer lauter und freudiger, wiewohl er nicht verstand, was hinter den großen Bildern gemeint war, und als er geendet hatte, saß er so still wie der Vater und formte mit den Lippen noch einmal lautlos die letzten Verse nach: „Aber Hagel wird sein den Wald hinab, und die Stadt danieden wird niedrig sein. Wohl euch, die ihr säet allenthalben an den Wassern, und die Füße der Ochsen und Esel frei gehen lasset."

Er wußte schon, wie das war: „Hagel den Wald hinab" und wenn Kiewitt „an den Wassern säte."

„Das war der Prophet Jesaja, im zweiunddreißigsten Kapitel", sagte er ernsthaft, wie er den Pfarrer hatte sagen hören.

Der Vater nickte und schloß vorsichtig das Buch. „Vielleicht wird es so sein, Jons", sagte er. „Und das Recht wird in der Wüste wohnen und Gerechtigkeit auf dem Acker hausen . . ."

„Und ist keine Gerechtigkeit auf dem Acker, Vater?"

„Nicht soviel, wie es sein sollte, Jons. Sie nehmen zuviel von uns, mehr als sie von den Herren nehmen. Sie sagen, daß der Kaiser es braucht, wie er unsre Söhne braucht, aber du mußt nicht immer glauben, was sie sagen. Du darfst auch nicht immer sagen, was du glaubst. Sie hören es nicht gern."

„Aber ist nicht der Kaiser mein Pate, Vater, und hat er nicht die Tasse geschenkt, die unter dem Spiegel steht?"

„Ja, es war so eine Sache, Jons", sagte Jakob und schrieb mit dem schwarzen Finger Buchstaben auf den Tisch. „Der Landrat hatte mich bestellt, und es war in der Erntezeit und vier Meilen Weges. Ich wurde in seine Stube geführt, und er stand da, selbst wie ein Kaiser, und hielt eine Rede, vom allergnädigsten Kaiser und Herrn, und daß er allergnädigst geruht habe, uns diese Tasse zu schenken. Und da er tat, als sei nur der arme Mann aus Lehm gemacht, und ich an den Roggen dachte, den nun keiner einfahren würde, drehte ich die Tasse in der Hand und sagte, daß ein Durstiger noch nicht satt werde, wenn man ihm einen Becher schenke, und daß die großen Herren immer denken, daß die armen Leute Kinder sind, die zu weinen aufhören, wenn man ihnen ein Bild vor die Augen hält. Da wurde er zornig und ergrimmte, wie es in der Bibel heißt, und sagte viel von Undank und von der neuen Zeit, und es hätte nicht viel gefehlt, so hätte er mir die Tasse wieder fortgenommen. Aber die hielt ich nun, denn von vier Meilen soll man auch etwas zurückbringen, und da steht sie nun unter dem Spiegel. Aber ich weiß nicht, Jons, ob der Kaiser nun noch dein Pate ist."

Er blickte sorgenvoll auf die unsichtbaren Buchstaben, die sein Finger schrieb, aber in den Augenwinkeln lächelte er schon. Auch sei der alte Landrat tot, und vielleicht wisse der neue gar nichts mehr davon. Und Jons sollte immer daran denken, daß man sich vor den Menschen nicht fürchten sollte. Auch vor den Kaisern und Königen nicht.

Aber Jons war noch immer dabei, sich auszumalen, wie der Vater vor dem Landrat gestanden habe, wie David vor dem Riesen Goliath, und noch als er auf seinem Lager von trockenem Laube lag, die harte Decke über sich, versuchte er, es auszudenken, ob er selbst so vor Herrn Stilling stehen könnte, oder vor dem Herrn von Balk, dessen Nase wie ein Habichtsschnabel war, und erst als der Mond in die offene Tür trat und einen silbernen Balken auf die Feuerstätte legte, fielen seine Augen wieder auf den Meiler und die dünne Rauchsäule, die immer noch wie ein Atem gen Himmel stieg und die nun auf eine wunderbare Weise von Mondlicht durchleuchtet war. Wenn er die Hand bewegte, rührte sich leise das Laub unter ihm, und er dachte an die alten Eichen, an denen es gehangen hatte, an Michael, der es auf seinem Rücken zur Hütte getragen hatte, stumm und ohne Lächeln, und dem er vielleicht die Tasse schenken könnte, die vom Kaiser gekommen war, weil er sonst nichts zu schenken hatte außer ein paar Muscheln und einem Habichtskopf, den er in einem Ameisenhaufen verbarg.

Draußen ging der Vater um die Hütte, der Vater, der ein Held war, ohne Furcht vor den Mächtigen, und manchmal fiel sein Schatten schwer und lauschend über die Schwelle ... morgen früh würde Maria ihn abholen, die Schwester, die immer gut zu ihm war und die der Vater so gern auf den Schultern trug, wenn niemand es sah ... und Herr Stilling würde ihn loben, Ehrenreich Jeromin ... und ein jeglicher unter ihnen würde sein wie ein ... wie ein Hagel den Wald hinab ... nein, wie eine Zuflucht vor dem Wind ... eine Zuflucht vor der Mutter und dem Wind ... ja ...

Indes war die Mutter beim Abendlicht in das Dorf gekommen. Sie stand noch ein paar Minuten unter den alten Kiefern am Waldrand und blickte auf die braunen Rohrdächer, auf den Balken des Brunnens und den See, der sich rötlich glänzend in die Wälder zog. Aus allen Schornsteinen stieg der Rauch in die Höhe, und sie glaubte die Armut der Herde zu schmecken, an denen die müden Frauen nun standen. Ein verlorenes Dorf, mit einer staubigen Straße, die sich in Wald und Öde verlief. Sowirog, das heißt der Eulenwinkel, und nicht mehr war es als das. Kein Strom zog dem Haff und dem Meere zu, kein Möwenschrei zerschnitt die dumpfe Stille, kein Segel glitt leuchtend in die Ferne hinaus. Eine Gefangene war sie seit zwanzig Jahren, gefangen von Mann und Kindern und dem Tagwerk grauer Alltage. Sie hatte sich verkauft an einen Traum, und beim Morgengrauen war der Traum verflogen. Nicht jeder fand am Meiler sein Glück.

Ihr Haus stand abseits, dicht über dem See. Der alte Ahorn blühte schon und warf seinen Schatten auf Hof und Garten. Aus dem Küchenfenster fiel ein rötliches Licht in den Abend. Jemand saß auf der Bank vor dem Hause und glitt nun, als die Hoftür knarrte, lautlos um das Haus. Das war Michael, ihr Ältester.

Einen Augenblick lehnte sie sich müde gegen den Zaun, mit geschlossenen Augen und das Herz voll Leid. Keines ihrer Kinder war ihr so ähnlich in Wesen und Form, und keines floh so hartnäckig vor ihr wie dieses. In seiner Kindheit hatte ihre Hand schwer auf seiner Wildheit gelegen, obwohl es doch ihre eigene Wildheit war, und nun war er so ferne von ihr wie ein Stein auf dem Grunde des Sees. Ferner noch als dem Vater und den Geschwistern und dem ganzen Dorf, ein Mensch aus einem anderen Lande, und sie wußte so viel von ihm wie von dem Baum, auf dem zur Nacht die Reiher saßen.

Aber von welchem ihrer Kinder wußte sie mehr, als was ihnen über die Lippen oder aus den Augen trat? Wußte sie, welche Gedanken der Mann am Meiler in seinem Herzen trug?

Hinter dem kleinen Flur war die Küchentür geöffnet, und sie blieb noch im Dunklen stehen, wie vor einer rötlichen Bühne, auf der sie spielten. Das Feuer brannte im Herd, und sie sah Maria mit ihren sanften Bewegungen an den Töpfen und Ringen beschäftigt. Auch ihr Haar war hell wie das Jakobs, und hätte sie ein weißes Kopftuch getragen, so wäre sie wie eine kleine Frau gewesen, die das Essen für die Ihrigen bereitete.

Nun setzte sie den Deckel wieder auf den großen Topf und drehte sich vom Herde ab. „Und als er an den See kam", sagte sie, „da war der See ganz schwarzgrau, und das Wasser hob sich von unten auf und roch auch ganz faul. Da stand er am Ufer und sagte:

‚Manntje, Manntje, Timpe Te,
Buttje, Buttje in der See,
mine Fru, de Ilsebill,
will nich so, as ik wol will.'

‚Na, was will sie denn?' sagte der Butt. ‚Ach', sagte der Mann, ‚sie will König werden.' ‚Geh man hin, sie ist es schon', sagte der Butt."

Ihre Stimme war dunkel und klingend, eine zärtliche und verzaubernde Stimme, und Marthe konnte sehen, wie die Gesichter ihr regungslos zugewendet waren. Das der kleinen Gina mit der harten Falte zwischen den Augen, das schöne, helle, sorglose Gesicht Friedrichs und das blasse, schwermütige des kleinen Krüppels. Und auch der Großvater, der vor der Herdtür saß, hatte die Netznadel sinken lassen und die weißblauen Augen auf sie gerichtet, von denen man nicht wußte, ob sie schon erblindet waren oder ob sie bis auf den Grund des Wassers sehen konnten.

Nur Gotthold konnte sie nicht sehen, aber sie hörte nun seine Stimme, rauh und viel zu alt für seine vierzehn Jahre, eine Stimme, die wie ein stumpfes Messer durch den niedrigen Raum schnitt. „Das wäre das Richtige für sie", sagte die Stimme, „König zu werden. König von Sowirog . . ."

Die anderen begriffen es wohl nicht, denn Maria verstummte, und bis auf den Großvater wendeten sie alle ihre Gesichter in die Ecke, aus der die Worte gekommen waren, aber Marthe begriff es, und sie trat rasch über die Schwelle.

„Die Mutter!" rief Christean, und alle Gesichter wandten sich ihr zu. Nur der Großvater behielt seine Augen auf Marias Lippen, als warte er darauf, daß sie fortfahre, von der Frau zu erzählen, die ein König werden wollte.

„Nimm die Hechte aus, Gotthold", sagte Marthe zu der dunklen Ecke hin. „Auch Königskinder müssen arbeiten."

Sie sah ihm zu, wie er mit seinem bösen Lächeln aus der Ecke herauskam, ein schönes Kind mit dunklen Augen, die ohne Ausdruck über ihre nackten Füße glitten. Wie ein Schatten verschwand er aus der Tür, das Netz mit den Hechten in der Hand.

„Absalom, Absalom", sagte der Großvater, ohne seine Augen von Marias Gesicht zu wenden.

Sie schwiegen alle bedrückt, während Marthe den Korb auspackte. Für alle hatte sie etwas mitgebracht, und alle bedankten sich, aber es schien, als sei der Raum nun verlassen, ohne Feuer und Märchen. Nur Christean fragte, ob sie bei Jons und dem Vater gewesen sei und ob der Meiler noch immer so gut rieche wie früher.

Dann saßen sie alle um den großen Tisch und aßen.

Ob Michael nicht dagewesen sei, fragte Marthe. Ja, um die Abendzeit, aber er habe nur Feuer für seine Pfeife geholt und dann still auf der Hausbank gesessen. Sie sagten im Dorf, daß Grünheids Stier wild geworden sei und den Bauern unter sich gehabt habe, aber daß Michael mit einem Forkenstiel das Tier so über die Nase geschlagen habe, daß sie es ruhig in den Stall hätten führen können.

„Ist . . . etwas geschehen?" fragte Marthe.

Nein, die Kalmusfrau habe ihm einen Trank gegeben, und abends sei er schon wieder in den Wald.

„Nein, Michael meine ich", sagte Marthe.

O nein, Michael sei nichts geschehen. Michael könne überhaupt nichts geschehen. Aber im Dorfe sagten sie, daß es schade sei, daß der Schulze so davongekommen sei. Gotthold habe es gehört.

Ja, Gotthold hörte immer solche Dinge. Das wußte sie. Aber

ihre Hände zitterten, und sie legte sie in den Schoß, damit niemand es sehe.

„Aber der Großvater ... Großvater hat einen Hecht gefangen“, sagte Christean, „der ist so groß wie ein ... wie ein Haifisch.“

Er stieß beim Sprechen an und wiederholte hin und wieder die Worte, wobei er seine kleinen Krücken auf die Erde stieß, aber seine hellen Augen, traurig wie Vogelaugen, hingen voller Anbetung am Großvater.

Doch hörte Michael ihn nicht. Er hörte selten, was die Menschen sprachen. Er hörte, was die Vögel sprachen und das Schilf, und manche sagten, er höre, was die Fische sprächen. Sein Gesicht war so braun wie die Rinde des Ahorns über dem Giebel und ebenso voller Falten und Risse, aber sein weißes Haar hing voll und schlicht bis auf den Rockkragen herunter, und aus seinen Augen war kein Alter abzulesen. Nur waren sie weit von den Menschen fort, so weit wie der Anfang seines Lebens von der Gegenwart, und wer ihren Blick empfing, meinte in ein leeres Haus zu sehen, in dem vieles geschehen war, woran nur die Alten sich dunkel erinnern konnten. Christean, der vieles sagte, was die anderen nicht so sagen oder nur denken konnten, hatte einmal gemeint, daß Moses auf dem Berge Nebo so gestanden habe wie der Großvater auf dem Hügel über dem See.

„Waren sie fröhlich am Meiler, Tochter?“ fragte er nun und sah sie an.

Immer noch verwirrten seine Augen sie, die einzigen Augen im Dorf, vor denen es keine Wände gab. Aber dann erwiderte sie ruhig, daß sie still gewesen seien wie immer und daß sie wohl immer fröhlich seien, wenn sie allein zusammen sein könnten.

Er nickte und schob seinen Teller zurück. „Eine Frau am Abend“, sagte er, „soll sein wie das Abendrot über dem Walde. Eine Verheißung für Mensch und Tier.“

Sie hob unmerklich die Schultern und stand auf. ‚Von ihm kommt es‘, dachte sie in plötzlicher Erbitterung. ‚All dies Fromme und Gerechte, das Schweigen und das Urteil. Von ihm allein, und unser Leben lang ist er der Herr gewesen. Er steht da, als sei er tausend Meilen und hundert Jahre fort, aber er setzt den Fuß auf jeden Zorn. Er ist wie sein Gott Jehova, der alles sieht, aber ihn sieht keiner, er ist nur da.‘

Nach dem Abwaschen ließ sie sich noch die Aufgaben zeigen und die Lieder und Sprüche aufsagen. Bei Gina mußte sie einhelfen, aber die Worte wurden ihr bitter im Munde, als sie das stille, zugeschlossene Gesicht sah, mit der Falte über der Nasenwurzel. Die Arme waren ihr müde, und die Buchstaben verschwammen vor ihren Augen.

Sie ging noch einmal hinaus, um nach der Kuh zu sehen. Ruhig leuchteten die Sterne, und unter dem Mond riefen die ziehenden Vögel. Ein Hund bellte am Moor, dort wo der Pflug nun still in Kiewitts Ödland lag. Die Rauchsäule des Meilers war nicht zu sehen, und verlassen sahen Wald und Erde aus. Sie lehnte den Kopf an die Stallwand, hinter der die Kette der Kuh leise klirrte, und sah zum Monde auf. War dies nun das Leben? Für alle Frauen, die einmal geliebt hatten? Kam niemals mehr etwas zu ihnen, das sie das andere vergessen ließ, dies Tagwerk voller Last und Bitterkeit? Dieses Fremdsein unter Mann und Kindern? Diese schreckliche Verlorenheit unter dem kalten Mond?

Sie wußte, daß es nicht antworten würde, daß es nur in Märchen antwortete, aber sie blieb doch noch stehen, weil der Kopf so still an der Stallwand lag und das Mondlicht so tief in ihre Augen fiel. ‚Mine Fru, de Ilsebill . . .‘ dachte sie. Aber das war es doch nicht. Sie konnte nicht im Keller leben wie die anderen, das würde es vielleicht sein. Aber wußte sie denn, ob Jakob im Keller lebte? Er und die anderen?

Sie blieb stehen, bis sie fröstelte und die Eulen aus dem Walde riefen. Dann erst ging sie hinein.

Der Großvater saß noch am Fenster, aufrecht und gerade, die Hände mit den blauen Adern im Schoß gefaltet. Er sah nicht auf. Er blickte weiter ins Feuer mit seinen blassen Augen, die so viel gesehen hatten, und als er sprach, wußte sie nicht, ob die Stimme aus seinem Körper kam oder von weit her.

„Der Mond macht die Herzen krank, Tochter“, sagte er. „In der Bibel steht nirgends geschrieben, daß der Mond auf den Heiland geschienen hätte.“

„Ach, Herr Vater“, erwiderte sie mit der alten, feierlichen Anrede des Landes, „ich wünschte, er schiene in meine toten Augen...“

Auch jetzt sah er nicht auf. „Es wird die Zeit kommen“, sagte er, „wo du in viele tote Augen sehen wirst. Warte so lange mit deinem Wunsch, Tochter.“

Sie nickte wie gehorsam und sah noch einmal in die Kammer der Kinder. Der Mond legte ein schmales silbernes Tuch auf die Dielenbretter, und aus dem Dunklen hörte sie den ruhigen Atem der Schlafenden. Es war wie in einer Kirche, wo im Schatten die Särge standen, und es graute ihr vor der Stille. Sie konnte keines der Gesichter erkennen, und sie lauschte nur, ob sie den Atem jedes einzelnen vernehme.

In ihrer Kammer saß sie noch auf dem Bettrand, nachdem sie ihre Füße gewaschen hatte, und flocht ihr Haar. Morgen würde sein, was alle Tage und Jahre gewesen war, und niemals würde etwas anderes sein. Noch ein paar Jahre, dann waren die Kinder fort, und einmal würde Michael sie auf das Altenteil schicken. Dort konnte sie dann spinnen und weben, das Totenhemd und vielleicht etwas für die Enkel. Und zusehen, wie Sommer und Winter kam und wieder von dannen ging. Wildgänse und Kraniche, und ab und zu eine Hochzeit oder ein Begräbnis. Und dann würde sie sich ausstrecken und schlafen können, ohne daß die Sonne auf ihren Augenlidern sie weckte.

Der Mond schien auf ihr Gesicht, als sie sich endlich niederlegte. Es war wie versteint von Gram. Ihre Gedanken gingen noch einmal in ihr Elternhaus, und sie versuchte, schon in der Mühe beginnenden Traumes, sich zu erinnern, mit welchen Puppen sie damals gespielt hatte. Aber sie hatte niemals mit Puppen gespielt.

Um die Mitternacht, als die Eulen in das Dorf kamen, hörte sie im halben Schlaf einen Wagen die Dorfstraße entlangfahren und eine heisere, traurige Stimme, die ganz allein in der weiten Nacht vor sich hinsang: „Ziganuschka, Ziganuschka, Ziganuschka moija...“

Aber sie wußte nicht mehr, ob es Wirklichkeit war oder Traum.

II

Von dem Dorfe Sowirog hat noch keine Chronik erzählt. Die Chronik erzählt nicht von verlorenen Dörfern. Sie liegen an den Seen und Mooren jenes östlichen Landes, mit grauen Dächern und blinden Fenstern, mit alten Ziehbrunnen und ein paar wilden Birnbäumen auf den steinigen Ackerrainen. Der große Wald umschließt sie, und ein hoher Himmel mit schweren Wolken wölbt sich über ihnen. Eine sandige Straße zieht zwischen ihren verlassenen Gartenzäunen entlang. Sie kommt aus den weiten Wäldern und verschwindet wieder zwischen ihnen. Der Postbote geht auf ihr entlang und häufiger noch der Gendarm, und manchmal zieht ein Hochzeitszug bunt und lärmend durch ihre tiefen Geleise.

Aber meistens liegt sie schweigend da, und die jungen Birken werfen ihre dünnen Schatten auf die verschilften Gräben. Sie bewahrt nichts von dem, was einmal auf ihr zum Leben oder zum Tode gezogen ist. Sie hat keine Kreuze und keine Gedenksteine. Sie ist eine namenlose Straße.

Und so sind auch die Dörfer. Sie sind so klein, daß ihre Namen nur auf den Karten verzeichnet sind, die der Soldat im Manöver braucht, und auch dort nicht einmal mit Sicherheit. Sie tragen Namen von einem fremden, traurigen Klang, alte Namen sogar, aber schon hinter der Kreisgrenze kennt sie niemand. Sie sind wie Gräber aus den Zeiten lang vergessener Kriege, eingesunken, mit verwischter Schrift. Im Frühling, wenn die Kirschen- und Birnbäume blühen und der Flieder auf dem kleinen Kirchhof, können sie lieblich aussehen von ferne, vom andern Ufer des Sees etwa, aber der Frühling ist rasch und wild in dieser Landschaft. Er nimmt die Farbe, so rasch er sie gegeben hat, und dann sinkt wieder alles ins Graue zurück, unter einem riesigen Himmel, der mit gewaltigen Wolken über das Wesenlose sich spannt. Und wenn die Schneestürme von Osten über die Wälder kommen, decken sie alles zu, Straße und Graben, Giebel und Zaun. Wie gestorben sind dann die Dörfer unter einem ungeheuren Abendrot, und nur der schmale Pfad, der zu den Holzschlägen in die Wälder führt, zeigt an, daß Menschenfüße dort gegangen sind.

Von Sowirog stand in einer alten Urkunde zu lesen, daß es ein Beutnerdorf gewesen war, das heißt eine Gründung des Ritterordens zum Ernten wilden Honigs und wohl noch zur Wahrnehmung anderer Pflichten, von denen nichts geschrieben stand. Auch war der Name Jeromin schon in jenen dunklen Jahrhunderten aufgezeichnet. Doch war das alles, und niemand wußte, was seit jener Zeit an Krieg und Pest, an Unheil und Grauen über das Dorf gekommen war. Polen, Litauer oder Tatern, und wahrscheinlich alle nacheinander. Nur von Hungersnot war noch ein dunkles Gerede im Gange, als man aus Baumrinde Brot backte, und von der Pest, die niemanden verschont hatte als einen Hirten namens Michael. Der mit dem Rest der Herde auf die Waldhügel geflohen war und dann ein neues Geschlecht begründet hatte, reinen oder unreinen Blutes.

Auch lebten die Bewohner von Sowirog nicht in der Vergangenheit. Der Tag begann ihnen, sobald die Sterne verblaßten, und endete, wenn sie wieder über den Wäldern aufstiegen. Und er gab ihnen, mit Schweiß und Mühe, nicht mehr als das nackte Leben. Der steinige Acker trug ihre Kartoffeln und ihren Roggen, das Moor ihren Torf, der Seerand ihr Heu. Der Herr von Balk gab ihnen die Waldweide für die magere Kuh, der Forstfiskus Arbeit und ein wenig Holz, und was ihnen nicht gegeben wurde, nahmen sie sich, in dunklen Nächten, denn kein Pfarrer konnte ihnen glaubhaft machen, daß den Armen nur das Himmelreich gehöre.

Sie waren demütig und gebeugt, und in ihren Augen war noch abzulesen, wie die Jahrhunderte über sie hinweggegangen waren. Aber mitunter brach es doch aus den Fugen ihres Lebens heraus, ein dumpfer Zorn und ein wilder Haß gegen Welt und Gott, die ihr Spiel mit ihnen getrieben hatten, die sie enterbt und entäußert hatten, geschlagen und verflucht, und die doch ihren Zins einforderten. Geld und Söhne, Gebet und Hymne, Laster und Fron. Zuerst fluchten sie, und dann weinten sie, und am nächsten Morgen, beim Sternenlicht, nahmen sie wieder die Axt auf die Schulter und gingen in die Holzschläge, einer hinter dem andern, mit Lappen um die Füße, während der Frost die Bäume spaltete und das Eis auf den Seen schrie.

Manchen erschlug ein fallender Baum, und mancher erstarrte am Wegrand, wenn er betrunken von der Lohnzahlung heimkam. Mancher schlich nachts in die Wälder und kam spät zurück, einen Sack auf der Schulter und erbebend vor jedem Eulenschrei. Und alle sprachen von Wald und See als von „ihrem" Wald und „ihrem" See. Förster und Fischereiaufseher waren nicht ihre Freunde, und den Helm des Gendarmen erkannten sie schon am Horizont.

Niemals war jemand aus ihrer Mitte aufgestiegen und hatte Landschaft oder Provinz mit seinem Namen erfüllt. Das Los war ihnen dunkel gefallen, von Kindheit an, und im Dunklen schritten sie ihren Weg aus. Manchmal gewann einer einen weittönenden Namen als ein gefährlicher Wilddieb, als ein Fischräuber oder Holzstehler. Aber der Name verklang hinter vergitterten Fenstern, und sein Ruhm war mit seinem Tode dahin. Keiner von ihnen, außer dem Großvater Michael, hatte die „Welt bewegt", wie Jakob sagte. Kein Landrat, kein Pfarrer, kein Lehrer war aus ihrer Mitte aufgestiegen, kein Denker neuer Dinge, kein Prophet einer neuen Liebe. Und aller Überfluß an jungen Söhnen, die kein Erbe zu empfangen hatten, verschwand in den westlichen Städten des Reiches, versank in den Bergwerken unter der Erde, vergaß die Wälder und Moore und bezahlte Lohn und Gewinn mit der Friedlosigkeit der im Dunklen Lebenden, mit der Zugehörigkeit zur Masse der Hadernden, die ihnen doch fremd blieb bis zur Todesstunde.

Kamen sie nach vielen Jahren einmal in die Heimat zurück, als ein kurzer Besuch für das staunende Dorf, in städtische Kleider gepreßt, mit Frauen, die dumm und hochmütig auf die Armut blickten, so standen sie heimatlos am Ufer des Sees, wie lebenslang Eingekerkerte, die das Licht vergessen hatten. Sie rühmten ihren Verdienst und ihr Leben, sie prahlten von dem, was sie dort vorstellten, aber ihre Worte klangen hohl und falsch, und mancher schlich sich in der Dämmerung zu dem wilden Birnbaum am Ackerrain, wo seine Kindheit begraben lag, und blickte in Schwermut und dumpfer Trauer auf das karge Land, das auch ihm verheißen worden war und das er hingegeben hatte um ein Linsengericht.

Sie lasen keine Zeitung, und was im Kreise und in der Welt geschah, kam zu ihnen nur durch den Mund des Lehrers, der für sie der Moses in der Wüste war. Zwar hatten sie auch solche gesehen, die an der Öde ihrer Welt verzweifelt waren und als stille und wilde Trinker ihr Leben dahinbrachten. Oder solche, die in Haß und Verbitterung ihre Herzen zuschlossen, Menschenfeinde, die hart und kalt wie erbarmungslose Richter vor den verstörten Kindern standen und die man nicht mehr sah, wenn die Schulglocke um die Mittagszeit geläutet hatte. Aber die meisten unter ihnen waren doch von der Weisheit der Armut und der Einsamkeit erfüllt, freundlich eingeschlossen in ihre Welt, und das stille Licht, das sie durch ihre verlassenen Jahre trugen, leuchtete den Großen wie den Kleinen, ein zitterndes, kärgliches Licht, aber es fiel doch in manche trübe Stunde als ein tröstender Schein und gab Herz und Hand an ihre Not, während der Pfarrer aus dem fernen Kirchdorf schon aus einer düsteren, feindlichen Fremde kam, seine Worte über sie hinstreute und wieder verschwand.

Es gab solche unter ihnen, die ihre Bienen pflegten, und solche, die am Abend bei offenen Fenstern auf ihrer Geige spielten. Solche, die in den Hügeln nach alten Waffen gruben, und solche, die mit einer grünen Trommel über der Schulter in den Wäldern verschwanden, um nach Pflanzen zu suchen. Aber alle hatten sich in dem Gleichmaß der Tage einen kleinen Altar errichtet, vor dem sie beteten, einen Nachglanz jugendlicher Tage, in denen sie davon geträumt hatten, Führer und Propheten ihrer Dörfer zu werden, ein Brunnen der Liebe oder eine Fackel der Tat, und alle Armen und Gebeugten aus der Not ihres Lebens hinaufzuführen auf die reinen Höhen des Wissens, der Liebe, der Fröhlichkeit.

Sie hatten alle verzichtet. Ihre Träume waren verwelkt, ihre Kränze hingen immer noch unter den Sternen. Ihre großen Worte waren kleiner geworden, weil nur die kleinen Worte über die Schwelle fanden. Aber eines war ihnen langsam aufgegangen, wovon man ihnen auf dem Seminar nie etwas gesagt hatte: das Leben. Die Armut und die Bürde, die

Größe und Heiligkeit des Lebens. Auch des kleinsten und niedrigsten, des verlassensten und verachtetsten. Und wenn sie den Sinn ihres eigenen Lebens bedachten, am Ende ihres Dienstes oder Daseins, so wollte es ihnen manchmal scheinen, als sei er unter allen Zweifeln und Rätseln doch zu finden, ein schlichter und bescheidener Sinn, aber doch kein Umsonst, kein Irrtum, keine Sinnlosigkeit.

Herr Stilling hatte es früher erkannt als viele seiner Vorgänger. Auch er hatte seine Träume und Kränze gehabt, aber das trockene Brot, bei dem er aufgewachsen war, armer Waldarbeiter Kind, hatte ihm dazu geholfen, daß sie nicht in einem fernen Nebel glänzten. Auch ihm war die Forderung tief ins Herz gefallen, als er sie zum erstenmal vornommen hatte, daß der Mensch edel, hilfreich und gut zu sein habe, aber ungleich vielen anderen machte er nicht den Text einer Predigt daraus, sondern meinte, daß man das Wort des großen Dichters auch erfülle, wenn man beim Kalben einer Kuh helfe, bei Krankheit und Trübsal, bei Trunksucht und Unfrieden, und daß auch in den ärmsten Dörfern langsam verstanden werde, ob jemand nach der Schrift tue oder nur nach ihr rede.

So war er, lange bevor sein Haar sich weiß gefärbt hatte, einer der Ihrigen geworden. Vor dem nichts verborgen zu werden brauchte, weil er doch alles sah, auch das im Dunkeln Geschehende. Der ihre wenigen Briefe schrieb und die vielen Kinder begrub. Und der alles umsonst tat, das Gute wie das Mühevolle. Der einzige unter ihnen, der ganz reinen Herzens war und an dem sie ahnten, daß es noch eine bessere Welt geben müsse als die ihrige, wenn sie ihnen auch für immer verschlossen bleiben würde.

Er hatte seine Frau begraben, und sein Sohn war übers Meer gegangen, fort von dem stillen Leben, das er für ihn bereitet hatte, verschollen an einer unbekannten, glühenden Küste, eine Mahnung für ihn, daß das Böse sich leichter vererbe als das Gute und daß auch im reinen Herzen die dunklen Kräfte lebendig seien, die Gott von Kains Geburt an ausgestreut hatte unter die Menschen. Eine Schwester führte ihm das Haus, die so fromm war, daß es schmerzte, die von dem Dorfe nur als von Sodom sprach und mitunter wie ein Racheengel von Haus zu Haus ging, wenn es einen verbotenen Fischzug gegeben hatte, ein Trinkgelage oder eine Prügelei. Sie war verwachsen, mit großen sanften Augen und hieß Elise, aber Gogun nannte sie „Frau Elias", weil der Geist über sie kommen könne und sie dann umgehe, um die Baalspriester zu schlachten.

Während solcher Kreuzzüge ging Herr Stilling in die Wälder und Moore, einen kleinen Spaten in der Hand und die grüne Trommel auf dem Rücken, und schon hinter dem zweiten Hause begann er die Leute von Sowirog fröhlich und verstohlen zu warnen, daß die Heidenbekehrerin unterwegs sei, damit sie hinter den Gartenzäunen auf die Felder entfliehen könnten. In der Hauptstadt der Provinz lebte ein Professor mit einem berühmten Namen, zu dessen Füßen viele Studenten saßen, und für ihn grub und sammelte und erforschte er alles, was unter den hohen Fichten oder zwischen den Moorgräben wuchs, aus lange vergangenen Zeiten, als noch das Eis über dem Lande gelegen hatte oder der Steppenwind über die Öde gestrichen war.

Empfing er Brief und Dank von dort, so schien ihm sein bescheidenes Leben angeknüpft an das große Gewebe der Welt, ja es war ihm, als sei er ein Schüler jener Großen der Forschung und als trage auch er seinen demütigen Teil dazu bei, daß die Flamme der Wissenschaft nicht erlösche, sondern von Hand zu Hand gereicht werde, bis zu den fernen Grenzen hin, die Gottes Weisheit dem Menschensinn gesteckt habe.

Oft hatte er bei diesen Wanderungen einen seiner Schüler bei sich, von dem er glaubte, daß sein Geist sich erwecken und in Zukunft für ein Leben entzünden lassen werde, das aus dem Dunkel des Dorfes aufsteigen werde wie ein Stern. Was er von seinem kümmerlichen Gehalt ersparte, legte er auf einer Kasse der Kreisstadt an, Zins und Zinseszins, so heimlich, daß selbst Elise nichts davon wußte, und das Ganze nannte er die „Nobel-Stiftung", dazu bestimmt und ausersehen, dem ersten der Dorfkinder den Weg in die Welt des Geistes zu öffnen, das nach dem Willen des Schicksals mit dem begabt worden war, das er an Gaben des Verstandes und Herzens dafür als nötig erachtete.

Doch waren jahrzehntelang nur Stifter und Stiftung da, während das Dorf durchaus eines Jungen ermangelte, der geeignet gewesen wäre, ihre Segnungen zu empfangen. Und erst ein paar Jahre waren vergangen, seit Stilling nach langer Beobachtung und Prüfung, und auch dann nicht leichten Herzens, einen seiner Schüler gefragt hatte, ob er ihm erlauben würde, für ihn zu sorgen und ihn auf die hohe Schule zu schicken, von wo er dann den Weg zu einem hohen Amte wählen könne, dem eines Seelsorgers oder eines Menschenarztes, oder was ihm sonst erstrebenswert erscheinen werde.

Sie hatten am Rand des Moores gesessen, Orchideen und Sonnentau vor sich ausgebreitet, in einer warmen herbstlichen Sonne, die das Harz noch einmal von den Fichten herunterrinnen ließ. Der Altweibersommer war durch die blaue Luft gesegelt, und an allen niedrigen Birken des Moores waren seine Schleier aufgehängt gewesen. Fern hatte das Dorf gelegen, fern die ganze Welt, und in der stillen Stunde war es gewesen, als säßen sie verzaubert am Rande der Erde und trügen den Wunschring am Finger, der nun einem von ihnen ein unbekanntes Reich aufschließen sollte.

Aber der, für den er gedacht war, gab den Ring still zurück. Er wollte nicht. Er wollte Dorf und See und Wald nicht verlassen, nicht die Armut und die Fron, den Kienspan am Herde und den Schweiß auf dem Acker. Er wußte, daß das andere schön sein würde, ein Wunder wie aus einem Märchenbuch, ein Glanz auf dem Namen seines Geschlechtes, und er glaubte auch, daß er den Weg bezwingen würde, der dort auf ihn wartete.

Aber er wollte nicht. Er konnte es mit Worten nicht gut erklären, wie er seine ganze Jugend lang ein einsilbiges, ja düsteres Kind gewesen war. Er wußte nur, daß es nicht gut für ihn sein würde, nicht das Richtige. Daß dies alles hier ihn nicht losließe, obwohl er wenig Freude davon erwartete. Daß er dem Herrn Lehrer sehr dankbar sei, mehr als er sagen könne, aber daß er glaube, ihm sei ein schwerer und früher Tod bestimmt, und den wolle er lieber hier sterben als in einem fremden Land.

Es hatte merkwürdig geklungen aus einem so jungen Munde, und doch hatte der Lehrer geschwiegen, als er in das junge, zugeschlossene Gesicht gesehen hatte. „Es ist gut“, hatte er gesagt, „und wir wollen beide nicht darüber sprechen.“

Dieser Junge war Michael gewesen, und in der Nacht, als Stilling schlaflos gelegen und zugehört hatte, wie die Äpfel in seinem Garten auf das Gras fielen, war ihm gewesen, als sei dieses Haus der Jeromins vielleicht dazu bestimmt, den Namen des Dorfes noch einmal weit hinauszutragen in die Landschaft. Nur wußte er nicht, ob der Name leuchten oder brennen würde, und wenn er an die sieben Kinder dachte, die diesen Namen trugen, wußte er es noch weniger.

Doch hatte er von da an mit noch größerer Aufmerksamkeit in die Augen der Sieben geblickt, die er je nach ihren Taten oder Äußerungen die sieben Raben, die sieben Schwäne oder die sieben Geißlein zu nennen pflegte. Alle waren schöne Kinder, drei von einer dunklen und vier von einer hellen Schönheit, aber er wußte, daß Schönheit eine Gefahr war, ob sie nun über dunklem oder über hellem Scheitel lag. Es war deutlich zu sehen, daß in Michael, Gotthold und Gina das Blut der Mutter lebendig war, ein fremdes, trauriges Blut, das nach großen, wilden Dingen trachtete und mit dem Leben in Hader lag. So wie in den vier anderen das Blut der Jeromins lebte, ein stilles, träumerisches Blut, das in den Weg der Weisheit und Entsagung münden konnte, aber auch in den des zärtlichen Spiels, einer geheimnisvollen Frömmigkeit oder eines bloßen Dahintreibens und einer blinden Hörigkeit.

Oft stand er am Morgen unter der großen Linde des Schulhofes und sah den Kindern entgegen, die aus dem Dorf und den Abbauten langsam oder hastig dem Klang der kleinen Glocke zustrebten. Er kannte alle ihre Schicksale und die Schicksale ihrer Väter und Großväter, und es war ihm, als könne er mit einem leisen Griffel die Linien aller Geschlechter nachziehen, wie sie durch die Zeiten hin sich verschlangen und verwirrten, auflösten und auf den Weg mündeten, der ihnen vorgezeichnet war. Die Linien der Gonschors und Daidas, der Goguns und Glumsdas, der Grünheids und Pionteks. Wie gutes Blut sich mit schlechtem mischte, Wildes und Stumpfes, und wie einiges in seine Hand gegeben war, daß er bessere, kläre und leite,

Weniges nur und vielleicht nur für kurze Jahre, aber das Ganze doch nicht ohne Hoffnung und Sinn.

Auch die Jerominkinder sah er ankommen, Michael allein, Gotthold allein und Gina manchmal noch vor dem Tor zögern, umkehren und hinter den Gärten im Moor verschwinden.

Aber die anderen kamen zusammen, eine kleine Karawane mit dem alten Kinderwagen, den Maria schob und in dem Christean mit seinem alten Gesicht saß, die Krücken aufrecht zwischen den Händen, die ernsten Augen zu den Wolken aufgehoben, die groß und feierlich über die Dächer zogen. Vor ihnen her ging Friedrich, immer mit wirrem Haar und meistens eine Weidenflöte an den Lippen, auf der er Lieder blies, die niemand kannte, ein Rattenfänger aus der Sage, dem die Mädchen nachsahen, ganz unbewußt seines Wesens, aber manchmal, inmitten seines Liedes, abwesend und in eine stille Traurigkeit versinkend, aus der er mit ernstem Gesicht erwachte, ein Träumender, der sich fast ängstlich nach den andern und dem Wagen umsah.

Aber nun, seit dem letzten Frühjahr, am Ende des Zuges Jons Ehrenreich, ernst und fast feierlich, ein kleiner Meßknabe, der zu dem Priester und dem Sakrament schritt. Auf ihm blieben des Lehrers Augen am längsten haften, noch während Friedrich behutsam und unter Scherzen den kleinen Krüppel aus dem Wagen hob und ihn in die Klasse trug. Er wollte nicht mehr hoffen, seit seine einzige Hoffnung zerstört worden war, aber manchmal, bei der Ankunft auf dem Hofe und während des Unterrichtes, wollte ihm bei aller Ängstlichkeit des Urteils doch scheinen, als sei diese breite, klare Kinderstirn über den tiefliegenden hellen Augen anders geformt als die andern Stirnen, ein schönes Gehäuse über einem reinen Kern, und seine Fragen, die er an Jons richtete, waren anders als die üblichen Fragen, manchmal voller Fallen und Listen, Fragen, bei denen er selbst den Atem anhielt und vor denen Jons doch immer bestand, zögernd meistens und nach langem Nachdenken, aber doch bestand, und nach denen er tief Atem holte, wenn die alte Hand sich auf sein Haar legte und die alte Stimme freundlich sagte: „Das war brav, Jons Ehrenreich, das war brav . . .“

Und es kam dazu, noch in diesem ersten Frühjahr, daß Jons auf eine andere Weise auffiel als durch die Gewecktheit seines Geistes. Es gab damals noch in allen Dörfern der Provinz die geistliche Schulaufsicht, als einen Überrest der Zeit, in der die Theologie als die Meisterin und Krone aller Wissenschaften gegolten hatte. Nun war der Pfarrer des Kirchdorfes, zu dem Sowirog gehörte, ein nicht ungütiger, aber langsam bitter gewordener Mensch, der es müde war, das Evangelium über einen dornigen Acker zu sprechen, auf dem er nichts wachsen sah als Diebstahl, Trunkenheit, Prozeßsucht und Heimtücke. Sein Leben schien ihm vertan, und da er sich nicht für einen unzureichenden Diener des Herrn halten wollte, so blieb ihm nur übrig, seine Gemeinde für sündige Böcke zu halten, für ein Teufelsgeschlecht, in Wäldern und Mooren gezeugt, aufsässig und widerspenstig, eine Rotte Korah, die nicht der Liebe, sondern der Zuchtrute bedürfe.

Und kam er in die kleinen Dorfschulen seines Bezirkes, so sahen seine Augen in allen den Kinderaugen, die zu ihm aufgeschlagen waren, nicht Scheu und Ehrfurcht oder auch nur ein dumpfes Verwundern, sondern er sah hinter ihnen die Augen ihrer Väter und Mütter, ihrer Vor- und Nachfahren, Augen, die sich ein Leben lang scheu und widerstrebend zur Seite gewendet hatten, wenn er an ihr Gewissen geklopft hatte, und sein Blick, ohne Liebe, erkältete alle Bereitwilligkeit zur Antwort und zur Freude, so daß es nicht lange dauerte, bis er den Lehrer mit düsterem Kopfnicken in die gleiche Reihe der Schuldigen zu stellen schien, als einen ungetreuen Arbeiter im Weinberg des Herrn, von dessen sauren Früchten sie sich nun alle miteinander seufzend überzeugen könnten.

Manche empörten sich, und manche taten, als merkten sie es nicht. Herr Stilling aber hatte in solchen Stunden ein paarmal eines der Gleichnisse aus dem Neuen Testament besprochen, in denen von der großen Liebe erzählt wurde, die der Herr von seinen Gläubigern verlangte, und wenn er dann mit seiner alten, schon etwas zitternden Hand über sein weißes Haar strich, den Pfarrer wie gedankenverloren lange ansah und sagte: „Ja, so sollten wir alle tun, und die Großen noch mehr als die Unmündigen", so pflegte der Pfarrer seine Prüfung bald zu beenden, in unbehaglichen Gedanken, ob diese Predigt etwa ihm gegolten habe, und in seinem Wagen mit dem mageren Trost sich helfend, daß dieser alte Mann ja nun bald sein Amt in jüngere und wohl ehrfurchtvollere Hände legen werde.

Diesmal aber hatte Stilling kein besonderes Gleichnis ausgesucht, sondern es war alles von selbst gekommen. Auf der Landstraße vor dem Dorf war der Pfarrer dem Gendarmen Korsanke begegnet, dessen Sohn er zu Ostern eingesegnet hatte. Korsanke war zu Pferde, den Helm auf dem runden Kopf, und sein gutmütiges Gesicht hatte dem Wagen unbehaglich entgegengesehen, denn er war nicht allein gewesen. An seinem linken Steigbügel, mit einem dünnen Lederriemen an das Eisen gebunden, war der Kätner und Waldarbeiter Daida geschritten, ein kleiner, gebeugter Mann, schon mit grauen Haaren, und hatte ohne Verlegenheit, ja mit einer fast spöttischen Neugierde dem Pfarrer entgegengeblickt.

Korsanke war niemals ein böser Mensch gewesen. Er wußte, wie das Leben in diesen Dörfern war, wußte, was Hungerzeiten und Hungerjahre waren und wie ein Klafter Holz oder ein Hase die dunklen Hütten für eine Weile hell und glücklich machen konnten. Aber er war ein alter Unteroffizier, der seinen Eid geschworen hatte, und ein Haftbefehl war ein Befehl, an dem nichts zu rütteln war. Und Hasen in der Schlinge zu fangen, dazu in der Schonzeit, war eben auch kein gutes Handwerk. Es gab ein paar Monate, und damit war es überstanden.

Aber es war nicht angenehm, daß er nun den Pfarrer traf. Es ging wohl auch etwas über seine Dienstbefugnisse hinaus, das mit der Lederleine am Steigbügel, doch waren die verschilften Gräben schmal, der Wald dahinter dicht und sumpfig, und wenn die Leute Dummheiten machten und verschwanden, gab es Scherereien und schließlich einen Rüffel. Aber es war nicht angenehm, und er hoffte nur, der Pfarrer würde sich an seinem militärischen Gruß genügen lassen und dann zur Seite sehen.

Aber der Pfarrer war weit davon entfernt, zur Seite zu sehen, und auch Daida hielt den Schritt an und sah lächelnd zum Wagen hinauf, als erwarte er sich einen schönen geistlichen Zuspruch auf seine unbequeme Reise.

So mußte Korsanke erklären, und der Pfarrer hielt eine Predigt aus dem Stegreif, die der Gendarm achtungsvoll mit anhörte, wobei der Zweifel ihn plagte, ob er nun dabei den Helm abnehmen müsse oder nicht. Daida aber blickte mit unschuldigen Augen zu dem Zürnenden empor und schloß dann die Szene mit der unerwarteten Bemerkung, daß er sich herzlich bedanke. So schön habe der Herr Pfarrer gesprochen, und es sei nur schade, daß der Herr Förster die Predigt nicht mit angehört habe. Sie würde ihm so gut getan haben, über alle Maßen gut.

Worauf Korsanke höflich die Achseln zuckte und mit seinem Gefangenen Abschied nahm.

In der Schule nun, ohne sich Böses zu denken, begann der Pfarrer mit einem Bericht über diese Begegnung und einer Erläuterung des siebenten Gebotes, wobei es ihm nur recht war, daß alle Augen sich verstohlen auf die fünf Daidakinder richteten, die unglücklich auf ihre Bänke niederblickten. Dann erst bat er den Lehrer, mit der Religionsstunde zu beginnen.

Herr Stilling war dem allem schweigend gefolgt, und niemand hätte von seinem stillen Gesicht Billigung oder Tadel ablesen können. Und auch als er nun Christean aufrief, das Gleichnis vom großen Schuldner zu erzählen, geschah es ohne eine andere Absicht, als dem Stundenplan des Tages zu folgen. Aber als Christean seine hellen Augen in dem alten Gesicht auf den Pfarrer richtete, wie er es der Ehrfurcht vor dessen Amt angemessen hielt, und mit seiner schönen Stimme zu sprechen begann: „Darum ist das Himmelreich gleich einem Könige, der mit seinen Knechten rechnen wollte", war es dem Pfarrer doch, als werde hier wieder etwas Besonderes für ihn ausgesucht, und er ließ seine Augen forschend zwischen den Sprechenden und dem Lehrer hin und her gehen.

Aber erst, als er nach den letzten Worten und einem kleinen Stillschweigen den Lehrer mit einer Handbewegung warten ließ und die Frage stellte, ob sie nun wüßten, was ein Schalksknecht sei und ob einer von ihnen einen solchen kenne, geschah das allen Unerwartete und ganz Unerhörte, daß allein unter allen der kleine Jons seine Hand hob und, vom Pfarrer aufgerufen, laut und ohne Zweifel sagte: „Der Kaiser!"

Selbst Stilling sah für eine Weile ratlos in das junge Gesicht, aber dann, bevor der Pfarrer die Hände noch beschwörend erhoben hatte, fragte er schon mit seiner ruhigen Stimme, weshalb er das meine.

Der Kaiser brauche nicht zu hungern, antwortete Jons mit Entschiedenheit. Er esse von goldenen Tellern, den ganzen Tag und was er gern möge. Und er wisse nicht, wie die Daidas hier hungern müßten, da ihre Kuh gefallen sei und das Winterkorn verbraucht. Und ein Hase mache den Kaiser nicht arm, er habe so viele Hasen wie Nadeln an den Kiefern. Der Kaiser sei sein Pate und habe ihm eine Tasse geschenkt, aber sein Vater habe gesagt, von einer leeren Tasse würden die Armen nicht satt. Und siebenzigmalsiebenmal habe Daida noch keine Hasen gefangen, und sovielmal müsse auch der Kaiser seinen Schuldigern vergeben.

Lange nicht hatte in der kleinen Klasse mit der schäbigen Wandtafel und der zerrissenen Landkarte ein so tödliches Schweigen geherrscht wie nach dieser Rede. Von draußen hörte man den Ziehbrunnen gehen und eine Kuh aus dem Moor brüllen, aber es war, als gehörten diese Töne einer anderen Welt an, die bisher in sich bestanden und geruht hatte und die nun aufhören würde, da zu sein.

Noch bevor der Lehrer etwas sagen konnte — und schon als er die Lippen öffnete, wußte er noch nicht, was er nun sagen sollte —, fragte der Pfarrer mit einer ganz veränderten Stimme: „Wie heißt dieses Kind?"

„Jons Ehrenreich Jeromin", antwortete der Lehrer.

„Aha!" sagte der Pfarrer, und vor seiner Erinnerung standen die Gesichter aller Jeromins auf, die in den langen Jahren seiner Amtszeit seinen Weg gekreuzt hatten. Der Großvater, der das Alte Testament auswendig zu wissen schien und dessen Augen ihn immer so ansahen, als sei der Pfarrer ein Stümper in Gottes Wort. Der Vater, der nicht in die Kirche kam und vielleicht einer der verruchten Sekten angehörte. Die Mutter, die wie eine Katholische aussah, und der Älteste, den er eingesegnet hatte, ein widerspenstiger, finsterer Bursche, der den Konfirmandenunterricht wie eine Gefängnisstrafe über sich hatte ergehen lassen. Gottesleugner und Majestätsbeleidiger, das wuchs wohl am gleichen Holz, und daß es kein grünes Holz war, schien ihm nun nicht mehr zweifelhaft.

„Ich überlasse Ihnen wohl das Weitere", sagte er zu Stilling, wandte sich und verließ die Klasse.

Das schien nun zwar Stilling eine bequeme Art, das Geschehene zu behandeln, aber er war es doch zufrieden, auch wenn er im Augenblick nicht zu sagen vermochte, wie Pestalozzi sich nun benommen haben würde. Und da er es nicht wußte, blieb er eine Weile am Fenster stehen, die Hände auf dem Rücken, und dachte nicht an die kindliche Majestätsbeleidigung, sondern daran, daß auch ein ganzes Leben mit der Bibel und mit Gottes Wort manchmal nicht ausreiche, um von Christi Atem einen Hauch zu verspüren, und daß dort wie auch bei seinem eigenen Stande wohl vieles im Argen liegen müsse, worunter die Kinder und das ganze Vaterland zu tragen und zu leiden hätten.

Niemand könne, sagte er schließlich, sich wieder zur Klasse wendend, von einem Kinde verlangen, daß es in so traurigen Geschehnissen die Wahrheit erkenne und die Notwendigkeit harter Gesetze. Aber bei einem Kinde sei es schon recht, daß es furchtlos sage, was ihm als die Wahrheit erscheine, und nicht an Menschenfurcht denke, und was an Irrtum in dieser Antwort gewesen sei, das wollten sie alle zu Hause für sich bedenken und am nächsten Tage hier zusammen besprechen.

Am Abend aber saß Stilling lange über seinem Haushaltsbuch, schrieb lange Zahlenreihen untereinander und kam zu dem Beschluß, daß es, wenn er sich noch dies und jenes versage, wohl angehen könne, noch einiges mehr im Laufe eines Jahres für seine Nobel-Stiftung zurückzulegen, und daß es vielleicht nicht ganz unrecht sei, nach diesem Tage eine begrabene Hoffnung wieder zum Leben zu erwecken.

Er saß noch eine Weile auf der Bank bei seinen Bienenstöcken und sah dem Rauch seiner langen Pfeife nach. Die Sterne schimmerten matt vom dunstigen Himmel herab, und die Luft roch nach Regen. Er war nun fast vierzig Jahre hier im Amt, nicht viel anders als ein Verbannter auf einer steinigen Insel, aber wer die Geduld und Demut besaß, den Stein zu Sand zu zerreiben, konnte doch nach Jahrzehnten es wachsen sehen, eine Flechte, ein Moos und vielleicht auch einmal eine Blüte. Es war doch nicht so, daß die Eiferer die Welt gewannen, nicht Schwester Elise und nicht der Pfarrer, sondern daß die Liebe sie gewann, wenn sie überhaupt zu gewinnen war. Die Liebe und die Geduld, und daß die Hand, die einen Durstigen tränkte, mehr war als das Wort, das in tausend Kirchen erscholl. Zu allen Zeiten war das Wort billig gewesen und manchmal mehr ein Fluch als ein Segen. Die Ärzte heilten nicht mit Worten, der Bauer pflügte schweigend, und stumm war Christus zum Kreuz gegangen. Und wenn er selbst sein Leben überdachte: zuviel hatte auch er gesprochen, aber seine Hand war stumm gewesen, und manchmal war ihr gelungen, was allen Großen des Kreises nicht gelungen war.

Ehrenreich Stilling ... vielleicht gewann er nach seinem Tode doch noch diesen Namen. Der Pfarrer würde ihn nicht so nennen, aber vielleicht würde hier und da, in einer der dunklen Winterstuben des Dorfes, sein Name zwar nicht so genannt, aber vielleicht so gedacht werden. Und wenn nicht sein Name, so doch einmal der dieses Kindes, das in so jungen Jahren die Schriftgelehrten aus dem Tempel trieb.

Zwei Wochen später erhielt der Lehrer ein Schreiben des Pfarrers, in dem er ersucht wurde, sich zu äußern, wie er den Vorfall mit dem Schüler namens Jeromin behandelt habe und welche Strafe er ausgesprochen habe.

Stilling berichtete, daß er versucht habe, den Kindern nicht nur das Ungehörige, sondern auch das Unrichtige jenes Vergleiches klarzumachen, wiewohl es nicht einfach sei, den Begriff des Gesetzes vor so jungen Seelen anschaulich zu machen. Ein Kind aber, das vom Bösen noch nichts wisse, für eine Äußerung seines kindlichen Glaubens zu strafen, sei nicht seines Amtes.

Darauf erfolgte lange nichts, und dann traf ein Schreiben seiner vorgesetzten Behörde ein. Man messe dieser Sache zwar kein besonderes Gewicht bei, hieß es darin, und man wolle ihm auch aus dem Vorfall keinen Vorwurf machen. Doch lasse sich nicht leugnen, daß das Ganze sehr unliebsames Aufsehen gemacht habe, zumal ihm bekannt sein werde, daß die unterirdische Wühlarbeit gegen Thron und Altar nun auch in die ländlichen Bezirke Eingang gefunden habe. Er möge es sich doch also sehr angelegen sein lassen, ein wachsames Auge auf seine Kinder und insbesondere auf diese Familie zu haben und der Verantwortung immer eingedenk zu bleiben, die er als ein Diener des Staates und der staatserhaltenden Kreise zu tragen habe. Womit man die Angelegenheit als erledigt betrachten wolle.

‚Sie haben ein gutes Gedächtnis', dachte der Lehrer, ‚aber bis er selbst ein Diener des Staates wird, werden zwanzig Jahre vergehen, und bis dahin werden sie wohl an andre Dinge zu denken haben als an den kleinen Schalksknecht.'

Frau Marthe, als sie von dem allem hörte, sah ihren Jüngsten nur spöttisch an und meinte, wer so früh am Meiler zu arbeiten beginne, brauche sich nicht zu wundern, wenn er sich auch früh die Finger verbrenne.

Nur der Vater sagte nichts, bis sie wieder am Meiler lagen. Dort ließ er sich am Abend noch einmal das Gleichnis vorlesen, rührte mit einem Span in der Asche des Herdes und sagte dann: „Wer die Hand hebt, wenn die Pfarrer rufen, ist ein Tor. Wer die Hand hebt, wenn sein Gewissen ruft, ist ein getreuer Knecht." Und er überließ es Jons, sich das Nötige dazu zu denken.

Jons aber entnahm aus allem nicht mehr, als daß er anscheinend den Kaiser beleidigt hatte. Und da er den ganzen Sommer eifrig damit beschäftigt war, Pfeilspitzen zu erfinden, mit denen man vom Boot aus die schweren Schleie schießen könnte, die an schwülen Nachmittagen regungslos über dem Kraut des Grundes standen, vergaß er das Ganze, und nur wenn sein Blick auf die gemalte Tasse unter dem Spiegel fiel, zog er die Augenbrauen zusammen und steckte die rechte Hand schnell in die Tasche.

III

Die Leute um den See herum nannten den Herrn von Balk den Habicht. Nicht nur wegen seines glatten graubraunen Haares, das sich dicht an den schmalen Kopf legte, seiner scharfen, etwas schiefen Nase und seiner hellgrauen Augen, sondern weil auch in seinen Worten und Bewegungen das jäh Zustoßende war, das sie an dem Raubvogel kannten. Und vielleicht auch, weil sie im allgemeinen gut daran taten, ihre weiblichen Küchlein vor ihm zu verbergen.

Sein Vater hatte noch gelebt, als sei das Mittelalter eben angebrochen, immer zu Pferde, immer mit der Reitpeitsche, ein harter Herr, der für Peter den Großen schwärmte und der in seinem Alter wunderlich geworden war, von zwei entlaufenen Mönchen umgeben, die seinen Weinkeller austranken, für ihn beteten und von ihm geprügelt wurden, wenn der alte Geist über ihn kam.

Sein Sohn war Offizier geworden und ein großer Reiter, bis er seinen Beruf aufgegeben hatte und ein paar Jahre lang durch die Welt gezogen war. Man erzählte von ihm, daß er Mohammedaner geworden sei, daß er eine Sammlung von Skalpen besitze und in China eine Opiumhöhle geleitet habe. Doch hatte niemand seinen Harem noch seine Skalpe, noch seine Opiumpfeife gesehen.

Einen Monat nach dem Tode seines Vaters, der in einem Sarg gestorben war, zu dessen Füßen die beiden Mönche zwischen zerbrochenen Weinflaschen eingeschlafen waren, kehrte er zurück, jagte die jammernden Vaganten vom Hof, hielt Gericht über getreue und ungetreue Knechte und begann, den riesigen, verwahrlosten Besitz in eine Musterwirtschaft umzuwandeln, in der es immer noch an Wunderlichkeiten nicht mangelte, aber von der man ebenso Märchenhaftes erzählte wie von seinem Harem und seiner Opiumhöhle. Er hatte eine eigene Turbinenanlage und ein Orchideenhaus, eine Sonnenuhr und ein Bad aus karrarischem Marmor, einen Affen, der die Scharwerkerfrauen mit Pferdeäpfeln bewarf, und einen Papagei, der zu dem Landrat bei dessen erstem und letztem Besuch „Sie Idiot!" sagte.

Er heiratete eine Gräfin, die ihm keine Kinder gebar, die ihn bald für einen Wahnsinnigen hielt und die mit der teuer bezahlten Hilfe von dunklen Propheten und Teufelsbeschwörern alle Arten von Exorzismus an ihm vorzunehmen begann. Worauf er sie mit ihren Koffern auf einen Mistwagen setzte und zur nächsten Bahnstation fahren ließ.

Man sagte, daß er viele Kinder in den Dörfern der Umgegend habe, und manchmal sah man ihn auf einer Dorfstraße von seinem Sattel aus lange auf ein schmutziges und fast nacktes Kind niederblicken, mit ernstem, ja traurigem Gesicht, und dann still weiterreiten, ohne einen Gruß zu erwidern oder auch nur jemanden zu sehen, der in seinem Wege stand.

Die Kätner und Waldarbeiter, die seinen Vater wie den Teufel gefürchtet hatten, trugen zu ihm fast eine stille Liebe in ihren dumpfen Herzen. Auch er konnte zuschlagen, schnell und scharf wie der Habicht, aber er vergaß es ebenso schnell, und niemals geschah es aus Willkür oder Laune. Und es war kein Zweifel, daß er ein „Herr" war, der einzige im Kreise, der es nicht kraft des Gesetzes oder Amtes war, sondern aus sich heraus. Und er war kein geiziger Herr. Sie fischten auf seinem See und trieben ihre Kuh in seine Wälder. Sie deckten ihre Dächer mit seinem Rohr und brannten den Torf aus seinen Brüchen. Und fast ganz Sowirog baute seinen dünnen Roggen und seine Kartoffeln auf dem Lande, das er ihnen zur Pacht überließ.

Und sie fühlten alle, daß er ein armer Herr war. Das Lächeln war selten auf seinen hageren Gesicht, und seine Augen waren wie Brunnen, aus denen man alle Freude geschöpft hatte. Er trank viel, aber nur die Unglücklichen trinken. Er hatte keine Gäste, keine Frau und keine Kinder. Er hatte viele Bücher, einen Affen und einen Papagei, der „Sie Idiot!" sagte.

Manchmal kam er zum Großvater Jeromin, der in seinen Diensten stand, und fuhr mit ihm zum Fischfang und zur Entenjagd. Dann sahen sie vom Dorfe aus am Abend auf der

Insel vor Jeromins Rohrhütte ein Feuer brennen, und dann saßen sie dort bis zum Morgenlicht, den Rücken an die Hüttenwand gelehnt, und schwiegen oder sprachen.

„War es anders, Jeromin?“ konnte dann Herr von Balk fragen. „Damals, vor siebzig oder achtzig Jahren?“

Und Michael schüttelte den Kopf. „Auch als der Prophet auf der Insel saß, die sie Patmos heißen, war es nicht anders, Herr. Unruhe war und Begehren, und Bathseba wusch sich auf dem Dach ihres Hauses. Krieg war, und Gott segnete die Waffen, einmal die der Amalekiter und ein andermal die der Franzosen oder der Moskowiter. Und nachher tanzten sie vor der Bundeslade, Frost und Hitze, Samen und Ernte, Sommer und Winter, Tag und Nacht. Anderes war nie, und anderes wird niemals sein.“

Herr von Balk seufzte und legte die Füße näher ans Feuer. „In Hongkong kannte ich einen Chinesen“, sagte er, „einen Sohn des Himmels, einen reichen und mächtigen Mann. Er kam manchmal zu mir und wollte nichts als still dasitzen und zusehen, wie ich in meinen Büchern las. ‚Erfülle mein Leben!‘ sagte er einmal zu mir. ‚Vieles ist euch kund in den weißen Ländern. Erfülle mein Leben, wie man einen Pfeifenkopf mit Opium füllt.‘ Aber ich konnte es nicht, und er ging wieder fort. Später hat er sich die Kehle durchgeschnitten, um sein Leben zu erfüllen.“

„Nicht sein Leben war leer, sondern er“, sagte Michael. „Auch Saul stürzte sich in sein Schwert.“

„Ach, Jeromin, deine alten Juden waren Heiden und ihr Jehova ein Baal wie andere Baale.“

„Das weiß ich nicht Herr, und mein Lehrer hat nichts davon gesagt. Sie erzählen ja, daß Sie viele Bücher haben, Herr, aber sind viele darunter, die so mächtig sind wie das Testament?“

„Nein, nicht viele, Jeromin, aber Bücher sind Bücher. Feuer verbrennt sie, Feuer löscht sie aus.“

„Viele Feuer waren in der Welt, Herr. Keines hat dies Buch verbrannt, keine Sintflut hat es ausgelöscht. Ein alter Mann, dessen Ohren schwach werden, braucht ein Buch, in dem Gott wie ein Donner ist.“

„Und was ist mit den Menschen, Jeromin? Viel hast du gesehen in deinen neunzig oder hundert Jahren. Ist etwas dran an ihnen?"

„So fragt der Versucher, Herr. Was weiß ich von den Fischen, und wie sollte ich etwas von den Menschen wissen? Mein Sohn ist gut und trägt Leid, meine Tochter ist hart und trägt mehr Leid. Ich weiß nicht, ob man mehr von den Menschen sagen kann."

„Und deine Enkel, Jeromin?"

„Der Enkel trägt immer mehr als der Großvater, Herr, denn er hat noch Vater und Mutter zu tragen. Die Schuld wird nicht kleiner auf der Welt, Herr. Sie wird immer größer, und immer tragen die Kinder die Sünden der Väter. Und weißt du, Herr, wann der neue Christus kommen wird, der sie ihnen abnehmen wird?"

„Es wird keiner kommen, Jeromin."

„Johannes sagt es, und Kiewitt sagt es. Er hat sich noch einmal taufen lassen für ihn."

„Aber deine Enkel, Jeromin?"

„Was weiß ich von ihnen? Michael wird einen schweren Tod sterben und Friedrich einen leichten, und Gotthold wird sein wie Absalom. Jons wird größer werden als das Dorf, aber nur Christean wird in Frieden in die Grube fahren. Wen Gott liebhat, dem schneidet er die Sehnen durch."

Der Herr von Balk rückte noch näher ans Feuer, weil ihn fröstelte.

„Und die Mädchen, Jeromin?"

Aber Michael schwieg. Er hörte nicht mehr. Erst nach einer langen Weile sagte er: „Wer ein Mädchen zu seiner Lust braucht, Herr, und nur zu seiner Lust, ist ein großer Sünder."

„Was weißt du von der Lust?" erwiderte Balk finster. „Wer unterscheidet das Leid von der Lust?"

Dann sprachen sie nicht mehr. Herr von Balk wickelte sich in seinen Jagdmantel und schloß die Augen, aber Michael blieb sitzen, bis die Sterne verblaßten. Er brauchte keinen Schlaf mehr. Die Fische sprangen über dem stillen Wasser, und die Rohrdommel schrie wie ein Ertrinkender im Schilf. Er dachte nicht nach, nicht über seinen Herrn und nicht über

Saul oder Absalom. Er ließ nur die Bilder an seinen geöffneten Augen vorüberziehen, die ungerufen kamen und wieder gingen. Schatten zuerst, wie auferstandene Tote, und es mochten die Unglücklichen sein, die von der Beresina zurückschlichen, oder auch andere aus späteren Kriegen. So viel Krieg war in der Welt gewesen, seit Gott ihm seinen lebendigen Odem eingeblasen hatte. Und dann Bilder mit klaren Umrissen, aber die Ferne war verschwunden, ein grauer oder bunter Nebel, in dem es sich rührte wie am ersten Schöpfungsmorgen ... Das Haus am See und das erste Ruder in seiner Hand ... der Vater, der auf einem Heufuder stand, und ein Regenbogen hob seine farbige Brücke über einer dunklen Wetterwand ... die Mutter mit einem schwarzen Tuch über der Stirn und einem Holzlöffel in der Hand ... Ein Netz, das er aus dem Wasser zog, und das Morgenlicht glänzte auf den feuchten Leibern der Fische, grün und grau und silbern ... Eine Seite der Fibel mit einem großen „H" vor anderen Buchstaben und die schwarze Halsbinde des Lehrers unter einem Gesicht, das von Narben bedeckt war, und der Name Smolensk, wo der Lehrer im Feuer gewesen war, ein dunkler, tönender Name, mit Feuersbrünsten über seinen Buchstaben und dem Klang von Trommeln in einer blutigen Nacht ...

Und Gesichter auf Gesichter, im Nebel wie an einer Schnur vorübergleitend, geradeaus blickend in das Kommende, aber das Kommende war drohend und verhüllt. Frau und Söhne, geliebte Söhne, aber nur einer war geblieben. Die anderen zogen vorbei, Blumen an der Mütze und am Helm, und kamen nicht wieder, wie die Brüder nicht wiedergekommen waren. Der König hatte sie gerufen, der Tod hatte sie behalten.

Er selbst vor einer Barrikade mit wehenden Fahnen, den Ladestock in der zitternden Hand ... und vor den Düppeler Schanzen und noch irgendwo, an einem Strom, der die Elbe hieß ... und überall Blut und Feuer und eine verhüllte Sonne, die brandig im Nebel stand ...

Und Ertrunkene und Erschlagene, deren offene Augen das Jenseits sahen ... den Mann, der getötet hatte und bei dem er saß, am erloschenen Herd, von der Mitternacht bis an den Morgen ... der alte Herr von Balk und der junge und Kinder, viele Kinder ... im Boot und auf dem Stoppelfeld, in der Wiege und in den kleinen Särgen ...

Und alles still wie vor dem Morgenwind. Kein Wort, kein Seufzer, kein Lied. Nur Bilder und Gesichter, lautlos wie Wolken, die über den Horizont stiegen und wieder versanken ... So viele Jahre, siebzig oder achtzig oder hundert ... dieselbe Sonne, dieselben Sterne und der Geruch von Wasser, Fischen und verwestem Schilf ... und nichts wissen, gar nichts. Nur lauschen und warten und immer dasselbe sehen. Gebrechlich das Ganze wie Eiszapfen oder wie Glas. Pfarrerworte, die verheißen, und ein zürnender, donnernder Gott in dem großen Buch. Aber Krieg und Blut und Hunger und Not wie vor dem ersten Bunde und eine Stimme: „Ich will bei euch sein bis an der Welt Ende." Aber eine zweifelhafte Stimme, und wenn man aufstand, war sie nicht da. Nur das andre war da ... und alt wie Moses über dem gelobten Land ... alt und müde und allein ...

Das steigende Licht fiel in seine hellen Augen und in die Falten um seinen Mund, aber er blieb noch sitzen, wie ein Blinder, dem der Tag wie die Nacht ist. Nur daß die Bilder langsam versanken und die Nähe wieder da war, die schwache Glut unter weißer Asche, der schlafende Herr mit dem bitteren Mund, der Tau auf den Gräsern an seiner Stirn.

Die Enten zogen schon mit hellem Klingeln über das Wasser, ein Reiher schrie, und das Schilf rührte sich im ersten Wind. Da stand er auf, legte Kien auf die Glut und setzte den Wasserkessel auf. Das Feuer war rot und schön, und er streckte die kalten Hände aus, um sie zu erwärmen. Die blauen Adern lagen wie ein dünnes Geflecht auf der matten Haut. Er brach ein Stück des schwarzen Brotes ab und aß es langsam. Worte aus dem großen Buch kamen ihm in den Sinn, wie sie immer bei ihm waren, und er murmelte sie leise vor sich hin: „Die Sonne gehet auf und gehet unter und läuft an ihren Ort, daß sie wieder daselbst aufgehe. Der Wind gehet gen Mittag, und kommt herum zur Mitternacht, und wieder herum an den Ort, da er anfing ..."

Die Flamme wurde größer und blasser, und Funken stiegen über seine Hände. Er stand so still wie einer der Bäume hinter der Hütte und sah zu, wie das graue Wasser im Kessel leise sich zu bewegen begann, ein Strom, der aufstieg und niedersank, und das Licht der Frühe fiel rötlich hinein.

Als die ersten Blasen auf die Oberfläche stiegen, weckte er den Schlafenden.

Nachmittags fuhren sie im Dorf ihren Roggen ein, und Herr von Balk ging von Feld zu Feld und ließ die Ähren durch seine Hände gleiten. Es waren dünne Ähren, aber er hatte den Sand nicht geschaffen, auf dem sie wuchsen.

Sie fuhren mit ihren Kühen ein, auf kleinen Wagen, um die die Kinder lärmten. Sie wußten, daß es zur Saat wieder nicht reichen würde, aber sie waren fröhlich, und Gogun, die Forke mit den Garben über sich, sang schon leise das Lied von der Zigeunerin. Es gab keinen Streit, und die Frauen, die weißen Kopftücher über die Augen gezogen, standen lachend auf den beladenen Wagen, deren Umrisse in der glühenden Sonne zitterten. Der Himmel war fast weiß, und das Gefieder der Schwalben blitzte in der kochenden Luft. Auf dem Felde der Daidas ging der kleine Jons neben der Kuh her und führte sie von Hocke zu Hocke.

Balk saß auf einem Grenzhügel und sah zu. Es war nicht das, daß es sein Land war, auf dem sie nun ernteten. Aber es war ihm schöner als die großen Schläge bei ihm, auf denen die Maschinen gingen. Es war dem Anfang der Erde noch näher. Wie zu Kains und Abels Zeiten. Und er liebte diese verlorenen Dörfer und die Menschen. Das Dorf war ihm der Anfang aller Geschichte und auch der Staaten. Korn und Zins kamen aus den Dörfern und das Blut der Söhne, mit denen der Staat seine Furchen düngte. So wie dieses lagen Tausende im Reich und über die ganze Erde hin, nicht alle so arm und dumpf, aber alle gehorsam und zu ihrem Opfer bereit. Es waren wohl die Könige, die die Geschichte schrieben, aber hier war der Saft, in den sie ihre Federn tauchten. Und nicht immer hatten sie mit Dank gelohnt. Der kleine Mann trug keine Krone, aber es war schön, ihm zuzusehen, wie er die Garben nahm und auf den Wagen legte. Abends würde er sich betrinken und Händel anfangen, aber seine Händel waren besser als die der Großen. Er las keine Bücher und er hatte keine Papageien, aber er stand näher bei den Erzvätern als seine Herren. Er hatte noch keine Fenster zwischen sich und die Sonne gesetzt.

Kinder kamen zu ihm und brachten ihm Kornblumen, und er nickte ihnen zu, in Gedanken verloren, und blieb sitzen, bis die Felder leer waren. Der Herbst würde kommen, und er war ein alter Mann, der sein Blut verstreut hatte in alle Welt. ‚Lust', hatte Michael gesagt, aber er wußte nichts von dem bitteren Tropfen im Becher mit Wein. Nur wer viele Frauen erkannt hatte, wußte davon und daß die letzte so fern war wie die erste.

Er ging am Krug vorbei, bestellte das Erntebier vor Jeromins Haus und saß dann noch im Schulgarten bei den Bienen. Ob er meine, daß aus dem Schalksknecht etwas werden könne, fragte er. Vielleicht, erwiderte der Lehrer, aber sie rührten besser noch nicht daran. Ob er etwas dawider habe, daß er die Erziehung des Kindes übernehme, wenn es soweit sei? Ja, da hatte Stilling vieles dawider, alles sogar, und es würde wohl nicht recht sein von Herrn von Balk, wenn er ihm seine Lebensfrucht aus der Hand nähme.

Nein, das wollte er natürlich nicht, und er sah von der Seite in das alte Gesicht. So stände es also, und es verwundere ihn immer wieder, daß noch Gutes auf der Welt getan würde, allein um des Guten willen.

„Vielleicht ist es nicht deshalb, Herr von Balk", sagte der Lehrer. „Sondern es ist um des Lichtes willen, und vom Lichte weiß man nie, ob es zum Guten oder zum Bösen gereichen wird. Aber dieses Haus, sehen Sie: es ist mir immer, als hätten schon Geschlechter das Dach abheben wollen, damit einer von ihnen aufsteige in das blaue Licht. Der Großvater, und der Vater, und die Frau, und unter den Kindern auch nicht Jons allein. Soviel Mühe wie in einem schweren Traum, Jahrzehnt auf Jahrzehnt, und nun scheint einem die Kraft gegeben. Niemand weiß, ob es ihm zum Segen sein wird, aber das Licht fragt nicht nach Segen. Es will scheinen und nichts weiter.

Früher, als ich jung war, galt es fast als Frevel. Daß ein Armer die Hand ausstreckte, nach solchen Gütern. Ihr Vater noch würde ihn in Ketten gelegt haben, wenn es nach ihm gegangen wäre. Aber nun ist es anders, oder es scheint wenigstens so. Mein Vater war ein Waldarbeiter, und am Anfang gingen sie um mich herum, als ob ich Harz an den Kleidern hätte.“

„Harz ist besser als Schmutz“, sagte Balk.

„Nun ja, wir wollen sehen. Noch weiß ich nichts, wo es hinaus will mit ihm, aber ich möchte ihm die Türe öffnen. Einmal möchte ich das noch tun in meinem Leben.“

Sie hatten einen Holztisch vor dem Jerominschen Hause über dem See aufgestellt, und Balk war der Hausherr. Es gab Kaffee, Kuchen und einen süßen Schnaps und nachher Bier. Gogun spielte auf der Ziehharmonika, und sie sangen. Es war wie in jedem Jahr, nur daß es diesmal eine Unterbrechung gab. Der Krugwirt Czwallinna schlug den Zapfen in das erste Faß und setzte sich dann an den Tisch. Er hatte schiefe Augen in einem gelblichen Gesicht, und sein Schnurrbart hing ihm lang und traurig über die Mundwinkel herab. Er sah aus wie einer der Tatern, die vor Zeiten mit Mord und Brand über das Dorf gekommen waren. Er war ein harter Gläubiger, und sie waren bald dahintergekommen, daß er nicht nach Geld, sondern nach Land trachtete. Bei ihm war Gotthold Jeromin seit seiner Einsegnung in der Lehre, und es schien, als lerne er dort noch andere Dinge als Zucker abwiegen und Peitschenstiele verkaufen. Die beiden Söhne des Krugwirtes, mit denselben schiefen Augen, nahmen sich seiner bei Tage und bei Nacht an.

Die Unterbrechung bestand darin, daß Balk dem langen Tataren winkte, kaum daß er sich gesetzt und seine Zigarre angezündet hatte. Ob er sein Buch da habe mit den Schulden, die die Kätner bei ihm hätten. Gogun ließ die Harmonika sinken, und es war so still wie in der Kirche.

Er brauche kein Buch dazu, sagte Czwallinna langsam. Er habe von seinem Vater einen guten Kopf geerbt.

Gottes Segen über seinen Vater, meinte Balk spöttisch, und er wünsche nun, die Zahlen zu hören. Michael Gogun zum Beispiel. Er zog sein eigenes Notizbuch hervor und setzte den Bleistift an. Wenn sein Kopf doch nicht so gut sei, werde Gogun ihm helfen.

„Achtundsiebzig Mark und vierunddreißig Pfennige“, sagte Czwallinna böse.

Balk schrieb, er schrieb die Seite voll, rechnete die Summe zusammen und stellte die Quittung aus. Dann nahm er das Geld aus der Brusttasche. „Unterschreiben Sie!“ sagte er.

Der Krugwirt starrte unentschlossen auf die Geldscheine. Er brauche das wohl nicht, meinte er endlich.

Nein, das brauche er gewiß nicht, erwiderte Balk. Die Leute könnten sich auch in die Scheine teilen und ihm jeden Anteil selbst in die Hand zahlen. Es dauere nur länger, und ihm sei so, als hätten sie alle wenig Freude daran, sein Gesicht hier länger zu sehen, als es nötig sei.

„Wahrhaftigen Gott!“ riefen die Frauen.

Czwallinna unterschrieb und nahm das Geld. Er möchte nämlich lieber, sagte Balk höflich, daß diese Leute s e i n e Schuldner wären. Es bliebe in der Familie. Und nun nehme er an, daß Czwallinna nebst den Seinigen im Laden gebraucht werde.

„Steh' ich in finst'rer Mitternacht“, spielte Gogun langgezogen und teilnehmend auf seiner Harmonika.

„Nun, Jons Ehrenreich, du Majestätsbeleidiger“, sagte Balk, „war das ein richtiger Schalksknecht?“

„Ein Schalksknecht und ein Häscher“, erwiderte Jons ernst.

Dann eröffnete Balk mit Frau Marthe den Tanz. Er sah, daß ihre Augen nicht anders durch ihn hindurchsahen als sonst. Aber als sie dann neben Gogun und seiner Harmonika stehenblieben, sagte sie: „Vor wem tun Sie das? Vor sich, vor den Leuten oder vor mir?“

Eine Weile schwieg er, und seine Augenbrauen zogen sich zusammen. Aber dann antwortete er ruhig wie sonst: „Vor keinem von diesen, nicht einmal vor Ihnen. Sondern vor der Erde, die nicht tatarisch werden soll.“

„Aber von-Balksch soll sie werden.“

„Eine Närrin bist du“, sagte er böse und preßte die Hand um ihren Arm. „Weshalb ist er nicht mein Sohn, dein Ehrenreich?“

„Wenn er Ihr Sohn wäre“, erwiderte sie hart, „würde er nicht Ehrenreich heißen.“

Dann begann Balk zu trinken und mit den Mädchen zu tanzen. Der halbe Mond stand am Himmel, und es war dunkel genug für seine wilden Scherze. Erst als Jakob aus dem Wald kam, das Gesicht noch dunkel vom Rauch des Meilers, saß er still bei ihm und fragte ihn nach der Zukunft seines Jüngsten.

„Wer sieben Kinder hat, Herr“, sagte Jakob, „verlernt den Hochmut. Wenn eines hoch steigt, sinkt das andere tief. Aber man soll auch keinem Vogel die Flügel beschneiden außer den Hühnern.“

„Und den Habichten“, sagte Balk.

Er blieb noch sitzen, bis Goguns Frau den Stein in ihr Taschentuch band. Das Bier ging zur Neige, und sie lärmten schon. Im Schatten des Hauses sah er Michael stehen, den Erstgeborenen, und finster auf die Tanzenden blicken. „Was für Kinder du hast, Jakob . . .“, sagte er.

Er sattelte selbst sein Pferd, im Dunklen, auf Jeromins Hof, und ritt leise davon, am Ufer entlang. Der silberne Wagen stand schon im Zenit, und über dem Moor hingen die schweren Nebel. Am Ausgang des Dorfes, wo das Schilf mannshoch an die Straße stieß, stand eines der Mädchen und wartete, das Tuch über die Stirn gezogen. Er beugte sich hinunter und hob es vor sich auf den Sattel, aber sein Gesicht war traurig und grau wie auf dem Grunde eines tiefen Wassers.

Der Nebel reichte bis an die Ohren des Pferdes, und sie glitten, wie auf einem Boot über weißes Wasser. Torfhaufen standen wie riesige Meiler an der Straße und wurden klein und kümmerlich, sobald sie sie erreichten. Die Sterne flimmerten, und mitunter schoß einer von ihnen aus der funkelnden Höhe herab, ein silberner Streifen, der im Nebel zu verzischen schien wie heißes Eisen im Wasser. Dann zitterte das Mädchen auf dem Sattel, als habe die stürzende Glut es berührt, aber Balks Hand, die es hielt, bewegte sich nicht. Ihr Kopftuch war herabgeglitten, und aus ihrem Haar stieg die Wärme der Sonne und der Geruch des Tages zwischen den Garben auf.

Am weißen Osthimmel stand schon ein roter Schein, als Balk sein Pferd besorgt hatte und über den verlassenen Hof zur Schloßtreppe ging. Einer der weißen Pfauen schrie im Park, und der Tau tropfte von den alten Eichen. Die Ställe und Insthäuser lagen noch schweigend, und in wunderbarer Reinheit standen alle Umrisse gegen das wachsende Licht. Das gemähte Gras auf den Parkwiesen duftete, und man konnte glauben, daß es der erste Morgen sei, der über diesem Lande aufstieg.

Balk öffnete alle Fenster in der großen Bibliothek und blickte über seine Bücher hin, die schweigend auf ihren Brettern standen, vom Schatten noch halb verhüllt, mit den gedämpften goldenen und silbernen Lichtern ihrer Einbände. Er sah die Rahmen der Bilder und die blaß schimmernden Gesichter zwischen ihnen, die viele Morgen erlebt hatten gleich diesem, Würde und Last eines alten Geschlechtes, ewige Wiederkehr derselben Liebe, desselben Hasses, derselben Kühle und Einsamkeit des Alters. Er fühlte die Härte des Ringes, die ihn umschloß, das Unentrinnbare alles Lebens, das zurückreichte in das Dunkel der Jahrhunderte und schauernd gebunden war an unendliche Zukunft. Nur der Tod schrieb mit dunklem Griffel seine stillen Zeichen, Einschnitt auf Einschnitt, wenn die Zeit gekommen war, aber das Gewebe spann sich weiter, Faden an Faden, und wenn man lauschte, konnte man das leise Surren hören, mit dem die Spule hin und wider glitt.

Nur Kinder bewahrten das Blut. Kein Buch, kein Gedanke, keine Tat. Nur Kinder. Aber sie durften nicht wie Vögel oder Wölfe sein, die in den Wäldern wohnen, sie mußten dasein, am Morgen, am Abend, und besonders in der Nacht, wenn die große Kühle und das große Schweigen von den Sternen fielen auf das verlassene Herz. Es war wenig Trost, sie im Staub der Straße zu wissen oder im Torfrauch der Hütten. Es war verschenktes Leben, und der Schenkende blieb mit leeren Händen.

Doch war die Ehe nicht gut für einen, der die Frauen darben ließ und verdarb. Der über Gott und die Welt lächelte, weil er traurig war über sie. Der über die Brücken aus Worten spottete, die man über die Spalten des Lebens schlug, über seine Grausamkeit, seine Willkür, seine völlige Sinnlosigkeit. Der nicht zulassen wollte, daß man vor die dumpfe Urangst aller Kreatur die gefärbten Bilder einer Zauberlaterne schob, die magischen Tröstungen der Jahrtausende, deren letztes Ziel kein anderes war als ein seliges Jenseits, um so seliger, je verfluchter der Gang des Diesseits war. Eines Diesseits, das heute genau so blutig und verrucht war wie vor zehntausend Jahren und nach abermals zehntausend Jahren ebenso sein würde, nur daß man die Worte noch geschickter setzen würde, um es zu verhüllen und es als eine Prüfung des Menschengeschlechtes hinzustellen, die Gott verhängt hatte. Dieser Gott, der mit seinen Prüfungen so wenig fertig wurde wie ein ungeschickter Lehrer. Der Hekatomben opferte, nur um zu sagen: „Nein, noch zehntausend Jahre.“ Vor dem tausend Jahre wie ein Tag waren, aber der vergessen hatte, daß für seine Opfer ein Tag der Qual gleich tausend Jahren war.

Jeromin hatte sieben Kinder, helle und dunkle, und eines vielleicht würde doch seinem Alter zum Segen werden. Und alle sieben hatte diese Frau geboren, ohne Liebe wahrscheinlich. Aber sie glaubte nicht, daß sein Sohn Ehrenreich heißen könnte. Was wußte sie von der Ehre der Liebe?

Er wußte nicht, wie lange er so gestanden hatte, aber die Sonne mußte wohl aufgegangen sein, denn die obersten Reihen der Bücher begannen zu leuchten, und die Helme der alten Balks glühten rötlich auf. Er nahm ein kaltes Bad und machte sich selbst seinen Tee. „Otto . . . Otto“, sagte der Papagei, „sei doch nicht komisch!“

Eine gespenstische Stimme, wie aus dem leeren Raum, als rufe jemand nach einem Fremden oder Verstorbenen. Balk hieß nicht Otto. Aber er trat doch an den Käfig und legte seine Finger an das warme Gefieder. Der große Schnabel fuhr zärtlich über seine Hand. „Treudeutsch allewege!“ sagte die Stimme wie aus einem Grammophon, und nun mußte Balk doch lächeln. Die Stimme eines verschollenen Mannes aus einem verschollenen Bungalow, den er nie gesehen hatte, der wahrscheinlich einsamer gewesen war als er, ein Trinker wahrscheinlich und ein Sonderling, und hier war der einzige Nachhall seiner gewesenen Welt, ein blechernes Echo, das wie ein Geisterklang aus der Dschungel stieg.

Er reichte dem Vogel seinen Morgenzucker und trug ihn dann an der dünnen Kette auf die Terrasse. Die Sonne brannte schon in der Frühe, und in den Kübeln duftete die Datura betäubend. Aber es war überall das gleiche, dachte er, auf Sumatra oder hier. Überall das gleiche . . .

Er rief dem Gärtner zu, daß sie ihm das zweite Pferd satteln sollten, und stand noch eine Weile auf den Treppenstufen, groß, hager, in den Schultern leise gebeugt. Es sah aus, als friere er, obwohl die Sonne auf seinem Haar lag.

Dann ging er auf dem Sand des Weges um das Haus herum.

„Freut euch des Lebens!" sagte der Papagei schneidend, aber Balk winkte nur mit der Hand.

Zwischen den Walddörfern laufen die Gerüchte so schnell wie im Urwald von Trommel zu Trommel. So erfuhr Balk schon an der Fohlenkoppel, daß sein Geld, das er gestern Czwallinna gegeben habe, noch in der Nacht gestohlen worden sei, daß der Krugwirt es wenigstens behaupte. Daß Korsanke schon im Dorf sei und alle verhöre. Daß Czwallinna seinen Schnurrbart raufe und den Herrn Rittmeister verfluche.

„Soso . . .", sagte Balk und ritt in Gedanken weiter.

Als er um die Mittagszeit ins Dorf kam, schloß Korsanke gerade sein Protokoll. Er hatte die drei obersten Knöpfe seines Uniformrockes geöffnet und den Helm neben sich auf die Bank vor dem Dorfkrug gestellt. „Alle Verdächtigen einwandfrei als betrunken festgestellt", hatte er zum Schluß geschrieben. „Und schließt der Grad der Betrunkenheit die zu einem Einbruch notwendige Gewandtheit voll und ganz aus."

„Nichts zu machen, Korsanke?"

„Zu Befehl, nein, Herr Rittmeister."

Im halbdunklen Laden, wo Balk eine Hundekette kaufte, war nur Gotthold Jeromin, höflich, gewandt und zurückhaltend. „Nein, keine Ahnung, Herr von Balk. Er sagt, daß er das Geld in seinem Schlafzimmer gehabt hat."

„Und er hat einen leisen Schlaf, nicht wahr?"

„Ich weiß nicht, Herr von Balk. Wir schlafen nicht zusammen." Ein höfliches Lächeln um den schönen, kühlen Mund.

Balk nickte. „Unter zwölfen war einer", sagte er nachdenklich. „Weshalb nicht schon unter sieben?"

Frau Marthe bekam er nicht zu sehen. Sie hatte die Kammer hinter sich abgeschlossen, in der die Kinder schliefen, saß auf Christeans Bett, die müden Hände zwischen den Knien, und starrte mit leeren Augen auf die Schubfächer, die sie herausgezogen, und die Strohsäcke, die sie geöffnet hatte.

Nichts. Aber sie wußte, daß das Unglück begonnen hatte. Sie wußte es nicht nur vom Eulenruf in der Morgendämmerung, nicht nur vom Totenwurm, der im Balken geklopft hatte, sondern sie wußte es von dem leisen Grauen, das langsam zu ihrem Herzen aufgestiegen war, so wie der Tod von den Füßen des Sterbenden langsam aufwärts steigt. Die Laima hatte gerufen, und nun begann es.

Sie hörte Balk draußen sprechen, und es kam ihr in den Sinn, ihn zu verfluchen. Aber sie wußte, daß er nicht schuld war. Auch ohne ihn kam es und würde das andre kommen. Es stieg aus dem Blut herauf, aber die Wurzel war schon im Dunklen begraben. Sie konnte um Geschlechter zurückliegen und ihre Wurzel wieder schon um Jahrhunderte, aber sie war noch am Leben. Ein gespenstisches Leben, zugedeckt von dem Dasein rechtlicher Geschlechter, die jedem das Seine gereicht hatten, aber immer noch da, immer noch wach und seine Stunde erwartend. Ein Unterirdisches, bleich und reglos wie eine Larve unter verwelkten Blättern, keiner Speise bedürftig, keines Lichtes, nicht einmal der Luft. Aber einmal wird ihr die Stunde gesagt, in der sie zu erwachen hat, sie beginnt ihre Füße zu regen, bleiche, vielgliedrige Füße, heraus aus dem Dunkel und der Verwesung, hinauf in die Blutbahn der Lebenden, und oben beginnt es, das Unrecht, die Tat, die die Herzen zerfrißt und in Schande stürzt.

Zum ersten Male hatte es angeklopft, und nun würde es weiterklopfen.

Und sie hatte sieben Kinder.

IV

Schon im August, als die Abende länger wurden, begann Jons Ehrenreich damit, sich um die Dämmerung von seinen Wegen und Spielen zu trennen und in das kleine Schulhaus zu Herrn Stilling zu gehen. Zuerst war es ihm bitter, den Hirten Piontek zu verlassen, gerade wenn die Pilze in die heiße Asche gelegt wurden, oder den Meiler, oder die Insel, über die der Fischadler strich. Aber auch bei Herrn Stilling gab es Lockungen und Wunder, nicht so zu greifen wie ein Netz oder ein Bogen, aber von andrer Art. Schon die stille Lampe war etwas, was es zu Hause nicht gab, wo die Küchenlampe unter den Balken den trüben Schein über sie alle warf, wo jeder ein anderes Handwerk hatte und jeder seine eigene Sprache sprach.

Hier aber gab es das erste Schweigen, das er außer dem des Waldes und der Sterne kannte, ein Schweigen, das von den Büchern ausging, die an den Wänden des Zimmers standen, von der Weltkugel auf dem niedrigen Schrank, von des Lehrers alten Händen, die so ehrfürchtig die Blätter umschlagen konnten. Und hier gab es auch eine zweite Welt neben der bekannten der Gegenwart und der Dinge des Tages, eine schweigende Welt, die versunken und zu Staub verfallen war, aber deren Zeugen immer noch von ihrer Herrlichkeit kündeten. Die alten Reiche, ihr Aufstieg und Untergang. Die alten Entdeckungen und der Glanz um ihre verblaßten Fahnen. Propheten und Märtyrer, Forscher und Weise. Sterne, Pflanzen und Steine. Reiche der Erdgeister und Reiche der Götter. Und alles eingefangen und beschlossen hinter der alten Stirn, die sonst die Fibel lehrte oder das Buch der Bücher und auf der es nun leuchtete wie vom Stern der Weisen oder wie von Aladins Wunderlampe, die man in die Schächte und Gewölbe niedertrug.

Vielleicht war Stilling kein guter Lehrer, keiner, der Stufe um Stufe nach einem bescheidenen Plan in die Höhe stieg, immer den prüfenden Blick auf den ihm Folgenden gerichtet und nach einem begrenzten Ziele ausgehend und nur nach diesem, während alles Darüberhinausgehende anderen, weiseren Händen überlassen blieb. Er hatte soviel geschwiegen in seinem Leben, er hatte vierzig Jahre lang wie ein Kind sprechen müssen, damit Kinder ihn verstünden. Nun kam es wohl wie ein Rausch über ihn, der Rausch des Einsiedlers, der seine Schätze ausbreiten konnte, der das Zauberwort sprach, und bei seinem Klang leuchteten die jungen Augen auf. Er konnte schenken, statt zu bewahren. Er hob sich mit Flügeln auf über Länder und Meere, und er wußte, daß er sein Leben nicht vertan hatte, daß es späte Frucht trug und daß sie süße Speise werden würde in den jungen Händen.

Er erkannte früh, fast mit Erschrecken, welch ein glühender Hunger und Durst unter den dumpfen Rohrdächern sich in Geschlechtern sammeln konnte. Wie die Fron und Unterdrückung des Leibes, durch Jahrhunderte lastend, den Geist im Schlafe lassen konnte, ruhend wie ein tief versenkter Keim, bis die Erde über ihm aufbrach, durch ein Wunder, für das es keine Erklärung gab, und er nun wie eine Flamme herausschlug, die nach Nahrung suchte.

Noch wußte er nicht, woran sie brennen würde. Noch reichte er ihr nicht mehr als die Elemente hin, und seine Augen, wachsam und ängstlich bei allem Rausch, versuchten noch vergeblich zu erkennen, wohin der Geist in diesem Kinde dränge. Er übersah, daß ein Hungriger nur nach Speise verlangt. Doch konnte ihm nicht entgehen, daß das Herz seines kleinen Schülers schon zu unterscheiden begann und daß es bei dem Schicksal von Völkern anders schlug als bei den Bahnen der Sterne. „In der Bibel steht, daß Gerechtigkeit auf dem Acker hausen wird, Herr Stilling", sagte er einmal, als der Lehrer vom Untergang Karthagos gesprochen hatte. „Aber mein Vater sagt, daß wenig Recht bei den Armen ist."

Da versuchte der Lehrer, ihm zu erklären, daß das Reich Gottes und das Reich der Könige zweierlei Reiche seien, daß die Welt noch weit von dem entfernt sei, was die Propheten und nach ihnen Christus verkündet hätten; daß sie alle aber so leben müßten, als werde es schon morgen kommen und nur dann kommen, wenn sie ihr ganzes Leben dafür hingäben.

Doch erschrak er hier zum erstenmal, indem er erkannte, daß sein Schüler vielleicht einmal „am ersten“ nach dem trachten würde, wonach die Armen am leidenschaftlichsten trachteten, nach der Gerechtigkeit. Und da er wußte, daß kein Weg dieser Erde dornenvoller war und kein Schicksal gewisser als das derjenigen, die gegen die Gewalt aufbegehrten, so fragte er sich zum erstenmal, ob er selbst nun auch recht daran tue, ein Kind aus dem Dunkel seines Geschlechtes herauszuführen, es mit unvollkommenen Waffen zu versehen und es dann hinauszuschicken gegen eine Festung, die noch niemand bezwungen hatte, solange die Erde stand, aber vor der die Opfer aller Zeiten mahnend lagen, mit zerbrochenen Helmen und zerschnittenen Schilden.

Es erschreckte ihn so, daß er Jons mit einem Scherzwort nach Hause schickte und vor seiner Lampe sitzenblieb, in verzagten Gedanken den Weg der Menschheit bedenkend, insbesondere der Propheten und Märtyrer aller Zeiten. Er verhehlte sich nicht, ein wie winziger Teil der Welt ihm aus Leben und Anschauung bekannt war und daß alle Bücher, die von dem Ganzen der Welt sprachen, eben von Menschen geschrieben waren, dem Irrtum unterworfen, der Parteilichkeit und der Leidenschaft. Daß die Welt nicht von Büchern regiert wurde, sondern von der Tat, und daß die Taten anders ausgingen, als sie nach den Büchern hätten ausgehen sollen. Daß die Ordnung dieser Welt, wie sie von Gott eingesetzt war, nicht nur Menschengerichte enthielt, sondern ein Weltgericht verkündete, daß sie also schon bei Beginn der Schöpfung das Unvollkommene, ja das Ohnmächtige alles Menschengerichts gewußt haben mußte. Daß das Weltgericht über dem Menschengericht wie das Jenseits über dem Diesseits stand, als eine Tröstung also oder Verheißung, und daß die Gerechtigkeit also ein Traum war wie das Reich Gottes, nie zu erfüllen auf dieser Erde, aber mit Opfern zu bezahlen, als könnte sie erfüllt werden. Eine große Pflicht oder eine große Täuschung, wie alles andre, ein Ungewisses, das nur zu glauben war und in das er das Kind hineinstieß.

Er hätte es im Frieden leben lassen können, als ein Köhler oder Fischer etwa, im Engen und Halbdunklen, aber für den

Gang der Erde so notwendig wie seine Väter und Ahnen. Er hatte es aus dem Sicheren herausgenommen und in das Schwankende gestellt und war nun dabei, ihm die Kinderwaffen umzuhängen, mit denen es gegen die Riesen kämpfen sollte. Nicht der Sieg war ihm gewiß, sondern nur der Tod, und vor dem Tode die Leiden aller, die ihr Leben an eine Idee gegeben hatten.

Er stand auf und trat an das offene Fenster so voller Bestürzung, als habe er seinen Dienst versäumt oder eine Urkunde gefälscht. Tat er das Gute um des Guten willen, wie Balk gemeint hatte, oder war nicht auch Eitelkeit dabei? Einsamkeit des Alters und das Begehren, ein Korn aufgehen zu sehen, nachdem er Tausende verstreut hatte?

Die Dächer des Dorfes lagen schwarz unter den entlaubten Bäumen. Kein Licht schien aus einem Fenster, nur die ungeheure Kuppel der Sterne wölbte sich funkelnd über den schlafenden Hütten. Die Luft roch nach Pilzen und verwelkendem Laub, ein bitterer, strenger Geruch, der an weite, entlaubte Wälder erinnerte und an Wolken, in denen schon der Schnee hing.

Der Lehrer sah zu den Sternen auf, und der alte Trost floß wieder von ihnen herab. Es konnte doch nicht unrecht sein. Schon daß sie da waren, erfüllte ihn mit der Gewißheit, daß es nicht unrecht sei. Wenig kam es auf das einzelne, vergängliche Leben an, wenig auf Sieg und Gewinn. Seinem einfachen Sinn schien das Ewige nicht für sich da zu sein, sondern daß der Mensch daran teilhabe, auch der ärmste und niedrigste. Er brauchte nicht die Welt zu bewegen, wie Jakob sagte, aber wenn er nur einmal den Gedanken als einen schönen Gedanken fühlte, daß Gerechtigkeit auf dem Acker sein müsse, dann hatte er sich schon angeschlossen an die Ewigkeit. Er hatte die Grenze des Dorfes überschritten, seine Herkunft und Geburt, ja die Grenzen seiner Zeit, und sich an etwas Grenzenloses hingegeben. Er war aus sich hinausgetreten und in den großen Kreislauf eingeschlossen worden, und vielleicht war es nur dieses, was man „von Gott sein" nannte. Die Pfarrer wußten so viel davon, sie hatten eine ganze Wissenschaft von Gott gemacht, einen großen Bau, in dem sie auf und ab stiegen wie die Maurer auf Leitern und Gerüsten. Aber das einfache Herz fror in diesem Bau und verirrte sich. Es wollte, daß wieder alles so einfach sei, wie es zu den Zeiten der Erzväter gewesen war. Daß sie nur seinen Willen taten und nichts mehr, und das andre würde ihnen von selbst zufallen.

,Wir wollen es wachsen lassen', dachte er. ,Es wächst ja doch alles zu Gott.'

Indessen ging der kleine Jons seinen Weg ohne Zweifel und Bedrückung. Wenn er vom Lehrer heimkam, ein winziges Menschenkind unter der ungeheuren Sternenwelt, und in die Küche trat, wo das Feuer im Herd brannte und die alte Welt so unverändert war wie immer, kam es ihm wohl manchmal wie ein Traum vor, daß er eben weit fort gewesen war, daß die Erde so groß war und die Zeit nach Tausenden von Jahren zählte und daß es so viele Dinge gab, von denen nicht einmal der Großvater wußte. Aber er war noch viel zu jung, als daß er in Hochmut oder Zwiespalt hätte fallen können, und es hätte nicht der Frage seiner Mutter bedurft, ob die alten Babylonier auch Buchweizenbrei zum Abendbrot gegessen hätten. Sie war immer noch der Meinung, daß ihre Kinder gedämpft werden müßten, sobald ein neues Feuer in ihnen zu sehen war.

Gotthold war nun in der Kreisstadt in der Lehre. Er verkaufte nicht mehr Heringe und Peitschenstiele, sondern Hemden- und Kleiderstoffe und mitunter ein seidenes Halstuch. Er kam nicht mehr nach Hause und schrieb auch keine Briefe, aber Jakob hatte ihn einmal in den Straßen getroffen, einen jungen Herrn, der sein Sohn war und der lächelnd die Hand auf seinen Friesärmel gelegt hatte.

Friedrich hatte nun entschieden, daß er ein Fischer werden wolle wie sein Großvater, und Michael kam zum Schlafen nicht mehr ins Haus. Sie waren weniger geworden, auch in der Kammer oben, und wenn sie das Licht gelöscht hatten, konnte Jons ihnen erzählen, was Herr Stilling ihm erzählt hatte. Maria hörte mit verwunderten Augen zu, in denen schon der Traum stand, und noch ehe Jons über die Einleitung hinweggekommen war, hörten sie den tiefen Atem ihres Schlafes. Gina stellte nie eine Frage und äußerte niemals Unglauben oder Verwunderung. Sie lag da, die strengen Augen weit aufgeschlagen, die

Hände unter dem Kopf gefaltet, und blickte auf das dunkle Fensterkreuz vor den matten Scheiben. Niemand wußte, was in ihr vorging, Frohes oder Trauriges. Sie war ein gefangenes Tier, das in Erbitterung geradeaus sah.

Aber Christean hörte zu, regungslos, auf einen Arm gestützt, während die Falten in seinem alten Gesicht schärfer und tiefer wurden von der Anteilnahme, die ihn verzehrte.

Hinter den kleinen Fensterscheiben funkelte ein einsamer Stern, oder der Mond legte einen matten Glanz über den dunklen See. Eine Maus arbeitete hinter dem Gebälk, und unten in der Küche zirpte ein Heimchen an der warmen Asche. Es war schon so kalt, daß ihr Atem im Mondlicht zu sehen war und Jons den Arm bisweilen unter die Federn schob, mit dem er Kreise und Zeichen in die Luft geschrieben hatte. Aber er wurde nicht müde, von den Wundern der Welt zu erzählen, so wie Christean niemals müde wurde, ihm zuzuhören.

Keiner von ihnen dachte daran, was in dieser Kammer schon geschehen sein mochte und ob sie wohl die ersten waren, die diese Wunder der Welt unter den sich schon neigenden Balken ausbreiteten. Niemand hatte die Geschichte dieses Hauses geschrieben, und sie wußten nur, daß der Vater des Großvaters hier schon als Kind geschlafen hatte. Nur die schweigende Gina, von der sie glaubten, daß sie schlafe, versuchte sich auszudenken, was für Kinder hier geschlafen hätten, ob sie alle so im Dunklen hätten leben müssen wie sie selbst und ob im Dreißigjährigen Krieg einer der Schweden oder Tatern hier gestanden hätte, nach Mord oder Plünderung, mit blutigen Händen und versengtem Haar, während auf dem gleichen Bett das Opfer seiner Schändung gelegen hätte.

Ihre Gedanken waren nur zur Hälfte bei dem, was der Bruder erzählte, und sie wartete darauf, daß er ihnen erklärte, wie der Schwarzspecht mit der Springwurzel die unterirdischen Höhlen öffnete oder wie man ausziehen könnte, um reich und glücklich zu werden, eine Prinzessin, die von goldenen Tellern aß, während die Mutter in grauen Kleidern und barfuß die schimmernden Fußböden aufwischen mußte.

Aber davon erzählte er nichts, und so fuhr sie fort, den Stern vor dem Fenster zu betrachten, wie er über das Kreuz in der

Mitte wanderte und endlich verschwand. Nach zwei Jahren würde sie eingesegnet sein, und dann würde sie in die Stadt gehen, nicht in die winzige Kreisstadt, sondern weiter fort, bis in die Hauptstadt, wo die Frauen keine Strümpfe aus Schafwolle trugen, wo sie ihre Lippen mit roter Farbe malten und auf einem Thron saßen, an dessen Stufen die Herren der Erde knieten. Und keine Kammertür und kein Riegel sollten sie halten, kein Bitten des Vaters und kein Fluch der Mutter.

Noch lange aber, nachdem sie eingeschlafen war und Jons verstummt war, lag Christean wach, der einzige Wachende im ganzen Dorf. Er wußte, daß sein Kopf alle diese Wunder ebenso begreifen würde, wie Jons sie begriff, und daß er vielleicht nur zu fragen brauchte, ob Jons ihn nicht mitnehmen möchte zu diesen Abenden. Und wenn es ihm zu mühsam wäre, den alten Wagen zu schieben, würde er auf seinen Krücken bis zum Schulhaus gehen, ja, er würde hinkriechen, wenn es nötig wäre, nur um dort auf der Schwelle zu kauern und zu lauschen. Aber er wußte, daß er das nie fragen würde. Daß er lieber sterben würde, als das zu fragen. Und daß Jons nun bald fortgehen würde, in die Stadt, auf eine hohe Schule, und niemand mehr in dieser Kammer von den Wundern der Welt erzählen würde. Eine tiefe, grenzenlose Verzweiflung erfüllte ihn dann bis in seine gelähmten Füße, und er lag da wie ein Gefangener im Kerker, zu nichts nütze, als daß die Eltern ihn mitnahmen auf ihr Altenteil und er mit seinen geschickten Händen Figuren aus Holz schnitzte, Rehe und Hasen, Geister und Zwerge, und sie am Rande des Herdes aufstellte, wo die rote Glut sie bestrahlte und ihnen den lebendigen Odem einblies, den er nicht in seiner Macht hatte.

Im Frühjahr schien es einmal, als würde auch Jons sich von Dorf und See und Wald nicht lösen können, wie Michael. Stilling bemerkte es zuerst. Nicht etwa daran, daß Jons es nun an etwas hätte fehlen lassen, aber er hatte nun während ihrer Stunden das, was der Lehrer das Zweite Gesicht nannte. Nicht daß er Tote sah oder dem Tod Geweihte, aber neben der Welt, von der sie gerade sprachen, sah Jons nun noch eine zweite Welt, die der großen Stadt, in die er nach einem Jahr kommen sollte. Sie schwebte wie ein verschleierter Hintergrund hinter der Welt, von der sie gerade sprachen, kaum bewußt, aber sie war immer da, und der Lehrer merkte es aus den Fragen, die Jons in den Pausen an ihn richtete. Ob es dort Wälder gäbe und Seen, ein Moor und eine Schafherde, und ob man am Abend, wenn die Arbeit für die Schule fertig sei, schnell einmal hinlaufen könne und auf einem Grabenrand sitzen.

Noch einmal erschrak Stilling, mehr als damals über Michael, aber er war zu rechtlich, als daß er mit einer billigen Lüge den Fragenden hätte trösten können. „Alles das gibt es nicht, Jons Ehrenreich“, sagte er, „oder wenigstens nicht so nahe wie hier. Aber darauf kommt es auch gar nicht an. Sondern darauf, daß du schon als ein Kind erkennst, daß man für alles bezahlen muß, was man gewinnt. Du wirst mit dem Heimweh bezahlen, das weiß ich, und mit Heimweh zahlt es sich schwer. Aber eines mußt du wissen: wer lieber unter seinem Dach bleiben will, arm und ungekannt, ist nicht wert, daß er die Rüstung des Geistes anlege. Er ist nicht geringer als die andern, er ist nicht einmal zu tadeln, aber die Rüstung ist er nicht wert. Er wird nicht zum Ritter geschlagen, weil er sich vor dem Schlag fürchtet, und er bleibt ein Leibeigener sein Leben lang, oder ein Dorfeigener, oder wie du es nennen willst.“

Darauf sprach Jons lange nicht mehr von der Stadt, aber es war nicht dies Gespräch, das alles entschied. Es war Jakob, der den Ausschlag gab, und niemand wußte, ob er es mit Absicht tat. Es hatte geschienen, als nehme der Vater keinen Anteil an dem, was Jons in dieser Zeit geschehen war. Wenn er vom Meiler oder vom See heimkam, was selten genug geschah, so saß er still am Herd, die Hände zwischen den Knien, und blickte ins Feuer. Er tat keine Arbeit, wenn der Feierabend gekommen war, und man wußte nie, ob er nachdenke oder träume oder schlafe. Kam Jons nun am Abend von der Schule zurück, schweigsam oder eifrig von dem berichtend, was er eben gelernt hatte, so blickte Jakob weiter ins Feuer, und niemand bemerkte, daß er manchmal die Hände zwischen den Knien faltete oder aus seinen tiefliegenden Augen einen schnellen, verstohlenen Blick auf Jons warf. Er war so still, daß sie niemals bemerkt hatten, ob er etwas tat oder nicht.

Aber lange bevor der Lehrer es erfahren hatte, war für

Jakob klar gewesen, daß hier eine frühe Entscheidung fiel. Er allein wußte, wie oft Jons bei der Herde war oder auf der Insel beim Großvater oder allein auf dem öden Moor. Er allein bemerkte das Neue und Besondere in seinem Lachen oder Schweigen und ob er nun öfter von Alexander dem Großen oder von dem Hirten Piontek sprach. Er hatte niemanden, mit dem er sich beraten konnte. Er entsann sich auch nicht, daß er jemals jemanden gehabt hätte. Er hatte das alte Buch mit den großen Buchstaben und den Rauch des Meilers. Und es war ihm schwer, nun etwas zu sagen oder zu tun, während das Feuer in einer jungen Brust ergluhte oder erlosch.

Er wartete, bis Jons zum Meiler kam, wo er nun seltener war als früher. Der Sommer war schon da, Wind ging über den Wald, und aus dem schweren, zerklüfteten Himmel fiel ein graues Licht in den Abend. Die Rauchsäule des Meilers stieg nicht mehr still unter den Mond, sondern der Wind erfaßte sie und trieb sie über die Lichtung hin und her. Der Kuckuck rief noch aus dem hohen Wald, aber die Schatten zwischen den Fichten waren kalt, und es war gut, die Hände an das Feuer in der Hütte zu halten.

Jakob hatte für sich in der Bibel gelesen und saß nun still am Feuer. „Du bleibst wohl nicht heute nacht?“ fragte er.

Seine Stimme war nicht trauriger als sonst, aber in diesem Augenblick sah Jons, wie alt sein Vater geworden war. Sein Haar war noch immer hell, ohne graue Fäden, die Falten um seinen Mund nicht anders als sonst, aber wie er so dasaß, die Hände zwischen den Knien, lag eine solche Verlassenheit über seinen gebeugten Schultern, als sei er an den Meiler gebannt und werde niemals mehr zu den Menschen zurückkehren.

Es durchfuhr Jons so, daß die Tränen ihm in die Augen schossen und er eine Weile warten mußte, ehe er antworten konnte. „Natürlich bleibe ich, Vater“, erwiderte er.

„Es ist nur, weil du lange nicht hier warst“, sagte Jakob scheu.

Sie sprachen nicht mehr, bis sie beide auf ihrer Laubstreu lagen. Das Feuer glühte nur an den Rändern eines schweren Klotzes, den Jakob auf die Asche gelegt hatte. Der Wind wurde stärker und brauste in den hohen Wipfeln und über dem

Dach der Hütte. Manchmal schlug der Rauch vom Meiler durch die offene Tür herein, eine schwere Woge von Kohle und Harz, und ging dann durch den Schornstein wieder hinaus. Manchmal auch verstummte der Wind, und sie hörten ihn dann über die Kronen fortgehen, die fernen Hänge hinab, mit einem traurigen Ton, der sich in der Ferne verlor.

Noch niemals hatte Jons darüber nachgedacht, wie es für den Vater sein würde, wenn er fortginge. Nach einem Jahr vielleicht schon würde auch Maria gehen, in den Dienst, vom Dorfe fort. Dann würde er ganz allein sein, Tag und Nacht, den Meiler vor sich und die Sterne über sich. Keines seiner Kinder würde zu ihm kommen und auch die Mutter nicht. Er würde so verlassen sein wie ein Stein, und niemand würde wissen, ob Licht oder Schatten über ihn fallen würde.

Er wußte nicht, wie er es sagen sollte, was sein Herz bewegte. Er streckte nur die Hand aus, ob er den Vater vielleicht erreichen könnte. Aber da sprach der Vater schon: „Schläfst du schon, Jons?" fragte er leise.

„Nein, Vater."

„Ich wollte dir noch etwas sagen, Jons . . ." Eine lange Weile war es still, und nur der Wind kam wieder, warf sich in die Tür und zischte im Grase auf dem Hüttendach.

„Es ist so, Jons, daß ich gemerkt habe, wie es dir schwerfällt, fortzugehen."

„Ja, Vater, einmal war es so, und leicht wird es nicht sein, aber ich weiß nun, daß ich gehe."

„Ist es wirklich so, Jons?"

„Ja, Vater."

Er hörte, wie das Laub sich rührte unter einem tiefen Atemzug, und vielleicht faltete der Vater die Hände.

„Es ist so, Jons, daß ich mich freue darüber . . . Siehst du, es war mit Michael schon einmal so. Sie haben mir nichts gesagt, der Lehrer nicht und Michael schon gar nicht. Keiner sagt mir etwas. Aber ich habe es doch gewußt. Auch er sollte fort, aber er wollte nicht. Er wollte nicht von hier fort, und vielleicht war es gut so. Er ist zu stolz für die Stadt und daß man vielleicht über seine Kleider lacht.

Dann war lange nichts, und ich habe meine Hoffnung begraben. Man begräbt nicht nur Kinder. Ich habe gedacht, vielleicht wird es einer von euren Söhnen sein, oder von euren Enkeln. Man muß warten können, aber ich hätte es doch gern erlebt.

Siehst du, was wir damals lasen: ‚Und das Recht wird in der Wüste wohnen und Gerechtigkeit auf dem Acker hausen.' Ich wollte, daß einer von euch dafür auszieht. Nicht, daß er es gewinnen würde. Das kann kein einzelner Mensch. Aber daß er dafür kämpfen würde, mit anderen zusammen. Daß er ein Streiter werden würde und vielleicht die Welt bewegen. Das wollte ich.

Der Großvater hat es nicht gekonnt und ich auch nicht. Als ich jung war, da war mir das Wort gegeben, und deine Mutter hat wohl gedacht, daß ich etwas Großes werden würde. Aber ich blieb immer nur ein kleiner Mann, auf dem See und am Meiler und im Walde. Ich hatte viele Sorgen, und ich fürchtete mich auch. Nicht vor den Gefängnissen oder dem Tode, aber vor dem Spott der Menschen. Es ist so, daß sie heute nicht mehr mit Schwertern zuschlagen oder aufs Rad flechten, aber daß sie spotten, und das ist schlimmer als das andere. Wenn heute ein Kätner oder ein Köhler in die Stadt kommt und sagt: ‚Tut Buße!', dann ist das ein schöner Tag für sie. Sie brauchen nicht in die Komödie zu gehen, sie haben es umsonst. ‚Sieh mal seine Schuhe!' würden sie sagen, oder ‚Sieh mal, wie er mit den Händen herumfährt!' Und davor hätte ich Angst.

Aber ich habe nun dies Dorf gesehen, wie sie hier leben, und in tausend anderen Dörfern leben sie ebenso. Und ich habe auch den Landrat gesehen und viele Pfarrer, und als ich Soldat war, habe ich auch die Stadt gesehen und einmal auch den Kaiser von weitem.

Und mein Großvater hat noch gesehen, wie der Herr sie peitschen ließ, weil sie ein Wildschwein aus ihrem Hafer getrieben hatten. Und er hat sie so lange peitschen lassen, bis ihre Frauen sie in den Sarg haben legen können. Das hat er gesehen und manches andre, wovon du erst später wissen wirst.

Und das hat mir niemals Ruhe gelassen. Gott hat mir vielleicht eine Waage in die Brust gelegt, neben das Herz. Und ich habe gedacht, wenn einer von euch ein Streiter würde, dann könnte er das alles auslöschen. Nicht ganz auslöschen vielleicht, aber so machen, daß es nicht mehr brennt. Denn es brennt hier drinnen, verstehst du das, Jons?"

„Ja, Vater."

„Und deshalb war es mir so schwer, daß auch du nicht wolltest. Daß ich in die Grube fahren sollte, und keiner würde es ausgelöscht haben.

Ich weiß, daß es uns hält hier, das Dorf und alles andre. Es ist nicht nur das Land, es ist auch die Armut und daß wir hier im stillen leben. Sie haben uns nicht umsonst gebeugt, so viel Geschlechter lang. Sie können den Strick ruhig loslassen, wir laufen nicht mehr davon.

Ich weiß auch, daß es schwer sein wird. Als ich Soldat war, habe ich viele Nächte an der Mauer gestanden. Es war nicht schwer hinüberzukommen. Es war auch nicht, weil ich nicht die Uniform tragen oder dem Kaiser nicht dienen wollte. Aber es war der Wald und der See und der Ahorn am Giebel und der Ziehbrunnen am Abend. Sie sagen, daß es das Heimweh ist und daß man daran sterben kann.

Aber ich bin nicht gestorben, und auch du wirst nicht sterben, Jons. Ich denke, daß wir erst sterben, wenn Gott nichts mehr zu tun hat für uns. Und ich, siehst du, ich konnte nicht eher sterben, als bis du geboren warst. Du warst der Letzte, und ich erschrak, als die Mutter den Namen für dich aussuchte. Es war zu früh und es hätte dich verderben können. So wie es Gotthold verdorben hat.

Und wenn du nun gehst, Jons, mußt du wissen, daß du einen Baum von meiner Brust wälzest. Auch wenn du an der Mauer stehst in der Nacht, mußt du daran denken. Ein Kind kann das Sterben leicht machen, auch wenn es nichts mit dem Leben gewesen ist. Ein Geschlecht stirbt erst, Jons, wenn keiner mehr die Hände reichen kann. Auch wenn es sieben Kinder sind oder siebzehn. Aber einer muß die Hände reichen. Eine Zuflucht vor dem Wind und ein Schirm von dem Platzregen, weißt du noch?"

„Ja, Vater."

„Dann wollen wir schlafen, Jons. Es ist eine schöne Nacht. Lange war keine so schön ..."

Leise wühlte die Glut in dem schweren Klotz, und der Regen begann auf das Dach zu fallen. Der Wind wurde still, und ein schweres Rauschen stand über dem ganzen Wald. Es war warm in der Hütte, aber Jons zitterte. Er wäre gern zu dem andern Lager gegangen, aber er wagte es nicht. Er wußte nun, weshalb er fort mußte. Der Lehrer wußte es auch, aber nur der Vater wußte es ganz. Niemand hatte ihm gesagt, was man nun werden müßte, um die Gerechtigkeit auf den Acker zu bringen, aber das würde er schon sehen. Ein Pfarrer wahrscheinlich, oder ein Richter, oder auch ein Landrat. Oder einer, der nur umherzog und predigte. Und wenn sie über die Schuhe lachten, konnte man barfuß gehen. Und wenn er an der Mauer stand, würde er an den Vater denken, nur an den Vater ...

Einmal erwachte er davon, daß Jakob aufstand und zum Meiler ging, aber nur seine Augen und Ohren erwachten, alles andre blieb im Schlaf. Der Regen rauschte immer noch, ein fernes, stilles Brausen, das wie ein schwerer Vorhang fiel. Gebeugt war der Vater, aber sein Gesicht in der Dämmerung war schön wie eine Blüte, über die der Regen gefallen war.

Nachher stand der Vater noch über seinem Lager und lauschte auf seinen Schlaf. Jons versuchte, eine Hand zu heben, aber sie war zu schwer. „Barfuß kann man gehen ...", murmelte er, aber Jakob verstand ihn nicht.

Danach war es den Rest des Jahres für Jons leichter. Von allen Jerominkindern hatte er den strengsten Sinn für eine Pflicht, die zu erfüllen war, und als er, schon im Herbst, einmal in schweren Sturm hinausgerudert war, um die Netze, die Friedrich in einer weit entfernten Bucht vergessen hatte, zu holen, hatte der Großvater ihn am Ufer erwartet und nur genickt. Aber nachher, als er sich am Feuer trocknete, hatte der Großvater plötzlich gesagt: „Ein getreuer Knecht bist du, Jons." Zwar hatte Friedrich aus der Ecke eine fröhliche Fratze geschnitten, aber Jons war doch vor Stolz errötet und vergaß es nicht.

Er hätte gern gewußt, was der Großvater nun dazu meine, daß er fortgehe, aber Michael tat, als wisse er nichts davon.

Er war nur ganz wunderlich geworden, antwortete nicht, wenn man ihn fragte, und sah nur immer vor sich hin, als zögen die hundert Jahre seines Lebens immer noch stumm, aber in unaufhörlicher Bewegung vor seinen Augen vorüber. Die Leute fürchteten sich vor ihm, wenn er einmal die Dorfstraße entlangging, auf seinen Stock gestützt, aber immer barhaupt und gerade wie ein Licht. Er erwiderte keinen Gruß, aber jeder sah, daß es nicht aus Hochmut geschah, sondern weil er nicht mehr unter ihnen war. Er ging schon auf die Stufen der goldenen Stadt zu, und sein Kopf war immer leicht zur Seite gewendet, als höre er eine ferne Musik oder einen Ruf aus den Wäldern.

Manchmal blieb er auch für Wochen auf der Insel im See. Dort sahen sie ihn in der Nacht am Feuer sitzen, wie einen Häuptling bei der Totenklage, und oft lauschten sie, ob nicht ein eintöniger Gesang herüberkomme, aber es war alles still. Nur die Taucher riefen, und der Schrei der Rohrdommel kam dumpf aus dem Schilf. Friedrich war nicht gern drüben, allein mit dem Schweigenden. Er brauchte Mädchen und Lieder, ging von Haus zu Haus, scherzte mit den Alten und Kindern und schlief in einer Scheune oder unter dem Boot, noch immer ein Rattenfänger, noch immer die Flöte in der Tasche und noch immer hin und wieder die erschreckte Trauer in seinen hellen Augen.

Jons hatte nicht aufgehört, beim Hirten Piontek zu sitzen oder auf der Insel, aber es war nun anders als früher. Er wußte, daß er dies nun zurücklassen mußte, aber es war ihm nicht mehr die einzige Welt, die es gab, seit sein Vater mit ihm gesprochen hatte. Ja, manchmal war es ihm, als lasse er sie nur für eine Weile zurück, um nachher mit der „Gerechtigkeit" für sie wiederzukommen. Wie es sein würde, wußte er nicht, aber wenn sein Vater daran glaubte, würde es eben sein.

Auch Piontek würde es dann besser gehen. Piontek war alt, fast so wie der Großvater, nur daß er klein und gebeugt war, daß er silberne Ringe in den Ohren trug und ein Gesicht wie eine Wurzel hatte, die man manchmal im Walde fand. Er hatte sein Leben lang nichts anderes getan, als die Kühe und Schafe des Dorfes gehütet, wenigstens wußte er es nicht anders, und sein Leben lang hatte er mit den Förstern des Herrn von Balk im Kampf gelegen, weil er im Walde immer dort weiden wollte, wo sie es nicht wollten. Denn nur er wußte, wo das beste Gras wuchs, von dem die Butter gelb und herrlich wurde. Davon waren seine Augen scharf geblieben und die Bewegungen seines Kopfes wie die eines Vogels, sein Tritt lautlos und die Geheimnisse ohne Zahl, die der Wald ihm verraten hatte. Er strickte lange Strümpfe aus Schafwolle — „über die Knie, Jons, denn in die Knie fährt der Teufel zuerst —", flocht Körbe aus Birkenrinde und machte Schnupftabakdosen, die in allen Dörfern um den See berühmt waren. Er konnte noch Vögel mit Leimruten fangen, und er hatte schon die Kühe gehütet, als der Wolf noch in den Wäldern lebte und die Hirten ihm mit einem Feuerbrand und einem Stab mit einer Eisenspitze zu Leibe rückten.

An seinem Feuer zu sitzen, war für Jons dasselbe wie eine Reise zum Orinoko. Und hier ging ihm wohl zuerst der Sinn dafür auf, daß nicht nur die Welt in Herrn Stillings Büchern voller Wunder war. „Ja", sagte Piontek, „das war damals, als Kuba Gawlik hier Schulze war. Damals hieß es ‚Woit', und der alte Kaiser war noch lange nicht auf dem Thron. Der Kuba war ein Mann wie ein Baum, und damals fanden wir am Morgen jedes Kalb, das sich verlaufen hatte, mit gebrochenem Genick, die Augen nach hinten. Und jedesmal hatte einer geheult, im Moor oder auf dem Feld, und sie sagten alle, daß es ein Wolf war. Aber ich wußte, daß es kein Wolf war. Ich hatte noch Hosen, die hinten zu knöpfen waren, aber ich wußte schon, daß es kein Wolf war. Ich war es auch, der merkte, daß Kuba nicht auf dem Hof war nach solcher Nacht, und sonst stand er immer am Tor und zog mir mit der Peitsche eins über. Da wußte ich, daß er ein Werwolf war.

Da nahm ich ein Eisen aus dem Wald, das dem Förster gehörte und mit dem er den Fischotter fing. Das waren zwei lange Stangen mit spitzen Eisen dazwischen, und das stellte ich zwischen zwei Torflöcher und versteckte mich. Und als der Mond aufgegangen war, brüllte ich wie ein Kalb, das sich verlaufen hat. Ich konnte das gut. Und da sah ich ihn über das Moor kommen."

„Ach, Piontek . . ."

„Da sah ich ihn über das Moor kommen, und keiner hat solch einen Wolf gesehen. Ich betete das Vaterunser und den ersten Artikel, aber ich brüllte immer weiter. Und da trat er in das Eisen. Er schrie, aber wie ein Mensch schreit und nicht wie ein Wolf. Da warf ich die Ringschleuder und traf ihn gegen die Stirn, und ich hatte sie in die Farbtonne gelegt, wo die Frauen ihre Röcke färbten.

Da sprang er mit dem Eisen davon, quer durch die Birken, und es war eine breite Spur, und Feuer war in der Spur. Ich aber blieb ohne Sinne, bis der Tau in meine Augen fiel.

Am Morgen aber führte ich sie in sein Haus, und sie ließen sagen, daß ein fremder Mann erschlagen auf dem Moor lag. Da kam er heraus aus seiner Kammer, und sie sahen, daß seine Kleider zerfetzt und voll Blut waren und daß er auf der Stirn ein blaues Mal trug, zwei Ringe ineinander, wie ein Zauberzeichen. Da wollten sie ihn binden, aber er sprang durchs Fenster, ein schwerer Mann, und das Fensterkreuz nahm er gleich mit. Und keiner hat ihn mehr gesehen."

Er schüttelte eine Prise in die Höhlung über seinem linken Daumen und zog sie auf. „Ja, das waren noch Zeiten, Jons", sagte er nachdenklich.

Und Jons, der dazu erzogen wurde, die Welt zu bewegen, glaubte jedes Wort und starrte über das kleine Feuer auf das Moor und lauschte auf den Tropfenfall hinter sich im Wald. Es war ihm, als müßte er tausend von solchen Geschichten hören und sie mit sich nehmen in die Stadt, damit sie ihn wie ein Panzer gegen das umgäben, was der Vater das Heimweh nannte. Er meinte, wenn auch der Großvater solche Geschichten erzählen wollte, der doch noch älter war, nur ein paar, so würde er das ganze Dorf mit sich nehmen können in seinem Herzen, und sie könnten dann ruhig über seine Schuhe lachen.

Aber Michael sprach nicht. Auch er saß mit Jons an seinem kleinen Feuer, und auch hier ging der Mond auf und schien in des Großvaters Augen, aber er sprach nicht. Nur vor dem Schlafengehen legte er jetzt seine welke, kühle Hand auf den Scheitel seines Enkels und ließ sie dort eine Weile, während seine Lippen sich lautlos bewegten, als spreche er einen Zauber oder ein Gebet. Und die Kühle der alten Hand floß tief in Jons hinein, zwischen den Schulterblättern hindurch, und noch auf seinem Lager zitterte er, als sei er zu lange im Wasser gewesen und das Dunkel der Tiefe erfülle noch sein Blut.

Einmal aber erfaßte ihn Angst. „Großvater", sagte er „wenn du nun aber gestorben bist, ehe ich wiederkomme?"

Da lächelte der alte Mund, und Jons schien es, als lächle er zum erstenmal, seit er ihn kenne. „Hab keine Angst, Enkelkind", sagte er, „ich sterbe nicht ..."

Und so feierlich war Jons das Ganze, die Anrede, das Lächeln und das so Gewisse der Worte, daß er nur nickte und dann scheu zu den Booten ging.

Es war nun nichts mehr zu sagen danach.

Im Frühjahr, noch vor dem Osterfest, bekam Jons einen Anzug, den seine Mutter gewebt hatte, und einen aus blauem Tuch, den der Lehrer aus der Stadt mitbrachte. Der Schuster hinter dem See maß ihm Schuhe an und ein Paar Schuhe, wie man sie auf den Dörfern trug. Sie waren sauber und fest, und man konnte ruhig bis zum Orinoko in ihnen gehen.

Aber erst als die Mutter seine Wäsche in die Holzkiste mit dem schweren Schloß zu legen begann, begriff er, daß es nun keine Umkehr mehr gab. Im Dorf machte man nicht viel Aufhebens davon, nur daß sie ihm auf der Straße nun auf eine besondere Weise zunickten und Gogun ihn mit einem Zwinkern seiner fröhlichen Augen vor den Mädchen warnte. Am meisten aber erstaunte ihn die Mutter. Einmal sah er sie vor seiner Holzkiste sitzen, die müden Hände im Schoß gefaltet und mit einer so tiefen Schwermut in den Augen auf den zurückgeschlagenen Deckel blicken, daß es ihm war, als blicke sie in einen Kindersarg, und er lautlos wieder aus der Küche schlich. Keiner von ihnen wußte jemals, was sie dachte. Sie fragte ihn nicht mehr nach den alten Babyloniern, aber er wußte nicht, ob sie nun mit Verachtung, mit Zorn oder mit Trauer an seinen Fortgang denke.

Von den andern war nur Christean auf seinen hellen Krücken, soviel er konnte, an seiner Seite. Er fragte ihn nach den lateinischen Deklinationen und nach Geschichtszahlen, und es war zu merken, daß er Angst hatte, Jons könnte vor jener fremden Welt nicht bestehen, wenn er nicht noch in letzter Stunde an seiner Rüstung herumputzte. Und er bat ihn, doch nicht zu vergessen, ihm seine Bücher mitzubringen, sobald er in eine andere Klasse komme und sie nicht mehr brauche.

Das Osterfest fiel früh in diesem Jahre, und als der Reisetag herankam, lag an den Hängen und Waldrändern noch Schnee. Doch blühten die Weiden schon, und die Wildgänse zogen schon in langen Keilen über das Moor.

Am letzten Abend saßen sie in der Küche wie sonst, und es wurde von seiner Reise nicht gesprochen, als sei der nächste Tag nicht anders als alle Tage. Aber als Jakob aufstand und meinte, daß es nun Zeit sei, zur Ruhe zu gehen, wandte der Großvater seine Augen vom Feuer, sah Jons an und sagte: „Höre nun zu, Enkelkind!" Und während die anderen von ihren Plätzen aufstanden und auch Christean sich erhob, auf seine Krücken gestützt, begann er die Geschichte Davids und Goliaths aus dem Ersten Buch Samuelis zu sprechen, da wo Saul den Knaben mit seinen eigenen Waffen rüstet und David spricht: „Ich kann nicht also gehen, denn ich bin's nicht gewohnt; und legte es von sich, und nahm seinen Stab in seine Hand, und erwählte fünf glatte Steine aus dem Bach, und tat sie in die Hirtentasche, die er hatte, und in den Sack, und er nahm die Schleuder in seine Hand, und machte sich zu dem Philister."

Und er sprach die Geschichte bis zum Ende, bis zu Sauls Frage: „Wes Sohn bist du, Knabe?", und es war kein Wort anders, als es im Testament geschrieben stand.

Sie waren so still wie in der Kirche und hörten der alten Stimme zu, die von so weit herkam, als spreche sie noch dort im Lande der alten Könige, im Eichgrund zwischen Socho und Aseka. Und danach kniete Jons vor dem Feuer nieder, und der Großvater legte ihm die Hand auf den Scheitel und sagte: „Gehe nun, Enkelkind!"

Dann gingen sie alle aus der Küche.

Es war beschlossen worden, daß der Lehrer Jons begleiten sollte, weil keiner von ihnen geeignet war, eine solche Reise zu bestehen. Denn Stilling hatte es durchgesetzt, daß Jons nicht in die Schule der Kreisstadt ging, sondern in ein Gymnasium in der Hauptstadt der Provinz. Er machte den ersten Schritt in eine neue Welt, hatte er gesagt, und so solle es ein ganzer Schritt sein, den man nicht mehr zurückmachen könne. Und dort, wo er ankomme, solle die Erde des Dorfes schon von seinen Stiefeln abgefallen sein. Das könne aber nicht in der Kreisstadt sein, und sie sei auch gar keine Stadt, sondern nur ein großes Dorf und ein schmutziges dazu ...

Es dämmerte noch, als Gogun mit dem Korbwagen auf den Hof fuhr. Stilling trug einen schweren schwarzen Mantel mit einem Umhang, den man damals einen Hohenzollernmantel nannte, und einen alten Zylinder, den Elise spiegelblank gebürstet hatte, und als sie die Holzkiste hinten in das Stroh setzten, sah es aus, als führen sie zu einem Begräbnis.

Jons reichte allen die Hand. Er war blaß und sah die Gesichter wie in einem Nebel. Doch erschrak er bei aller Benommenheit, als die Mutter ihn umarmte und so fest an sich drückte, daß es ihn schmerzte. Sie sprach aber kein Wort.

Dann ließ Gogun die Peitsche knallen, und sie fuhren aus dem Tor.

Hinten am Waldrand, wo die Straße zwischen den Bäumen noch einmal an die Felder trat, sahen sie schon zwei Pferde vor einem Pflug und einen Mann, der nach dem Dorfe hinüberblickte. Der Mann sah im Nebel wie ein Riese aus und die Pferde wie zwei Urwelttiere, aus deren Nüstern der Dampf schoß.

Als sie im Walde die Stelle erreichten, standen die Pferde noch immer vor dem Pflug, aber der Mann stand unter den Bäumen, trat nun an den Wagen und reichte Jons etwas, das mit einem Tuch verhüllt war und das leise vor sich hin zwitscherte. Der Mann war Michael.

Jetzt erst schossen Jons die Tränen in die Augen, und er ergriff die Hand, die Michael ihm schweigend reichte, mit beiden Händen, „Bruder, lieber Bruder ...“, sagte er, und er hatte es noch niemals gesagt.

Aber Michael nickte nur, sah ihn mit seinen dunklen Augen fest, beinahe drohend an und verschwand dann wieder wie ein Schatten unter den Bäumen.

So fuhr Jons hinaus, um die Welt zu bewegen, eine Holzkiste

im Wagen, die schweren Stiefel an den Füßen und das Bauer mit dem Buchfinken in den Händen. Er weinte nun still vor sich hin, die Augen auf die Pferdeköpfe gerichtet, indes Herr Stilling schweigend und feierlich neben ihm saß, im hohen Hut, den linken Arm unter der schweren Pelerine um die Schulter des Weinenden gelegt.

V

Walddörfer leben wie der Wald, in dem sie eingebettet liegen. Bäume stürzen, und neue Schößlinge stehen aus dem vermoderten Laub auf. Sonne und Regen gehen gleichmäßig über alle Wipfel, der Blitz trifft die Buchen wie die Eichen. Der Fuchs schleicht durch die Dickungen wie vor hundert Jahren, und das Reh behütet sein Junges, wie Geschlechter vor ihm es getan haben.

In Sowirog standen die Männer mit der Sonne auf, aßen ihre Milchsuppe oder den Buchweizenbrei, brachen ihr Schwarzbrot hinein und gingen zur Waldarbeit, den geflochtenen Korb auf dem Rücken. Sie hackten Streifen in den Winterschlägen, setzten Reisig auf oder verbrannten es und senkten die jungen Kiefernpflanzen in die sandige Erde. Oder sie bauten Wege, gruben Böschungen ab und karrten den hellen Sand an einen neuen Platz. Wenn der Förster ihnen wohlwollte, war es keine schwere Arbeit, nicht so schwer, daß es ihnen die Sprache verschlagen hätte oder Goguns Scherze geendet hätten. Aber sie dauerte lange, und die Sonne sank schon über dem See, wenn sie wieder heimkamen, eine graue Schlange, die sich müde aus dem Wald hinausschob und auf der Dorfstraße verschwand.

Die Kinder waren in der Schule, die Frauen hatten die Ställe sauber gemacht, hatten gewebt oder gebuttert, und manchmal knieten sie am Seeufer und wuschen zusammen ihre Wäsche. Das Dorf war still, und wenn der Briefträger in seiner blauen Uniform aus dem Walde trat, hielten sie die Hand vor die Augen, ob er an ihrem Gartenzaun stehenblieb oder weiterging. Aber er ging fast immer weiter, außer daß er nun in jeder Woche einmal bei Jeromins eintrat und einen Brief aus der großen Stadt brachte. Sonst gab er das Kreisblatt beim Schulzen ab, eine Zeitung in der Schule, sah sich einmal um, ob dies wirklich ein Dorf sei, und verschwand dann wieder zwischen den hohen Schilfwänden, wo der Weg ins Moor ging. Die

Hunde hörten zu bellen auf, und das Ganze war wie eine Vision, die aus der flimmernden Luft aufgestiegen und im Moor versunken war.

Gina Bojar hatte einen Sohn bekommen, der schon im Staub der Straße umherkroch und etwas Graues an einem Bindfaden hinter sich herzog. Das war die Klapper, die wie Elfenbein geglänzt hatte, aber von ihrem Blütenkranz, der um die Rundung gelaufen war, konnte man nichts mehr sehen. Der Mann versuchte noch immer, sie mit seinem Leibriemen zu prügeln, wenn er getrunken hatte, aber seit sie für solche Stunden heißes Wasser auf dem Herde hielt, das sie ihm über die Hände goß, hatte er es unterlassen. Ihr Gesicht war nicht mehr so jung und hell wie damals, und mit den ersten scharfen Linien um den weichen Mund sah sie nun bald so aus wie die anderen, die Kinder geboren und begraben hatten und die auf ihren Schultern mehr trugen als das seidene Tuch am Sonntag.

Daida war schon lange wieder von seinem „Urlaub" zurück, und wenn Korsanke einmal am Abend durchs Dorf ritt, nickte er ihm vertraulich zu wie einem alten Reisegefährten. „Kein Strickchen mit, Herr Wachtmeister?" fragte er fröhlich, und wenn Korsanke ihm mit dem Finger drohte, war alles in Ordnung.

Die Witwe Kroll saß wie eine böse Königin auf ihrem Altenteil, verkaufte Kälber und Schweine für ihren Sohn, verwahrte das Geld und prügelte ihre Schwiegertochter mit dem Besenstiel. Gogun hatte im Frühsommer wieder junge Kraniche auf dem Moor gefangen und sie auf den Gütern verkauft. Und als er mit traurigen Liedern heimgekehrt war und durchaus noch einmal in den Krug wollte, hatte seine Frau ein großes Netz über ihn geworfen und es unter seinen Füßen zugebunden, so daß er wie ein gefangener Habicht auf dem Hof gelegen hatte, bis er nüchtern geworden war.

Der Schulze ging noch immer mit seinem steinernen Gesicht durch das Dorf, hielt seine Wirtschaft in Ordnung und sammelte Taler. Piontek blies am Morgen und Abend auf seinem Rindenhorn und sehnte sich nach Jons, der sein bester Zuhörer gewesen war. Czwallinna hatte keine Schulden mehr einzutreiben, fluchte auf Herrn von Balk und sah mit viel Stolz und etwas Sorge auf seine beiden Söhne, die breit und stark geworden waren und die mitunter vor dem Morgengrauen aus dem Walde kamen, einen Grashalm im Mund und trockene Fichtennadeln auf ihren Schultern. Jakob Jeromin, der vor seinem Meiler lag, hörte manchmal nachts bei Vollmond einen Schuß im Walde fallen, aber er lauschte eigentlich nur auf das Echo, das so schön von Hochwald zu Hochwald rollte.

Gawlicks älteste Tochter hat ein Kind bekommen, aber sie gibt den Vater nicht an, und wenn die Witwe Kroll die Meinung äußert, daß das Kind eine Habichtsnase habe, so lächelt sie und antwortet, daß eine Habichtsnase besser sei als eine Hasenscharte. Und eine Hasenscharte hat das jüngste Enkelkind der Witwe Kroll.

Keine großen Dinge geschehen in solchen Dörfern. Draußen braust die Welt, die Zeitungen schreiben vom kommenden Krieg, aber die Dörfer haben so viele Kriege überstanden, daß sie sie gar nicht zählen können. Der Krieg nimmt ihre Söhne, aber neue werden geboren, und auch die Mächtigen der Erde wollen ihre Kurzweil haben. Das Dorf fragt nicht nach Kriegen und Weltgeschichte. Es führt seine kümmerliche Heuernte ein, und an den Sonntagen brechen die Männer das Korn über dem Nagel, um zu sehen, ob es reif sei. Dann mähen sie es und sehen zum Himmel auf, wo die großen Wolken mit weißglühenden Rändern über die Erde ziehen. Herr von Balk sitzt wieder auf dem Grenzhügel und sieht ihnen zu. Seine Schultern sind noch etwas gebeugter, seine Nase ist noch schärfer, und er sieht aus wie ein Mann, der nicht weiß, wo er zu Hause ist.

Auch Kiewitt hat seine Ernte, und sie ist kümmerlich genug, aber am Abend sitzt er auf seiner Schwelle, blickt auf die mageren Hocken und spricht ein Gebet. Er weiß, wo er zu Hause ist. Er lebt ganz allein, er muß alles selbst tun, und sein Rücken ist gekrümmt von allen Tagewerken seines Lebens. Aber seit er von neuem getauft ist, hat er ein fröhliches Herz. Er hört, was die Leute reden, und manchmal hört er, was draußen in der Welt geschieht, aber es kümmert ihn nicht. Er weiß, daß alles vergeht, aber daß Gott und der Acker bleiben. Eine Mauer ist um ihn gebaut, und alle Posaunen der Erde reichen nicht aus, um sie zu erschüttern.

Die Stoppel wird gepflügt, die Eichelhäher sammeln ihren Wintervorrat, die Kartoffelfeuer brennen. Die Herbstwinde kommen, der Schnee fällt, das alte Jahr neigt sich, und das neue beginnt. Aber das Dorf bleibt dasselbe. Und wenn wieder ein Krieg kommt und der Feind die Häuser niederbrennt, wird es wieder aufgebaut werden, an dem alten Platz.

Es war nicht sehr zu merken, daß Jons fort war. Die Kinder wurden groß und gingen aus dem Hause, das war ein altes Gesetz. Michael war bei den Soldaten. Er trug eine blaue Reiteruniform und zog sie am ersten Tage aus, wenn er Urlaub hatte, um beim Schulzen zu arbeiten. Er war gern dort, in einer ordentlichen Wirtschaft, bei schweigsamen Leuten, und der Schulze liebte ihn mehr als seine eigenen Kinder. Es wurde viel darüber gesprochen im Dorf, aber es war so. Maria war im Kirchdorf beim Kantor im Dienst, und manchmal kam sie am Sonntag heimlich zum Meiler, um bei ihrem Vater zu sitzen.

Frau Marthe war noch ernster und strenger geworden. Sie lachte nie mehr, aber sie saß manchmal oben in der Kammer, wo Jons geschlafen hatte, eines seiner alten Schulhefte in der Hand, und blickte auf das kleine Fenster, hinter dem das Abendrot stand. Ja, sie würde zufrieden sein, auch wenn er nur ein Pfarrer werden würde, der das Brot und den Wein an die Gläubigen austeilte. Es war nicht viel in ihren Augen, aber er würde Kinder haben, und sie konnten höher steigen. Höher, als der Rauch des Meilers stieg. Sie fragte nicht viel danach, ob er glücklich oder unglücklich war in der großen Stadt. Er hatte zu arbeiten, wie sie alle gearbeitet hatten, und darauf zu sehen, daß er in allen Dingen der Erste sei.

Der Lehrer Stilling hatte keinen neuen Jungen mehr ausgewählt, der ihn auf der Pflanzensuche begleitet hätte. Doch saß er nun gegen Abend gern für eine Weile am Meiler, sah der dünnen Rauchsäule zu und sprach mit Jakob. Ihm allein hatte er einen genauen Bericht von der Reise gegeben.

„Ja, das war so eine Fahrt, Jeromin", hatte er gesagt. „Mit der Holzkiste war es schon nicht ganz einfach, und nun kam noch der Buchfink dazu. Die Leute starrten, als kämen wir vom Amazonenstrom. Ich weiß ja, wie sie darauf aus sind, etwas für ihr Vergnügen zu finden, aber Jons wußte es noch nicht. Er dachte immer, daß sie auf sein Haar starrten, das doch unter dem Topf geschnitten war, aber ich weiß, daß sie auf meinen Mantel und auf meinen Zylinder starrten. Sie wußten wohl nicht, ob ich ein russischer Fürst oder ein Kutscher in Livree war.

Ja, und in der Stadt war es nun noch schlimmer. Zwanzig Jahre sind vergangen, seit ich dagewesen bin, und sie fahren jetzt auf Schienen, in Wagen, die von Pferden gezogen werden. Ein Mann in einem blauen Hemd wollte unsere Kiste tragen, aber wir merkten den Braten. ‚Das kennen wir', sagte Jons und trat ihm auf die Füße. Der Mann schimpfte mit unflätigen Worten, und alle Leute blieben stehen, aber wir trugen unsere Kiste selbst. Jons war tapfer, wenn auch seine Augen verstört waren.

Wir fanden denn auch schließlich die Pension, und es war ja nicht ganz so, wie es in den Briefen gestanden hatte, aber das Wort ist ja trügerisch. Es ist eine Mutter mit drei Töchtern, und alle sind sehr groß und schwarz gekleidet, und sie wollen gut für Jons sorgen. Ich bestand darauf, daß er ein kleines Zimmer für sich allein bekam, denn es sind viele Kinder da, und sie würden ihn ablenken."

„Wohin sieht man aus dem Fenster?" fragte Jakob leise.

„Ja, das ist ja nun nicht so wie hier, Jeromin. Es ist eine Mauer, aber sie ist ganz schön grau, und Jons war es auch zufrieden. Und eine von den Töchtern sagte, daß am Abend die Sonne hineinscheine. Wir konnten es nicht sehen, denn es war ein trüber Tag.

Dann gingen wir noch etwas in die Stadt und sahen die großen Gebäude an und den Strom mit den Schiffen. Die Füße taten uns etwas weh, und wir waren ein bißchen taub von dem Lärm, aber am Abend saßen wir dann still in der Kammer von Jons und wiederholten unser Pensum. Jons wußte noch alles.

Und dann war die Prüfung am nächsten Tag. Das war großartig, Jeromin. Zuerst hatten sie uns so komisch angesehen, der Direktor und alle die gelehrten Herren. Und einer hatte gefragt, ob ich auch wirklich Lehrer sei. Aber dann, als es fertig war, da kamen sie alle und sagten, es sei ‚phänomenal'. Und sie schüttelten mir die Hand und sagten, sie könnten es ruhig mit der Quarta versuchen. Jons war ganz blaß und sagte nichts."

„Und was ist ‚phänomenal'?" fragte Jakob wieder leise.

Der Lehrer erklärte es, und dann erzählte er, wie er am Nachmittag abgefahren sei. Jons habe auf dem Bahnsteig gestanden, ganz klein und schmal in der großen Halle, und einen Augenblick lang — ja, das müsse er wohl bekennen —, einen Augenblick lang sei sein Herz unsicher geworden, ob sie auch recht daran getan hätten, ihn dorthin zu bringen und ihn dann dort stehenzulassen, so allein unter den riesigen Glasdächern, ja, wie ein kleiner Waldpilz in einem großen Gewächshaus.

Jakob nickte. „Er muß es nun zeigen", sagte er in seiner stillen Weise, „ob wir recht getan haben oder nicht."

Er und Christean trugen am schwersten daran, daß Jons fort war, aber beide glaubten, daß etwas Großes aus ihm werden würde. Das Große war für sie anders als für die Mutter, und für Jakob war es noch anders als für Christean. Für den Krüppel war das Größte ein Mann, der die Bücher schrieb, die er manchmal in den Händen halten konnte, und es war gleich, ob sie von den Sternen handelten oder vom Evangelium. Er dachte ihn sich wie das Bild in Herrn Stillings Stube, wo ein Mann, der Hieronymus hieß, an einem großen Tische saß, und zu seinen Füßen lag ein Löwe, der die Blätter bewachte, auf denen er schrieb.

Für Jakob aber war er ein Mann, der in einem offenen Wagen durch das Land fuhr und Recht sprach. Er wußte nicht genau, was er nun für ein Amt hatte. Am ehesten war es zu denken, daß der König ihn ausgeschickt hatte und daß er keine anderen Herren über sich hatte als den König und Gott. Und mit diesem Amt würde er die Gerechtigkeit auf den Acker bringen, in alle kleinen Dörfer, denn von den kleinen Dörfern lebte das Land. Nicht von den Städten, wo Männer in blauen Hemden Holzkisten stehlen wollten und wo man aus seinem Fenster auf eine graue Mauer sah.

War dann der Lehrer gegangen, schien ihm der Wald so ungeheuer groß und leer, wie er es niemals gewesen war. Niemals würde Jons anders zurückkommen als für ein paar Tage oder Wochen. Er würde dort bleiben müssen, in der großen

Stadt, und er würde nur ein Besuch sein wie die Söhne, die aus den Kohlenbergwerken kamen, um ihren Frauen die Heimat zu zeigen. Auch Michael und Gotthold waren gegangen, aber sie hatten niemals in seinem Herzen gewohnt. Dort hatte nur Jons gewohnt, und nun war es eine öde Stätte geworden. „Aber Hagel wird sein den Wald hinab, und die Stadt danieden wird niedrig sein.“ So war es geworden, und er hatte seine Hand dazu gereicht, ja, er hatte den Zaudernden gestoßen. Noch viel unsicherer war er als der Lehrer dort auf dem Bahnsteig, und sicher konnte man nur werden, wenn man nicht an sein Herz dachte, sondern an Jons. Auch Abraham war gehorsam gewesen, und mehr hatte der Herr von ihm verlangt, als er nun von Jakob verlangte.

Lag er dann zur Nacht auf seinem Lager und der erste leise Schlaf kam über seine Augen, so fuhr er manchmal auf wie früher, wenn es im Meiler geknistert hatte, und lauschte, ob sich nicht hinter dem Herd etwas in der anderen Laubstreu rühre. Aber es war nur eine Waldmaus gewesen. Der Mond schien über die Schwelle, und Jakob versuchte sich vorzustellen, wie hoch eine Mauer wohl sein dürfe, damit der Mond über sie hinweg in ein Fenster scheinen könne. Wenn die Sonne schon nicht hineinschiene — und er war überzeugt, daß die vier schwarzen Frauen die Unwahrheit gesagt hatten —, so mußte es doch wenigstens der Mond sein. Nur in Bergwerken scheine weder Sonne noch Mond, noch Sterne, und in ein Bergwerk hatte er Jons doch nicht geschickt.

Langsam verwirrten sich seine Gedanken wieder, und er sah Jons in einem dunklen Schacht begraben, aber es war nicht Kohle oder Erz, was über ihm lag, sondern Bücher und Bücher, ein ganzes Gebirge von Büchern, und obenauf saß der alte Lehrer und spielte auf einer ungeheuren Orgel.

Aber dann war es doch nur der Sturm, der aufgekommen war und im Hochwald brauste.

Keine großen Dinge geschahen im Dorf, nur an seinem Rande veränderte sich etwas. Die Moorkate bekam zwei neue Bewohner, und ein neuer Pfarrer kam. Die Moorkate hieß im Dorf seit undenklichen Zeiten die „Arme Sünde“, und selbst der Großvater Michael wußte nicht, woher der Name kam.

Doch lief ein Gerücht, daß die letzten Bewohner, Mann, Frau und zwei Kinder, ihr Leben in einem der Torflöcher geendet hätten, die um das Haus verstreut lagen, aber da das Gerücht von Piontek stammte, war ihm nicht zu sehr zu trauen.

Die „Arme Sünde" hatte immer leergestanden, soweit man sich erinnern konnte, und das Dorf betrachtete sie als ein Eigentum, das man besser nicht besaß. Auch wenn bei Tage ein schwerer Regen die Torfmacher überraschte, zogen sie lieber die Röcke über den Kopf, als daß sie unter dem verfallenen Rohrdach Schutz suchten. Es gab dort eine Küche und eine Stube und oben eine winzige Kammer. An der einen Seite trat der Wald noch heran, nach Süden aber war nichts zu sehen als die braune Öde des Moores, über der die Kiebitze riefen und die Rohrweihen kreisten. Piontek sagte, es sei dort gewesen, wo er den Werwolf in das Eisen gelockt habe.

Und eines Tages, kurz vor der Roggenernte, standen auf dem Hof des Schulzen zwei Frauen, jede ein Bündel in der Hand, und sahen Michael zu, wie er den großen Leiterwagen in Ordnung brachte. Ihre Kleidung war nicht viel anders als die des Dorfes, auch gingen sie barfuß und trugen die Schuhe in der Hand. Aber an ihrer Haltung und ihrem ganzen Wesen war etwas, das sie fremd erscheinen ließ. Michael konnte es nicht gleich erkennen, auch als er auf seinem Weg zum Pferdestall bei ihnen stehenblieb. Doch war ihm, als hätten sie etwas von großen, scheuen Vögeln an sich, die sich verflogen hatten und nun dem Winde mißtrauten, der sie verschlagen hatte.

Die Ältere hatte ein strenges, schon gefurchtes Gesicht, zugeschlossen wie ein Tor, mit blauen, ganz klaren Augen, die ohne alle Furcht waren und die vieles gesehen haben mußten, was man an einem Küchenherd nicht sah. Ihr Haar war grau, schlicht gescheitelt, und wie sie dastand, auf ihren Stock gestützt, sah sie nicht aus, als sei sie gekommen, um hier etwas zu erbitten.

Die Jüngere war fast noch ein Kind, von ganz zarter, fast zerbrechlicher Gestalt, und von ihr konnte Michael nun seine Augen nicht mehr abwenden. Er hatte noch niemals, auch nicht in der Stadt, etwas gesehen, das so nach Schutz und Hilfe verlangt hätte wie dieses schmale Gesicht, in dem der kindliche

Mund halb bat und halb schon weinte, ohne zu wissen, weshalb, und in dem die Augen noch erfüllt schienen von etwas Dunklem, das eben vergangen war, und sich schon wieder vorbereiteten, etwas zu empfangen, das noch dunkler sein würde als das eben Gewesene. Gefangene Vögel, meinte Michael, die man in der Hand hielt, konnten so aussehen, und er glaubte ihr Herz unter dem schwarzen Tuch klopfen zu hören.

Indes trat der Schulze aus dem Haus, kam langsam dazu mit seinem unbewegten Gesicht und nahm den Brief, den die Frau ihm reichte, vorsichtig in die Hand, als wisse er nicht, ob er aus unsauberen Händen komme. Nachdem er ihn mehrmals gelesen hatte, sah er die beiden Frauen an, reichte ihn Michael und sah dann auf das Moor hinaus, wo man über das Tor hinweg die „Arme Sünde" liegen sehen konnte, von der in dem Brief die Rede war.

Der Brief war von dem Pfarrer eines Kirchspiels in einem weit entfernten Teil der Provinz, und in ihm wurde der Gemeindevorsteher des Dorfes Sowirog gebeten, der Witwe Grita Bauschus und ihrer Tochter Erdmuthe ein kleines Haus, die „Arme Sünde" genannt, von dem sie anscheinend mit Recht behaupteten, daß es ihnen gehöre, zur vorläufigen Wohnung anzuweisen, wenn es leerstehe, bis er, was er bald zu können hoffe, die notwendigen Unterlagen für die berechtigten Erbansprüche beibringen werde. Er bitte, da die beiden Frauen ein schweres Schicksal ohne Schuld getroffen habe, ihnen den Anfang ihres neuen Lebens um Gottes willen zu erleichtern.

Auch Michael las den Brief mehrmals, und dann sahen beide die Frauen an.

„Ihr meint, daß es euer Haus ist?" fragte endlich der Schulze.

„Er ertrank dort mit den Seinigen", erwiderte die Ältere ruhig. „Seine Schwester war meine Großmutter, und sie war die einzige Erbin."

„Und wovon lebt ihr?"

„Von unseren Händen, und das war immer noch das beste Leben."

„Es ist nicht sehr wohnlich dort", sagte Michael.

Die blauen Augen richteten sich auf ihn. „Wer aus der Hölle kommt, wohnt gut im Regen", sagte sie.

Das Kind blickte zu Boden, und sie sahen, wie sich seine Hände falteten.

„Solange ich da bin, kann ich euch etwas helfen", sagte Michael und sah den Schulzen an. Der hob nur die Augenbrauen und meinte dann, da es nach des Pfarrers Worten „um Gottes willen" geschehen solle, so habe er nichts dawider. Und ihre Urkunden möchten sie ihm bringen, sobald sie da seien.

Nach ein paar Tagen zogen sie ein. Ein Leiterwagen brachte ihre Sachen und kehrte wieder um. Die Frauen und Kinder des Dorfes sahen aus der Ferne zu. Unheil werde daraus kommen, sagten sie. Eine tote Sünde solle man nicht wieder zum Leben erwecken. Nach Feierabend aber sahen sie Michael Jeromin auf dem Dach der „Armen Sünde", wo er die schadhaften Stellen im Rohr ausbesserte, und bald danach stieg der erste Rauch aus dem niedrigen Schornstein.

Von der Frau sah man nicht viel. Es hieß, daß sie Heilkräuter im Walde sammle und bald, auch mit Botengängen, eine ziemliche Kundschaft erworben habe. Daß sich vor ihren Augen alle fürchteten, aber daß, zumal bei Krankheiten, eine große und wunderbare Ruhe von ihr ausgehe und daß um ihre glückliche und sichere Hand mancher Arzt sie beneiden könne.

In dem kleinen Haus am Moor hörte man tagsüber nur das Klappern des Webstuhls. Dort saß das Mädchen, und wenn man es einmal sah, so stand es vor der Tür, die Hände gefaltet, und blickte lange und unbeweglich über das Moor, auf dem die Schatten der großen Wolken langsam dahinzogen.

Nur Michael erfuhr, daß ihr Stiefvater zu Ausgang des Frühlings durch das Beil des Scharfrichters geendet hatte, weil er seine Eltern, die auf dem Altenteil nicht sterben wollten, durch Gift aus dem Leben gebracht hatte.

Es erschreckte ihn, aber nicht so, daß er deshalb fortgeblieben wäre.

Die zweite Veränderung betraf den Pfarrer. Er hieß Agricola, und man erzählte, daß er aus der Hauptstadt der Provinz auf seinen eigenen dringenden Wunsch in das kleine Dorf gekommen sei. Doch wußte niemand, weshalb er das getan habe. Er war ein großer Mensch mit einem kühnen Gesicht und unruhigen, schwermütigen Augen, fünfzig Jahre alt, aber kinderlos, und von seiner Frau sagten die Frauen von Sowirog, daß sie zum Brotanteigen nun keinen Sauerteig mehr brauchten, sondern daß sie nur die Frau Pfarrer zu bitten hätten, den Teig anzusehen. Er werde dann von selbst sauer werden.

Bei dem ersten Gottesdienst, den der Pfarrer im Schulhaus von Sowirog hielt — er fand nach einem alten Brauch alle vier Wochen statt —, predigte er über die Bekehrung des Saulus, wie sie im neunten Kapitel der Apostelgeschichte erzählt wird, und insbesondere über das Wort, das der Herr zu Ananias gesprochen hatte: „Ich will ihm zeigen, wieviel er leiden muß um meines Namens willen." Und die Predigt blieb ihnen lange im Gedächtnis.

Es war nicht nur so, daß hier ein andrer Mensch vor ihnen stand als der frühere Pfarrer, kein Ausleger und Zureicher, kein Tadler und Richter. Sondern fast einer, der den Weg für eine Weile verloren hatte und mit Unruhe, ja mit Leidenschaft, nach einem Ausweg suchte. Sie merkten, daß er gleich ihnen mit dem Leben noch lange nicht fertig geworden war, ja, daß er vielleicht tiefer als sie im Gestrüpp steckte. Nur wußten sie nicht, um welche Art von Gestrüpp es sich handle. Sie verstanden nicht alles, was er sagte, und sie mußten auch immer wieder auf die Frau Pfarrer sehen, die auf die Wandtafel blickte, so als werde hier in einer fremden Sprache gesprochen. Aber sie verstanden doch, daß hier einer gekommen war, der zu ihnen halten wollte, kein Apostel für die Reichen und die Obrigkeit, kein Stellvertreter des Landrats, sondern einer, der „leiden wollte um Christi Namen willen".

Als er den Segen gesprochen hatte, sahen sie Schweißtropfen auf seiner Stirn, und es ergriff sie mehr als alles andere. Sie waren nicht gewohnt, daß jemand Schweißtropfen für sie vergoß.

Es erschien ihnen ganz in der Ordnung, daß seine Frau nach dem Gottesdienst in den Wagen stieg und nach Hause fuhr und daß der Pfarrer selbst seinen Besuch in jedem Hause für den Lauf des Tages ankündigte. Zunächst blieb er im Schulhaus, und hier, nach dem Essen, neben den Bienenstöcken, als der

Lehrer davon sprach, wie schön es ihm am Abend seines Lebens sei, daß noch einmal das Evangelium in diese Dörfer gebracht werde, gab er zur Antwort, daß es noch immer Pfarrer gebe, die das Evangelium nicht brächten, sondern suchten, und daß er nur noch nicht wisse, ob diese auch Pfarrer sein oder bleiben dürften.

Stilling, nach einer Weile, fragte leise, was er denn wohl mit seinen sechzig Jahren tun solle, wenn er seine kümmerliche Ernte bedenke. Aber der Pfarrer unterbrach ihn. Es handle sich nicht um die Früchte, sagte er. Daß zwei mal zwei vier sei und daß die Erde rund sei und daß die Arbeit besser sei als Müßiggang, das könne man ruhig lehren, weil es eben so sei. Aber daß Christus um unserer Sünden willen gestorben sei, damit wir das ewige Leben hätten, das könne man vielleicht nicht so ruhig lehren. Nicht nur, weil an anderen Orten der Erde anderes gelehrt werde, sondern auch weil . . . nun ja, wenn die Sonne sich in Nebel verhülle, so wüßten wir trotzdem, daß sie da sei. Aber wenn Gott sich verhülle, eine Nacht lang, tausend Nächte, ja, tausend Jahre lang, so sich verhülle, daß nur Teufelswerk auf dieser Erde geschehe, dann . . .

Er fuhr mit der Hand über die Stirn und lächelte. „Ein schlechter Pfarrer", sagte er, „der seine Sorgen auf Menschenschultern legt."

Der Lehrer erwiderte nur, daß auf seine Schultern schon vieles abgeladen worden sei, denn auch in einem solchen Dorfe gebe es vielleicht mehr Sorge, als man denke. Und wer alt werde und es zuerst in den Schultern sei, der sei nicht richtig alt geworden.

Der Pfarrer nickte und bat ihn dann, ihm vom Dorf und seinen Schicksalen zu erzählen.

Es wurde dann Abend, ehe er mit seinen Besuchen fertig war. Zu den Ergriffensten gehörte Gogun, und er meinte, daß er sich jeden Sonntag so eine Predigt wünsche. „Sie ist wie ein Regen, Herr Pfarrer", sagte er, „und von der Woche ist genug abzuwaschen."

„Ja, wenn ihr eine Kirche hättet", meinte der Pfarrer, und er wußte gar nicht, was er für ein verhängnisvolles Wort aussprach.

Es war ein schöner Tag für den Pfarrer. Er erkannte Armut und Dumpfheit, aber er erkannte auch, daß niemand sich verschließen wollte vor ihm. Er hatte in der Hauptstadt eine Gemeinde gehabt, oder doch einen Teil einer Gemeinde, zu dem er niemals den Schlüssel gefunden hatte. Sie glaubten nicht und sündigten. Auch diese sündigten wahrscheinlich, aber sie glaubten. Ihre Sünde war deshalb vielleicht schwerer, aber die Gnade war ihnen näher. Und vielleicht konnte man hier noch einmal anfangen. Er wußte nicht, zum wievielsten Male, aber vor Gott konnte man immer von neuem anfangen, immer von neuem.

Er saß lange bei Jeromins, und auch ihm schien es ein seltsames Haus. Gina ging aus der Stube, und Frau Marthe schwieg, aber mit Christean sprach er viel, und als er aufstand, wendete auch der Großvater seine Augen zu ihm. „Paulus wußte viel", sagte er, „aber mit ihm ist die Unruhe gekommen. Abraham war ruhig, auch vor dem Holzstoß. Auch du wirst ruhig werden, Herr Pfarrer."

Da ging er verwirrt aus dem Hause.

Er ließ niemanden aus, auch den Meiler nicht, auch Kiewitt nicht. Er war wie ein Schatzgräber. Er fand nicht den großen Schatz, aber aus jeder Hand empfing er eine Münze, und als er am Abend in seine Hand blickte, war sie gefüllter als sonst.

Auch in der „Armen Sünde" kehrte er ein und blieb lange dort, und als er, schon in der hellen Dämmerung, zu Fuß nach seinem Kirchdorf ging, war ihm, als habe er lange keinen so reichen Tag gehabt. Er hatte nicht viel geschenkt, und selbst das billige Trostwort war ihm verhaßt, daß der liebe Gott schon helfen werde. Aber er war beschenkt worden, und auch Pfarrer, meinte er, müßten sich ab und zu beschenken lassen. Nicht nur von Gott, sondern auch von den Menschen. Wie alle Diener sich beschenken ließen.

Zu Hause saß seine Frau im Dunklen, wie sie es seit langem zu tun liebte, und wie immer fiel die Dunkelheit schwer auf sein Herz.

„Und hier, meinst du", sagte sie, „soll dein Weizen nun noch einmal blühen?"

Er sah den scharfen Umriß ihrer Züge gegen die Fensterscheibe, und ihre Stimme kam wie aus einem leeren Raum. Er fühlte nun, wie müde seine Füße waren und wie alle seine kleinen Schätze wieder von ihm abfielen. Was war auch von einem Pfarrer zu halten, der nicht einmal in seinem Heim die Freude einfangen konnte?

„Ich weiß nicht, ob er blühen wird“, erwiderte er, „aber mir ist nach langer Zeit wieder so ums Herz, als ob ich hier noch einmal anfangen könnte.“

„Ich weiß, wie oft du angefangen hast“, sagte die ferne Stimme, „und wie es ausgegangen ist. Wer nicht mehr glaubt, den hat Gott verworfen, ob ihn auch die Kätner zu Ehren annehmen.“

„Niemand kann sagen, daß ich nicht mehr glaube“, sagte er leise. „Wer weiß das außer Gott allein?“

„Er weiß es, und ich weiß es“, erwiderte sie, „und das ist genug für uns beide.“

Ihr Bild stand ganz still gegen die Helle des Fensters, und auch ihre Lippen schienen sich nicht zu bewegen. Es war, als ob die Worte nicht aus einem Menschenmund kämen, sondern aus einem hölzernen Götzenbild, tief aus dem Innern, und nicht das Götzenbild spräche, sondern eine richtende Stimme, die sich seiner nur als eines Mittels bediente.

„Und wenn es so wäre“, sagte er nach einer Weile, „hättest du dann zu richten? Und ist es überhaupt eine Sache des Richtens, wenn jemand etwas verloren hat?“

„Kinder weinen“, erwiderte sie ebenso unbewegt, „wenn sie eine Münze verloren haben, aber Pfarrer werden gerichtet. Meine Mutter strafte mich, wenn ich eine Masche fallen ließ, und so habe ich wenigstens stricken gelernt.“

„Das ist mehr, als ich gelernt habe“, sagte er bitter, „und wer weiß, ob es nicht auch im Himmel Strickstuben gibt.“

„Das weiß ich nicht“, erwiderte sie, „aber in der Stadt gab es welche, und es läßt sich schon Brot verdienen damit.“

„Ich glaube nicht, daß du stricken müssen wirst, wenn du von mir fortgehst, Therese.“

„Wenn ich fortgehe, will ich auch von deinem Brot fortgehen. Es war niemals viel Segen dabei.“

Der Zorn verdunkelte seine Augen, aber es war besser,

still hinauszugehen. In seinem Zimmer stand er lange am Fenster, die Stirn an den Scheiben, und blickte über den dunklen Garten.

Es war leicht, zu glauben, daß nun davon alles herkomme, die Unsicherheit, der Unglaube, das Leid. Und was gab es, wofür der Mensch nicht eine Entschuldigung gefunden hätte? Aber es war besser, dem leichten Glauben zu mißtrauen. Es gab wohl Menschen, die den Unglauben nicht als ein Unrecht vor Gott, sondern vor den Menschen ansahen. Viel Hoffnung war auf ihn gebaut worden, auf seine Beredtheit, sein Ungestüm, seine Hingabe. Und nun waren sie bitter geworden. Er trachtete nicht nach Ehren, sondern nach der Wahrheit. Auch wer sie fand, beglückte wenige, und er hatte nicht gefunden. Mit fünfzig Jahren noch nicht. Er war nicht ein Diener Gottes gewesen, sondern ein Trinker. Er berauschte sich an Gottes Wort, und dann wurde er nüchtern, und Schalheit war auf seiner Zunge. Aber Gott war kein Wein. Gott war die große Einfalt, und er besaß sie nicht. Alles ließ sich erlernen, aber nicht die Einfalt. Er hatte es früh erkannt und nicht gewagt, seine Erkenntnis zu glauben, weil die Menschen sie Irrtum nannten oder eine Anfechtung. Aber in den Anfechtungen richtete der Mensch sich auf gegen Gott, das wußte er nun. Dort, in den Elendsquartieren seiner städtischen Gemeinde, hatte er sich aufgerichtet, gegen die Leibeigenschaft der Armen, gegen die unzähligen Kindersärge, an denen er gestanden hatte, gegen die zertretenen und mißhandelten Frauen, gegen den großen Lehrsatz, daß es immer so gewesen sei und immer so bleiben werde, den Lehrsatz von Mördern und Dieben, und mit dem allem gegen Gott.

Ja, Gott und nicht der Mensch. Denn er war des Geschwätzes überdrüssig, daß der freie Wille die Verantwortung für alles dieses dem Menschen auflade und nicht Gott. Denn selbst wenn sie da wäre, diese berühmte Freiheit des Willens, so würde sie von Gott kommen, dem Schöpfer aller Dinge.

Und so hatte er nun ein Leben vertan, mit Worten und Begriffen, mit Irrtümern und Erkenntnissen, und seine Hände waren leer geblieben. Sie hatten nach der Tat verlangt, von Jugend an, nach wilden, stolzen und gefährlichen Taten, aber er hatte keine Tat getan. Er hatte nicht einmal ein Kind. Er hatte nur eine Frau, die seinen Unglauben haßte, und hatte nun eine Gemeinde, mit der er noch einmal anfangen wollte. Demütiger konnte man nicht anfangen als hier, und er war noch einmal bereit, zu suchen, ob Gott vielleicht in diesen Walddörfern lebe. Daß er in den Städten nicht lebte, das wußte er nun, und vielleicht war er, der Pfarrer, also nur ein Schatzgräber gewesen, der am falschen Ort gesucht hatte. Vielleicht würden auch ihm hier die Schuppen von den Augen fallen wie jenem, von dem er heute gepredigt hatte und dem gezeigt werden sollte, wieviel er leiden müsse um Gottes Namen willen.

‚Ach, lieber Gott', dachte der Pfarrer vor dem dunklen Garten, ‚wenigstens du könntest doch wissen, wieviel ich um dich gelitten habe ...'

Er blieb noch stehen, weil die Fensterscheibe so kühl war wie eine Hand — aber kannte er solche Hände? — und die Sterne so schön über den dunklen Bäumen. Wenn es auch ein armes Land war, in das er gekommen war, so war es doch ein großes Land, und wenn Gott nicht einmal in diesen Dörfern lebte, so konnte er immer noch in den Wäldern leben. Weshalb konnte es nicht sein, daß er die Menschen ganz und gar verlassen hatte und nun nur noch bei den Pflanzen und Tieren lebte? Auch Schöpfer können sich irren, und wer den alten Bund zerschlagen hatte, weshalb könnte er nicht auch den neuen zerschlagen? Nur daß er es nicht verkündigt hätte und die Menschen es gar nicht merkten. Daß sie immer noch in den alten Kirchen predigten, aber Gott war schon längst fortgegangen aus ihnen, ohne es ihnen zu sagen. Und nun riefen sie weiter, spielten und agierten, wie Schauspieler, denen man nicht gesagt hatte, daß das Haus sich geleert habe. Ein schauerlicher Anblick. Gesten, Rufe und Beschwörungen, und der Beschworene war nicht mehr da. Gebete und Lieder, und der Angebetete war schon weit auf den Straßen ...

‚Ich sollte es alles hinlegen', dachte er, ‚und als Knecht zu Kiewitt gehen. Ein gepflügter Acker ist mehr als hundert Predigten ... und vielleicht würde er mich noch einmal taufen, er hat ganz die Augen danach ...'

Das große alte Haus war so still wie ein Grab. Dann hörte er, wie das neue Mädchen in der Küche sang. Es klang, als sei sie tief in einem Berge und gehe immer noch tiefer hinein. ‚Sie wird bald aufhören mit Singen', dachte er, ‚und mit Stricken anfangen ... sie wird es ihr schon beibringen, daß keine Masche fällt ...'

VI

Wir haben einen Neuen, Herr Oberlehrer", sagte der Primus und lächelte vertraulich, „einen aus dem Walde."

„So? Aus was für einem Walde? Wie heißt er?"

„Josua Ehrwürden Jeromin, Herr Oberlehrer."

„Nun, keine Dummheiten, bitte. Wo ist er?"

Jons stand auf. Er trug den selbstgewebten Anzug und das Haar über der breiten Stirn sauber gescheitelt. Seine Augen waren verstört, aber er hatte die Lippen fest geschlossen wie seine Mutter, wenn sie den Steuerbescheid in der Hand hielt.

„Ah, mein Lieber, da bist du ja", sagte der Ordinarius. „Laßt eure Witze unterwegs. Dieser kleine Mann aus dem Walde wird euch alle schlagen. Und wie heißt du, mein Sohn?"

„Jons Ehrenreich Jeromin."

„Richtig, ich erinnere mich. Ein litauischer Vorname und ein Wunschvorname. Und bist du nun auch an Ehren reich, Jeromin?"

„Nein, Herr Oberlehrer. Mein Vater sagt, vielleicht ist man bei seinem Tode an Ehren reich."

„So ... das ist recht von deinem Vater. Und was ist dein Vater?"

„Mein Vater ist Fischer und hat einen Meiler für den Herrn von Balk."

„Einen Meiler, sieh mal an! Und wer ist der Herr von Balk?"

„Der Herr von Balk hat ein Schloß hinter dem Walde, und ihm gehört alles, was wir haben, der See und der Wald und das ganze Dorf."

„So, und ist er ein guter Herr, der Herr von Balk?"

„Ja, er ist ein guter Herr, aber er ist traurig, und er hat einen Affen, der Pferdeäpfel wirft, und einen Papagei, der sprechen kann. ‚Otto, sei doch nicht komisch', sagt er." Die Klasse wand sich vor Vergnügen, aber Oberlehrer Carl, genannt

„Charlemagne“, sah ihn nachdenklich an. „Eine neue Welt bringst du uns, Jons“, sagte er, „und wir können sie brauchen ... wir sind ein bißchen versteinert hier ...“

So begann der erste Tag in der Schule für Jons, aber nur in der Schule, denn das andre hatte lange vorher begonnen. In der Dämmerung schon, als er erwacht war und die graue Mauer vor seinem Kammerfenster gestanden. Er hatte die Vorhänge nicht zugezogen, weil er Vorhänge nicht kannte und an den Seiten des Fensters so viele Schnüre herunterhingen, daß er Angst hatte, sie anzufassen.

Zuerst glaubte er, daß er träume und daß Nebel über dem Walde liege, so daß die Fichten wie eine graue Mauer aussähen. Aber dann erinnerte er sich, und die Erinnerung stürzte wie ein Stein auf seine Brust. Herr Stilling hatte ihn hierhergebracht und war wieder abgefahren, und nun war er allein, so allein wie der Vogel über einem fremden Wald. Nur daß er keine Flügel hatte. Sein Herz brannte ihm, aber immer wenn die Tränen kommen wollten, dachte er an seinen Vater, wie er am Meiler zu ihm gesprochen hatte. Keiner würde auf ihn warten, daß er die Welt bewege, nicht einmal Christean. Aber der Vater würde warten, und jetzt würde er auf der Schwelle am Meiler sitzen und an ihn denken, ob er schon angefangen hätte mit seinem Werk. Auch der Vater würde traurig sein, wie er es immer war, aber er würde nicht vergessen, nach seinem Meiler zu sehen. Nie vergaß der Vater etwas, was ihm aufgetragen worden war, und auch er würde es so halten.

Das Bauer mit dem Buchfink stand in der dunklen Ecke, mit seinem Rock zugedeckt, und der Vogel rührte sich nicht. Sie beide würden nun auf die graue Mauer sehen statt auf den Wald, aber sie würden zeigen, daß sie das Singen nicht verlernen würden. Sie würden zeigen, daß man sich auf sie verlassen könnte. Der Vater und auch Michael, und auch Herr Stilling und das ganze Dorf.

Nebenan rührte es sich leise. Dort schliefen die drei schwarzen Töchter hinter einem Vorhang. Und auch weiter hinten gab es nun Lärm und Gelächter, wo die anderen in einem großen Zimmer wohnten und schliefen, fünf Jungen aus Gütern und kleinen Städten der Provinz, von denen er noch nicht viel mehr bemerkt hatte als wirre Haarschöpfe, halbgeleerte Koffer und einen Geruch, der nach Pferdestall und billigem Tabak schmeckte.

Als er fertig war und seine Bücher mit einem alten Riemen zugeschnürt hatte, den Gogun ihm geschenkt hatte, nahm er das Tuch von dem Buchfink, säuberte das Bauer, streute Futter hinein und stellte es auf den Tisch neben dem Fenster. Der Vogel sah ihn an, aber sein Blick war traurig, und Jons dachte mit Sorgen an seine Zukunft. Er wußte nicht genau, ob die Sonne hier am Abend scheinen würde, wie die schwarzen Damen gesagt hatten. Sie hatten den Vogel mißmutig betrachtet, und eine von ihnen hatte gemeint, Tiere verstießen gegen die schriftliche Vereinbarung. Aber Herr Stilling hatte gesagt, auch Buchfinken habe der Herrgott geschaffen, und es sei besser, ein Kind habe solche Freuden, als daß es sich andere aussuche, die man ihm in der Stadt anbieten könne.

Dann öffnete eine der schwarzen Schwestern die Tür und sagte, daß der Kaffee fertig sei. Auch müsse er etwas unter das Bauer unterlegen, von seiner eigenen Wäsche natürlich, damit die Politur des Tisches nicht beschädigt werde. Jons sah keine Politur, aber er nahm eines der selbstgewebten Handtücher aus der Holzkiste und gehorchte. Es schien ihm, als könnten die drei Töchter sehr gut die Töchter der Witwe Kroll sein.

Um den großen Tisch im Eßzimmer standen und saßen die anderen Pensionäre. „Hallo, der Prärieläufer!" sagte der Größte von ihnen. „Komm her, mein Sohn, und atze dich an dem, was die Hexenküche uns zubereitet hat."

Die anderen lärmten weiter, und nur einer fragte ihn, ob er mal versuchen wolle, seinen ausgestreckten Arm zu biegen. Sie sprachen in erschreckenden Ausdrücken von ihren Lehrern, ihren Pferden und ihrer Zigarrensorte. Sie waren alle älter als Jons, und der, der ihn angeredet hatte, trug schon den Anflug eines Schnurrbartes und hatte eine tiefe Stimme wie der Krugwirt Czwallinna. „Iß ordentlich, mein Sohn", sagte er. „Wenn etwas übrigbleibt, prügeln sich die Parzen darum, und wenn nichts übrigbleibt schimpfen sie nur auf uns."

Wer die Parzen seien, fragte Jons bescheiden.

„Die Parzen, mein Sohn, sind die drei Damen in Schwarz, denen dieser Saftladen hier gehört. In der Mythologie waren es diejenigen, die mit der Schere auf die menschlichen Lebensfäden losgingen, soweit ich mich erinnere."

Alles war verwirrend und schwer zu begreifen, aber sie waren freundlich und herablassend, und Jons dachte, daß es mit ihnen schon gehen würde.

Dann war er zur Schule gegangen. Er hatte sich den Weg gut gemerkt, und er vergaß keinen Weg, den er einmal gegangen war. Es gab viele Dinge zu sehen außer der Pferdebahn, und am seltsamsten schienen ihm die großen Steinplatten, auf denen er ging und auf denen seine eisenbeschlagenen Stiefel so deutlich zu hören waren wie die Hufeisen eines Pferdes. Niemand kümmerte sich um ihn, niemand sah ihn an, und nur ein blasser schielender Bäckerjunge, der vom Brötchenaustragen kam, schien Mißfallen an ihm zu empfinden, spuckte durch eine Lücke in seinen Vorderzähnen und sagte: „Na, du Singbüdel?"

Jons wich etwas zur Seite aus und dachte während des ganzen übrigen Weges nach, was wohl ein Singbeutel sein könne. Es war ihm nur klar, daß es keine Freundlichkeit bedeutete.

In der Schule wußte er bald, daß die Stunden besser waren als die Pausen. Zwar war keine so wie bei Herrn Stilling, und auch keiner der Lehrer war so, Herrn Charlemagne vielleicht ausgenommen. Sie waren alle so schrecklich verschieden, wie sie aussahen, wie sie sprachen, was ihnen gefiel oder mißfiel. Einige waren wie Götter, vor denen man opfern mußte, aber die meisten waren freundlich, wenn man auch nicht immer erkannte, was in ihnen schlummerte. Nur der Lehrer der Mathematik fand, daß Jons zu langsam denke. Es fiel ihm nicht auf, daß die meisten der anderen gar nicht dachten oder daß sie schnell, aber falsch dachten. Er war ein beweglicher, unruhiger Mann, und seine Augenlider zuckten so, daß Jons dachte, er sei krank. „Wunderdinge haben sie von dir erzählt", sagte er, „aber du machst immer so, als ob du die vierte Dimension erfinden sollst, wenn du eine Linie zu ziehen hast. Bremser beim Leichenwagen warst du wahrscheinlich zu Hause, was?"

„Wir haben keinen Leichenwagen“, sagte Jons. „Wir tragen die Särge auf den Schultern.“

„So . . . vielleicht kommt es auch daher.“

Die Klasse lachte, aber der Professor sah Jons noch eine Weile nachdenklich und mißvergnügt an, ehe er fortfuhr.

Von der ersten Stunde an saß Jons wie eine gespannte Feder da. Er sah mit Erstaunen, daß die anderen spielten oder unter der Bank lasen oder Unfug trieben. Sie hatten kein Bedürfnis zu lernen, aber er wollte nichts anderes, als alles das begreifen und behalten, was diese Männer lehrten, die so aussahen, als wüßten sie alles, was seit der Erschaffung der Welt geschehen war. Er wußte, ohne darüber nachgedacht zu haben, daß ein schreckliches Heimweh ihn überfallen und zerbrechen würde, sobald er nur für eine Minute aufhörte, in dieser Welt des Geistes mit allen Fasern zu graben und zu arbeiten. Er war jünger als alle anderen in der Klasse, aber wer auf seinen Mund und seine Augen blickte, sah, daß er der älteste unter ihnen war, nicht nur an Eifer und Denken, sondern auch an Einsamkeit und stillem Leid.

In den Pausen fühlte er es selbst. Er ging wohl mit den andern auf und ab, er spielte auch und setzte sich zur Wehr, wenn es nötig war. Aber er war nicht zu Hause bei ihnen. Er kam aus einer andern Welt, in der das Spiel eine Sache des Sonntags war und in der der Alltag mit Dingen gefüllt war, die man hier nicht kannte. Auch hier gab es Arme, aber es war eine städtische Armut, die in geflickten Kleidern noch mit Hochmut auf seinen gewebten Anzug blickte. Er war ihnen zu ernst, zu streng, zu gerecht, selbst bei ihren Spielen, und der Name „Ehrwürden“ blieb nun bei ihm, solange er auf der Schule war.

Als die ersten Wochen vorübergegangen waren, ohne daß man ihn entlassen oder gesteinigt hätte, begann er, sich freier umzublicken. Er sah, daß ihm alles leicht wurde, was man ihm in den Stunden vortrug, und er wußte, daß er darin bestehen würde. Er schrieb an Herrn Stilling, daß er keine Sorgen zu haben brauche, und an seinen Vater, daß die Armen doch nicht so arm seien. Auch sei es in der Schule nur selten, daß man die Reichen bevorzuge. Was ihn mitunter behindere, sei, daß er zu langsam denke, wie der Professor der Mathematik sage. Aber das komme vielleicht vom Meiler her, wo man alles verderbe, wenn man nicht langsam und gründlich sei.

Er schrieb nicht, daß die Menschen ihm mehr Sorge machten als die Dinge. Schon mit den Lehrern war es nicht einfach. Es war ihm vom Dorfe her selbstverständlich, daß er zu ihnen aufblickte wie zu den Propheten, an die sein Vater glaubte, und Herr Stilling war ihm immer ein heiliger Mann gewesen. Er lebte nach den Geboten und der Heiligen Schrift, und er tat nie etwas anderes, als was er sie lehrte. Aber hier taten nicht alle so. Es gab einige, die so eitel waren wie Mädchen, und einige, die wie ein Apriltag waren, fröhlich und zornig nach Laune, einige, die unsauber und träge waren, einige, die ungerechte Richter waren, und einen, der trank. Er wußte nicht, was er davon halten sollte. Es machte ihn nicht fröhlich wie seine Kameraden, an seinen Lehrern einen Mangel zu entdecken, sondern verwirrt und traurig. Es stimmte nicht mit dem Leben überein, das er geführt hatte. Er wußte nicht, daß sie im Walde um hundert Jahre zurück waren und daß die Zeit schon über viele Dinge lächelte, die ihnen dort noch unberührt und heilig waren. Er merkte aber, daß der Acker, auf den er die Gerechtigkeit bringen sollte, größer war, als sein Vater gemeint hatte.

Auch mit seinen Kameraden fiel es ihm schwer. Sie waren wohl nicht schlechter als die im Dorfe, aber sie lebten in einer fremden Welt. Von den meisten wußte er nicht, weshalb sie zur Schule gingen. Manche waren unsauber in ihren Gedanken, und manche waren roh, und diejenigen, die es nicht waren, erfüllten ihre Tage mit Dingen, von denen er nichts wußte. Am meisten bedrückte ihn, daß der Spott ihnen so lose in den Augen und auf den Lippen saß. Er glaubte, daß er aus einem kalten Herzen kommen müßte, und es erschreckte ihn, daß er auch vor den Leidenden nicht haltmachte, vor den Törichten, den Betrunkenen, den Alten und Hilflosen. Er dachte manchmal, wie es sein würde, wenn sein Großvater ihn besuchen käme und auf dem Schulhof stände, und seine weißen Haare und seine hellen Augen, die so viel gesehen hatten, würden nun ein Spott und ein billiges Vergnügen für seine Kameraden sein.

Oder gar der Hirt Piontek mit seiner Ringschleuder und dem Rindenhorn, und er hatte doch einen Werwolf gebannt.

So schien es ihm besser, still für sich zu sein und immer daran zu denken, daß für jeden Tag, den er hier war, Herr Stilling viele Jahre gespart und sich vieles hatte entgehen lassen, was er niemals wiederbekommen würde.

Nur zweimal in diesem ersten Jahr erwies es sich, daß mit dem stillen Leben allein nicht alles bezwungen werden konnte.

Das erstemal war es der Bäckerjunge, der ihn am ersten Morgen angesprochen hatte. Jons wußte nun längst, was ein „Singbüdel" war und daß damit keine Liebkosung ausgesprochen wurde, und es erbitterte ihn, daß ein fremder Mensch, und anscheinend keiner von den besten, seinen Spott mit ihm treiben sollte, als sei er ein Betrunkener oder ein Hergelaufener, den die Hunde anbellen durften. Er überlegte lange, und auch in solchen Dingen gingen seine Gedanken langsam und schwerfällig. Dann beschloß er es an einem Abend, schlief ruhig wie sonst, und am nächsten Morgen, als die schlottrige graue Gestalt mit dem üblichen Gruß an ihm vorüberschlich, ließ er seine Bücher plötzlich aus der linken Hand fallen, ergriff den Feind mit „Untergriff", wie er es gelernt hatte, hob ihn auf und schleuderte ihn so auf das Pflaster, daß der Besiegte noch dalag, als er schon längst seine Bücher wieder aufgenommen und seinen Weg fortgesetzt hatte, mit stillem, etwas blassem Gesicht, während seine Absätze wie immer laut und regelmäßig auf das Pflaster schlugen.

Ein paar Menschen blieben stehen und starrten ihn an, und ein alter Herr, den er jeden Morgen traf, ein Rentner anscheinend, der seinen Frühgang machte, nahm die Pfeife aus dem Munde, sah ihn verwundert an und sagte bloß: „Na?", als erwarte er, daß dieser merkwürdige Junge mit der breiten Stirn und dem schmalen Mund nun auf ihn losgehen werde.

Doch geschah nichts weiter, kein Mordbericht stand in der Zeitung, kein Polizist kam in die Schule, aber in der großen Pause legte auf der Treppe Charlemagne den Arm um seine Schulter und sagte: „Nun, Jons, was war denn heute früh?"

Da erzählte Jons die Vorgeschichte und daß er es nicht ertragen könne, wie ein Strolch behandelt zu werden.

Charlemagne strich ihm über das Haar und sagte, es sei in Ordnung. Nur gebe er ihm den Rat, nun auf einem anderen Wege zur Schule zu kommen. Es sei nicht gut, sich auf der Straße zu prügeln, wenn man eine bunte Mütze trage, nicht wahr? Übrigens habe er nicht sehr klug ausgesehen, sein Feind, als er wieder aufgestanden sei, das habe er gerade noch gesehen. Weder wie der geblendete Polyphem noch wie der rasende Ajax.

Das zweitemal, als es mit dem stillen Leben nicht gehen wollte, war Chuchollek der Anlaß, und er brachte Jons tief in das Elend hinein.

Chuchollek kam im Herbst aus einer kleinen Stadt auf die Schule, und da neben Jons ein Platz auf der Bank frei war, wurde er ihm zugewiesen. „Chuchollek heiße ich", sagte er vor Beginn des Unterrichts. „Eigentlich von Chuchollek, aber mein Vater hat den Adel abgelegt, weil er Äußerlichkeiten verachtet."

Er sah Jons durchdringend an, ob ein Zweifel in seinen Augen zu lesen sei, aber Jons blätterte in seinen Heften. Er dachte an Herrn von Balk und wie doch auch der Adel so verschiedene Gestalten hervorbringe. Sein Nebenmann war klein und stämmig. Schwarze, ölige Haarsträhnen fielen in sein blasses, breites Gesicht, und seine schmalen Lippen konnten auf eine furchterregende Weise lächeln. Sein Vater mußte den Adel vor langer Zeit abgelegt haben, denn die Kleider seines Sohnes waren voller Flecken, seine Schuhe aufgeplatzt, seine Bücher ohne Einband. Am schlimmsten aber schienen Jons seine Hände, kurz und sehr breit, mit Fingern, deren Nägel so abgekaut waren, daß Jons eine Weile glaubte, er komme aus einer Folterkammer.

Aber Chuchollek war ein heimatlicher Laut. Der Zimmermann im Nachbardorf hieß so, der bei ihnen das Scheunendach gemacht hatte. Zwar war er immer betrunken und sah nicht wie ein Graf aus, aber er hatte doch auf dem Hof gesessen und den Holzhammer auf das Stemmeisen niederfallen lassen. „Unser Zimmermann heißt so", sagte Jons. „Vielleicht seid ihr verwandt?"

„Esel!" erwiderte Chuchollek.

In vier Wochen war Jons ein Sklave seines Nebenmannes. Er war niemals eines Menschen Sklave gewesen, und sein ganzes Wesen empörte sich gegen diese Erkenntnis, aber er unterlag der Macht des Bösen. Er hatte das Böse niemals kennengelernt, es war so neu in seinem Leben, daß es wie ein Dämon alles lähmte, was er bisher gewesen war und besessen hatte. Es trank alle Kraft aus seinen Adern, und es ging ihm zum erstenmal auf, daß die Welt ganz anders sein konnte, als die Bücher sie beschrieben.

Chuchollek wurde sein Herr und Vogt, der nicht mit Ruten herrschte, sondern mit Skorpionen. „Zeig mal deinen Federkasten her“, sagte er. „Mir scheint, du weißt nicht, was hier vorgeschrieben ist.“ Er betrachtete die vorbildliche Sauberkeit, in der Jons seine Sachen hielt, nahm die Dinge einzeln in die Hand und verteilte sie in zwei Haufen. „Faber Nr. 3 ist verboten“, sagte er, „zu weich . . . ich will dir aushelfen.“ Und er schob Jons ein abgebrochenes Bleistiftende zu, das so aussah, als sei eine Pferdebahn darüber hinweggegangen. „Federhalter? Geht an. Aber sieh mal her! Ein synthetischer Halter, verstehst du? Künstlicher Rubin, glaube ich. Das Ende ist nur abgebrochen, damit man die Maserung an der Bruchstelle besser sieht. Ich will tauschen, weil wir aus derselben Gegend sind. Keine falsche Bescheidenheit, junger Freund . . . hast du einen Penter?“

Jons hatte keinen Penter.

Chuchollek lächelte ironisch mit dem linken Mundwinkel, wo immer ein graues Speichelbläschen saß. „Ohne Penter bist du geliefert, Freundchen. Wo wohnst du? Herzogsacker? Herzlichen Glückwunsch. Am Herzogsacker können nur Männer wohnen, verstanden?“ Und er zog seinen Penter aus der Tasche. Einen vielfach geflochtenen Riemen, dessen Endschlinge einen Stein oder eine Bleikugel enthielt. „Ohne diesen Tröster bist du in drei Tagen eine Leiche, junger Freund. Hier ist Großstadt und kein Hinterwald. Überlege bis morgen, was du mir als Anzahlung bringen kannst, verstanden?“

Jons erwarb einen Penter. Er erwarb synthetische Federhalter mit Bruchstellen, Bleistiftspitzer mit Altertumswert, verbogene Zirkel, gespaltene Lineale, eingerissene Briefmarken,

Stollwerckbilder mit Fettflecken. Er mußte teuer erwerben, und schon wenn er Chucholleks Stimme von ferne hörte, zitterte er vor Haß. „Schwache Nerven hast du, junger Freund“, sagte Chuchollek. „Wer weiß, ob du überhaupt aus dem Walde stammst? Alle Aristokraten leiden, ohne mit der Wimper zu zucken.“

In der zweiten Woche besuchte er Jons in der Pension. „Nett haben Sie es hier“, sagte er im Korridor zu einer der schwarzen Schwestern. „Hübsche alte Bilder ... direkt gemütlich ...“ Sie öffnete ihm verblüfft die Tür zu der kleinen Kammer. Jons hatte ein Paket mit Äpfeln bekommen. „Gravensteiner?“ sagte Chuchollek und nahm den größten in die Hand. „Gute Sorte, wenn auch nicht allererstes Aroma. Übrigens ist meine Mutter krank. Du könntest ihr ein paar mitgeben, nicht wahr? Ich sehe, du hast deine Arbeiten schon fertig. Der Ordinarius hat mir aufgetragen, mich ein bißchen um dich zu kümmern ... wollen mal sehen ...“

Er setzte sich zu Jons an den Tisch, zog aus der Hosentasche ein paar verknüllte Hefte heraus und begann die Arbeiten abzuschreiben. „Etwas umständlich diese Konstruktion“, meinte er, „aber für jemanden aus Sowirog nicht übel ... übrigens können wir zusammen deinen Atlas benützen. Meiner ist ein Weltatlas, hundertdreißig Blätter, zu schwer zum Mitschleppen ...“

Nach einer Stunde ging er, den Atlas unter dem Arm, drei Gravensteiner in jeder Hosentasche, einen Magneten in der Hand, um ihn wieder „stark“ zu machen.

Von da ab kam er täglich. Die schwarzen Schwestern sahen ihn wie einen Aussätzigen an, der Buchfink schwieg, wenn er da war. Er trug Jons’ Turnschuhe, er hatte seinen Atlas, sein Gesangbuch, seinen Federhalter, seine Bleistifte. Er war kein Doppelgänger, aber er war ein Parasit, der das Blut aus Jons heraustrank.

Es war wohl so, daß Jons sich vor ihm fürchtete, wie ein Vogel sich vor der Schlange fürchtet. Er hatte nicht gewußt, daß ein Mensch so sein konnte, und er unterlag dem Unbekannten. Manchmal glaubte er, daß Chuchollek ihn ermorden würde.

Sein Ansehen in der Klasse sank. Selbst Charlemagne sah

unruhig auf das seltsame Paar. Jons erkundigte sich vorsichtig nach Chucholleks Vater. Er war Schreiber bei einem Winkelkonsulenten, und einige hatten ihn morgens im Rinnstein liegen sehen. Jons begann, von Chuchollek zu träumen. Es war ein kahles Zimmer mit einer grünlichen Tapete, die über der Bodenleiste dunkle Löcher hatte. Eine Lampe brannte fahl, als sei es tief auf dem Meeresgrund. Aber man sah sie nicht. Jons stand atemlos und sah sich um. Es knisterte an den Löchern, aber er wußte nicht, an welchen. Und dann kam es herausgekrochen, vielgliedrig, dunkel, gestaltlos. Es kam auf Jons zu. Jons lief. Es kam schneller. Es trieb ihn in die Ecke. Seine Zangen öffneten und schlossen sich gespenstisch. Und Jons schrie, bis der Buchfink ängstlich zu flattern begann und die schwarzen Schwestern hinter ihrem Vorhang wisperten.

Ein halbes Jahr lag Jons unter Chuchollek und fühlte seine dicken, nagellosen Hände um seine Kehle. Er konnte ihn nicht abschütteln. Es war, als sei in seinem Blut das Blut der Leibeigenen wieder auferstanden. Dreimal stand er vor der Tür von Charlemagne, und dreimal kehrte er wieder um. Sein Leben war vergiftet, und er konnte das Gift nicht aus seinem Körper treiben.

Im Frühjahr machten sie den ersten Schulausflug, und Chuchollek hing wie eine Klette an ihm. Sie kehrten in einem Forsthaus ein. Hinter dem Garten floß ein Bach, und dort fing Chuchollek einen Maulwurf. Am Bach stand ein Eimer, und Jons mußte ihn mit Wasser füllen. Dann warf Chuchollek den Maulwurf hinein und sah zu, wie er um sein Leben kämpfte. „Laß das sein!“ sagte Jons und stieß nach dem Eimer. Chuchollek pfiff durch die Zähne und stieß Jons die Faust unter das Kinn. „Laß das sein!“ schrie Jons verzweifelt. Aber der andre pfiff von neuem und beugte sich tief über den Eimer.

In diesem Augenblick wurde Jons erlöst. Er warf sich so plötzlich über den Tierquäler, daß sie alle hinstürzten, Jons, Chuchollek, der Eimer. Jons sah das breite Gesicht unter sich, in dem sich weiße Flecken der Wut bildeten, und er schlug hinein. Chuchollek biß und kratzte. Aber Jons schlug, bis der andre sich nicht mehr rührte.

Charlemagne riß ihn von ihm fort. Sein Gesicht war blaß

vor Zorn und Entsetzen, aber Jons sah es nicht. Er sah einen rötlichen Nebel vor sich. „Er hat mich vergiftet!“, schrie er, „er hat mich vergiftet!“ Dann brach er zu den Füßen des Lehrers zusammen.

Es war gut, daß es Charlemagne war. Er hob Jons auf und sah Chuchollek an. „Nach Hause!“ sagte er kurz. Und sie sahen ihn fortschleichen, am Gartenzaun entlang, die Hände in den Taschen. Trotzig und höhnisch in der Haltung seiner Schultern, seines kurzen Nackens, aber ein geschlagener Tyrann. Er war entthront. Er schleppte seinen Mantel noch mit, seine Rüstung, eine eilig geraffte Beute. Er würde vielleicht noch den Kopf über die Schulter wenden und eine Drohung seiner Wiederkehr zurückschreien. Aber er war entthront, ohne Stachel, ohne Macht.

Charlemagne nahm Jons mit in seine Wohnung. Eine Frau im hellen Kleid war da und zwei Töchter, die mitleidig um ihn herumstanden. Er wurde in das Arbeitszimmer gelegt, auf ein altes Ledersofa, und mit einer Decke zugedeckt. Die Frau ließ die Vorhänge herunter, legte die Hand auf seine Stirn und sagte, er möge nun schlafen. Nachher bleibe er bis zum Abend bei ihnen.

Jons wollte nicht schlafen. Sein Herz hämmerte immer noch in seiner Brust, und er hatte noch nichts erklärt. Vielleicht hielten sie ihn für einen Wahnsinnigen oder für einen Mörder. Aber die Ruhe war so schön, die Dämmerung, die langen, hohen Bücherreihen. Draußen fuhr ein Wagen die Straße entlang, und die Hufe des Pferdes verklangen auf dem Pflaster. So wie seine eigenen Stiefel mit den eisenbeschlagenen Absätzen. Er seufzte ein paarmal tief auf und schlief dann ein.

Es war schon dunkel, als er erwachte. Hinter den Vorhängen stand der Schein einer Laterne, und Schatten waren im Zimmer. Auch Charlemagne war da. Er saß in einer Ecke in einem tiefen Stuhl und rauchte. „Nun erzähle, Jons“, sagte er.

Als er geendet hatte, machte der Lehrer Licht und setzte sich zu ihm aufs Sofa. „Es ist nun zu Ende“, sagte er. „Er kommt fort, und du wirst ihn nicht wiedersehen. Auch ist er schon jetzt fort aus dir, du hast ihn vertrieben. Sei nun ruhig. Du hast zum erstenmal das Böse gesehen, Jons, und das Böse hat eine dunkle, gefährliche Gewalt. Man muß es ausbrennen, und du hast es getan.

Ich will dir sagen, Jons, daß du noch zu scheu bist. Du hast dort am Meiler gelebt, und es war fast aus der Welt. Du hättest zu mir kommen sollen, so wie du zu deinem alten Lehrer gegangen wärest. Ich habe immer Zeit für dich, Jons. Es ist gut, daß du zu uns in die Schule gekommen bist. Wir sind hier alt und müde und satt geworden, alle zusammen. Es wird eine Zeit kommen, da wird man dich und deinesgleichen brauchen. Du verstehst das noch nicht, aber einmal wirst du dich an diese Worte erinnern. Du kommst aus dem Walde, und aus dem Walde ist uns noch immer Gutes gekommen. Nimm nichts von dem an, was sie dir hier als herrlich vorzeigen. Was du hast, ist besser. Lerne, aber verlerne nichts. Werde kein Städter, spotte nicht, prahle nicht. Dein Blut ist gut, bewahre es dir!"

Alle Last fiel von Jons ab. Er war nicht mehr allein, er war aufgenommen in einen Tempel. Er würde tun, was von ihm erwartet wurde.

Er blieb bis zum Abend, bedankte sich und ging als ein Neugeborener in seine Kammer, wo der Buchfink noch leise zwitscherte.

Von da an wurde es leichter für ihn. Er hatte das Böse gesehen, und nun schmerzten die kleinen Bosheiten der Menschen ihn nicht mehr so wie früher. Auch seine Kammer mit der hohen Mauer vor dem Fenster war nun nicht mehr ohne Luft und Licht. Er war in einem tiefen Schacht gewesen, und Erde hatte auf seiner Brust gelegen. Danach konnte auch eine Kammer wie ein Himmelreich sein. Natürlich schien die Sonne am Abend nicht hinein, aber er hielt deshalb die Schwestern nicht für Betrügerinnen. Er sah nun mit verwandelten Augen auf ihr Dasein.

Die alte Frau Holstein war die Witwe eines kleinen Beamten, und nach dem Tode ihres Mannes, und nachdem sie erkannt hatte, daß ihre Töchter niemals Witwen sein würden, hatte sie, um leben zu können, den Plan gefaßt, eine Pension einzurichten. Es war besser gegangen, als sie gefürchtet hatte. Der große Ehrgeiz erfüllte damals das Land, die Schulen waren überfüllt, und viele kleine Leute waren der Meinung, daß ihre

Söhne über sie hinaussteigen müßten. So war ihre Pension immer gefüllt, aber Jons sah, daß es ein bitteres Brot war. Der Tag war von Lärm und Widersetzlichkeit erfüllt, die Nacht von Müdigkeit und Sorge, und der Anblick von so viel Jugend und Zukunft machte die Schwestern bitter und erfüllte sie mit Haß gegeneinander. Sie waren so groß, daß nur ein Riese gewagt haben könnte, sie zu heiraten, und es war nicht nur ihre Größe allein, die sie von der Bestimmung der Frau ausschloß.

Oft, wenn Jons zu seiner Kammer kam oder sie verließ, hörte er hinter dem Vorhang den erbitterten Streit der Unglücklichen, gezischte Beleidigungen, höhnischen Schimpf, und einmal war er Zeuge, wie sie gleich kümmerlichen Furien aufeinander losgingen, mit Kratzen und Kneifen, ein groteskes und schauerliches Bild, indes die klagende Stimme der Mutter sie an ihren Vater erinnerte und was er dazu sagen würde.

Nun, Herr Holstein brauchte nichts mehr dazu zu sagen, aber Jons war tief erschrocken und dann von Mitleid erfüllt. Er stellte sich vor, was für ein Schauspiel das für die andern gewesen wäre, aber er war schon alt genug, um zu wissen, daß dies traurig und nicht lustig war. Er dachte mit einer jähen Liebe an seine Mutter und seine Schwestern und daß er wohl noch vieles würde erfahren müssen, ehe er imstande sein würde, diese verwirrende Welt zu „bewegen". Es kam ihm erst nachträglich zum Bewußtsein, daß damals, in der letzten Szene mit Chuchollek, der Zorn seiner Mutter in ihm aufgelodert war, eine jäh aufschießende und ganz und gar blinde Wut, und daß er somit nicht nur das Erbe seines Vaters in sich trage, sondern auch einen Teil ihres dunklen, einsamen und unerkennbaren Wesens.

Er wurde noch stiller als früher, duldete niemanden für längere Zeit in seiner Kammer und ging mit zusammengebissenen Zähnen daran, einzuholen, was er im letzten halben Jahr verloren hatte. Er konnte nun alle Bücher lesen, die Charlemagne besaß, und wenn er auch immer noch langsam dachte, so behielt er doch jedes Wort, und sein Wissen war so sorgfältig geschichtet wie das Holz im Meiler, ehe die Zeit kommen würde, in der es zu glühen beginnen sollte.

Auch war er nun, von diesem Winter an, nicht mehr so

verlassen wie bisher. In einem entfernten Zimmer der Pension, das erst später ausgebaut worden war und das man durch einen dunklen Gang erreichte, wohnte der einzige Student dieses jungen Männerstaates, eine in hohem Ansehen stehende Person, die ganz für sich blieb, von Sagen umwoben, und die in der Umgangssprache der Pensionäre den Namen „Jumbo“ führte. Jons war ihm ein paarmal auf der Treppe begegnet, einem nicht großen, schon etwas beleibten jungen Mann, mit einer Brille vor freundlichen, aber etwas abwesenden Augen und einem nachdenklichen, etwas traurigen Mund, der „Guten Morgen“ sagte, ohne Jons zu sehen. Er schien in einer besonderen Welt zu leben, in der es einige Sorgen gab und einige Fröhlichkeit, auch etwas Spott und etwas überlegene Gleichgültigkeit, und Jons dachte, daß er wohl bald ein großer Gelehrter werden würde oder ein Mann der Regierung, der eine Stadt oder einen Kreis zu verwalten haben würde.

Aber eines Nachmittags, als es schon zu dämmern begann, trafen sie in der Haustür zusammen. Der erste Schnee fiel, und sie waren beide vor den Toren gewesen, um ihn zu sehen. „Ja, kleiner Mann“, sagte Jumbo und reinigte seine Brille mit einem Taschentuch, „nun schneit es zu Hause, und das Heimweh kommt, nicht wahr?“

Er setzte seine Brille wieder auf, legte den Arm um Jons' Schultern und stieg mit ihm zusammen die Treppen hinauf. „Auch auf Chuchollek wird es nun schneien“, fuhr er fort, „es schneit immer auf Gerechte und Ungerechte. Möchtest du, daß er im Schnee umkommt?“

„Nein“, erwiderte Jons, „nicht mehr. Aber woher wissen Sie es?“

„Ach, kleiner Mann, ich weiß viel von dir. Ich lebe in meiner Bude wie eine Spinne im Netz, und wenn ihr euch rührt, merke ich es. Ich höre deine ordentlichen Absätze, und es ist mir so wie zu Hause. Die andern sind alle Statisten, weißt du, Statisten der Bildung, aber mit dir ist es richtig. Du kommst aus dem Wald, und du wirst etwas werden, Pfarrer oder Landrat oder so was. Und du willst es nicht werden, um einen Titel und Gehalt zu haben, sondern um den Menschen zu helfen, das sehe ich dir an den Augen an. Ein schwerer Gang, Mönchlein, ein schwerer Gang ..."

Er atmete hastig, weil die Treppen steil waren, und steckte dann den Schlüssel ins Schloß. Er war der einzige, der einen Schlüssel besaß. „Komm noch etwas zu mir, Mönchlein", sagte er, „und erzähle mir von deinem Meiler. Ich will uns einen Punsch brauen, weil es schneit."

So kam Jons in Jumbos Reich. Es war behaglicher als in seiner Kammer, viele Bücher, ein altes Sofa und ein kleiner Ofen, in dem das Feuer brannte. Jumbo hatte kein Gaslicht, sondern eine Petroleumlampe, er zog die Vorhänge zu, nahm Wasser aus dem Kessel auf dem Ofen und suchte unter seinen Flaschen, die unten im Kleiderschrank standen. Es schienen Jons sehr viele Flaschen zu sein.

Jons dankte, aber er bekam doch ein paar Tropfen aus einer Flasche in sein Glas. „Trink nur", sagte Jumbo, „das wirft dich nicht um. Mein Vater ist Gastwirt in einer kleinen Stadt, und alle Söhne von Gastwirten trinken. Ich auch. Teils dieserhalb, teils außerdem. Das Leben ist nicht sehr schön, weißt du, wenn man etwas näher zusieht, und deshalb haben sie auch das Jenseits erfunden, damit die Menschen sich nicht alle umbringen."

„Aber ist es nicht schön, Student zu sein, Herr Jumbo?" fragte Jons verwirrt. „Und alles zu lernen, was es gibt? Und einmal die Gerechtigkeit auf den Acker zu bringen?"

Jumbo setzte sein Glas ab und sah Jons mit seinen runden, bekümmerten Augen an. „Was hast du da gesagt, Mönchlein? Die Gerechtigkeit auf den Acker zu bringen? Wo hast du denn das her?"

„Das ist von meinem Vater, und es steht beim Propheten Jesaias, im zweiunddreißigsten Kapitel."

„Siehst du, hab' ich nicht gewußt, daß du ein Weltverbesserer werden willst? Alle haben sie solche Augen, die im Alten Testament und im Walde leben, und dann kommen sie in die Stadt, aufs Gymnasium, und lassen sich mit Bildung füllen. Und wenn sie erkannt haben, daß es nur Zinnober ist oder Schiet, wie sie bei uns zu Hause sagen, dann glauben sie, daß es nun auf der Universität kommen wird, die große Weisheit. Und wenn sie erkannt haben, daß es auch da nur Zinnober ist oder Schiet, dann fangen sie an, Punsch zu trinken, so wie ich."

„Aber Herr Jumbo ..."

„Nun höre mal zu, Mönchlein. Es gibt sehr wenig Herren auf dieser Erde, verstehst du, und ich bin keiner von ihnen. Und wenn du auch der erste höfliche junge Mann bist, den ich kennengelernt habe, so sage nur ruhig ‚Jumbo' zu mir. Und sage auch ruhig ‚aber'. Das ist ein gutes Wort, und ich denke, daß wir beide auch damit sterben werden. Nur daß der gute Gevatter Tod sich nicht sehr darum kümmern wird."

„Und was wollen Sie denn werden ... Jumbo?"

„Ich? Ja, siehst du, ich soll Pfarrer werden, wie du wahrscheinlich auch. Mein Vater ist Gastwirt, weil sein Vater Gastwirt war, und er trinkt auch, weil sein Vater getrunken hat. Aber wenn er die nötige Menge intus hat, dann geht er in sein Kämmerlein und weint und betet zu Gott und verflucht seine Gäste. Solch ein Gastwirt ist das, siehst du. In Rußland gibt es das noch, aber bei uns ist es ein Unikum. Ein Sünder ist er, und er weiß, daß er einer ist. Und deshalb soll ich Pfarrer werden. ‚In Gottes Namen', habe ich gesagt, und ich habe es auch versucht. Aber dann war es aus. Die Alma mater, weißt du, ist ja schon an und für sich ein komisches Huhn, aber die Küchlein, die sie in der theologischen Fakultät ausbrütet, die sind eine besondere Nummer. Die Theologie ist nämlich eine Wissenschaft, verstehst du? Eine Wissenschaft! Mit Hebräisch, Griechisch und Latein, mit Seminaren und Examen, mit Professoren und Studenten, mit Kollegs und Übungen. ‚Im Anfang war das Wort, und das Wort war bei Gott, und Gott war das Wort.' Besinnst du dich? Aber nun, du lieber Gott! Christus wählte seine Jünger aus den Fischern aus, aber nun wählt der liebe Gott seine Diener aus den Abiturienten aus. Hast du schon einmal darüber nachgedacht, Mönchlein, daß du ein Seelsorger nur werden kannst, wenn du das Abitur hast? Und zwar von einem humanistischen Gymnasium?"

Er füllte sich wieder ein Glas mit heißem Wasser und holte eine andere Flasche aus dem Schrank. Dann stopfte er den Kopf einer ungeheuren Pfeife aus einer Schweinsblase mit

Tabak, zündete ihn an und rauchte, und Jons dachte, daß er nun aussehe wie ein trauriger Gott auf einer Wolke.

„Und nun?“ fragte er bedrückt.

„Nun? Nun studiere ich Jura, Mönchlein, heimlich, weil mein Vater immer noch glaubt, daß ich in seiner Kirche einmal auf der Kanzel stehen werde. Aber in einem Jahr, denke ich, werde ich Medizin studieren und dabei wohl bleiben. Denn auch mit deiner Gerechtigkeit auf dem Acker ist es Zinnober, kleiner Mann. Wenn du Richter bist, bekommst du ein kleines Amtsgericht in einer kleinen Stadt, und das ist alles, was von deinem Acker übrigbleibt. Machst du die Gesetze, Mönchlein? Die sind längst gemacht. Ein kleiner Diener bist du an einer ungeheuren Maschine, und das ist alles. Aber wenn du Arzt bist, in einem eurer Waldwinkel da, dann gibt es keine fertigen Gesetze für dich. Dann hast du nur deine Hand, dein Auge und dein reines Herz. Wenn es dir gelungen ist, es in den Hörsälen und Kliniken rein zu bewahren. Und das ist nicht einfach, Mönchlein.“

Jons hörte zu. Die Lampe warf einen hellen Schein auf die dunkle Tischdecke, die Bücherregale standen in der Dämmerung, und der blaue Tabakrauch zog wie ein schwerer Nebel über Jumbos Gesicht. Draußen schneite es, und auch Herr Stilling würde an seiner Lampe sitzen und an die Gerechtigkeit denken. Ganz von fern hörte er den Lärm aus der großen Stube in der Pension, und es war ihm, als habe der Student ihn tief in den Berg geführt, in eine verzauberte Welt, von der er nichts gewußt hatte.

„Du mußt nicht glauben, daß ich faul bin, Mönchlein“, sagte er nun. „Das bin ich nicht. Ich bin sogar sehr fleißig, und ich trinke auch nur am Abend, um mich von all den Gesichtern zu erholen. Und weil ich eines Gastwirts Sohn bin. Aber du kannst nun am Abend immer ein Weilchen zu mir kommen, hörst du? Es tut mir gut, deine Augen anzusehen. Auch ich hatte mal solche Augen, und mein Vater vielleicht auch. Die Welt ist kein gutes Objekt für unsere Augen, und es ist eine große Weisheit, daß man sie uns im Tode zudrückt. Und nun erzähle von deinem Meiler, Mönchlein, und was dein Vater für ein Mann ist, wenn er im Propheten Jesaias liest.

Wunderliche Leute leben da unten in euren Wäldern, und ich höre gern von ihnen. Sie riechen noch nach Brot und Rauch, weißt du, und Gott hat für sie noch einen weißen Bart."

Jons erzählte, aber hinter seinen Worten hörte er immer Jumbos Stimme und wie sie ohne Bitterkeit seine Welt entzauberte. In seiner Schule wurden solche Dinge nicht gesagt, außer daß Charlemagne sie unter seinen Büchern einmal andeutete. In seiner Schule wurde viel von „Idealen" gesprochen, und es war immer ein großes Wort für ihn gewesen, wenn auch nicht viel mehr als ein Wort. Aber er dachte, daß er noch zu jung sei, um es zu verstehen. Jumbo aber mit seinen stillen Augen schien ihm mehr von der Welt zu wissen als die Professoren mit grauen Bärten. Er hatte vielleicht keine Ideale, aber er wollte den Leuten im Walde helfen. Er hatte es aufgegeben, Gerechtigkeit auf den Acker zu bringen, aber er wollte ihnen Gesundheit bringen, er wollte ihre Schmerzen lindern, und vielleicht war das nötiger als Gerechtigkeit.

„Ich kann nicht mehr erzählen", sagte Jons plötzlich. „Ich muß erst nachdenken über das, was Sie mir gesagt haben."

„Siehst du, Mönchlein, ich wußte doch, daß es mit dir lohnt. Nach den Staatsexamen wird bei uns wenig gedacht, in allen Fakultäten. Du aber bist ein kleiner Faust und willst ‚an dich nehmen Adlers Fittiche'. Ein paar von den grauen Gestalten hast du schon kennengelernt, den Mangel, die Sorge, die Not. Auch die letzte wirst du kennenlernen, Mönchlein. Wir alle lernen sie kennen. Aber du brauchst dich nicht zu fürchten vor ihr, du nicht ... und komm bald wieder, Mönchlein."

Er winkte mit der Hand, und Jons schien es, als verschwinde er immer weiter und tiefer hinter dem blauen Nebel, ein junger, etwas beleibter Prophet, der mit Spott und Liebe hinter seinem kleinen Adepten hersah.

VII

In demselben Frühjahr, in dem Jons das Haus unter dem alten Ahorn verlassen hatte und mit Herrn Stilling in die Stadt gefahren war, blieben die Förster in den großen Wäldern um den See auf ihren Reviergängen mitunter an einer der alten Kiefern am Wege stehen und sahen zu, wie ein kleiner weißgrauer Falter mit dunklen Bändern auf den Flügeln sich in einen Spalt der grauen Rinde setzte und dort bewegungslos verharrte. Sie nahmen ihn in die Hand, betrachteten ihn und zertraten ihn dann mit der Stiefelspitze. Sie fanden hier und da noch einen und töteten ihn auf die gleiche Weise.

Aber als der Sommer gekommen war, hörten sie mit dieser Beschäftigung auf. An allen Stämmen saßen Dutzende, ja Hunderte dieser unscheinbaren Wesen. Sie schwirrten um die Petroleumlampe auf den offenen Veranden der Forsthäuser, sie lagen als ein grauer Streifen am Ufer des Sees, sie waren wie eine ägyptische Plage. Bis sie allmählich verschwanden. Aber da wußte man in allen Wäldern der Provinz, daß der Tod umging. Der kleine, bescheidene Schmetterling hieß die Nonne, und er war der Tod der Wälder.

Die Leute aus Sowirog und aus hundert und tausend anderen Dörfern kamen nun am Abend aus dem Walde wie aus einem Teerofen. Sie trugen seltsame Gefäße auf ihren Rücken, aus denen ein Schlauch heraustrat, und mit ihnen gingen sie um die Kiefern und Fichten herum, wo in Brusthöhe die Rinde geglättet worden war, und drückten aus dem Mundstück des Schlauches einen zwei Finger breiten, klebrigen, schwarzen Streifen um den Baum. Es war ein Teerring, und er sollte verhindern, daß die Raupen, die häßlichen Kinder der unscheinbaren Nonne, am Stamm in die Höhe krochen und die Nadeln fraßen.

Er sollte es, aber er tat es nicht. Die großartige Verschwendungssucht der Natur spottete allem Menschenwerk. Eine einzige Nonne brachte mehr Kinder hervor, als alle sündigen Nonnen der Welt zusammen, solange die Erde stand, an Kindern geboren hatten. Millionen von ihnen gingen im nächsten Jahr in den Leimringen zugrunde, aber Milliarden fanden über ihre Leichen hinweg den ihnen vorgeschriebenen Weg in die Wipfel des Waldes und begannen ihr Todeswerk. Sie nährten sich von den Nadeln der Bäume, und wer im Sommer an einem stillen Tage unter den hohen Wipfeln stand und lauschte, konnte mit einem Gefühl des Grauens hören, wie der Wald starb. Ein leises, unaufhörliches Rieseln erfüllte den ganzen Raum. Das war der Kot der Raupen, der ohne Pause in das Gras fiel. Dann, als die Zeit weiterging, zeigte sich ein bräunlich-rötlicher Schimmer um die Kronen der Bäume, breitete sich aus, verdrängte das letzte Grün der Farbe, sank selbst zu Boden und hinterließ einen Gespensterwald, kahl, öde und gestorben, Meilen um Meilen entlang, und nur die Laubwälder blieben als Inseln stehen. Unzählige Vögel kamen zum gedeckten Tisch, und das Gras zu Füßen der Bäume stand so hoch, daß es einen Menschen verbarg.

Es war ein Zeichen des Himmels. Kiewitt sprach vom Untergang der Welt, und die Leute von Sowirog standen am Morgen vor ihren Häusern und blickten über den See, wo der Hauptweg des Todes sich erstreckte, ob über Nacht nun auch die Stämme zu Boden gesunken wären und Finsternis über den Wassern herrschte.

Aber die Stämme standen, grau, kahl und beraubt. Nicht mehr für lange, denn der Forstfiskus hatte beschlossen, alle kranken Wälder zu schlagen, damit das Sterben sich nicht im nächsten Jahr weiterverbreite. Die Leute von Sowirog schärften ihre Äxte und Sägen, Jakob steckte den Platz für einen zweiten Meiler ab, und Gogun beschloß, dem Dorf eine Kirche zu geben. Gott hatte die Nonne geschickt, damit die Wälder stürben, und die Wälder starben, damit Sowirog und der neue Pfarrer eine Kirche bekämen.

Gogun betrank sich oft, und in seinem geflochtenen Korbe ging manches mit, was nicht ganz ihm gehörte. Aber er war fromm. Alle Goguns waren fromm gewesen. Tränen standen in seinen Augen, wenn er in einer Kirche saß und die Orgel begann, den Raum mit Brausen zu erfüllen. Er war ein Sünder und wußte es, und weil er es wußte, war er fromm. Seine Frau schlug ihn mit einem Stein in den Rücken, und das war recht so. Sie war der Stellvertreter Gottes, und wenn Gott keine Zeit hatte, auf ihn zu achten, band sie den Stein in das Taschentuch und schlug. Alle Goguns hatten ordentliche Frauen.

Sein Vater war ein berühmter Wilddieb gewesen, und er war der „Kranichräuber“. Im Sommer, wenn die alten Kraniche ihre Jungen von den unzugänglichen Mooren in die Seewiesen führten, war Gogun Tag und Nacht im Walde. Er wußte mehr von Kranichen als alle Förster, und es gab wenige Gelege, aus denen er nicht ein Junges fing.

Er fing noch mehr als Kraniche, aber selbst das Böse, was er tat, sah unter seinen Händen so harmlos und fröhlich aus, daß niemand ihm zürnte. Wenn Korsanke ihn einmal holen mußte, tat er es mit Schonung, und er ritt langsam, um Goguns Geschichten zuzuhören. Der Amtsrichter nickte ihm zu, und im grauen Haus lächelte man, wenn er kam. Er war ein guter Mensch, der ab und zu sündigen mußte, und wozu war die Sünde in der Welt, wenn sie nicht getan wurde? Gott hatte sie geschickt, und Gott war weiser als der Amtsrichter.

Auch Gogun schärfte seine Axt und Säge, aber in den Nächten lag er lange schlaflos und dachte nach. Neue Sägewerke entstanden an den Ufern der Seen, schnell und flüchtig aufgebaut, um die Wälder zu schneiden, die geschlagen werden sollten, und dann wieder zu verschwinden. Unbekannte Namen waren dabei, Leute aus fremden Provinzen, dunkle Existenzen vielleicht, aber der Fiskus konnte nicht viel nach ihrem Leumund fragen. Das Holz würde sich zu Bergen türmen, der Borkenkäfer könnte dazukommen, und man mußte dafür sorgen, daß es bald verschwand.

Gogun strich um die Sägemühlen herum, wechselte hier mit einem Vorarbeiter ein Wort, dort mit dem Maschinisten oder mit dem Verwalter, erzählte Geschichten, sang seine Lieder, spielte auf seiner Harmonika und wußte nach ein paar Wochen Bescheid. Es gab überall Mühlen, die Lohnschnitt machten und die nicht viel danach fragten, wo das Holz herkam. Holz war soviel da wie Steine auf dem Acker, und je schneller es verschwand, desto besser.

Gogun fiel ein Stein vom Herzen, und er betrank sich. Es wäre natürlich auch gegangen, wenn sie jeden Stamm im Dorfe auf die hohen Böcke gehoben und mit der langen Säge geschnitten hätten, einer oben auf dem Stamm, der andere mit der Schutzbrille vor den Augen unter ihm. Aber es war eine harte Arbeit, und Jahre würden darüber hingegangen sein. Und jedes Kind würde es gesehen und etwas Dummes gefragt haben, von den Großen ganz zu schweigen. Sie fragten nur dummes Zeug. Nun aber würde niemand fragen, bis alles fertig war. Auch in den Schneidemühlen war der liebe Gott.

Und nun fehlten noch zwei Helfer, sonst ging es mit dem Flößen nicht. Die Helfer mußten fromm sein und trinken, und sie mußten den Mund halten können. Das Frommsein war für den Diebstahl und das Trinken für die harte Arbeit. Auch hier dachte er lange nach, weil ein einziges Wort am falschen Platz alles verderben konnte. Aber dann war er überzeugt, daß es mit Daida und Gonschor gehen würde.

„Was meinst du, Brüderchen, wenn wir eine Kirche hätten? Ganz einfach aus Holz und mit einem Rohrdach? Wie?"

Daida setzte die Flasche ab und sah ihn an.

„Und kein Staat und kein Kreis baut sie, sondern wir allein? Der liebe Gott hat die Nonne geschickt, und wer Ohren hat zu hören, der höre!"

Daida hörte schon. Er war sehr hellhörig in solchen Dingen. „Aber das Schneiden?" sagte er.

„Ja, Brüderchen, das Schneiden ... meinst du nicht, daß sie das meiste über die Ablagen in den See werfen werden, damit der Borkenkäfer nicht ran kann?" Und wenn es nun so eine kleine Schneidemühle gäbe am See, hier eine und da eine, und man spricht mit den Leuten, man hat mit ihnen gesprochen, und sie warten nur auf das Holzchen von der Nonne und vom lieben Gott ... was meinst du?"

„Aber Schneiden kostet Geld?"

„Findet sich, Brüderchen, findet sich alles. Auch nehmen sie mal einen Hasen und mal ein Gerichtchen Krebse und mal was Größeres ..."

„Dann wäre nur ..."

„Richtig, nur das Flößen. Gibt wenig Schlaf in diesem Jahr, Brüderchen, aber Ruhm und Ehre gibt es. Und in den Kirchenrat kommst du, und einen Orden bekommst du vielleicht, schöner als die Schnalle von Korsanke!"

„Aber das andere alles innen, Bruder ... eine Menge gehört dazu."

„Das bitten wir zusammen, Brüderchen. Wenn das Holz da ist, gehen wir auf die Reise, mit einer Liste, und der Herr Pfarrer hat unterschrieben. ‚Im Namen der armen Gemeinde Sowirog, gnädigstes Frauchen, die sich eine Kirche bauen will ...', willst du also, Brüderchen?"

Daida wollte es und Gonschor ebenso. Und Gogun hatte den Oberbefehl, die Leitung, die Planung. Er war besessen von der Kirche, und in seinem Herzen mischten sich Frömmigkeit und Angst, die Lust an Spaß und Gefahr auf eine wunderliche Weise. Er arbeitete fleißig wie sonst, aber nach dem Feierabend trieb es ihn rastlos um die Ufer des Sees. So viel war zu bedenken, heimlich zu erfragen, voraus zu wissen. Und erst als die ersten geschälten Stämme über die hohe Ablage gegenüber Sowirog in den See gerollt wurden und dort liegen blieben, zu ganzen Wäldern sich sammelten, unbewacht und ungezählt, begann er wieder zu singen, wartete den Neumond ab, schlief einen Tag und eine Nacht, und ging dann mit Daida und Gonschor an die Arbeit.

Sie konnten nicht mehr als eine Tracht in der Nacht fortschaffen. Die Stämme waren glatt und drehten sich, und ehe sie sie verbunden und von den andern freigemacht hatten, war die halbe Nacht vergangen. Doch lernten sie schnell, vermieden ihre ersten Fehler, kletterten barfuß über die Stämme, sahen im Dunkeln wie die Katzen und waren im Herbst schon so weit, daß sie mit drei Traften, die hintereinandergebunden waren, über den See fuhren.

Sie wechselten die Plätze, von denen sie das Holz nahmen, sie wechselten die Sägemühlen, und als die ersten Schneestürme kamen, meinte Gogun, daß es genug sei. Wenn noch etwas fehlte, werde der Herr von Balk es ihnen geben.

Gogun war schmal geworden, und seine Frau ließ es an Bemerkungen nicht fehlen. Aber er winkte nur mit der Hand. „Für den lieben Gott, Mütterchen", sagte er fröhlich, „alles für den lieben Gott!"

Im Winter holten sie die Grundsteine von allen Windrichtungen herbei. Die Schlittenbahn war gut, Goguns kleines Pferd fragte nicht danach, woher der Hafer kam, und mit Erstaunen sah das Dorf, wie die Steine immer zahlreicher wurden, die am Fuß des Hügels über dem See sich auftürmten. Ja, er wollte eine hohe Mauer um sein Grundstück bauen, meinte Gogun lächelnd, damit der Teufel kein Unkraut in seinen Acker säen könne. „Selbst der Teufel", sagte die Witwe Kroll und stieß mit der Stiefelspitze an den größten Stein. „Holen wird er dich, ehe du diesen aufgehoben hast."

„Mütterchen", sagte Gogun, „wenn er dich verdaut hat, wird er lange an keine Speise denken."

Im Frühjahr ging Gogun zum Pfarrer. Es war in ihren Augen mit ihm nicht viel anders geworden, als daß seine Frau ihn verlassen hatte. Es hieß, daß sie die Luft zwischen den Seen nicht vertrage, aber die Leute blinzelten einander zu, und der Pfarrer war ihnen lieber geworden ohne seine Frau.

Doch konnte niemand sagen, daß er fröhlicher geworden sei. Noch immer predigte er wie ein Eingekerkerter oder wie ein Verschütteter in einem Bergwerk. Er brachte ihnen keinen andern Trost, als daß er ihnen zeigte, wie sehr er im Dunklen war. Und das war mehr, als sie jemals an einem Pfarrer oder einem Mann der Obrigkeit erlebt hatten. Sie hatten immer gedacht, daß jenseits ihres Dorfes oder jenseits ihrer Armut der helle Himmel beginne, aber nun sahen sie, daß der des Pfarrers dunkler war als der ihrige. Zuerst glaubten sie, es liege daran, daß er so allein sei, ohne Frau und Kinder, ein Mann in einem großen Hause, in dem auch das Mädchen zu singen aufgehört hatte und in dem nur die Heimchen an der Asche zirpten. Aber dann merkten sie langsam, daß er nicht wußte, was Gott mit ihm und ihnen allen vorhabe. Sie waren weit davon entfernt, ihn zu tadeln, sie selbst hatten es nicht immer gewußt. Sie sagten nicht, daß er nicht mehr glaube; sie sagten nur, daß Gott ihn für eine Weile verlassen habe. Und für einen Mann wie Stilling, der alles wußte, was im Dorfe geschah, und der auch wußte, was im Herzen des Pfarrers vorging, war es rührend zu sehen, wie nun die Gemeinde ihren Pfarrer zu trösten suchte. Die ärmste Gemeinde, die er jemals gehabt hatte, aber ihre Hände hoben keinen Stein auf. Und es lagen doch so viele Steine in der Gemarkung von Sowirog.

„Der liebe Gott hat noch immer geholfen, Herr Pfarrer", konnte Michael Gogun sagen, „er wird auch diesmal helfen." Es schien ein billiger Trost, ein solcher, den der Pfarrer selbst nie aussprach, und er war auch nicht etwa für den Pfarrer gesprochen. Er war an einen Hagelschlag angeknüpft oder an eine Mißernte, aber der Pfarrer verstand sehr wohl, daß er für ihn bestimmt war. Es rührte ihn mehr als alle Teilnahme, die er jemals empfangen hatte, aber wenn er herumging, fragte er sich doch jedesmal, wie lange das nun noch so weitergehen solle, daß seine Gemeinde ihn bei der Hand nahm, um ihn aus dem finsteren Tal zu führen. Es wäre alles gut gewesen, wenn er als ein Seelsorger hier eingesetzt wäre, als weiter nichts. Ein Mann, der bei Gesunden und Kranken saß und ihnen zusprach, weil er mehr von der Welt und den Menschen wußte als sie.

Aber nicht als ein Diener Gottes, denn er wußte nichts von Gott. Das Äußerste, was ein Mensch geben kann, ist Brot und ein bißchen Trost, und daß er beides mit Liebe und einem reinen Herzen reicht. Aber Brot und Trost waren nur gut, weil sie von dieser Welt waren, eingeschlungen in das Leben, das sie kannten, und den Gesetzen gehorsam, die sie erfahren hatten. Sie sättigten nicht mehr, wenn man sie hinaushob aus dieser Welt und sie unter Sterne legte, die man nicht sah und nie gesehen hatte. Das Brot, das man reichte, schwarzes, duftendes Brot, im Backofen der Pfarrhäuser gebacken, machte die Bojarkinder satt, wenn ihr Vater das ihrige vertrunken hatte, und wenn man den Weinenden über die Wange strich, wurden sie vielleicht still, weil sie merkten, wie das andere Herz in den Fingerspitzen schlug.

Aber wenn kein Brot mehr da war im Pfarrhause, sättigte es die Kinder nicht, wenn man von der Speisung der Fünftausend erzählte. Sie hörten mit großen Augen zu, aber nach einer Weile fragten sie, ob der Herr Jesus nun auch nach

Sowirog kommen werde, um ihnen die fünf Brote zu bringen. Und der Pfarrer wußte, daß er nicht kommen würde.

Und wenn es nicht nur um Tränen ging, sondern um die starre, wortlose Verzweiflung, mit der Gina Bojar auf das kleine Bett blickte, in dem das jüngste ihrer Kinder gelegen hatte, fortgegangen in das ewige Dunkel, so genügte es nicht, ihr über die frühgefurchten Wangen zu streichen und davon zu sprechen, daß der Herr es gegeben und genommen habe und daß in der Goldenen Stadt ein Wiedersehen sein werde. Niemand wußte von diesem Wiedersehen. Keiner hatte es erfahren, und Gina glaubte es in dieser Stunde nicht. Und wenn sie nun fragte, woher er es wisse, dann würde er nur sagen können, daß er es glaube. Und nicht einmal das würde er sagen können.

Brot und Trost von einer höheren Art gab es nur für die Gläubigen, und sie bedurften keines Pfarrers, um es zu empfangen. Sie waren in der Gnade, und die Gnade bedarf keines menschlichen Mittlers. Aber alle die anderen, die in der Welt lebten und nicht unter den Sternen, brauchten zuerst ein Brot und ein Kleid. Und es war nicht gut, wenn man mit leeren Händen kam — und einmal mußte man mit leeren Händen kommen —, sie hinter einem Traum zu verstecken, einem Versprechen, das so leicht zu geben und so unmöglich zu prüfen war, einen Wechsel auf eine bessere Welt, der so leicht zu unterschreiben war und von dem niemand wußte, ob er jemals eingelöst werden würde. Und wer war nicht ein Betrüger, der solchen Wechsel schrieb, außer wenn ihm das Jenseits so wirklich war wie die Stube, in der er bei den Hungernden saß, das Herdfeuer, an dem er seine Hände wärmte? Half es denn, zu denken, daß, wenn es eine große Täuschung war, niemand gegen ihn würde aufstehen können, weil sie alle Erde auf den Augenlidern tragen und zu Staub zerfallen würden? Daß niemals ein Kläger und niemals ein Richter sein würde? Daß man täuschen konnte, wie ein Erwachsener Kinder täuscht, und nachher zieht er sich zurück in seine Welt und lächelt, weil Kinder vergessen oder warten, mit einer engelhaften Geduld warten, und mit einer neuen Täuschung still gemacht werden?

Nein, das Wort war die Sünde, das Wort, das man über die Tat schob und Glauben nannte. Der Glaube verlangte keine Tat, keinen Augenschein, keinen Beweis. Er ließ sich genügen. Er tröstete sich damit, daß auch andere glaubten, daß es geschrieben stand, daß es verkündet wurde. Die Diener der Liebe hungerten nicht. Es war ihnen nicht befohlen, Brot zu reichen, das sie sich am Munde absparten, das sie stehlen gingen, wenn es not getan hätte. Es war ihnen nur befohlen, das Wort vom Brot zu reichen, den Schein des Brotes, und zu sagen, daß das Wort vom Brot mehr sei als das Brot. Ein höheres Brot gleichsam, ein geistigeres, nicht für den irdischen Leib bestimmt, den Leib, aus der Erde gemacht, sondern für den andern Teil, der einmal auferstehen würde, ohne Brot, ohne Kleid, ohne Hunger, ohne Durst.

Nein, er fühlte, daß irgend etwas nicht richtig war. Er fühlte es, weil er nicht die Augen schloß und betete, sondern sie weit öffnete, so weit, daß es schmerzte, und nachdachte. Elend und Jammer waren immer auf der Welt gewesen, damals vor zweitausend Jahren wahrscheinlich nicht mehr und nicht weniger als heute, und auch Christus hatte gesehen, daß er Elend und Jammer nicht fortnehmen konnte aus der Welt. Er hatte es gewollt. Er hätte tausendmal am Kreuz gehangen, wenn er es gekonnt hätte, denn er weinte um die Armen. Aber er hatte es nicht gekonnt. Gottes Sohn hatte es nicht gekonnt. Und so war ihm nur eines geblieben für die Armen: das Wort. Das Wort vom Paradies, wo man alle Tränen trocknen würde, das Wort vom Gericht, wo man alles Unrecht strafen würde. Dort würde sein, was auf Erden nicht war und was die Armen mit Leidenschaft erflehten: Speise und Gerechtigkeit. Wenn man erreichte, daß sie glaubten, dies und nichts anderes, dann konnte es sein, daß der Mensch seinen düsteren Weg bis zum Tode ausschritt, ohne der Schöpfung zu fluchen oder sie zu verlassen, ja, daß man ihn fröhlich ausschritt, wie ein Eingekerkerter, an dessen Wand man klopfte und dem man leise durch die Fugen der Mauer zuflüstert, daß morgen die Riegel springen und die Kerkerknechte gerichtet würden.

Deshalb hieß es: „Am Anfang war das Wort." Es war der Tropfen, der in den ungeheuren Becher der Schmerzen fiel und sie süß machte. Und wer aus ihm trank, konnte dann auch glauben, daß es besser sei, zu leiden und nur zu leiden. Denn wer am meisten litt, würde am meisten belohnt. Das war die Erlösung. Er gab andere Erlösungen, man konnte sie wenigstens denken. Aber man konnte sie nicht tun. Die Tat war nicht frei. Alle Mächte der Erde konnten gegen sie aufstehen, die Kaiser, die Heere, die Richter, die Gewalt. Aber das Wort war frei. Es gab keinen Beweis, daß es täuschte. Niemand war zurückgekommen und hatte gesagt, es gebe kein Paradies. Gegen den Glauben konnte nur der Unglaube aufstehen, der Zweifel, ein anderes Wort. So stand nicht Gewalt gegen das Wort, sondern nur ein anderes Wort. Und immer siegte das süße Wort über das bittere.

So weit war der Pfarrer nun. Er sah alle Fäden entwirrt und zurücklaufen bis zum Anfang. Wo das Leid begann, begann auch das Wort und seine Täuschung. Es gab keine Religion, in der es anders gewesen wäre. Das Furchtbare der Schöpfung war nur zu rechtfertigen, wenn man eine unsichtbare Weisheit hineinlegte und verkündete, daß sie einmal sichtbar sein würde: Selig sind, die da Leid tragen, denn sie werden getröstet werden! Aber wo waren die Eltern, die zu ihren unmündigen Kindern sprachen: „Seid selig, daß ihr leidet"? Wo war die Frau von Sowirog, die das Brot in den Kasten zurücklegte und zu dem fragenden Kinde sagte: „Sei selig, daß du hungerst, denn im Paradiese wirst du satt werden"? Wo war die Mutter, die zu Christean sagte: „Sei selig, daß du auf Krücken gehen mußt, denn im Paradiese wirst du tanzen"?

O nein, es gab Eltern, die barmherziger waren als der Gott der Liebe. Barmherziger als auch ihre Pfarrer. Nicht daß die Pfarrer nicht getreue Diener gewesen wären. Sie reichten weiter, was ihnen gereicht worden war: das Wort. Und viele von ihnen glaubten, daß das Wort Speise sei. Sie standen an Särgen, in denen ein unendlicher Jammer begraben lag, und sagten: „Freut euch des Jammers, denn er ist seines Lohnes gewiß!" Sie fragten nicht, ob es nicht auch ohne Jammer einen Lohn gegeben hätte. Es war nicht gut zu fragen, seit Christus am Kreuz gefragt hatte, weshalb Gott ihn verlassen habe.

Aber viele von ihnen mochte es geben, die nun daheim zwischen ihren Büchern standen und die Hände rangen. Die nicht nur dies, sondern alles fragten, was ein Menschenmund fragen kann. Verstörte und entsetzte Fragen, und die schließlich mit verwirrten Augen vor sich hinflüsterten, oder es in den stillen Raum hinausschrien: „Ich glaube! Ich glaube doch! Lieber Gott, glaube ich denn nicht?“ „Ja, sei still, arme Seele“, sagten sie dann leise, „ich glaube ja. Ich glaube wenigstens, daß ich glaube. Laß es nun gut sein, arme Seele.“

Auch der Pfarrer Agricola sagte es manchmal. Wenn er so müde war, daß er wie ein Kind im Traume sprach. Aber er ahnte, daß er es einmal nicht mehr sagen würde. Daß er zu rechtschaffen war, um es immer wieder zu sagen, und daß die Zeit für ihn kommen würde, in der das Wort auf seinen Tisch geschleudert werden würde: ‚Ich will ihm zeigen, wieviel er leiden muß um meines Namens willen.‘ Aber was er dann sagen würde statt des „Laß es nun gut sein, arme Seele“, das wußte er nicht.

Und nun saß der Kätner und Waldarbeiter Gogun vor ihm, ein bißchen ein Trinker, ein bißchen ein Dieb und ein bißchen ein frommer Mann, drehte die Mütze zwischen seinen Händen und sagte, daß sie nun anfangen könnten, eine Kirche zu bauen. Das Holz sei da, die Steine seien da, und für das andere brauche er nur eine Bescheinigung von des Herrn Pfarrers Hand, daß er ein bißchen umherwandern und sammeln könne.

Aber woher das alles sei, fragte Agricola schließlich verwirrt.

Die Nonne, sagte Gogun lächelnd. Die Nonne und gute Menschen und die Sägewerke, die nicht wüßten, wohin mit dem Holz. Da brauche der Herr Pfarrer sich keine Sorgen zu machen. Und auch nicht wegen der Arbeiter. Jetzt wüßten es erst vier, aber bald werde das ganze Dorf es wissen, und das Dorf werde die Kirche bauen, ganz allein, denn soviel Verstand und Geschicklichkeit sei auch in dem ärmsten Dorf, wenn es um Gottes Haus gehe. Und vielleicht — das sagte er nur so —, vielleicht werde der Herr Pfarrer in das arme Dorf ziehen, zu Jeromins etwa oder zum Schulzen, da er doch jetzt allein sei, und bei ihnen bleiben, ein kleiner Pfarrer nur, was die Gemeinde betreffe, aber mitten unter ihnen, und sie würden um ihn stehen wie eine Mauer gegen den bösen Feind.

„Ein kleiner Pfarrer ...", sagte Agricola leise und sah Gogun an, und Gogun fröstelte es ein wenig vor seinen dunklen Augen.

Dann stand der Pfarrer auf, trat ans Fenster und blickte über den Garten hinaus. Eine unsichtbare Uhr schlug mit kleinen, schnellen Hammerschlägen auf das unendliche Band der Zeit, und Gogun sah sich vorsichtig um, ob er sie entdecke. Aber er sah sie nicht. Er sah nur Bücher über Bücher und den Staub auf Tisch und Stühlen und die leise Verlassenheit und Verwahrlosung eines Hauses, aus dem die Frau fortgegangen ist, und es tat ihm bitter leid um den großen gebeugten Mann, der dort die Stirn an die Fensterscheiben legte und nachdachte, ob er versuchen sollte, ein „kleiner Pfarrer" zu werden. Kein Glück kam aus Büchern und Gedanken. Glück kam nur aus einer schnellen Hand und schnellen Füßen, und manchmal aus dem Gläschen, in dem man alles vergaß.

Der Pfarrer drehte sich um. Sein Gesicht war blaß, aber es war stiller und fröhlicher als vorhin, und die Bescheinigung wollte er schreiben. Morgen würde er ins Dorf kommen und sie mitbringen. Und er werde überlegen, ob er zu ihnen kommen wolle. Auch die Behörde habe da mitzureden.

Sie begannen noch vor der Ernte mit dem Bau. Herr von Balk hatte den Hügel über dem See als Baugrund geschenkt, und Gogun war drei Monate unterwegs gewesen. Auch der Pfarrer hatte nicht gewußt, was für einen erfolgreichen Apostel er ausgeschickt hatte. Sicherlich war es der erste, der mit einer Ziehharmonika ausgezogen war, um für ein Gotteshaus zu werben. Aber es sah schön aus, wenn er an einem Zaun oder einem Gutshof lehnte, die sanften braunen Augen in die Ferne gerichtet, und unter seinen geschickten Händen erklangen feierlich die Töne, die alle liebten, „Ich bete an die Macht der Liebe" oder „Die Himmel rühmen des Ewigen Ehre." Zog er dann sein Schreiben heraus, ordentlich mit dem Kirchensiegel versehen, und sein Buch, in dem schon so viele Namen und Zahlen standen, begann er von Sowirog zu erzählen, dem kleinen, armseligen Dorf, das eigentlich der Eulenwinkel hieß, wie auch dort die Flügel des Engels über den Rohrdächern rauschten und wie sie alle aufgerufen worden seien, Mann, Weib und Kind, um Steine zu schleppen und Balken zu behauen, die halben Nächte lang, denn die Tage gehörten der Arbeit: so gab es wenige Sparbüchsen, die sich nicht öffneten, und es dauerte nicht lange, so war er selbst überzeugt, daß Gott mit ihm sei und daß der Gute längst vergeben und vergessen habe, daß am Anfang etwas gewesen war, das man vielleicht nicht ganz Gott wohlgefällig nennen konnte. Aber auch Jakob hatte es mit der Wahrheit nicht immer ganz genau genommen, und doch war er zu den Erzvätern versammelt worden.

Es gab wohl hier und da einen im Dorf, der leise den Kopf schüttelte, wenn er auf die Bohlen und Bretter blickte, die über den See kamen und sich am Fuß des Hügels zu hohen Stapeln türmten. Und mancher bückte sich unauffällig in der Dämmerung und fuhr mit den Fingern prüfend über die Kopfenden der Stapel, ob nicht ein Zeichen zu fühlen sei, eingeschlagen oder eingebrannt in das Holz, ein Firmenzeichen, das den Eigentümer angab. Aber es war alles glatt und in Ordnung, keine Fußspur der Sünde, und auch der Krugwirt, der sich um die Schneidemühlen herumdrückte, bekam den spöttischen Bescheid, daß Nonnenholz das beste für einen Kirchenbau sei, besser jedenfalls als für Dorfkrüge, und höchstens noch ebensogut zu Galgen für Halsabschneider verwendbar.

Dabei blieb es und mußte wohl so bleiben, aber es war doch eine leise Unruhe in allen Hütten, wenn am frühen Morgen, kaum daß die Hähne zu krähen begonnen hatten, sie hin und wieder die hohe, noch immer ungebeugte Gestalt des alten Jeromin auf dem Hügel stehen sahen, auf dem die Fundamente schon wie eine Festung lagen. Er stand da, auf seinen Stock gestützt, das weiße Haar von der frühen Sonne beglänzt, und blickte über den See nach den Hügeln, auf denen die großen Wälder gerauscht hatten und die nun grau, fremd und wüst dalagen, mit einzelnen jungen Schonungen, die bewahrt geblieben waren.

Niemand wußte, was er da tat oder dachte. Er ging nicht wie die andern zu den Steinen und beklopfte sie, er kümmerte sich nicht um die Balken und Bretter. Er stand nur da, regungslos wie ein alter, gebleichter Baum, und starrte in die Ferne hinter dem See. „Er ist das Gewissen des Dorfes", sagte Jakob, aber er sagte es nur zu sich.

Auch der Herr von Balk war viel auf dem Hügel zu sehen, und er wunderte sich, was seine Leute dort wieder anstellten. Er hatte das meiste dazu getan, daß alle Schwierigkeiten fortgeräumt wurden, auch daß man einen ordentlichen Plan einreichte, der nach vielem Hin und Her genehmigt wurde. Aber wenn er an seiner Habichtsnase vorbei auf alle Unruhe und Fröhlichkeit blickte, fragte er sich doch, ob hinter dieser wilden Frömmigkeit nicht wieder eine kleine Teufelei stecke, und auch er sah sich die Enden der Balken an, ob an ihnen nicht ein kleines Kainsmal zu entdecken sei. „Gar nicht gewußt, Michael", sagte er zu Gogun, „wieviel gute Seelen hier um den See herum wohnen, was?"

„Man glaubt es nicht, Herr Rittmeister", erwiderte Gogun treuherzig und wischte mit dem Handrücken den Schweiß von der Stirne. „Erst wenn es um Gottes Haus geht, klopfen die Sünder an ihre Brust."

„Und um das letzte Haus, Michael. Dann klopfen sie auch, und meistens reicht es dann ja auch."

„Ja, ja ...", sagte Gogun. „Die Leute ... die Leute ..." und er nickte Herrn von Balk verständnisvoll zu.

Auch der Pfarrer saß gern mit Balk auf den Brettern und sah zu. Aber lieber fuhr er die Karren mit Kalk und Sand den Hügel hinauf oder lud mit den anderen Balken auf seine Schulter. Es stehe nirgends geschrieben, sagte er, daß die Diener Gottes ein fertiges Haus zu beanspruchen hätten, und es würde um manche Pfarrer besser stehen, wenn sie ihre weißen Hände nicht nur zum Segen erhöben.

‚Um dich zum Beispiel', dachte Balk. ‚Aber mancher beginnt ja erst mit fünfzig Jahren sein wahres Leben'. „Ja", sagte er, „und vielleicht wäre es noch besser, wenn die Menschen das Segnen unterließen. Ein Bauer braucht nur drei Jahre, um den Acker zu erkennen, bei dem es nicht zu segnen lohnt. Aber ihr habt nach zweitausend Jahren noch nicht erkannt, wie es mit dem Menschenacker bestellt ist."

Der Pfarrer stützte sich auf seinen Spaten und sah zum

Hügel hinauf, über dem die Abendwolken zogen. „Und wissen Sie genau“, fragte er, „ob Ihr Leben ebenso verlaufen wäre, wenn Ihr Vater Sie nicht gesegnet hätte?“ Es war zu spät, den Satz zu bewahren. Er hatte vergessen, was man von dem alten Herrn von Balk erzählte.

„Erinnere mich nicht“, sagte Balk trocken, „daß er mich jemals gesegnet hätte. Lag nicht in seiner Art ... aber meinen Sie nicht, daß die Kirche zu klein wird, Herr Pfarrer?“

Nein, der Pfarrer meinte es nicht. Sie war nur für dieses Dorf gedacht, und er wußte nicht einmal, ob es nicht ihre Kräfte übersteigen würde.

Nein, er denke nicht daran, sagte Balk. Es gebe ein merkwürdiges Schauspiel, von einem Pfarrer namens Brand. Da wurde auch eine Kirche gebaut, und sie sei zu klein, viel zu klein. Manche Pfarrer wollten ja wohl, daß die ganze herrliche Dreieinigkeit in ihrer Kirche wohnte. Ein sehr merkwürdiges Schauspiel, dieser „Brand“ ...

Agricola erinnerte sich, nicht sehr genau, aber genug, um zu fühlen, daß es ihn anging. „Nein, das will ich nicht“, sagte er leise. „Nicht die ganze Dreieinigkeit. Ein kleiner Pfarrer will ich sein, der etwas Brot und etwas Trost verschenkt ... und manchmal weiß ich nicht, ob wir dazu eine Kirche brauchen.“

„Ich auch nicht“, meinte Balk.

Noch ein anderer saß manchmal bis zum Frührot auf den Balken, die noch nach den Wäldern rochen, und blickte auf das wachsende Haus. Das war Christean. Er kam auf seinen Krücken bis zum Fuß des Hügels, lehnte sie neben sich an die Balken, faltete die Hände, lehnte den Kopf an das warme Holz hinter sich und blieb so Stunde auf Stunde, unbeweglich, nur daß seine Finger sich manchmal rührten, als formten sie an einer unsichtbaren Gestalt. Er sah das Haus in Gedanken wachsen, die Mauern aus Holz, die der Regen grau färben würde, die hohen, schmalen Fenster, für die der Herr von Balk gemaltes Glas versprochen hatte, den stumpfen Turm, für den sie noch keine Glocke hatten, und wie das Ganze weit über den See blicken würde, Blut und Schweiß und Frömmigkeit des ärmsten Dorfes, und wie vielleicht Christus in einer stillen

Nacht dort oben auf der Schwelle sitzen würde, um alle Hände zu segnen, die ihm ein Haus bereitet hatten.

Und wie vielleicht einmal sein Bruder Jons diesen Hügel hinaufschreiten würde, feierlich, im schwarzen Talar, und auch der Pfarrer wäre dann aus dem Grunde dieser Erde aufgewachsen. Er würde die Geschwister trauen und ihre Kinder taufen und einmal den letzten Segen über den Großvater und auch über die Eltern sprechen.

Und er selbst? Ja, auch er war nicht so arm, daß die Kirche ihn nicht hätte brauchen können. Eine Krippe war schon fertig, die man vielleicht am Weihnachtsabend aufstellen würde, und im Holzschuppen, hinten, wo das Fenster auf den Garten ging, trat der Gekreuzigte schon langsam aus dem Lindenstamm heraus, den Friedrich ihm besorgt hatte. Das geneigte Haupt war schon deutlich, der Dornenkranz über der gequälten Stirn, und er konnte nicht dafür, daß der Mund der seiner Mutter war, ein strenger Mund, aber in seinen Winkeln lag der Schmerz und ein Hauch von dem, was die Menschen die Liebe nennen. Wahrscheinlich sah der Heiland so aus, als sei er in diesem Dorf geboren und im ersten Sternenschein Tag für Tag zur schweren Arbeit gegangen. Kein Gesicht, wie es in Herrn Stillings Büchern abgebildet war, zart und fast einem Weibe angehörig, sondern eines ihrer Gesichter, fest wie das des Vaters, mit tiefliegenden Augen, und so still wie einer, der sein Leben lang am Meiler gewacht hatte statt im Garten Gethsemane. Aber die Leute im Dorf würden ihn nicht tadeln, daß es kein zartes Herrengesicht war. Er würde einer der Ihrigen sein, dort über dem Altar, so wie er selbst aus einem Dorfe geboren worden war, und es stand auch geschrieben, daß er an sich genommen habe Knechtsgestalt.

Die Sterne wurden schon blasser über dem Moor im Osten, und ein erster Hauch des Windes der Frühe ging fast unhörbar über das Schilf am Ufer und durch das Laub der Espen am Fuß des Hügels. Aber Christean saß noch immer auf den Balken, die noch die Wärme des Tages bewahrt hatten, und sah den Gestalten zu, die vor seinen Augen aufstiegen. Hinter ihm lag das Haus, in dem sie alle geboren worden waren, und es war ihm, als ständen sie alle hinter ihm und blickten gleich ihm in die schweigende Nacht und wußten gleich ihm nicht, was der Morgen und alle kommenden Morgen für sie bereitet hätten. Ein Pfarrer würde vielleicht unter ihnen sein und ein Knecht, ein Fischer und ein Lahmer, den kein Heiland gehen machen würde, eine Ehebrecherin vielleicht und eine, die die Füße der Armen wusch, und vielleicht auch ein Verräter, der vor dem Espenlaub erschrak. Und alle hatte die Mutter geboren, von der sie so wenig wußten und die zornig gelächelt hatte, als Christean gemeint hatte, daß vielleicht einmal Jons von der Kanzel dieser Kirche predigen werde. „Seine Ehre soll sein, von des Kaisers Kanzeln zu predigen", hatte sie gesagt, „und nicht von der eines elenden Dorfes."

‚Ach, Frau Ilsebill', dachte Christean bekümmert, ‚denke doch an das Märchen vom Fischer und seiner Frau . . .'

Er stand erst auf, als die Nebel über dem Moor sich schon rötlich färbten. Kein Rauch stand noch über den Schornsteinen, nur die Hähne krähten, und das Knarren seiner Krücken ging leise mit ihm über den Sand. Seine Schultern waren hoch und schmal, und von ferne sah er wie einer der großen, fremden Vögel aus, die man zur Herbstzeit manchmal auf den Mooren erblickte.

VIII

Gina Jeromin war nun siebzehn Jahre alt und seit zwei Jahren in der Kreisstadt im Dienst. Sie hatte eine Reihe von Stellenangeboten gehabt, und Gotthold hätte gern gewollt, daß sie bei einem reichen Sägewerksbesitzer eintrete. Aber Gina hatte ihn hochmütig angesehen und gefragt, ob er vielleicht meine, daß sie Handlangerdienste für ihn tun solle. Dann hatte sie die Stelle bei Frau von Manteuffel angenommen, deren Mann das Infanteriebataillon der Stadt befehligte.

Sie war nur ein halbes Jahr in der Küche gewesen und dann Stubenmädchen geworden. Sie war schweigsam, gewandt, lautlos in ihren Bewegungen und hielt sich ganz für sich. Wenn Frau von Manteuffel einen Tee für die Damen des Bataillons und der Stadt gab, wies sie manchmal mit einer Kopfbewegung auf Gina hin, die die Tassen herumreichte, und sobald sie lautlos das Zimmer verlassen hatte, fragte sie ihre Damen, ob es nicht seltsam sei, was für Blumen in den elenden Walddörfern lebten.

Gina war in der Stadt nicht glücklich, wie Gotthold, und nicht unglücklich, wie Jons es manchmal war. Sie wartete ihre Zeit ab, und während des Wartens bereitete sie sich vor. Kein Wort und keine Bewegung auf einer Abendgesellschaft entging ihr, keine Einzelheit an Haartracht oder Kleidung, nicht, wie man die Hand zum Kusse reichte, und nicht, wie man von einer Speise nahm. Sie bewahrte Briefe und Einladungen, die man achtlos in den Papierkorb geworfen hatte, las sie hundertmal und erlernte jede Wendung, die ihr nützlich oder vornehm schien. Sie legte Lohn auf Lohn und Trinkgeld auf Trinkgeld. Sie verkaufte die Schokolade, die der Kaufmann ihr schenkte, an Mädchen aus Nachbarhäusern, etwas billiger und unter dem Vorwand, daß sie keine Süßigkeiten esse. Sie ging ab und zu zum Tanz, aber ohne einen Pfennig auszugeben, und sie ließ sich niemals nach Hause begleiten. Sie kaufte sich ein einziges

Buch, das vom guten Ton in allen Lebenslagen handelte, lernte es fast auswendig und las jede Zeitung und Zeitschrift, die fortgelegt wurde, selbst das Militär-Wochenblatt.

Keines der Jerominkinder ging mit einer so stählernen und düsteren Entschlossenheit auf ihr Ziel zu wie sie.

Sie war sehr schön, von einer schweigsamen und gefährlichen Schönheit, und als sie im dritten Jahr ihre Entlassung erbat, erhielt sie sie friedlich und ohne viel Widerstreben. Es war Frau von Manteuffel nicht angenehm, daß junge Leutnants, die zum erstenmal ins Haus kamen, sich vor Gina im Flur verbeugten, unsicher, ob sie ein Mädchen oder eine Gesellschafterin sei. Sie verließ das Haus mit einem hervorragenden Zeugnis, einer Menge abgelegter und sehr gut erhaltener Kleider, einem kleinen Kapital und mit Kenntnissen, von denen in Sowirog sich niemand etwas hätte träumen lassen.

Sie bekam von Herrn von Manteuffel einen alten Koffer geschenkt, auf dem sie nur die Anfangsbuchstaben seines Namens erneuerte, ließ ihn auf der Bahn und ging zu Fuß nach Sowirog, wo sie, ohne das Dorf zu berühren, beim Meiler ankam.

Jakob sah seine Tochter verlegen an und strich einmal mit den Fingerspitzen vorsichtig über das feine Tuch ihrer Jacke. Sie gehe fort, sagte Gina, in die Reichshauptstadt. Hier sei ihr Zeugnis, und sie bitte ihren Vater um etwas Schriftliches, damit sie bei einer neuen Stellung als Minderjährige keine Schwierigkeiten bekomme. Sie nahm Tinte, Federhalter und ein Blatt Papier aus ihrer Handtasche und sah zu, wie Jakob mit seinen großen, geraden Buchstaben das Verlangte schrieb. Er hatte noch keine Frage gestellt. Seine Kinder waren so klug geworden, daß er sie nichts zu fragen hatte.

Erst als sie ihre Handtasche wieder geschlossen hatte und aus der Tür der Hütte auf den Meiler blickte, fragte er leise, was sie denn dort tun werde in der fremden Stadt, ganz fremd und allein. Sie werde in ein Hotel gehen, erwiderte Gina, in ein großes Hotel, wo Fürsten und Ausländer wohnten, und dann werde sie weiter sehen.

Jakob war niemals in einem Hotel gewesen, und er wußte nicht recht, als was sie dorthin gehen werde. Er wunderte sich nur, was für Kinder er hatte. Der Wald stand groß und schweigend da wie immer, etwas lichter geworden durch die Nonne und immer leerer, weil eines seiner Kinder nach dem andern von ihm fortging. Was sollte er zu seiner Tochter sprechen, die vom Meiler in die Hauptstadt ging, zu Fürsten und Menschen, die eine andere Sprache redeten? Er wußte von dieser Tochter nichts. Sie war immer gehorsam gewesen und still. Sie hatte ihm ein Paar Handschuhe zu Weihnachten gestrickt und sie auf seinen Platz gelegt. Er hatte sich gefreut, aber wenn er an ihr stolzes, kaltes Gesicht gedacht hatte, war ihm manchmal bei der Arbeit im Walde gewesen, als sei es ihm ohne diese Handschuhe wärmer. ‚Kinder können so fremd sein wie Steine', dachte er. ‚Man berührt sie mit der Hand, und es friert einen, als kämen sie tief aus der Erde herauf, wo der Frost eine Haut um sie gelegt hat. Und was aus dem Blut kommt, sollte doch warm sein . . .' „Ich bin dir wohl kein guter Vater gewesen", sagte er und verbarg seine schwarzen Hände unter der Tischplatte.

Sie hob etwas die Augenbrauen und schüttelte dann den Kopf. „Ich weiß nicht, Vater. Ich habe nicht nachgedacht darüber. Du hast mich nie geschlagen und mich nie verhöhnt, und beides hat die Mutter sehr gut gekonnt. Du warst nie da, Vater."

„Nein", sagte er, „ich war nie da. Ich saß am Meiler und euer Leben ging dahin. Das Holz verglüht, die Kohle bleibt."

Sie nickte und stand auf.

„Ins Dorf gehst du wohl nicht mehr?"

„Nein, ich muß nun zurück. Leb wohl, Vater."

Er hielt vorsichtig ihre Hand, weil die seinige noch voll Ruß war. „Du willst wohl nicht, daß ich dich segne, Tochter?"

Sie schüttelte den Kopf. „Ich weiß noch nicht, was mir zukommt, Vater."

Lange sah er ihr nach. ‚Wer von uns weiß es?' dachte er. ‚Man kann seinen Kindern nicht die Sehnen der Füße durchschneiden . . .'

In der Hauptstadt der Provinz stand Gotthold auf dem Bahnhof. Sie hatte ihm geschrieben, daß er sie abholen solle. Sie sah ihn gleich, weil er größer war als die anderen, aber es fiel ihr schwer, ihn zu erkennen. Niemals hatte man seinesgleichen gesehen im Dorf. Sie hatte gemeint, er werde aussehen, wie die Gehilfen in den Kaufläden am Sonntag aussehen, bunt und aufgebügelt, und sie blieb nun eine Weile im Schatten stehen, um ihn anzusehen. Er sah über die Menschen hinweg, als sei er sein Leben lang gereist und warte nun auf seinen Schlafwagenzug, während er mit einer höflichen Neugier auf diese kleinen Leute blickte, die aus der Provinz für ein paar Tage in die Stadt kamen. Einmal grüßte er jemanden, und auch das geschah höflich, ohne Hast, mit der gleichen Überlegenheit, mit der Herr von Manteuffel die Hand an die Mütze gelegt hatte, wenn einer der Kaufleute der Kreisstadt ihn gegrüßt hatte.

Sie wunderte sich sehr. Gotthold war erst vor einem Jahr in die Hauptstadt gezogen, wo er eine Stelle in einem großen Kaufhaus gefunden hatte, und sie dachte, wenn die Großstadt allein solche Wunder an einem Menschen bewirken könne, dann werde es nicht lange dauern, bis sie ihn eingeholt haben würde.

„O lala“, sagte er erstaunt, als sie im Vorbeigehen die Hand auf seinen Arm legte. „Sieh mal an, kleines Mädchen!“ Und dann blickte er sie mit einem schnellen Blick vom Kopf bis zu den Füßen an und lächelte. „Das sind nun die häßlichen Entlein von Sowirog, Gina, die Frau Ilsebill auf ihrem friedlichen Dorfteich behalten wollte, nicht wahr?“

Sie lächelte flüchtig und fragte, ob er ihre Fahrkarte besorgt habe und wieviel Zeit sie noch hätte. Sie hätten über drei Stunden Zeit bis zum Nachtzug, und er hätte zwei Schlafwagenplätze für sie besorgt.

„Zwei?“ fragte sie und blieb stehen.

Ja, natürlich, denn er begleite sie. Auch er habe seine Stelle gekündigt und verlange nach einem größeren Wirkungskreise. Oder schäme sie sich seiner etwa? Er werde ihr dort in der ersten Zeit manche Hilfe leisten können.

Er sah an der tiefen Falte zwischen ihren Augen, daß sie angestrengt nachdachte, aber dann nickte sie. Hilfe brauche sie nicht, erwiderte sie, und es sei gut so. Nur die Schlafwagenkarte könne er ruhig zurückgeben. Sie habe genug Nächte gewacht, um die Fahrt auszuhalten, und vorläufig sei sie noch dafür, den Pfennig zu ehren.

„Bon“, sagte er, „dann wirst du mir erlauben, sie dir zu schenken.“ Und damit war sie einverstanden. ‚Das kommt von der Mutter‘, dachte er mit einem spöttischen Lächeln. Wohin er sie nun führen solle.

Sie hatten ihren Koffer aufgegeben und standen auf der Bahnhofstreppe. Sie atmete tief die warme, staubige Luft ein und blickte mit glänzenden Augen auf die Lichter des großen Platzes. „Ich will nirgends hin“, erwiderte sie, „aber ich will Jons sehen.“

Er pfiff überrascht vor sich hin. „Den kleinen Heiligen? Habe ihn nie gesehen, aber wie du willst. Weißt du, wo er wohnt?“

Sie reichte ihm einen Zettel aus der Handtasche, und er winkte einer Droschke, aber sie wollte mit der Straßenbahn fahren, die hell und schimmernd auf ihren Schienen wartete.

Sie saß still auf ihrem Platz und blickte hinaus. Farbige Reklamen glühten auf den hohen Dächern, Wachspuppen lächelten hinter riesigen Schaufenstern, einmal donnerte das Eisen einer Brücke unter ihr, und sie sah dunkles Wasser und Schiffsmasten und Laternen, die sich in der Schwärze spiegelten. Ihre Hände waren feucht vor Erregung, und sie sah flüchtig zu Gotthold hinüber, der einer jungen Dame seinen Platz angeboten hatte und nun im Gang stand, eine Hand am Ledergriff, der an der Decke hing, und die andere auf der Lehne eines Sitzes. Sein Gesicht war fröhlich und von einer überlegenen Gelassenheit, aber Gina sah, daß er heimliche Blicke mit einer angemalten Schönheit tauschte. Nein, so billig wollte sie es nicht haben. Männer hatten wenig Stolz, und sie konnten niemals warten, bis ihre Stunde kam. Es war gut, daß er ihren Koffer tragen würde, aber dann würde sie sich allein auf den Weg machen. Geschwister waren eine mühsame Angelegenheit, und dieser Bruder hatte in der Kindheit manche Dinge getan, die in dem Buch über den guten Ton nicht aufgezeichnet waren.

Sie fanden mit einiger Mühe das Haus, in dem Jons wohnen sollte, und Gotthold sagte etwas von einer Wüste, in der die Heiligen mit Vorliebe lebten. Eine der langen Schwestern öffnete die Tür und blickte mit erstauntem Mißtrauen auf das gutgekleidete Paar. So, seine Geschwister? Wenig Ähnlichkeit, aber sie glaube, daß er zu Hause sei. Er sei immer zu Hause. Noch ein böser Blick auf Ginas unbewegte Schönheit, dann ging sie voran. Es roch nach kaltgewordenen Speisen, und aus allen Türen kam der Lärm einer wilden und unbotmäßigen Jugend. Hinter einem grünen Vorhang verschwand eine zweite lange, schwarzgekleidete Gestalt, Stimmen flüsterten aus dem Dunkel, und Gina fühlte plötzlich zu ihrem Erstaunen eine Welle von Mitleid und Liebe heiß und schnell über ihr Herz gehen.

Auf dem kleinen Tisch am offenen Fenster brannte die Petroleumlampe und beschien Bücher, Hefte und Zeichnungen und das helle Haar, in dem Jons seine beiden Hände vergraben hatte. Das Bauer mit dem Buchfinken war noch nicht zugedeckt, und der Vogel saß still in einer Ecke, den Kopf in die Dunkelheit gewendet, die hinter dem Fenster stand. Die Kammer war so sauber wie die eines alten Stiftfräuleins, das schmale Bett war schon aufgedeckt, der Lärm der Stadt ging nur wie ein leises Rauschen am Fenster vorbei. Eine stille, traurige Würde lag über dieser Gestalt des einsamen Kindes und seiner schweigenden Hingegebenheit, und sie dachten beide einen Augenblick lang an die Kammer im elterlichen Hause zurück, wo der Stern hinter dem Fensterkreuz geschienen hatte und wo Jons im Dunklen von den Wundern der Welt erzählt hatte, die ihm bei Herrn Stilling erschienen waren. Andre Wunder als die, die sie beide sich erwarteten, aber doch wahrscheinlich Wunder, nur mit Mühe und Fleiß zu enträtseln und ein Schweigen um sich ausbreitend, das so groß war wie das um ein Totenbett.

Gina ging zuerst an den Tisch, noch immer von einem Gefühl erfüllt, das ihr fremd war, und küßte den Bruder auf das helle Haar zwischen seinen Händen. „O ... Gina ...", sagte Jons und sah sie wie eine Erscheinung an. „Und ... Gotthold ..."

Gotthold winkte mit den grauen Handschuhen.

Jons saß neben Gina auf dem Bett und fragte. Bis in die Hauptstadt? Ach, du lieber Gott ... und wie es zu Hause sei?

Sie sei nur am Meiler gewesen, um sich von Vater zu verabschieden. Merkwürdig, wie helle, klare Augen dieses Kind hatte, und wie schwer es war, ihren Blick auszuhalten.

„Ja, der Meiler ...", sagte Jons leise und faltete die Hände wie sein Vater. „So allein ist er, so schrecklich allein ... und nun geht ihr auch fort."

„Wir waren wohl nie bei ihm", erwiderte Gina. „Weißt du nicht, daß zweierlei Blut in unserer Familie ist?"

Ja, Jons wußte es.

„Hör mal", sagte Gotthold von der Lampe her, „was willst du eigentlich später mit diesem Kram anfangen, hm?"

„Oh, ich weiß noch nicht. Vielleicht werde ich einmal Arzt werden. Wahrscheinlich aber Pfarrer."

„Soso. Lobe den Herrn, meine Seele, und so weiter. Gina sagt, daß sie eine Kirche bauen zu Hause, und alle Goguns, Daidas und Gonschors werden dein Haupt mit Öl salben."

„Man muß nicht so sprechen", sagte Jons leise.

„Muß man nicht? Nun, können es auch unterlassen. Aber in ein paar Jahren werde ich euch eine Glocke schenken, oder zwei. Die Jerominglocken, nicht wahr? Dann wird einer von uns auf der Kanzel stehen und der andere vom Turm rufen, Frau Ilsebill wird ihre harten Hände falten, und Herr Czwallinna wird Buße tun ... Was ist übrigens aus dem Geld geworden, Gina, das damals verschwand? Hat Korsanke keinen Täter gefunden?"

Sie sah ihn finster an. „Da du fortgingst, konnte er ihn nicht gut finden", sagte sie, „aber es ist wohl besser, du schweigst hier davon."

Gotthold pfiff lächelnd vor sich hin, und Jons hielt Ginas Hand mit beiden Händen. „Es ist nicht wahr, Schwester?" fragte er flüsternd.

„Laß es sein, Jons", sagte sie. „Junge Männer sind so eitel und so dumm wie Pfauen."

Ja, nun sollten sie essen fahren, meinte Gotthold und sah nach der Uhr. Sehr viel Zeit hätten sie nicht mehr. Ob er noch einen anderen Anzug habe? Aber Jons antwortete nicht. Er hängte die Decke über den Buchfinken, räumte seine Bücher und Hefte auf, stellte die Lampe zurück an die Wand und strich das Bett glatt, auf dem sie gesessen hatten.

„Auch dich hat die Mutter nicht verlassen", sagte Gina nachdenklich. „Keiner von uns entgeht ihr ganz."

Aber als sie aus der Kammer gehen wollten, stand Jumbo in der Tür. Hinter seinen Brillengläsern waren die Augen etwas traurig und etwas spöttisch wie immer, aber sie sahen sehr aufmerksam auf die beiden fremden Gesichter und dann auf Jons. „Wollte dich eben holen, Mönchlein, zu mir ... ist ein trauriger Abend, an dem man leicht zu viele Gläser füllt ... und sind dies deine Geschwister?"

Er stand ebenso ruhig da wie sonst. Jons hatte noch niemals gesehen, daß etwas ihn in Erstaunen setzte. Ja, erwiderte Jons verwirrt, das seien Gotthold und seine Schwester Gina. „Man nennt mich Jumbo", sagte der Student, „und wir beide sind große Freunde, was bei Jons gar nicht so einfach ist."

Oh, essen wollten sie gehen? Aber wäre es nicht schöner, sie kämen zu ihm? Er hätte ein großes Paket von Hause bekommen, und Restaurants seien widerlich. Fremde Menschen in Massen essen zu sehen, sei kein schöner Anblick, und Jons würde sicherlich ein Glas zerbrechen, „nicht wahr, Mönchlein?"

Ja, Gina wollte gern zu ihm kommen, und Gotthold begnügte sich damit, leise die Schultern zu heben. „Was ist er?" fragte er leise in dem dunklen Gang. „Student? Soso, Jurist ... na meinetwegen."

Es war so behaglich bei Jumbo wie immer, und es war ein Wunder für Jons, wie schnell und geschickt er den Tisch deckte und alles herbeibrachte, was er bekommen hatte. Es gab sogar einen süßen Schnaps für Gina und dann für alle Bier, das unter der Wasserleitung stand. „Jons trinkt nicht", sagte Jumbo. „Ich habe noch niemals einen so ordentlichen Menschen gesehen. Seid ihr alle so ordentlich?"

Gotthold fand es etwas formlos, wie dieser Knabe mit der Brille sich zu ihnen benahm, aber Gina nickte ihm zu. „Nicht alle", sagte sie, „aber jeder trägt ein Stückchen Erbe mit sich ..."

Ja, er auch, meinte Jumbo, und sah sie nachdenklich an. Er trinke zum Beispiel etwas mehr, als nötig sei. Aber nur solange, bis die Welt ihm etwas heiter erscheine, ein heiteres Theater, wo nur auf den hintersten Sitzen ein paar Leute heimlich weinten.

„Und ist sie nicht heiter?“ fragte Gina.

„Ach nein, mein liebes Fräulein, das ist sie nicht, ganz und gar nicht. Der liebe Gott hat sich da ein bißchen versehen, und Leute wie unser Jons müssen nun ihr ganzes Leben damit zubringen, den Menschen klarzumachen, daß es ein weises Versehen gewesen ist. Wenn er dabei bleibt, heißt das. Aber ich glaube nicht, daß er dabei bleiben wird. Ich denke, daß er Arzt werden wird wie ich, und die Ärzte behaupten nicht, daß dies die beste aller Welten sei.“

„Ich denke, Sie sind Jurist?“ fragte Gotthold, so nachlässig, als sei er schon durch alle Fakultäten gegangen.

„Auch das, mein Lieber“, erwiderte Jumbo, „und ich war sogar schon Theologe. Mein Vater glaubt es sogar noch heute. Aber es sind schlechte Spaziergänger, die immer nur eine Straße marschieren. Die Wahrheit sitzt mal hier und mal da, auf einem Stein am Straßenrand, und wartet, daß wir ihr begegnen.“

„Ja, wenn Sie beide auf die Wahrheit warten ...“, und er sah spöttisch zu Jons hinüber. „Wir warten auf andre Dinge.“

„Wer ist ‚wir‘?“ fragte Gina.

„Oh, entschuldige ... Die Armen warten auf Geld, Herr Jumbo, und nicht auf die Wahrheit.“

„Soso ... tun sie das? Dieser Arme hier zum Beispiel“, und er legte die Hand um Jons’ Schulter, „wartet nicht auf Geld, sondern auf die Gerechtigkeit. Das Recht in der Wüste und die Gerechtigkeit auf dem Acker, nicht wahr, Mönchlein?“

Jons nickte und sah seine Schwester an, aber sie blickte vor sich hin, mit der tiefen Falte zwischen den Augenbrauen, die er kannte.

Ja, und nun führen sie in die Hauptstadt, meinte Jumbo weiter. Es könne sein, daß das Geld dort auf der Straße liege, wenn auch meistens etwas sehr tief im Schmutz, aber die Gerechtigkeit sei am Meiler vielleicht noch eher zu finden als dort. Und das Fräulein suche sicherlich noch ganz etwas anderes, nicht wahr?

Ja, sagte Gina ohne Zögern, sie suche die Macht.

Jumbo nickte und stopfte sich nachdenklich eine kurze Pfeife. Soviel er von der Welt und der Schönheit wisse, werde sie wahrscheinlich am schnellsten von ihnen das Ziel erreichen. Ja, und doch hätte sie lieber eine Großbäuerin werden sollen ... für arme Eltern sei es immer leichter, wenn ihre Kinder keine Krone auf dem Kopfe trügen. Sie seien dann geneigt, sich eine aus Blech machen zu lassen und ein Rad zu schlagen, oder sich Asche auf das Haupt zu streuen.

„Nicht Frau Ilsebill!" sagte Gina hart.

Ja, Frau Ilsebill ... das sei auch nur ein Märchen, wenn auch ein weises Märchen ... aber wie es denn mit Vater Jakob stehe? So einiges wisse er ja auch von ihnen. Und er könne sich wohl denken, wie er um diese Stunde am Meiler sitze und in den leeren Wald blicke. Sieben Kinder ... aber manchmal seien auch sieben noch nicht genug, um das Brot für die letzten Tage zu backen. Sein Vater habe nur eines, nur ihn, und er wisse nicht einmal, daß sein Sohn nicht mehr Pfarrer werden wolle.

Sie hörten ihm schweigend zu, und es schien ihnen allen, als wisse er das meiste vom Leben, mehr als sie alle zusammen, eine freundliche, etwas traurige Wissenschaft, und als wisse er noch viel mehr, als was er ihnen hier erzähle.

Dann sah Gotthold nach der Uhr, und sie mußten aufbrechen. Jons wollte sie noch begleiten. „Wissen Sie, Fräulein Jeromin, was die Mächtigen am leichtesten verlernen?" fragte Jumbo noch in der Tür. „Das Lachen, Fräulein Jeromin. Und das ist wie im Märchen: man findet es niemals wieder."

„Nun, Herr Jumbo", sagte Gotthold leutselig, „schreiben Sie mir mal eine Ansichtskarte, wenn Sie alle Fakultäten durch sind, nicht wahr?"

Jumbo nickte, aber seine Augen waren ganz ernst. „Wenn ich bei meiner jetzigen bliebe, würde ich Sie wahrscheinlich wiedersehen", erwiderte er. „Aber als Arzt ist es nicht wahrscheinlich, sehr wenig wahrscheinlich ..."

Erst auf der Straße schlug Gotthold mit den Handschuhen durch die Luft. „Ein ziemlich dreister Patron, dein Herr Jumbo", sagte er zu Jons.

„So?" meinte Gina. „Ich denke, er ist nur ehrlich und klug."

Noch einmal stand Jons unter dem hohen Glasdach und sah einem Zuge nach, aber es war nun ein vornehmer Zug, und die Räder der Maschine waren fast so hoch wie er selbst. Er sah Ginas Gesicht hinter einer Fensterscheibe versinken, und es sah aus, als schließe ein graues Wasser sich langsam und für alle Ewigkeit über ihrem Gesicht.

Während er langsam durch die schon leeren Straßen nach Hause ging, in schweren Gedanken und nicht ohne Angst in seinem Herzen, war Gina bis zur Mitternacht damit beschäftigt, die Einrichtungen eines Schlafwagenabteils bis in die geringsten Einzelheiten zu untersuchen. Sie war allein und hatte Zeit, und erst als sie entdeckt hatte, wie man das warme Wasser fließen lassen konnte und wie man die kleine Leiter aufstellen mußte, kleidete sie sich aus, legte sich nieder und sah noch eine Weile zu, wie die blassen Sterne vor dem Fenster standen und die dunklen Umrisse großer Bäume vorüberglitten. Es war nicht so wichtig, ob man lachen konnte oder nicht, dachte sie. Es würde wichtigere Dinge geben, und morgen würde sie damit beginnen, viel langsamer als Gotthold, aber auch auf einem richtigeren Wege.

In der Frühe zeigte sich, daß Gotthold schon eine Bekanntschaft gemacht hatte. Ein Mann in einem weiten, langen Mantel und einer Reisemütze und vielen Ringen an den Händen. Er hatte ein „Kommissionsgeschäft", und er glaubte, Gotthold unterbringen zu können. Für weibliche Kundschaft wie geboren, meinte er mit höflichem Lächeln. Er verbarg sein Erstaunen nicht ganz, als er Gina erblickte, und bot ihr sofort seine Hilfe an. Er habe auch einen Schönheitssalon, als stiller Teilhaber, und sie könne sofort eintreten. Aber Gina dankte kühl, sie habe ihre eigenen Pläne. „Du würdest das besser lassen", sagte sie leise, als sie schon durch die Vorstädte fuhren, aber Gotthold lächelte nachsichtig. „Kleine Unschuld vom Lande", erwiderte er, „ich brauche ein Sprungbrett, nichts weiter."

Er stieg mit dem Mann im Mantel am ersten Stadtbahnhof aus, bat Gina, ihm Nachricht zu geben, sobald sie eine Stellung habe, und verschwand im Gewühl, ohne sich einmal umzudrehen.

Gina ließ ihren Koffer auf der Bahn, trank auf dem Bahnsteig eine Tasse Kaffee, sah in Gedanken jede Straße auf dem

Stadtplan, den sie sich in der Kreisstadt besorgt hatte, so deutlich vor sich, als trüge sie ihn in der Hand, und ging langsam, ohne Angst oder Verwunderung zu zeigen, bis zu dem Hotel, bei dem sie zuerst anfragen wollte. Es war nicht eines der ersten, aber es erschien ihr trotzdem wie ein Schloß, und der Mann, der vor dem schimmernden Eingang hoheitsvoll stand, wie der Wächter vor einem Feenpalast.

Nein, es sei nichts zu machen, sagte er bedauernd wie ein großer Vater, nachdem er sie angehört hatte. Schade, denn sie würde in Schwarz sehr niedlich aussehen. Solle mal nebenan versuchen, wenn er sie der Konkurrenz auch nicht gönne. Beim drittenmal gelang es ihr. Der Portier führte sie selbst zum Eingang für Hotelangestellte, schob sie in eine Bürotür, sagte, da sei eine „Kleene vons Land" mit „'ner wohlgefällijen Schnute" und überließ sie dann mit einem väterlichen Nicken einem jungen Herrn, der seine Fingernägel feilte. Auch er war voller Teilnahme, die Gina vorsichtig erwiderte, und lange nach Mitternacht lag sie schon in einer glühendheißen Kammer unter dem Dach, mit schmerzenden Füßen und benommenem Kopf, aber zufrieden und ganz gewiß, daß sie auf der ersten Stufe stehe, auch wenn sie von dem Trinkgeld absah, das die amerikanische Familie ihr bei der Abreise in die Hand gedrückt hatte.

Zur selben Zeit hielt Gotthold, ziemlich betrunken, in einem nicht ganz sauberen Keller, eine Rede auf die Liebe und die Freundschaft, von Beifall und Johlen einer zahlreichen Gesellschaft begleitet, indes der Herr im Mantel einigen der bevorzugten Gäste lächelnd zublinzelte, mit dem Ausgang des Tages anscheinend ebenso zufrieden wie sein redseliger „Volontär".

Die gleichen Sterne standen über dem dunklen Haus am Herzogsacker, derselbe leise Wind ging um sein Dach. Jons schlief in seinem schmalen Bett, und seine Brust hob und senkte sich ruhig in dem kühlen Luftzug, der durch die geöffneten Fenster hereinkam. Jumbo schloß mit einem leisen Seufzer das Bürgerliche Gesetzbuch, rauchte, auf der Fensterbank sitzend, noch eine kurze Pfeife, trank in kleinen Schlücken seinen Schlummerpunsch und dachte an das schöne Mädchen mit der scharfen Falte zwischen den Augenbrauen und den gefährlichen Windhund, der ihr Bruder war und den dieselbe Mutter geboren hatte, die Jons geboren hatte. ‚Wenn der liebe Gott wüßte, was er alles vorhat mit seinen Menschenkindern', dachte er, ‚dann könnte man ihm eine schöne Sache anhängen, und ich denke, daß das Bürgerliche Gesetzbuch nicht ganz ausreichen würde dazu ...'

Die gleichen Sterne standen über dem Dorfe Sowirog, nur daß sie heller und klarer leuchteten und daß der Wind nach dem Wasser roch, von dem er kam. Frau Marthe lag allein in ihrer Kammer, die Hände über der Brust gefaltet, mit strengem Gesicht, und durch ihren Traum zog ein Schiff mit einem großen weißen Segel, hell und ruhig, aber unter dem Mast standen ihre Kinder in einem losen Kreise und starrten auf etwas nieder, das zwischen ihren Füßen liegen mußte. Sie bewegte sich unruhig, um zu erkennen, was es sei, aber es gelang ihr nicht. Immer sah eines der Kinder scheu über seine Schulter zurück und trat dann einen halben Schritt zur Seite, damit sie nicht sehen könne, was dort liege. Aber es war ihr, als könnte es ein Toter sein.

Zur gleichen Stunde lag Friedrich vor der Rohrhütte auf der Insel, den Kopf an die warmen Halme gelehnt, und blies ein Lied auf seiner Flöte, während ein Mädchen aus einem entfernten Dorf, fast noch ein Kind, ihn mit den Armen umschlungen hielt und den Kopf an seine Brust gelegt hatte. Ihre Augen blickten über das schwarze Wasser nach dem Walde, über dem die schmale Sichel des Mondes hing, und ihr helles Haar bewegte sich leise unter dem Hauch der Flöte, die Friedrich spielte.

Es war ein trauriges Lied, eine Folge klagender Töne, die von Stufe zu Stufe fielen, langsam, sich wiederholend, bis sie mit immer der gleichen bangen Frage endeten. Sie waren wie ein müder Regen, der auf einen Herbstwald fällt, von Blatt zu Blatt, oder wie ein Wind, der um die Schilfränder geht. Sie waren der einzige Laut in der großen schweigenden Nacht, und man konnte meinen, daß die Erde still vor sich hinspreche in ihnen, die umgebrochenen Äcker und die wachsenden Saaten, das immer Wiederkehrende und Vergehende, das doch ohne Freude war, weil es das Ewige war, Gehorsam und Verzicht, und nur der flüchtige Menschenfuß ging mit Lust und Klage über sie hin.

„Spiele nicht mehr", bat sie, „das Herz tut mir weh."

Er nahm die linke Hand von der Flöte und legte sie um ihre junge Brust, aber mit der rechten spielte er weiter, noch weniger Töne, noch mehr Traurigkeit. Nur einmal setzte er die Flöte ab, beugte sich über das Gesicht des Mädchens, das nun von Tränen überströmt war, und sagte: „Du mußt mich nicht hindern ... etwas wird leichter in mir, wenn ich spiele, und vielleicht ist es mein letzter Sommer ... manchmal fürchte ich mich vor der Nacht und denke, daß hinter der Hütte einer steht."

„Keiner steht da", sagte sie.

„Viele sagen, daß ich ein Zauberer bin", fuhr er fort, „und daß ich eure Herzen bestricke. Und viele sind mir feind, daß ich so bin, wie ich bin. Aber ich kann nicht dafür ... vielleicht kann die Mutter dafür ... nimm nun dein Boot und fahre, damit keiner etwas merkt."

Sie gehorchte stumm, und eine Weile hörte er zu, wie die leisen Ruderschläge verklangen. Das Wasser war schwarz, ein dunkler, gefährlicher Spiegel, und es fröstelte ihn, wie er die Bilder der Sterne in der grundlosen Tiefe sah. Und dann spielte er weiter, den Kopf zurückgelehnt, immerzu, indes der Tau in sein Haar fiel und der Mond hinter dem schwarzen Wald versank.

Auf dem Hügel hörten sie seine Flöte, noch als sie Äxte und Sägen auf die Schultern nahmen und zum Dorf hinunterstiegen. Sie standen noch eine Weile und hörten zu, von einem kühlen Hauch angerührt, und später sagten sie, daß sie noch niemals ein solches Lied gehört hätten. Finsternis lag über dem See, und aus dem Dunklen kamen die Töne wie die Stimme eines vergehenden Menschen. Manchmal wußten sie nicht, ob jemand sang oder ob es die Flöte war. Seltsame Kinder hatten die Jeromins, und wahrscheinlich komme es von der Frau, die eine Landfremde war.

Dann blieben nur Christean und der Pfarrer zurück. Sie saßen nebeneinander, aber sie schwiegen und hörten zu.

Christean hatte den Kopf an die Balken hinter sich gelehnt und sah das Bild des Gekreuzigten, wie es immer klarer aus dem weißen Lindenholz heraustrat und wie jemand zu seinen Füßen eine Totenklage spielte. Maria war es wahrscheinlich, aber es konnte auch die Mutter sein. Ihr Haupt war verhüllt, und ihre weißen Hände bewegten sich leise auf dem schwarzen Holz. Er könnte nun aufhören, dachte er, sonst würden die Tiere im Schlaf stöhnen und die Fische nicht in die Netze gehen. So viel schweres Blut war in ihnen, und nun suchte es einen Ausweg aus dem zugeschlossenen Herzen, damit es langsam in das Moos tropfe. In ein Bildwerk, in ein Lied, in alle geschriebenen Bücher dieser Welt. Aber keiner sprach zum andern, jeder trug es für sich allein.

Auch der Pfarrer hörte zu. Er war müde und hatte den Kopf in beide Hände gestützt. Bach hätte so schreiben können, dachte er, in einer Kreuzesklage, als er schon blind geworden war und nur das andre sah, das Verborgene. Was für ein Land und was für eine Nacht . . . da bauten sie nun an Gottes Haus, aber über dem See erklang die Stimme, daß alles eitel sei, Steine zerstreuen und Steine sammeln, Herzen und ferne sein vom Herzen. Eine Stimme, die alles wußte, das Vergangene und das Künftige, auch des Pfarrers großen Anfang und sein kleines Ende. Die menschliche Klage, die sich zu Gott aufhob und zu den Sternen, und immer wieder niederfiel, weil niemand ihr Antwort gab, ja, weil niemand sie hörte.

In dieser Stunde, als das Lied der Flöte über den See kam, wußte er, daß er niemals mehr glauben würde, niemals in alle Ewigkeit, und er fühlte den Schmerz wie ein Messer in seinem Herzen. Wenn es die Kreatur trieb, so zu klagen, ja, wenn das Ebenbild Gottes so vergeblich und schmerzlich zu den Sternen rief, nichts als ein einfacher Mensch, unter einem dunklen Dach geboren: wo war die Hand, die man ergreifen konnte, und wo der Mantel, unter dessen Saum man sich barg? Es war, als zerstreue dieses Lied die letzten Träume, als sei es das, was allein übriggeblieben sei von allen großartigen Visionen des Menschengeistes, von allen Hoffnungen und Täuschungen, und als säße dort, hinter dem dunklen Wasser, auf einem Hügel, um den die Winde gingen, der Mensch, vom

Weibe geboren, der erste, den man aus dem Paradiese gestoßen hatte, oder der letzte, der den Weg des Menschen bis zu Ende ausgeschritten hatte und nun Abschied nahm von allem, was er die Liebe genannt hatte, oder das Leben, oder die Zukunft, oder die Ewigkeit.

Immer noch schienen die Sterne, und immer noch ging der Ruf der Flöte über den See, über das Dorf und den Kirchenhügel, bis auf das Moor hinaus. Manchmal trug ein leiser Wind ihn fort, und das Lied erstarb inmitten seiner Melodie, aber dann kam es wieder, und es war kaum zu merken, daß es fortgegangen war, weil jeder Ton ein Anfang sein konnte und jeder ein Ende.

„Horch", flüsterte das Kind Erdmuthe, „das ist gar nicht er, der spielt. Kein Mensch kann so lange spielen. Das ist einer, der aus dem Wasser wieder aufgestanden ist und um geweihte Erde fleht ... angst ist mir, Michael, so angst ..."

Aber er legte ihre Wange an seine Brust, wo sein Herz schlug, und strich mit der Hand über ihre schmale Schulter. „Fürchte dich nicht", sagte er. „Man sagt, daß der Tod nur spielt, wenn er keinen zu holen braucht, und vielleicht ist es der Tod. Aber er geht fort, solange noch der Tau fällt, damit niemand seine Spur erkennt."

Der Morgenstern stand wie eine Lampe vor der Tür der Torfhütte, in der sie lagen, und hinter dem Walde riefen die Kraniche das erste Morgenrot an. Er konnte nun ihr Gesicht erkennen, das immer noch ein Kindergesicht war, und die großen, sanften Augen, die wie Brunnen unter ihm lagen. „Fürchte dich nicht", sagte er noch einmal. „Noch ein Jahr. Und auch in der ‚Armen Sünde' können wir glücklich sein."

Sie strich mit der Hand durch sein dunkles Haar und versuchte zu lächeln. „Die Mutter", begann sie, „die Mutter sieht dir nach, wenn du gehst, und sie sagt, Unglück ist über deinem Scheitel, und auch mich wird es begraben. Die Mutter weiß, was das Spinnrad singt, wenn sie den Faden spinnt ..."

Er setzte sich auf und blickte in das steigende Licht. „Und möchtest du lieber allein begraben werden? Ohne mich und mein Unglück?"

„Nein, Michael, nein ... aber sage ihm, daß er nicht mehr

spielen soll, wenn du bei mir bist ... es wirft einen Zauber über meinen Leib ..."

Immer noch die gleichen Sterne, hoch über dem Meilerwald. Schwächer das Lied der Flöte, manchmal nur wie ein Hauch. Aber Träume haben dünne Wände, und ist der einsame Spieler nur aus seiner Mutter Blut, so daß Jakob keinen Teil haben sollte an der Mahnung seines Blutes? Er sah kein Segel, denn er hatte keine Schiffe gesehen in seiner Kindheit, aber er sah, daß der Meiler aufgetan war mit einem dunklen Tor, und Männer und Frauen standen davor. Sie standen so schweigend wie Marthes Gestalten um den Mast, aber sie blickten nicht über ihre Schultern zurück. Sie blickten in das dunkle Tor, aus dem die leise verwehte Melodie erklang. Sie standen ganz bewegungslos, den Kopf vorgeneigt, und eine ernste, schwere Trauer lag um ihre Stirnen. Doch konnte er keines ihrer Gesichter erkennen, und niemand sprach ein Wort. Der Wald rauschte wie im Regen, aber es fiel kein Regen, nur ein grauer Himmel war über ihm ausgespannt, schimmernd wie schmelzendes Metall.

Da rief eine Stimme aus dem Tor, eine starke und dunkle Stimme, und der erste der Männer trat gehorsam in das Tor, Jakob kannte die Stimme, aber er wußte nicht, von wem sie kam. Er kannte auch das Wort, aber sein Sinn war ihm fremd. Der erste der Männer trat so gehorsam an, als stehe er auf einem Appellplatz oder als seien sie alle im Wartezimmer eines Arztes und man mußte gehorchen, schnell und stumm, damit nichts von der Zeit verlorenginge. Er hatte noch kaum die dunkle Schwelle betreten, so war er schon fort, aufgelöst und in das Innere gesogen wie eine Wolke, die in ein Sturmtal fährt.

Und wieder rief die Stimme, und eine Frau ging hinein und verschwand. Aber keine Angst erfaßte die anderen. Sie standen noch alle, wie sie am Beginn gestanden hatten, bewegungslos, lauschend, mit vorgeneigter Stirn.

Sie gingen alle hinein und keiner sah zurück. Auch blieb das Tor, wie es gewesen war, nur daß aus der Kuppel des Meilers nun langsam eine dünne Säule hellen Rauches aufzusteigen begann, wie von einem Brandopfer. Die Stimme schwieg, die ferne Flöte war nicht mehr zu hören, und Jakob erwachte. Er starrte blind und schweren Herzens in das morgendliche Licht, und dann stand er schnell auf, um nach dem Meiler zu sehen. Aber der Meiler glühte, und kein Tor war zu sehen.

Später hieß es, daß Kiewitt in dieser Nacht ein Gesicht gesehen habe, aber niemand wußte, wer es aufgebracht hatte und was er gesehen haben sollte. Auch erhob sich eines der Bienenvölker aus Herrn Stillings Garten um die Morgenstunde, schwärmte in einer dunklen Wolke um den Schornstein seines Hauses und war waldeinwärts verschwunden, ehe der Lehrer die Leiter an das Haus gestellt hatte.

IX

Nach der Ernte kam Herr von Balk in die Stadt, stand am späten Nachmittag auf dem engen Schulhof des Gymnasiums, in seinem langen, gelben Mantel, und betrachtete durch sein Einglas die Schüler, die sich lärmend die Treppe hinunterdrängten, als befinde er sich auf einer Zuchtviehauktion oder auf einem Remontenmarkt. Aber es gefiel ihm nicht sehr, was er sah, und er bemerkte mißbilligend, daß zu viele der Jungen Brillen trugen und daß ihre Haltung nicht so war, daß er sie sich in seiner Schwadron gewünscht haben würde.

Er hatte erfragt, daß Jons Nachmittagsunterricht hatte, was er für eine barbarische Rückständigkeit hielt, und erwartete ihn hier. Die Pension war ihm zu abgelegen gewesen, und außerdem entsann er sich, daß alle Pensionen nach kaltem Kohl rochen, was er für sein Leben nicht ausstehen konnte.

Er sah Jons herunterkommen, langsam, allein und in Gedanken. Stirn und Augen schienen ihm immer noch von bemerkenswerter Schönheit, aber er fand, daß er verarbeitet aussah und daß es ihm guttun würde, vier Wochen im Sattel zuzubringen. Ab und zu mußte man sich für einige Zeit über die Umwelt erheben, und der Rücken eines Pferdes war das beste dafür. „Hallo, Jons", sagte er, „die Erde steht noch."

Es war zu sehen, daß Jons sich freute. Seit Gina und Gotthold hatte er keinen Besuch gehabt. In die Pension wolle Herr von Balk wohl nicht kommen? Nein, das wollte der Rittmeister nicht. „Von wegen dem Kohl, mein Lieber."

Aber Jumbo sei da.

Jumbo? Was für ein Jumbo? Ein Schwarzer?

Nein, ein Student, und er sei der einzige Freund, den er habe.

„Reicht aus, Jons", sagte Balk. „Mehr als ich habe. Aber bringe ihn mit, wenn er ordentlich ist. Wollen zusammen im Hotel essen."

Es wurde ein großer Abend, selbst für den skeptischen Jumbo. Nicht weil sie unerhörte Sachen aßen und tranken, in ein Varieté gingen, wo sich die Leute platt auf der Erde oder in der Luft bewegten und nachher in großartigen Sesseln in der Halle saßen. Sondern weil Herr von Balk da war, und er ein Mann war, der Jumbo ausnehmend gefiel. „Siehst du", sagte er, als sie eine Weile allein waren, „dafür bin ich nun eines Gastwirts Sohn. Kellnerbehandlung ist ein ganzes Kapitel der Psychologie, aufschlußreicher als Kaffeesatz, Handlinien und Sterne. Da ist nun ein Stand, von dem die meisten Menschen denken, er sei schon am Tage der Austreibung aus dem Paradiese begründet worden und allein zu dem Zweck, daß ein Mensch, der zwanzig Mark auszugeben hat, sich als ein Gott vor dem fühlt, der sie einzunehmen hat. Für sie ist ein Kellner gar kein Mensch. Er ist ein mit einem Frack bekleideter Automat, der sofort und ohne eine Sekunde des Zögerns Speisen und Getränke auszuliefern hat, sobald man ein Geldstück in seinen Schlitz wirft. Es gibt so Leute aus der Provinz, weißt du, die vor einem Kellner Großstadt spielen, und er hört geduldig zu. Nirgends gibt es soviel Geduld wie bei ihm. Für die Talmigroßstädter, für die Großschlächterswitwen mit Brillantringen, für Liebespärchen, für Leute, die zum erstenmal in einem Hotel sitzen und aus Angst vertraulich werden. Und eines merke dir für alle Fakultäten, Mönchlein: wer an den Speisen und Getränken dieser Erde am lautesten herumnörgelt, stammt todsicher von kleinen Leuten aus der Provinz."

„Und Herr von Balk nun?" fragte Jons lächelnd.

„Herr von Balk ist ein Herr. Er kann mit dem Oberkellner über den Kaiser sprechen oder über seine Frau auf dem Mistwagen oder über diesen wunderbaren Rotwein: der Oberkellner wird immer wissen, daß ein Herr zu ihm spricht. Und das werden wir beide niemals lernen, Mönchlein."

Auch Herr von Balk war mit Jumbos Weltbetrachtung und seiner Art, guten Wein zu trinken, einverstanden. „Einen ordentlichen Freund hast du, Jons", sagte er. „Wünschte, ich hätte jemanden, mit dem ich ab und zu ein Männerwort reden könnte. Aber ich habe nur den Papagei. ‚Otto, sei doch nicht komisch.' Aber das kenne ich nun schon, und ich werde trotzdem immer komischer. So wie dein Bruder im Herrn, unser Pfarrer."

Was denn mit dem Pfarrer sei?

„Ja, siehst du, Jons, ich denke, daß die sogenannte Vorsehung ihn zu uns geschickt hat, damit du rechtzeitig ein Beispiel vorgesetzt bekommst. Er fängt nämlich leise an, zu trinken, verstehst du? Noch hat es niemand gemerkt, aber ich habe es gemerkt. Ich kenne mich nämlich aus in solchen Dingen, wenn die Leute nicht mit Genuß, sondern mit Erbitterung trinken. Beim Regiment gab es so was. Leute, die sich übergangen fühlten und so weiter.

Auch er fühlt sich übergangen, vom lieben Gott. Er hat angeklopft, und es wird ihm nicht aufgetan. Manchmal will der liebe Gott nicht. Er empfängt nicht. Nun, das ist nicht so schlimm, denn die meisten kommen immer wieder. Pfarrer sind sehr geduldig. Aber manche kommen eben nicht wieder, es wird ihnen zu dumm, und so einer ist Agricola. ‚Wollen mal sehen, alter Mann', sagte er. ‚Ich kann auch anders.' Und dann fängt er an zu trinken. Kann sein, daß er noch andre Sachen machen wird. Und ich habe in meinem Leben bemerkt, daß die ganz ernsten Leute immer Krach bekommen. Mit der Polizei, oder dem Landrat, oder dem lieben Gott. Sie fassen nämlich alles wörtlich auf, was von dorther verkündet wird, und das ist ein Irrtum. Es sind nämlich nur Redensarten, so für den einfachen Mann, weißt du. Und die meisten Leute sind eben nicht einfach. ‚Du sollst nicht töten', zum Beispiel. Das ist ein klarer Satz, der in der Bibel wie im Strafgesetzbuch steht. Aber laß uns mal wieder Krieg bekommen, was spätestens nächstens der Fall sein wird, und dann werden wir mit Wonne töten. Wehe dem, der dann nicht tötet, dem ernsten Mann zum Beispiel! Er will nicht töten, weil es verboten ist. Das hat er gelernt, darüber hat er nachgedacht, das ist sein Glaube geworden. Er kann nicht so schnell umschalten, weißt du. Und so ist auch unser Pfarrer. Herr Jumbo hat es bald erkannt, und für dich wäre es gut, wenn du es vor dem ersten Semester auch erkennen wolltest. Ihr Wohl, Herr Jumbo!"

Ja, sonst ging es im Dorf so, halb traurig und halb lustig. Sie hätten ja nun ihren Kirchenbau und tränken etwas weniger als sonst. Mit Ausnahme ihres besagten Pfarrers. Und er sei felsenfest überzeugt, daß alles Holz zur Kirche gestohlen worden sei. Eine Komödie, die beinahe großartig sei. Und das Ganze nicht etwa aus Spaß oder Bosheit, sondern aus Frömmigkeit. In der Weltgeschichte gebe es eine ganze Menge solcher ‚Kirchenbauten', nur höre man auf der Schule nichts davon.

Übrigens seien sie eine Weile alle behext gewesen, weil der Rattenfänger von Hameln — „Friedrich Jeromin, leiblicher Bruder dieses anwesenden Jons, Herr Jumbo" — eine Nacht lang auf seiner Flöte gespielt habe. Auf der Insel im See, bei abnehmendem Mond. Kiewitt habe ein Gesicht gehabt, und ein Bienenschwarm sei aus Herrn Stillings Stöcken auf und davon.

„Es ist nicht zum Spotten, Herr von Balk", sagte Jons leise.

„O nein, Jons, ich spotte auch nicht, am wenigsten über die Flöte. Habe sie einmal gehört und werde sie mein Lebtag nicht vergessen. Eine merkwürdige Familie ist das, Herr Jumbo. Ein Musiker, ein Bildhauer und einer, der ... wie heißt es doch? ... der die Gerechtigkeit auf den Acker bringen will. Ein schwerer Weg, kleiner Jons, ein sehr schwerer Weg. Ist noch keiner damit fertig geworden, nicht einmal der liebe Gott, und es wäre doch eine Kleinigkeit für ihn gewesen. Nie begriffen, weshalb eine ungerechte Welt heilsamer sein soll als eine gerechte. Sie, Herr Jumbo?"

„Nein, Herr von Balk."

„Nie begriffen, wenn Eltern zu ihren Kindern sagen: ‚Später, liebe Kinder, später. Das versteht ihr noch nicht. Aber später werdet ihr einsehen, daß es gut für euch war, Prügel zu bekommen.' Weshalb Prügel? Eine Kleinigkeit für den lieben Gott, Kinder zu schaffen, die keine Prügel brauchen. Kein schöner Anblick, diese Prügelei. Besonders wenn es die Großen sind, die sie am ehesten verdienen. Nie begriffen. Sie, Herr Jumbo?"

„Nein, Herr von Balk."

„Ja, das meiste unbegreiflich auf dieser Welt ... gab einen Vers beim Regiment, der voller Weisheit war: ‚Wer nie Ulan gewesen und weiß, was der sich denkt, der kann sich gar nicht denken, was so 'n Ulan sich denkt.' Kann mir auch nicht denken, was der liebe Gott sich gedacht hat. Sie, Herr Jumbo?"

„Nein, Herr von Balk."

Es war schon spät, als sie aufstanden und sich verabschiedeten. Herr von Balk hatte viel getrunken, aber seine Augen waren nicht fröhlicher geworden. „Laß es sein, Jons, mit der großen Gerechtigkeit", sagte er. „Habe immer gedacht, daß ein Bauer mit dreißig Morgen, der seinen Mist ordentlich ausführt, mehr Gerechtigkeit auf den Acker bringt als der Prophet Jesaias. Immer so gewesen. Die Hand ist mehr als der Mund. Wünschte, du kämest zu mir und wärest mein Sohn. Deine Mutter sagt, wäre wenig Ehre dabei, aber ist eine harte Frau, deine Mutter. Aus dem Alten Testament, weißt du. Makkabäerin und so. Nun lebt wohl, bin etwas betrunken, aber anders als euer Pfarrer. Ohne Groll, versteht ihr? Ohne Groll muß man leben, das ist die Sache."

Sie sahen ihn langsam die Treppe hinaufsteigen, eine hohe, leise gebeugte Gestalt mit etwas gekrümmten Reiterbeinen, während der kleine, verschlafene Page mit dem Ausdruck kindlicher Verehrung in seinem übernächtigen Gesicht ihm eine Stufe tiefer folgte, bereit, ihn zu unterstützen, wenn er dessen bedürfen sollte.

Aber der Herr von Balk bedurfte keiner Unterstützung.

Jons war nun Sekundaner und wurde mit „Sie" angesprochen. Er hatte an seinem Leben nicht viel geändert, außer daß er nun, nach dem Abend mit Herrn von Balk, in seiner freien Zeit mehr als bisher durch die Stadt zu streifen begann. Es waren nun nicht mehr Museen oder Ausstellungen, durch die er langsam ging, sondern eben die Stadt, und zwar nicht die Stadt als solche, sondern ihre Menschen. Die Zeit war gekommen, in der ein Buch ihn mit Mißtrauen erfüllen konnte, und manchmal waren es alle Bücher, die ihn mit Mißtrauen erfüllten. Was Herr von Balk von dem Bauern gesagt hatte, der den Mist auf seine dreißig Morgen führte, beschäftigte ihn lange Zeit.

In den Vierteln, in denen die Wohlhabenden lebten, war nichts für ihn zu sehen, aber in den Vorstädten, wo die Armen wohnten, am Ufer des Stromes, an den Ladeplätzen des Hafens, vor den Kneipen, über deren Tür ein Anker hing oder eine plumpe, glänzende Gallionsfigur, entrollte sich vor seinen Augen eine andere Welt. In ihr wurde eine andere Sprache gesprochen als in den Büchern mit den schönen Einbänden, andre Dinge wurden begehrt, gehaßt und geliebt, als er sie aus der Schule kannte, auf andere Weise auch noch als in Sowirog, und manchmal schien es ihm, als schwanke die Erde leise, auf der er stand, wenn er die Gesichter der Frauen und Kinder sah, die vor den Türen der Destillen wartend standen, Stunde auf Stunde, bis eine schwankende und fluchende Gestalt aus der Tür kam.

Hatte er gewußt, daß es solche Gesichter gab? Und wußte er, weshalb es sie gab? Waren sie diejenigen, für die die Verheißungen des Paradieses geschrieben waren? Aber weshalb mußte gerade über ihnen die Zuchtrute am härtesten geschwungen werden? Wer von den Menschen geschlagen wurde, mußte der auch noch von Gott geschlagen werden? ‚Kein schöner Anblick, diese Prügelei', hatte Herr von Balk gesagt.

Es geschah ihm nichts auf diesen Wanderungen. Er war aus dem selbstgewebten Anzug herausgewachsen, er trug noch immer Eisen unter den Absätzen, und seine Augen blickten viel zu ernst und tief aus den Schatten der Stirn heraus. „Ist deiner auch drin?" fragte ihn einmal eine der Frauen. Er schüttelte den Kopf, und sie hüllte sich fester in ihr Umschlagtuch. „Ersäufen sollte man sie", sagte sie, „wie die jungen Katzen. Aber im Abwaschwasser und nicht im Schnaps."

Nein, „seiner" war nicht darin. Er saß am Meiler und brannte die Kohle, und dazwischen las er in dem großen Buch von dem Hagel, der den Wald hinabging. Auch er war geschlagen, das wußte Jons nun, aber er war ohne Groll. Jons wußte nicht, ob er zweifelte oder voll des blinden Glaubens war. Aber voller Hoffnung war er, das wußte er. Daß aus ihren dumpfen Reihen der Messias kommen würde und daß Jons vielleicht ausersehen war, ihm den Weg zu bereiten.

Der Vater wußte es, aber Jons wußte es nicht. Er begann nun in jene bittersüßen Jahre einzutreten, in denen der Mensch das erste, noch primitive Rüstzeug des Geistes in den Händen hält und, noch nicht weise genug, es an die eigene Person zu setzen, es an die Sockel der Götter legt, die man vor ihm aufgerichtet hat. Und selbst die stillsten Augen begreifen, daß diese Sockel bröckeln. Die meisten erschrecken, legen das Rüstzeug beiseite und werden wieder geduldige Beter zu den Füßen ihrer Propheten und Meister. Über einige fällt der Rausch der jungen Kraft und der Zerstörung, und sie hören erst auf, wenn sie inmitten eines Trümmerfeldes stehen und die Augen der zerschlagenen Götter blind und traurig zu ihnen emporblicken. Sie beginnen dann, zu trinken oder eine Sekte zu gründen.

Einige aber halten inmitten ihrer Arbeit an und sehen sich um. Nachdem sie den Hebel an drei oder vier der Götterbilder gelegt haben, erkennen sie, daß es verlorene Mühe ist, es mit allen zu versuchen. Alle werden schwanken, und nur Kinder brechen tausend Blumen, um zu erfahren, was eine Blume ist. Und nachdem sie erkannt haben, daß man eine schwankende Welt vor ihnen aufgerichtet hat, beginnen sie damit, ihre eigene so fest zu machen, daß sie nicht vor jedem Sturm der Zeiten erbebt. Sie beginnen es auf verschiedene Weise, aber sie enden alle damit, daß sie nicht mehr in das Unsichtbare hinausblicken. Sie wissen wohl, daß es da ist, aber sie wissen auch, daß es dem Menschen nicht gegeben ist, es zu wissen. Sie setzen ihre Grenzsteine zurück, und innerhalb dieser neuen Grenzen beginnen sie nun zu arbeiten. Sie erkennen, daß die Hand soviel wert ist wie der Geist und oft mehr als der Geist. Daß ein ordentlicher Acker mehr ist als eine unordentliche Philosophie und daß der Mensch dazu da ist, die Dämonen zu besiegen, die jahrtausendelang um seine Wiege gestanden haben. Noch ist die Luft erfüllt mit ihnen, mit denen des Hasses, der Gewalt, der Lüge, der Opferung, der Angst, der Rache. Und nicht nur mit denen der Hölle, sondern auch mit denen des Himmels.

Der Kampf gegen sie bringt keine Belohnung, weder im Diesseits noch in einem erträumten Jenseits. Er bringt Einsamkeit und Feindschaft, Leid und Verzicht. Aber er ist alles, was der Mensch aus seinem Leben machen kann. Er ist der Anfang zu einem Tor in eine bessere Zeit. Wer ihn auskämpft, ist wie Moses, nur daß er nicht auf einem Berge steht, sondern am Fuße eines der tausend Hügel, die sich vor dem Berge erstrecken. Wer ihn auskämpft, ist kein Soldat Gottes, sondern ein Soldat der Menschheit, des Kreises also, in den er hineingeboren ist. Es wird nicht danach gefragt, ob er sie haßt oder liebt oder verachtet. Er hat sie so wenig gewählt wie seine Eltern, aber er spricht ihre Sprache, er sitzt an ihrem Herd, er hat zu ihnen zu stehen. Wenn er bitter wird dabei, ist er nicht der rechte Soldat, und auch nicht, wenn er glaubt, daß seine Taten nun in einem Buche verzeichnet werden, über das der Erzengel einen goldenen Griffel hält. Nichts wird verzeichnet, nichts wird aufgeschrieben. Am Abend des Lebens nimmt er den Spaten auf die Schulter und geht davon, ein kleiner Handlanger, namenlos und unbekannt, indes hinter ihm die Mauern aufzuragen beginnen, an denen ihm vergönnt war, seine kleine Pflicht zu tun.

Nicht, daß Jons dies alles erkannt hätte. Aber eine Ahnung davon ging ihm in diesen Jahren auf, und es war ihm gut, daß er am Abend bei Jumbo saß. Am Abend kam die Macht der Rede über Jumbo, der Glanz einer frühen Weisheit, ohne Hochmut und ohne Groll. Er wußte nichts von dem frühen Tode, der ihm beschieden war, und daß in den Arsenalen von Smolensk oder Samara dieser Tod schon auf ihn wartete. Wartete, daß sie beide sich auf den Weg machten, um einander zu begegnen. Aber es war möglich, daß er eine Ahnung davon in seinem Blute trug, die Ahnung eines kurzen Frühlings, der schnell gelebt werden mußte und in dem aller Same auszustreuen war, mit dem die lange Reihe seiner Ahnen ihn bedacht hatte. Viele lebten damals so, an der Wende der Zeiten, Soldaten lange vor dem großen Kriege, und ohne zu ahnen, daß sie auch nach ihm noch lange als Soldat würden leben müssen.

„Ohne Hoffnung, Mönchlein?“ sagte Jumbo. „Ach nein, kleiner Mann, nicht ohne Hoffnung. Ein Mann, der etwas Rechtes tut, ist niemals ohne Hoffnung. Wer den Mist auf seine dreißig Morgen fährt, wie der Herr von Balk sagt, ist auch nach zehn Hagelschlägen und Mißernten nicht ohne Hoffnung. Weil er der Erde vertrauen kann, verstehst du? Seine Vorfahren haben ihr tausend oder zehntausend Jahre vertraut und haben gesehen, daß sie recht daran getan haben. Sie hoffen nicht nur, sie wissen, daß die Ernte einmal kommen wird. Nur die, die auf die große Gerechtigkeit vertraut haben oder darauf, daß einmal einer ihre Tränen abwischen wird, die wissen nichts. Sie waren nicht bescheiden genug, sie waren nicht Kinder der Erde. Sie wollten nicht ein Stückchen Acker mit Ordnung und Schweiß und Brot, sondern sie wollten das Paradies. Strebe nicht nach dem Paradies, Mönchlein, sondern tue etwas Rechtes mit deinen Händen und deinem Herzen. Treibe alle Chucholleks aus von dieser Welt, denen du begegnest! Es werden nicht alle sein, aber andere tun dasselbe auf ihren Wegen. Nur mache nicht den Teufel aus ihnen, oder das ‚böse Prinzip' oder sonst einen Popanz, sondern nimm sie, als was sie sind: arme Schächer, die zu unsrer großen Familie gehören, zu der des Menschen."

Es war ein schöner Herbst für Jons, gefüllt mit junger Ernte, und er behielt ihn lange im Gedächtnis.

Auch für das Dorf war es ein schöner Herbst. Die Tage waren mild und voller Sonne, und während die welken Blätter leise fielen, nagelten sie die Schindeln auf das Kirchendach. Weit konnte man von dort hinaussehen über das Land. Die Wälder waren dahingesunken, aber die Schonungen wuchsen auf, und weit hinter dem See sahen sie ein breites goldenes Band. Das war der Weißbuchenwald, der seit undenklichen Zeiten „Das Paradies" genannt wurde. Die Straße nach den nächsten Dörfern lief zwischen seinen grünen, bemoosten Stämmen dahin, und hier sammelte die alte Frau aus der „Armen Sünde" noch die letzten Steinpilze, wenn im dunklen Fichtenwald schon Schnecken und Würmer die Ernte zerstört hatten. Es war nicht leicht, in der braungoldenen Blätterdecke die dunklen Häupter der Pilze zu entdecken, aber ihre hellen Augen waren noch scharf, und sie erkannte von weitem, was der Erde angehörte und was nur ein Trugbild war für ihre fleißigen Hände, ein Stück Rinde etwa, dunkel und gewölbt, das aus der Ferne wie ein Steinpilz erschien und doch nur ein Stück Rinde war.

Sie erkannte auch von weitem, daß der braungelbe Blätterhügel zwischen zwei vom Winde gestürzten Buchen nicht von demselben Wind zusammengetrieben war und daß der dunkle Ast, der neben dem Hügel lag, anders aussah als die meisten Buchenäste. Sie blieb eine Weile stehen und blickte hinüber.

Die Sonne schien still und warm, aber ein kühler Hauch wehte sie plötzlich aus der Tiefe des Waldes an, und sie sah sich schnell um, als stehe jemand hinter ihr. Ein Eichelhäher begann zu lärmen, und aus dem leeren Wald kam das Echo zurück.

Als sie dann das Laub mit den Händen zur Seite gescharrt hatte, langsam und zuletzt nur Blatt für Blatt, blieb sie zu Häupten des Toten sitzen und sah in seine aufgeschlagenen Augen. Sie waren von dem gleichen weißlichen Blau wie der Septemberhimmel, und wer den Toten nicht kannte, mochte meinen, es sei nur der Widerschein der hohen, wolkenlosen Kuppel. Aber sie kannte Michaels Bruder wohl. Sie wischte mit einem Tuch das getrocknete Blut aus seinen Mundwinkeln und saß dann wieder still, die Hände über dem Tuch gefaltet. Sie war nicht neugierig und sie war nicht traurig. Sie hatte viele Tote gesehen, auch Erschlagene, nur den Gerichteten hatte sie nicht gesehen. Aber danach hatte der Tod seine Schrecken verloren. Er war Menschenwerk geworden für sie. Nicht mehr das dunkle Los, das ein zürnender oder richtender Gott über die Erde warf, sondern eine der vielen dunklen Kräfte, deren die Menschenhand sich bemächtigt hatte. Böse, wie das meiste, was aus ihr kam, und hinzunehmen wie Hagel oder Wassernot. Nicht viel Gutes war von ihr zu erwarten, so wenig wie von Gott etwas Gutes zu erwarten war. Auch hier hatte sie zugeschlagen, und vielleicht würde auch der Henker wieder zuschlagen, aber damit weckte man die Toten nicht auf und nahm die Sünde nicht aus der Welt.

Sie hatte nicht gedacht, daß Friedrich der erste sein würde. Ihr Leben war erfüllt von Zeichen, ihre Augen sahen den Schatten über eines Menschen Scheitel. Aber dies hatte sie nicht gewußt. Er war nun der erste, aber er würde nicht der letzte sein. Sie sah noch keinen Grund in ihrem Becher, sie schmeckte nur seine Bitterkeit auf den Lippen.

Die Sonne wärmte ihren schmerzenden Rücken und schien in die Augen des Toten. Da beugte sie sich, um seine Lider zuzudrücken, aber sie mußte ihre Hände lange Zeit auf der Kühle des Todes halten, ehe die Augen sich nicht mehr öffneten. Und auch dann blieb noch ein schmaler Spalt, in den die Sonne sich stahl, und es schien, als blicke der Tote angestrengt und aufmerksam in eine weite Ferne, in der sich etwas bewegte, was er erkennen wollte. Sonst war sein Gesicht ruhig und voller Frieden, ein schönes, reines Gesicht, und nur um seine Lippen lag der Hauch einer kindlichen, erstaunten Trauer.

Die Sonne wanderte in ihren Rücken, die Blätter fielen leise auf sie und den Toten. Sie saß ganz still. Sie zählte keine Stunden, sie dachte nicht an die Mörder. Ab und zu tauchte das Bild ihres Kindes vor ihr auf, aber es glitt wieder fort, und nichts blieb als der goldfarbene Wald und das stille Gesicht zu ihren Füßen. Gut würde es sein, wenn alles zu Ende wäre, die Liebe und der Haß, die Wege durch die Wälder, Hunger und Durst, alles, alles. Aber was bis dahin noch kommen würde, mußte man auf den Rücken laden und tragen, wie man das andere getragen hatte.

Einmal würde doch jemand kommen, wenigstens der Briefträger, und so lange mußte sie schon warten. Wenn seine Mutter nicht bei ihm saß, so mußte sie es sein, und sie glaubte nicht, daß es seine Mutter vom Herde auftreiben und durch die Wälder jagen würde. Nein, alle andern, aber seine Mutter nicht.

Glumsda nahm seine Mütze vor dem Toten ab, aber er fragte nicht viel. Ja, er würde Bescheid sagen und den Gemeindevorsteher schicken. Er war so viel allein gewesen in seinen vierzig Dienstjahren, daß er das Sprechen verlernt hatte, und er hatte so viel gesehen in diesen Wäldern und sich so viele Gedanken dazu gemacht, daß er nichts zu fragen brauchte. Das Fragen war nicht seines Amtes.

Das Dorf empfing die Nachricht wie das Anklopfen von Gottes Faust an seinen Türen. Wie lange war es her, daß jene Nacht gewesen war mit dem Flötenlied über dem See, das Gesicht Kicwitts und der Bienenschwarm über dem Schulhaus? Gott war in den Wäldern und sah zu, wie sie seine Kirche bauten. Er hatte gemahnt, aber sie hatten nicht gehört. Balk wies sie an, keinen Unsinn zu reden, aber sie blieben verstört, und Gogun kniete in seiner Kammer und betete.

Das Gericht hatte festgestellt, daß Friedrich in dem Dorf

hinter dem „Paradies“ gewesen war, bis kurz nach Mitternacht. Das Mädchen, das ihn eingelassen hatte, war freiwillig gekommen, um auszusagen. Nein, er sei heiter gewesen wie sonst und dazu ein bißchen traurig wie sonst. Er habe oft von seinem Tode gesprochen und daß man ihm nachstelle, aber niemals jemanden genannt. Einen Verdacht habe sie nicht. Nur als er fortgegangen sei, habe er in den Mond gesehen und gesagt, er müsse nun gehen, sie warteten auf ihn. Sie habe gedacht, daß er seine Eltern meine.

Sie weinte nicht. Ihr Gesicht war ganz erstarrt, und sie sah an den Beamten vorbei in den Wald, als winke ihr jemand hinter den Buchenstämmen zu.

Friedrich war erschossen worden. Es war ein kleines Geschoß. Es hatte den Körper durchschlagen und konnte nicht gefunden werden.

„Ganz niedlich, diese kleine Julia“, sagte der Referendar, der aus der Hauptstadt stammte, aber der Amtsrichter ersuchte ihn, gefälligst seinen Mund zu halten.

Als die Leiche freigegeben wurde, holte Jakob sie aus der Kreisstadt ab. Gogun fuhr den Wagen mit den beiden kleinen Pferden, ohne Lieder, mit schwermütigem Gesicht. Neben ihm saß Jakob, sehr gerade, mit bloßem Haupt, die Papiere noch immer in den Händen, die man ihm gegeben hatte.

Hinten, am Fußende des Sarges, saß Jons im Stroh, die Holzkiste neben sich, so wie er eben zu den Ferien aus der Stadt gekommen war. Wenn der Wagen in den ausgefahrenen Geleisen stieß, dröhnte es leise, als sei der Sarg leer und das Ganze nur ein böser Traum. „Strebe nicht nach dem Paradies, Mönchlein!“ hatte Jumbo gesagt. Nein, er war nun weit davon entfernt, nach dem Paradies zu streben.

Zum erstenmal in seinem Leben meinte Jons, daß er heimatlos sei. Der Tote nahm die Heimat ein, und es war kein Platz für die Lebenden. Die Mutter stand am Herd wie ein Stein und sah ihn an, ohne ihm zuzunicken. Der Großvater war auf der Insel, der Vater ging zum Meiler, sobald sie den Toten aufgebahrt hatten. Nur Christean saß oben in der Kammer und sprach zu ihm, aber er sprach ohne Trost. Nein, sie wußten nichts. Friedrich habe immer allein gelebt, und auch sein

Lachen sei allein gewesen. Doch von der Nacht mit der Flöte erzählte er lange. Damals habe der Bruder Abschied genommen, und sie hätten es alle wissen sollen.

Jons ging über die Felder, bis er Michael beim Pflügen fand. Jons ging neben dem Pfluge her, über die Stoppel, die voller Spinnennetze hing. Sie sprachen nicht, aber Jons legte die Hand auf Michaels Hand, die die Pflugschar hielt, und Michael ließ sie dort liegen.

Erst als er den Pflug wendete, hielt er einen Augenblick an und sah über den Acker. „Kein Segen ruht auf uns, kleiner Jons“, sagte er. „Mach ein Feuer auf dem Herd, wenn wir fort sind, und sprenge die Stuben mit reinem Wasser aus, hörst du?“ Dann schob er die Hand des Bruders sanft von der seinigen und setzte die Spitze des Pfluges wieder in das Feld.

Es war ein langer Tag für Jons. Eine Weile saß er auf dem Kirchenhügel und blickte über den See nach dem Paradies, das wie ein goldener Acker zwischen den grauen und grünen Wäldern lag. Er hatte noch nicht gewußt, wie es war, wenn der Tod zuschlug, so dicht, daß man die Luft sausen hörte. Niemals hatte der Tote Böses getan, aber er war anders gewesen als die andern. Nur anders, nichts weiter, und es hatte ausgereicht, daß Gott zugeschlagen hatte.

Er war ganz allein auf dem Hügel, und hinter ihm stieg das hohe Dach der Kirche in die blaue Luft. Nein, er glaubte nicht, daß er hier auf der Kanzel stehen würde. Wenn er nun schon den Talar trüge, was würde er an diesem Sarge sagen und welches Gebet würde er sprechen können? Er fühlte, daß nicht Demut ihn erfüllte, sondern eine bittere Verstörtheit, und auf ihrem Grunde lag ein kalter Zorn, der mit Gott zu rechten begann. Wenn er sie strafen wollte, die Kinder des Hauses, gut, so mochte er es tun, obwohl er nicht wußte, wofür. Aber es war nichts Edles dabei, den Vater zu strafen. Er sah ihn auf dem Wagen sitzen, mit seinem hellen Haar, das wieder grauer geworden war, und über die Pferdeköpfe hinweg auf den Weg blicken. So müde waren seine Schultern gewesen, so müde seine Augen, als er ihn am Bahnhof erwartet hatte. Es war nichts Edles dabei, einen Müden zu schlagen, der so verlassen war wie der Vater.

Wenn ihnen aufgetragen wurde, Gerechtigkeit auf den Acker zu bringen, so mußte Gott ihnen vorangehen, aber er sah keine Gerechtigkeit in diesem Tode. Es war nichts Großes dabei für einen allmächtigen Gott, unter dem hellen Mond einen Menschen zu überfallen und ihn in das Moos zu werfen, und auch Jumbo würde nichts Großes darin sehen. ‚Eine falsche Rechnung, Mönchlein', würde er sagen wie am letzten Abend und sein dickes Buch schließen. ‚Sie geht nicht auf, schon seit hunderttausend Jahren nicht, und es ist nicht einzusehen, wie sie überhaupt aufgehen soll.'

Er blieb sitzen, bis er Maria mit einem Bündel die Straße vom Kirchdorf herankommen sah. Er rief ihr zu, und sie saß bei ihm, heiß und bestaubt von ihrem Wege, und jetzt erst, als er ihr erzählte, was er wußte, kamen ihm die ersten Tränen.

Ihre Stimme war noch immer so tief und ruhig wie früher, und als sie ihren Arm um seine Schulter legte, war er zum erstenmal geborgen.

„Ließen sie dich nicht früher fort?" fragte er dann. Sie war immer noch bei den Küstersleuten im Dienst.

„Wenn von den Armen einer stirbt, Jons, machen sie nicht viel Aufhebens davon. Sie denken wohl, wir merken nicht viel vom Tode. Erst müssen die Pflaumen eingekocht werden, hat die Frau gesagt, und das Begräbnis sei doch erst morgen. Es sei nicht gut, einen Toten so lange anzusehen. Und da bin ich dann geblieben."

Jons sah, daß ihr Gesicht schmaler geworden war, und plötzlich überfiel ihn eine brennende Scham, daß er dort in der Stadt saß, in der kleinen Kammer über seinen Büchern, während sie hier den Rücken beugten und arbeiteten. Er wolle nicht mehr zurückgehen, sagte er, aber sie lächelte schon wieder, zog seine Wange an ihre Schulter und redete ihm zu. „Kleiner Jons", sagte sie, „Arbeit ist Arbeit, und weißt du nicht, daß wir stolz auf dich sind? Der Vater und Christean und Michael und ich? Und vielleicht . . . auch die Mutter?"

Die Mutter? Ach nein. Seine Mutter war diese Schwester, die so sanft war, daß schon ihr Atem die Tränen trocknete. Und wenn er einmal groß wäre, würde sie immer um ihn sein und am Herde stehen und Geschichten erzählen. Und alles, was mit dem Vater einmal dahingehen würde, das würde weiterleben in ihr, das Beste, was sie alle zusammen an Erbe besäßen.

Ob von Gina und Gotthold Nachricht da wäre, fragte sie leise.

Ja, von Gina sei ein Kranz gekommen und von Gotthold ein Telegramm. Sie nickte vor sich hin und zog langsam ihre Schuhe und Strümpfe an. Es sei nun wohl Zeit zu gehen, meinte sie.

In der Nacht schlich Jons sich leise die Treppe von der Kammer hinunter und schlüpfte in die große Stube, wo der Sarg stand. Zwei Kerzen brannten zu seinen Häupten, und am Fußende saß der Vater, ganz allein in dem großen Gemach. „Komm, Jons", sagte er, ohne sich umzudrehen. „Ich weiß, daß du es bist."

Jons trat an seinen Stuhl, und Jakob legte den Arm um ihn. „Du mußt nicht fragen, Jons", sagte er. „Ich weiß nichts, gar nichts weiß ich. Wir müssen ihn nur ordentlich ansehen, weil er für lange Zeit fortgehen wird. Und dann müssen wir still sein und horchen, ob Gott sprechen wird. Noch hat er nicht gesprochen, aber er hat mehr Zeit als wir."

„Und wenn er gar nicht spricht, Vater?"

„Auch dann muß es gut sein, Jons. Die Armen haben nicht zu fragen: ‚Warum?'"

Jons wußte nicht, was der Vater dachte, aber er stand ganz still in seinem Arm und blickte in das tote Gesicht. Frieden ging von dem Toten wie von dem Lebenden aus, und das schien Jons wunderbar, daß der Vater vor dem Toten bestand. Daß er nicht geringer war wie alle die andern, wie er selbst, und daß man vor seinem stillen Gesicht so schweigen mußte wie vor dem des toten Bruders.

Dann führte der Vater ihn zur Tür und ließ ihn hinaus.

Den Großvater sah er erst bei der Beerdigung. Sein Gesicht war noch immer dasselbe, seine Gestalt die geradeste von allen. Er stand hinter dem Sarg und sah über die Menschen hinweg, die den Raum erfüllten, auf seinen Stock gestützt. Keine Trauer war in seinen Augen, nur das helle, weißblaue Licht, das Jons immer in ihnen gesehen hatte.

Als der Pfarrer eintrat, sah Jons, daß alle Gesichter sich

veränderten, als ob zwei große, unsichtbare Schwingen sie gestreift und die Angst auf ihnen zurückgelassen hätten. Er wußte wohl, daß sie fürchteten, er könnte getrunken haben. Aber Agricola hatte nicht getrunken. Sein Gesicht war grau und von Schmerzen gezeichnet, und er sah nicht aus, als trüge er einen Becher mit Trost in seinen Händen.

Während er betete, öffnete sich lautlos die Tür, und das Mädchen, das das Letzte von Friedrich gesehen hatte, trat herein. Hinter ihr leuchtete, solange die Tür geöffnet war, das Land draußen noch einmal blau und golden auf und versank dann wieder.

Männer und Frauen traten still vor dem Mädchen zur Seite, als habe es hier ein größeres Recht, und es kam bis an den Fuß des Sarges, wo es mit gefalteten Händen stehenblieb, ohne Tränen, aber mit einem Gesicht, dem anzusehen war, daß der Tod es gestreift hatte.

Jons war der erste, der das Kommende merkte. Es half nichts, daß er die Hand hob, um den Arm der Mutter zu ergreifen. Frau Marthe hob den Arm über den Sarg und sprach. Es war kein Haß in ihrer Stimme, aber ihre eisige Kälte ging wie ein Schauer über den Raum. „Geh hinaus" sagte sie. „Hier ist kein Platz für Huren und Mörder."

Jons sah, wie das Mädchen erbebte. Die niedergeschlagenen Augen hoben sich nicht auf, sondern blieben auf dem Fußende des Sarges, und nur die schmalen Schultern zuckten einmal wie unter einem Schlage. Dann ging es langsam hinaus. Es drehte sich nicht um. Es blieb so, wie es gestanden hatte, es setzte nur einen Fuß hinter den anderen, als drängte das harte Wort es langsam von dem Toten hinweg.

Einmal ging es wie ein leises Stöhnen durch den ganzen Raum, aber dann ging Jakob vom Sarge fort und erreichte sie noch vor der Tür. Er legte den Arm um ihre Schultern, wendete sie um und blieb bei ihr stehen. „Du hast ihm die letzte Freude gegeben", sagte er laut, „du kannst ihm auch die letzte Ehre geben."

Da begann Jons laut zu weinen, und der Pfarrer verlas das Wort der Schrift, das er ausgewählt hatte. „Ich wandte mich um und sah an alles Unrecht, das geschah unter der Sonne;

und siehe, da waren Tränen derer, so Unrecht litten, und hatten keinen Tröster; und die ihnen Unrecht taten, waren zu mächtig, daß sie keinen Tröster haben konnten.

Da lobte ich die Toten, die schon gestorben waren, mehr denn die Lebendigen, die noch das Leben hatten.

Und besser denn alle beide ist, der noch nicht ist, und des Bösen nicht inne wird, das unter der Sonne geschieht."

Er las das ganze Kapitel. Seine Stimme war ohne Bitterkeit oder Verzagtheit. Sie ging dahin wie ein Bericht, ruhig, eben, ohne Leidenschaft. Und nur einmal hob sie sich etwas, als fordere sie eine besondere Aufmerksamkeit, und das war die Stelle, an der geschrieben steht: „Weh dem, der allein ist! Wenn er fällt, so ist kein andrer da, der ihm aufhelfe. Auch wenn zwei beieinanderliegen, wärmen sie sich; wie kann ein einzelner warm werden?"

Wieder fühlte Jakob, wie der junge Körper erbebte, um den er den Arm gelegt hatte, und seine Hand glitt leise und tröstend über die Schulter unter dem schwarzen Kleid.

Jons weinte nicht mehr. Er sah geradeaus in die grauen Augen des Herrn von Balk, und er versuchte, die Knöpfe an seiner Ulanka zu zählen. Doch wurde er nicht fertig damit. Es war die seltsamste Predigt, die er gehört hatte. Sie lobte nicht den Toten, sondern den Tod. Sie pries nicht Gott, sondern das Grab. Sie sagte, daß dieses Leben und dieses Sterben schön gewesen seien, das Leben eines Künstlers, der Lieder und Liebe empfangen habe, und Schöneres sei auf dieser Erde kaum zu denken. Es klang so, als beneidete er den Toten, der sich um das Jenseits nicht bekümmert habe und der doch im Paradiese gefallen sei. Nicht alle von ihnen würden es so haben, aber daß sie dies hätten sehen dürfen, das sollten sie nicht vergessen.

Und auch dies sollten sie nicht vergessen, setzte er am Schluß hinzu, daß sie gesehen hätten, wie ein armer Mann seinen Arm um eine Weinende gelegt habe, und keiner von ihnen könnte wissen, wie sehr er einmal der gleichen Gebärde bedürftig sein könnte.

Darauf begruben sie den Toten und zerstreuten sich in die Häuser des Dorfes. Ein Leichenessen fand nicht statt. Jakob hatte es nicht gewollt.

Herr von Balk sprach noch ein paar Worte mit Jakob und nahm dann Jons zu sich auf den Wagen. Jons blieb den größten Teil der Ferien im Schloß, wo er Reitstunden bekam und am Abend vor dem Kaminfeuer in der großen Bibliothek saß. Sie sprachen wenig miteinander, aber sie lasen viel und waren viel auf den Feldern. Und jeden Tag, vor der Dämmerung, lief Jons einmal zum Meiler und saß eine Weile beim Vater.

„Du mußt nicht traurig sein, Jons", sagte Jakob, „daß es diesmal so ist. Wenn du größer bist, wirst du erfahren, daß man manchmal allein sein muß, ganz allein. Gott spricht nicht gern, wenn man zu zweien ist, und ich will doch hören, was er sagt. Ich weiß noch nicht, wie er das alles gemeint hat, und auch der Pfarrer hat es noch nicht gewußt."

Einmal fragte Jons leise, ob er an den Mörder denke, aber Jakob schüttelte den Kopf. „An den Mörder haben die Gerichte zu denken, Jons, nicht ich."

„Du wußtest wohl nicht, Jons", fragte Balk am letzten Tage, „daß dein Vater ein Edelmann ist? Es ist nun Zeit, daß du das weißt, bevor du zurückfährst. Söhne müssen wissen, wer ihre Väter sind."

Regen fiel, als der Vater ihn zur Bahn fuhr, Jons sah ihn immerzu an, wie er auf dem Bahnsteig stand, die Schirmmütze in die Stirn gezogen, den hohen Kragen des Mantels aufgeschlagen, ein stiller Mann, von dem der Regen abfiel wie von einem Baum. Und er wußte, daß ihm nun nichts mehr schwer sein würde in der großen Stadt, weil er die große, brennende Liebe zu seinem Vater im Herzen trug.

X

Die Sekunda, in die Jons nach den Herbstferien zurückkehrte, war nicht rauher oder gefühlloser als andere Sekunden, aber es war, als hielte ein so besonderes Ereignis wie ein Mord ihre Seelen auch auf eine besondere Weise gefangen und als müßten sie einen Weg finden, auf dem man das Grausige zwar etwas aus den Augen verlor, aber doch nur so weit, daß der leise Schauer, der in ihm lebendig wurde, sie gerade noch von ferne erreichte.

Das, was ihnen am seltsamsten vorkam aus allen Nachrichten, die zu ihnen gedrungen waren, war das „Musikalische" dieses Todes, daß nämlich das Flötenspiel ihnen mit dem Mord auf eine zwar unklare, aber unzweifelhafte Weise verbunden war. Hier war etwas, was sie nicht begriffen, aber was geheimnisvoller und deshalb lockender war als die Summe aller nackten Tatsachen. Und so, wie es sie zu einem auf der Straße gefallenen Pferde hinzog, oder zu einem Hause, in dem etwas Dunkles und Blutiges geschehen war, so zog es sie zu Friedrichs Tode hin.

Niemand wußte genau, ob der Okarinaspieler der Klasse von selbst darauf gekommen war oder ob die ganze Vorstellungswelt der Klasse sich nur in ihm verdichtet hatte: aber vor Beginn der Stunden saß er nun bisweilen auf seinem Platz in der dunkelsten Ecke, den Rücken an die graue Wand gelehnt, und spielte eine der traurigen Melodien, die er mit einigen Veränderungen aus dem „Tannhäuser" oder dem „Tristan" entlehnte. Und auch das ergab sich von selbst, daß der zarteste seiner Kameraden, „Susi" genannt, sich auf der Bank ausstreckte, den Kopf auf den Knien des Spielenden, und mit geschlossenen Augen zu lauschen schien, während die anderen schweigend herumstanden und mit ernsten, fast ängstlichen Gesichtern lauschten. Das Ganze nannten sie die „Liebesklage", und es war ebensoweit von einer Verhöhnung wie von einer Anbetung des Todes entfernt. Es war, als könnten sie mit dem Geheimnisvollen und Grausigen des Ereignisses nicht anders fertig werden, als daß sie sich seiner auf eine mimische und musikalische Form entledigten.

Zuerst war Jons still auf seinem Platz geblieben. Er hatte nur die Musik gehört, und sie hatte ihn mit einem stillen, fast wohltuenden Schmerz an das Geschehene erinnert. Aber da er näher an diesem Tode gestanden hatte als seine Kameraden, so war er für ihn auch ohne die düstere Lockung, die sie zu immer neuer Wiederholung trieb, und allmählich empfand er das Ganze als ein Schauspiel, bei dem ihm selbst die geringste Rolle zufiel. Er empfand es nicht als verletzend, weil es ja ohne diese Absicht vor sich ging, aber es war ihm auf die Dauer schwer, daß ein Stück seines innersten Lebens hier an das helle Tageslicht gezogen wurde, als gehöre es der ganzen Welt an.

So blieb er denn als der Letzte auf dem Korridor, überzeugt, daß auch dieses Spiel wie alle andern einmal aufhören würde.

Hier fand ihn Charlemagne, am Fenster stehend, die Stirn an die Scheiben gelehnt. „Was ist, Jons?“ fragte er. „Weshalb stehst du hier?“

Er wolle es für eine Weile nicht mehr hören, erwiderte Jons.

„Was denn?“

Das da drinnen. Aber er bitte den Herrn Doktor, nichts davon zu sagen. Es werde auch so aufhören.

Er ging leise in die Klasse, aber Charlemagne behielt den Griff der Tür in der Hand und hörte eine Weile der Musik zu. Dann ging er hinein. Er ging den Mittelgang bis ans Ende hinunter, ganz langsam, indem er seine hellen Augen über jedes der ihm zugewandten Gesichter prüfend und forschend wandern ließ. Dann lehnte er seinen Rücken an das Pult und sah zu der verstaubten Gaslampe empor. Es war die Haltung, die er bei „großen“ Reden einzunehmen pflegte. Sie waren nicht etwa lang, aber die Klasse nannte sie so, weil es sich dabei um einen besonderen Fall zu handeln pflegte.

Es gebe einen Besitz, sagte Charlemagne, den zu erwerben den Menschen im allgemeinen und der Jugend im besonderen am schwersten falle: die Zartheit der Seele. Keine Mädcheneigenschaft, sondern die Scheu, mit schmutzigen Schuhen in einen geweihten Raum zu gehen. Er habe einmal bei einem Begräbnis einen Mann gesehen, der mit einer roten Nelke im Knopfloch erschienen sei. Wahrscheinlich, um seine politische Überzeugung zum Ausdruck zu bringen. Dieser Mann habe vergessen gehabt, daß es für den Tod weder schwarz noch rot noch schwarz-weiß-rot gebe.

Wenn er nun eine ganze Klasse, und zwar seine Klasse, mit einer roten Nelke im Knopfloch sehe, so betrübe ihn das, weil er von seiner Klasse immer viel gehalten habe. Das Geheimnis des Todes entziehe sich der menschlichen Nachahmung. Wer sie versuche, sei ein schlechter Komödiant, der für ein paar Groschen jederzeit bereit sei, mit Hilfe eines schmutzigen Bettlakens den Tod Cäsars darzustellen. Und zwar nicht vor einem Parkett von Königen.

„Sie haben es nicht böse gemeint", sagte Jons am Abend zu ihm, „und sie sind ja auch alle freundlich zu mir."

Aber Charlemagne schüttelte den Kopf. „Ein Geschlecht von Wölfen, sage ich dir, Jons, das heraufwächst. Gib ihnen eine Gelegenheit später, und du wirst sehen, was sie dann spielen werden. Da siehst du, wofür wir arbeiten, und in drei Jahren werde ich das „Gastmahl" mit ihnen lesen! Eine verfaulte Zeit, in der die Bildung denen beigebracht wird, deren Väter sie bezahlen können."

Jumbo zuckte die Achseln. „Ich möchte wissen", sagte er, „was der für ein Mensch gewesen ist, der zum erstenmal den Tod auf die Bühne gebracht hat, und was er sich dabei gedacht hat. Man kann das nicht wissen und auch nicht, was euer Okarinaspieler sich gedacht hat. Wo der Mensch als Objekt benützt wird, ist immer Roheit, Mönchlein, aber in der Geschichte gibt es schlimmere Roheiten. Sie werden es vergessen, und in zwanzig Jahren hat er vielleicht schon einen Orden. Bei uns spielten sie mal eine Zeitlang Henker, weißt du, und es war nicht ganz ohne, ihnen in die Hände zu fallen. Sie ließen dich hängen, bis du blau warst. Der Haupthenker ist jetzt Reisender in Kinderwäsche, und man sagt, daß er großartig verdiene, weil er so sanft wie ein Lamm sei. Es verwächst sich alles, Mönchlein, sagen sie bei uns. Nur nicht die Verwachsenen."

Für Jons war es ein großer Trost in diesem dunklen Winter, daß der Vater Maria aus ihrer Stelle bei den Küstersleuten fortgenommen und durchgesetzt hatte, daß sie zu Hause blieb. Im Winter half sie der Mutter, und vom Frühling bis zum Herbst sollte sie ganz bei ihm am Meiler leben.

Er dachte nun viel an seine Geschwister. So viele Jahre waren vergangen, seit er hinter dem alten Kinderwagen, in dem sie Christean zur Schule fuhren, hergegangen war, und es kam ihm zum Bewußtsein, daß von einem bestimmten Zeitpunkt an jedes Leben gefährlich wurde. Solange sie Kinder gewesen waren, hatte nur ein flüchtiger Schmerz sie betroffen oder der Tod war an ihnen vorbeigestreift. Aber es war nur ein Kindertod gewesen, wie er mitunter durchs Dorf ging, und dem die Namen gleichgültig gewesen waren. Er sammelte sie, wie man Ähren sammelt, und auch die einzelne Ähre trug keinen Namen. Sie waren ein Feld für ihn gewesen, nichts weiter.

Nun aber waren sie langsam herangewachsen, und jeder von ihnen war ein einzelner geworden, auch vor dem Tode. Es gab nun keine Spiele mehr für sie, die sie zusammen spielten, und eine Wolke, die heraufzog, zog nicht über ihnen allen herauf. Es konnte nun sein, daß drei von ihnen im Schatten lebten und drei in der Sonne oder daß einer allein den Tau empfing und die andern dürsteten. Der Same der Fremdheit wuchs langsam in ihrem gemeinsamen Blut auf, und sie strebten nun allmählich auseinander wie die Zweige eines wachsenden Baumes.

Es war nun nicht mehr so, daß es ebenso Christean hätte treffen können, wie es Friedrich getroffen hatte. Christean schnitzte an seinem Lindenholz, und er tat niemandem etwas zuleide damit, ob er seine Tiere oder Menschen schlecht oder gut schnitzte. Aber der Tote hatte die Hand in das Räderwerk der Welt gesteckt, weil er etwas begehrte, was auch andere begehrten. Er hatte nie gehaßt, aber er hatte geliebt, und während er liebte, hatte er den Schild sinken lassen und dem Tod seine entblößte Seite zugewendet. Der Tod hatte zugeschlagen, und sein Name war ausgelöscht aus dem Buche der Lebenden.

So also ging es zu, und so war es wahrscheinlich immer zugegangen. Man hätte den Teufel nicht zu erfinden brauchen, um den Gang der Welt zu erklären. Und wer die Welt „bewegen“ wollte, würde wohl mehr als eine Hand in ihr Räderwerk stecken müssen. Auch die Chucholleks schlugen zurück, und man konnte nicht gut sagen, daß Gott es war, der ihre Hand lenkte.

Er sah nun mit anderen Augen auf die Schule. Manches von ihrem Anspruch, für das „Leben“ zu lehren, schien ihm zweifelhaft. Und selbst wenn sie, was wahrscheinlicher war, nur für ein Amt oder für eine Fertigkeit lehrte, blieb noch manches zweifelhaft. Wieder begann er, sich in der Stadt umzusehen, auch in den Kirchen, in denen bekannte oder unbekannte Pfarrer predigten, aber er trug nun keinen Gewinn mehr davon. Aus den hohen, gewölbten Hallen war das Leben entflohen, das, was ihm und so vielen anderen auf den Nägeln brannte. Symbole sahen ihn von allen Seiten an, und das Unbekannte, das dem Leben gleichgesetzt oder ihm vielmehr übergeordnet wurde, konnte nur durch das Mittel des Wortes versuchen, sich deutlich oder überzeugend zu machen. Es tönte und brauste durch den schweigenden Raum, es schlug wie ein Hammer immer auf dieselbe Stelle, oder es lockte und versprach, mit Dingen, die niemand gesehen hatte und die unwirklich und wie ein Traum erschienen, sobald man den Raum verlassen hatte und die helle Wintersonne in die Gesichter der Menschen schien.

Nur das Brausen der Orgel erfüllte ihn mit einem Schauer, dessen Wesen ihm unerklärlich blieb, und der Gesang der Stimmen, die sich verflochten und lösten, in die Tiefe sanken und wieder aufstiegen in ein unsichtbares Licht. Er achtete nicht auf die Worte, er ließ sich nur von den Tönen durchdringen, und es war ihm, als werde sein Körper rein und neu, wenn er ihn von den Klängen durchströmen ließ wie von einer unbekannten Sonne.

Kurz vor den Weihnachtsferien legte Jumbo ihm eine kleine, schmale Karte auf den Tisch. „Geh mal hin, Mönchlein“, sagte er, „und höre dir das an. Da ist ein Wunderkind gekommen, wie sie es nennen, jünger als du, das sitzt an einem großen Flügel und spielt Bach und Mozart, Beethoven und Schubert, und wenn ihm jemand ein Thema oder eine Melodie zuruft, so fängt es an, darüber zu phantasieren, und du vergißt, daß das Leben eine wenig erfreuliche Sache ist. Es wird meistens nichts aus solchen Wunderkindern, so wenig wie aus Musterschülern, aber immerhin ist aus Mozart einiges geworden, und dieses sieht aus, als spiele es für sich und nicht für die Menschen."

So ging Jons in sein erstes Konzert. Es wäre nicht das erste gewesen, wenn er daran gedacht hätte, von Herrn Stillings Geld einen Pfennig an solche Dinge zu wenden, aber er hatte eben nie daran gedacht. Das Gleichnis vom Schalksknecht war noch immer sehr frisch in seiner Erinnerung, und wer von fremdem Gelde sich ein Vergnügen machte, war in seinen Augen nicht anders als ein ungetreuer Knecht.

Er kam so früh, daß er auf den Fußspitzen zu seinem ganz vorn gelegenen Platz gehen mußte, weil in dem noch leeren großen Raum seine genagelten Absätze von den Wänden widerklangen. Die wenigen Menschen, die schon da waren, sprachen leise, und es war ihm so feierlich zumute wie bei dem Begräbnis des toten Bruders. Das Podium war leer, und nur der schwarze Flügel, geöffnet wie die Schwingen eines ungeheuren Vogels, stand schweigend und tödlich ernst über dem Saal. Seine Augen kehrten immer wieder zu ihm zurück, und es war ihm unbegreiflich, wie ein Kind davor bestehen sollte, wenn man es vor die verwirrende Reihe der weißen und schwarzen Tasten setzte. Es würde wie ein Kind vor einem Berge sein, und der Berg würde es erdrücken oder erschlagen.

Er hatte kein Programm gekauft, sondern die Folge der Werke draußen an der Tür auswendig gelernt, den Namen des Kindes, seine kurze Lebensgeschichte, die Städte, in denen es gespielt hatte; und wie der Saal sich nun füllte und er klein und namenlos unter so vielen großen, prächtig gekleideten Menschen saß, nur die kleine Konzertkarte in den Händen, die noch vor nicht langer Zeit schwarz vom Ruß des Meilers gewesen waren, kam ihm das Ganze wie ein Traum vor, und als ein leises Glockenzeichen ertönte, eine kleine Tür an der Seitenwand des Podiums sich öffnete und ein Knabe im blauen Matrosenanzug in ihr stehenblieb, die schüchternen Augen in das Licht und in die vielen, vielen Gesichter gewendet, indem ein Sturm des Beifalls durch den Saal brauste, stand er so ehrfürchtig auf wie in der Schule, wenn der Direktor das Klassenzimmer betrat, und erst als die alte Dame neben ihm lächelnd und behutsam am Ärmel seiner Jacke zog, setzte er sich errötend und saß nun ohne Bewegung, die Hände gefaltet und nun ganz gewiß, daß ein Wunder sich vor ihm auftun würde.

Der Knabe im Matrosenanzug hatte sich in der Tür verbeugt, den Griff noch in der Hand, als sei er unsicher, ob er es wagen solle, vor das Gesicht der wartenden Menge zu treten, war dann bis zum Stuhl vor den Flügel gegangen, hatte sich noch einmal verbeugt, artig, aber so, als seien seine Gedanken schon bei der drohenden Schwärze des ungeheuren Flügels, und saß nun vor dem schmalen Band der Tasten, die kalt und wie gemeißelt vor ihm lagen.

Jons atmete kaum. Er war schon vor dem ersten Ton verzaubert. Er hatte den Flügel und das Konzert vergessen, und seine Augen hingen gebannt an dem kindlichen Gesicht, aus dem das blonde lockige Haar zurückgestrichen war und das ihm wie das Gesicht eines Engels erschien, eines ernsten, schon von Gott geprüften Wesens, das er mit einem Auftrag zur Erde gesandt hatte, um den Menschen eine Botschaft zu bringen, aber niemand wußte noch, ob Freude oder Trauer in dieser Botschaft beschlossen lagen.

Der erste Akkord hallte hart und drohend über den schweigenden Saal. Alles Kindliche war nun ausgelöscht aus dem Gesicht des Spielenden, abgefallen wie eine Maske, und über der erhobenen Stirn lag nun ein fast tödlicher Ernst. Das Gesicht hatte sich so plötzlich verwandelt, daß Jons zuerst gar nicht das Spiel hörte, sondern nur auf diese erhobene Stirn starrte. Er begriff sofort, daß es nicht recht war, dies ein Spiel zu nennen, und wie eine Erscheinung sah er hinter dem Flügel das Band der Jahre vorüberziehen, das diesem Spiel vorausgegangen war. Jahre schweigender, hingegebener und oft verzweifelter Arbeit. Eine tödliche Besessenheit, die den widerstrebenden Körper unterwarf, um frei, wie auf allmächtigen Schwingen, über dem Feld der Töne zu schweben. Niemand wußte, was diese Augen sahen, die zur Decke des Saales aufgeschlagen waren, indes die Hände nur wie gehorsame Diener über die Tasten glitten. Aber die Musik war nicht in den Händen und den Tasten. Die Musik war hinter der klaren, jungen Stirn, auf dem Grunde der abwesenden Augen, in den Kammern des Herzens, durch die das Blut unsichtbar strömte. Es war die eigentliche Musik, die wahre und verborgene, die Gnade, die geschenkt oder errungen worden war, und die in zwei Spiegeln vor den Lauschenden erschien, dem der Töne und dem des jungen Antlitzes, über das sie in Licht und Schatten glitt.

Es war Jons vom ersten Akkord an ohne Zweifel, daß es so war, und während des ganzen Konzerts sah er die Hände des Knaben nur wie helle Schemen über die Tasten gehen. Die Klänge durchwehten ihn wie die der Orgel, aber sie drangen nicht in sein Bewußtsein. Was ihn erbeben ließ und bis in seine letzten Fasern erfüllte, war das Gesicht, das über den Tönen stand und an dem seine Augen wie an einer Erscheinung hingen. Er bedurfte der Töne nicht. Noch bevor die erste selig schwebende Melodie sein Ohr erreichte, hatte er sie von dem Lächeln des jungen Mundes abgelesen. Noch bevor die dunkle Klage unter der linken Hand in sein Bewußtsein trat, faltete er die Hände fester zusammen, weil er von den Schatten, die um Stirn und Augen sich plötzlich breiteten, ablas, daß der dunkle Engel vor die Seele des Spielenden trat. Er war wie ein Geisterseher, und niemals hatte er das Bild des Lebens und des Todes, der Engel und der Dämonen mit einer so schaurigen Gewalt sich vor seinen Augen abzeichnen sehen.

Dies gab es also, daß ein Kind die Welt bewegte, indem es sich von ihr bewegen ließ. Nicht Tat oder Wort war ihm gegeben, sondern nur der heilige Gehorsam, der den großen Meistern folgte und der ihre Schmerzen und Freuden so in sich aufgenommen hatte, daß es wie durchtränkt von ihnen schien. Nicht das schien Jons das Große, daß es ihre Noten spielte, sondern daß es die Fülle ihres Lebens und Leidens in sich hineingetrunken hatte, aus der die Noten geboren worden waren.

Daß es wie ein kindlicher Sebastian alle Pfeile ihres Erdenganges ergriffen und an seine junge Brust gedrückt hatte, damit es nun aus ihr wieder herausströme und die Menschen durchschauere. Die Natur hatte ihn mit Händen beschenkt, an die er seine Arbeit gewendet hatte, aber sie waren nur Werkzeuge. Er spielte aus seinem Herzen heraus, und dort, nur ihm sichtbar, weilte die Gestalt, das Letzte, das immer Unerreichbare, um das die Meister schon gerungen hatten, ja, das schon vor dem Berge Nebo gelegen hatte, damals so fern, wie es heute fern war, aber von dem man einen Hauch aus den Tasten aufblühen lassen konnte, ein Lächeln, das so beseligend war, weil es zurückreichte bis in die grauesten Zeiten und in seinem Glanz alle Abgründe des Schmerzes sanft spiegelte, die es überflogen hatte bis in diese Stunde und in diesen Saal hinein.

Er wußte nicht, wie lange es gedauert hatte, ob eine Stunde oder die ganze Nacht. Es gab keine Pausen für ihn, denn auch während der Pausen sah er das Kind dort sitzen und hörte seine Musik. Es war so eingegangen in ihn, daß er es nie verlieren würde. Für ihn war es kein Konzert, das vorüberging, und morgen kam ein anderer Tag mit neuen Bildern und neuen Klängen. Für ihn war es etwas, das nur einmal war, so wie die Einsegnung nur einmal war, und als der letzte Ton verklungen war, ganz in der Tiefe und lange nachhallend aus der Gruft des schwarzen Instruments, als das Kind ihm nachzulauschen schien wie dem Abschiedswort des dunklen Engels, der nun wieder zurückkehrte in seine große Heimat: da war ihm, als habe es ihn wirklich eingesegnet und ihn aufgenommen in einen unverlierbaren Bund, den Bund derer, die durch Töne, Farben und Worte hindurch nach jener letzten Gestalt trachteten, die hinter der Wirrnis der Welt in makellosem Glanze unerkennbar und unerreichbar verharrte.

Er verstand nicht, weshalb die Menschen jubelten, da doch so ungeheuer Ernstes geschehen war, aber sie drängten ihn ohne seinen Willen bis an den Rand des Podiums, wo er stehenbleiben mußte, ohne sich rühren zu können. An seiner Seite stand ein Mann, der wie Herr Stilling aussah und dem das leise ergraute Haar ebenso schlicht über den Rockkragen fiel. Er sah so aus, wie das Kind vielleicht nach dreißig oder vierzig

Jahren aussehen würde, und als Jons zu ihm aufsah, nahm er ihn sanft bei den Schultern und stellte ihn zwischen sich und das Podium, damit die Menge ihn nicht erdrücke.

Und hier sah er nun das Ganze noch einmal, wirklicher, ohne die Unbestimmtheit der Ferne, und noch einmal strömte die Woge des Segens über ihn hin. Er klatschte nicht, er stand mit gefalteten Händen wie in der Kirche, und einmal glitt wie über alle Gesichter der Blick des Kindes auch über das seinige, ein müder und schmerzlicher Blick nun, ging weiter und kam noch einmal zu ihm zurück, als fühle er das Gläubige und Inbrünstige dieser Augen, Kinderaugen wie die seinigen und auf der großen Suche nach der großen Gestalt wie auch er. Zwischen zwei Herzschlägen sahen sie einander an, das Kind des Ruhmes und das aus dem Walddorf in der Öde, und plötzlich, wie ein Schlag, durchfuhr es Jons, daß dies das Gesicht des toten Bruders war, das Gesicht zwischen Lächeln und tiefer, einsamer Traurigkeit, das im „Paradies" gelegen hatte, erstarrt und erschlagen, bevor es die letzten Töne erlauscht hatte, zu denen es unterwegs gewesen war, aber dasselbe Gesicht, nur noch erst wie hinter einem Nebel, indes dieses schon von der Klarheit des Tages beglänzt wurde.

Die Tränen schossen ihm in die Augen, als sei der Bruder nun erst wirklich gestorben, und als der freundliche Mann hinter ihm die Hand auf seine Schulter legte und sich über ihn beugte, als wollte er nicht, daß die anderen diese Tränen sähen, flüsterte er ihm leise zu, daß sein Bruder das gleiche Gesicht gehabt habe wie dieses Kind.

Er wußte nicht, weshalb er es sagte, aber als der Mann nun ebenso leise sprach: „Dies ist mein Sohn ... ich werde ihm erzählen von dir", versiegten seine Tränen, und er stand noch immer versunken am Rande des Podiums, als das Kind und sein Vater schon nicht mehr zu sehen waren, als die Lampen zu erlöschen begannen und ein Mann den Deckel des Flügels schloß, wie man einen Sarg schließt.

Er sprach mit niemandem darüber, auch nicht mit Jumbo, aber er trug von diesem Abend an keine Bitterkeit mehr über den Tod des Bruders in seinem Herzen. Das Kind hatte sie ausgelöscht, und die Erinnerung an den Toten war leise übergegangen in das Bild des Kindes, wo eine dünne Grenze zwischen Leben und Tod sie ohne Schmerzen voneinander trennte.

Sie hatten ein stilles Weihnachtsfest in diesem Jahr. Viel Schnee war gefallen, ein harter Wind wehte wochenlang von Südosten her über die Wälder, und gleich, nachdem die drei heiligen Könige mit ihrem Stern durch das Dorf gegangen waren, begann der Tod an die niedrigen Türen zu klopfen. Es war nicht der große Tod, der die Männer beim Holzfällen erschlug oder sie unter das Eis der Seen zog. Es war der Kindertod, der zwischen den Seen saß und von Dorf zu Dorf ging, um in die bereiften Fensterscheiben zu blicken. Es gab viele Kinder in den Dörfern. Sie waren nicht gut genährt, die Ernte war schlecht gewesen, und nach den Nonnenjahren gab es wenig Arbeit im Walde. Sie begannen damit, über Halsschmerzen zu klagen und unter ihren dicken Federbetten vor Frost zu zittern. Man wußte nichts anderes, als sie Kamillentee trinken zu lassen, und meinte, es werde nun vergehen, wie alle Erkältungen vorübergehen. Erst als Agricola im Bojarschen Hause einen Löffel verlangte, in den Hals des kranken Mädchens sah und die grauen Flecken erblickte, die wie flache Pilze auf der geröteten Schleimhaut wucherten, wußte man, daß es der Tod war.

Es blieb den Frauen nichts, als die Hände zu falten. Es waren über zwei Meilen bis zum nächsten Arzt, und er konnte nicht mehr tun, als mit einem feinen Pinsel an einem langen Draht Terpentin auf die grauen Stellen streichen. Er befahl, die anderen Kinder in einem anderen Raum zu halten, die Fenster vielmals am Tage zu öffnen und den Kranken Wein zu geben. Aber in einem anderen Raum als der Küche erfroren die Kinder, die Fenster waren zugenagelt und mit Erbsenstroh halb verkleidet, und der einzige Wein, den sie kannten, war der Abendmahlswein. Sie machten Steine glühend, warfen sie in eine Wanne mit Wasser, in das sie Terpentin gegossen hatten, bedeckten sie mit einem Tuch und ließen die Kinder die scharfen Dämpfe atmen. Agricola, grau und schlaflos, ging von Haus zu Haus, saß an den Betten und betete in einem Holzstall, wo niemand ihn sah. Er lag auf den Knien, auf der bereiften Erde, und hob noch einmal die Hände zu Gott empor. Er wußte, daß es das letztemal war, er bat um seinen eigenen Tod, um den Tod aller Sünder, wenn es nötig sein sollte, aber um das Leben der Kinder, die ohne Sünde waren. Er verkaufte seine Möbel, um Wein zu kaufen, er fuhr in die Stadt zum Kreisarzt und bat um Hilfe, aber es gab keine Hilfe. „Ich habe ihnen gesagt", redete der Arzt, „daß man die Luftröhre öffnen und eine Kanüle einsetzen kann, aber sie haben geantwortet, daß sie mir lieber die Axt über den Kopf schlagen würden."

So nahm der Tod eines der Kinder nach dem andern, ringsum in allen Dörfern. Die kleinen Hügel auf den kleinen Friedhöfen lagen nebeneinander, eine lange Reihe. Der Schnee fiel auf die wenigen Kränze, und nach einer Nacht war alles eine einzige weiße Decke, über die der Wind mit stäubenden Wirbeln zog. Gogun verlor drei seiner Kinder, und es gab wenige Häuser in allen Dörfern, an denen der Tod vorbeigegangen war.

Die Frau aus der „Armen Sünde" hatte seit Wochen nicht zu Hause geschlafen. Wenn Gott neben dem Todesengel einen Engel des Trostes zwischen die Seen geschickt hatte, so hatte er ihre Gestalt angenommen. Vielleicht, daß ihre Kräuter schlechter waren als der Terpentinpinsel des Arztes, vielleicht daß sie besser waren. Aber ihre Hände waren weicher, ihr Mund war beredter, ihre Augen waren tröstender. Sie hatte nicht zwei Meilen zu fahren, sie ging nur von Dorf zu Dorf, in ihr schwarzes Tuch gehüllt. Sie schlief vor dem Herdfeuer, aber ihr Schlaf war nur so lang, wie eine glühende Kohle Zeit braucht, um grau zu werden. Sie hielt die fiebernden Hände, sie trocknete den Schweiß, sie erzählte von der goldenen Stadt. Sie erzählte leise, aber so eindringlich, daß ihre Stimme durch die Wildnis des Fiebers drang und die fliehende Kinderseele noch erreichte, schon während sie die Schuhe ablegte und sich fertigmachte zu ihrem letzten Wege. Es starb sich sanfter unter ihren Händen, und die Kinder, denen sie die Augen zudrückte, hatten ein stilleres Gesicht als die andern.

Lange sah der dunkle Engel ihr zu, geduldig und von Trauer erfüllt. Dann, als die Krankheit erstarb, rührte er sie leise an und winkte ihr, mitzugehen. Sie hatte es gewußt und sträubte sich nicht. Sie war müde, todmüde, und nur die Sorge um ihr Kind ging ab und zu wie ein Schauer über ihren verzehrten Leib.

Bevor sie in die „Arme Sünde" heimkehrte, ging sie noch einmal an Jeromins Haus vorbei und sprach ein paar Worte mit Jakob. Er nickte schweigend, als ein Zeichen, daß er es verspreche. Er versprach auch, ihr Korsanke zu schicken, worum sie ihn mit Dringlichkeit gebeten hatte. Dann setzte sie zu Hause einen kleinen Tisch an ihr Bett, legte Papier und einen Federhalter bereit, stellte eine Flasche mit Tinte und die kleine Lampe dazu und legte sich nieder, um den Tod zu erwarten.

Korsanke kam noch am gleichen Abend. Auch er hatte einen Hügel auf dem Friedhof seines Dorfes, und sein rundes Gesicht war von Furchen durchzogen. Es war ein schwerer Ritt im Schneesturm gewesen, und der Frost war durch das Stroh gedrungen, mit dem er die Steigbügel umwickelt hatte. Er wärmte sich die Füße am Herd und erzählte, wie sein Kind gestorben war. Seine Stimme war leise und alt geworden, und die Frau hörte ihm schweigend zu.

„Schreibe nun, Korsanke!" sagte sie dann, und ihre Stimme war so feierlich, daß er ohne ein Wort gehorchte.

Es sei nun so, sagte die Frau, daß sie bei Friedrichs Tode nicht alles gesagt habe, was sie wisse, und sie sei auch nicht gefragt worden danach. Keiner habe nach der Flöte gefragt. Die Flöte aber habe ein ganzes Stück fort von dem Toten gelegen, so weit, wie man im Zorn ein Stück Holz fortwerfe. Sie habe sie selbst lange nicht gesehen, und erst als die Sonne hoch gestanden sei, habe sie im welken Laub, weit hinter dem Toten, etwas blitzen sehen. Sie habe gedacht, es sei ein Stück Glas, aber es sei die Klappe der Flöte gewesen. Das schwarze Holz sei in der Mitte durchgebrochen gewesen, so wie man ein Stück Holz über dem Knie entzweibreche, und fortgeworfen, so wie man einen bösen Zauber fortwerfe, der einem endlich unter die Hände gekommen sei.

Sie habe die Stücke aufheben wollen, aber dann sei ihr etwas eingefallen. Sie habe gewußt — und davon werde sie nachher sprechen —, daß es Fingerabdrücke gebe, die die Spur der Tat bewahrten. Es sei sicher, daß der Mörder die Flöte zerbrochen habe. Sie sei aus schwarzem Holz und es sei kein Tau gefallen in jener Nacht, weil es am Abend zu regnen begonnen habe. Und wer ein solches Instrument zerbreche, müsse seine Hände sehr fest darum schließen.

Sie habe die Stücke also mit einem Tuch aufgenommen, sie eingewickelt und so nach Hause getragen, daß sie sich nicht bewegt hätten. Er solle die Kommode dort aufschließen und in der untersten Schublade die Kopftücher aufheben, aber nichts bewegen und berühren, bis er die Stücke dem Gericht abgegeben habe.

Korsanke saß eine Weile still da, den Federhalter in der Hand, und blickte auf den Bogen mit seinen Schriftzügen nieder. „Und weshalb, Mutter", fragte er schließlich und sah sie an, „hast du nichts gesagt bis jetzt?"

Sie starrte eine Weile in die Dämmerung des Zimmers, durch die der rote Schein des Feuers unruhig ging. Ihr Gesicht war nun schon gezeichnet, aber die Augen waren noch immer von der furchtlosen Schärfe, die sie im Leben besessen hatten. „Auch das will ich dir sagen, Korsanke", erwiderte sie, „wenn keiner als das Gericht es von dir erfährt."

Er versprach es.

„Wenn ich es gesagt hätte", fuhr sie fort, „so wäre ich vor Gericht gekommen, und ich hätte angeben müssen, wer ich bin. Ich hätte auch sagen müssen, daß der Scharfrichter mit dem Beil über meinen Mann gekommen ist, weil er seine Eltern umgebracht hat, auf dem Altenteil. Und ich hätte es vor vielen Ohren sagen müssen. Das wollte ich nicht, um meiner Tochter willen. Hast du es gewußt, Korsanke?"

Nein, er hatte es nicht gewußt. Er hatte die Feder hingelegt und sah auf die zugefrorenen Fensterscheiben. Es fröstelte ihn, und er dachte, daß auch er vielleicht die Krankheit bekommen werde. Dunkel war das Leben, und die Frauen hatten es am schwersten.

„Nein, keiner hat es gewußt", sagte sie, „nur Michael. Und Michael ist wie ein Grab. Erdmuthe trägt ein Kind von ihm, aber er wird sich nicht lange an ihm freuen. Nicht lange.

Schreibe es nun auf, Korsanke, daß ich meinen Namen daruntersetzen kann."

Er stand schwerfällig auf, ging zur Kommode und legte das weiße Tuch vorsichtig unter die Lampe. Dann schrieb er, und sie setzte ihren Namen darunter.

„Du wirst nicht weit zu suchen haben, Korsanke", sagte sie, „soviel ich davon weiß. Der Älteste von den Czwallinnasöhnen ist hier immer ums Haus, aber es ist ihm nicht um die Tochter zu tun. Ich habe gesehen, wie er gesucht hat, nach der Flöte. Viele Tage und Nächte, wenn der Mond geschienen hat. Er hat Angst, und er hat sich gedacht, daß ich sie gefunden habe . . . nun reite wieder, Korsanke, und sage der Tochter, daß sie kommen kann."

Die Frau in der „Armen Sünde" starb am übernächsten Abend. Sie wollte keinen Arzt und keinen Pfarrer haben. „Sie haben mich gebrochen, wie man Flachs bricht", sagte sie zu Erdmuthe, „und das ist es ja wohl, was der liebe Gott sich vorgenommen hat mit uns. Ich bin klein genug für ihn, auch ohne den Pfarrer."

Etwas Geld war da, und in der Not sollte sie zu Jakob gehen, wenn Michael noch nicht von den Soldaten zurück sei. Er habe es ihr versprochen.

Sie starb ganz still, ohne Todeskampf. Der Frost spaltete die Bäume hinter der Hütte, und die zugefrorenen Fensterscheiben waren hell vom Lichte des vollen Mondes.

Während sie begraben wurde, holte man den älteren der Czwallinnasöhne, und damit schien der Tod die Wälder zu verlassen. Aber hinter seinen Fußtritten wurden sie noch einmal gebeugt und verstört.

Wie in alter Zeit hatte Stilling die Tote einsegnen müssen, denn der Pfarrer war nicht gekommen. Er hatte sagen lassen, daß er kein Pfarrer mehr sei. Er hatte sein Amt niedergelegt und verkaufte, was ihm an Sachen und Büchern noch geblieben war. Das Mädchen war aus seinem Hause geflohen, weil er die ganzen Nächte trank und Gott verfluchte. „Komm her, du Kindermörder", schrie er, „und zeige deine blutigen Hände! Zeige sie her, ganz nahe, damit ich sie dir abtrocknen kann. Es war dir nicht genug an der Erstgeburt in Ägypten und an den Kindern von Bethlehem, nicht wahr? Und auch an deinem eigenen Sohn war es dir nicht genug. Du hast ihn ans Kreuz genagelt, um uns zu erlösen, aber nun erlöst du immer weiter, und immer mit Kreuzen, nicht wahr? Auch diese Kinder fehlten dir noch, einundsiebzig in zehn Dörfern, und es ist schon eine Gnade, daß es nicht siebenzig mal sieben waren. Du weißt sehr gut, daß sie ohne Sünde waren, aber die Eltern hatten es nötig, etwas bestraft zu werden, nicht wahr? Besonders diejenigen, die an deiner Kirche bauten. Wenn du Richter in einer Stadt wärest und sie brächten dir einen Mann, der die Kinder eines Hauses erschlagen hat und der zu dir sagte: ‚Jawohl, ich habe sie erschlagen, weil die Eltern zu fröhlich waren und Gott vergaßen. Sie sollten etwas ernster werden', dann würdest du sagen: ‚Recht hast du gehandelt, Mann, denn du hast so gehandelt wie ich. Gehe in Frieden, und wo Eltern fröhlich sind, überall auf dieser Erde, da erschlage ihre Kinder!' Nicht wahr, so würdest du doch sagen, du Gott der Weisheit und der Liebe, dessen Sohn gesagt hat, daß man die Kindlein zu ihm lassen solle?"

Und er hob die Faust gegen das Bild des Gekreuzigten und schleuderte das Glas mit dem roten Wein gegen die Wand, daß es wie Blut von der hellen Tapete tropfte. Da hatte es dem Mädchen gegraut, und es war zu seinen Eltern geflohen.

Als die Leute von Sowirog zu ihrem Pfarrer gingen, Männer und Frauen, einen langen Weg bei Schneesturm und bitterem Frost, erinnerten sie sich, wieviel Nächte er an den Betten ihrer Kinder gesessen hatte, und wenn die anderen ihn allein ließen in dem dunklen, leeren Haus, in dem der Atem gefror, so wollten sie ihn doch nicht allein lassen und zu ihm stehen in seiner Not.

Sie fanden ihn auf seinem Bett liegen, in eine alte Pelzdecke gehüllt, die Augen gegen die dunkle Decke gerichtet, und leise vor sich hinsprechend. Als er sie erkannte, setzte er sich auf und sah sie an. So, meinte er, das gebe es also noch, eine sogenannte treue Gemeinde. Aber eine Gemeinde ohne Pfarrer, ja. Er denke, er werde gleich mitkommen mit ihnen und bei ihnen bleiben, er habe es ohnedem vorgehabt, zu sehen, was der liebe Gott nun eigentlich mit seiner Kirche im Sinne habe. Ja,

Michael werde ihm wohl die Hütte auf der Insel für den Winter geben. Kälter als hier könne es nicht sein, und über das Wasser zu fahren, werde Gott vielleicht zu beschwerlich sein. So könne er ganz in Frieden leben, einmal noch in Frieden. Mehr verlange er nicht.

Die Augen in seinem verwüsteten Gesicht brannten, aber er ließ sich doch ruhig den Pelz von den Frauen anziehen und seine wenigen Sachen in den Schlitten legen. In jede Tasche seines Pelzes steckte er eine Rumflasche, und dann fuhren sie ab. Auf der Straße standen die Leute des Kirchdorfes, und viele weinten, aber die Männer und Frauen von Sowirog hielten sich dicht um den Schlitten, und so sahen die andern nicht viel von ihrem Pfarrer. Die Luft war weiß vom jagenden Schnee, und in den Hohlwegen legten sie die Hände an die Kufen, damit der Schlitten nicht umstürze. Die Wälder waren graue und schwankende Mauern, der Sturm ging hohl und klagend über die stäubenden Wipfel, und tief in den Dickungen heulte ein Fuchs.

Es sah aus, als brächten sie noch einen Sarg in ihr Dorf zurück, Aber es war nicht der Kindertod, der ihn gezeichnet hatte. Es war Gott, der ihren Pfarrer geschlagen hatte, und der Pfarrer hatte nicht stillgehalten, sondern zurückgeschlagen. Und auch als er über die Jerominsche Schwelle trat, hatte er sich nicht gebeugt, sondern sich noch einmal nach dem Friedhof zurückgewendet, den man von hier sah, und die Faust gegen die kleinen Hügel gehoben, über die der Schnee mit schweren Tüchern jagte.

XI

Es war nun beschlossen, daß sie zu Pfingsten ihre Kirche einweihen wollten. Ein paar Wochen nach dem großen Sterben hatten sie still und verstört an ihren Herdfeuern gesessen und die Hände gefaltet. Der Schnee war wie ein weißes Meer über ihre Häuser gegangen, und über das Moor war hier und da eine große Fährte gelaufen, von der die Förster sagten, daß es die eines Wolfes sei.

Aber es hatte die Leute von Sowirog nicht gekümmert. Gott hatte sie geschlagen, an ihren Kindern und an ihrem Pfarrer, und sie wußten nicht, was er noch vorhatte mit ihnen. Die Männer waren nicht zur Arbeit gegangen, und ein paarmal hatten sie getrunken und ihre Frauen geprügelt. Die Frauen hatten sich nicht gewehrt, sondern still dagesessen und vor sich hingestarrt. Wenn Gott sie verlassen hatte, brauchten sie nicht zu spinnen oder zu weben oder sich zur Wehr zu setzen, wenn der Mann seinen Riemen abschnallte. Sie wußten nicht, was sie gesündigt hatten, aber Gott würde es schon wissen.

Niemand wußte, wovon der Pfarrer lebte. Ein paar Tage nach seiner Ankunft im Dorf hatte er sich in der Jerominschen Kammer verborgen gehalten, aber dann hatten sie ihn zur Hütte auf der Insel gehen sehen. Er hatte einen Schlitten hinter sich hergezogen, beladen und mit seiner alten Pelzdecke bedeckt, hatte einen langen Stab mit einer Eisenspitze in der Hand gehabt und war auf das Eis des Sees hinuntergestiegen. Es hatte schon gedämmert, neue blauschwarze Schneewolken hatten sich über die Wälder herangewälzt, und so war er ihren Blicken bald entschwunden, eine hagere, gebeugte Gestalt, die so aussah, als gehe sie von dieser Erde fort, einen Kindersarg hinter sich her und vor sich nichts als das stöhnende Eis und die bleiche Schwärze einer schneegefüllten Nacht.

Doch sahen sie später ein Licht und den Schein eines Feuers, und am Tage konnten sie, wenn der Schnee nicht trieb, mitunter seine Gestalt in der Ferne erblicken, wie er aus den Wäldern am andern Ufer auf das Eis niederstieg, den Schlitten mit Holz beladen, oder wie er unter den kahlen Eichen der Insel stand und in den gelben Abendhimmel starrte, regungslos wie Lots Weib, indes hinter der Schwärze seiner Gestalt die Feuer des Sonnenunterganges wie die Flammen von Sodom und Gomorrha brannten.

Wahrscheinlich würde er trinken, wilder noch als sie, und Gogun, der nach seinen heimlichen Fallen gesehen hatte, erzählte leise, daß neben der Spur des Pfarrers die Spur eines Frauenschuhes zur Insel gegangen sei.

Sie machten keine Bemerkung, und sie tadelten ihn nicht. Sie wußten, daß auf seinem Herzen die Särge aller Kinder standen, die in den Dörfern gestorben waren, und sie wußten von sich, wie schwer ein einziger Sarg auf dem Herzen lag. Er trank nicht, weil er ein Trinker war wie sie, sondern weil er aufgehört hatte, an Gott zu glauben. Er war zu ihnen gekommen aus der großen Stadt, weil er noch einmal hatte anfangen wollen als ein geringer Knecht, so gering, daß der härteste Gott sich seiner Blöße hätte erbarmen müssen. Aber nun hatte Gott sich nicht erbarmt. Vielleicht hatte er ihm zeigen wollen, wieviel der Pfarrer leiden solle um seines Namens willen, aber es war zu viel für ihn gewesen. Siebzig Kinder waren zu viel für ein Exempel gewesen. Und nun trank er. Nicht weil das Trinken ihm Freude machte, sondern weil er dann die Särge nicht mehr sah. Vielleicht sah er Blumen oder einen Garten Eden, in dem es keine Armen mehr gab, oder eine große Kirche aus Marmorstein, in der die Mächtigen der Erde ihre Knie beugten. Sie wußten nicht, was er sah, aber sie wußten, was er nicht mehr sehen wollte. Er hatte ohne Freuden gelebt, ohne Weib und Kind, ein Kniender und Durstiger im Staub der Straße. Mochte er nun trinken und eine Frauenspur neben der seinigen haben. Keiner war im Dorf, der ihn zu richten hatte.

Aber vielleicht würde er wiederkehren aus seiner dunklen Welt, wenn sie die Kirche zu Ende bauten und einweihten. Von ihm war sie ausgegangen, und zu ihr würde er vielleicht heimkehren. Ein Pfarrer ohne Kirche war wie ein Fisch ohne Wasser.

Ein paar von ihnen gingen zu Herrn von Balk, als der erste Südwind über das Land ging. Nach dem großen Sterben hatten sie nichts von ihm gesehen. Er saß in der Bibliothek vor dem Feuer im Kamin, noch grauer und hagerer geworden, und hörte ihnen zu. Soso ... der Pfarrer ... ja, er denke, daß sie recht hätten, und er wolle das Seinige tun. Auch er denke, daß sie bis zum Pfingstfest fertig sein könnten. Aber was den Pfarrer betreffe, so sollten sie sich nicht zu große Hoffnungen machen. Zweimal lasse sich selten der Heilige Geist über einen Menschen ausgießen. Er wenigstens kenne kein Beispiel dafür, aber zu ihm sei er ja auch überhaupt nicht gekommen.

Ja, ein harter Winter sei es gewesen, nicht nur für Pfarrer und Gläubige. Er komme nun in den nächsten Tagen nach ihnen sehen, habe sich wenig genug um sie gekümmert, ein alter Habicht, der gefroren und gehungert habe. Ja, gehungert nach dem, was sie das Reich Gottes nannten. Er nenne es anders, aber das schade nichts.

„Freut euch des Lebens!" schrie der Papagei zornig, und die Leute von Sowirog erschraken wie über die Stimme des Teufels.

Doch erwachte nun das Dorf zu einem neuen hastigen Leben. Der Schnee schmolz von den kleinen Hügeln auf dem Friedhof, und in der lockeren Erde hatten die Mäuse ihre Gänge gezogen. Die Schindeln auf dem Kirchendach leuchteten nicht mehr so neu, sondern hatten schon einen zarten grauen Schimmer bekommen. Der Wald stand wieder auf, die ersten Gänse zogen nach Norden.

Das erste, womit sie begannen, waren die Bänke, die Fenster und die breite niedrige Tür aus Eichenholz. Auch die Eichen hatte Gogun nicht vergessen. Sie legten die Dielenbretter, und ein großer Wagen mit den drei Glasfenstern kam an. Nun erst wußten sie, daß es eine herrliche Kirche war, und sie standen mit gefalteten Händen vor den blauen und grünen Gestalten, die in der Sonne leuchteten. Am unteren Rand des mittleren Fensters stand die hohe, schlanke Gestalt eines Kranichs, der die Schwingen halb geöffnet hatte. „Für den Stifter, Michael", sagte Balk lächelnd zu Gogun.

Aber noch immer ließ der Pfarrer sich nicht sehen. Sie

hatten beraten, ob ein paar von ihnen zu ihm gehen sollten, aber sie hatten es nicht gewagt. „Was sich in die Erde gräbt“, hatte Gogun gesagt, „soll man nicht wecken, bis es von selbst herauskommt.“

Eines Tages kam ein Wagen mit Pferden ins Dorf gefahren, hielt am Kirchenhügel, und ein großer Herr im schwarzen, hochgeschlossenen Rock stieg langsam aus. Er trug das graue Haar unbedeckt, und seine Augen blickten freundlich und aufmerksam zum Turm der Kirche empor, wo gerade ein eiserner Wetterhahn angebracht wurde. Das also sei ihre Kirche, fragte er und sah lächelnd von Gesicht zu Gesicht.

Ja, das sei sie, erwiderten sie verlegen. Er nickte, ging um den Bau herum, glitt mit der feinen, ringgeschmückten Hand über die rohen Balken und trat dann in das Innere. Er stand lange vor den Glasfenstern, stieg vorsichtig auf die grob gezimmerte Kanzel und betete dann still vor dem Altar, der noch ohne Schmuck dastand.

Sie hatten alle ihr Handwerkszeug niedergelegt und sahen ihm zu. Sie meinten, daß er der oberste aller Pfarrer der Provinz sein müsse, und es war ihnen traurig ums Herz, daß ihr Pfarrer nicht da war.

Als er sein Gebet beendet hatte, drehte er sich um und sagte, daß es seinem Herzen wohlgetan habe, dies alles zu sehen, und daß er gekommen sei, um ihnen im Namen der Provinz zwei Glocken für ihre Kirche zu schenken. Denn da ihr Pfarrer, wie er gehört habe, für eine Weile in die Stille gegangen sei, so müßten sie doch wenigstens eine Glocke haben, damit die Kirche nicht ganz ohne eine Stimme sei.

Und nun möchte er gern ihren Pfarrer sehen.

Ja, das sei so eine Sache, meinte Gogun nach einer Weile. Der Pfarrer sei auf der Insel, und er wolle niemanden sehen.

Ein Boot hätten sie wohl? fragte der Unbekannte.

Ja, das hätten sie, und Gogun wollte ihn zum Jerominschen Hause führen.

Es wurde dann so, daß der Unbekannte keine Hilfe haben wollte, sondern sich in das Boot setzte, mit den weißen Händen die Ruder ergriff und langsam, aber in einer schönen geraden Linie zu der Insel hinüberruderte. Der Wind spielte mit seinem grauen Haar, und es sah aus, als mache ein vornehmer Herr zu seinem Vergnügen eine kleine Bootsfahrt.

Sie gingen wohl wieder an die Arbeit, aber ein paar von ihnen standen immer auf dem freien Platz vor der Eingangstür, hielten die Hand über die Augen, weil das Wasser blendete, und sahen dem Boot nach, wie es sich langsam aber stetig der Insel näherte. Sie sahen den Unbekannten aussteigen, das Boot etwas auf das Ufer ziehen und langsam den Steig zur Hütte hinaufsteigen. Dort verschwand er dann in der offenen Tür.

Sie besprachen es nun nach allen Seiten, in Hoffnung und in Furcht, und schließlich blieb Gogun als der Redemächtigste mit seiner Ansicht siegreich, daß es sicherlich ein Bischof sei, vielleicht vom Kaiser ausgesandt, um dem Pfarrer wieder Mut zuzusprechen. Zwar wurde eingewendet, daß nur die Katholischen einen Bischof hätten, aber Gogun meinte, daß in so schweren Fällen wohl auch die Evangelischen ein Recht auf einen Bischof haben könnten.

Als der Oberkonsistorialrat über die Schwelle trat, sah er den Pfarrer an dem rohen Holztisch sitzen, den Kopf in beide Hände gestützt, und in das Feuer blicken, das eine dunkle, hochgewachsene Frau im Herd entzündete. Eine Flasche und ein Wasserglas standen neben ihm auf dem Tisch, eine alte, schwere Bibel lag aufgeschlagen, und ihre Blätter waren von einer dunkelroten Flüssigkeit gerötet, die eine zitternde Hand darübergegossen haben mochte. Alles sah sauber und nicht unwohnlich aus, aber es fröstelte den Besucher doch, als er an die Schneestürme dieser Landschaft dachte.

„Da bin ich, Herr Pfarrer", sagte er, „auch wenn Sie mich nicht gerufen haben. Aber wir wollten doch ein bißchen nach Ihnen sehen."

Agricola hob den Kopf und sah ihn an, und noch einmal fröstelte der Besucher vor der Tiefe des Leides, das in diesen Augen brannte. Er nahm schnell die rechte Hand des Pfarrers, ohne sie gereicht zu bekommen, und blieb so eine Weile stehen, während alle guten Worte, die er sich ausgedacht hatte, in einen tiefen Strudel des Vergessens sanken.

Der Pfarrer erinnerte sich dunkel von einer Synode her

dieses Gesichtes und stand mühsam auf. „Der Gast ist heilig", sagte er, „auch hier. Aber er hätte besser getan, nicht zu kommen."

„Oft unterbleibt das Bessere um des Nötigen willen", bekam er zur Antwort. „Lassen Sie uns nun ein bißchen am Feuer sitzen." Er verneigte sich leicht vor der Frau, die ihn böse ansah, und machte eine kaum merkliche Gebärde zur Tür.

„Laß uns allein, Lisa", sagte der Pfarrer.

„Ich war an der Kirche", begann der Geistliche und blies den Rauch seiner Zigarre ins Feuer. „Und ich habe den Leuten gesagt, daß wir ihnen zwei Glocken schenken wollen. Irgendeine Stimme muß doch dort ertönen. Es ist ein wunderbares Werk, das hier zustande gekommen ist, aber mein Herz ist nicht froh ..."

Der Pfarrer öffnete die Lippen, aber dann schwieg er wieder.

„Es gibt solche unter uns", fuhr der andere fort, „die der Meinung sind, daß dies eine Schande sei und daß die Schande ausgebrannt werden müsse. Ich bin nicht dieser Meinung. Ich habe niemals solche Meinungen gehabt, seit ich erfahren habe, daß der Talar brennen kann wie ein Nessusgewand. Wir haben viele Briefe bekommen, gute und auch ein paar böse. Aber in einen Brief kann man eine Sache legen und kein Herz. So bin ich gekommen, um zu erfahren, ob ich etwas von diesem Herzen sehen kann."

‚Dein lieber Gott hat ein gutes Teil davon zu sehen bekommen', dachte der Pfarrer, ‚und es ist wenig Gutes dabei herausgekommen. Besser also, die Menschen steckten ihre Nasen in andere Herzen als das meinige.' Aber er dachte es nur, er sprach es nicht aus.

Das Feuer brannte nun hell, und der Geistliche beugte sich etwas vor, um seine Hände zu wärmen. „Die Flamme verzehrt das Holz", sagte er, „und doch wärmen wir uns an der Flamme. Auch die Liebe kann verzehren, Menschen und ganze Geschlechter, und doch bleibt sie das, woran wir uns wärmen. Die göttliche Liebe, meine ich."

‚Da ist ein Fehler dabei', dachte der Pfarrer, ‚wie bei den meisten Vergleichen. Aber es ist dein Fehler, nicht der meinige.'

„Die Leute waren nicht froh über die Glocken", fuhr der

andere nach einer Weile fort. „Auch eine Herde kann Glocken tragen und verlangt doch nach dem Hirten. Es hat mich gedauert, zu sehen, wie sie an der Arbeit waren. Es war keine Freude dabei, und sie sahen mir lange nach, als ich im Boote saß. Es ist schrecklich, wenn Kinder sich verirren, in einem dunklen Wald, aber es ist schrecklicher, wenn der Vater sich mit ihnen verirrt und beiseite geht, um sie ihrem Schicksal zu überlassen."

‚Genug Väter zu deiner Verfügung', dachte der Pfarrer. ‚Schicke einen andern, und euer Kummer ist zu Ende.' Aber er sagte immer noch nichts.

„So geht es nicht", sagte der Geistliche und legte seine Hand auf des Pfarrers Arm „Kann ich helfen, Agricola?"

Der Pfarrer schüttelte den Kopf.

„Wer könnte helfen?"

Nun sprach der Pfarrer zum erstenmal. „Gott könnte helfen", erwiderte er, „wenn er wäre. Aber er ist nicht."

„Und wissen Sie das, lieber Bruder?"

„Ich weiß es nicht als eine These, aber ich weiß es für mich. Für mich ist er nicht, also kann er nicht helfen. Nur für die Gläubigen ist er ein Brunnen in der Wüste, für die andern ist er eine Fata Morgana. Nicht Wasser, sondern Luft, und glühender Staub."

„Und Sie glauben nicht mehr?"

„Nein, ich glaube nicht."

Der andere hatte längst die Zigarre auf den Herdrand gelegt und die Hände gefaltet. „Gott kann wiederkommen", sagte er leise.

„Ich will nicht, daß er wiederkommt und Kinder mordet", sagte der Pfarrer. „Ich habe genug an siebzig Särgen."

„Das also ist es", meinte der andere und nickte vor sich hin. „Also hab' ich doch das Herz gesehen."

„Und wenn nun Gott die Toten auferweckt", fuhr er fort, „zu einem schöneren Leben, was ist denn der Sarg anders als eine flüchtige Stufe?"

„Dieselbe Stufe, auf die man die Eltern hingeworfen hat", sagte der Pfarrer. „Dort können sie warten, bis er die Särge erweckt. Aber die Zeit wird ihnen lang werden, sehr lang . . .

wenn ... wenn ... das große Wort der Täuschung und der Kinder. ‚Wenn Gott die Toten auferweckt', aber niemand noch hat ihm zugesehen dabei. Und wer allmächtig ist und Engel braucht, hat wohl nicht nötig, die Kinder zu erwürgen, die er sich dazu ausersehen hat."

„Sie hassen, Bruder", sagte der Geistliche traurig.

Aber der Pfarrer fuhr nur mit der Hand durch die Luft. „Gespenster haßt man nicht", erwiderte er schroff.

„Wer Gott verliert, hat so viel verloren", sagte der Geistliche nach einem langen Schweigen, „daß wir ihm nichts mehr fortnehmen dürfen. Ich bin kein Bekehrer, Bruder, und wir wollen das also stehenlassen, wie es steht, bis Gott es vielleicht wieder in die Hand nimmt. Aber ich bin nun ein alter Mann und habe viel gesehen. Und das Schlimmste, was ich gesehen habe, war doch wohl das Gericht der Menschen. Ich richte nicht, Bruder, ich leide nur. Es kann jeden von uns treffen."

„Nicht jeden von uns", sagte der Pfarrer. Aber er sah den andern nun an und erkannte sein gutes, trauriges Gesicht.

„Ich will, daß Sie eine kleine Pension bekommen, Agricola, und ich werde es auch erreichen. Ich will nicht, daß Sie von Almosen leben. Aber ich möchte gern, daß Sie nicht mehr trinken." Er legte die Hand auf das Knie des Pfarrers und sah ihn bittend an. „Der Schmerz macht scharf, aber der Trunk verzerrt. Wir können sein Bild zerschlagen, aber wir dürfen es nicht beschmutzen, nicht wahr?"

Der Pfarrer schüttelte den Kopf. „Wenn vergeben wird, wird alles vergeben", sagte er. „Alles oder nichts. Es gibt keine Grade. Und ein gewesener Pfarrer, der trinkt, ist besser als einer, der unter einem Espenbaum hängt. Kein Krugwirt sieht mich, wenn ich betrunken bin, kein Gläubiger, kein Kind. Nur sie" – er wies mit der Hand nach draußen –, „und sie kann mich ruhig sehen. Vor vierzig oder dreißig Jahren hat sie mich geliebt und nicht bekommen. Nun hat sie alles fortgeworfen, was sie besaß, Amt, Haus und Frieden, und ist zu mir gekommen. Soviel wert bin ich noch, und so groß kann Menschenliebe sein. Nein, ich werde wohl nicht aufhören zu trinken, so wenig ich aufhöre, in der Bibel zu lesen. Ich rede noch mit ihm, immer noch. Ich weiß, daß er nicht da ist, aber ich rede mit ihm. Er ist abgesetzt wie ich, und wir sitzen hier am Tisch und sehen, wer der größere Sünder ist."

„Ja", sagte der Fremde, „so leicht ist es nicht, ihn auszulöschen . . ."

Er blieb noch eine Weile sitzen und blickte ins Feuer. „Manche", fuhr er dann fort, „leben fünfzig Jahre für die Welt und bekehren sich dann. Und manche leben fünfzig Jahre für Gott und leugnen dann. Ich weiß nicht, welche Gott wohlgefälliger sind . . . aber er wird wohl über beide seine Hand halten."

Er stand auf und gab dem Pfarrer die Hand. „Erinnern Sie sich, was Elihu zu dem Mann aus Uz sagte?" fragte er. „‚Sündigst du, was kannst du ihm schaden? Und ob du gerecht seiest, was kannst du ihm geben?' Leben Sie wohl und erlauben Sie einem alten Mann, für Sie zu beten."

Der Pfarrer begleitete ihn bis zur Schwelle und sah ihm dann nach, wie er den Steig zum Ufer hinunterging. Unten saß die Frau auf einem der Boote und ließ das Wasser durch ihre Finger rinnen. Sie sah wohl auf, als der Fremde vor ihr stehenblieb. „Von Hiob steht geschrieben", sagte er, „daß er ein Bruder der Schakale und ein Geselle der Strauße war. Mein Herz würde leichter sein, wenn ich wüßte, daß Sie bei ihm bleiben."

„Ich bin nicht wie euer Gott", erwiderte sie finster, „der aufhebt und fallen läßt."

Er sah über ihren Scheitel hinweg nach dem andern Ufer, wo der Wetterhahn nun über dem stumpfen Holzturm funkelte. „Keiner von uns ist wie Gott", sagte er leise, „aber von Gott sind wir alle; auch Sie, auch er."

Sie sahen gleich, als er langsam den Hügel hinaufstieg, daß er mit leeren Händen kam. „Wir müssen noch warten", sagte er nur. „Er spricht noch mit Gott . . ."

Dann betete er wieder vor dem Altar, stieg in seinen Wagen und fuhr davon.

Zu Pfingsten weihten sie die Kirche ein. Am Abend vorher richteten sie hinter dem Altar das Bild des Gekreuzigten auf, das Jakob und sein Vater aus dem Holzschuppen herausgetragen hatten. Niemand hatte davon gewußt, und als es den

Hügel hinaufgebracht wurde, knieten sie nieder, und viele weinten. Sie waren verzagt und ohne Freude, denn der Pfarrer war auf der Insel geblieben. Das helle Holz leuchtete in dem dämmernden Kirchenschiff, und sie sahen, daß die Stirn unter der Dornenkrone die Stirn ihres Pfarrers war. Auf der hintersten Kirchenbank kauerte Christean und sah zu, wie sie das Kreuz aufrichteten. Aber er wußte nicht, ob es nun eine Kirche war, ohne ihren Pfarrer. Viele wußten es nicht.

Spät am Abend fuhren Jons und Maria hinüber. Sie hatten Christean ins Boot getragen, und er sah zu, wie die Sterne im Wasser leuchteten. Es war nicht dunkel. Der Nordwesthimmel lag weiß über den schwarzen Wäldern, und ab und zu glitt ein Stern lautlos am Firmament in die Tiefe. Der Kuckuck rief immer noch, und hinter der „Armen Sünde" stiegen die Nebel über dem Moor.

Keiner von ihnen wußte, was er nun sagen würde. Jons hatte sich das ausgedacht, aber er wußte am wenigsten, wie es ausgehen würde. Wenn der Bruder mit seiner Flöte da wäre, würde der Pfarrer mitkommen, aber sie waren nur Kinder, und was konnten sie viel sagen?

Der Pfarrer saß auf einem umgekehrten, verfallenen Boot und sah ihnen entgegen. Ein ungewisses Licht lag über dem Ufer, aber Jons sah doch, wie alt er geworden war. Sein Haar war nun ganz grau, und seine Augen lagen tief unter der Stirn. Aber er saß ganz still, ohne Überraschung oder Feindseligkeit, und ließ sie schweigend aussteigen.

„Oh. Jons und Maria", sagte er dann. „Und auch Christean ist mitgekommen . . . so sind doch noch ein paar übriggeblieben."

„Herr Pfarrer . . ." begann Jons.

Aber Agricola hob schon die Hand. „Laß es gut sein, Jons", sagte er. „Ich wollte nicht wegbleiben morgen, und wenn ihr wollt, könnt ihr mich holen. Ich habe doch auch meine Balken getragen und meine Steine gekarrt. Ein schlechter Arbeiter, der seinem Haus den Rücken kehrt."

„Christean hat einen Heiland geschnitzt", sagte Maria.

„Christean? Sieh mal an . . . ja, ihr seid ein gutes Haus, nur dunkel ist es bei euch, und vieles hat man wohl noch mit euch vor . . . und du, Jons, wirst du nun einmal dort predigen?"

„Ich weiß nicht, Herr Pfarrer ... ich glaube nicht ..."

„Ja, laß die Hände von ihm, Jons. Er drückt dir seine Nägel hinein, und es heilt nicht. Niemals. Es sind Gespensterhände."

„Ist er denn nicht wirklich, Herr Pfarrer?"

„Nein, Jons, er ist nicht. Er war nicht und wird niemals sein. Nicht so, wie es geschrieben steht. Anders vielleicht. Siehst du, das alles" — er wies mit der Hand einmal über das ganze Himmelszelt —, „das ist er vielleicht. Das und daß wir hier sitzen und über ihn reden. Keiner kann es begreifen, aber es ist da und hat seine Ordnung und seine Gesetze. Aber es ist nicht zweierlei, er und das alles. Er steht nicht dahinter und lenkt es mit seiner Hand. Es ist einerlei, ein und dasselbe. Wir haben ihm nur einen Namen gegeben. Wir hätten es auch ‚Ohama' nennen können oder sonstwie. Aber der Sohn und der Heilige Geist, und die Erzengel und Erzteufel, und die Auferstehung und das Gericht: Namen, Jons, Namen. Menschenwerk und Menschentäuschung. Ein Bildnis oder ein Gleichnis, und Blut tropft darüber hin. So viele tausend Jahre schon, und immer mehr Blut, weil es das Edelste ist, was wir haben. Aber auch des Blutes können wir müde werden, Jons, die Kaiser und auch die Pfarrer. Einmal wollen wir nicht mehr. Es ist Zeit, daß die alten Brandopfer zugeschüttet werden. Ein finsteres Zeitalter kann Stiere, Widder und Kinder opfern, aber wir wollen das nicht mehr. Der Mensch hat so vieles, was er opfern kann, aber seine Hände brauchen nicht blutig dabei zu werden. Aufstehen wollen wir, Jons, aufstehen! Auch im Stehen kann man beten."

Er winkte ihnen mit der Hand und ging in den Schatten zurück.

Wenn sie später an ihre Kirchenweihe zurückdachten, war es ihnen, als hätte schon damals an dem blauen Himmel eine dunkle Wolke gestanden, gerade über dem Kirchendach. Aber da an diesem Tage nichts geschah, außer daß der Großvater Michael wunderlich war, so hatten sie es dem zugeschrieben, daß ein anderer als ihr Pfarrer ihre Kirche weihte.

Die Straße und alle Häuser waren mit Birken besteckt, als die Wagen einfuhren. Solange Sowirog stand, hatte es nicht so viele große Männer gesehen wie an diesem Morgen, und unter ihnen war der Landrat durchaus nicht der höchste. Sie sammelten sich auf dem Kirchenhügel, klopften mit den Fingerknöcheln an die Balken und bewunderten die schöne Aussicht. Auch ließen sie es nicht an Bemerkungen fehlen, sobald sie zur Insel hinüberblickten, wo dieser Pfarrer nun leben sollte. Auch ihnen fiel es auf, daß die Leute des Dorfes nicht so froh und dankbar waren, wie sie erwartet hatten, und daß die meisten am Ufer des Sees standen und auf etwas zu warten schienen. Sie sahen voller Staunen den Großvater Michael aus seinem Hause treten und langsam den Hügel hinaufkommen, barhaupt, mit dem Stab in der Hand, und über sie hinwegsehen, als seien sie Staubkörner an den Blättern der Bäume. Auch Jakob war ihnen merkwürdig und daß er einen Krüppel auf den Schultern trug und daß dieser Krüppel einen großen Kruzifixus für den Altar geschnitzt haben sollte.

Der Schulze stand mit seinem unbewegten Gesicht neben ihnen und gab die verlangten Erklärungen, und wenn einer der jungen Herren oder eine der Damen einen leisen Witz machten, über den Hirten Piontek etwa, der mit seiner Ringschleuder erschienen war, oder über Gonschors sehr krumme Beine, so blickte er sie an, wie man einen Stein anblickt, und sie sahen unbehaglich zur Seite.

Der Herr von Balk in seiner blauen Reiteruniform fiel nicht angenehm dadurch auf, daß er zuerst jeden einzelnen der Dorfbewohner begrüßte und dann vor dem feierlichen Kreis der Gäste seine rechte Hand nicht allzu gehorsamst an seine Tschapka legte. Auch stieg er bald auf seinen langen Beinen zum Ufer hinunter, wo er inmitten der anderen auf einem umgestürzten Kahn saß und mit seinem Säbel Figuren in den Ufersand schrieb.

Es war vereinbart worden, daß der Superintendent der Kreisstadt die Weihepredigt halten sollte, und als er angekommen war, meinte der Regierungspräsident, daß man nun wohl anfangen könne. Aber der Schulze schüttelte den Kopf. „Die Leute kommen noch nicht, Herr Präsident", sagte er. „Sie warten noch, und so lange müssen wir auch warten."

„Auf wen?"

„Auf ihn, Herr Präsident." Und er machte eine Handbewegung über den See hin.

Als das Boot durch den ersten Schilfgürtel fuhr, strömte das ganze Dorf, soweit es noch nicht am Ufer stand, den Hügel hinab und holte den Pfarrer ein. Der Pfarrer war nicht betrunken. Er trug einen schwarzen Rock, und in den Händen hatte er eine junge, sehr schön gewachsene Fichte und einen Spaten. Sein Gesicht war alt und sehr ernst, und obwohl er keine Rührung zeigte, war es ihm anzusehen, daß es ihn freute, erwartet zu werden. Herr von Balk ging an seine Seite, und als sie den Hügel wieder hinaufkamen, sah es aus, als hätten sie nun den obersten ihrer Gäste eingeholt.

In diesem Augenblick begannen die beiden Glocken zu läuten, und der Pfarrer blieb einen Augenblick stehen, um zu dem niedrigen Turm hinaufzusehen, der von den Klängen zu erbeben schien. Der Landrat blickte finster über die Köpfe der Dorfbewohner hin, und allen Gästen schien es, daß sie hier eine merkwürdige, wenn nicht überflüssige Rolle spielten.

Der Gruß des Pfarrers wurde übersehen, aber er ging, ohne anzuhalten, bis zur Schwelle der Kirchentür. Dort blickte er lange durch den geöffneten Eingang auf den lebensgroßen Gekreuzigten, drehte sich zu Christean um, der auf seinen Krücken blaß und zitternd hinter ihm stand, und küßte ihn auf die Stirn. Dann nickte er dem Schulzen zu und trat zur Seite.

„Jetzt kann es beginnen, Herr Präsident", sagte Grünheid höflich. Herrn Stillings Harmonium ertönte aus dem Raum der Kirche, und sie gingen langsam und zögernd hinein.

Während sie das Eingangslied sangen, grub der Pfarrer unweit der Tür seine Fichte ein, trat sie fest und saß dann eine Weile auf der Ecke der Schwelle, den Spaten zwischen den Knien und die Augen auf den Friedhof gerichtet, wo die Reihe der kleinen Hügel sich nun schon mit dünnem Grün bedeckt hatte. Er kam sich wie ein Ausgestoßener vor, er war weder zornig noch traurig. Er war nur so allein wie ein Mann, der einen andern Glauben hatte.

Als in der Kirche die Reden begannen, stand er auf und ging zum Jerominschen Hause. Dort saß er auf der Bank vor der Tür und blickte über die Dächer des Dorfes hin.

Der Landrat war der Meinung gewesen, daß nach der Feier für die Gäste und das Dorf ein gemeinsames Essen hätte stattfinden sollen, aber der Schulze hatte bemerkt, daß kein Bewohner von Sowirog aus der Kirche in das Haus des Krugwirtes gehen würde und daß es vielleicht auch für die „hohen Herrschaften" nicht angebracht sei, in einem Hause zu essen, wo einer der Söhne für die Zeit seines Lebens im Zuchthaus sitze. So hatte man auf jede Feier dieser Art verzichtet und blieb nur noch eine Weile vor der Kirchentür stehen, bis die Wagen vorgefahren waren und die Vertreter der Regierung noch hier und da ein paar Worte mit den Leuten gesprochen hatten.

Auch war noch eine amtliche Pflicht zu erfüllen, indem Michael Gogun, Kätner und Waldarbeiter, „In Anerkennung seiner besonderen Verdienste um den Kirchenbau" das Allgemeine Ehrenzeichen überreicht bekam.

Es war kein glücklicher Tag für Gogun, und in seinen Träumen war alles anders verlaufen. Sein Herz war bedrückt, weil er nicht genau wußte, ob Gott nicht schon begonnen hatte, wegen des Holzes mit ihm abzurechnen. Der Kindertod im Februar und daß der Pfarrer nun die Kirche nicht weihte und in Besitz nahm, waren Zeichen, die ihn mit Unruhe erfüllten. So trat er nur widerwillig vor, von seiner Frau in den Rücken gestoßen, als sein Name aufgerufen wurde. Er hörte zu, was der Landrat sagte, drehte die Medaille in seiner Hand hin und her, besah sie wie einen toten Vogel und steckte sie dann in die Tasche. Die große Rede, die er sich ausgedacht hatte, blieb ungesprochen, und er blickte mit schlechtem Gewissen dorthin, wo seine beiden Gefährten standen und ihm spöttisch zublinzelten.

Auch diese offizielle Handlung also hatte nicht die erwartete glanzvolle Wirkung, und der Landrat drehte sich ärgerlich um, ein höfliches Zeichen zum Aufbruch zu geben. Er war immer der Meinung gewesen, daß der Regierungspräsident in seiner Einschätzung der ländlichen Kreise sich bedenklichen Illusionen hingebe.

Dieser aber war gerade dabei, der ganzen, etwas mißglückten Feier einen versöhnlichen und herzlichen Abschluß zu geben. Er ging ein paar Schritte auf den Großvater Michael zu, der noch auf der Kirchenschwelle stand, auf seinen Stock gestützt, und über die Versammelten hinweg in die Ferne blickte. Die breite Tür war noch geöffnet, und vor der farbigen Dämmerung des Kirchenschiffes stand die hohe Gestalt wie die eines Propheten, schon ausgeschieden aus ihrer Mitte und in den Augen noch den Nachglanz seiner letzten Begegnung mit Gott.

Einen Augenblick lang war dem Regierungspräsidenten, als hätte er besser getan, diese Gebärde der Leutseligkeit zu unterlassen, weil man nie wissen konnte, was von so alten Leuten zu erwarten war, aber dann streckte er dem Schweigenden doch freundlich die Hand entgegen und sagte, einer plötzlichen Regung folgend, er möchte zum Abschied wohl wissen, was die Augen des „Veteranen von Sowirog" nun, nach dieser schönen Feier, in der Ferne für ein Bild der Vergangenheit oder Zukunft erblickten.

Michael sah die ausgestreckte Hand nicht, aber nach einer langen Pause, die vielen peinlich erschien, wandte er seine hellen Augen in die des Fragenden, ließ sie dort ohne ein Zeichen der Anteilnahme oder des Erkennens lange ruhen und sagte endlich, tonlos und wie ein Schlafender spricht: „Der Blasbalg ist verbrannt, das Blei verschwindet; das Schmelzen ist umsonst, denn das Böse ist nicht davon geschieden."

Der Angesprochene stand noch eine Weile ratlos, dann nickte er zustimmend, als habe er den Sinn der Verse verstanden, verneigte sich leicht und ging zu seinem Wagen. Das letzte Gesicht, das er sah, war das des Herrn von Balk, der lächelnd mit einem weißen Tuch sein Einglas putzte. Aber es schien dem Präsidenten, daß dieses Lächeln besser ein Grinsen zu nennen sei.

„Gedachten die Insel der Phäaken zu finden, meine Gnädigste", sagte ein junger Regierungsrat zu der neben ihm sitzenden Dame, „und fanden das Land der Pachulken . . . ausgesprochene Pachulken!"

Sie lächelte, und da sie ehrlich war, ließ sie sich beide Namen von ihm erklären. „Ja", sagte sie schließlich, „aber es war doch etwas dran an dem Alten. Etwas war an ihm. Und mir scheint, eine sehr glückliche Figur hat der Chef nicht vor ihm gemacht ... wie sollten wir auch heutzutage wissen, wie wir vor Moses zu stehen haben? Es ist so schrecklich lange her ..."

Es tat dem Pfarrer doch wohl, für eine Weile unter den Seinigen zu sitzen. Die Welt hatte sich ihm verengt auf der Insel, zusammengezogen auf das Bild seines Widersachers und sein eigenes Bild, und nur am Rande war die Frau gewesen, die seine Hütte in Ordnung hielt, die das Feuer im Herd entzündete und in den Nächten ihn wärmte, wenn der Schneesturm heulend über das niedrige Dach fuhr. Er sprach nicht über die Bibel mit ihr und auch nicht über sein Leben. Er ließ sich erzählen, wie sie ihren Kampf bestanden hatte, und oft konnte er dasitzen, lange Zeit, und nichts tun als ins Feuer blicken und eine dunkle Locke der Frau zwischen seinen Fingern bewegen. Es war, als habe er gesiegt, aber als habe Gott in diesem Kampf ihm eine heimliche Wunde beigebracht, von der er nichts sah, aber aus der unablässig das Blut in seine Spuren tropfte. Ein freudloses Leben hatte er gehabt, und was sein Amt und seine Zweifel von ihm übriggelassen hatten, das hatte seine Frau zerstrickt, mit ihren gerechten, erbarmungslosen Nadeln, die keine Masche fallen ließen. ‚Der Blasbalg ist verbrannt, das Blei verschwindet.'

Diese aber waren nicht gerecht oder erbarmungslos. Sie hatten die Glocken geläutet, als er den Hügel hinaufgestiegen war, als sei er kein abgesetzter Pfarrer, sondern der Hirte, der zu seiner Herde kam. Die anderen hatten ihn verleugnet, bevor der Hahn nur einmal gekräht hatte, aber diese hatten zu ihm gestanden, und Christean hatte in die Stirn des Heilands seine eigenen Falten geschnitzt. Ein bißchen Lästerer und ein bißchen Sünder waren sie alle, Göttliches und Menschliches vermengten sich bei ihnen wie bei Kindern, und es mochte schon etwas daran sein, daß dies eine gestohlene Kirche war, ein Spott auf Gottes Gebote und keine große Ehre für die Christenheit. Aber es war besser, unter ihnen zu leben als unter den Gerechten. Ein Pfarrer, der nicht mehr glaubte und statt dessen trank, gehörte unter die verlorenen Söhne.

Aber es war ihm wohl dabei. Ein stilles, trauriges Glück

erfüllte ihn, und es war vielleicht nicht gut, daß sein Glas immer wieder gefüllt wurde. Aber alle tranken, am meisten Gogun, der sein Ehrenzeichen in das Auge zu klemmen versuchte wie der Rittmeister sein Einglas. „Keine Orden, Brüder", sagte er zu Daida und Gonschor, die ihm gegenübersaßen, „kein Kirchenrat, keine Würde. Nur ein Stückchen Blech, auf dem Herzen zu tragen. Und so viele Nächte, Brüder, so viele Nächte . . . und die Gräberchen auf dem Gottesacker . . ." Er begann zu weinen, und seine Frau bückte sich schon nach einem Stein, den sie in ihr Taschentuch binden könnte.

Und doch war trotz Tränen und Spott das Glück bei ihnen. Die großen Herren waren gewesen, wie sie immer waren, der Pfarrer hatte ihre Kirche nicht eingesegnet und würde am Abend wieder betrunken sein, Gogun hatte keinen Orden bekommen, sondern ein Stückchen Blech. Aber sie hatten ihre Kirche gebaut, ganz allein, und der liebe Gott, der für ihre Kirche gesorgt hatte, würde auch für ihren Pfarrer sorgen. Gräber waren auf dem Friedhof, aber der Roggen trieb schon Ähren, neues Brot für neue Kinder. Der See war blau, die Fische sprangen über das stille Wasser, die Schwalben waren zu ihren alten Nestern heimgekehrt. Viele Dörfer lagen im Land, die keine Kirche hatten, keinen Pfarrer, der seine Schränke verkaufte, um Wein für die Sterbenden zu holen, keine Fische, wenig Brot. Die vornehmen Herren und Damen hatten sie angesehen, als wären sie Kälber mit zwei Köpfen, aber zwei Köpfe waren besser als gar kein Kopf, und der vornehmste aller Herren saß an ihrem Tisch. Er trank zuviel, er nahm ihnen die Mädchen fort, er war der Habicht über dem Wald, aber er war ein Herr, für den ihre Tränen aus Salz und nicht aus Wasser waren, und das war immer noch das beste Zeichen, ob jemand zu ihnen gehörte oder zur Welt, die hinter dem Walde war.

Die Sonne ging unter, die Reiher schwankten mit ihrem heiseren Schrei über das Dorf, aber sie tranken immer noch. Sie sangen Choräle und „Ich schieß' den Hirsch im wilden Forst". Es war ein schweres Jahr gewesen, und der große und der kleine Tod hatten sich ihr Teil geholt. Der Mond ging auf, und Gogun behauptete, daß zwei Kirchen auf dem Hügel ständen. „Weiß Gott, wo sie sich das Holz zur zweiten besorgt haben ...", murmelte er tiefsinnig.

Dann befahl Balk ihm, auf der Harmonika den Zapfenstreich zu spielen, und sie standen alle auf und sangen „Ich bete an die Macht der Liebe".

Darauf brachten sie den Pfarrer zu den Booten. Er ging aufrecht und hob die Hand in die Sterne „Wir sprechen uns noch", sagte er mit schwerer Stimme. „Ich verstecke mich nicht, ich bin immer zu finden ... verstecke auch du dich nicht hinter deinen Lampen, hörst du?"

Noch auf dem dunklen See hörten sie seine furchtlose Stimme.

XII

Jons ging erst in diesem Jahr zum Konfirmandenunterricht. Er war älter als die anderen, und in der Klasse sagten sie, er werde bei der Einsegnung gleich die Priesterweihe bekommen. Sie sprachen ohne Ehrfurcht von diesen Dingen, aber es gab ohnehin nicht viel, was sie mit ihrem Spott verschonten. „Es geht uns zu gut, Jons“, sagte Charlemagne. „Wir werden alle mit der Pension in der Tasche geboren, und es wäre gut, wenn eine Zeit ohne Pensionen käme.“

„Alle?“ fragte Jons. „Ich sehe viele, die mit nichts in der Tasche geboren werden, und ich kenne Straßen, wo sie mich erwürgen möchten, nur weil ich einen weißen Kragen umgebunden habe.“

Charlemagne seufzte. „Wir haben es nicht geschafft, Jons. Weder der Staat, noch die Schule, noch die Kirche. Etwas fehlt, aber was ist es?“

„Die Gerechtigkeit fehlt“, erwiderte Jons. „Man kann Recht sprechen und doch ohne Gerechtigkeit sein.“

„Du sprichst wie ein alter Mann, Jons, aber wahrscheinlich sprichst du die Wahrheit. Denke nur ab und zu an den Schierlingsbecher, hörst du?“

„Ach, Herr Professor“, sagte Jons, „es ist heute billiger geworden, die Götter zu lästern.“

Es war kein schöner Raum, in dem Jons auf das erste Abendmahl vorbereitet wurde. Er war fahl und dunkel, und an Regentagen war es keine Waldluft, die ihn erfüllte. Auch hier saß der reiche Mann getrennt vom armen Lazarus, aber der freundliche Konsistorialrat bemühte sich, es beide nicht merken zu lassen. Er war sehr freundlich, und wahrscheinlich trank er auch nicht wie Agricola, aber Jons sah ihm aufmerksam zu, und er hätte gern gewußt, ob das Ganze ihm nun Freude mache, eine tiefe, schwere und verzehrende Freude, wie Christus sie vor dem Abendmahl gefühlt haben mochte.

Oder ob er wenigstens durch alle Täler der Finsternis gegangen sein mochte wie Agricola. Er verlangte gar nicht, daß dieser seine Möbel oder Kleider verkaufe, um die Ärmsten zu wärmen und zu speisen. Er wollte nur wissen, ob dies alles in diesem Raum in jedem Jahr neu war, mit immer neuer Leidenschaft begonnen oder vollendet, oder ob es so war wie in der Schule, wo die Platte grauer und abgespielter Gewohnheit immer an der gleichen Stelle einsetzte, an der gleichen Stelle zornig oder witzig war und mit dem gleichen leeren, rauschenden Ton schloß. Wie die abgespielte Platte eines Grammophons.

Er erkannte bald, daß von Leidenschaft nicht gut die Rede sein konnte, und er war gerecht genug, einzusehen, daß dies nicht gut anders sein konnte. Eine Lehre war nicht dasselbe wie ein Evangelium, ein Amt nicht das gleiche wie eine göttliche Berufung. Und es war dem freundlichen Konsistorialrat mit seinen behaglichen, geröteten Wangen kein Vorwurf daraus zu machen, daß die Jünger Jesu wahrscheinlich anders ausgesehen hatten. Nach zweitausend Jahren brauchte man nicht mehr zu leiden. Man saß nicht mehr zu Füßen des Heilands, auf einem Berge, wo Palmen und Steine gleich nahe bei der Hand waren. Man saß zu Füßen kluger Männer in einem Auditorium der Universität. Der Mund der Jünger war verstummt, verklärt oder in Staub vergangen, und statt dessen standen an den Wänden der Bibliotheken Tausende von ehrwürdigen Büchern, in denen die Zeugnisse gesammelt, erläutert, bewiesen und ausgelegt waren. Man wurde geprüft, nicht so bitter ernst wie auf dem See Genezareth oder auf dem Hof des Hohenpriesters, aber doch geprüft, und wenn man bestanden hatte, mit Verstand und Gedächtnis bestanden, rückte der Garten Gethsemane in eine weite, unwirkliche Ferne, die Schädelstätte, das Kreuz, der essiggefüllte Schwamm. Die Zeiten waren milder und menschlicher geworden, niemand brauchte seine Lenden mehr zu gürten, um auszuziehen in alle Welt, die Kanzeln standen fest, kein warmer Stein lag mehr auf einem Bergeshang, und kein Kriegsknecht stand drohend um den stillen Konfirmandensaal. Draußen fuhren die elektrischen Straßenbahnen vorüber, die Sonne schien auf den reichen Jüngling und auf den verlorenen Sohn, die Schüler der

Gymnasien saßen auf der einen Seite, die der Volksschulen auf der anderen, und in dem breiten Mittelgang schritt der Konsistorialrat freundlich auf und ab, Lob und Tadel nach beiden Seiten verteilend, kein Ketzer mehr, kein Empörer, sondern ein treuer Diener des Staates und der Obrigkeit, ein Führer zu Zucht und Gehorsam, ein beredter Warner vor den Listen und Teufelsstricken der Zeit.

Ja, Jons saß da wie ein alter Mann, der vergessenen Spielen zusieht. Er lernte Sprüche und Verse noch einmal, und ihre Schönheit durchdrang ihn immer noch, aber sie waren wie eine ferne Stimme, über die das Leben hinwegging. Sie waren wie alte Heiligtümer, vor denen man sich verneigte, aber nur aus Höflichkeit und Pietät, weil die Väter sich vor ihnen verneigt hatten. Zur Anbetung aber hatte man neue Heiligtümer, glänzendere und modernere. Ihre Verse waren kürzer, und was sie verhießen, waren nicht der Friede Gottes oder das Himmelreich. Es entging ihm nicht, daß viele Gesichter sich spöttisch verzogen, wenn der Konsistorialrat die Lehre der Bergpredigt so bequem und behende in die neue Zeit legte, wie man einen edlen Stein in eine neue Fassung legt, und es kam vor, daß einer von der linken Seite eine Frage stellte, etwa, wann der Trost nun kommen werde für die, die das Leid trügen, und es war nicht zu verkennen, daß ein bitterer Haß die Lippen verzog, die diese Frage stellten. Aber die sanften Hände des Geistlichen strichen auch diese Falte glatt, und aus allen dunklen Kammern des Lebens öffnete sich eine nicht zu verfehlende Tür, die Tür in ein besseres Jenseits. Man mußte nur warten und glauben, und mit diesem Glauben war der Hunger besser als die köstliche Speise, die Bedrückung besser als die Freiheit der Könige. Denn sie waren eine Prüfung für die Auserwählten, ein besonderer Segen aus Gottes Hand, und manchmal schien es, als seien alle, die sich satt aßen und nicht im Gefängnis saßen, von vornherein zu allen Qualen künftiger Höllen verdammt.

Ja, Jumbo hatte recht, daß in dieser Rechnung etwas nicht stimmte. Sie war eine doppelte Buchführung, und die Bilanz war verschleiert. Aber Jons merkte in diesen Stunden auch, daß in seinem Leben etwas nicht stimmte. Solange er bei Herrn

Stilling gewesen war, hatte er nur Hunger gehabt, den großen, blinden Hunger nach dem Licht, aber sonst war sein Leben noch in der alten Ordnung gewesen. Der Großvater fischte, der Vater brannte Kohle, Michael pflügte und die Mutter spann. Auch vor tausend Jahren hätten sie so leben können, etwas primitiver in den Werkzeugen, den Ansprüchen, den Bequemlichkeiten, aber doch auf denselben Wegen und mit demselben Ziel: Speise, Kleidung und ein Dach zu gewinnen, ein Stück Erde zu bebauen und in einem anderen Stück Erde zur Ruhe zu gehen. Es war nicht viel mehr, als was ihnen im alten Bunde befohlen und verheißen worden war. Und auch damals mochte hin und wieder ein Kind zu den Füßen eines Alten gesessen haben, um die Summe seiner Weisheit zu erfragen.

Aber in seinem jetzigen Leben war es anders. Es würde nicht viel ausgemacht haben, wenn er ohne Hände geboren worden wäre. Der Geist bedurfte der Hände nicht, er lebte in einem leeren Raum, wo nicht gepflügt, gefischt oder gesponnen wurde. In diesem Raum wurde nur gedacht, begriffen, aufgehäuft, getrennt und verbunden. Man brauchte keinen Pflug oder Spaten zu kennen, keinen Webstuhl, kein Netz. Man brauchte nur etwas Geld, um im Tempel der Weisheit sitzen zu dürfen, nur Ohr und Auge, um die Lehre zu empfangen. Man konnte böse oder gut sein, die Lehre kümmerte sich nicht darum. Sie verlangte nur, daß man begriff, und sie trieb nicht die Bösen aus, sondern die Törichten. Die Törichten konnten ein Handwerk lernen oder ihre Hände im Tagelohn rühren, aber die Bösen konnten alles erwerben, was man für böse Wege später brauchte. Der Mensch war gespalten worden, wie man einen Baum zum Bauen und zum Brennen spaltet, und Jons war nicht bei dem Abfall, der verbrannt wurde. Der Vater konnte kein Pfarrer und der Großvater kein Richter werden, obwohl sie mit Liebe und Weisheit erfüllt waren, aber Jons würde beides werden können, weil er im Tempel saß, und er konnte darin bleiben, weil Herr Stilling für ihn gespart und gedarbt hatte.

Was war zu tun? Es genügte wohl nicht, am Abend durch die Straßen der Armut zu wandern und in die Augen des Elends zu blicken. Mitleid war ein billiger Zoll zur Brücke der Behaglichkeit, und mit einer Handvoll Mitleid konnte man keine Suppe in der Volksküche kaufen. Es war nicht schwer, für sich ein Leben zu gewinnen, wenn der Meiler zu Hause wartete, der See oder ein Stück Acker, das Herr von Balk abgeben würde. Aber es genügte nun nicht mehr, für sich etwas zu gewinnen. Da waren Christean und Maria und der Vater, wenn er alt würde. Da war der Junge aus dem Konfirmandensaal, der gefragt hatte, wie lange man nun Leid tragen müsse, um getröstet zu werden. Da war die Frau vor der Hafenkneipe, die gesagt hatte, daß man die Männer ersäufen müßte wie junge Katzen. Und da waren alle die aus Sowirog und aus tausend anderen Dörfern, die noch nichts gesagt und gefragt hatten, aber die am Abend vor ihrem Pflug oder Webstuhl standen, mit gebeugtem Rücken und schmerzenden Armen, und in das Abendrot hinaussahen, ob dort nicht die Türme der goldenen Stadt glänzten und auf einer der Schwellen nicht derjenige säße, der bestimmt war, ihre Last für eine Weile zu tragen.

Es gab nur einen Trost: daß er noch so jung war. Jünger als Jumbo, und auch Jumbo wußte noch nicht, wie er vor dem stillen Gericht in der eigenen Brust bestehen würde. Viel jünger als Herr von Balk, dem Macht und Besitz gegeben war und der noch immer nicht begriffen hatte, weshalb diese Welt so eingerichtet war. Es galt wohl zu warten und zu lernen, noch mehr zu lernen, aber nicht nur das, was in den Büchern der Schule stand. Ja, auch mehr als das, was in Jumbos Büchern stand oder in denen seines Klassenlehrers Charlemagne. Und vieles konnte man beiseiteschieben, ein graues Trümmerfeld, Ballast für leere Schiffe, und sich an die Menschen halten, die lebendigen Zeugen des Lebens. An den alten Schuster etwa, der ihm Eisen auf die Absätze schlug und der hinter seiner Lichtkugel zu fragen pflegte, ob sie nun schon Tote auferwecken könnten. Oder an das alte Fräulein mit den ängstlichen, traurigen Augen, bei dem er seine Hefte und Federn kaufte und die ihn immer nach seinem Walde fragte, wenn er allein im Laden war. Oder auch an den Jungen, der nach dem Trost für die Armen geforscht hatte.

Nur den freundlichen Konsistorialrat brauchte er nicht zu

fragen. Er würde gerne antworten, gerne und viel, und ihm die weiche Hand väterlich auf die Schulter legen, aber es würden die jenseitigen Antworten sein, die alles in eine unendliche Ferne rückten, die Sorgen, die Zweifel, die Not, so daß sie wie in einem umgekehrten Opernglas erscheinen würden, winzig, unwirklich, wie in einer Zwergenwelt.

Er dachte viel an den Abend im Konzertsaal zurück, wo das Wunderkind auf seine Art auf alle Fragen geantwortet hatte, und er wußte nun, daß es nicht ein Wunderkind, sondern ein Gnadenkind gewesen war. Es hatte nicht satt machen können, aber es hatte verzaubert. Es hatte die Wände des Saales und des Lebens aufgetan, die Lampen erlöschen, die Gesichter sich auflösen lassen. Es hatte eine neue Welt auferstehen lassen, eine Welt ohne Hunger und Durst, ohne Gewalt und Tod, und über dieser Welt hatte es seine sanften Sterne aufziehen lassen, die tönende Ordnung fremder Sonnen, die spielenden Brunnen der Vergessenheit, das Lied des Vogels Ohneleid. Die Erde kam wieder, wenn es die Hände von den Tasten nahm, die Wände, die Lampen, die Gesichter, aber für eine Weile war sie versunken gewesen, und wenn sie wiederkam, war sie anders geworden, von einem unirdischen Regen gewaschen und beglänzt. Vielleicht war das Ganze nur eine Täuschung, wie das Jenseits eine Täuschung war, aber sie war nicht so fern, nicht so hinter dem Tode, und weder Blut noch Worte waren vor ihrer Pforte aufgestellt.

Aber Jons war kein Wunderkind, er war ohne Gnade, und so mußte ihm wohl aufgetragen sein, auf eine andere Art seinen Acker zu bestellen. Er wußte es nur noch nicht, und so blieb ihm wohl nichts anderes als zu warten. Auch Kiewitt hatte warten müssen, bis sein neuer Acker Frucht trug. Auch Herr Stilling hatte warten müssen, ein ganzes Leben lang, bis er jemanden gefunden hatte, der das Licht nach Sowirog bringen würde. Alle warteten, und die Gläubigen taten es schon zweitausend Jahre lang, ohne ungeduldig zu werden.

Er hatte keine Freunde in der Schule. Er war der Jüngste in der Klasse, aber er war ihnen allen ein paar Hügel voraus auf ihrer Straße, und wenn er in das nächste Tal hinunterging, sahen sie ihn für eine Weile nicht mehr. Er wußte mehr als sie, und wenn sie das auch nicht zu trennen brauchte, so trennte sie doch die Art, wie er sein Wissen ordnete, benützte und anlegte. Er war zu ernst für sie, er war ein alter Mann, der den Abend kommen sah, und sie spielten noch in Tau und Morgenwind. Das Dorf hatte ihn alt gemacht, der Meiler und die Insel, der Großvater, die Eltern, die Geschwister. Er hatte einen Bruder gehabt, den man erschlagen hatte, und einen, der vielleicht schon hinter der grauen Mauer saß, und er wußte nicht, was aus den anderen werden würde. Es war, als habe das Dorf tausend Jahre lang gespart, um ihn zu erzeugen und in die große Welt zu schicken, jedes bißchen Hunger, jede Sekunde der Muße, jede Wolke der Sehnsucht: alles, was der Arbeit und Fron abgerungen worden war als eine Hoffnung auf ein besseres Leben. Es war, als trüge er das alles in sich und auf sich, ganze Geschlechter mit ihrem schweren Atem unter den dunklen Dächern, Krieg, Hagel und Mißernte, und als ständen sie dort in der Ferne, zwischen Moor und Wald, alle Jeromins, Goguns, Daidas und wie sie heißen mochten, der Lehrer Stilling und der Hirte Piontek, auf ihren Spaten oder ihre Axt gestützt, und blickten über das weite Land bis zu ihm hinüber, was er nun wohl tue und ob er auch an sie denke, ihrer aller Sohn, ausgezogen, um eine kleine Krone für sie zu gewinnen.

Und wenn man sie so sah, diese geduldig Wartenden, den Nebel auf dem Moor hinter ihren Häusern und die stille Rauchsäule des Meilers über ihren Wäldern, so konnte man nicht gut lachen, wenn sie eine Schachtel mit Maikäfern in der Physikstunde öffneten, oder voller Bewunderung sein, wenn sie eines Tages alle mit einem steifen runden Hut in der Schule erschienen. Man konnte ein bißchen lächeln, und bei dem Anblick der vielen feierlichen Hüte konnte man einen Augenblick an des Vaters Schirmmütze denken, wie er auf dem Bahnhof gestanden hatte, ein stiller Mann in einer lauten Welt. Aber man konnte sich nicht hingeben an diese Dinge, auch nicht, wenn man sommers und winters ohne Hut in die Schule ging, um mit Herrn Stillings Geld auszukommen. Man sah diese Dinge, freundlich, ohne Spott oder Neid, aber sie waren fern und unwirklich, wie die Dinge, die man im „Panorama“ sah. Sie brannten einem nicht auf den Nägeln, sie reichten einem nicht bis ans Herz. Sie waren nicht das Senfkorn im Acker, das man auslegen mußte, solange man jung war und der Regen fiel.

Sie hatten einen unter sich, der der Sohn eines Schiffsreeders war, eines sehr reichen Mannes von großer Macht. Dieser Sohn nun trug sich in der Klasse wie der Prinz eines regierenden Hauses, den das Schicksal für eine Weile unter die Schweinehirten verschlagen hatte. Er war von großer, überschlanker Gestalt, auf das sorgfältigste gekleidet, mit einem blassen, gelangweilten Gesicht. Sein Mund war schön, wenn er nicht auf eine verächtliche Art lächelte, aber seine Augen waren so, daß selbst die Lehrer sich vor ihnen fürchteten. Ohne Haß oder Hohn, aber von einer verschleierten, eisigen Tiefe, ganz hell und flimmernd, als seien sie mit gefrorener Luft erfüllt.

Er war sehr klug, von einer auflösenden, zersetzenden Klugheit, der Schrecken aller Religionslehrer, und sehr schweigsam. Fast alle Lehrer vermieden, ihn zu fragen, und so saß er Stunde für Stunde gelangweilt da, ein weißes Blatt mit rätselhaften Figuren bedeckend oder die Kleidung der Lehrer musternd, bis er plötzlich durch eine Bemerkung, eine Frage bewies, daß er nicht nur da war, sondern daß er mit gespannter Aufmerksamkeit gefolgt war, bis zu dem Punkt, wo es Zeit war, das blitzende Messer der Verneinung in das schillernde, sentimentale Gewebe des Herkömmlichen zu tauchen.

„Ein Mörder, Jons“, sagte Charlemagne, „ein geborener Mörder. Die Frucht eines Zeitalters, das um das goldene Kalb tanzt. Die Väter Sklavenvögte und Straßenräuber, die Söhne kleine Neros und Caligulas. Wenn sie könnten, würden sie uns in ihren Parks zur Hälfte eingraben, mit Benzin übergießen und anzünden.“

Aber Jons hielt das für eine Übertreibung. Er hatte keinerlei Interesse für diesen eleganten Mitschüler mit dem gefährlichen Gesicht und dem schönen Namen Brockhusen. Er hatte damit zu tun, seinen Acker zu bestellen, und keine Zeit, auf das schöne Unkraut zu sehen, das auf den steinigen Rainen wuchs. Die anderen mochten ihn umwerben, seine Kleidung und die nachlässige, leise Art seines Sprechens nachahmen. Sie hatten immer jemanden, den sie für eine Weile auf ihren wechselnden Thron setzten, und es machte nicht viel aus, ob es ein junger

Graf war oder ein künftiger Schauspieler oder nun dieser Reederssohn. Jons selbst war noch niemals nachgeahmt worden, höchstens mit freundlichem Spott, und er war es zufrieden. Er betrachtete Brockhusen aufmerksam während seiner Streitgespräche mit dem Religionslehrer, nannte ihn für sich im stillen das „Bildnis des Dorian Gray" und ließ ihn dann beiseite wie alles, was ihm ganz und gar fremd war.

Aber eines Abends sah er Brockhusen am Hafen, wie er, an einen Kistenstapel gelehnt, dem Löschen eines großen Dampfers zusah. Neben ihm saß auf einer der Kisten ein Mädchen von großer Schönheit, mit denselben Augen und demselben Mund, seine Schwester wahrscheinlich. Sie hatte die Beine übereinandergeschlagen, ohne viel Sorgfalt, rauchte eine Zigarette, was Jons an einer jungen Dame noch niemals gesehen hatte, und sah den Sackträgern zu, die aus dem Innern des Schiffes den Weizen über das Bollwerk zur Speicherwinde trugen. Auf dem Vorschiff standen ein paar Matrosen mit offener, tätowierter Brust und blickten mit grinsender Teilnahme auf das elegante Paar.

Jons ging vorüber, grüßte seinen Mitschüler höflich mit einer Verbeugung, empfing einen nachlässigen Gegengruß und dachte, wie es wohl sein müsse, wenn einem ein solches Schiff gehöre, mit Kapitän und Matrosen, mit Masten und Schornsteinen und einer Flagge, die über den blauen Meeren wehte.

Am nächsten Mittag aber — er war noch in der Schülerbibliothek aufgehalten worden —, als er den Schulhof verlassen wollte, stand Brockhusen an dem eisernen Tor, lächelte, nahm mit seinen Fingern ein Staubkorn von seinem Rockaufschlag und sagte: „Hallo, Jeromin, hat mir leid getan, daß ich dich gestern etwas spät erkannte, am Hafen. Rüffel von meiner Schwester bekommen wegen schlechter Manieren. Sie hält sehr darauf. Möchte dich gern kennenlernen. Wie wäre es, wenn du heute eine Tasse Tee bei uns trinken wolltest?"

Jons sah so erstaunt in seine gefrorenen Augen, als ob der Kaiser ihn eingeladen hätte. „Ich?" fragte er. „Meinst du wirklich mich?"

Brockhusen verbeugte sich artig. „Ja, dich, Jons Ehrenreich Jeromin. Ist das so wunderbar?"

„Ziemlich“, erwiderte Jons. „Ich meine, ich habe es nicht erwartet ... und ich weiß auch nicht, was wir beide ...“

„Du meinst, wir hätten wenig miteinander gemeinsam? Das wird sich herausstellen, Jeromin. Vielleicht wirst du dich auch besser mit meiner Schwester verstehen. Außerdem vergißt du, daß wir die beiden einzigen auf dieser Schule sind, die denken können. Die Pauker eingeschlossen. Und das verbindet immer.“

„Das ist nicht richtig“, sagte Jons langsam. „Es gibt hier eine ganze Menge, die denken ... aber ich will kommen, wenn du es möchtest ... wenn du und deine Schwester es möchten. Aber nicht heute. Heute nimmt Jumbo mich mit ins Kolleg. Morgen, wenn es paßt.“

Auch das verwand Brockhusen mit einem höflichen Lächeln, daß dieser Köhlerjunge einen andern Tag bestimmte. „Schön“, sagte er, „also morgen um fünf. Hier ist die Wohnung.“ Und er überreichte ihm eine Karte, auf der sein Name und seine Wohnung gedruckt standen. „Servus also! Es wird uns eine Freude sein.“

Jumbo pfiff leise durch die Zähne, als Jons es ihm erzählte.

„Geh ruhig hin, Mönchlein“, sagte er, „aber paß gut auf. Der heilige Antonius ist noch nicht gestorben.“

Jons verstand es nicht ganz, und noch als er auf den schimmernden Knopf in der Marmorplatte drückte, wunderte er sich, was das alles bedeuten solle.

Brockhusen öffnete ihm selbst, klopfte ihn auf die Schulter und führte ihn eine breite Treppe zu seinen Zimmern hinauf. Er hatte ein Arbeitszimmer, ein Schlafzimmer und ein Bad, und Jons stand vorsichtig und voller Erstaunen auf dem weichen Teppich, sah sich um und durch das breite Fenster auf den stillen Park und dachte, daß es schwer sein müsse, in so jungen Jahren so viel zu besitzen.

„Hübsch, nicht?“ fragte Brockhusen. „Der Väter Segen baut den Kindern Häuser, aber die Kinder Salomonis nähren sich nicht von Gold. Sela.“

„Ich würde nicht spotten, wenn ich dies besäße“, sagte Jons.

„Oh, vielleicht doch“, erwiderte Brockhusen, „und ich denke, daß du dich manchmal nach deiner Köhlerhütte zurücksehnen würdest. Gold gibt schwere Träume, mein Lieber.“

„Hunger vielleicht noch schwerere. Aber davon weißt du wohl nichts."

Brockhusen verzog die Mundwinkel. „Wir nehmen den Tee bei meiner Schwester", sagte er und öffnete eine Tür.

Im Hinausgehen sah Jons eine Reihe von Photographien nackter Frauen auf Brockhusens Schreibtisch, und nicht das erfüllte ihn mit Mißbehagen, sondern daß sein Gastgeber nicht für nötig gehalten hatte, sie für seinen Besuch zu entfernen. „Ich denke, daß ich nicht wiederkommen werde", sagte er ernst.

„Oh, was für ein ehrlicher Gast", meinte Brockhusen nachsichtig. „Aber wir wollen es abwarten."

Er klopfte, und die Schwester kam ihnen entgegen. „Freue mich sehr, Herr Jeromin", sagte sie und schüttelte ihm die Hand. „Wie heißen Sie mit Vornamen?"

„Jons Ehrenreich."

„Ach wie schön und altertümlich ... Jons Ehrenreich ... Meilerrauch und Großvätersitte ... Ich heiße Anna, weil unsere Eltern das vor siebzehn Jahren schön fanden, aber hier oben heiße ich Gudrun, und Sie dürfen mich auch so nennen. Glauben Sie nicht, daß Gudrun so ähnlich ausgesehen hat?"

Sie bewegte sich in den schmalen Hüften und bemühte sich, ihm ihr Bild von allen Seiten zu bieten. Aber da Jons nicht wußte, wie Gudrun ausgesehen hatte, ihm aber war, als habe sie wahrscheinlich wenig Ähnlichkeit mit diesem Mädchen gehabt, so sagte er nur: „Es ist möglich. Man kann das nie genau wissen."

Brockhusen grinste, aber sie sah ihn nur ernsthaft an. Ihr Gesicht war so schön wie das des Bruders, nur viel gereifter, und es kam Jons vor, als habe er niemals einen so nackten Mund wie den ihrigen gesehen. Er war ziemlich unglücklich, aber eine Stunde würde er nun wohl bleiben müssen. Was es doch für Menschen in solch einer Stadt gab ...

Es schien ihm höflich, sich nach dem Befinden der Eltern zu erkundigen, und es belustigte sie beide auf eine erschrekkende Art. „O danke", sagte sie, sich in ihrer Heiterkeit verschluckend, „Papa ist bei seiner Liebsten, und Mama hat wahrscheinlich eine Bibelstunde für gefallene Mädchen. Wir leben hier jeder nach seinem Geschmack, Herr Jons, und er ist nicht immer der exklusivste."

Jons war errötet, und sie sah ihm aufmerksam zu. ‚Was für hungrige Augen die Reichen haben können', dachte er verwirrt.

Sie sprachen von der Schule und von Dingen, die Jons nicht verstand. Beide Geschwister schienen eine Art Geheimsprache zu haben, die nur aus einer Fingerbewegung oder einem halben Lächeln bestand, und er kam sich vor wie auf dünnem Eis, weit von jedem festen Ufer entfernt, einen knisternden Laut unter den Füßen und tief darunter eine schwarze, bodenlose Tiefe.

Brockhusen empfahl sich höflich nach der ersten Tasse. „Muß noch fort", sagte er. „Mich gefreut, Jeromin. Muß immer an Joseph im Ägyptenland denken, wenn ich dich sehe . . . verloren im fremden Land . . ."

Sein Blick ging lächelnd zwischen ihnen hin und her, bis Gudrun die Augenbrauen zusammenzog.

Gudrun ging ans Fenster und blieb dort, halb hinter dem Vorhang verborgen, noch eine Weile, nachdem sie die schwere Haustür ins Schloß hatte fallen hören. Ihr Gesicht war finster und gespannt, während sie Jons ansah, und erst allmählich kehrte es in die vorige Form zurück. Sie nahm Jons bei der Hand, führte ihn zu einem niedrigen Ruhesofa, drehte den Schlüssel in der Tür um und kauerte sich dann in einem Sessel vor Jons zusammen, wobei sie ohne Verlegenheit die Beine hochzog und die Hände um ihre Knöchel faltete. „So ist das bei uns", sagte sie. „Wer hier leben will, muß es hinter verschlossenen Türen tun."

Jons sah das zwar nicht ein, denn sie hatten den Tee bei unverschlossenen Türen getrunken, aber in diesem Hause mochte man wohl unter Leben etwas anderes verstehen als in der Hütte am Meiler. Es war ihm nicht behaglich auf seinem niedrigen Sofa, und er sah sich vorsichtig um, ob er nicht eine Uhr entdecken und die Zeit ablesen könnte. Auch hielt er es nicht für schicklich, seine Augen auf die Unterwäsche eines Mädchens zu richten. Soweit er sich an das Gudrunlied erinnerte, war das damals bei Königstöchtern auch nicht Brauch gewesen.

„Haben Sie ihn eigentlich gern?" fragte seine Gastgeberin plötzlich und deutete mit dem Kopf nach der Tür, wo ihres Bruders Zimmer lagen.

Nein, das könne er nicht sagen.

Sie nickte. „Ein Verbrecher, Jons", sagte sie leise, „ein geborener Verbrecher."

Nun, das ginge doch wohl zu weit ...

Sie schüttelte den Kopf und sah zur Decke hinauf. „Alles in diesem Hause ist morsch und verfault", fuhr sie fort. „Jeder und alles. Sogar die Dienstboten. Das Gold ist unsere Schminke. Mit Gold kann man alles haben, alles, weil alles käuflich ist, auch die Liebe. Und wer alles hat, hat in Wirklichkeit nichts. Er ist viel ärmer als der, der gar nichts hat ... wußten Sie das schon?"

„Ich habe niemals alles gehabt", erwiderte Jons langsam, „und kann es also nicht wissen. Aber ich glaube, es liegt an dem, was Sie ‚haben' nennen. Unter ‚haben' ist viel zu verstehen."

„Nein", sagte sie, „unter ‚haben' ist nur eines zu verstehen. Das werden Sie bald erfahren, wenn Sie etwas älter werden. Haben Sie schon einmal ein Mädchen gehabt, Jons?"

„Es waren mir nicht immer alle gleichgültig", erwiderte er zurückhaltend, „und zu Hause sitzen wir manchmal abends am See ... alle tun das bei uns, wenn sie jung sind ..."

Sie machte eine ungeduldige Bewegung mit der Hand. „Ich frage nicht, ob Sie mit einer Gänsehirtin in den Mond gesehen und hinterher Verse gemacht haben, Jons. Sondern ob Sie ein Mädchen ‚gehabt' haben, verstehen Sie? Ganz und gar? Mit Haut und Haaren?"

Er wandte seine tiefliegenden Augen langsam zu ihr und sah sie an. „Nein, das habe ich nicht", sagte er. „Aber sprechen Sie denn von solchen Dingen? In der Schule etwa?"

Sie lachte leise auf. „ ‚Sprechen' tut Mama von solchen Dingen", antwortete sie, „mit ihren gefallenen Mädchen, und ich denke, sie müssen ihr alles ganz genau erzählen. Sehr genau, mit allen Einzelheiten. Das ist ihre Art von Erotik. Auch Ladenmädchen ‚sprechen' davon. Ich selbst spreche wenig ... aber das habe ich mir gedacht, als ich Sie am Hafen sah,

Jons ... es fällt einem etwas schwer, sich das zu denken, wenn man in diesem Hause aufgewachsen ist."

‚Nein, so leicht will ich es doch nicht haben', dachte Jons, und zwei tiefe Falten erschienen zwischen seinen Augenbrauen. Er sah das Bild des toten Bruders im „Paradies" und das Bild des Mädchens, um das der Vater den Arm gelegt hatte. Um so weniges hatte der Bruder sich nicht erschlagen lassen, und um dieses Mädchen vor ihm würde der Vater wohl nicht den Arm gelegt haben. Mit Gold war noch keiner von ihnen zu kaufen gewesen, außer Gotthold vielleicht, aber die Mutter hatte Gotthold ins Gesicht geschlagen und ihn ausgewiesen aus ihrer Gemeinschaft.

„Ich habe mir immer gewünscht", sagte sie leise, „jemanden zu finden, der nach Erde riecht, nicht nach Parfüm. Ich habe mir gedacht, es müßte wunderbar sein ..."

„Was müßte wunderbar sein?"

„Ihm zu gehören. So wie ich vorhin sagte: mit Haut und Haaren. Es kümmert mich nicht, ob es schlecht oder verboten ist. Und wer noch nie ein Mädchen gehabt hat, würde sterben können in meinen Armen vor Seligkeit, Jons."

Er habe noch kein Verlangen, zu sterben, meinte Jons trocken.

„Ach, was wissen Sie davon ...", sagte sie. „Tausend solcher Tode würden Sie sich wünschen."

Er war schon aufgestanden und zog seine Jacke zurecht. Es war ihm plötzlich gewesen, als höre sein Vater zu.

„Das hattet ihr alles besprochen", fragte er, „nicht wahr? Und ihr dachtet, mit mir würde es leicht sein, leichter als mit einem Matrosen oder einem Schauermann, nicht? Ihr dachtet, er würde beseligt sein, der Köhlerjunge aus dem Walde, nicht wahr? Aber ich möchte wohl wissen, was er dafür bekommen hat von dir, der schöne Brockhusen. Möchtest du mir das nicht sagen?"

Ihr Gesicht war nun weiß vor Haß, als sie aufstand und den Schlüssel in der Tür zurückdrehte. „Ich vergaß, wo Sie herkommen, Jeromin", sagte sie, und ihre Stimme war heiser geworden wie nach einer Krankheit. „Gehen Sie zu Ihren Kuhmägden, wo es einfacher ist mit diesen Dingen."

„Einfacher kann es nicht gut sein", erwiderte er. „Und Dank für die freundliche Bewirtung."

Noch auf der Treppe hörte er ihr Lachen. Es war wohl töricht, daß er das gesagt hatte, aber die Mutter hatte immer darauf gehalten, und es kam nun auch nicht mehr darauf an.

Bis zur Dämmerung ging er den Strom hinunter und wieder hinauf. Die Rohrwände waren so hoch, daß man die schweren Kähne nicht sah, die vom Haff hereinkamen, und so schien es, als ob die breiten Segel allein über dem Wasser schwebten. Das Lautlose und Unmerkliche ihrer Bewegung erfüllte das ganze Land mit einer großen, alles besiegenden Ruhe. Manchmal bellte ein Hund von einer unsichtbaren Bordwand, und manchmal heulte ein Schlepper dumpf und drohend auf, aber dann schloß der Himmel sich wieder zu über diesen Stimmen der Erde, und die großen, weißen Sommerwolken zogen wieder ruhig über dem Strom dahin.

Sie nahmen auch das letzte Fieber aus Jons' Blut, und als die roten und grünen Lichter des Hafens wieder vor ihm unter dem Abendhimmel standen, blickte er schon von weitem zurück auf diesen ersten Versuch, die Grenzen seines Lebens zu erweitern und zu erfahren, wie man in den reichen Häusern über die kurzen Tage des Menschen dachte. So einfach also war es ihnen, ihren Acker zu bestellen. Sie wußten nichts davon, wie schwer es war, jede Lust zu erwerben. Sie streckten eine goldene Hand aus und dachten, daß damit alle Armen der Welt zu kaufen seien, zur Arbeit, zur Missetat und zur Liebe. Es war wohl nicht so gemeint, daß auch auf ihren Acker die Gerechtigkeit gebracht werden sollte, und ein Tor war, wer sich einbildete, daß er diese ihre Welt jemals „bewegen" würde. Andere Kräfte und Mächte mußten wohl aufstehen, um sie zu bewegen, und er glaubte nicht, daß sie jemals nur in eines einzigen Menschen Hand liegen könnten. Der Großvater hatte das Herz eines Mörders bewegen können, aber diese würden über ihn gelacht haben, wie sie über seinen Dank für die Bewirtung gelacht hatten. Es gab schlimmere Dinge als den Mord mit einer Kugel, und auch davon stand in seinen Büchern wenig geschrieben.

Er ging noch am Abend in Jumbos Zimmer, weil er nun

verstand, was jener mit der Auferstehung des heiligen Antonius gemeint hatte. Jumbo sah nur flüchtig von seinen Büchern auf.

„Nun, Mönchlein, schon zurück?"

„Weshalb ‚schon', Jumbo? Ich war doch nur zum Tee eingeladen?"

„Oh, manche jungen Damen trinken den Tee noch morgens in ihrem Bett, weißt du. Einige, die es wissen müssen, haben es mir erzählt. Und manche wünschen sich auch Gesellschaft dabei, wie die Königinnen bei ihrem Lever."

„Anscheinend bin ich kein guter Gesellschafter, Jumbo."

„Das habe ich gehofft, Mönchlein, stark gehofft. Am Meiler lernt man so etwas nicht, und es ist zu erwarten, daß du es nie lernst."

„Und weshalb hast du mich nicht gewarnt, Jumbo?"

„Ach, weißt du, Jons, ich hatte immer Angst vor dem Wasser, und das kam wohl von der Leine her, an der sie mich hielten. Bis mich einmal einer vom Sprungbrett kopfüber hineinstieß, da hatte ich keine Angst mehr. Siehst du, ich bin nicht für Warnungen. Warnungen erhöhen den Durst, und du kannst es noch gut eine Weile ohne den Becher aushalten. Meistens ist er außerdem nicht so süß, wie man denkt. Aber nun erzähle, Mönchlein. War sie eine zweite Penthesilea? Es sind so allerlei Schwänke über sie im Umlauf."

Jons erzählte, und Jumbo nickte weise mit dem Kopf. „Sie sind immer zu ungeduldig, Mönchlein. Sie haben keine Zügel. Geduld und Zügel haben nur die Armen. Und sie haben nur schlechte Romane gelesen, davon kommt es auch. ‚Sie schlug ihre Zähne brünstig in den Hals des Geliebten', und so weiter. Aber erstens ist es gar nicht so einfach, einen Hals zwischen die Zähne zu bekommen, und dann tragen wir auch alle viel zu hohe Kragen. Die Mode ist ungünstig für solche Sitten."

Jons lächelte. „Ich möchte wohl wissen, was du getan hättest, Jumbo."

„Ich? Das kann man nie genau vorhersagen, Mönchlein. Aber wahrscheinlich würde ich sie übers Knie gelegt haben. Sie haben so wenig an heutzutage, daß es schon durchkommt."

„Und ich habe mich für die freundliche Bewirtung bedankt."

„Tut nichts, Mönchlein. Großväterliche Sitten schänden uns nicht. Und nun sieh zu, daß du es aus dem Blut bekommst. Manche Dinge werden erst gefährlich, wenn man sie überstanden hat. Diphtherie zum Beispiel, die sich dann aufs Herz legt oder auf die Augen. Es ist gut, daß deine großen Ferien bald anfangen."

„Ja", sagte Jons, „ich denke, ich werde fischen und Roggen mähen. Mir ist, als sei dies hier doch nicht immer ganz das Rechte."

„Hat mir schon lange so geschienen, Mönchlein. Aber wo gibt es das Recht und wo das Rechte auf der Welt? Nur die Rechte kannst du lernen, wenn du fleißig bist. Auf allen Universitäten. Ein verdächtiger Plural, ja ..."

In der Tür blieb Jons noch einmal stehen. „Du weißt soviel, Jumbo", sagte er leise. „Meinst du, daß ... daß Gina auch so ist?"

„O nein, Mönchlein, keine Angst. Die ist ganz anders, ganz anders!"

Jons versuchte, es „aus dem Blut" zu bekommen. Es war nicht ganz so einfach, wie er es am Strom geglaubt hatte, zumal er Brockhusen täglich sah. Aber es gab nun keine Gespräche mehr zwischen ihnen, nur daß jener an jedem Morgen statt eines Grußes auf eine eigentümliche Art lächelte, und Jons dachte, daß jeder aus Potiphars Gesinde so gelächelt haben könnte.

Einmal träumte ihm, daß die älteste der schwarzen Schwestern, bei denen er in Pension war, ihn verfolgte, um ihre entblößten Zähne in seinen Hals zu schlagen. Aber sein Hals verwandelte sich plözlich in eine Litfaßsäule, eine riesige, blecherne Röhre, die außer ihm war, so daß er sie sehen konnte, und er hörte deutlich, wie die Zähne der langen schwarzen Gestalt von dem Blech abglitten, mit einem stumpfen, kratzenden Ton, wie Griffel von einer Schiefertafel. Und als er am nächsten Morgen die Schwester sah, wie sie lautlos, dunkel und unendlich lang hinter dem Vorhang verschwand, überwältigte ihn das Komische der Erinnerung und der Vorstellung, und mit dem Traum war das Fieber aus seinem Blut verschwunden.

XIII

Wenn der Roggen geschnitten ist, wird Erdmuthe ein Kind von Michael haben", sagte Jakob zu seiner Frau.

Sie stand am Herd, und ihr Arm, der die kochende Milch rührte, hörte in seiner Bewegung nicht auf. Aber ihr Gesicht war weiß geworden, und sie lehnte sich mit ihrem ganzen Leib schwer gegen den Rand des Herdes. „Wer ist Erdmuthe?" fragte sie.

Er erwiderte leise, daß das wohl jeder im Dorf wissen könne, wer Erdmuthe sei. Sie sei das Kind aus der „Armen Sünde", und wenn Michael im Herbst von den Soldaten komme, werde er sie heiraten.

„Knecht und Magd liegen gern zusammen", sagte sie hart, „aber nicht unter diesem Dach, solange ich lebe."

Es sei besser, nicht auf diese Art zu prophezeien, erwiderte er. Er denke, sie seien schon ein paarmal gewarnt worden, und zwar von einer Hand, die nicht zum Spaß anklopfe. Auch wisse sie wohl, wie schwer das Kind es jetzt habe, ganz allein und in seinem Zustand, und er habe der Mutter vor ihrem Tode versprochen, zu helfen, bis Michael da sei.

Zustände dieser Art, erwiderte sie kalt, seien nur eine angemessene Bezahlung für vorausgegangene Lust, und wenn er Hilfe versprochen habe, so sei in der Meilerhütte vielleicht noch Platz. Nicht aber unter diesem Dach. Sie hätte schon einmal eine Hure hinausgewiesen, und das zweite Mal werde sie dafür sorgen, daß niemand ihr in den Arm falle.

Er war schon lange aufgestanden, die Axt über der Schulter, und blickte gramvoll in das Feuer des Herdes. „Auch der stolzesten Frau ist noch anbefohlen, ihres Mannes Wort zu achten", sagte er. „Anders ist hier nie gelebt worden."

Sie goß die Milch in die Schale und sah ihn an. „Ist hier gelebt worden?" fragte sie.

„Du hast sieben Kinder geboren", erwiderte er im Hinausgehen. „Wer sieben Leben unter seiner Hand gehabt hat, sollte anders fragen. Der Tod hat gute Ohren."

Es ging nicht gut in der „Armen Sünde". Es war nicht so, daß es für Erdmuthe nicht zu Speise und Trank gereicht hätte. Auch konnte sie immer noch am Webstuhl sitzen, und wenige Häuser vergaßen, daß ihre Mutter an den kleinen Totenbetten gesessen hatte. Aber ihr war angst, und die Angst zog die Wolken an. Ihr war angst um das, was die Mutter von Michael gesagt hatte, und angst vor Frau Marthe. Sie war ihr zweimal auf der Dorfstraße begegnet und zweimal ohne Dank für ihren Gruß geblieben. Und nicht nur ohne Dank, sondern die grauen Augen hatten so voller Erstaunen durch sie hindurchgeblickt, als habe hinter ihr der Ziehbrunnen gesprochen und nicht sie.

Am meisten angst aber war ihr vor dem Sohn des Krugwirtes. Sie wußten nun alle, daß die alte Frau die Richterin seines Bruders gewesen war. Daß sie das dunkle Los still unter dem Tuch gehalten hatte, bis ihr eigener Tod sie gemahnt hatte, es über den Schuldigen zu werfen. Sie hatten ihn fortgeführt, und er würde, soweit man voraussehen konnte, die Dorfstraße nicht mehr wiedersehen. Aber der andere war noch da, und sie wußte nicht, welche Gedanken er hinter seiner gefurchten Stirne trug. Sie kaufte nun nicht mehr im Dorfe ein. Sie ging lieber ein paar Meilen, als daß sie die kleine Ladenglocke noch einmal über sich hören wollte. Sie war nun schreckhaft in ihrem Zustand und war zusammengefahren, als der blecherne Klang unvermutet über sie herfiel. „Er ruft", hatte der Krugwirt gesagt und ihr entgegengeblickt, die Hände auf den Ladentisch gestützt. „Wer ruft?" hatte sie schüchtern gefragt. „Er", hatte er erwidert, und während der ganzen Zeit hatten seine kalten, schiefen Augen mit dem Glanz des Hasses auf ihr gelegen.

Es war ihr nichts geschehen in allen folgenden Monaten. Kein Stein war im Walde an ihrem Kopf vorübergeflogen, kein Feuer an ihr Dach gelegt worden, kein Zauber hatte auf ihrer Schwelle gelegen. Aber es war oft vorgekommen, daß sie auf der Heimkehr von einem der nächsten Dörfer am Rande des Waldes den Bruder des Gerichteten erblickt hatte, wie er regungslos an einer Kiefer lehnte und auf sie wartete. Er stand da, die Hände auf dem Rücken, als verberge er eine Axt, und folgte ihr mit den Augen. Er sagte nichts, und auch sein Gesicht enthielt nichts als eine prüfende Aufmerksamkeit, die jeden ihrer Schritte begleitete. Sein Kopf drehte sich langsam mit ihrer Gestalt mit, wie sie herankam, in seiner Höhe war und an ihm vorüberging. Sie wartete auf die kühle Schneide des Todes in ihrem Nacken, aber es geschah nichts, keine Bewegung, kein Laut. Und das Stumme dieses Vorgangs, das Gespenstische der Drohung erfüllte sie langsam mit Todesangst.

Sie verließ das Haus nicht, und Maria brachte ihr, was sie brauchte. Aber auch dann war es nicht vorüber. Blickte sie aus ihrem Kammerfenster in den Wald, so sah sie ihn unter einem der Bäume stehen, die Hände auf dem Rücken, die Augen auf das Haus gerichtet. Manchmal blieb er ein paar Tage fort, und sie betete vor ihrem Bett, während Tränen des Dankes und der Erlösung über ihre verhärmten Wangen liefen. Aber stand sie am nächsten Tage am Fenster, war er wieder da, unverändert, immer in der gleichen Kleidung, immer mit denselben schläfrigen, fast geschlossenen Augen, in denen doch eine gefährliche Wachheit stand.

Sie begriff es bald, daß es schlimmer war als der Tod. Hätte er sie geschlagen oder ihr Gewalt angetan, so hätte er über ihr stehen und auf sie niederblicken können, aber es wäre zu Ende gewesen. Die Flamme wäre erloschen, der Wind hätte die Asche verweht. Dies aber war jeden Tag neu, eine Rache, die so langsam fraß wie die Glut im Meiler, und die nicht nur sie umfing, sondern das Kind und Michael, und in Michael das ganze verhaßte Geschlecht.

Sie setzte sich hin, um an Michael zu schreiben, zweimal, dreimal. Aber sie zerriß das Blatt. Sie sah das dunkle Zeichen über seinem Scheitel, das ihre Mutter gesehen hatte, und sie wußte, daß er ihn töten würde. Neues Blut und neue Schuld. Ineinandergeflochten wie das Gewebe, das unter ihren Händen lag, und die roten Fäden gingen wie schwere Menschenbahnen durch den blauen Stoff.

Dann machte sie sich in ihrem achten Monat auf und ging in das Haus der Jeromins. Jons war schon zu den großen Ferien gekommen und sah sie am Hoftor stehen. Er hatte einiges gewußt, aber lange nicht alles, und vor allem nicht das, was er von ihrer Gestalt ablas. Er lief ans Tor und nahm sie bei der Hand, verstört von der großen Traurigkeit ihrer Augen. ‚Michaels Leben ist es‘, dachte er verwirrt, ‚und Michael hat mir den Buchfink geschenkt . . .‘

Ja, die Mutter sei zu Hause, aber . . . Er hielt plötzlich ihre Hand fest, noch auf der Schwelle. „Kehr um!“ sagte er flehend. „Geh nicht hinein!“

Aber da öffnete die Mutter schon die Tür. Ihre Augen gingen an Erdmuthe vorbei und richteten sich auf Jons. „Geh hinein!“ sagte sie und trat zur Seite, um ihn vorbeizulassen. „Nimm die Hand fort!“

Er hielt noch immer Erdmuthes Hand, und er ließ sie nicht los. Er schüttelte nur den Kopf, und ein harter, nie gesehener Ausdruck trat in sein junges Gesicht.

„Nimm die Hand fort!“ wiederholte sie leise, aber er sah ihr furchtlos in die Augen. Sein Gesicht war weiß geworden, und zwischen seinen Augen erschienen die beiden tiefen Falten, die sie kannte.

Sie schlug zu, rasch und genau wie immer, aber es war, als habe sie auf einen Stein geschlagen. Die roten Abbilder ihrer Finger wuchsen langsam aus seiner weißen Haut heraus, und sie starrte auf sie nieder wie auf ein Mal.

Erdmuthe weinte. „Frau Mutter“, schluchzte sie, „haben Sie Erbarmen . . . nur so lange, bis es geboren ist . . .“

Jetzt erst sah Frau Marthe sie an, vom Kopf bis zu den Füßen, und dann blieben ihre Augen auf ihrem Leibe liegen. „Ich habe sieben Kinder geboren und nicht acht“, sagte sie langsam. „Ich habe sie in Ehren geboren und nicht im Graben. Auch bin ich gelehrt worden, daß jede Hündin in ihrer Hütte wirft.“

Jons riß die Hand des Mädchens so herum, daß es schwankte. Dann drehte er sich um und führte sie langsam durch das Tor. Sie gingen die Dorfstraße hinunter, wo Männer, Frauen und Kinder still vor ihren Türen standen, Erdmuthe weinend, Jons gerade, mit starren Schultern, während er das Feuermal auf seiner Wange brennen fühlte.

Er führte sie nicht zur „Armen Sünde“, sondern aus dem

Dorf hinaus, wo der Waldsteig zum Meiler lief. „Zum Vater", sagte er, „du mußt zum Vater kommen und bei ihm bleiben, bis Michael kommt."

Sie gehorchte still. Die hohen Fichten sahen ihr anders aus als hinter der „Armen Sünde". Niemand stand halb verborgen an ihrem Stamm, und ihr dunkles Grün und das leise Sausen der Wipfel war voller Trost und ohne Gefahr. Sie waren Jakobs Reich, und Jakob war so voller Milde und Güte wie ein stiller Herbst. Er würde nicht schlagen. Er würde kaum sprechen, aber seine traurigen Augen waren ein gutes Bett für allen Gram. Wenige Männer waren wie er, und doch hatte er kein Glück an seinem Herde behalten. Er lebte im Walde, und niemand im Dorf war so allein wie er, nicht einmal der Großvater und nicht einmal sie.

Ja, Jakob richtete ihr sofort sein Lager. Er würde eine neue Hütte bauen, ganz klein, und Jons würde ihm helfen. Er blickte eine Weile auf das Mal, das immer noch auf Jons' Wange brannte, aber er fragte nicht. Er fragte auch nicht, wovor sie sich fürchte in der „Armen Sünde". Er blieb noch eine Weile stehen und starrte auf den Meiler, als seien sie nicht da. Sie waren in das Tor gegangen in seinem schweren Traum, lautlos, gehorsam, still. Männer und Frauen, aber er hatte ihre Gesichter nicht gesehen. Er hatte nicht einmal gewußt, ob sie seines Blutes waren. Auch war es schwer zu wissen, wieviel von seinem Blut in seinen Kindern floß. Die Frau hatte es überströmt mit ihrem eigenen Leben, dieselbe Frau, die seinen Sohn gezeichnet hatte. Aber es war gut, daß sie zu ihm kamen, wenn der Hagel „den Wald hinab" ging, Maria, Erdmuthe und auch hin und wieder das Kind, das die Flöte zuletzt gehört hatte. In der Stadt würden sie spotten oder Böses denken, aber im Dorf spotteten sie nicht. Nicht über ihn. Zu etwas war ihr Leben doch nütze gewesen, das des Großvaters und das seinige.

Ja, Michael hatte recht getan. Ein sanftes Blut zu seinem wilden. Er wollte nichts fragen, auch nicht nach ihrer Angst. Nur zu dem, der nicht fragte, kamen alle Geheimnisse. Bald würde Michael wiederkommen, dann würde er den kleinen Hof verschreiben und ganz zum Meiler ziehen. Auch Frauen mußten sich einmal beugen.

Er stand, auf seine Stange gelehnt, und blickte in den Wald. Wenn die Träume kamen, war es Zeit, die Rechnung abzuschließen. Es war nicht viel, was er vor sich gebracht hatte, aber es waren sieben Kinder da, und wenn nur eines das Senfkorn war, dann würde der Baum wachsen. Jons war geschlagen worden, aber manchmal kam es vor, daß ein Kind von einem einzigen Schlage reif wurde, über Nacht. Gott lenkte nicht nur mit Psaltern und Verheißungen.

Später rief Erdmuthe ihn an ihr Lager und erzählte alles, was auf ihrem Herzen lag. Vom Stiefvater, von der Flöte im „Paradies“ und von dem Czwallinnasohn, der seine Rache nahm. Und daß Michael es niemals wissen dürfe.

Er hörte ihr zu, und es war viel für sein stilles Leben. „So junge Schultern“, sagte er nur und streichelte sie. „Sei still . . . sei ganz still . . .“

Aber als sie eingeschlafen war und Maria gekommen war, machte er sich leise davon, in den tiefen Wald, zu dem hohlen Baum, vor dem er einmal unter dem hellen Mond jemanden hatte stehen sehen. Er zog die Büchsflinte aus dem trocknen Laub hervor, ließ sie in ihrer Umhüllung und vergrub sie dicht am Meiler.

Am Abend schon legte er dem Taternsohn die Hand von hinten auf die Schulter. „Ich bin es nur“, sagte er still. „Wenn Michael es wäre, würde es schlecht um dich stehen, und zwei Söhne hat dein Vater ja nur. Aber du kannst nun an deinen Baum gehen und die Büchsflinte suchen. Ich sehe viel im Wald, weil ich hier lebe, und ich werde gern Zeugnis ablegen, wenn ich dich hier noch einmal stehen sehe, hörst du?“

„Was du bezeugen wirst, bringt mir ein paar Monate ein“, sagte der andere, „dies aber“ — und er wies mit der Hand auf die Hütte — „dauert lange . . . so lange, wie der Bruder im Zuchthaus sitzt.“ Seine Mundwinkel verzogen sich, bevor er langsam im Gebüsch verschwand.

‚Er geht wie ein Wolf‘, dachte Jakob und blickte noch lange auf die Stelle, wo die Fichtenäste sich leise bewegten.

Zur selben Zeit setzte Glumsda den Stempel auf den Brief, den Jons an den Unteroffizier Michael Jeromin geschrieben hatte. Er ließ ihn noch eine Weile auf dem Tisch liegen, ehe er ihn zu den andern schob, und sah den runden, sauberen Stempel und die klaren, geraden Schriftzüge an. Er wußte nach vierzig Dienstjahren, ob es mit einem Brief eine besondere Bewandtnis hatte. Jons hatte ihn hinter dem Dorf erwartet, und schon von seinem Gesicht war abzulesen gewesen, daß es kein gewöhnlicher Brief war. „Wird besorgt, Herr Student“, hatte er gesagt, aber seine große, schwere Hand zögerte einen Augenblick, ehe er den nächsten unter den Stempel legte.

Jons wußte noch nichts von Briefen und von der gefährlichen, weit hinausreichenden Macht, die in ihnen liegen kann. Er wußte nicht, daß ein Wort aus dem Besitz des Urhebers sich loslöste, sobald seine Züge ein Papier bedeckt hatten und auf die Reise gegangen waren. Alle Möglichkeiten der Änderung war ihm nun versagt, der Abwandlung durch Ton und Melodie, der Wechsel zwischen Güte und Bitterkeit. Es stand da als ein Unveränderliches, und dem Lesenden war anheimgegeben, ihm seinen Sinn unterzulegen. Es konnte nicht zurückgenommen werden, es war wie ein Pfeil, der die Sehne verlassen hatte, die lebende Spitze in ein anderes Herz gerichtet.

Es stand nichts in dem Brief, als daß Michael kommen möge. Erdmuthe sei beim Vater am Meiler und sie habe angst. Aber niemand wisse, wovor, und die Mutter habe sie nicht über die Schwelle gelassen.

Es war alles, wie es sich verhielt und wie es sich ihm darstellte. Aber für Michael war es mehr als der Inhalt dieser Worte. Für ihn stieg eine ganze Welt der Bedrohung und Gefahr aus diesen wenigen Worten. Sie schoß wie eine Gewitterwand über den flammenden Horizont und lag mit böse glänzenden Rändern über seinem Bewußtsein. Niemals würde Erdmuthe ohne Not die „Arme Sünde“ verlassen, niemals Einlaß in das väterliche Haus begehrt haben, wenn nicht etwas wie der Tod sie dazu getrieben hätte. Er wußte nicht, was es war, aber er wußte, daß zur Zeit der Roggenernte sein Kind geboren werden sollte.

Michaels Leben war nicht in die Breite gegangen, es war das engste aller Jerominkinder. Aber in dieser Enge hing es mit Leidenschaft an dem wenigen, was es erkannt hatte: an seinem Acker und an diesem Mädchen, das der Tod schon gestreift hatte und das ihm süß und sanft war wie ein schutzloses Kind. Die Mutter hatte ihn geschlagen, als er jung und ungebärdig gewesen war, und alle Liebe war ihm in Bitterkeit und Haß verwandelt worden. Alle Schwere ihres Blutes lag wie ein dunkler Bodensatz auf dem Grunde seines Herzens, und es machte sein Leben nicht froher, daß die tiefe Güte seines Vaters in ihn eingeschlossen war, aber wie ein schamvolles Geheimnis, das man erst mit dem Tode enthüllen konnte. Er hatte niemals anders gelebt als in einer Rüstung, das Eisen selbst vor die Augen niedergeschlagen. Niemand wußte, was er dachte, was ihn freute oder ängstigte. Pferde waren ihm lieb und Menschen eine Last. Der Gang hinter dem Pfluge war ihm wie ein Feiertag und jede Straße einer Stadt eine schreckliche Verzerrung des Lebendigen.

Er hatte von früh auf an seinen Tod gedacht, schon als Herr Stilling ihn dazu ausersehen hatte, wieder ein Licht über das arme Dorf zu erheben. Es hatte ihn verwundert, daß es den Bruder zuerst getroffen hatte, und er war der Meinung, daß auch der Tod sich also irren könne. Erst als Erdmuthe ihm ihr Leben geschenkt hatte, war er stiller geworden, und das Finstere seines Wesens hatte sich zu einem schweren Ernst gemildert. Er begehrte nicht mehr als ein Stück Land und ein Kind, für das er pflügen und säen könnte.

Es war ihm nicht leicht geworden, die Uniform zu tragen und zu sein wie hundert andere. Er war ein Mensch, der für sich war, und drei Jahre mußte er nun aufhören, für sich zu sein. Er hatte sich niemals Gedanken über das Land oder den Kaiser oder den Krieg gemacht. Wer für den Pflug geboren war, dachte an die Saat, die Sonne, den Regen oder den Hagelschlag. Er sah auf die Erde nieder, und die Erde wußte nichts von Macht oder Neid. Sie wollte bestellt sein, sie wollte Liebe haben, die man an sie wendete, und Fleiß, der keinem Stein aus dem Wege ging. Um den Acker standen die Grenzsteine, und es kam nicht vor, daß jemand sie versetzte, um einen größeren Acker zu haben. Die Gesetze des Ackers waren schwerer zu brechen als die der Staaten, und man brauchte kein Heer aufzustellen, um Nachbar vor Nachbar zu schützen.

Aber der Großvater war Soldat gewesen und der Vater auch.

Er wußte nicht, was sie dabei gedacht haben mochten. Sie hatten ihre Pflicht getan und sprachen nicht darüber. Viele Jeromins lagen in fremder Erde, ein verfallenes Kreuz über ihrem Hügel, und manchmal war die Rede von ihnen, still und voller Achtung, aber ohne Freude oder Bedauern, daß sie nicht gefischt oder gepflügt hatten, sondern daß ein fremder Acker ihr Blut getrunken hatte. Auch sie mochten manche Nacht „an der Mauer" gestanden haben, wie Jakob zu Jons gesagt hatte, aber sie waren nicht hinübergestiegen. Sie hatten einen Eid geschworen, und Gott hatte ihnen zugehört.

Auch Michael hatte an der Mauer gestanden, am meisten im Frühjahr, wenn ein leiser Regen fiel und aus der Erde rings um die Kaserne der starke, bittere Geruch emporstieg. Es rief ihn mit tausend Stimmen, aber er gehorchte nicht. Er preßte die Hand um den Griff seines Säbels, wenn er auf Wache stand, als sei es der Griff eines Pfluges, und wenn er an der Mauer auf und ab ging, die vorgeschriebene Bahn, versuchte er so zu gehen, wie man es hinter dem Pfluge tat. Es war dann leichter und ging vorüber.

Die Menschen machten ihm keine Freude, aber die Pferde trösteten ihn. Er war ein guter Soldat, ernst, wachsam, von einer fast strengen Würde, und bald der beste Reiter der Schwadron. Aber er lächelte niemals, und kein Scherz wagte sich an ihn heran. Es ging nicht sanft zu bei der Kavallerie, und einmal hatte der Berittführer im Zorn die Hand gegen ihn gehoben wie gegen soviel andere. Aber er hatte nicht zugeschlagen. Er hatte eine kalte, gefährliche Flamme in Michaels Augen gesehen und war einen Schritt zurückgetreten. „Sieh mal an", hatte er langsam gesagt, „hast du Mörderaugen, was?" Aber Michael hatte über ihn hinweg geantwortet, daß ihm nichts davon bekannt sei.

Auch hatte er sich geweigert, Bursche bei dem jungen Oberleutnant zu werden. Er blieb für sich, ohne Kameraden, ohne Mädchen, und sobald er Urlaub hatte, ging er auf die Felder hinaus und blickte über die Äcker hinweg nach Süden, wo das Dorf inmitten der Wälder liegen mochte.

Es wurde nicht anders mit ihm, als er Erdmuthe gefunden hatte, auch nicht, als er sie erkannt hatte. Er begehrte sie, aber er begehrte noch tiefer das Kind, das sie trug. Um des Kindes willen hätte er jede Mauer überstiegen, nicht aber um ihretwillen. Es war, als fühlte er, daß der Tod ihn nur besiegen würde, wenn das Kind nicht da wäre. Wenn das Kind geboren war, hatte es keine Wichtigkeit, ob er lebte oder nicht. Das bäuerliche Blut in ihm verlangte nicht nach Glück oder Genuß, sondern nur nach der Gewähr der Zukunft. Es mußte etwas übrigbleiben, was das Kommende an ihn band und ihm verbürgte. Der Acker durfte nicht brach bleiben. Und diese Bürgschaft gab nur ein Kind, ein Sohn, der in derselben Furche gehen würde wie er. Um ein Mädchen konnte man sich sorgen, aber man brauchte nicht Angst zu haben. Sobald es gesegnet war, stand es unter dem Schutz der Erde, auf kein anderes Ziel gerichtet als auf das kommende Kind. Aber um dieses mußte man Angst haben, bis der erste Schrei an das Licht gekommen war. Die große Angst des Geschlechtes, das nicht untergehen wollte, solange noch ein Stück Land unter seinen Händen war.

Was wußte Jons davon, als er seinen Brief schrieb? Er wußte von Briefen so wenig wie von Kindern, und auch von seinem großen Bruder wußte er nicht mehr, als daß er ein schweres Leben hatte, das schwerste von ihnen allen. Er kannte es nicht anders, als daß jemand kam, wenn er zu einer Not gerufen wurde, und für ihn war es selbstverständlich, daß ein Soldat Urlaub bekam, wenn seine junge Frau sich fürchtete.

Aber Michael bekam keinen Urlaub. Die Manöver standen vor der Tür, und sein Schwadronschef war abkommandiert. Ein Oberleutnant vertrat ihn, und es war derselbe, bei dem er nicht hatte Bursche werden wollen. „Urlaub? Wohl Sonnenstich bekommen, was? Ausgeschlossen! Abmarsch!“

Es gehe nicht um ihn, sagte Michael mühsam. Sein Kind sei in Gefahr.

„Kind? Kind? Dragoner sind keine Kindermädchen, sondern Soldaten. Verstanden? Was fehlt dem Kind?“

Das Kind sei noch nicht geboren, erwiderte Michael leise.

Der Oberleutnant starrte ihn an. „Hören Sie mal“, sagte er endlich, „mir scheint, Sie haben einen Vogel, Unteroffizier, was? Embryonenurlaub gibts nicht mal im Kriege. Kehrt marsch!"

Michael ging mit weißem Gesicht aus der Tür. Er bekam außer der Reihe die Stallwache, zog sich in der Futterkammer um und stieg bei beginnender Nacht über die Mauer. Er erreichte den letzten Zug und war nach Mitternacht schon unterwegs auf der stillen Waldstraße, den halben Mond über sich und seinen Schatten vor den Füßen. Wenn er gesehen hatte, wie alles stand, konnte er vor dem nächsten Abend schon wieder zurück sein und sich zur Bestrafung melden. Strafe war bitter, aber ohne Kind sein war mehr als Bitterkeit.

Er dachte nicht zurück, sondern nur an das Kommende. Er hatte niemals viel gedacht. Sein Blut wies ihm seinen Weg, und er gehorchte. Der Weg führte zur Erde und zu dem in der Ferne erscheinenden Ziel, daß er mehr Erde haben müsse als der Vater oder viele andere, weil er die Erde lieber hatte und sie seine Mühe besser vergalt. Und wer mehr Erde hatte, mußte Kinder haben. Alles andere würde von selber kommen, aber dies beides mußte man festhalten, damit es nicht entglitt. Und wenn man ihn hinderte, es zu halten, mußte er die Faust brauchen, gleichviel gegen wen. Hier war das Recht, das mit ihm geboren war, das oberste und letzte Recht, und alles andere war Menschensatzung und Papier. Wer gegen Menschensatzung verstieß, konnte bestraft werden und mußte es wohl auch, aber wer gegen das letzte Recht verstieß, sündigte gegen das Geschlecht und gegen die Erde. Er würde nicht bestraft, sondern ausgestoßen, ein ungetreuer Knecht, der nicht wert war, daß der Acker ihn trug.

Er wartete bis zur Morgendämmerung und bis er den Vater am Meiler stehen sah. Jakob war erschrocken, aber auch jetzt fragte er nicht. Nein, er wisse nichts. Angst sei da, viel Angst, aber so seien junge Frauen, und er werde die Augen schon offenhalten. Auch Erdmuthe sagte nichts. Sie war viel zu beseligt, um sprechen zu können, und sie hatte auch Schmerzen.

Aber Jons ahnte etwas. Er hatte den Vater etwas vergraben sehen, und Erdmuthe hatte ihn hin und wieder hinausgeschickt, um zu sehen, ob einer unter den Bäumen stehe. Niemand stand da, aber er glaube, daß dies ihre Angst sei.

Auch Michael fragte nicht. Er saß lange auf der Schwelle und dachte nach, und erst um die Mittagszeit, als er an den Rückweg denken mußte, grub er mit Jons das Gewehr aus. Er nahm es aus seiner Hülle, aber er kannte es nicht. Beide Läufe waren geladen. Er stellte es neben die Schwelle hinter einen Fichtenast und wartete, bis Jakob aus dem Walde kam. Dann erfuhr er alles.

Der jähe Zorn der Mutter schoß in ihm auf, aber er hatte sich besser in der Gewalt. Er war nicht umsonst drei Jahre Soldat gewesen. Er stand auf der Schwelle, die finsteren Augen in den Wald gerichtet, und bedachte, wieviel Zeit ihm noch blieb, und auf welche Weise er abrechnen sollte. Und dabei sah er, wie der Wacholderstrauch sich bewegte und dahinter einen Schimmer wie von einem Helm, auf den die Sonne scheint.

Er erblaßte, aber er stand noch immer, ohne sich zu rühren, ‚Es wird Korsanke sein', dachte er. ‚Sie haben ihn ausgeschickt nach mir, der Oberleutnant. Aber mit ihm ist zu reden, und er wird mich gehen lassen. Ich will ja meine Strafe antreten.' Doch war ihm, als scheine die Sonne plötzlich fahler vom Himmel herab. Es fröstelte ihn zwischen den Schultern, und er drehte sich schnell nach Erdmuthe um. Aber sie schlief ruhig und lächelte im Schlaf. Ein Schmetterling saß innen an der kleinen Fensterscheibe und bewegte seine Flügel auf und ab. Er erkannte, daß es ein Pfauenauge war und meinte, noch niemals so genau die schimmernden Farben der großen Flecken gesehen zu haben, ihren Glanz, ihre Form und die schön geschwungene Linie der Flügelränder.

Dann kam Jons langsam vorbei, ein Stück Holz in den Händen, an dem er schnitzte. „Drei sind da", flüsterte er. „Sie haben die Hütte umstellt . . ."

‚So', dachte Michael. ‚Was für ein Aufhebens sie machen . . . aber es ist schlecht, daß es nicht Korsanke allein ist . . .' „Kommt schon heran!" rief er laut. „Ich laufe euch nicht weg."

Der Beamte trat hinter dem Wacholder hervor, den Karabiner in den Händen. Es war ein junger Mann, und Michael hatte ihn noch nie gesehen. ‚Wie gegen einen Wolf', dachte er erbittert.

Auch Korsanke kam nun rechts aus den Fichten heraus. Aber er hatte keinen Karabiner, und sein rundes Gesicht war bekümmert. „Es ist alles Unsinn, Michael", sagte er. „Ich weiß, daß du nichts Schlimmes vorhast, aber wir sollen dich holen. Es ist eine Depesche gekommen, und der Landrat hat getan, als ob ein ganzes Regiment meutert. Komm nur ruhig mit, wir wollen versuchen, es unauffällig abzumachen."

Michael nickte, aber seine Augen waren noch immer bei dem Fremden, der den Karabiner hielt. Es war noch eine Warnung in dem dunkelgrünen Licht, das zwischen den Bäumen hing, etwas, was er nicht verstand, aber was ihn immer noch auf der Schwelle hielt.

Und dann erblickte er plötzlich das andere Gesicht, das unweit von dem jungen Beamten wie eine fahle Scheibe zwischen den Buchenblättern hing. Es war unbeweglich wie eine Maske, und nur der Mund war höhnisch verzogen unter dem hängenden Schnurrbart, aber er war in dieser Gebärde erstarrt, und das Ganze sah aus wie ein grinsender Zauber, den eine abergläubische Hand in die Äste gehängt hatte, über den Wechsel eines Tieres oder den Steig eines Menschen etwa, um ihren Fuß zu bannen und den Tod in ihre Spur zu legen.

Der Ast, der sich über der Maske bewegt hatte, war noch nicht zur Ruhe gekommen, als Michael schon alles begriffen hatte: Erdmuthens Angst, das vergrabene Gewehr und daß Jons hinausgehen sollte, um zu sehen, ob dort „einer" stehe. Auch des toten Bruders Gesicht sah er deutlich in dem dunkelgrünen Licht. Er dachte nicht nach, er sah, was geschehen war und nach seiner Verhaftung geschehen würde, wie ein Bild mit scharfen Linien vor sich, so deutlich, wie er den Schmetterling gesehen hatte, und ohne einen Augenblick zu zögern, ja, ohne zu wissen, wieviel Augenblicke schon vergangen waren, seit er das Taterngesicht gesehen hatte, griff seine rechte Hand nach dem Gewehr hinter dem Fichtenast. Jemand schrie, wahrscheinlich war es Korsanke oder auch der Mann mit dem Karabiner. Jemand hob die Arme, und das war wahrscheinlich der Vater. Aber das geschah alles flüchtig und verschwommen, außerhalb seines Lebens. Was deutlich war und inmitten seines Lebens, war die Visierschiene über dem Gewehr, das mattsilberne Korn, das zwischen den Augen der Maske schimmerte, der Feuerstrahl, der in den Wald hineinschoß, und die hochgeworfenen Arme, die plötzlich zu beiden Seiten der Maske erschienen.

Er hörte nicht den Donner seines Schusses und nicht den eines zweiten. Er sah nicht das Feuer vor der Mündung des Karabiners, den der fremde Mann trug, und fühlte nicht den Schlag gegen seine Brust. Er sah nur zu, vorgebeugt, wie die bleiche Maske aus dem Buchenlaub herauskam, wie eine Scheibe, die dort aufgehängt gewesen war und deren Band man durchschnitten hatte, und die nun in das Moos stürzte, ein entzauberter Zauber, machtlos über Mutter und Kind.

Dann erst, beim ersten tiefen Aufatmen, fühlte er das Blut in seinem Munde und ließ sich langsam auf die Schwelle zurückgleiten. Der Vater kam, Korsanke, Jons, so viele Menschen mit verstörten Augen und Lippen, die sich bewegten. Aber er hörte nicht, was sie sprachen. Er sah durch einen sanften, farbigen Nebel, wie Korsanke drohend die Faust gegen den Mann mit dem Karabiner hob und wie dieser mit der Hand beschwörend auf seine eigene Brust deutete.

Michael schüttelte den Kopf, langsam, weil er so schwer war, aber doch sichtbar, und mit den Fingern der linken Hand deutete er mühsam in das Buchenlaub. Jons beugte sich nahe über seine Lippen, und ihm flüsterte er mühsam zu: „Der Täter . . . nicht der Mann dort . . . der Täter . . .“

Einen Augenblick starrte Jons ratlos in den Wald, aber dann begriff er alles. Er riß Korsanke mit sich, und sie fanden den Erschossenen, wo er vornübergestürzt war. Zwischen seinen schiefen Augen war die kleine dunkle Stelle, wo der Tod eingetreten war.

Sie standen nun in völliger Verstörung, am meisten der Mann mit dem Karabiner. Keiner von ihnen hatte gemerkt, daß noch ein anderes Gesicht neben ihnen gewesen war.

Michael starb langsam, und während der ganzen Zeit sprach er kein Wort. Er lag mit dem Kopf auf der Schwelle, und so wollte er bleiben. Er hatte nichts mehr zu sagen, seit man den Toten gefunden hatte, aber ab und zu machte er Jons ein Zeichen mit den Augenlidern, und Jons verstand ihn. Dann ging er über die Schwelle in die Hütte und kam gleich wieder zurück. „Der Vater und Korsanke sind bei ihr", flüsterte er. „Alles ist gut."

Dann kam die Frau von Michael Gogun durch den Wald gelaufen, und eine Weile später hörte Michael den ersten Schrei seines Kindes. Er lächelte und streckte sich langsam aus. „Ein Knabe, Michael", sagte Jakob und kniete neben ihm nieder.

Die Augen des Sterbenden sahen ihn ruhig an, ohne Angst, ja, ohne einen Wunsch. So stille, ruhige Augen, wie Michael sie niemals im Leben gehabt hatte.

Sie veränderten sich auch nicht, als die Mutter neben seinen Füßen stand, aber sie wendeten sich langsam ab, Jons zu, und bei diesem blieben sie nun, bis er starb.

„Bruder ... geliebter Bruder ... flüsterte Jons, aber er hörte ihn nicht mehr. Das helle Blut in seinen Mundwinkeln wurde schon hart, und die strengen Falten zwischen seinen Augen erloschen eine nach der andern.

Der Arzt kam, der Großvater, der Pfarrer, der Lehrer, das Dorf. Sie hoben den Toten auf und bekümmerten sich um die junge Mutter, die so still war wie ein Stein. Und während der ganzen Zeit stand Jakob vor dem Meiler und blickte auf das dunkle Tor, in das er sie hatte hineingehen sehen.

Als Agricola ihn leise an der Schulter berührte, drehte er sich um, sah die vielen Menschen vor der Hütte ihm entgegensehen, sah auch die Frau neben dem Pfarrer, das weiße Tuch um die Schulter, nahm mit vorsichtigen Fingern ihre kalte Hand, wie man die Hand eines Kindes nimmt, dem man den richtigen Weg weist, und sagte leise: „Du gehst wohl besser nach Hause."

Er sah ihr nach, wie sie zwischen den hohen Fichten verschwand, im dunklen Kleid und so gerade, wie sie damals vor Jahren dort verschwunden war, als sie vom Markt gekommen war. Dann kehrte er sich um und ging nach der andern Seite in den Wald, und es war allen so, als werde er niemals mehr zurückkommen.

Es war seltsam, daß dieser Tod das Dorf viel schwerer traf als der des sanften, flötenspielenden Bruders. Michael war nie geliebt worden. Er hatte wie einer gelebt, der am Rande ihrer Gemeinschaft fremde Wege gegangen war, ein Zugezogener aus einer ganz unbekannten Welt. Aber nun, als die Schleier um seinen Tod sich langsam hoben, erkannten sie, wie sehr er ihresgleichen gewesen war, ja, daß niemand das dunkle und dumpfe Schicksal ihres ganzen Dorfes so getragen und vollendet hatte wie er. Friedrich war geliebt worden, aber er war ein Träumer gewesen, ein Rattenfänger, der die Flöte spielte, aber der niemals einen Pflug gehalten oder ein Kind begehrt hatte. Er war wie ein Stern über den Himmel des Dorfes gezogen, und eines Nachts war er in einer glühenden, schnurgeraden Bahn in das ewige Dunkel hinabgeschossen.

Michael aber hatte niemals etwas anderes begehrt als ein Stück Land und ein Kind zum Ernten dieses Landes. Was sie alle begehrten, ohne es immer zu wissen. Er hatte seinen Dienst nicht verlassen, um eine Flöte spielen zu hören oder bei einem Mädchen zu liegen, sondern weil er Angst um sein Kind gehabt hatte. Und um dieses Kindes willen hatte er getötet, mit Recht getötet, wie jedermann im Dorfe glaubte. Der Staat aber hatte — und auch dieses sagte jedermann — geglaubt, daß sein Recht größer sei als das eines armen Mannes. Daß er, auch um ein Kind zu retten, keinen Urlaub geben müsse und daß eher ein Kind mit seiner Mutter verderben könne, als daß ein Satz seines Rechtes verderben dürfe. Und so hatte er Depeschen und Gendarmen ausgeschickt, und einer von ihnen, in der Meinung, daß sein Leben in Gefahr sei und mit ihm das Leben des Staates, hatte geschossen. Er würde nicht so schnell geschossen haben, wenn dort auf der Schwelle ein Oberleutnant oder ein Landrat gestanden hätte. Er würde gezögert und an dem Singen der Kugel gehört haben, daß sie nicht nach seinem Leben zielte. Wer ein Jäger ist, kann schnell und ohne Bedenken auf ein wildes Kaninchen schießen, aber nicht auf einen Edelhirsch. Und die armen Leute aus den Walddörfern sind keine Edelhirsche. Sie sind scheu und wild wie die grauen Kaninchen, und sie haben auch ebenso viele Kinder. Es ist kein sehr großes, kein unheilbares Unglück, wenn eines von ihnen getroffen wird, und nachher stellt sich heraus, daß es im Übereifer gewesen ist. Auch die Übereifrigen sind Diener des Staates.

So sprach das Dorf, und der Herr von Balk, der zugegen war, als man den Toten abholte, fragte den Gendarmen mit dem Karabiner, ob es überall so billige Jagd gebe wie hier um den Meiler herum. Es müsse schön sein, wenn auf dem staatlichen Jagdschein in der ersten Spalte „Hochwild" stehe und dazu „ohne Schonzeit". Er saß in seinem Sattel, vornüber geneigt, und seine Worte fielen so auf den Angesprochenen herab, als speie er sie ihm ins Gesicht.

Wieder wie zu den Zeiten, als Jons das Gleichnis vom Schalksknecht ausgelegt hatte, ging der Name des Dorfes Sowirog weithin durch die Provinz, weiter auch noch als durch den Kirchbau. Und nicht einmal der Tod war es, der den düstersten Hintergrund für Gespräche und Zeitungskämpfe abgab, sondern daß ein paar Schritte hinter dem Sterbenden ein junges Menschenkind, schon früh vom furchtbaren Schicksal gezeichnet, lautlos und wie vergessen das Große getan hatte, um das die ganze Tragödie gekreist hatte. Daß sie es vollendet hatte, ohne daß ein Blick oder Wort des Sterbenden zu ihr gegangen war, ganz allein, nur zwei fremde, verstörte Männer neben sich, und daß der erste Schrei des Kindes den Sterbenden noch eingeholt habe, als seine Schuhriemen schon gelöst gewesen seien.

Es half ihnen allen nicht viel, nicht den Toten und nicht den Lebenden. Der Ruhm holt nicht die Toten ein, sondern nur ihre Namen und ihr Grab. Noch einmal kam Jakob mit Gogun aus der Kreisstadt gefahren, einen Sarg im Stroh des Wagens und gestempelte Papiere in den Händen. Er saß, wie er damals gesessen hatte, mit entblößtem Haupt und den Blick über die Köpfe der Pferde hinaus auf die stille Straße gerichtet, indes hinter ihnen der Staub aufstand und verging.

Diesmal war er zum Landrat geführt worden, und der Landrat hatte gesagt, er bedauere, daß hier eine die Pflicht wollende Hand zu schnell gewesen sei. Daß er es schmerzlich bedauere. Jakob hatte genickt und erwidert, die Hand sei das Geringste, wenn man einen Menschen erschlage. Die Hand gehorche nur, aber der Mörder stehe hinter der Hand. Und die Tasse, hatte er nach einer Weile hinzugesetzt, die Tasse, die der Kaiser geschenkt habe, sei nun wohl abgegolten. Eine Tasse und ein Menschenleben höben einander wohl auf, zumal wenn es nur das Leben eines Knechtes gewesen sei. Er hatte keine Antwort abgewartet und war hinausgegangen.

Hinten, im Stroh des Wagens, saß Jons wie damals und sah zu, wie der Staub über den Rädern aufstieg. Sein Gesicht hatte Augenblicke, in denen es aussah wie das eines alten Mannes, wie das eines Bruders von Jakob. Er fühlte, daß eine Tür hinter ihm zugefallen war und daß die Tür ohne einen Drücker war. Niemals mehr gab es durch sie einen Weg zurück. Hinter ihr lag, was der Konsistorialrat die Vorsehung nannte. Andere nannten es anders. Es gab tausend Namen für die gerechte Weltordnung. Vor ihm lag etwas, was er noch nicht benennen konnte. Es war wie der Staub unter seinen Füßen, und ab und zu sah man ein Stück des Geleises. Das war alles. Und Pferdehufe stampften darüber hin.

Herr Stilling sprach den Segen über den Toten. Er erzählte, was niemand wußte. Wie er einmal vor langen Jahren mit dem Toten am Rande des Moores gesessen habe, um ihm einen Weg in das Leben anzubieten, und wie der Tote es abgeschlagen habe. Daß er sich einen frühen Tod erwarte und daß er ihn auf der Heimaterde bestehen möchte. So sei es gekommen, so habe es sich erfüllt. Und nur um eines möchte er alle bitten, die um dieses Grab ständen: daß sie es an diesem frühen Sterben genug sein lassen und sich nicht bücken möchten, um Steine aufzuheben. Es sei kein Mangel an Steinen in dieser armen Landschaft, aber vielleicht gebe es ab und zu einen Mangel an Barmherzigkeit. Wenn der Tod zuschlage, treffe er nicht nur den Toten, sondern viele. Den einen erschlage er, aber die anderen zeichne er. Es sei nicht nötig, nachzuzeichnen, was er vorgezeichnet habe. Und endlich: wo ein Kind übriggeblieben sei, habe der Tod nicht gesiegt. Er habe gewonnen, aber nicht gesiegt.

Der Schulze nahm Erdmuthe und das Kind in sein Haus. Noch immer neideten sie ihm seine Taler, aber sie blieben doch hinter den Fliederbüschen des Gartenzaunes stehen und sahen zu, wie er über der Wiege stand, wenn sie sie in die Sonne getragen hatten, ein Mann mit einem steinernen Gesicht, über das die Schatten des Grames liefen, wie Wolkenschatten über ein abgeerntetes Feld.

Jons mähte den Roggen und fischte, wie er sich vorgenommen hatte, aber er brauchte es nicht mehr, um das Fieber aus dem Blute zu bringen, das er im Hause der Brockhusens empfangen hatte. Es gab kein Fieber in seinem Blut, nur eine eisige Kälte, die sein Herz zu umfangen strebte. Es begann ihm aufzugehen, was das Leben war, wenn es nicht von Kanzeln und Schulkathedern herab erklärt und verkündet wurde, und er erinnerte sich der Worte, die Agricola über dem Sarge Friedrichs gesprochen hatte: „Da lobte ich die Toten, die schon gestorben waren ..."

Er hatte Angst, zur Insel hinüberzurudern, von der man nur in der Nacht mitunter eine heisere, verlassene Stimme hören konnte, die traurige oder wilde Lieder sang. Wahrscheinlich saß der Sänger auf einem umgedrehten Boot, eine Flasche zu seinen Füßen, und sang zu den Sternen hinauf.

Aber zu seinem alten Lehrer ging er nun oft am Abend. Das Elternhaus war ihm wie ein Sarg, dessen Deckel aufgestellt war, um über ihm zuzuschlagen. Niemand wußte, ob die Mutter lebte. Sie ging umher, sie kochte, sie webte, aber es konnte ebensogut eine Tote sein, der man Kleider angezogen hatte und die von einer verborgenen Maschine lautlos angetrieben wurde.

Einmal, als Jons leise die Treppe zur Kammer hinaufschlich, um einen neuen Angelhaken zu holen, fand er die Tür nur angelehnt, und er sah die Mutter an der Wand sitzen, so gerade, als sei ihr Rücken an die Bretter angewachsen, und auf etwas niederblicken, das sie in den Händen hielt. Es war ein hölzernes Pferd, das Christean für Michael geschnitzt hatte, als sie noch klein gewesen waren, ein plumpes Wesen mit dünnen, steifen Beinen, glatt und glänzend geworden von den Händen, in denen der Tote es jahrelang getragen hatte. Sie blickte darauf nieder, und was Jons wie ein Schwert durchfuhr, war nicht der Anblick des Spielzeugs, sondern das Gesicht der Mutter. Eine erloschene Form, unter der einmal Leben geatmet haben mochte, einmal vor sehr langer Zeit, aber nun war das Leben fortgegangen und nur die Hülle war übriggeblieben, eine Samenkapsel, aufgesprungen und leer, und der Wind konnte sie tragen, wohin er wollte. Und Jons, wie ein Hellsichtiger, sah sich und die anderen Geschwister hinter dieser Hülle keimen und aufwachsen, sich regen und fortgehen, einer nach dem andern, und dieses zurücklassen: eine dünne Haut, über einen leeren Raum gespannt, mit eingesunkenen Augen und einem zusammengepreßten Mund, der den Schrei eines verlassenen Schmerzes in sich begrub.

„Manchmal denke ich, Herr Stilling", sagte er am Abend, „ich sollte zurückkommen und beim Vater bleiben. Das andere läßt sich vielleicht einholen, was ich dort versäume, später einmal. Aber hier, der Vater, die Jahre, die ihm noch bleiben, das läßt sich nicht mehr einholen, wenn es vorbei ist."

Aber Stilling schüttelte den Kopf. „Hast du jemals gemerkt, Jons, daß der Vater an sich denkt? Vielleicht denkt er nicht einmal an dich, sondern nur an das Dorf und die Armen. Vielleicht bist du nur ein Werkzeug für ihn, aber eines, in dem sein ganzes Leben beschlossen ist. Die anderen durften vielleicht sterben, aber das eine Werkzeug mußte bleiben. Solange steht er noch auf festem Grund, trotz allem. Erst wenn das Werkzeug zerbricht, ist für ihn alles umsonst gewesen. Noch denkt er, daß trotzdem Gott dahinterstehen könnte — und wir selbst wissen es ja auch nicht —, aber wenn das Werkzeug zerbricht, ist alles ein Unsinn für ihn gewesen. Möchtest du einem Mann wie deinem Vater das letzte Stück Brot nehmen, Jons?"

„Hoffart und Eitelkeit", sagte Schwester Elise, und die Schatten ihrer Stricknadeln glitten wie große Spinnenfüße über die Wand. „Nimm einen Pflug und eine Axt in die Hand, Jons, damit du dein Brot selbst backen und dein Bett selbst zimmern kannst. Sieh ihn an, diesen hier, was er in seinem Leben vor sich gebracht hat. Drei Wandtafeln und ein Faß rote Tinte hat er verbraucht. Motten und Rost, und ich weiß nicht genau, was Gott der Herr zu ihm sagen wird, wenn er einmal anklopfen sollte."

„Aber ich weiß es, Tante Elise", sagte Jons.

Aber sie zuckte nur mit ihren verwachsenen Schultern. „Ihr armen Heiden . . .", sagte sie nachsichtig.

Einmal, am Ende der Ferien, fuhr Jons zur Insel hinüber, um sich vom Pfarrer zu verabschieden. Er hatte sich gefürchtet davor, daß Agricola viel sprechen würde und auch das letzte noch mit seinem Zorn auflösen, was er sich mühsam im Innern bewahrt hatte. Er hatte das dunkle Gefühl, daß er noch zu jung sei, um alles hinter sich zu werfen. Wenigstens ein paar Splitter seiner Jugendsterne wollte er noch aufheben, so wie die Mutter Michaels kleines Pferd aufgehoben hatte.

Aber der Pfarrer sprach nicht viel. Er saß auf der Schwelle, den grauen Kopf in die Hände gestützt, und blickte in den fallenden Abend. „Sei nur ruhig, Jons", sagte er müde, „ich werde mich um den Vater schon kümmern und um einige, die es noch nötiger haben. Ganz erstorben bin ich ja noch nicht, und der Mensch ist immer noch lebendig geblieben für mich. Sei nur ruhig, sie haben breite Schultern hier. Sie haben tausend Jahre an Gottes Hand getragen, und sie haben sich langsam an seine Liebe gewöhnt."

Erst als Jons wieder abfahren wollte und sie beide an den Booten standen, legte er seine Hand um Jons' Arm und beugte sich zu ihm. „Ich will dir etwas sagen, Jons", sagte er leise, „was mir heute eingefallen ist. Sie haben ein falsches Lied gesungen an seinem Sarg, verstehst du? ‚Wie wird's sein, wie wird's sein?', das paßt nicht für Michael. Er hat sehr gut gewußt, wie es sein wird. Aber ein anderes hätten sie singen müssen: ‚Dann gehet leise, auf seine Weise, der liebe Herrgott durch den Wald.' Das hätten sie singen müssen, Jons. Denn er ist wieder einmal durch unsern Wald gegangen, unser lieber Herrgott, am Meiler damals, weißt du, und dabei ist ihm Michael unter die Füße gekommen, so wie uns eine Ameise unter die Füße kommt. Wir merken es nicht, und er hat es wahrscheinlich auch nicht gemerkt. ‚Auf seine Weise ...', verstehst du, Jons? Wir begreifen es nur zu langsam, das ist es. Wir sind zu schwerfällig hier in seinem Herrgottswald, wir gehen ihm nicht schnell genug aus dem Wege, wenn er auf seine Weise ankommt, der liebe Herrgott ..."

Er lächelte ein verzerrtes Lächeln und schob das Boot mit Jons langsam in das tiefere Wasser.

Jons sah die Sterne unter seinem Boot und wie sie bei jedem Ruderschlag in goldene Splitter zerbrachen. Und es schien ihm, als bestehe auch das Leben des Pfarrers nun in nichts anderem als darin, zuzusehen, wie das goldene Bild seines Herrgottes unter seinen Händen in Splitter zerbrach.

XIV

Ja, Mönchlein", sagte Jumbo, „ihr seid ein dunkles Geschlecht, aber du mußt nun nicht etwa denken, daß ihr auch ein hoffnungsloses seid. Ich denke mir, daß die Schönen und die Besessenen auf dieser Erde am gefährdetsten sind. Den ersten fällt zuviel zu, was die Nichtschönen auch gern haben möchten ... siehe Friedrich ..., und die anderen haben den Sinn für den Tod verloren, weil sie nur einen einzigen Sinn haben, den nach dem, wovon sie besessen sind ... siehe Michael. Und doch sind es eigentlich nur die Besessenen, die die Welt bewegen. Nicht immer zum Guten, aber auch lange nicht immer zum Bösen.

Sieh mal, ich selbst, ich werde niemals die Welt bewegen. Ich werde viel arbeiten, und ab und zu wird mir etwas gelingen, ein gerechtes Urteil oder eine Heilung, wo andere nicht mehr haben heilen können. Aber das ist auch alles. Ich werde kein Denkmal bekommen, und kein Zeitungs- oder Kameramann wird sich die Füße staubig machen, um zu mir zu kommen und dann seine Zeitung zu beglücken: ‚Dr. Jumbo beschneidet seine Rosen' oder ‚Der große Arzt mit seinen Lieblingshunden.'

Aber das schadet auch nichts. Jedes Volk braucht einen Haufen stiller, fleißiger Leute, von denen nicht viel die Rede ist. Aber wenn der Kaiser am Morgen aufwacht und nach der Uhr sieht, weiß er, daß um diese Zeit die stillen, fleißigen Leute schon an der Arbeit sind, Straßenkehrer, Lokomotivführer, Krankenschwestern, Gerichtsschreiber, Lehrer, Minister und Brötchenfrauen. Das Rad des Staates dreht sich schon, wenn die großen Leute, die Kanonen, sich noch auf die andere Seite drehen und nachdenken, was für Raketen sie heute über die Köpfe der stillen Leute abfeuern werden.

Auch in deinem Geschlecht sind stille Leute und Besessene. Du selbst bist noch nicht fertig, aber ich denke, daß du eine ganz schöne Menge von Raketen vorrätig hast. Aber ich denke auch, daß du keiner von denen bist, die bis zu ihrem letzten Atemzug Raketen abfeuern. Du bist kein Tolstoj zum Beispiel. Einmal, viel später, wirst du erkennen, daß man vor seinem Tode eine Weile still sein muß, und ich glaube, das werden deine besten Jahre sein. Du bist früh erweckt worden, Mönchlein, das sogenannte Schicksal hat dich gestreift, und dafür mußt du dankbar sein. Ich habe wenigstens noch nie davon gehört, daß der Blitz in einen Kohlkopf eingeschlagen hat. Es wird dich noch ein paarmal streifen, aber dann wirst du gehärtet sein. Hadre nicht mit Gott, sondern binde deinen Helm fester, wenn du siehst, daß er nach dir zielt. Wir können uns nämlich so wappnen, daß auch ein feuriges Schwert uns nichts ausmacht, verstehst du? Der richtige Mensch ist unanfechtbar, Mönchlein, unanfechtbar, hörst du? Wer seine Haut härtet, wird immer eine Stelle behalten, auf die ein Lindenblatt gefallen ist, aber wer seine Seele härtet, kann ruhig jeden Speer erwarten, auch die Speere des sogenannten Schicksals."

„Du denkst nicht an die Boxerseele, Jumbo?"

„O nein, Mönchlein, weder an Boxer noch an Helden. Ich denke an ganz stille Leute, an Sokrates zum Beispiel oder an alle diejenigen, die dreißig oder vierzig Jahre im Kerker gelegen haben oder die lächelnd zum Scheiterhaufen oder zum Schafott gegangen sind. Und an viele andre noch. Auch an deinen Vater denke ich, Mönchlein, und auch ein bißchen an deinen Herrn von Balk. Nur nicht an deine Mutter, nein, nicht an deine Mutter. Denn zwischen Härten und Versteinerungen ist ein großer Unterschied, Mönchlein, ein sehr großer, und das darfst du nie vergessen."

Sie saßen in Jumbos Zimmer, nach den großen Ferien, und Jumbos Koffer war schon gepackt. „Ich bleibe nicht lange", sagte er, „höchstens acht Tage, damit der Vater mich mal sieht. Aber dann komme ich wieder und fange nun wirklich mit der Medizin an. Aus mit den sogenannten ‚Rechten'."

Er stopfte sich eine neue Pfeife und sah den blauen Rauchwolken nach. „Es hat natürlich eine Menge in den Zeitungen gestanden, Mönchlein", sagte er nach einer Weile. „Es war mehr als eine ‚Tragödie am Meiler', viel mehr. Sie haben es von der ‚weltanschaulichen' Seite genommen, und das ist eine sehr ergiebige Seite, nicht nur für Zeitungsleute. Du kannst dir denken, wie lieblich es im Blätterwalde gerauscht hat. Sogar die Staatsanwälte haben zu tun bekommen. Wo es um Militär und Polizei geht, sind alle Staatsanwälte empfindlich. Es brennt ihnen, nicht auf den Nägeln, aber unter dem Hosenboden. Aber du mußt dich nicht darum kümmern ... die ‚Volksmeinung' ist für euch, Mönchlein, und das ist eine sehr wichtige Meinung. Übrigens ist es nicht die einzige, die für euch ist."

Jons bekam es zu merken, nicht nur die Volksmeinung. Die drei schwarzen Schwestern flüsterten hinter ihrem Vorhang, und auch hier schien es zwei Parteien zu geben. Aber der älteste der Pensionäre, ein Gutsbesitzerssohn mit einem Schnurrbart und einer Bierstimme, schlug ihm auf die Schulter und sagte: „All right, Jeromin! Trage den Kopf hoch, mein Sohn! Sind stolz, daß wir dich hier haben. Ist immer ein Meisterschuß, zwischen die Augen. Old Firehand und so. Der Scheïtan soll ihn brennen, den Taternsohn, den verdammten, jawohl!"

In der Klasse waren sie scheu, als sei er plötzlich zehn Jahre älter geworden, aber als Charlemagne, der immer merkwürdige Einfälle hatte, anordnete, daß sie einen Vertrauensschüler wählen sollten, und ihnen den Sinn des neuen Amtes erklärte, stand der älteste von ihnen auf, ein Kapitänssohn, der im nächsten Jahre großjährig werden sollte, und sagte, daß sie keine Wahl brauchten, sondern daß Jons Ehrenreich Jeromin ihr Vertrauen besitze, und er legte eine besondere Betonung auf den zweiten seiner Vornamen.

In der großen Pause, während die Unterklassen auf dem Hof „Michael und die Gendarmen" spielten, ließ der Direktor Jons zu sich kommen.

Jons hatte nie viel von ihm gesehen und niemals Unterricht bei ihm gehabt, und er war dem kühlen Gesicht mit dem hochgebürsteten Schnurrbart möglichst aus dem Wege gegangen. Der Direktor bot ihm mit einer Handbewegung einen Stuhl an und begann dann mit seiner allen Schülern bekannten Meditationsbewegung, indem er seine gerade Nase zwischen Zeigefinger und Daumen nahm und sie sanft von oben nach unten zu streicheln anfing.

„Tja“, sagte er schließlich, „ich habe Sie rufen lassen, Jeromin, um Ihnen mein Beileid auszusprechen — was ich hiermit tue — und Ihnen zu sagen, daß die Schule natürlich nicht sehr erfreut ist, diese ... hm ... Affäre mit dem Namen eines ihrer Schüler verknüpft zu sehen. Sie wissen, daß der Adel der Provinz und die höchsten Regierungsbeamten ihre Söhne zu uns schicken, und es läßt sich natürlich der Fall denken, daß es ... hm ... Friktionen geben könnte. Ihnen selbst macht natürlich niemand einen Vorwurf, wenn auch die Sache mit dem ausgegrabenen Gewehr etwas nach Wildwest und nicht gerade nach Athen schmeckt ... tja ... wollten Sie etwas sagen?“

Nein, Jons hatte nicht die Absicht. Er saß sehr gerade auf seinem Stuhl, und unter seiner breiten, klaren Stirn blickten seine Augen mit einer verwirrenden Unbeweglichkeit in die seines Direktors.

„Ich habe überlegt, Jeromin“, fuhr dieser fort, indes eine Falte der Unbehaglichkeit zwischen seinen Augenbrauen erschien, „ob es nicht für alle Teile besser und leichter wäre, wenn Sie die Anstalt wechselten. Sie würden natürlich ein großartiges Zeugnis mitbekommen, und auch sonst würde ich alles tun, um Ihnen den Weg zu ebnen.“

„Es würde sich wahrscheinlich um eine Anstalt ohne Adel und höchste Regierungsbeamtensöhne handeln, Herr Direktor?“ fragte Jons höflich.

Der Direktor sah ihn starr an, und zwei rote Flecken erschienen langsam auf seinen glatten Wangen. „Ich verstehe Ihre Frage nicht ganz“, sagte er eisig. „Auch wüßte ich nicht, woher Sie das Recht nehmen, uns Motive dieser Art unterzuschieben. Wir haben natürlich keine Handhabe, Sie dazu zu zwingen, aber ich lege es Ihnen nahe, sehr nahe, wie?“

Jons sagte, daß er nicht die Absicht habe, die Anstalt zu wechseln, und da der Direktor seine Papiere auf dem Schreibtisch zu ordnen begann, machte er eine Verbeugung und ging leise hinaus.

„Das wollen wir einmal sehen, Jons“, sagte Charlemagne und warf einen Stoß Hefte auf den Teppich, daß der Kronleuchter zitterte. „Das wollen wir einmal sehen, ob er dich von der Schule herunterbringt! Solange ich lebe, nicht, und bis dahin denke ich weiß Gott noch zu leben. ‚Schmeckt nicht gerade nach Athen ...‘ Aber dies schmeckt nach Athen, was? Nach dem Perikleischen Zeitalter, was?“

„Ich gehe ja nicht, Herr Professor“, sagte Jons lächelnd, „und es macht mir auch nichts aus. Und das weiß ich ja nun schon, daß es nicht immer so ist wie in Büchern und Reden.“

Aber Jumbo, als er zurückgekommen war, wurde viel deutlicher. „Ein Schwein, Jons“, sagte er, „ein richtiges Bildungsschwein des zwanzigsten Jahrhunderts. Da hast du unser Zeitalter, wie es leibt und lebt. ‚Der Niedergang des humanistischen Gymnasiums‘, wird er sagen. ‚Der Bruder eines Mörders neben dem Sohn des Oberpräsidenten ... tja.‘ So wird er sagen und seine humanistische Nase streicheln. Und dann wird er hingehen und mit den Oberprimanern das ‚Gastmahl‘ lesen. Wirtschaft, Mönchlein, Wirtschaft, Wirtschaft!“

Auch daß der Konsistorialrat ihn beiseite nehmen würde, hatte Jons erwartet. „Mein lieber Jons Jeromin“, sagte er, und legte ihm die Hände auf die Schultern, „es hat mich erschüttert, auf das tiefste erschüttert. So viele beklagenswerte Umstände ... auf das tiefste zu beklagen. Aber sage mir eines, Jons: ist er im Herrn gestorben?“

Die milden blauen Augen waren mit einer beschwörenden Bitte in die seinigen gerichtet. „Er hat kein Wort gesprochen, Herr Konsistorialrat“, erwiderte Jons, „aber er hat gelächelt, als der Vater ihm gesagt hat, daß es ein Knabe sei.“

„Ach ja, dieser Knabe ...“ Er ließ die Hände sinken und wandte sich seinem Schreibtisch zu. „Ein unglückliches Kind und eine unglückliche Mutter ... bewahre deine Seele, Jeromin, hörst du? Es kommt mir vor, als ob der böse Feind dort unten seine Schlingen auslegt bei euch.“

„Weniger als hier“, antwortete Jons.

„So ... meinst du? Das ist schwer zu sagen, Jeromin, sehr schwer ... und deine Eltern, tragen sie es nun mit Gott?“

„Ich weiß nicht“, sagte Jons abweisend.

Der Konsistorialrat seufzte. „Jaja ...“, sagte er in Gedanken, „bete nur, Jeromin, hörst du? Bete viel, zu Hause in deinem Kämmerlein, dann wird es dir nicht an Trost mangeln.“

Auch die älteste der Schwestern kam am Abend zu ihm, in

sein „Kämmerlein". Sie war die freundlichste von den dreien, und mitunter hatte er sogar ein müdes, altes Lächeln um ihre schmalen Lippen gesehen. Sie saß hoch, schwarz und gerade vor seinem Schreibtisch und schob seine Hefte und Bleistifte so zurecht, daß sie lauter rechte Winkel bildeten.

„Die anderen haben gemeint, Jons", sagte sie endlich, „daß Sie besser von hier fortgehen, weil es dem Ruf dcr Pension schaden könnte ..."

„Es gibt genug Pensionen", meinte Jons von seinem Bett her.

„Nein, nein, ich habe durchgesetzt, daß Sie bleiben, Jons. Sie sind immer still und ordentlich gewesen, und Sie können ja auch nichts dafür."

„Wofür?"

„Nun, nicht für das Unglück, und vor allen Dingen auch nicht für das andere, was so schrecklich ist ... das Unmoralische, meine ich ..."

„Das Unmoralische, ja ... aber wußten Sie, Fräulein Holstein, daß Erdmuthe eine Heilige ist?"

„Jons!"

„Aber wie sollten Sie das auch wissen? Das werden Sie erst wissen, wenn Sie einmal ein Kind zur Welt gebracht haben, ohne einen Laut von sich zu geben, und ein paar Schritte von Ihnen liegt Ihr Geliebter mit einem Schuß durch die Brust. Dann erst werden Sie wissen, was eine Heilige ist."

Sie stand schon an der Tür. „Wenn Sie so zu mir sprechen, kann ich nicht länger mit Ihnen allein bleiben, Jons", sagte sie errötend.

Er öffnete ihr lächelnd die Tür. „Nicht alle Jeromins sind Mörder oder unmoralisch, Fräulein Holstein", sagte er. „Aber es ist schön, daß ich bleiben kann, und ich danke Ihnen."

Aber als sie gegangen war, verschwand sein Lächeln. Er löschte die Lampe und setzte sich auf das Fensterbrett. Wenn er nicht geradeaus sah, sondern sich an eine Seite des Rahmens lehnte, sah er nicht die graue Mauer, sondern durch einen breiten Spalt zwischen den Häusern auf einen dunklen Garten, und darüber konnte er die Sterne sehen. Es war die Zeit der Leoniden, und eine glänzende Bahn nach der anderen schoß aus der Höhe des Firmaments in die Tiefe hinab. Er blickte ihnen nach, bis seine Augen schmerzten und sich langsam mit Tränen füllten. Es war die Stunde, in der er sich an seine Trauer hingab.

Er hatte Friedrich geliebt, wie alle ihn geliebt hatten, mit einer Liebe, in der ein ganz klein wenig Nachsicht verborgen war. Auch ihm hatte geschienen, daß die Armut allen Müßiggang verbot und daß in ihrem Geschlecht nur Christean das Recht hatte, mit gefalteten Händen in die Wolken zu sehen. Alle anderen aber hatten zu arbeiten, so wie die Eltern und Michael arbeiteten. So war in dieser Liebe immer etwas Unsicheres gewesen, eine Verzauberung, die immer wie ein leiser Druck auf dem Gewissen gelegen hatte.

Aber Michael hatte er ohne Unsicherheit und Zauber lieben können. Auch Michael war schweigsam gewesen, und man hatte wenig von ihm gewußt, aber das hatte er von ihm gewußt, daß er sein Bruder war. Lange Zeit hatte er nichts als Spott von ihm erfahren, eine Bewegung der Hand, ein Zucken seiner strengen Mundwinkel, aber schon damals hatte er gewußt, daß dies nichts als eine Verkleidung war. Keiner von ihnen war so streng gehalten worden wie Michael, und keiner hatte soviel ungebeugten Stolz in sich getragen wie er. Um ihn war die große Einsamkeit des Herzens gewesen, das zugleich stolz und liebebedürftig ist, viel größer als die des Vaters, und zum erstenmal hatte er die wahren Augen des Bruders gesehen, als er ihm den Buchfink gegeben hatte. Und dann war er neben dem Pfluge hergegangen, damals nach Friedrichs Tod, und Michael hatte die Kinderhand auf der seinigen liegen lassen.

Das war alles, was gewesen war. Zwei dürftige Erinnerungen, aber bis zum Rande mit einer tiefen, glühenden Liebe gefüllt. Und dann war die Todesstunde gewesen, in der der Blick des Sterbenden sich von der Mutter abgewendet und sich in seine Augen gesenkt hatte. „Lieber, kleiner Bruder", hatte der Blick gesagt, „es ist so gut, daß du bei mir bist. Mache du es besser als ich, kleiner Bruder. Mache die Fenster auf und sprenge die Stuben mit reinem Wasser aus, und, wenn du ein bißchen Zeit übrig behältst, achte ein wenig auf meinen Sohn, hörst du?"

Und ihn nannten sie nun einen Mörder. Für den Direktor war er ein Feind des Staates und der Ordnung, für den Konsistorialrat ein Feind der göttlichen Gebote, und selbst für das alte schwarze Fräulein war er noch ein Feind, ein Verächter der Moral und ein Zerstörer der Tugend. Ja, es war wohl nicht gut, dem Gericht der Menschen ausgeliefert zu sein, und vielleicht hatten sie Gott nur erfunden, um diesem Gericht zu entgehen und sich einem Gottesgericht zu unterwerfen. Auch das des härtesten Gottes mußte noch ein sanftes Streicheln sein gegen das der Menschen.

Sein Gesicht veränderte sich in diesen Monaten so, daß selbst die Lehrer es merkten. Sie gingen behutsam mit ihm um, und sogar der alte Professor der Mathematik unterließ es, ihn an sein langsames Denken zu erinnern. In der ersten Konferenz des Vierteljahres hatte der Direktor noch einmal die Frage erörtert, ob es nicht Mittel gebe, Jons zu einem Wechsel der Anstalt zu bewegen, und es hatte, wie Charlemagne vorausgesagt hatte, eine große Szene gegeben. Charlemagne hatte den in dreißig Dienstjahren behüteten Respekt vor der Obrigkeit unter den Tisch gelegt und statt dessen mit der Faust auf denselben Tisch geschlagen. Er habe keine Lust, hatte er geschrien, mit fünfzig Jahren vor seinem Spiegelbilde schamrot zu werden, nur damit die Herren von Wendehals oder Tausendschön sicher sein könnten, daß ihre Söhne nicht neben dem Bruder eines Totschlägers säßen. Dieselben Herren von Wendehals oder Tausendschön, die ihre Leute prügelten und von der Kaisergeburtstagsfeier auf allen vieren in ihre Schlitten kröchen.

Und es war bemerkenswert gewesen, daß der Direktor nicht nur in Charlemagnes zornige Augen, sondern in sehr viele andere ebenso zornige zu blicken gehabt hatte.

Jons erfuhr nichts davon, aber er war nun einmal oder zweimal in der Woche am Abend im Hause seines Ordinarius. Es tat ihm gut, an einem Tisch zu sitzen, an dem nicht bedenklich riechende Wurstscheiben gegen die Decke geworfen wurden oder Old Firehand die Geschichte seiner ersten Liebe zum besten gab. Ein Haus, in dem drei Frauen waren, hatte andere Neigungen. Es gab keine grünen Vorhänge, hinter denen man sich an den Haaren riß, und alle Bitterkeit der Weltbetrachtung wurde stiller, wenn die Frau seines Lehrers am Flügel stand und das Lied von den Morgenglocken sang: „Ängste, quäle dich nicht länger, meine Seele ..." Die schwere Einsamkeit dieser ganzen Stadtjahre hob sich dann wie eine dunkle Mauer vor ihm auf, aber eine schmale Tür, ja vielleicht nur ein Spalt zwischen den Fugen öffnete sich doch unter diesen Tönen, und ein rötliches, fast goldenes Licht fiel aus einer anderen Welt tröstend und beseligend auf den dunklen Weg vor seinen Füßen.

Ging er dann durch die leeren Straßen nach seinem Hause zurück, blieb er manchmal vor einem erhellten Fenster hinter dunklen Bäumen stehen, sah einen Schatten sich auf den Vorhängen bewegen und fühlte mit einem brennenden Schmerz das Einsame und nur der Arbeit Hingegebene seines Daseins. Aber dann erschrak er, wenn er an seinen Vater dachte, wie er auf seinem Laublager lag, die Hände über der Brust gefaltet, und den Wind über den Wald brausen hörte. Und in dem Wind mochte er die vielen Stimmen hören, die ihm nun im Leben verstummt waren. Die seiner jungen Jahre, als er noch gedacht hatte, die Welt zu bewegen, und die der Frau und der beiden Söhne. Ja, auch die derjenigen, die ihn verlassen hatten und in der großen Stadt ein unbekanntes Leben führten. Nur der Wald brauste, wie er immer gebraust hatte, eine ewige Stimme, zornig und sanft wie die Stimme Gottes im alten Bunde, und wenn er die Augen schloß, hörte er die großen Verheißungen und Verkündigungen und sah das dunkle Tor, von dem ihm geträumt hatte und in das sie hineingingen, einer nach dem anderen, lautlos, gehorsam und stumm.

Ja, so stand es wohl um den Vater, und er selbst hatte wenig Recht, vor einem hellen Fenster zu stehen und nach einer Hand zu verlangen, die sich sanft auf seine einsame Stirn legte.

In den Herbstferien hatte er nur ein paar Tage an den Meiler fahren wollen, aber kurz vorher kam einer der seltenen Briefe von Gina. Ein großer Geldschein lag im Umschlag, und sie bat ihn, er möchte doch für eine oder zwei Wochen zu ihr kommen. Sie sei nun aus dem Gröbsten heraus, er könne bei ihr wohnen, und sie möchte auch ein bißchen von allem dem hören, was inzwischen geschehen sei und worüber sie nur in den Zeitungen gelesen habe.

Es war nicht von Sehnsucht oder Liebe in dem Brief die Rede, aber er rührte ihn doch. Einmal war sie ausgezogen, um Macht zu erwerben, und es war ihm, als er auf die geraden, strengen Schriftzüge niederblickte, als hätte Jumbos Prophezeiung sich schon erfüllt, daß die Mächtigen am leichtesten das Lachen verlernten. Er antwortete gleich, daß er kommen würde und daß sie ihn an dem angegebenen Bahnhof erwarten möchte. Er sei noch immer am Meiler mehr zu Hause als in der Stadt, aber er habe nun ein Paar Schuhe ohne Eisen an den Absätzen. Herr Stilling habe es ihm geschenkt und gesagt, wer Trauer habe, müsse leise gehen können, damit die Menschen sich nicht nach ihm umdrehten. So werde sie sich seiner nicht allzusehr zu schämen brauchen.

Er fuhr einen langen, sonnigen Herbsttag hindurch, auf donnernden Brücken über breite Ströme, durch arme Wälder und an langen Stoppelfeldern vorbei. Der Himmel war weit über ebenem Land, Dampfpflüge zogen ihre breiten Furchen hinter sich her, und einmal sah er viele Regimenter Kavallerie, blau, rot und weiß, von einer sanften Hügellinie zu den abgeernteten Feldern herunterreiten. Die Tränen schossen ihm in die Augen, und der Mann, der ihm gegenüber saß, sah ihn unruhig an und verbarg dann sein Gesicht hinter einer großen Zeitung.

Lange stand er im Gang, vor einem der breiten Fenster, und wagte sich dann auch einmal in die anderen Wagen. Junge Kellner in weißen Jacken gingen eilig vorbei, andere Menschen standen an ihren Fenstern, die meisten ernst und sorgenvoll, als führen sie in eine unbekannte Zukunft; wieder andere lehnten in grauen oder roten Samtkissen und blickten gleichgültig in sein Gesicht, wie er vorüberging, und die Vielfalt und Fremde der Welt rührte ihn mit einem kühlen Atem an.

Noch einmal, in der Abenddämmerung, überfuhren sie einen breiten Strom. Hinter alten Wällen und Gräben stand ein wildes Abendrot, und er wußte aus der Geschichte, daß ein junger Königssohn hier Abendrot und Gericht gesehen hatte. Dunkle Zeiten auch damals, und die Grenze zwischen Recht und Gewalt schwankend und verwischt. Dann flogen wieder nur Kiefernwälder und Äcker vorbei; Lichter reihten sich an Schnüren auf, immer mehr, ganze Girlanden, ein weißer Schein brannte über dem Horizont, graue Häuser mit fleckigen Mauern standen wie böse Schächte neben den Schienen, Brücken und Unterführungen klirrten und donnerten, und dann tat die erste Riesenhalle sich vor seinem Blick auf.

Er stand in seinem Abteil am Fenster, den Koffergriff fest in der Hand, anders als damals bei seinem ersten Kampf mit dem Gepäckträger, aber immer noch mit dem dumpfen Widerstand des Waldkindes gegen Stein und Masse. Er las die Namen der Bahnhöfe von den großen Schildern, legte die Hand auf die Stelle der Brust, wo das Geld verwahrt war, und wunderte sich, wieviel Menschen über diese Erde gingen, keiner dem anderen ähnlich, so viele mit Gesichtern, die ihm unheimlich nackt erschienen, und so viele mit solchen, bei denen es ihn fröstelte. Und dort, irgendwo in den dunklen Hinterhöfen, über die die wilden Lichtreklamen schossen, würde vielleicht Gotthold stehen und leise in eines dieser Gesichter hineinsprechen, wie er vor Jahren in die Gesichter der Taternsöhne hineingesprochen hatte.

Eine Dame in einem grauen Pelz trat auf dem Bahnsteig plötzlich auf ihn zu, legte ihm die Arme um den Hals und küßte ihn, während er sich in peinlichem Schrecken zu befreien suchte. Er spürte den reinen Duft der kühlen Lippen, und noch bevor er sie erkannte, erinnerte er sich an den gleichen Duft, einen gleichen Abend unter einer hohen Glashalle, und während er die Augen im Gefühl eines unwirklichen, süßen Glückes schloß, sah er die Jahre vorüberbrausen, die vergangen waren, so schnell, wie es in der Todesstunde geschehen sollte, dunkle Jahre voller Einsamkeit und blinder Arbeit, und dazwischen die Gesichter der Toten, die ihm mit ihren stillen Augen zusahen, Ausgeschlossene und Enterbte. Er ließ den Koffer fallen, den er immer noch mit krampfhaftem Griff gehalten hatte, und schlang seine Arme fest um den grauen, weichen Pelz und das Leben, das darunter atmete, Blut von seinem Blut, durch dieselben Schmerzen der Kindheit gegangen, von demselben Herdfeuer gewärmt, an dem Maria das

Märchen vom Fischer und seiner Frau erzählt hatte, und nun schon lange in die Fremde hinaus verschlagen, schön und vornehm und fremd geworden wie eine Königstochter im Märchen. „Gina“, sagte er, „liebe Schwester ...“

Sie lächelte ihm zu, ganz nahe in seine Augen hinein. Ihr Lächeln war noch immer kühl und ungewohnt, aber die strenge Falte stand nicht auf ihrer Stirn, und in ihren grauen, klaren Augen sah er einen Schimmer der Freude und der Rührung. „Kleiner Jons“, sagte sie, „wie groß du geworden bist und wie schmal und ernst ...“

Dann winkte sie einem Gepäckträger, sah mit kaltem Blick über die neugierigen Gesichter, nahm seinen Arm unter den ihrigen und führte ihn die Treppe hinunter. „Jetzt gehen sie schlafen in Sowirog“, sagte sie nachdenklich.

Sie hatten nicht weit zu fahren, und Jons hielt ihre Hand, nicht nur weil er glaubte, daß sie in jedem Augenblick überfahren werden würden, von einem der hellen Riesentiere zum Beispiel, die mit zwei Stockwerken dahinschwankten, oder daß in einer der Unterführungen der donnernde Zug über ihnen sie begraben würde.

Sie hielten in einer breiten Straße, wo der Wind das welke Laub alter Bäume über das Pflaster trieb, und stiegen auf roten Läufern eine Marmortreppe hinauf. Es war eine kleine Wohnung, aber Jons glaubte, daß Gina Aladins Wunderlampe in der Hand trage, als sie die Hand an einen unsichtbaren Schalter gelegt hatte. Er stand still da und sah sich um. „Lebst du hier?“ fragte er.

Ja, sie lebe hier, und es sei auch alles ihr Eigentum.

Sie führte ihn in ihr kleines Schlafzimmer und in das Bad, ließ das Wasser in die gekachelte Wanne laufen, legte die Tücher zurecht und nickte ihm dann zu. „Du mußt so tun, als ob du der Herr von Balk wärst“, sagte sie lächelnd, „der liebe Gott von Sowirog.“

Es gelang ihm durchaus nicht, und er brachte eine lange Zeit mit dem Studium der vernickelten Handgriffe zu. Draußen lag ein fernes Brausen vor den Fenstern, wie schweres Wasser, das über ein Mühlrad fiel, und er wunderte sich, was diese steinerne Mühle wohl mahlen mochte. Tag und Nacht.

Während sie aßen, mußte er erzählen, und sie hörte still zu, das Kinn auf die gefalteten Hände gestützt. Die Falte erschien wieder zwischen ihren Augen, und er wußte, daß sie alles so deutlich vor sich sah wie er selbst: das Haus mit dem alten Ahornbaum, die Küche mit dem Herdfeuer, Maria und das Märchen von Frau Ilsebill, den Meiler, an dem der Vater sie hatte segnen wollen.

„Und nun ist sie allein mit Christean?" fragte sie.

Ja, die meiste Zeit. Ein paar Stunden arbeite der Vater wohl auf dem Hof und dem kleinen Feld, aber dann gehe er wieder fort, in den Wald zurück, und Maria sei fast immer bei ihm. Ein dunkles Leben, sagte er, für alle. Nur Christean sei vielleicht glücklich mit seinem Schnitzmesser über dem Lindenholz.

„Meinst du?" fragte sie. Sie stand auf und begann vor ihm auf und ab zu gehen, eine lange Halskette zwischen den Fingern, mit der sie gedankenlos spielte. Er sah, daß sie immer noch den langen Schritt der Waldkinder hatte, etwas Freies und Wehendes, das um ihre schmalen Glieder lag, als treibe der Wind um ihren Gang.

„Sie wird uns alle überdauern", sagte sie plötzlich. „Sie ist die härteste von uns, härter noch als ich. Sie wird noch aufrecht gehen, wenn sie innen schon ausgezehrt und tot ist. Sie hat geliebt, und sie hat geglaubt, daß der Vater eine Krone tragen wird. Aber nun hat er nur Asche im Haar, und sie wird es nie vergeben. Wahrscheinlich bist du der einzige, auf den ihre Augen gerichtet sind, Tag und Nacht, und deshalb schlug sie dich, als du das Mädchen an der Hand hieltest. Du hast solche Mädchen nicht an der Hand zu halten. Wenn du einmal Oberpräsident wirst, wird sie glauben, sie sei die Mutter Gottes, aber wenn du ein kleiner Landarzt wirst, wird sie dich verfluchen. Sie hat uns ihr Blut gegeben, und das war alles, was sie zu geben hatte. Dann hat sie uns nur zugesehen, ob wir von diesem Blut auch nicht einen Tropfen verschütten. Es war zu wenig, viel zu wenig ..."

„Du hast sie nie geliebt, Schwester?"

Sie blieb stehen und sah ihn grübelnd an. „Ich weiß nicht, Jons. Ich weiß nicht einmal, ob ich lieben kann. Geliebt hat nur Michael, denn er hat getötet für seine Liebe. Wir sind erst

Kinder gegen ihn. Und sie? Ich bin ihr zu ähnlich, nur daß ich schöner bin und noch kälter ..."

„Gina!"

„Ja, kleiner Jons, noch kälter. Sie hat vielleicht noch etwas für den Vater gewollt und vielleicht auch etwas für uns, aber ich will nur für mich etwas, nur für mich."

„Auch deinen Bruder Jons?" fragte er lächelnd.

„Ja, auch meinen Bruder Jons", erwiderte sie ernst und strich ihm über das Haar. „Wenn ich ein Kleid brauche, kaufe ich es mir. Und wenn ich ein Kind brauche, hole ich mir meinen Bruder Jons. Ich werde nie Kinder haben, Jons."

Sie sah nach der Uhr und ging in ihr Schlafzimmer, wo er sie vor dem großen Spiegel stehen und die vielen Büchsen und Flaschen öffnen sah. „Komm nun hinunter", sagte sie. „Du kannst es dir eine Weile ansehen und dann schlafen gehen. Du kannst alles in einem Spiegel sehen, und dich selbst wird niemand sehen. Und wenn ein großer, hagerer Mann kommt, der den Zylinder auf dem Kopf behält, dann sieh ihn dir ordentlich an, weil ich ihn heiraten werde. Übrigens brauchst du keine Angst zu haben, denn auch unten gehört mir alles. Es ist eine Bar, die Phönix-Bar, und ich habe sie gekauft. Früher hieß sie „Minnesota", das ist ein indianischer Name. Aber ich habe gelesen, daß der Phönix der Vogel ist, der sich aus der Asche erhebt. Das schien mir besser."

Dann saß Jons hinter einem grünen Vorhang, in einem Raum, der mit Flaschen und Gläsern, mit Nickel, Silber und Kristall gefüllt war, und starrte in den Spiegel an der gegenüberliegenden Wand. Außerhalb des Spiegels konnte er Gina sehen, auf einem hohen Stuhl, wie eine dunkle Göttin auf ihrem Thron, aufrecht, ernst, einen roten Schal zwischen den Händen, an dem sie strickte, und daneben einen ernsten Mann in einer weißen Jacke, der wie ein Arzt aussah und lautlos aus vielen Flaschen Getränke in flache oder hohe Gläser goß. Gina hatte ihm ein paar Worte zugeflüstert, und er hatte sich gemessen vor Jons verbeugt.

Im Spiegel aber sah Jons einen feierlichen, niedrigen Raum, von Lampen erhellt, die man nicht sah, Gesichter, die ihm wie Masken erschienen, Frauen, die merkwürdig offene Kleider trugen, und Herren mit runden Hüten oder Zylindern, Eingläsern in den Augen, wie Herr von Balk sie trug, die am Bartisch lehnten oder auf seltsam hohen Stühlen hockten. Alles war leise und gedämpft wie bei einer Beerdigung, und auch das Lachen, auch die Musik, die später erklang, auch der Tanz, der ab und zu unter dem unsichtbaren Licht begann und wieder aufhörte, ein Schattentanz, wie das Ganze eine Schattenwelt war, unwirklich, traumhaft und gespenstisch.

Und über allem die Schwester, die rote Strickarbeit in den Händen, jeden Gruß mit einem Kopfnicken, manchmal mit einem Lächeln erwidernd, die ernsten Augen ab und zu auf die Tanzenden oder auf einen Gast gerichtet, dessen Stimme etwas zu laut wurde: eine schweigende Herrin über einer schweigenden Welt, von einer unberührten, makellosen Schönheit, ein Götterbild über einem gedämpften Tempelraum, gleich erhaben über Verfluchungen wie über Gebete.

Jons schloß die Augen und öffnete sie wieder. Er sah den Meiler vor sich und seine kleine Kammer mit dem Buchfinken, das Herdfeuer in Sowirog und die Sterne, die sich kalt und einsam im See spiegelten. Er sah die kleine Schwester vor der Mutter stehen und mit zugeschlossenem Gesicht ihre Schulaufgaben wiederholen, während die scharfe Falte sich zwischen ihre Augen eingrub. Er sah das alles hinter dem Spiegel sich erheben wie eine zweite Welt, ebenso schattenhaft wie diese. Er wollte ihre Fäden verfolgen, aber sie verwirrten sich, und er saß da wie ein Kind vor dem geöffneten Theatervorhang, bestürzt von Farben, Licht und Tönen und ohne eine Gewißheit, welches nun die wirkliche Welt sei und welches die erborgte.

Dann kam der Herr im Zylinder und saß auf dem hohen Stuhl vor Ginas Platz. Einen Augenblick lang verstummten alle leisen Gespräche, und man hörte nur den Löffel leise klirren, mit denen der ernste junge Mann in der weißen Jacke Eisstücke in ein Glas füllte. „Sehr wohl, Herr Graf", sagte er mit feierlicher Höflichkeit.

Jons sah ein hageres Gesicht mit tief eingeschnittenen Falten, kalte, hellblaue Augen und einen Mund, durch den viele häßliche Worte gegangen sein mochten. Das Herz wurde ihm plötzlich schwer wie ein Stein, und er blickte voller Angst auf seine Schwester. Aber ihr Gesicht war unverändert, und ihre Nadeln hoben und senkten sich so ruhig wie sonst. Nur einmal hob sie unter dem schnellen, scharfen Flüstern des Gastes die grauen Augen, sah ihn in ungläubigem Erstaunen an und sagte leise, aber mit betonter Deutlichkeit: „Ich bin nicht die Frau, die ihre Bedingungen ändert. Auch die Steine bei uns zu Hause werden nicht geschliffen."

„Aber Diamanten werden geschliffen", erwiderte der Gast, stand auf und verbeugte sich. Er hob den Zylinder um eine Handbreite über sein Haar, und Gina neigte höflich ihren Kopf, doch schien es Jons, und nicht ihm allein, als messe sie mit einem kalten Blick die Spanne, um die der Gast seinen spiegelnden Hut gelüftet hatte.

Gina war den ganzen Tag für Jons da. Sie stand sehr spät auf, wenn er schon lange auf dem Deck der gelben Ungeheuer durch die Straßen gefahren war, hungrig nach allem Leben, das er zu sehen bekommen könnte, aber dafür begann ihr Amt erst in der Nacht, und sie hatten viel Zeit. Sie ging gern in ihrem Wohnraum auf und ab und blieb mitunter an einem der Fenster stehen, durch die die Sonne in breiten Bändern hereinfiel. Und dabei erzählte sie Jons ihr Leben. „Es schadet dir nichts, wenn du es weißt", sagte sie. „Die alten Griechen leben nicht mehr, und wahrscheinlich haben sie auch anders gelebt, als man es dir auf der Schule erzählt."

„Manche leben immer noch", erwiderte er lächelnd. „Jumbo hätte einen ganz guten Schüler des Sokrates abgegeben."

„Ach ja ... Jumbo ... er sagte das von den Mächtigen und dem Lachen. Er war klug, dein Jumbo, klug und ehrlich ... ja, und mit seinem Segen fuhr ich dann ab. Gotthold hatte gleich eine Freundschaft im Zuge geschlossen, keine gute, glaube ich, und ich fand dann meine erste Stelle. Nicht leicht, Bruder, nicht leicht. Die Füße schmerzen, das Kreuz schmerzt, und alle sind hinter dir her, vom Direktor bis zum Pagen, der noch eine Sopranstimme hat. O was für eine Kanaille ..."

Sie lehnte die Stirn an die Fensterscheibe und sah hinaus. „Und immer lernen, Bruder, immer lernen. Eine dumme Schönheit ist nur etwas für den Harem ... Ein Jahr war ich dort, und ich hatte viel gespart. Dann kam ich in ein ganz großes Hotel. Der Direktor hatte mich empfohlen, weil ich gesagt hatte, ich würde dankbar sein. Ich konnte nicht dafür, daß solche Leute sich immer nur eine Art von Dankbarkeit vorstellen können. Damit war es nun nichts, und er mußte sich eine andere suchen.

Hier nun habe ich wieder ein Jahr gewartet, bis die Gelegenheit kam. Da war ein Amerikaner mit einem Biest von Frau. Eine lange, dünne Röhre, mit Gott und dem Teufel wie mit Schießpulver gefüllt. Wer sie anrührte, bekam eine Ladung. Er hatte graue Haare, aber ich weiß nicht, weshalb sie nicht weiß gewesen sind. Wahrscheinlich hatte er sie färben lassen.

Er hatte unglückliche Augen, und ich sah, daß er mich von der Seite ansah. Aber ich ließ es mir nicht anmerken. Ein Zimmermädchen hat nichts zu sehen. Und einmal schlug er mit der Faust auf den Tisch. Er fluchte so, daß sie sich die Ohren zuhielt und dann ihre Koffer packte. Sie fuhr nach Paris, und er blieb allein zurück. Er ließ sich eine Flasche Whisky bringen und sang, komische Lieder, die ich nicht verstand, aber sie müssen ihm gut getan haben.

Dann bekam ich dieses hier, und mit dem Augenblick, wo ich mich hinter den Tisch setzte, war es das, was man eine Goldgrube nennt. Ich brauchte nur dazusitzen und ab und zu ein bißchen zu lächeln. Sie kommen aus der ganzen Stadt hierher. Auch der Graf, den du gesehen hast. Er ist reich und schlecht, aber ich bin stärker als er, viel stärker. Ich habe die Bedingungen aufgesetzt, unter denen ich ihn heiraten will, und er handelt noch ein bißchen. Aber es ist umsonst. Einmal wird er seinen Zylinder nicht nur eine Spanne hoch heben, und dann bin ich da, wo ich sein wollte. Wohin es dann weitergehen wird, weiß ich noch nicht."

Sie setzte sich auf die Lehne seines Sessels und glitt mit der Hand durch sein Haar. „Bist du sehr unglücklich, kleiner Jons?"

„Ziemlich", sagte er leise.

„Das mußt du nicht, Jons", erwiderte sie. „Siehst du, die Armen haben wenig mitbekommen, manchmal eine große Kunst und manchmal ein reines, starkes Herz, aber meistens nichts anderes als ihren Fleiß und ein Meer von Geduld. Ich habe die Schönheit mitbekommen und noch etwas dazu, und nun sollen sie bezahlen dafür. Für alle Stunden, die der Vater am Meiler gesessen hat und der Großvater über den Netzen. Für Friedrich und für Michael und für deine Jahre, in denen du mit Eisen an den Absätzen herumgelaufen bist. So teuer bezahlen, wie es wert ist, und es ist sehr viel wert, Jons, sehr viel wert . . ."

„Aber man darf keine Rechnung darüber aufmachen, Gina", sagte er.

„Doch muß man das, Jons, nichts anderes als eine Rechnung, denn Gott macht sie nicht auf. Gott ist immer auf der andern Seite, bei denen, die die Kirche einweihen, aber nicht bei denen, die sie bauen. Wenn wir auf Gott warten wollen, müssen wir bis zum Jüngsten Gericht warten, und wer weiß, ob sie nicht auch dann die besseren Rechtsanwälte haben werden. Gerichte sind eine gebrechliche Einrichtung, Jons."

Dann sprachen sie nicht mehr darüber, und auch in die Bar ging Jons nicht mehr hinunter. Er war nun sehr still, und sie sah, daß hinter seiner breiten Stirn die Gedanken kamen und gingen. Nicht über sie allein. Sie war nur der Anlaß, und er versuchte, ihr Schicksal in das Gewebe einzuweben, das er sich von der Welt gemacht hatte. Sie wußte, wie ernst und ordentlich er war und daß nichts ihm Ruhe ließ, bis er es in seine „Gerechtigkeit" eingeordnet hatte. Aber er würde noch lange brauchen, bis seine Rechnung aufging, ein ganzes Leben, und auch dann würde er nicht fertig sein.

Am letzten Nachmittag bestand er darauf, daß sie Gotthold anrufen sollte. Er würde nun noch ein paar Tage am Meiler sein und es könnte doch sein, daß der Vater fragen würde.

Sie stand eine Weile am Fenster und blickte hinaus. „Wir können ihn nicht anrufen", sagte sie schließlich und drehte sich um. „Er ist seit sechs Monaten in Untersuchungshaft."

Er sah sie verstört an, aber sie strich ihm mit der Hand über das Haar. „Du mußt es nehmen wie alles andere", sagte sie. „Alle diese Dinge schlafen in uns, und plötzlich stehen sie in einem von uns auf. Daß er es sein würde, war vorauszusehen. Er hat auch Czwallinnas Geld genommen. Er war nur schön, nichts weiter, und sie haben es ausgenutzt. Er hatte ein großes Haus in einem Vorort, aber es war ihm alles zu Kopf gestiegen. Und Hehlerei ist ein schmutziges Geschäft. Sie haben die ganze Gesellschaft aufgehoben, und ich denke, daß für ihn ein paar Jahre herauskommen werden."

„Gefängnis?"

„Nein, Zuchthaus. Sie haben es jahrelang getrieben. Seide und Juwelen in der Hauptsache."

„Und der Vater?" sagte er leise.

Sie stand schon wieder am Fenster. „Es könnte sein", erwiderte sie, „daß der Vater weiter sieht als wir alle und daß er auch anders sieht. Er wird meinen, daß Gott wieder einmal seine Hand auf seinen Tisch gestützt hat und daß es diesmal Gotthold getroffen hat. Und vielleicht wird er dankbar sein, daß es nicht mehr als Zuchthaus ist. Auch Gotthold war nicht aus seinem Blut."

„Vielleicht hast du recht", sagte er nach einer Weile, „daß du keine Kinder haben willst."

„Ich tue es nicht aus Angst", erwiderte sie.

Sie hatte versucht ihm zuzusprechen, aber er fuhr bedrückt ab. „Wir sind alle allein, Jons", hatte sie gesagt, „ganz allein. Er mit seinen Juwelen, ich mit meinem Grafen und du mit deiner Gerechtigkeit auf dem Acker. Keiner hat am andern zu tragen, jeder trägt allein. Und du hast sie nicht gestohlen, Jons."

Aber Jons dachte an den Meiler und schüttelte den Kopf. „Wir haben denselben Vater, Schwester", sagte er leise.

Er blieb noch eine Woche am Meiler und ließ sich im Dorf nicht sehen. Nur einmal ging er heimlich am Abend zu Stilling, erzählte ihm alles und sagte, er könne nun sein Geld nicht mehr nehmen. Er wolle nun beim Vater in die Lehre gehen und beim Großvater und nichts anderes werden, als was sie geworden seien. Auch wenn Gina nun einen Grafen heiraten werde. Aber er wisse nicht, was schlimmer sei, das Zuchthaus oder der Graf.

„Der Graf, Jons", sagte Stilling bekümmert, „sicherlich der Graf. Aber nicht schlimmer, sondern nur trauriger. Viel trauriger . . ., das andere aber, Jons, ist natürlich Unsinn. Siehst du nicht, daß dir viel aufgelegt wird, damit du viel tragen lernst? Wenn sie es in der Schule erfahren, wird der Direktor seine Nase streicheln, und du wirst vielleicht nicht mehr Vertrauensschüler sein. Du wirst allein stehen, Jons, und das ist das letzte, was wir lernen können, allein zu stehen, ganz allein. Aber stehen muß man, nicht knien oder liegen. Bist du von dem Blut, das dem ausweicht? Ich erinnere mich nicht, daß Michael ausgewichen wäre ..."

Also wollte Jons es auch nicht. Der Vater fragte ihn nicht, aber mit Maria besprach er alles, damit es ihn nicht zu plötzlich treffe. Auch sie war der Meinung, daß das mit dem Grafen trauriger sei als das andere. „Einen Gefangenen kann man wiederfinden", sagte sie in ihrer frühen Weisheit, „aber eine Gräfin ist uns verloren."

Am letzten Abend saß Jons auf der Böschung eines Grenzgrabens und sah zu, wie Kiewitt pflügte. Er war so weit gekommen in diesen Jahren, daß er nun ein Pferd hatte, eine alte, etwas dürre Schimmelstute, und mit ihr zog er nun in der Dämmerung die letzten Furchen durch seine Haferstoppel. Niemand rief ihm zu: „Kiewitt, komm mit!", und so brauchte er sich nicht hastig in den Schultern zu verbeugen. Der Himmel lag grau, mit einem matten Abendrot über dem Land, die Drosseln lärmten noch leise in den Vogelbeeren, und die Taucher riefen vom fernen Wasser herüber. Das welke Laub duftete, ein bitterer, strenger Geruch, der aus der Erde aufstieg und sich mitunter mit dem Rauch des Meilers mischte, den der Wind über das Moor trieb. Über dem Fichtenwald stand schon der Abendstern, die Dämmerung fiel rasch, und in dem grauen Licht war Kiewitt nur wie ein Schatten zu sehen, aber das Pferd zog immer noch hell, ein weißes Fabeltier, den unsichtbaren Pflug durch die Erde. Jons hörte die Hufe dumpf über den moorigen Boden gehen, in einem langsamen, schweren Rhythmus, in dem Müdigkeit lag, aber auch eine zähe, unerschöpfliche Kraft, die Kraft der Menschen und Tiere dieser Landschaft, die nicht auswichen, nicht dem Krieg, nicht dem Hagel, nicht der Pest. Vor tausend Jahren mochten diese Hufe schon über diesen Boden gegangen sein, ebenso langsam, ebenso dumpf, und nach tausend Jahren würden sie es wieder tun. Ein weißes Pferd, hager, mit zerzauster Mähne, älter als das

Pferd der Apokalypse, und dahinter der Schatten des Mannes, des heidnischen, des getauften, des wiedergetauften, vieler Männer, die die Erde pflügten, nichts weiter. Die wenig sprachen und wenig dachten, außer an das Brot, das wachsen sollte, um Speise zu geben. Die ohne Ehrgeiz waren, ohne Grübeln, ohne Träume, ohne Weltanschauung. Die so weiterpflügten, wie der Mensch vor den Toren des Paradieses damit begonnen hatte, und weiterpflügen würden, ob das Paradies sich nun öffnete oder für immer versank.

Und Jons war es, als habe er Kiewitt noch niemals anders gesehen als so wie jetzt hinter seinem Pfluge, schon damals, als er ein Kind gewesen war. Als werde er die ganze Nacht so weiterpflügen, hinter seinem weißen Pferde her, indes der Mond aufgehen würde und die wilden Gänse unter seinem Kreis über die Wälder rauschen würden.

Und ob er nun die Welt bewegen würde oder nicht: dieses würde bleiben und immer da sein, wenn er wiederkäme. Eine dunkle Erde unter dem Abendstern, ein weißes, hageres Pferd, älter als die Pferde der Apokalypse, ein Pflug, der leise durch die Stoppel rauschte, und ein Mann, der wie ein Schatten hinter ihm herging.

Und es war gleich, ganz gleich, ob er dann Kiewitt hieß oder Michael oder Jons. Es war der Mann, der die Erde umbrach, um das Korn zu säen.

XV

Das Frühjahr ist die Zeit des Wanderns. Die Stare kommen wieder nach Sowirog, sitzen auf den kahlen Obstbäumen, flöten in der ersten, warmen Sonne und sehen den Kindern zu, die ihre kleinen Papierschiffe in den Gräben der Straße schwimmen lassen. Die Kiebitze rufen über dem Moor, die wilden Gänse ziehen nach Norden.

Der Großvater Michael steht am hohen Seeufer, auf seinen Stab gestützt, und blickt über das graue, aufgehende Eis nach den Wäldern, die sich langsam wieder aus der Öde der Nonnenjahre erheben. Es fröstelt ihn leise, obwohl die Sonne scheint, und es ist ihm, als beginne dieses Jahr anders als sonst. Er kann nicht sagen, woran es liegt, er hat es niemals sagen können, aber sein Blut ist kühler geworden, und als er sich langsam umdreht, läßt er die hellen Augen lange auf den grauen Dächern von Sowirog verweilen. Er fühlt, daß es nun Zeit wird, aber er weiß noch nicht, wie lange der Zeiger sich noch drehen wird. Es ist nichts zu tun für ihn. Kein Menschenweg läßt sich aufhalten oder wenden durch Menschenhand, weder der der Söhne noch der der Enkel. Wie das Wasser zu Tal fließt, läuft der Menschenweg seinem Schicksal zu, unaufhaltsam, und unten steht der alte Gott, milde oder zornig, und fängt die Wege auf oder verwirft sie.

Michael sieht den Rauch des Meilers hell und gerade über die Wälder steigen und die Kinder an den Gräben spielen. Zwei sind nun tot und einer ist im Zuchthaus für lange Jahre, und auch auf den Zurückgebliebenen liegt Gottes Hand. Das Blei verschwindet, das Schmelzen ist umsonst, aber noch einmal wird Gott den Tiegel füllen.

Auch die Menschen wandern im Frühjahr, und auch nach Sowirog führt eine alte Straße. Staub und Öde liegen auf ihr, aber auch durch Staub und Öde kann das Schicksal gehen, wenn es ein Ziel hat. Glumsda geht zwischen ihren Gräben dahin, die Tasche auf dem Rücken, den Stock in der Hand, und Korsanke reitet auf ihr durch die Dörfer, in denen er für Recht und Gesetz zu sorgen hat. Aber die beiden sind es diesmal nicht, die das Schicksal tragen oder die das Schicksal aussendet, um Boten zu sein. Sie haben ihre Bestimmung erfüllt. Glumsda hat neben dem Toten im „Paradies" gestanden und den Brief getragen, der Michael an den Meiler und in den frühen Tod rief. Korsanke ist im Schneesturm zur „Armen Sünde" geritten und hat die Faust gegen den jungen, voreiligen Mann mit dem Karabiner gehoben. Sie haben das Ihrige getan am Webstuhl der Zeit, das Schicksal ruft sie nicht mehr auf.

Es ruft drei andere auf, die es sich ausgewählt hat in der Welt, und schickt sie nach Sowirog. Der eine kommt in der Frühe an, eine Art von altmodischem Ranzen auf den jungen Schultern, einen Stock in der Hand, ein Lied auf den Lippen, aber er weiß nicht genau, ob er aus Fröhlichkeit oder Angst singt.

Der zweite kommt in der Nacht, und er muß manchmal stehenbleiben und sich umsehen, weil er lange nicht dagewesen ist, so lange, daß inzwischen Wälder gestorben und Schonungen aufgestanden sind. Auch fährt er zusammen, wenn der Kauz im Eichenbaum ruft, und auf seinen Lippen liegt kein Lied, sondern ein heimlicher Fluch.

Der dritte kommt um die Mittagszeit. Er singt nicht und flucht nicht. Er zieht einen Wagen mit einem Gestell hinter sich her, und seine kleinen, geröteten Augen gehen tückisch von Haus zu Haus, von Fenster zu Fenster, ob ein Feind oder ein Verfolger hinter den Scheiben steht.

Der erste ist der junge Lehrer, der an Stillings Stelle treten soll. Er kommt ganz frisch aus dem Seminar, und er ist bis zum Rande seines Herzens mit großen Vorsätzen und Liebe, mit Pestalozzi, vielen Idealen und etwas Angst gefüllt.

Der zweite kommt von fernen Ländern und Küsten, aus einem umgetriebenen, wilden Leben, aus Verfehlung und Schuld, und er hat manchen Anlaß dazu, zusammenzufahren, wenn ein trockener Ast unter den Schalen des ziehenden Wildes bricht.

Der dritte ist der „Totschläger", wie er in der Landschaft

heißt. Ein Scherenschleifer, der vor vielen Jahren seinen Nebenbuhler im Gewerbe erschlagen haben soll, aber man hat ihm nichts nachweisen können. Man hat ihn lange hinter vergitterten Fenstern gehalten und dann wieder losgelassen. Er trinkt und flucht, ein roher Geselle, der die Kinder haßt, weil sie hin und wieder den Riemen seines Rades heimlich durchschneiden und Spottlieder hinter ihm her singen.

Alle drei glauben, daß sie von selbst den Weg ins Dorf gewählt haben, daß sie auch in ein anderes Dorf und eine andere Gegend hätten gehen können, nach eigenem Ermessen und eigener Wahl. Sie waren zu jung, zu verstört oder zu stumpf, um zu erkennen, daß das Schicksal sie anstieß und ihre Schuhe lenkte. Kein Schicksal, das auf einem Stein oder an einem Kreuzweg saß, sondern das tief und unerkannt in ihrem Herzen lebte. Ein Teil ihrer selbst, aber sie erkannten es nicht.

Stilling war nun so weit, daß er nach Ruhe verlangte, auch wenn das Gesetz ihn nicht dazu aufgefordert hätte. Es waren zuviel Kinder, und sie waren zu laut für seine Ohren, die nach Stille verlangten. Schwester Elisa, die Bußpredigerin und Heidenbekehrerin, hatte keine lichthungrigen Schüler auf die hohen Schulen geschickt. Sie hatte Pfennig auf Pfennig gelegt und von diesem und dem, was die Lebensversicherung ihr an ihrem sechzigsten Geburtstag auszahlte, ein kleines Haus am Waldrand gebaut. So klein, daß es wie ein Zwergenhaus aussah, aber doch so, daß unten alle Bücher, der Globus und aller Unsinn Platz hatten, den ihr Bruder in seinem langen Leben gesammelt hatte. Sie schenkte ihm das Haus nicht etwa. Er mußte Miete und Kostgeld bezahlen, wie es in der Ordnung war, aber sie war eine milde Herrin, und er war es zufrieden unter ihrer strengen Hand. Sie sollten noch vier Wochen im alten Schulhaus bleiben, bis der junge Lehrer etwas eingewöhnt war.

Elisa nannte ihn mit milder Nachsicht „das Kind“, und Stilling nannte ihn „Benjamin“. In Wirklichkeit führte er den in der Landschaft nicht seltenen Namen Gollimbeck, und das heißt das „Täubchen“. Es war ein gefährlicher Name, und lange Zeit pflegten ein paar der Vorwitzigen unter den Sowirogkindern zu Beginn der Stunden den leisen Lockruf der Tauben nachzuahmen, um es ihrem neuen Lehrer etwas heimatlich zu machen.

Er war einer Witwe Sohn und unter Hunger und Entbehrungen durch seine Ausbildungszeit gegangen. Er war der Meinung, daß sein Beruf dicht neben dem des Kaisers stehe und daß, wenn dem Volke noch einmal ein Zeitalter der Blüte und des Lichtes bestimmt wäre, es von den Trägern dieses Berufes ausgehen werde. Er war groß und schmal, mit einer Fülle hellen, widerspenstigen Haares und sanften, blauen Augen, die die Welt nicht eigentlich aufnahmen, sondern sie bestrahlten und verwandelten, so daß Piontek mit der Ringschleuder ihm wie einer der Erzväter und der verfallene Ziehbrunnen des Dorfes ihm wie der Brunnen Rahels erschien. Er war nicht gehämmert und nicht gehärtet. Er war wie weiches Gold, nach dem die Menschen ihre Hände ausstreckten, aber es war noch nicht zu übersehen, was sie daraus machen würden.

„Er sollte zuerst drei Jahre zu den Aka-Aka gehen“, sagte Elisa und blickte ihm mit zusammengezogenen Augenbrauen nach, „und dann sollte er wiederkommen. Mit einer Weidenrute kann man kein heißes Feuer umrühren.“

„Aber anrühren kann man es, Schwester“, erwiderte Stilling. „Auch ich habe nicht mehr getan, und das Umrühren besorgt schon der liebe Gott.“

Auch ging es besser, als sie gedacht hatten. Seine Jugend machte vieles gut, und es war schwer, vor seinen sanften Augen widerspenstig oder träge zu sein. Auch gab es zu dieser Zeit noch keine Chucholleks in Sowirog.

Stilling führte ihn durch die Häuser und spann die langen Fäden ihres Schicksals vor ihm aus. „Was für ein Land ...“, sagte der junge Martin ergriffen. Sie hießen ihn lächelnd willkommen, und der Großvater Michael sagte „Sohn“ zu ihm. „Auch du fängst nun an, Sohn“, sagte er, „und auch du wirst aufhören. Sieh zu, daß du dazwischen das Rechte tust!“ Martin stand mit blassem Gesicht vor ihm, und als sie draußen waren, atmete er tief auf. „Ich habe nie gedacht“, sagte er leise, „daß es so schön sein würde ...“

Sie waren auch am Meiler, und dort sah der junge Lehrer

Maria. Sie stand vor dem Herde, in dem sie Feuer gemacht hatte, drehte ihnen halb den Rücken zu und sang leise vor sich hin, wie sie in der Einsamkeit des Waldes zu tun pflegte. Ihr Haar leuchtete, und Martin war schon verzaubert, ehe er ihr Gesicht sehen konnte. „Die Sterne wandern, die Sterne stehen", sang sie. „Wie wird es mir unter den Sternen ergehen?"

Als er aufseufzte wie ein Kind vor dem Geburtstagskuchen, drehte sie sich um. „Dies ist der neue Lehrer, Maria", sagte Stilling, „und er will aus Sowirog einen Garten Eden machen."

‚Ach du lieber Gott', dachte sie, ‚er ist ja noch ein Kind, dem man Märchen erzählen kann ... er wird sich verirren und nach seiner Mutter rufen.'

Beide erröteten, und Martin berichtete hastig, daß der Großvater Michael ihn „Sohn" genannt habe. Ja, sagte sie, auch zum Kaiser würde er „Sohn" sagen. Er sei alt genug dazu, und alle Jeromins seien wohl ein bißchen wunderlich. Ein Schatten glitt über ihre Augen, und Stilling sah, wie ähnlich sie alle einander waren, Eltern und Kinder, und die Geschwister untereinander.

Aber als sie zu Kiewitts Hütte gingen, sagte er zu Martin, daß dies ein dunkles und mühseliges Geschlecht sei, nicht gut, um kopfüber in ihre Schatten hineinzutauchen. Aber Martin hörte nur die Worte. „Wie wird es mir unter den Sternen ergehen?" sang er vor sich hin. „Ach, Herr Stilling, ein Zauberland, ein Zauberland!"

„Ja, mein Lieber, und niemand weiß, was er eben webt."

Auch Stilling wußte es nicht, auch nicht, als er am Abend vor der Weltkugel saß und sie langsam unter seinen Händen kreisen ließ. Die Sterne waren schon aufgezogen, und der junge Lehrer lag schon lange oben in seiner Kammer und träumte von einem großen Brunnen, um den die Herden der Erzväter sich mit glänzenden Rücken drängten.

Stilling sah die Länder und Meere vorübergleiten, die nächtlichen Kontinente und die, über denen die Sonne eben aufging. ‚So viele dunkle Länder', dachte er, ‚und immer erlischt das Licht in den Händen der Jungen ... alt und müde werden sie wie ich, und niemals steigt der Garten Eden herauf, von dem sie träumen ...'

Er hob nicht einmal den Kopf, als es leise am Fensterladen klopfte. Den Ast vom Apfelbaum müsse er noch beschneiden, dachte er, ehe er in das Zwergenhaus ziehe. Sonst denke der junge Lehrer, daß es eine Mädchenhand sei, die klopfe, und Enttäuschung tue jungen Herzen weh.

Aber es war keine Mädchenhand, die klopfte. Ein Anker und eine aufgehende Sonne waren auf die braune Hand tätowiert, und die Hand war voller Risse, zersprungen von harter Arbeit vor dem Mast und zwischen schlagenden Segeln.

Nun stand Stilling doch auf, die Knie zitterten ihm plötzlich, und seine Augen, die noch immer auf den dunklen Ländern lagen, glaubten zu ahnen, was der Zauberer webe, von dem er gesprochen hatte. Er öffnete nicht die Laden, sondern ging durch den Flur und die Küche zur Hintertür, die er leise aufschloß.

Da stand der Wanderer, der nur bei Nacht über die Straßen ging. Er hatte keinen Mantel an, aber er hatte den Rockkragen hochgeschlagen, weil es noch reifte in den Nächten. Etwas Verwehtes und Verlorenes lag um seinen dunklen Umriß, und auch seine Stimme war dunkel und ohne Freundlichkeit, als er sagte, daß er nun wieder da sei.

Stilling sagte nichts. Er ließ ihn ein und schloß die Tür hinter ihm wieder ab. Er nahm nicht seine Hand im Dunklen, sondern nur einen Rockärmel und führte ihn leise in den hellen, warmen Raum, in dem die Lampenglocke sich in dem matten Glanz der Weltkugel spiegelte. Der Ofen war noch geheizt, und der junge Stilling lehnte sich mit dem Rücken an ihn, die Hände noch immer tief in den Taschen und den Kragen der Jacke hochgeschlagen.

‚Ein Strolch', dachte Stilling, indem er ihn ansah. ‚Nichts als ein Strolch ...'

Ja, sagte der Wanderer noch einmal, da sei er nun.

Die Worte kamen rauh zwischen seinen schmalen Lippen hindurch, und die dunklen Augen gingen scharf und schnell im Zimmer umher.

Ob er etwas essen wolle, fragte Stilling leise.

Klar! Pflege kein Gast an der Table d'hôte zu sein. Aus diversen Gründen.

Als der Lehrer aus der Küche zurückkam, das Brett mit den kalten Speisen in den leise zitternden Händen, war der Junge auf der Ofenbank zusammengesunken, nicht viel mehr als ein unordentliches Bündel Kleider, wie ein Erhängter, den man von seinem Strick geschnitten hatte.

Er stürzte sich wie ein Verhungernder auf das kalte Fleisch und das Brot, und Stilling sah ihm zu, in seinem alten Lehnstuhl, in dem er ganz gerade saß, so wie er vor den Schranken eines Gerichts sitzen würde. Auch an der Art, wie einer aß, konnte man sehen, ob er verloren war.

Sie sprachen kein Wort. Erst als das Brett leer war, rollte der Gast sich mit geschickten Fingern eine Zigarette, wozu er den Tabak aus der Tasche nahm, und fragte, wie es mit einem „Drink" sei.

Nein, zu trinken gebe es nichts. Nur kalten Tee, wenn er den wolle.

Er lächelte verächtlich und streckte die Beine von sich. Die Schuhe waren geplatzt, und bei einem war die Sohle mit einem Bindfaden an das Oberleder gebunden.

„Ja", sagte er dann mit seiner rauhen Stimme, „das ist nun wohl die Heimkehr des verlorenen Sohnes . . . keine goldenen Berge geerntet. Ein paarmal dicht davor, aber zwischen den Händen zerronnen. Damn it!"

Gedenke auch nicht zu bleiben. Zu eng, dieser Kontinent. Zuviel Polypen und Kindermädchen. Wieder in die Staaten zurück. Nur Geld bis zum Hafen nötig. Ein bißchen eilig, weil da vor acht Tagen so eine Sache war. „Etwas ausgeräumt, was nicht ganz fest verschlossen war. Waren ein bißchen scharf hinter mir her, aber haben meine Spur verloren . . . Wieviel meinst du, alter Herr, könntest du entbehren?"

„Nichts", sagte Stilling mit klarer Stimme.

Der andere pfiff leise durch die Zähne.

„Ich will dir eine Fahrkarte kaufen und dich in den Zug setzen", sagte Stilling.

„Danke sehr, alter Herr, aber ich brauche Geld und keine Fahrkarte."

„Was ich erspart habe, gehört nicht mir, sondern einem der Jerominsöhne, der davon das Gymnasium besucht."

„Jeromin? Jeromin? Aha ... Wohltäter der Menschheit, kenne das. Auch ich gehöre noch zur Menschheit."

„Bis zum Tode gehören wir alle dazu."

Er könne zur nächsten Gendarmeriestation gehen und sich verhaften lassen.

Ja, Korsanke sei immer noch da. Ein humaner Beamter ... es seien nun schon zwei aus Sowirog im Zuchthaus.

„Oha! Zum Beispiel?"

Einer der Czwallinnasöhne wegen Mordes, und ein Jeromin wegen Einbruch und Hehlerei.

„Sieh mal an ... eine ganz nette Gegend."

Die Nacht über könne er dableiben, nicht länger. Ein neuer Lehrer sei da, der oben schlafe. Und in seinem Alter wolle er niemanden mehr beherbergen, der gesucht werde. Auch weiße Haare könnten schmerzen.

„Allright", sagte der Sohn. „Immer noch unter dem eifrigen, zürnenden Gott. Erinnere mich von früher ..."

Stilling brachte zwei Decken und ein Kissen und legte sie auf dem alten Sofa zurecht. Der Junge stand daneben und fuhr mit dem Zeigefinger langsam über die weißen Knöpfe, die am Rande des schwarzen abgeschabten Leders entlang liefen. „Immer noch dieselben", sagte er. „Komisch, wie die Zeit läuft ..."

Er band nur die Schuhe ab und streckte sich dann auf dem Lager aus.

Eine Weile blieb Stilling noch an der Weltkugel stehen und bewegte sie ohne Gedanken um ihre Achse. „Du solltest zu Korsanke gehen", sagte er endlich. „Ich will es gern auf mich nehmen. Es ist besser als unstet und flüchtig zu sein."

„Wer auf dem Sofa sitzt, hat gut reden."

„Man sitzt nicht mehr auf dem Sofa, wenn der Sohn vor Gericht steht. Wir halten hier noch auf einen guten Namen."

„War immer so, soweit ich mich erinn re. Damals schon. Aber schlage dir Korsanke aus dem Sinn. Geld ist besser als Korsanke."

Stilling seufzte und nahm die Hand von der Weltkugel,

als habe er zwischen allen Ländern und Meeren nach einer Zuflucht gesucht und sie nicht gefunden. „Es bleibt, wie ich es gesagt habe. Wo die Flügel der Morgenröte nicht hintragen, trägt auch das Geld nicht hin . . .“

Er nickte dem Liegenden zu, nahm die Lampe vom Tisch und ging leise aus dem Raum.

Eine kurze Nacht für Erschöpfte oder Träumende, eine ewige Nacht für den, der Gott um Rat fragt. Aber Gott war nicht da, er hatte nur die steinernen Tafeln ausgelegt, und sie waren auch im Dunklen zu lesen. Du sollst. Du sollst nicht. „Auf daß es dir . . .“ Ja, auf daß es dir wohlgehe auf Erden. Es sollte gar nicht wohlgehen, es sollte nur in Ehren gehen. Wer fünfundvierzig Jahre im Dienst des Staates gewesen war, wußte, daß die Ehre eine eherne Hand hatte, eherner als die Liebe. Sie schlug zu, und die Jahre zersplitterten wie Glas. Es war nicht gut, sich gegen sie zu erheben.

Es war auch ohne Zweck, denn der dort drinnen war noch nicht am Ende. Er war weder satt noch gedemütigt. Er wollte noch mehr haben von der Welt. Er war nur ein bißchen müde im Augenblick und ein bißchen gejagt. Auch der Wolf flüchtet sich in seine Höhle, bis der Jäger die Spur verloren hat. Aber einmal würden sie ihn doch fangen. Auch auf weißen Haaren liegt Gottes schwere Hand.

Das war nun, was sie den „Lebensabend“ nannten. Im reinsten und klarsten Hause konnten die Gespenster stehen. Im Staate war es so, daß man mit dreißig Jahren seine Prüfungen beendet hatte. Mehr wollte der Staat nicht wissen, er sah nur zu, ob man das Seine tat. Aber Gott prüfte länger. Er schlug die Seiten um, und plötzlich fiel ihm ein Name ein. „Geprüft und bestanden“ war daneben eingetragen. Oh, das war lange her, vierzig, fünfzig, sechzig Jahre. Wollen sehen, wie es heute ist. Und er schickte Krankheit, Armut, Schuld, oder eben einen Sohn. Niemand ist reicher an Fragen als er, niemand achtet weniger auf weiße Haare als er. Weiße Haare sind ein Zoll der Natur, nicht mehr. Keine Eintrittskarte für die Säle des Friedens. Nur der Tod gibt sie aus, und er läßt sich teuer bezahlen.

Morgen, um die Mittagszeit etwa, wird er also zu Korsanke

gehen. Keine Apfelbäume beschneiden, sondern den Weg der Pflicht gehen. Fünfundvierzig Jahre, dem Staate gegeben, lassen ihre Zeichen zurück. Wer etwas vor dem Staate vergräbt, macht sich schuldig. Wer Kinder lehrt, hat recht zu tun, mehr als andere. Kinder dürfen nicht irre werden. „Du sollst nicht falsch Zeugnis ablegen." Auch Schweigen kann falsch Zeugnis sein.

Der erste Hahn kräht, und die ferne Stimme geht wie ein Trompetenstoß durch seine Schlafkammer. Nein, nein, er wird nicht verleugnen, er gewiß nicht. Sein Blut kann man verleugnen, aber nicht Christi Wort. „Es soll einerlei Recht sein für euch alle." So steht es geschrieben, so ist es zu halten. Es steht nicht geschrieben, daß Väter ein anderes Recht haben als Kinderlose. Und auch davon steht nichts geschrieben, daß das weiße Haar dem Recht ausweichen dürfe.

Andere Hähne krähen, ferne und nahe, immer mehr. Genug an einem. Gott braucht ihn nicht so gering zu achten, daß er ihm so viele schickt. Eine Tür geht leise, noch eine ... in Gottes Namen also.

Die Decken waren nicht zusammengelegt, das Zimmer roch nach kaltem Rauch, die Asche war auf den Fußboden gestreut. Ein Lichtstumpf stand auf dem Tisch, und daneben lag die große Bibel aufgeschlagen. Als Stilling sich über die Blätter beugte, sah er ein großes rotes Kreuz an den Anfang eines Verses gemalt. „Ein Verleumder verrät, was er heimlich weiß; aber wer eines getreuen Herzens ist, verbirget dasselbe."

Er blickte lange auf die Verse nieder und schüttelte den Kopf. Es war nicht gut, die Bibel über eine Sünde zu legen. Man legte auch nicht Goldstücke auf die Augen eines Toten, sondern Kupfermünzen.

Er öffnete die Fenster und machte die Läden auf. Die Sonne war noch nicht aufgegangen, aber die Flügel der Morgenröte hingen schon über dem Dorf. Die Tür zum Flur war geöffnet, und er sah, daß sein Wintermantel fehlte. Es war ein neuer Mantel, warm und schwer. Er würde gut sein für jemanden, der eine heißere Sonne gewöhnt war.

Korsanke saß in seinem kleinen Garten an der Rückseite des Hauses und drehte einen trockenen Zweig zwischen seinen

Händen. „Nein, ich will es nicht tun, Stilling“, sagte er leise. „Ich will es nicht tun. Ich habe einen Eid geleistet, so wie du auch, aber es steht nichts davon geschrieben, daß ich Schmutz auf ein weißes Haupt zu werfen habe. Ich bin es müde, weißt du, ‚im Namen des Königs‘ anzuklopfen. Wenn sie ihn kriegen, wird er schweigen, und wenn er nicht schweigt, wirst du schweigen. Und wenn du redest, nun, dann will ich es auf mich nehmen. Aber ich denke mir, daß die Polizei ruhig ein paar Sachen dem lieben Gott überlassen sollte. Es wäre besser für die Polizei, denke ich mir. Es sind nicht die besten Schüler, die immerzu den Zeigefinger aufheben.“

Nein, das seien sie sicherlich nicht, erwiderte Stilling.

„Und was denkst du wohl, was sie von Jons reden werden, dort auf seiner Schule“, fuhr er fort, „wenn sie das erfahren? Meinst du nicht, daß sie schon genug zu reden haben?“

Ja, das meinte Stilling auch, und daran hatte er noch nicht gedacht.

Sie schwiegen nun und ließen sich beide von der Sonne wärmen. Über den Feldern hingen die Lerchen in der blauen Luft, und am Fließ sangen die Kinder ein Reigenlied.

„Man muß nicht gerechter sein als Gott“, sagte Korsanke endlich. „Man macht ihn sonst überflüssig . . .“

„Was wollte er?“ fragte seine Frau, als Stilling gegangen war.

„Er hat jetzt zuviel Bienenstöcke für seinen kleinen Garten, und er will mir ein paar abgeben . . . er denkt immer mehr an andere als an sich selbst . . .“

Der Dritte kommt um die Mittagszeit.

Es ist ein heißer Tag, der Sand stäubt schon auf der einsamen Straße, und die schmalen Räder des Scherenschleiferwagens gleiten immer wieder in die tiefen Geleise, aus denen der Mann sie mit einem Fluch herausreißt. Er ist böse und wild heute vom Morgen an. Von einer tückischen Wildheit, die ihn mit Steinen nach dem Buchfink werfen läßt, der in der Birke sein kurzes Lied singt. Es ist Gründonnerstag, und die Leute bringen keine Messer und Scheren vor die Türen. Sie haben große Kringel gebacken, tragen Feiertagskleider und schließen die Küchentür ab, wenn sie seine heisere Stimme draußen hören. Er ist lange nicht dagewesen, ein paar Jahre lang, aber sie haben nichts vergessen. Sie haben ein Gedächtnis wie ein halb trockener Sumpf, der jede Spur bewahrt.

Der Totschläger wollte einen Umweg um Sowirog machen, weil er das Dorf haßte, mehr als andere Dörfer. Aber da es nur eine Straße gab, so hätte er den Umweg durch die Wälder machen müssen, und der Wagen liebte keine Wälder. So wollte er auf der Bank vor dem Dorfkrug essen und eine kleine Flasche Schnaps trinken. Auch war der Krugwirt der einzige, mit dem sich reden ließ. Die Söhne waren „futsch", aber ein kleines Geschäft ließ sich auch noch mit dem Alten machen.

Das Dorf war wie die anderen Dörfer, feiertagssatt und verschlossen. Nur die Kinder waren wacher hier als anderswo. Sie sangen keine Spottverse, aber sie standen vor den Hoftoren, die Hände in den Taschen oder auf dem Rücken, schweigend, aber mit funkelnden Augen, und ab und zu spie eines so deutlich aus, daß es nicht mißzuverstehen war. Am liebsten hätte er sich gleich auf die nächsten gestürzt, aber dann würden die anderen sich über seinen Wagen hergemacht haben. Er wußte schon, daß sie darauf warteten. So sah er sie nur von der Seite mit seinen geröteten Augen an. Sie wichen ein paar Schritte zurück, so daß die Haustür näher war, und dann folgten sie ihm auf ihren bloßen Füßen. Es war ein schweigender Einzug, und er knirschte mit den Zähnen, als er sich auf die Bank vor dem Dorfkrug setzte.

Er aß trockenes Brot mit Speck und trank aus einer kleinen weißen Flasche Schnaps dazu. Viel Schnaps. Er warf eine Brotrinde vor die Füße der Kinder, aber sie pfiffen nach ihren Hunden und sahen zu, wie sie sich um die Beute balgten. Dann jagten sie sie wieder fort.

Die Sonne schien heiß, und der Scherenschleifer wurde müde. Er nahm seinen Wagen und verschwand in der Einfahrt. Am andern Ende gab es eine Tür in den Garten, dort konnte er schlafen, bis es ihnen zu langweilig wurde. Den Wagen versteckte er hinter leeren Bierfässern und warf ein paar alte Säcke darüber. Die Kinder flüsterten miteinander und zerstreuten sich dann. Czwallinna hatte alles mit angesehen, die schweigenden Kinder, den Totschläger mit der Flasche und wie er den Wagen versteckte. Er war nun alt geworden, und sein grauer

Schnurrbart hing ihm dünn und traurig an den Mundwinkeln herunter, aber in seinen schiefen Augen glühte noch immer dasselbe Licht. Er war nicht fortgezogen, aber er hatte nicht vergessen, daß sie ihm sein Geld und seine beiden Söhne gestohlen hatten. Er würde niemals vergessen.

Als die Sonne um das Haus herumgegangen war und in den Garten hinabbrannte, stieg er aus der Kellertür leise zu den leeren Fässern hinauf, durchschnitt die Riemen des Scherenschleiferwagens mit einem alten Rasiermesser und zog die Tür wieder lautlos hinter sich zu. Wenn der Gott des Alten Testamentes die Sünden der Väter an den Kindern bis ins dritte und vierte Glied rächte, so stand ihm wohl frei, sie am zweiten Gliede zu rächen. Und das zweite Glied stand dem Herzen näher als das vierte.

Bevor der Scherenschleifer erwachte, hatten die Kinder ihn und seinen Wagen vergessen. Zuerst hatte sich ein Igel in den Straßengraben verirrt, und dann war der Pfarrer über den See gekommen. Der Pfarrer hatte sich in seinen Mußestunden ein neues Gespräch mit seinem Widersacher ausgedacht: er hatte in eines der schmalen Kielboote einen Mast gesetzt und zu segeln begonnen. Er hatte niemals in seinem Leben ein Segel in der Hand gehabt, und die Leute von Sowirog schüttelten den Kopf, wenn sie im Sturm das weiße Dreieck auf dem Wasser erblickten. Manchmal schien es ihnen, als tauche die dünne Mastspitze in die weißen Wellenkämme und als hinge ihr Pfarrer auf der Ruderbank wie auf dem See Genezareth die Jünger, die „verderben“ sollten. Aber er zuckte nur die Achseln, wenn er ausstieg. „Ich gebe ihm eine Gelegenheit“, sagte er, „aber er will nicht. Es scheint mir, daß er Angst hat, mehr als ich, und wer Angst hat, hat ein schlechtes Gewissen.“

Auch jetzt kam der Pfarrer herüber, schräge mit seinem Boot auf dem Wasser liegend, denn der Wind wehte scharf den See herunter, und sie sahen gleich, daß er wieder getrunken hatte. Aber bei ihm war es anders, als wenn ihre Väter getrunken hatten, und sie halfen ihm still aus dem Boot. Ob sie etwas fahren dürften, fragte der Mutigste zaghaft. Aber er schüttelte den Kopf. Ohne Segel ja, erwiderte er, aber sonst nicht. Es lägen genug von ihnen dort unter den kleinen Hügeln, die er noch nicht vergessen habe. Der andere habe ein schlechtes Gedächtnis, aber e r habe nichts vergessen, er nicht.

Er sah schwermütig von Gesicht zu Gesicht, mit seinen traurigen Augen, die der leise Rausch noch trauriger machte, und stieg dann zum Jerominschen Hause hinauf, wo Jons ihm schon entgegenkam.

Ja, Jons war nun Primaner, aber nicht das wollte er ihm erzählen, sondern daß er nun eingesegnet sei und daß er sich geweigert habe, das Abendmahl zu nehmen.

Sie saßen an der Hinterseite des Hauses in der Sonne, und der Pfarrer hatte den grauen Kopf gegen die alten, rissigen Balken gelegt. Er zeigte keinen Triumph in seinem Gesicht. Er sagte nur, daß es besser sei, man schütte einen Becher zu früh aus statt zu spät. Aber dann wollte er wissen, weshalb nur das Abendmahl? Weshalb nicht das Ganze? Es sei ihm so in der Erinnerung, als werde ein Glaubensbekenntnis dabei gesprochen.

Das müsse er mit sich allein abmachen, erwiderte Jons. Wenn er es nicht gesprochen hätte, so würde man ihn nicht eingesegnet haben, und lieber würde er zehn falsche Eide leisten als einen neuen Kummer auf seines Vaters Herz legen.

„Ich denke, Jons", sagte Agricola langsam, „daß dein Vater niemals Kummer am Buchstaben gehabt hat, an der Form, am Dogma. Er hat nur Kummer am Geist. Wenn du gespottet hättest über die Handlung, wäre er traurig gewesen. Sonst nicht. Auch er sieht ihn jetzt nicht, den großen Unbekannten, er ahnt ihn nur. Ich aber, ich ahne ihn nicht einmal. Ich will ihn nicht ahnen, denn es ist mir schwer, Anklage zu erheben. Ich bin kein Staatsanwalt. Ich war nur ein Kinderanwalt, und wenn ich ihn ahnte, müßte ich auf Kindermord klagen. Und auf Kindermord steht der Tod."

Unter der Maske seiner Worte und seines Rausches sah Jons die tiefen Falten eines hoffnungslosen Grames. Und er dachte sich, daß der Pfarrer wie ein Mann war, den man an seinen Todfeind gekettet hatte. Er hatte den Todfeind getötet, aber er war nicht frei geworden. Die Ketten hielten sie immer noch zusammen, und war ein toter Feind im Arm nun leichter als ein lebender, der hinter den Wolken stand?

„Es ist noch nicht das letzte Wort, das du gesprochen hast, Jons", sagte der Pfarrer. „Und vielleicht gibt es in diesen Dingen gar kein letztes Wort. Es gibt immer nur ein vorletztes für uns ... kann sein, daß das letzte er hat ... die ganz Großen bleiben immer im Nebel, Jons. Schon hier auf der Erde. Wieviel mehr als zwischen Himmel und Erde ... Was haben sie nun auf der Schule gesagt, Jons?"

Jons zuckte die Achseln. „Aussatz, Herr Pfarrer", erwiderte er dann finster.

Agricola nickte. „Alle Denker waren Aussätzige, Jons. So rächt er sich für das, was ihm bei der Schöpfung wider Willen in die Hand kam. ‚Eritis sicut Deus, scientes bonum et malum.' Das ist es, was er nie vergibt. Das Denken ist der Tod Gottes, und er hat ihn uns in die Hand gegeben, seinen eigenen Tod. Er möchte es wieder zurück haben, aber es ist zu spät, wir geben es nicht mehr zurück."

Er hob die rechte Hand mit geöffneten Fingern und schloß sie langsam zu, so fest, daß die Haut über den Knöcheln weiß wurde. Es sah aus, als halte er den Tod in seiner Hand.

Weit aus der Ferne kam der heulende Ruf eines Dampfers von dem großen See hinter den Wäldern. Er war so fern, daß er wie der Ruf einer Rohrdommel klang, aber er drang bis in den berauschten Schlaf des Scherenschleifers. Die Sonne neigte sich schon und blendete seine schmerzenden Augen. Es dauerte eine Weile, bis er sich erinnerte, wo er war, und es war keine gute Erinnerung. Es war weit bis zum nächsten Dorf, Feiertage standen vor der Tür, ohne Verdienst, und er würde froh sein, einen Heuschober auf den Wiesen zu finden, wo er das Osterfest verschlafen konnte.

Er stand mit einem Fluch auf, um seinen Wagen zu holen, und als er die Säcke fortgezogen hatte, sah er, was geschehen war. Er bückte sich gar nicht, um den Schaden zu prüfen, eine rote Flamme stand vor seinen Augen, und das letzte, was er sah, war eine Eisenstange, mit der man Steine aus den Feldern hob. Er riß sie an sich und stolperte auf die Straße.

Die Kinder hatten ihn vergessen. Zuerst war der Igel gewesen, dann der Pfarrer mit dem Segelboot, und nun standen sie alle auf Jeromins Hofplatz und sahen zu, wie Christean an einem Engel schnitzte, der ein Licht in beiden Händen tragen sollte. Die Hände waren erhoben, vorsichtig, wie Kinder eine Speise tragen, und das Gesicht ließ schon den halb besorgten und halb beseligten Ausdruck erkennen, mit dem der Tragende und langsam Schreitende auf seine unsichtbare Flamme blickte.

Jons hatte einen Tisch für Christean in die Sonne getragen, und da standen sie nun atemlos und sahen zu, wie das scharfe Messer vorsichtig über das weiße Holz glitt.

Es war kein guter Platz für sie. Haus und Stall lagen im rechten Winkel zueinander, und der freie Platz zwischen den Giebeln war mit geschnittenen Brettern gefüllt, aus denen Jakob den Anbau aufrichten wollte, an dem er so viele Jahre geplant hatte. Aber es war ein guter Platz für den Totschläger, und als er an den Gartenzäunen entlanggeschlichen kam und seine Widersacher plötzlich alle versammelt sah, ihm den Rücken wendend, ahnungslos wie Fische vor den beiden Flügeln eines Netzes, schrie er einmal auf. Ein heiserer Schrei, der ihm wider Willen entfuhr und den er gern begraben hätte, weil ein vielstimmiger Schrei der Todesangst ihm folgte, der bis in die fernsten Winkel des Dorfes drang.

Der Scherenschleifer war nicht ganz sicher auf den Beinen, aber sicherer als die, die ihn heranstürmen sahen, eine Eisenstange in der Hand, Schaum vor dem Munde. Er schrie nicht mehr, und auch die Kinder schwiegen. Wie ein lautloses Tier jagte er auf den Dorfplatz zu, ein Bär aus den Wäldern, mit kleinen, blutunterlaufenen Augen, die nicht wußten, welches Opfer er zuerst zerschmettern sollte.

Nun erst stoben sie auseinander, noch einmal mit gellenden Schreien. Ein paar der Schnellsten gewannen die Straße, ein paar die Stalltür, aber die meisten hingen verzweifelt an den Bretterstapeln, wo sie die nackten Füße in die schmalen Fugen setzten und von den unten Stehenden wieder zurückgerissen wurden. Der Tisch war umgestürzt, der Engel lag im Staube, und Christean, halb über den Tisch geworfen, suchte mit seiner Hand nach den Krücken, die er nicht erreichen konnte.

Und dann stand der Pfarrer zwischen Christean und dem Totschläger. Er war so schnell auf den Hof gekommen, „als hätten ihn Flügel getragen“, wie die Kinder nachher sagten.

Er hatte keine Waffe, er hob nur die rechte Hand gegen die Eisenstange, während die linke mit geöffneten Fingern nach hinten tastete, als wollte sie Christeans Scheitel oder den der anderen Kinder finden. Sein Gesicht war nun ohne Gram oder Rausch, und Jons und der Totschläger waren die einzigen, die sahen, wie es lächelte.

In Jons' erhobenen Arm fiel das Lächeln wie ein Zauber, der alle Bewegungen ersterben ließ, aber in des Totschlägers Augen löschte es den letzten schmalen Rest von Besinnung aus. Er ließ das Eisen fallen. Es schlug mit einem dumpfen, häßlichen Laut in das graue Haar des Pfarrers, und der Getroffene sank langsam in die Knie und dann vornüber auf die Stirn, während seine Hände noch immer in der früheren Gebärde blieben, die rechte nach vorn ausgestreckt, als trage sie ein beschwörendes Zeichen, die linke nach hinten greifend, als suche sie eine Stirn, die es zu beschützen gelte. Blut rieselte über seine Schläfen und färbte langsam den Sand des Hofes.

Als Jons sich auf den Totschläger warf und mit ihm zusammen zu Boden fiel, kamen die Männer und Frauen schon aus allen Häusern gestürzt. Sie fanden den Scherenschleifer halb erwürgt und ihren Pfarrer regungslos auf seinem Gesicht liegend. Er lag wie auf einem roten Tuch, und zu seinen Füßen, von der Tischplatte heruntergeschleudert, lag Christeans Engel im Staub, die Hände erhoben und mit besorgtem und beseligtem Ausdruck in den weißblauen Himmel blickend.

Der Pfarrer erwachte nur noch einmal, und auch das war gegen die Voraussage des Arztes. Es war nach Mitternacht, und der Karfreitag hatte schon begonnen. Er lag in Jakobs Schlafkammer, und sein Gesicht unter dem schweren weißen Verband war schmal wie unter einem Helm. Die Tür zur Küche hatten sie ausgehoben, und als er die Augen öffnete, konnte er das rote Feuer im Herd sehen. Er konnte auch die vielen, schwarz gekleideten Menschen sehen, die an den Wänden standen und saßen, aber sie erschienen ihm nur wie Schatten, die auf einer Reise Rast gemacht hatten.

Jons kniete an seinem Bett, und bei ihm ließ er seine Augen endlich ruhen. Nach einer Weile erkannte er ihn, und auch ein Teil der Erinnerung mußte ihm wohl wiederkehren, denn seine Augen gingen plötzlich suchend durch die Kammer und die halbdunkle Küche.

„Keinem ist ein Haar gekrümmt, Herr Pfarrer", sagte Jons.

Der Sterbende lächelte, aber dann machte er mit seiner rechten Hand Jons ein Zeichen, und Jons legte sein Ohr an den Mund des Pfarrers. „Er hat ... das letzte ... Wort ... behalten", sagte die kaum hörbare Stimme, und sein linker Mundwinkel verzog sich leise in demselben stillen Spott, den er bei seinen großen Streitgesprächen gezeigt hatte.

Darauf sagte er nichts mehr. Seine Augen gingen noch ein paarmal suchend über die niedrige Decke der Kammer und durch die Schatten der beiden Räume, als suchten sie seinen großen Widersacher, aber dann verdunkelten sie sich wieder, und das Bewußtsein verließ ihn. Als er zum letztenmal geatmet hatte, war nur das leise Lächeln um seinen linken Mundwinkel geblieben, eine kaum merkbare Falte, die mit spöttischer Verwunderung über das erstarrende Antlitz lief.

Das letzte, was Jons sah, als er die Kammer verließ, war die Gestalt des Großvaters, der hinter dem Toten stand, auf seinen Stock gestützt, und in die Ferne blickte. Als habe der Tod sich wieder geirrt und er blickte dem Davongehenden nach, ob er nicht noch einmal umkehren werde.

Zum erstenmal glaubte Jons zu sehen, wie unendlich alt und verlassen der Großvater war.

Sie hatten ihren Pfarrer still begraben wollen, am Ende der kleinen Hügelreihe, die ihn aus seiner Bahn geschleudert hatte. Es war ihnen zumute, als habe Gott sie nun ganz und gar verlassen, und am liebsten hätten sie ihn bei Nacht begraben, nur um kein fremdes Gesicht zu sehen.

Aber es war nun doch anders gekommen, und ihre Dorfstraße reichte kaum aus, um alle Menschen aus den Dörfern weit in der Runde zu fassen. Es war wie bei der Einweihung ihrer Kirche, nur daß es keine großen Herren waren, die zum Geläut der beiden Glocken aufsahen. Sie hatten den Pfarrer auf dem Jerominschen Hofplatz aufgebahrt, nicht in der Kirche, und auch das hatte Jons entschieden. Der junge Pfarrer, den sie endlich bekommen hatten und der in zwei Oberstuben beim Schulzen wohnte, ging unruhig von einer Menschengruppe zur anderen und blickte von Zeit zu Zeit ratlos auf die dunkle Frau, die von der Insel herübergekommen war und nun neben dem Sarge stand, als fürchte sie, daß jemand ihn vor der Zeit forttragen könnte. Er hatte vom Konsistorialrat Verhaltungsmaßregeln erbitten wollen, aber dann hatte er es doch gelassen. Nur wußte er immer noch nicht, was er eigentlich sagen wollte und wie es ausgehen würde.

Doch wurde er seiner Sorgen zu einem Teil enthoben, als der Wagen mit den beiden Pferden, den sie kannten, die Dorfstraße entlang gefahren kam, am Fuß des Kirchenhügels hielt und der große Herr im schwarzen, hochgeschlossenen Rock ebenso langsam wie damals ausstieg. Er trug das graue Haar immer noch unbedeckt, aber über seinem Arm lag ein Talar, und der Wind spielte in seinen schwarzen Falten, als der Geistliche nun zum Jerominschen Hause gegangen kam.

So wie damals sah er erst von Gesicht zu Gesicht, mit ernsten und bekümmerten Augen, in denen doch eine große, ruhige Würde lag, ehe er zum Sarge trat und still betete, wie er damals vor dem unfertigen Altar gebeten hatte. Dann reichte er der dunklen Frau die Hand, die sie zögernd nahm, sprach ein paar leise Worte mit ihr und dann ebenso mit dem jungen Pfarrer, der ihn verwirrt an der Haustür erwartete.

Als er, mit dem Talar bekleidet, wieder heraustrat, stimmten die Kinder, um den jungen Lehrer Martin geschart, ihren Gesang an, die Glocken waren verstummt, und nur die Lerchen fuhren fort, hoch oben in der blauen Osterluft ihre Liebeslieder zu singen.

Dieser Tote, begann der Oberkonsistorialrat, den er damals zu suchen gekommen sei, weil er für eine Weile in die Stille gegangen sei, sei nun noch weiter von ihnen fortgegangen, in eine noch tiefere Stille, in die kein Menschenwort mehr hineinreiche. Aber er habe gemeint, wenn er überhaupt noch jemals an einem Sarge stehen wolle, dann sei es dieser Sarg, und so sei er gekommen, um noch einmal in Demut vor dem Sterblichen seines Bruders zu verweilen, ehe es sich in das Unsterbliche verwandle.

„Meines Bruders, sage ich“, fuhr er fort, „denn der damals auf jener Insel vor dem Feuer vor mir saß, war mir wie ein junger Bruder, vom gleichen Blut, vom gleichen Leid, von der gleichen Wahrhaftigkeit, aber der Glanz der Jugend war noch um seine Stirn, ein wilder, tödlicher Glanz, der ihn die Hand gegen den Vater erheben ließ, wie wir alle sie einmal erhoben haben.

Ich habe ihm nicht helfen können. Niemand konnte ihm helfen. Man konnte Feuer in seinem Herde machen, ihm Speise kochen und ihn wärmen. Man konnte ihm zeigen, daß unter den Menschen die Treue und Güte nicht erstorben waren, aber man konnte ihm nicht Gottes Treue und Güte mehr zeigen. Er hatte seine Augen blind geweint über den Särgen der Kinder, und in ihrem Sterben war ihm auch Gott gestorben. Er ging von uns fort. Er schüttelte unsren Staub von seinen Füßen. Er war ein Bruder der Schakale und ein Geselle der Strauße.

Aber er war nicht weit genug fortgegangen, als daß er dem Menschengericht hätte entgehen können. Niemand entgeht ihm, der nicht glaubt, was die Menschen glauben. Sie können verzeihen, daß jemand nimmt, was ihnen gehört. Sogar daß jemand tötet, was ihresgleichen ist. Aber niemals, daß jemand aufhört zu glauben, was sie glauben. Die Abtrünnigen sind ihnen schlimmer als die Mörder.

Aber das Gericht traf ihn nicht, denn er hatte eine Freistatt gefunden. Er hatte eine Frau gefunden, die sein versteintes Herz erwärmte, und er hatte eine Gemeinde gefunden, der sein Kleid nicht mehr als ein Kleid war. Er hatte es fallen lassen, und sie verdoppelte ihre Liebe, weil er nackend war und fror. Viele von denen, die ihn verdammten, hätten all ihre Kleider hingegeben, um solch eine Gemeinde zu haben.

Er aber fuhr fort, mit seinem Gott zu reden. Er hatte ihn abgesetzt als einen Gott, der seine Kinder erwürgt hatte, aber der Abgesetzte stand vor seiner Tür. Und er ahnte, daß er dort stand. Er hatte sein Bild zerschlagen und ihm geflucht, weil er sein ganzes Leben lang um seines Namens willen gelitten hatte. Sein Buch war ihm ein Trug und eine große Täuschung, aber er hörte nicht auf, in ihm zu lesen. Er goß seinen Wein über die Blätter mit den heiligen Worten und sprach ihnen Hohn. Er forderte den Toten heraus, daß er erscheine und sich rechtfertige. Er trat ihn in die Erde, tief in die Erde, und wälzte Steine über sein Grab, aber manchmal, in der Abenddämmerung, vor seiner Herdflamme, drehte er sich schnell um, weil ihm ahnte, daß der Tote vor der Tür stand. Meine Lieben, keiner von uns hat so mit seinem Gott gerungen wie er.

Und vielleicht hat keiner von uns so geglaubt wie er, der nicht glauben wollte. Denn er hat seinen Glauben mit dem Tode besiegelt. Es waren ja nicht die Kinder, für die er den Schlag aufhielt und empfing. Die Kinder waren nur ein Bild, das nicht in Scherben fallen sollte. Hinter dem Bilde aber stand Gott. Der Totgeglaubte war wieder da. Wer für ein Kind sein Leben gibt, gibt es für Gott. Er kann es leugnen und verlachen, aber er gibt es für Gott. Kein Ungläubiger hat auf dieser Erde vor einem Kinde haltgemacht, vor tausend Kindern, wenn sie zwischen ihm und seinen Zielen standen. Nur die Gläubigen machen halt vor einem Kinde. Sie können es die Barmherzigkeit nennen oder das Weltgewissen oder die Liebe, aber es ist Gott. Es sind nur andre Namen, aber es ist Gott.

Gott hat diese Stirn zerbrochen, aber er hat sie mit einer Krone zugedeckt, und vor ihr verblassen alle Kronen der Könige dieser Erde. Immer noch, selbst zu diesen Zeiten, ist Unrecht leiden edler als Unrecht tun. Vielleicht ist es nicht besser, und sicherlich ist es nicht klüger. Aber Adel hing nie an Vorteil oder Klugheit.

Niemand weiß, wie lange dieses Dorf stehen wird oder seine Kirche. Aber lange noch, wenn Steine und Balken verstreut oder verbrannt sein werden, wird das Gedächtnis an diesen Toten leuchten, der den Namen des Dorfes eingeschrieben hat in das Buch der Ewigkeit. Der seinem Vater geflucht hat und dessen letzter, nicht gewußter Gedanke doch der gewesen ist: ‚Ich will mich aufmachen und zu meinem Vater gehen.‘

Er hat sich aufgemacht, und wir sehen ihm nach. Er war am Wort verzweifelt, zu dem sie die Lehre entstellt hatten, und Gott gab ihm, wonach er ein Leben lang sich verzehrt hatte: Segen in seine Hände. In die Hand, die sich dem Tode entgegenhob, und in die Hand, die sich nach rückwärts über das junge Leben breitete. Wer von uns wird jemals so gesegnet werden?“

Sie begruben ihn neben dem letzten der kleinen Hügel. Es war das Grab der kleinen Goguntochter, die der Tod zuletzt geholt hatte.

Als der Geistliche wieder abfahren wollte, machte der Großvater Michael das Zeichen des Kreuzes über ihn, und der Herr von Balk hielt ihm den Wagenschlag. Größere Ehre war ihm in seinem ganzen Leben nicht erwiesen worden.

XVI

Wird nun langsam Zeit, mein Lieber", sagte Herr von Balk, „daß Sowirog sich für eine Weile stille verhält. Trägt einen zu bunten Rock, und dein Direktor wird sich wieder seine griechische Nase massieren, hm?"

„Wahrscheinlich", erwiderte Jons.

„Wunder, daß die Zeitungsleute noch kein Nachrichtenbüro hier aufgemacht haben. Passiert immer was in deiner Heimatmetropole. Nur gut, daß kein Kameramann dich erwischt hat, als du über dem Scherenschleifer lagst. Möchte wohl wissen, wer die Riemen an seinem Wagen durchgeschnitten hat ..."

„Glauben Sie, daß es keines von den Kindern war?"

Balk schüttelte den Kopf. „Glaube, daß sie sonst lügen wie gedruckt, aber nicht hier. Der Wagen stand bei Czwallinna im Garten. Unwahrscheinlich. Auch daß keines gewartet hat, bis er aufgewacht ist. Auch Kinder möchten gerne sehen, wie ihre Früchte fallen."

Sie saßen in der Bibliothek am Kamin und sahen zu, wie die weiße Rinde über den Birkenklötzen sich kräuselte und verglühte.

„Wenn ‚er' dich eingesegnet hätte, junger Mann", sagte Balk nach einer Weile, „würdest du wahrscheinlich das Abendmahl genommen haben, wie?"

Jons nickte.

„Das erste ‚Kirchenlicht', das ich gesehen habe in meinem Leben, Jons. Auch ein paar Pfarrer scheint der liebe Gott am Sonntag geschaffen zu haben. Was ist der Beruf, mein Freund? Nichts, gar nichts. Der Mensch, das ist die Sache. Auch wenn er Zimmermann geworden wäre, der Oberkonsistorialrat, wäre er ein großartiger Mann geworden. Universität und Examen verderben die Leute. Denken, sie seien nun fertig und auserwählt. Fehlt nur der Engel der Verkündigung, der ihnen vorausgeht."

„Aber der Pfarrer, der Tote, meine ich, er war nicht fertig?"

„Nein, erst der Tod hat ihn fertig gemacht. Gibt viele, die darauf warten müssen. Hat zuviel gelacht in seinem Leben. Wer denkt, ist nicht zufrieden mit der Münze, die aus der staatlichen Präge kommt. Er will Gold, und das Gold liegt tief im Bergwerk. Gefährlich, in den dunklen Schacht zu steigen, Jons."

„Ist nicht alles Leben gefährlich, Herr von Balk?"

„Eine große Weisheit, mein Freund. Aber die meisten Leute denken, Gefahr kommt nur von Straßenräubern. Eine sehr ungefährliche Gefahr, die in einem Messer oder einer Pistole liegt. Aber die ‚Weltbeweger' zum Beispiel! Ein gefährlicher Beruf, Jons."

„Weil alle gegen sie sind?"

„O nein. Es sind nicht einmal alle gegen sie. Aber es gibt Leute, die ihr Leben lang ein Sieb schütteln, um die Spreu vom Weizen zu sondern, und wenn sie fertig sind, sehen sie, daß gar kein Weizen da war. Ein gefährlicher Augenblick, Jons. Man bringt nicht gern siebzig Jahre damit zu, Spreu zu sieben. Man hätte sie auch zusammenfegen oder die Türe aufmachen können, damit der Wind sie nimmt."

„Aber es gibt doch Weizen, Herr von Balk?"

„Gibt es? Nun, wollen es hoffen, Jons, wollen es hoffen. Wenn ich über die Felder reite, denke ich auch manchmal, daß es ihn gibt. Aber vielleicht ist der andere Weizen unser Unglück, der übertragene sozusagen. Spekuliere nicht, Jons, hörst du? Spekuliere nicht! Auch der Pfarrer hat spekuliert, und das Sieb war leer. Du weißt noch nicht, was für ein Wohltäter dieser Scherenschleifer war ... wir erkennen sie immer zu spät, unsre Wohltäter."

Balk hatte Recht damit gehabt, daß der Direktor seine Nase reiben würde. Es kam nicht oft vor, daß ein Schüler seines Gymnasiums als Zeuge vor Gericht zu erscheinen hatte. Und es war eine rohe, blutige Sache, die verhandelt wurde, ganz ungriechisch nach seiner Meinung.

Old Firehand und die anderen Mitpensionäre nahmen es von einer anderen Seite. Es gebe da einen Griff um die Kehle, sagte Old Firehand, der sofort tödlich wirke. Müsse nachlesen darüber. Wisse nicht genau, ob es in den „Schluchten des Balkan“ oder im „Winnetou“ vorkomme. Aber habe sich wieder ordentlich gehalten, der junge Mann, wenn er auch etwas zu spät gekommen sei. Nun, es könne nicht jeder einen Henrystutzen bei sich tragen. Und er klopfte ihn auf die Schulter und sah ihn voller Neid zur Gerichtsverhandlung fahren.

Auch war in den Osterferien ans Licht gekommen, daß eine Jeromintochter einen Grafen geheiratet hatte. Einer von den jungen Adligen, um deren Seelenheil der Direktor so gebangt hatte, war bei Verwandten in der Reichshauptstadt gewesen, und auf einer Abendgesellschaft war eine Gräfin gewesen, deren Ähnlichkeit mit Jons ihm sofort aufgefallen war. Er hatte gefragt, und es war kein Zweifel möglich gewesen. Sie habe eine Bar gehabt oder so etwas, aber sie sei fabelhaft, einfach fabelhaft.

Das Gerücht drang bis in die Amtszimmer, und der Direktor war so verblüfft, als hätte Jons sich als ein Nachkomme des Menelaos erwiesen. „Nur gut, lieber Kollege“, sagte er zu seinem Vertrauten, „daß er in zwei Jahren fertig ist. Eine unheimliche Familie das. Sehr unheimlich . . .“

„Ein tüchtiges Mädchen, Mönchlein“, sagte Jumbo. „Aber es wäre mir doch lieber gewesen, sie hätte einen Bauern bekommen statt eines Grafen. Denke nicht, daß er ‚ohne Furcht und Tadel‘ sein wird.“

Nein, Jons dachte es auch nicht. Vielleicht ohne Furcht, aber ohne Tadel sicherlich nicht.

Zu Pfingsten heiratete Maria Jeromin den jungen Lehrer Martin, der „das Täubchen“ hieß, und zog zu ihm ins Schulhaus. „Ich tue es nur auf Probe“, sagte sie, „und wenn du zu kindisch bist, gehe ich wieder an den Meiler. Wir sind alles ernste Leute, und wahrscheinlich war es eine große Dummheit von mir, Hans den Träumer zu heiraten.“

Frau Marthe hatte der Werbung mit steinernem Gesicht zugehört. „Es hat mich noch niemals einer um seinen Segen gebeten“, hatte sie dann gesagt, „und ich weiß nicht, wie man das macht. Ich weiß nicht einmal, was Segen ist. An diesem Hause ist er wahrscheinlich vorübergegangen.“

Maria war bedrückt gewesen, aber Martin hatte mit einer

großen Handbewegung gesagt, daß sie es ihr noch zeigen würden, was ein Segen sei.

Jakob war verwundert gewesen, als habe er nicht mehr erwartet, daß die Welt an seinem Hause noch irgendeinen Anteil nehmen werde. „Du wirst wieder allein sein, Vater", hatte Maria traurig gesagt, aber er hatte den Kopf geschüttelt. „Allein, Kind? Ach nein, die Toten sind ja da . . ." Und seine stillen Augen waren vom Meiler zum Wald gegangen, als ständen sie dort hinter den sonnenbeglänzten Stämmen, freundliche Schatten, die nur darauf warteten, daß die beiden jungen Menschenkinder dem Wald wieder den Rücken kehrten.

Martin hatte sich noch ein paarmal umgedreht, bis Maria mit leisem Spott gesagt hatte, daß die Toten nicht auf das Feld kämen. Sie blieben im Walde bis zur Nacht, sagte sie, und dann erst gingen sie auf das Feld ins Dorf, um zu sehen, ob irgendwo eine Schule stände. Auf Schulen hätten sie es besonders abgesehen, weil sie dort am meisten gequält worden seien. Durch Strenge und durch Unverstand.

Aber das Dorf sah die beiden gern die Straße entlanggehen, und sie meinten, daß Maria wie seine Mutter aussehe. Er werde noch lange brauchen, um den Jeromins das Wasser zu reichen. Doch war es freundlich gesagt, und das Dorf sah in dieser Heirat das Ende aller schweren Tage und den Anfang einer besseren Zeit. Nach soviel Sterben und Gewalttat schien es, als habe Gott einen neuen Bund mit ihnen geschlossen und als werde er jetzt darangehen, den Bogen des Friedens über ihren Dächern auszuspannen. Viele Dörfer dachten das damals.

Die Ernte stand auf dem Halm, eine reiche Ernte, ohne Dürre und Hagelschlag gewachsen. Der kleine Tod war nicht wiedergekommen, der Scherenschleifer war für immer hinter den Gittern, sein Wagen war fort, sogar die Eisenstange hatten sie mitgenommen. Am Abend kamen die Kinder aus den Wäldern heim, die kleinen Körbe und Töpfe mit roten und blauen Beeren gefüllt. Sie brachten Moos, Zapfen und seltene Blumen mit und legten sie auf des Pfarrers Grab. Piontek sah sie vorüberziehen und gab ihnen von den gelben Pilzen ab, die er in der Asche seines kleinen Feuers briet. „Der Mond wird sich verfinstern", sagte er, „im Kalender steht es geschrieben. Bleibt nicht zu lange im Walde, daß die Nebelfrauen euch nicht greifen." Er war klein und gebeugt geworden, mit großen Augen, die manchmal lange über das flimmernde Moor starren konnten, und oft antwortete er nicht, wenn sie ihn etwas fragten, sondern stand still an seinem Stabe, den Kopf zur Seite geneigt, als höre er den Werwolf hinter den Wäldern heulen. Seit Michaels Tod war er verwandelt, und oft sagte er, daß der Tote ein König des Dorfes geworden wäre.

Herr Stilling lebte im Zwergenhaus, und man sah ihn oft bei seinen Bienenvölkern sitzen. Er war alt geworden, und wenn er die Stimmen seiner Kinder aus den offenen Schulfenstern hörte, ein Wanderlied, zu dem der junge, glückliche Lehrer auf seiner Geige die zweite Stimme spielte, ließ er den Kopf mit den weißen Haaren sinken, und sein Leben schien ihm wie ein Traum. Nein, er wisse nichts von dem Mantel, sagte er geduldig, wenn die strenge Schwester ihn von neuem fragte. Wahrscheinlich sei er beim Umzug unter die Räder gekommen und in der Nacht hätten die wilden Gänse ihn geholt, um ihr Nest damit zu füttern. „Du weißt es", sagte sie mißtrauisch und schob ihre Brille auf die Stirn, um ihn genauer ansehen zu können. Aber er schüttelte den Kopf. „Wer eines getreuen Herzens ist, verbirget dasselbe", sagte er.

Erdmuthens Kind war Jons getauft worden, und sie lebten nun wieder in der „Armen Sünde", Mutter und Sohn. Kein Gesicht stand hinter den Bäumen, der Webstuhl ging, die Kiebitze klagten über den Torflöchern. Ab und zu kam der Schulze vorbei, saß auf der Bank neben der Tür und hielt den kleinen Jons auf den Knien. Sein Gesicht war noch unbewegter geworden, und in den Nächten wachte er auf und rief im Halbschlaf nach Michael.

Die Männer gingen mit der Sonne zur Waldarbeit, die Frauen wuschen ihre Wäsche am See. Der Großvater lebte wieder auf der Insel, die dunkle Frau war verschollen, und nur die große Bibel war dageblieben, mit den roten Flecken auf den vergilbten Blättern. Christean schnitzte an seinem Engel, und noch einmal sagten die Leute, daß er des toten Pfarrers Gesichtszüge trage. Frau Marthe ging durch Haus und Dorf wie sonst, schwarz gekleidet, aufrecht, ohne einen grauen Faden in ihrem Haar. Aber sie saß nun immer öfter in der Kammer, die so still geworden war. Die Betten waren noch immer da, aber sie standen wie Särge an den Wänden. Spielzeug stand auf den Wandbrettern, und mitunter nahm sie eines in die Hand, ein kleines Pferd, einen Wagen mit Rädern aus Garnrollen. Sie ließ die Räder schnurren und sah zu, wie ein flimmernder Schein über das helle Holz lief. Ihre Augen bekamen dann eine andere Farbe, dunkler und tiefer als sonst, und sie saß wie über einem Brunnen, aus dessen Grund ein anderes Gesicht heraufblickt, ein fremdes und doch vertrautes, aber Risse und Sprünge laufen durch das Spiegelbild, und man weiß nicht, ob es lächelt oder weint. Stand sie dann auf, waren die Knie ihr schwer, und manchmal trat sie vor den halbblinden Spiegel und blickte lange hinein. ‚Spieglein, Spieglein an der Wand ...'. Aber es sprach nicht. Hinter dem grauen Glas stand das zweite Gesicht wie hinter einem Nebel, weit, weit fort, und die Augen waren wie erloschen und von Tau gefüllt, der aus einem grauen Himmel gefallen war.

Ihr Enkelkind sah sie nie und fragte nicht nach ihm.

Jakob war am Meiler und sprach mit den Toten. Sie waren freundlich und still, und sie hörten geduldig zu, wenn er ihnen aus der Bibel las. Beide hatten die Wunde in der Brust, aber beide Gesichter waren ohne Schmerz, stille Gesichter, ohne deutliche Linien, und der Schein des Herdfeuers spiegelte sich in ihnen wie in grauem Wasser.

Auch die anderen Gesichter waren da, die noch lebten, aber ihm wie gestorben waren. Der Sohn im grauen Kleid und die Tochter mit der Grafenkrone. Auch sie hörten zu, und wenn er aufblickte von den großen Buchstaben, sah er seine Kinder an, bis ihr Bild verschwamm und nur die Balken der Hütte übrigblieben, deren Fugen mit grünem Moos gefüllt waren. Er war nicht unglücklich. Die Welt hatte sich ihm nur aufgelöst, in Bilder ohne Wichtigkeit, und durch die Bilder lief der dünne Faden Gottes, der sie zusammenhielt. Aller Sinn lag hinter der Welt. In der Welt war nichts als ein dunkles, wirres Kinderspiel, Liebe und Tod, ein bißchen Hunger und Arbeit, die die Hände wach hielt. Dann rief eine Stimme, wie der Vater nach den Kindern ruft um die Abendzeit. Das dunkle Tor tat sich auf, und leise und gehorsam gingen sie hinein.

Mußte er ab und zu zur Arbeit aufs Feld oder zum Fischen auf den See, so stand er geblendet in der hellen Welt, wo die Sonne schien und die Wälder an den Rand der Erde gerückt waren. Das Licht tat seinen Augen weh, und die Deutlichkeit der Dinge, von keinem Schatten verhüllt, machte seine Schritte unsicher, als könne er überall anstoßen und die Klarheit der Welt zerstören. Kam er am Abend wieder in seinen Wald zurück, atmete er auf, und das grüne Licht legte sich wohltuend zwischen das Draußen und ihn. Er war wie ein Fisch, der in der Tiefe versank, und oben blieb nichts als ein grünlicher oder bläulicher Schein.

Das Mädchen aus dem anderen Dorf kam oft zu ihm, räumte ihm die Hütte auf und saß dann neben ihm auf der Schwelle, strickend oder nur die Hände um die Knie gefaltet. Dann sahen sie beide auf den Rauch, der aus dem Meiler aufstieg. Eidechsen liefen über ihre Füße, und hinter ihnen schlugen die Fichtenzapfen ins Moos.

Friede lag über dem Wald. Auch Kiewitt saß auf seiner Schwelle, hatte den kleinen Amboß vor sich in einen niedrigen Holzklotz geschlagen und dengelte seine Sense. Er saß wie ein müder, gebeugter Tod vor seinem Haus, und wenn er über sein kleines Feld mit den Haferrispen und den Kartoffelblüten blickte, sah er sein weißes Pferd auf der Moorwiese stehen. Manchmal rupfte es das spärliche Gras, und manchmal hob es den alten, hageren Kopf und sah wie sein Herr in die Wälder hinein.

Vor allen Dörfern saßen sie nun so, über ihre Sensen gebückt, im ganzen Land und weithin über die Erde. Der helle, klingende Ton des Eisens hob sich weit in den Abend hinaus, verschmolz mit dem Ton aus anderen Dörfern und spannte sich weit über die Welt. Ein schneller, klingender, gleichmäßiger Ton wie der Schlag eines Herzens, und es mußte wohl das Herz der Erde sein, das so schlug.

Weit unten in einem fremden Land hatten sie einen Mann ermordet, der eine Krone tragen sollte, und seine Frau dazu. Aber überall floß Blut auf der Erde. Auch der Scherenschleifer hatte gemordet, und auch der Ermordete trug eine Krone, wie der Mann im grauen Haar gesagt hatte. Sie begruben die Toten, Gras wuchs auf ihren Hügeln, und andere Schuhe traten in ihre Fußspuren.

Jons war zu den Ferien gekommen, und als er von Jumbo Abschied genommen hatte, war dieser still vor seinen Büchern gestanden und in Gedanken mit dem Finger über die breiten und schmalen Rücken gefahren. „Rüste dich, Mönchlein“, hatte er gesagt, „rüste dich. Die Welt wird dunkel, und die Reiter brechen auf.“ Aber er hatte schon oft in Rätseln gesprochen, und Jons hatte es vergessen.

Nun aber erinnerte er sich. Er fand den Herrn von Balk über einer neuen grauen Uniform, die über einen der Sessel gelegt war und vor der er nachdenklich stand, als habe er eben ein Paket bekommen und wisse nicht genau, von wem und wozu es sei. Er hatte die Hände tief in den Taschen seiner Reithose und sah Jons mit gefalteter Stirn entgegen. „Sieh da, der Weltbeweger ...“, sagte er. „Ja, nun wird sie sich bewegen, mein Freund, und du brauchst gar nichts dazu zu tun. Andre Leute haben die Hand am Hebel, und es wird ein schönes Feuerwerk werden, darauf kannst du dich verlassen.“

Der Papagei rückte unruhig in seinem Käfig hin und her, und Herr von Balk sah ihm aufmerksam zu. „Bin neugierig, womit er das neue Zeitalter begrüßen wird“, sagte er. „Schon die Römer hatten ihre Vogelorakel, nicht?“

Aber der Papagei schlug seinen Schnabel zornig in einen der hellen Drahtstäbe des Käfigs, und erst als sie auf der Terrasse waren, hörten sie ein paar heisere Laute, mit denen er seine Stimme versuchte. „Freut euch des Lebens!“ krächzte er schließlich. „Freut euch des Lebens!“ Aber es klang heiser und mißmutig und entsprach wenig dem Sinn der Worte.

„Habe ich mir gedacht“, sagte Balk und verzog die Lippen. „Die beste Parole, die er sich ausdenken konnte.“

„Aber denken Sie denn ...“

„Schluß mit Denken, mein Lieber. ‚Wer nie Ulan gewesen und weiß, was der sich denkt ...‘ Aber daß du mir zuerst dein Abitur machst, verstanden?“ sagte er plötzlich und sah ihn böse an. „Wehe dir, wenn ich dir irgendwo begegne in einem grauen Rock und du hast dein Abitur nicht gemacht! Nur Weiber lassen ihre Kochtöpfe auf dem Herd und rennen davon."

Auch das Dorf begann nun langsam zu begreifen. Es war eine stille, hastige Ernte, und das Bier schmeckte ihnen bitter, das sie am Abend tranken. Der Krieg war ihnen näher als den Zeitungsleuten, die darüber schrieben. „Bleibt hier, Leute", sagte Balk, als er früh in den Sattel stieg, „hört ihr? Geht nicht fort, wenn die anderen den Kopf verlieren. Treibt das Vieh ins Moor und sagt, daß die Unsrigen es mitgenommen haben. Tut euer Schießzeug weg, wenn ihr welches habt, weit weg, und wer unter fünfzig ist, macht sich dünn. Kapiert? Komme noch nach euch sehen, wenn es soweit ist."

Sie hörten die Hufe seines Pferdes im Sand der Straße verhallen und sahen zu, wie im Süden ein roter Schein sich über dem Walde ausbreitete. Es mußte ein fernes Feuer sein, sehr weit und sehr groß, und es stand so still am Himmel wie der Schein des aufgehenden Mondes. Aber der Mond war längst am Himmel, eine weiße, kalte Scheibe, die den See beglänzte und das Dorf, alle Wälder und alle Straßen, und alles, was sich auf ihnen bewegte, lautlos oder leise klirrend oder mit dumpfem Rollen.

Sie saßen still und sahen dem Feuer und dem Monde zu. Sie sprachen leise, wo es sein und was es bedeuten könnte, aber sie verloren nicht den Kopf. Zuviel Kriege waren über Sowirog dahingegangen, und ihr Blut mochte noch eine Erinnerung daran bewahren. Über die Dörfer brauste der Krieg zuerst. Sie lagen verstreut an der Grenze, ohne Wall und Graben, und für alle hungrigen Augen war es schön zu sehen, wenn ein Strohdach brannte. Ein roter Himmel war die Einleitung zu jedem Krieg. Der große Vorhang hob sich mit leisem Rauschen auf, die Bühne öffnete sich, ein weites, düsteres Rund, der Tod setzte sich zurecht und schlug mit dem Hammer seine Sense glatt.

Dann gingen die Männer und die Söhne fort, und von allen Kanzeln wurde Gott angerufen. Von allen, und es war, als ob viele Kinder in vielen Sprachen um das größte Kuchenstück bettelten. Dann blieben die Dörfer still und halb verlassen zurück, die Frauen banden ihre Kopftücher fester und nahmen den Pflug in die Hand, die Kinder schärften ihre Holzsäbel, und einmal, um eine Stunde, die niemand wußte, ging ein ferner Donner zum erstenmal über den Wald, ein kurzes, drohendes Grollen aus einem ehernen Mund. Dann hoben die Greise, die Frauen und Kinder die Köpfe, lauschend, mit einem blassen Schein um die Lippen. Der Himmel war wie sonst, die Wälder waren wie sonst, die Kiebitze riefen, und vom See wehte es kühl herüber. Aber die Blätter am Espenbaum rauschten hohl, und der Schatten einer weißen Wolke ging dunkel und groß über das Feld.

Der junge Pfarrer segnete die Ausziehenden und packte dann selbst einen kleinen Koffer, um mit ihnen zusammen fortzugehen. Viele gingen fort, die meisten singend, manche still, alle gehorsam. In den kleinen Dörfern wuchs die beste Saat. Der Herr von Balk hatte nicht mehr kommen können, er war schon weit fort, aber er hatte Botschaft geschickt, daß sie zum Schloß kommen sollten, wenn irgendeine Not über sie käme.

Auch Martin war da und strich seiner Frau über das Haar, aber sie lächelte still, als wenn ein Kind sie trösten wollte, und zog den Riemen seiner Handtasche fester. Schlimmere Dinge als den Krieg hatten die Jerominkinder zu tragen gehabt.

Sie gaben ihnen das Geleit, bis dahin wo die „Arme Sünde" seitab vom Wege lag. Die junge Frau stand an der Straße und sah ihnen mit stillem Gesicht entgegen. Sie hatte den Arm des kleinen Jons in der Hand und winkte mit ihm wie mit einem jungen Zweig. Aus ihren Augen war nicht abzulesen, ob sie froh oder traurig war, daß Michael nicht unter den Marschierenden war.

Dann verlor sich die Straße im Walde, und sie blieben zurück. Staub stand zwischen den beglänzten Stämmen auf und sank wieder auf das Moos. Die Kirchenglocken, dic geläutet hatten, verstummten. Das Dorf sah ihnen leer und fremd entgegen. Am Tor des Schulzen hingen die großen roten Plakate.

Ein paar Abende später kam eine Dragonerpatrouille durchs Dorf. Sie waren verstaubt und schweigsam, und wenn man sie fragte, zuckten sie die Achseln. Aber sie ritten nach Norden weiter und nicht dahin, woher sie gekommen waren. Große Feuer standen nun jede Nacht über den Wäldern, und einmal, wie Piontek gesagt hatte, verfinsterte sich der Mond. Die riesige kupferne Scheibe hing drohend über dem südöstlichen Wald, ein ehernes Rad, das lautlos himmelauf rollte, und alle Bewohner von Sowirog standen am Seeufer und blickten schweigend in das gespenstische Licht, das Tod und Untergang verkündete.

Dann, eines Morgens, kamen die ersten Flüchtlinge durchs Dorf, Wagen, mit Hausrat beladen, Vieh, das müde und stumpf sich an den Wegrändern drängte. Ja, sie seien nun da, und hinter ihnen her. Die Ämter seien fort, die Behörden, die Eisenbahnen, und man erzähle, daß unter einer Lanze zu sterben ein schwerer Tod sei. Nicht schwerer als unter vollen Hosen, sagte Gogun fröhlich, und dann fuhren sie mit bösen Gesichtern weiter.

Am Abend trieben sie das Vieh ins Moor und bauten eine Schilfhütte für die jungen Mädchen und Frauen. Es war ihnen wie eine dunkle Erinnerung, daß der Krieg nicht nur nach Männern ziele.

Am gleichen Abend verlangte Jakob, daß Jons in die Stadt zurückkehre. Der gediente Landsturm war einberufen, und bis zur Kreisstadt konnten sie denselben Weg haben. Jons verstand nicht, weshalb der Vater in den Krieg sollte und was er auf der Schule zu suchen hatte, aber er erinnerte sich an Balks Worte und packte seine Wäsche in eine kleine Rindentasche. Es war wohl nicht gut, bei solchen Zeiten mit der Holzkiste zu reisen.

Sie küßten die Mutter nicht, sie gaben ihr nur die Hand und wünschten ihr ein gesundes Leben. Sie stand am Herd, hatte den Topf aus den Ringen gehoben und blickte ins Feuer. „Ja, ja“, sagte sie, „das Leben . . . das Leben . . . aber ihr wißt nicht, wie gut ihr es habt.“ Sie nickte dorthin, wo sie standen, aber sie wußten nicht, ob es ihnen gegolten hatte.

Christean ging ihnen bis zum Hoftor auf seinen Krücken nach. Von allen Gesichtern, die sie im Dorfe sahen, war seines das bitterste. Maria brachte sie bis zu Kiewitts Acker. Beim Vorübergehen sahen sie, daß der Meiler am Erlöschen war, und sie drehten sich immer wieder um, den dünnen, schwachen

Rauch zu sehen. Nun erst glaubten sie zu wissen, daß der Krieg über ihr Dorf gekommen war.

Sie gingen dieselbe Straße entlang, die sie mit den beiden Särgen gefahren waren. Sie gingen nebeneinander und sprachen nicht. Jons hätte viel zu fragen gehabt, aber wenn er von der Seite auf den Vater sah, schwieg er. Er wußte nicht, was der Vater dachte, ob an die Zukunft oder die Vergangenheit. Seine Augen waren still auf seinen Weg gerichtet, und Jons war es, als denke er am meisten an seinen Meiler. Daß Gott Kinder gab und wieder nahm, hatte er nun in seinem Leben gelernt, aber daß er ihm sein Tagwerk nahm, hatte er noch nicht erfahren. Auch war es richtig, daß Jakobs Gedanken zu seiner stillen Waldlichtung zurückliefen. Als er den Meiler gelöscht hatte, war ihm gewesen, als lösche er sein Leben aus. Die stille Glut, die unter der Asche lebte, zu klein, um Feuer zu werden, zu groß, um zu ersterben. Ein Sinnbild der Verwandlung, wie auch sein Leben nichts anderes war. Wenn der Mensch nicht Kohle wurde, was war sein Leben nütze? Manche mochten wie eine Flamme brennen und ein Licht der Welt werden, aber für seinesgleichen war bestimmt worden, ein Übergang zu sein, Holz für andere Herde, Stufe für eine Treppe, deren Ende er nicht sah. Er besaß nicht viel mehr als zwei stille fleißige Hände, und es war ihm, als lägen sie nun in der Asche des Meilers begraben.

In der Dämmerung rasteten sie, wo der Weg den Wald verließ und in die freien Felder ging. Auch von hier sah man die Feuer am Horizont, und ab und zu lief ein leises Murren unter den Sternen entlang, und es war ihnen, als bebe die Erde kaum merklich unter ihren Händen, wenn sie sie gegen den warmen Sand stützten.

„Du mußt noch draußen bleiben, Jons", sagte Jakob endlich, „wenigstens noch zwei Jahre. Du bist noch zu jung und wirst noch zur Zeit kommen. Man kann nicht mit sechzehn Jahren den ganzen Tag pflügen, und dieser Pflug geht sehr tief. Hörst du, Jons?"

„Ja, Vater."

„Daß der Tod aufgestanden ist, ist nicht so schlimm. Wir beide kennen ihn. Aber der Haß wird aufstehen, und das ist schlimmer. Verschließe ihm deine Ohren, Jons. Der Haß verdirbt. Menschen und Völker, und am meisten junge Menschen. Der Tod härtet, der Haß zerbricht. Ich möchte gern, daß du übrigbleibst, Jons."

„Du weißt, Vater, daß ich kein Pfarrer sein werde?"

Jakob nickte. „Ich weiß es längst. Auch wird hernach nicht wichtig sein, ob einer ein Pfarrer wird oder ein Richter oder ein Köhler. Nur ob hier und da ein Licht übrigbleiben wird in der Nacht, das wird wichtig sein, Jons. Die Menschen denken immer, daß sie aus dem Krieg wie aus einem Bad steigen werden, aber sie denken nicht richtig. Menschenblut ist kein Bad, Jons. Vielleicht für Tiger und Schakale, aber nicht für Menschen."

Er schwieg eine Weile und beugte sich dann näher zu Jons. „Noch etwas wollte ich dir sagen, Jons", begann er leise. „Wenn du wiederkommst, wohne nicht am Meiler. Wohne im Haus. Uns hat Gott gebeugt, weil wir nachgaben wie eine Weidenrute. Sie wird er zerbrechen, weil sie nicht nachgibt. Vergiß den Schlag nicht, damals. Aber denke immer, daß er dir nicht Böses, sondern Gutes getan hat. Ihr sind alle Sterne zerbrochen, nur du nicht. Verhülle dich nicht, Jons, auch wenn sie mit Steinen nach dir wirft. Eine Mutter darf viel. Als wir ausgetrieben wurden, hat Gott uns nur den Schweiß bestimmt, ihnen aber die Schmerzen. Schmerzen sind mehr als Schweiß, Jons."

„Ja, Vater."

Dann sprachen sie nicht mehr.

Bevor Jakob in die Kaserne ging, brachte er Jons noch zum Bahnhof. Ein Güterzug mit offenen Loren stand auf der Strecke, und er sollte in der Nacht abfahren. Wahrscheinlich würde es der letzte Zug sein. Die Loren waren mit jungen Leuten gefüllt, die man nicht in die Hände des Feindes fallen lassen wollte, und auch Jons fand seinen Platz. Der Vater reichte ihm die Hand über die Brüstung des Wagens hinauf und ging dann die Straße zur Stadt wieder hinunter.

Viele der jungen Menschen um Jons herum hatten getrunken, und es war nicht schön, ihren mißtönenden Liedern zuzuhören. Aber er hörte sie kaum. Er sah der kleiner und dunkler werdenden Gestalt nach, wie sie still und ohne Widerspruch in ein anderes, fremdes Leben hineinging, und er hörte ihre leise, scheue Stimme, wie sie zu ihm am Waldrand gesprochen hatte. „Verhülle dich nicht, Jons!“

Er wußte nicht, was sein würde, morgen oder in einem Jahr. Aber dies würde immer bei ihm bleiben: das Bild des still Davongehenden, der seinen Meiler gelöscht hatte, weil man keine Kohle mehr brauchte. Und der nun in das große Feuer hineinging, wo nicht Holz geglüht wurde, sondern Menschen.

Indes Jons durch die Nacht nach Norden fuhr und Jakob die schwarze Wachstuchmütze mit dem eisernen Kreuz auf sein graues Haar setzte, hob sich im Süden die erste Welle des Krieges auf und drang langsam über Wälder und Moore nach Sowirog vor. Die Leute von Sowirog hatten sie allein zu bestehen, ohne Rat oder Hilfe, aber das hatten sie nicht viel anders erwartet. Man hatte ihnen nie viel gegeben in ihrem Leben, man hatte meistens nur genommen. Der Landrat war fort, Korsanke war fort, die wenigen Truppen waren fort. Bald hieß es, sie sollten bleiben, bald, sie sollten gehen, und da es ihnen schließlich überlassen war, so taten sie, was ihre Vorfahren getan hatten und blieben. Auch die Kirche blieb und das Vieh, die Felder und die Gräber. Gott schickte ihnen keine Flügel, und so wollte er wohl nicht, daß sie ihre Stätte verließen. Auch drüben waren Menschen, gingen in die Kirche, pflügten ihren Acker und begruben ihre Toten. Man würde den Nacken beugen, und das war es, was Gott ihnen durch Jahrhunderte bestimmt hatte. Inzwischen droschen sie ihr Korn, und manche vergruben es im Wald. Auch war es eine Ablenkung, daß sie Czwallinna die Fensterscheiben einschlugen, weil er den Salzpreis verdoppelte. Sie taten es ruhig und ordentlich, gingen dann wieder in den Laden und bekamen das Salz zum alten Preis.

Als die ersten Lanzenreiter im Dorf erschienen, mit roten Streifen an den Hosen und kleinen, struppigen Pferden, reichten sie ihnen kalten Kaffee und wiesen mit den Händen eifrig nach Norden. Bevor sie abritten, mußte Stilling mit ihrem Führer die schmale Treppe zum Kirchenturm hinaufgehen. Dort sah der Fremde sich mißtrauisch um, blickte auch lange durch die schmalen Luken über das stille Land und ging dann wieder zu seinen Kameraden.

Aber es war nun doch wohl nicht gut, daß sie ihre Kirche auf einen Hügel gebaut hatten, denn am Abend, als die Frauen ausgehen wollten, um die Milch vom Moor zu holen, blitzte es hinter dem See auf, wo die jungen, niedrigen Wälder lagen, viermal nacheinander, und bevor der Donner über das Wasser gekommen war, standen vier hohe Staubsäulen am Fuße des Hügels, aufgewachsen wie graue Bäume, und das helle Schmettern der Explosionen lief mit bösem Klirren über alle kleinen, halbblinden Fensterscheiben des Dorfes.

Sie flohen in die Felder und sahen zu, wie die grauen und schwarzen Bäume immer dichter um ihre Kirche zusammenwuchsen, ein ganzer Wald, der zusammenfiel und immer wieder aufstand, bis plötzlich mit einem hellen, gläsernen Ton die Schindeln des Daches auseinanderbarsten und eine rötliche Wolke über dem First erschien. Das Feuer verstummte sofort, die grauen Bäume wandelten langsam über die Felder dahin, immer durchsichtiger und schmäler werdend, und nur die rote Flamme stand über dem Kirchendach und fraß sich prasselnd am Turm hinauf.

Sie erhoben sich von den Knien, auf denen sie betend gelegen hatten, und stürzten ins Dorf zurück. Sie retteten den Kelch, die Leuchter und Christeans Kruzifix, aber als die Männer mit den Pferden vor den Wasserkufen, mit Leitern und Feuerhaken den Hügel hinaufkamen, der nun von einer niedrigen Mauer eingefriedet war, stand der Großvater Michael im schmalen Tor, hielt seinen Stab waagerecht vor sich hin und legte die Hand in die Nüstern des vordersten Pferdes. „Wir sollten es brennen lassen, Michael, nicht wahr?“ sagte er und sah Gogun mit seinen hellen Augen an.

Und nach einer Weile lehnte Gogun mit blassem Gesicht den Feuerhaken an die Mauer, nahm die Mütze ab und sagte: „In Gottes Namen, Leute, laßt es lieber brennen.“

Sie blieben alle so, wie sie waren, Menschen und Pferde, ohne Frage oder Widerspruch, und sahen zu, wie das Dach einstürzte, der Turm, die Glocken. Die Fenster zersprangen, und die blauen und grünen Apostel und Heiligen stürzten mit zerrissenen Gewändern in die feurige Tiefe. Ein Heer von Sternen schoß in den roten Himmel hinauf und zog eine unruhige Bahn über den See, wo er erlosch. Die Balken der Westwand neigten sich zuerst, und für eine Weile konnten sie die flammende Kanzel im Innern der Kirche sehen, mit einem glühenden Rand, über dem kleine blaue Flammen wie Kerzen standen. Später behauptete Gogun, er habe den toten Pfarrer im Feuer auf der Kanzel stehen und mit traurigen Augen auf seine Gemeinde herniederblicken sehen. Aber da niemand sonst es gesehen hatte, so meinten sie, daß es sein Gewissen gewesen sei, das ihm dieses Gesicht gezeigt hatte.

Niemand hatte während des Feuers sonderlich darauf geachtet, was die Frauen von Sowirog taten, insbesondere diejenigen, die kleine Gräber auf dem Friedhof hatten. Auch stand die kleine Fichte, die der Pfarrer gepflanzt hatte, so, daß die am westlichen Fuß des Hügels Versammelten sie nicht sehen konnten. Niemand dachte an sie außer den Müttern. Sie hatten Säcke und sogar Leinwand über sie gelegt, die sie von der Bleiche gerissen hatten, und während Michael Gogun den Pfarrer im Feuer auf der Kanzel sah, trugen die Frauen auf der anderen Seite des Hügels Eimer auf Eimer mit Wasser vom See herauf und gossen es über den jungen Baum. Die Haut ihrer Gesichter wurde straff und hart, und Funken fielen in ihr Haar und ihre Augenbrauen, aber sie gaben es nicht auf, und als der Turm mit dem Dach zusammen niederstürzte und die hunderttausend Sterne zur Ruhe gekommen waren, sahen die Männer, daß von allem Schweiß und aller Arbeit nichts übriggeblieben war als die kleine verhüllte Fichte, um die der Kreis der Frauen sich wieder schloß und von der ein weißer Rauch aufstieg wie von einem kleinen Meiler.

Da sagten sie, daß sie nicht alles verloren hätten. Was sie selbst getan hätten, sei dahin, und vielleicht sei es gut, daß es dahin sei. Aber was ihr Pfarrer getan hatte, sei bewahrt geblieben, und bis sein Baum Schatten gebe, werde wohl eine neue Kirche auf dem Hügel stehen. Und als sie wieder zu ihren Häusern zurückgingen und auf der Schwelle sich noch einmal umkehrten, sahen sie auf der Kuppe des Hügels nur einen roten Schein über der Trümmerstätte, aber abseits von ihm stand der dunkle Umriß der Fichte als das einzig Aufrechte neben allem Gestürzten, und es sah aus wie ein Mann, der in Tücher oder Mäntel gewickelt war. Da sagten sie, daß der Pfarrer dort stehe, und fortan blieb dieser Name bei der Gestalt des jungen Baumes.

Auch bedurften sie seines Trostes mehr, als sie an diesem Abend gedacht hatten. Sie hatten gemeint, wenn Gott ihnen dieses alles nehme, ihre Männer, ihre Söhne, ihre Kinder, ihren Pfarrer und ihre Kirche, so könnte es für ein armes Dorf genug sein. Sie kannten noch nicht den Sinn des Wortes, daß dem, der nichts hat, auch genommen wird, was er hat.

Es zogen nun ohne Aufhören Truppen durch ihr Dorf, solange, bis im Nordwesten das Gebrüll der Kanonen sich zu einer einzigen Donnerstimme erhob, die Tag und Nacht nicht mehr schweigen wollte. Da begann der Strom zu stocken, der nach vorwärts floß. Die gerade da waren, standen mit unruhigen oder bösen Gesichtern in der Dorfstraße, lauschten nach der grollenden Wetterwand, aber verbargen vor den Einwohnern und voreinander, daß sie lauschten. Doch war selbst den Kindern klar, daß die Wetterwand sich näherte, und es hätte nicht der endlosen Wagenreihe mit Stöhnenden und Sterbenden bedurft, um jedermann zu zeigen, daß auch die stolzeste Fahne sich neigen kann.

Und dann begann der Strom sich zu stauen und rückwärts zu fluten. Zuerst geschah es langsam und in der alten Ordnung, wenn auch mutloser und ohne die frohen oder traurigen Lieder. Aber dann zerbröckelten die Dämme, Trunkenheit, Gewalttat und Plünderung erhoben sich, und ein paar Tage später wälzte sich ein geschlagenes Heer zuchtlos und brennend durch die Wälder zurück.

Es war nicht Goguns böser Stern, der ihn an diesem Tage am Rande des Moores einer Sotnie betrunkener Kosaken begegnen ließ. Es war auch keine „ausgleichende Gerechtigkeit“. Sondern es war so, daß er seit dem Kirchenbrand keine glückliche Hand mehr hatte. Alle Goguns waren fromm, von einer einfachen und dumpfen Frömmigkeit, wie sie in jener Landschaft zu Hause war, und in dieser Frömmigkeit sahen sie mitunter Gottes herniedergereckte Hand, wo nur eine gut gerichtete Geschützmündung zu sehen gewesen wäre. Unter des alten Jeromin Augen hatte er gewußt, daß Gott ihn verdammt hatte und daß er das in einem feurigen Zeichen getan hatte. Als die Heiligen in ihren bunten Gewändern in die feurige Lohe gestürzt waren, mitsamt dem Bilde des Kranichs, das der Herr von Balk ihm zu Ehren oder zum Spott auf den Fenstern hatte malen lassen, als er die Gestalt des toten Pfarrers auf der glühenden Kanzel erblickt hatte, die traurigen Augen auf ihn und nur auf ihn gerichtet: da war ihm ein Schwert durch die Seele gegangen, und er hatte gewußt, daß dort nicht nur die Kirche verbrannte, sondern auch seine sündige Seele.

Von jener Stunde ab war er unsicher geworden, in seinem fröhlichen Lächeln, seinen flinken Schritten, seiner geschickten Hand. Und als er nun am Rande des Moores entlanggeschlichen kam, ein Haselhuhn in der Hand, das er in einer Schlinge mit Vogelbeeren gefangen hatte, war diese Unsicherheit so groß und so deutlich, daß selbst die betrunkenen Kosaken annehmen mußten, hier sei jemand auf bösen Wegen, ein Spion oder ein Verräter.

Sie riefen ihn an, aber er wich zwischen die niedrigen Birken des Moores zurück, wobei er die Beute unter dem Rock verbarg. Ein paar von ihnen hoben die Karabiner, aber der Anführer gab einen kurzen Befehl, und sie zogen sich im Halbkreis auseinander und nahmen die Lanzen zur Hand.

Gogun sah sofort, daß er verloren war. List und Klugheit hatten ihn verlassen, und er ging wild und verstört immer tiefer ins Moor hinein, obwohl er wußte, daß dies keine Stelle war, wo das ratsam erschien. Er sank bis zu den Knien ein, und trübe, stinkende Wasserblasen stiegen zwichen den Grasbüscheln auf. Er warf sich zur Seite, konnte seine Füße befreien und versuchte, einen Platz zu erreichen, wo das Gras nicht von jener tödlichen grünen Farbe war, deren Bedeutung er kannte. Aber seine Augen waren getrübt, und als er bis zum Leibe einsank, blieb er, wo er war, hob das Haselhuhn in die Höhe und begann seine Verfolger mit allem Glanz der Sprache zu verfluchen, die ihm gegeben war.

Die Reiter waren nun abgesessen, um das Gewicht ihrer Pferde zu vermindern, und vergnügten sich damit, ihre Kugeln so in das Moor zu jagen, daß der Einschlag der Geschosse den Bewegungslosen mit Wasser und Schlamm bespritzte. Sie vermieden sorgfältig ihn zu treffen, und erwiderten dabei seine Verwünschungen in ihrer Sprache.

Aber am Rande dieser homerischen Gespräche stand der Tod. Ein gerechter Tod, wie Gogun nun dachte, und als er seine Augen noch einmal zum fernen Dorfe wendete und auf dem leeren Kirchenhügel vor dem blauen Himmel nichts erblickte als einen Haufen geschwärzter Trümmer und daneben den dunklen Umriß einer Gestalt, die nicht ein junger Baum war, sondern der tote Pfarrer, der ihn mahnend ansah, verstummte er plötzlich in seinem Fluchen, ließ das Haselhuhn fallen, das er noch immer mit den Händen umklammert gehalten hatte, griff mit der rechten Hand in das Dunkle und Nasse, das ihm nun schon bis zur Brust reichte, zog aus der hinteren Tasche das feste, blanke Messer heraus, ließ es einmal vor den Augen der Feinde in der Sonne blitzen und stieß es sich mit aller Kraft in sein Herz.

Sein Kopf neigte sich, seine Arme fielen nach vorn in das schmutzige, nasse Gras, und das war das Letzte, was sie von ihm sahen, als sie die Pferde wieder wendeten und schweigend in den Wald zurückritten: Kopf und Brust und Arme eines Mannes, der so aussah, als stehe er in einer Grube und lehne sich mit den Armen auf ihren Rand, um ihnen zuzusehen, was sie auf ihren kleinen Pferden für ein seltsames Spiel spielten.

Er wurde niemals gefunden, und man hatte im Dorf nur die Schüsse gehört, aber sein jüngster Sohn, ein Kind von zwölf Jahren, stand am nächsten Tage lange Zeit bei den Spuren der Pferdehufe und starrte auf das kleine braune Bündel hin, das mitten im Moor lag und wie ein toter Vogel aussah, und auf die Patronenhülsen in den Spuren der Pferde. Nur das Kind wußte, daß der Vater Schlingen für Haselhühner ausgelegt hatte. Es war ein sehr ernstes Kind, das nach der Mutter artete, und es erzählte niemandem von dem, was es gesehen und sich gedacht hatte. Im Dorfe glaubte man, daß er erschossen oder verschleppt worden wäre, und sein Tod ging in dem Feuer unter, das über die Landschaft dahinbrauste.

Es war auch nicht des Großvaters Michael böser Stern, der ihn an diesem Abend sein kleines Feuer auf der Insel anzünden ließ. Er hatte es wie an jedem Abend getan, um seine Fischsuppe zu kochen, und solange Truppen im Dorf im Quartier gewesen waren, hatte niemand etwas dabei gefunden. Auch dem Feind war er wie ein Heiliger erschienen, wie ein Mönch aus einem ihrer Klöster, und manche hatten sich heimlich bekreuzigt, wenn er mit seinem Stab und seinen hellen Augen über die Dorfstraße gegangen war, ein Mann, vor dem die Zeit und der Krieg nur wie Regen erschienen, der an einem grauen Fenster herabfloß.

Aber an diesem Abend, als es hinter den Wäldern schon ab und zu von Geschützen aufblitzte, die nicht eigene Geschütze waren, stand das kleine Feuer über dem dunklen Wasser nicht wie ein friedlicher Stern am Rande des Himmels, sondern wie ein böses Auge, das höhnisch und zeichengebend über den Untergang eines Heeres wachte. Zuerst schrien sie nur hinüber und drohten mit der Faust, aber dann richteten sie ein paar Maschinengewehre am Rande der Straße, und die hämmernden und brüllenden Garben fuhren über das dunkle Wasser nach dem kleinen Feuer, das still in der Ferne brannte, ohne daß der Schatten eines Menschen bei ihm zu sehen gewesen wäre.

Niemand hatte sich wahrscheinlich Gedanken darüber gemacht, ob man mit einer Garbe von Geschossen ein Feuer löschen könnte, und die Gewehre verstummten, als drüben statt des kleinen Feuers eine hohe rote Flamme erschien, die aus dem Dach der Hütte steil in die Höhe stieg. Die Hütte war aus trockenem Rohr gebaut, das über alte Balken gelegt war, und man hörte über den ganzen See hinweg, wie die hohlen Stengel im Feuer zerbarsten.

Niemand wußte auch, ob ein Befehl ergangen war, Feuer an das Dorf zu legen, und ob es vielleicht nur geschehen war, damit das Feuer auf der Insel nicht zu einsam brenne. Es brannten genug Dörfer in der Runde, und es mochte vielleicht auch geboten erscheinen, die Verfolgung dadurch zu verzögern.

Zuerst erschien die Flamme über dem Jerominschen Dach

und sprang dann von Haus zu Haus, eine Feuermauer, die zu beiden Seiten der Straße stand, und in deren Schein der Rest des geschlagenen Heeres in den Wäldern verschwand. Nur das Schulhaus und das Zwergenhaus blieben übrig, beide abseits und über dem Wind gelegen.

Die Nacht war schon kühl, und sie saßen neben den glühenden Balken, die gerettete Habe um sich gehäuft, ohne Klage, ohne Fluch, wie ihre Vorfahren gesessen hatten, und blickten zu dem Kirchenhügel hinauf, wo die Gestalt ihres Pfarrers einsam unter den Sternen stand.

Gina Bojar hielt die beiden Kinder, die ihr geblieben waren, mit den Armen umfaßt und blickte auf den dunklen, rauchgeschwärzten Gegenstand nieder, den sie aus der Asche ihres Hauses aufgehoben hatte. Die Oberfläche der kleinen Kugel war uneben und faltig geworden, aber ihre Augen sahen noch durch Asche und Ruß hindurch den farbigen Kranz, der einmal um die Rundung des Spielzeugs gelaufen war. „Beuge dich, junge Frau, beuge dich!“ hatte die alte Frau Daida ihr damals zugerufen, und sie hatte sich gebeugt, lange schon, lange vor dem Feuer, das ihr Dach zerbrach.

Über die Dörfer an der Grenze geht die erste Welle und oft auch die letzte. Sie nimmt Männer und Knaben, Häuser und Vieh, die Ernte und die Saat. Aber sie nimmt nicht den Acker und nicht den Wald. Die Bäume stehen, aus denen man neue Häuser bauen kann, und die Erde wartet auf das neue Korn. Die Leute von Sowirog haben den Krieg nicht gemacht, und sie fühlen das Ganze nicht als eine Strafe. Sie fühlen es als Gottes schwere Hand, aber sie wissen nicht, weshalb die Hand sich gerade auf die ärmsten Leben legt. Gott hätte wohl Raum genug in der Welt, um seine Hand hinzulegen.

Sie fuhren erst am Morgen zur Insel hinüber. Von der Hütte war nur ein großer weißer Aschenhügel geblieben, wie von einem Scheiterhaufen, und sie standen scheu herum, ohne zu wagen, ihn mit ihren Händen zu bewegen. Der hier gelebt hatte, war gen Himmel gefahren in einem feurigen Wagen wie Elias, denn sein Boot lag am Ufer, und niemand konnte sich auf der Insel verbergen. Keinem von ihnen ziemte es, seinen Leib ans Licht des Tages zu ziehen. Ferne hatte er gelebt, ferne war er gestorben, und manche sagten leise, daß er gar nicht gestorben sei, sondern daß Gott ihn aufgehoben habe zu sich.

In der Nacht kamen die Männer wieder und warfen Erde auf den Aschenhügel, ein hohes Grabmal wie ein Hünengrab. sie setzten kein Kreuz in den Sand, sondern legten ein Ruder darüber, und sie beschlossen, daß niemand außerhalb des Dorfes davon wissen sollte. Sie wollten nicht, daß die Behörden davon erfuhren. Wer sich vor dem Tode nicht um sie gekümmert hatte, brauchte es auch nach dem Tode nicht zu tun. Auch war die Erde, auf der er achtzig oder neunzig oder hundert Jahre gelebt hatte, geweiht genug, und was unrein an ihr gewesen war, hatte das Feuer gereinigt.

Später erzählte Christean, ihm habe geträumt, daß der Großvater mit der alten Bibel des Pfarrers in den Händen gestorben sei und daß die bleiernen Spangen des Buches geschmolzen und einen Weg bis zu seinem Herzen sich gefressen hätten. Durch diesen Weg, der so schmal war wie der einer Nadel, sei seine Seele als ein weißer Vogel gen Himmel gefahren.

Und da die Leute von Sowirog sich erinnerten, daß eine Schar weißer Möven über dem Feuer gekreist hatte, so war ihnen Christeans Traum kein Traum, sondern die schöne und wahre Deutung eines Todes, um den Gott selbst den Schleier seiner Geheimnisse gewoben hatte.

XVII

Es war nicht viel anders in der Stadt als sonst. Weniger Schüler und Studenten und mehr Soldaten. Kaiserbilder in den Schaufenstern und Extrablätter auf den Straßen. Mehr frohe und mehr ernste Gesichter. Aber die elektrischen Bahnen fuhren wie sonst, die Sonne schien, der Strom floß dunkel und trübe zwischen den schweren Gemüsekähnen nach Westen.

Die Pension war leerer geworden. Old Firehand und zwei seiner Kameraden hatten ihre mühsame Laufbahn verlassen und waren Soldaten geworden. Die schwarzen Schwestern glitten wie Schatten durch die Räume und wiederholten mit Erbitterung, daß alle Kaufleute erschossen werden müßten. Der Buchfink saß am Fenster und sang leise vor sich hin.

Jons nahm seine Bücher und Hefte in die Hand und legte sie wieder auf ihren Platz zurück. Das Fragliche seiner Schulweisheit kam ihm noch klarer zum Bewußtsein als sonst, und er stand eine Weile ohne Gedanken und hörte auf eine ferne Marschmusik. Im Augenblick war ihm der Krieg nicht viel mehr als die Gestalt seines Vaters, wie sie, immer kleiner werdend, unter dem hellen Mond den Weg zur Kaserne hinunterging, und das Bild seines Dorfes, wie es dort in der Ferne verlassen und wartend lag, die roten Feuer am Horizont und das brütende Schweigen der Wälder vor seinen Toren. Eine dumpfe, schwere Einsamkeit überfiel ihn, und er saß auf seinem Bettrand, den Kopf in die Hände gestützt, und bedachte, daß derjenige verloren sei, der in den Zeiten der Gefahr und des Todes sich von den Seinigen trenne, um in der Fremde ein losgelöstes und unfruchtbares Leben im Geiste zu führen, da doch niemand wußte, was aus diesem Geist werden würde und ob er nicht nur eine Spielerei eines müden und entarteten Zeitalters gewesen war.

Er fragte nach Jumbo und erfuhr, daß er Soldat war, aber am Abend immer heimkomme, weil sie in der Kaserne keinen

Platz für die vielen Freiwilligen hätten. Er räumte seine Wäsche ein, dachte an alles, was der Vater zum Abschied gesagt hatte, besonders aber an seine Worte über die Mutter, und ging wieder auf die Straße hinaus, ziellos und unglücklich, bis er endlich an der Wohnungstür von Charlemagne auf die Klingel drückte.

Aber auch Charlemagne war nicht da. Er war Bahnhofskommandant in einer kleinen Stadt, und seine Frau sah mit sorgenvollen Augen an Jons vorbei in das dämmernde Treppenhaus. Eine der Töchter kam in Schwesterntracht zu ihnen heraus, sagte, sie hätten ihn schon in Sibirien geglaubt, und der Direktor werde Augen machen, wenn er ihn wiedersehe.

Ach ja, der Direktor ... wie es denn auf der Schule sei?

Sie lächelte ... „Groß, ganz groß, Jons", sagte sie. „Die meisten sind fort, und die nicht fort sind, kommen sich alle wie Leonidas vor."

Das könne er nun von sich nicht gerade sagen, meinte Jons, aber er wünschte, er wäre an den Thermopylen statt bei den Schwestern Holstein. Und bedrückt ging er wieder fort.

Erst Jumbos Beredsamkeit half ihm etwas über den schweren Anfang hinweg. Jumbo trug eine blaue, verschlissene Uniform, eine schirmlose Mütze und ein Koppel ohne Seitengewehr. „Bist du da, Mönchlein?" rief er an der Tür. „Nun erst kann ich in Frieden in die Grube fahren. Dachte, sie hätten dich erwischt und du würdest am Ural oder in Sibirien die Welt bewegen."

Er war von einer lauten, fast lärmenden Heiterkeit, aber seine Augen hinter der großen, hell umrandeten Brille waren ernst und sorgenvoll wie früher. „Laß uns zusammen den Hahn schlachten, Mönchlein", sagte er, „den sie mir von Hause geschickt haben. Auch die Hähne ergreift der Krieg, wie er die Menschen ergreift. Die Alma mater ist versunken, und der ‚Vater aller Dinge' hat das Heft in die Hand genommen."

Jons mußte erzählen, und Jumbo nickte. „Dort unten wird noch manches geschehen", sagte er. „Nicht an die Güter hänge dein Herz, Mönchlein. Du wirst nicht viel von ihnen wiedersehen."

Ja, er sei natürlich Infanterist geworden. Für Gastwirtssöhne zieme sich das am besten, und nach der Felddienstordnung winke der Infanterie bekanntlich auch der höchste Ruhm. Nun ja, es sei nirgends ganz so, wie man es sich gedacht habe. Der Oberst habe nicht mit ausgebreiteten Armen auf dem Kasernenhof gestanden, um jeden Kriegsfreiwilligen einzeln an sein Herz zu ziehen. Er habe sogar etwas von einem „Sauhaufen“ gemurmelt, und die Unteroffiziere seien noch deutlicher geworden. Aber nur Kinder könnten sich einbilden, daß der Krieg eine lyrische Angelegenheit sei, und Kinder hätten sie leider eine Menge dabei.

„Mein Vater und Herr von Balk meinen, daß ich zuerst mein Abitur machen soll“, sagte Jons bedrückt.

„Ja, was denn sonst, mein Lieber?“ fragte Jumbo erstaunt und nahm die kurze Pfeife aus dem Mund. „Denkst du vielleicht, daß die Welt in anderthalb Jahren schon Friedenskränze flechten wird? Sie wird ganz andere Kränze flechten, mein Lieber, ganz andere, darauf kannst du dich verlassen, und Eintrittskarten werden auch nach anderthalb Jahren noch ausgegeben werden. So billig, daß du dich nicht anzustellen brauchst. Nein, Mönchlein, keine unnötige Hast. Auch der Geist muß am Leben bleiben, nicht nur die Bezirkskommandos.“

Was er denn überhaupt denke, fragte Jons.

Was er denke? Ja, da gehe es ihm so wie dem schwäbischen Dichter. Er „denke dies und denke das“. Und in der Hauptsache versuche er, gar nicht zu denken. Beim Militär werde übrigens erst vom Unteroffizier aufwärts gedacht. Aber eines habe er schon gemerkt, worin er von den anderen unterschieden sei, und das mache ihm manchmal Sorgen: er sei nämlich kein Medium. Verstanden? Er könne sich nicht hypnotisieren lassen. Die Wissenschaft habe längst festgestellt, daß es so etwas gebe, aber von sich selbst habe er es jetzt erst erfahren. Damit gehe ihm eine große Hilfe verloren, die die anderen alle hätten, und während die anderen unter jedem Arm eine starke Hand hätten, die sie stütze und trage, müsse er ganz allein und ungestützt seinen Weg machen.

„Und was für eine Hilfe haben die anderen?“ fragte Jons.

„Oh ... so ... die allgemeine Meinung, weißt du. Reden

und Ansprachen, Zeitungen und Aufrufe. Die Volksseele eben. Aber mit mir ist das so, daß ich kein Brennglas bin, das alle Strahlen sammelt, sondern ein Prisma, das sie alle zerstreut, verstehst du? Ich will das gar nicht, aber das Licht zerlegt sich eben vor meinen Augen in sieben Farben. Die Reden zerlegen sich, die Zeitungen, sogar der Herr Oberst, und das Zerlegte sieht immer anders aus als die Summe.

Und dabei ist es gar nicht wahr, daß ich nur aus Geist bestehe. Ich fühle eine ganze Menge von Dingen, sogar solche, die andere nicht fühlen. Aber ich fühle sie anders, unabhängig, ohne Rausch. Ich lasse niemals andere für mich denken und fühlen, das ist die Sache. Ich bin allein, Mönchlein, sehr allein."

Seine Heiterkeit war nun verschwunden, und hinter seinen runden Brillengläsern waren seine Augen so fern wie in einem Taucherhelm.

„Und sagen kann man nichts, Jumbo?"

„Ach, du lieber Gott! Laß du nur deine Gerechtigkeit auf dem Acker, Mönchlein, hörst du? Du kannst dich auch vor eine Schnellzugslokomotive werfen, das wäre ganz dasselbe. Denken kannst du für dich allein, und es ist ein Segen, daß der liebe Gott die Gedanken unsichtbar gemacht hat. Aber aussehen und handeln mußt du wie die andern. Das würde ein schöner Krieg werden, wenn dein griechischer Direktor in der Front seine Nase streichen und seine perikleischen Ideen entwickeln wollte."

„Und was ist am schlimmsten, Jumbo?"

„Am schlimmsten? Ja, wenn du bedenkst, daß auch eine Sokratesbüste von einer Scheuerfrau abgewischt wird, so ist es eigentlich gar nicht so schlimm, daß auch der Gott des Krieges von vielen Händen angefaßt wird. Manche Unteroffiziere lassen einen armen, halb blöden Straßenkehrer jeden Abend im Hemd Griffe kloppen und denken wahrscheinlich, daß der Krieg ohne sie verloren wird. Aber das sind so Kleinigkeiten, weißt du. Das Zeitalter des Achill ist eben vorbei, und wer weiß, ob er seinen Lanzenträger nicht auch schikaniert hat. Die Dichter haben die Welt verdorben, Mönchlein. Sie haben eine goldene Stadt gebaut und die Treppen vergessen. Und die Welt hat viele Treppen, zumal im Kriege."

„Aber das Schlimmste, Jumbo?"

„Das Schlimmste ist, Mönchlein“, erwiderte Jumbo leise, „das Menschliche und ganz und gar Erbärmliche. Die Lüftung der Maske. Die Entblößung bis auf die Knochen . . . aber davon wollen wir lieber nicht reden.“

„Und wann wirst du hinauskommen?“

„Ich denke, bald. Ich hoffe, bald. Wenn du aufgehört hast, etwas Eigenes zu haben und zu sein, willst du wenigstens deinen eigenen Tod haben. Kein eigenes Grab, aber einen eigenen Tod, und das hat man nämlich draußen.“

„Aber weshalb denkst du an den Tod, Jumbo?“

„Ach, Mönchlein, nur die Kinder denken an das Leben, wenn sie in den Krieg ziehen. Wenn du glaubst, du könntest im Kriege würfeln, dann weißt du nur wenig von ihm. Würfeln kannst du mit deinem Direktor, aber nicht mit dem Tod. Auch Michael hat nicht gewürfelt.“

So begann für Jons die lange Zeit, in der er nur ein schweigender Zuschauer zu sein hatte, der auf seine Stunde wartete.

In der Schule war es ihm, als seien inzwischen fremde Menschen eingezogen und die alten Gesichter seien fort. Die oberen Klassen waren halb geleert, und statt der vertrauten Lehrer waren nun andere da, gebrechliche Greise, die aus der Stille ihres Lebensabends noch einmal aufgetaucht waren wie Wrackstücke nach einem Sturm. Sie hatten es gut gemeint, wie jeder es gut zu meinen schien in dieser Zeit, aber sie erkannten nicht, daß der Krieg nicht nur eine Sache der Soldaten war. Der Krieg hob den Frieden auf, nicht nur bei den Siebzehnjährigen, sondern auch bei den viel jüngeren, und bei der schroffen Verwandlung, die er in den Seelen erzeugte, gab es keine Brücken mehr zwischen der Welt, die nach Tat, Ruhm und Abenteuer verlangte, und derjenigen, die über Tat, Ruhm und Abenteuer mit der Weisheit des Alters dozierte, und nicht einmal immer mit Weisheit. Es war, als ahnten die alten Lehrer, daß für das Alter keine gute Zeit kommen würde, soweit es eben nichts als Alter war, und sie klammerten sich mit Zorn und Leidenschaft an die Stühle, die doch schon unter ihnen zu wanken begannen. Bei jeder Widersetzlichkeit sprachen sie vom „Geist von Tannenberg“, aber schon die Tertianer grinsten dazu, weil ihrem kindlichen Sinn eine Schlacht keine Sache des

Geistes war und weil sie in ihrer jungen Erbarmungslosigkeit ihre alten Bußprediger sich nicht anders als höchstens auf einem Kommißbrotwagen vorstellen konnten. Es war schwer, das Blut zu bändigen, das nach der Tat verlangte, nach wilder und beglänzter Tat, und dem man statt dessen nichts zu geben hatte als unregelmäßige Verben, Gleichungen und Reden, in denen das erste echte Gefühl sich immer mehr zu einer billigen Münze abgriff und abschleifte. Es zeigte sich bald, daß der Krieg nicht nur ein großer Schenkender war, sondern auch ein ungeheurer und rücksichtsloser Verbraucher, der nicht nur Menschen und Dinge nahm, sondern auch Meinungen, Ordnungen und unverbrüchlich erscheinende Gesetze.

Jons, mit seinen stillen und unbestechlichen Waldaugen, sah dies alles früher als die anderen, und vieles sah er früher als seine Lehrer. Er war nun ganz allein und für lange Wochen selbst von seinem Dorfe und allen Nachrichten abgetrennt. Er gehe wohl nicht in den Krieg, hatte der Direktor ihn am Anfange gefragt, und Jons hatte, ohne die kalte Feindschaft in seinem Blick zu verbergen, geantwortet, daß dieser Zeitpunkt von denen bestimmt werde, die seine Erzieher wären und allein darüber zu urteilen hätten. Und wer diese Erzieher seien? Das seien sein Vater, der Herr Stilling und der Herr von Balk. „Soso . . .", hatte der Direktor gesagt und seine Nase gestreichelt.

Im Anfang wurde Jons noch von einem blinden Wunsch getrieben, nützlich zu sein und etwas zu t u n. Er reichte Erfrischungen auf den Bahnhöfen, und überall, wo in den Zeitungen junge, freiwillige Helfer gesucht wurden, war er zur Stelle. Aber auch dies ließ er bald. Er sah, wie die jungen Schwestern in Seidenstrümpfen das besser konnten als er und daß sie noch andere Dinge konnten, zu denen er keine Eignung hatte. Seine scharfen Augen sahen auch durch die Schleier der Barmherzigkeit hindurch, und es war ihm, als habe er die anderthalb Jahre, die vor ihm lagen, dazu anzuwenden, als ein gerüsteter Mensch in die Entscheidung zu gehen. Nur dazu und zu nichts anderem. Er begann die russische Sprache zu lernen und arbeitete viele Abende bei dem Bruder des alten Schusters, der eine kleine Werkstätte für

Kraftwagen hatte. Auch fand er ein unerwartetes Vergnügen darin, den schwarzen Schwestern bei der Beschaffung von Lebensmitteln zu helfen. Auch für ihn, nicht nur für das Dorf, stand die Gestalt des toten Pfarrers auf dem leeren Kirchenhügel und sah zu, wie die Menschen nun mit dem großen Tod fertig wurden, nachdem er schon von dem kleinen aus seiner Bahn geschleudert worden war.

„Sie sind ein guter Mensch, Jons", sagte die älteste der Schwestern zu ihm, aber er schüttelte den Kopf. „Soll man immer erst nach einem Examen anfangen, den Menschen zu helfen?" fragte er. „Und immer erst, wenn man Gehalt dafür bekommt?"

Auch begann er nun damit, aus Jumbos Büchern sich medizinische Werke hervorzusuchen und in ihnen zu lesen. Zuerst geschah es ohne Plan und auch ohne besondere Neigung, weil die Zurückführung des lebendigen Menschen auf ein Staatengebilde von Zellen ihn befremdete und enttäuschte. Aber dann, zumal unter Jumbos Mikroskop, tauchten doch Wunder auf Wunder auf, die großen Geheimnisse erhoben sich, nicht die des Wortes oder der Sprachen oder der ganzen grauen Vergangenheit, sondern die des lebendigen Lebens, das über die Griechen oder Perser weit zurückreichte bis zu dem kalten Glanz der Sterne und der Finsternis, die „über den Wassern" war. Und nun saß er wie ein wahrer Mönch in seiner Zelle, kein Faust, der Herr sein wollte über alle Kreatur, sondern ein Dienender, der Wort für Wort und Seite für Seite des großen Lebensbuches in sich hineinnahm, und ganz in der Ferne, selbst hinter den grauen Dächern von Sowirog, tauchte etwas auf, das noch nicht zu erkennen war, aber das ebenso groß und ebenso schön war wie des Vaters Wunsch, die Welt zu bewegen.

So ging der erste Winter ihm dahin, und selbst der Anblick des zerstörten Dorfes in den Weihnachtsferien traf ihn nicht so tief, wie er es nach der ersten Nachricht erwartet hatte. Nach allem Zerstören würde das Heilen und Verbinden kommen, und auch seinen Händen würde das Schicksal und die Zeit zu tun geben, wenn er sie unversehrt aus dem Kriege heim brächte.

Sie hatten sich um die stehengebliebenen Schornsteine ein kleines Haus gebaut. Sie waren noch enger zusammengerückt, aber sie waren nicht zu Boden geschlagen worden. Sie wußten, daß man Dörfer wieder aufbauen konnte und daß nur das Leben etwas war, was nicht wiederkam, wenn es sich verströmt hatte. Die ersten Toten und Vermißten waren angezeigt worden, viele für ein so kleines Dorf, und unter den Vermißten war der Grenadier Martin Gollimbeck.

Maria wohnte noch im Schulhaus, wo Herr Stilling wieder die Kinder des Dorfes lehrte, und dort fand sie Jons an dem Fenster, von dem man das Moor und die „Arme Sünde" und den Weg sehen konnte, der unter den schneebehangenen Fichten wie ein Gewölbe verschwand. Sie trug ihr schwarzes Konfirmationskleid, etwas ausgelassen in den Nähten, und Jons sah, daß sie ein Kind erwartete. Sie blickte auf den weißen Weg hinaus, der so leer und verlassen und einsam war, als führe er vom Dorfe Sowirog geradeaus nach Sibirien, aber in den Händen hielt sie ihr Nähzeug, und sie weinte auch nicht, als sie Jons wiedersah.

„Siehst du, es waren nur drei Monate", sagte sie, „und in drei Monaten wachsen zwei fremde Leben noch nicht zusammen. Aber was mich am meisten bedrückt, ist, daß er sich ja nicht helfen können wird. Er kann sich ja nicht einmal einen Knopf annähen. Und wie soll er ein ganzes fremdes Land bestehen?"

„Glaubst du denn, Schwester, daß er . . ."

„Ja, natürlich glaube ich, daß er lebt, Jons. Sicherlich hatte er sein Gewehr nicht geladen gehabt, als sie über ihn kamen, oder er hatte die Sicherung nicht zurückgelegt, oder es ist ihm zwischen die Beine gekommen. Er hat mir geschrieben, daß es immer so bei ihm war. Er war der einzige, der bei der letzten Besichtigung das Gewehr fallen ließ. Er war so eifrig bei allen Dingen, daß es ihm gleich über die Schulter nach hinten flog, als sie es übernehmen sollten. Der General hat ihn gefragt, ob er aus einem Zirkus sei, wo sie Flaschen in die Höhe würfen, aber er hat gesagt, er sei nur Volksschullehrer. ‚Na, Gott sei Ihren Kindern gnädig!' hat der General gemeint. So war er, und so ist es ihm wohl auch draußen gegangen. Ich denke immer, daß er dort plötzlich erscheinen wird, an der „Armen Sünde“, und sicherlich wird er sich ein Ohr angefroren haben ...“

Sie seufzte und begann wieder ihre Nadel durch den weißen Stoff zu ziehen.

‚Wie seltsam ein Baum sich verzweigen kann‘, dachte Jons und sah auf seine stille Schwester, die nicht an den Tod glaubte.

Ob sie, wenn es nun noch lange dauere, wieder bei der Mutter leben werde?

„Nein Jons“, sagte sie, „das kann ich nicht. Für sie war Martin eigentlich niemals mehr als ein Bettler, und ich denke, daß das Kind in mir erfrieren würde, wenn sie es ansieht. Stilling hat gesagt, daß ich bei ihm eine Kammer bekomme, und auch in die „Arme Sünde“ kann ich ziehen, wenn ich will. Manchmal denke ich, daß der kleine Jons das einzige sein wird, was von uns allen übrigbleiben wird ...“

„Es würde genug sein, Schwester“, meinte Jons, „aber wir wollen nicht so ganz wenig auf uns vertrauen.“

Sie gewöhnten sich daran, daß die Mutter so still war, als habe sie die Sprache verloren. Sie lächelte nie, sie war nie mehr zornig, aber sie saß nun länger am Herdfeuer als sonst und blickte mit zusammengelegten Händen in die Flamme. Es sah immer so aus, als fielen zwischen ihren Fingern die Stücke eines Spielzeugs auf die Erde. Sie fragte nicht, was Jons tue oder tun werde, und nur manchmal, wenn jemand aus dem Dorf kam und von einem neuen Sieg erzählte, preßte sie ihre Lippen fester zusammen und sah durch den Redenden hindurch auf die Bretterwand, als erblicke sie dort eine Hand, die andere Zeichen schrieb als die des Sieges.

Für Jons war es schwer, und manchmal war ihm, als lebe er in einer gefrorenen Welt, wo bei jeder unvorsichtigen Bewegung ein Stück des Lebens abbrechen und auf den hellen Dielenbrettern zerspringen könnte. Er bangte sich sehr nach seinem Vater.

„Hier ist es kalt“, schrieb Jakob, „und wir frieren. Aber die andern frieren auch. Der Krieg macht alle gleich. Am Meiler liegt trockenes Holz. Fahre es an, solange du da bist, damit die Mutter es warm hat. Wer Trauer trägt, friert leicht. Ich möchte gern meine Bibel da haben, aber sie ist zu schwer, und die andern würden lachen. Sie halten hier nicht viel von der Bibel. Die Zeit wird erst kommen, wo sie viel von ihr halten werden. Mein Hauptmann ist ein Oberförster, und er spricht gern mit mir vom Wald. Wenn er abends auf dem Grabenrand steht, sieht er aus wie unser toter Pfarrer. Er hält uns zusammen, sonst denkt jeder nur an sich. Es ist viel Glut nötig, damit ein Mensch Kohle wird, und noch mehr, damit ein Volk es wird. Die meisten hier haben schon ausgeglüht, und es war gerade nur soviel da, wie du brauchst, um den Tabak auf einer Pfeife anzuzünden. Ich möchte gern wieder am Meiler sitzen, aber da es nicht sein kann, denke ich wenig daran. Der Oberförster sagt, daß ich wunderlich bin wie alle Leute aus dem tiefen Wald, aber daß er gern mit solchen Leuten Krieg führen würde und daß er nur ruhig schläft, wenn ich auf Horchposten stehe. Du siehst, daß auch Oberförster wunderlich reden können. Du hast nun noch über ein Jahr Zeit. Tue recht in diesem Jahr. Der Roggen braucht nicht einmal solange, um Ähren zu geben."

Jons fuhr das Holz an und machte es klein. Es blieb ihm nicht viel Zeit zu schweren Gedanken, doch schrieb er zweimal in der Woche an seinen Vater. Er sorgte auch dafür, daß trockenes Holz in die „Arme Sünde" kam, damit der kleine Jons nicht zu frieren brauchte, und er dachte viel darüber nach, wie alles werden würde, wenn er selbst in den Krieg ginge. Die „Gerechtigkeit auf dem Acker" verschwand langsam vor seinen ernsten Augen. Das Brot in der Hand und das Feuer im Herd schienen ihm nun wichtiger als alle Gerechtigkeit, aber er sah nicht ganz, daß sie ja ein Teil dieser Gerechtigkeit waren, wie sie es vor tausend Jahren schon gewesen waren. Er war noch nicht alt genug, um zu wissen, daß alle großen Ideen aus kleinen Wirklichkeiten entspringen und daß derjenige, der den Armen ein Stück Brot gab, nicht weniger war als der, der aus vielen Stücken Brot die Idee der Gerechtigkeit zusammensetzte. Er wollte noch das Unendliche, und erst viel später sollte er erkennen, daß das Endliche zu tun nicht geringer war als das Unendliche zu träumen. Ja, daß es für alle Sowirogs der Erde das Wichtigere war.

Er gab nun viele Nachhilfestunden, und es war auf der ganzen Schule bekannt, daß er von allen jungen Lehrern dieser Art der beste und erfolgreichste war. Zum erstenmal verwandte er einen Teil des Geldes, um sich einen Wunsch zu erfüllen, auch wenn er an sich selbst am wenigsten dabei dachte. Die älteste der schwarzen Schwestern half ihm dabei, und zu Beginn des neuen Jahres zog er in Jumbos Zimmer ein.

Jumbo war kurz vor Weihnachten hinausgekommen, und Jons hatte ihn zur Bahn begleitet. Es war ein kalter Abend ohne Sterne gewesen, mit körnigem Schnee, der wie Reif auf den graubezogenen Helmen gelegen hatte. Die Regimentskapelle hatte gespielt, und die harten Rhythmen des Marsches hatten von den grauen Häusern widergeklungen. Die Menschen jubelten schon nicht mehr. Sie standen still und ernst auf den Straßen und blickten schweigend auf die jungen Gesichter unter den Helmen und auf die gebeugten Schultern unter dem schweren Gepäck.

Auch Jumbo war gebeugt gegangen, aber hinter der schneebedeckten Brille waren seine Augen ruhig wie immer gewesen. „Ein buntes Leben, Mönchlein“, hatte er gesagt, „und wer von uns hätte sich träumen lassen, daß er einmal in solchen Stiefeln zum Tanz gehen würde? Aber ich gehe gern hinaus. Sag das meinem Vater, wenn du ihn einmal sehen solltest. Wir haben alle so viel gelernt und so wenig erfahren. Eine neue Fakultät haben sie nun auf der Weltuniversität aufgemacht, und du siehst, wie die Hörer sich zu ihr drängen. Ein neuer Dekan, Mönchlein, und noch niemand hat ihn gesehen. Wollen sehen, wie es mit seinen Prüfungen bestellt ist.“

Er hatte noch vor der Tür seines Abteils gestanden, ein ganz veränderter Jumbo, grau und ernst, ein Mann, der morgen schon den Tod aus seinem Gewehr absenden konnte. Aber ohne Heldenallüren, ohne letzte bedeutende Worte, der schlichte Sohn eines schlichten Vaters. „Ich möchte gern, daß du meine Bude bekommst, Mönchlein“, hatte er gesagt. „Sieh zu, daß es geht. Ich möchte nicht, daß ein schlägerrasselnder Teutone dort einzieht und Heldenbilder an die Wände nagelt. Ja, und noch etwas, Mönchlein: vergiß doch nie, was der Herr von Balk von dem Mist auf den dreißig Morgen gesagt hat, hörst du? Ich habe dir nun ein paar Jahre zugesehen, von deinem Kampf mit dem Bäckerjungen an. Ich verstehe ja noch nicht allzuviel von Menschen und ihren Wegen, aber es scheint mir, daß du dich am meisten vor etwas hüten mußt, was ich „das Unbedingte“ nenne, verstehst du? Das von einer Idee Ausgehen und die Überzeugung, wir seien auf der Welt, um Ideen zu verwirklichen. Ich glaube nämlich nicht, daß wir dazu da sind, Mönchlein. Ich glaube, daß wir dazu da sind, um unser Tagewerk zu erfüllen und es so zu erfüllen, daß wir von seinem Ertrag denen etwas abgeben können, die ein schwereres und ärmeres Tagewerk haben. Siehst du, ich meine, wer Erdmuthe dazu verhilft, daß sie nicht den ganzen Tag am Webstuhl zu sitzen braucht, sondern eine Stunde mit dem kleinen Jons spielen kann, der hilft ebensoviel zu der großen Gerechtigkeit wie der, der ein großes Buch über sie schreibt. Und vielleicht hilft er sogar mehr dazu. Er predigt nicht, wie die Pfarrer tun, und er scheidet nicht, wie die Richter tun. Sondern er tut etwas. Er gibt Brot, Mönchlein, und Brot gibt man nicht, wenn man ein Müller oder ein Bäcker ist. Die Müller und Bäcker verdienen nur am Brot, sie geben es nicht. Denke immer daran, Mönchlein, daß nur kranke Leute von Ideen satt werden. Die einfachen Dinge sind immer größer als die komplizierten, und Nähren, Tränken und Heilen sind sehr große Dinge, auch heute noch. Verstehst du mich?“

Ja, Jons verstand ihn.

„Die kleinen armen Dörfer, Mönchlein“, sagte Jumbo, als er seine kurze Pfeife gestopft hatte, „sie sind ein edles Arbeitsfeld für unsereinen. Dein Sowirog und alle Sowirogs auf der Erde. Sie sind nicht so großartig wie die Städte, und ein ‚Geburtshelfer‘ ist ein viel einfacherer Mann als ein großer Frauenarzt. Aber es ist ein schöner Name, ein alter Name, der fast bis ans Paradies zurückreicht, und ich wünschte, ich könnte ihn einmal tragen. Und wer da weiß, daß wir jeden Tag neu geboren werden, der wird sich nicht darüber zu beklagen brauchen, daß er zu wenig zu tun habe. Weißt du, wieviel auf dieser Erde zu tun ist, Mönchlein, damit wir nicht an jedem Morgen und Abend vor Scham zu erröten haben?“

Ja, Jons glaubte es zu ahnen.

Dann blies der Hornist das Signal, und Jumbo gab ihm die

Hand und kletterte in den Wagen. Für einen Augenblick erschien sein Gesicht noch einmal im geöffneten Fenster, zwischen zwei jungen Schülergesichtern, und hinter seiner großen, runden Brille blickten seine Augen mit einer tiefen Eindringlichkeit auf Jons hinab. Es war, als sei Jons der Fortgehende und er der Bleibende. Es war aus ihnen abzulesen, daß ihm ganz gleichgültig war, wohin sie nun fuhren und wo sie ausgeladen wurden, und daß ihm nur wichtig war, ob er alles gesagt hätte, was zu sagen war.

Aber was half schon das Sagen? Seit fast zweitausend Jahren sagten sie von allen Kanzeln und Thronen und Lehrstühlen die wunderbarsten Dinge, aber die Hungrigen waren nicht satt davon geworden, und ein Krieg nach dem andern ging über die flammende Erde. Und diesem, der dort unten stand, mit den ernsten Augen unter der breiten Stirn, brauchte man nichts zu sagen. Man brauchte ihm nur zuzurufen: „Komm, Bruder! Komm mit und hilf den Armen!" Und er würde gehen, wie von einer Feder getrieben und von Flügeln getragen, über alle Hügel und Täler hinweg, ein Diener alles Edlen, ein Kind des Meilers, wo Kohle gebrannt wurde und wo man das alte Buch las, in dem von dem Salz der Erde gesprochen wurde und von dem Weinberg des Herrn.

„Dreißig Morgen, Jons!" rief er, als die Räder sich zu drehen begannen. „Nicht die ganze Welt, sondern dreißig Morgen, hörst du?"

Und Jons winkte mit der Hand und lief neben dem Zuge her, sein Gesicht nun von Schmerz bewegt und fast entstellt, einem plötzlichen, wilden und schrecklichen Schmerz.

Er lebte nun in Jumbos Zimmer, und manchmal war ihm, als habe er schon ein Vermächtnis angetreten. Hinter dem langen, dunklen Gang hörte er das Leben der Pension nur wie ein fernes Wälderrauschen, und sein eigenes Leben kam ihm wie ein Traum vor, immer dicht vor der Morgenstunde des Erwachens. Jumbos Bücher blickten ernst auf ihn hernieder, und sobald er sie in die Hand nahm, glaubte er die Stimme des Fortgegangenen zu hören, die ihn zur Beschränkung mahnte. Nein, nie würde er vergessen, wieviel gute, stille Wegweiser an seiner Morgenzeit gestanden hatten.

Zweimal in der Woche, wenn es dunkel geworden war, holte er von seinem Freunde, dem Schuster, den alten, wackeligen Kinderwagen, den er aus seinem Keller heraufgeholt und grau angestrichen hatte, und ging damit zu den Holz- und Kohlenlagern, die sich an den Schienenwegen des Güterbahnhofs und am Hafen entlangzogen. Der kleine Wagen war ein kostbarer Besitz, weil er Gummiräder hatte und also geräuschlos lief, und da Jons längst entdeckt hatte, daß es an Gerechtigkeit nicht nur auf dem Acker fehlte, bedrängte sein Gewissen ihn nicht, wenn er zu der lautlosen Kolonne gehörte, die in den Nächten von den großen Lagerplätzen Kohlen stahl. Es war ein hartes und gefährliches Handwerk, nach ungeschriebenen Kriegsplänen vor sich gehend, immer im schweigenden Kampf mit den Wächtern, und nicht immer von Erfolg gekrönt.

Aber dann war es schön, an Jumbos Ofen zu sitzen, die Füße vor der roten Glut, eines seiner Bücher auf den Knien, und jedes der Worte im Gedächtnis, die er zum Abschied empfangen hatte. Und nur eine leise Unruhe war über diesen Stunden, wenn er bedachte, daß sie nun wahrscheinlich froren, während er seine Füße am Ofen wärmte, der Vater wie Jumbo, und daß sie schon recht hatten, wenn das einfachste Tun ihnen höher galt als das verwickeltste Denken. Aber bald würde auch er neben ihnen sein, kein Bevorzugter oder Zurückgestellter des Schicksals, und alles dieses würde für lange Zeit im Unwirklichen versinken: Feuer und Bücher, Schweigen und Gedanken. Die Mühle würde mahlen, und sie würden nun alle zusehen müssen, ob sie Brot oder Steine mahlen würde.

Nein, er bedurfte der Ansprachen in der Aula nicht, der Mahnungen, der Beschwörungen. Er war nicht gewohnt, eine Predigt anzuhören, ehe er mit Axt und Säge an ein Klafter Holz heranging.

Jumbo aber marschierte. Keuchend unter seinem Gepäck, dem Gewehr, den Patronentaschen, dem Schanzzeug. In hartgefrorenen Stiefeln, deren Falten die Füße wund rieben, mit beschlagener Brille, die die steifen Finger nicht abnehmen konnten, durch verschneite Wälder und zerschossene Dörfer, einem Horizont entgegen, der so fern war wie der eines anderen Sternes. Aber er marschierte.

Er hatte keinen Oberförster zum Hauptmann, der mit ihm von den großen Wäldern gesprochen hätte, und keinen großen Juristen, der ihn nach der Strafrechtsreform gefragt hätte. Er hatte überhaupt keinen Hauptmann, sondern einen kleinen, blutjungen Leutnant, der eben noch Fähnrich gewesen war, einen aufgeregten, verstörten Zinshahn, dem die Verantwortung über dem Kopf zusammenschlug. Der keine Karten lesen konnte und sich verlief. Der wahrscheinlich ohne ein Wimperzucken auf eine feindliche Batterie losgehen würde, aber der zu jung war, um zweihundert Kinder und alte Männer durch ein grenzenloses, verschneites und vereistes Land an einen Platz zu führen, wo es ebenfalls nur Schnee, Eis, Hunger und wahrscheinlich den Tod geben würde.

Es gab ein paar unter ihnen, die ihm gerne helfen wollten, und auch Jumbo war darunter. Unauffällig und vorsichtig helfen, damit seine junge Würde nicht Schaden nähme. Aber hielt er schon jeden Zweifel, jedes verstohlene Lächeln für einen Bruch der Kriegsartikel, so war jede Hilfsstellung ihm zutiefst verhaßt, und der ganze Zorn seiner achtzehn Jahre warf sich ohne Beherrschung auf die unschuldigen Schuldigen. „Student sind Sie?" schrie er mit seiner hellen, überschnappenden Knabenstimme. „Student? Bierjungen trinken und auf der Mensur stehen, was? Das nannten Sie Dienst am Vaterland, was? Das Vaterland sieht anders aus, mein Lieber, das kann ich Ihnen flüstern! Und hier werden Sie das lernen, eisern lernen, verstanden? Auch marschieren werden Sie lernen, verstanden?"

„Zu Befehl, Herr Leutnant", sagte Jumbo langsam.

„So'n mongolischer Eierkopp ...", sagte eine tiefe, ruhige Stimme aus einem der hinteren Glieder. Sie lachten, aber Jumbo sah ernst vor sich hin, auf den Tornister seines Vordermannes, und er dachte sich, daß dieser Tornister merkwürdige schwankende Bewegungen mache, als sei sein Träger betrunken, und daß dieser Marsch wohl nicht so gut ausgehen werde, wie der junge Leutnant es sich denke.

Am späten Nachmittag, als schon ein ungeheures Abendrot hinter ihnen stand, glitt das Pferd des Leutnants auf einem vereisten Abhang aus, und da er kein guter Reiter war, ohne Vorsicht und ohne ruhige feste Hand, wurde aus dem kleinen

Fehltritt ein Unglück: das Pferd überschlug sich und blieb mit gebrochenem Vorderlauf liegen.

Der Leutnant fluchte, aber der Vizefeldwebel, ein stiller, ruhiger Mann, trat in aller Verwirrung leise an das Pferd und erschoß es mit seiner Dienstpistole.

Aus war es nun mit der Rolle der Götter. Es schimpfte sich schwerer, wenn man nur in Augenhöhe mit dem Beschimpften war, und es war auch nicht leicht, in den eleganten Röhrenstiefeln zu marschieren. Die Ortskommandanten in den kleinen, halb zerstörten Dörfern hatten nur ein erstauntes Lächeln für die Frage, ob man nicht ein Reitpferd bekommen könne. Aus den Wäldern vor ihnen hoben sich schwere graue Wolken auf und schütteten Berge von Schnee über ihre gebeugten Gestalten. Die Kolonne zog sich auseinander, und weder der Frost noch der Leutnant vermochten die Erschöpften aus den verschneiten Gräben aufzutreiben.

Aber Jumbo marschierte. Zuerst mit vielen, dann mit einzelnen, dann allein. Es war kein Befehl zum Halten gekommen, und er kannte sein Ziel besser als der Leutnant. Manchmal rastete er, an einem Zaun, an einem rußgeschwärzten Schornstein, und wartete auf die Kolonne, die Pfeife im Mund, ein kleines Feuer neben sich, an dem er sich die Füße wärmte. Manchmal rastete er nicht, sondern marschierte bis zu dem Dorf, das ihnen bestimmt war, und in der Dämmerung, wenn die bepackten Schatten aus dem Schneesturm auftauchten, stand er am Eingang des Dorfes und schloß sich ihnen an. Die jungen Kriegsfreiwilligen blieben zurück, die alten Leute murrten, aber Jumbo marschierte, ein stiller, ernster Mann, der Unerschütterlichste in der ganzen Kolonne, ein Student, der nichts vom Vaterland gewußt hatte und dessen zerschundene und halb erfrorene Füße so unentwegt nach Osten marschierten, als sei der Ural ihnen als Ziel bestimmt, oder der ferne Baikalsee, oder die Ufer des Großen Ozeans.

Sie kamen bei der Truppe an und brachen sofort weiter auf, zu einer riesigen Umgehung des Feindes, ein winziger Splitter in einer der Speichen, mit denen das lebendige Rad durch Wälder und Sümpfe rollte. Sie fielen zu Hunderten an den Rändern der gespenstigen Straßen, erschöpft, geblendet, erfroren,

Männer und Kinder, Vorgesetzte und Untergebene. Aber Jumbo marschierte. Sein Leutnant war noch immer da, zu Pferde wieder, aber stiller geworden, viel stiller, und wenn er neben Jumbo herritt, sah er ihn von der Seite an, als hätte er gern mit diesem seltsamen Menschen gesprochen, aber als halte eine ängstliche Scheu, ja fast eine Angst ihn davor zurück.

Sie sprachen erst, als sie nebeneinander unter den riesigen Tannen lagen, vom Schnee halb zugedeckt und viele schweigende Gestalten rechts und links von sich. In den dichten Wäldern hatte ein Stoß des wachsamen Gegners sie in die Flanke getroffen, ein verhängnisvoller Stoß, der ganze Kolonnen aufgerieben und zersprengt hatte, und hier lagen sie nun, von der Garbe eines unsichtbaren Maschinengewehres hingeworfen, Tote und Verwundete, indes Gefecht und Verfolgung über sie hinweggegangen waren und weit hinter ihnen verhallten.

Es war so still wie in der Kirche, und zwischen den hohen Säulen der Tannen sahen sie in einen blauen, kalten Himmel hinauf, der schon von einem fernen Abendrot sich rötlich färbte. Die schneebeladenen Äste hingen tief herab und schlossen sie von der Welt ab, vom Licht, von der Sonne, vom Leben. Kein Lufthauch rührte die Tannen an, und wenn einmal eine dünne Schneewolke von den Zweigen stäubte, fast lautlos, so hoben sie doch beide den Kopf ein wenig aus dem Schnee, um zu sehen, ob ein Mensch käme oder ein Tier. Aber niemand kam, und niemand würde kommen. Die andern waren schon still, und auch sie würden still werden, ehe der Morgen kam. Sie hatten beide Bauchschüsse.

Der Leutnant stöhnte, aber Jumbo war still. Er horchte in sich hinein, ob er nicht Schmerzen habe, aber er hatte keine Schmerzen. Er bedachte, was zu bedenken war, aber es war nicht viel, und das mußte getan werden, ehe die Hände in den dicken Wollhandschuhen ohne Gefühl waren. Er tastete langsam nach seinem Spaten, ganz langsam. Er konnte die Schnallen lösen. Und dann begann er, Schnee auf seine Füße und Beine zu schaufeln. Er brauchte nur den Spatenstiel ein ganz klein wenig in seiner Hand zu drehen. Es war so viel Schnee da, daß es nur dieser kleinen Bewegung bedurfte. Nein, an

Schnee war kein Mangel in diesem Land, und weshalb sollte man es nicht warm haben beim Sterben?

„Leutnant", sagte er leise. Die kleinen Gesetze der Würde lösten sich schon für ihn auf.

„Ja", erwiderte die stöhnende Stimme.

„Leutnant, hier ist der Spaten ... hier ... an deiner rechten Hand. Packe Schnee über dich, und du wirst nicht frieren."

Aber der Leutnant ließ den Spaten liegen. Doch mußte er wohl erwacht sein, denn nach einer Weile sagte er: „Duzen Sie mich, Jumbo?" Es war kein Vorwurf in seiner Stimme, eher nur eine kindliche Neugier.

„Jawohl, kleiner Leutnant", sagte Jumbo. „Morgen früh werden wir nicht mehr ‚Sie' zueinander sagen. Weshalb also nicht gleich?"

Der Leutnant schwieg eine Weile und sah lange zu den schweren Tannenwipfeln hinauf. „Meinst du, daß niemand kommen wird?" fragte er.

„Nein, niemand. Zwei arme Schächer sind wir, kleiner Leutnant, und es ist Zeit, den kleinen Erdengroll zu vergessen."

„Ich war nicht gut mit dir", sagte der Leutnant wieder nach einer Weile, aber Jumbo lächelte vor sich hin. „Du kannst nun etwas Gutes tun", erwiderte er, „etwas sehr Gutes, für uns beide. Strecke deine rechte Hand aus, ganz vorsichtig, so ... versuche, sie loszumachen ... ich war immer sparsam, und sie ist bis obenhin mit Rum gefüllt ... so, das war eine gute Tat, Leutnant, eine sehr gute Tat. Du bekommst auch den ersten Schluck, aber verschütte nichts, hörst du?"

Der Leutnant hielt die Flasche mit zitternden Fingern, und noch einmal gingen seine Augen zu den hohen Tannen hinauf. „Sie sagen", flüsterte er endlich, „daß bei Bauchschüssen jeder Schluck den Tod bringt ..."

„Ja, das sagen sie, aber wollen wir dem Tod nicht auch etwas zukommen lassen, kleiner Leutnant? Nur wenn du nicht sterben willst, dann trinke nicht."

Der Leutnant trank schon, einen langen, tiefen Schluck. Dann gab er die Flasche zurück und atmete tief und glücklich auf. „Siehst du", sagte Jumbo.

Auch Jumbo trank, und dann dauerte es wieder eine lange Zeit, in der seine Hände sich mit unendlicher Vorsicht bewegten. Es war doch gut, ein ordentlicher Mensch zu sein und alles zur Hand zu haben, was man brauchte.

„Rauchst du, Jumbo?" fragte der Leutnant verwundert.

„Ein kleines Pfeifchen, Leutnant, und du bekommst die Hälfte ab, wenn du willst."

Es war nun still und schön in dem großen Wald. Die Dämmerung fiel, und in der Ferne, ganz in der Ferne grollten die Geschütze. Die Füße waren warm, und ein sanfter rötlicher Nebel hing vor den müden Augen. Der kleine Leutnant begann zu weinen, leise, wie ein verirrtes Kind, und Jumbo suchte mit seiner linken Hand nach seinem Arm. „Das mußt du nicht tun, Leutnant", sagte er tröstend. „Es hilft zu nichts und zieht höchstens die Wölfe an. Und du darfst es auch wegen der Achselstücke nicht. Siehst du, ich, ein einfacher Student, Gastwirtssohn, ich könnte das schon tun, aber du darfst das nicht. Du mußt ein Beispiel sein, Leutnant, auch wenn dich niemand hört als ich. Aber die Armee hört dich. Über alle Wälder hinweg hört sie dich, und der Oberst zieht die Augenbrauen hoch und sagt zu seinem Adjutanten: ‚Haben wir Kinder hier im Wald? Das kann ich doch nicht glauben . . . reiten Sie mal hin, Schulenburg, und sehen Sie, was da los ist' Und Schulenburg reitet und kommt wieder zurück. ‚Ein kleiner Leutnant, Herr Oberst, der im Walde liegt und ein bißchen weint. Bauchschuß, Herr Oberst.' ‚Das kann doch wohl nicht sein, Schulenburg', sagt der Oberst. ‚Ausgeschlossen, Schulenburg, ganz ausgeschlossen. Kenne keinen Leutnant in der preußischen Armee, der im Walde liegt und weint. Wird einer von den Kriegsfreiwilligen sein, ein Student im ersten Semester. Noch einmal hinreiten, Schulenburg, und nachsehen, ja?' Und das geht doch nicht, nicht wahr?"

Der Leutnant verstummte und nahm die Flasche, die Jumbo ihm reichte. „Achtzehn Jahre, Jumbo", sagte er nachher, „ist das nicht zu früh?"

„Was ist früh und was ist spät?" antwortete Jumbo. „Wenn die Sonne aufgeht, ist das alles ohne Bedeutung für uns."

Er versank nun in Gedanken, und eine Weile war er ganz

für sich allein. Alles andere war nicht so schlimm, aber mit Jons war es schade. Der kleine Mönch, der nun an seinem Ofen saß und an die Gerechtigkeit dachte. Man hätte ihm noch einiges sagen müssen, von dem großen Welttheater und dem großen „Wartesa . . . a . . . al“. Aber auch er hatte schon seine Eintrittskarte, auch er würde seinen Platz finden ... ja, ein paar Jahre Landarzt wäre er doch gerne gewesen ... mit Pferd und Wagen über die stillen Straßen ... über die stillen Straßen geht klar der Glockenschlag ... aber das ist wohl ein Lied, und hier gibt es keine Glocken, nur die Geschütze dröhnen ... ultima ratio regis ... jaja, auch für die Könige kommt solche Stunde.

Er erwachte davon, daß der Leutnant zu singen begann, leise, wie ein Kind im Schlaf. „Fridericus Rex ... unser König und Held ...“ Er wandte vorsichtig den Kopf zur Seite und sah in der tiefen Dämmerung das kleine, weiße Gesicht mit den geschlossenen Augen. Schnee war von den hohen Bäumen auf ihn herabgefallen, der Helm war ihm in die Stirn gesunken, die Schuppenkette schimmerte, und die hohe, grau bezogene Spitze hob sich in einem seltsamen Winkel aus dem Schnee heraus.

‚So also sieht es aus‘, dachte Jumbo. Und wenn nun ein Kriegsberichterstatter käme, würde er einen wundervollen Artikel schreiben können. ‚Im Tode vereint ...‘ oder so etwas Ähnliches. Das alte, spöttische, weise Lächeln glitt für einen Augenblick um seine Mundwinkel und erlosch wieder. Er trank noch einmal und stopfte noch einmal seine kurze Pfeife. Unendliche Mühe, bis die kleinen, blauen Wolken in die eisige Luft stiegen. Sieh da, nun waren die Sterne hoch oben zwischen den weißen Wipfeln, silberne kleine Punkte. Eine kalte Nacht würde kommen, eine barmherzig kalte Nacht. Und morgen gab es kein Marschieren mehr. Ausmarschiert, Jumbo. Eisern gelernt, kleiner Leutnant, was?

Der Leutnant sang immer noch, immer dasselbe Lied, und die leisen Worte in ihrem scharfen Rhythmus gingen wie kleine Hammerschläge durch den dunklen Wald. Als klopfe jemand an die erstarrten Bäume, ein Förster oder ein Köhler, der sein Holz prüfte, das er schlagen wollte.

Und dann verstummte das Lied plötzlich, wie von einer Schere entzweigeschnitten, und der Leutnant hob den Kopf. Der Helm fiel ihm über die Augen und gab seinem kleinen Gesicht das Aussehen einer schauerlichen Maske. „Student!" sagte er mit klarer Stimme.

„Herr Leutnant!"

„Student, hier wird marschiert, verstanden? Eisern marschiert, Student!"

„Zu Befehl, Herr Leutnant!"

Der Kopf sank zurück, die Schuppenkette schimmerte, und ein tödliches Schweigen breitete sich langsam in dem Dunkel der Tannen aus.

Es fröstelte Jumbo. Ein leiser, eisiger Schauer lief einmal von seinen Schulterblättern bis in die erstorbenen Füße und verschwand dort. „Exitus", murmelte er. „So sagen die großen Ärzte ..." Er trank den Rest aus der Flasche und ließ sie dann fallen. Seine Finger gehorchten ihm nicht mehr, aber er glaubte, daß sie warm seien. Alles war warm, die Füße, die Hände, der Leib, in dem es ganz leise klopfte wie vorhin der Köhler an seinen Baum. Es war nicht so schlimm, wie sie immer behauptet hatten. Alles Behauptete war falsch, auch dieses. Be ... haupten, ent ... haupten ... so seltsame Worte hatte die Sprache, und auch darüber hatte er zu wenig nachgedacht. Zu viel getrunken, zu wenig gedacht ... Für den Vater würde es schlimm sein. Zu Weihnachten gerade ... oder war es schon vorbei? Stille Nacht, heilige Nacht ... ja, eine heilige Erde hatten sie gemacht aus dieser Erde, das konnte man wohl sagen. Auch Jons würde sie nicht bewegen. Niemand ... dreißig Morgen, Mönchlein, hörst du? Dreißig Morgen ...

Er schlief ganz still ein, ohne Schmerzen. Die Augen fielen ihm zu, und mit dem letzten müden Blick sah er die hohen silbernen Sterne, wie auf einen schwarzen Betthimmel gestickt. Seine Finger hielten die kleine Tabakspfeife umklammert. Sie waren schon erstarrt, bevor er gestorben war.

Gegen Morgen begann es zu schneien, lautlos, mit großen Flocken, die senkrecht herabfielen. Sie legten sich auf die grauen Mäntel und in die offenen Augen, und um die Mittagszeit war nur noch die Helmspitze des kleinen Leutnants zu sehen. Sie ragte nicht senkrecht aus dem Schnee heraus, sondern wies in einem schrägen Winkel nach vorn. Wie der Finger einer Menschenhand, die in das dunkle Geäst der Tannen zeigte oder höher hinauf, zu einem Stern, der nachts geschienen hatte und längst versunken war.

XVIII

Jons erfuhr Jumbos Tod erst zu Beginn des Frühlings, und auch Jumbos Eltern hatten ihn nicht früher erfahren. Man hatte die Toten erst bei der Schneeschmelze gefunden. Er erfuhr ihn durch eine gedruckte Anzeige, über der ein Eisernes Kreuz stand, aber schon am nächsten Abend klopfte es leise an seiner Tür, und ein alter Mann in einem ausgewachsenen Gehrock, mit einem abgeschabten Zylinder in der Hand, stand vor der Schwelle. Er trug eine Brille wie Jumbo, aber hinter ihr waren seine Augen trübe und von roten Adern durchzogen, die Augen eines Trinkers. Es war der Gastwirt, Jumbos Vater.

Er blieb eine Weile auf der Schwelle stehen, als blende ihn der Lampenschein, und blickte durch seine Brille auf Jons und die vielen Bücher an den Wänden. Etwas Ergreifendes lag um seine schwerfällige, provinzhafte Gestalt. Etwas von einem reichen Mann, der arm geworden war und nun an den Türen betteln ging. „Ja", sagte er, „ich bin es. Sie haben ihn nun gefunden."

Jons half ihm aus seinem Mantel und führte ihn zu dem abgeschabten Sofa. ‚Es ist also wahr', dachte er. ‚Nun ist es wirklich wahr.'

Herr Eschment putzte die Brille mit einem großen, geblümten Taschentuch und vergaß, sie wieder aufzusetzen. Er hielt sie in seinen zitternden Händen und sah Jons an. „Er lag neben seinem Leutnant", sagte er, „und hielt die kurze Pfeife in der Hand. Er rauchte zuviel, Herr Jons, aber dort mag es ihm gutgetan haben, in seiner schweren Stunde."

Jons nickte, und ein schwerer, hoffnungsloser Schmerz preßte ihm die Kehle zusammen.

„Sie haben mir nicht geschrieben", fuhr Herr Eschment fort, „was für einen Schuß er gehabt hat, und vielleicht war es auch nicht mehr zu erkennen. Es war ein großer Wald mit hohen Tannen, und viele lagen dort. Ich denke, daß er erfroren ist, und sie sagen, daß es ein schöner Tod sein soll. Sie haben mir alles geschickt, was er bei sich trug, auch die Brieftasche, und es lag ein Zettel drin, daß Sie seine Bücher haben sollen, Herr Jons. Deshalb bin ich auch gekommen."

Er setzte die Brille wieder auf und blickte über die schweigenden Reihen hin. „Ich weiß nicht", fuhr er fort, „ob es Ihnen viel nützen wird, weil er doch einmal Pfarrer werden wollte. Aber ich weiß, daß Sie sie in Ehren halten werden. Er hatte große Stücke auf Sie gehalten, Herr Jons, sehr große Stücke. Er sprach ja nicht viel, wenn er zu Hause war, aber von Ihnen hat er oft gesprochen."

Jons nickte wieder. Die Tränen strömten über sein Gesicht, und er sah den alten Mann nur wie in einem Nebel.

„Ich beklage mich nicht", sagte Herr Eschment, „und auch Sie sollten nicht weinen. Nein, ich beklage mich nicht. Wir sollen dem Kaiser geben, was des Kaisers ist. So steht es geschrieben, und so haben wir es auch gehalten. Er selbst, er mag ja anders darüber gedacht haben, aber er hat es sich nicht merken lassen. Er ist ein guter Soldat gewesen, und er hat neben seinem Leutnant gelegen."

„Einmal werden wir mehr brauchen als gute Soldaten", sagte Jons endlich, „und dann wird er nicht da sein."

„Andere werden da sein, Herr Jons. Sie zum Beispiel. Aus einem tiefen Brunnen fließt immer Wasser. Wir sollen uns nicht beklagen, aber ... aber ... er war ein guter Sohn, Herr Jons ..."

Jons nickte wieder.

„Er hat immer gedacht, daß ich nicht gewußt habe, daß er nicht Pfarrer werden wollte, und ich sollte es auch nicht wissen. Er war einer, Herr Jons, der die Seele nicht verletzen wollte, und solche sind selten. Bei solchen Eltern sind sie sehr selten ... Aber ich habe es gewußt, lange schon. Zuerst war ich betrübt, weil ich gedacht hatte, daß er für mich beten würde. Manchmal ist es nötig, für mich zu beten, Herr Jons."

„Für uns alle wohl", sagte Jons.

„Ja, aber dann war ich nicht mehr betrübt. Ich wollte nur, daß er froh sein sollte. Und er war nicht froh, Herr Jons."

„Er war zu klug, Herr Eschment. Er sah zuviel, den Weg

des Fleisches und alles andere. Er war tapfer und freundlich und still, aber er war nicht froh."

„Nein, er war nicht froh, und deshalb trank er wohl auch ein bißchen. Nicht viel, aber doch so, daß das Salz ihm sanfter schmeckte. Verstehen Sie, Herr Jons?"

Jons verstand es sehr gut.

„Das Salz der Welt, ja. Es hat auch mich gebrannt, und ich konnte eben nichts weiter als trinken. Aber er konnte mehr. Er wollte es dämpfen, Herr Jons, das sind seine Worte. ‚Das Salz der Erde dämpfen.' Und ich denke, daß das ein großer Plan war."

„Es war der Plan, viele Tränen zu trocknen, Herr Eschment."

„Ja, ja, ein großer Plan . . . es war schon des Heilands Plan, und es ist schon solange her, seit sie damit angefangen haben. Meinen Sie, daß sie einmal damit fertig werden, Herr Jons?"

Nein, das meinte Jons nicht. Aber er meinte, daß noch kein Mensch auf dieser Erde groß oder edel genannt worden sei, der nicht Hand dabei angelegt hätte.

„Und er hätte Hand angelegt, Herr Jons?"

„Wer sonst, wenn nicht er? Und bei mir hat er es schon getan. Ich kam aus dem Walde, wie ein Vogel, der aus dem Nest gefallen ist. Ich habe unter seinen Flügeln gelebt, Herr Eschment, verstehen Sie? Unter seinen Flügeln . . ."

„Jaja", sagte der Gastwirt nachdenklich, „und vielleicht bin ich auch deshalb gekommen. Wenn nun einer fällt von den Wächtern Zions, Herr Jons, ist es dann nicht gut, wenn gleich ein andrer da ist? Ein Stellvertreter? Damit die Stadt bewacht wird und keine Hand fehlt, um das Salz zu dämpfen? Ist es dumm, so zu denken?"

Jons sah ihn lange an. „Aber in einem Jahr gehe ich ja selbst hinaus", sagte er endlich leise.

„Jaja, ich weiß. Sie gehen hinaus, aber Sie kommen wieder. Ich weiß, daß Sie wiederkommen. Ich habe gesagt, daß ich mich nicht beklage, aber ich habe es gesagt, weil ich denke, daß er in Ihnen weiterleben wird. Sie waren ihm wie ein Sohn, Herr Jons, hören Sie? Er selbst war nur eine Form, und auch Sie sind nicht mehr, aber das, was darin war, verborgen in der

Form, wollen Sie das dort liegenlassen in dem großen Wald, wo er liegt? Wollen Sie es nicht aufheben, Herr Jons?"

Es waren nun nicht mehr die Augen eines Trinkers, eines kleinen Gastwirts aus einer kleinen Stadt. Es waren auch nicht mehr nur die Augen eines Vaters, der für das zersplitterte Bild eines Sohnes ein anderes heiles Bild setzen wollte. Es waren nun Jumbos Augen, ernst und leise sorgenvoll. Augen, die längst auf das verzichtet hatten, was die Menschen Glück nannten, und die auf nichts anderes blickten, als was sie die „Dreißig Morgen" nannten. Den winzigen Raum der Erde, auf dem sie nun Hand anlegen wollten, damit etwas, nur etwas von dem verschwände, was für sie das große Unrecht war, oder das große Leid, der Haß und die Gewalt.

„Ich will es nicht liegenlassen", sagte Jons. „Er war mein Lehrer, und ich will immer sein Schüler bleiben."

Herr Eschment nickte. „So bin ich nicht umsonst gekommen", sagte er. „Ich habe gebetet, bevor ich herkam ... Sie wissen wohl, daß ich viel bete ... und Gott hat mich erhört. Einfache Leute wie ich haben nicht viel anderes als das Gebet und dieses ... entschuldigen Sie bitte, Herr Jons ..."

Er zog eine kleine, flache Flasche aus seinem Rock, wandte sich ein wenig zur Seite und trank. Er war nicht verlegen, er verbarg seine Sünde nicht, und als er getrunken und die Flasche wieder fortgesteckt hatte, sah es aus, als habe er nur einen Knopf an seiner Weste geschlossen oder sonst eine kleine Unordnung beseitigt.

„Das Leben ist nun zu Ende", sagte er und stand schwerfällig auf. „Es gibt Väter, für die es zu Ende ist, wenn es für den Sohn zu Ende ist. Aber was nun noch kommt, wird mir leichter sein, wenn ich an Sie denke, Herr Jons. Es wäre leichter für das ganze Land, wenn alle so denken könnten. An einen Stellvertreter, der nichts liegen läßt. Aber es können nicht alle so denken. Es gibt nicht soviele Stellvertreter, Herr Jons."

Er trat vor die Bücherreihen und ging langsam an ihnen entlang, wobei er mit der rechten Hand vorsichtig über die Einbände fuhr. „Das Salz ...", sagte er leise, „alles für das Salz ... aber wenn Sie erlauben, Herr Jons, möchte ich dies gern mitnehmen, ja?“ Er blätterte in einem Neuen Testament, und Jons sah, daß der Rand der kleinen Blätter mit vielen Anmerkungen in Jumbos kleiner, zierlicher Schrift bedeckt war.

„Sie sollen alles mitnehmen, was Sie wollen“, erwiderte Jons.

Aber der Gastwirt schüttelte den Kopf. „Bücher sind keine Andenken“, sagte er. „Dazu sind sie zu schade. Ich habe immer gedacht, daß Bücher Waffen sind und Salben, und Waffen und Salben gehören nicht in einen Schrank ... Leben Sie nun wohl, Herr Jons. Gehen Sie hinaus und kommen Sie wieder. Ich freue mich, daß ich gekommen bin ... hier hat er nun gelebt, ja ...“

Jons half ihm in den Mantel und reichte ihm den hohen Hut.

„Auch Sie sind kein froher Mensch“, sagte Herr Eschment noch auf der Schwelle. „Ich sehe es. Aber wer daran arbeiten will, daß die Menschen nach tausend Jahren froh sein sollen, froher als heute, der kann es vielleicht auch nicht sein. Meinen Sie, daß die Apostel froh waren, Herr Jons?“

Jons hatte nicht darüber nachgedacht, aber er meinte es nicht.

Herr Eschment nickte. „Nicht einmal die Trinker sind froh“, sagte er nachdenklich, und dann ging er in den halbdunklen Gang hinaus.

Und damit erlosch alles Sichtbare, was von Jumbo geblieben war. Seine Bücher, der Nachklang seiner Gespräche, sein Lächeln, der Rauch seiner kleinen Pfeife, sie waren das Unsichtbare, und in ihnen begann Jons nun zu leben. Niemand brauchte ihm zu sagen, wieviel er verloren hatte, und doch war es, als habe erst der Tod dieses Bild vollendet. Die großen Mahnungen waren immer erst bei den Toten. Bei den Händen, die sich nicht mehr rühren konnten, aber von denen man wußte, daß sie sich hatten rühren wollen. Er meinte zu wissen, daß ihm der Tod nicht allzu bitter geworden war. Die frühe Weisheit seiner Augen würde auch jenen fremden Wald umfaßt haben, die hohen Bäume, den Schnee, die Sonne oder die Sterne. Er hatte sich oft gegen Menschen aufgelehnt, gegen ihre Meinungen und Taten, mit Leidenschaft und Zorn sogar, aber niemals gegen die Natur. Wer sich gegen den Tod auflehnte, mußte sich auch gegen das Leben auflehnen, schon gegen die

Geburt. Aber das hatte er nie getan. Er hatte sich nur dagegen gewehrt, daß man ihnen andere Namen unterschob, den Gottes zum Beispiel. Er war nicht froh gewesen, auch unter jenen hohen Bäumen wahrscheinlich nicht. Nur Kinder und Narren waren froh, und auch sie nicht immer. Aber er war weise gewesen, weise und tapfer, und das war etwas, was die meisten mit siebzig Jahren noch nicht erworben hatten. Er hatte das Salz der Erde noch nicht gedämpft, aber er hatte ihm gezeigt, daß es wert war, dafür zu leben.

Als Jons in den Osterferien nach Hause kam, hatte sein Vater den ersten Urlaub bekommen, und in ganz Sowirog bauten sie ihre Häuser auf. Sie hatten die Ziegel und das Holz im Winter angefahren, und wenn es auch an Männern fehlte, so kamen sie mit der Arbeit doch vorwärts. Und da sie ihr Vieh und den größten Teil ihrer Habe gerettet hatten, so trauerten sie nicht sehr um das Vergangene. Viel mehr als ein Dach und einen Herd hatten auch ihre Vorfahren nicht besessen und erstrebt.

Jakob schlief am Meiler wie früher, aber tagsüber war er im Dorf, saß mit Jons auf dem Dach und deckte es mit Rohr. Er war noch stiller als sonst, und eine dünne, weiße Narbe, die von der Wange zum linken Ohr lief, hatte sein Gesicht leise verändert, als sei es schmäler und härter geworden. Nein, wozu hätte er davon schreiben sollen, sagte er zu Jons. Ein Bajonettstich, der ihn gestreift habe. Er sei gar nicht von der Truppe fortgegangen.

Aber hin und wieder gab er Jons doch einen Rat, worauf er achten möge, wenn er einmal draußen sei. Die Füße, und daß die Abzugsschnur der Handgranaten nicht lose aus dem Stiel heraushänge, besonders wenn man durch einen Drahtverhau gehe. Und daß er sich nicht darüber wundern sollte, wenn die Offiziere so viel tränken. Er solle sich überhaupt nicht wundern. Der Krieg sei eine andere Welt, aber er müsse immer bedenken, daß er ein Übergang sei und daß die Menschenhand später dort wieder beginnen müsse, wo sie aufgehört habe.

Und dazwischen machten sie die Rohrbündel fest und blickten über den See, der blau und kühl zwischen den Wäldern lag.

Aber am Abend, wenn sie vor dem erloschenen Meiler saßen, wollte Jakob wissen, was nach dem Kriege mit Jons sein würde.

Er war nie neugierig gewesen, und eine leise Angst begann Jons zu erfüllen. Er begriff, wie anders die Welt geworden war, und daß die große Veränderung auch den Vater erfaßt hatte. Das Schwankende und Flüchtige aller Gegenwart, und daß man von der Zukunft sprechen mußte, weil man nicht wußte, ob man es noch einmal würde tun können, wenn man die Minute versäumte. Früher war der Meiler die Zukunft gewesen, und sie hatten gewußt, daß er glühen würde, solange man seine Pflicht nicht versäumte. Aber nun war der Meiler tot, und sie mußten von den Menschen sprechen statt vom Holz und von der Kohle.

Er wisse es noch nicht, sagte Jons, aber wahrscheinlich werde er ein Landarzt werden, hier in Sowirog. Ein Arzt für alle Dörfer in der Runde, für Förster und Waldarbeiter, für Fischer und Hirten. Er wisse es noch nicht genau, weil eines dabei sei, was ihn quäle. Daß nämlich der Kreis seines Lebens eng sein werde, wenn er das tue. Daß er von hier aus wahrscheinlich nicht die Welt bewegen werde und auch nicht die Gerechtigkeit auf den Acker bringen. Noch wisse er nicht, ob man das überhaupt tun könne, und der Herr von Balk und Jumbo hätten es nicht geglaubt. Und sobald auch er eingesehen habe, daß es ein Phantom sei, daß die Welt zu groß geworden sei, um so etwas zu erreichen, werde er dem Phantom nicht nachjagen, sondern für ein Dutzend Dörfer leben statt für die ganze Welt.

Jakob sah still vor sich hin. „Nach dem Krieg", sagte er dann, „wirst du vieles wissen. Du wirst auch demütig sein nach dem Krieg. Warte bis dahin."

Am Abend aber nahm er Jons noch einmal leise beim Arm. „Wir waren immer kleine Leute, Jons", sagte er, „und wir haben nicht viel Holz für unsern Hofzaun gebraucht. Und trotzdem denke ich, daß ein Leben wie das des Großvaters nicht verloren war. Er ist gefallen, und auch der Kaiser wird fallen. Ja, ich denke, daß er fallen wird. Aber vom Großvater wird besser gesprochen werden als vom Kaiser. Laß dich nicht bedrücken, daß es nur ein paar Dörfer sind, Jons. Nicht Ruhmesreich bist du getauft, sondern Ehrenreich. Und meinst du nicht, daß man in einen kleinen Holzbecher ebensoviel Liebe füllen kann wie in einen silbernen Kelch?"

Mehr sprachen sie von der Zukunft nicht, aber in den Abendstunden saß Jakob nicht mehr wie früher still auf der Schwelle, die Hände um die Knie gefaltet oder um das große Buch gelegt, sondern er flickte die Netze, um die seit des Großvaters Tod sich niemand gekümmert hatte, oder er besserte den Hofzaun aus oder setzte einen neuen Stiel in die Axt. Er war so tätig, daß es selbst Christean auffiel, aber sie sagten beide nichts. Sie wußten auch nicht, ob der Krieg die Menschen nun dahin verändere, daß sie ruhelos wurden. Nur daß er sie veränderte, das wußten sie.

Jakob mußte am Abend des Karfreitag fahren, und in der letzten Nacht, als Jons und Christean schon schliefen, kam er noch einmal vom Meiler herüber, trat leise ins Haus und öffnete die Tür zur Kammer, die Marthe nun allein bewohnte. Sie war erst spät vom Bleichplatz gekommen und lag noch mit offenen Augen in dem breiten Bett. „Ich will keine Kinder mehr", sagte sie finster, ohne sich aufzurichten.

Aber er schüttelte den Kopf. „Ich komme nicht um ein Kind", sagte er und legte leise seine Kleider ab. Als er neben ihr lag, die Arme unter dem Kopf gefaltet, kam ihm das alles vor, als sei es vor dreißig Jahren gewesen: der Geruch des frischen Holzes und der Wäsche, das kleine Fenster, vor dem die Sterne standen, und der Atem eines Menschen neben ihm. Es roch nicht nach Rauch, keine Blätterstreu rührte sich unter ihm, und der Wald mit seinem leisen Rauschen war nicht zu hören. Es war wie ein fremdes Quartier im Kriege.

Der Atem neben ihm war still wie der einer Schlafenden, und er bedachte noch einmal, wie er es die ganzen Tage getan hatte, daß es keine größere Fremdheit auf dieser Erde gebe als die zwischen zwei Menschen, die dieselbe Sprache redeten. „Nein, ich komme nicht um ein Kind", begann er endlich, „ich komme nur um ein bißchen Frieden, ehe ich wieder fortgehe."

Ihr Atem ging weder schneller noch langsamer. „Frieden macht der Kaiser", sagte sie schließlich.

„Ich meine nicht diesen Frieden. Ich wollte nur sagen, daß ich wohl viele Dinge nicht recht gemacht habe. Man kann Gott gehorsam sein und doch die Menschen kränken."

„Ja, das kann man wohl."

„Und man kann Gott ungehorsam sein und ebenso kränken. Manchmal ist keine Brücke zwischen der Welt Gottes und der der Menschen."

„Für mich war da niemals eine Brücke."

„Ja, du warst wie die Frau im Märchen, die zuviel haben wollte, und ich war nicht der, der es dir geben konnte. Ich konnte dir wenig geben, und das war meine Schuld. Du dachtest, als du mich nahmst, ich wäre ein König, aber als die Kleider abfielen, war ich nur ein Köhler."

„Auch in Kleidern warst du ein Köhler", sagte sie. „Du warst ein guter Köhler, aber ich hatte nichts davon. Du warst ein Mann, der stolz war bis zum Hochzeitstage, und von da ab warst du demütig. Du warst wie ein Mann, der einen falschen Namen trägt."

Er dachte lang nach, aber dann schüttelte er den Kopf. „Ich habe nie versprochen, daß ich Großes werden wollte", sagte er endlich. „Es sah nur so aus, als ich um dich warb. Für mich warst du etwas Großes. Und als ich dich hatte, wollte ich Kinder haben und ein frommes Haus. Aber du wolltest weder Kinder haben noch die Bibel. Du wolltest Prinzen haben, und du wußtest nicht, daß eine Mutter sich beugen soll."

„Nein, wir sind nicht aus Weidenholz, dort, wo ich geboren bin."

„Gott biegt noch anderes Holz als Weidenholz . . . Aber das ist nun alles geschehen und kommt nicht wieder. Ich wollte sagen, daß dein Enkelkind Jons einmal den Hof bekommt. Ich habe es so aufgesetzt und für die anderen gesorgt. Viel ist es ja nicht, was ich zu geben habe."

Sie richtete sich nun auf und sah ihn an. Er sah ihr weißes Gesicht nur wie einen Schein in der Dämmerung der Kammer. „Und dein Sohn Jons?" fragte sie.

„Ich will es ihm morgen sagen, und ich weiß, daß er es zufrieden sein wird. Er wird ein Arzt werden und hier leben, und er ist nicht einer von denen, die etwas haben wollen. Er ist einer von denen, die geben wollen. Er hat, was du wohl ein Köhlerherz nennen wirst."

„Und ich? Soll ich unter demselben Dach leben mit denen aus der ‚Armen Sünde'?"

„Wir leben alle unter diesem Dach. Aber du wirst ein anderes Dach bekommen. Sie werden es dir bauen. Es wird niedrig sein, aber auch du wirst kleiner werden, wenn das Alter kommt. Sie werden für dich sorgen. Sie werden vergessen, daß du einmal geschlagen hast, wo du hättest streicheln sollen."

Sie legte sich wieder zurück, aber sie sprach nicht mehr. Die Sterne rückten in dem kleinen Feld des Fensters vor, verschwanden hinter dem hölzernen Kreuz, tauchten wieder auf und versanken dann für immer. Der Zeiger der Himmelsuhr drehte sich ganz langsam, und Jakob sah ihm zu. Er wußte nicht, ob die Frau neben ihm schlief, und er brauchte es auch nicht zu wissen. Er war nicht zufrieden mit dem, was er gesagt hatte, und er hatte auch nicht gefunden, was er gesucht hatte und was er hatte mitnehmen wollen. Stückwerk blieb, was die Menschen versuchten, und nur Jons vielleicht würde es besser machen. Für einen einfachen Mann konnte schon ein Kind eine Himmelsleiter bauen.

Er schlief ein und wachte wieder auf. Es war ein leiser, vorsichtiger Schlaf, als dürfe er die Sterne nicht versäumen, die über das Fenster gingen. Aber als er in der Morgendämmerung erwachte, sah er, daß Marthes Hand neben der seinigen lag. Gerade so nahe, daß die beiden Hände bei jedem Auf und Ab des Atmens sich trennten und wieder berührten. Er sah lange auf sie nieder, ohne sich zu bewegen. Er hörte an Marthes Atem, daß sie schlief, und er hatte Zeit, darüber nachzudenken, was es bedeutete. Jeder Zauber verging, wenn man fragte, und er würde niemals fragen.

Er blickte lange auf die Hand nieder, und noch einmal wußte er nicht, wo die Grenze zwischen Fremdem und Vertrautem war. Vielleicht hatte der Vater gewußt, was das Leben war, und vielleicht würde Jons es wieder wissen. Ihn hatte es ausgelassen. Er wußte nicht. Wenn Gott allmächtig war, konnte er auch eine Hand im Schlaf bewegen und sie neben eine andere Hand legen. Aber was der Erwachende daraus machte, das war nicht mehr Gottes Sache.

Er stand leise auf, nahm seine Kleider und schlich sich aus der Kammer. Er zog sich neben dem kalten Herde an und trat dann vor die Tür. Die Sonne war noch nicht aufgegangen, aber über dem Kirchenhügel stand schon ein roter Schein, und in ihm stand die dunkle Gestalt des jungen Baumes, den sie den toten Pfarrer nannten. Es war gerade ein Jahr seit seinem Tode vergangen.

Niemals würde Jons vergessen, wie der Vater am Nachmittag aus dem Hause trat und vom Tor aus über das Dorf, den See und die Wälder blickte. Er war schon fertig zum Marsch, mit Tornister, Koppel und Gewehr, eine graue Gestalt, die schon in ihrem Äußeren einer anderen Welt angehörte. Sein Gang und seine Haltung waren wie sonst, aber in seine Augen war ein Schein gekommen, den Jons noch niemals in ihnen gesehen hatte. Sie waren so mit Licht gefüllt, daß sie strahlten, einem Licht, das nicht nur von der Sonne kam und dem blauen Himmel, der über dem Dorfe ausgespannt war, sondern das tief von innen kam, das seinen ganzen Körper durchleuchtete und nun seine Augen erfüllte. Jons hätte nicht sagen können, daß es Glück sei, und auch nicht, daß es Schmerzen seien. Es war nur so, als sei die alte Haut von seinem Gesicht abgefallen, die Asche und der Ruß der Meilerzeit, das still Wartende und Lauschende, das Zugeschlossene und Abgewendete, und als sei eine neue kindliche Haut über sein Gesicht gespannt, eine durchsichtige Haut, und durch sie scheine nun die innere Schönheit des einfachen Mannes und eines ganzen rechtlichen und liebevollen Lebens wie ein Licht durch ein dünnes Papier.

Ein leiser Regen war gefallen, ehe die Sonne wieder schien, und nun glänzten die neuen Rohrdächer von Sowirog, die frischen Balken, die Zäune und die Knospen an den Sträuchern. Über den See hatte der leise Wind ein silbernes Netz geworfen, in dem es tausendfach blitzte wie von unzähligen Fischrücken, und dahinter in der ganzen Runde standen die alten Wälder, aus denen der Nebel aufstieg, der Dampf des Wachstums und der Fruchtbarkeit.

Jakobs Augen tranken das alles in sich hinein, als hätten sie es niemals vorher gesehen. Seine braune Hand lag still auf dem niedrigen Torpfosten, und mit der anderen nahm er Jons beim Arm und zog ihn näher zu sich heran. „Meinst du nicht, Jons“, sagte er, „daß man auch hier das Seine tun kann?“

„Ja, Vater, es ist schön hier."

Die leuchtenden Augen blieben für eine Weile auf seinem Gesicht haften und gingen dann noch einmal den ganzen Horizont entlang. „Diese kleinen Dörfer", sagte er, „hier und auch in dem fremden Land ... immer ist mir, als könnte Christus in ihnen geboren sein ..."

Dann gingen sie langsam die Dorfstraße entlang und am Meiler und Kiewitts Feld vorbei in die Wälder hinein. Die Drosseln sangen, der Seidelbast blühte an den Gräben, und es war schön, nach dem langen Winter wieder auf der weichen Erde zu gehen. Sie sprachen nicht mehr, und am Ende einer der großen Lichtungen blieb Jakob stehen und gab Jons die Hand. „Gestern um diese Zeit", sagte er, „hatte ich ihn noch nicht, aber heute habe ich ihn: den Frieden."

Er küßte Jons schnell auf die Stirn und ging davon. Er drehte sich nicht mehr um, und Jons blieb bis zur Dämmerung stehen und sah auf die dunkle Stelle zwischen den beiden hohen Wacholdern, zwischen denen der Vater verschwunden war. Es war ihm, als werde er ihn niemals mehr wiedersehen.

Das weiße Pferd stand wieder am Waldrand, als er zurückging, ein weißer Fleck vor den dunklen Tannen, und das Mädchen aus dem andern Dorf saß wieder auf der Schwelle der Meilerhütte. Alles war wie sonst, und alles war anders geworden. Vögel zogen über den Mond nach Norden, und das ferne Schlagen ihrer Flügel erfüllte die Nacht. Er sah ihnen nach, ohne es zu wissen, und plötzlich, aus der Wirrnis halbklarer Gedanken heraus, erfüllte ihn eine neue Erkenntnis: daß das Leben seines Vaters das schönste Leben war, das er jemals gesehen hatte. Reich in aller Armut, weit in aller Enge, und am Ende von einem Schein beglänzt, den er an keinem anderen Leben gesehen hatte. Er hatte es den Frieden genannt, aber er hatte nicht gesagt, woher er ihm gekommen war. Er hatte das Geheimnis mitgenommen, und nur ein Nachglanz war geblieben wie von einem stillen Feuer hinter dem Horizont.

Selbst das Dorf schien ihm verwandelt, seit der Vater es mit seinen Augen umfaßt hatte, und als er wieder über den Hofplatz ging, war ihm, als liege eine lange Zeit zwischen der

Gegenwart und jener fernen Zeit, als er hier mit dem Vater gestanden hatte.

Die Mutter saß vor dem Herd und sah ihn an, als er die Tür hinter sich geschlossen hatte. Eine Ewigkeit war vergangen, seit sie ihn angesehen hatte. „Du wirst nun der Herr hier sein", sagte sie. „Wenn du wiederkommst, will ich an den Meiler ziehen. Ihr braucht kein neues Haus für mich zu bauen."

Jons blieb noch für die Feiertage da. Ein neuer Lehrer war gekommen, mit einer Frau und vielen Kindern, und Maria war in das Zwergenhaus gezogen, wo sie im Giebel zwei Kammern bewohnte. Sie hatte ein Mädchen geboren, das Barbara heißen sollte, und lebte von einer winzigen Rente und der Näharbeit, die man ihr zutrug. Sie saß an dem niedrigen Fenster, von dem man die Straße sehen konnte, wo sie hinter der „Armen Sünde" im Walde verschwand, und manchmal ließ sie die Nadel sinken und blickte mit ihren hellen Augen auf den Staub, der hinter einem der Holzfuhrwerke aufgestanden war und noch lange in der stillen Luft hängenblieb. Oder sie nährte ihr Kind und blickte auf sein noch spärliches Haar nieder, das so hell wie das seines Vaters war.

Am Abend aber, wenn die Stare in den Obstbäumen sangen, trug sie den Kinderwagen die Treppe hinunter und fuhr mit ihm über die Dorfstraße bis zu der Stelle am Waldrand, die sie tagsüber mit ihren Augen abgesucht hatte. Dort saß sie auf der Böschung des Grenzgrabens, wenn das Wetter schön war, spielte mit einem Haselnußzweig und sah zu, wie die Schatten zwischen den hohen Fichtenstämmen dunkler und dunkler wurden. Erst wenn der erste Stern über dem Moor erschien, stand sie auf und fuhr mit dem schlafenden Kind zurück. Aus den kleinen Fenstern des Dorfes sah man ihr mitleidig nach, aber ihr Gesicht war still und nachdenklich wie immer, ohne Trauer oder Gram, von einer ruhigen Sicherheit erfüllt.

Wenn sie die Treppe wieder hinaufkam, saß Jons unter der Lampe, oder sie gingen zum alten Lehrer hinunter, der die kleinen Hände des Kindes an die Weltkugel legte und die Länder und Meere unter ihnen kreisen ließ. Er war nun so alt, daß sie alle seine Kinder waren, auch Jons und Maria, und manchmal sah er sie durch den Rauch seiner Pfeife an, nachdenklich, mit etwas Sorge und etwas Freude, wie alte Leute auf junge Bäume zu blicken pflegen.

„Das möchte ich nun noch erleben, Jons", sagte er, „daß du dein Hörrohr feierlich aus der Tasche nimmst und auf meine Brust legst und deine unleserlichen Zeichen auf ein Rezept malst. Solange Sowirog steht, ist das noch nicht gewesen, daß ein großer Professor auf seinen Schulbänken gesessen hat."

„Es wird kein großer Professor sein", sagte Jons lächelnd.

„Für uns doch, Jons. Für uns doch. Wenn ich auch immer noch nicht weiß, ob du hier bleiben wirst. Du wirst einen berühmten Bazillus entdecken oder ein Serum gegen eine große Krankheit, und dann werden sie dich abholen, vierspännig, und vor den Kaiser fahren."

„Ich werde nichts entdecken", sagte Jons, „als vielleicht das Geheimnis, das der Vater entdeckt hat, bevor er fortging. Und damit werde ich wohl siebzig Jahre zu tun haben. Mein Mathematiklehrer hat immer gesagt, daß ich zu langsam denke."

„Hast du einmal überlegt, Jons?", fragte Stilling nach einer Weile, „daß zu Beginn des Johannes-Evangeliums geschrieben steht: ‚Am Anfang war das Wort?' Oder hast du gedacht, daß das nur für die Pfarrer geschrieben sei?"

„Ich habe es nicht besonders überlegt", erwiderte Jons. „Aber ich weiß, daß Jumbo immer gemeint hat, das Wort habe die Welt verdorben."

„So wie er es gedacht hat, war es wohl richtig, Jons. Aber die so sprechen, vergessen meistens, daß wenigen Dingen auf der Welt soviel Gewalt gegeben ist wie dem Wort. Ich habe daran gedacht, daß Luther von einer kleinen Zelle aus die Welt bewegt hat und daß es ein paar Lieder gibt, die seit hundert und mehr Jahren die Herzen der Menschen bewegt haben. Und ich habe weiter gedacht, daß die Sonne und der Mond auch über Sowirog stehen; daß auch hier die Zeiger Gottes über die Erdenuhr gehen, und daß auch hier einem Menschen gegeben sein könnte, Worte zu sagen, die wie ein neuer Anfang über die alte Erde gehen."

„Sie meinen, Herr Stilling", fragte Jons, „ob ich nicht hier ein Dichter oder Philosoph werden möchte? Aber das möchte ich nicht werden, Herr Stilling, und wahrscheinlich würde ich es auch gar nicht können. Ich habe ein paar Verse geschrieben, und damals habe ich gemeint, wer es nicht genau wüßte, könnte ebenso glauben, sie seien von Goethe oder Mörike. Aber das ist schon lange her, und heute würde ich sehr gut wissen, ob sie von Mörike oder von mir sind.

Und dann habe ich im Winter einmal einen Dichter gehört. Er ist sehr berühmt, und er hatte zwei Leuchter mit Kerzen auf seinem Pult. Er sah immer zur Decke hinauf, als ob am Kronleuchter etwas nicht in Ordnung wäre, und nachher schrieb er seinen Namen in viele Bücher. Es waren schöne Verse, und wenn ich sie vor Jumbos Ofen gelesen hätte, würden sie mich bewegt haben. Sie wären wie aus einer feierlichen Ferne zu mir gekommen, so als ob ein Engel in einer silbernen Rüstung sie am Ende einer Wüste oder eines Schlachtfeldes gesprochen hätte, zu den Schakalen und Straußen, oder zu den Toten. Ich hätte das Buch, das Papier und den Druck vergessen, ich hätte nur das Wort gehört, den Atem einer fernen Gewalt, die weder himmlisch noch irdisch ist.

Aber so konnte ich es nicht vergessen. Ich mußte daran denken, daß er in dem gleichen Winter wohl zwanzig- oder dreißigmal die gleichen Verse sprach, immer die Augen zum Kronleuchter gehoben und immer mit dem feierlichen Beben der Stimme am Beginn der letzten Strophe. Und daß er vielleicht in einem winzigen, versteckten Winkel seiner Augen die vielen Gesichter unter ihm in einem blassen Nebel sah und aufpaßte, ob dieser Nebel sich bei einem bestimmten Vers bewegte oder unerschüttert blieb. Und daß er bei jedem der Verse, ja der Worte daran dachte, wie er sie in dieser oder jener Stadt betont hatte und daß er ein Handwerker geworden war, um dessen Stirn nur die Backfische den alten, reinen Glanz sahen. Ich aber sah die Schweißtropfen auf ihr, denn es war heiß im Saal, und die Fenster waren geschlossen und verhängt.

Und als ich hinausging, stand an der Saaltür ein einfacher Mann, ein Arbeiter wahrscheinlich, und sprach mit einem Mädchen. Er sah noch über den leeren Saal nach der Bühne hin, wo das Pult nun dürftig und einsam auf hohen Füßen stand, und auf eine Frage des Mädchens zuckte er die Achseln und sagte: ‚Ein erfolgreicher Unternehmer ...‘ Und das war alles, was er sagte.“

„Aber das ist ungerecht, Jons ...“

„Ja, ich weiß, und ich habe es auch schlecht getroffen, aber für mich war es nun eine Erfahrung, ebenso wie für den Arbeiter. Nein, ich denke nicht, daß ich Bücher schreiben werde, Herr Stilling, die die Welt bewegen. Höchstens ein kleines über die Hygiene des Dorflebens oder noch ein kleineres über das Leben eines Landarztes. Die anderen aber, Verse und so weiter, die werde ich wohl nicht schreiben. Denken Sie, daß der Vater an solch einem Pult stehen und über die Seligpreisungen sprechen könnte? Vielleicht hat er einmal zu einem von uns Kindern ‚Mein liebes Kind‘ gesagt, und auch daran kann ich mich nicht erinnern. Ein Meiler, der nach außen glüht, ist schon verdorben, Herr Stilling. Und ich würde mir wohl immer vorkommen wie einer, der seine Kleider vor der Welt auszieht. Die meisten machen wohl die Augen zu und denken, daß, wenn sie nichts sehen, die anderen auch nichts sehen. Aber ich könnte das nicht.

Nein, ich habe nur einmal gesehen oder gehört, wie die Welt bewegt wurde, und das war damals, als ich das Wunderkind gehört habe. Es sah nicht auf das Publikum und auch nicht auf den Kronleuchter, nicht einmal auf seine schwarzen und weißen Tasten. Aber ich dachte damals, daß es den Himmel offen sähe, und ich denke es auch heute noch. Was ist das Wort gegen den Ton, Herr Stilling? Mit dem Wort kann gesündigt werden; man kann es verraten und verkaufen an alle, die es brauchen und benützen wollen. Man kann es dem Haß dienstbar machen und dem Aufruhr. Aber die Töne kann man nicht verkaufen. Sie sind das Losgelöste und Entbundene, sie haben nichts mit dem zu tun, was die Menschen preisen oder verachten. Aber sie sind eine Gnade, und mir ist sie nicht verliehen worden. Ich denke, daß ich für die Armen geboren bin, Herr Stilling, und ich denke nicht, daß man ihre Wunden mit Versen oder Tönen heilen kann, sondern nur mit seinen Händen und mit so viel Liebe, wie der Vater für sie gehabt hat.“

„Aber wie sie reden können, die Jerominkinder!“ sagte Maria und zog lächelnd einen neuen Faden in ihre Nadel. „Sie verachten das Wort, aber sie sind die Prediger in den Wäldern. Sei nur da, Jons“, setzte sie ernst hinzu, „wenn der kleine Tod wieder über die Dörfer kommt. Das soll uns allen schon genug sein.“

Der Mond stand hinter einem nebligen Schleier, als er durch die Nacht nach seinem Hause ging. Die Welt lag unter einem matten Schein, und die Wälder waren weit hinausgerückt an ihren Rand. Er blieb an einem der neuen Zäune stehen und legte die Hände um das frische Holz. Eine unendliche Liebe zu dieser armen Erde überströmte sein Herz. Er wußte, daß er vieles von dem nicht erfüllte, was sie von ihm gedacht hatten. Daß er nicht so hoch steigen würde, wie ihre Wünsche ihn gesehen hatten. Aber er würde einer von ihnen bleiben. Er würde fortgehen in eine lange Lehre, und sie würden denken, daß er sie vergessen hätte. Aber dann würde er wiederkommen, und seine Hände und sein Herz würden nur für sie da sein. Niemand war für sie dagewesen bisher außer der Obrigkeit, und auch die Pfarrer und Richter waren nichts gewesen als ein Teil dieser Obrigkeit. Niemand hatte sie geliebt. Sie waren nicht viel mehr als Vieh in den Ställen des Reiches gewesen. Im Frieden hatten sie ihre Arbeit und ihre Steuern gegeben, und im Krieg hatten sie ihre Söhne gegeben. Die großen Reden und Aufrufe dachten auch an sie und vergaßen sie nicht, aber das Herz hatte keinen Teil daran. Sie waren Waisenkinder und trugen alle das gleiche graue Kleid.

Und doch waren Könige unter ihnen gewesen wie der Großvater, und Helden wie Michael, und Begnadete, wie Christean, und Adlige wie der Vater. Aber das Reich sah sie nicht. Es hatte sich zurückgezogen auf seine großen Städte, und was sie dort anbeteten, war das Gold und das Wort. Vergängliche und trügerische Dinge, wie die Macht, die sie darauf erbauten. Wer in die Wälder geschickt wurde, ging wie in eine Verbannung, und wer in die Stadt berufen wurde, war ein Auserwählter. Und die wenigen, die berufen waren, erkannte niemand. Man schickte sie zum Sterben hinaus wie Jumbo und wußte nicht, daß niemand sie ersetzen konnte. Man unterschied nicht zwischen dem Wert und der Zahl.

Es war leicht, das Große und Unendliche zu wollen, so wie es in dem großen Buch geschrieben stand, aber es war besser, es zu wollen und dabei das Kleine und Endliche zu tun. Es war nicht richtig, daß das Kleine und Endliche nur für die Handlanger war. Er sah das bittere Gesicht des Jungen, der den Konsistorialrat gefragt hatte, wie lange sie denn noch Leid tragen sollten, bis sie getröstet würden, und der Konsistorialrat würde keine andere Antwort wissen, als daß sie warten sollten, bis Gott die Tränen abwischen würde von ihren Augen. Er konnte keine andere Antwort wissen, denn er lebte nicht in den Dörfern. Er half nicht die Baumstämme zu seinen Kirchen fällen, er half den Gebärenden nicht in ihrer Stunde, er gab nicht von seinem Brot ab, wenn die Bojarkinder hungerten. Nur der tote Pfarrer hatte das getan, und ihn hatten sie ausgestoßen, weil er es nicht mit Gott, sondern gegen Gott getan hatte. Ach, der Mann, der ihnen einen einzigen Pfahl zu ihren Zäunen gab, war ihnen mehr als alle, die ihnen die schönsten Verse der Welt vorlasen. Ohne Pfähle fielen die Bäume um, aber ohne Verse war noch keiner von ihnen umgefallen. Später, viel später konnte man an Verse denken, an ein bißchen Schönheit, an ein bißchen Freude. Es half nichts, ihnen den Schnaps fortzunehmen und ihnen dafür Verse zu geben. Sie machten die dunkle Welt nicht rosenrot, und ab und zu verlangte auch die Armen nach einem Traumbild an ihrem Kammerfenster. Es war nicht das gleiche, ob man fünfzig Jahre Untertanen hütete, von einem blanken Schreibtisch aus, hinter dem ein warmes Feuer brannte, oder ob man wie Piontek fünfzig Jahre Kühe hütete. Regen und Sturm beugten tiefer als ein vornehmes Amt.

Der Mond trat klarer aus dem Nebel heraus, und Jons stand immer noch an dem hellen Zaun, dessen Harz an seinen Händen klebte. Er war noch jung, und vieles von dem, was er dachte, würde er in ein paar Jahren anders denken, nüchterner und deutlicher. Aber das glaubte er für immer zu wissen, daß er dienen würde statt zu herrschen. Aus allen Geschlechtern trug er ein Erbe, und die meisten Spuren verloren sich im

Dunklen, aber von seinem Vater trug er das größte und schwerste Erbe: die Liebe zu den Menschen. Seinen Vater hatte sie enttäuscht und zu dem Buch der Bücher zurückgetrieben, aber ihn würde sie über alle Bücher hinweg vorwärtstreiben, über das Wort hinweg, über die großen Täuschungen hinweg, bis an die dünne Wand, die alles Leben umschloß. Dort würde er seine Hand und sein Ohr anlegen, um das Blut rauschen zu hören. Dort würde er die Eimer der Schöpfung erblicken, wie sie auf und ab gingen, zerbrechliche Gefäße trotz Gottes Allmacht, und in sie würde er, wenn sie vorüberglitten, seine schwache Menschenkunst werfen: ein Kraut Schmerzenlos, einen Tropfen Todvorbei, einen Löffel Barmherzigkeit.

Und zuerst, bevor er dies alles tat, würde er hinausgehen, um dem Erzfeind zuzusehen, dem großen Tod, zu den Orten, wo er sich nicht verhüllte, und die die Menschen das „Schlachtfeld“ nannten, ohne sich bewußt zu werden, welch ein furchtbarer Anfangssinn in diesem Worte lag.

XIX

Was Jons von dem Beginn seines letzten Schuljahres am tiefsten im Gedächtnis blieb, war das Gefühl einer grenzenlosen Einsamkeit, das mit dem Augenblick über ihn kam, als er Jumbos Zimmer wieder betrat. Er kannte den Zustand der Leere und der farblosen Öde, durch den er nach allen Ferien für eine Weile mühsam zu gehen hatte, aber es hatte immer eine Hilfe dafür gegeben: Jumbos stille Augen, das Feuer in seinem Ofen, die klare Rede aus seinem Mund. Oder ein Scherzwort von Old Firehand, oder Charlemagnes Hand auf seiner Schulter, oder das Bild des Vaters, auf seine Stange gelehnt, wie er am Meiler stand und die Wälder um sich wachsen ließ.

Aber nun waren sie alle fort. Sie waren schon lange fort, aber bis dahin war es gewesen, als seien sie immer noch zu erreichen, als habe nur der Raum oder die Zeit sie für eine kleine Weile entfernt. Nun aber war es, als seien sie hinter den Horizont hinabgetaucht, unwiederbringlich und nicht mehr einzuholen. Nicht nur Jumbo, sondern auch der Vater, ja, der Vater noch mehr, noch tiefer als Jumbo. Als brenne der Moloch nun heißer und gieriger, und ein fernes, hohles Sausen gehe durch seinen ehernen Leib, zu dem sie Kinder und Männer trugen, um sie dem finsteren Gott zur Speise zu geben. Die Pension war voll wie sonst, die Schule lief ab wie ein sich drehendes Rad, Stunde für Stunde, Tag für Tag, die Straßen waren hell, die Menschen wie sonst. Aber wenn er die Tür von Jumbos Zimmer hinter sich schloß, versank diese ganze Welt wie ein gespenstischer Traum, Menschen, Bilder und Gespräche, und das große, atembeklemmende Schweigen erfüllte den ganzen Raum, die Bücherreihen, die Ecken, selbst die Luft hinter dem Fenster, und inmitten des tödlichen Schweigens stand Jons, die Bücher noch in der Hand, und wußte nicht, wie die nächste Stunde vorübergehen sollte, die Monate, das ganze lange Jahr, ehe er dort sein würde, wo die anderen waren.

Sie hatten wohl nicht ganz ermessen, was sie ihm aufgebürdet hatten. Sie hatten nicht bedacht, wie jung er war und daß inmitten allen Strebens es schwer war, allein zu sein, nur Bücher um sich und Erinnerungen an Tote oder solche, die sich zum Tode bereiteten. Mitunter erschien die älteste der Schwestern wie ein Schatten, und wie ein Schatten saß sie für eine Weile am Ofen und wärmte sich die blutlosen Hände. Aus der Wohnung unter ihnen sei der Jüngste gefallen, sagte sie, und in dem Hause gegenüber die beiden einzigen Söhne. Und Kaffee gebe es nur noch hintenherum, und die Aufwartefrau habe gekündigt und gehe in eine Munitionsfabrik. Wie eine dunkle Klagefrau saß sie vor dem ersterbenden Feuer und ließ das große Schicksal in einem dünnen Faden durch ihre blassen Hände gleiten.

Jons hörte ihr zu und sprach hin und wieder ein Wort des Trostes, aber wenn sie gegangen war, blieb er noch lange so sitzen, die Augen auf den Schein des Feuers gerichtet, und dachte, daß die Armen nicht nur die seien, die kein Brot und kein Feuer hätten. Was war ein kurzes Menschenleben gegen ein Meer von Freudlosigkeit? Und wie weit war man gekommen, wenn alle Menschen Brot und Kleidung und ein Feuer im Herd hatten? Noch fehlte viel an der letzten Liebe, wenn man die Hungrigen nur satt machte, und es war wohl eine tiefe und schwere Weisheit in Christi Wort, daß der Mensch nicht vom Brote allein lebe.

Dann beugte er sich wieder seufzend über seine Bücher, aber hinter seinem Rücken fühlte er den großen leeren Raum, in dem nichts war als das Salz der Erde, das die Tränen der Menschen erfüllte, und auf die Hände wartete, die es dämpfen sollten.

Als das Semester wieder begonnen hatte, schlich er sich am Nachmittag oder Abend in die öffentlichen Vorlesungen der medizinischen Fakultät. Dort tauchte er auf einer der Bänke unter, und für eine Weile vergaß er die Leere der Zeit und das verlassene Zimmer, das auf ihn wartete. Seine Vorkenntnisse waren noch gering, und vieles ging wie in einer fremden Sprache über ihn hinweg. Aber wenn er dann aufstand und zwischen grauen Uniformen und Mädchenkleidern hinausging, war es ihm doch, als sei er schon aufgenommen in den großen Bund derer, die geschworen hatten, ihr Leben gegen den Tod einzusetzen. Auch unter ihnen war Kälte, Spott und die zynische Gelassenheit, mit der sie auf den Körper und die Seele des Menschen zu sehen vorgaben. Aber in den meisten Augen war doch das reine Licht der Verwunderten und Hungrigen und manchmal auch das der Barmherzigen. Manches würde sich verdunkeln und beschatten, manches von Ehrgeiz und Habgier entstellt werden, manches erlöschen. Aber einiges würde doch übrigbleiben, und nur langsam und zögernd löste er sich von dem Strom, in dem er die Treppen hinunterging, als gehe mit allen Gleichgesinnten auch der Trost wieder fort, mit dem die Stunde ihn erfüllt hatte.

Im Mai gab es noch einmal kalte Tage, und ein eisiger Wind kam vom Meere herüber, wo die letzten Eisschollen noch auf den grünen Wellen schwammen. Ein paar Abende fror er, in seinen Mantel gehüllt, aber dann holte er doch wieder den kleinen Wagen aus dem Schusterkeller und fuhr durch die gewohnten Straßen dem Hafen zu. Ein Teil der Lampen war nun in der Nacht gelöscht, und der Krieg machte auch das Stehlen leichter.

Er versteckte den Wagen und blieb lange Zeit regungslos, um zu lauschen. Aber nur das leise gleitende Geräusch war zu hören, mit dem überall von den Kohlenhaufen die Beute der unsichtbaren Jäger herunterrieselte. Anfänger waren es, dachte er, die sich nicht Zeit nahmen, die einzelnen Stücke mit den Händen aufzunehmen. Aber solange der Wind mit seinem hohlen Sausen vom Wasser herüberkam, war die Gefahr gering, und er begann hastig, seinen kleinen Wagen zu beladen. Neben ihm lagen hohe Wellblechstapel, für irgendeinen Frontabschnitt bestimmt, und er hielt sich immer in ihrem Schatten, den Wagen halb in eine der Höhlungen geschoben.

Eine verhüllte Gestalt in einem dunklen Umhang tauchte neben ihm auf und warf schnell und ungeschickt Kohlen in zwei große Handtaschen, die sie rechts und links neben sich gestellt hatte. Eine der Frauen, wie er sie vor den Hafenkneipen wartend und frierend gesehen hatte, und als sein Wagen gefüllt und sorgsam bedeckt war, begann er ihr ohne ein Wort zu helfen.

Dann kam der leise Alarmpfiff aus der Ferne, ein lauter Fluch und das Geräusch vieler fliehender Füße. Jons schob den Wagen und die Taschen unter das Wellblech, nahm die Frau bei der Hand und zog sie in eine der vielen Höhlungen, durch die der Wind sausend fuhr. Sie kauerten beide auf den Knien, fühlten die kühle Erde unter sich, und als er den angstvollen Atem der Frau hörte, legte er warnend zwei Finger auf ihre Lippen. Sie waren warm und schlossen sich fest unter seiner Hand.

Die Rufe kamen näher und gingen wieder fort, und jedesmal zitterte die verhüllte Gestalt an seiner Schulter. Er legte beruhigend die Hand um ihren Arm, und dann wurde sie still. Er hätte lange so bleiben mögen. Er fürchtete sich vor Jumbos Zimmer, und obwohl der Wind durch die Blechdächer zog und schwere Regentropfen auf das Metall zu hämmern begannen, war es ihm doch warm und geborgen wie in einem stillen Haus, und er fühlte die Nähe eines Menschen wie einen Zauber gegen die Gespenster der Nacht und der Einsamkeit.

Zusammen schlichen sie sich dann fort, dem Strom zu, dessen farbige Lichter gedämpft durch den Regen schimmerten. Jons hatte die Taschen an die Wagenseiten gehängt, und ihre gebeugten, verhüllten Gestalten sahen aus, als zögen sie einen kleinen Sarg hinter sich her. Erst unter einer der flackernden Laternen sah er, daß es ein Mädchen war, nicht viel älter als er. Er lachte und sagte, er habe sie für eine alte Frau gehalten.

Nun, nach ihrer Angst, begann sie zu plaudern, zutraulich, als kenne sie ihn viele Jahre. Ja, es sei ihr erster Gang gewesen, und sie habe sich schrecklich gefürchtet. Es sei unrecht, aber sie wolle nicht erfrieren, und wenn jemand sie entdeckt hätte, wäre sie entlassen worden.

Wo entlassen?

Er erfuhr, daß sie Lehrmädchen in einem Geschäft für Damenwäsche war, armer Leute Kind, und da in ihrer Gegend eingebrochen worden war, so hatte die Inhaberin bestimmt, daß sie in einem der kleinen Räume hinter dem Laden zu schlafen hatte. Mehr zu wachen als zu schlafen, denn die Tür zum Laden mußte halb geöffnet bleiben, eine Lampe brannte in dem großen Raum, und ihr Licht fiel durch die geschlossenen Vorhänge und die Eisengitter gedämpft auf die Straße. Auch kam es vor, daß die Inhaberin in der Nacht anrief, ob alles in Ordnung sei, und dann mußte sie sofort an den Fernsprecher stürzen und sich nicht versäumen.

Das alles erzählte sie ohne Bitterkeit, mit dem leisen Spott, den die Armen für die Ängste der Wohlhabenden besitzen, und mit der Gelassenheit derjenigen, die von Kind an vor anderer Leute Türen stehen müssen.

Aber ob sie denn wenigstens entschädigt werde dafür, fragte Jons, daß sie ein paar Stunden von ihrem Schlaf hingebe und von der Zeit, die doch ihr gehöre.

O nein. Nur Arbeit werde bezahlt, und das sei doch keine Arbeit. Sie könne ein bißchen lesen und habe auch ein altes Sofa da, auf dem sie schlafen könne. Denn sie schlafe herrlich dort, setzte sie lächelnd hinzu, seitdem sie jeden Abend die Telephonschnur verlängere und den Apparat neben ihrem Kopfkissen habe. Nur wenn die Alte jetzt inzwischen angerufen hätte, dann wäre es schlimm.

Sie führte ihn durch dunkle Nebenstraßen bis an ein Eckhaus, wo sie geräuschlos den Torweg öffnete. Sie zog ihn mit dem Wagen hinein, führte ihn im Dunklen ein paar Stufen seitwärts in die Höhe und schloß eine schmale Tür auf. In dem matten Licht, das aus einem der hinteren Räume kam, sah Jons lange Gestelle mit braunen und weißen Pappkartons, Bündel mit Schnüren und Packpapier. Sie schloß die Tür hinter sich und führte ihn in den kleinen Raum, wo sie schlief. Er enthielt nichts außer dem alten Sofa, auf dem die blaugewürfelten Betten unberührt lagen, dem Fernsprechapparat, einem kleinen eisernen Ofen, einem alten Schreibtisch und einem grünbezogenen Ohrenbackenstuhl, aus dessen verschlissenem Bezug das Roßhaar herauskam. Aber die farbigen Vorhänge waren über dem schmalen Fenster zugezogen, und auf der Platte des Schreibtisches stand ein Küchenkrug mit grünen Birken.

Jons sah sich um, indes das Wasser von seinem Mantel auf den Fußboden tropfte, und trat erschrocken mit einem leisen Ausruf zurück. Durch die halbgeöffnete Tür, die zum Laden führte, sahen ihn drei rosige Gesichter von makelloser Schönheit mit großen, leeren Augen aufmerksam an. Es waren Wachsbüsten mit falschen Perlenhalsbändern, und sie dienten dazu, die Schönheit elfenbeinfarbener Büstenhalter zu zeigen.

Seine Begleiterin, die schon vor dem Ofen kniete, lachte leise und bat ihn um Streichhölzer. „Zuerst habe ich von ihnen geträumt", sagte sie, „aber nun bin ich es schon gewohnt, daß sie mir zusehen. Wir können sie auch umdrehen nachher. Ziehen Sie nun Ihren Mantel aus, Sie bekommen noch einen Topf Kaffee, damit Sie sich erwärmen."

Die Flamme loderte herrlich in dem trockenen Holz auf, und sie legte vorsichtig ein paar Kohlenstücke darüber. Aus der kleinen Tür kam der Schein des Feuers und die erste bescheidene Wärme, und sie blieb vor ihr knien, die ausgebreiteten Hände in das rote Licht haltend. „Wie wenig wir doch brauchen, nicht wahr?" sagte sie leise.

Sie hieß Margreta, nach dem Schiff, das ihr Vater entladen hatte, als sie geboren wurde, aber leider nannten sie sie alle Gretchen, und das mochte sie nicht. Sie waren sechs Geschwister, und die Mutter ging in Herrschaftshäuser waschen. Der Vater hatte gut verdient, aber nun wurde es immer weniger. Die Schiffe blieben aus, und dazwischen fand er auf einem Holzplatz Arbeit. Er trank nicht, und sie lebten in Frieden zu Hause. Aber mit sechs Jahren hatte sie schon Zeitungen ausgetragen, und hier lag sie auch nicht gerade auf Rosen.

Jons hatte den Mantel ausgezogen und den alten Stuhl vor das Feuer gerückt. Er war still und glücklich wie nach einem Schiffbruch, und ab und zu hob er den Kopf, um zu lauschen, wie der Regen an die Fensterscheiben schlug. Das Wasser in dem kleinen Kessel begann zu singen, und Margreta schüttete den gemahlenen Kaffee in die beiden irdenen Töpfe, die sie vor das Feuer gestellt hatte. Nein, einen Meiler hatte sie noch nie gesehen, und sie hörte ihm still zu, während sie auf der Erde saß und ihre Füße wärmte und trocknete. Das dunkle, feuchte Haar war ihr in die Stirn gefallen, und in ihrem sanften Gesicht waren die Augen das Schönste, tiefe, braune Augen, über die mitunter ein graugrüner Schein ging wie über ein lebendiges Wasser.

Sie hielten die braunen Töpfe mit beiden Händen, um sich zu wärmen, und tranken in kleinen Schlucken. Die Kohlen glühten nun mit einem weißroten Licht, und ein wunderbares Behagen begann Jons langsam zu erfüllen, nicht nur seinen Körper, seine Füße, seine Hände, sondern sein ganzes Wesen, als habe er noch niemals so tief und sorgenlos geatmet und gelebt. Die Worte kamen ihm leicht und schnell von den Lippen, die Bilder und Vergleiche, und selbst das Traurige, das er zu erzählen hatte, war wie in sanfte Farben gekleidet, schwerelos, von einer schönen Erinnerung beglänzt.

Sie hörte ihm zu, als lese er aus einem Buche vor, mit halbgeöffneten Lippen, und der Widerschein dessen, was er erzählte, ging mit Licht und Schatten immer wechselnd über ihr Gesicht. Am Schluß atmete sie einmal tief auf und sah lange ins Feuer. „Es ist wie in einem Märchen", sagte sie endlich, „schön und traurig . . . aber nun sind Sie doch ein Herr, und dort bei den Kohlen habe ich gedacht, Sie sind einer von uns."

„Ein Herr?" sagte er erstaunt. „Du lieber Gott! Und vor zwei Jahren habe ich noch Eisen unter den Absätzen getragen . . ."

Sie schüttelte den Kopf. „Darauf kommt es nicht an. Aber wir werden niemals etwas anderes werden, als was die Eltern waren, höchstens daß ich Verkäuferin werde, und Sie werden Student werden und danach ein großer und berühmter Arzt, der in einem Wagen fahren wird." Eine leise Traurigkeit breitete sich über ihr Gesicht, als sei ein Maskenfest zu Ende und der graue Morgen scheine wieder über die Dächer.

„Ihr habt kein Zutrauen zu euch", sagte er. „Ihr seht immer noch auf Pferd und Wagen, und ihr wißt nicht, daß man einmal die Menschen anders wiegen wird. Ich weiß selbst nicht, wann das sein wird, aber ich weiß, daß ich dazu helfen will."

Sie faltete die Hände um ihre Knie und nickte. „Sie sind ein guter Mensch", sagte sie. „Aber waren Sie einmal in einer Poliklinik? Ich war oft da, mit meiner Mutter, und ich habe gesehen, wie die Menschen dort gewogen wurden. Ich möchte nicht, daß Sie einmal so werden wie die jungen Ärzte, die ich dort gesehen habe." Ein bitterer Zug erschien um ihren jungen

Mund, und mit einem Male wußte er, daß sie viel mehr gesehen hatte als er.

„Ich werde niemals so werden", sagte er leise.

Dann stand sie auf und sah nach, ob sein Mantel schon trocken war. „Meine Mutter hat ihn gewebt", sagte er, als ihre Hand prüfend über den schweren Stoff glitt.

„Also sind Sie doch noch nicht ganz ein Herr", erwiderte sie lächelnd. „Und zum Kohlenfahren ist er auch besser."

Bevor er ging, sah er sich noch einmal in dem kleinen Raum um. Ob er einmal wiederkommen dürfe?

Sie sah ihn eine Weile mit ernsten Augen an. „Ja, Sie dürfen immer wiederkommen", erwiderte sie schließlich.

„Und Dank für die Bewirtung!" sagte er, als er aus dem Torweg auf die feuchte Straße trat. Erst später fiel ihm ein, wann er das zuletzt gesagt hatte, und er schüttelte ärgerlich den Kopf.

Er war nun zweimal oder dreimal in der Woche in dem kleinen Raum, durch dessen Tür die schönen Puppen ihn ansahen, und er täuschte sich nicht darüber, daß ein neues Leben für ihn begonnen hatte. Er war nicht aus einem Hause, in dem man sich über seine Gefühle lustig machte oder sie mit einem Lächeln abtat. Man verschloß sie hinter den Lippen, aber man machte vor sich selbst kein Hehl daraus, daß sie da waren. Auch nicht daraus, daß ihr Leben voller Süße oder Bitterkeit war. Es war nicht wahr, daß die Herzen in den armen Dörfern langsamer schlugen als in der Stadt, und jedesmal, wenn er die Hand auf den Griff des schweren Tores legte, ging die Berührung des kalten Metalls wie ein Schauer durch seinen ganzen Körper. Es war mehr als ein hölzernes Tor, was sich unter seiner Hand auftat, und oft blieb er eine Weile in dem dunklen Torweg stehen und wartete, ob sein Herz nicht ruhiger schlagen würde. Aber es hatte keinen Zweck, darauf zu warten.

Zuerst war es wohl nur das gewesen, daß ein lebendiger Mensch da war, der den Ring seiner Einsamkeit zerbrochen hatte. So war es schon unter dem Wellblech gewesen, als er die Hand um einen zitternden Arm gelegt und noch gedacht hatte, daß es eine alte Frau sei oder doch eine von denen mit den dunklen Umschlagtüchern, die ihn gefragt hatten, ob sein Vater auch dabei sei. Aber dann war es mehr geworden. Zuerst ein Mensch seines Alters und seiner Armut, zu dem man sprechen konnte, viel und lange und unaufhörlich sprechen, als verscheuche man damit die Gestalten der Toten und den Bannkreis des Schweigens, der um sie ausgebreitet lag. Und dann ein Mensch, der nicht seines Geschlechtes war. Der aus der ewig geheimnisvollen Welt der anderen war, in der das Haar anders in die Stirn fiel, die Augen anders schimmerten, die Glieder sich anders bewegten. Ein Mensch, der wohl mehr erfahren hatte als er, es auch auf dunkleren Wegen erfahren haben mochte, aber der bei allem Wissen noch so jung war, daß er den Schimmer der Kindlichkeit nicht von seinen Wangen und Worten abgewischt hatte. Ein Mädchen, wie sie es in Sowirog vor dem Herrn von Balk versteckt haben würden, aber umsonst, nicht nur, weil den Augen des Habichts auf die Dauer nichts entging, sondern auch, weil es selbst nicht geneigt war, sich verstecken zu lassen und der Gefahr auszuweichen, die ihm süß erschien, wie sie seiner Mutter und Großmutter einmal süß erschienen war. Der Frühling der armen Leute endete früh, und sie wußten, daß er niemals mehr wiederkam. Die Pfarrer mochten von Sünde und Fluch des Leibes sprechen, aber nicht jeder hatte wie sie einen Platz in den Freuden des Jenseits verbürgt, und auch in zweitausend Jahren hatten sie nicht vermocht, den Leib der Menschen zu einer Wohnung des Teufels zu machen. Die armen Leute wußten sehr gut, daß dieser Teufel barmherziger war als viele Götter, die seit Beginn der Welt über die Erde gegangen waren.

Jons war viel zu ordentlich, als daß er seine Arbeit vernachlässigt hätte, und es gab keinen Pfennig, den er nicht in der Hand umgedreht hätte, ohne sich zu erinnern, daß es Herrn Stillings Pfennig war. Aber er hielt es für keine Sünde, daß nun mitunter zwischen den Formeln des binomischen Lehrsatzes oder den Versen der Odyssee der kleine Raum auftauchte, in dem er seine Hände vor dem Feuer gewärmt hatte. Und daß zwischen den kahlen Wänden sich eine kleine, lebenssichere Gestalt bewegte, deren früh verarbeitete Finger einen Knopf an seinem Rock festnähten oder eine Naht an seinem Ärmel zuzogen.

Er wußte überhaupt nichts von einer Sünde dieser Art. Das Leben des Dorfes war nicht so geartet, daß es diesen Teil des Lebens zu einem Schauplatz der Sünde machte, und Pfarrerworte waren nicht Kätnerworte. Nicht alles, was süß war, war ihnen Sünde. Weder die Fische, die ihnen nicht gehörten, noch der Hase, den Daida fing, noch das Holz, aus dem sie eine Kirche bauten. „Sünde" war ein großes Wort, das schwer und schön von der Kanzel herabklang, aber der Alltag war nicht für die schweren Worte, und manchmal dachten sie ganz im stillen, daß die Herren das Wort nur erfunden hätten, damit die Armen nicht begehrten, was sie allein behalten wollten.

Was ihn erschauern ließ, wenn ihre Hand oder ihr Atem ihn streifte, war nicht die Angst vor der Sünde, sondern vielmehr die Angst vor dem Glück. Die Jerominkinder hatten nicht viel Glück gehabt, und die es gehabt hatten, hatten teuer dafür bezahlt. Er konnte es nicht wissen oder sagen, aber es ahnte ihm, daß, wer die Frucht pflückte, auf die Blüte für immer verzichtete. Daß er aus dem einsamen, ganz in sich beschlossenen Leben heraustrat und in ein anderes Leben mündete. Daß die Rüstung zerbrach und er fortan verwundbar wurde, tödlich verwundbar. Daß der Tod nicht nur auf die Krieger wartete, sondern auch auf die Liebenden.

Er hielt sich noch wie ein Mensch über einem tiefen Wasser. In seinem eigenen Element, bevor er sich an ein anderes hingab. Er würde nie mehr der gleiche sein. Er würde Abschied nehmen und nie mehr wiederkehren.

Doch wußte er, daß es längst beschlossen war, in ihm oder außer ihm, und seine Hand zuckte nur davor zurück, das Rad anzustoßen. Das Rad sollte ihn anstoßen, und dann würde er gehorsam sein. Er wußte noch nicht, daß es keine Trennung zwischen Befehl und Gehorsam gab und daß das Schicksal nur ein Gesicht hatte. Er wußte noch nicht, daß eine helle und eine dunkle Seite nicht zwei Gesichter machten, sondern nur zwei Hälften des gleichen Gesichtes. Wer sein Schicksal aus seinem Leben und Blut hinausstellte als etwas Fremdes und ihm einen fremden Namen gab, tat nichts anderes, als daß er sein Spiegelbild „Herr" nannte und um den Spiegel herumging, um ihm die Hand zu reichen.

Er war jung und einsam, und also „spekulierte“ er, auch in der Liebe, obwohl der weise Herr von Balk ihn gewarnt hatte, und es war gut, daß bald darauf, als er sich eines Nachts mit gequältem Gesicht verabschiedete, Margreta die Arme um seinen Hals legte und sagte: „Quäle dich doch nicht, Jons. Weshalb quälst du dich?“

Und nun versank alles in einem tiefen, tiefen Meer, und auf dem Grunde lag er selbst und sah zu, wie das Wasser über ihm sich färbte und erlosch, in dunklen, nie gesehenen oder geahnten Farben, von der Sonne vielleicht oder von einem neuen Mond, und wie die Geschöpfe der Tiefe langsam und leuchtend ihre Bahnen über seine offenen Augen hinzogen. Ein dunkler, auf- und abschwellender Ton stand über dieser Tiefe, wie von einem anderen Atem oder einem anderen Herzen, ein Ton von unendlicher Ruhe und Seligkeit, und das Ganze war wie der Tod, von dem sie soviel gesprochen hatten, als er noch auf der Erde gewesen war, oder wie das ewige Leben, von dem in den Büchern geschrieben stand, in jenen fernen, versunkenen Reichen, in denen er sie gelesen hatte.

„Jons“, sagte sie leise an seinem Ohr, „schläfst du, Jons?“

Aber er schüttelte den Kopf. „Ich wußte das nicht“, sagte er nach einer Weile ebenso leise. „Ich habe das nicht gewußt ...“

Er hörte den Vorhang hinter sich wehen und den warmen Wind in der Kastanie des Hofes rauschen. Ein Pferd ging langsam die ferne Straße hinunter. Wahrscheinlich zog es einen Wagen, aber er hörte den Wagen nicht. Er hörte nur die Hufeisen auf dem Pflaster, so regelmäßig wie den Schlag eines Herzens, und er dachte, daß es Kiewitts weißes Pferd sein könnte, das ausgegangen war, um ihn zu holen. ‚Wie machen sie das‘, dachte er, ‚daß sie von einer solchen Stunde aus in den Krieg gehen? Wie machen sie das? Wahrscheinlich ist es gar nicht der Tod, den sie fürchten, sondern daß dieses ihnen unter den Händen zerrinnt ...‘

Er nahm ihren Kopf in beide Hände und beugte sich so dicht über sie, daß er den feuchten Glanz in ihren Augen sah. „Wirst du ein Kind von mir haben?“ fragte er.

Aber sie schüttelte den Kopf. „Das ist nichts für uns", sagte sie.

„Aber so ist es gemeint?" fragte er eindringlich. „So wie wir jetzt beide sind? Das ist der Sinn von dem, was wir tun, ja?"

Ja, das war der Sinn, und sie konnte es nicht leugnen.

Die Gesichter der beiden Brüder standen nacheinander in der Dunkelheit vor ihm auf und versanken wieder. Ein unendlicher Friede erfüllte sein Herz, so als sei der Tod nun nicht mehr eine dunkle Macht, die in einer Höhle auf ihn wartete, sondern als habe er seinen Vertrag mit ihm unterschrieben. Er war durch das Tor gegangen, und er fürchtete sich nicht mehr. Er hatte das letzte Geheimnis angerührt, und es hatte gesprochen. Von nun an war er aufgenommen in den letzten Grad. Das war es also, weshalb sie den Apfel nicht hatten essen sollen. Weil er ihnen Macht gab über den Tod und sie über alle Drohungen lächeln ließ, die hinter den Wolken oder hinter den Sternen waren.

Er legte seine Hand leise um die junge Brust des Mädchens und beugte sich noch einmal über sie. „Es gibt keinen Tod, Margreta", sagte er. „Hörst du? Es gibt keinen Tod."

Sie sah ihn unsicher an, aber dann lächelte sie, halb demütig und halb weise. „Denkst du immer noch, Jons?" fragte sie. „Du mußt nicht denken, wenn du mir am Herzen liegst."

Was war es doch für ein Sommer, und wie war es möglich, daß er Tausende und Tausende erschlug, indes hier die weißen Wolken über den Strom zogen und die fernen Nachtgewitter ihr blaues Licht über das Gesicht des Mädchens warfen? Es war nicht der Sinn des Lebens, daß Menschen erschlagen wurden, weil einige von ihnen es wollten. Es war auch nicht der Sinn des Todes. Sein Sinn lag darin, daß er erschien, wenn die volle Scheibe im Gipfel stand und die dunkle schmale Sichel sich leise um ihren Glanz zu legen begann. Er war ein Vollender und kein Vernichter. Er war ein einfacher Schnitter mit einer einfachen Sense, und erst der Mensch hatte ihn verzehnfacht und vertausendfacht. Er war ein Knecht geworden, und wie ein Knecht kannte er kein Maß. Sie hatten ihn entheiligt, und es war müßig, daß sie ihn priesen und mit Kränzen behängten. Sein Schritt war so vertraut geworden wie der des

Briefträgers auf der Straße, und sie scherzten über ihn, als sei er ihresgleichen.

Aber so wenig es erlaubt war, über Gott oder über das Leben zu scherzen, so wenig war dieses erlaubt. Es war ein falsches Heldentum, das Heldentum von Straßenjungen, die nach einer Wette einen Prinzen bei der Hand nahmen, um ihm einen schönen Tag zu wünschen.

Jons wußte, daß er so nicht hinausgehen würde. Auch Jumbo und sein Vater waren nicht so gegangen, aber ihre letzten Gedanken waren ihm verborgen geblieben. Man mußte noch anders darüber denken können, als die Lehrer auf dem Pult in der Aula es taten, und man mußte es wissen, bevor man antrat zu diesem Wege. Man ging nicht in der Masse in den Tod, so wie man in ein Theater oder auf den Jahrmarkt ging. Man wurde auch nicht in der Masse geboren, sondern ganz allein. Es gab keine Geburtsartikel, wie es Kriegsartikel gab.

Er fragte Margreta nach dem Kriege und erfuhr, daß sie ihn haßte. „Alle Frauen hassen den Krieg", sagte sie, „so wie wir als Kinder den bethlehemitischen Kindermord haßten. Und alle Armen hassen ihn. Auch diesmal. Du weißt nicht, wieviel Haß unter ihnen ist, allein in dieser Stadt. Euch allen kann man den Tod in ein süßes Blatt einwickeln, und ihr schluckt ihn. Aber bei uns kann man das nicht. Wir sind zu alt, so alt wie die Erde steht. Man hat uns die Armut in ein süßes Blatt gewickelt, und wir haben sie gegessen. Man hat uns hundert andre Dinge eingewickelt, und wir haben sie gegessen. Aber nun merken wir von weitem, was unter den süßen Blättern verborgen ist. Nun wollen wir nicht mehr. Wir wollen Kinder haben, nicht tote Helden, verstehst du? Kinder, Jons, Kinder, denn dazu sind wir geboren." Sie drückte seinen Kopf an ihre Brust und weinte über ihm, als sei sie eine uralte Frau und er ihr Enkelkind, das zum Opfer bestimmt war.

Danach fragte er sie nicht mehr. Wie in einem schnell und lautlos sich drehenden Spiegel hatte er ein Gesicht gesehen, aufblitzend und wieder verlöschend, und von nun an sah er sie mit anderen Augen an. Er hatte nie eine Mutter gehabt und es nie anders gekannt, und manchmal hatte er gedacht, daß die Mutter in der Frau erst beginne, wenn die Liebe aufhöre. Aber nun sah er, daß sie immer da war, von Anfang an, daß sie still daneben stand und zusah und wartete. Lag sein Kopf in Margretas Schoß und fuhr sie schweigend mit ihren Fingern durch sein Haar, dann wußte er, daß sie nicht an die Liebe dachte, sondern an das Kind. Und solange das Kind nicht da war, war er das Kind. Sie nähte für ihn, sie sorgte für ihn, sie wachte für ihn. Sie war nur ein paar Monate älter als er, aber wenn er das Gesicht in ihrem Schoß wendete und zu ihr aufblickte, sah er, daß ihre Augen Jahre und Jahrzehnte älter waren als die seinigen.

Es ergriff ihn auf eine viel tiefere Weise, als ihre Hingabe ihn ergriff. Er wußte, daß er nicht der erste war und daß er nicht der letzte sein würde. Er hatte nie gefragt, aber einmal, bei einem Gespräch, das daran streifte, hatte sie gesagt: „Weißt du denn nicht, Jons, daß dies der Himmel der Armen ist? Einen anderen haben wir nicht ..." Manchmal, wenn er ihre Augen mit einem jähen Schmerz auf sich gerichtet sah, wußte er, daß sie an die Zukunft dachte. Alle Mütter denken an die Zukunft. Wie alle jungen Menschen, die zum erstenmal liebten, war er ohne Zweifel, daß er sie heiraten würde, aber sie lächelte nur, als er einmal die Rede darauf brachte. „Das hast du aus deinen Büchern, Jons", sagte sie nur. „In unsren Büchern steht es anders." Aber ob sie denn nicht die gleichen Bücher hätten? O nein, nicht die gleichen. Ein Mädchen, das sich verschenke, habe ein anderes Buch. Und sie zog seinen Kopf an ihre Brust und küßte ihn in sein helles Haar, als sei er ein Kind und sie müsse ihn trösten für einen Wunsch, den sie ihm abgeschlagen habe. Ein stiller, wehmütiger Kuß. Der Kuß einer alten Frau, die daran zurückdenkt, daß auch sie einmal jung gewesen ist, so jung wie das Kind, das sie im Arme hält.

Ein traumhafter, ein ganz und gar unwirklicher Sommer. Weit draußen dröhnt der Krieg an den Grenzen entlang und wirft seine fernen Feuer an den nächtlichen Himmel. Sie hören die Transportzüge über die Gleise gehen, während ihre Herzen aneinanderschlagen. Die Nacht ist still, und das Rollen der Räder dringt bis in ihre Kammer. Nach Osten, nach Westen und wieder zurück. Sie sehen die Verwundeten auf der Straße, die frischen Regimenter, die ausziehen, um in den blutigen

Strudeln zu versinken, die verhärmten Gesichter der Frauen, über denen die Not langsam zusammenschlägt. Langsam aber unerbittlich wie die Zangen einer gewaltigen Maschine.

Sie drücken sich enger aneinander, damit sie den Tod vergessen, aber sie vergessen ihn nicht. Für Jons ist er immer da, eine stille, dunkle Gestalt, die die Schnur der Monate in den Händen hält und sie ruhig ablaufen läßt, Perle auf Perle, Tag auf Tag. Er weiß, daß dies nicht ewig dauern wird, und er will auch gar nicht, daß es ewig dauert. Er hat nichts vergessen, nicht den Vater, nicht Jumbo, nicht den Herrn von Balk. Sie warten, und er wird kommen. Er ist keiner von denen, die sich verlieren, wenn man auf sie wartet.

Und Margreta weiß, daß er gehen wird. Für sie ist er einer der armen Toren, die man nicht halten kann. Ein geliebter Tor, ach, so sehr geliebt, der in den Wäldern aufgewachsen ist, wo sie von Jehova reden, und wo jeder Tag mit ‚du sollst!' beginnt. Ein Kind ohne Falsch und Makel, so rein, als habe seine Mutter ihn eben gebadet, eine Stirn mit unendlichen Gedanken, ein Herz, das von Liebe für die Armen überfließt. Ein junger Gott in ihrem kleinen, dunklen Leben, und doch von ihr zum erstenmal gesegnet und beschenkt. Aber doch nicht zu halten auf seiner tödlichen Bahn, eben weil er ein Gott ist, mit ehernen Flügeln an den jungen Füßen, nicht zur Liebe geschaffen, nicht für einen kleinen Herd, sondern für Arbeit und Pflicht, für Tröstung und Heilen, für einen großen, großen Plan, in dem die Liebe nur eine stille Morgenstunde ist, bevor die Lerche singt und das Kammerfenster sich rötlich färbt.

Und während er schläft, tief und glücklich, und der reine Atem seines Mundes über ihre Brust dahingeht, liegt sie mit offenen Augen, die Hände um sein Haar gefaltet, und sieht zu, wie die Morgendämmerung die kleine Kammer erhellt, die armseligen Wände, den kleinen, nun längst erkalteten Ofen, ihr helles, billiges Sommerkleid auf dem zerschlissenen Stuhl, die lächelnden, leeren Puppengesichter in dem großen Raum hinter der halbgeöffneten Tür. Sie sieht die Jahre lautlos ziehen, blutige, tödliche Jahre zuerst, und dann graue, müde und erschöpfte Jahre, einen wenig geliebten, fremden Mann, Kinder in Armut und Not, Arbeit und Schmerzen, und hinten, ganz weit hinten, am verdämmernden Anfang des Weges, unwirklich schon wie ein Traum, das Kind aus dem Walde, mit der Wange an ihre Brust geschmiegt, als ob es aus ihr trinken wollte, aber die rechte Hand fest geschlossen, wie um eine eherne Lanze gelegt, ein junger Gott im flüchtigen Schlaf, aber schon zu seinem Wege bereit, zu einem Wege, der im fernen Staub verdämmert, wo die Trommeln rufen und die große Sense mäht.

Und zwei schwere Tränen sammeln sich ganz allmählich in ihren Augen, füllen sich in den Winkeln der Lider und rollen langsam an den Wangen herab, auf das blaugewürfelte Kissen, wo sie in dem rauhen Leinen in zwei dunklen Kreisen versiegen.

In den letzten Oktobertagen fiel Jakob Jeromin. In einem der dunklen Wälder fern im Osten, an einem der dunklen Ströme mit den seltsamen traurigen Namen. Er fiel, während er auf Horchposten stand. Eine verirrte Kugel hatte ihn ins Herz getroffen. Der Oberförster schrieb einen langen Brief an Marthe, den Brief eines einsamen Mannes, der seine letzte Freude verloren hatte, und ein paar Tage später kam Herr von Balk nach Sowirog, der es wußte, weil er in einem Nachbarabschnitt gelegen hatte. Er kannte den Oberförster, und ein paar Tage vor Jakobs Tod hatte er auch diesen gesehen. Er hatte nicht gewußt, daß sie so nahe beieinander waren.

Er saß vor dem Herdfeuer des neuen Hauses, ein müder Mann mit grauem Haar, und erzählte, was er wußte. Ja, Jakob hatte es erwartet, daran war kein Zweifel. Er war nur verwundert und fast leise ungeduldig gewesen, daß es sich noch nicht ereignet hatte. Er hatte einen schönen Tod gehabt, und es gebe eine Menge Leute, die ihn beneideten. Mehr, als sie ahne.

Sie stand am Herd und rührte in der kochenden Milch. Ihr Gesicht war nun wie aus Stein. Er fremder brauner Marmor, über den ein Geflecht zarter bläulicher Adern lief. „Er hat es nicht allein gewußt“, sagte sie nur.

Er trank eine Tasse von der heißen Milch und stand dann auf. „Ich fahre zu Jons“, sagte er. „Muß sowieso in die Stadt.“

Als er in der Tür stand, glitt ein Schimmer des alten spöttischen Lächelns um seinen schmalen Mund. „Jetzt ist es wohl zu spät, Marthe", sagte er.

„Es war immer zu spät", erwiderte sie. Sie spülte schon seine Tasse im heißen Wasser aus.

Aber sie schrieb es doch sofort an Jons, damit er es von ihr erfahre.

Diesmal saßen sie nicht in der Halle des Hotels, sondern vor Jumbos Ofen, in dem schon ein kleines Feuer brannte. Balk hatte seinen eigenen Wein mitgebracht und trank in kleinen Schlucken. „Man verlernt das draußen, Jons", sagte er, „Worte darüber zu machen. Es ist so selbstverständlich, wie daß jetzt die Blätter fallen. Nur Dichter und alte Mädchen klagen über den Blätterfall. Er war so etwas wie ein Heiliger in der Kompanie. Sie hatten längst verlernt, über ihn zu lachen. Wie sie überhaupt das Lachen verlernen werden. Eine gute Spur geht dir voran, Jons, eine gute und gerade Spur. Keine Richtung zu verfehlen."

Er werde sie nicht verfehlen, sagte Jons finster.

Balk zog die Augenbrauen hoch. „Keinen Hader, Jons. Mit dem Staat etwa. Ebensogut kannst du mit dem Sternbild des Perseus hadern. Natürlich war er zu alt, und sie haben genug Schweine, die sich hier herumdrücken. Aber draußen brauchen sie eben Soldaten und keine Schweine. Und er war ein Soldat, verstehst du? Keiner von denen, die ihren Rock aufreißen, um Lanzen in ihre Brust zu bohren und nachher von einem Gedicht verewigt zu werden, das die Sextaner aufsagen. Weiß Gott, was er vom Krieg gedacht hat. Nichts Schmeichelhaftes wahrscheinlich. Aber er hat es für sich behalten. Die besten Soldaten, Jons, die ihre Meinung über den Krieg für sich behalten. Gibt auch solche, die an jedem Morgen ankündigen, daß sie ihr ‚Blut verströmen' wollen. Zum Kotzen, solche Burschen. Patriotische Blutspender. Er w o l l t e es nicht verströmen. Wußte ganz genau, daß Blut nicht zum Verströmen da ist. Aber er h a t es verströmt, verstanden? Eine ordentliche Ehrentafel haben die Jeromins, Jons. Sauberer als mancher regierende Herr. Schreibe deinen Namen dazu, Jons. Auf die weiße oder die schwarze Seite, das ist mir gleich. Aber schreibe ihn!"

Ob der Herr von Balk glaube, daß er nicht schreiben wolle, fragte Jons böse. Weshalb rede er so viel davon?

„Recht so, Jons. Gib es ihm! Schwatzhaft geworden im Urlaub. Kommt von den großen Wäldern da unten, wo du verlernst, auf zwei Beinen zu gehen. Kein Wort mehr davon. Zusehen, wie wir der Mutter helfen können. Eine große Frau, Jons. Eine Makkabäerin. Singt noch Lieder, wenn ihre Kinder im Feuerofen schmoren."

Er sprach allein, und er hatte es die ganze Zeit gemerkt. Es war ihm schwerer gefallen, als Jons annahm. Er trank seinen Wein aus, stand auf und glitt wie Jumbos Vater mit der Hand an den Bücherreihen entlang. „Da stehen sie nun und schweigen", sagte er endlich. „Verfluchte Schweinerei ..."

Jons fragte ihn nicht, was er meine. Er brachte ihn durch den dunklen Gang bis zur Tür und sah ihn die Treppe hinuntersteigen. „Das nächste Mal, Herr von Balk ...", sagte er mühsam.

Die weißen Handschuhe winkten. „Schon gut, Jons, schon gut ... war ein Esel. Vergessen, daß ihr am Meiler aufgewachsen seid. Auch Rittmeister können Esel sein. Berittene Esel sozusagen."

Die hellen Sporen verklangen, und die Tür fiel zu.

Zurück zu dem kleinen Feuer, wo noch die leere Flasche stand. Das Feuer war das Lebenselement der Jeromins. Der Großvater war in ihm gen Himmel gefahren, den Vater hatte es Tag und Nacht erfüllt, in seine eigenen frühesten Träume hatte es geschienen. Die Flamme verbrennt, die Kohle bleibt. Die Namen erlöschen, aber die Ehrentafel bewahrt sie auf. Weiße Seite und schwarze Seite. Kein Strohtod, sondern den Tod auf dem Moos. Ob er schreiben wollte ... weshalb sollte er nicht schreiben? Sie hatten keine zittrigen Hände im Geschlecht, auch nicht, wenn sie hundert Jahre alt wurden. Weder Fischer noch Köhler, weder Knechte noch Ärzte. Und weshalb hadern? Da würde Gott viel zu tun haben, wenn alle Söhne und Mütter und Frauen mit ihm hadern wollten, auf der ganzen Erde. Für ein paar Jahre ließ er sich nicht sprechen. „Verreist." Aber wohin? Gleichviel. Zum Sternbild des Perseus etwa. Tausend oder hunderttausend Lichtjahre. Alles verjährt, bis er wiederkam. Tod und Verstümmelung, Marter und Pein. Wiederaufnahmeverfahren abgelehnt. Beweise verschwunden, Kreuze vermodert, Särge zerfallen. Neues Blut zum alten geflossen. Spuren verweht und versunken.

Die Glut im Ofen erstarb, das Gesicht aus Flamme, Kohle und Asche erlosch. Nur die beiden Augen blieben, leuchtende Augen, die von der Schwelle aus über das Dorf geblickt hatten. Zukunft war auch über den grauen Dächern, und in den Reihen der Zukunft stand sein Sohn. ‚Wasserbäche am dürren Ort, Schatten eines großen Felsen im trocknen Lande' ... Wo waren Verheißung und Verkündigung? Lieber Vater ... lieber Vater ...

Erst unter Margretas Händen lösten sich Starre und Bitterkeit. „Du denkst nicht mehr, wie wir denken, Jons. Nur die Herren hadern, wir hadern nicht mehr. Weine ruhig, Jons, weine ruhig. Das dürfen wir noch. Lieben und weinen ist uns noch geblieben ..."

Noch einmal saß sie über ihm, die verarbeiteten Hände in seinem Haar, und fühlte seine Tränen durch ihr Kleid bis auf ihre Haut brennen, und während sich ihre Finger langsam und tröstend bewegten, immer hin und her, sah sie mit großen, stillen Augen über ihn hinweg, über seinen und ihren Schmerz. Die Straße der großen Schmerzen entlang, und zu beiden Seiten der Straße sah sie andere Frauen kauern, stumm wie sie, den Kopf eines Mannes im Schoß, eines Erschöpften oder Erschlagenen, eine neben der andern, kleiner und kleiner werdend, und am Ende der Straße, wo die beiden Reihen zusammenliefen, erglänzte kein schönes Symbol, keine aufgehende Sonne, kein erhobenes Kreuz, sondern sie verschmolzen mit der Dunkelheit, einer rötlich glühenden Dunkelheit, die wie über tiefen, feurigen Öfen stand.

XX

Im Februar bestand Jons seine Reifeprüfung. Der Schulrat blickte eine Weile auf das Blatt, das vor ihm auf dem Tisch lag und das vermutlich Lebenslauf und Zensuren dieses jungen Menschen enthielt, einen unwahrscheinlichen Lebenslauf und noch unwahrscheinlichere Zensuren, und sah ihn dann an. Er hatte zwei Söhne im Kriege verloren, und er mochte an sie denken, als er seine traurigen Augen auf Jons richtete.

„Was wollen Sie werden, Jeromin?" fragte er.

„Zuerst Soldat und dann Armenarzt, Herr Schulrat."

„Soso ... Armenarzt ... und weshalb Armenarzt, Jeromin?"

„Ich denke, daß ich dort hingehöre, Herr Schulrat."

„Jaja ... aber vergessen Sie nicht, Jeromin, daß es nicht viel helfen würde, die sogenannten Reichen alle totzuschlagen, nicht wahr? Auch sie sind nicht immer glücklich ..."

Er ließ seine Augen noch eine Weile auf dem jungen Gesicht, aber es war zu sehen, daß seine Gedanken schon weit fort waren. Erst als der Direktor sich leise räusperte, nickte er Jons zu und nahm ein anderes Blatt in die Hand.

Jons schickte zum erstenmal in seinem Leben ein Telegramm ab, und er hatte einige Mühe, damit zustande zu kommen. Aber da das junge Mädchen auf der Post ihm behilflich war, so bekam Herr Stilling sein Telegramm, und ehe er damit zu der Kammer der jungen Witwe hinaufstieg und dann zu dem Jerominschen Hause ging, stand er noch eine kleine Weile vor der kleinen Weltkugel in seinem Zimmer und drehte sie langsam soweit, bis der kleine rote Punkt erschien, mit dem er das Dorf Sowirog bezeichnet hatte. Er dachte zurück, einen langen Weg, Jahr auf Jahr, und er sah ein Kind mit hellem Haar und ernsten Augen in seiner kleinen Bank stehen und hörte eine ernste, klare Stimme sprechen: „Darum ist das Himmelreich gleich einem Könige, der mit seinen Knechten rechnen wollte ..." Er nickte in Gedanken vor sich hin, und als er endlich die schmale Treppe hinaufstieg, dachte er, daß es nun eigentlich für einen alten Mann Zeit sei, sich still in seinen Sarg zu legen, und daß er das mit einem guten Gewissen tun könne, soweit Menschen in ihrem Hochmut das von sich sagen könnten.

Indessen packte Jons seine letzten Sachen in Jumbos Zimmer zusammen und wartete auf den Mann, der ihm helfen sollte, sie auf den Boden zu bringen. Fräulein Holstein, die älteste, hatte ihm das erlaubt, und sie stand nun wie ein abgeschiedener Schatten vor dem kleinen Ofen und blickte über die leeren Wände. Sie hielt das Bauer mit dem Buchfinken in der Hand, den Jons ihr geschenkt hatte, und sie sah nun aus, als hätte die große Schere den Faden zerschnitten und sie warte auf den Kahn, der die Toten übersetzte, voller Sorge, ob der Fährmann ihr erlauben werde, den kleinen Begleiter mit der hellen, sorglosen Stimme mitzunehmen.

„Nun wird es ganz dunkel, Jons", sagte sie.

Aber Jons tröstete sie. Es sei richtiger für ihn, nicht hier Soldat zu sein, sondern in der kleinen Stadt, wo er seinem Dorfe näher sei. Ein neues Leben dürfe man nicht im alten Hause beginnen, und wenn der Krieg zu Ende sei, werde er wiederkommen und wieder hier wohnen, viele Jahre lang, bis zu seinem Examen.

„Aber wird er einmal zu Ende sein?" fragte sie. „Und werden Sie einmal wiederkommen?"

Das erste wisse er, und das zweite glaube er, sagte Jons.

„Sie waren der Beste, den wir jemals gehabt haben, Jons", sagte sie. „Aber es trifft immer die Besten . . ."

Dann kam der Mann, den der Schuster ihm geschickt hatte, und sie trugen die Bücherkisten auf den Boden.

Und dann war nur noch Margreta. Er brauchte sie nicht zu trösten. Sie war aus einem Geschlecht, in dem die Frauen immer nur gegeben hatten, Männer, Söhne, Jugend, Gesundheit, Glück. Sie kannten es nicht anders, und sie benannten es auch nicht mit dem großen Wort „Tapferkeit". Sie liebten keine großen Worte. Und auch als sie ihm in der Morgendämmerung die dünne silberne Kette mit dem kleinen Medaillon umhing, die ihr einziger Schmuck war, geschah es ohne Anspruch auf eine besondere Bedeutung. Es sollte ihn nur beschützen, nichts weiter. Obwohl sie wußte, daß er wiederkommen werde. Gerade deshalb vielleicht.

Er ging allein zum Bahnhof. Es schneite, nur stiller als damals, als er neben Jumbo einhergegangen war. Die Straßen waren noch leer, die grauen Häuser sahen aus, als wohne niemand mehr in ihnen. Ein Schlepper brüllte auf dem vereisten Strom auf, und der dumpfe Ton ging schwer und drohend über die Dächer hinweg.

Als die Räder seines Zuges sich zu drehen begannen, sah er unter dem hohen, verrußten Glasdach eine kleine Gestalt stehen, im gewebten Mantel, den Griff einer Holzkiste in der Hand, und mit zornigen Augen auf einen großen Mann in einer blauen Bluse blicken, der seine Hand nach dieser Kiste ausstreckte. Daneben stand ein Herr mit einem Zylinder auf dem grauen Haar und einem seltsamen Mantel, mit Pelerinen behangen, und die Leute drehten sich nach ihm um, als sei er ein etwas heruntergekommener Theaterdirektor oder ein Zauberkünstler, der mit einem jungen Gehilfen und einem Vogelbauer von einer ländlichen Zauberreise zurückkomme.

Sie wurden kleiner und kleiner, je weiter der Zug aus der Halle hinausfuhr, aber Jons beugte sich immer noch hinaus, um ihnen zuzusehen, diesen Märchengestalten aus längst versunkener Zeit, mit einer tiefen Schwermut in seinen Augen und einer bitteren Verwunderung um seinen Mund, ob sie denn nicht wüßten, daß inzwischen der Krieg durch diese Halle und über diese Geleise gerollt sei? Ob sie denn nicht zurückkehren wollten in ihre arglosen Wälder, diese beiden Verirrten mit ihren seltsamen Mänteln und dem bunten Vogel in ihrer Hand?

Und erst als eine graue Häusermauer sie seinen Blicken entzog, schloß er das Fenster und blickte von seinem Sitz auf das verschneite Land hinaus. Aber wieder war ihm, als sehe er sie nun dort wandern, den verwehten Weg an den kahlen, gekappten Weiden entlang, zwei ungleiche Gestalten, um deren größere der Wind den Mantel wie eine zerfetzte Fahne trieb, zwei Pilger nach einem unbekannten Ziel, verlacht und verspottet, aber unangefochten in ihrem brennenden Glauben an ihr unsichtbares Schicksal und ihren unsichtbaren Stern.

Er ging den gleichen Weg zur gleichen Kaserne hinunter, den sein Vater damals unter dem hellen Mond gegangen war, und er wußte nun, daß er recht daran getan hatte, nicht in der großen Stadt geblieben zu sein. Zum Kriege, wie er ihn sich dachte, gehörte ein ganzes, ungeteiltes Herz.

Ob er ihn sich richtig gedacht hatte, wußte er am selben Abend noch nicht. Er war vorläufig mit einem jungen Theologen, den sie Tobias nannten, der einzige Freiwillige auf seiner Stube, und die anderen waren ältere Leute, die ihm in der Ausbildung um vierzehn Tage voraus waren. Es war wohl alles so, wie Jumbo es ihm erzählt hatte, nur daß sein Unteroffizier ihn nicht im Hemd das Gewehr über nehmen ließ. Unteroffizier Schneider war von solcher Auffassung der Macht weit entfernt. Er war groß und hager, und sein lang ausgezogener Schnurrbart bedeckte einen sorgenvollen Mund. Ein ungeheurer Sprachschatz der Reichshauptstadt stand ihm zur Verfügung, von dem er einen großzügigen und durch keine falsche Empfindlichkeit gehinderten Gebrauch machte, aber es geschah nur so, wie ein Musiker sein Instrument probt, ein Fagottspieler etwa, ob auch alle Klappen seines geheimnisvoll schimmernden Wesens leicht und gehorsam dem Fingerdruck gehorchten.

„Also det jibts nu nich, junger Mann", sagte er bei der ersten Begrüßung zu Jons, „von wejen Künstlermähne, nach hinten jejossen. Hier jibts nur Scheitel mit preußischem Linksdrall, lakonische Frisur gewissermaßen. Wat sind Se denn eijentlich, junger Mann?"

Er sei Abiturient, erwiderte Jons, und wolle später Arzt werden.

„Nu kieke mal einer an! So'n Professor für ausjejlittene Frauenseelen, wat? So Nerven streicheln quasi frei aus'n Orjanismus, hm?"

Nein, erwiderte Jons, er wolle Armenarzt werden, hier in den Wäldern, in seinem Heimatdorf.

Der Unteroffizier sah ihn noch länger an als vor ein paar Tagen der Schulrat bei der gleichen Antwort, aber er sagte nichts von den Reichen, die man nicht totschlagen solle. „Name?" fragte er nur.

„Jons Ehrenreich Jeromin, Herr Unteroffizier."

„Jons Ehrenreich ... na, junger Mann ... Vater?"

„Köhler und Fischer. Gefallen, Herr Unteroffizier."

„Köhler und Fischer ...", wiederholte Schneider langsam. „Jons Ehrenreich ... Armenarzt ... junger Mann", fuhr er nach einer Weile fort, „wenn Sie Ihren Dienst nich machen, dann kippen Se aus'n Jlied bei mir, verstanden? Aber wenn Se'n juter Soldat sind, dann mach' ick Ihnen 'ne Oase hier, mit meinem Herzen als artesischer Springbrunnen. Klar? Jons Ehrenreich ... Armenarzt ... wat det für 'ne komische Welt is ..."

Es schien Jons nicht der schlechteste Anfang, und er war es auch nicht. Jumbo hatte schlechter anfangen müssen. In der Stube fiel es ihm schwer. Er war zu lange allein gewesen. Aber das gab es ja nun nicht mehr, daß einer allein auszog, um Krieg zu führen. Auch Jung Rolands Zeiten gingen einmal vorüber. Doch war er am Anfang so müde, daß er am Abend nur ihre Gesichter sah, ohne selbst einen Namen mit ihnen zu verbinden, und daß er von ihren Gesprächen nur Bruchstücke wie aus einem Traum vernahm.

Langsam erst floß sein Leben mit den anderen zusammen, und auch dann war es nicht eigentlich sein Leben, sondern nur das, was der Dienst an Körper und Geist von ihm verlangte. Dahinter aber blieb er selbst, das Unberührte und Unberührbare, das, was ihm allein zu eigen war, sein Urteil, sein Gefühl, seine Erinnerungen, seine Hoffnungen. Es war nicht so, wie er gedacht und gewollt hatte, daß er sein ganzes, ungeteiltes Herz in diesen Abschnitt seines Lebens hineintragen würde. Er konnte sich nicht verwandeln. Der Köhlersohn Jons Ehrenreich hörte nicht auf, dem Soldaten Jeromin zuzusehen, meistens verwundert, manchmal lächelnd, manchmal beschämt. Er war kein Soldat. Er fiel auf, durch gutes Schießen und durch eine ungewöhnliche Beherrschtheit und Sammlung seines Körpers und seines Geistes. Sehr angenehm auf, aber er war trotzdem kein Soldat. Er brannte nicht von dem, was er tat. Er sah nur zu, wie etwas brannte, in dem er seinen Namen, seinen Körper, seinen Gehorsam, seine Pflichterfüllung erkannte. Aber das war nicht er. Auch sein Vater hatte wahrscheinlich nicht gebrannt.

Sicherlich nicht. Sein Vater war am Meiler geblieben, bei der Kohle und dem großen alten Buch, in dem sein Denken beschlossen war, und nur das Andere war hinausgegangen, das schweigend Gehorsame. So wie jemand aufstehen muß, um Holz für seinen Herd zu hacken, und solange sein Buch beiseitelegt. Aber er ist kein Holzhacker. Er ist ein Bücherleser, und seine Gedanken bleiben bei dem Buch, indes die Axt auf und nieder geht.

Zuerst verwirrte es ihn, und manchmal betrübte es ihn auch. Er hatte kein geteiltes Dasein bis dahin gekannt. Aber als er dann sah, daß dieser flüchtige Teil seines Wesens, den man in eine Uniform entlassen und für sich selbst leben lassen konnte, ausreichte, um jenes Leben zu führen, es sogar ohne Tadel zu führen, gab er sich damit zufrieden. Wahrscheinlich konnte ein Mensch nicht zu zwei Ämtern berufen sein, nicht zu dem eines Arztes und gleichzeitig zu dem eines Soldaten. Der eine hatte zu heilen und der andere zu töten, und es war ja auch nicht so, daß man diejenigen gleich zu Beginn erschoß, die in ihrem Soldatenhandwerk nicht brannten. Weder der Kaiser noch die Kriegsartikel verlangten das von ihnen. Sie hatten ihre Pflicht zu tun, und Jons wollte das so gut wie jeder andere. Wahrscheinlich wollte er es sogar besser und ernsthafter als viele andere.

Am leichtesten war es mit seinem Unteroffizier. „Kommen Se mal hier lang, Jons Ehrenreich“, sagte er bei einer der Pausen auf den Übungsmärschen. „Hier is 'ne stille Jejend, hier können se uns nich so bekieken. Hier woll'n wir mal eens roochen. Alles Ihr Wald, junger Mann?“

Es gehöre ihm kein Baum, erwiderte Jons, aber es sei trotzdem alles sein Wald.

Und da wolle er nun die Waldleute verarzten? Später, wenn sie aus diesem großen Weltkrieg zurückgekommen seien?

Ja, das wolle er.

Wieder schüttelte Schneider den Kopf. „Komisch“, sagte er. „Ha'm Se denn so 'ne besonders jeneijte Seelenhaltung for de sojenannten Armen?“

Er sei doch selbst einer von ihnen, erwiderte Jons. Und er wisse doch auch am besten, was ihnen fehle.

Das imponiere ihm mächtig, sagte Schneider. Habe ihm gleich damals imponiert. Er sei nämlich der erste, den er in seinem Leben getroffen habe, der „auf die Armen pikant“ sei. Sein Pastor sei das zwar auch, aber eigentlich mehr „mit'n Zungenschlag.“ Und wer eine Frau habe, die von Poliklinik zu Poliklinik wandere, der wisse, wie das so mit der Liebe für die Armen sei. Und ein guter Soldat sei er auch noch. „Na, dann woll'n wir wieder mal 'ne Ecke tippeln, junger Mann.“

Aber Schneider war nicht immer da, und wenn er da war, war er meistens im Dienst. Es wäre besser gewesen, auch die anderen wären immer im Dienst gewesen, die Leute von seiner Stube etwa. Aber am Abend waren sie nicht im Dienst. Der Dienst fiel von ihnen ab wie eine gleichmachende Rüstung, und das andere kam hervor, das Ungleiche, das Friedensgesicht, und nicht immer sah Jons gerne hinein.

Da war der kleine Kaufmann Philipp, und da er dachte, Jons müsse schon jetzt ein großer Arzt sein, so wurde er nicht müde, ihn zu fragen, welche Schüsse am tödlichsten seien. Sein Kaninchengesicht verzog sich zu lauter Sorgenfalten, und er schien zu meinen, daß der Krieg nur ausgebrochen sei, um eine Sache zwischen dem Tod und ihm zu entscheiden. „Ja, aber Herzschüsse?“ fragte er sorgenvoll. „Das kann doch nicht sein, daß man mit einer Kugel im Herzen leben kann?“ Doch, das sei schon vorgekommen. „Komisch, sehr komisch ... aber Bauchschüsse, Jeromin?“ Er sah ihn flehend an, als werde er nun endlich die Bestätigung bekommen, daß wenigstens ein Bauchschuß das Ende bedeute. Wieder nichts. Auch mit einem Bauchschuß könne man leben. Er schüttelte den Kopf und blickte grübelnd auf seine Hände, die müde und leer zwischen seinen Knien hingen.

„Es gibt nur einen Fall“, sagte Jons endlich, „das ist ein Nabelschuß. Dann verlierst du alles, was du hier drin hast. Es läuft aus wie Wasser aus einem Topf, der ein Loch hat. Und dann ist es zu Ende.“

„Du lieber Gott“, stöhnte Philipp, „aber daß es nun gerade der Nabel sein muß ... kann man ihn nicht schützen, Jeromin?“

Natürlich, man könne eine kleine Stahlplatte tragen, und da diese Stelle des Körpers winzig sei im Vergleich zu der übrigen Körperfläche, so könne er nach der Wahrscheinlichkeitsberechnung seine Aussichten feststellen.

Und da war der große Bollmann, Bierkutscher von Beruf, der nur aus Versehen zur Infanterie gekommen war und von dem niemand wußte, ob außer Essen, Trinken und Schlafen Dinge auf dieser Welt waren, die er begehrte, ja, ob er sie überhaupt sah. Er stand wie ein schweigender Stier im Glied, ein Flügelmann, an den man eine ganze Division anhängen konnte, und wie ein Stier tat er alles, was befohlen war: schießen, essen, schlafen, marschieren. Er würde auch wie ein Stier töten. Wenn sie am Abend auf der Stube sprachen, sah er mit kleinen Augen von einem zum andern wie ein Taubstummer, ohne seinen Körper zu rühren. Nur seine Augen bewegten sich. Und wenn jemand fragte: „Was denkst du davon, Bollmann?“, so verzog er den linken Mundwinkel und sagte langsam und deutlich: „Scheißegal.“ Manchmal glaubte Jons, sein Sprachzentrum in der Großhirnrinde sei gelähmt, und er könne nur dies eine Wort aussprechen.

Und da war Paleikat, der „Gelegenheitsarbeiter“, ein Windhund, der in den Nächten über die Mauer verschwand. Ein „fixer“ Soldat, aber niemand wußte von ihm, ob er Holz gehackt oder Menschen erschlagen hatte. Ein lächelnder Stubengefährte mit vielen Künsten, Taschenspieler und Komödiant, Flötenbläser und Akrobat, aber sie sahen ihm alle nach, wenn er fortging, und beim Gefechtsschießen waren sie nicht ganz sicher, ob er das Gewehr nicht heimlich auf den Hauptmann richten würde.

Und da waren die anderen. Ein Arbeiter, der voller Sorgen war, sie könnten in die Wüste Sahara kommen, wenn es einmal mit ihnen losginge, und er hatte Anlaß zu Sorgen, weil er am Wasserwerk der Hauptstadt gearbeitet hatte. Ein kleiner Theologiestudent, der in jeder freien Minute in seinem Testament las und so schweigsam war wie Bollmann. Ein Waldarbeiterssohn, der mit seinem Dienst viel Mühe hatte und nicht wußte, wie sie ohne ihn das Bauholz aus den Schlägen rücken würden. Ein Uhrmacher, der aus winzigen Rädern und Schrauben kleine Maschinen baute, in deren Anblick er lange versank. „Gehen sie nun auch?“ fragte Paleikat. Nein, sie gingen nicht, sie seien nur so da, weil sie so hübsch und schwierig aussähen.

Eine bunte Kameradschaft, und Jons saß manchmal auf seinem Schemel in der Ecke und sah sie nachdenklich an. Ein ausgebranntes Feuer, ein kalter Rauch. Noch nicht zwei Jahre vergangen, und das Vaterland war ihnen schon eine leere Hülse, ohne Samen oder Frucht. Es war nicht allein ihre Schuld, es mußte auch Schuld des Vaterlandes sein. Sie hatten versäumt, einen Begriff mit Leben zu erfüllen. Sie hatten ihn mit Worten und Gesetzen erfüllt, und im Feuer des Krieges und der Not waren Worte und Begriffe ausgetrocknet und verbrannt. Nur das eigene kleine Leben war geblieben, und nun war es in Gefahr. Was sie lernten, Schießen, Fechten, Marschieren, lernten sie eigentlich nur um dieses Lebens willen. Ein Soldat vergaß sein Leben, wenn er an den Feind dachte, aber vor diesen stand es riesengroß auf als das von allen Seiten und mit allen Mitteln Verwundbare, und sie suchten nach einer Stahlplatte für ihre sterbliche Stelle.

Die anderen hatte der Krieg schon verzehrt, die Glühenden, Begeisterten, Todgeweihten. Er hatte sie viel rascher verzehrt, als man erwartet hatte, und sie hatten sich ihm achtlos und berauscht hingegeben. Die Soldaten waren dahin, und nun standen die Bürger auf. Noch waren sie durchsetzt von Trägern des Glaubens und des Mutes, oder wenigstens von denen der Pflicht, aber einmal würden sie unter sich sein, eine müde, kleinmütige, waffenbehängte Masse, in die der Tod wie in eine Schafherde fahren würde.

Etwas war falsch gewesen, dachte Jons. Das meiste sogar. Etwas war versäumt worden, und es ließ sich nicht mehr einholen. Schulen und Kanzeln hatten nicht ausgereicht, das Volk zu glühen, wie man Kohlen im Meiler glüht. Das Wort war zu mächtig geworden, ein klingendes Erz und eine tönende Schelle. Nun ließ man sie marschieren, schießen und gehorchen, und für den Exerzierplatz reichte es aus. Aber für den Tod würde es nicht ausreichen. Der Tod schlug nicht mit Worten zu. Die großen, schweren Mächte des Daseins waren stumm, aber es brauchte mehr, vor ihren ehernen Augen zu bestehen als die flüchtige Übung einiger Wochen. Es bedurfte eines Lebens, wie Jakob es gelebt hatte, oder einer schweigsamen, spöttischen, adligen Seele, wie Jumbo sie gehabt hatte. Der Krieg war mehr als ein kleiner Daseinskampf um Miete, Wasser und Brot.

Er dachte, wie es sein würde, wenn er so daliegen müßte wie Jumbo, und ob einer von diesen ihn forttragen würde. Er glaubte es nicht. Es würde ein einsamer Krieg für ihn sein, wie es ein einsames Leben gewesen war. Nur Schneider würde bei ihm bleiben, wenn er mit ihnen hinausginge. Er hatte keine hohe Schule besucht und wußte nichts von Leonidas oder sogenannten Idealen. Er war nichts als ein Metalldreher mit einer kranken Frau und zwei blassen Kindern, die zu wenig Sonne in ihrem Hinterhof bekamen. Aber er wußte eine ganze Menge von dem, was man Pflicht und Anständigkeit nannte. Das Vaterland hatte sich nicht viel um ihn bekümmert, aber das hatte ihn nicht verdrossen. Er dachte ziemlich gering von Pfarrern, Abgeordneten, jungen Leutnants und „Unabkömmlichen“, und er drückte diese geringe Meinung in einer starken und blühenden Sprache aus. Aber Jons meinte, daß man mit ihm gut am Meiler würde sitzen können, oder fischen, oder ein abgebranntes Dorf aufbauen. Kein Mann, um mit dem Direktor über die Ideen des Perikles zu debattieren, aber ein Mann zum Helfen und Heilen, einer von den stillen Tagelöhnern am großen Bau der Zeiten.

Nein, es waren keine leichten Wochen für Jons. Manchmal stand er beim Gewehrreinigen, das Schloß in der Hand, und starrte auf das bläulich schimmernde Metall, in dessen nüchternen und sauber ineinandergefügten Teilen die Präzision des Tötens mit einer klaren Handschrift geschrieben stand. Aber er sah weder das Schloß noch den Tod. Er sah die kleine Kammer mit dem erloschenen Ofen und dem blaugewürfelten Bett, auf das die hochmütigen, mißbilligenden Blicke der schönen Wachsbüsten gerichtet waren. Er sah Margreta mit den beiden schweren Handtaschen von den Kohlenlagern kommen und vor dem kleinen Feuer sitzen, die Hände im Schoß, die großen, schwermütigen Augen in die Flamme gerichtet. Vorbei die Sommerzeit, Glück und Verborgenheit. Eine drohende Zukunft hinter den Fensterscheiben, oder eine leere Zukunft, und das Leere war noch bedrückender als das Drohende. Nur die Erinnerung war, der Besitz der Besitzlosen.

„Ha'm Se 'ne Erscheinung, junger Mann?" fragte Schneider gutmütig und nickte ihm verstohlen zu, wenn der leere, abwesende Blick ihn traf. Ach, er selbst hatte mehr als nur *eine* Erscheinung.

Schwere Stunden auch, wenn er zu kurzem Urlaub ins Dorf kam. Die Mutter vor dem Herd, ungebeugt noch immer, den erloschenen Blick mitunter auf seine Uniform gerichtet, als sei er es gar nicht, der in ihr umhergehe, sondern ein anderer, ein Toter. Der Vater wahrscheinlich oder, wenn nicht er, dann alle die anderen Toten des Dorfes, aller Dörfer. Keine bestimmten Gesichtszüge, sondern eben der allgemeine Tod, der Räuber der Dörfer, der Schlächter der Jugend wie des Alters, der Erbfeind aller Mütter dieser Erde.

Und Maria immer noch auf ihrem Weg zum Walde hinter der „Armen Sünde", das Kind auf dem Schlitten, die verschneite Straße entlang. Kein Zweifel, keine Angst, aber in dem schönen jungen Gesicht nun die ersten, kaum sichtbaren Zeichen langer, einsamer Nächte, schwerer Gedanken, quälender Bilder, und auch hier die Zukunft wie Nebel über dem Moor.

Not im Dorf, Krankheit, manchmal Hunger. Und eine bittere Verachtung derer, die ein Beispiel geben sollten und das Beispiel lieber den Dörfern überlassen. Der liebe Gott verhüllt und verborgen, in unendliche Sternwelten entrückt, aber die Kanzeln noch immer tönend, als sei er noch da, unverändert wie immer, Brot und Gerechtigkeit in der ausgestreckten Hand. Die Gendarmen stiller und wachsamer als sonst, in den Ställen, in den Scheunen, an den Mieten, auf den Äckern. Korsanke grau und ohne Freude, widerwillig, und manchmal auf ein Schwein oder einen Sack mit Roggen starrend, als sehe er nichts, gar nichts, nur eine leere Stallwand oder eine von Rissen durchzogene Tenne.

Stilling alt und müde, in tiefen Gedanken vor der Weltkugel, die sich so ruhig dreht, als lohten nicht überall die tödlichen Feuer aus den blauen Kontinenten, und nur hin und wieder mit einem Blick der Sorge seinen früheren Schüler streifend.

„Keine Angst, Herr Stilling!“ sagte Jons zuversichtlich. „Nicht alle Fische gehen ins Netz.“

„Ja, ja, Jons“, erwiderte er still. „Ich möchte nur nicht, daß alles zerrinnt, was ich gehofft habe. Du weißt doch, daß ich nur noch von dir lebe, nicht wahr? Ein richtiger Vampyr. Sie sollten mit den Alten Krieg führen, weißt du. Mit den Sechzigjährigen und darüber, und die Kaiser und Staatsmänner sollten sie anführen. Um sie alle wäre es nicht so sehr schade, denn sie haben das Ihrige getan. Aber um die Jugend ist es schade, denn niemand kann sie ersetzen. Die Alten würden zuerst Reden halten, große Reden und mit ihren langen Pfeifen drohen, und dann würden sie aufeinander losgehen. Es wäre so viel schneller zu Ende, eine menschlichere Sache. Und die Testamentsvollstrecker würden so viel Arbeit bekommen. Aber nun nehmen sie uns alles weg, die jungen Ärzte, die jungen Dichter und Lehrer wie Gollimbeck. Überall, auch bei denen da drüben. So leer wird die Welt, Jons, so schrecklich leer. Und wenn sie sich zehn Jahre ausgeruht haben, fangen sie von vorne an.“

„Ja, Herr Stilling, wir würden sie etwas besser gemacht haben, diese gute Mutter Erde.“

„Ach, Jons, ich weiß nicht, ob besser. Alte Leute sollten ja nicht mehr zweifeln, aber manchmal denke ich doch, er hätte sie anders machen können. Ein bißchen anders. Wenn ich jetzt wach liege, und ich brauche ja jetzt wenig Schlaf, dann versuche ich zusammenzurechnen, wie viele Tote eigentlich zusammenkommen seit vier- oder fünftausend Jahren. Nicht die natürlichen Toten, sondern die anderen. Krieg, Seuchen, Gewalttat und so weiter. Ich nenne sie die Prüflinge, weil die Pfarrer das Ganze so gerne die großen Prüfungen nennen. Das meiste bleibt ja im Dunklen und läßt sich nur schätzen. Aber weißt du, daß ich auf ein paar Milliarden gekommen bin, Jons? Und weißt du, daß eine Milliarde gleich tausend Millionen ist?“

Er schrieb die Zahl mit seiner zitternden Hand in die Luft und sah ihr nach, als schwebe sie dort mit glühenden Zeichen im leeren Raum.

„Zwei- oder drei- oder viertausend Millionen, Jons, und

manchmal denke ich mir aus, wievielmal man sie um die Erde legen könnte, um den Äquator zum Beispiel. Weißt du es, Jons?"

Nein, er wußte es nicht.

Stilling drehte die Weltkugel langsam einmal um ihre Achse und sah zu, wie die dunkle Linie des Äquators sich abrollte. „Ich will es dir sagen, Jons", sagte er leise. „Wenn du auf jeden Meter zwei Tote nebeneinanderlegst, und soviel Platz brauchen sie schon, um einigermaßen ordentlich zu liegen, dann mußt du sie fünfzigmal übereinanderlegen, verstehst du? Auf jeder Strecke von einem Meter mußt du hundert Tote unterbringen ... Manchmal, wenn die Nächte still sind und der Mond scheint, sehe ich sie ganz deutlich, so wie einen Kranz, den du um eine Kugel legst, und ich denke mir, daß Gott sie von ferne so wie den Ring des Saturn sieht, einen kalten, schweigsamen, erstarrten Ring. ‚Was mag er sich denken dabei?' frage ich mich. Denkt er nur, daß es unsre Schuld ist? Aber Seuchen zum Beispiel sind ja gar nicht unsre Schuld. Oder denkt er, daß die Erde nun bald reif sein wird für seine Gnade?"

„Ich weiß es nicht, Herr Stilling", sagte Jons leise.

„Ich auch nicht, Jons. Aber siehst du, mit fünfundsechzig Jahren willst du nicht gern glauben, daß du dein Leben lang ein Dummkopf gewesen bist, obwohl die Schwester es manchmal sagt. Siehst du, du ziehst einen Zaun um dein Grundstück, einen Eichenzaun, braun und wunderbar fest, und denkst, er hält nun für deine Kinder und Enkelkinder. Und wenn du an ihm entlanggehst und fährst mit einer dünnen Rute an den Sprossen und Pfählen entlang, wie die Kinder es gern machen, so fällt er um. Still und gehorsam, Pfähle und Riegel und Staket. Und dann siehst du, daß alles aus braunem Papier war. Du hast ordentlich bezahlt, viel Geld sogar, und sie haben dich betrogen, auf eine plumpe Weise betrogen, weil sie gemeint haben, du seist blind oder dümmer, als die Kinder sind."

„Es ist einfacher, Herr Stilling, wenn wir den lieben Gott aus dem Spiel lassen und es allein auf unsre Schultern nehmen. Schöner sieht es auch nicht aus, aber es ist einfacher. Und es bleibt uns auch mehr für die Zukunft zu tun."

„Ja, ja, die Zukunft, Jons ... hast du nicht gesehen, daß die Kinder schon andre Augen bekommen haben, Jons? Dunkle und müde Augen, wie Kinder sie nicht haben sollen? Nun laß es noch zwei Jahre so gehen oder fünf Jahre. Weshalb müssen es immer die Kinder sein, die die schwerste Last zu tragen haben? Viel Arbeit wirst du haben, Jons, wenn du einmal hier leben wirst."

„Überall sind sie auf der Erde, Herr Stilling, die auf diese Arbeit warten. Soviel ernste, gute Augen habe ich gesehen, in den Vorlesungen, in denen ich war. Und in der ganzen Welt ist es so. Wenn diese Heere ihre Arbeit getan haben, dann fangen die andern an. Die stilleren Heere. Und einmal wird ihnen doch die Welt gehören."

„Glaubst du es, Jons?"

„Ja, ich glaube es ... auch der Vater hat es geglaubt."

Aber wenn er sich dann am Abend auf den langen Heimweg machte und er vom Waldrand aus das Dorf noch einmal liegen sah, mit den grauen Dächern unter dem schneeverhangenen Himmel, mit den spärlichen Lichtern hinter den kleinen Fensterscheiben und dem toten Pfarrer, der von seinem Hügel schweigend über das alles hinsah, dann ermaß er doch, wie groß dieses stille Heer würde sein müssen, um in alle solche Dörfer das Wasser des Lebens zu bringen, wie groß, wie geduldig, wie entsagend, wie tapfer, und mit wieviel unendlicher Liebe begnadet.

Es machte ihm Freude, an einem der letzten Sonntage Schneider mitzunehmen. Sobald die großen Wälder sie aufnahmen, wurde der lange Korporal schweigsam, und er blieb es auch bis zum Schluß des Tages. „Ick rede so komisch", sagte er zu Jons, „und det vablüfft de Leute." Aber er stand lange am Ausgang des Waldes und blickte auf das kleine Dorf, das so still und verloren unter seinen weißen Dächern lag. „Wenn du nu denkst", sagte er, „det se nu hier eene Lage nach de andere ringeschickt haben, in de kleenen Dächer ... is doch schade drum ..." Er schüttelte nachdenklich den Kopf und sah Jons von der Seite an. „Student und Armenarzt", sagte er, „und alles aus so'n kleenen Kaff ..."

Er sah mit runden Augen auf Frau Marthe und saß vor

ihrem Herd, ließ sich von Christean seine Engel und Tiere zeigen und erzählte ein bißchen von den Schlachten, die er mitgemacht hatte. Aber er saß auf seinem Schemel wie auf einer Kiste Dynamit, und als sie wieder auf dem Hofplatz standen, atmete er tief auf. „Det is 'ne komplizierte Familie, junger Mann ..." sagte er. „Mit dir ha'm se wat vor, de sojenannten Jötter."

Sie waren bei Stilling, bei Maria und in der „Armen Sünde", und über Mittag gingen sie über das Eis zur Insel hinüber. Der große weiße Hügel lag in unberührter Großartigkeit unter den kahlen Eichen. Schneider hörte zu, was Jons von ihm erzählte, und manchmal fuhr er sich mit den Handschuhen über die Augen, als träume er.

Abends, auf dem Heimweg, saßen sie noch eine Weile an der kalten Feuerstelle der Meilerhütte. Das große Buch lag aufgeschlagen auf der Tischplatte. Über der Zylinderöffnung der Lampe war ein Spinnennetz gesponnen. „Hier hat er gelebt", sagte Jons leise.

Gegen Ende des Monats kamen die ersten Nachrichten von der großen Schlacht im Westen zu ihnen, wo um Wälder, Schluchten und Panzerwerke gerungen wurde und der Name der großen Festung mit Blut an den verstörten Himmel geschrieben stand. „Ahnste wat, junger Mann?" sagte Schneider zu Jons, als sie vor dem Heeresbericht standen. „Ick ahne wat."

Zwei Wochen später wurden sie eingekleidet am späten Nachmittag, so schnell, daß der Kammerunteroffizier nur in den wildesten Flüchen sprach. Aber Schneider ging dreimal unerschütterlich mit Jons' Stiefeln zurück, bis er die richtigen gefunden hatte. „Zu 'ne Heldenpose, mein Lieber", sagte er zu dem Tobenden, „muß det Jangwerk prima sein."

Dann stand er voller Sorgen vor seiner Korporalschaft und betrachtete sie sich. „Wenn ick so denke", sagte er langsam, „det ihr in acht Tagen nu feldjraue Helden sein sollt, dann kann ick mir nur wundern. So wundern, det ick mir über mir selbst wundere." Mit dieser tiefsinnigen Äußerung verließ er kopfschüttelnd die Stube.

In der Nacht wurden sie verladen. Der erste Frühlingssturm kam von den Wäldern her, und unter dem halben Mond hörte

Jons die Gänse nach Norden ziehen. Er stand vor seinem Abteil, den Mantelkragen hochgeschlagen, und sah auf die dunkle Linie, die im Süden den matten Horizont begrenzte. Nicht viel war es, was ein Soldat mitnahm, nur so viel, wie er auf seinen Schultern und an seinen Hüften tragen konnte. Aber mit seinen Augen konnte er viel mitnehmen, alles, die ganze Welt, und sie drängte sich in jener dunklen, schweigenden Linie zusammen, über der die Vogelscharen aufzogen, und in ein paar Gesichter, die dazwischen in einem farbigen Nebel standen. Er nickte ihnen schweigend zu und stieg ein. Auch sprach er unterwegs nicht mehr als die nötigsten Worte.

Drei Tage später, in einer ebenso stürmischen und halb erhellten Nacht, wurden sie ausgeladen, am Rande einer Ebene, hinter der sie einen Kranz bewaldeter Hügel erblickten. Die Hügel lagen schwarz und stumm, aber hinter ihnen loderte der ganze Himmel in einer weißrötlichen Glut, und farbige Sterne stiegen und sanken unaufhörlich empor und hinab. Durch das Brausen des Sturmes hörten sie ein fernes, dumpfes Brodeln, als koche Metall in einem winddurchzogenen Ofen, und da sie es noch nie gehört hatten, ordneten sie sich wohl schweigend, wie die leisen Flüche es ihnen befahlen, aber ihre Ohren hörten die Flüche gar nicht, sondern lauschten wortlos jener fernen Brandung, und über ihre jungen und alten Gesichter glitt der Schein jener weißrötlichen Glut wie über eine Reihe von Masken, von denen niemand wußte, was sie bedeckten.

Die Straße war zerklüftet und zerfahren, und als sie aufhörte, empfing sie ein aufgewühltes Feld, Wasserlöcher, in denen ein kalter Mond sich spiegelte, Mauerreste, zu Staub gemahlen, Schluchten, in die sie blind von Schweiß und Dunkelheit hineinstolperten, und zersplitterte Baumstümpfe, die ehemals ein Wald gewesen waren.

Von Zeit zu Zeit, mit der Regelmäßigkeit einer stählernen Maschine, zog eine dumpf heulende, unsichtbare Bahn über sie hinweg, und weit hinten, unwahrscheinlich weit, zerriß ein Feuerschein die Nacht, und der Wind trug ihnen das Dröhnen des Einschlags zu, dumpf, von hellen Obertönen begleitet, als stürze Stahl, Glas und Mauerwerk über einem ungeheuren Krater zusammen.

„Koffer, ooch Brocken jenannt“, sagte Schneider erklärend, aber niemand gab eine Antwort.

Der Führer drehte sich nicht ein einziges Mal um. Seine Augen gingen nur suchend und sorgenvoll über das Gewirr der Schluchten und Waldstücke, und manchmal blieb er stehen, wenn eine der näher gekommenen Leuchtkugeln einen matten Glanz über die Landschaft warf. Dann hob er wieder den Arm, und die dunkle gebeugte Linie folgte ihm weiter in die Nacht hinein.

„Jeht's noch, junger Mann?“ fragte Schneider leise.

„Keine Sorge, Korporal“, erwiderte Jons.

Im Morgengrauen stolperten sie in einen verschütteten Graben, auf dessen Rändern Tote lagen, und ein unrasierter Leutnant mit grauem Gesicht nahm sie schweigend in Empfang. Sie fielen hin, wo sie standen, auf eine nasse Erde, die nach Gift und Verwesung roch, und niemand hatte etwas dagegen.

Jons schlief sofort ein, noch während seine offenen Augen der Spur einer Leuchtkugel folgten. Er fühlte noch mit schwindendem Bewußtsein, daß Schneider eine Zeltbahn über ihn breitete, und er hörte die vertraute, sorgenvolle Stimme wie hinter einer fernen Wand: „Wenn ick mir det nu ansehe . . .“

Aber er wußte nicht mehr, was der Unteroffizier nun ansah.

XXI

Wenn der Leutnant mit dem grauen Gesicht nun fragte, ob es schwer sei, etwa wenn er die wenigen Posten abging und Jons in den Lehm des Grabens gelehnt fand, das Auge am Sehschlitz des Schutzschildes, so war Jons um eine Antwort verlegen. Er wußte nicht, ob es schwer war. Und wichtiger war, daß der Leutnant wahrscheinlich unter diesem Wort etwas ganz anderes verstand als er selbst. Der Leutnant sah darin das niemals schweigende Feuer, den Hunger, den Durst, den Tod, die Verstümmelung. Aber für Jons war dies eigentlich nicht „schwer". Der Krieg legte es ihnen auf, wie das Leben ihnen Tage und Nächte auflegte. Man brauchte einige Zeit, um sich daran zu gewöhnen und die kalte Angst zu besiegen, die mit dem schweren, glühenden Eisen vom Himmel herunterheulte. Aber dann war es eigentlich überstanden, und das Leben ging weiter, in einer eigentümlichen Dumpfheit, als trage man nicht einen einzigen Stahlhelm auf der Stirn, sondern viele, unzählige, ja, als sei das ganze trübe, rauchige, feurige Himmelsgewölbe ein einziger schwer drückender Helm. Es ging weiter, hatte seine Pausen, seinen kümmerlichen Schlaf, seine noch kümmerlicheren Freuden, nur daß es gleichsam schwebender geworden war, als liege es auf einer Waage. Tag und Nacht flossen mehr ineinander als früher, und der Begriff des „Morgen", des „Übermorgen" hatte sich aufgelöst zu bloßen Worten, weil das Gefühl der Zeit erstorben war und Minuten oder Stunden oder die „Ewigkeit" nicht viel voneinander unterschieden waren.

Nein, „schwer" war etwas anderes. Das Bild einer verwüsteten, zerrissenen und ganz und gar ohnmächtigen Erde etwa, auf die der schräge Regen fiel, der die Toten langsam in sie hineinwusch. Keine ernste, fruchtbare Erde, wie er sie kannte, feierlich aufgetan, um feierlich gekleidete Tote zu empfangen, sondern Schmutz, Verwüstung, Gesetzlosigkeit, in der auch die Toten ebenso schmutzig, verwüstet und gesetzlos umherlagen. Die Zerstörung aller festen und geheiligten Bilder, die er aus seinem Walde mitgebracht hatte, die Auflösung alles Hergebrachten, das ihn mit dem Vater und Großvater verband.

Schwer auch anzusehen, wie ganze Reihen junger, lebendiger Menschen aufstanden und fast im gleichen Augenblick niedersanken, verkrümmt, verbogen, zerstört. Nicht eigentlich der Tod, sondern das Wilde, Achtlose, fast Spielerische seiner Gebärde. Die Nichtachtung des einzelnen Lebens, der Fußtritt einer blinden Macht gegen das, was in dieser Hölle der Vernichtung doch eine Krone trug, und wenn es nur die Krone des Gehorsams und der Tapferkeit war. Die seelenlose, schmutzige Sicherheit eines Schmiedehammers, der in adlige Gesichter schlug.

Schwer auch der Wettlauf mit diesem grinsenden Tode, wenn man Munition oder Essen oder Trinkwasser von weit hinten holen mußte. Nicht daß er darauf ausging, das eigene Leben zu zerstören, sondern Nahrung und Gnade für die anderen. Das verruchte Keuchen durch verpestete und weglose Schluchten, die Flammenblitze der Einschläge, niemals zu berechnen, das verlorene und heimatlose Stöhnen der Verwundeten, in die blutige Erde geworfen und mit blinden Augen in den Vorhang aus Feuer und Qualen starrend.

Aber am schwersten doch die Gedanken, wenn man um die Abendzeit hinter ein paar zerrissenen Sandsäcken lehnte und auf die rauchende Linie blickte, die Himmel und Erde voneinander schied. Eine leere Erde, auf der alle menschliche Spur erloschen war, ein verwüstetes Feld, über das ein eiserner Hagel gefallen war. Blaue und graue Flecken darüber hingestreut, wie von vergessenen Garben. Schwarze, zerrissene Bäume, aber lebendige Bäume, denn der leise Wind trieb sie langsam vor sich her, bis sie wie Nebel verwehten. Schluchten, über denen es wie weißliche Wolken hing, und am Horizont die Hügel mit den Namen, die dem Tod entlehnt waren.

Und darüber nun der Himmel. Ein riesiger, unverhüllter Himmel, mit grauen Regenwänden, die schräge und drohend über den Hügeln lehnten. Und hinter den Regenwänden oder in den tiefen Klüften zwischen ihnen die wildgetürmten Massen von brandigem Rot und schwefligem Gelb, mit denen eine erstickte Sonne versank. Glühende Schlacken, die wie auf den Halden des Jenseits lagen, als ständen auch dort drüben die Füße der Heiligen im Feuer. Ein ungeheurer, brennender Abendraum, bereit für die Aufnahme der Toten, ohne Segen, ohne Verheißung, ja selbst ohne Gewißheit des Morgens.

Und diese tote Linie hinauf und hinab wandern die Gedanken. Die sich langsam von der Klammer des Gehorsams und der Pflicht lösen und auf die Suche nach der Wahrheit gehen, nach dem Sinn dessen, was hier unter diesem Himmel geschah. Alles anders, als man es bisher gelernt oder erfahren hatte, anders als das überkommene Gut von Vätern und Ahnen. Anders als die Ethik der Katheder, die Religion der Kanzeln. Aber trotzdem mit denselben Worten verbrämt und geschmückt.

Und selbst wenn man Gott für einen Traum hielt, für einen Becher, den die Weisen oder Angstvollen für die Lippen der Sterbenden erfunden hatten, wenn man es als ein ausschließliches Werk des Menschen betrachtete, was hier blutig und grauenvoll vor sich ging: was war der Mensch für ein Wesen, wenn er seine Hände dazu hergab, dieselben Hände, die nicht müde werden konnten, Trost und Barmherzigkeit auszugießen?

Er sah sich um und sah die grauen, erschöpften Gesichter, ohne Haß, ohne Blutdurst, nur müde, grenzenlos, unsagbar müde. Müde von ihrem eigenen Werk und doch diesem Werk unlöslich verbunden. Keiner von ihnen stand auf und ging davon, keiner blieb zurück, wenn der Befehl sie aus dem blutigen Graben in den nächsten trieb. Er selbst, Jons Ehrenreich Jeromin, aus den stillen Wäldern am anderen Ende der Erde, stand nicht auf und ging davon, kam nicht einmal auf den Gedanken, es zu tun, und hatte noch vor zwei Monaten über stillen Büchern gesessen, über Versen, über Krankheitsberichten, über den Lebensbeschreibungen der großen Todbesieger. Noch vor zwei Monaten hatte er ein anderes Leben an seinem Herzen gehalten, ein zu schützendes, zu bergendes, zu behütendes Leben, und nun war alles Leben wie ein Sandkorn, zu dem geringsten aller Güter erklärt, und derjenige der Strafe oder Verachtung preisgegeben, der in ihm den kostbarsten Edelstein der

Schöpfung sah, das, woran sie Millionen und aber Millionen von Jahren gearbeitet hatten, mit einer unendlichen Geduld, über Sintfluten, Feuerströme und Eiswüsten hinweg.

Auch Schneider verstand es nicht. Er war noch hagerer geworden, und wenn sie einmal ein paar Stunden Ruhe hatten, stand er finster und alt bei seiner Gruppe, als müßte er auch die Schlafenden noch bewachen, damit sie ihm der Tod nicht noch im Schlafe stehle.

Ja, auch aus den kleinen Leuten der Garnison war mehr geworden, als Jons von ihnen gedacht hatte. Zwar, Paleikat war gleich am zweiten Tage verschwunden, in einer der feurigen Schluchten, und obwohl sie ihn als vermißt meldeten, hatten sie keinen Zweifel darüber, daß er sich in einem Feldlazarett oder noch weiter hinten eines verhältnismäßigen Wohlseins erfreute. Aber die anderen waren da, keine Helden, die den Augenblick des Sturmangriffs nicht erwarten konnten, aber doch Helden der Ausdauer, der Geduld, der Marterung. Winzige Bruchstücke des großen Heeres der Märtyrer, die kein Heeresbericht nannte, kein Orden schmückte, und ohne die diese Wälder, Hügel und Schluchten doch längst verloren gewesen wären.

Philipp hatte keine Stahlplatte gegen den Tod gefunden und es bald aufgegeben, sie zu suchen. Seine Vorstellung vom Tode als eines einsam und lautlos fliegenden, winzigen Stahlgeschosses war längst erweitert worden. Noch immer starrte er mit verstörten Augen auf die wandernden Fontänen des Todes, aber er machte keinen Versuch, ihnen zu entfliehen. Er drückte höchstens sein Gesicht in den nassen Lehm, und unter dem zu großen Stahlhelm sah dieses Gesicht immer wie das eines weinenden Kasperle aus, dem der Teufel über dem Rand der Kiste erscheint. Er weinte, aber er ging nicht fort. Er blieb da, halb verschüttet und betäubt, hungernd und frierend, schlaflos und gehetzt, aber er blieb da.

Und so blieben auch die anderen. Bollmann, finster und lehmbeschmiert, wie ein Stier, der aus einem Sumpfbad aufgestiegen ist. Der Waldarbeiterssohn, der längst vergessen hatte, sich um sein Bauholz Sorgen zu machen, und der kleine Theologe, noch schweigsamer als sonst, der in seinem Testament las und der manchmal nachts, wenn die Geschütze einmal schwiegen und nur die kalten Sterne der Leuchtkugeln über ihnen hingen, auf dem Grabenrand stand, frei und ohne Deckung, und die Verse der alten Verheißungen über das verwüstete Feld sprach, das nun unter dem fahlen Licht der lautlos sinkenden weißen Kugeln wie eine Kraterlandschaft des Mondes dalag.

„Selig sind, die da Leid tragen“, sprach er vor sich hin, so laut, daß man es bis in die kleinen Stollen hinein hören könnte. „Selig sind, die da Leid tragen, denn sie sollen getröstet werden“, und die großen, feierlichen Worte der Seligpreisungen gingen über das schweigende Feld, über die verbogenen Drähte und die Trichter, in deren Kraterseen sich der kalte Mond spiegelte oder der ebenso kalte Glanz der Leuchtkugeln, hinüber bis zu der anderen Seite, wo die weißen, gelben oder schwarzen Gesichter sich lauschend hoben. Die großen Worte, die vor zweitausend Jahren über eine ebenso öde, schweigende Landschaft geklungen waren, die an allen Orten der Erde unzählige Male wiederholt worden waren, flehend, beschwörend, verheißend, und die doch von der Erfüllung der Verheißung so weit entfernt waren wie damals. In der schweigenden, toten Dämmerung zwischen den Gräben, in der doch in jedem Augenblick der Tod brüllend und ungeduldig aufspringen konnte, schien diese stille, sanfte Stimme von allem Menschlichen abgelöst zu sein, freischwebend in einem erstorbenen Raum, als sei sie die abgeschiedene Stimme aller Toten dieser zerrissenen Erde. Etwas Hoffnungsloses, lange Vergangenes schwang in ihren Worten und doch auch eine sanfte, träumerische Besessenheit. Der Versuch, das Erbarmungslose aller gewesenen und kommenden Stunden mit dem Wort zu überwinden, mit dem Wort, das doch vielleicht stärker war als die Gewalt geschleuderten Stahles, weil es nicht aus toten Geschützrohren kam, sondern aus dem lebendigen Grunde eines Menschenherzens.

Als es das erstemal geschah, lachten sie hier und da, oder sie fluchten, und ein paar erschrockene, verirrte Geschosse kamen von der anderen Seite, klirrten im Drahtverhau und hoben sich singend hoch über sie hinweg in den nächtlichen

Raum. Aber dann war das Wort doch stärker als Lachen oder Flüche, durchdringender und siegreicher in seiner Sanftheit, und gerade das Unangemessene und fast Sinnlose der Handlung fiel wie ein geheimnisvoller Zauber über ihren Widerstand. Sie sahen die kleine, schmale Gestalt auf dem Rand des verfallenen Grabens stehen, ohne Gebärden, ohne Feierlichkeit, den Stahlhelm in den gefalteten Händen, ein Mann, der so allein war wie in der Wüste, ein Kind eigentlich erst, und das Rührende seines Versuches ergriff sie, das Kindliche, mit dem ein Kind vor einer stählernen Welt stand und mit einer Kinderstimme die stählernen Tore zu beschwören suchte.

Der Leutnant saß im Graben, dicht daneben, und man sah nur den kleinen roten Punkt seiner Zigarette glühen. Aber wenn eine neue Leuchtkugel stieg und ihr Licht langsam entfaltete, sah man sein ganzes Gesicht, wie es zu dem Sprechenden hingewendet war, ein Gesicht ohne Lächeln oder Flüche, ein stilles, etwas verwundertes Gesicht, als ständen die Tage der Kindheit vor seinen müden Augen wieder auf und er sähe ihnen zu wie ein alter Mann, der lange vergessen hatte, daß er einmal ein Kind gewesen war.

Und wenn es zu Ende war, stieg der kleine Soldat wieder in den Graben hinunter, wickelte sich in seine Zeltbahn und legte seinen Kopf in die nasse Erde wie die anderen. Es war ihm anzumerken, daß er nach seiner Meinung nichts Besonderes getan hatte oder auch nur hatte tun wollen. Außer daß es ihn vielleicht getrieben hatte, dieser Welt seine eigene entgegenzusetzen, damit er eine Nacht und einen Tag wieder gegen sie bestehen könne. Aber es erfüllte sie alle, auch die Wildesten, mit einer stillen Hochachtung vor ihm. Davor, daß aus einem verschütteten Brunnen wieder einmal das einfache Menschenbild aufgetaucht war, ohne Anspruch auf Tapferkeit oder besondere Taten. Und davor, daß jemand sich die Mühe machte, dieses verschüttete, verschlammte und verwundete Menschenbild wieder zu reinigen und zu trocknen, wo er doch wußte, daß die nächste Stunde und spätestens der nächste Morgen es wieder in die schmutzige Tiefe hinabschleudern würde.

Auch Schneider, der eine so geringe Meinung von dem „Zungenschlag" der Theologen hatte, saß still da, in seine Zeltbahn gehüllt, und hörte zu. Er schüttelte zwar den Kopf, wenn der kleine „Tobias", wie er ihn nannte, wieder in den Graben gestiegen war, aber er zupfte Jons doch vorsichtig am Ärmel, um zu sehen, ob er schlafe. „Det erjreift mir, Ehrenreich", sagte er leise. Ein Schimmer seines alten spöttischen Lächelns erschien unter dem langen, nun traurig gewordenen Schnurrbart, eines Spottes, den er gegen sich selbst richtete, aber trotzdem wiederholte er nachdenklich: „Det erjreift mir, Jons ... so'n Steckkissenkind und steht so da, vis-à-vis de janze Atmosphäre, und redet von die Hinterbliebenen. Det erjreift mir wirklich, Jons."

Auch Jons ergriff es, und er machte gar keinen Versuch, es zu verbergen. Er hätte nur gern gewußt, wie es in der Seele dieses kleinen Kameraden aussehen mochte, wenn er auf die Grabenwand stieg. Aber Tobias, als er ihn am nächsten Morgen fragte, konnte es ihm nicht erklären. Ja, er verstand gar nicht, daß da etwas zu erklären sein sollte. „Ich lebe doch darin", sagte er nur. „Wie sollte man denn anders hier leben können? Und da ich darin lebe, so spreche ich davon, wie ihr euch Geschichten erzählt."

„Aber wie lebt man darin?" fragte Jons leise.

Tobias sah ihn an, und Jons bemerkte zum erstenmal, was für schöne, sanfte Augen er hatte. Große, braune Kinderaugen, in denen selbst diese Erde sich als ein reines Bild spiegelte.

„Das kann man nicht erklären", sagte er. „Man glaubt, daß es das Größte ist, was jemals gesagt und auch gelebt worden ist. Man glaubt es so, daß man es weiß, und dann ist alles dieses hier nur ein großer Irrtum. Ein Fiebertraum. Und sobald ich die Worte spreche, legt sich seine kühle Hand auf meine Stirn, und das Fieber ist zu Ende. Die Klarheit ist wieder da, das, was bleiben wird, wenn hier schon längst wieder Wälder rauschen werden."

Und er habe auch keine Angst?

Wovor sollte er Angst haben? Man habe auch keine Angst vor einer verschlossenen Tür, hinter der die Lichter des Weihnachtsbaumes brennten.

Und wenn man nun einmal eintrete und es sei kein Weihnachtsbaum da?

Tobias lächelte wie ein Kind, das von Erwachsenen getäuscht werden soll und die Täuschung durchschaut. „Selbst wenn das Nichts da wäre“, sagte er, „so würde Gott dafür sorgen, daß es uns wie tausend Kerzen erschiene.“

Jons fragte nicht, was nun sein würde, wenn Gott nicht da wäre. Es gab Fragen, die vor solchen Augen nicht gestellt werden durften.

„Wäre schön, Jeromin“, sagte der Leutnant am Abend, „wenn wir das auch könnten, nicht wahr?“

Aber Jons schüttelte den Kopf. „Es würde leichter sein, Herr Leutnant“, sagte er, „aber wir gehören zu denen, die nicht das Leichte und Schöne wollen, sondern das Wahre.“

„Ja, ja . . .“, meinte der Leutnant und grub mit seinen Fingern einen Eisensplitter aus dem Lehm. „Die Wahrheit ist eine schöne Sache, Jeromin . . .“ Aber es klang, als habe er seine besonderen Gedanken darüber.

Er war der erste, der sie verließ, und der erste in einer langen Reihe. Bei einem der vielen blutigen und sinnlosen Versuche, eines von tausend Grabenstücken, einen von tausend Hügeln, eine von tausend Schluchten zu nehmen, Versuche, bei denen hundert Meter Gewinn mit hundert Toten bezahlt wurden, traf gleich beim Aufstehen eines der lautlosen, winzigen Geschosse den Leutnant in die Brust. Er lief noch ein paar Schritte, den rechten Arm mit einer merkwürdigen ungeordneten Bewegung hebend, und fiel dann langsam in die Knie. Jons blieb bei ihm stehen und beugte sich über ihn, aber Schneider nahm ihn mit seiner harten Hand beim Arm. „Vorwärts, junger Mann!“ sagte er finster. „Hier wird allein gestorben.“

Aber als sie das Grabenstück hatten, eine flache Mulde mit Toten und Sterbenden, und sich vorläufig eingerichtet hatten, winkte er Jons, und sie liefen zurück, wo sie den Leutnant verlassen hatten. Das Sperrfeuer stand noch immer wie eine brüllende Wand vor ihnen, und sie zogen ihn langsam und vorsichtig in einen der tiefen Trichter, bis es verstummte. Der Leutnant war bei Bewußtsein, nicht viel grauer als sonst, und er nickte ihnen unmerklich zu, aber dann richtete er die Augen wieder in den grauen Himmel, über den der Wind den Qualm der Explosionen trieb. Schneider lief noch weiter zurück, um eine Bahre aufzutreiben. Die Dämmerung würde bald fallen, und dann konnte man versuchen, ihn zurückzubringen.

Jons kauerte auf dem Trichterrand und lauschte auf den Atem des Leutnants. Wieder kam das Gefühl einer schrecklichen Verlassenheit über ihn, wie über ein Kind auf einem leeren Feld, und daß sie nun ohne diesen noch verlorener sein würden als bisher. Er wollte sprechen, wie sehr sie ihn alle liebten in seiner Schweigsamkeit und seiner stillen Fürsorge, aber der lehmbeschmierte Helm des Verwundeten lag so still, als wolle das Gesicht darunter in Frieden gelassen werden.

Erst als die Sanitäter kamen, in der ersten Dämmerung, und die Bahre vorsichtig unter den Leutnant schoben, öffnete dieser die Augen, nickte Schneider zu und winkte Jons tiefer zu sich herab. Er konnte nur ganz leise sprechen. „Nun, Jeromin", sagte er, „wie ist es nun mit der Wahrheit, was?" Ein fernes, unwirkliches Lächeln erschien um seinen Mund, und mit diesem Lächeln verschwand er in der fallenden Nacht.

Schweigend gingen sie in ihren eroberten Graben zurück.

Der nächste war Bollmann, dem ein Schrapnellzünder das linke Knie zerschmetterte. Auch er nahm keinen wortreichen Abschied, nur als der Sanitäter meinte, daß das Bein wohl „futsch" sein werde, sah Bollmann ihn mit seinen kleinen, unruhigen Augen verächtlich an, wendete das Gesicht zur Seite und sagte: „Scheißegal!"

Philipp gruben sie aus der verschütteten Grabenwand aus, aber er war schon tot. Unter seiner linken Schulter ragte ein langer, gezackter Splitter aus seinem Rock heraus, und Jons dachte, wie verwerflich der Tod doch mit ihnen spiele, daß er dem kleinen, unansehnlichen und so bescheidenen Musketier zum Abschied das Aussehen des erschlagenen Siegfried gegeben hatte. Aber sein Gesicht war ganz friedlich. Er mußte schon tot gewesen sein, ehe die Erde ihn verschüttete und begrub.

Eine Woche später verließ sie auch der Waldarbeiterssohn aus Jons' Heimat, und er verließ sie so, daß sie keine Spur mehr von ihm fanden. Eine schwere Mine hatte ihn zu Staub aufgelöst.

Als sie Ende Mai herausgezogen wurden, vorsichtig wie Verbrannte aus der glühenden Asche, waren sie nur noch drei,

Schneider, der kleine Tobias und Jons. In der Morgendämmerung, in der ersten Marschpause, sahen sie einander an und dann von ihren fahlen, blutleeren Gesichtern fort in das rötliche Morgenlicht, das auf einen Waldrand mit blühendem Weißdorn fiel. Vielleicht hatte der General Freude an ihnen, der ihren Vorbeimarsch abnahm, aber Gott konnte wohl wenig Freude an ihnen haben, meinte Jons. Er wußte nicht, wie die beiden anderen darüber dachten, und wollte es auch nicht wissen, aber darin waren sie der gleichen Meinung, daß sie an dem General keine besondere Freude hatten. Nicht einmal Schneider, und er war doch der Ordentlichste und Älteste von ihnen, der einzige richtige Soldat.

„Nu kieke mal an!" sagte er. „Kommt hier rausgetanzt wie'n Birkhahn zur Balz und besieht sich seine Bescherung. Hätten dir jerne woanders gesehen, hoher Herr."

Aber schon nach einer Weile bedrückte ihn seine „Insubordination". „Kann ooch nischt dafür", sagte er und zeigte mit dem Daumen über seine Schulter zurück. Der Hammer treibe den Nagel und der Nagel das Holz.

Und an den Nägeln hängten sie nachher die Lorbeerkränze auf, meinte Jons gleichmütig.

„Ja, sollen se se denn an unsre Heldenbrust hängen?" fragte Schneider erstaunt.

„Laßt sein", sagte Tobias. „Möchtet ihr auf einem Sessel sitzen, eine Karte vor euch, und mit dem Druck eines Fingers ein Regiment in den Abgrund schicken? Sie sind ärmer als wir, und der Ärmste ist der Kaiser, weil er am weitesten vom Tode ab ist."

„Jarnich jewußt, wat for reiche Leute wir sind", murmelte Schneider, aber sie wußten beide, daß er recht hatte. Man konnte auch so auf den Tod sehen, und ein bitterer Stolz war besser als ein falscher.

Sie marschierten nach Norden, wurden verladen und kamen in ein Waldlager, wo sie sechs Wochen blieben. Ersatz kam, alte und junge Leute, aber sie konnten sich nun niemandem mehr anschließen. Sie blieben für sich, nicht sehr redselig und nicht sehr fröhlich, aber doch von den anderen ohne Willen durch das abgesondert, was sie in diesen Monaten gewonnen und verloren hatten. Sie blickten mit Nachsicht auf den Friedensdienst, dem man sie wieder unterwarf, schüttelten zu manchem den Kopf und gingen am Abend aus dem Lärm des Lagers fort, an den Rand des Waldes oder bis auf die Felder hinaus, wo der Weizen blühte und die Luft warm und rein über die Halme ging.

Der Horizont war nun still, und wenn es in dunklen Nächten hier und da aufblitzte, wußten sie nicht, ob es das Mündungsfeuer ferner Geschütze oder ein Wetterleuchten war. Das Bewußtsein von Raum und Zeit kehrte wieder, das Bild der Heimat, Menschen und Schicksale. Christean und Stilling schrieben, und auch von Margreta kamen Briefe. Kurze Briefe, ohne Klagen, ohne Beteuerungen ihrer Liebe, aber von einer ergreifenden Verlassenheit. Sie bewachte immer noch den Laden mit den Wachspuppen, das Leben werde schwerer, aber wahrscheinlich sei es nichts gegen das, was er zu bestehen habe. Und ein einziges Mal möchte sie ihn wohl gern noch wiedersehen.

Jons empfing ihre Briefe und die anderen, las und beantwortete sie, hatte Freude und Kummer an ihnen, aber auf eine unerklärliche Weise war dies alles doch fern und einem unwirklichen Leben angehörig. Noch brannten die vergangenen Tage und Nächte zu tief in ihm, und zwar nicht das Gefährliche und Tödliche, das sie enthalten hatten, sondern das noch Unerklärte in ihnen, das zwischen Sinn und Sinnlosigkeit Schwankende. Sie waren über ihn hinweggegangen, aber er hatte sie noch nicht mit seinem Leben verbunden. Sie waren noch nicht ein Teil seines Wesens geworden.

Am meisten grübelte er über die letzten Worte des Leutnants und sein stilles, nachsichtiges Lächeln, mit dem er sie verlassen hatte. „Was ist es nun mit der Wahrheit?“ Ja, wie war es mit der Wahrheit? Jons hatte gesagt, daß sie mehr sei als Schönheit oder Frömmigkeit, und er war noch immer der gleichen Meinung, aber das Lächeln des Leutnants hatte dieser Meinung etwas von ihrer Sicherheit genommen, als wollte es ganz leise darauf hinweisen, daß zu den großen Illusionen der Menschheit die Wahrheit ebenso gehören könnte wie die Frömmigkeit des kleinen Tobias, das Wissen also ebenso wie das Glauben. Daß niemand ein Recht habe, ein Leben im Glauben für leichter zu halten als eines im Dienste der Wahrheit, zumal wenn dieses Lächeln und diese Überzeugung oder vielmehr dieser leise Zweifel von jemandem kämen, den der Tod berührt oder endgültig gezeichnet hatte und der vielleicht ein größeres Recht hätte als die Lebenden, über Sinn und Wert des sogenannten Lebens zu urteilen.

Sollte es wohl so sein, daß die Beschränkung, die er sich aufgelegt hatte, noch nicht ausreichend war? Daß es nicht genügte, auf die „Gerechtigkeit auf dem Acker" zu verzichten, sondern daß es notwendig und weise war, sich auf die Kunst seiner beiden Hände zu beschränken, die er erwerben wollte, und auf ein Herz voller Liebe, um ihre Arbeit zu ernten? Hatte Jumbo schon vor seinem Tode das Letzte gewußt, als er ihn vor der „Spekulation" gewarnt hatte? Und hatte er selbst nicht schon in diesen Monaten erkannt, daß er außerstande war, eine Erscheinung wie den Krieg so zu begreifen, daß er wie ein Baustein in sein Leben eingesetzt werden konnte?

Er kam nicht sehr weit mit seinen Gedanken, und er wußte eigentlich nur eines: daß sein Leben vielfältig und an Kenntnissen reicher sein würde als das seines Vaters oder Großvaters, aber daß es sich in seiner Führung lange nicht so von ihnen unterscheiden würde, wie er früher gedacht hatte. Immer mehr würde es danach streben, Arbeit und Sorge zu sein, für diejenigen, die Arbeit und Sorge am nötigsten hatten, und langsam würde es in die einfachen Formen zurückkehren, in denen es bei seinen Vorfahren abgelaufen war. Es war kein sehr großer Unterschied, ob man am Meiler saß und Kohle für die Menschen brannte, ob man eine Nacht bei einem Totschläger saß und sein Herz bewegte oder ob man die Hand am erkrankten Leben hielt und den Tod veranlaßte, noch einmal für eine Weile umzukehren. Aber diesen Formen war gemeinsam, daß man nichts für sich haben wollte, weder Ruhm noch Reichtum, weder Wahrheit noch Macht, sondern daß man dienen wollte, wie auch die Vorfahren gedient hatten, wenn auch der Herr, dem man diente, ein anderer geworden war. Ein unsichtbarer, großer Herr, und es war nicht von besonderer Bedeutung, ob man ihn Gott nannte, oder die Liebe, oder die Menschheit. Es gab eine Größe, die sich aller Namengebung widersetzte und entzog, und der wahre Diener verließ wohl auch nicht seine Stelle, wenn der Sohn oder Enkel dem Vater oder Großvater in der Herrschaft folgte.

Während der ganzen Wochen hatte er vermieden, mit Tobias über Religion oder Religionen zu sprechen. Er würde einer von den Pfarrern werden, denen man zusehen und nicht zuhören mußte, so wie man Agricola hatte zusehen müssen. Es gab Täter und nicht nur Künder des Wortes. Und das einzige, was er ihn gefragt hatte, war gewesen, ob er ihn nicht später einmal in seinem Walde aufsuchen möchte, um sich umzusehen, ob er nicht auf ihrem Hügel eine neue Kirche bauen und dort Pfarrer werden wolle. Er selbst wolle dort als ein stiller Landarzt leben.

Vielleicht, hatte Tobias erwidert, aber sie wüßten noch nicht, was Gott mit ihnen allen vorhabe. Wenn es so komme, wie er denke, dann werde er nicht dort am nötigsten sein, wo das Evangelium sich noch am längsten erhalten werde, sondern da, wo man alle Menschenkraft aufbieten werde, um es zu stürzen. Und das werde nicht in den großen Wäldern, sondern in den großen Städten sein. Und der Meinung werde Jons wohl auch sein, daß jeder von ihnen einmal dorthin gehen müsse, wo Gott am meisten geschlagen werde.

Das wollte Jons zugeben, und er setzte nach einer Weile hinzu, daß dies ihn am meisten mit allem Jammer versöhne, daß überall, bei allen Völkern wahrscheinlich, die wahren Sieger des Krieges so aussehen würden wie Tobias. Die wahren Sieger, nicht die vermeintlichen.

Er spreche damit das gefährliche Lob aus, erwiderte Tobias still, daß er Gottes Ebenbild sei, denn der wahre und einzige Sieger in diesem Kriege werde immer Gott allein sein.

Inzwischen, während der Weizen auf den Feldern sich schon zu bräunen begann, häuften sich Wünsche und Vermutungen, daß sie für eine stille Stellung im Osten ausersehen seien, bis die ersten Nachrichten von einem Fluß mit einem ebenso stillen Namen, weit westlich von ihnen, sie in ihrem Lager erreichten. Mit demselben Tage erstarben zwar nicht die Wünsche, aber die Vermutungen, und Schneider nickte ihnen zu. „Ick ahne wat“, sagte er.

In den ungeheuren Strudel an den Ufern des kleinen Flusses schoß das Blut der Regimenter und Divisionen mit solcher Schnelligkeit, daß alle lang bedachten Pläne zerstoben und Eisenbahnen und Lastwagen Tag und Nacht durch den Staub von Schienen und Straßen rasten, um neues, junges Blut in den erschöpften Körper zu tragen.

Aus einem dieser Züge wurden auch sie ausgeladen, auf freier Strecke, weil aus unsichtbaren, riesigen Rohren der Tod nach den Bahnhöfen suchte, und in Gewaltmärschen nach vorn geworfen, wo in kümmerlichen Geländefalten und dürren Waldstücken die Reserven auf ihren Einsatz warteten. „'n eindrucksvoller Horizont!" sagte Schneider. „Hier brauchen se keene Führer, hier finden ooch die Blinden hin."

Es war richtig, daß es ihre Vorstellungen übertraf und daß die schluchtenreiche Erde der vergangenen Monate ihnen zunächst wie ein stilles, versunkenes Land erscheinen wollte. Aber dann sahen sie, daß hier kein schwererer Krieg war, sondern nur ein anderer. In den wenigen Wochen ihrer Ruhe hatte das Gesicht des Krieges sich verwandelt, sich weiterentwickelt zu dem Ziel, das er seit dem ersten Kampf zweier Höhlenhorden immer gehabt hatte: der völligen, möglichst verlustlosen und endgültigen Zerschmetterung möglichst vieler Leben. Wenn man Berge von Sand auf einen blühenden Garten wälzte, so erstarben Frucht, Blüte und Keim, und wenn man Berge von Stahl und Gift auf das Leben warf, so erstarb es ebenso. Es war eine einfache Rechnung, einfacher als die der vergangenen Monate, und es dauerte nur eine Weile, bis sie sie begriffen. Es war nun nichts als eine primitive Wahrscheinlichkeitsrechnung, ob sie aus den drei oder zehn Tagen des Trommelfeuers noch einmal aufstehen würden, um halb erblindet und betäubt nach ihren Waffen zu greifen, oder ob sie verschüttet, zerrissen oder vergiftet unter Schutt und Erde liegenbleiben würden.

Viele blieben liegen, die meisten sogar. Aber einige standen immer wieder auf, die scheinbar Unsterblichen, und zu ihnen gehörten auch sie. Sie standen nicht mit einem besonderen Gefühl des Glückes auf, eher mit einer matten Verwunderung, daß die alte Erde noch da war, daß sie noch Menschen trug und daß diese Menschen noch kämpften, lachten, Hunger und

Durst hatten und etwas gerettet hatten, was sie Hoffnung nannten.

Tobias sprach nun keine Seligpreisungen mehr über ein schweigendes Feld. Es gab keine schweigenden Felder, und selbst wenn er Gottes Stimme gehabt hätte, würde sie untergegangen sein in Lärm und Feuer. Aber er las sie für sich, die großen und feierlichen Worte, in dem kleinen Erdloch, das sie sich gewühlt hatten, oder auf den Stufen eines Stollens, wenn sie das Glück gehabt hatten, einen zu finden. Sand fiel auf die Seiten seines Buches, Staub und Steine, und manchmal zogen sie einen Sterbenden vorüber, und seine Augen blieben auf der roten Bahn haften, die ihm folgte. Aber diese Augen behielten immer ihren sanften, stillen Ausdruck. Sie spiegelten nicht die schreiende Erde wider, sondern die stille Welt der Güte und Liebe, aus der sie emporgewachsen waren; und soweit sie beide, Jons und der Unteroffizier Schneider, auch von seinem Glauben entfernt sein mochten, so saßen sie doch still neben ihm, als falle ein schöner und sogar blühender Zauber aus seiner leisen Stimme über sie, und manchmal fuhr Schneider mit seiner groben und seit vielen Tagen nicht gewaschenen Hand vorsichtig über ein Blatt des kleinen Buches und wischte den Sand von den winzigen Zeichen.

Sie wußten, daß jeden Augenblick der Tod sie treffen konnte, ein wilder und gewaltsamer Tod, und doch schien es Jons schwerer als jede Form des Todes, daß Schneider sie verließ. Ein einfacher Metalldreher und ein einfacher Korporal, wie es Tausende im Heere geben mochte, aber für ihn ein Vater im Dunkel so vieler Tage und Nächte, ein Mann mit der rauhen Sprache des Soldaten und Kriegers, aber mit der weichsten Hand, die er in diesen Zeiten gefunden hatte. Ein Mann, der mit ihm auf der Schwelle der Meilerhütte gesessen hatte und der wie ein Schild über seiner jungen Stirn gewesen war.

War der Tod nur ein Spiel von Minuten und Sekunden? Hatte es ihm Freude gemacht, sie vier Wochen lang zu jagen, zu verschonen und plötzlich, als sie aufatmend stille standen, aus einem Hinterhalt zuzuschlagen? Törichte Fragen, die nur der Gram eingab. Kindliche Fragen, als steckte eine Seele mit Prüfungen und Entscheidungen hinter einer kalten, blinden

Macht und der parabolischen Bahn, mit der sie auf ihre Opfer zufuhr.

Sie waren nach vier Wochen abgelöst worden, in der Morgendämmerung, und hatten schon die ersten stillen Waldstücke erreicht, weit hinter der brüllenden Brandung, die sie ausgespien hatte, als Tobias warnend die Hand hob und während des Marsches den Kopf lauschend erhob. Schon kam auch von der Seite, wo an neuen Stollen gearbeitet wurde, ein lauter Zuruf, von dem dumpfen Heulen schon übertönt, und noch während sie sich niederwarfen, wo sie gerade standen, fuhr das schwere Geschoß aus einem der Schiffsgeschütze, das weit hinter Wäldern, Tälern und Hügeln stand, mit einem betäubenden Donnerschlag in die längst zu Staub gemahlenen Trümmer der Ferme am Wege, riß das ganze zerbröckelte Haus noch einmal in die Luft, schickte die schweren, gezackten Splitter mit einem dröhnenden Brausen über sie hinweg und eines der kleinsten Atome, in die es den stählernen Mantel zersprengt hatte, lautlos an die Stelle, wo Schneider stand. Einen Augenblick lang war sein immer waches Gehirn müde gewesen, der Weg vom Ohr zum Körper zu weit, und dort, zwischen Mützenrand und Ohr, traf es ihn, als er sich eben noch niederwarf.

Sie legten ihn auf den Rücken und schoben ihm einen Mantel unter den Kopf. Sie blieben bei ihm, während die anderen sich zerstreuten, um sich erst weit hinter der Ferme wieder zu sammeln. Die meisten hatten gar nicht bemerkt, daß etwas geschehen war.

Er war noch bei Bewußtsein, aber um seine Nasenflügel breitete sich schon ein grauer Schein, und erst als seine Augen ihre beiden Gesichter gefunden hatten, stahl ein Schimmer des alten Spottes sich wieder unter seinem Schnurrbart hervor. „Nu hat es m i r erjriffen", sagte er leise.

Sie knieten rechts und links von ihm, um ihm näher zu sein, und auch das bemerkte er mit seinen Augen, die hin und her gingen. „Wie ieber'n Steckkissen", sagte er, „'n langer Täufling ..." Aber dann legte er die Hand auf Tobias' gefaltete Hände und nickte ihm zu. „Ick jloobe ja nich", sagte er, „aber det war doch 'ne richtije Vertröstijung, von wejen die da Leid tragen ... wie jing det doch noch?"

Tobias wiederholte leise die Seligpreisung.

Er nickte und suchte mit der anderen Hand nach Jons. Seine Augen verdunkelten sich schon. „Jeh man hin nach dem kleenen Kaff“, sagte er, „und bleibe da. Kümmere dir um uns kleene Leute ... Wir sind dankbar, Jons, wir kleenen Leute, det haste vielleicht jeahnt an meinem jroßen Beispiel ... sehr dankbar, kleener Ehrenreich ... sehr ...“

Der Tod fiel ganz schnell über sein Gesicht. Wie ein Vorhang über ein erblindetes Fenster.

Der junge Leutnant, der sie seit dem Morgen führte, war der Meinung, daß die Leute, die an den Stollen arbeiteten, den Toten begraben könnten, aber Jons und Tobias waren nicht dieser Meinung. Und sie blieben dabei, auch als die Worte schärfer wurden und vom Kriegsgericht gesprochen wurde. Bis es dem Leutnant unbehaglich unter ihren merkwürdigen Augen wurde und er sie allein ließ.

Sie begruben Schneider an einem der kleinen, blühenden Waldränder und machten ein schweres Kreuz aus zwei Stollenbrettern, die der Pionierunteroffizier ihnen heimlich gab. Sie schrieben seinen Namen auf das helle Holz, und Tobias sprach ein Gebet und den Segen.

Dann legten sie ihre Sachen wieder an und machten sich auf den Weg.

Es war ein langer Weg, aber sie sprachen kein Wort über den Toten.

Nur in der Nacht, als sie die heiße Baracke verlassen hatten und unter den stillen Sternen lagen, in ihre Zeltbahnen gewickelt und das Sturmgepäck unter dem Kopf, sagte Tobias: „Ich wünsche Gott, daß er viele kleine Leute um sich hätte ... es wäre dann leichter für uns alle, zu leben ...“

XXII

Noch einmal verwandelte sich für Jons das Gesicht des Krieges. Nicht dadurch, daß er nun keuchend und frierend durch die finsteren und eisigen Wälder der Karpathen marschierte oder im neuen Jahre an den Ufern des großen Donaustromes stand. Auch nicht dadurch, daß sie nun nicht mehr für Wochen an ein zerfallenes Grabenstück gekettet waren und der Tod jede Stelle dieses Grabens umwühlte, um sie zu suchen, wie man Maulwürfe sucht; sondern daß sie nun wieder marschierten, daß der Gegner sich stellte oder floh und daß statt des splitternden Eisens der Mensch wieder da war, der um sein Leben kämpfte wie sie um das ihrige.

Sondern dadurch, daß mit dem Tode Schneiders etwas Väterliches und trotz allem Geschehen leise Versöhnendes aus dem Kriege fortgenommen worden war. Von jetzt ab war es das schwere Tagwerk, das es abzuleisten galt, der Fluch, der auf die Menschen geworfen wurde, eine graue, schwere Unendlichkeit, die hinter jedem neuen Berge, hinter jedem neuen Strom immer wieder da war, immer gleich weit in die Ferne gerückt; und wenn das Ziel des Krieges der Friede war, dann war er wie ein Schatten, den sie um die ganze Erdkugel verfolgten und niemals einholen würden, weil sie die Sonne nicht einholen konnten, die diesen Schatten warf.

Er zählte die Tage und Monate nun nicht mehr, so wie er die Tropfen des Regens nicht mehr zählte, die über sein Gesicht fielen. Er behielt die Namen der Dörfer und Flüsse und Wälder nicht mehr und nicht die der neuen Kameraden und Vorgesetzten. Schatten trugen keine Namen mehr. Sie waren einmal mit Namen genannt worden, als man noch gedacht hatte, daß die Welt am Namen hing; aber nun waren sie abgefallen von ihnen, und nur ein graues, gespenstisches Heer war geblieben, das über die Erde zog, um mit anderen Schatten zu kämpfen und zu sehen, ob sie den Frieden unter ihren Mänteln verborgen hielten. Aber auch sie besaßen ihn nicht.

Was war der Tod? Ein billiges Los, das über sie geworfen wurde, als ob man um Körner würfele oder um bunte Kieselsteine, und das, um dessen Besiegung Jahrtausende mit glühenden Herzen gerungen und geforscht hatten, war nun nicht mehr als der Tau, der auf Grashalme fiel und den ihre Stiefel abstreiften auf ihren Wegen.

Was war das Leben, dem so viele von ihnen hatten dienen wollen? War es noch das große, wunderbare Geheimnis der ganzen Welt, das größte der Schöpfung, das Allerheiligste dieses flüchtigen Planeten? Das so groß war, daß alle Völker seinen Ursprung in die Hände eines Wesens legten, das sie Gott nannten. Es war nicht mehr als ein zerbrechliches Kleid, und jeder Windhauch aus den Wäldern konnte es abstreifen und verwehen, wie er den Staub der Straße verwehte.

Was war die Liebe? Ein Kindermärchen, zurückgelassen in bunten Tagen der Kindheit, wie man seine bunten Kinderschuhe zurückläßt. Eine Seifenblase an einem Halm von Stroh, in der die Welt sich farbig spiegelte; aber der Wind hob sie auf, und sie zerging, wie die Wolken am Abend zergehen.

Was waren Menschengesichter, in denen es geleuchtet hatte wie von einem neuen Morgen. Die des Vaters, Jumbos, des Leutnants, des großen Korporals? Formen aus Lehm, zersprungen im feurigen Ofen, Stückwerk gewesen, Stückwerk geworden, nicht benannt, nicht gezählt, Dünger für ein kommendes Feld, aber wo war die Saat für dieses Feld?

Ein finsteres, graues Gesicht unter einem grauen Helm, ein erschöpfter Körper, der einen Fuß vor den anderen setzte, zwei Hände, die luden und schossen: das war, was unter dem Namen Jons Ehrenreich Jeromin durch die östlichen Wälder marschierte. Hinten, am Rande einer früheren, versunkenen Welt, lag ein kleines Dorf, von den Vorfahren Sowirog genannt, das heißt der Eulenwinkel. Lag ein Hügel aus Asche und Erde, darunter der Großvater schlief. Lagen andere Hügel, darunter die Brüder und viele Kinder schliefen. Lag ein kleines Haus, darin die Mutter am erloschenen Feuer saß; eine Straße, auf der eine junge Frau zum Walde ging, um nach Osten zu sehen, ob der Verlorene wiederkäme. Lagen andere Häuser und Hütten mit Hunger, Krankheit und Not, die auf zwei Hände warteten, die das alles heilen sollten. Und über allem, auf einem verwüsteten Hügel, stand ein toter Pfarrer, der Gott einen Mörder genannt hatte, und blickte über die grauen Dächer hin, ob nun nicht endlich ein Heiland zu ihnen kommen würde, ein wahrer Heiland, der die Tränen noch trocknete, solange sie aus lebendigen Augen flossen statt aus solchen, über denen schon die letzte Erde lag.

Und hinter den grauen Dächern, noch weiter zurück auf diesem blassen Felde der Erinnerung, saß ein Mädchen vor einem kleinen, erkalteten Ofen, die Hände im Schoß gefaltet, und blickte ohne eine Träne auf ihre leeren Hände herab. Verarbeitete Hände, die die Nadel durch Stoffe zog, die andere trugen, oder Bindfäden um bunte Kartons schnürte. Ein Mädchen, das nicht viele Freuden gehabt hatte außer denen ihres Leibes, und das auch diese Freuden begraben hatte, weil der Tod regierte und nicht die Freude.

Ein dunkles Jahr, das über der Erde heraufzog, nicht heller gemacht durch Siege oder Reden, durch Sonnenaufgänge über fremden Strömen wie über dem Donaustrom, durch Leuchtkugeln über verfallenen Gräbern mit verfallenen Toten. Viele sahen es kommen, der kleine Mann zuerst, wie er den Hunger zuerst kommen sieht, den Hagel, die Mißernte. Und auch Jons sah es kommen, weil er von kleinen Leuten stammte, in deren Leben die dunklen Jahre an der Regel gewesen waren.

Aber er marschierte. Aus den verschneiten Bergen der Karpathen zu einer fremden Bahnstation, weil man ihm gesagt hatte, daß er zwölf Tage Urlaub habe. Er glaubte es nicht recht, und er tat gut daran, es nicht zu glauben, denn nach drei Tagen rief ein Telegramm ihn zurück. Die Mutter nickte nur, aber Margreta klagte weinend an seinem Herzen über den Krieg, den Kaiser, Gott und die Welt. Er strich ihr das feuchte Haar aus der Stirn und tröstete sie. Weder der Kaiser noch Gott seien schuld, sagte er, und es wäre ihm besser, er nähme nicht ihre Tränen als letzte Erinnerung mit. Tränen lägen schwer auf dem Herzen eines Soldaten.

Er marschierte aus den Bergen der Karpathen nach den

fruchtbaren Ebenen Galiziens und von dort nach dem Dünastrom, den kleinen Theologiestudenten an seiner Seite, beide nun die einzig Übriggebliebenen aus ihrer Gruppe, beide schweigsam und ohne Lieder. Beide nun die ältesten Leute aus ihrer Kompanie, wenn auch nicht an Lebensjahren, die Verläßlichsten, die Unsterblichen. Beide mit Orden geschmückt, nach dem Spielen mit dem Tode, der eine unerschütterlich im Glauben als einer gewissen Zuversicht dessen, was man nicht sieht, der andere das letzte Wort ihres vor der Festung gefallenen Leutnants noch immer im Ohr: „Was ist es nun mit der Wahrheit, Jeromin?"

Auch von den Ufern der Düna marschierte Tobias weiter, immer weiter, den Küsten des Meeres zu, und Jons blieb allein zurück, nun ganz allein. Ein Granatsplitter hatte ihn in die rechte Hüfte getroffen, und Tobias hatte noch geholfen, mit seinen Verbandpäckchen das Blut zu stillen. Er war noch einmal umgekehrt, hatte sich zu Jons heruntergebeugt und gesagt: „Vergiß es nicht, Jons, daß es die rechte Hüfte war, die der Engel Jakob ausrenkte!" Dann war er gegangen, ein kleiner, schmaler, grauer Soldat, einen Sack mit Handgranaten an der Seite, und das Schilf des Stromes hatte sich über ihm geschlossen.

Schmerzen, wilde, bohrende Schmerzen, aber über den Schmerzen ein unendlicher, süßer Friede, der blaue Septemberhimmel mit einer schon blassen Sonne und die Fäden des Altweibersommers wie ein Seidengespinst vor dem blauen Raum. Und zur Rechten die hohen Wälder, schweigend, die dunklen Kreise eines Raubvogels über sich. Zur Linken der helle Klang, mit dem Geschosse gegen die Stahlwände der Pontons schlugen, schwarze Säulen mooriger Erde, die polternd und klatschend zusammenfielen, erschrecktes Geflügel, das schreiend über dem qualmenden Strom kreiste.

Aber alles weit wie in einem Traum, ohne Wirklichkeit und ohne Bedeutung. Das ganze Leben in dem schmalen Körper zusammengedrängt, die wunderbare Müdigkeit der Füße, die nicht mehr zu marschieren brauchten, der Augen, die sich halb schlossen, der Gedanken, die nicht mehr nach der Wahrheit fragten. Blaue Dämmerung wie am Meiler im Wald, Häherruf in den hohen Wipfeln, der Vater, der die Blätter des alten Buches umschlug. Noch einmal das Leben, das stille, begnadete Leben, schweigend wie das Korn in der Furche und den Regen erwartend, der es heben würde, zum Licht, zur Arbeit, zum Brot.

Er war traurig, daß die Sanitäter kamen und ihn aufhoben, daß das Morphium ihn betäubte, daß er im Fieber Wagenräder unter sich hörte und fühlte, zuerst hölzerne, dann eiserne, und daß er in einem weißen Bett erwachte, in einem kleinen Saal mit weißen Vorhängen vor den Fenstern, nicht mehr auf der stillen Erde mit der Bühne des Himmels und den dunklen Kulissen der Wälder.

Eine Schwester kam und lächelte. Ja, er sei schon operiert, und man hoffe, daß er nicht werde zu hinken brauchen, nur nachziehen werde er das Bein vielleicht ein bißchen, ganz unmerklich, und die Mädchen würden wissen, daß er ein Held sei.

Ob seine Hände heil seien?

Ja, natürlich, ganz heil. Weshalb?

Weil er einmal ein Arzt hatte werden wollen, ein kleiner Landarzt für arme Leute. Kein Held, dem die Mädchen nachsähen.

Sie lächelte verwirrt und sah prüfend in seine Augen, ob das Fieber wiederkäme.

Aber es kam erst später, ging wieder und kam noch einmal. Fast ein Jahr lang, und über ein Jahr lang blieb er nun in dieser Stadt an dem fremden Strom, dessen Mündung doch in seiner Heimatprovinz lag und deren Glocken aus den vielen Kirchen er Tag und Nacht vernahm, bis man sie abnahm und einschmolz und aus der Stimme Gottes die ultima ratio regis machte.

Er war nicht so leicht, dieser Rückweg ins Leben, wie der Stabsarzt es sich dachte. Man nahm die Knochensplitter heraus, so gut es ging, man nähte zusammen, was zerrissen war, auch so gut es ging, und dann hatte es eben zu heilen. Man war sauber gewesen bei der Operation wie immer, die Kleiderfetzen in der Wunde waren unangenehm, aber Granatsplitter waren nicht bekannt dafür, daß sie Ozon in den Wunden hinterließen. Und doch war die Wunde nicht in Ordnung, und, mehr als das, der Verwundete war nicht in Ordnung. Die

Wunde eiterte, hörte auf damit und begann wieder, das Fieber ging und war wieder da, neue Splitter kamen heraus ... weiß Gott, ob dieser Kerl nicht nur aus Splittern bestand. Und der Verwundete war noch schwieriger als seine Wunde. Keine Klage, keine Ungeduld, aber ein merkwürdiger, gleichgültiger Blick, mit dem er den Stabsarzt streifte, seine Hände in den Gummihandschuhen, den weißen oder böse riechenden Verband. Und das ganze ein zukünftiger Kollege!

„Sagen Sie mal, Jeromin, wollen Sie eigentlich nie gesund werden?"

Doch, das wollte er schon.

„Oder meinen Sie, daß ich hier etwas verkehrt mache an Ihrer verdammten Hüfte? Sie sehen immer so aus, als ob ich was vergessen hätte, eine Nadel oder ein Stück Gummischlauch oder sonst etwas?"

O nein, das nicht. Der Herr Stabsarzt sei nur kein Arzt für kleine Leute, wenn er ihm das zu sagen erlaube.

„Na, hören Sie mal", sagte der Stabsarzt verblüfft. „Was sind denn das für Spezialisten, die Ärzte für kleine Leute? Und gehören Sie denn zu den kleinen Leuten?"

Ja, daran sei kein Zweifel, erwiderte Jons. Und die kleinen Leute seien auch altmodische und kindliche Leute, denn sie wollten bei ihrem Arzt das Herz schlagen sehen, so wie Kinder bei einer Spieluhr die kleine Walze sehen wollten. Und manche würden nicht gesund, wenn sie das nicht sähen.

Die Operationsschwester kicherte, aber der Stabsarzt schrie sie an, sie möchte gefälligst ihre Bakterienschleuse schließen. Dann sah er Jeromin eine Weile an, mit einem merkwürdigen, ja zerstreuten Blick, legte den Zeigefinger seiner linken Hand in dem dünnen Handschuh auf die Stelle, wo Jons' Herz schlug und sagte langsam, es seien nicht die besten Ärzte, die die schnellsten Diagnosen stellten, und wenn der Soldat Jeromin sehen könnte, was er sich wünsche, wie nämlich nach drei Jahren Krieg das Herz seines Arztes schlage, dann könnte es sein, daß es kein allzu guter Anblick für die Freude an seinem künftigen Beruf wäre.

Er wolle nun gesund werden, sagte Jons nach einer Weile leise.

Aber es hing doch nicht ganz von seinem Willen ab, und schließlich fing er an, dieses Ganze als eine Zeit des Samenkorns zu betrachten, das tief in der Erde lag und das erst ans Licht kommen durfte, wenn der Wind warm über den Acker wehte. Er würde nicht mehr in den Krieg gehen, und wenn er hier durchkam, dann war dies wie eine stille Zeit, die seiner zweiten Geburt vorausging. Er mußte die feurigen Monate vor sich auf der Bettdecke ausbreiten und zusehen, was sie bedeuteten. Ob man sie fallen lassen und vergessen konnte, oder ob man in ihnen nun das erkennen wollte, was sie wirklich waren. Man mußte auch die Toten wieder ausgraben, die so schnell fortgegangen waren, und nun erst, nach ihrem Tode, das Bleibende in ihnen von ihrem Vergänglichen scheiden. Man mußte so vieles tun, wozu keine Zeit gewesen war, und nicht zuletzt mußte man auch sich selber zusehen, von dem Augenblick an, in dem der Korporal Schneider die „lakonische Frist“ befohlen hatte, bis zu dem andern Augenblick, in dem, wie Tobias sagte, Gott seine Hüfte verrenkt hatte.

Er sah sich auch um in seinem kleinen Saal, sah den Ärzten, den Schwestern, den beiden Geistlichen zu, und schließlich auch dem Tode, der kein seltener Gast an ihren Betten war. Der Tod hatte einen langen Arm, und er reichte von den verschneiten Schlachtfeldern weit im Osten bis in diese glockenreiche Stadt, ja wahrscheinlich noch weit über sie hinaus. Er war der Stärkste von allen, die hier um das Leben versammelt waren.

Jons hatte viel Zeit, mehr als er jemals in seinem Leben gehabt hatte, und wenn das Fieber seine Augen nicht verdunkelte, ließ er sie von Bett zu Bett wandern. Da waren zuerst die Geistlichen, denen er aufmerksam zuhörte und deren Gesichter er aufmerksam betrachtete, am meisten, wenn sie zu einem Sterbenden kamen. Er hörte ihre leisen Stimmen, er sah die stille und feierliche Bewegung ihrer Hände, und er sah die Gesichter, die ihren Zuspruch empfingen, stiller werden und von einem inneren Licht sich erleuchten. Nicht immer, aber meistens. Es war dann ganz still in dem Raum, und auch die schwer Verwundeten bemühten sich, ihr Stöhnen zu dämpfen.

War es dann zu Ende und ging der Pfarrer hinaus, so folgte

Jons ihm mit den Augen bis zur Tür, und wieder hörte er die lang vergangene Stimme fragen: „Wie ist es nun mit der Wahrheit, Jeromin?“ Nein, er glaubte nicht, daß das, was eben geschehen war, mit der Wahrheit etwas zu tun hatte, und wenn die Sanitäter kamen, ein Laken über den Toten deckten und ihn hinaustrugen, so sah es nicht aus, als ob zwei Engel die erlöste Seele zu den Pforten des Paradieses trugen. Nein, es sah ganz anders aus.

Viel eher hatte es mit der Schönheit etwas zu tun, mit der Schönheit von Märchen, in denen Sterntaler vom Himmel fielen, um ein frierendes Menschenkind zu wärmen. Und weshalb sollte man den harten Gang der Natur nicht verschönen? Es starb sich wohl nicht leicht hier im fremden Land, nach soviel Jahren schwerer Tagwerke, in einem Bett, in dem viele gestorben waren, abgeschieden von allem, was man geliebt, gehofft und erstrebt hatte.

Aber sie halfen nicht das Leben bewahren, die beiden mit dem Kreuz auf der Brust. Sie waren so ohnmächtig zu diesem Werk wie die Kinder. Wahrscheinlich meinten sie, daß sie das Ewige Leben bewahrten, so wie Agricola es einmal gemeint hatte, aber mit diesem ewigen Leben konnte man weder den Krieg beenden noch das Unrecht noch die Gewalt. Mit ihm konnte man nur die Hände falten und hoffen, daß Gott einmal tun werde, was der Mensch nicht zu tun vermochte.

Dann kam die Schwester, nahm die Fiebertafel fort, zog die Betten ab und sammelte die wenigen Habseligkeiten des Toten. Auch den Schwestern sah Jons zu. Es waren nun nicht mehr die, die er im ersten Kriegsjahr auf den Bahnsteigen gesehen hatte. Wer hier arbeitete, inmitten des Leidens und Sterbens, tat es nicht immer aus Liebe, aber er tat es so, daß die Pflicht wie Liebe erscheinen konnte. Niemand wußte, was sie außerhalb des Lazaretts taten, und wenn auch Gerüchte umliefen, so nahm keiner der Verwundeten Anstoß daran. Sie wußten alle, daß das Leben am stärksten inmitten des Todes brannte.

Jons hatte ihre sanften Bewegungen gern und die flüchtige Berührung ihrer kühlen, sauberen Hände. Sie verstanden nicht sehr viel von dem, was ihn bedrückte und bewegte. Sie hielten ihn für etwas wunderlich, und der prüfende Blick seiner Augen verwirrte sie manchmal. Aber die junge Schwester Marianne blieb doch manchmal an seinem Bett stehen und blickte mit versteckter Sorge auf seine Fiebertafel. „Warten sie nicht in Ihrem Wald auf Sie?“ fragte sie.

„Wenige warten, Schwester“, erwiderte er. „Die Toten warten nicht mehr. Aber die Armen warten, das ist schon wahr.“

Am aufmerksamsten aber sah Jons auf die Ärzte, und er hatte lange damit zu tun, zu erkennen, was sie nun eigentlich waren. Mit ihren weißen Mänteln und ohne sie. Vom Stabsarzt wußte er es immer noch nicht genau. Zuerst hatte er gedacht, es sei nur ein verkleideter Soldat, der in den Saal trete, als wollte er einen Appell abnehmen, einen Appell über gesunde und kranke Glieder. Sein Mund war streng, seine Stimme war streng, und die jungen Schwestern zitterten ebenso wie der große Pionier mit den drei Armschüssen. Aber seit Jons seinen Zeigefinger in dem dünnen Gummihandschuh auf seinem Herzen gespürt hatte, wußte er, daß auch das Herz eines Stabsarztes anders aussehen konnte als sein Gesicht.

Er hatte niemals viel Zeit. Der Tisch im Operationssaal war selten leer, aber er blieb nun doch jedesmal eine Weile an Jons' Bett stehen und blickte mit gefalteter Stirn auf die Fiebertafel. „Schmerzen, kleiner Mann?“

„Ein bißchen, Herr Stabsarzt.“

„Werden Sie fortschicken ins Reich, wo die großen Kanonen sind.“

Nein, das wollte Jons nicht. Habe Gott ihm seine Hüfte verrenkt, so werde der Herr Stabsarzt sie schon wieder einrenken. In diesen Dingen seien Stabsärzte stärker als Gott. So meine er wenigstens.

Der Oberarzt grinste, aber der Stabsarzt fragte ihn, ob ihm etwas komisch vorkomme. Er hatte eine fatale Art zu fragen. „Nun, wir wollen sehen, Jeromin“, sagte er zerstreut. „Wir wollen sehen ...“

Und eines Tages kam er zu ungewöhnlicher Zeit allein in den Saal, setzte sich zu Jons auf den Bettrand und sagte leise, daß er ihn noch einmal operieren möchte. Nicht ganz unbedenklich bei seiner Schwäche, aber so gehe es nicht weiter. Da müsse noch etwas sein, was er übersehen haben mußte, und er möchte, daß die kleinen Leute nicht allzulange auf Jons zu warten brauchten. Er sei nun nämlich der Meinung, daß das schade für die kleinen Leute sei, von Jons selbst zu schweigen.

Ganz langsam schob Jons seine dünn gewordene Hand auf der Bettdecke zur Seite und legte sie, entgegen allen militärischen Bräuchen, auf die Hand des Arztes. „Ich danke Ihnen", sagte er leise. „Auch mein Vater wartet. Er ist lange tot, aber ich denke, daß er wartet. Er hat wenig Freude in seinem Leben gehabt. Sie können mit mir tun, was Sie wollen."

Als der Arzt sich etwas tiefer über ihn beugte, sah Jons zum erstenmal, daß seine Augen schön und voller Sorgen waren, und er wußte, daß er leben und gesund werden würde.

Als er nach der Operation erwachte, waren diese Augen das erste, was er sah. Sie waren nun mit einem strengen Ausdruck auf ihn gerichtet, als lauschten sie zusammen mit der Hand, die seinen Puls hielt, auf dessen leise Schläge. Aber es leuchtete doch in ihnen auf, als er die rechte Hand aus der Tasche seines Mantels zog und sie vor Jons' Augen öffnete. „Was ist das, kleiner Mann?" fragte er mit seiner hellen Kommandostimme.

Jons sah nur eine grünliche runde Scheibe, und die Farbe schien ihm böse und giftig auszusehen, aber er schüttelte ratlos den Kopf. Der Arzt nahm am Fußende des Bettes den grauen Rock, den Jons getragen hatte, und hielt ihn an den Ärmeln ausgebreitet in die Höhe. „Was fehlt dort, Soldat Jeromin?" fragte er.

Ein Knopf fehle, murmelte Jons, an der Rückseite.

Er h a b e gefehlt, sagte der Arzt, aber nun fehle er nicht mehr. Er sei so freundlich gewesen, sich für eine Weile in dem Körper dieses jungen Mannes aufgehalten zu haben, an einer durchaus unpassenden Stelle, grün angelaufen vor Wut, und wenn dieser junge Mann nun nicht gesund werde, so wolle er, der Stabsarzt, seinen Rock ausziehen und Feldgeistlicher werden, verstanden?

Jons lächelte, aber die Augen fielen ihm schon wieder zu. Das letzte, was er sah, war die hohe, gerade Gestalt des Arztes und die Gebärde des Triumphes, mit der er den Knopf wie eine Siegesmünze in die Höhe hielt, und er dachte noch in seinen schwerfälligen Gedanken, daß er das auch einmal wollte, so dastehen, ein Sieger über den Tod, und daß es besser sei, ihn in einem weißen Mantel zu besiegen als in einem schwarzen Gewand ihn als eine Schickung Gottes demütig hinzunehmen. „Der Schatten eines großen Felsen ...", murmelte er, „im trockenen Land ... eine Zuflucht ..."

Dann schlief er ein.

Es war die Wahrheit, daß der Stabsarzt den Tod besiegt hatte. Das Fieber kam nicht mehr wieder, die Wunde heilte, und die Schwestern sagten etwas von einem Streckverband und daß es noch ein langer Weg sei, bis er wieder werde tanzen können. Aber Jons hatte nicht die Absicht zu tanzen. Von allem, was die langen Tage und Nächte nun an Bildern, Hoffnungen und Sorgen vor ihm aufstellten, bedrückte ihn am meisten die Sorge, ob er werde gehen können. Einen Arzt an zwei Krücken hatte er noch nicht gesehen, und wer heilen wollte, konnte doch nicht gut selbst ein Krüppel sein. Auch würde es für die Mutter wohl nicht leicht sein, vier Krücken durch das stille Haus gehen zu hören.

Er fragte den Stabsarzt, aber dieser lachte ihn aus. „Sie werden mit Krücken anfangen und mit Flügeln aufhören, kleiner Mann", sagte er. „Und selbst wenn Sie Ihr Leben lang an Krücken gingen, was nicht der Fall sein wird, hat ein gewisser Jemand vergessen, daß die kleinen Leute bei ihrem Arzt das Herz schlagen sehen wollen? Und glaubt derselbe Jemand, daß sein Herz auf Krücken schlagen wird?"

Wenn der Herr Stabsarzt es sage, so sei er ganz ruhig, erwiderte Jons. Er wünschte, daß seine Kranken einmal so ruhig unter seinen Worten sein würden wie er selbst eben jetzt.

Auch ihn dürfe man nicht zu sehr verwöhnen, sagte der Arzt. Wer einen Knopf finde, habe noch nicht das Himmelreich gefunden. Aber er möchte gerne wissen, ob Jons sich erinnere, was er nach seiner zweiten Operation gesagt habe. Das habe ihn eine lange Zeit verfolgt wie alles, was halb bekannt und halb unbekannt sei. Von einem Schatten und einem Felsen sei darin die Rede gewesen.

„Als ich klein war", sagte Jons, „saß ich mit dem Vater am Meiler, und am Abend mußte ich ihm aus dem großen Buch vorlesen. Er hatte kein anderes Buch als dieses. Es war das zweiunddreißigste Kapitel im Propheten Jesaja, und in ihm war von der ‚Gerechtigkeit auf dem Acker' die Rede, und solange der Vater noch jünger war, hat er gedacht, daß ich dazu ausersehen sei. ‚Und Fürsten werden herrschen', steht dort, ‚das Recht zu handhaben, daß ein jeglicher unter ihnen sein wird wie eine Zuflucht vor dem Wind, und wie ein Schirm vor dem Platzregen, wie die Wasserbäche am dürren Ort, wie der Schatten eines großen Felsen im trockenen Lande.' Das war es, und als ich Sie vor mir stehen sah, den Knopf in der erhobenen Hand, wußte ich, daß Sie den Tod besiegt hatten, und da dachte ich wohl an jene Stelle. Ich weiß gar nicht, daß ich es gesagt habe."

„Vielleicht wäre es nicht das Schlechteste", sagte der Arzt langsam, „wenn wir ein bißchen mehr in diesen alten Geschichten lesen wollten statt im ‚Jenseits von Gut und Böse' oder in der ‚Morgenröte'. Ich kann mir denken, daß die kleinen Leute in Ihren Walddörfern mit der ‚Morgenröte' nicht viel anfangen könnten, wenn Sie an ihren Betten sitzen."

„Nein", erwiderte Jons, „die ‚Flügel der Morgenröte' sind ihnen tröstlicher."

„Ja, vielleicht uns allen, kleiner Jeromin, denn die Wahrheit ist nicht immer tröstlich. Das wissen Sie wohl so gut wie ich. Nicht alle Leute sind so schneidig wie mein Oberarzt. Er würde selbst einem Erzengel ruhig den Blinddarm herausnehmen und nachher noch eine ordentliche Rechnung ausstellen ... Ja, also morgen wird aufgestanden, kleiner Mann, und ein bißchen auf Krücken gehumpelt, nicht wahr?"

Ja, Mühe und Not, noch einmal gehen zu lernen, Schwindel und ein bißchen Scham, und die grüne Erde betäubend in ihrem so lange nicht gesehenen Glanz. Der große Garten reichte bis an den Strom, und hinter dem Strom standen schon die schweren Sommergewitter über den großen Wäldern. Noch gewaltiger als zu Hause war hier der Horizont, in den zur Linken die vielen Kirchen mit seltsamen Türmen ragten, und der Strom zu seinen Füßen trug viele Flöße, auf denen zur Abendzeit kleine Feuer brannten und fremde Lieder erklangen.

Kein Mangel an Elend in diesem schönen Garten. Auf allen

Bänken saß es und blickte gleich ihm mit stillen Augen über den Strom. Ein ganzes Heer von Krüppeln, das der Krieg hinter sich gelassen hatte, die meisten verbittert, viele stumpf, nur wenige still ergeben oder von einem traurigen Stolz erfüllt. Ja, viel würde zu tun sein auf den dreißig Morgen des künftigen Lebens, in den kleinen Dörfern, in die sie nun heimkehren würden, geachtet und geehrt zuerst, und dann eine Gewohnheit, und zuletzt eine Last. Denn in den kleinen Dörfern ist der Körper mehr als in den Städten, das erste und letzte Handwerkszeug, das nötigste und auch das wohlfeilste. Kein Platz für Knechte, die auf der Hausbank sitzen und von ihren Abenteuern erzählen. Zu wenig Publikum für Drehorgel oder Ziehharmonika. Kein Brot fällt mehr vom Himmel wie damals in der Wüste, und ein verlorener Krieg nimmt den Lorbeer auch von der verstümmelten Stirn.

Hier auf den Bänken unter den blühenden Bäumen war kein Zweifel mehr, daß der Krieg verloren werden würde. Jons hatte niemals viel an Sieg oder Niederlage gedacht. Jeder Tag hatte seine eigene Last getragen, einen Graben, der zu nehmen, einen Feind im blauen oder braunen Kleid, der zu schlagen oder aufzuhalten oder zu verfolgen war. Der Krieg war etwas Abstraktes, ein Sammelbegriff, der über dem Ganzen schwebte, aber keiner von ihnen konnte das Ganze sehen. Die Völker der Welt waren nicht mehr das, was früher zwei Horden waren. Er hatte an Nahrung und kleinen Dingen gemerkt, daß Armut und Mangel kamen, aber nun hörte er zum erstenmal, daß nicht nur Armut und Mangel zum Ende drängten.

Er hielt sich nun ganz allein, saß auf seiner Bank über dem Strom und versuchte noch einmal zu erkennen, ob das Schicksal nun nach Recht oder Unrecht gehe. Er sah die Möwen auf das graue Wasser niederstoßen und ihre Beute aufblitzen im flüchtigen Licht, sah sie einander verfolgen und lärmend um die kleine Beute kämpfen, und es war ihm, als hätte die Menschheit noch einen langen Weg vor sich, um mehr zu sein als diese weißen Vögel. Keine Möwe, die den Fisch zuerst ergriffen hatte, setzte sich auf einen der grauen Ufersteine und sprach über das Recht, das ihr zustand. Keine der anderen saß lauschend um sie herum, verneigte sich dankend für die sittliche

Belehrung und flog gehorsam davon. Die großen Illusionen hatten erst in der Menschenwelt begonnen, und jeder Hunger der Völker warf sie in das Nichts zurück. Was geblieben war, als das wahrhaft Unsterbliche in der Geschichte, war weder das Recht gewesen noch das Schicksal noch die Vorsehung, sondern allein die Macht, und die Macht war eine dünne Schminke über dem harten Gesicht der Gewalt. Und auch die, die hier zurückgeblieben und zerstört auf den stillen Gartenbänken saßen, würden aufstehen, wenn der Hunger kam, und ihre Krücken gegen diejenigen erheben, die weniger Hunger litten oder von denen sie es wenigstens glaubten oder gern glauben wollten: die Ärzte, die Schwestern, ja selbst die Sanitäter, die doch ihresgleichen waren und sie jeden Morgen an die Sonne hinaustrugen. Es mochte sein, daß der Sieg die Menschen besser machte, obwohl die Geschichte keine Beispiele dafür aufgeschrieben hatte, denn er sah wenige Gesichter, von denen er glauben konnte, daß die Niederlage sie adeln würde.

Er blickte auf seine dünnen und blutlos gewordenen Hände, die um die Krücken gefaltet waren, und wußte, daß sie ihm geblieben waren. Augen und Hände waren geblieben und wohl noch einiges dazu, was er nicht zu missen brauchte. Für sie waren Sieg oder Niederlage gleich. Sie wollten weder mehr Brot oder mehr Land, noch wollten sie ein abstraktes Recht.

Sie wollten nur das Rechte tun, heute ebenso wie an dem Tage, an dem er das graue Kleid zum erstenmal angelegt hatte. Und das Rechte konnte man siegreich oder geschlagen tun. Das Recht konnte untergegangen sein in diesen vier Jahren, durch Lüge oder Gewalt, und am Boden gehalten werden für lange Zeit, aber das Recht war nicht untergegangen. Es war so unberührt geblieben von den Strömen des Blutes und des Hasses, als hätte es die ganze Zeit auf einem andern Stern gewohnt, und man braucht nur seine Hände zu heben, um wieder nach ihm zu greifen. Es entzog sich nicht und verhüllte sich nicht. Es war immer da, ohne Anspruch oder Verheißung. Es brauchte nur getan zu werden. Kein Sieger und kein Besiegter konnten es auslöschen oder aus der Welt hinausdrängen. Wenn Gott war, so war er darin, nicht im Sternbild des Perseus oder über Himmel und Hölle, sondern hier, vor den beiden Händen, die heute noch das helle Holz der Krücken hielten, aber morgen schon den Stock halten würden und übermorgen den geheimnisvollen Becher, mit dem man das Salz der Erde dämpfen sollte.

Er wollte nun fort, den grauen Rock ausziehen und an die Arbeit gehen. Er wollte weder Urlaub noch Erholung. Es war ihm, als warte der Vater bei der Schwelle am Meiler auf ihn.

Aber der Stabsarzt schüttelte den Kopf. Nein, so schnell ginge es nicht. Was Gott ausgerenkt habe, nach seinem Wort, könnten alle Ärzte der Welt nicht so schnell wieder heilen. Und ein bißchen möchte er doch noch zusehen, wie der ehrenreiche Soldat Jeromin nun über diese gesegnete Erde sich fortbewegen werde. Einen Mann, in dem man einen Knopf gefunden habe, gebe man ungern in andere Hände.

Nun, er bewegte sich kümmerlich, der ehrenreiche Soldat, und der Herbst war gekommen, ehe der Stabsarzt sagte, daß man nun so gut wie gar nichts mehr merke und daß er auf diesen Gang so stolz sei wie eine Mutter auf den ersten Gang ihres Kindes. Also in Gottes Namen könne er sich nun auf und davon machen, um die Gerechtigkeit bei den Haaren zu ergreifen und sie auf den etwas beschädigten Acker zu schleifen. Er fürchte nur, es werde das sein, was die Menschen einen Gottesacker nennten. Der Vorhang sei im Fallen und das Stück sei aus, und vorn auf der Bühne, von allen Rampenlichtern angestrahlt, liege der Leichnam eben dieser Gerechtigkeit.

Es sei ihm, sagte Jons leise, als ob das nicht so wichtig sei, wie der Herr Stabsarzt es nehme, denn er sei der Meinung, daß das Rechte immer noch am Leben geblieben sei, und dieses zu tun, sei Anlaß und Gelegenheit genug.

„Ich habe schon lange gedacht, Jons“, sagte der Arzt, „daß das alte Buch der Bücher wieder einmal zu Ehren kommen sollte, wenn auch nicht gerade als ein Handbuch für Medizin. Und ich denke, wenn Sie soweit sind, daß der erste Kranke in Ihrem Eulenwinkel bei Ihnen anklopft, um das Wasser des Lebens zu verlangen, und Sie die erste richtige Diagnose gestellt und ihm das erste Rezept ausgeschrieben haben, dann sollten Sie Ihre Sprechstunde für diesen Tag schließen und ein bißchen zu Ihrem erloschenen Meiler hinausgehen und ein bißchen in dem Buch lesen, das Ihrem Vater das Leben leichter gemacht hat. Und es könnte schon sein, daß ich einmal nach vielen Jahren dort für ein paar Tage einkehre, um zu hören, was Sie von den Wasserbächen am dürren Ort zu erzählen haben."

Als Jons im Zuge saß, den Stock, den er immer noch brauchte, zwischen den Knien, und über den Strom nach dem großen Garten zurückblickte, zwischen dessen schon kahlen Bäumen der Nebel hing, mußte er anders an seinen Krieg zurückdenken, als diejenigen es bitter und fluchend mit dem ihrigen taten, die bei ihm im Abteil saßen. Wer geglüht werden wollte, durfte auch dem Kriege nicht ausweichen, und es konnte wohl sein, daß auch die Liebe geglüht werden mußte, wenn sie alle diejenigen einmal wärmen sollte, zu denen er einmal gehen würde. Der Krieg hatte ihm soviel genommen wie den andern auch und wahrscheinlich ein gut Teil mehr, aber er wollte nicht vergessen, daß er auch ein großer Geber gewesen war. Ein strenger und schmerzhafter Geber, aber die Geschenke der Strenge und des Schmerzes bewahrte man lange in der Hand. Und selbst die Leben, die er genommen hatte, waren nicht unwiederbringlich verloren. Ja selbst wenn sie wie Steine in ein unergründliches Wasser gesunken waren, so hatten die Wellenkreise der Steine ihn berührt, sie hatten sein Blut bewegt, und das Blut würde sie niemals mehr verlieren.

Noch einmal, während die nebligen, tropfenden Wälder zu beiden Seiten des Zuges vorüberglitten, sah er sie auftauchen und wieder versinken, die stillen Gesichter, die einen besseren Frieden gefunden hatten, als er nun die Lebenden erwartete. Eine lange Reihe, Gesicht an Gesicht, im Nebel zu Hause und leise wieder in ihn zurücktretend. Manche immer noch leuchtend wie das Gesicht des Vaters, manche sorgenvoll wie das Jumbos, manche lächelnd wie das des Leutnants, und manche mit dem kaum verhüllten Spott der großen Soldaten wie das des Korporals. Und neben ihnen alle die anderen, kaum gekannt, bloße Nebenmänner auf der großen Tenne, auf die der Tod die leeren Garben warf.

Und doch würde das Leben stärker sein als der Tod. In zehn, in zwanzig Jahren würde es das Blut getrocknet haben, und wie ein böser Traum würden die Jahre der Vernichtung immer weiter zurückweichen, wie nun die dunklen Wälder zurückwichen und die Äcker und Weiden sich vor seinen Blicken ausbreiteten. Hagel war den Wald hinabgegangen, aber noch war von keinem Hagel erzählt worden, der einen Wald vernichtet hätte.

„Dir haben sie wohl zum Generalstab versetzt, Kamerad, daß du so blanke Augen hast, was?“ fragte der Soldat mit dem leeren Rockärmel, der ihm gegenübersaß.

Aber Jons schüttelte den Kopf. Er habe nur an die Wasserbäche am dürren Ort gedacht, erwiderte er, und die anderen sahen ihn mit verstohlenem Mitleid an.

XXIII

Der Stabsarzt hatte dafür gesorgt, daß er einen Fahrschein über die große Stadt bekam, in der er zur Schule gegangen war, denn er hatte seit fast zwei Monaten nichts von Margreta gehört. Sie hatte niemals häufig geschrieben, und es machte ihm keine sehr schwere Sorge, aber er stand doch eine Weile vor dem Eckhaus, auf seinen Stock gestützt, frierend in seinem dünnen, vielmals geflickten Mantel, und sah die Puppen hinter der großen Glasscheibe leer und töricht lächeln, wie er sie in der Erinnerung hatte. An ihnen wenigstens war der Krieg ohne Spuren vorübergegangen.

Ein Mädchen, das er nicht kannte, kam aus der Ladentür, einen blauen Karton in der Hand, sah ihn auf der anderen Straßenseite stehen, drehte sich noch einmal um und ging dann weiter.

Er wartete, bis es verschwunden war und ging dann hinein. Die Besitzerin war wohl nicht da, denn die drei jungen Mädchen lehnten über den Ladentisch, hatten die Köpfe zusammengesteckt und betrachteten etwas, was ein Liebesbrief oder ein Andenken sein mochte.

Er hätte gern gewußt, sagte er, ob Fräulein Margreta noch da sei.

Es war doch an seinem Mantel nicht soviel zu sehen, daß sie ihn wie einen Geist anstarrten. Er war geflickt und hatte braune Flecken von Lehm und Blut, aber die Knöpfe waren alle geschlossen, und auch das Koppelschloß saß in der Mitte, wie es vorgeschrieben war. Ein leiser Frostschauer lief einmal seinen Rücken hinunter, obwohl der Raum warm war, beinahe so warm wie die Kammer, in der sie vor dem kleinen Eisenofen gesessen hatten.

Da hielt das kleinste Mädchen schon sein Tuch vor die Augen und weinte, und die anderen sahen ihn mit blassen Gesichtern an.

Er wußte es nun, bevor sie es erzählt hatten, alle zusammen, und er nahm nur seine Mütze ab und stützte sich etwas fester auf seinen Stock. Ja, der Vater sei krank geworden und sie sei in die Munitionsfabrik gegangen, um mehr zu verdienen. Und vor einem Monat sei einer der Schuppen in die Luft geflogen und dann noch drei andere dazu. Keiner wisse, wie es gekommen sei, aber von ihr und vielen anderen habe man nichts mehr gefunden. Alle meinten, daß es ein schneller Tod sei.

Er sagte nichts, und es war nur, als ob alles Leben, das er mühsam heimgebracht hatte, nun aus seinem Gesicht fortgegangen wäre. Aber nach einer Weile ging er langsam, nur das rechte Bein etwas nachziehend, bis zur Schwelle, deren Tür halb offen stand, und blickte in den anderen kleinen Raum hinein. Er war so, wie er ihn damals verlassen hatte.

„Schläft da nun jemand anders?" fragte er abwesend und wies auf das alte Sofa.

Nein, sie hätten sich gefürchtet, und es sei ja auch nicht viel mehr zum Stehlen da.

Er nickte, sah noch einmal die Wachsbüsten an, eine nach der andern, setzte seine Mütze wieder auf, fühlte mit den Fingern, ob die Kokarden richtig säßen, grüßte und ging hinaus.

Es fror ihn noch immer, aber er konnte nicht schnell gehen, und es dauerte eine Weile, bis er die Stelle wiederfand, wo sie unter den kleinen Wellblechdächern gekauert hatten. Es waren nicht viel Kohlen da, die Berge waren zu kleinen Hügeln zusammengeschrumpft, und auch das Wellblech hatte man zu einer der vielen Fronten gefahren. Nur ein paar verrostete Bogen lagen da, naß vom Nebel, und dort setzte er sich eine Weile nieder und blickte durch die graue Luft nach dem Hafen zurück, wo die Masten der Schiffe mit dünnen Linien in den Himmel schnitten. Vielleicht mochte eines von ihnen den Namen „Margreta" tragen, nach dem sie getauft worden war.

Die alte Verlassenheit, mehr als die alte. Ein Abgrund von Leere und Einsamkeit, in den man alles werfen konnte, was er in zwanzig Jahren davon gesammelt hatte. Die Einsamkeit seiner Schuljahre und der Zeit, als Jumbo fortgegangen war, die des erloschenen Meilers und des verbrannten Dorfes, die der westlichen Schlachtfelder mit dem ungeheuren, brennenden

Himmel und die der östlichen Wälder und Ebenen, und auch die des großen Stromes, an dem er auf dem Rücken gelegen und gemeint hatte, daß der letzte Friede ihn erfülle. Er konnte alles in den Abgrund werfen, aber es war, als bedecke es kaum den Boden. Der übrige Raum aber war mit einem eisigen Dunkel erfüllt, wie ein Brunnenschacht, in den es von den Wänden hinabtropfte, Tropfen auf Tropfen, die unten aufschlugen mit einem leeren, dumpfen Klang.

Was waren denn Arbeit und Hingabe und Pflicht, wenn die Erde ohne Menschen war? Und da sie nun fort war, aufgelöst in ihre Atome, wo war der Mensch, an dessen Brust er seinen Kopf legen konnte? Er hätte nicht suchen sollen, der Stabsarzt. Er hätte das Gift nicht hinausnehmen sollen. Es wäre besser gewesen, dieses nicht zu wissen, und Tobias hatte ja gesagt, daß die kleinen Leute sich um Gott versammelten. Vielleicht daß Gott doch war und daß er sie wieder gefunden hätte, vor einem kleinen eisernen Ofen, in dem das ewige Feuer brannte.

„Ach nein“, sagte er und stand auf. „So darf man hier wohl nicht sitzen . . .“ Er sah sich um, Angst in seinen Augen, und ging zum Strom hinunter, der schwarz und lautlos zwischen gelben Rohrhalmen dahinfloß. Kinder hatten einen Kahn losgemacht und zogen ein altes, halb zerrissenes Netz hinter sich her. Nur ein Riesenfisch konnte sich darin fangen, aber sie hörten nicht auf, es mit halb erfrorenen Händen wieder in das Wasser zu lassen, wenn sie es leer heraufgezogen hatten. Sie hatten alte Tücher um ihren Hals gewickelt, und er sah den Hunger in ihren großen, brennenden Augen.

Die Strömung trieb sie langsam vorüber, einen traurigen, grauen Kahn, von dessen Wänden die Farbe abgefallen war, und Jons dachte, daß auch ihre Geschwister dabei sein könnten. Weshalb sollte es unmöglich sein, wenn der Vater krank war und der Tod sie nun mitsamt ihrem Lohn geholt hatte? Nichts war unmöglich, und wenn es nicht so war, nun, so waren es eben andere Kinder, fünf von Millionen, die hungerten und verdarben, weil ihre Väter und Brüder nicht den Sieg heimgebracht hatten, sondern die Niederlage.

Jons ging weiter, aber der Kahn ging mit. Er war längst

hinter einer Biegung verschwunden, aber sein Bild war immer noch da. Kein Schiff mit drei Masten, einer goldenen Gallionsfigur und dem Namen „Margreta", sondern ein kleines, graues, gebrechliches Fahrzeug mit fünf hungrigen Kindern und einem zerrissenen Netz. Der Kahn „Margreta", der Kahn der Armen, der Kahn eines ganzen hungrigen, verderbenden Volkes, das mit erfrorenen Fingern nach Speise suchte.

Nein, man hatte noch nicht alles bestanden, wenn man den Krieg und den Tod bestanden hatte, ehrenreicher Soldat. So einfache Züge trug das Schicksal nicht. Und auch mit zwanzig Jahren müßte man schon davon gehört haben, daß das Leben schwerer zu bestehen war als alle Kriege der Welt. Von seinem Vater zum Beispiel hätte man es hören können, und wenn er meistens stumm war, so hätte man es aus seinen Augen ablesen können und aus den Händen, die die Blätter des alten Buches umschlugen. Nicht nur das Leben als ein Acker, den man zu graben hatte, nicht nur seine Fülle, seine Schwere, seine Vielfalt, sondern auch seine Leere, wenn es sich gähnend auftat, der dunkle, eisige Abgrund, in den die Stunden wie Tropfen fielen, eintönig, schrecklich und stumm.

Er stand vor dem Haus, in dem er mit Jumbo gelebt hatte, aber er ging nicht hinauf. Er sah nur, daß es dastand und auf ihn wartete, die Bücherkisten auf dem Boden, der Ofen neben dem alten Sofa, die Lampe mit dem dünnen Sprung in der Glocke. Wer wiederkam, wurde erwartet, und wenn die Menschen ihn nicht erwarteten, dann erwarteten ihn die Dinge, und auch die Dinge waren nicht seelenlos. Das Salz der Erde wartete, daß man es dämpfte. Der Gastwirt wartete, der ein Trinker und Beter war, und Stilling wartete, der eine Nobelstiftung gegründet hatte. Vielleicht die Mutter, vielleicht der Herr von Balk, vielleicht das Dorf Sowirog und viele kleine Dörfer dieser verwüsteten Erde.

Und auch die Toten warteten, die zu den „kleinen Leuten" gehörten und immer darauf gewartet hatten, daß die Tore der Goldenen Stadt einmal aufsprängen. Der Korporal, der an dem Waldrand begraben lag, und das Mädchen, dessen jungen, liebevollen Leib der Tod der Zeit zerrissen hatte. Die anderen mochten nun von der Freiheit träumen oder der Rache oder dem ewigen Frieden, aber sie wurden nicht erwartet, weder von der Freiheit noch vom Frieden. Erwartet wurden weder Helden noch Träumer, sondern Helfende und Heilende. Und Helfen und Heilen war eine Sache des Dienens und der Arbeit. Sie war es immer gewesen und würde es immer sein. Man tat nicht das Rechte, wenn man dem Tode fluchte. Man tat es nur, wenn man ihn bezwang.

Er saß wieder im Zuge und fuhr nach seiner Garnison, und nun fragte ihn niemand mehr, ob er in den Generalstab berufen worden sei.

Sie entließen ihn nach ein paar Tagen, und als er um die Mittagszeit aufbrach, hatte der Waffenstillstand eben begonnen. Er hatte seinen Tornister mitnehmen dürfen und ging nun auf derselben Straße heim, auf der die Frauen von Sowirog seit hundert Jahren und länger noch ihre Körbe vom Markt zurückgetragen hatten. Es war nichts Auffälliges an ihm. Sein Mantel war grau und fleckig, der rote Streifen an seiner Mütze war ausgebleicht, und auch auf einen Stock stützten sich viele, die nun wie er in dem grauen Novembernebel über die Straßen des Landes zogen. Er traf ein paar Fuhrwerke, die auf dem Wege zur Stadt waren, aber niemand drehte sich nach ihm um. Für die meisten war der Heldenglanz von diesen grauen Gestalten abgefallen. Not hat ein kurzes Gedächtnis.

Er mußte langsam gehen, weil sein Weg weit war und die Hüfte schmerzte. Schnee würde fallen, und er würde es nun immer ein paar Tage vorher wissen. Auch dazu war es gut, daß Gott seine Hüfte verrenkt hatte.

Er haderte nun nicht mehr. Nur die Herren haderten, hatte Margreta gesagt. Aber er sang leise vor sich hin. Sie hatten einen schlesischen Weber bei der Kompanie gehabt, einen stillen, frommen Mann, und von dem hatte er das Lied gelernt. „Wir weben und wir weben der armen Leute Kleid . . .“ Ein trauriges und frommes Lied, und danach marschierte er nun die Straße entlang.

Die Birken waren schon ohne Blätter, die Vögel waren fort, und nur die grauen Krähen saßen auf den schiefen Zäunen. Der Sand der Straße war feucht, Wasser stand in den tiefen

Geleisen, und es war lange her, seit sie hier mit den beiden Särgen gefahren waren.

Als der Wald begann, stand er eine Weile an der Stelle, wo er mit dem Vater gesessen hatte, als die Feuer am Horizont gewesen waren. Daß die Erinnerung das Bild der Menschen bewahrte, war eine Gnade. Und nicht nur ihr Bild, sondern auch den Klang ihrer Worte, ja den Hauch ihres Atems. Den strengen Geruch von Harz und Rauch, der um den Vater gewesen war, und den reinen Duft von Jugend und Gesundheit, der aus der Haut Margretas aufgestiegen war. Nichts ging verloren, auch der Tod konnte es nicht mitnehmen.

Er sah an den hohen feuchten Stämmen hinauf, die jung gewesen waren, als der Großvater hier barfuß zur Stadt gelaufen war. Das Gefühl der Zeit kam ihm wieder, das er im Kriege verloren hatte, und auch die Erkenntnis, daß der Tod nicht bitter war. Bitter war er nur für diejenigen, die etwas von den Toten haben wollten, und wenn auch nur den stillen Glanz ihres Daseins. Der Schmerz um die Toten hatte seine Wurzeln tief in der Selbstsucht der Zurückgebliebenen. Die Toten hatten keinen Schmerz, der Vater nicht und Margreta auch nicht. Sie hatten ihn nicht einmal in dem Augenblick gehabt, als er zugeschlagen hatte. Sie waren so jäh erloschen wie eine Kerze, deren Docht man zwischen die nassen Finger nimmt. Und nun waren sie im Nichts, und sie wußten nicht, daß sie nicht waren. Sie wußten nicht einmal, daß e r noch war und Schmerzen trug. Und wer heilen wollte, mußte langsam aufhören, Schmerzen um sich zu tragen. Schmerzen machten müde. Schmerzen waren das Vorrecht derer, die Zeit hatten, aber Ärzte und arme Leute hatten keine Zeit.

„Wir weben und wir weben ... der armen Leute Kleid ..." Er marschierte schon tief im Walde. Er nahm die Mütze ab und fühlte die Tropfen von den Kiefernnadeln in seinem Haar. Es würde ausreichen, wenn er eine Woche zu Hause bliebe. Dann kam er noch zur Zeit zum Semesterbeginn. Er würde an das alte Fräulein Holstein schreiben, und sie würde die Kisten vom Boden herunterbringen lassen. Er würde wieder Kohlen stehlen müssen, aber er würde der Erinnerung nicht ausweichen. Sie war das einzige, was geblieben war von einem blühenden Leben, und vielleicht war nun eingetreten, was er zu Beginn seiner Soldatenzeit sich gewünscht hatte: mit einem ganzen, ungeteilten Herzen an sein Werk gehen zu können. Damals hatte es sich nicht erfüllt, aber nun brauchte er sein Herz nicht mehr zu teilen. Es war niemand da, der den andern Teil begehrt hätte.

Unter den hohen Wipfeln begann es schon zu dämmern, als er an Kiewitts Acker vorüberkam. Der Pflug stand noch in der schwarzen Erde, aber das Pferd war nicht da. Es stand vor der grauen Hütte, und Kiewitt war dabei, ihm ein Eisen aufzuschlagen, das er in seiner kleinen Schmiede erhitzt hatte. Er hatte keine Zeit, mit solchen Dingen in ein Dorf zu fahren.

Kiewitt war so klein geworden, als wollte er wieder ein Kind werden, aber seine Augen waren noch immer glänzend, Baptistenaugen, die noch einmal getauft worden waren. Tiefe, wunderliche Augen, die die ganze Offenbarung des heiligen Johannes erblickt haben mochten.

„Du könntest mir etwas helfen, Jons", sagte er, ohne sich zu wundern. „Es will niemals ruhig stehen und ist doch schon beinahe so alt wie ich."

Jons stieß seinen Stock in die Erde und hielt das Bein dicht über dem Huf. Es roch nach verbranntem Horn, und die Hammerschläge klangen hell durch den Abend.

„Pflügst du noch, Kiewitt?" fragte er.

Ja, er sei nicht fertig geworden. Es hätte sich den Fuß über einer Wurzel vertreten, und er hätte es eine Woche im fließenden Wasser stehen lassen müssen. Aber solange kein Frost komme, gehe es schon noch. Nur ein bißchen Schnee werde kommen.

Ja, das merke er an seiner Hüfte.

„Er renkt wieder ein, was er ausgerenkt hat", sagte Kiewitt. „Menschen und Reiche. Und was er nicht mehr einrenkt, das will er schneiden, weil es reif ist. Jakob war reif."

„Wußtest du es?"

„Ich wußte es, als er fortging. Das erste Mal schon."

„Und was wird nun sein, Kiewitt?"

Kiewitt schlug den letzten Nagel ein, und sie ließen den

Fuß des Pferdes herab. Es schüttelte sich und ging langsam auf die braune Wiese, wo es zu weiden begann.

„Was sein wird? Was immer war, Jons. Samen und Ernte, Frost und Hitze, Sommer und Winter, Tag und Nacht. Oder dachtest du, daß Gott damit aufhören wird, weil er die Völker vier Jahre bewegt hat? Rühre deine Hände, Jons, und danke Gott, daß er nicht sic verrenkt hat."

Er trug seinen Hammer und die alten Eisen in den kleinen Schuppen, und Jons nahm seinen Stock und ging weiter. Er dachte nach, ob die Pferde der Apokalypse auch Eisen an den Hufen getragen hätten.

Die Meilerhütte war verschlossen, und er versuchte, durch das kleine Fenster hineinzusehen. Aber es war dunkel unter den hohen Bäumen, und er konnte nichts erkennen.

Das Dorf lag so da, wie es immer gelegen hatte. Jedes Haus war an seinem alten Platz aufgebaut worden, der Regen und Schnee hatte die Dächer schon grau gemacht, und wenn man nicht genau hinsah, konnte man meinen, es stehe schon hundert Jahre so da. Balken und Trümmer waren vom Kirchenhügel entfernt worden, und der tote Pfarrer war gewachsen. Er sah ihm entgegen, als wollte er sagen: „Nun versuche du es einmal, kleiner Jons! Wollen mal sehen, ob du weiterkommen wirst als ich." Aber es war ohne Spott gesagt, und der junge Baum stand dunkel und schön vor dem grauen Abendhimmel.

Er wartete, bis aus der Krugstube das erste Licht in den Abend fiel. Er öffnete leise die Haustür der Jeromins und trat in den Flur, aber die Tür zur Küche war auf, und er sah, daß das Feuer im Herd brannte. Sie hörten ihn kommen, aber sie wußten nicht, daß er es war. Sie saßen beide vor dem Feuer, die Mutter ohne eine Arbeit und Christean mit dem Schnitzmesser über einem hellen Stück Holz, das er zwischen den Knien hielt.

Er stand auf der Schwelle und wußte, daß er zu Hause war. Christean griff nach seinen Krücken, aber die Mutter blickte auf seinen Stock. Es werde wohl vielen Müttern so gehen, sagte sie, daß sie ihre Söhne mit einem Zepter erwarteten, und dann sei es nur ein Stock.

Ja, erwiderte Jons, auch sei der Unterschied nicht so groß. Es liege nur in der Bedeutung.

Aber sie hatte ohne Bitterkeit gesprochen, und ihre Stimme war nur müde gewesen wie in einem tiefen Schlaf.

Nein, Lorbeerkränze gab es nicht, nur daß Christean an dem Kopf eines sterbenden Soldaten schnitzte. Er sei für die neue Kirche bestimmt, von der der junge Pfarrer sage, daß sie gebaut werden würde.

Ein stilles Mahl, aber Jons sah, daß die Mutter nun das Brot in die Suppe brockte, wie der Vater es an sich gehabt hatte. Er hatte es noch niemals an ihr gesehen. Er erzählte ein wenig vom Lazarett und wie der Stabsarzt den Knopf in seinem Körper gefunden hatte. Vom Kriege sprach er nicht, und sie fragten auch nicht danach.

Als er aufstand, um zu Maria zu gehen, sagte die Mutter, daß sie nun an den Meiler ziehe, wie sie gesagt habe. Das Mädchen aus der „Armen Sünde" werde hier wohnen und für Christean sorgen. Sie sprach so, als seien sie beide so klein, daß sie ihr bis an die Knie reichten. Jons sagte nur, daß es wohl nicht nötig sei, damit zu eilen, und daß sie vielleicht besser bis zum Frühjahr warte.

Sie wollte wohl noch fortgehen, denn sie hatte das große schwarze Tuch umgelegt. Nun blieb sie in der Tür stehen und sah nach ihm zurück. „Bist du schon so klug", sagte sie, „daß du weißt, wann es für eine alte Frau Zeit ist?"

Sie ging in die „Arme Sünde", und es war ihr wohl kein Weg in ihrem Leben schwerer geworden als dieser. Sie bat auch nicht, sie sagte nur, daß Jakob es so gewollt habe, und gegen den Willen eines Toten werde ein junges Mädchen wohl nicht angehen wollen. Sie sagte nicht „eine junge Frau", und sie übersah auch die Hände, die der kleine Jons nach ihr ausstreckte.

Nebel um alle Zäune, als Jons nach dem Zwergenhaus ging. Vergangen die Brust, an die er seinen Kopf hatte legen wollen. Eines Reiches Herrlichkeit vergangen oder doch das, was sie so genannt hatten. In den kaum drei Jahren, seit er zuletzt hier gestanden hatte, mit der Liebe in seiner Brust zu allen armen Dörfern dieser Erde. Aber die Liebe war geblieben. Vielleicht hatte er nur belehrt werden sollen, daß man die Liebe nicht teilen dürfe. Daß man nicht auf eine Waagschale die Armut und auf die andre die Schönheit legen dürfte, oder auf die eine die Arbeit und auf die andere das Glück. Die kleinen Leute wollten ein ganzes Herz, sie waren lange genug mit halben Dingen abgespeist worden. Und wer in seiner Arbeit nicht sein Glück sah, und zwar das ganze Glück und nichts außer ihm, war dieser Arbeit nicht wert. Er war ein Bürger, der ein Amt hatte und Gehalt empfing und seinen Urlaub beanspruchte. Aber er war nicht davon besessen, das Salz der Erde zu dämpfen. Die Erde konnte vielleicht Urlaub geben, denn sie ruhte im Winter, aber das Salz nicht, denn die Tränen flossen auch im Winter. Es gab keine Jahre oder Jahreszeiten ohne Tränen.

Immer noch war es hell im Zwergenhaus, und auch wenn Herr Stilling nur seine kleine Lampe unter den Büchern angezündet hatte, war es heller als in einem festlichen Saal. Vielleicht kam es nur von seinem weißen Haar oder von dem hellen Lachen der kleinen Barbara, aber Jons schien es, als sei hier der ganze Trost von Sowirog zu Hause und als müßte er einmal, wenn Herr Stilling längst tot sei, auch dieses Erbe übernehmen, wie der Gastwirt ihn ermahnt hatte, Jumbos Erbe anzutreten. Und vielleicht trugen alle die dunklen Bücher, die hier an den Wänden standen, doch ein verborgenes Licht in sich, und selbst wenn die Wahrheit nicht in ihnen zu finden sein sollte, die letzte Wahrheit, von der der Leutnant gesprochen hatte, so war es doch wohl möglich, daß all das menschliche Bemühen, das in ihnen lag, wie ein unsichtbarer Glanz von ihnen ausstrahlte und das ganze Haus bis zu den Bodenkammern erhellte.

Maria küßte ihn — sie war nun wohl die einzige, die ihn küssen würde —, und Herr Stilling legte Holz im Ofen nach, damit er es warm habe. „Sie werden euch nun wohl nicht mit Jubel begrüßen“, sagte er, „aber du mußt dir nichts daraus machen. Sie haben sich langsam daran gewöhnt, euch für so eine Art von Wach- und Schließgesellschaft anzusehen, und wenn es nun in ihrem Gebälk zu knacken beginnt, dann denken sie, daß ihr schuld seid. Das Ende von Kriegen war immer gefährlicher als der Anfang, Jons, auch für die sogenannten Sieger."

Ja, das eine hätte Jons gerne gewußt, und er frage es gleich am Anfang: ob Herr Stilling ihm wohl noch ein paar Jahre helfen könne, denn in acht Tagen wolle er fort und mit seiner Arbeit anfangen.

Es könnten ruhig noch viele Jahre werden, erwiderte der Lehrer, da solle er ohne Sorge sein. Und er habe sich nun wohl entschieden, setzte er hinzu.

Ja, im Lazarett habe er sich entschieden und vielleicht schon, als der Korporal gefallen sei, aber vielleicht auch erst vor ein paar Tagen, als er zugesehen habe, wie ein paar Kinder mit einem zerrissenen Netz Fische hätten fangen wollen. Und er wisse nun, daß er hier Arzt werden wolle und nichts anderes.

„Ja, ja", sagte Stilling und sah ihn wieder mit demselben Sorgenblick an wie damals, als er klein und tapfer in der kleinen Bank gestanden, nachdem Christean erzählt hatte, daß das Himmelreich gleich einem Könige sei, der mit seinen Knechten rechnen wollte. „Ja, ja, Jons", sagte er, „das ist mir, als ob ich noch einmal geboren würde. So ist es mir. Die Heimkehr vom Mondgebirge . . . das ist es, Jons."

Sie verstanden ihn nicht, und er stand auf und holte das Buch, das unter der Lampe lag und in dem er wohl gelesen hatte. „Nimm dies mit, Jons", sagte er. „Für diese acht Tage ist es ein gutes Buch und vielleicht auch für die kommende Zeit. Und wir glauben ja auch nicht, daß Bücher nur für Friedenszeiten da sind."

Jons schlug es auf, aber er las nicht weiter als bis zum Vorspruch auf der ersten Seite. ‚Wenn ihr wüßtet, was ich weiß', stand dort, ‚so würdet ihr viel weinen und wenig lachen.' „Soll ich deshalb lesen?" fragte er, und sein Mund war nun bitter wie der seiner Mutter.

„O nein, Jons, das brauchen wir nicht zu lesen, das wissen wir wohl auch so. Aber du mußt die letzte Seite aufschlagen, da steht es noch einmal. Und zwei Zeilen vorher steht etwas anderes, nämlich: ‚Jetzt wollen wir wieder zu den Lebendigen gehen.' Und wie jemand von dem ersten Wort bis zu diesem gekommen ist, das kann man schon lesen. Denn auch er ist vom Mondgebirge heimgekommen wie ihr alle."

Das schien nun Jons ein gutes, wenn auch ein schweres Wort, das von den Lebendigen, und lange nachdem Christean eingeschlafen war, lag er oben in der Kammer, die so wiedergebaut worden war wie die aus ihrer Kinderzeit, und blickte auf den hellen Fleck des kleinen Fensters. Kein Stern wanderte über das dunkle Kreuz, keine Uhr schlug. Es war so wie in einem großen, dunklen Walde, in den durch eine kleine Lücke zwischen den Wipfeln der nächtliche Himmel hineinschien, und so mochte wohl Jumbo gelegen und den Tod erwartet haben. Ach, er war viel schwerer, als sie glaubten, der Gang zu den Lebendigen.

Danach war er drei Tage vom Morgen bis zum Abend am Meiler, um das Winterholz für seine Mutter zu spalten und aufzuschichten. Manchmal sah er ihr weißes Gesicht am Fenster, aber er wußte nicht, ob sie ihm zusah oder auf den erloschenen Meiler starrte. Niemals würde einer von ihnen wissen, ob er in ihrem Herzen lebte. Sie würde niemals vom Mondgebirge heimkehren.

Erdmuthe war in das Jeromin-Haus eingezogen, aber nicht eher, als bis Jons sie noch einmal gebeten hatte, und sie hatten alle gemeint, daß es besser für Maria sei, sie sitze wieder vor dem Feuer, vor dem noch ihr Vater gesessen habe. Und noch einmal, bevor Jons fortging, konnte er an den Abenden meinen, daß es so sei wie in ihrer Kinderzeit, als Maria am Herde gestanden und mit ihrer tiefen, schönen Stimme das Märchen vom Fischer und seiner Frau erzählt hatte.

Wenn man die Augen schloß und nur zuhörte, wie das Feuer im Birkenholz sang, konnte man meinen, es sei alles so, wie es einmal gewesen war. Aber wenn man sie öffnete, wußte man, daß alles Gewesene schon den dunklen Strom hinuntertrieb, den die Menschen die Zeit nannten. Die Mutter, die eine Königin hatte werden wollen, saß am Meiler, und keiner von ihnen wußte, was für Gesichter sie in ihrem Herdfeuer sah. Von Gina war ein Brief an Jons gekommen, daß von ihrem Grafen nun auch nicht mehr als ein kleines Kreuz in der Wüste übriggeblieben sei, dort wo eine Karawanenstraße zum Berge Sinai führe, und wenn Jons zu ihr kommen wolle, so würde sie sich freuen. Der „Phoenix“ sei immer noch ihr stilles Eigentum, und sie denke, daß Zeiten kommen würden, in denen sie froh sein werde, ihn zu besitzen. Gotthold sei entlassen worden, und man sage, daß er in den Reichstag einziehen werde. Und wenn er etwas von Jumbo wüßte, der ein so guter Prophet gewesen sei, so möchte er es ihr schreiben.

Ja, alles trieb den Strom hinunter, Menschen und Völker, und selbst an der nebligen Straße von Sowirog konnte man die dunklen Wirbel hören, mit denen er sich dem Meere zuschob. Die ersten Männer kamen zurück, ganz wenige laut und lärmend, einige finster, die meisten still und geduldig, wie sie früher von der Waldarbeit zurückgekehrt waren. Der junge Pfarrer kam zurück und ging von Haus zu Haus, noch im grauen Rock, weil alles Seinige verbrannt war. Er hatte seinen Gott nicht verloren, aber es war nun ein schweigsamer Gott geworden, und wenn er die Lippen auftat, sprach er nicht von den Verheißungen, sondern von dem ersten Fluch, dem vom Schweiße des Angesichts, aber der Pfarrer hatte nun gelernt, daß es kein Fluch, sondern ein Segen war.

Nur die Gefangenen kamen nicht zurück, und wenn Maria nun an der „Armen Sünde“ stand, die Nebeltropfen in ihrem hellen Haar, schien es ihr, als erstrecke sich der große, schweigende, tropfende Wald von ihren Füßen bis an die fernen Gebirge des Ural und noch weiter hinaus bis an die Küsten des Ozeans, den man den Stillen nannte. Wie sollte jemand heimfinden in ihm, der in seinen kindlichen Träumen und seiner Jugend oft nicht einmal seinen Rock gefunden hatte, wenn er in sein Amt hatte gehen wollen?

Manchmal sah der junge Pfarrer sie dort stehen, wenn er aus den anderen Dörfern zurückkam, nahm sie leise bei der Hand und brachte sie ins Dorf zurück. Wer an die ewige Heimat glaube, sagte er, verirre sich auch in den großen Wäldern nicht.

Und ob er denn an sie glaube nach diesen vier Jahren des Hasses und des Todes?

Ja, er glaubte immer noch an sie, obwohl es für seinesgleichen nun schwerer war als für andere. Auch nachdem er in der Meilerhütte gewesen war. Die Frau hatte am Herd gesessen, die Hände im Schoß, und ihn nicht zum Sitzen eingeladen. „Sie glauben“, hatte sie gesagt, „daß Gott mich geschlagen und gebeugt hat? Er kann den Flachs brechen und das Rohr, die Wälder und die Felder, wie Jakob geglaubt hat, aber mich wird er nicht zerbrechen. Er hat geschickt, was er schicken kann, und mich nicht zerbrochen. Er kann nur noch den Tod schicken, und ich werde die Tür weit aufmachen, wenn er kommt. So armselig ist euer Gott wie der Scherenschleifer, der mit der Eisenstange auf den Hof kam.“

Er hatte nichts erwidert und war gegangen, denn er war ja nicht gekommen, um zu zerbrechen. Und doch glaubte er, daß auch für sie die ewige Heimat bereitet sei.

Unter den ersten, die zurückkamen, war auch der Herr von Balk. Er kam aus dem Lazarett und trug den linken Arm noch in der Binde, aber er fuhr seinen Wagen mit den hohen Spinnenrädern selbst, und wenigstens seine Uniform und die schiefe Reitermütze mit dem Knick im vorderen Rand sahen so aus, als sei der dunkle Strom der Zeit nicht über sie hinweggegangen. Doch sahen sie, daß er grau geworden war und daß die Falten von seinen Nasenflügeln zu dem schmalen Mund sich noch tiefer in seine dunkle Haut eingegraben hatten.

Er saß am Feuer wie sonst, krumm und hager, und sah den beiden Kindern zu, die die Stirnen von Christeans hölzernen Drei Königen aus dem Morgenland mit Papierkronen schmückten. „Alles Vergängliche ist nur ein Gleichnis, nicht wahr, kleiner Jons?“ sagte er, und sein Lächeln war ohne Bitterkeit, aber es sah fremd und traurig aus in seinem Gesicht. „Die Kronen fallen, und der Freiheitsbaum steigt, aber ich bin wohl neugierig, wer dafür sorgen wird, daß Brot wächst. Auch entthronte Könige und gekrönte Bettler müssen essen, und beider Hände sehen mir nicht sehr nach Arbeit aus.“

„In Sowirog werden sie arbeiten, Herr von Balk“, sagte Jons, „und in allen kleinen Dörfern der Erde. Und auch wir werden arbeiten.“

Ja, das wollten sie wohl, und wenn es auch nur dazu sei, daß diese beiden Kinder einmal mit Achtung von ihren Eltern sprächen. Mit der Achtung werde es nämlich im allgemeinen dürftig aussehen, von d r Hochachtung ganz zu schweigen. Und da sei es ganz gut, wenn sie alle an sich selbst wenigstens „mit vorzüglicher Hochachtung“ schreiben oder wenigstens denken könnten.

Ja, heiße Milch trinke er immer noch gern, am liebsten mit Rum, aber es gehe auch so. Die letzte Tasse habe er noch gut in der Erinnerung. ‚In memoriam‘ habe darüber gestanden, und das heiße wohl ‚zum Gedächtnis‘. Und nun wolle er zum Meiler gehen, wenn sie erlaubten, und dann Jons für eine Nacht mit sich nehmen. Ein einsames Feuer sei voller Gespenster.

„Ich dachte schon“, sagte er, als er wiederkam, „ihr hättet eure Mutter auf das Scheunendach gesetzt, aber ich weiß nicht, ob sie noch lebt. Sie gefriert nur noch, und einmal wird sie wie eine Königin in einem Glassarg sein.“ Er stieß mit der Stiefelspitze in die grauen Holzkohlen vor der Herdtür. „Sie hätte eine Herrin sein können über Lebendiges“, sagte er finster, „aber nun ist sie nur eine Herrin über Totes . . . wollen fahren, Jons.“

Das Schloß war unversehrt geblieben, und nur eine Scheune hatten sie neu aufbauen müssen. Auch über dem Park hing der Nebel, und Balk ließ gleich die Läden schließen und die Vorhänge zuziehen. „Kinder und alte Leute sitzen gern vor dem Feuer, Jons“, sagte er und zog die erste Flasche auf. „Mit wem soll ich nun hier sitzen, wenn du fort bist?“

„Sitzen wir nicht immer mit uns selbst, Herr von Balk?“

„Da könntest du recht haben, Jons, aber wir kennen uns zu gut, wenn wir graue Haare haben . . . Bilanz gezogen?“

„Ich fange zu arbeiten an, Herr von Balk. Mehr brauche ich vorläufig nicht.“

„Recht so. Und fängst du mit der großen oder der kleinen Gerechtigkeit an?“

„Mit keiner von beiden. Die Historiker werden darüber schreiben . . .“

„Richtig. Und die Staatsmänner und die Soldaten, vom General aufwärts. Und die Dichter und die Leute, die ihre Kronen verloren haben. Eine Masse Papier wird verbraucht werden, Jons, darauf kannst du dich verlassen, und der Acker wird wahrscheinlich nicht nur ohne Gerechtigkeit, sondern auch ohne Saat bleiben ... Schwer gehabt, Jons?"

„Nicht schwerer als die meisten."

„Zu jung, Jons, zu jung. Achtzehn Jahre sind zu jung für die Liebe und das Blut. Nehmen beides zu schwer. Gibt wenige Dinge, die schwergenommen werden müssen."

„Und das, was jetzt geschieht, muß das schwergenommen werden, Herr von Balk?"

„Wer den Sieg schwernehmen würde, muß auch die Niederlage schwernehmen. Sonst nicht. Schwer, mein junger Mann, ist erst, wenn dreitausend Morgen Roggenboden voll Disteln stehen, verstanden? Denn das geht gegen die Natur. Niederlagen gehen nicht gegen die Natur. Wenn du ohne Hände zurückgekommen wärst, das würde schwer sein. Es gibt keine Ärzte ohne Hände. Und Arzt willst du doch werden, nicht wahr? Na also. Pfarrer können ohne Hände sein, Dichter und Staatsmänner und alle möglichen anderen Leute. Aber kein Bauer, kein Arzt, kein Arbeiter. Der reine Geist ist immer verdächtig, mein Lieber. Froh, daß du mit dreißig Morgen zufrieden sein willst. Immer gefürchtet, daß du ein kleiner Jesaja werden wolltest oder wie die Scheiche sonst hießen."

„Aber wie ist es nun mit der Wahrheit, Herr von Balk?"

„Was? Wahrheit? Denke, du kennst die Geschichte von dem Mann, der seine Hände in Unschuld wusch, nicht? Er wusch sie zwar in Blut, aber das schadet nichts. Blut hat viele Namen. Auch heute werden sie ihre Hände waschen, junger Mann. Und wie sie sie waschen werden! Genug Blut geflossen, daß alle Staatsmänner der Erde sich ihre Hände drin waschen können. Mit der Wahrheit, junger Mann, ist es wie mit dem Regenbogen. Du siehst ihn, aber er ist nicht da. Nur Kinder laufen dahin, wo er auf der Erde aufliegt. Alte Leute falten die Hände und sagen: ‚Hübsch! Es regnet, aber irgendwo muß die Sonne scheinen.' Das ist es, junger Mann. Die Sonne scheint, aber wenn wir in die Höhe sehen, kriegen wir nur die Augen voll Regen."

„Aber irgendwo scheint sie doch wirklich, Herr von Balk?"

„Ja, das tut sie, und wenn dir das ein Trost ist, kannst du dich an ihr trösten. Du mußt nur nicht mit der großen Gerechtigkeit auf sie losmarschieren, Gerechtigkeit gibt's nur bei den Einundzwanzig-Zentimeter-Mörsern, und es wäre unbequem, mit zwei Mörsern rechts und links in dein Kolleg zu gehen. Würde Aufsehen erregen, und die meisten Straßen wären auch zu schmal dazu."

Er stieß einen Birkenkloben ins Feuer, daß die Funken in die schwarze Höhlung des Kamins hinaufstoben. „Arbeite, junger Mann!" sagte er böse. „Arbeite, daß dir das Blut unter den Nägeln herauskommt! Das ist doch die verfluchteste Schweinerei dieser Weltgeschichte, daß alle Arbeit von Leuten befohlen wird, die Schwielen auf dem Hintern statt auf den Händen haben. Und zwar Samtschwielen, verstehst du? Hoffe, daß der Teufel sie ihnen einmal mit glühendem Blumendraht ausbrennen wird, damit es hübsch langsam geht. ‚Und hab' doch so manches liebe Jahr auf meinen Schwielen gesessen . . .' Pistonsolo auf weißglühendem Mundstück. Schönste Hoffnung, wenn ich einmal abfahren werde."

„Aber Sie sind nicht verbittert, Herr von Balk? Das möchte ich noch gerne wissen."

„Verbittert? Habe meines Wissens nie nach Sahnebonbons geschmeckt, aber wüßte nicht, daß dieser Orlog mir eine Extraportion Wermut ins Blut gegossen hätte. Krieg ist wie Hagel, junger Mann. Alte Weiber heulen, wenn er ihren Roggen drischt, der Weise weiß, daß es schon beim Propheten Jesaja Hagel gab. Handwerk wie alles andre, nicht übermäßig sauber und nicht besonders fröhlich, aber auch Mist muß gestreut werden. Wird mir übel, wenn ich die sogenannten Standesgenossen an der Klagemauer sehe. Schlechte Neigung in unserm Volk, anzuspucken, was fällt, aber gibt auch bei den andern schlechte Neigungen. Immer brav gewesen, wenn man ihn nicht mit der Reitpeitsche traktierte. Verbittert? Nein. Ein bißchen müde. Zuviel Zinnober gesehen. Acht Tage pflügen, junger Mann, vom Morgen bis zum Abend, und der alte Vorhang geht wieder auf."

„Über derselben Bühne?"

„Immer über derselben, mein Lieber. Die ‚Neue Zeit' ist nur für Leute da, die Frühlingsartikel über den ersten Maikäfer schreiben. Auf unserer Bühne wird immer noch Mist gestreut und Roggen gesät. Frauen und Mädchen bekommen immer noch Kinder, und es wird geliebt, gehaßt, gelogen und totgeschlagen. Und auf der Galerie stehen immer noch ein paar Leute, die von der großen Gerechtigkeit träumen oder von der großen Liebe, wie sie es vor zweitausend Jahren getan haben und nach zweitausend Jahren immer noch tun werden. Hut ab vor diesen Leuten, Jons! Sie erinnern uns daran, daß der liebe Gott sich am siebenten Tage etwas geirrt hat und daß uns aufgetragen ist, seine Schreibfehler ein bißchen auszuradieren."

Er stand auf und goß aus der Flasche über dem Kamin eine helle Flüssigkeit in ein großes Glas. „Ich trinke wieder zuviel, Jons", sagte er heiter, „aber nach dem fünften Akt habe ich immer Bedürfnis nach einem Schnaps gehabt. Das sind die unpoetischen Naturen, denen immer leicht schwindlig wird, wenn sie den Geist über den Wassern schweben sehen. Nicht auf die Toten, Jons, und nicht auf die Totschläger. Aber auf die Todbezwinger, die nun an ihre Arbeit gehen wollen."

Er trank das Glas aus und warf es ins Feuer. Es zerbrach an der hinteren Kaminwand, und der Papagei rührte sich unter seinem Tuch. „Otto", sagte er heiser und verschlafen. „Sei doch nicht komisch, Otto . . ."

Herr von Balk lächelte. „Wenn er wüßte, was wir wissen, Jons", sagte er langsam, „was würde er dann wohl sagen?"

XXIV

Es ist Bußtag, aber die Glocken läuten nicht. Die von Sowirog sind im Feuer geschmolzen, und die aus den anderen Dörfern hat der Krieg genommen. Es ist ein grauer Tag, und der erste Schnee fällt in kleinen Flocken auf die feuchte Erde. Auf dem kahlen Hügel steht der tote Pfarrer und blickt über sein Dorf. Es sieht wieder so aus, wie es hundert Jahre ausgesehen hat. Es hat Krieg, Hunger und Tod überstanden. Seine spärlichen Äcker sind gepflügt und bestellt, der See ist nicht niedriger geworden, die großen, dunklen Wälder stehen schweigend im Kreise herum. Es ist ein ewiges Dorf, so klein es ist.

Der älteste Sohn von Michael Gogun, der im Moor versank, kommt mit einem Korbwagen und einem kleinen Pferd aus dem Jerominschen Tor und bringt das Gepäck zur Bahn. Eine Holzkiste und ein großes, altes Buch, in graue Leinwand genäht. Es hat ein Leben lang auf dem Holztisch am Meiler gelegen und geht nun mit Jons mit. Er weiß nicht, wie oft er darin lesen wird, aber es ist ihm, als gehe der Vater mit ihm mit.

Er hat nicht mit dem Wagen mitfahren wollen, er will zu Fuß gehen, allein und ganz für sich. Es ist ein stiller, grauer Tag, und es ist schön zu sehen, wie der Schnee weiß über den Wald fällt. Er geht noch am Stock, und von seinem Gesicht ist abzulesen, daß manche ihn verlassen haben, die er gern bei sich behalten hätte. Sein Gesicht ist noch so jung, daß es seine Schmerzen nicht ganz verbergen kann.

Sie bringen ihn bis ans Tor und sehen ihm nach. Maria, Christean, Erdmuthe, der kleine Jons und die kleine Barbara. Ein junger Mensch aus ihrem Blut, der sein Leben den Armen hingeben und den Tod besiegen will.

Und auch die Leute von Sowirog sehen ihm nach. „Mit Gott, Jons!“ sagen sie. „Geh mit Gott, Jons!“ Er winkt mit der Hand, und ein tiefes, brennendes Glück erfüllt ihn. Er fühlt die dünne silberne Kette bei jedem Schritt auf seiner Brust, und die Erinnerungen bedrängen ihn wie Schatten, die um ein Stückchen Brot betteln, aber das Glück ist stärker als die Schatten. Das Glück eines jungen Menschen, der gehungert, gefroren, getötet und verloren hat, und der nun an seine Arbeit gehen darf. Auf den kleinen Bezirk von drei oder dreißig Morgen, die er mit seinen Händen bewegen und heilen wird. Fernab von der „großen" Gerechtigkeit, von den Wasserbächen und dem Schatten eines großen Felsen, ein kleiner, demütiger, fleißiger Arbeiter, ein getreuer Knecht.

Die Mutter steht auf der Schwelle und reicht ihm die Hand. Sie sieht ihn nun an, nicht durch ihn hindurch wie sonst, und es ist ihm, als sehe er die ganze Stätte Golgatha in ihren Augen. „Einmal schlug ich dich, Jons", sagte sie. „Schlage mich nun nicht wieder." Und bevor er ihre Knie umarmen kann, ist sie in die Hütte zurückgetreten, und er hört, wie der Schlüssel sich im Schlosse dreht.

Dann ist nur noch Kiewitt zu sehen, ehe der große, menschenleere Wald ihn aufnimmt. Es schneit, aber Kiewitt pflügt noch immer. Er ist nicht fertig geworden, und es gibt keinen Feiertag für ihn, ehe der Frost kommt. Das Pferd ist noch fahler und hagerer geworden, ein unheimliches, todüberdauerndes, wissendes Pferd, aber es geht gehorsam unter des kleinen, gebeugten Kiewitt Hand. Es ist ein langer, schmaler Streifen Erde, und wenn sie am anderen Ende angelangt sind, sieht es aus, als würden sie beide im Schnee und in den Wäldern verschwinden und eine unendliche Furche bis an den Rand der Ewigkeit ziehen. Aber sie kommen immer wieder. Die Hufe dröhnen dumpf auf dem moorigen Boden, die Erde rauscht wie dunkles Wasser an der blanken Schar. Kein Vogel singt in den leeren Wäldern, keine Frau steht vor dem kleinen, schiefen, grauen Haus. Sie sind ganz allein auf dieser winterlichen Erde, der Mann und sein Pferd. Der Krieg, der Haß, der Tod sind über die Welt dahingebraust, über das Dorf und seine Menschen, aber sie haben die Erde nicht mitgenommen, die er gerodet und umgebrochen hat. Er ist ein Wiedertäufer, und es ist, als habe die neue Taufe ihn unsterblich gemacht.

Lange stand Jons und sah ihm zu. Für lange Zeit würde

er so etwas nicht wiedersehen, und lange Zeit hatte er es nicht gesehen. Aber während sie draußen marschiert waren, von Land zu Land, von Schlachtfeld zu Schlachtfeld, war dieses ohne ihr Wissen immer still vor sich hingegangen, das Erhaltende, Bewahrende und Ewige dieser dunklen Erde. Der Pflug, der durch den Acker ging, das Pferd, das ihn zog, der Mann, der die Erde umbrach, um das Korn zu säen. Sie selbst mochten den Sieg gewonnen haben oder die Niederlage, aber für diesen Mann und unzählige seinesgleichen war das von geringer Bedeutung. Sie trachteten nicht nach Siegen, sondern nach Brot, und die Einfachsten unter ihnen vielleicht nicht einmal nach Brot, sondern nur nach dem Werk ihrer Hände. Der Schweiß der Stirn war ihnen Segen genug.

„Leb wohl, Kiewitt!" rief er über das Feld.

Der Pflügende erschrak und verneigte sich in den Schultern, aber dann erkannte er Jons und winkte mit der Hand.

„Er wird sie wieder einrenken", rief er mit seiner hellen Knabenstimme zurück. „Er wird sie wieder einrenken, Jons. Verlaß dich nur darauf!"

Dann verbarg ein neuer Schauer treibenden Schnees ihn hinter einer weißen, wehenden Wand.

Zweiter Band

„Es ist viel Speise in den Furchen der Armen.“ (Sprüche XIII/23)

I

Der Landjäger Korsanke ritt auf seiner hochbeinigen Fuchsstute durch das Dorf. Er saß gerade wie immer im Sattel, und wenn der leise, kaum fühlbare Schmerz unter dem Koppelschloß sich meldete, der ihm seit Monaten Unbehagen machte, richtete er sich noch gerader auf, zog die Augenbrauen ein wenig zusammen und blickte noch strenger als sonst über die spielenden Ohren des Pferdes hinweg auf die Dorfstraße, auf der die Hühner im Sande scharrten und an deren Rändern die Fliederbüsche nun wieder zu blühen begannen.

Korsankes Haar war nun ganz grau geworden, und wenn er nach rechts blickte, konnte er hinter den niedrigen Hütten den Kirchhof sehen, die alte Mauer aus Feldsteinen, die Holunder- und Fliederbüsche, und dazwischen die Gräber. Und am Ende der Gräber die langen Reihen der kleinen Hügel, unter denen die Kinder schliefen, um deren Tod der Pfarrer Agricola ein Abtrünniger geworden war. Auch Korsankes Sohn schlief dort, so viele Jahre schon, und einen Augenblick lang zog er die Zügel an, starrte hinüber nach dem Ort des Friedens und sah das schmerzverzogene Kindergesicht, das nach Atem rang, und die Gestalt des Pfarrers, der in einem Winkel auf den Knien lag und die Arme zu Gott erhob.

Ja, viel war geschehen, lieber Gott, und den Strom der Zeit hinuntergeschwommen. Vor dem Kriege und während des Krieges und nachher. Dienstritte in Sonnenschein und Regen, tagaus und tagein. Holzdiebstahl und Schlingensteller, Trunkenheit und Prügelei. Tote hatten auf dem Moos gelegen, mit blinden Augen, die nach dem Recht riefen, und feierliche Worte waren über sie gesprochen worden. Die alte Frau in der „Armen Sünde“ hatte ihre Beichte in seine Hand diktiert, und am Meiler hatte Jakob gesessen und sich am Sinn der Welt die Seele zergrübelt. Und der Kaiser saß nun nicht auf dem Thron, sondern in einem Schloß in Holland, und Korsanke hatte einen neuen Eid geschworen, einen Eid auf die Republik, aber er wußte nicht, was eine Republik war. Die Großen bestimmten den Weg des Vaterlandes, und der kleine Mann gehorchte. Auch Korsanke gehorchte. Auch in der Republik brauchte man Brot, und Brot gab es für einen alten Beamten nur, wenn man den Eid nachsprach. „So wahr mir Gott helfe ..."

Korsanke erwachte aus seinen Gedanken und ließ dem Pferd die Zügel frei. Der leise Schmerz war wieder da, aber er wollte nicht zum Arzt gehen. Er wollte warten, bis Jons Ehrenreich Jeromin wiederkam, dem sie im Kriege die Hüfte verrenkt hatten und der ein großer Doktor werden würde, ein Wunderdoktor, auf den sein Dorf wartete. Vor ihm würde er den Uniformrock ausziehen und sich nicht schämen, denn Jons hatte er auf den Knien gehalten, und er war einer von den ihrigen. Einer aus dem Jeromin-Hause, aus dem so viel Wunderliches und Erschreckendes und Tröstendes ausgegangen war.

Wieder wollten seine Gedanken in die Vergangenheit zurückgehen, aber nun schüttelte Korsanke den Kopf, richtete sich im Sattel auf und ritt die Dorfstraße weiter, wobei er hier und da zwei Finger an den Helmrand legte und ein paar Worte über Wetter und Saatenstand sprach.

Die Fenster im Schulhaus standen offen, und er konnte die weißblonden und dunklen Köpfe sehen, wie sie sich nach dem gleichmäßigen Gang der Pferdehufe wendeten, und die helle, etwas knarrende Stimme des neuen Lehrers hören, der ein „Roter" war, wie die Kätner sagten. Aber Korsanke hatte seinen Eid geschworen, und es hatte ihm gleich zu sein, ob hinter dem Schulpult ein Roter saß oder ein Schwarzer oder ein sonstwie Gefärbter. Der Eid löschte die Farben aus.

Aber als Korsanke auf der Höhe war, wo der wilde Birnbaum stand und von wo man Dorf und See und Wald und Moor überblicken konnte, seufzte er doch ein bißchen auf, zog noch einmal die Zügel an und nahm den Helm ab, der ihm die Stirne drückte. Er war ein einfacher Mann und einfacher Leute Kind, aber dies konnte er doch fühlen, daß die Erde schön war, über die er ritt. Und daß es seine Heimaterde war. Ein verbranntes Dorf, aber die neuen Rohrdächer waren schon wieder grau, der Flieder blühte an den Zäunen, und auf dem Kirchenhügel stand die dunkle Fichte, die sie den „toten Pfarrer“ nannten. Wo die Nonne die Wälder zerfressen hatte, leuchtete das junge Grün, der Fischadler kreiste über dem unbewegten See, und über dem Moor lag das blühende Wollgras wie ein schimmerndes Seidentuch. Friede, soweit seine Augen reichten, Friede nach einem blutigen Krieg, und Friede, solange es denen gefiel, die dem kleinen Mann den Eid abnahmen.

Was für ein seltsamer Tag, an dem seine Gedanken weit fort waren von der Haussuchung, die er im Nachbardorf abzuhalten hatte, und die wirren Wege gingen, die in Vergangenheit und Zukunft führten. Nur in der Krankheit gab es so etwas, im Fieber, aber Korsanke war nie krank gewesen, und Fieber war keine Krankheit, solange man im Sattel sitzen konnte.

Nun kam durch die offenen Schulfenster der Geigenstrich des neuen Lehrers, ein klarer, sauberer Strich, und dann ein paar Doppelgriffe, die sich wunderlich verschlangen und lösten. Die Luft war so still, daß jedes Schwingen der Töne zu hören war.

Wieder nahm Korsanke den Helm ab, weil die Stirn ihn schmerzte und weil er meinte, so besser hören zu können. Fast wie am Sonntag war es ihm zumute. Die Glocken waren mit der Kirche im Feuer vergangen, aber auch eine Geige war schön, wenn sie sich über ein stilles Dorf erhob, und daheim in seiner alten Kiste aus der Soldatenzeit, ganz tief auf dem Grunde, lag die kleine Kindergeige, die er seinem Sohn geschenkt hatte, ehe der Kindertod über das Dorf gekommen war. Er hatte sie nicht mehr gespielt, er hatte nur ein paarmal mit seinen blassen Fingern an den Saiten gezupft, und nachher hatte Korsanke sie in das Dunkle gelegt, und selbst seine Frau wußte nicht, wo sie geblieben war.

Es sei wohl auch nichts für arme Leute, dachte Korsanke noch wie zur Entschuldigung, aber dann hörte er, wie der Geigenbogen auf das Pult klopfte und dann, wie die Kinder zweistimmig in die neue Melodie einfielen. Eine leichtfertige, aufdringliche und, wie es Korsanke schien, unfromme Melodie. Eine Jahrmarktsmelodie, wie sie unter glitzernden Karussells ertönte, und Korsanke beugte sich im Sattel vor, um die Worte des Liedes zu verstehen.

„Im Jahre sechsundsechzig,
zu Luxemburg am Rhein,
da ward ein Kind geboren
mit Namen Humpelbein.
Zum Hia . . hia . . humpel . .
zum Hia . . humpelbein!"

Korsanke, ohne zu wissen, was er tat, setzte seinen Helm wieder auf, und eine tiefe Falte erschien zwischen seinen grauen Augen.

Die Geige fügte eine fröhliche Kadenz an das letzte Wort, und dann erklangen die Kinderstimmen von neuem.

„Das Kind wollte Schauspieler werden,
die Mutter sagte: ‚Nein!
Erst mußt du beten lernen,
verfluchtes Humpelbein!'
Zum Hia . . hia . . humpel . .
zum Hia . . humpelbein!"

Korsanke saß nun ganz gerade im Sattel, die Zügel angezogen, und lauschte. Aber es kam nichts mehr. Die Geige schwieg, der Gesang schwieg, und nur die Lerchen standen jubelnd über den jungen Saatfeldern.

Da ritt Korsanke langsam weiter, den Blick auf die Ohren des Pferdes gerichtet. So war es also nicht nur der neue Eid und nicht nur die Republik. Es war mehr, und auch seinem einfachen Verstande ging es auf. Auch bei Stilling hatten die Kinder gesungen, und auch dann hatte Korsanke das Pferd angehalten. „Wie schön leuchtet uns der Morgenstern . . .", und das hatte er besonders gern gehört. Und auch bei Martin Gollimbeck hatten sie gesungen, der nun verschollen war in den Steppen Rußlands, und es waren fröhliche Lieder gewesen, wie ein einfaches Herz sie gedichtet hatte.

Dies aber war anders, und so hatten die Kinder von Sowirog

noch nie gesungen. Eine neue Zeit, dachte Korsanke, und vielleicht wäre es gut, in Pension zu gehen, ehe sie auch von den Kanzeln solche Lieder sängen ... verfluchtes Humpelbein ... und wie viele humpelten über die Straßen des Reiches, denen er begegnete, mit und ohne Krücken, und mit finsteren Augen auf ihn und das Pferd blickend ...

Erst am Rand des Moores zog er so scharf die Zügel an, daß die alte Fuchsstute sich bäumte. Er hob den Kopf und die rechte Faust, wie ein Mann, dem in allem Grübeln ein großer, leuchtender Gedanke kommt, wendete das Pferd und jagte im Galopp bis zu Daidas Hütte zurück, die die erste am Dorfende war. Dort hing, wie er wußte, eine große Landkarte aus dem Weltkrieg neben dem Küchenfenster, mit Nägeln an das Holz der Wand geschlagen und noch lange nach dem Kriege in Ehren gehalten.

Er achtete nicht auf den erschreckten Ruf der Frau, die einen Herdring fallen ließ, trat dicht an die Karte und fuhr mit dem Zeigefinger über die dunkel gewordenen Flecken der Länder links des Rheines, bis er den Namen gefunden hatte. Er atmete tief auf, sah die blasse Frau mit seinen durchdringenden Augen an und sagte: „Hab' ich doch gewußt! Liegt ja gar nicht am Rhein!"

„Was ist denn, Herr Wachtmeisterchen?" erwiderte die Frau. „Er war ja nie bei der Nacht im Walde, so wahr mir Gott helfe!"

Erst nach einer Weile konnte Korsanke lächeln. Er legte ihr die Hand auf die Schulter und nickte ihr begütigend zu. „Es ist nicht von wegen deinem Mann", sagte er, „und du brauchst nicht zu schwören. Es ist nur, weil nicht einmal die Geographie in diesem verfluchten Liede stimmt, und das hätte er wenigstens wissen können, dieser neue Heilbringer!"

Und darnach stieg er wieder in den Sattel und trabte aus dem Dorfe heraus, und er achtete nicht mehr auf die Kinderstimmen, die wieder zweistimmig aus den Fenstern des Schulhauses herausdrangen.

Korsanke ritt um den See herum, immer in scharfem Trabe, und auch den leisen Schmerz fühlte er nicht mehr. Erst als der Weißbuchenwald ihn beschattete, den die Leute „das Paradies" nannten, und in dem vor Jahren Friedrich Jeromin erschossen gelegen hatte, zog er wieder die Zügel an und nahm den Helm an der Stelle ab, wo die alte Frau aus der „Armen Sünde“ den Toten bewacht hatte. So vieles trug er in seinem Gedächtnis, und nichts war verlorengegangen, weder Menschenbilder, noch Worte, noch Lieder. Nicht einmal der braune Laubhaufen, der zwischen zwei Baumstümpfen lag, und das Sonnenlicht vergoldete die verdorrten Blätter. Ein gutes Gedächtnis war ein Segen für seinen Beruf, aber Vergeßlichkeit war besser für das menschliche Herz.

Und nun ritt er nach dem Dorfe, in dem das Mädchen zu Hause war, das dem Toten die „letzte Freude“ geschenkt hatte, wie Jakob am Sarge gesagt hatte, und er hatte nie den Verdacht verloren, daß ihr Bruder um das Verbrechen gewußt hatte. Gegen dieses Haus war wieder eine Anzeige bei ihm eingelaufen, einer der zerknitterten Zettel, die er so wohl kannte und auf dem mit schwarzen Buchstaben geschrieben stand, daß Rehdecken und Gehörne auf dem Boden des Hauses versteckt seien.

Er seufzte beim Weiterreiten, und es verlangte ihn nach ein paar stillen Jahren des Friedens. Nach der Arbeit an den Bienenstöcken, an dem duftenden Nelkenbeet, nach einer stillen Abendstunde bei dem alten Lehrer Stilling, der mit seiner zitternden Hand die Weltkugel leise bewegte, die vor seinen Büchern stand und vor der er so eindringliche Worte der Weisheit zu sprechen verstand. Er war es müde, nach Rehdecken und Drahtschlingen zu suchen, nach Kornsäcken und Fahnenflüchtigen. Er wußte, was Not war, Not des Leibes und der Herzen, und wer das Böse aufhellte, ein ganzes Leben lang, nahm leicht Schaden an seiner Seele, und wenn auch nur an der Freudigkeit, die Gott in jede Seele gelegt hatte.

Er ritt langsam in das kleine Gehöft ein, band das Pferd an den verfallenen Zaun und trat in die Küche. Die Frau stand am Herd und nickte ihm nur spöttisch zu. Unter dem niedrigen Fenster aber saß der Sohn, den er in dem schweren Verdacht hatte, und sein rechter Rockärmel hing ihm lose und leer herab. Korsanke hatte das nicht gewußt. Nicht daß er aus dem Kriege zurückgekehrt war und daß es so geschehen war. Die Sprache verging ihm für einen Augenblick, und er starrte wortlos auf den leeren Ärmel, und hinter dem faltigen leblosen Stoff erblickte er wieder den braunen Laubhaufen aus dem „Paradiese“ und die Augen des Toten, über denen die Frau aus der „Armen Sünde“ die runzligen Hände gebreitet hielt.

„Damit ist es nun nichts mehr“, sagte er endlich. „Außer wenn du mit der linken Hand allein schießen kannst ...“

Der Angeredete verzog keine Miene, und es war so still wie in der Kirche, bis die Frau einen Herdring klirrend auf die Platte warf.

Da erwachte Korsanke, nahm die kurze Leiter, die an der Wand lehnte, und stieg langsam zur Bodenluke hinauf. Er leuchtete mit seiner Taschenlampe unter dem Gerümpel umher, rückte hier eine zerfallene Kiste zur Seite und hob dort ein vermorschtes Brett aus dem Fußboden. Dann zuckte er nur die Schultern und stieg wieder hinunter. Er wußte, wie es bei solchen Haussuchungen ging.

„Seid vorsichtig!“ sagte er unten. „Manchmal wartet Gott auf den zweiten Arm ...“

Und dann stieg er langsam in den Sattel und ritt die Dorfstraße weiter, ohne nach rechts oder links zu blicken. Es war ihm, als ob er aus einem Gerichtssaal käme.

Er ritt nicht denselben Weg zurück. Er ritt um den ganzen See herum, langsam und in Gedanken verloren, und nur wenn die Haubentaucher am Schilfrand lärmten, hob er den Blick und ließ ihn über die weite Wasserfläche gleiten. So viele Menschen und Schicksale, so viele, so viele. Da war die Insel, auf der der arme Pfarrer gelebt hatte und auf der der Großvater Jeromin im Feuer gen Himmel gefahren war, wie Elias. Und seine Enkel und Urenkel gingen wieder über dieselbe Erde ... Solch ein Dorf, klein und arm und von Leid geschlagen, wie lag es doch tief in der Ewigkeit geborgen. Menschen vergingen und Häuser vergingen, Wälder starben und Glocken zerschmolzen im Feuer. Aber das Dorf blieb stehen, der Urgrund der Menschengemeinde. Ein Hirte trieb die Herden aus und brachte sie am Abend wieder ein. Ein Mann mit dem Sälaken schritt über das sandige Feld, der Balken des Ziehbrunnens hob und senkte sich. Rauch stieg auf über grauen

Dächern, und der Wind nahm ihn und trieb ihn fort. Geschlecht auf Geschlecht, Jahrhundert auf Jahrhundert.

Und hier ritt er die sandige Straße entlang, ein kleiner Mensch in einer bunten Uniform, und dachte, daß er die Ordnung aufrechterhalte, das Recht, das Gesetz. Wieviel Torheit unter einem blitzenden Helm! Unter allen blitzenden Helmen der Weltgeschichte!

Er kam von der andern Seite ins Dorf zurück, und vorher lenkte er von der Straße ab und ritt den schmalen Steig zum verlassenen Meiler. Es gab wohl Tage, an denen man immer rückwärts ritt, so regelmäßig auch das Pferd einen Huf vor den anderen setzte.

Die Lichtung lag so still, wie sie vor tausend Jahren gelegen sein mochte. Moos wuchs in grünen Flecken auf dem erloschenen Meiler, und die berußte Stange lehnte noch daran, mit der Jakob die Glut geprüft hatte.

Korsanke zog die Zügel an und sah auf die Schwelle der Hütte, auf der Michael gestorben war. Nun saß Frau Marthe da, in ihrem schwarzen Kleid, die Hände um die Knie gefaltet, und blickte durch ihn hindurch in die sonnigen Gründe.

Es fröstelte ihn wie in einem Totenland, aber er ritt doch näher, hob die Hand an den Helm und fragte nach ihrer Gesundheit.

Sie wendete langsam die Augen nach ihm, diese erloschenen und von Gram leergetrunkenen Augen, vor denen das Dorf sich fürchtete, aber sie antwortete nicht. Er wußte auch nicht, ob sie ihn erkannte, ja, ob sie ihn auch nur sah. Oder ob er nur ein formloser Nebel vor einem weiten Lande war, und niemand wußte, was sie auf diesem Lande sah.

Das Herz tat ihm weh, als er so in ihre Augen niederblickte, die wie Augen einer Blinden waren. Wie schwer konnte Gottes Hand sein, auch in einem kleinen Leben . . .

Er nickte ihr zu wie einem Kinde, ritt langsam über den stillen Platz bis zu der Höhe, wo die Wacholder standen und man auf Kiewitts Mooracker sehen konnte, und sah das weiße Pferd unter den Zwergbirken weiden. Das Pferd, von dem sie scherzend sagten, daß schon der heilige Johannes auf der Insel Patmos es gesehen hätte, aber dem sie nicht gern allein in der

Dämmerung begegneten, weil es plötzlich den Kopf aufwerfen und mit seinen großen Augen in eine unermeßliche Ferne blicken konnte, indes der Wind in seine fahle Mähne fuhr und sie bewegte wie eine Herde von Schlangen.

Kiewitt war nicht zu sehen, und Korsanke war es nicht leid.

Er holte doch tief Atem, als er den Raum unter den letzten Kiefern verließ und das Dorf nun wieder vor ihm lag. Ein weißlicher Wolkenschleier hatte sich vor die Sonne geschoben, und es sah nach einem frühen Gewitter aus. Davon komme das alles, dachte Korsanke, dieses merkwürdige Reiten und der leise Schmerz unter dem Koppelschloß, diese Begegnungen mit der Gegenwart, aber die Gegenwart war eigentlich Vergangenheit, und in die Vergangenheit reichten die Toten hinein. An solchem Tage sollte man bei den Blumen sitzen und die Haussuchungen lassen. Haussuchung war wie Heimsuchung, und Heimsuchung war ein Wort aus der Bibel, ein großes und schweres Wort, und fast immer ging Gott dabei auf die Suche.

Unter ihm lag das Jeromin-Haus, und der alte Ahorn stand noch immer über dem Seeufer. Es sah schon wieder aus wie ein altes Haus, und von ferne konnte niemand erkennen, daß das Feuer des Krieges auch über diese Hofstätte gegangen war. Häuser wollten nicht jung bleiben wie Menschen, und erst zu einem alten Dach kamen die Eulen und die Unterirdischen. Sowirog hieß das Dorf, und das war der Eulenwinkel. Gute Namen hatten die Alten gewählt, und es würde gut sein, wenn es so auf dem Totenschein stünde: „Gestorben in Sowirog.“ Als ob es eine gute Heimat wäre für die Toten.

Aber nun schüttelte Korsanke mißbilligend den Kopf und ritt nun wirklich den schmalen Weg zum Jeromin-Hause hinunter. Es war ihm, als grollte es leise hinter den Kiefern, und über die dunkle Fläche des Sees fiel ein fahler Glanz. Aber es war zu früh im Jahr, und er hatte sich wohl getäuscht. Es war gerade der richtige Tag, um Dinge zu sehen und zu hören, die nicht da waren.

Er hielt am Gartenzaun, zwischen zwei Fliederbüschen, und sah den beiden Kindern zu, die eine kleine, dunkle Spitzmaus beerdigten. Dem kleinen Jons, der Michaels Sohn war, und der kleinen Barbara, die Maria geboren hatte. Der eine

Vater hatte erschossen auf der Schwelle der Meilerhütte gelegen, während er geboren wurde, und der andere war in den östlichen Ebenen verschollen, und noch immer saß die Mutter Abend für Abend am Rande des Moores, wo der Weg nach Osten in den Hochwald führte, und wartete, daß eine graue Gestalt zwischen den Stämmen auftauchte, ein Erblindeter vielleicht, oder einer auf zwei Krücken, oder nur einer, den Gott eben geschlagen hatte, wie den anderen ein Gendarm erschlagen hatte, einer aus Korsankes Reihen, der mit einem blitzenden Helm auf Haussuchung ging.

Er hielt ganz still und sah den Kindern zu. Das eine war schweigsam und mit einem tödlichen Ernst in dem jungen Gesicht, gerade so wie Michael gewesen war, ob er nun hinter dem Pfluge herging und den Acker des Schulzen umbrach, oder ob er auf der Schwelle lag, die Kugel in der Brust, und nach rückwärts lauschte, ob ihm ein Sohn geboren würde, ehe der dunkle Vorhang ihm über die furchtlosen Augen fiel.

Das andere war, wie seine Mutter als Kind gewesen war, wenn sie in der Jeromin-Küche die Abendsuppe kochte und die Verse des Märchens über ihre wartenden Geschwister sprach:

„Mantje, Mantje, Timpete,
Buttje, Buttje in de See . . .“

Das weißblonde Haar fiel ihr in die Stirn, und manchmal strich sie es mit dem Rücken der Hand zurück, so wie ihre Mutter es getan hatte. „Zuerst Blumen“, sagte sie zärtlich, „daß die Erde es nicht drückt . . .“

Jons reichte ihr gehorsam die kleinen Gänseblumen, die wie Sterne im Grase lagen, aber es war seinem Gesicht anzusehen, daß er das nicht billigte und für verkehrt hielt. „Erde ist Erde“, sagte er schließlich. „So hat auch mein Vater gesagt.“

Sie sah ihn verwundert von der Seite an und fuhr fort, das kleine Grab mit Blumen zu füllen. „Väter sagen manchmal so was“, erwiderte sie weise.

Aber dann nahm sie doch von der schwarzen Gartenerde, die er ihr reichte, und streute sie behutsam in die schmale Höhlung. „Es wird gesät verweslich“, sagte sie mit ihrer hohen Kinderstimme, „und wird auferstehen unverweslich . . .“

Jons hörte mit unbewegtem Gesicht zu, aber er sah nicht auf ihre Hände, die den kleinen Hügel mit Moos bedeckten, sondern zuerst über den See hin, der wie dunkles Metall vor den Wäldern lag, und dann mit unruhigen Augen den Gartenzaun entlang, über dem der Flieder blühte. Und bei dem ersten leisen Klirren der Kinnkette an Korsankes Pferd sprang er auf wie ein junges Tier aus dem Lager, warf einen langen stillen Blick auf den Reiter und ging dann dem Hause zu, die Hände auf dem Rücken, wie ein Mann, der in Gedanken versinkt.

Barbara aber kletterte mit einem Jubelruf über den Zaun und ließ sich von Korsanke auf den Sattel vor sich heben, aber noch bevor sie das Haus hinter sich gelassen hatten, wandte sie den Kopf zurück und ließ ihre Augen über alle Büsche gleiten. „Immer geht er fort, wenn jemand kommt“, sagte sie. „Und es tut ihm doch niemand was zuleide . . .“

Noch nicht, dachte Korsanke. Noch nicht . . . Und er streichelte in Gedanken das helle Kinderhaar an seiner Brust. „Halte dich nur immer zu ihm“, sagte er. „Das wird ihm gut tun für alle Zeit.“

Er nahm das Mädchen bis zu seinem Hause mit, gab ihm ein Glas Honig für die Mutter und sah ihm dann nach, wie es die Dorfstraße entlanglief, und es sah aus, als tanze sie.

„Stilling war da“, sagte seine Frau. „Er hat Sorgen, weil die Mark fällt, und Jons soll doch davon studieren.“

Korsanke nickte und schob den Teller zurück. Es schmeckte ihm nicht, obwohl er hungrig war. „Sie wird noch weiter fallen“, sagte er. „Auch die Republik kann nicht alles halten, was fällt. Laß mich nun ein bißchen schlafen, ich will nachher zu ihm gehen.“

In der verdunkelten Kammer horchte er eine Weile auf den leisen Schmerz, der sich verschärft hatte, aber dann schoben sich die Dinge des Vormittags davor, Menschen, Worte und Bäume, und im beginnenden Schlaf war es ihm, als hätte er sein ganzes Leben durchschritten an diesem Tage, weit in die Vergangenheit zurück und weit in die Zukunft hinein. Als hätte Gott ihn leise heimgesucht, während er zu einer Haussuchung unterwegs gewesen sei. Und das letzte beunruhigende Gesicht war die Gestalt des kleinen Jons, wie er von ihm fortging, die Hände auf dem schmalen Kinderrücken, und das altkluge Kinderwort: „Erde ist Erde!", das nun seinen ersten Traum zu erfüllen begann, sich immer wiederholend, mit einer eintönigen Qual, die wie die Qual eines Fiebers war.

Am Abend stieg er langsam den Hang zum „Zwergenhäuschen" hinauf, wo Stilling nun mit seiner Schwester lebte. Die Sonne beglänzte die Weltkugel, die vor den Büchern stand, und es war der Große oder Stille Ozean, der Korsanke seine blaue Unendlichkeit zuwendete.

Aber der alte Lehrer saß nicht vor der Weltkugel, sondern er stand vor seinem schmalen Lesepult, das mit Papieren bedeckt war, und hatte den weißen Kopf in seine Hände gestützt. „Sie fällt, Korsanke", sagte er und nickte dem Gast zu. „Sie fällt, und mit ihr wird auch Jons Ehrenreich fallen, denn wovon soll er nun seine Kolleggelder bezahlen? Bin ich ein ungetreuer Hausvater gewesen, Korsanke?"

Seine blauen Augen, die im Alter nun ganz hell geworden waren, gingen bekümmert über die Bücherreihen hin, als gehe ihm nun die Erkenntnis auf, daß er diese Weisheit aller Zeitalter mißverstanden habe, weil sie ihn nicht vor dem Irrtum bewahrt hatte, daß das Geld etwas Bleibendes und Unveränderliches sei.

Aber Korsanke machte nur eine begütigende Bewegung mit seiner rechten Hand und fuhr fort, den Stillen Ozean zu betrachten, über den die feinen Linien des Gradnetzes liefen. „Mache dir keine Sorgen, Stilling", sagte er. „Oder meinst du, daß Elisa vor einer Inflation die Waffen strecken wird? Ich habe noch nichts gesehen, wovor sie ihre Waffen gestreckt hätte. Und sie können nicht alle Studenten entlassen, die nicht ihre Taschen mit Gold gefüllt haben."

„Ach, sie können alles, Korsanke", erwiderte Stilling und legte seine mit Zahlen bedeckten Papiere übereinander. „Sie können Kriegsanleihen mit einem Strich zunichte machen und morgen eine neue Kriegsanleihe auflegen. Der Staat hat kein Gewissen, weißt du. Alle anonymen Mächte, hinter denen nicht ein einzelner Mensch steht, haben kein Gewissen. Schon wo zwei oder drei sich zusammentun, gibt es eine Firma oder einen Verein, aber kein Gewissen. Nur der einzelne hat es, du oder ich ... morgen will ich zum Herrn von Balk gehen, der denkt immer für sich allein, nicht wie die Zeitungen denken, wo es auch kein Gewissen gibt. Er hat Kühe und Felder, und Kühe haben keine Inflation."

Korsanke nickte, aber seine Gedanken waren weit fort. „Meinst du, Stilling", sagte er nach einer Weile und deutete auf den Stillen Ozean, „daß sie dort auch so leben? Die kleinen Dörfer, meine ich. Daß die Toten in den. Tag hineinreichen, bis an die Türschwelle sozusagen, und daß das meiste nichtig und eitel ist?"

Stilling sah ihn prüfend von der Seite an und schob ihm dann den Tabakkasten zu. „Laß es gut sein, Korsanke", sagte er freundlich. „Grüble nicht auf deine alten Tage. Sorge ein bißchen für die Gerechtigkeit, und das andere wollen wir dem Herrgott überlassen."

„Ja, ja", erwiderte Korsanke und stopfte sich langsam seine kurze Pfeife. „Aber siehst du, heute bin ich um den See geritten, und es war so ein seltsamer Tag. Es war so, weißt du, als wäre die Erde aufgetan, und ich konnte alles sehen, was verborgen war. Menschen, weißt du, und Lebensläufe, und Heimsuchungen ... ja besonders Heimsuchungen ..."

Und er sagte langsam das Lied auf, das die Kinder am Morgen in der Schule gesungen hatten. „Das singen sie nun, Stilling", sagte er bekümmert. „Erst mußt du beten lernen, verfluchtes Humpelbein ..."

Der Lehrer lächelte hinter seinen Rauchwolken. „Laß es gut sein, Korsanke", sagte er noch einmal. „Sie denken immer, daß sie wie Gott sind und ein kleines Dorf nur wie die ‚Finsternis' in der Schöpfungsgeschichte, aus der sie eine neue Welt erschaffen könnten. Aber die kleinen Dörfer, weißt du, sind immer stärker als diese neuen kleinen Propheten. Denn ein Dorf besteht nicht nur aus Kindern, denen man Lieder beibringen kann. Ein Dorf besteht aus Alten und Jungen, aus Toten und noch nicht Geborenen, aus Sand und Wasser und Wald, aus Vergangenheit und Zukunft. Ein Dorf ist nämlich in die Ewigkeit eingebettet, wie ein Kind in seine Mutter, und solch ein Lied, Korsanke, macht der Ewigkeit nichts aus. Es ist nur wie ein einziger Wimperschlag in einem ganzen langen Menschenleben."

„Ja, ja", sagte Korsanke. „Aber siehst du, dann war da der Mann mit dem leeren Rockärmel ... und dann war die Jerominfrau vor dem Meiler ... und Kiewitts Pferd ... und zuletzt war der kleine Jons, wie er sich umdrehte und von mir fortging wie von einem Mörder, und ich war es doch nicht, der Michael erschossen hat ... ich will dir sagen, wie es war, Stilling: es war, als hätte Gott mich bei der Hand genommen heute früh, um mir zu zeigen, daß wir keine Haussuchungen halten sollen. Es ist nicht unser Haus, Stilling, es ist sein Haus!"

„Du mußt ein bißchen ausspannen, Korsanke", sagte Stilling und legte ihm die Hand auf die Schulter. „Es kommen mal so Zeiten, siehst du, in denen die Uniform von uns abfällt, und sie braucht gar nicht bunt und glänzend zu sein wie deine. Das Angemaßte fällt ab, verstehst du? Das kleine Menschliche. Und wenn wir dann nackt sind, ist es uns plötzlich, als rühre Gottes Finger uns zum ersten Male an. Aber er hat uns immer angerührt, wir haben es nur nicht gemerkt durch die Uniform hindurch."

„Und was will er? Weshalb rührt er uns an?"

„Vielleicht will er nur, daß wir die Augen aufmachen, Korsanke, so wie wir einen Schlafenden leise mit dem Finger berühren. Er will, daß wir seine Füße sehen, wie sie durch Zeit und Ewigkeit gehen. Nicht die neuen Lehren oder die neuen Lieder, nicht die leeren Rockärmel oder die leeren Augen. Sondern eben nur sein Füße, die vor uns hergehen wie eine goldene Spur."

„Ja, vielleicht hast du recht", sagte Korsanke nach einer langen Weile und drehte die Weltkugel langsam um ihre Achse. „Und vielleicht tut es deshalb auch wieder ein bißchen weh ..."

Stilling sah ihn bekümmert an. „Weshalb gehst du nicht zum Arzt, Korsanke? Es kann eine Kleinigkeit sein. Nach diesen Hungerjahren müssen solche Dinge kommen, und du würdest dann doch beruhigt sein."

Der Gendarm schüttelte den Kopf und stand auf. „Ich warte, Stilling", sagte er. „Ich warte auf Jons Ehrenreich. Ich denke mir immer, daß er wie ein Heiland zu uns kommen wird. Und siehst du, ich bin nun einmal ein bißchen komisch darin: ich könnte mich nicht ausziehen vor den Leuten in der Stadt. Zwölf Jahre bin ich Soldat gewesen, und da habe ich es ja oft genug tun müssen. Aber nun widersteht es mir. Es ist mir, als könnte ich das nur hier tun, in Sowirog, vor einem, der der Unsrige ist . . . Hab nun schönen Dank, Stilling. Es ist mir doch leichter ums Herz. Und auf den Humpelbeinsänger will ich ein bißchen achtgeben, damit er nicht zu schnell wächst."

„Das tu nur", sagte Stilling gutmütig und begleitete ihn bis zur Tür. „Aber der liebe Gott wird schon dafür sorgen, daß er nicht zu schnell wächst. Er hat einen guten Zollstock, der liebe Gott."

Dann sah er ihm noch eine Weile nach, wie er den Steig langsam hinunterging, ein bißchen gebeugt in den Schultern, wie niemand es bisher an ihm gekannt hatte. Und dann kehrte er an sein Pult zurück und schloß die Papiere in die Schublade.

„Aber qualmen muß er noch wie ein armer Mann, der Brot backt", sagte Elisa und öffnete die Fenster. „Auch wenn Gott ihn schon gezeichnet hat."

„Wen zeichnet er nicht, Schwester?" erwiderte Stilling. „Wir sind von Kindesbeinen an gezeichnet, nur daß wir es nicht sehen. Und das Rauchen gönne ihm schon. Für manchen ist Rauchen so gut wie ein Gebet."

„Manchmal redest du wie ein Nebukadnezar", sagte Elisa zornig. „Und manche Männer bekommen nur aus Versehen weiße Haare."

Nach dem Abendessen setzte Stilling sich auf den kleinen Balkon unter dem Dach, der wie ein Vogelbauer aussah. Es gab nicht viel mehr Platz als für den alten grünen Ohrenbackenstuhl, aber von hier aus lagen Dorf und Wald und See fast wie auf einer Landkarte ausgebreitet, und für einen alten Mann, der sein Leben hier zugebracht hatte, war es schön, hier zu sitzen und zuzusehen und zuzuhören, wie der Friede des Abends über die Erde kam. Es gab keinen Giebel, von dem er nicht wußte, was er bedeckte, und keinen Ton im Dorfe, von dem er nicht wußte, wohin er gehörte und was er bedeutete. Das Abendrot stand groß und feierlich über Wasser und Wald, und die Welt sah aus wie aus Glas gesponnen. Ein durchsichtiges und zerbrechliches Sein, und die Kette der Kraniche über dem Moor erschien wie ein feiner Sprung im Glase, der sich mit einem leisen Tönen weiterfraß nach dem Horizont.

Eine schrille, scheltende Stimme drang von einem der Hofräume bis an das Zwergenhaus, und Stilling wußte, daß es die alte Frau Kroll war, die ihr Altenteil verteidigte. Das böse Herz des Dorfes, und weder Krieg noch Hungersnot würden sie dämpfen. Ein zweistimmiges Lied vom Seeufer, langgezogen und traurig, und eine helle Kinderstimme ging wie eine Vogelschwinge darüber hin. „Es dunkelt schon auf der Heide", sangen sie. „Nach Hause wollen wir gehn." Das waren die Frauen aus dem Jeromin-Haus, und die Kinderstimme gehörte der kleinen Barbara. Das Mädchen aus dem Nachbardorf, um das Friedrich gestorben war, sang nicht mehr. Es saß wohl still dabei, wie es unter Menschen zu tun pflegte, die Hände im Schoß gefaltet, und blickte nach der Insel hinüber. Es hatte einmal eine Flöte gehört, die einen Zauber über Menschen und Tiere geworfen hatte, und danach sang man nicht mehr. So ein wunderliches Haus ..., dachte der alte Lehrer, und noch ist es nicht zu Ende mit den Wundern ...

Und dann kam jemand über das Moor gegangen und hatte in beiden Händen etwas an der Brust geborgen, einen Vogel oder eine Pflanze. Und das war Goguns Sohn. Der Sohn des Kranichräubers, der im Moor versunken war, den Dolch in der fröhlichen Brust, und die Kosaken hatten nach ihm wie nach einer Zielscheibe geschossen. Das schweigsamste Kind im ganzen Dorf, noch schweigsamer als der kleine Jons, und das Schicksal zog wie eine rostige Kette hinter seinen Füßen her.

Lieber Gott, dachte Stilling, wie öffnest du doch deine Erde vor meinen Augen und bin doch nur ein blinder und alter Mensch vor dir ...

Er sah nach dem hohen Walde hinüber, hinter dessen blauer Wand der verlassene Meiler stand, und am Meiler die verlassene Frau, deren Herz versteinert war. Aber Stilling wußte, daß es ein glühender Stein war, und niemand wußte, wie so etwas schmerzte, nicht einmal er. Und daß die Lichtung vor ihrer Hütte voller Gestalten war, Tote und Lebende, und daß sie lautlos die Hände um sie rang.

Aber von da gingen seine Gedanken zu Ehrenreich in die große Stadt, der über dicken und schweren Büchern sitzen mochte, und in den Büchern war Gottes Ebenbild gemalt, ohne Hüllen, ganz nackt und bloß, und die jungen Augen glitten die roten und blauen Linien entlang, die Adern und Muskeln und Nervenstränge, und in der Mitte war das große Wunder, das ewige Geheimnis, das Menschenherz. Stilling sah ihn dasitzen, das Lampenlicht auf dem hellen Haar, und hinter ihm stand die ernste Wand der Bücher, die dem toten Jumbo gehört hatten. Schweigen war in dem großen Haus, und auch der Buchfink unter seiner Decke hatte den Kopf unter den Flügel gesteckt und schlief. Nur das junge Menschenkind wachte, dessen Gesicht doch nicht mehr jung war, weil es aus einem dunklen Hause kam und durch Krieg und Sterben gegangen war, und durch Dinge, die schwerer waren als Krieg und Sterben. Aber es war hindurchgegangen, weil sein Vater und Großvater hinter ihm gestanden hatten, eine erhobene Tafel in ihren verarbeiteten Händen, und auf der Tafel stand das Gesetz der armen und rechtlichen Leute, die „Gerechtigkeit auf dem Acker“, oder wie man es nun nennen wollte. Und hinter den Vätern stand das Dorf, das kleine und unbekannte Dorf Sowirog, in dem er gegen den Tod kämpfen wollte. Und hinter dem Dorf alle anderen kleinen und unbekannten Dörfer der Erde, die große, die unendliche Gemeinde der Armen und Mißhandelten, und wenn der Lesende einmal die Augen von den Blättern und Bildern hob, mochte er sie wohl alle sehen, die im Schatten standen und warteten, von Korsanke an, mit seinem leisen Schmerz unter dem Koppelschloß, bis zu der geschlagenen Frau vor dem erloschenen Meiler, und das Pendel der alten, wurmstichigen Uhr, die Jumbo bei einem Trödler erworben hatte, mochte mit jedem seiner eiligen und etwas heiseren Schläge ihn daran erinnern, daß es für ihn keine Müdigkeit zu geben habe, keine flache Lust, kein Sichverweilen. Das Salz der Erde wartete, daß er es dämpfe, wie der alte Gastwirt gesagt hatte, und der hatte nicht zu schlafen, um dessen Lager die Tränen fielen.

Stilling hatte die Hände gefaltet und den Kopf an den grünen Rips des Stuhles zurückgelehnt. Der Abendstern stand nun schon leuchtend über dem Kiefernwald, die Dächer waren zu dunklen Flecken geworden, die Stimmen waren verstummt, und ein paar matte Lichter hoben sich verloren aus der fallenden Nacht. Die Fliederbüsche dufteten, und von den Nebeln über dem Moor kam der Geruch der Birken in schweren Wellen über das Dorf. Die Erde atmete, lautlos und wie eine unendliche Zuversicht, und der alte Mann saß dort über Nebel und Dunkelheit, unter dem hellen Schein seines weißen Haares, das stille Gewissen des Dorfes, und sein siebzigster oder fünfundsiebzigster Frühling war ihm so schön wie irgendeiner seiner Kinderzeit. Das Dorf Sowirog, das der Eulenwinkel hieß, was hatte der Herr mit ihm vor, indes die Sterne sich langsam entzündeten und über den Wald stiegen?

Er wußte es nicht, aber er hielt die Hände gefaltet und fühlte die große Geduld, in die sein Herz eingebettet war wie die Sterne in das dunkle Himmelsgewölbe.

II

Wie gehen deine Tage, Jons Ehrenreich?" fragte Stilling in einem seiner Briefe, und Jons blickte auf die kleinen, etwas zittrigen Buchstaben, die wie gestochen aussahen, und dann von dem Briefblatt durch das Fenster, vor dem der alte Buchfink saß, auf die graue Mauer, von der der Bewurf nun in großen Stücken abgefallen war. Und hinter der Mauer sah er das Dorf Sowirog mit See und Wald und Feld, und auf dem Moor sah er die grünen Birken wehen und Pionteks Herde hinter dem kleinen Hirtenfeuer, und auf der sandigen Straße sah er die Kinder spielen, und am Meiler sah er die Mutter sitzen, im schwarzen, hochgeschlossenen Kleid, und die berußte Fichtenstange lehnte immer noch an dem erloschenen Hügel.

Wie so eine Welt sich aufbauen konnte hinter einer fleckigen Wand, und so nahe war sie, daß er nur die Hand auszustrecken brauchte, um den grauen Zaun zu berühren, der um das Jeromin-Haus lief ... Das Auge, das war die Retina, und Stäbchen und Zäpfchen, und der nervus opticus und die lens crystallina, und hundert andere Namen und Wunder, und wenn man die Namen und Wunder zusammensetzte, blieb doch immer noch das große Geheimnis, wie alles in einem winzigen Keim zusammengeschlossen war und sich entfaltete und das nackte Bild mit Farben erfüllte, mit Vorstellungen, mit Leiden und Schmerzen, und darüber hinaus mit der Idee der Ewigkeit.

Er seufzte leise und schüttelte den Kopf, indes seine abwesenden Augen sich langsam wieder mit der Wirklichkeit zu erfüllen begannen. Ja, wie gingen seine Tage? Sie begannen in der Frühe, wenn der erste Sonnenstrahl die grüne Spitze des Kirchturms rötete, und sie endeten in der Nacht, wenn das Sternbild des Großen Bären sich über die Mauer neigte. Lange Tage, an dem heiseren Schlag des Perpendikels gemessen, und kurze Tage, an dem Bewußtsein gemessen, das von ihnen erfüllt wurde. Erfüllte Tage, wenn man sie auf die Waagschale der Arbeit legte, und dürftige Tage, wenn man die Frucht maß, die sie trugen. Eine Tasse Tee in der Frühe, auf einem kleinen Spirituskocher bereitet, und ein Stück Schwarzbrot aus dem Jeromin-Haus. Und danach eine von Jumbos kurzen Pfeifen, aus dem Tabakkasten gefüllt, den er zurückgelassen hatte, und ein paar Minuten vor der Bücherwand, die er Jons vermacht hatte. Hier und da ein behutsamer Griff nach einem der abgeschabten Bände und das Umblättern von ein paar Seiten, um die Bleistiftnotizen in der winzigen Schrift des Toten zu lesen. „Laufe nicht", stand da, „denn du überholst das Schicksal nicht!" Oder: „Wenn der Tod kommt, reiche ihm noch den Schleifstein, damit er sieht, daß du bereit bist." Oder ähnliche frühe Früchte eines stillen, tapferen und nachdenklichen Lebens.

Jons war es, als seien sie nur für ihn aufgeschrieben und als habe der Tote lange vorher gewußt, daß er hier einmal stehen würde, das „Mönchlein", ohne Berater und ohne Freund, und sein schweres Tagewerk mit einem solchen Leitwort beginnen. Er hatte soviel gewußt, dieser Gastwirtssohn, der nun unter den Tannen in Rußland schlief, die vermoderte kurze Pfeife in der vermoderten Hand. Ja, von dieser Unsterblichkeit wußte Jons nun, von der des Wortes, das man still und vorsichtig in die Furchen des Herzens streute.

Er stellte den Band langsam in die Reihe zurück, gab dem Buchfink Körner und Wasser und schlug dann ein Buch und seine Kollegheft auf, den Kopf in beide Hände gestützt, so wie der Vater über der Bibel gesessen hatte.

„Wie gehen deine Tage, Jons?" So wenigstens begannen sie, am Werktag wie am Sonntag, und tausend oder zweitausend Tage würden so beginnen, nur daß die Bücher wechselten und der Stand der Sonne über der noch schlafenden Stadt. Von dem, was das Herz erfüllte, war nicht zu reden, obwohl Stilling wohl mehr daran dachte als an die Kollegheft. Das Herz war zugetan und verschlossen, für lange Jahre. Das Herz war für die Reichen und Sorglosen, für die Dichter und die Liebenden, aber nicht für jemanden, der von eines alten Mannes Erspartem lebte, wie ein Kranker von gespendetem Blut lebt. Er aber hatte nur im Geist zu leben, in dem, was er früh als das Brüchige, das Unvollkommene erkannt hatte, in dem, worauf die Menschheit des Abendlandes immer schneller zutrieb, wie in einen rasenden Strudel, und niemand wußte noch, was auf dem verborgenen Grunde mahlte. Und es kam nur darauf an, das andere still zu bewahren, das, was der Vater gehabt hatte, der Großvater, was das Dorf besaß: die dumpfe Einfalt des Herzens. Und einmal, wenn er sein Rüstzeug erworben hatte, dieses beides wieder zu vereinen, nicht das eine um des andern zu verlieren, ganz zu bleiben, auch wenn es für Jahre nur um das Handwerk ging, um Namen und Kenntnisse, um Instrumente und Methoden, um die Überlistung dessen, was sie den Tod nannten. Und es war doch nur eine arme Überlistung, ehe man nicht wußte, daß er nur die andere Seite des Lebens war. Erst wer ein Freund des Lebens war, konnte ein Arzt sein, nicht, wer nur ein Feind des Todes war.

Langsam begann das Haus zu erwachen, die leisen Geräusche hinter dem Vorhang, wo die Schwestern Holstein immer noch schliefen, der erste rauhe Kampfschrei der ländlichen Pensionäre, die erste Schlagermelodie aus einer heiseren jungen Kehle. Aber es kam nur wie hinter dicken Mauern zu ihm her, aus einer fernen, ihm nicht zugehörigen Welt. Es war nicht, wie ein Feld erwacht, ein Wald, ein Dorf. Nur der Mensch erwachte, der Gefangene, der vom großen Dasein Abgetrennte, und so mochte das Erwachen in einem Gefängnis sein, das leise Klirren der Ketten, der Riegel, der Laut von vielen Füßen, und darüber ein wildes, aber ganz und gar vergebliches Lied.

Und dann kam die älteste der Schwestern, die ihm zugetan war mit ihrem freudlosen Leben, so wenig sie die jungfräuliche Angst vor ihm ganz überwunden hatte, vor den dunklen und blutigen Schicksalen seines Hauses, vor dem tödlichen Ernst seines Weges. Sie brachte ihm die kleine Kanne mit Kornkaffee und zwei Brötchen, wenn die Bäcker nicht gerade im Streik standen. Sie setzte alles leise auf die Tischdecke, nachdem sie sich ängstlich vergewissert hatte, ob in den Büchern nicht gerade eine der schrecklichen Abbildungen aufgeschlagen war, in denen der Mensch, das Ebenbild Gottes, wie ein geschlachtetes und ausgeweidetes Tier in grellen Farben vor ihr lag.

Und dann setzte sie sich auf den Rand des alten Sofas mit den weißen Porzellanknöpfen, legte die blutlosen Hände im schwarzen Schoß zusammen und sah Jons an. Die Witwe Holstein war nun gestorben, an den Entbehrungen des Krieges, dem Hunger, der Kälte und der grauen Zwecklosigkeit ihres Lebens, und die „drei Parzen", wie der ländliche Witz die Schwestern immer noch nannte, fochten nun allein den bitteren Kampf gegen die Unbotmäßigkeit ihrer Pensionäre, gegen Lebensmittelkarten und Steuern, gegen Streiks und Revolutionen, gegen das unendliche und grauenvolle Einerlei des Lebens und gegen den stillen, fressenden Haß, den sie immer noch gegeneinander trugen.

Für diese aber, die wenigstens einer sanften Traurigkeit noch geöffnet sein konnte, war diese Viertelstunde in der Sofaecke wie eine Frühmesse für den verlassenen Gläubigen. Hier war nicht einer, der Widerstand leisten oder quälen wollte, nicht einer, der verachtete oder an rohen Scherzen Gefallen hatte. Hier war einer, der aus einem schweren Leben kam und in ein schwereres ging. Der die Erde des Dorfes noch unter seinen sauberen Schuhen trug und die Frömmigkeit seines Vaters noch in seinen Händen bewahrte. Der nicht mit Zucker, Kaffee und Zigaretten handelte wie die anderen. Den sie in den Krieg hatte ziehen sehen und aus ihm zurückkommen, nicht lärmend, nicht prahlend, nicht verbittert und nicht aufrührerisch, sondern mit seinem stillen, früh gezeichneten Gesicht, und um den sie gebangt hatte wie um ein Kind, das sie selbst unter dem Herzen hätte tragen können. Der andere war gegangen, der wie ein lächelnder Mönch hier gelebt hatte, und sein Lächeln war ihr unheimlich gewesen, unheimlich wie sein Tod, von dem Jons ihr erzählt hatte, und wie sein Vater, der ein Trinker war und mit der zitternden Hand seinen Zylinder geglättet hatte.

Aber dieser war geblieben, und er war nun fast ein Stück ihres armen Herzens geworden, von dem Augenblick an, als er mit dem alten, komischen Lehrer zum ersten Male auf ihrer Schwelle gestanden hatte, das Bauer mit dem Vogel in der Hand und die ernsten Augen klar und ohne Falsch zu ihr aufgeschlagen, bis zu diesen Morgenstunden, in denen sie ein

Weilchen bei ihm saß und zusah, wie er mit abwesenden Gedanken aß und trank, ein früher Arbeiter, dessen Augen schon beim nächsten Werk waren und von dessen Hoffnungen und Leiden sie so wenig wußte wie von denen eines Bergmannes oder eines Königs.

„Die Mark fällt, Herr Jons", sagte sie mit ihrer leisen, bekümmerten Stimme und blickte die Bücherreihen entlang, wo die vergebliche Weisheit gesammelt stand, die Weisheit, die nicht verhindern konnte, daß es Hunger und Kriege und Inflation gab. „Was soll werden, Herr Jons?"

Jons kehrte von den Geheimnissen der Sehnerven, der Zäpfchen und Stäbchen zurück und sah sie an. Das gütige, karge Lächeln seines Vaters war um seine Lippen, als er begütigend sagte: „Was immer war, Fräulein Holstein, und was schon im Alten Testament geschrieben steht: ‚Samen und Ernte, Frost und Hitze, Sommer und Winter, Tag und Nacht', davon haben die Leute in Sowirog gelebt, hundert oder tausend Jahre, und davon werden auch wir leben. Solange die Mark fällt, ist nichts verloren. Erst wenn die Erde fällt, wird es schlimm. Aber sie fällt noch nicht, und Sie sollen eines tun: Sie sollten Ihre jungen Leute nur gegen Lebensmittel aufnehmen und sich Ihre Arbeit mit Roggen oder Weizen bezahlen lassen. Herr von Balk hat mir das geschrieben, und er weiß mehr als alle Nationalökonomen."

Fräulein Holstein nickte vor sich hin und sah ihn dann mit ihrem scheuen Lächeln an. Es war nur wie der Rest eines Lächelns, das, was aus fünfzig Jahren übriggeblieben war, aber es verschönte ihr blasses, langes Gesicht. „Immer gibt es einen Trost bei Ihnen, Herr Jons", sagte sie, „wenn es überall nur Haß und Tränen gibt. Und sicherlich werden Sie ein großer Arzt werden."

„Werde ich?" fragte Jons und sah aus dem Fenster auf die graue Wand. „Ich will mir Mühe geben, Fräulein Holstein."

Dann stand sie leise auf, weil seine Augen schon wieder weit fort waren, nahm das Geschirr lautlos von der Tischecke und ging zur Tür. Aber dort drehte sie sich noch einmal um und umfing mit ihren traurigen Augen das Bild des Raumes und des über die Bücher Gebeugten, und es war ihr, als werde sie sterben müssen, wenn diese Gestalt dort nicht mehr sitzen werde, dieser stille Abendschein ihres freudlosen Lebens, dieser lautlose Brunnen in der grauen Wüste ihres Lebens.

Jons aber sah nach der alten, wurmstichigen Wanduhr, packte seufzend seine Hefte zusammen, sprach ein paar leise Worte mit dem Buchfinken und ging dann die stillen Straßen zum Botanischen Institut hinunter, wo sein Tagewerk begann. Die Hüfte schmerzte immer noch, und an Regentagen nahm er einen Stock zu Hilfe.

Er ging langsam, und seine Augen nahmen alles auf, was der Weg ihm bot. So wie alles geordnet und bedacht war in seinem jungen Leben, so hatte er gleich zu Beginn des Semesters beschlossen, auf diesen Wegen von Institut zu Institut seine Bücher zu vergessen und dieses steinerne Leben so aufmerksam zu durchwandern, wie er als Kind einen Wald durchwandert hatte. Er wußte, daß Bücher wie Mauern sein konnten, die die Welt verschlossen, und da er mit einer frühen Erkenntnis über den Gefahren seiner Anlage wachte, fiel es ihm nicht schwer, nach einem „Plan“ zu leben, wie er es nannte, auch wenn er sich mit einem spöttischen Lächeln nicht verhehlte, daß eben auch dieser Plan eine Gefahr war. Sein Vater und Großvater hatten nicht nach einem „Plan“ gelebt, sie hatten nur versucht, den Plan zu erfüllen, den Gott mit ihnen gehabt hatte; aber unter seinen Geschwistern hatte es Warnungen für ihn gegeben, die er nicht vergaß.

So gingen seine stillen Augen über Häuser und Menschen dahin, immer noch unbestechliche Augen, und ihnen entging nicht, daß mancher Putz von beiden abgefallen war, ja daß die neue Freiheit mehr daran getan hatte als die harte Hand des Krieges. Er kannte nun nach zehn Jahren das Gesicht der kleinen Läden wie die großen, prahlerischen Schaufenster, den Mann, der das ausgefahrene Pflaster fegte, wie die alten Rentner, die mit ihren letzten Schmucksachen heimlich zum Trödler schlichen, um das nackte Leben zu fristen. Das Lehrmädchen, das in der Munitionsfabrik Geld gewonnen und Besseres verloren hatte, und den Sohn der Waschfrau, der mit einer zu bunten Krawatte vor dem schwarzen Schild stand, auf dem mit Kreide der Dollarkurs angeschrieben war. Es war ihm, als blicke das Schicksal aus allen den vielen Fenstern, ein hartes Schicksal, ungerührt von Zeitungsaufsätzen, von Umzügen und Versammlungen, das Schicksal, das über die Entwurzelten gesetzt war, und als lebten die Leute von Sowirog ein sichereres Leben trotz ihrer Armut, weil die Kartoffeln am Moorrand für sie wuchsen, der kümmerliche Roggen auf den sandigen Feldern, die kleinen, sauren Birnen an den Ackerrainen. Die Revolutionen reichten nicht bis in die Erde, und die einzigen Umzüge, die sie kannten, gingen mit dem Taufkind zur Kirche, oder mit einem Fichtensarg zum Friedhof, oder Piontek zog mit der Herde zum Walde und am Abend wieder heim. Der Kaiser war nicht mehr da, sondern ein Reichspräsident, aber sie hatten keinen von ihnen je gesehen. Sie sahen nur Korsanke und den alten oder neuen Lehrer und sehr selten den Landrat. Sie hörten, daß der Arbeiter nun dicht an Gottes Thron stehe, aber sie merkten nichts davon. Es galt wohl nicht für den Eulenwinkel.

Jons ertappte sich dabei, daß er wieder träume, und er lächelte sich gutmütig zu. Er merkte, daß die Straßenbahn nicht fuhr, und mußte an einer Hauptstraße eine Weile warten, weil ein langer Zug von Männern, Frauen und auch Kindern vorüberkam. Sie trugen rote Plakate mit vielen Aufschriften, und ein kleines Mädchen mit zwei festgeflochtenen, abstehenden Zöpfen blickte andächtig zu dem Schild auf, das ihre Hände trugen. „Nieder mit der Reaktion!" stand dort mit ungeschickt gemalten Buchstaben zu lesen, und während das Kind an Jons vorüberkam, strich er ihm lächelnd einmal über das sauber gescheitelte Haar. Aber es wich ihm aus und blickte zornig über die Schulter zurück, als habe er nicht begriffen, daß es sich um große Dinge handle, und daß diese großen Dinge gefährdet seien, wenn die dünne Stange in den schwachen Händen nicht sorgsam und senkrecht getragen werde.

Jons wartete, bis der lange Zug der Gesichter zu Ende ging, trotzige und eitle, bittere und leuchtende Gesichter, aber alle verhungert und entkräftet, seine Gedanken gingen mit einer unvermittelten schweren Traurigkeit zu dem Mädchen Margreta, dem er am Herzen gelegen hatte, bevor der Krieg ihn genommen hatte, und deren junger und zärtlicher Leib von Sprengstoffen zerrissen worden war, ehe er hatte blühen können zu seiner gottgewollten Bestimmung.

„Nun, Jeromin, ist der Dollar zu hoch gestiegen?" fragte sein Nachbar im Hörsaal, ein Lehrerssohn, der noch auf Krücken ging.

Aber Jons sah ihn an wie einen Fremden, und es war zu merken, daß er gar nicht wußte, wer neben ihm saß. Erst nach einer Weile kehrten seine Augen zurück, und er versuchte zu lächeln. „Nein", erwiderte er und öffnete sein Kollegheft, „ich habe nur an das Lied gedacht: ‚Dann gehet leise, auf seine Weise, der liebe Herrgott durch den Wald ...' "

Der andere sah ihn vorsichtig von der Seite an. „Ein komischer Kauz sind Sie doch, Jeromin", sagte er.

Dann kam der Professor, und sie nahmen ihre Bleistifte zur Hand.

Für Jons gab es schon im ersten Semester nicht viel mitzuschreiben. Davor bewahrte ihn die Erinnerung an Jumbos Weisheiten, und er wußte, daß alles, was der Professor sagte, viel klarer und faßlicher in den schweren Bänden aufgezeichnet war, die Jumbo ihm hinterlassen hatte. Er notierte nicht viel mehr als den „Gang der Handlung", aber er zeichnete gern, was die zitternde Hand des Vortragenden mit merkwürdiger Sicherheit auf der Wandtafel erscheinen ließ. Man sagte, daß der Professor ein Morphinist sei, und um dieses Gerücht ließ Jons seine Gedanken wandern. Um die grauen und wie zerklüfteten Züge des abweisenden Gesichtes, um die schmalen, zitternden Hände, um das Leben dieses Fremden, wie es aus Sicherheit und Wissen in das Dumpfe des Rausches gelangt sein mochte, und wie der Geist wohl doch nicht ausreichte, um die Rätsel des Daseins zu bestehen.

Und von da ließ er seine Gedanken weitergehen, zu den vielen Gesichtern, die sich über die Hefte beugten, müde und erleuchtete Gesichter, rohe und demütige, und er versuchte zu erkennen, wie sie nun fünf oder sieben Jahre später sich über einen Sterbenden beugen würden, über das Mädchen etwa, das mit dem Plakat gegen die Reaktion so tapfer die Straßen entlanggegangen war, über den alten Lehrer Stilling etwa, oder gar über den furchtlosen Herrn von Balk. Und dann kehrte er wieder zu dem Mann an der Tafel zurück, der heimlich nach seiner Armbanduhr sah, und manchmal war ihm, als sei dies alles nicht ganz richtig, was hier betrieben wurde, als fehle etwas, was sich mit Worten nicht sagen ließ, aber er wußte nicht, was es war. Nur, daß er ab und zu an den jungen Studenten Tobias denken mußte, wie er nachts auf dem Grabenrand gestanden hatte, den Stahlhelm in den schmutzigen Händen, um die Seligpreisungen über die verbrannte Erde zu sprechen. Als liege da eine Lösung verborgen, aber als werde man lange Zeit brauchen, um sie zu finden.

Dann nickte er seinem Nachbarn mit den Krücken zu und ging langsam durch die stillen, grauen Straßen, zum Chemischen Institut, oder zur Anatomie, oder wohin sein Stundenplan ihn nun gehen hieß.

Was ihm am meisten Sorge machte, war nicht die Vielfalt der Arbeit, sondern ihr zäher und langsamer Gang. Daß der vorausfliegende Geist immer wieder zurückkehren mußte zu den Elementen und daß der Hand noch immer nichts zu tun blieb, als zu schreiben oder zu zeichnen, indes sie doch ein Messer halten wollte, um mit einem ganz behutsamen Schnitt in das Innere einer Schöpfung zu dringen, das Kranke vom Gesunden zu trennen und die Wurzeln des Lebens wieder freizulegen für Wachstum und Atem. Und unterdessen fiel die Mark, wie Fräulein Holstein sagte, wurden die Umzüge häufiger und länger, der Haß der Zeitungen bitterer, der Beifall der Studenten immer lauter, wenn einer der Professoren mit billigem Spott sich an die neuen Männer heranmachte, die nun das Schicksal des Reiches aus der Zerstörung herauszuführen versuchten.

Ja, auch der Krieg war ihnen ein Beruf gewesen, dachte Jons, wenn er die Gesichter in den Hörsälen betrachtete, ein Beruf wie dieses Studium, und es galt ihnen ganz gleich, ob sie den Tod gaben oder vor ihm retteten. Sie waren nicht neu geworden im Feuer der Schlachten, wie sein Vater neu geworden war, oder Jumbo; sie waren nur zurückgekommen und hatten einen anderen Rock angezogen. Einen Alltagsrock, aber an besonderen Gedenktagen hefteten sie ihre Orden an diesen

Rock und verglichen heimlich, ob sie zahlreicher oder bedeutender waren als die Orden anderer.

In der Mittagszeit saß Jons für anderthalb Stunden auf dem alten Sofa mit den Porzellanknöpfen, aß schnell, was Fräulein Holstein ihm brachte, und nahm dann eines der Bücher aus den langen ernsten Reihen. Es war die einzige Zeit des Tages oder der Nacht, in der er nicht an sein Studium dachte. In der er Verse las oder die Lebensweisheit der Alten oder was andere Völker über den Weg der Menschheit gedacht hatten und dachten. Es war die „zwecklose" Stunde, wie er sie nannte, oder die „verbotene", aber aus ihr gewann sich für ihn der tiefste Trost des Tages und der Nacht, die Ablösung von den Zwecken, die Erkenntnis der Macht des wahren Geistes, die immer zugleich eine Macht des Herzens war, und das leise Erschauern vor dem Zauber der Schönheit, die nicht an eine Menschenform gebunden war, nicht einmal an die Sprache allein, weil die Sprache nur eines der Mittel war, der vielen, mit denen das Tor der Wunder sich öffnen ließ.

Und am seltsamsten war ihm die Erfahrung, daß auf dem Grunde dieser Stunden, ja eigentlich hinter ihrem Grunde das Bild seines Dorfes mit einem ganz stillen Leuchten stand, als hätten die Alten wie die Neuen von ihm gewußt. Von den sanften Linien der Wälder und Hügel bis zu den ärmlichen Gespannen, die über die Äcker gingen, und von dort zu den stillen Gesichtern, die sich über den Pflug oder den Spinnrocken beugten. Als sei auch dort und gerade dort diese geheimnisvolle Schönheit zu Hause, die aus Tagewerk und Ehrfurcht sich zusammenwob, und die nur dort gedeihen konnte, wo Mensch und Menschenwerk sich nicht entfernt hatten von dem alten Urgrund, weder durch die Empörung noch durch den Geist.

Ging er dann wieder am frühen Nachmittag zur nächsten Vorlesung, so trug er die Erinnerung an diese Stunde wie einen stillen Talisman mit sich, ähnlich der feinen silbernen Kette, die er um seinen Hals fühlte und die das Mädchen Margreta ihm umgehängt hatte, als er in den Krieg gegangen war.

Brannte dann am Abend die kleine Petroleumlampe auf seinem Tisch, war der Buchfink zugedeckt und das Fenster hinter dem Vorhang verschwunden, so wischte er mit einer

Bewegung seiner Hand die Zeit von seinem Tisch, Vergangenheit wie Gegenwart und Zukunft, und auf seinem Gesicht erschien der harte und gespannte Zug, den sein Vater gehabt hatte, wenn der Meiler zu glühen begann, der Zug eines Mannes, der sich zu verantworten beginnt, nicht vor einem Menschengericht, aber vor seinen Vorfahren oder seinen Kindern, und in diesen Stunden bis zur Mitternacht lernte er, was Arbeit ist, schwere, an die Menschen gewendete Arbeit, ohne Lohn, ohne Ruhm, aber von dem tödlichen Ernst erfüllt, der die Hand des Mannes zum Segen oder zum Fluch wenden kann.

In diesen Stunden formte sich ohne sein Wissen das Gesicht, auf das die Studenten mit Mißtrauen oder Spott, die Professoren mit einer überraschten Aufmerksamkeit und Fräulein Holstein mit Sorge zu blicken begannen, als ein paar Semester vorübergegangen waren.

„Wie gehen deine Tage, Jons Ehrenreich?" fragte Stilling in seinen Briefen, aber darauf war nicht viel zu antworten. Sie reihten sich wie Perlen an eine Schnur, aber wenn man die einzelne in der Hand hielt, war sie grau und unscheinbar, und man wußte nicht, ob das Ganze einmal leuchten würde. Man wußte wenig von Frühling und Herbst, von Hunger und Kälte. Sie waren nur Hülsen, in denen das Korn wuchs, und es wuchs unendlich langsam.

Manchmal, am Sonntagabend, saß er bei Charlemagne, sprach über Menschen und Zeiten oder hörte lieber zu, und manchmal bat er die Frau seines alten Lehrers, wieder ein Lied zu singen. „Es bellen die Hunde, es rasseln die Ketten, es schlafen die Menschen in ihren Betten . . .", oder „Tödlich graute mir der Morgen . . ." Und schwang die Stimme sich dann auf mit den strahlenden Akkorden, zu dem „Bis der Sieg gewonnen hieß!", dann fühlte er die gleiche wunderbare Reinigung seines Daseins wie bei den Klängen der Orgel oder wie damals, als das Wunderkind vor den schwarzen und weißen Tasten gesessen hatte. Auch so also konnte man zu den Quellen kommen, aber es bedurfte der Gnade, nicht des Schweißes, der Gnade, die Friedrich gehabt hatte und um die er erschlagen worden war.

„Sie arbeiten zuviel, Jons", sagte die Frau, wenn er wieder gehen wollte. „Und Sie gönnen sich keine Freude."

Aber er schüttelte den Kopf. „Die Meinigen kennen das nicht, ‚zuviel Arbeit‘“, erwiderte er. „Wenigstens die nicht, nach denen ich mich zu richten habe. Und Freude hat mein Vater wohl nur am Meiler gehabt.“

Manchmal auch saß er am Sonntagabend bei dem alten Schuster, von dem er damals den Kinderwagen zu entleihen pflegte, wenn er nach Kohlen fuhr, blickte in das gedämpfte Licht der Glaskugel und hörte zu, wie der alte Mann vom Staat der Zukunft sprach, von der Herrschaft des Volkes und der Arbeiterbataillone, und seine Arme, die sich beschwörend und prophetisch hoben, warfen wilde, verzerrte Schatten auf die weißgetünchte Wand. „Das Kapital ist der Fluch der Menschheit“, sagte er mit seiner heiseren, beschwörenden Stimme. „Der Fluch, der uns das Mark aus den Knochen saugt.“

Und Jons hörte zu, mit der gespannten Miene, die er an alles wendete, das den Weg der Menschheit betraf. Er wußte längst, daß es nicht das Kapital allein war, daß die Wurzeln in einen Boden reichten, der schon seit Jahrtausenden in der Verwitterung begriffen war, in einer unabänderlichen und tödlichen Verwitterung, aber er hörte zu, geduldig, aufmerksam, achtungsvoll, und wenn er wieder auf die Straße trat und zu den matten Sternen aufblickte, war er nicht klüger geworden, aber williger. Noch williger, das Salz der Erde zu „dämpfen“, und er dachte mit einem bitteren Lächeln an die unzähligen Kreuze, die in aller Welt verwittert standen und unter denen die Hände und die Herzen derer vermoderten, die gleich ihm willens gewesen waren, an dieses schwere Werk zu gehen. Nur daß der Staat es für nötiger gehalten hatte, sie in den Tod zu schicken statt in das Leben. Und es war ganz gleichgültig, ob der Absolutismus oder die Demokratie sie geschickt hatte. In diesen Dingen waren sie einer Meinung gewesen.

Manchmal auch, aber sehr selten, ging er am Sonntagabend zum Strom hinunter, wo er mit Margreta Kohlen gefahren hatte. Er ging nicht, bevor die Dämmerung gefallen war, und nur wenn Regengewölk über dem Horizont aufzog und jenes gedämpfte, etwas traurige Licht über der Erde war, das ganz anders war als das Sternenlicht. Er nannte es das Licht der Toten, weil es die Erinnerung heraufrief, die Sonnenlicht und Sterne scheute, und er meinte, wenn er ein Dichter wäre, dann würden ihm unter solchem Licht die Verse zufallen. Im Westen, wo das ferne Haff sich dehnte, lag noch ein rötlicher Schein über der Erde, aber alles andere war ohne Farbe, nur grau und dunkel, und die belaubten Wipfel standen wie verlassene Kuppeln über dem fahlen Glanz des Stromes, der lautlos wie ein Totenfluß dahinglitt.

Hier saß er dann über dem Ufer, die Hände um die Knie gefaltet, den Kopf an die warme Rinde einer Weide gelehnt, und blickte über Schilf und Wasser in die dunkle Ferne. Er dachte nichts, er glaubte nichts, er erinnerte sich nicht einmal. Er sah nur Bilder aufsteigen und versinken, ohne daß er sie verknüpfte, die Bilder seines jungen Lebens und ungelebte dazu, und am meisten das Margretas, dieses früh wissende, von Entsagung und Zärtlichkeit beglänzte Gesicht, wie es sich über ihn neigte, mütterlich und mädchenhaft, und die tiefe Traurigkeit ihrer Liebe doch wie einen goldenen Strom über ihn fließen ließ, in dem die grauen Dinge der Zukunft wie unter einem Regenbogen erschienen, mit farbigen Rändern, die sich auf die Erde stützten.

Dann erst fühlte er mit einem brennenden Gram, was er verloren hatte, unwiederbringlich verloren, die andere Seite des Lebens, das Angeknüpftsein an die Ewigkeit, das Geborgensein im Plan der Schöpfung, die Hand, die tröstend wie eine Engelshand in seine schreckliche Einsamkeit griff.

Hier, über dem fahlen Licht des Stromes und unter der grenzenlosen Verlassenheit des zerklüfteten Himmels, konnte es sein, daß er weinte. Aber er wußte es nicht. Die Tränen fielen aus seinen offenen Augen, und erst wenn er die Hand hob, um eine der Haffmücken zu verscheuchen, fühlte er, daß seine Wangen naß waren.

Dann erschrak er und stand schnell auf. Es war so dunkel, daß er den Umriß des Baumes kaum erkannte, unter dem er gesessen hatte, aber er sah sich scheu um, als hätte ihm jemand zugesehen.

Er ging am Ufer entlang zurück, dort, wo er bei seiner Heimkehr aus dem Kriege den grauen Kahn mit den Kindern gesehen hatte, die mit einem zerrissenen Netz nach Fischen gesucht hatten. Aber er ging nicht die Straße entlang, in der Margretas Haus lag. Bei dem ersten dieser Gänge hatte er von ferne gesehen, daß der Laden mit den Wachspuppen wieder erleuchtet war wie damals, denn die Zeiten waren nicht sicherer geworden, und er hatte sich umgedreht, als hätte jemand zum Schlage gegen ihn ausgeholt. Es gab Dinge, denen er noch nicht begegnen konnte.

Sprach ihn in den dunklen Hafengassen ein Mädchen an, so erschrak er wie vor einem Gespenst, und erst wenn die Lampe in Jumbos Zimmer brannte, war es ihm, als sei er zu den Lebenden zurückgekehrt. Aber seine Hände zitterten noch, und das Herz schlug ihm wie nach einer schweren Flucht.

Ja, Jons Ehrenreich, „wie gehen deine Tage?" Die Tage des Mannes, der ausziehen wollte, um das Salz der Erde zu dämpfen, aber noch war das eigene Salz nicht gedämpft, sondern fraß in den Augenwinkeln und in dem schwer schlagenden Herzen. Schwer war der Schritt vom Selbst zum andern, schwerer als Stilling wußte, denn ihm war es als eine Gnade zugefallen. Aber Jons war nicht in der Gnade. Er war in der Anfechtung, und seine Knie zitterten wie nach dem Ringen mit einem Engel.

Er hatte keine Freunde. Für die Studenten war er ein Sonderling oder ein Streber, und wenn seine Augen durch sie hindurch in eine ihnen unbekannte Ferne blickten, sahen sie zur Seite, als hätte Jons sie bei einem Unrecht ertappt. Und doch gewann er einen frühen Ruhm, sowenig er ihn gewollt hatte.

Es studierten nämlich damals schon eine Reihe von jungen Mädchen, und der verlorene Krieg mit Hunger und Verstümmelung zog sie mehr als früher in die medizinischen Hörsäle. Sie waren still, ernst und fleißig, und Professoren wie Studenten blickten mit einer Art von Mißbilligung auf sie. Es gefiel ihnen nicht, daß sie nicht mehr unter sich waren, in einem rauhen und oft rohen Männerhandwerk, daß sie Rücksichten zu nehmen hatten, die die Erziehung vorschrieb, aber die sie ungern übten, und daß die ernsten Augen dieser Mädchen mit einer bedrückenden Klarheit auf ihre Gespräche, ihre Verbindungsbänder, ihre Orden blicken konnten.

Es gab Gelegenheit genug für die Professoren, auf eine schamlose Weise Dinge vorzutragen und zu demonstrieren, die sie anders hätten vortragen können, und der betonte Beifall der männlichen Hörer war ein billiger Lohn für die Gewagtheit ihrer zynischen Scherze. Es gab viele, die sich gänzlich fern davon hielten und die sich damit begnügten, ihre weiblichen Zuhörer zu übersehen. Aber einige von ihnen versäumten keine Gelegenheit der Quälerei an Wehrlosen, und bei dem rohen Gelächter der Beifallspendenden pflegten sie mit einer Miene des Erstaunens aufzublicken, als sei dies ganz gegen ihren Willen mißverstanden worden. Besonders der Gynäkologe, ein schwerer Mann mit einem von Narben durchpflügten Gesicht, war ein Meister solcher eiskalten Späße, als wollte er sich am ganzen weiblichen Geschlecht für die Mühe schadlos halten, die es ihm in seiner Klinik bereitete.

Jons hatte zuerst gar nicht verstanden, worum es bei solchen Anlässen ging. Er hatte von seiner Zeichnung aufgesehen, als sei ihm etwas entgangen, woran die anderen Freude hatten, und erst als er einmal sah, wie ein junges, stilles Mädchen neben ihm die Hände unter der Bank zusammenkrampfte, indes Tränen aus den gequälten Augen schossen, begriff er, was vorgegangen war und sah mit bösen Augen zu dem Professor auf. Er trug dies ein paar Tage mit sich herum, nicht mehr als den dumpfen Groll eines Menschen, dem man Schmutz in sein sauberes Haus wirft, und er war dabei, es als eine Erscheinung der gedankenlosen Roheit zu den übrigen Erscheinungen zu legen.

Aber als nach ein paar Tagen bei der Behandlung des weiblichen Beckens von den lächelnden Lippen des Professors ein Wortspiel von außergewöhnlicher Schamlosigkeit fiel, ein wohlvorbereitetes, wie man leicht merken konnte, und das Mädchen neben Jons mit einer unwillkürlichen Bewegung die Hände vor das Gesicht legte, wie um sich vor einem Steinwurf zu schützen, überkam ihn das jähe Erbteil seiner Mutter, so daß er in dem Lärm von Gelächter und Hohn aufsprang, sein Hefte zusammenraffte und aus der Bank heraustrat, in der man ihm bestürzt Platz machte. In dem jähen und lautlosen Schweigen des Raumes sah er den Vortragenden an, der vor seinen finsteren Augen erblaßte, und sagte laut und bis in den letzten Winkel wahrnehmbar: „Gehorche deinem Vater, der dich gezeugt hat, und verachte deine Mutter nicht, wenn sie alt wird!" Und er wußte nicht, wie dieser Vers aus den Sprüchen Salomonis ihm auf die Lippen gekommen war. Er wußte nachher nur, daß er ihn vor langen Jahren am Meiler gehört hatte, und sein Vater ihn gesprochen, als Gotthold in die Stadt gezogen war.

Danach verließ er, ohne sich umzusehen, den Hörsaal.

Es bedrückte ihn. Nicht daß er gegen die Ordnung gehandelt hatte, sondern daß er im Jähzorn gehandelt hatte, nicht viel anders als seine Mutter, wenn sie zugeschlagen hatte, und er war zu bescheiden, um zu erkennen, daß es nicht dasselbe war.

Er wurde schon am nächsten Tag vor den Universitätsrichter gerufen. Er war als ein ernster, strenger Mann bekannt, und man wußte, daß er beide Söhne im Krieg verloren hatte. Er ließ Jons mit einer Handbewegung Platz nehmen und sah ihn schweigend an. Hinter einer bläulich gefärbten Brille waren seine Augen nicht zu erkennen, und Jons wußte nicht, was für ein Blick auf ihn gerichtet war. Aber er fühlte, daß nichts Böses in diesen schmalen Lippen war, nur ein Gram, der das Gesicht wie erfroren scheinen ließ. Die blutlosen Hände spielten mit einem Bleistift.

Dann schob der Richter ein paar Akten zur Seite und beugte sich vor. „Wo steht das geschrieben?" fragte er leise. „Das von Vater und Mutter?"

„In den Sprüchen Salomonis, Herr Geheimrat", antwortete Jons.

Der Richter nickte ein paar Male und sah aus dem großen Fenster, wo die Äste einer alten Birke im Winde wehten.

„Und woher wußten Sie das?" fragte er weiter.

„Mein Vater hat es gesagt, vor vielen Jahren, als mein Bruder in die Stadt gegangen war."

„Und wer war Ihr Vater?"

„Mein Vater war ein Köhler und besorgte den Meiler für den Herrn von Balk."

„Ein Köhler ...“ wiederholte der Richter, und nun war er doch ein wenig überrascht.

„Er las in der Bibel?“

„Ja, Herr Geheimrat.“

„Und was tut er jetzt?“

„Er liegt in Rußland.“

Nur ein leises Zucken um die schmalen Lippen, als hätte jemand mit einer Nadel heimlich in den regungslosen Körper gestochen. Dann nahm er die Brille ab, und ein paar sanfte Augen sahen Jons an, die wie ertrunken in ihrer verborgenen Trauer waren. „Ich muß Ihnen einen Verweis erteilen“, sagte er leise, „nicht weil Sie es gesagt haben, sondern weil Sie die Vorlesung gestört haben ... aber ich wünschte, daß Sie mein Sohn wären.“

Eine stille Handbewegung, und Jons ging hinaus. Die Kehle war ihm zugeschnürt, und er konnte kein Wort sprechen.

Er schrieb es an Stilling, und dieser antwortete, daß er sich an die Geschichte mit dem Schalksknecht erinnern möge. Wer im Rechten angetreten sei, gehe auch im Rechten weiter, nur daß die Majestätsbeleidigungen langsam schwerer würden. Aber wer sich an Wehrlosen vergreife, müsse gezüchtigt werden. Das unterscheide den Edelmann vom Knecht, und so solle er es weiter halten.

In den Vorlesungen geschah nichts mehr desgleichen, und das Mädchen gab ihm vor aller Augen die Hand. Der Professor sah nicht nach seiner Ecke hin, und die Studenten ließen es bei einer Art von achtungsvollem Grinsen bewenden. Es sahen ihm nun viele nach, wenn er in den Pausen den Korridor entlangging.

Aus seiner anfänglichen Bedrücktheit kam er langsam in eine stille und beglückende Fröhlichkeit hinein. Nicht durch das, was er gesagt hatte, sondern durch das, was der Universitätsrichter gesagt hatte. Sein Herz war ihm leicht und gleichsam der Zukunft gewiß. Er bestand seine Semesterprüfungen mit einer ungewöhnlichen Auszeichnung, aber er wußte, daß er eine schwerere Prüfung bestanden hatte.

Und so fuhr er fröhlich in seine ersten Ferien.

III

Es waren die großen Ferien, denn zu Ostern war er in der Stadt geblieben. Das Anatomische Institut war umgeräumt und neu geordnet worden, und es war ihm gelungen, einen der Helferposten zu bekommen. Er verdiente etwas Geld damit, ein paar alte Präparate, ein paar zerlesene Bände, und einmal war der alte Geheimrat bei ihm stehengeblieben, hatte nach seiner Arbeit und seinem Zuhause gefragt und dann ein Weile aus den bestaubten Fenstern gesehen. „Auch bei uns gibt es Kärrner", hatte er dann gesagt, „aber ich sehe Ihnen schon ein paar Wochen zu. Es gibt nicht viele, denen ich gern zusehe, und einmal wird Ihr Dorf Freude an Ihnen haben ... wie heißt es doch ... Sowa ..."

„Sowirog, Herr Geheimrat."

„Sowirog, ja ... alles slawische Namen ... und was bedeutet es?"

„Der Eulenwinkel, Herr Geheimrat."

„Der Eulenwinkel, ja ... dort wird keiner von diesen jungen Herren hingehen ... Sie werden allein sein dort, Jeromin, allein mit Ihrer Kunst und Ihrem Gewissen. Denn das gibt es wohl dort noch, ein Gewissen, nicht wahr?"

„Ja, das gibt es, Herr Geheimrat."

Dann nickte der alte Mann ihm unmerklich zu und ging mit seinem schweren, schleppenden Gang in den nächsten Raum, wo das Gelächter der Helfer plötzlich verstummte.

An dieses Gespräch dachte Jons, als er am Waldrand stand und auf Kiewitts Acker blickte. Er hatte sich nicht angemeldet und war zu Fuß gekommen. In der Erntezeit gab es keine Fuhrwerke in Sowirog.

Er stand eine Weile, auf seinen Stock gestützt, und sah zu, wie Kiewitt die mageren Korngarben auflud. Das weiße Pferd drehte den Kopf und sah ihm entgegen. Es war wachsamer als ein Schäferhund.

Ja, das gibt es hier noch, dachte Jons, und das wird es wohl noch eine Weile geben . . .

Niemand war da, der Kiewitt hätte helfen können, aber er lud die Garben so sauber auf, daß er auch keiner Hilfe bedurfte. Er konnte alles allein, Kochen, Säen und Pflügen, und sicherlich würde er auch allein sterben können.

Aber Jons ging doch schnell über das Feld. „Soll ich hinauf aufs Fuder, Kiewitt?“ fragte er. „Ich will schon ordentlich laden.“

Kiewitt zuckte einmal mit der Schulter, denn er hatte ihn nicht kommen hören, aber dann schüttelte er den Kopf und lehnte sich an die lange Gabel. „Der Herr Student“, sagte er und sah ihn nachdenklich an. „Hat Gott sie eingerenkt, Jons?“

„Ich denke, ja“, erwiderte Jons, „und er hat wohl auch mehr zu tun, als sich um meine Hüfte zu kümmern.“

Kiewitt ließ die hellen Augen einmal über seinen Acker und dann in der Richtung des Meilers gehen. „Viel hat er zu tun“, sagte er. „Siehe, er kommt mit den Wolken, und es werden ihn sehen alle Augen, und die ihn gestochen haben; und werden heulen alle Geschlechter der Erde. Ja, Amen.“

Jons wußte nicht recht, was er erwidern sollte. Die Sonne schien über das warme Feld, und vom See hörte man den Schrei des Adlers. Es kam etwas unerwartet über ihn, dieses „Donnerwort“ aus Kiewitts Munde.

„Das ist aus der Offenbarung?“ fragte er zaghaft.

Kiewitt nickte. „Nein“, sagte er dann. „Laß es nur sein, Jons. Ich werde auch so fertig. Sie warten auf dich . . . kannst du es nun schon, helfen und heilen?“

„Ich fange an, Kiewitt, ganz von vorne. Es dauert lange Zeit, viele Jahre.“

Kiewitt nickte noch einmal und stach dann langsam die Gabel in die nächste Garbe. Die Sonne neigte sich schon. Aber bevor Jons ging, rief er ihn noch einmal an und deutete auf den Meiler. „Es steht kein Rauch mehr über dem Wald“, sagte er, „aber vergiß es doch nicht, Jons . . . auch dies steht geschrieben: ‚Wer überwindet, dem will ich zu essen geben von dem verborgenen Manna, und will ihm geben einen weißen

Stein und auf dem Stein einen neuen Namen geschrieben, welchen niemand kennt, denn der ihn empfahet.'"

Und dann legte er die nächste Garbe auf den Wagen.

Nein, Jons vergaß es nicht. Nicht den Meiler und nicht Herrn Stilling, nicht Korsanke und den alten Piontek, die Lebenden nicht und die Toten nicht. Es war ihm, als sei er länger fortgewesen als während des Krieges, aber als sei es nun eine bessere Heimkehr.

„Jeromin ... Jeromin, hilf mir, meine Zunge ist jrien ...", sangen die Kinder auf der Dorfstraße. Sie hatten Hasenklee gekaut und zeigten ihren grünen Mund. Dann lächelte Jons wie in Kinderzeiten, zupfte sie an den weißblonden Haaren und dachte, das seien nun die ersten Patienten, die nach ihm verlangten. Aber sie wollten nicht sagen, von wem die ungeschickten Verse stammten, und Jons war auch ohnedies sicher, daß die fröhliche Barbara die Urheberin war.

Die ersten Tage, bevor er wieder zu arbeiten begann, war er wie in einem Zauber. Von der frühen Morgenstunde an, wenn das Rindenhorn des alten Piontek ihn weckte, bis zur Nacht, wenn der rote Mond über den Giebeln stand und die Fledermäuse lautlos um den Ahorn glitten. Es war nicht nur dies, daß er wieder zu Hause war; daß die Kammer, in der er schlief und lebte, ebenso gebaut war wie die, in der sie als Kinder gelebt hatten; daß Steine und Straßen versunken waren. Es war dies, daß er nicht mehr allein war. Daß er wieder hineingeflochten war in das Schicksal des Dorfes, ein kleines Schicksal, aber es ging ihn an. Die Kuh bei Gina Bojar, die an Blutnetzen erkrankte, ging ihn an. Die Eiterung an Pionteks Hand, die er mit einem Messerschnitt öffnete, ging ihn an. Stillings Zahlentabellen und Korsankes leiser Schmerz. Das Gewitter, das über der Halferernte heraufzog, und das Feuer am Moorrand, das sie mit Spaten und Löscheimern bis in die Nacht bekämpften. Es war nicht zu glauben, wieviel in einem so kleinen Dorfe geschah. Und alles geschah auch ihm, und viele glaubten, daß nur er allein helfen könnte. Die Hochachtung vor aller Wissenschaft war tief in ihre gläubigen Herzen gesenkt.

Er war zur Meilerhütte gegangen, noch bevor er das Dorf

betreten hatte, und die Mutter hatte auf der Schwelle gestanden und ihm entgegengesehen. Wieder war der Zug einer leisen Angst in ihrem Gesicht gewesen, der ihn beim Abschied so ergriffen hatte. Sie hatte nicht viel gesprochen, und ihre Stimme war ganz leise geworden, wie die eines Menschen, der von Geistern umgeben ist. „Bist du gesund, Jons?" hatte sie gefragt. Und: „Bleibst du lange, Jons?" Das war alles gewesen. Aber zum Abschied war ihre harte, kalte Hand einmal über seine Wange geglitten, wo sie ihn damals geschlagen hatte, scheu und wie aus Versehen, und sie hatte sie gleich wieder zurückgezogen. „Gehe nun zu den Deinigen, Jons", hatte sie gesagt. „Sie warten auf dich." Und ehe er etwas hatte sagen können, war sie zurückgetreten und hatte leise die Tür hinter sich geschlossen.

Und er hatte eine lange Weile am Waldrand stehen müssen, ehe er imstande gewesen war, zu den „Seinigen" zu gehen. Und auf dem Stein einen neuen Namen geschrieben . . ., dachte er. Ja, sie wußten wohl alle nicht, daß Kiewitt der Klügste von ihnen war. Und nicht nur, weil er noch einmal getauft worden war.

Er hatte auch bei Stilling gesessen, und hier hatte er am tiefsten das Bewußtsein der Zeit verloren. Er rührte mit der Hand leise die Weltkugel an, bis die Festländer und Meere sich lautlos zu drehen begannen. „War das nicht gestern, Herr Stilling", fragte er leise, „als ich noch hier saß und die schönen amerikanischen Namen lernte? Minnesota und Minnehaha?" Und der alte Lehrer blickte mit ihm auf die langsam kreisende Erde, an deren einem nie zu wissenden Punkt der verlorene Sohn nun wandern oder schlafen mochte, und nickte seinem Schüler zu. „Alles war gestern, Jons Ehrenreich", sagte er, „und auch morgen wird schon alles ‚gestern' sein. Aber du hast für das ‚Morgen' zu leben, Jons Ehrenreich, du ganz besonders, und das sollst du nie vergessen."

Und dann fragte er nach der Mark, und Jons beruhigte ihn. „Daß die Ärzte sich um die Mark kümmern, glaube ich schon", sagte er, „aber die Medizin kümmert sich nicht um sie. Auch für sie wird das einmal ‚gestern' sein."

Aber Stilling schüttelte weiter den Kopf und blickte auf die kreisende Erde, als ziehe sie alles Ersparte der Welt mit sich und lasse es hinter der Krümmung der Kugel ins Bodenlose stürzen.

Dann kam Elisa herein und betrachtete ihn mit der milden Nachsicht, die sie für „geistige Arbeiter" übrig hatte. „Ist es wahr", fragte sie, „daß ihr dort einen Polizeipräsidenten habt, der ein Roter ist und früher ein Maurergeselle war?"

Ja, das sei wahr, erwiderte Jons lächelnd, und er sei nicht schlechter als die Herren von und zu, die sie früher gehabt hätten.

„Aber ein Auge soll er nur haben", sagte Elisa mit nüchterner Kälte. „Das andere hat Gott ihm genommen für seinen Unglauben." Und sie sah ihn prüfend an, ob er selbst noch beide Augen habe, oder ob eines schon im Begriff sei, zu erblinden.

„Du bist ein Närrin, Elisa", sagte Stilling milde.

Aber sie hob drohend die Hand mit der Stricknadel und deutete mit der grauen Spitze auf sie beide. „Wer aber zu seinem Bruder sagt: ‚Du Narr!' der ist des höllischen Feuers schuldig", sagte sie, und es war, als verurteile sie beide zum Tode.

Stilling lächelte nur, aber Jons hielt die Stricknadel scherzend fest und meinte: „Sie kennen die Bibel so gut wie mein Vater, Tante Elisa. Nur daß er die anderen Worte sagte, die guten und die tröstenden."

„Er war ein Jeromin", erwiderte sie ungerührt, „und auch du wirst nicht anders werden. Auch wenn du Ehrenreich heißt."

Er hatte auch beim Herrn von Balk gesessen, vor dem Kamin, und auch hier hatte er gemeint, daß es keine Zeit gebe. Zeit gab es wohl nur in den Städten, wo die Erde nicht mehr war. Die langen Bücherreihen schimmerten im Schein des Feuers, und der Papagei rührte sich leise in seinem vergoldeten Käfig. „Allons, enfants . . ." sagte er mit seiner heiseren, verschlafenen Stimme.

„Ist das neu?" fragte Jons lächelnd.

„Ganz neu", erwiderte Balk. „Wußtest du nicht, daß sie mich den ‚roten Balk' nennen? Meine Standesgenossen?"

Nein, das wußte Jons nicht, und er glaube auch nicht ganz, daß das wahr sei.

Er auch nicht, meinte Balk. Aber für manche Leute sei derjenige schon rot, der einen Stock statt einer Reitpeitsche trage. „Die neue Zeit, Jons“, sagte er. „Auch zu uns ist sie gekommen. Unglaublich, wo sie überall hinfindet. Sogar in den Eulenwinkel!“

Aber er habe noch nichts davon bemerkt, erwiderte Jons.

„Medizineraugen fangen erst beim Mikroskop an“, sagte Balk spöttisch. „Sieh dir euren neuen Pestalozzi an! Das ist der Keimträger der neuen Kulturen. Landschullehrer waren immer Keimträger, so oder so. War hier und beschwerte sich, daß die Kinder beim Kartoffelsetzen helfen müssen. Sei eine Mißachtung des Geistes, meinte er. Eine Versklavung der Unmündigen. Konnte schöne Sätze sagen, Des-dur mit Pedal. Fragte ihn, ob er lieber Kartoffeln oder Unmündige zum Abendbrot esse. Zog die roten Augenbrauen hoch, als ob ich vom Monde gefallen wäre, ihm gerade vor die Füße.“

„Und wie ging es aus?“ fragte Jons belustigt.

„Es ging nicht aus“, erwiderte Balk, „sondern er ging aus. Der Papagei nämlich. Muß ihm etwas verdächtig vorgekommen sein, denn plötzlich saß er auf dem Pestalozzihaupt und flog mit der Perücke davon. Hatte es selbst kaum bemerkt. War alles so glatt an dem Burschen, daß auch dies in einem hinging. War eine große Jagd, weil er auf der Platonbüste saß mit seinem Raube. Hielt ihn wahrscheinlich für eine Platonische ‚Idee‘. Rief den ganzen Hof zu Hilfe. Zeugen machen so etwas lustiger. Er stand wie ein kochender Seehund dabei. Mit abgekrümelter Würde. Tröstete ihn, daß Papageien unmündig seien, gerade so wie Kinder. Schließlich überreichten wir sie ihm wieder, etwas derangiert. Stülpte sie auf und schoß wie ein Bolzen aus der Bibliothek. Die Leute grinsten, und der Papagei kreischte natürlich ‚Idiot!‘ Findet immer das Passende . . . Ist nie wiedergekommen.“

Jons lachte, und Herrn von Balk fiel es plötzlich ein, daß er ihn lange nicht lachen gesehen hatte, Jahre wahrscheinlich.

„Aber die anderen“, fragte Jons, „Daida und Gonschor, und das Dorf eben, nennt man sie auch die ‚Roten‘?“

Herr von Balk zog die Augenbrauen hoch. „Immer gemeint, daß Studium ein gefährliches Handwerk ist“, sagte er. „Ärzte sollen nicht farbenblind sein. Noch nicht gewußt, Jons, daß die Armut grau ist? Begehrlichkeit ist rot, und Dummheit ist schwarz, aber die Armut, mein Freund, war immer grau, und das wird auch die Farbe in Sowirog bleiben. Nein, der Volksbeglücker und sein Freund Czwallinna sind vorläufig die einzigen. Natürlich möchten die anderen eine ganze Menge haben, mehr Lohn und mehr Weide und mehr Hasen, aber sie trauen der Geschichte nicht. Siehst du, der Kaiser ist unabsetzbar für solch ein Dorf. Sie begreifen nicht, daß Leute ihm die Krone nehmen können, Leute, von denen sie nie gehört haben. Sie meinen, daß es da eine Rechenschaft geben wird, wie bei einer Brandstiftung oder einem Pferdediebstahl, und deshalb machen sie das lieber auf eigene Faust, mehr Weide und mehr Hasen zum Beispiel. Das sind sie gewohnt, und das geht im stillen ab. Die anderen reden ihnen zuviel.“

„Und hier, bei Ihnen, Herr von Balk?“

„Ja, hier ist das schon ein bißchen anders. Nicht bei den alten Leuten, aber bei denen, die ein paar Jahre in Gefangenschaft waren. Da hilft denn nichts, als ihnen vom Deputat abziehen, wenn sie streiken wollen. Kartoffeln und Roggen, das sind reale Dinge, realer als Geld. Und schließlich hilft gegen die Phrase nur eines, Jons: das Wort. Das richtige, klare, ruhige Wort. Das ist natürlich immer noch eine Macht. Stärker als Gendarmen. Und das Beispiel, Jons! Czwallinna und der Volksbeglücker geben schlechte Beispiele, und daran scheitert die Färbung hier, die richtige, meine ich, und für die richtige ist es die höchste Zeit in diesem sogenannten Ostelbien.“

Dann fragte Jons noch, ob Herr von Balk es für richtig halte, daß er von nun an während der Ferien in eine Fabrik gehe, um Geld zu verdienen und etwas von der „akademischen Würde“ abzustreifen.

Aber Herr von Balk hielt es für ganz und gar falsch. „Das sind so moderne Mätzchen, Jons“, sagte er. „Für das Geld werde ich sorgen, denn Stilling wird bald aufhören damit, wie ich die Entwicklung sehe. Er hat seine Pension und sein Erspartes, aber ich habe Felder und Herden und Wald, und das ist ein gewaltiger Unterschied. Das ist der Lohn der Erde, sozusagen, und der ist unveränderlich. Und das andere ist einfach Unsinn. Würde hast du genug, aber keine akademische, und diese Art von Würde streifst du nicht ab, hoffentlich nicht. Und wer in Sowirog aufgewachsen ist, und dazu im Jeromin-Haus, weiß von Gott und von der Armut so viel, daß die Universitätsprofessoren Deutschlands von ihm lernen können ... aber reiten könntest du wieder ein bißchen mit mir."

Jons schüttelte den Kopf. „Erstens habe ich zu arbeiten, Herr von Balk", sagte er, „vom Morgen bis zur Mitternacht. Und dann kommt es mir nicht zu, zu reiten, wenn andere auf Krücken gehen. Ihnen kommt es zu, und Korsanke auch, aber nicht mir."

Auch bei Piontek hatte Jons gesessen, am Abend, bevor er die Herde eintrieb. Piontek trug noch immer silberne Ohrringe, und seine Hände, mit denen er Pilze auf die Holzkohlen legte, waren wie Baumrinde anzusehen. Er erzählte nicht viel, denn vom Unveränderlichen ist nicht viel zu sagen, aber er war derjenige, der am meisten von allen wissen wollte. Ob die Professoren vierspännig in die Universität führen und ob sie mit „Gnädiger Herr" angesprochen würden. Ob es wahr sei, daß sie Tote zerschnitten auf großen Tischen und nachher wieder lebendig machten, und dann fehle meistens ein Stück, ein Bein, oder ein Arm, oder gar das Herz. Und ob es wahr sei, daß vor einer Taglöhnersfrau nun jeder aufstehen müsse, wenn sie in ein Theater komme, und sich erst hinsetzen dürfe, wenn sie sich auf ihren Hintern gesetzt habe.

Jons versuchte, ihm seine Arbeit und sein Leben zu erklären, aber es gelang ihm nicht recht. Piontek kannte das Dorf und das Moor, die Jahreszeiten und seine Herde. Er kannte den Urgrund der Schöpfung und den Ablauf uralter Gesetze. Aber er konnte sich nicht vorstellen, wie die Menschen dort lebten, wenn sie am Morgen über ihre Schwelle traten, und ein großer Wagen ohne Pferde klirrte an ihnen vorüber. Oder zehntausend Menschen zogen in einem einzigen Zuge durch steinerne Straßen und hielten Stangen in den Händen, und auf den Stangen war etwas zu lesen. Und am wenigsten konnte er begreifen, daß Mädchen neben Jons in den großen Sälen saßen, richtige Mädchen, „mit Kopftüchern und Schürzen", wie er sagte, und das hielt er für eine richtige Lüge.

„Du flunkerst, Jons", sagte er und schüttelte mißbilligend seine Ohrringe. „Die olle Baronsche hinterm See, wo mein Schwesterkind im Dienst ist, die soll ja auch eine Menge Schrauben los haben. Spielt auf der Fiedel und raucht Zigarren wie der Herr von Balk. Aber das hat sich noch keiner von ihr zu sagen getraut, daß sie mang das Mannsvolk 'rumgesessen und an Toten 'rumgeschnipselt hat."

Auch das versuchte Jons ihm zu erklären, aber Piontek lächelte nur listig. „Du hast das von Jakob", sagte er schließlich wie erleichtert. „Der war ein zuverlässiger Mann, aber manchmal konnte er so Dinge erzählen, daß dir die Augen übergingen. Dann kam es wohl über ihn, der Meiler und der dunkle Wald und daß er mit keinem Menschen sprach als mit sich selbst. Und so kommt es wohl auch über dich, und du weißt es nur nicht."

Dabei blieb es nun, aber bevor sie das Feuer löschten, nahm der alte Hirt Jons vorsichtig am Arm. Eine Rohrdommel rief im Moorwasser, und Piontek deutete mit seinem weißen Kopf in die Richtung des dumpfen Rufes. Sein Gesicht nahm den geheimnisvollen Ausdruck an, der seine alten Geschichten begleitete, und Jons war es immer, als komme dann plötzlich das tausend Jahre Alte zum Vorschein, das in Großvaters Augen gewesen war und das tief unter dem Sandboden des Dorfes schlief, in den Särgen, die übereinander standen und zu Staub zerfielen.

„Es ist etwas unterwegs, Jons", sagte Piontek leise, und seine hellgrauen Augen erfüllten sich mit einem fremdartigen Licht. „Sie rufen, wie sie siebzig Jahre nicht gerufen haben, und es bedeutet etwas . . ."

„Was soll es bedeuten?" fragte Jons, und auch seine Stimme wurde leise.

Aber Piontek schüttelte den Kopf. „Nur der Herr weiß es", sagte er einfach.

Und dann stand er auf und trieb die Herde zusammen, und es war, als hätte er Jons ganz und gar vergessen.

Und dann waren die Abende um den großen Herd im

Jeromin-Haus, und Maria stand wie früher am Herd, und der kleine Jons und Barbara hörten zu, wie sie das Märchen vom Fischer und seiner Fru erzählte. Und Jons Ehrenreich hörte noch stiller zu als die Kinder. Die Stimme war noch die gleiche, die tiefe, tröstende, mütterliche Stimme wie in seiner Kinderzeit, aber die Augen waren andere geworden, und mitten in den Versen von „Buttje in de See“ konnten sie den Bruder anblicken, mit einer verlorenen Zärtlichkeit und einem Gram, der ihm das Herz zusammenpreßte. Und wenn sie den Blick über ihn hinweg zum Fenster wendete, wußte er, daß die unendlichen Ebenen vor ihr lagen, durch die Jumbo und er und der Verschollene marschiert waren. „Liebe Schwester ...“, sagte er ganz leise. Aber sie schüttelte unmerklich den Kopf und fuhr fort, zu erzählen, wie die Frau nun Kaiser geworden war.

War sie aber zurückgekehrt von ihrem abendlichen Gang zum Rand des Moores, hatte sie alles draußen gelassen, was den Bruder bedrücken konnte, und wie eine junge Mutter des Hauses saß sie am Tisch, wo Jakob gesessen hatte, oder am Spinnrocken. „Erzähle, Jons“, sagte sie. „Von den Professoren und vom schwarzen Fräulein. Von den Streiks und vom Schuster. Alles vom Leben und Sterben ...“

Erdmuthe kauerte vor der Herdflamme, immer noch wie ein verflogener Vogel, und das Mädchen aus dem Nachbardorf hatte die Hände im Schoß gefaltet, über ihrem Strickzeug, lehnte den Kopf an die Wand hinter sich und blickte mit weit offenen Augen auf die rötlichen Lichter, die über die Balkendecke glitten. Wahrscheinlich sah sie die Insel im See oder das „Paradies“, und wahrscheinlich hörte sie das Lied der Flöte, das Menschen und Tiere bezaubert hatte. Und nicht zuletzt ihr eigenes Herz.

Und in der dunkelsten Ecke saß Christean, die Krücken neben sich, und blickte heimlich auf Jons, als hätte er ihn seit zehn Jahren nicht gesehen. Von allen Menschen des Dorfes war Christean der scheueste geworden, und er stand vor seinem Bruder, als trüge dieser schon den Lorbeer des Berufes um seine Stirn, indes er selbst am Boden kauerte, mit durchschnittenen Sehnen, und nichts erwartete als den Hohn aller Sieger.

Es traf Jons wie ein unverdientes Gericht, und er fühlte den schweren Preis, um den man sich über seine Brüder erhob.

Erst am dritten Tage, als er mit Christean in der kleinen Werkstatt stand, zu der er fast mit Gewalt hatte vordringen müssen, fand er die Brücke zu dessen hilflosem Herzen. Er erkannte sofort, daß in dem kleinen sauberen Raum etwas geschehen war, was nur aus Einsamkeit und Schmerz hatte geboren werden können: daß alles Spielerische und Kindliche aus seiner Kunst verschwunden war und daß die wahre Schöpfung sich abzuzeichnen begann, der Sieg über das tote Holz, die Beseelung des Leblosen zu einem neuen, höheren Leben. Da war eine Büste des Vaters, noch nicht vollendet, aber schon aus dem Unvollendeten blickte Jons die Ewigkeit entgegen. Nicht das Zeitliche des Vaters, wie er es am Meiler gesehen hatte und dann, als er Abschied genommen hatte, um nicht mehr wiederzukehren. Dieses Zeitliche, wie es in der Form und Haltung gelegen hatte, in der Bewegung der Lippen, im Blick der Augen. Sondern eben das Ewige, wie es immer dahinter gestanden hatte, aber sie hatten es nicht erkannt: die ungesprochenen Worte eben, die ungedachten Gedanken, die Verklärung, die hinter den Grenzen der Leiblichkeit gelegen hatte, immer da, immer bereit, aber erst der Tod hatte sie frei gemacht, und erst Christean hatte das Freigemachte erkennen und wieder in die faßliche Form zurückbringen können.

Lange stand er davor, wie vor einem Auferstandenen, und dann erst legte er den Arm um Christeans Schulter. „Du dachtest, lieber Bruder", sagte er leise, „daß ich vorausgelaufen wäre, schnell und in großen Ehren, und du dachtest, daß es dir zukomme, dich im Dunklen zu verbergen, so lieb du mich hattest. Ja, gerade weil du mich so lieb hattest. Und indessen weißt du nicht, daß du mir so weit voraus bist, daß ich dich niemals einholen werde. Niemals, lieber Bruder. Weil du ein Schöpfer bist und ich ein Handwerker. Denn in einem Jahr werde ich dir jede Faser und jeden Knochen und jede Funktion in diesem Kopf sagen können, aber niemals mehr. Namen und Bilder, nichts mehr. Du aber hast ihn von den Toten auferweckt, was nur Christus gekonnt hat, und du wirst alles auferwecken können, was du in deine Hand und in dein Herz nehmen willst. Du bist nicht gering, lieber Bruder, so daß du dich vor mir verbergen mußt, sondern du bist der Größte aus unserm Hause, und ich bitte dich nur, Nachsicht mit mir zu haben, wenn ich soviel Platz und Zeit für mein Leben brauche."

Er hatte den Weinenden lange trösten müssen, aber er wußte sehr gut, daß Christean nur vor Glück weinte.

Die Kinder aber lehnten zwischen Jons' Knien und wendeten die glänzenden Augen nicht von seinen Lippen, und wenn er auf Erdmuthens Kind niederblickte, war ihm alles wie ein Traum, und er sah des Bruders Gesicht noch einmal auf die Erde zurückgekehrt, das strenge, ernste, fast finstere Gesicht, für das es keine bestechlichen Worte gab und vor dem das Leben wie ein steiniger und gefährlicher Acker lag.

War er schon alt, daß er hier saß und Geschichten erzählte, Kinder zwischen seinen Knien, aus denen das Gesicht von Toten wie aus einer Dämmerung herausschien? Oder waren es nur das Haus und das Dorf, die ihn einspannen? Aus denen er hervorgegangen war und zu denen er wieder zurückkehren würde? Und am Meiler saß die Mutter, ohne Märchen und Geschichten, und trug ihre Welt zu Grabe ...

Es fröstelte ihn plötzlich zwischen den Schultern, und er sah nach dem Fenster, ob dort jemand stehe. Aber nur die Schwärze der Nacht war hinter den Scheiben, und Barbara fragte, ob da etwas sei.

„Nein", sagte er, „es ist nichts ... nur die Zeit war da ..."

Aber es blieb nur der letzte Abend zum Geschichtenerzählen. In der Nacht stellte Jons einen seiner „Pläne" zusammen, und damit war das Tagwerk von drei Monaten entschieden. Es begann bei Sonnenaufgang und endete vor Mitternacht, wie in der Stadt. Er hatte die vier Bände der topographischen Anatomie mitgebracht, und zu Beginn des neuen Semesters wollte er sie in sich haben, so daß er nur Blatt um Blatt in seinem Geiste umzuschlagen hatte, um sie vor sich zu haben. Und dann war da ein Grundriß der Botanik, der Zoologie und der Chemie, eine Geschichte der Medizin und seine Notizen aus zwei Semestern.

Er lag in der Kammer, die so gebaut worden war wie die Kinderkammer im abgebrannten Hause. Er sah die Sterne hinter dem Fensterkreuz langsam vorüberziehen, und es war ihm, als hörte er den Atem der Geschwister sanft oder unruhig in dem kleinen Raum. Ja, die Zeit war da, die vor dem Küchenfenster gestanden hatte, und aus dem Erdgeschoß hörte er ganz leise die alte Uhr, deren Pendel diese Zeit zerteilte und maß. Die Bäume warteten, die dunklen Giebel, das schlafende Dorf. Und am meisten wartete der Vater, der soviel stille Sorge um ihn getragen hatte, ob er bleiben würde, ein Gefangener des Dorfes, oder ob er sich aufmachen würde in die große und drohende Welt, um das Licht zu holen für die Armen. Die „Gerechtigkeit auf dem Acker“ oder nur den Trost für die Beladenen. Damals, auf der Laubstreu in der Meilerhütte, hatte das Kind es versprochen, und es hatte nichts vergessen, und am allerwenigsten den tiefen Seufzer des Glücks, mit dem der Vater das Versprechen empfangen hatte.

Er lag ganz still und lauschte, wie die Nacht über das Dorf ging. Ein Hund bellte, ganz fern, hinter dem „Paradies“, und die Eulen riefen vom Moorwald. Und ab und zu ging der dumpfe Ruf über die Erde, von dem Piontek gesagt hatte, daß er etwas bedeute. Aber er bedeutete nur, daß eine neue Nacht über das Land gefallen war und daß die Zeit wartete.

Er öffnete seine Hände und schloß sie langsam wieder zu, und es war ihm, als halte er nun alles zwischen ihnen, was sein Leben ausmachen werde: Kraft und Freudigkeit und jenes große Geheimnis, mit dem man das Salz der Erde dämpfen konnte.

Aber es war nun doch anders als in der großen Stadt. Wenn die Sonne aufging und das Dorf und den See aus der Nacht heraushob, hörte er Maria vorsichtig die Herdringe aufheben. Dann ging er leise die Treppe hinunter und saß bei ihr vor dem knisternden Feuer. Sie aßen noch immer den Buchweizenbrei aus ihrer Kinderzeit und das schwarze Brot, und Jons erzählte von Fräulein Holstein und wie sie nun wohl einsam und in verlassener Trauer auf dem Sofa sitzen und an das Ende der Ferien denken würde. Die Schwester konnte so gut zuhören, und mitunter glitt das alte kindliche Lächeln um ihre verhärmten Lippen. „Wir finden immer jemand, der uns gern mag, Jons“, sagte sie. „Und wir kommen doch alle aus einem schweren Hause. Auch der Küster mochte mich gern, auf seine Weise, als ich im Dienst war, und nur ihr Herz habe ich nicht gewinnen können. Es war ein Pfennigherz."

Einmal, als eine Woche vergangen war und er schon in der Tür stand, um zur Arbeit hinaufzugehen, drehte er sich noch einmal um und sagte leise: „Ist es noch immer so mit dir, liebe Schwester?"

Sie verstand ihn sofort, und er erkannte es an dem fieberhaften Glanz, der in ihre Augen trat. Sie wandte das Gesicht nach dem Fenster, als täten sich draußen nun sofort die weiten Ebenen auf, über die der Verschollene wanderte. „Ich weiß es, Jons", erwiderte sie mit einer leisen, abwesenden Stimme. „Ich fürchte mich, aber ich weiß es."

Dann sprach er nie mehr davon.

Bis zur Mittagsstunde blieb er nun in der Kammer, deren Fenster auf den Wald ging und auf eine stille Bucht des Sees. Nur daß er ein oder zweimal für eine Viertelstunde in den kleinen Garten ging, um mit den Kindern zu spielen. Nach dem Essen lag er für eine Stunde am Ufer oder ruderte zur Insel hinüber, wo das Kreuz für den Großvater groß und einsam über dem Wasser stand. Und an jedem Nachmittag, bei Sonnenschein oder Regen, ging er ein paar Stunden durch den Wald oder über das Moor, sammelte Heilkräuter, deren Wissenschaft ihm nun sehr am Herzen zu liegen begann, und brachte heimlich einen Frosch, eine Eidechse, eine Kreuzotter heim, die er ebenso heimlich in den Nachtstunden unter das Messer nahm, bis er jeden Knochen aus dem Gedächtnis aufzeichnen konnte. Er tat es heimlich, weil er nicht wollte, daß die Kinder es wüßten.

Ab und zu fuhr ihm Maria mit der Hand über das Haar. „Ist es nicht zuviel, Jons?" fragte sie. „Hast du nicht zu wenig Schlaf?"

Aber er lächelte. „Ich bin jung", sagte er, „und nach so vielen Geschlechtern muß einer wachen. Und weißt du, was mein bestes Erbteil ist, Schwester? Ein untrügliches Gedächtnis und ein Hunger, der dort alles aufzeichnet wie in einem Vorratshaus. Der Vater hat es an die Bibel gewendet, und ich muß es nun an den Menschen wenden."

Aber am schönsten waren die Nachmittage vor dem Sonntag. Dann hatte er wirklich Ferien, auch in seinem Gedächtnis, und wenn er die Treppe herunterkam, standen sie schon in der offenen Haustür mit leuchtenden Gesichtern: der kleine Jons, Barbara, Johannes, der schweigsame Gogunsohn, der seines Vaters unsichtbares Grab gesehen hatte, und manchmal Christean, der in einem kleinen Wagen saß, die Krücken über die Leitern gelehnt, und immer mit der bedrückten Frage, ob er ihnen nicht zu schwer sei. Aber Jons sagte, für die Jeromin-kinder sei nichts zu schwer, und wenn sie durch das Dorf zogen, standen die Leute in den Türen und erinnerten sich der Zeit, als Christean so zur Schule gefahren wurde, und ihre Gedanken gingen zu den anderen Geschwistern, den Toten und den in einem fernen Glanz oder einer fernen Sünde Lebenden, und sie meinten, daß Jons Ehrenreich ein guter Doktor werden würde, einer mit hilfreichen Händen und einem hilfreichen Herzen.

Sie aber zogen langsam über die sonnige oder schattige Straße nach den Erdbeerhängen und später nach den Himbeeren und dann nach den Brombeeren. Jons und Johannes hielten die Deichsel, das Mädchen lief ein paar Schritte voraus, und der kleine Jons, den sie nun Micha nannten, ging hinter dem Wagen her, eine ernste, schweigsame Nachhut, und seine Augen waren ganz die seines Vaters, als stünde immer rechts oder links des Weges ein Feind unter den Büschen.

Johannes tat nicht viel mehr, als daß er ab und zu mit der Hand in den Wald deutete, und sie erstaunten, wie vertraut ihm alles war. Dort wußte er den Horst der Gabelweihe, hoch in der Fichtenkrone, und dort den des Hühnerhabichts, der der Todfeind des Dorfes war. Dort führte er sie zu dem verborgenen Fuchsbau und wies ihnen die Fährten der jungen Füchse im feuchten Sand. Hier war ein Ameisenbau, und als er die oberste Spreu zur Seite räumte, erschien ein schneeweißes, leuchtendes Gebilde, der Kopf eines Raubvogels, von dem die letzte Spur von Federn und Fleisch abgezehrt worden war. Er wußte, wo die Mandelkrähe brütete, der Wiedehopf, der schwarze Storch. Sein stilles, schmales Gesicht leuchtete, wenn die anderen Freude an seinen Geheimnissen hatten, und seine schwermütigen Augen waren so schön wie die eines treuen Hundes.

Nach den Kranichen fragte Jons ihn nicht.

Dann ließen sie Christean unter einer alten Kiefer, ein Stück Holz und sein Schnitzmesser in den Händen, und begannen die Früchte zu sammeln. Die großen weißen Wolken zogen über den Wald, und wenn Jons sich heimlich aufrichtete, um nach seinen Schützlingen zu sehen, atmete er den Duft der Nadeln und des Harzes ein, und oft war ihm, als sei dies das Glück: mit Kindern Erdbeeren zu sammeln und hinter den rotbeleuchteten Stämmen das Dorf zu wissen, den Abend, das Feuer im Herd, die Zeit hinter dem dunklen Fenster. Aber er wußte, daß am Meiler die Gestalt des Vaters stand, auf die Stange gelehnt, und ihm zunickte. „Es ist nicht genug, Jons", sagte er, und Jons wußte es.

Dann saßen sie um Christean im Heidekraut, die gefüllten Körbe zwischen sich, aßen ihr schwarzes Brot, tranken die Milch aus der großen, dunkelgrünen Flasche, und manchmal legte Johannes Pilze auf das kleine Feuer und erzählte seine kleinen Geschichten. Von den Irrlichtern im Moor, von der Kröte mit der goldenen Krone, von der Rohrdommel, die eine Hexe gewesen war. Und der schöne, tiefe Aberglaube versunkener Geschlechter stand aus ihnen auf und erfüllte die erste Dämmerung unter den leise rauschenden Wipfeln. Der wilde Fingerhut leuchtete auf den Lichtungen wie eine Zauberpflanze, der Pirol rief noch, der aus dem Paradies verstoßene Vogel, der sein Lied nicht wiederfand und es immer von neuem versuchte, und der Schwarzspecht, der die Springwurzel trug, rief klagend aus den finsteren Gründen.

Dann saßen sie regungslos und lauschten, und über die kindlichen Gesichter ging jeder Ton des großen Waldes mit einer sichtbaren Spur der Spannung, der Angst oder nur der süßen Verzauberung. Barbaras kleine, schmutzige Hand stahl sich ganz leise und heimlich in die von Jons, und an ihrem Handgelenk konnte er den Schlag des kleinen Herzens spüren. Eine unendliche Zärtlichkeit erfüllte ihn, zu diesen Kindern seines Blutes und seiner Erde, zu dem schweigenden Wald und der Weite des großen, östlichen Himmels, zu dem Leben, das in seiner Hand schlug, zu allem Leben, das er behüten und retten wollte. Und wenn sie aufbrechen mußten, rief er sie leise dazu auf, und leise zogen sie aus dem Walde, bis das große brennende Abendrot über dem Dorfe sie wieder tröstend umfing.

Am schönsten aber, am „allerschönsten", wie Barbara sagte, war es, wenn sie einmal im Monat auf die Krebsjagd gingen. Dann hatte Johannes alle Fugen in dem großen grauen Kahn gedichtet und den Boden mit Kalmus bestreut, hatte kleine Weißfische und Frösche gefangen, deren Fleisch unter Wasser weißlich leuchten sollte, die kleinen Fangnetze nachgesehen und die an einem Ende aufgespaltenen Haselnußstöcke zusammengelegt, an denen der Köder befestigt wurde. Dann wurde Christean in das Boot getragen, und während die Frauen ihnen vom Ufer nachblickten, fuhren sie ab.

Hinter der Insel stiegen sie ans Ufer, alle nun fiebernd vor Aufregung, und Christean steuerte das Boot langsam in das schwarze Fließ, das düster und fast ohne Bewegung unter Erlenwipfeln dahinfloß und wo in schwarzen Höhlungen und unter grauen Wurzeln die Krebse wohnten. Hier war eine fahle, geheimnisvolle Landschaft, Ausläufer des Moores mit Hügeln, auf denen alte Eichen wuchsen; Binsenwälder, deren Halme sich immer unheimlich rührten, von unsichtbarem Getier, das verstohlen an sie streifte; Rohrweihen, die niedrig und lautlos über die Schilfhalme glitten, und Kraniche, die sich plötzlich mit tönendem Schrei bläulich aus der Rohrinsel hoben. Von den grauen Wipfelästen der Eichen schwang sich der Schreiadler oder der Wanderfalke ab, mit klagendem Ruf, der wie aus einem anderen Himmel herabfiel, und die Kinder standen atemlos, mit ihren Netzen und Fangstöcken beladen, und nahmen mit großen Augen diese fremde, gefährliche Landschaft in sich auf, die wie ein anderer Erdteil war, und selbst der Ruf des Wiedehopfes, der sie doch jeden Morgen weckte, klang hier wie der Ruf eines Zauberers, der sie zu Schritten verlockte, die in die Seligkeit oder auch ins Verderben führen konnten.

Nur der Gogunsohn blickte still, mit schwermütigen Augen, in die braune, flimmernde Ferne, und er mochte wohl den dunklen Flecken im Moor erblicken, an dessen Rand ein Haselhuhn lag und an dem die leeren, gelbglänzenden Patronenhülsen das Ende eines Lebensweges bezeichneten.

Dann rief Jons sie mit einem fröhlichen Wort in die Wirklichkeit zurück, und dann verteilten sie sich lautlos am Ufer des Fließes, steckten den Köder in das Haselnußholz und dieses unter dem schwarzen Wasser in die Uferböschung, so daß das weißliche Fleisch eine Handbreit unter der Oberfläche leuchtete. Dann kauerten sie sich im hohen Grase nieder, das Fangnetz an einem langen Stiel in der zitternden Hand, und warteten. Dann stahl Barbaras Hand sich wieder in die ihres Beschützers, und wieder fühlte er ihr Herz schlagen, wenn aus den Höhlungen unter den Erlenwurzeln die ersten Schatten herauskamen und sich langsam und vielgliedrig auf die schimmernde Speise hinabbewegten.

Selbst Jons fröstelte es ein wenig, wenn er auf das gespenstische und lautlose Sichregen der Totenesser niederblickte, und während er die linke Hand fest und tröstlich um das zarte Handgelenk des Kindes schloß, schob er mit der Rechten langsam und unmerklich das Fangnetz unter das dunkle Gewühl, das um den Köder tastete, und hob nach einer atemlosen Pause mit einer jähen Bewegung das Ganze in die Höhe, Netz und Köder und Wasserblasen und ein Dutzend schwerer, feucht gepanzerter Krebse, während die Entkommenen in wilder Flucht wieder in die schwarze Tiefe hinunterschossen.

Dann atmete das Kind wie aus einem bösen Traum auf, und der Jubel deckte das leise Grauen zu, auch wenn es schnell ein paar Schritte zurücktrat, wenn Jons die Beute in den geflochtenen Korb schüttete und mit frischen Brennesseln zudeckte.

„War es schön, kleine Barbara?“ fragte er und strich ihr über das Haar.

Sie behielt seine Hand eine Weile an ihrer Brust und seufzte tief auf. „Ganz schrecklich schön, Onkel Jons!“ erwiderte sie.

Das war der große Krebsfang, das wilde Abenteuer ihrer jungen Herzen, und selbst Micha blickte mit strahlenden Augen von einem zum andern, wenn er seine Beute vorwies. Keiner von ihnen aber erreichte den Sohn Goguns, der wie ein Zauberer des Moores an sich lockte, was er wollte, und dem alles gehorsam zu sein schien, was hier auf und unter der Erde war.

Dann halfen sie Christean aus dem Kahn und saßen unter einer der alten Eichen, das Schwarzbrot mit dem Erdbeermus in den Händen, und es dauerte lange Zeit, bis ihre Erregung vorüber war und das große Schweigen der Landschaft sie wieder umschloß. Immer Neues und Seltsames erschien unter dem hohen, dunstigen Himmel: ein schwarzer Storch, der in großen, ruhigen Kreisen sich über das Moor schraubte; ein Kolkrabenpaar, wie dunkle Adler anzusehen, und Johannes kannte seinen verborgenen Horst; der Fischadler, der vom See zurückkam, und der gekrümmte Fisch in seinen Fängen schimmerte wie ein Silberreif, und einmal ein Zug von Kronschnepfen, deren hoher, klagender Ruf wie aus den letzten Bezirken des Himmels herniederfiel und die Lauschenden einsam und verloren zurückließ.

„Wieviel hier geschieht ...“, sagte der kleine Micha und wendete die ernsten Augen wieder vom Himmel auf das bräunliche Moor zurück.

„Es gibt dort einen Weg“, begann Johannes nach einer Weile und deutete auf die Binsenwälder, „ich habe ihn gefunden, und keiner weiß ihn außer mir. Rechts und links ist das Grab.“

‚Er spricht wie ein alter Mann‘, dachte Jons und sah ihn von der Seite an. „Du solltest vorsichtiger sein, Johannes“, sagte er.

Aber Johannes blickte weiter mit seinen schwermütigen Augen nach dem Binsenwald. „Ich habe ihn mit kleinen Ästen gezeichnet“, fuhr er fort, „und die Rinde von ihnen fortgenommen, damit sie auch nachts zu sehen sind. Man weiß nicht, wozu man es brauchen kann ... man kommt tief ins Moor hinein. Keiner kann einen mehr sehen. Dort habe ich eine kleine Hütte gebaut, aus Rasen und Schilf. Kein Regen kommt durch das Dach. Wenn man die letzten Zweige herauszieht, ist man allein ...“

Sie starrten ihn alle an.

„Aber wozu?“ fragte Jons.

Johannes blickte mit seinen traurigen Augen über das Moor hinaus nach Osten. „Wenn sie kommen ...“, erwiderte er wie im Traum.

„Wer soll kommen?“ fragte Christean.

„Die mit den kleinen Pferden ..."

Eine schmale Wolke glitt über die Sonne und dämpfte das Licht. Es war nicht das erstemal, seit sie hier saßen, aber es war ihnen, als hätten sie es vorher nie gemerkt. Ein schmaler Schatten glitt über das Moor, über Schilf und Binsen, verdunkelte das Fließ für einen Augenblick und wanderte dann zum Hochwald hin.

Sie schwiegen bedrückt, und alle außer Johannes folgten mit ihren Augen der schmalen, lautlosen Spur. Es war, als ginge jemand ohne Füße über das Moor.

Dann legte Christean seine Hand auf Johannes' Schulter und lächelte ihm zu. „Der wird auch Wege finden, da dein Fuß gehen kann ...", sagte er leise.

Sie saßen dort, bis die Schatten länger wurden und stiegen dann wieder in den grauen Kahn. Eine Weile vorher hatte Johannes den großen Kochtopf genommen und war am Fließ entlang zum Ufer gegangen. Sie sahen von weitem, wie er Hose und Hemd abstreifte und dann ins Wasser ging. Sein schmaler Körper leuchtete hell vor dem dunklen Hintergrund. Mit einer Hand hielt er den großen schimmernden Topf vor sich im Wasser, mit der anderen schwamm er langsam nach der Insel, um Feuer zu machen und den Kessel mit Wasser aufzusetzen. Er dachte an alles, obwohl er in diesem Frühjahr erst siebzehn Jahre alt geworden war.

Sie folgten ihm langsam. Das Wasser war nun ganz still und dunkel, und an der Mündung des Fließes lagen die weißen Seerosen wie große Sterne auf der Schwärze.

„In jeder geht zur Nacht ein Elfenkind schlafen", sagte Barbara und beugte sich über den Bootsrand. „Dann schließen die Blätter sich zu ... es ist wie in einem Haus."

„Und wenn der Mond scheint?" fragte Christean.

„Wenn der Mond scheint, ist es, wie wenn die Mutter nebenan sitzt und die Lampe brennt noch."

„Die Sonne sank schon hinter den Wald, und das Kreuz des Großvaters auf der Insel schnitt mit den beiden schwarzen Balken in das erste Abendrot. Die Fische sprangen, und die hellen zitternden Kreise liefen bis unter ihre Ruder. Rauch stand über den Schornsteinen des Dorfes, und das Echo von Pionteks Rindenhorn lief rings die Wälder entlang.

„Siebenmal!" sagte Barbara andächtig und hob die Finger in die Höhe. „Ach, ich bin so glücklich ..."

Sie lächelten alle, aber sie verbargen es. Jons ließ einen Augenblick die Ruder sinken, und sie lauschten, wie das Kielwasser leise unter ihren Füßen dahinzog.

Das Feuer brannte schon, ohne Rauch, der Kessel stand in der Glut, und Johannes trug noch neues Holz hinzu. Eine Weile standen sie vor dem Kreuz des Großvaters, aber für Micha und Barbara war er nur ein toter alter Mann. Sie wußten noch nicht viel von ihm.

In der Ferne sahen sie Maria vom Moorrand zurückkommen, klein und armselig gegen den großen Abendhimmel. Dann fuhr Johannes hinüber, um die Frauen zu holen.

Der Abendstern stand schon über den Kiefern, als sie die roten Krebse aus dem Wasser nahmen. Sie zerbrachen die Scheren mit den Fingern und redeten einander zu, daß es herrlich schmeckte. Aber Krebse sind wohl kein Kätneressen, und Barbara drehte sich ab. Nein, sie mochte nicht. „Sie riechen", sagte sie und zog die Schultern zusammen, als friere sie.

Und für alle war das Feuer schöner als die Krebse, dieser ganze herrliche Tag mit Vorfreude und Abenteuer, mit Wasser und Schilf und dem Ruf der fremden großen Vögel. Mit etwas Traurigkeit, die plötzlich da war und wieder ging, wie eine Wolke geht. Mit etwas Angst, die aus dem schweigenden Moor aufstieg wie ein kühles Gespenst, und soviel Sicherheit, wenn man Jons ansah. Mit etwas Müdigkeit, die sich aus der Glut des Feuers über sie legte. Aber, alles zusammengenommen, mit einem ungeheuren Glück, das sich schwer über die Herzen legte. Ein erfüllter Tag, ein ganz und gar erfülltes Leben, und eine unbewußte Ahnung von Traurigkeit, die hinter dem schwarzen Wasser stand. Wie ein Mensch hinter einer geschlossenen Tür.

Sie legten sich zurück und blickten zu den Sternen hinauf. Ab und zu schoß eine goldene Bahn aus dem Unendlichen herunter, ein glühender Streif, und sie warteten, ob es im Wasser aufzischen würde in einer Wolke von Dampf. Zuerst riefen sie ihre Wünsche hinterher, aber sie kamen immer zu spät, und das Schweigen war so groß, daß sie verstummten. Der kleine Hund bellte wieder hinter dem „Paradies", und die Rohrdommel rief aus dem Moor. Die Erde und das Wasser atmeten, und mitunter kam es warm aus dem Walde herüber, ein Luftstrom, der die Flamme leise zur Seite neigte, und es roch nach Erdbeeren.

Dann sangen sie leise, und auch der Gesang war nur ein Teil der Erde und der Nacht. Ihre Gesichter waren rötlich vom Feuer beschienen, die Grashalme, der Rand des Schilfes. Dahinter war eine abgründige Schwärze, und nur vor dem westlichen Himmel zerlegte die Erde sich wieder in Himmel und Wald.

Jons sah zu, wie die Sterne sich neigten und andere Bilder über den östlichen Erdrand stiegen. War es nicht genug der Welt in diesem kleinen Raum? Das Grabkreuz des Großvaters und darunter die Kinder, die mit glänzenden Augen in die Flamme blickten? Sterne und Wasser, das die Sterne spiegelte? Ach, er wußte wohl, daß es nicht genug war, aber es war schön, es zu denken. War er je so jung gewesen wie diese Kinder, deren Atem seine Wange streifte? Er mußte es wohl, aber er hatte es vergessen. Der schwere, einsame Lauf der jungen Jahre, und nun lag er und atmete, so langsam und tief, wie die Erde atmete.

Er streckte leise die Hand aus und legte sie auf Marias Hand. Sie erzitterte kaum merklich unter der Berührung und lag dann still. Dasselbe Blut floß in ihnen, dasselbe Schicksal, dieselben Toten.

Ein neuer Stern schoß hernieder, und die kleine Barbara legte aufseufzend ihre Wange an Jons' Schulter. Sie schlief schon, ehe die Bewegung zu Ende war . . .

Im Spätherbst ging Jons wieder in die Stadt. Die Frauen von Sowirog standen in den Türen und winkten ihm. „Geh mit Gott, Jons!" riefen sie. „Geh mit Gott!"

Die Mutter küßte ihn nicht, aber sie nickte ihm zu. Er hatte sie am Meiler gefunden, wie sie die Hand um Jakobs rußige Fichtenstange hielt. Sie stand wie eine Träumende. „Manchmal ist mir", sagte sie abwesend, „als halte er das andere Ende . . ."

IV

Rara avis“, sagte der Dekan der medizinischen Fakultät, als er Jons das Zeugnis über das bestandene Physikum überreichte. Sein glattes, hochmütiges Gesicht war nicht ohne Freundlichkeit, aber selbst die Freundlichkeit war ein bißchen spöttisch. „Rara avis, weil man zugleich im Medizinischen wie im Moralischen eine Leuchte sein kann.“

Jons sah ihm ruhig in die kühlen grauen Augen.

„Und was wird nun werden, junger Kollege? Sie könnten wahrscheinlich eine Zukunft haben ...“

Die denke er auch zu haben, erwiderte Jons. In seinem Dorfe namens Sowirog.

Der Professor schüttelte den Kopf. Es gebe nur eine Zukunft in der Medizin, sagte er, und das sei die Chirurgie. Alles andere sei Geburtshilfe.

„Zukunft genug, Herr Professor“, sagte Jons und faltete sein Zeugnis zusammen.

Der Dekan lächelte wie zu einer Kinderantwort. „Auch auf unsere Ideale fällt der Staub“, erwiderte er. „In zehn Jahren werden Sie wissen, was Zukunft ist und an mich denken.“

Aber Jons dachte nicht mehr an ihn als an andere, auch nicht, wenn er vor der Klinik seinen glänzenden Wagen sah, mit einem Chauffeur, der auf die Studenten blickte, als seien sie Bäume an einer geraden Straße.

Er schickte keine Telegramme nach Sowirog, denn sie kosteten schon Tausende, und „Tausend“ schien ihm immer noch eine ungeheure Zahl, auch wenn man nur eine Briefmarke dafür kaufen konnte. Er wußte nicht, ob der Vater je diese Zahl gekannt hatte.

Aber er schrieb ein paar Postkarten und saß eine halbe Stunde ohne Arbeit auf dem Sofa in Jumbos Zimmer, die Augen auf die Bücherreihen gerichtet und auf das, was er dahinter sah.

Er war müde, aber Müdigkeit war die Speise der Armen, und er kannte viele in Sowirog, die müder waren als er.

Fräulein Holstein klopfte leise an die Tür und brachte ihm einen Blumentopf. Rote Alpenveilchen, und sie standen leuchtend vor dem grauen Fenster. „Ich habe es gewußt, Herr Jons", sagte sie, „aber was hilft es Ihnen alles, wenn die Mark weiter fällt?"

Sie werde einmal aufhören zu fallen, erwiderte Jons lächelnd, und der große Professor habe immer noch seinen glänzenden Wagen. Es müsse also doch gehen.

Sie schüttelte ablehnend den Kopf mit dem längst ergrauten Haar. „Werden Sie auch tausend Mark für eine Operation nehmen, Herr Jons?" fragte sie. „Oder hunderttausend oder eine Million?"

Wahrscheinlich werde er ein Pfund Butter nehmen und eine Rauchwurst, erwiderte er lächelnd, und es habe immer Zeiten gegeben, in denen das mehr gewesen sei als eine Million.

„Ja, Sie sind auch ein Mensch, Herr Jons", sagte sie, „und kein Blutsauger!"

„Das würde nun den Professor kränken und den Schuster freuen", meinte Jons.

Aber sie seufzte nur und wischte ein Staubkorn vom Tisch. „Es ist nun alles gleich", sagte sie müde. „Republik oder Monarchie. Es wird immer mit den armen Leuten gekocht, nicht mit Holz oder Kohle. Auch die Kommunisten würden es nicht anders machen. Nur daß die Frauen dann jedem gehören würden."

Jons lächelte wieder, weil er dachte, daß er keinen Kommunisten kenne, der sich an Fräulein Holstein vergreifen würde. Nicht einmal der alte Schuster würde das tun. „Lassen wir die anderen ihre Sorgen haben, Fräulein Holstein", sagte er. ‚Du aber gehe hin und verkünde das Reich Gottes!', sagte mein Vater."

„Ich sagte ja, daß Sie ein Mensch sind, Herr Jons", wiederholte sie, rückte den Blumentopf noch einmal zurecht und glitt dann wie ein Schatten aus dem Zimmer.

Jons aber blieb noch eine Weile sitzen, den Kopf an die schwarze Sofaecke gelegt, und dachte an das „Reich Gottes".

Die Streiks nahmen zu, die Umzüge, die Arbeitslosen, die Prügeleien, die Abzeichen auf den Rockumschlägen. Die Studenten hatten einen Fackelzug für einen General gemacht, an den Jons nicht mit besonderer Hochachtung dachte, und mit den brennenden Fackeln auf diejenigen eingeschlagen, die dem General alles andere bringen wollten, nur keinen Fackelzug. Auch Jons hatte mitgehen sollen, aber er hatte nicht gewollt. Er habe an drei Jahren Fackelzug genug, hatte er nur gesagt. Man hatte ihn böse angesehen und dann die Achseln gezuckt. Wo es um „Weltanschauungen" gehe, werde immer gern mit den Achseln gezuckt, hatte Jons gedacht.

Dieses wenigstens schien wahr und unantastbar zu sein, daß das Reich Gottes nicht von dieser Welt sei. Wieder blickte er über Jumbos Bücher hin und hörte die sanfte, spöttische, liebevolle Stimme. „Dreißig Morgen, Jons, hörst du? Dreißig Morgen!" Nein, er hatte noch nicht den Pachtvertrag, aber das Papier dazu hatte er vielleicht schon in den Händen. Und etwas mehr als das Papier. Sein Herz war noch nicht enttäuscht worden. Weder durch den Professor, dessen Vorlesung er verlassen hatte, noch durch die Witze, mit denen Studenten eine Sektion begleiteten, noch durch den großen Chirurgen, der von der Zukunft gesprochen hatte. Sie alle hatten ein Sprechzimmer vor sich und ein kleines oder großes Messingschild an der Tür. Und hinter sich hatten sie eine Schule oder eine Verbindung oder die kümmerliche Enge eines bürgerlichen Lebens. Urteile, Gesetze, Traditionen. Eben eine „Weltanschauung".

Aber Jons hatte keine Weltanschauung außer dem Satz von den dreißig Morgen. Statt dieser Weltanschauung aber hatte er ein Dorf, das der Eulenwinkel hieß, und die Erinnerung an ein nächtliches Feuer, das auf einer Insel brannte. Er hatte des Vaters schwere Bibel mit den ungefügen Buchstaben und dahinter des Vaters Bild, wie er am Meiler stand oder zum letzten Male aus dem Dorfe ging. Er hatte die Mutter, die ihre Hand um die Fichtenstange gelegt hatte, und Maria und die beiden Kinder, und eines von ihnen hatte den Kopf an seine Schulter gelegt, um zu schlafen. Er hatte Herrn Stilling und den Herrn von Balk und die Frauen von Sowirog, die ihm zugewinkt hatten. „Geh mit Gott, Jons!" Und er hatte „einen weißen Stein und auf den Stein einen neuen Namen geschrieben". Er war so reich, daß er keiner Fackelzüge und keiner Weltanschauung bedurfte.

Aber es war nicht zu übersehen, daß er hungerte und fror. Mit oder ohne Weltanschauung. Daß er seine Anzüge bis auf den Grund abgebürstet hatte und daß er, sobald ein Geldschein eintraf, zu dem kleinen Laden stürzen mußte, um Hanfsamen für den Buchfinken zu kaufen, ehe der Geldschein wieder nichts als ein Stück Papier war. Er war lange nicht zu Hause gewesen, und sie wußten dort wohl nicht recht, wie es in den Städten zuging. Nicht einmal Herr von Balk, der so viel wußte.

Aber es würde weitergehen wie „Hagel über dem Wald", und er hatte nur zuzusehen, fertig zu werden. Nicht so fertig, wie die meisten anderen es meinten, mit einem Examen und etwas klinischer Praxis, sondern so, daß er mit einem ruhigen Herzen und einer ruhigen Hand nach Sowirog gehen könnte. Ein Mann ohne Zukunft, aber ein „Geburtshelfer". Ein Mann ohne Angst, der nicht heimlich und atemlos in Büchern blättern mußte, um zu erkennen. Ein Mann, der im Gefühl hatte, wo der Tod sich einschlich, oder eine verschluckte Gräte so sicher herausnehmen konnte wie einen vereiterten Blinddarm. Der nicht fassungslos dastand, wenn Grünheids Stier jemand unter den Hörnern gehabt hatte oder eine schwere Kiefer auf den Rücken eines Waldarbeiters gestürzt war. Vieles geschah in einem kleinen Dorf, wo die Menschen der Natur unterworfen waren, ebensoviel wie in einer großen Stadt, und nur zu einem würden sie aufblicken, auf den sie gewartet hatten. Den sie „mit Gott" hatten gehen heißen und von dem sie mit einer unerschütterlichen Sicherheit glaubten, daß er auch mit Gott wiederkehren würde.

Und dann fielen ihm doch die Augen zu, und als Fräulein Holstein ihm das Mittagessen brachte, blieb sie regungslos in der Tür stehen und hielt den Atem an. Nun im Schlafe erst war das Gesicht von aller Spannung des Willens erlöst, und die schwere Erschöpfung aller Jahre war mit tiefen Zeichen in die jungen Züge eingegraben. Die Brust atmete ruhig, aber die Hände waren mit einer Gebärde tödlicher Ermattung auf dem schwarzen Leder ausgebreitet, und der Mund war der eines Kindes, das mit Tränen eingeschlafen war.

Fräulein Holsteins Hände zitterten so, daß das Glas mit Heidelbeersaft an den Tellerrand stieß. Jons erwachte sofort, aber es dauerte eine Weile, eh er sie erkannte. Dann versuchte er ein schuldbewußtes Lächeln, und wieder war ihr, als stehe er zum erstenmal auf der Schwelle, das Bauer mit dem Buchfinken in der Hand, ein Kind ohne Arg und Falsch, das aus den großen Wäldern aufgebrochen war.

„Herr Jons", sagte sie leise, „ich habe die Furchen der Armen gesehen . . ."

Er mußte erst eine Weile nachdenken, aber dann sprang er auf und legte den Arm um ihre zitternde Schulter. „‚Es ist viel Speise in ihnen', steht dort geschrieben, Fräulein Holstein. Und es ist mir ein Trost, daß auch das Korn eine Weile schlafen muß, ehe es gemahlen wird."

Er bekam seine Glückwünsche aus Sowirog und einen eingeschriebenen Brief von Gina, in dem eine Reihe von Dollarscheinen lagen. Er wendete sie langsam in seinen Händen, legte sie dann still beiseite und öffnete dann das Päckchen, das von seiner Mutter gekommen war. Es war mit Moos gefüllt, und er mußte es zuerst ans Gesicht heben, um den Duft einzuatmen. Dann tat er es vorsichtig zur Seite, und dann lag auf dem Grunde unter einem groben Briefblatt ein rötlich angestrichenes Kinderpferd, mit geschnitzten Beinen und zu großem Kopf. Schwanz und Mähne waren aus Pferdehaaren angeleimt. Ein Teil der Farbe war abgescheuert und abgeblättert, und darunter kam das helle, glänzende Lindenholz zum Vorschein. Das Ganze war nur so groß, daß es auf der Hand Platz hatte.

Lange blickte Jons auf dies ungeschickte Gebilde nieder. Er erinnerte sich des Geburtstages, an dem der Vater es ihm geschenkt hatte, und er sah die rauhe, schwärzliche Hand, die es ihm mit einer verlegenen Scheu auf die grobe Bettdecke geschoben hatte. „Ich habe es selbst gemacht, Jons", hatte er gesagt. „Es ist nicht sehr schön, aber man kann es doch vielleicht erkennen." Und dazu war dieses wunderbare, stille Lächeln um seine Lippen gewesen, das Lächeln, von dem Jons nun wußte, daß es das Lächeln eines Heiligen gewesen war. Damals hatte er es noch nicht gewußt, aber das Pferd hatte er herrlich gefunden, und jahrelang hatte er es zur Nacht auf das Laublager in der Meilerhütte genommen. Dann war es von anderen Dingen abgelöst worden und in Vergessenheit geraten.

Immer noch starrte er grübelnd auf dieses Zeichen versunkenen Lebens. Er sah die harten Hände der Mutter, wie sie das Moos aufhoben vom Meilergrund und es behutsam um das Spielzeug legten. Wie mochten ihre Augen darauf niedergeblickt, wie mochte ihr Herz dazu geschlagen haben? Er wußte es nicht, und wahrscheinlich würde er es niemals wissen.

Dann öffnete er das zusammengefaltete Blatt und sah die zitternden Buchstaben. Eine enge, hohe Schrift, aber jeder Zug in ihr hatte das Zeichen einer gramvollen Müdigkeit. Eine Schrift, die sich „zur Grube neigte".

„Dieses hatte der Vater mit", stand dort geschrieben, ohne Anrede, „als er in den Krieg ging. Sie haben es mir geschickt. Es lag im Tornister, zuunterst, und es war ein seidenes Tuch darum gewickelt."

Nichts weiter. Kein Gruß, kein Glückwunsch, keine Unterschrift.

Aber auch ohne dies war es ein Testament. Das Testament eines Herzens, dem nur eine karge Sprache gegeben war.

Jons setzte das kleine Pferd auf den Tisch, neben die Dollarscheine, die in schönen Farben schimmerten, und blickte dann von einem zum andern. Es war *ein* Blut, aus dem sie kamen, und Blut war ein „geheimnisvoller Saft".

Endlich stellte er das kleine Pferd auf das mittelste der Bücherbretter, über die vier Bände der „Reden Gotama Buddhas", und dort stand es nun wie ein schüchternes magisches Symbol, der kleine Fetisch eines kleinen Dorfes und der Talisman eines großen Herzens.

Von Herrn von Balk war ein neues mattglänzendes Mikroskop gekommen. In seinen Sockel war das Vorwort zum „Nathan" eingegraben: „Introite, nam et heic Dii sunt." Jons mußte lächeln, und er sah die ironischen Falten um Balks Augen, als er den Auftrag für die Schrift gegeben hatte. Für ihn waren in jeder Arbeit Götter, und deshalb gelang ihm jede.

Für die meisten aber war nur Geld in der Arbeit, und deshalb mißlang sie ihnen.

Ja, nun mußte er weitergehen und einen neuen „Plan“ aufstellen. Denn neben Semestern und Übungen mußte es Geld geben. Es ging nicht an, daß er von Gnade lebte oder von Freundschaft. Stillings Haar war weiß, und ein Teil davon fiel ihm zu, Jons allein.

Er wußte noch nicht, daß ihm um diese Stunde noch mehr davon zugefallen war. So viele an Jons' Schicksal teilnahmen, mit Erwartung, mit Sorge, mit Stolz, so war von allen doch der alte Lehrer derjenige, in dessen Lebensbahn die seine am tiefsten eingesenkt war, seit Jakob in der russischen Erde schlief. Es war nicht nur, weil er ein Menschenleben lang für ihn gespart und gedarbt hatte. Es war, weil Jons das Licht war, das über seinem Herzen und denen des Dorfes brannte. Das er angezündet hatte und um das er die Hände glaubte halten zu müssen, als es schon nicht mehr nötig war. Aller Irrtum des Lebens, alles Versäumte und nicht Gelungene war ausgelöscht, wenn dieses gelang: daß ein Kind des Dorfes sich aus der Dumpfheit und Fron erhob und aus einem Tagelöhner ein Segen würde. Es war nichts mit der Gerechtigkeit auf dem Acker und würde auf dieser Erde nie etwas sein. Es war auch nichts mit einem Statthalter Gottes, der durch die armen Dörfer fuhr und das Leid fortnahm, wie man Heu mit dem Rechen nimmt. Aber damit war es etwas, daß in einem dumpfen und beladenen Hause ein Fenster aufgestoßen wurde, und aus dem Fenster reichte eine Hand Brot an die Hungrigen, nachdem sie jahrhundertelang nur genommen hatte.

Und mit dieser Hand war ein ganzes Geschlecht geehrt, und mit dem Geschlecht das Dorf Sowirog, und mit ihm alle armen Dörfer dieser Erde. Ein altes Leben war nicht vertan, wenn dieses gelang. Fünfzig Jahre hatte es zwischen der Fibel und dem Buch der Bücher zugebracht, zwischen dem Geringsten und dem Höchsten. Es war nicht viel, daß die verarbeiteten Hände ihren Namen schreiben, und die ermüdeten Augen eine Bekanntmachung lesen, die gefurchten Stirnen ausrechnen konnten, was fünf Scheffel Hafer brachten, wenn der Scheffel drei Mark kostete. Es war nicht viel, weil ihre Urgroßväter keines davon gekonnt hatten und doch die geweihte Erde auf ihren Augenlidern trugen. Aber das war etwas, daß sie wußten, was recht und unrecht war, was Wesen und Unwesen, und daß sie wußten oder ahnten, daß die Bergpredigt auch unter dem verkrümmten Birnbaum auf dem sandigen Hügel über ihrem Dorfe gesprochen und verheißen worden war.

Und an allem diesem hatten Stillings Hände und sein weißes Haar ihren wohlgemessenen Anteil.

Er trug an Jons' erstem Examen schwerer als dieser. Er erinnerte sich der verwunderten oder hochmütigen Gesichter, die damals vor langen Jahren im Gymnasium auf seinen Hohenzollernmantel und auf des kleinen Jons eisenbeschlagene Schuhe geblickt hatten. Und die Professoren an der Universität würden nicht besser sein, sie würden wahrscheinlich gefährlicher sein. Könige der Wissenschaft, und Könige hatten selten Geduld. Köhler gab es nur noch in Märchen, und vor Köhlersöhnen würden sie keine besondere Hochachtung haben.

Aber selbst wenn dieses gelang, diese erste große Sprosse auf der Leiter der Zukunft, dann blieb immer noch dies, daß der Mann auf der Sparkasse bedauernd die Achseln gezuckt und gesagt hatte: „Es ist nichts mehr, Herr Stilling. Es tut mir leid, aber für den Rest können Sie noch sieben Brote kaufen. Genau sieben! Wenn Sie sie nämlich heute kaufen. Es trifft alle, und es tut mir wirklich leid."

Stilling hatte die großen Scheine mit zitternden Händen genommen, den Rest seiner „Nobel-Stiftung", und war langsam durch die Straßen der Kreisstadt gegangen, von Schaufenster zu Schaufenster. Die Steinplatten des Bürgersteiges lagen so fest wie immer unter seinen schweren Schuhen, aber er fühlte, daß sie schwankten. Wie bei einem Erdbeben, dachte er.

Schließlich blieb er vor dem kleinen Buchladen stehen und starrte auf die Auslagen. Das meiste waren große Titel mit grellen Farben auf schlechtem Papier, und sie sprachen von der Hölle der letzten Jahre oder dem Paradies der Zukunft. Stahlhelme oder Fackeln oder Schwerter, ganze und zerbrochene, blickten ihm als Symbole entgegen, und es war wie ein kümmerliches und lautes Menschengericht, mit Anklage und Verteidigung, wo Bruder gegen den Bruder stand.

Seine Augen gingen grübelnd die Reihen entlang, indessen seine noch immer zitternden Hände die großen Geldscheine umklammert hielten. Ein Buch sei mehr als sieben Brote, dachte er. Sieben Brote reichten für eine oder zwei Wochen, aber ein Buch könne für ein ganzes Leben reichen.

Und dann sah er ganz hinten, beschattet von allem Glanz und allerlei Prahlerei der leuchtenden Titel, ein kleines, altes Bändchen in einem schönen Einband aus vergangener sicherer Zeit, und es hieß „Der arme Mann im Toggenburg", und er erinnerte sich, daß er einmal davon gehört oder gelesen hatte als von dem berühmten Bericht eines einfachen, redlichen Lebens.

Er ging hinein und bekam das Buch, und es war so, daß die Scheine gerade dafür reichten.

Während er den langen Weg nach dem Dorfe zurückging, zwei Meilen lang, unter einem windzerklüfteten Himmel, durch den die Kranichzüge sich nach Süden pflügten, blieb er oft und immer öfter stehen und las die tapferen, einfachen und tröstlichen Worte, Seite für Seite. Der Wind trieb die Pelerine und die Falten seines Hohenzollernmantels zur Seite, die welken Birkenblätter fielen auf sein weißes Haar und die Blätter des Buches, und wenn er auf einem der sandigen Hügel stehenblieb, eine einsame, dunkle Gestalt vor dem ungeheuren Himmelsraum, war er wie ein Magier anzusehen, der ausgegangen war, um den Sturm zu beschwören oder die Tränen dieser armen Erde, oder den Stein der Weisen unter den brausenden Wipfeln zu finden.

Und es war auch in Wirklichkeit so, daß er wenigstens seine eigenen Tränen beschwor. Denn der „arme Mann" legte seine kummervollen und gläubigen Hände auch über Herrn Stillings Leid, die schwankende Erde wurde wieder fest, das Bleibende hob sich wieder aus den Trümmern heraus, und als er in der tiefen Dämmerung wieder am Dorfrande stand und den Balken des Ziehbrunnens und den „toten Pfarrer" vor dem glühenden Abendrot erblickte, und hier und da ein mattes Licht hinter erblindeten Fensterscheiben, faltete er seine Hände um das kleine Buch und meinte, daß er nun wohl wie Noah auf dem Berge Ararat sei und daß keine Sintflut ein gläubiges Herz erreichen könne, wenn aus einem dieser Herzen einmal ein solches Buch aufgestiegen sei.

So bekam Jons Ehrenreich zu dem kleinen Kinderpferd und den bunten Dollarscheinen, zu dem glänzenden Mikroskop und den roten Alpenveilchen nun auch dieses kleine Buch vom „armen Mann", und es war ihm, als sei er damit über alle Gebühr an Ehren reich.

Aber für Herrn Stilling war es damit nicht abgetan. Er hatte ein Geschenk erworben für den großen Examenstag und für lange Zeit darüber hinaus, aber er hatte nichts für des Leibes Notdurft erworben, das er Jons hätte schicken können, und dies hatte er versprochen, als er ihn zum ersten Male an der Hand in die große Stadt geführt hatte. Viele Tage stand er grübelnd vor seinen Büchern und den Schränken des Zwergenhauses, nahm etwas in die Hand und legte es wieder fort, so lange, bis Elisa ihn mit scharfer Stimme fragte, ob er etwas verloren habe oder eine Auktion veranstalten wolle.

Da schüttelte er den Kopf und ging schuldbewußt zu der Weltkugel zurück, die sich immer noch gehorsam drehte, sobald man den Finger an die sichere Wölbung legte.

Und am Abend ging er heimlich zu Korsanke.

„Du weißt doch viel, Korsanke", sagte er ohne Einleitung. „Und du weißt, wie es mit Jons Ehrenreich und der Mark steht. Meinst du, daß ich etwas habe, wofür ich Dollars bekommen könnte? Sie sind doch jetzt nun der einzige Zauber, den es auf der Welt gibt. Wie soll er leben und studieren, Korsanke, wenn er nichts als diese kleinen Bilderbücher in die Hand bekommt, die wir Geld nennen? Ich kann nicht mehr schlafen, Korsanke."

Der Gendarm schüttelte langsam den Kopf hinter den Rauchwolken seiner langen Pfeife. „Laß du lieber deine Finger davon, Stilling", sagte er. „Sie erzählen ja, daß hinter dem Landratsamt so ein Laden ist mit alten Hosen und Kupferkesseln und daß der Mann hinter dem Ladentisch Gold, Brillanten und Platin kauft und Dollars dafür gibt. Aber ich glaube es nicht, und der Mann hat auch keinen guten Leumund. Er wird schon durchkommen, unser Wunderdoktor, und du bist zu alt dazu, Stilling. Sie würden dich doch betrügen."

Der Lehrer nickte und stand dann bald auf. „Wo sollte ich auch Brillanten bekommen?" sagte er nur mit einem unsicheren Lächeln.

Aber am nächsten Nachmittag, als hinter den schweren Regenböen schon die erste Dämmerung zwischen den Häusern stand, drückte Stilling, nachdem er sich scheu umgeblickt hatte, die Klinke der Ladentür auf, erschrak vor dem blechernen und rasselnden Geläut der Türglocke und zog dann mit zitternden Fingern die goldene Uhr aus der Tasche, die er nach über fünfzig Dienstjahren bei seiner Pensionierung von den Lehrern des Kreises als eine Ehrengabe erhalten hatte. Es war eine kostbare Uhr, alt, ganz flach, mit einem matten Zifferblatt, und wenn man auf eine Feder drückte, gab ein verborgenes Werk mit zarten, lieblichen Tönen die Viertelstunde und die Stunde an, die eben vorübergegangen war. Der Name eines berühmten Schweizer Dorfes war in die Innenseite des Deckels gestochen, und darunter stand in winziger Schrift: „Adalbert Stilling für fünfzig Jahre Treue und Redlichkeit." Er hielt sie hoch in Ehren, und manche Nacht, wenn er schlaflos gelegen und an das Kind gedacht hatte, das in der großen Stadt in seiner Kammer lag, hatte er auf die Feder gedrückt und den leisen Glockentönen gelauscht, mit denen die Stunde angezeigt wurde, die über dem Dorfe Sowirog und der schlafenden Erde stand.

Der Mann hinter dem schmutzigen Ladentisch beugte seinen Habichtskopf über die Uhr, öffnete sie, blickte mit einer Lupe hinein und drückte dann nach Stillings geflüsterter Anweisung auf die Feder. Er lauschte und hob dann die Uhr an sein großes, behaartes Ohr.

Dann betrachtete er Herrn Stillings müde über den Ladentisch gebeugte Gestalt, um die der regentriefende Hohenzollernmantel in schweren Falten hing, und bat ihn, eine Weile zu warten, bis er in seinem Arbeitsraum das Werk untersucht haben werde. Er deutete mit seiner Hand auf einen Stuhl, und Stilling sah bei aller fiebernden Aufregung, daß die Nägel dieser Hand schwarze Ränder hatten. Es kam ihm vor, als sei diese Ehrengabe „für Treue und Redlichkeit" dort nicht in den besten Händen.

Nun konnte Herr Stilling in dem Dorfe Sowirog nicht wissen, daß drei Nächte zuvor in dieser Kreisstadt ein Uhrenladen erbrochen worden war, aber der Mann mit dem Habichtskopf wußte es sehr gut. Er kannte auch die Höhe der ausgesetzten Belohnung, und da man sich in letzter Zeit auf eine unangenehme behördliche Weise um seinen Laden gekümmert hatte, hielt er es für klüger, diesmal auf ein gutes Geschäft zu verzichten und dafür seinen Leumund zu verbessern. Und selbst wenn der alte Komiker die Uhr nicht gestohlen hatte, würde es einen guten Eindruck machen, daß er, der einfache, schlichte Bürger, an diese Möglichkeit gedacht hatte.

Herr Stilling aber erschrak zu Tode, als die blecherne Glocke, wie von Geisterhand bewegt, den halbdunklen, verlassenen Raum mit ihrem Lärm erfüllte und in der Tür die schwere Gestalt eines Polizisten erschien, im regennassen Umhang und den glänzenden Tschako über dem rötlichen, wohlgenährten Gesicht. Hinter ihm war für einen Augenblick die stürmende Dämmerung zu sehen, Regenstreifen und ein klapperndes Barbierschild auf der anderen Seite der Straße.

„Dieser da?" fragte der Polizist und deutete mit dem Daumen auf Stilling.

Der Mann mit dem Habichtskopf, der plötzlich wieder hinter dem Ladentisch stand, als sei er die ganze Zeit in einer Höhle unter den Dielen gewesen, nickte mit düsterem Gesichtsausdruck und schob die goldene Uhr über die Platte des Ladentisches. „Und dieses ist sie", sagte er. „Ein kostbares Werk. Schweizer Fabrikat."

Der Polizist ergriff die Uhr, hob sie näher vor die Augen und blickte dann von ihr auf Stilling und wieder zurück.

„Papiere?" fragte er kurz und schob die Uhr in die Tasche.

„Aber ...", begann Herr Stilling, und der Laden kreiste vor seinen entsetzten Augen. „Aber ich bin doch ... Stilling ist mein Name ... ein geachteter ..."

„Papiere?" wiederholte der Beamte, und seine Stimme war nun schärfer und lauter geworden.

Stilling fing an, in seinen Taschen zu suchen, aber der schwere Mantel kam ihm immer wieder zwischen die Finger, und was er endlich zutage förderte, war das abgelaufene Sparkassenbuch. „Ein geachteter Name ...", sagte er hilflos und sah sich um, als würden die Zeugen nun aus den dunklen Ecken heraustreten, hinter den alten, schäbigen Anzügen, die leer von den Haken hingen wie Gehenkte.

Aber der Polizist verstand seine Blicke falsch, löste den Gummiknüppel von seinem Koppel und war mit zwei schnellen Schritten an Stillings Seite. „Ausreißen gibt es nicht hier, alter Freund!" sagte er drohend, und seine wasserblauen Augen waren nun böse geworden und von dem Schimmer der Macht erfüllt, die vor einem Wehrlosen stand.

„Aber das geht nicht!" rief Stilling nun erzürnt. „Das ist kein Recht mehr, sondern ..."

„Schnauze halten!" befahl der Polizist grob. „Mitkommen!"

Der Trödler öffnete höflich die Tür, und wieder gellte die Ladenglocke; „Zeiten sind das ...", sagte der Mann mit dem Habichtskopf bekümmert. „Zeiten sind das ... so ein alter Mann mit weißen Haaren ..."

Stilling wurde in eine schäbige Wachtstube geführt und dort verhört. Aber er gab nun keine Antwort. Er starrte durch die Fragenden auf das vergitterte Fenster, hinter dem nun schon die gnädige Nacht stand, und schwieg. Ich hätte es noch einmal lesen sollen, dachte er bekümmert, das von Treue und Redlichkeit ... es war nun doch wohl nicht ganz redlich, ein Geschenk in Dollar zu tauschen. Auch wenn es für Jons war.

Er war nun ganz ruhig, nur müde wie nach einem Gang über das Moor, und er sah auch die beiden Gesichter gar nicht. Andere Zeiten seien gekommen, dachte er. Nichts mehr für einen alten Mann, der mit den Erzvätern aufgewachsen war und immer ruhigen Herzens aufgestanden war, wenn Gott ihn vorgerufen hatte aus seiner Bank. Zeiten des Gummiknüppels und des rohen Wortes, in denen man nicht aufstand vor einem weißen Haupte.

Einer von den beiden Beamten, nachdem sie ihre Versuche erschöpft hatten, klopfte an die Tür des Nebenraumes und kam mit dem Kommissar wieder, einem älteren Mann, der mit gleichgültigen Augen auf Stilling blickte. Aber plötzlich veränderte sich sein Gesicht, ein erschrockenes Lächeln trat um seine Lippen, und er streckte die Hand nach dem Regungslosen aus. „Ja, Herr Stilling“, sagte er, „was ist denn? Sind Sie es denn?“

Der Lehrer blickte zu ihm auf und erkannte ihn nach einer Weile. Sie hatten im Verein für Bienenzüchter oft miteinander gesprochen. „Ja, Herr Kommissar“, sagte er langsam, „ich bin es, und ich bin nun wohl ein Dieb oder noch Schlimmeres in den Augen Ihrer Leute.“

„Was ist los?“ fragte der Kommissar streng, und der Beamte mit den wasserblauen Augen gab, nun etwas verlegen und stotternd, Auskunft. Er reichte seinem Vorgesetzten die Uhr, und dieser öffnete den Sprungdeckel, las die Inschrift und sah den Übereifrigen zornig an. „Rindvieh!“ sagte er mit Deutlichkeit.

Dann legte er Stilling die Hand auf die Schulter. „Kommen Sie, Herr Stilling“, sagte er herzlich. „Bitte, vergessen Sie es ..., die unruhigen Zeiten verwirren die Leute ..., ein Glück, daß ich noch da war ..., hier, nehmen Sie Ihre Uhr wieder ..., ein schönes Stück ..., gut, daß Sie sie dem Halunken nicht verkauft haben ...“

Stilling nahm die Uhr und stand langsam auf. „Es macht nun nichts mehr“, sagte er. „Es tut nur etwas weh und wird noch eine Weile weh tun. Nicht der Irrtum, aber das andere.“ Und er sah den Beamten, der ihn verhaftet hatte, mit seinen klaren Augen eine Weile an. „Das Recht zu schützen“, sagte er dann, „ist ein schöner Beruf. Aber es mit Roheit zu schützen, nimmt die Schönheit fort. Alles Wehrlose steht in Gottes Hand ...“

Der Kommissar hörte ihm etwas verlegen zu. „War etwas nicht in Ordnung, Herr Stilling?“ fragte er. „Ich will es streng bestrafen ...“

Aber Stilling nickte ihm nur zu und hatte die Türklinke schon in der Hand. „Wir wollen es dabei bewenden lassen“, sagte er leise.

Es war ein langer Weg für den alten Mann, aber draußen war die gnädige Nacht, und der Regen hörte auf. Nur der

Wind blieb, riß den Himmel auf und spaltete ihn in große Wolkenmassen, aus deren Lücken der halbe Mond rötlich heraustrat. Unruhe war über dem einsamen Land, und in den großen Wäldern roch es nach welkem Laub und nach den letzten Pilzen, an denen die Schnecken saßen.

Aber Stillings Herz war ruhig. Es war noch ein wenig betäubt von dem Gewesenen, wie ein Mensch von einem unvermuteten Schlage betäubt ist, aber seine Gedanken versuchten schon, Ordnung in diesen trüben und dumpfen Ablauf zu bringen. Da waren die drei Menschen, die beteiligt gewesen waren, und sie hatten wohl alle ihre Pflicht getan oder doch das, was sie dafür hielten. Einer war hinterlistig, und einer war roh gewesen, aber vielleicht lag es an der unruhigen Zeit, und vielleicht würde es ihnen schon jetzt leid tun. Dem Habichtsmann, daß er sich die Uhr hatte entgehen lassen, dem anderen, daß er nun einen Rüffel bekam, nachdem er schon ein Rindvieh genannt worden war. Merkwürdig, daß die Menschen im Zorn immer zu Tiernamen griffen und dazu, wie in diesem Falle, nach den Mustern der Sanftheit. Auch da war etwas nicht in Ordnung, ein Hochmut, der aus dem stillen Gesetz der Schöpfung heraustrat und mit Verachtung auf das Brüderliche blickte.

Ja, mit Jons Ehrenreich war es nun nichts, aber wenn Gott es nicht gewollt hatte, so hieß das, daß er schon einen anderen Weg bereit hielt, und Stilling hatte ihn nur nicht erkannt. Er war ungeduldig und voreilig gewesen, und er war belehrt worden.

Die Wolken jagten über den Kiefernwald, aber es sah aus, als jagte der Mond an den Wolken vorbei, eine Sichel, die schneiden wollte. Stilling blieb stehen und nahm den Hut ab. Der nasse Mantel war schwer und drückte auf seine Schultern, und es war schön, den kühlen Wind in seinem Haar zu fühlen. „Alter Freund", hatte der Polizist gesagt, aber auch das war ein Mißbrauch der Sprache. Sie hatten die Ehrfurcht vor dem ursprünglichen Sinn verloren. Sie schoben andere Bilder hinter das Wort. Sie taten, was ihnen gefiel. Es war eine Welt der Willkür geworden, und deshalb war Stilling nicht mehr zu

Hause in ihr. Für den einfachen Mann war Willkür immer gleich Sünde gewesen.

Er zog die Uhr aus der Tasche und drückte auf die Feder. Die zarten, zerbrechlichen Töne der vollen und der Viertelstunde verwehten im Wind, aber es blieb doch ein wunderbarer Trost von ihrem Klang zurück. Die Menschenhand, die die Zeit maß und sie in ein schmales, goldenes Gehäuse geborgen hatte. „Treu und Redlichkeit" ..., er hatte es überhören wollen, aber nun war es wieder da. Er brauchte nur einen Finger an den goldenen Rand zu legen, und sie waren wieder da. Es gab Dinge, die keine Willkür und keine Polizei den Menschen nehmen konnten.

Es war sehr spät, als er wieder in das Zwergenhaus trat. Elisas Stricknadeln klapperten, und sie sah ihn über die Brille hinweg an. „Wie ein Baalspriester", sagte sie, „der zur Nacht seine Götzen beschwört!"

Aber Stilling lächelte wie immer. „Ich wurde aufgehalten", sagte er in seiner stillen Weise. „Es tut mir leid, daß du dich geängstigt hast."

„Kinder und Narren stehen in Gottes Hand", erwiderte sie ungerührt und brachte ihm sein Abendbrot.

Als er allein war, saß er noch eine Weile vor der Weltkugel, die alte Bibel auf den Knien. Er hatte das Buch Hiob aufgeschlagen, und seine Augen gingen langsam von den blauen, schweigenden Meeren zu den großen, altertümlichen Buchstaben in dem schwarzen Buch. „Denn wir sind von gestern her", las er, „und wissen nichts, weil unsere Tage nur ein Schatten auf Erden sind."

Auch jene wußten es nicht, dachte er, daß sie von gestern her sind ..., aber auch sie werden es erfahren ..., ein Tag, der am Abend seinen Trost hat, ist ein schöner Tag.

Eine Weile blieb es verborgen, aber dann kam es natürlich unter die Leute. Die Spöttischen belächelten es, aber vielen anderen tat es leid. In Sowirog ballte man die Fäuste wie über einen Schimpf, und Korsanke schämte sich. Herr von Balk lachte zwar, aber er schrieb auch einen Brief an den Landrat, der mit Hohn getränkt war wie ein Schwamm und den der

Landrat in seiner Faust zerdrückte, ehe er ihn in den Ofen warf. Elisa schäumte vor Zorn und nannte fortan jede Uniform das „Kleid der Sodomiter“.

Nur Jons erfuhr es erst viel später, weil alle fühlten, daß es ihn am schwersten treffen würde.

V

Als Dr. Lawrenz und Jons Ehrenreich einander zum ersten Male begegneten, war der Arzt schon ein alter Mann, und auf den ersten Blick war nichts Bedeutendes an ihm. Er sah wie ein alter Lehrer aus oder wie ein Mann, der in einer Druckerei die feuchten Fahnen korrigierte und seine rätselhaften Zeichen mit einer etwas zittrigen Hand an den Rand der Blätter setzte. Sein Gesicht war gelblich und schwer, mit Tränensäcken unter den müden Augen, und der Kneifer an der schwarzen Schnur fiel ihm immer wieder von der etwas formlosen Nase, wenn er sich über die Frau beugte, die im nassen Schnee auf dem Pflaster lag, inmitten einer blassen Blutlache, die sich schnell nach allen Seiten verbreiterte. Sein abgetragener Wintermantel war geöffnet, und Jons sah, daß der unterste der Knöpfe fehlte und statt seiner nur ein Rest des schwarzen Fadens die Stelle bezeichnete, an der er einmal befestigt gewesen war.

Aber er hatte sehr schöne, schmale Hände mit zarten, bläulichen Adern, an denen die feuchten Schneeflocken haften blieben.

Es war eine ärmlich gekleidete Frau, und sie war von einem schweren Lastwagen überfahren worden. Die Räder waren unterhalb des rechten Knies über ihr Bein gegangen und hatten es fast abgetrennt. Sie war bewußtlos.

Jons war von der Vorlesung gekommen und gerade in seine Straße eingebogen, als es geschehen war. Er hatte seine Tasche auf das Pflaster gelegt und mit seinem Ledergürtel das Bein oberhalb des Knies abgebunden. Der Fahrer stand in seiner Lederjacke daneben und redete unaufhörlich von seiner Unschuld.

Dann hatte der Doktor sich über die Frau gebeugt und nach ihrem Puls gefühlt. „Ein bißchen loser", hatte er zu Jons gesagt.

Dann hoben sie die Frau auf eine Decke und trugen sie in

das Haus hinein. Es war gerade vor der Tür des Arztes geschehen. „Notieren Sie die Nummer!" sagte er zu einem der Umstehenden, den er zu kennen schien.

„Sollten wir nicht den Unfallwagen kommen lassen?" fragte Jons, als sie die Treppen hinaufstiegen.

Sie standen schon vor der Tür, und Jons las den Namen. Der Arzt zog einen Schlüsselbund aus der Tasche und drehte sich nicht um. „Möchten Sie lieber in einem Wagen oder auf einem Bett erwachen, wenn Sie sehen, daß Sie ein Bein oder einen Arm verlieren werden?" fragte er.

Dann kam die Schwester, und Jons sah an ihrer Haube, daß sie katholischen Glaubens war. Sie sagte nichts, sah nur schnell auf die Bewußtlose und öffnete dann eine Doppeltür. Man hörte keinen Laut bei ihr, außer dem leisen Knistern ihrer gestärkten Schürze.

Jons sah zu seinem Erstaunen, daß es ein Operationszimmer war, ganz klein, aber mit allem versehen, was er aus den großen Kliniken kannte. Sie legten die Frau auf eine fahrbare Bahre im Gang, und der Arzt bedankte sich bei den Trägern. „Kennt einer sie?" fragte er, indem er schnell den Mantel auszog. Es sah aus, als ließe er ihn nur von seinen geneigten Schultern fallen.

Ja, einer kannte sie. „Erst nach einer Stunde Nachricht geben", sagte Dr. Lawrenz. „Kann jetzt niemanden brauchen."

„Sie bleiben hier", sagte er nebenbei zu Jons.

Er reichte ihm Mantel, Maske und Handschuhe und deutete auf eines der Becken. „Vorsicht, das Wasser ist fast kochend", sagte er. Er selbst trat an ein zweites, nachdem er die Instrumente aus einem der Schränke herausgenommen und in heißes Wasser gelegt hatte. Alles geschah so still und schnell, als gleite ein schweres, behendes Tier lautlos von einem Raum zum nächsten.

Jons gehorchte, und er war wie in einem Zauber befangen. „Aber ...", begann er und ließ die Bürste sinken.

Der Arzt schüttelte nur den Kopf, und der Kneifer fiel ihm wieder von der Nase. „Wieviel Semester?" fragte er kurz.

„Im fünften", erwiderte Jons.

Der Arzt nickte und richtete seine schönen, traurigen Augen

auf Jons. „Sie oft gesehen", sagte er. „Viele Jahre. Man sieht alles in solch einer stillen Straße. Früher trugen Sie Eisen unter den Absätzen ..."

Dann schob die Schwester die Bahre herein. Die Frau war schon entkleidet, und unter dem Tuch zeichneten sich ihre mageren Glieder ab.

„Signum paupertatis", sagte der Arzt leise. Sein Gesicht war müde, und als es unter der Maske verschwand, war es, als sei es nun erst zu Hause. Bevor Jons die Spritzen für die örtliche Betäubung zureichte, machte die Schwester das Zeichen des Kreuzes über die Bewußtlose. Es geschah so behutsam, als fürchte sie, die Schlafende zu erwecken.

Jons blickte mit atemloser Bewunderung auf die Hände des Arztes. Er gehorchte wie im Traum allen geflüsterten Befehlen, und er fühlte, daß er nichts falsch machen konnte. Es war wie in einer Erleuchtung, und erst als der Arzt ihm die Knochensäge zuschob, erschrak er, und seine Hände begannen zu zittern. „Hier", flüsterte der Arzt und deutete auf die Stelle.

Jons setzte den schimmernden Stahl an, und bei der ersten Berührung des Werkzeugs mit dem regungslosen Körper waren seine Hände wieder ruhig. Wie eine Vision stand für die Länge eines Herzschlags der Meiler vor ihm und der Eichenbock, an dem er Holz sägte, dann war auch das vorüber, und seine Hand glitt behutsam und stetig auf und ab. Der Arzt sah ihm zu, die Hand am Puls der Frau, und nickte nur, als er fertig war.

Als der Verband gelegt war und sie die Masken wieder abgenommen hatten, merkte Jons, daß ihm eine kalte Feuchtigkeit auf der Stirne lag. „Das ist beim erstenmal", sagte Dr. Lawrenz leise.

Die Operierte war wieder auf den Gang geschoben worden, und der Arzt blieb noch eine Weile bei ihr stehen. „Haben Sie die Klinik angerufen, Schwester Monika?" fragte er.

Sie nickte nur, ohne ihre stillen Augen von dem weißen Gesicht zu wenden. „Wir wollen sie erst dort aufwecken lassen", sagte Dr. Lawrenz. „Wenn sie eine Aufwärterin oder eine Waschfrau ist", fuhr er nach einer Weile fort, „dann wird es schlimm sein für sie und ihre Kinder. Für die Armen ist ein Bein viel ... ein großer Besitz ..." Und er glitt einmal mit seiner zarten Hand über die Stelle, wo sich unter der Hülle der dicke Verband abzeichnete. „Das ist bei Ihnen auch so ..., wie ist doch Ihr Name? Jeromin ... richtig ... in Ihrem Dorf, nicht wahr?"

Jons nickte.

„In einer Klinik sind sie nun fertig mit solch einem Fall", sagte er weiter, und es war immer, als spreche er zu sich selbst. „Keine Komplikationen, Rechnung, fertig! Bei uns fängt es erst an." Er sah müde nach seiner Uhr. „Wenn sie kommen, bringen Sie sie zu mir herein, Schwester. Wahrscheinlich werden es die Kinder sein. Der Mann ist bei der Arbeit. Urlaub gibt es nicht, wenn nur ein Bein fehlt ... wie ist es mit Ihnen, Jeromin? Paßt es Ihnen heute abend um acht?"

Jons nickte, nahm seine Tasche und ging wie im Traum durch die Tür und die Treppe hinunter. Auf den untersten Stufen traf er ein hochaufgeschossenes, blasses Mädchen, das still vor sich hinweinte. Eine Frau in einem schwarzen Umschlagtuch führte es bei der Hand.

Es schneite noch immer, und ein paar Kinder standen auf der Straße, die Hände in den Taschen, und starrten auf den roten Fleck, der sich mit dem weißen Schnee vermischte.

So begann Jons Ehrenreichs Freundschaft mit einem alten Mann, und sie begleitete und erfüllte und trug viele Jahre seines Lebens, wie ein stiller Strom einen gebrechlichen Kahn trägt. Später sah er darin eine der wunderbaren Fügungen seines Schicksals, wie es an einer bestimmten Stelle an einen Lebensweg tritt und mit einer sanften, kaum gespürten Bewegung die eingeschlagene Richtung ändert. Zuerst erscheint diese Änderung so unmerklich, daß das Ziel am Horizont nur um Haaresbreite neben dem ursprünglichen zu liegen scheint. Aber je weiter die Jahre gehen, desto weiter rücken die Zielpunkte auseinander, gehorsam den Gesetzen der Projektion, und am letzten Horizont des Lebens stehen sie weit voneinander ab, wie zwei Sterne, zwischen denen ein Viertel des Weltallkreises liegt.

Der Doktor hatte einen kleinen Bibliotheksraum, bis zur Decke mit Büchern gefüllt, und in einer Ecke einen runden Tisch mit einem grünbezogenen Sofa und zwei Sesseln. Es gab nur ein Bild in diesem Zimmer, und es war in die Bücher wie in einen Rahmen eingelassen. Es war das Bild einer Frau mit weißen Haaren, die einen Stieglitz auf der etwas erhobenen linken Hand trug und ihre dunklen Augen mit einer leisen Zärtlichkeit auf ihn gerichtet hielt. Aus den stumpfen Farben des Bildes leuchtete der kleine Vogelkörper so verwirrend heraus, als hätte der Maler seine ganze Palette an ihm geprobt. Er zog den Blick immer wieder auf sich, und nach einer Weile meinte Jons, daß der Maler das vielleicht nicht ganz recht gemacht habe, wenn der Vogel ihm mehr gewesen sei als die Frau.

„Sehr recht", sagte Lawrenz, „denn es zeigt die Essenz ihres Wesens. Sie war immer für andere da, nie für sich. Höheres kann der Mensch nicht erwerben."

„Es ist meine Mutter", fuhr er nach einer Weile fort. „Sie war eine Jüdin, und auch ich bin ihres Glaubens."

Jons starrte ihn an wie eine Erscheinung. Er war immer noch das Kind vom Meiler, das bei allem Unvermuteten den Schritt anhielt.

„Ja, mein Vater hieß Lawrenz", sagte der Doktor gleichmütig. „Er hatte eine Knopffabrik, und für ihn war jeder Knopf eine Offenbarung. Anderes hatte er nicht. Er ist gleichgültig. Er hat mir nichts als den Namen gegeben . . . Sie war eine wunderbare Frau. Alte Rassen bringen manchmal so etwas hervor. Sie ruhte in Gott, so muß man es sagen. Nicht erst im Tode, sondern schon im Leben, und das ist viel, mein junger Freund, sehr viel. Fast alles, was ich habe, habe ich von ihr . . ., sie hatte einen schweren Tod, carcinoma heparis, auf deutsch Leberkrebs . . . man sagt, daß die Anlage dazu sich vererben könne . . . oder, was sagt man auf den hohen Schulen heute dazu?"

Jons wußte es nicht, und Lawrenz lächelte sein stilles Lächeln. Nur der Mund lächelte, die Augen blieben traurig und unberührt.

Ja, der Doktor lebte ganz still. „Wie ein Mönch", sagte er, „‚Ora et labora'. Ich bete viel, Jeromin. Auch das ist ein Erbteil. Ich habe nie ganz verstanden, wie man Arzt sein kann, ohne zu beten. Wenn Sie die Säge in die Hand nehmen, zum Beispiel wie heute. Ein Eingriff in das Ebenbild Gottes, eine Entstellung, und Sie wissen nicht einmal, wie es ausgeht. Die großen Professoren wie der unsrige denken: ‚Tausend Mark', oder auch ‚zweitausend Mark', wenn es ein Knopffabrikant ist. Ich denke an Isaak, wie er unter dem Messer lag. Wenn sie es wüßten, würden sie mich wahrscheinlich entmündigen. Wir haben zuviel erfunden, Jeromin. Mikroskope und Röntgenstrahlen. Wir haben die Decke aufgehoben, die der Gott unserer Väter über die Schöpfung gebreitet hat, und wenn unter der Decke der nackte Mensch liegt, glauben wir, daß wir das Geheimnis haben. Aber wir haben nur die Nacktheit, nicht das Geheimnis. Wir sind wie Kinder, die eine Uhr auseinandernehmen. Das können wir schon, aber wir können sie nicht wieder zusammensetzen."

Er goß den schweren Portwein in die Gläser und nahm eine der schwarzen Zigarren aus dem alten Kästchen mit dem altertümlich eingelegten Deckel. „Dies ist mein Zoll an die menschliche Gebrechlichkeit, Jeromin", sagte er. „Beides ist Gift für mich, aber das Leben ist so mühselig. Wußten Sie, daß es mühselig ist?"

Jons glaubte es zu wissen. Er rauchte eine von des Doktors schweren Virginia-Zigaretten und trank den Wein in kleinen Schlucken. Er konnte die Augen nicht von dem schweren, müden Gesicht abwenden, das doch von einer inneren sanften Heiterkeit leuchtete wie von einem fernen Licht.

„Ich sagte schon, daß ich Ihnen seit Jahren zusehe, Jeromin", fuhr Lawrenz fort. „Jeden Morgen vor der Sprechstunde sitze ich eine Stunde am Fenster und sehe hinaus. Das Leben zieht vorüber, und ein Arzt will auch ein bißchen vom Leben sehen. Nicht nur vom Tode. Das erstemal sah ich Sie, als der Mann mit dem Hohenzollernmantel Sie an der Hand führte. Ich mußte das sehen, weil das in dieser Straße etwas Unerhörtes war. Von da ab habe ich Sie nicht mehr aus den Augen verloren. Sie waren wie Joseph mit dem bunten Rock. Ich dachte, Sie müßten viele Brüder haben. Haben Sie Brüder, Jeromin?"

Jons nickte.

„Sehen Sie, ich bin ganz allein. Meine Mutter hat nur mich geboren, und die Lawrenze sind fremdes Blut. Sie erfüllen die

Welt, aber es ist nicht meine Welt. Und da muß man sich an etwas halten. An ein paar Bücher oder ein paar Tiere. Aber manchmal auch an ein Kind. Kinder haben noch nicht durch Mikroskope gesehen. Die Schöpfung ist ihnen noch nicht zerlegt. Sie gehen noch aus und ein im Garten Eden. Solch ein Kind waren Sie. Ich dachte mir, daß Sie aus dem Walde kämen. Man geht anders, wenn man aus dem Walde kommt. Man hat auch andere Augen.

Im Kriege verlor ich Sie für ein paar Jahre. Ich war selbst fort. Auch jüdische Ärzte braucht man im Krieg. Aber dann kamen Sie wieder. Ich sah, daß Sie nicht umsonst draußen gewesen waren. Die meisten tragen eine Uniform, auch wenn sie längst einen Sportanzug tragen. Sie haben nie eine Uniform getragen. Gott hat keine Uniformen verliehen, die verleiht nur der Staat.

Ich wußte, daß Sie Arzt werden wollten, und ich hörte sogar von der Sache mit dem großen Gynäkologen. Solche Dinge verbreiten sich schnell, weil das einer der seltenen Fälle ist, wo der Mensch aus der Uniform ausbricht. Und nichts ist seltener bei uns als der Mensch. Aber nun sollen Sie erzählen. Von Ihrem Wald und Ihren Brüdern. Und alles andere."

Und Jons erzählte. Die Bücher standen schweigend und unbeweglich wie bei Jumbo, nur daß hier der bunte Vogel war statt des Kinderpferdchens vom Meiler. Aber Jons sah den Faden des Schicksals sich von einem zum andern spinnen, und darüber sah er das Gesicht der Frau, das schöne, alte, traurige Gesicht, das „in Gott" geruht hatte, und manchmal war ihm, als laufe der Faden durch ihre matten, schmalen Hände, die der Doktor geerbt hatte.

Er wußte nicht viel von seinen jüdischen Kommilitonen, aber er wußte viel vom Alten Testament. Seine Kindheit war getränkt worden damit, und der Vater hatte das meiste dazu getan. Der Vater hatte keinen Haß gekannt, weder den der Rassen noch den der Religionen. Auch der Vater hatte in Gott geruht.

Von ihm erzählte er zuerst. Und dann alles andere, wie es ihm in den Sinn kam. Es war wie eine Beichte, und auch Margreta ließ er nicht aus. Lawrenz wendete keinen Blick von seinem Gesicht, und selbst wenn er nach seinem Glase griff, tastete er nur mit der Hand vorsichtig über die Tischplatte, ohne die Augen von Jons zu lassen

Erst als die kleine goldene Pendüle in der Ecke zwölf schnelle silberne Töne erklingen ließ, hob er die Hand. „Genug für heute, Jeromin", sagte er. „Die Zeit ist auch der Herr der Ärzte. Nehmen Sie sich immer vor, ihr zu gehorchen. Viele Operationen mißlingen, weil man ihr nicht gehorcht hat."

Er stand auf und blickte in Gedanken auf das Bild seiner Mutter. „Das ist die gefährliche Naht in Ihrem Leben", sagte er. „Die Mutter. Es scheint Ihnen, als seien keine Fäden mehr da, aber in Wirklichkeit hat man vergessen, sie herauszuziehen... Sie sind ein verflochtener Mensch, Jeromin. Sie ziehen den ganzen Wald und das ganze Dorf hinter sich her. Deshalb gehen Sie so mühsam ..."

Er brachte ihn die Treppe hinunter und stand noch einen Augenblick mit ihm vor der Haustür. Es schneite, und die Luft war kälter geworden. Der rote Fleck war nicht mehr zu sehen, aber der Doktor starrte auf die Stelle, als sähe er ihn noch. „Sie wird nur noch einen Schuh brauchen", sagte er seufzend. „Aber es hilft ihr nichts. Die Geschäfte verkaufen nur paarweise. Auf morgen, Jeromin, und schlafen Sie wohl!"

„Auf morgen ...", so hieß es nun fast an jedem Abend. Die Universität trat für Jons zurück wie hinter eine Wolke. Nicht daß er sie versäumte. Er ließ Kollegs und Übungen nicht aus, er verarbeitete sie so fleißig wie früher. Aber sie war nicht mehr der Boden, auf dem er wuchs. Ein neues Feld hatte sich aufgetan, und Jons stürzte sich in seine Furchen, als trügen sie die erste und letzte Saat.

Lawrenz hatte eine kleine Privatklinik, mit katholischen Schwestern, in einem armen Viertel, und sie war auch eine Klinik für Arme. Wollte jemand anders hinein, so zuckte er bedauernd die Schultern: es sei alles belegt. Er log mit unbewegtem Gesicht, um der Armen willen. „Sehen Sie, Jeromin", sagte er, „das ist der Fluch, daß sie glauben, mit Geld lasse sich auch der Tod abkaufen, und daß die Ärzte sie in diesem Glauben bestärken. Unsere Hand und unser Auge, das sind schöne Dinge, wunderbare Dinge sogar, aber ohne das

Herz sind sie dem Fluch zugänglich, dem Ruhm, dem Gold. Wir sollten alle umsonst lehren und helfen, Jeromin. Ärzte und Lehrer, Dichter und besonders die Pfarrer. Und daneben ein kleines Handwerk treiben oder die Herden hüten, wie David oder die Erzväter. Oder wie Ihr Vater am Meiler. Der Geist verdirbt uns, Jeromin, die ratio. Wir sind wie eine Termitenkönigin, unförmlich, immer gebärend. Wir hassen die Natur, weil sie keinen Geist hat, und wie die Termitenarbeiter höhlen wir die Balken der Schöpfung aus, damit die Königin Speise bekomme. Die Primitiven wissen es noch, was das Magische ist, vielleicht noch die östlichen Völker. Aber das Abendland ist schon wie eine Puppenhülle, aus der der Schmetterling sich aufgehoben hat. Dort können Sie ihn noch sehen" — und er wies auf die dunklen Bücherreihen —, „unter Glas und Stecknadeln, und für manche von uns lebt er noch. Aber langsam fällt der Staub auch auf seine Flügel. Was Sie heute um sich sehen, Jeromin, Arbeiter und Studenten, Beamte und Offiziere, das lebt nicht mehr für das Magische. Das lebt nur noch für den Stoff, die Karriere, das Geld. Vielleicht nennen sie es noch das Leben, aber es ist ein entzaubertes Leben. Bei Ihnen im Dorf, da kann es noch sein. Der Großvater wußte es noch, nein, er wußte es nicht, er hatte es, Euer alter Hirt vielleicht, und auch Kiewitt. Die Klugen hier würden sagen, es sei eine ungesunde Welt, eine der Bescheidung, des Sichbeugens, eben eine östliche Welt. Aber was wissen diese Klugen von der wahren Welt? Die Chinesen wußten es, und die Märchen wissen es noch. Aber von den Chinesen wissen die Klugen nur, daß sie einen Zopf tragen oder trugen, daß sie Porzellan und Pulver gemacht haben und daß sie Opium rauchen. Und von den Märchen wissen sie, daß sie für Kinder sind. Sie selbst leben in Zeitungen, über oder unter dem Strich, in Kinos und am Radio. Lemuren auf einem sinkenden Kontinent, und es wird keinen Berg Ararat mehr für sie geben."

„Aber wenn man so denkt, Herr Doktor", sagte Jons, „kann man dann leben und arbeiten?"

„Gerade dann, Jeromin", erwiderte Lawrenz, „und eigentlich nur dann. Der Mensch, der in der Karriere lebt, im Gewissen, im Verbürgten, er wird nur gelebt. Die Karriere lebt ihn. Erst in der Resignation lebt man. Ihr geht die Erkenntnis voraus. Sie zerstört die Trugbilder, und sie gibt die wahre Tapferkeit. Die ohne Orden und ohne Rausch. Der Mann, der auf dem sinkenden Schiff bleibt, weil es seine Pflicht ist. Lassen Sie die anderen von Fortschritt und Kultur reden. Sie aber sollen ein fleißiges, sauberes und tapferes Leben führen! Ihr Fortschritt ist eine bessere Diagnose, eine bessere Operation, ein immer liebevolleres Herz. Ihre Kultur ist, daß Sie die Form Ihres Vaters erfüllen, Ihres Geschlechtes. Panzerkreuzer und Tanks sind weder Fortschritt noch Kultur. Sie sind Lemurenträume unter einem wechselnden Mond. Einmal gab es Dinosaurier, heute gibt es Tanks. Aber das Herz eines Mannes und eines Arztes ist auch heute nicht mehr als das Herz Davids, der die Harfe schlug, oder das Mose, als er auf dem Berge Nebo stand."

„Aber die jungen Menschen, Herr Doktor? Die Arbeitslosen, die Kriegsgefangenen, die die Niederlage enterbt hat?"

„Wer ist enterbt?" fragte Lawrenz und beugte sich in seinem Sessel vor. „Wer ist arbeitslos? Daß die Sprache doch ein so gehorsames Werkzeug unserer Irrtümer ist! Haben Sie jemals einen Menschen gesehen, den Gott enterbt hätte? Ein Vater, eine Mutter kann enterben, und auch sie nur Geld und Besitz. Das Blut schon nicht mehr. Aber Gott enterbt nicht. Nicht einmal die Ungläubigen. Er zieht uns nicht die Erde unter den Füßen fort, das Licht der Sonne, das stille Bild der Blumen. Und wenn er uns an Krücken gehen und erblinden läßt, dann gibt er uns immer noch die Kraft zur Schöpfung einer neuen Welt. In unserem Geiste.

Wenn wir ein Vermögen verlieren, sagen wir, wir seien enterbt. Die Zeitungen und die Zeitungsherzen sagen es. Aber wenn wir die Liebe aus dem Herzen verlieren, sagen sie, wir hätten Erfolg gehabt und seien Männer der Tat.

Und wer ist arbeitslos, Jeromin? Es gibt Zeiten mit zu vielen Händen und zu wenigen Herzen. Herzlose Zeiten, aber nicht arbeitslose. Wenn eine Zeit krank ist und nicht für alle Hände Arbeit hat, dann spricht sie eine stille Mahnung aus, die Mahnung, mit den Herzen zu arbeiten statt mit den Händen. Und ich habe noch keine Zeit gekannt, die nicht für alle Herzen Arbeit gehabt hätte.

Auch meinen sie das gar nicht, wenn sie ‚arbeitslos' sagen. Sie meinen geldlos, lohnlos. Arbeit ist für uns zu Geld geworden, und das ist eine prostituierte Arbeit, so wie Liebe zu Geld werden kann. Wenig braucht der Mensch, Jeromin, und so war es ihm bestimmt. Kein Palast und kein Auto war ihm bestimmt, sondern ein niedriges Dach über dem Kopf, ein Kleid gegen die Kälte, ein Mahl gegen den Hunger. Jesaias hatte nicht mehr, aber noch heute tönt der Donner aus seinem Wort. Kommen sie zu euch, nach Sowirog, die Arbeitslosen, und sagen: ‚Laßt uns euren Acker umgraben, denn uns verlangt nach Arbeit'? Kommen sie in die Klinik, um den Armen die Füße zu waschen? Gehen sie zu den Kindern und sagen: ‚Hört zu, ich will euch ein Märchen erzählen oder eure Aufgaben zu morgen mit euch machen'? Sie sehen auf eure Hand, und wenn in der Hand etwas liegt, dann werden sie arbeiten. So wie das Straßenmädchen auf die Hand blickt, wieviel in ihr liegt.

Ohne Götter, ohne Hoffnung, ohne Zukunft, ohne Arbeit. Das ist das Lied der neuen Zeit. Aber es ist ein altes Lied, Jeromin. Schon Hiob sang es und die Juden an den Ufern Babylons. Es ist nicht ein Lied der alten Zeiten, sondern der alten Herzen. Keine Zeit ist ohne Gott, ohne Hoffnung, ohne Zukunft, ohne Arbeit. Nur die Herzen sind es, und sie sind es meistens, wenn ihnen etwas zerbrochen ist, was sie zu Göttern gemacht haben. Das sogenannte Vaterland, oder die sogenannte Ehre, oder die sogenannten Ideale. Aber haben Sie gesehen, daß ein Vaterland zerbricht? Die Macht und die Grenzen eines Vaterlandes können zerbrechen, und dann ist es meistens ein Zeichen, daß es eine falsche Macht und falsche Grenzen waren. Daß das Vaterland neu erfüllt werden muß, die zerbrochene Macht und die zerbrochenen Grenzen. Nicht mit neuen Panzerkreuzern, sondern mit neuen Herzen.

Aber sehen Sie sich Ihre Kommilitonen an, mit Mensuren und Fackelzügen! Sie haben die Schrift gelesen an der weißen Wand, das Menetekel, aber sie hängen die alten Bilder darüber und stellen die Steine zur neuen Partie auf. Und bis sie anfängt, klagen sie, daß sie keine Arbeit und keine Zukunft haben.

Wer aber gibt ihnen ein Beispiel? Wer streckt ihnen die Hand hin? Ein Gestrauchelter braucht keine Vorwürfe, sondern eine Hand. Und gestrauchelt sind sie, weil ihre Erzieher strauchelten. Ihre Lehrer, ihre Pfarrer, ihre Vorgesetzten, eben ihre Väter. Und hinter ihren Vätern der Staat, und hinter dem Staat das Abendland. Wer gibt ein Beispiel, Jeromin? Unter den Armen sind einige, unter den Frommen sind einige. Ihr Vater war ein Beispiel, denn er war ein leuchtender Mensch, am Meiler wie in seiner Kompanie. Der Landrat wird wohl über ihn gelächelt haben, und unsere Professoren würden dasselbe tun, weil sie meinen, daß sie zum Leuchten bestellt seien. Und die Zeitungsschreiber würden über ihn lächeln und beweisen, daß es ein falsches Leuchten gewesen sei, zu demütig, zu altmodisch, zu östlich, eben nicht zeitgemäß. Aber Sie haben nicht gelächelt, Jeromin, als er das Alte Testament vor Ihnen aufschlug, oder die Schönheit seines armen, tapferen Lebens, oder als er aus dem Dorf ging, und er war schon seines Todes gewiß.

Und dasselbe sollen Sie werden, Jeromin, und das war es, was ich gedacht habe, als ich Sie zum erstenmal sah, mit Eisen unter den Absätzen und mit Hunger in den Augen. Sie könnten wahrscheinlich ein großer Arzt werden, das weiß ich heute schon. Eine ‚Kapazität', wie es heute heißt. Aber ich hoffe, daß Sie nur ein kleiner Arzt werden, wie ich einer geworden bin. Ein kleiner Chirurg, ein kleiner Internist und ein kleiner Geburtshelfer. Und einer, bei dem die Menschen gern sterben, wenn ich ihnen sage, daß gestorben werden muß. In den großen Kliniken sterben sie nicht gern, Jeromin. Es ist da ein bißchen Massenbetrieb, vom Chefarzt bis zur jüngsten Schwester. Exitus-Betriebsgenossenschaft. Ich sehe mir immer die Totenkammern an, wenn ich in ein solches ‚Institut' komme. Totenkammern und Polikliniken sind Waagschalen unserer Wissenschaft, Jeromin! Und Amtsärzte! Diese drei! Ich werde Sie besuchen, Jeromin, wenn Sie Ihr Schild in Sowirog angemacht haben. Ich werde mir ansehen, wie die armen Leute hereinkommen und wie sie wieder hinausgehen. Mehr brauche ich nicht zu wissen. Ein Arzt ist eine Brücke, Jeromin. Alle Wissenschaften sind Brücken, aber die ärztliche ist die gebrechlichste. Sie führt zum Lächeln oder zur Verzweiflung. Das heißt, sie führt zu Gott oder zum Teufel."

Er trank sein Glas leer und behielt es noch eine Weile in der Hand. „Wir denken zuviel, Jeromin", sagte er mit seinem schönen, traurigen Lächeln. „Auch auf uns liegt der Fluch der Zeit. Wir sind nicht unverwundbar ..."

Hier also, unter dem Bild der Frau mit dem bunten Vogel auf ihrer Hand, und in der ärmlichen Klinik im Armenviertel erwarb Jons Tag für Tag dasjenige, worauf bei den Übungen Professoren und Studenten mit Überraschung und Neid blickten. Nicht nur das sogenannte ärztliche Rüstzeug, sondern das geheimnisvolle Gefühl in Augen und Händen, mit dem er einen kranken Körper sich entkleiden und offenbaren sah. Und er gewann dort auch das Kostbarere: die immer wache und fast fromme Neugier des Herzens vor jeder Veränderung der Natur. Die Bewahrung vor der abstumpfenden Macht der Wiederholung, der Gewohnheit. Und die Bewahrung vor dem Hochmut des Gesellen, der sich ein Meister zu sein dünkt. Bei Lawrenz gab es keine Meisterschaft. Es gab nur Dienst bei ihm, und aller Dienst war unvollkommen. War gehorsam und voller Hingabe, aber doch unvollkommen. Stückwerk, das man im Laufe eines langen Lebens zusammensetzen konnte, aber es wurde nie das Ganze daraus. Es blieb immer „von gestern her", wie es im Buche Hiob stand.

Dort, unter den stillen Schwestern, die wie sanfte und frohe Abgeschiedene von Bett zu Bett glitten, lernte Jons, was sich in den großen Hörsälen und Kliniken nur unvollkommen lernen ließ: Diagnosen stellen, operieren und an den weißen Betten sitzen. Er lernte es unter Irrtümern und Enttäuschungen und Verzagtheit, aber er lernte es. Die stillen Augen des Arztes sahen ihm zu, immer geduldig, immer unbestechlich, immer tröstlich. Und wenn etwas mißlang, war er immer da, das Mißlungene zu heilen, und immer war die Hand einer der Schwestern da, die leise über seinen weißen Mantel glitt, wortlos, aber mit einem zarten Trost erfüllt. Er konnte lange Zeit ihre Namen nicht unterscheiden und behalten, altertümliche und fromme lateinische Namen, Maxima oder Perpetua, und er konnte auch ihre Gesichter lange nicht unterscheiden, weil sie alle auf gleiche Weise aus dem Besonderen zu einem Allgemeinen geformt worden waren. Durch denselben Glauben, dieselbe Tätigkeit, dieselbe Hingabe und Liebe. Zu sanften, stillen, fast schattenhaften Gesichtern, in denen der Mund entsagt hatte, und in denen nur die Augen den Glanz des Lebens bewahrt und vertieft hatten. Den Glanz eines dienenden Lebens, das sich hingab, entäußerte und verströmte, weil Christus oder die Jungfrau es so wollten.

Dort saß nun Jons an den schmalen Betten und blickte in die blassen und verhärmten Gesichter der Frauen oder Kinder, und nachdem das Messer das seinige getan hatte, versuchte er nun, mit dem Herzen zu heilen, was das Messer zerschnitten hatte. Er blickte auf die blutlosen Hände der Frauen, deren Finger sich oft bewegten, als zählten sie die Pfennige zusammen, die nun verloren waren in den Wochen der Krankheit oder verlorengehen würden, da der Körper nicht mehr leisten würde, was er bis dahin geleistet hatte, ein müder, erschöpfter und freudeleerer Körper. Und er begann, von seinem Dorfe zu erzählen, dem armen Dorfe Sowirog an den östlichen Grenzen des Reiches, von den Frauen und Kindern, die jahrhundertelang unter der Fron gelebt hatten, gebeugt und von den großen Katastrophen der Geschichte geschlagen, und doch ungebrochen und einer kleinen Zukunft immer gewiß. Von seinem Vater, der die Kohle gebrannt hatte; von Kiewitt und seinem alten, fahlen Pferd; von Stilling, von Balk, von Jumbo, und von der ganzen beschränkten und doch großen Welt des Dorfes, wo die Mütter das Los aller Mütter trugen, das schwere, immer gleichmäßige, immer schmerzenvolle und doch so große Los: das Dorf, das Leben, ja die Welt zu erhalten und trotz Armut und Schmerzen doch mit einem Lächeln zu sterben, weil sie wußten, daß mit ihrem Tod nicht mehr dahinging als ein zerbrechliches Glied einer unzerbrechlichen Kette.

Sie hörten ihm gerne zu. Aus seinen von Arbeit und Entbehrung ermüdeten Augen konnte soviel Trost ausgehen, und sie fühlten, daß er trotz Studium und Kunst einer der Ihrigen war. Einer, dem es gelungen war, aus Dumpfheit und Bedrückung aufzustehen, durch die Kraft seines Herzens, und der das Erworbene und Erlernte nicht an die Reichen wendete, um selbst reich zu werden, sondern der es für sie erworben hatte. Und am tiefsten verband es sie mit ihm, daß er zurückgehen wollte in dieses arme Dorf hinter dem Monde, um zu helfen und zu heilen, in einer Welt, in der ihre eigenen Söhne und Töchter an nichts als an sich dachten, um den anderen zu entreißen, was jene besaßen und diese sich ersehnten: Geld und Kleider und was sie den Glanz des Lebens nannten.

Nur einmal sprach Lawrenz mit Jons von seiner Zugehörigkeit zu einer anderen Rasse. Er stand vor Jumbos Büchern und blätterte in einem der schmalen Bände, die das Werk des jungen Hofmannsthal enthielten. „Sehen Sie, Jeromin", sagte er und ließ den Kneifer an der schwarzen Schnur herunterfallen, „das ist nur eines der Beispiele, an denen sich ein ganzes Gesetz ablesen läßt. Der Weg eines heimatlosen Volkes, das unter einer Verheißung und unter einem Fluch steht. Die einen retten sich in die Schönheit und die anderen in die Macht. Und ihr Fluch ist, daß sie fast alle Macht in Gold verwandeln. Auch die Macht des Geistes. Es ist ein entscheidender Augenblick in der Geschichte des Abendlandes, in dem Geist zum erstenmal in Gold verwandelt wurde. Das heißt, in dem er verkauft wird und also auch gekauft werden kann. Die Propheten kannten das nicht, und Salomon nahm kein Geld für seine Urteile. Aber die jüdischen Rechtsanwälte heute tun das um so mehr. Die anderen tun das auch, aber bei diesen fällt es mehr auf, weil sie klüger sind. Und auch bedenkenloser. Und so ist es wohl auch bei vielen Ärzten und Bankleuten und Zeitungsmännern. Haben Sie einmal darüber nachgedacht, Jeromin?"

Nein, Jons hatte das nicht getan. Studenten und Professoren waren ihm fremd geblieben, außer ihrer Arbeit, und in Sowirog hatte es nur einen Juden gegeben, einen alten Hausierer mit weißen Locken, der zweimal im Jahr von Haus zu Haus gegangen war, um Bänder, Ringe, Messer und mitunter eine Uhr zu verkaufen. Und da er ehrlicher verkaufte als der Gastwirt Czwallinna und er immer eine Stunde beim Vater am Meiler gesessen hatte, der nicht müde wurde, ihn nach den Menschen und Geschehnissen des Alten Testaments zu fragen, so hatte Jons nur eine stille Erinnerung an ihn, als an etwas Seltenes und leise Fremdartiges, und wenn manches ihn zum Lächeln hatte bewegen wollen, so zeigten des Vaters ernste Augen doch an, daß das nicht passend sei, und immer hatte Jons etwas Besonderes aus dem Wunderkasten bekommen, ein heimliches Geschenk, und der alte Hirsch hatte ihm die Hand auf das Haar gelegt und gesagt: „Achte und ehre ihn, junger Sohn, denn er ist mehr als das ganze Dorf vor des Herrn Zebaoth Augen."

Nein, er hatte nicht darüber nachgedacht. Er hatte ab und zu Roheit und Niedrigkeit gegen die jüdischen Studenten gesehen, und meistens von Mitgliedern der farbentragenden Verbindungen, aber er hatte es gesehen wie so vieles andere Rohe und Niedrige, außerhalb seiner Welt, und er hatte nicht Zeit gehabt, sich darum zu kümmern. Auch nahm der Staat sich der so Bedrängten mehr als früher an, und damit schien es Jons genug zu sein.

„Man muß einmal darüber nachdenken, Jeromin", fuhr Lawrenz fort und ließ sich in die Ecke des alten Sofas sinken. „Nicht um unsretwillen, sondern weil es das ganze Volk angeht und darüber hinaus vielleicht noch mehr. Ich bin nur ein Mischling, wie es so heißt, und wie alles ‚so Heißende' ist das nicht wahr. Ich glaube, daß ich nur ihr Blut habe und nicht seines. Aber vielleicht irre ich mich auch.

Gleichviel, aber über diese Dinge habe ich viel nachgedacht. Sie begegnen mir bei Krankenvisiten, bei Kongressen, in den Zeitungen, auf der Straße. Und ich habe das Gefühl, daß sie schärfer werden, von Tag zu Tag, ja, daß sie bedrohlich werden. Kranke Menschen sind reizbar, kranke Völker noch mehr. Enttäuschungen, Leiden, Niederlagen lädt man gern auf andere Schultern. Und die Frage ist, ob es zu Recht geschieht oder zu Unrecht.

‚Odium generis humani' ... ein Gegenstand des Hasses für das Menschengeschlecht: so hat Tacitus uns genannt, schon vor zweitausend Jahren. Und es muß seine Gründe haben. Tausendjährige Urteile sind nie grundlos. Ist Ihnen aufgefallen, daß wir klug sind, Jeromin?"

Ja, das war Jons natürlich aufgefallen.

„Ist Ihnen auch aufgefallen, daß wir keine Phantasie haben?"

Dieses konnte Jons nun schon nicht mehr beantworten.

„Und doch ist es so", sagte Lawrenz. „Die sogenannte communio aeterna zwischen Vernunft und Phantasie, die ewige Verbindung, sie ist bei uns gestört oder gefährdet, sie ist nicht ewig für uns. So fleißig, so ordentlich, so gewissenhaft Sie sind, Jeromin, doch sind Sie im Reich der Phantasie ebenso zu Hause wie in dem der Vernunft. Von Ihrem Vater, Ihrem Großvater, Ihrem Dorf ganz zu schweigen. Sie können Ihr Leben aus ganz anderen Wurzeln speisen als ich, und aus diesen anderen Wurzeln wachsen auch andere Früchte.

Sie schütteln den Kopf, aber es ist so, und nur Ihre Zuneigung zu mir läßt Sie das übersehen. Wenn statt dieser Zuneigung Abneigung da wäre, würden Sie es sehr scharf sehen.

Wir haben auch keine Beziehung zur Natur, Jeromin. Unsre Vorfahren wenigstens hatten sie nicht. Im Alten Testament werden Sie vergeblich danach suchen. Meine Mutter hatte sie, viele haben sie heute, aber sie ist erworben, sie ist künstlich.

Wir haben Verstand, wir haben eine ungeheure Lebenskraft, trotz Pogromen und Massenmorden, aber wir haben keine Phantasie. Das ist es. Wir haben ein gewaltiges Buch geschaffen und eine gewaltige Religion, und nun ist unsere Schöpferkraft erschöpft, wie die Sprache so schön sagt. Wir sind gute Mathematiker, gute Schachspieler, gute Kaufleute, Rechtsanwälte, Ärzte, Schauspieler. Aber wir sind nicht mehr. Und weil wir alle diese Dinge so gut können, werden wir gehaßt. Nicht allein deshalb, aber für die Primitiven genügt es. Und manchmal selbst für die, die gar nicht primitiv waren. Für Richard Wagner zum Beispiel.

Ich sehe die Dinge weitertreiben, Jeromin. Nach einer Revolution treiben sie besonders schnell. Und ich habe es Ihnen eigentlich nur gesagt, damit Sie Ihren Umgang mit mir einstellen können, wenn er Ihnen ‚belastend' erscheint."

Er schwieg und blickte den Wolken seiner schwarzen Zigarre nach, aber Jons sah, daß seine Hände fast unmerklich zitterten und daß er mehr getan hatte, als ein paar Bemerkungen über

Rassenunterschiede zu machen. Jons blickte über Jumbos Bücher hin, weil es ihm schwer war, das leidbeschattete Gesicht anzusehen, und plötzlich, während seine Augen an dem Kinderpferd haften blieben, war es ihm, als sei ein Teil seines Vaters in dieser schweigenden Gestalt wieder auferstanden, alles Gütige, Stille und Fromme des einsamen Mannes, des Edelmannes, wie Herr von Balk ihn genannt hatte. Der von den Klugen verspottet und verlacht wurde, aber der für das „Reich Gottes" wahrscheinlich mehr getan hatte als die meisten ihrer Bücher und Zeitungen, die den Fortschritt predigten.

Aber, wie unter den Augen des Vaters, war es ihm nicht möglich zu sagen, was in seinem Herzen war, unter den Augen dieses Mannes, die auf keine Antwort zu warten schienen, aber von dem er wußte, daß sein Herz darauf wartete.

„Ich werde immer" sagte er endlich leise, „auf alles, was Sie sagen und tun, so sehen, als ob mein Vater es gesagt oder getan hätte . . ."

Der Doktor nickte nur, ohne ihn anzusehen, und nach einer Weile, in der nichts gesprochen wurde, stand er auf, ließ sich in den abgetragenen Mantel helfen, und gab Jons verlegen die Hand. „Noch etwas habe ich vergessen", sagte er mit einem Lächeln, „daß zuviel geredet wird in unserer Rasse . . . Sie müssen es hinnehmen wie das andere."

VI

Kranke Zeiten gehen wie ein Ausschlag über das Land. Sie lassen auch die Walddörfer nicht aus. Wenn sie die Städte zerfressen haben, meinen sie, daß auch hinter den Städten noch etwas zu holen sein könnte, dort wo die Menschen im Einfachen und Ahnungslosen leben. Überall wo Menschen sind, kann es Unfrieden geben, Neid, Begehrlichkeit, und wenn nicht dieses, so kann es Dummheit geben, und wo Dummheit ist, kann es Gewinn geben, Täuschung und Betrug. Die Städte hungern und frieren, und so kann man hinter den Städten Vieh kaufen oder Holz, oder wenigstens Butter, Eier und Kartoffeln, kann sie mit großen Scheinen bezahlen und braucht niemandem zu erzählen, daß diese Scheine morgen den Wert einer Briefmarke haben werden. Der einfache Mann steht noch unter dem Zauber der Zahl, und eine Million ist für ihn, was einem Kinde eine Million ist: ein Schatz aus dem Märchen, mit dem sich goldene Schlösser bauen lassen.

Und hinter den Städten ist noch mehr zu holen. Der Boden schwankt, auf dem die Wirtschaft ruht. Höfe und Güter schwanken mit ihm, und da es darauf ankommt, das Bleibende zu erwerben, für eine Zeit, in der es wieder Bleibendes geben wird, so muß man wie ein Arzt sein, der die Hand am Puls des Sterbenden hält. Wenn der Puls aussetzt, ist es Zeit zu den großen Versprechungen und Täuschungen, zu den Geschichten vom Paradiese. Vom Paradies des Geldes, wo die Millionen und Milliarden schimmern, und man braucht niemandem auseinanderzusetzen, daß es der Schimmer bunt bedruckten Papiers ist.

Auch Sowirog liegt nicht so weit hinter der Welt, daß nicht ab und zu ein Wanderer hinkäme. Einer zu Fuß, mit bestaubten Schuhen, ein anderer auf einem blitzenden Fahrrad und schließlich dieser und jener in einem schimmernden Auto, das eine lange weißliche Wolke des Staubes hinter sich herzieht, aus der es vor Czwallinnas Krugwirtschaft auftaucht, so wie in früheren Zeiten ein Gott aus einer Wolke auftauchte.

Dann steigt ein Mann in einem Staub- oder Ledermantel aus, allein oder mit einer Märchenprinzessin, deren Haare aus Gold gesponnen zu sein scheinen, mit Korallenlippen, die bezaubernd lächeln, und mit Ringen an den Händen, deren Steine einen Regenbogenglanz über die Dorfstraße werfen.

Für die Kinder und Hunde von Sowirog ist das ein großer Tag. Die Hunde begleiten den Wagen, bis sie heiser sind, und die Kinder drängen sich um das glänzende Ungetüm wie um einen Märchenvogel, der mit zusammengefalteten Schwingen sich für eine kurze Frist zu ihrer Einöde herabgelassen hat, um sich dann wieder aufzuheben in die fernen Bezirke der Sonne oder des Paradieses.

Das Mädchen mit dem goldgesponnenen Haar verteilt etwas Schokolade unter sie, wie der Mann im Ledermantel es sie gelehrt hat. Es dauert eine lange Weile, bis die erste schmutzige Kinderhand sich öffnet, denn in Sowirog sind auch die Kinder mißtrauisch gegen Mädchen aus der Fremde, aber dann öffnen sich mehr und mehr Hände, und wenn sie gefüllt sind, beginnen die Kinder nicht etwa zu essen, sondern sie laufen ohne Dank oder Abschied zu ihren Häusern oder Hütten zurück, um den Müttern ihre Schätze zu zeigen. So hat man es ihnen beigebracht, und so halten sie es weiter, gleichviel ob die Märchenprinzessin sie zum Bleiben zu verlocken sucht oder ihnen mit den roten Lippen nachlächelt. Ein verzeihendes oder ein spöttisches oder ein geringschätziges Lächeln.

Der Mann aber verhandelt laut oder leise mit Czwallinna, nachdem er ihm eine große, prachtvolle Zigarre mit einer schimmernden Binde angeboten hat. Er blickt die verlassene Dorfstraße entlang und über die niedrigen Dächer in der Ferne. Meistens zuckt er die Achseln oder schüttelt mißbilligend den Kopf, und ab und zu schreibt er etwas in ein kleines, rotgebundenes Buch, mit einem silbernen Bleistift, den er gleichmütig aus einer der tiefen Manteltaschen herausholt.

Dann beginnt er von Haus zu Haus zu gehen, allein, während das Mädchen gelangweilt mit der Fußspitze Zeichen in den Sand der Straße zu schreiben beginnt oder ein Stück zwischen den Häusern entlanggeht, wobei es in die kleinen Fenster zu blicken versucht, hinter denen eine Gardine sich unmerklich bewegt. Bis einer der kläffenden Hunde es wieder zu dem Wagen zurücktreibt, in dessen leuchtenden Polstern es nun still und gehorsam sitzen bleibt, mit einem Spiegel oder einem Lippenstift oder anderen schimmernden Instrumenten beschäftigt, die es aus einem silbergeflochtenen Täschchen herauszieht. Endlich kommt der Mann zurück. Verdrießlich meistens oder auch fluchend, selten mit einem Päckchen oder einer halbgefüllten Ledertasche in der Hand, wirft noch einen finsteren Abschiedsblick in die Runde, übersieht Czwallinnas gebeugten Rücken und braust mit einem wilden Aufheulen des Motors die Dorfstraße entlang, wobei er versucht, im letzten Augenblick noch eines der Hühner oder die Enten zu überfahren, die schreiend nach allen Seiten auseinanderfahren.

Es gibt Dörfer, die so weit hinter der Welt liegen, daß nicht nur ihre Fensterscheiben, sondern auch ihre Augen blind zu sein scheinen, und solch ein Dorf muß wohl auch der Eulenwinkel sein. Ein ganz und gar verlorenes Dorf, abgeneigt dem, was die Zeitungen Fortschritt und Kultur nennen, ein Dorf voller ‚Pachulken', wie der junge Regierungsrat bei der Kirchenweihe seine Bewohner genannt hat. Ein Dorf, in dem sie zu Jehova beten oder zu „sonst einem dieser Scheiche", wie die Autofahrer sich auszudrücken belieben.

Nur einmal in diesen schwankenden Jahren geschah es, daß einem dieser Märchenvögel ein jähes Ende bereitet wurde, und natürlich war es Herr von Balk, der „Habicht", der mit seinen unerschrockenen Fängen auf ihn niederstieß. Der Wagen stand vor Czwallinnas Tür, ein ausnahmsweise bis an den Rand gefüllter Wagen, mit Speckseiten, Butter und Mehl gefüllt, und einer der vielen Leute in Ledermänteln und eine der vielen Märchenprinzessinnen mit Goldhaaren hatten sich gerade in den Polstern zurechtgesetzt, als Herr von Balk mit Korsanke die Straße entlang geritten kam. Sie ritten jetzt ab und zu zusammen, weil Balk das Ganze nicht gefiel. Weil die Dörfer ihm am Herzen lagen, anders als seinem Vater zwar, aber eben doch am Herzen, und weil er immer noch der Meinung war, daß ein Edelmann seinen Schild über die Armen zu halten habe.

Und Korsanke war es sehr recht. Er wußte nicht immer ganz Bescheid in den zahllosen Gesetzen und Verordnungen. Er war auch der Frechheit und Beredsamkeit dieser Autofahrer nicht immer gewachsen. Und mit dem Herrn von Balk an seiner Seite war es eben ganz anders. Vielleicht wußte auch er mit den Gesetzen der Republik nicht immer Bescheid, aber mit denen der Rechtlichkeit und des Menschenverstandes um so mehr. Für ihn gab es weder Zweifel noch Zögern. Er brauchte nur die „Visage" anzusehen, wie er sagte, und dann war das Verfahren klar für ihn. Skrupel gab es für ihn nicht, wenn es um Hyänen ging, und vor seinem eiskalten Auge hinter dem Einglas vergingen Frechheit wie Beredsamkeit wie das Zauberlächeln der Mädchen gleich einer späten Blüte unter dem ersten Nachtfrost.

Sie kamen also die Straße heraufgeritten, einträchtig nebeneinander, im losen Schritt, Korsanke auf seiner alten Fuchsstute und Balk auf einem jungen Rapphengst, dessen langer Schweif im Winde wehte und der den schmalen Kopf ebenso hochmütig hielt wie sein Herr. Während Korsanke sich die Papiere zeigen ließ, hob Balk vom Sattel aus neugierig die graue Hülle auf, die zum Schutz gegen den Staub über die hintere Hälfte des offenen Wagens gespannt war, und als der Mann im Ledermantel mit einem „Erlauben Sie!" die rechte Hand nach rückwärts streckte, um die Hülle festzuhalten, schlug Balk ihm mit dem silbernen Knopf seiner Reitpeitsche etwas auf diese Hand, ganz freundlich und auch nicht übermäßig stark, aber doch so, daß die Hand zurückgezogen wurde und Balk eine Reihe von Dingen im Wagen erblicken konnte, die seine höchste Teilnahme erweckten.

„Beschlagnahmen Sie den Wagen, Korsanke!" sagte er freundlich „und nehmen Sie den Mann vorläufig fest!"

Der Mann begann so zu fluchen, daß Czwallinna sich bis auf die Schwelle seines Hauses zurückzog, aber als er sah, daß Herr von Balk gar nicht aufhörte, sondern mit dem Knopf seiner Reitpeitsche in den verborgenen Schätzen herumzuwühlen begann, fiel ihm etwas anderes ein, und ehe die beiden sich seiner Absicht versahen, heulte der Motor wie ein wütendes Tier auf, der Wagen sprang so jäh an, daß Balk und Korsanke ihre Pferde gerade noch zurückreißen konnten, und schoß dann durch den stiebenden Sand in das Dorf Sowirog hinein.

Aber für Herrn von Balk war das nichts als ein glänzendes Feindmanöver, und ehe der Mann am Steuer den dritten Gang eingeschaltet hatte, war der Rapphengst schon in der Wolke von Staub und Benzindampf, und nach einem kurzen, aber lauten Befehl Balks knallte es zweimal hell und scharf, und fast im selben Augenblick zweimal wie ein Kanonenschuß, der Wagen schleuderte einmal von der rechten zur linken Straßenseite und mahlte dann noch ein bißchen durch den tiefen Sand, bis vor dem Kühler Korsanke auf seiner Fuchsstute auftauchte, den schweren Dienstrevolver auf die Vorderreifen gerichtet, und dann gab der Mann am Steuer die Sache auf, etwas blaß geworden bei dem unerwarteten Ereignis, während das Mädchen sich schreiend an seinen Arm klammerte und von allen Seiten Männer, Frauen, Kinder und Hunde herbeigestürzt kamen, die mit einer unpassenden Fröhlichkeit das schöne Wrack umstanden oder, soweit es die Hunde anging, sogar ein Bein hoben, weil an den Autoreifen der Duft vieler Artgenossen, nur ihnen vernehmbar, haftete.

Während Korsanke den „Tatbestand" aufnahm, erklärte Herr von Balk dem nun gänzlich geschlagenen Mann im Ledermantel, daß ihm zwei Wege übrigblieben: entweder, an Korsankes Steigbügel gebunden, den zwei Meilen langen Weg zur Stadt zu machen oder seinen schönen Mantel auszuziehen und die beiden Reifen „höchst eigenhändig" zu flicken, worauf er dann „unter angemessener Begleitung" denselben Weg im Wagen machen dürfe. Balk sprach sehr obenhin von der Höhe seines Sattels herab, und der Mann zog schweigend seinen Mantel aus, suchte das Werkzeug vor und begann mit der langwierigen Arbeit, wobei man sehen konnte, daß seine Hände früher in anderen Berufen tätig gewesen sein mußten als in dem eines „Herrenfahrers".

Aber Herr von Balk konnte nicht den ganzen Tag von Dorf zu Dorf reiten, und so blieb dieser Eingriff für lange Zeit der einzige. Doch erhöhte er seinen Ruf in der Landschaft, und wenn die kleinen Weltreisenden auf den einsamen Landstraßen in der Ferne einen Reiter erblickten, pflegten sie, nachdem dieses Ereignis bekannt geworden war, ihren Wagen zu wenden, so schmal die Wege auch waren, und in einer Staubwolke dahin zu verschwinden, wo nur der Pflug langsam über die Felder zog und weit und breit kein Luxuspferd zu sehen war.

Doch blieben sie nicht die einzigen Fremden auf diesen einsamen Straßen. Es gab andere, die unauffällig von einem Dorf zum anderen zogen, wie Waldarbeiter gekleidet oder höchstens wie kümmerliche Warenreisende, die aus einem kleinen Koffer Stoff- oder Wäscheproben herauszogen und ihre „Qualität" anpriesen. Auch sie pflegten ein Weilchen bei Czwallinna zu stehen, Notizen in ein kleines Büchlein zu schreiben und wie ihre Vorgänger über die Rohrdächer hinaus in die Ferne zu blicken. Aber was sie suchten, waren nicht Butter oder Eier oder Mehl, sondern Stimmen, Menschenstimmen, und hinter den Menschenstimmen das Land. Äcker und Wälder, Moore und Seen, dieses einsame, verlassene und arme Land, das doch schöner und ordentlicher und reicher war als ihr eigenes und in dem die einfachen Leute ihre Sprache sprachen, eine etwas verderbte Sprache, aber doch ihre eigene.

Und was sie aus ihren kleinen Taschen oder Koffern hervorzogen, war Papier. Bedruckte Blätter mit Zahlen und Bildern, mit Hoffnungen und Versprechungen, mit Verlockungen und Prophezeiungen, wie sie überall in der Welt auf das stille, geduldige Papier gedruckt werden, wenn es darauf ankommt, dem kleinen Mann zu zeigen, daß er falsch gelebt habe und daß er fortan richtiger und besser leben solle.

Es wurde nämlich damals in der Weltgeschichte beschlossen, daß diese Landschaft durch die Stimmen ihrer Bewohner entscheiden sollte, ob sie bei dem geschlagenen Reiche verbleiben oder zu dem Nachbarreich gehören sollte. Die Zugehörigkeit hatte ein paarmal gewechselt, wenn auch in lange zurückliegender Zeit, und die Umgangssprache gab denen den Anschein eines Rechtes, die eine Nachprüfung des Besitzrechtes verlangten.

So klopfte die Weltgeschichte nun plötzlich auch an die

niedrigen Türen von Sowirog, und die unauffälligen Wanderer waren eben die geheimen Boten des Nachbarreiches, die beauftragt waren, dieses kleine Kapitel der Weltgeschichte in die richtigen Bahnen zu lenken.

Die Männer und Frauen von Sowirog hörten ihnen schweigend zu, was sie vom Glanz der Zukunft sprachen und ihnen aus ihren bedruckten Papieren zu beweisen trachteten. Sie waren so schweigsam, daß die beredten Abgesandten langsam unruhig wurden, und wenn sie schließlich die Häuser und das Dorf verließen, schüttelten sie den Kopf und wußten nicht recht, was nun eigentlich geschehen war oder geschehen würde. Niemals in ihrem Leben hatten sie so schweigsame Leute gefunden.

Und dabei lag es doch nur an einem, das sie übersehen hatten: daß für diese kleinen, armseligen Dörfer die alte Weltordnung noch immer nicht umgestürzt war. Daß der Kaiser für sie immer noch auf einem heimlichen Throne saß. Und wenn nicht der Kaiser, so doch das alte, von Gott eingesetzte Bild des Königs, dem sie die Treue gelobt hatten. Eines Königs, der sie durch Jahrhunderte bedrückt und geschunden hatte, der Steuern und Söhne verlangt und genommen hatte, aber doch über ihnen wachte wie ein strenger Vater, und der nun ins Unglück gekommen war, wie sie selbst durch Brand oder Mißernte ins Unglück kommen konnten.

Und wenn sie an das Nachbarreich dachten, so wußten sie nicht viel von ihm. Aber sie sahen in jedem Jahre seine Söhne und Töchter zu den katholischen Wallfahrtsorten ziehen, die in ihrer Landschaft lagen, und sie sahen, daß es ein Zug ärmlicher, unordentlicher und geringer Leute war, vor denen man besser Tor und Tür verschloß wie vor Zigeunern, und zu denen für ganz und immer zu gehören ihrer armen und stillen Würde widersprach.

Daher also schwiegen sie zu den Lobpreisungen, äußerten weder Zustimmung noch Widerspruch, und nur im Gogunschen Hause geschah etwas Besonderes, indem nämlich Johannes bei dem ersten Besuch dieser Art still und finster aus der Stube ging und mit einer Axt in der Hand wiederkam, wobei er die Tür offen ließ und mit einer nicht mißverständlichen Bewegung auf sie deutete. Wahrscheinlich erinnerte er sich der Stelle im Moor, vor der er als Kind lange und grübelnd gestanden hatte, und in seinem einfachen Verstande war alles, was von Osten kam, böse und gefährlich.

Und noch eine dritte Art von Fremden kam ab und zu in den Eulenwinkel. Sie saßen gerade und hochmütig in ihren glänzenden Wagen, in braunen oder bläulichen Uniformen, mit schimmerndem Lederzeug und in weißen Handschuhen. Sie hielten nicht vor Czwallinnas Krugwirtschaft, sondern vor des Schulzen Grünheid Haus, und der Schulze gab mit seinem unbewegten Gesicht langsam Antwort auf ihre unverständlichen Fragen. Er wußte, daß es Engländer oder Franzosen waren, Offiziere der Kontrollkommission, die die Abstimmung zu überwachen hatten, und sie waren für ihn nur ein paar Bilder mehr in der langen Reihe, die er während seines langen Lebens gesehen hatte. Und wenn sie wieder abgefahren waren und der Staub hinter ihren Wagen langsam über die Felder trieb, stand er noch da und blickte ihnen nach und dachte vielleicht darüber nach, was diese nun wohl von diesem armen Lande wüßten und wie es seinen Bewohnern ums Herz sei.

Sein Haar war nun weiß geworden über den hellen, schwermütigen Augen, und jeden Abend saß er vor der Tür des Jeromin-Hauses, die beiden Kinder zwischen den Knien, und blickte durch den kleinen Micha hindurch in eine ferne Vergangenheit, in der der Vater dieses Kindes ihm den Acker gepflügt hatte, und er war der einzige Mensch gewesen vor diesem Kinde, den er in seinem Herzen gehalten hatte.

In diesem Sommer nun, während Jons Ehrenreich in der kleinen Klinik operierte und an den weißen Betten saß, begannen aus allen Teilen des Reiches die geschmückten Züge nach Osten zu rollen, mit jungen und alten Menschen gefüllt, die hier einmal zwischen Seen und Wäldern geboren worden waren, damit sie Zeugnis ablegten für ihre Heimaterde und jedermann „sich schätzen ließe“, wie es in der Bibel hieß, nur daß es eine Schätzung des Herzens und der Gesinnung war.

Es war nicht alles so schlicht und still, wie es hätte sein sollen. Aus der Sache des Herzens war wieder eine Sache der

Politik geworden, mit Plakaten und Abzeichen, mit Musikkapellen und Reden. Aber in jedem Winkel der dicht gefüllten Eisenbahnabteile saß doch ein alter Mann oder eine alte Frau, die nichts von Politik und Kontrollkommissionen wußten, sondern die ihre arme Heimat seit Jahrzehnten nicht wiedergesehen hatten und vor deren müden Augen nun das kleine Dorf aufstand, der Waldsee oder die Birken an dem Moor, und die eingesunkenen Kreuze auf den kleinen Friedhöfen, wo die Fliederblüten über die Steinmauer fielen und die Nachtigallen zur Nacht sangen, indes der rote Mond groß und einsam über das dunkle Land stieg.

Und auch nach Sowirog kamen Männer und Frauen, die in diesen Zügen saßen. Auch Sowirog war nicht vergessen in den Listen der Weltgeschichte. Die meisten kamen aus den Bergwerksbetrieben des Westens, aus einer traurigen, rauchgeschwärzten Landschaft, und viele Augen blickten mit einer traurigen Ergriffenheit auf das weite und schweigende Land, das sich nun vor ihnen ausbreitete, auf die dunklen Wälder, auf den blühenden Ginster und die Lupinen, mit denen die Bahndämme bedeckt waren, auf die stillen Seen, aus deren Schilfrändern sich die Reiher oder Kraniche schwerfällig erhoben.

Auch ein schimmernder Wagen kam über die sandigen Straßen auf den Eulenwinkel zugefahren, und seine dreistimmige Hupe rief das Echo aus den Gründen der Wälder herauf. Und als er vor dem Jeromin-Hause hielt, stieg Gotthold aus ihm heraus, der verlorene Sohn, aber es war nun nichts Verlorenes an ihm, wie er die Handschuhe abstreifte und seine Geschwister laut und fröhlich begrüßte. „Dienst am Vaterland ist Ehrendienst“, sagte er und sah sich mit leise zusammengekniffenen Augen in seiner Heimat um.

Auch die Gräfin kam nach Sowirog, die Frau aus dem Märchen, die niemals wiedergekommen war, aber sie hatte ihren Wagen daheim gelassen und war den zwei Meilen langen Weg aus der Kreisstadt zu Fuß gekommen, den alten Weg, den die Frauen von Sowirog zum Markt zu gehen pflegten und den Jakob gefahren war, die Särge seiner Söhne hinter sich im Stroh des Leiterwagens. Sie war dem Meiler ausgewichen und hatte nur eine Weile zwischen den Wacholderbüschen gestanden, wie Frau Marthe damals, und von ferne auf die Lichtung gesehen, auf der sie vom Vater Abschied genommen hatte, ohne seinen Segen zu erbitten. Aber es war nichts zu sehen gewesen als ein verfallener Hügel, an dem eine Stange lehnte, und eine kleine Hütte, in der sich nichts regte. Nur ein Schwarzspecht hatte gerufen, lange und klagend, und der Widerhall war von Hochwald zu Hochwald gegangen.

Die Kinder im Jeromin-Hause waren scheu und die Frauen bedrückt, nur Maria stand wie früher am Herd, das stille Lächeln um ihren Mund, die Augen von einem warmen Glanz erfüllt, und es sah aus, als werde sie gleich mit einem Märchen beginnen, dem von Frau Ilsebill oder den sieben Schwänen.

Christean saß still in seiner Ecke, ein bißchen benommen von den lauten, großartigen Reden seines Bruders und der strengen Schönheit Ginas, und es war wie ein Traum, daß alles nun wiederzukehren schien, und war doch so anders, als es einmal gewesen war.

Aber dann kam Jons Ehrenreich, und mit ihm kam Lawrenz. „Ich möchte gern für ein paar Tage mitgehen, Jeromin“, hatte er gesagt. „Es ist ja unauffälliger, wo so viele Menschen da sein werden, und Sie wissen, daß mir das Auffällige nicht angenehm ist.“

Jons hatte es sehr gefreut, und auch sie waren den zwei Meilen langen Weg gekommen, zu Fuß, nur daß sie nicht an Kiewitt und am Meiler vorübergegangen waren. Kiewitt hatte sein spärliches Heu eingefahren und den Doktor eine Weile angesehen. „Lehre ihn gut“, hatte er gesagt. „Und renke ihm nicht sein Herz aus!“

Etwas betroffen war nun Lawrenz doch gewesen, aber nach einer Weile lächelte er und sagte: „Es war eine gute Einleitung, Jeromin.“

Jons war sehr erchrocken, als er die Mutter wiedersah. Sie saß auf der Bank vor der Hütte, einen Stock neben sich, und blickte ihnen entgegen. Aber ihr Gesicht war nun von einer wächsernen Blässe, von bläulichen Adern durchzogen, und es war zu sehen, daß sie an Atemnot litt. „Es ist nichts, Jons“, sagte sie ruhig. „Nur der Atem wird leiser . . . er steht am anderen Ende."

Lawrenz fröstelte es etwas unter ihrem Blick, aber er hielt ihm stand, und einmal sagte er, daß Jons ein großer Arzt werden würde.

Es war nicht zu erkennen, ob Frau Marthe es gehört hatte, aber als sie Abschied nahmen, sagte sie: „Hilf nun den anderen, Jons."

Lawrenz schwieg, bis sie den Waldrand erreichten und auf das mit Fahnen und Birken geschmückte Dorf sehen konnten. „Hatte sie etwas mit dem Herzen?" fragte er dann.

Jons wußte es nicht. „Wir wußten nie viel von ihr", erwiderte er.

Lawrenz nickte. „Es ist die Naht, Jeromin", sagte er. „Nun weiß ich viel von Ihnen, seit wir aus der Bahn gestiegen sind."

Als erstes sah der Doktor die Insel im See, mit den alten Eichen, dem hohen Kreuz des Großvaters und der neuen Hütte, die Balk hatte bauen lassen. Dort wollte er wohnen, und darum bat er sehr dringend. „Es wird alles voll sein bei Euch, Jeromin", sagte er, „und es würde mir zuviel werden. Ich komme schon herüber, soviel Sie wollen, aber das da scheint mir ein Paradies für einen alten Mann zu sein. Gönnen Sie mir auch etwas Gutes, Jeromin."

Jons gönnte es ihm von Herzen, aber bis zum Abend blieb Lawrenz doch im Hause und im Dorf. Es war zuviel, was er aufzunehmen hatte. Die Menschen machten ihm zu schaffen, Söhne und Töchter und Enkelkinder. Und eine war vielleicht eine Heilige und eine eine Gräfin, und einer ein großer Bildschnitzer, und einer allem Anschein nach ein großer Hochstapler. Und alles unter einem niedrigen Rohrdach und vor einem Torffeuer, und die kranke Frau dahinten am Meiler, und die Geister der Toten in jedem Winkel des Hauses. Er rauchte eine seiner schwarzen Zigarren nach der anderen, hörte mit einem Ohr den großen prachtvollen Sätzen Gottholds zu und folgte mit seinen stillen traurigen Augen jeder Bewegung der anderen.

„Was für ein Geschlecht, Jeromin . . .", sagte er, bevor er in das Boot stieg. „Und was für ein Land . . ."

Die Dorfstraße war nun verlassen, indes aus allen Schornsteinen der Rauch aufstieg. Das gemähte Gras duftete von den Wiesen, die Mandelkrähen saßen blauschimmernd auf den Heuhaufen, und das große Abendrot stand leuchtend über den Wäldern. Unter dem hohen Himmel waren die Fahnen wie Kinderspielzeug, und nur die Erde war das Große und Gewisse, die Wälder, der See, die dunstige Ferne des Moores.

Lawrenz stand still da, auf sein Ruder gestützt, und blickte hinaus. „Von hier sind Sie ausgegangen, Jeromin", sagte er langsam, „Eisen unter den Absätzen, und hierher werden Sie wieder zurückkehren. Ein schöner Kreis, und ich wünschte, er wäre auch mir beschieden gewesen ..."

Jons sah ihm lange nach, wie das Spiegelbild des Kahnes und der Ruder unter ihm mitging, auf die Insel zu, auf der der andere gelebt hatte, der mit Gott Zerfallene, der gelästert und doch so gern hatte glauben wollen. Aber dieser war nicht zerfallen, dieser „ruhte in Gott", wie seine Mutter es getan hatte, und es war Jons, als liege eine stille Versöhnung darin, etwas, was die Vergangenheit mit der Gegenwart zusammenknüpfte. Von der Zukunft wußten sie alle nichts.

Den nächsten Tag war das Dorf von einem ungekannten Leben erfüllt. Es gab kein Haus, in dem nicht Verwandte eingekehrt wären, und viele hatten ihre Kinder mitgebracht. Die Männer gingen in ihren dunklen, städtischen Kleidern umher, über die Felder und am See entlang, und immer sah es so aus, als hätten sie etwas verloren und suchten es heimlich. Die Frauen saßen vor den Türen, ein bißchen unbehaglich und ein bißchen fremd, und winkten den Autos zu, die ab und zu die Dorfstraße entlang fuhren. Nur die Alten gingen langsam von Haus zu Haus, saßen an den Herdfeuern und brachten alle Geschichten aus der Dämmerung ihres Gedächtnisses herauf. Und später sah man sie auf der niedrigen Mauer des Friedhofs sitzen oder auf einem umgestürzten Boot am Ufer, von wo sie schweigend, mit unbewegtem Gesicht, über Land und Wasser blickten, wo Menschen und Dinge ihren Blick erwiderten, versunkene Menschen und versunkene Dinge, aber für sie waren sie lebendig und so nahe, daß sie sie mit den Händen greifen konnten.

Gotthold und Gina gingen zum Meiler, und für beide war es ein schwerer Gang. Sie fragten sich wohl nicht, ob es für die Mutter nicht noch schwerer war, sie aus dem Fichtenwald heraustreten zu sehen.

Aber man merkte es Frau Marthe nicht an, außer, daß ihre Hände, die sie über dem Stock gefaltet hatte, etwas mehr zitterten als sonst.

„Du bist es nun also, Gina“, sagte sie und empfing den Kuß auf ihr weißes Haar ohne Widerstreben.

Dann wandte sie die dunklen Augen auf Gotthold, der gegen seinen Willen mit einer tiefen Befangenheit den Blick erwiderte, und ließ sie langsam von seinem gewellten Haar bis zu den glänzenden Schuhen wandern. Dann richtete sie ihn wieder auf den Meiler, und erst nach einem langen und bedrückenden Schweigen sagte sie: „Du hast mein Blut . . ., aber nicht meine Ehre . . .“

Aber sie sagte es ohne Härte. Sie sagte es nur so vor sich hin, und sie hätte auch sagen können: „Er hat mein Blut . . .“, so als ob er gar nicht da wäre und sie nur an ihn dächte.

Sie sprachen ein bißchen miteinander, mühsam, wie an zwei Enden einer langen, langen Drahtleitung, und schließlich fragte Gotthold, ob er nicht etwas für sie tun könnte, ihr ein kleines freundliches Haus bauen, mit Geranien an den Fenstern und einem schönen, hellen Badezimmer.

Zum erstenmal schien es den Geschwistern, als ob sie lächelte, ja, als wäre es das erste Lächeln überhaupt, das sie in ihrem Leben an ihr gesehen hätten. Aber es war wohl nur ein Zucken der Lippen, und vielleicht war es sogar ein Lächeln des Schmerzes. „Ein Badezimmer“, wiederholte sie verständnislos. „Sieh nur zu, daß sie weiß wird, Gotthold, weiß wie Schnee . . .“

Und sie blieb die Erklärung schuldig, was nun weiß werden sollte.

Aber Gotthold hatte ein unbehagliches Gefühl, als wüßte er es, und bald darauf stand er auf und meinte, daß sie ja einander morgen bei der Abstimmung sehen würden.

Und dann gingen sie wieder, und Frau Marthe sah ihnen nach, bis der Wald ihre hohen Gestalten verbarg.

Es war noch früh am Morgen, als Jons Ehrenreich zum

Meiler ging, um die Mutter zur Abstimmung zu führen. Aber die Sonne stach, und die Bremsen waren unruhig wie vor einem schwülen Tag. Johannes hätte mit dem Wagen kommen sollen, dachte Jons, aber sie würde nicht gefahren sein. Sie wollte keinen Aufwand.

Frau Marthe saß auf der Bank wie sonst, gerade und unbewegt. Aber sie trug ihr schwarzes Kirchenkleid mit der goldenen Kette, und zwischen ihren Händen hielt sie das Gesangbuch. Viele alte Frauen trugen an diesem Tage das Gesangbuch.

„So wollen wir beide denn zusammen gehen, Jons?" fragte sie, und wieder war es wie ein Schimmer des Lächelns um ihre blassen Lippen.

„Ich denke, daß es nun nicht das letzte Mal sein wird, Mutter", erwiderte Jons, und während sie langsam durch den warmen Wald gingen, sehr langsam, erzählte er ihr von seiner Arbeit, und wie der Doktor ihn nun in der Lehre habe, einer unübertrefflichen Lehre, so daß er früher ins Dorf werde heimkehren können, als er gedacht habe.

Sie hörte schweigend zu, und ihr Atem ging so schwer, daß Jons sie voller Sorge von der Seite ansah. „Haben sie dir erzählt, was er für mich bauen will, Gotthold?" fragte sie nach einer Weile. „Ein Haus mit einem Badezimmer!" Und nun war wirklich ein Lächeln um ihren geschlossenen Mund. „Ein großer Herr ist er geworden", fügte sie hinzu. „Er hat auch am frühesten von euch angefangen . . ."

Am Waldrand blieben sie stehen und blickten auf das bunt gewordene Dorf. In dem Schweigen der Frühe konnte Jons den schweren Herzschlag der Mutter hören, und in einer plötzlichen Unruhe bat er sie, doch im Hause einzukehren und sich etwas Ruhe zu gönnen.

Aber sie schüttelte den Kopf. „Es ist nun euer Haus", sagte sie ohne Bitterkeit. „Er war dort nie zu Hause . . ."

Sie gaben als erste ihre Zettel ab, in Grünheids Amtsstube, wo der Wahlraum war, und ihre Kinder standen um sie herum, als sie wieder über die Schwelle trat, ganz hinten Christean auf seinen Krücken. Die Männer und Frauen von Sowirog und die aus der Ferne Gekommenen blickten voller Scheu auf sie, so fremdartig erschien sie ihnen, und als sie ihre dunklen Augen langsam über die Menge gehen ließ, von einem Gesicht zum andern, wendeten viele ihre Augen zur Seite, als könnten sie die schweigende Prüfung nicht bestehen.

Und dann geschah es ohne Vorbereitung: daß sie die linke Hand mit dem Gesangbuch auf das Herz drückte und mit einem leisen Seufzer in Jons' Arme fiel.

Sie legten sie auf den sauber geharkten Sand vor der Schwelle, und Lawrenz kniete an ihrer Seite, das Ohr auf ihre Brust geneigt. „Es wird nicht mehr, Jons", sagte er leise. „Endocarditis ... sehen Sie zu, ob es etwas Champagner gibt ... Äther habe ich in meiner Tasche."

Jons wußte, daß der Tod sie nicht auf einen Schlag fällen würde. Sie trugen sie auf einer Bahre zum Jeromin-Haus, und als sie sie vor der Schwelle niedersetzten, erwachte sie. Ihre Augen gingen langsam über Menschen und Dinge, bis sie bei Jons haften blieben. Sie versuchte die Hand zu heben, und Jons erkannte zuerst die Bedeutung ihrer mühsamen Gebärde. Sie wollte zum Meiler.

„Es ist zu weit, Mutter", sagte er leise. „Willst du nicht hierbleiben?"

Aber sie schüttelte den Kopf. Ihre Stimme war leise, aber ganz klar. „Er war nicht zu Hause hier", sagte sie ganz ruhig.

Es ergriff die Geschwister mehr als irgend etwas, was sie hätte sagen können.

Lawrenz nickte Jons zu, und sie hoben die Bahre wieder auf. Es waren nun viele Menschen versammelt, die ihnen halfen. Am Ende des Dorfes stand schon die Staubwolke, in der Gotthold zur Kreisstadt fuhr mit einem Zettel, den Dr. Lawrenz ausgeschrieben hatte.

Langsam, wie ein großer kranker Vogel, folgte Christean auf seinen Krücken dem Zuge, und rechts und links von ihm gingen die beiden Kinder.

In der Hütte war die Luft dumpf und heiß, und so lag Frau Marthe vor der Schwelle, dort, wo Michael gelegen hatte, als er starb. Lawrenz schickte alle Fremden fort, nur Stilling blieb auf der Schwelle sitzen. Für niemanden, der aus dem Dorfe fortstarb, war Stilling ein Fremder.

Jons bat die Mutter, sich von ihm untersuchen zu lassen, aber sie schüttelte den Kopf. „Ein Kind hat nicht den Leib seiner Mutter zu sehen", sagte sie, und jedes ihrer Worte war nun mühelos zu verstehen.

Sie saßen zu Füßen der Bahre auf dem Moos, und Frau Marthes Augen gingen langsam von einem zum andern, ehe sie sich auf den Meiler richteten. Dort blieben sie nun.

Nur Jons kniete an ihrer Seite, und sie hielt seine Hand.

Die Sonne verbarg sich langsam hinter einem weißlichen Schleier, und die Pirole riefen unaufhörlich und kündigten den Regen an. Sonst war es ganz still, wie es hier immer gewesen war. Jons schien es, als versinke die Zeit mit jedem schweren Herzschlag der Mutter und alles sei nun wieder wie vor langen, langen Jahren, als der Vater am Meiler gestanden hatte und der hohe Wald um ihre Einsamkeit gewachsen war. Er begriff, daß der Tod die Zeit auslöschte.

Als das erste dumpfe Grollen hinter dem Wald über die Erde ging, wurde Frau Marthe unruhig. Die Luft war unbeweglich und schwer, und unter den fahlen Wipfeln stand der hohe Ton der Insekten, der das Wetter ankündigte. Einmal rief der Schwarzspecht lang und klagend in der Tiefe des Waldes.

Jons sah den Doktor unruhig an, aber dieser schüttelte nur unmerklich den Kopf. Seine traurigen Augen waren still auf Frau Marthes Gesicht gerichtet, und die Äthérspritze lag wie ein zweckloses Spielzeug in seinen Händen.

Dann wollte Frau Marthe ihre Kinder haben. Sie knieten nacheinander bei ihr nieder, legten den Kopf an ihr schwarzes Kleid und fühlten die kühle Hand auf ihrem Scheitel. Auch Christean kniete, wobei die anderen ihm halfen, auch Micha und Barbara.

Dann sah sie unruhig zur Seite, und wieder war es Jons, der sie zuerst verstand. Er holte Erdmuthe und das Mädchen aus dem Paradies, die ihm zitternd folgten, und auch sie empfingen den Segen. Frau Marthe sprach kein Wort, nur ihre dunklen Augen sahen jeden einzelnen kommen und gehen. Niemand wußte, was sie dachte oder empfand. Nur als sie mit ihrer Hand Jons mühsam über die linke Wange strich, einmal nur und ganz leise, wußte er, was sie dachte, und die Tränen stürzten ihm aus den Augen.

Gotthold war noch nicht zurückgekehrt, und sie fragte nicht nach ihm.

Als der junge Pfarrer kam, nach dem sie geschickt hatten, schüttelte sie nur den Kopf, und Jons war es, als glitte wieder ein Schimmer des Lächelns um ihren Mund. „Er ist da", sagte sie, und alle verstanden, daß sie den Vater meinte.

Dann zog ihre Stirn sich in Falten zusammen, und ihre Lippen bewegten sich leise. Es war zu sehen, daß sie etwas suchte, und sie beugten sich zu ihr herunter. „Wandte ... sein ..." flüsterte sie. „Wandte ... sein ..."

Maria verstand sie. Maria war in Märchen und Liedern mehr zu Hause als die anderen. Es war ein litauisches Volkslied, und die Mutter hatte es früher mit den Kindern gesungen, als sie noch klein gewesen waren. „O käm' das Morgenrot herauf ...", begann es. Und es berichtete, wie ein Mädchen auf den Liebsten wartete, der über das Feld zu ihr geritten kam. Aber es trieb seinen Scherz mit ihm, ließ ihn nicht ein, und er „wandte sein Roß und ritt davon". Nun klagte es, daß er wiederkommen möchte, aber er kam nie wieder.

„Wandte sein Roß und ritt davon ...", sagte Maria leise mit ihrer schönen, tiefen Stimme.

Frau Marthe nickte, die Stirn entspannte sich, und während ihre Augen auf den verfallenen Meiler gerichtet blieben, starb sie.

Als sie aufstanden und die Bahre in die Hütte trugen, stand der Wald im blauen Licht, und die ersten Tropfen fielen. Jetzt erst sahen sie, daß Kiewitt unter den Wacholderbüschen saß, in einem dunklen, langen Bauernrock aus alter Zeit, der ihm bis unter die Knie reichte. Sein Gesicht sah ganz klein und vertrocknet aus über dem schweren Gewand.

„Wir waren Nachbarsleute", sagte er zur Erklärung und ging dann über die Lichtung zu seinem Moore zurück.

Der Tod dämpfte die Freude über den Abstimmungssieg, und alle Fremden, die noch da waren, schienen nur zu Frau Marthes Begräbnis gekommen zu sein. Es war ein großes Begräbnis, schon am nächsten Tage, denn die Gewitter standen

Tag und Nacht über dem Walde. Stilling hielt die Grabrede, weil die Geschwister es so gewollt hatten. Er sprach über den Vers aus dem Buche Hiob: „Denn wir sind von gestern her und wissen nichts, weil unsere Tage nur ein Schatten auf Erden sind."

Er wußte, was der Vers bedeutete und daß sie nichts wußten. Der schwüle Wind bewegte sein langes weißes Haar, und das Dorf hörte ihm zu, wie es ihm ein Leben lang zugehört hatte.

Als der Friedhof sich schon geleert hatte, standen nur noch Jons und der Herr von Balk an dem sandigen Hügel. Balk stützte sich mit beiden Händen auf den Korb seines Säbels und blickte mit seinen grauen Augen auf die Kränze nieder.

„Eine große Frau, Jons", sagte er. „Die einzige, die sich nicht gebeugt hat . . ."

In der Truhe am Meiler fanden sie alles, was von Jakobs Leben übriggeblieben war. Seine wenigen Briefe, seine Geschenke und was sie aus Rußland zurückgeschickt hatten. Es war alles auf das sorgfältigste geordnet. Ein paar getrocknete Blumen, die dazwischen lagen, zerfielen ihnen unter den Händen.

Jons nahm alles mit sich, als er mit Lawrenz wieder in die Stadt zurückfuhr.

Im Dorfe Sowirog war nur eine Stimme gegen das Vaterland abgegeben worden, und der Schulze Grünheid hielt den Zettel lange in seiner Hand und blickte auf das Kreuz nieder.

Dann legte er ihn zu den übrigen und trug mit seiner ungelenken Schrift die Zahlen in das amtliche Register ein.

VII

Mit diesem Tod ging es Jons anders als mit des Vaters Tod. Beim Vater hatte er nichts versäumt, oder es hatte ihm doch so geschienen. Er hatte nicht alles an Liebe gesagt, was sein Herz erfüllte, aber auch der Vater hatte es nicht getan. Es lag nicht in ihrer Art, und es bedurfte dessen auch gar nicht.

Und dem Vater gegenüber hatte Jons seine Pflicht getan. Von jener Nacht an, als er versprochen hatte, das Los der Fremde auf sich zu nehmen, bis zu jener Stunde, als sie für immer Abschied voneinander genommen hatten. Es war ihm schwer gewesen, vieles, bei Tag und bei Nacht, aber er war nicht fahnenflüchtig geworden. Kein Tadel war an des Vaters Ohr gekommen, keine Erschütterung des Glaubens und der Zuversicht, und als er in der Fremde gefallen war, starb er in der Gewißheit, daß sein Leben nicht vertan war und daß aus dem dunklen Hause das Licht kommen würde, von dem Geschlechter geträumt hatten, daß es einmal über dem Dorfe scheinen würde.

Aber bei der Mutter hatten sie vieles versäumt, und es nahm ihnen nichts von ihrer Schuld, daß auch Frau Marthe versäumt hatte. Der Tod hatte ihnen gezeigt, daß ihr Herz von Liebe erfüllt gewesen war, so erfüllt, daß sie das Herz verzehrt hatte. Denn ihr Mund war versiegelt gewesen ihr Leben lang, und die Liebe, die hatte schweigen müssen, hatte nach einem Ausweg gesucht aus den Kammern des Herzens und sie zerbrochen. „Wandte sein Roß und ritt davon ..." Das würden sie nun nie mehr vergessen.

Der eine von ihnen hatte ihr ein Badezimmer angeboten, und selbst eine Todkranke konnte nur ein Lächeln dafür haben. Aber die anderen hatten nichts angeboten. Sie waren es müde geworden, und auch Jons hatte vieles vergessen. Er hatte an seine Operationen gedacht und an die kommenden Stationen des Staatsexamens, und er erkannte, daß jeder Beruf seine

Sünde in sich trug, die der Vergeßlichkeit für andere. Es war der langsame, unaufhaltsame Gang von einer anderen Generation in die eigene, das Versinken der alten Küsten und das Auftauchen der neuen. Das Leben riß nicht ab, es setzte sich fort, Tag und Nacht, aber vielen verdämmerte, was einmal in der Sonne gewesen war: Eltern, Geschwister, der stille Acker, den man verließ und auf dem es leise zu welken begann. Der neue Acker war zu bestellen, jede Stunde, und vor den Begriff des Eigenen schob sich langsam der des Allgemeinen: das Dorf, das Land, die Welt.

Arbeit war ein Segen und kein Fluch. Niemand wußte es besser als Jons. Aber das Herz blieb immer etwas im Schatten. Das Herz hatte keine Zeit. Es hatte ein paar Minuten der Erinnerung und des zärtlichen Gedenkens, aber dann wurde die Hand gerufen oder das Auge, der prüfende Verstand, der Entschluß, an dem so oft Leben oder Tod hing. Es war ein gefährdetes Leben, und Jons erkannte es nach dem Tode der Mutter ohne Beschönigung. Er mußte sich noch mehr beeilen, noch schneller gehen, damit er heimkehren konnte zum Dorf. Und dort würde der Atem stiller werden. Er würde ein Meister geworden sein, soweit es solche gab in der ärztlichen Kunst, und ein Meister hatte Zeit. Ein Meister konnte es auswägen, Verstand und Herz. Er konnte eine halbe Stunde mit Kindern spielen und eine halbe Stunde am Moor liegen und eine halbe Stunde bei den Geschwistern sitzen. Er konnte Feiertage haben, und ein Feiertag war nicht ein Tag des Vergnügens oder des Genusses, sondern ein Tag des Herzens. Für jeden, der so schwer gearbeitet hatte wie Jons, war es ein Tag, an dem die Waagschalen wieder im Gleichgewicht stehen würden. Wie beim Vater und Großvater, bei denen das Leben noch nicht gefährdet war, weil sie noch in der alten Ordnung lebten. In einer sich erhaltenden und nicht in einer schon zerfallenen Welt.

Er sprach mit Gina darüber, die auf ihrer Heimreise zu ihm gekommen war. Sie saß in Jumbos Sofaecke, die Hände im Schoß gefaltet, wie ein fremdes Götterbild, das man aufgehoben und in einem ärmlichen Raum niedergesetzt hatte. Sie lächelte ein bißchen und blickte zu dem Kinderpferd auf, das über

Buddhas Werken stand. „Du kannst es nicht aufhalten, Jons", sagte sie. „Du kannst nicht mehr mit dem da spielen. Du kannst dich höchstens erinnern, daß du einmal damit gespielt hast. Kannst dich sogar zärtlich erinnern, aber eben doch nur erinnern. Früher schloß sich Generation an Generation. Sie blieben im selben Ring. Es gab nur Unterschiede der Individuen. Heute aber ist eine tiefe Kluft zwischen zwei Geschlechterfolgen, manchmal so tief, als wären hundert Jahre vergangen. Der Vater und der Großvater waren noch eins, wir und der Vater sind zwei Welten. Ja, auch du. Wer heute hinausgeht aus den kleinen Dörfern, kommt auf einen anderen Stern. Ich weiß nicht, woran es liegt, und ich zerbreche mir auch nicht den Kopf darüber. Vielleicht liegt es daran, daß wir Gott verlieren, vielleicht daran, daß wir den „Geist" gewinnen. Beides ist schlimm und folgenreich. Wenn ich die Leute vor meinem Bartisch ansehe, ist es mir, als rasen sie durch die Zeit. Entweder nimmt die Zeit sie mit oder sie die Zeit. Und ich habe keinen Zweifel, daß sie in den Abgrund rasen. Aber ich weiß nicht, wie dieser Abgrund ist oder was er ist. Etwas Eiskaltes, Erbarmungsloses und Tödliches. Und ich sammle Gold und Devisen, damit ich einmal fort kann. Dorthin, wo es noch keinen Abgrund gibt. Nicht nach Sowirog, denn auch dorthin wird es kommen, aber vielleicht in den Stillen Ozean, auf eine Insel, wo große Blumen blühen und Vögel wie Edelsteine in den Blumen sitzen."

Nun mußte Jons doch lächeln. „Liebe Schwester", sagte er, „wohin will es dich treiben aus unserem stillen Kinderland? Erinnerst du dich noch, wie er hier saß und dich fragte, was du suchtest? Und du sagtest: die Macht?"

Sie nickte, und ihr Gesicht blieb ganz ernst. „Und es war die Wahrheit, Jons. Aber du mußt dich auch daran erinnern, was er weiter sagte. Daß, wer in der Macht ist, das Lächeln verlernt. Macht habe ich gewonnen, aber nicht das andere. Und ich bin ihrer nun müde, so müde . . ."

Er sah sie voller Mitleid an, dieses schöne Menschenkind, in dem das Erbteil der Mutter einen so schweren Nebenweg gegangen war. „Du hättest eine Bäuerin werden sollen", sagte er. „Jumbo hat es schon damals gewußt. Wir müssen etwas zum Sorgen haben, Schwester, für Menschen oder Tiere oder einen Acker, sonst werden wir unfruchtbar. Wir müssen es haben, weil unsere Leute jahrhundertelang davon gelebt haben. Wir bringen es nicht aus dem Blut, und vielleicht rasen deine Bargäste in den Abgrund, weil sie es nicht mehr haben. Der Geist hat uns zerstört, Schwester, das, was sie das ‚Westliche' nennen, und sie nennen es voller Stolz so. Sie sind mißtrauisch gegen alles ‚Östliche', weil sie nur eine Oberfläche sehen, das Dumpfe, Chaotische und so oft Blutige, aber ihre Augen sind schon blind geworden für das, was auf dem Grunde liegt. Vielleicht sind die ‚Gottlosen' des Ostens näher an Gottes Füßen als alle unsere Kirchen. Ich weiß es nicht, aber oft, wenn es über mir zusammenschlagen will, diese ganze gerühmte Kultur, denke ich daran, wie der Großvater mich gesegnet hat, als ich auszog, und wie er sagte: ‚Gehe nun, Enkelkind . . .' Und wie seine einfachen Augen vielleicht mehr von der Zukunft gewußt haben als wir mit Fernrohren und Mikroskopen und Atomforschungen. Du hast gelesen, daß einer Quecksilber zertrümmert hat, aber ihre Sorge ist nur, ob sie Gold daraus gewinnen können. Der Großvater hat nie gewußt, was ein Atom ist. Er hat nur gewußt, daß er ein Kind Gottes war, und das war eine große Weisheit."

Gina wandte ihre Augen von dem Kinderpferd nach dem Fenster, hinter dem ein Schimmer der Sonne lag. „Wir sind schon seltsame Leute, wir aus dem Walde, Jons", sagte sie lächelnd. „Wir sind ihnen unheimlich, den anderen, und sie möchten gern, daß wir nicht da wären, oder nur ein Spuk oder Traum, wie Dichter sie erzeugen. Aber wir sind eben da, sehr sogar, und wenn wir noch so leise auftreten. Wir erinnern sie an längst vergangene Zeiten, und das mögen sie nicht. Der Vater, wie er am Meiler war. Oder die Mutter, wie sie ihr eigenes Herz zerbrach. Oder der Großvater, wie er dich segnete. Es nimmt ihnen etwas von ihrer prahlerischen Sicherheit. Es sind Gespenster für sie, aber Gespenster, die eine Hand aufheben, und es ist schrecklich, auf diese Hand zu blicken. Sie deutet auf das Sinnlose, in dem sie atmen, auf das Böse, in dem sie zu Hause sind, und die Gespenster waren nicht im Bösen zu Hause. Es gab Dumpfheit bei ihnen, und auch Härte und

Gewalttat, wie in deinem ‚Osten‘, aber nicht das Böse. Sie ruhten in Gott wie dein Doktor, und das ist schrecklich für die Heutigen. Sowohl das Ruhen wie auch Gott . . .

Ich hatte einen, den ich die Grenze überschreiten ließ. Nicht den Grafen im Zylinder. Einen von der italienischen Botschaft. Der war jung und klug und sehr schön. Aber er war das Böse. Er war alles in einer einzigen Person, was die anderen zusammen waren. Ohne Ruhe, ohne Gott, ja ohne den einfachsten Anstand, den Piontek noch haben würde. Er glaubte an nichts. Ich denke, daß er nicht einmal an die Sonne glaubte. Und doch lag ein Glanz in ihm. Eben der Glanz des Bösen. Das völlig Entfesselte und an nichts Gebundene, was sonst die Menschen bindet. Es zog wie ein Strudel. Ich habe ein Jahr gebraucht, bis ich ihn aus dem Herzen reißen konnte, und damals beschloß ich, nach dem Stillen Ozean zu gehen . . .“

Sie sah nach ihrer Armbanduhr und seufzte. „Es wird Zeit, Jons“, sagte sie. „Wir wollen zu Fuß gehen . . ., es erinnert mich so an damals.“

Sie stand auf und legte ihre Sachen zusammen. Als sie vor Jumbos Büchern stand und die schweigenden Reihen entlang blickte, schüttelte sie leise den Kopf. „Ein Mädchen müßtest du haben, Jons“, sagte sie ernst. „Ein ganz einfaches aus dem Volk. Das ein bißchen für dich sorgt und dir gibt, was sie geben kann. Du lebst nicht im Gleichgewicht, Bruder. Wir alle nicht. Aber du am wenigsten.“

Sein Gesicht verzog sich in einem plötzlichen Schmerz. „Später, Schwester“, sagte er leise. „Später . . . ich habe keine Zeit.“

Sie sah ihn schnell von der Seite an und nahm dann ihren Mantel.

Als er unter dem hohen, grauen Glasdach stand und zu ihrem Fenster hinaufsprach, war es ihm nun wieder, als hörte er die Zeit unter seinen Füßen mit einem hohlen Brausen in einen Strudel stürzen. Die Schatten kamen und gingen, von einem fahlen Traumlicht beglänzt: er selbst mit der Holzkiste und Stilling mit Hohenzollernmantel und Zylinder, das Bauer mit dem Buchfinken in der Hand; Schwester und Bruder, wie sie hinausfuhren in die unbekannte, große Welt, und er blieb zurück wie ein kleiner Waldpilz unter einem hohen Dach; Jumbos ernstes, von der Zukunft schon beschattetes Gesicht, wie es sich aus dem Fenster beugte und ihm zurief, die ‚dreißig Morgen' nicht zu vergessen; und wieder er selbst, wie er aus dem Laden mit Wachspuppen gekommen war, ohne Mädchen, ohne Glück, und Gott hatte seine Hüfte verrenkt ...

„Leb wohl, lieber Bruder", sagte Gina. Sie war noch einmal aus ihrem Abteil gestiegen und hatte beide Arme um seine Schultern gelegt. Er fühlte ihre zärtlichen Lippen und spürte wieder den fremdartigen Duft, der wie ein Hauch um ihren Körper lag. Wie im Stillen Ozean ..., dachte er. Dann glitt die Wagenreihe langsam an ihm vorüber, in das helle Tor der Glashalle hinaus, und er stand noch eine Weile da, als alles verschwunden war und der dreifache Hebel am fernen Signalmast mit einem leisen Beben wieder in die Waagerechte zurückfiel.

Ja, und nun dachte er an die Mutter, in allen Pausen, die die Arbeit ihm ließ. Er wollte es nicht, denn er wußte, daß sie im Frieden war, ein sich langsam auflösender und zerfallender Körper, und von ihrer Seele wußte niemand. Man konnte glauben, aber man würde nie wissen. Und doch mußte er an sie denken, auch in den Träumen, die über den erschöpften Schlaf gingen, wie Nebel über ein ruhendes Wasser. Ein schweres Leben, und sie alle hatten ihre Schuld daran. Der Vater, die Geschwister, er selbst. Und auch sie. Verstrickt und verschlungen wie ein verwirrtes Gewebe. Und doch war das Lied am Ende gewesen, von dem Liebsten, der sein Pferd wendete und „ritt davon". Und die Bewegung der erkaltenden Hand über seine linke Wange. Der Tod hatte es freigemacht. Lied und Bewegung. Er hatte die Decke aufgehoben, und das Heimliche war sichtbar geworden. Wie groß mußte seine Kraft sein, daß er sie aufheben konnte, die Decke aus Stolz und Qual, aus Irrtum und Schuld ... und was wußte er vom Leben und Tod, wenn er nicht einmal dieses gewußt hatte? Er, ein angehender Meister über beides?

Wieder verschlang ihn die Arbeit, Tag und Nacht. Lawrenz sah ihm nun still zu, wenn er das Messer vorsichtig und ohne Zittern durch die Decke eines kranken Leibes führte, aber

Schwester Monikas sanfte Augen folgten ihm voller Sorge, und einmal, als er sich von einem Totenbett aufrichtete, Verzweiflung in seinen Augen, glitt sie vorsichtig mit ihrer Hand über den Ärmel seines weißen Mantels und sagte mit ihrer leisen, fast unirdischen Stimme: „Wir fallen nicht heraus aus seiner Hand, Herr Jons, wir bleiben immer in ihr beschlossen."

Er sah sie an mit seinen müden Augen, ihr regelmäßiges, stilles, von Frieden erfülltes Gesicht, um das die Flügel der großen weißen Haube standen, und es war ihm, als müßte es gut sein, die Wange an eine Brust zu legen, die nichts von der Liebe wußte, aber die von Arbeit, Erbarmen und Gott wußte, wie er von den Nerven und Muskeln der Körper wußte, die er zu heilen und zu retten versuchte.

Bald darauf begann er, wie Lawrenz ihm vorgeschlagen hatte, mit seiner Doktorarbeit, und der Professor hatte den Kopf zu dem Thema geschüttelt, einem Thema über die Unterschiede in der seelischen Nachwirkung allgemeiner und lokaler Narkosen. Das sei eine Dissertation für Leute mit langer klinischer Erfahrung, sagte er endlich, aber er sagte es mit einer Art von Vorsicht, weil man nie wußte, was man bei diesem merkwürdigen Köhlerssohn zu erwarten hatte.

Er habe Tabellen über alle Operationen geführt, erwiderte Jons, an denen er teilgenommen oder die er selbst ausgeführt habe, und diese Tabellen enthielten Material genug, um eine selbständige Arbeit darauf zu gründen.

„Operieren Sie denn?" fragte der Professor erstaunt.

Er habe Gelegenheit dazu gehabt, erwiderte Jons, in einer Privatklinik, unter Aufsicht, aber er möchte nicht, daß davon gesprochen werde.

„Ein merkwürdiger Mensch sind Sie, Jeromin", sagte der Professor und spielte mit seinem Bleistift, „und sicherlich werden Sie auch eine merkwürdige Arbeit abgeben. Aber ich will einverstanden sein. Und wie ist es mit dem Armenarzt? Wollen Sie immer noch nach Ihrem Eulenwinkel oder wie das Nest sonst heißt?"

Ja, das wollte er.

Der Professor sah nach seiner Uhr und seufzte. „Vielleicht haben Sie den besseren Weg erwählt, Jeromin", sagte er.

„Wenn man alt wird, erscheint einem so vieles gebrechlich, was man für ein steinernes Fundament ansah."

So begann Jons mit seiner Arbeit, und erst beim Arbeiten merkte er, daß eigentlich schon alles fertig war und er es nur zu ordnen und zu formen brauchte. Zum erstenmal war ihm, als fiele ihm eine Frucht in den Schoß, die er nicht hatte reifen sehen.

Lawrenz liebte es, hin und wieder am Abend die fertigen Blätter zu lesen und sie mit seinen Bemerkungen zu versehen. „Sie dürfen nicht denken, daß ich Ihnen helfe, Jeromin", sagte er und ließ mit seiner gewohnten Bewegung den Kneifer fallen. „Viel eher ist es so, daß Sie mir helfen. Ich habe Ihnen nun eine lange Weile zugesehen, so wie ich Ihnen früher zusah, wenn Sie in die Schule gingen, ordentlich und brav, und immer wie ein Mann, der auszieht, um einen Berg abzutragen. Und so sind Sie geblieben. Aber langsam kommt nun der tragende Grund bei Ihnen zum Vorschein, der Urgrund sozusagen, und seit ich die paar Tage in Ihrem Dorf war, weiß ich auch ein bißchen mehr davon. Es ist nämlich ein Unterschied, ob wir auf dem Mistbeet der Zivilisation aufwachsen oder dort. Das Mistbeet gibt uns vieles mit, was Sie nicht haben und erst erwerben müssen. Aber das Erworbene ist anders als das Mitgegebene. Und die Erbschaft, die Sie auf Ihren Weg bekommen haben, läßt sich nun gar nicht mit der unserigen vergleichen. Mit mir ist es noch anders, weil ich von meiner Mutter und einer alten Rasse herkomme. Aber was hier so aufwächst, in Beamten- oder Professorenfamilien, und dann in den Arztberuf hineingleitet, ist nicht mehr echt, Jeromin. Es ist durch ein Medium gegangen, ein brechendes Medium, und auch die Kranken erscheinen ihnen in einem gebrochenen Licht."

„Bin ich denn echt?" fragte Jons.

„Sie sind zunächst einmal anders, Jeromin, ganz anders. ‚Von gestern her', wie der alte Mann am Grabe sagte, und darin sind Sie ohne Zweifel echt. Ungebrochen, trotz Schule und Universität und Krieg, weil das Alte sich nicht brechen läßt vom Geist. Und deshalb gehen Sie nicht zurück in Ihren Eulenwinkel, weil Ihr Herz oder Gewissen es Ihnen befiehlt, sondern weil Ihr Daimonion es Ihnen befiehlt. Es weiß, daß

Sie hier ein großer Arzt werden würden, aber daß etwas in Ihnen brechen würde, was Sie trägt. Ihr Sohn vielleicht wird schon so weit gedüngt sein von der Zeit, daß er nicht mehr zurückkehren würde, nicht mehr zurückzukehren brauchte. Aber Sie müssen das. Es ruft Sie, und Sie gehorchen noch. Und deshalb müssen Sie auch ganz ruhig sein, wenn die Tore dort hinter Ihnen zufallen. Es wird Ihnen nicht immer leicht sein, wenn Sie von Entdeckungen und den sogenannten Fortschritten lesen werden. Ich weiß das. Sie werden so eine Art von Heimweh bekommen. Nach der Luft der Laboratorien oder den großen Operationssälen. Aber für Sie ist es ein falsches Heimweh. Was zu entdecken ist, wird schon entdeckt werden, da können Sie ganz beruhigt sein. Die Natur sorgt schon dafür, daß die rechten Hände zur rechten Zeit da sind, für das Gute wie für das Böse. Denn auch an bösen Entdeckungen ist kein Mangel. Aber sie will nicht, daß S i e das tun. Sie ist weise, und sie will, daß Sie in Ihrem Dorfe brennen wie ein Licht in der Nacht. Sie wollte zum Beispiel, daß Sie da waren, als Ihre Mutter starb. Eine Ätherspritze kann jeder Pfuscher geben, der etwas gelernt hat. Aber das andere kann er nicht geben, das, was ein Gesicht friedlich macht nach dem Tode, und das brauchen wir mehr als alle Wissenschaft. Und das wächst nicht hier, Jeromin, das wächst nur im Alten. Im ‚Östlichen', denn der Westen hat es verloren."

Er drehte wieder an dem Fuß seines Glases, und Jons sah, daß er alt geworden war, und manchmal war ihm, als hinge sein Gesicht nur wie eine Maske vor einem Abgrund von Schmerzen. „Sie sollten einmal zu einer Generaluntersuchung gehen, Herr Doktor", sagte er. „Ich denke manchmal, daß nicht alles bei Ihnen in Ordnung ist."

Lawrenz lächelte und sah zu dem Bilde seiner Mutter auf. „Manchmal?" wiederholte er. „Ich denke es immer, nicht manchmal . . ., aber es kommt auch von außen, Jeromin, von dem Gefühl für das Gefährliche, was geschieht. Das Bedenkenlose, das Herrschaft gewinnt. Das Besessene, das aus der sittlichen Ordnung heraustritt und sich für eine neue Sittlichkeit erklärt . . . Damals, als sie den ersten Minister erschossen, enthüllte es sich schon. Und dann war der Putsch, wie sie es nennen, und Sie brauchten nur die Gesichter Ihrer Kommilitonen anzusehen, wie sie hinter der Fahne hermarschierten. Auch Mediziner waren darunter, viele, die ich kannte. Und nun ist es der zweite Minister, und das Heimtückische ist es, das Banditenmäßige, die Rechtfertigung des Mordes durch die Formeln der Sittlichkeit. Und daß es junge Leute sind, alles junge Leute. Von einer Mutter geboren, wie der Minister von einer Mutter geboren wurde ... Das Leben, Jeromin, daß es keine Ehrfurcht vor dem Leben gibt. Vor diesem wunderbarsten Geheimnis aller Weltalle. Und die Wissenschaft ist nicht unschuldig daran. Die Verwandlung in Begriffe, das ist die Sünde des Geistes. Und davor werden Sie Ihre Hand halten im Eulenwinkel, Jeromin, davor vor allem!"

Alles das nahm Jons auf, wie es gesagt wurde. Er hatte niemals einen Zweifel an dem, was Lawrenz sagte. Weder bei einer Diagnose noch am Operationstisch, noch in dem stillen Raum mit den grünen Sesseln. Und wenn er einmal zu widersprechen geneigt war, und besonders bei Diagnosen war er es zuweilen, so hatte er noch jedesmal erkennen müssen, daß er sich geirrt hatte. Er hatte das Deutliche gesehen, die Oberfläche, aber der Doktor hatte hindurchgesehen bis in den Grund der Gewebe, mit einer Art von zweitem Gesicht, und es hatte sich gezeigt, daß das Deutliche eine Täuschung gewesen war, ein Schleier, den die Natur vor das Kranke geschoben hatte. Schwester Monika nahm es wie eine Offenbarung, und Jons schüttelte bewundernd den Kopf. „Ich werde immer ein Stümper bleiben, Herr Doktor", sagte er.

„Ach nein, Jeromin", erwiderte Lawrenz. „Als ich so alt war wie Sie, hab' ich mich häufiger geirrt als Sie. Wissen Sie, was man am langsamsten erwirbt? Skepsis. Nicht gegen die Weltordnung, sondern gegen das Augenscheinliche, das Sichtbare, das Deutliche. Und sehr langsam lernt man, daß es eine Art von Deutlichkeit gibt, der man mißtrauen muß. Und deshalb gibt es heute so viele Fehldiagnosen, weil die Leute nicht gern am Augenscheinlichen zweifeln."

Und trotz allem blieb eine leise Unruhe in Jons. So wie er früher eine ganze Nacht gegrübelt hatte, ob er eine Naht richtig genäht hätte oder ob es nicht besser gewesen wäre, die ganz leise verdächtige Stelle im Zwölffingerdarm mit unter das Messer zu nehmen. Aber Lawrenz hatte den Kopf geschüttelt, den Puls der bewußtlosen Frau gehalten und sich über den langsamer werdenden Atem gebeugt. Schwester Monika hatte die Maske fortgenommen, und es hatte eine Minute dunkler, wilder Angst für ihn gegeben, als Lawrenz „Schneller!“ geflüstert hatte. Dann war es vorübergegangen, und alles war gut geworden.

Wahrscheinlich kam es von der Mutter Tod her, und er dachte oft an das, was Lawrenz von der Naht gesagt hatte.

Im September fuhren sie noch einmal für zwei Wochen nach Sowirog. Jons wollte etwas bei den Geschwistern sein, und der Doktor wollte ihn gern begleiten. „Es kam uns damals etwas viel über den Kopf“, sagte er, „und vor dem Winter möchte ich es gern noch einmal ein bißchen still haben. Sonst bin ich ans Meer gefahren, auf die Nehrung meistens, aber es gibt da eine Schwermut, Jeromin, die gefährlich ist. Das Unbegrenzte, wissen Sie. Schon das Meer hat es in sich, das aus sich Lebende, für das wir nur Spielzeug sind. Aber dann sind da der Sand und die Leuchtfeuer an der kurischen Küste. Und wenn Sie auf der Düne sitzen, um die Abendzeit, und der Sand rieselt über ihre Füße, und die Feuerarme des Leuchtturms fegen über Sie dahin, dann ist mir immer, als fegten sie den Rest von Zuversicht und Sicherheit aus meinem Leben. Eine erbarmungslose Natur, und es könnte gut ein Sphinxbild dort im Sande stehen statt eines Elches, der nach Osten blickt. Bei euch ist alles näher und wärmer, und die Pirole rufen statt der heiseren Möwen. Und daß es dunkler ist, das macht mir nichts aus. Wir ruhen ja alle auf dem Dunklen wie der Lotos der Inder.“

„Und doch müßte es Ihnen im Blute liegen“, sagte Jons nachdenklich. „Von der Weite der Wüste her, wo die Engel erschienen und die Feuersäulen.“

Aber der Doktor schüttelte den Kopf. „Sie vergessen die vier- oder fünftausend Jahre, Jeromin“, sagte er. „Eine lange Zeit, auch für eine Rasse. Zumal für eine heimatlose. Alle Wanderer verlieren die Wurzeln und werden veränderlich. Die Anpassung ist eine große Erscheinung. Nur Gott geht immer mit, und Gott ist an keine Landschaft gebunden. Eine Synagoge ist für ihn soviel wie ein Wüstenzelt. Nur daß die Toren unseres Jahrhunderts denken, daß sich mit einer Synagoge auch Gott zerstören lasse. Alle Toren haben das übrigens gedacht, schon zu Alexandrias Zeiten. Nur war es damals berechtigter, weil es aus dem Primitiven kam. Aus der Zeit der Götzenbilder. Und die sind doch heute verschwunden, Jeromin, nicht wahr?"

Er blickte lächelnd aus dem Rauch seiner Zigarre heraus, und auch Jons lächelte. „Sie sind umgänglicher geworden", erwiderte er. „Früher stellte man sie auf Sockel oder Zinnen, und heute trägt man sie auf dem Rockaufschlag."

Sie wußten beide, woran sie dachten.

Es war ein schöner Herbst über Sowirog, und Lawrenz meinte, stiller könnte es in der ganzen Welt nicht sein. Er wohnte wieder auf der Insel, aber er war viele Stunden des Tages unterwegs. Manchmal suchte er Pflanzen und manchmal Pilze oder Brombeeren, aber oft tat er nichts anderes, als daß er nur vor sich hin ging, ein zweckloser Wanderer, der eine Weile am Moor saß oder am hohen Waldrand über den Schilfbuchten, und sich dann wieder aufmachte, in das Schweigen hinein, wo nur die Schwarzspechte riefen, oder die Kraniche, die sich auf den Stoppelfeldern sammelten.

Die Leute von Sowirog wußten nun, daß er Jons' Lehrer war, ein Arzt für die Armen, und sie sahen ihm mit Bewunderung und Achtung zu, wie er auf ihren Ackerrainen saß, den Blick auf das glühende Laub der wilden Birnbäume gerichtet und eine seiner schwarzen Zigarren rauchend. Sie wußten nicht, was in seiner Seele vorging, aber sie dachten, daß es etwas Besonderes sein müsse, weil noch keiner von ihnen sein Lebtag dort müßig gesessen und über das Land geblickt hatte.

Am häufigsten aber saß er bei Piontek am Moorrand, vor dem kleinen Feuer, auf das der Hirte die späten Pilze legte, und hörte seinen alten Geschichten zu. Für ihn lag nichts Erfundenes oder nur Abergläubisches in diesen dunklen Berichten, sondern eine tiefe Weisheit, verschüttet schon und verändert, aber er konnte sie noch erkennen, das uralte, magische Bild, das unberührt auf dem Grunde lag. Er zweifelte nie, er nickte nur, wenn es zu Ende war, und Piontek erzählte im Dorf, noch niemals sei ein so kluger Mann bei ihnen gewesen, und alle Studierten seien nichts dagegen. Auch sei er so etwas wie ein Zauberer, denn er habe ihn nach seinen Schmerzen in der rechten Seite gefragt und ihm alles beschrieben, obwohl er selbst nicht ein Wort von diesen Schmerzen gesagt habe.

Auch unter den grauen Dächern war Lawrenz zu Hause. Er saß oft auf den Stühlen, die mit der Schürze sauber gewischt wurden, sah sich um, strich den Kindern über das Haar und kam dann wieder, ein paar Kräuter in der Hand oder eine Flasche mit einer selbstbereiteten Medizin, auf die er mit seiner kleinen deutlichen Handschrift eine Anweisung geschrieben hatte.

Sogar Korsanke erzählte ihm von seinem Schmerz unter dem Koppelschloß, und Lawrenz sah ihn mit seinen traurigen Augen tröstlich an. Wenn Jons erst da wäre, sagte er, in einem Jahr vielleicht, wollten sie ihn beide einmal vornehmen. Bis dahin werde es schon vorhalten, und wenn es schlimmer käme, so sollte er Urlaub nehmen und in seine Klinik kommen.

Aber als er das kleine Haus verlassen hatte, seufzte er am Gartenzaun bei den Dahlien ein bißchen auf und blickte eine Weile die Dorfstraße entlang, wo an den niedrigen Zäunen noch die Nelken blühten, die Kapuzinerkresse und die Goldraute. Auch in die stillsten Dörfer kam der Tod, ganz leise und ganz langsam, und auch in den tiefsten Wäldern war kein Kraut gegen ihn gewachsen.

Am liebsten aber saß er bei Stilling, wenn die späte Nachmittagssonne auf die Weltkugel schien und die blauen Ozeane vergoldete. Er wußte nun viel von ihm, und er konnte nicht ohne eine leise Rührung auf die abgegriffenen Bände blicken, aus denen Jons die erste Nachricht von einer anderen Welt als der des Dorfes gekommen war. „Er zog aus wie Saul“, sagte der Lehrer, „und nun wissen wir, daß er ein Königreich gewinnen wird.“

Lawrenz schüttelte leise den Kopf. „Kein Königreich, Herr Stilling“, erwiderte er. „Nur die Toren unter uns halten sich für Könige. Aber ein großer und treuer Diener kann er wohl werden. Wer nach dem Eulenwinkel geht statt auf einen Lehrstuhl, ist groß in meinen Augen, denn wir haben verlernt, füreinander zu leben. Die jungen Leute besonders haben es verlernt."

„Ist es die neue Zeit, Herr Doktor?"

„Ich weiß nicht, Herr Stilling, ob es eine neue Zeit gibt. Alles wächst im Menschengeschlecht wie in einem dunklen Wald. Und nur manchmal, wenn ein Sturm hineinfährt, bricht ein offener Hang zusammen, und man sieht die Wurzeln. Das Aufgerissene und Auseinanderklaffende. Es ist nicht immer schön zu sehen. Ein Krieg kann ein solcher Sturmwind sein, eine Revolution, ein Glaubenskampf. Aber er beschleunigt nur. Es muß lange dagewesen sein. Es geht seit dem Mittelalter. Die Kirche wußte sehr gut, weshalb sie die Fernrohre verbot. Nicht nur, weil es mit der Bibel nicht mehr ganz stimmen wollte. Das ließ sich schon in Ordnung bringen. Die Dogmatiker bringen alles in Ordnung. Sondern das Prinzip war es. Der Geist, der den Meißel nahm und die Geheimnisse aufbrach. Scientes bonum et malum. Wissen, was gut und böse ist. Mein Volk war sehr klug, als es das der Schlange in den Mund legte. Vor Tausenden von Jahren schon. Denn bei dem Wissen bleibt es nicht. An das Wissen schließt sich das Nichtachten. Jedes Lot Wissen ist eine neue Zeit, Herr Stilling. Früher glaubten die Söhne, was die Väter glaubten. Heute wissen die Söhne, was die Väter noch nicht wußten. Von allen Rätseln ist der Geist das dunkelste. Forschen und zerstören. Ein Kind, dem man eine Dynamitpatrone in die Hand gibt."

„So habe ich unrecht getan?" fragte Stilling leise.

„Ach nein, Herr Stilling. Einmal liegt dies alles nicht in unserer Hand. Wir sind immer geneigt, das zu denken. Auch daß die Natur in unserer Hand liege. Es ist nämlich immer eine Hand da, und wenn es nicht die Ihrige gewesen wäre, so würde es eine andere gewesen sein. Was fliegen will, findet immer einen Hügel. Und dann ist es mit Jons anders. Er hat das Gleichgewicht, verstehen Sie? Er hat das, was ihn bindet. Die anderen sind ungebunden, und das ist das Gefährliche. Das, was mit einem Herzschlag in die Zerstörung umlenken kann. Aber er hat seinen Vater und auch seine Mutter. Er hat den Großvater und viele vor ihm. Und er hat das Dorf. Mit solchem Erbe ist man nicht ungebunden. Die kleinen Leute haben nie zerstört, sie haben immer nur gerodet und gepflügt und gesät. Und er hat das alte Buch. Wenn sie ihn fragen, wird er vielleicht die Achseln zucken, aber ich weiß, daß er es hat. Wer es im Konfirmandensaal bekommt, verliert es leicht, aber wer es am Meiler bekommt, behält es. Er braucht es gar nicht zu wissen, aber das Buch weiß es. Und wenn es nötig ist, blättert es eine Seite um, immer die richtige Seite. Wir können nicht das verspotten, Herr Stilling, wovor wir unsere Eltern haben knien sehen. Die anderen können es, und sie denken, daß das die ‚Freiheit des Geistes' sei, aber wir können es nicht."

„Auch dort verspotten sie", sagte Stilling bekümmert und deutete auf das Schulhaus.

Lawrenz war schon aufgestanden und blickte in Gedanken wieder auf die Weltkugel. „Sie werden noch mehr verspotten", erwiderte er nach einer Weile. „Die Bank, auf der die Spötter sitzen, wird ein gutes Stück über diese Kugel reichen . . ."

Auch den Herrn von Balk ließen sie nicht aus, und Lawrenz gab zu, daß er eine kleine Schwäche für diese Art von Edelleuten habe. „Sehen Sie, Jeromin", sagte er, als sie langsam zwischen den großen Ackerbreiten auf den Park zugingen, der die Linie des Horizontes dunkel unterbrach, „wer kann es wissen, ob nicht in früheren Jahrhunderten einer meiner Vorfahren diesen Weg gegangen ist, ein Bündel auf dem Rücken und einen Stab mit einer Eisenspitze in der Hand? Damals gab es sicherlich noch Wölfe hier, auch unter den Menschen, und er mußte handeln, um sein Brot zu verdienen. Dann stand der Edelmann auf der Treppe, von seinen Hunden umgeben, und der Vorfahre neigte sich tief zur Erde und nahm sein Käppchen ab. Nicht weil er geringer war vor Gott, sondern weil er ärmer war. Und wenn wir nun heute so dahingehen, ohne einen Stab mit der Eisenspitze und ohne ein Bündel auf dem Rücken, so bin ich manchmal geneigt, an das zu glauben, was wir Fortschritt nennen. Aber nur manchmal, Jeromin. Morgen können sie wieder auf der Treppe stehen und sich die Seiten halten, wenn wir für fünfzig Pfennige ein Stück Seife vor ihren Augen aufessen."

„Aber nicht Herr von Balk", widersprach Jons.

„Sicherlich nicht der Herr von Balk. Aber der Herr von X und der Herr von Y. Und auch die Herren ohne von und zu. Die Herren eben. Ich wundere mich, Jeromin, daß die Sprachforscher auf solche Dinge so wenig achten. Früher hieß nur einer der ‚Herr', und das war Gott. Können Sie sich denken, daß man ‚Herr Moses' oder ‚Herr Abraham' sagte? Und dann ging es auf die Könige über, und dann auf den Edelmann, und heute ist der Pedell an der Alma mater ein Herr. Und wenn Sie ein Geheimrat sind, ein Koryphäe, dürfen Sie ihn bei seinem Namen nennen und das ‚Herr' fortlassen. Und auch dann noch wird er wahrscheinlich denken, daß Sie leise übergeschnappt sind. Es gibt zuviel Herren auf dieser Erde, Jeromin. Deshalb ist sie so herrlich, und deshalb wird es kein gutes Ende mit ihr nehmen."

Sie saßen auf der Terrasse über dem Park, und die Septembersonne glühte in den großen Staudenbeeten. „Die Mark ist fest!" schrie der Papagei aus der Bibliothek, und Lawrenz ließ den Kneifer fallen und hörte zu.

„Ein gelehriger Vogel", sagte Herr von Balk und schob dem Doktor den alten Römer mit dem goldfarbenen Wein zu. „Ich habe versucht, ihm eine Artikeländerung beizubringen, ‚*das* Mark', statt ‚*die* Mark', aber er will nicht. Er ist in das Alter gekommen, wo auch Vögel mißtrauisch werden."

„Die ganze Geschichte der letzten Jahre liegt darin", sagte Lawrenz nachdenklich. „Wieviel muß davon gesprochen worden sein, wenn es diesen Niederschlag in ihm gefunden hat . . ."

„Nicht ganz wenig", erwiderte Balk lächelnd. „Und statt ‚Guten Morgen' sagte jeder, der hereinkam: ‚die Mark ist fest'. Eine unsichere Erde, auf der solche Dinge betont werden müssen. Nicht wahr, Jons?"

Jons seufzte ein bißchen. „Sie haben es mich vergessen lassen, Herr von Balk", sagte er.

Balk winkte mit der Hand. „Wolltest du, daß Herr Stilling seine Weltkugel verkauft? Ich brauchte nur Roggen oder Wald zu verkaufen, und beides wächst nach. Weltkugeln tun das nicht . . . ja, nun ist sie also fest, und der Bürger kann beruhigt schlafen. Sein Kalbsbraten läuft ihm nicht weg. Er kann ihn auch morgen essen, weil er morgen nicht teurer geworden ist. Aber wir sind nicht beruhigt, Doktor, was?“

Nein, Lawrenz war gar nicht beruhigt.

„Wenn ich mich hier so umsehe“, fuhr Balk fort, „bei meinen sogenannten Standesgenossen, dann wundere ich mich doch ein bißchen. Auf jeder Klitsche finden Sie ein halb Dutzend oder ein Dutzend Artamanen oder Schamanen, oder wie die Brüder heißen. Zackige Burschen, wie es heute heißt, und jeder von ihnen würde Sie ohne Wimperzucken ‚umlegen‘, Doktor, wenn es befohlen wird. Was sie tun, weiß kein Mensch. Wahrscheinlich essen sie Zuckererbsen. Früher nie gemerkt, was für Sehnsucht nach dem Osten in unserer Jugend steckt.“

„Es wird viel gesprochen“, sagte Lawrenz zögernd.

„Klar. Wo etwas zu verschweigen ist, wird immer viel gesprochen. Mit dem ersten Putsch war es nichts. Daneben geraten. Aber deswegen kann es ja mit dem zweiten etwas werden oder dem dritten. Ein zäher Menschenschlag hier, Doktor. Ohrfeigen einstecken geht bei den Studenten gegen den Komment. Auch verdiente. Ist in der Weltgeschichte nicht anders. Und die Republik ist hierzulande nur etwas zum Beinaufheben. Kenne einen, der das Bild des Außenministers auf die Innenseite des Klosettdeckels geklebt hat. Finden das witzig, die Leute hier.“

„Auch zu Sokrates' Zeiten würden sie es witzig gefunden haben“, sagte Lawrenz, „wenn es damals schon Spülklosetts gegeben hätte.“

Balk nickte. „Aber meinen Sie, daß die Leute es in England witzig finden? Oder in Amerika? Denke, daß der liebe Gott mit seinem Firnis so ziemlich zu Ende war, als er das deutsche Volk anstrich. Ist zu dünn geraten. Was unter dem Firnis steckt, mag überall gleich sein, wenn ich es auch nicht immer glaube. Aber den anderen ist es schwerer gemacht, den alten Adam durchbrechen zu lassen. Glaube, daß Kultur nichts anderes ist als die Bändigung dieser Urbestie. Meinen immer, daß die sogenannte Zivilisation das besorge, aber Zivilisation besorgt nur 42-cm-Mörser und Gelbkreuz. Der Vater dieses jungen Mannes hier wußte nicht, was ein Telephon ist, aber wenn Sie ihm eines Tages gesagt hätten, daß es keine Gesetze mehr gebe, weder die Zehn Gebote noch das Strafgesetzbuch, so würde er genau so weitergelebt haben wie bisher. Kein Unterschied, nicht der geringste. Wohingegen unsere Standesgenossen mit ihren Schamanen aufhören würden, Zuckererbsen zu essen, um sich einer anderen Beschäftigung zuzuwenden."

„Und das Dorf Sowirog, Herr von Balk?"

„Schwer zu sagen, lieber Doktor, was solche Dörfer anfangen würden, wenn es einem Urteutonen einfiele, den Firnis zu lockern. Hatte eine Scharwerkerfrau hier, nicht besser und nicht schlechter als andere. Eine, die nie aufgefallen war, weder durch besondere Faulheit noch durch ein besonderes Mundwerk. Hatte zwei Söhne verloren wie die anderen auch, und einen Mann, der sich am Sonnabend betrank, wie eben die anderen auch. Aber als das Heilige Deutsche Reich zu Ende war, damals im November, und ich wiederkam, den Arm noch in der Binde, harkte sie die Blätter hier an der Terrasse zusammen. Sah mich so komisch an wie einen zugelaufenen Köter. ‚Na, Balduhnsche', sage ich, ‚willst du mir nicht guten Morgen sagen?' Stützt sich auf ihren Harkenstiel, die Gute, besieht mich vom Kopf bis zu den Füßen und sagt: ‚Nu sagen Sie man zuerst ‚guten Morgen', Herr von Balk. Nu sind *wir* die Herrens hier!' Ja, das war die Balduhnsche, aufgewachsen hier und seit vierzig Jahren in meinen Diensten ..."

„Und?" fragte Lawrenz.

„Ja, was wollten Sie machen, Doktor? Ich ließ die Mädchen kommen und ihr eines der Staatskleider von der verflossenen Gnädigen anziehen. Mit Gewalt. Setzte sie in eine offene Kalesche, band sie ein bißchen an, nur so ganz leise, und ließ sie im Kreise um den Hof fahren. Christoph hatte dazu die Staatslivree an. Und an der Kalesche hing ein großes Schild: ‚Dies ist die Balduhnsche, und sie ist jetzt die Herrin hier.' War ein großes Publikum versammelt, ein dankbares Publikum, und als die Rundfahrt zu Ende war, schnallte er, Balduhn, den Leibriemen ab und bekundete *seine* Meinung von der Sache. Schwer zu sagen, lieber Doktor, was solche Dörfer anfangen würden. Glaube, daß es davon abhängt, was sie für einen

Lehrer gehabt haben, oder was für einen Pfarrer, oder ob sie einen Mann wie Jakob Jeromin gehabt haben. Die Wächter über den alten Adam eben. Die Balduhnsche hatte einen schlechten Wächter gehabt. Bin nicht sehr dafür, mich um anderer Leute Seelenheil zu kümmern."

Der Doktor nickte Jons zu. „Ja, Jeromin", sagte er, „auch kleine Dörfer können ein Königreich sein . . . Ich glaube nicht, daß unser großer Chirurg sich um das Seelenheil seiner Studenten kümmert."

Balk begleitete sie noch bis zu der Höhe, von wo man alle seine Felder sehen konnte. Die ersten Kartoffelfeuer brannten schon, und die wilden Gänse zogen in langen Keilen nach Süden. Balk stützte sich auf seinen Stock und blickte mit seinen verlassenen Augen über die fernen bunten Wälder hin. „Eine schwankende Erde, Doktor", sagte er, „und sie sieht so fest aus . . ."

Als sie wieder in der Bahn saßen und das herbstliche Land an den Fenstern vorüberglitt, zog Lawrenz ein zusammengefaltetes Papier aus der Tasche und reichte es Jons. „Ich habe Ihnen hier ein bißchen aufgeschrieben, Jeromin", sagte er, „was mir so aufgefallen ist. Ganz flüchtige Diagnosen, nur so aus der Ferne sozusagen. Die Leute von Sowirog, bei denen ich ab und zu gesessen habe. Die Witwe Kroll, Gina Bojar, Korsanke, und so weiter. Damit Sie es etwas leichter haben, wenn Sie in ein oder zwei Jahren herkommen und die ersten Patienten bei Ihnen antreten. Es ist gut, wenn man am Anfang unfehlbar erscheint. Es gibt sich nachher schon . . ."

Jons wollte etwas sagen, weil es ihn rührte, aber Lawrenz war schon in Rauchwolken gehüllt und hatte den Kneifer aufgesetzt, um den letzten Bericht der Schwester Monika noch einmal zu lesen.

Vom Bahnhof aus fuhr er gleich in seine Klinik.

VIII

Ich habe nichts auszusetzen daran, Jeromin", sagte der Geheimrat und blätterte in den Seiten, die er in der linken Hand hielt. „Imprimatur ... das Merkwürdige ist, daß an Ihnen überhaupt nichts auszusetzen ist." Und er sah Jons über die Brille hinweg mit einer Mischung von Scheu und Güte an.

„Meine Mutter hatte viel an mir auszusetzen", erwiderte Jons.

„Das ist ein anderes Feld, Jeromin. Die meinige glaubte, daß der Teufel mich holen würde, und es kommt ja nur darauf an, was man sich unter ihm vorstellt ... Denken Sie, daß er uns Ärzten besonders nahe steht?"

„Ja, das glaube ich, Herr Geheimrat. Besonders an den Universitäten. Wir versuchen, Gottes Hand anzuhalten."

„Da haben wir es wieder, Jeromin", sagte der Professor und legte die Blätter zusammen. „Manchmal wird über Sie gesprochen, nicht immer liebevoll, und die meisten denken, daß Sie auf dem Mars geboren worden sind oder irgendwo in seiner Nachbarschaft. Sie denken nicht nur zuviel, sondern Sie denken anders. Ein paar Kollegen behaupten, daß Sie nicht abendländisch denken. Verstehen Sie, was sie damit meinen?"

Jons verstand es sehr gut. „Vielleicht liegt es an meinem Großvater", sagte er. „Er ‚ruhte in Gott', wie es heißt, und das ist nun nicht abendländisch."

Der Professor schüttelte den Kopf. „Auch dieses ist es, Jeromin ... Sie denken nicht nur anders, Sie sprechen auch anders. Auch hier." Und er klopfte mit dem Bleistift auf die Blätter der Dissertation. „Und das ist gefährlich. Wenigstens erscheint es den meisten als gefährlich. Besonders den Privatdozenten. Die sind immer voller Mißtrauen, weil sie an ihre Karriere denken."

„Ich werde keine Karriere stören, Herr Geheimrat."

„Ich weiß, Jeromin, ich weiß. Und das ist ihnen am unheimlichsten. Gerade das. Der heilige Franziskus ist nicht beliebt bei ihnen. Er tat nämlich alles umsonst. Und wo sollten Privatdozenten hinkommen, wenn sie alles umsonst tun sollten?“

„Sie würden näher an das Letzte kommen, Herr Geheimrat.“

„Das ist es vielleicht. Aber sie wollen eben näher an das Erste kommen und nicht an das Letzte. Einer von ihnen hat sich besonders um Sie bekümmert, Jeromin. Als Privatdetektiv und nicht als Privatdozent. Vielleicht sind die beiden Berufe verwandt. Das von Ihren beiden Brüdern oder von Ihren drei Brüdern hat er herausgebracht. Und das von Ihrer Schwester auch. Er war sehr stolz darauf, und wenn Sie sich habilitieren wollten, würde er wahrscheinlich ‚flammenden Protest‘ einlegen, wie man das heute nennt.“

„Er wird es nicht zu tun brauchen“, erwiderte Jons. Sein Gesicht hatte sich verfinstert, und der Professor streckte vorsichtig seine Hand aus. „Ich habe es Ihnen nur gesagt, damit Sie gerüstet sind, Jeromin“, sagte er gütig. Unsere Fakultät ist nicht so, daß sie Steine werfen lehrt. Auch habe ich nicht unterlassen, dem jungen Herrn meine Meinung zu sagen. Eine sehr deutliche Meinung.“

„Ich danke Ihnen, Herr Geheimrat“, sagte Jons. „Mein Vater hat viel Leid getragen, und ich weiß, daß ich rechtschaffener zu sein habe als andere.“

Der Professor nickte und stand auf. „Die Fakultät ist nicht blind, Jeromin. Auch sie hat ihre Mängel, aber blind ist sie nicht. Die Kollegen von der Chirurgie und der Gynäkologie werden sich Ihrer wohl besonders annehmen, das wissen Sie?“

Ja, das wußte Jons.

„Aber wir werden wieder einmal ein richtiges ‚Rigorosum‘ haben und kein Theater. Darauf freue ich mich, und auch Sie sollen sich darauf freuen, Jeromin.“

Jons versprach es und ging sehr langsam die Treppe hinunter. Auch behielt der Professor recht. Sie nahmen sich seiner an, wie er gesagt hatte, und einmal gab es sogar einen Zusammenstoß. Indem Jons mit unbewegtem Gesicht erklärte, daß der Herr Professor wohl das Recht habe, zu verlangen, daß der zu Prüfende sämtliche Hypothesen über die Vererbung kenne, aber daß er nicht das Recht habe, zu verlangen, daß der zu Prüfende die Hypothese des Examinators für die einzig richtige halte.

Der Protokollführer schrieb das mit sichtbarem Behagen nieder, aber der Gynäkologe fragte mit Schärfe, ob Jons ihn über seine Rechte belehren wolle.

„Jawohl", erwiderte Jons und sah ihm gerade in die Augen. Wenn er diese Rechte zu verletzen gedenke. So habe sein Vater es gehalten, und so wolle auch er es halten.

Die Gepflogenheiten der Väter stünden hier wohl nicht zur Debatte, sagte der Professor nach einer langen Pause, aber sie wollten nun fortfahren. Aus seinem Gesicht war nicht zu entnehmen, was er über diesen Köhlerssohn dachte, der zum zweitenmal seinen Weg kreuzte. Aber wahrscheinlich hoffte er, daß es das letzte Mal sein würde.

„Rara avis", sagte der Dekan wieder mit seinem hochmütigen Lächeln, als Jons seinen Vortrag über die Exstirpierung von Gehirntumoren beendet hatte. Aber seine Augen blickten doch nicht ohne Stolz auf den Prüfling. „Im Medizinischen wie im Moralischen", setzte er hinzu, und Jons sah, daß er nichts vergessen hatte.

Aber als er aufstand, reichte der große Chirurg ihm die Hand und sagte nun ohne Spott: „Und halten Sie es nun immer weiter so, wie Ihr Vater es gehalten hat."

Und das war der einzige Augenblick während des ganzen Examens, in dem Jons verwirrt gewesen war.

Lawrenz richtete ihm den Doktorschmaus in dem Zimmer mit den grünen Sesseln, und das hatte er sich ausbedungen. „‚Summa cum laude' ist nichts, Jeromin, das wissen Sie", sagte er und goß den Portwein in die Gläser. „Aber ‚summa cum modestate', das ist es, und so würde auch Ihr Vater es gehalten haben. Zu seinem Gedächtnis und zu dem aller, die er liebte!"

Lawrenz sah nicht gut aus an diesem Abend, und manchmal tastete er verstohlen mit der Hand nach der linken Seite, wo er in seiner Westentasche die altmodische Uhr trug. Aber als Jons einmal dieser Bewegung mit den Augen folgte, lächelte er nur verlegen, zog die Uhr heraus und sah mit abwesendem Blick auf das Zifferblatt. „Memento horae!" sagte er. „Ich hätte gern gesehen, Jeromin, wenn Sie meine kleine Klinik übernommen hätten, aber ich weiß, daß das nicht geht. Hier können sie schließlich woanders hingehen, wenn es höchste Zeit ist. Ich bin ja nicht der einzige ordentliche Arzt mit einem freundlichen Herzen. Aber wohin sollen sie in Sowirog gehen? Zum Kollegen Lustig, und seine Lustigkeit ist ja nicht für jedermann."

Jons hatte ihm erzählt, daß er in den ersten großen Ferien versucht hatte, in dem großen Kirchdorf bei Dr. Lustig zu hospitieren, aber der Doktor hatte ihm an den Fingern vorgerechnet, was er dafür verlangen müsse: Kostgeld, Abnützungsgeld für Pferd und Wagen – „zwei Personen sind immerhin das Doppelte von einer Person, nicht wahr?" – Lehrgeld, und eine Menge anderer Gelder. Jons hatte sich bedankt. „An der Universität ist das billiger", hatte er nur gesagt.

Nein, zu Lustig sollten sie nicht gehen, das sah Lawrenz ein. „Er wird Sie nicht zu vergiften versuchen, Jeromin", fuhr er fort, „aber er wird leise an Ihrem ärztlichen Kredit graben. Alleinherrscher haben eine Menge Erfahrung darin, und wahrscheinlich wird er sich auch auf Ihre Familie beziehen. Landärzte sind nicht in allen Dingen Stümper."

Aber Jons war ohne Sorgen. Er werde schon das Seinige tun.

„Ja", fuhr Lawrenz fort, „und morgen melden Sie sich zur Staatsprüfung, Jeromin. Es ist Zeit für Sie, und wenn niemand es weiß, so weiß ich es. Und nachher müssen Sie noch ein halbes Jahr darangeben. Sie müssen noch zu einem Augenspezialisten und zu einem für Nase, Ohren und so weiter. Ich habe mich ein bißchen umgesehen da unten bei Ihnen, und ich meine, daß Sie das brauchen werden. Sie sollen gerüstet sein, Jeromin, ganz und gar, und es ist nicht gut, die Hälfte der Leute zu Spezialisten zu schicken. Erstens haben die Leute kein Geld, und zweitens haben sie Angst, und das ist auch recht so. Und drittens ist dort unten eine geschlossene Welt, und in einer geschlossenen Welt gibt es keine Spezialisten. Die Erzväter waren es nicht und die Mönche auch nicht. Und nicht einmal Ihr Vater war es."

Jons hielt es für zu früh, in die Prüfung zu gehen, aber Lawrenz winkte nur mit der Hand. „Und noch etwas ist da,

Jeromin", sagte er nach einer Weile und blickte zu dem Bilde seiner Mutter hinauf. „Sie können natürlich heiraten. Soviel wirft auch eine arme Praxis ab, und alle Leute werden Ihnen zureden. Aber ich möchte doch gern, daß Sie sich das überlegen. Ich glaube nicht, daß die Propheten verheiratet waren, weder die großen noch die kleinen, und für Salomo war es nicht immer zum Segen. Die katholische Kirche ist eine weise Kirche, und sie hat schon gewußt, weshalb sie den Priestern die Ehe verbot. Ihr Luther hat das ja nun geändert, aber er war mir immer ein bißchen verdächtig, Jeromin. Ein Stück von einem Plebejer war immer in ihm, im Schimpfen und auch in diesen Dingen. Und auch in seiner Beugung vor der Obrigkeit, einer sehr verhängnisvollen Beugung. Ihre Leute wissen ein Lied davon zu singen, Jeromin, auch wenn sie es nicht wissen. Er hat sie bis auf die Erde gebeugt, und so sind sie geblieben. Auch die ‚Balduhnsche' beim Herrn von Balk.

Ja, und mit der Ehe ist es nun so, Jeromin, daß es für die protestantischen Pfarrer nicht viel ausmacht. Sie gehören nur zur Hälfte Gott und zur Hälfte dem Staat, und der Staat hat immer Kinder gebraucht. Aber mit den Ärzten ist es nicht so, mit den wirklichen. Sie haben sich nicht dem Staat verschrieben, sondern den Kranken. So wenigstens haben die Lehrer unter den Alten gesagt. Und wer sich den Kranken verschreibt, hat keine Zeit mehr zu einer anderen Verschreibung. Es ist wie mit den zween Herren, von denen euer Heiland sagt. Und eine Ehe ist eine Verschreibung, Jeromin, nicht an die Gegenwart, sondern an die Zukunft. Die Gegenwart ist nur ein Vorwand oder eine Täuschung. Der Ring ist ein schweres Symbol, das Abgeschlossenste und Unentrinnbarste, das es gibt. Und deshalb sage ich nicht, daß Sie es nicht tun sollen. Ich sage nur, daß Sie es sich überlegen sollen."

Jons schüttelte den Kopf. „Ich glaube nicht", sagte er lächelnd, „daß ich heiraten werde."

„Wir pflegen mit dreißig Jahren oft genug andere Dinge zu glauben als mit fünfundzwanzig", erwiderte Lawrenz. „Mit der Liebe ist es anders, Jeromin. Sie trachtet nicht nach Zukunft. Sie ist der Versuch, aus der furchtbaren Einsamkeit des Individuums in die Zweiheit zu gelangen. In die Erlösung.

Sie ist die Rückkehr ins All, aus der jede Schöpfung ausstößt. Sie ist der Umweg um den Tod. Sie ist die Sehne im Kreis statt der Peripherie. Goethe hat das wohl gewußt, in der ‚Proserpina', denke ich.

Haben Sie geglaubt, wenn ich abends hier sitze, Jeromin, bevor Sie kamen, und ich höre nur die Uhr in der Ecke gehen, daß ich nur an meine Klinik denke? Ich hätte gern einen Sohn gehabt, sehr gern. Aber dann habe ich mir gedacht, daß ich den Kranken entziehen müßte, was ich der Ehe gebe. Wir haben nur eine bestimmte Substanz, von der wir leben und austeilen können. Und jetzt denke ich manchmal, daß es vielleicht gut ist. Wenn er nun ein Spieler geworden wäre oder einer der Burschen mit Fackelzügen, ein ‚Schamane', wie der Herr von Balk sagt, dann könnte es sein, daß meine Hand zittern würde bei einer Operation, wenn ich an ihn denke. Bei einem Kaiserschnitt zum Beispiel, und dann würde es vielleicht ein anderes Leben kosten. Vielleicht ist das Schicksal doch weiser, als wir denken, Jeromin ..."

Er goß den Rest der Flasche in die Gläser und blickte mit einer rührenden Befangenheit auf Jons. „Ich möchte mir gern etwas wünschen, Jeromin", sagte er, „aber für einen alten Mann ist das vielleicht unschicklich ..., ich möchte Sie gern ‚Jons' nennen dürfen ..."

Er blickte schnell zur Seite, und als Jons seine Hand ergriff, lächelte er nur. Ein stilles, dankbares und etwas trauriges Lächeln.

Jons ging durch die ersten Stationen der Prüfung wie „ein Boot vor dem Winde". So nannte es Lawrenz. Er war ein bißchen müde und nach jeder Prüfung ein bißchen unruhig. Es kam ihm zu leicht vor, und sie waren das Leichte nicht gewohnt im Jeromin-Hause. Er hörte auch auf, vor jeder neuen Station bis zur Mitternacht über seinen Büchern zu sitzen, sondern er ging eine oder zwei Stunden langsam und ohne Ziel durch die abendlichen Straßen oder vor die Tore hinaus. Der Frühling kam zeitig in diesem Jahr, der Pflug ging schon über die Felder, und manchmal hörte er den Ruf der Wildgänse hoch über sich durch den dunklen Himmel gehen. Dann blieb er stehen und lauschte und sah das Dorf vor sich liegen, wo sie nun auf ihn warteten, und ein bißchen Angst erfüllte ihn, daß es nun beginnen sollte, das richtige Leben, an dem so viele Hände mitgebaut hatten, und daß er nun alle Hingabe zu rechtfertigen haben würde, die ihm zuteil geworden war. Lawrenz würde nun nicht mehr neben ihm stehen, die tröstenden Augen auf seine Hände gerichtet, und auch Schwester Monikas Gesicht würde zurückbleiben. Er würde allein sein, und wenn etwas mißlang, so würde er keinen Trost und keine Aufrichtung haben als in sich allein.

Er stand auf der stillen Straße vor den Toren, sah den hellen Schein über der Stadt und darüber die ersten matten Sterne. Er seufzte ein bißchen, aber dann fiel ihm ein, wie oft der Vater so aus seinen unzähligen einsamen Abenden hinaufgeblickt haben mochte, das Herz erfüllt mit der ruhigen Gewißheit des Gläubigen, und er mochte wohl an seinen Sohn Ehrenreich so fest geglaubt haben wie an Gott.

Dann ging er langsam wieder heim, in Jumbos stilles Zimmer, sah das Kinderpferd über den Büchern stehen, schlug noch eine Seite in dem Lehrbuch der Anatomie auf und schlief dann fest und traumlos, wie er als Kind vor einem Klassenaufsatz geschlafen hatte.

An einem dieser Abende aber kam er in Gedanken an der großen Konzerthalle der Stadt vorbei, sah viele Menschen, die eilig die breiten Treppen hinaufstiegen, und las auf einem großen Plakat einen Namen, dem er früher einmal begegnet sein mußte, der mit seinem Leben auf eine geheimnisvolle Art verknüpft war, ohne daß er im Augenblick die Verknüpfung erkennen konnte. Und erst als er die Namen der großen Tondichter auf dem Programm zu lesen begann, fiel ein plötzliches blendendes Licht auf eine dunkle und versunkene Szene, und er sah den großen, schwarzen Flügel, dessen Deckel sich wie die Schwinge eines großen Vogels erhob, sah ein Kind im Matrosenanzug vor der schimmernden Reihe der weißen und schwarzen Tasten und sich selbst aufstehen von seinem Sitz wie in der Kirche, bis eine alte Dame ihn freundlich und vorsichtig an seiner Jacke wieder zurückgezogen hatte.

Das Wunderkind war wieder da, dessen müde und traurige

Augen ihn einmal gestreift hatten, und ein Hauch der damaligen Erschütterung ging ihm fröstelnd über das klopfende Herz.

Er ging schnell mit den anderen die Stufen hinauf, und er bekam noch einen Platz auf dem Podium, zu nahe dem Instrument, wie er fürchtete, aber unter dem geöffneten Deckel hindurch würde er das Gesicht des Spielenden sehen können. Nicht seine Hände, aber diesmal würde es vielleicht wichtiger sein, das Gesicht zu sehen statt der Hände.

Er sah sich um, und die vielen Gesichter und Farben betäubten ihn fast. Er erkannte, wie einsam er gelebt hatte, und ihre Wege mußten nun weit auseinandergegangen sein, der des Kindes, das jeden Abend in tausend oder zweitausend Augen blickte, und der seinige, der nur von einem stillen Krankenbett zum nächsten führte. Und es waren nicht viel mehr als zehn Jahre. Wahrscheinlich war das Kind nicht im Kriege gewesen, sondern hatte vor Verwundeten gespielt, in den großen Städten, durch die er selbst hungrig und frierend marschiert war. Wahrscheinlich war ihm nicht alles gestorben, was ihm lieb gewesen war, und sogar der alte Mann würde wohl noch da sein, der ihm damals die Hände auf die Schultern gelegt hatte.

Er sah sich um, ob er wohl in den ersten Reihen das Gesicht mit dem schlichten weißen Haar erblicken würde, aber dann läutete es, eine Tür tat sich auf, und nun war es doch ganz anders, als Jons es erwartet hatte. Nun war es kein Kind mehr im Matrosenanzug, das schüchtern die Augen in den strahlenden Raum wendete. Es war ein junger Mensch wie Jons selbst, ein Fremder, der aus dem Saal der Kindheit trat, ein Verwandelter, einer, über den die Zeit hinweggegangen war, wie sie über alles hinweggegangen war. Einiges hatte sie dazugetan, und einiges hatte sie fortgenommen, und dieses sah Jons zuerst. Daß der kindliche Zauber gefallen war oder doch das, was er in der Erinnerung davon bewahrt hatte. Daß es nicht mehr schien wie damals, als hätten Engelshände ihn sanft durch die Tür geschoben und warteten nun hinter der Tür auf ihn, wenn er aus dem Irdischen wieder zurückkehren würde. Es war nicht einmal dies, daß er nun einen Frack trug und daß er sich anders verbeugte als damals. Es war dies, daß die Zeit dahingegangen war, nichts als die Zeit, und auch ihn hatte sie als veränderlich und sterblich befunden.

Jons hatte die Hände zusammengelegt, und es war ihm, als fielen zwischen seinen Fingern die Jahre auf die Dielen unter seinen Füßen. Die langen, mühseligen und kostbaren Jahre, und als hätte es erst dieses Fremden bedurft, um es ihn erkennen zu lassen. Daß die Kindheit gestorben war, die ihn immer noch umschlossen gehalten hatte, Stunde für Stunde, Jahr für Jahr, fort von den Seinigen, vom Dorfe, vom Meiler, in einen Beruf hinein, in einen weißen Mantel, in eine andere Form. Daß nur der Name geblieben war, aber unter dem alten Namen ging nun ein anderer über die Erde, dem die Lampen im Saale anders schienen als damals, die Gesichter der Menschen, die Schwärze des Flügels, der Schlag der Stunden. Jons Ehrenreich, aber ein anderer, und wenn das Mädchen Margreta auferstünde aus den Tiefen der Erde, würde sie vielleicht über ihn hinwegsehen wie über einen Fremden oder über eine der Wachspuppen aus dem Laden in der stillen Straße.

Wieder fröstelte es ihn ein wenig, wie vor dem Plakat, und als der Fremde nun vor den Tasten saß und unter dem aufgeschlagenen Deckel hinweg seine Augen mit einem Schimmer des Wiedererkennens auf ihn richtete, blickte er zur Seite, bedrängt von allem Vergangenen, und wandte seinen Blick erst wieder zurück, als der erste Akkord in das Schweigen fiel.

Und nun war es doch, als ob der Zauber wiederkäme. Dasselbe Aussetzen des Herzschlags wie vor einem Wunder, dieselbe Kühle zwischen den Schultern, dasselbe Zittern, das leise über den ganzen Körper lief. Aber es war doch nicht dasselbe. Es war, als ob der Zauber nun allein in den Tönen liege, und der andere war nur ein gehorsamer Vermittler. Als könnte an seiner Stelle auch ein noch Fremderer sitzen oder ein Vertrauter wie etwa Stilling. Als sei nun da nur die Kunst und nicht der Künstler. Als sei der Mensch wieder in das Bescheidene zurückversetzt worden und der Lauf der Jahre habe auch dieses wieder still geordnet. Die Toten sprachen wieder, wie es ihnen zukam, und die Lebenden waren nur ein gehorsamer Mund der Toten. Die noch nicht Fertigen, noch nicht Verklärten, und ihnen war nur verliehen, ein Stück des Schleiers zu heben.

Jons hörte zu, so andächtig, wie er als Kind zugehört hatte. Und doch war auch hier etwas verändert worden. Auch diese Welt, die der Melodien und Rhythmen, hatte sich ganz leise gewandelt. Sie war nicht mehr etwas, das wie ein Widerhall der Seele war, eine Spiegelung. Sie war gleichsam selbständig geworden, weiter fortgerückt, und in der Ferne erschien sie nun wie eine zweite Welt, eine andere, mit eigenen Gesetzen. Es war, als wenn am Nebentisch jemand operierte. Es war die gleiche Operation, mit den gleichen Handgriffen und Bewegungen, aber ein anderer führte sie aus, und ein anderer lag unter der Maske und ließ es über sich ergehen. Die Einheit war verlorengegangen, das kindlich Naive des Empfangens. Die Welt hatte sich zerlegt, und dies war eines der Medien, durch das man sie sehen konnte. Es gab noch andere Medien, und dann sah sie anders aus. Es war einer der Versuche des Menschengeistes, ein schöner Versuch, ein bezaubernder Versuch, aber es war nicht der einzige.

Jons erschrak ein bißchen, als er so grübelte. Es war ihm, als wäre er alt geworden über Nacht, und die Kindheit oder Jugend sei nun versunken. Er „spekulierte“, und somit war auch er dem Gefährlichen des Geistes anheimgefallen. Und während er in der Spiegelung des Deckels die Hände des Spielenden hin und her gleiten sah, erblickte er ungewollt die schmalen Hände des Doktors, wie sie ein Messer nahmen und mit einem behutsamen Schnitt die Haut über einer Zelle des Todes öffneten. Da war das andere Medium, der andere Versuch des Heilens und Rettens. Niemand sah zu als die stillen Gesichter zweier oder dreier Schwestern unter den großen weißen Hauben. Nichts war zu hören als der Atem der Bewußtlosen und hin und wieder ein Wassertropfen, der in das Becken mit den Instrumenten fiel. Aber auch dort geschah ein Wunder, eine Verzauberung, ohne Beifall, ohne Glanz, und wenn Lawrenz die Maske abnahm, war sein Gesicht anders als das des Spielenden, ein erschöpftes, ausgeleertes Gesicht, und es verbeugte sich nicht, sondern sah nur mit stillen Augen auf die regungslose Gestalt der Schlafenden.

Nein, ich bin nicht auf dem falschen Wege, dachte Jons und atmete tief auf. Damals dachte ich, dies allein sei das Leben oder Gott oder die Tröstung. Aber heute kann ich das nicht mehr denken. An zu vielen Betten habe ich gesessen, zu viele arme Hände habe ich in den meinigen gehalten. Das andere ist wohl ein Glanz und ein Leuchten, und ich bin nur die Flamme einer kleinen Kerze, aber ich will es zufrieden sein, daß ich es erkannt habe.

Er sah nun in das Gesicht des Spielenden, wie bei einem schwerelosen Motiv aus einer Mozart-Sonate ein Lächeln um seine Lippen glitt, und es war ihm wie ein Eingriff in die Welt des Toten. Es war ungerecht so zu denken, aber er konnte sich nicht lösen von diesem Gefühl. Der Tote mochte gelächelt haben, als er es niederschrieb oder zum ersten Male in seinem Ohr vernahm. Er hatte ein Recht dazu, das Recht des Schöpfers und des Meisters. Aber die Dienenden hatten kein Recht dazu. Sie hatten nur gehorsam zu sein, und Lawrenz lächelte nicht, wenn er das Messer beiseite legte. „Er ruhte in Gott" und wußte, daß er sich „vergangen" hatte, wie er es nannte. Auch bei einer geglückten Operation hatte er sich vergangen, weil er heimlich in ein Heiligtum eingedrungen war. Ja, und er würde nun „Jons" zu ihm sagen, und das war schöner als jedes „Summa cum laude", das man erwerben konnte.

Als der Spielende aufstand und sich verneigte, war es nicht zu verkennen, daß seine Augen wieder über Jons hingingen, aber immer noch unsicher, als suchten sie in der Erinnerung, und halb wider seinen Willen ließ Jons sich von einer Schar bewundernder Menschen in das Künstlerzimmer drängen, wo er an der Tür stehenblieb, als sei er an einen falschen Platz gekommen. Er hörte Bruchstücke von Gesprächen, und sie schienen ihm nichts von dem zu sagen, was hier hätte gesagt werden sollen. Er sah, daß der Fremde Namen auf Blätter schrieb, die man ihm reichte, und auch dies war ihm seltsam und wie einer anderen Welt zugehörig. In der kleinen Klinik schrieb man nur Namen unter kleine Rezepte und manchmal unter einen Totenschein.

Er wollte wieder gehen, aber da kam der junge Professor auf ihn zu, lächelnd, und fragte ihn, ob sie einander schon einmal begegnet seien. Er könne es nicht mehr zusammenbringen, aber in irgendeiner Kammer seines Gedächtnisses habe er dieses Gesicht bewahrt.

Jons sah in ein freundliches, ermüdetes Gesicht, auf dessen Stirn noch kleine Schweißperlen standen, und er sah auch, daß der weiße Kragen zerknittert war. Eine warme Zugehörigkeit erfüllte plötzlich sein Herz, als hätte er nun die Mühsal auch dieses leuchtenden Lebens erkannt.

„Ich stand vor vielen Jahren hier", sagte er, „als auch Sie noch ein Kind waren, und Ihr Vater hielt mich an den Schultern, daß die Leute mich nicht zerdrückten."

„Jetzt weiß ich es", sagte der Professor. „Sie hatten so traurige Augen, und das fiel mir auf ... ja, lang ist's her ..., und was sind Sie nun?"

Er sei Arzt und sei im Examen, erwiderte Jons.

Soso ... Arzt ... ja ... das sei ein schöner Beruf, und wahrscheinlich werde er bald ein berühmter Spezialist werden? Er habe ganz die Augen dazu ...

Nein, er werde ein kleiner Armenarzt in seinem kleinen Heimatdorf werden, sagte Jons.

Ein Armenarzt, wiederholte der Professor erstaunt und fast ein bißchen verlegen, und er folgte Jons' Augen, die unabsichtlich über die Schar der Bewunderer in ihren reichen Abendkleidern glitten. „Das ist schön", sagte er dann. „Vielleicht brauchen die Armen uns mehr als diese ..."

Und dann reichte er Jons schnell die Hand und schrieb seinen Namen wieder auf eines der Blätter, die man ihm hinhielt.

Erst auf der Straße blieb Jons noch einmal stehen, drückte den Tabak in der kleinen Holzpfeife fest, und bevor er das Streichholz entzündete, dachte er nach, weshalb der Professor wohl „uns" gesagt habe.

Fräulein Holstein öffnete ihm selbst die Tür, bevor er noch den Schlüssel umgedreht hatte. „Sie möchten noch einmal in die Klinik gehen, Herr Jons", sagte sie bekümmert. „Der Doktor war hier. Es soll noch operiert werden. Und sicher sind Sie so müde."

Jons dachte einen Augenblick nach, was es sein könnte, und wendete sich dann zum Gehen. „Nein, ich bin nicht müde", sagte er. „Ich war im Konzert. Ich habe das Wunderkind wieder gehört."

Fräulein Holstein zuckte nur die schmalen Schultern. „Was für ein Wunderkind?" sagte sie nachsichtig. „Sie sind das einzige Wunderkind auf dieser Welt, Herr Jons."

Er war schon auf den ersten Stufen und drehte sich noch einmal um. „Als ich das erstemal hier stand, Fräulein Holstein", sagte er lächelnd, „hatten Sie eine andere Meinung von mir. Wissen Sie noch? Ich war kein Wunderkind, aber ich bin ganz zufrieden, daß ich jetzt noch operieren soll. Das richtige Wunderkind wird jetzt wohl mit Rosen bekränzt ..."

Er ging langsam durch die stillen Straßen. Es kam ab und zu vor, daß Lawrenz am späten Abend operierte. Seine Hand sei am Tage nicht sicher gewesen, sagte er dann. Aber Jons sah, daß er Schmerzen gehabt hatte, und er sah an Schwester Monikas Gesicht, daß sie dasselbe dachte. Jedesmal nahm er sich vor, mit Lawrenz zu sprechen, ernsthaft und ohne Verhüllung, und jedesmal wich er vor den stillen Augen des Arztes zurück.

Er blieb auf der Brücke stehen, klopfte die Holzpfeife an dem Eisengeländer aus und blickte in Gedanken auf die roten und grünen Lichter, die über dem Strom standen. Ein halbes Jahr noch oder ein Jahr, und auch dieses würde hinter ihm liegen. Dort, wo er hinging, brannten keine bunten Lichter in der Nacht. Die Sterne schienen, und nur selten war ein kleines Fenster hell, wo eine der Kätnerfrauen bei ihrem kranken Kinde saß. Und auch er würde dort sitzen, eine kleine Hand in der seinen, und den Pulsschlag fühlen, der das Leben anzeigte. Er atmete tief die warme Luft ein, die über dem Wasser stand, und die so schmeckte wie die Luft am Seeufer. Alles war gut, dachte er, wie der Vater es gewollt hatte. Alles war gut, was man mit einem warmen Herzen erfüllte, und er wollte es erfüllen: das Haus unter dem alten Ahorn, das kleine Dorf und die dreißig mageren Morgen ...

Lawrenz saß in seinem kleinen Sprechzimmer vor dem Schreibtisch, rauchte und trank eine Tasse Kaffee. Unter der gelblichen Haut war das Gesicht grau und todmüde.

„Es tut mir leid, Jons", sagte er mit mühsamem Lächeln,

„aber sie haben uns eine Frau gebracht, im neunten Monat, und es geht nicht anders. Sie will das Kind haben, und Sie wissen, daß das ein Befehl für mich ist."

„Was geht nicht anders?" fragte Jons unruhig.

„Sectio caesarea", sagte Lawrenz leise. „Der Kaiserschnitt ... das Becken mißt nicht mehr als sechs Zentimeter. Das Kind lebt und ist wahrscheinlich gesund. Wenn Sie es nicht tun, gibt es keine Hoffnung, für beide nicht."

Er goß aus einer kleinen Flasche eine helle Flüssigkeit in seine Kaffeetasse und rührte mit einem Teelöffel die Mischung langsam um.

Jons war blaß geworden. „Aber Sie selbst, Herr Doktor", sagte er. „Ich habe es noch niemals gemacht, und ... "

Lawrenz hob die Hand mit dem kleinen Löffel. „Sehen Sie her, Jons", sagte er leise. Die Hand zitterte wie im Fieber. „Ich habe einen schlechten Tag heute, Jons. Und ‚niemals', Jons, ‚niemals' ist für den richtigen Arzt nur eine Sprosse an einer langen Leiter ... Lesen Sie dies noch einmal über ..., ich werde dabei sein und Ihnen helfen ... helfen kann ich immer noch."

Er schob Jons das Handbuch der Operationen hin, und Jons überflog die Seiten und Abbildungen und schloß das Buch. Das Gehirn wußte alles, aber die Hand wußte es nicht. Er sah sich in dem kleinen Raum um, in dem so viele Urteile gesprochen worden waren, gnädige und unerbittliche, und zuletzt blickte er auf Lawrenz, der gebeugt in seinem Stuhl saß, die schweren Augen auf die kleine Uhr gerichtet, die hinter dem Schreibzeug stand.

„In Gottes Namen", sagte er leise, und er wußte nicht, wie es ihm über die Lippen gekommen war.

Lawrenz nickte und hob die rechte Hand, als wollte er sie jemandem reichen, der neben ihm stand. „Rufen Sie die Schwester", sagte er.

Lawrenz brauchte nicht zu helfen. Es war genug, daß er da war, die Hände in den Handschuhen auf den Operationstisch gestützt, damit sie nicht zitterten, und die Augen auf das Messer gerichtet, das Jons führte, und auf die Klammern, die das durchschnittene Bauchfell zur Seite zogen. „Jetzt ganz langsam, Jons“, sagte er leise, als der matte Stahl den Uterus berührte. „Es könnte sein, daß Jakob uns zusieht . . .“

Einen Augenblick lang schien es, als zittere die Spitze des Messers, aber dann glitt sie ruhig und ohne Zögern ihren vorgeschriebenen Weg hinunter.

Als Lawrenz das Kind in den Händen hielt und Jons und die Schwester sich schweratmend aufrichteten, war es ihnen beiden, als könnten sie das Leuchten des müden Gesichtes hinter der Maske sehen. „Etwas Großes, Jons“, sagte der Doktor, „etwas Großes . . .“ Und sie wußten beide, was er meinte.

Sie sprachen beide kein Wort, als sie durch die leeren Straßen heimgingen. Erst vor dem Hause des Arztes sagte Jons: „Es wird sich nun erst entscheiden . . . dies war das Geringste . . .“

„Nichts ist gering“, erwiderte Lawrenz. „Und was nachkommt, müssen wir nun sehen.“

Jons zögerte, als der Arzt die Haustür vor ihm öffnete, aber dann ging er doch mit ihm die Stufen hinauf. „Nur ein Weilchen“, sagte er. „Ich denke, daß ich sehr müde bin.“

Er mußte in der Sofaecke sitzen, und Lawrenz setzte die Kaffeemaschine auf. „Ich weiß, daß Sie unzufrieden sind mit mir, Jons“, sagte er, „aber heute müssen Sie darüber hinwegsehen. Heute haben Sie Ihr Staatsexamen bestanden, und das wußten Sie wohl nicht?“

Jons schüttelte den Kopf. „Ich habe noch drei Stationen“, erwiderte er.

Lawrenz machte nur eine verächtliche Bewegung mit der Hand und schüttete dann den Kaffee vorsichtig in den Trichter. „Wissen Sie, was Sie getan haben?“ fragte er und blieb vor Jons stehen. „Sie haben mit ihm gerungen wie Jakob, und er hat Ihnen nicht die Hüfte verrenkt! Das haben Sie getan! Nicht daß Sie operiert haben, sondern daß Sie bereit waren dazu. Daß Sie ein Leben erweckt haben, Jons, und Sie wissen nicht, was Gott vorhat mit diesem Leben. Ob es nicht ganz dicht an seinem Herzen gelegen hat.“

„Es könnte auch am Herzen des Bösen gelegen haben“, erwiderte Jons müde. „Wissen wir, was wir erwecken?“

„Auch das Böse liegt in der Ordnung beschlossen", sagte Lawrenz, als lausche er auf das Kochen des Wassers. „Wo wären unsere Tage, wenn es keine Nacht gäbe? Diese zum Beispiel, in der Sie es bestanden haben?"

Er stützte sich auf den runden Tisch und blickte zu dem Bilde seiner Mutter auf. „Das erstemal, Jons", sagte er leise, „als ich es tat, mißglückte es mir. Deshalb sagte ich ‚jetzt ganz langsam'. Ich war nicht langsam genug, und das Messer verletzte den Fötus. Es lag nicht allein an mir, aber es lag doch an mir. Später ist es mir nicht mehr mißglückt, aber heute hatte ich Angst, Jons. Und deshalb haben Sie etwas Großes getan, auch an mir. Auch an einem alten jüdischen Arzt kann man etwas Großes tun."

Er goß den Kaffee in die dünnen Tassen und mischte den seinen wieder mit der hellen Flüssigkeit. „Übersehen Sie es, Jons", bat er. „Keine Liebe ist größer als die, in der man seine Schwächen zeigen darf."

Jons war nun wieder ganz wach. Er fühlte, daß ein großer Tag für ihn zu Ende ging, und er erzählte von dem Wunderkind. „Dort ist es mir aufgegangen, Herr Doktor", sagte er, „daß ich vielleicht berufen bin. Ich fühlte mich arm, aber ich fühlte mich nicht geringer."

Lawrenz nickte. „Alle reproduktive Kunst, Jons, ist gefährlich. Sie ist imitativ mit dem Anspruch auf Originalität erster Hand. Aber sie ist nur eine Originalität aus zweiter Hand. Sie ist keine Schöpfung, sondern Nachschöpfung. Ein Vers, der geschrieben wird, ist keine Nachahmung. Es gibt nichts, was er nachahmen könnte. Im ganzen Kosmos ist nichts da, was mit Versen nachzuahmen wäre.

Ist Ihnen aufgefallen, daß meine Rasse reich ist an Reproduzierenden? Schauspieler und Musiker besonders? Eine erschöpfte Rasse, die sich aus anderen Schöpfungen nährt. Und daher werden Sie die größte Eitelkeit bei Reproduzierenden finden. Aus dem Gefühl der Nachgeborenen heraus. Das Bestreben nach ‚Auffassung', um einen Schein des Erstgeborenen zu erwerben. Arme Schächer, indessen die Großen am Kreuze hängen."

„Aber weshalb sagte er ‚uns‘, Herr Doktor? ‚Vielleicht brauchen die Armen uns mehr als diese‘, sagte er.“

„Im Augenblick glauben sie es, Jons. Aber nur im Augenblick. Sagen Sie ihnen, daß sie nur für die Armen spielen sollen, wie Franziskus für sie gelebt hat, so werden sie Sie ansehen, wie man einen Narren ansieht. Daß der Geist zu kaufen ist, das ist es, Jons. Und auch die Kunst. Die Kunst am leichtesten. Sehen Sie, Ihr Professor würde dreitausend Mark nehmen für den Kaiserschnitt. Ich nehme dreißig Mark. Aber ich muß sie nehmen, weil ich sonst die Klinik schließen müßte. Und doch brennen sie mir in der Hand, Jons. Ja, wie Feuer brennen sie. Aber wer von uns ist Gott, daß er eine neue Welt schaffen könnte? Eine Welt, in der es kein Geld gibt? Und doch muß es sie einmal gegeben haben ...“

„Ich denke“, sagte Jons, „daß auch das leichter sein wird in Sowirog. Ich werde nicht viel brauchen, und jedes Jahr, wenn Sie mich wiedersehen, werde ich Ihnen primitiver vorkommen.“

Lawrenz lächelte. „Sie werden in der Liebe leben, Jons, und in der Liebe gibt es nichts Primitives, weil sie selbst das Ursprüngliche ist. Auch ist es ein Irrtum von Ihnen, zu glauben, daß Sie nichts brauchen werden. Man geht nicht umsonst durch das Leben des Geistes. Sie werden kein Kino brauchen, aber vielleicht werden Sie schon ein Radio brauchen. Und sicherlich werden Sie ein oder zwei Zeitschriften brauchen, und ich denke mir, daß Sie einen Schuppen haben werden wie Christean, und dort werden Sie ein kleines Laboratorium haben, denn Sie sind nämlich nicht einer von denen, die im Einstöckigen leben, verstehen Sie? Die Leute, für die das Studium eine Treppe ist, aber sie führt nur bis in den ersten Stock, wo es die Staatsexamina gibt, und dann ist es zu Ende. Darüber steht das Dach des Staates, und mehr brauchen sie nicht. Mehr wollten sie auch nicht. Aber Sie sind ein mehrstöckiger Mensch, Jons. Bei Ihnen ist es im ersten Stock nicht zu Ende, nur Gott mag wissen, wie viele Treppen Sie noch zu gehen haben.“

Seine Hände zitterten nicht mehr, und Jons würde gern gewußt haben, ob sie wirklich gezittert hatten, oder ob diese sectio caesarea nicht nur in seinem Erziehungsplan gelegen hatte. Man wußte bei ihm nie genau, wann er seine Hand ausstreckte, um leise zu führen.

Aber Jons war zu müde, um es durchzudenken. Es war so viel geschehen heute, was in die Vergangenheit und in die Zukunft reichte. „Bestanden!" hatte Lawrenz gesagt. „Sie haben es bestanden ..." Aber was hatte er denn bestanden? Es hätte auch mißglücken können, beides. Das mit dem Wunderkind und das mit dem Kaiserschnitt. Und dieses letzte war noch nicht bestanden. Morgen schon könnte es eine Peritonitis geben, und wahrscheinlich würde sie tödlich sein.

Sein Kopf sank an die Lehne zurück, und die Augen fielen ihm zu. Der bunte Vogel auf dem Bilde ging als letztes in sein Bewußtsein ein und verflocht sich mit dem seligen Motiv aus der Mozart-Sonate, bei dem das Wunderkind gelächelt hatte. ‚Nichts da zu lächeln', dachte Jons mit gefalteter Stirn. ‚Auch wir lächeln nicht, wenn wir die Hände rühren ... alle sind wir von gestern her und wissen nichts ... wie ein Schatten über der Erde ...'

Lawrenz wartete, bis er eingeschlafen war, legte ihn dann behutsam zurecht und breitete eine alte, abgeschabte Pelzdecke über ihn. Dann stand er lange und blickte in das junge, müde Gesicht nieder, in dem die Stirn noch immer gefaltet war.

Erst als die Pendüle mit ihrem leisen, zitternden Schlag die Stille unterbrach, schaltete er vorsichtig das Licht der Stehlampe aus und ging in seine kleine Schlafkammer.

IX

Es war mit den letzten Stationen der Prüfung, wie Lawrenz und seine Handbewegung gesagt hatten. Was Jons in Erstaunen setzte und ihn sogar ein bißchen beschämte, war die Erkenntnis, daß die Fakultät ihm nicht nur Wohlwollen zeigte, sondern daß sie ohne Zweifel stolz auf ihn war. Ja, der große Chirurg hatte mit der Faust auf den Tisch geschlagen und gesagt: „Und das geht nun in die Hinterwelt, wo die Leute vor zehn Jahren noch gebellt haben!"

„Wenn es so wäre, Herr Professor", hatte Jons gesagt, „könnte ich ihnen doch das Sprechen beibringen."

Am liebsten aber erinnerte er sich später der Prüfung bei dem Anatomen. Dem Geheimrat war die Prüfung sehr gleichgültig gewesen. Er hatte ein bißchen gefragt und ihn ein bißchen zeichnen lassen, aber er schien kaum auf die Antworten zu hören, und die Zeichnungen sah er flüchtig an und legte sie dann zur Seite.

„Was ist nun wichtiger, Jeromin", sagte er, „den Keuchhusten in irgendeinem Eulenwinkel zu bekämpfen oder hier eine Generation von Ärzten zu erziehen, die eine alte Wissenschaft oder ein neues Gewissen erwerben könnten?"

„Das erste ist wichtiger, Herr Geheimrat", erwiderte Jons ohne Zögern. „Keuchhusten kann schrecklich sein, für die Kinder und noch mehr für die Mütter. Wenn ich nicht hingehe, ist niemand da, oder es ist nur der Doktor Lustig da, der Rechnungen schreibt und weder für die Kinder noch für die Mütter lustig ist. Das neue Gewissen aber, Herr Geheimrat, das wird von keiner einzelnen Menschenhand gereicht. Und der Herr von Balk hat mir früh gesagt, daß der Bauer, der Mist auf seine dreißig Morgen fahre, mehr für die Gerechtigkeit tue, als der Prophet Jesaias getan habe."

„So so ... der Herr von Balk ...", sagte der Geheimrat und sah aus dem Fenster. „Es scheint dort eine ganze Menge kluger Leute zu geben, in Ihrem Eulenwinkel, auch ohne Universität, und sie haben wohl nicht viel Zutrauen zu unsereinem?"

„Nicht sehr viel", erwiderte Jons. „Vielleicht liegt es daran, daß sie nicht in Ideen denken."

Der Geheimrat nahm eine der Zeichnungen wieder vor und betrachtete sie mit abwesendem Blick. „Und wie denken sie denn wohl sonst?" fragte er.

„Ich glaube, daß sie . . . daß sie in Menschen und Schicksalen und in Feldern denken."

„In Feldern zu denken, braucht nicht schlecht zu sein", sagte der Geheimrat und legte die Zeichnung wieder fort. „Es ist so, als ob man in Brot denkt, und es gibt ja auch ein anderes Brot, ein letztes gewissermaßen, und daran denken sie vielleicht . . ."

Das meinte Jons auch. Er hoffte es wenigstens.

„Nun, dann vergessen Sie es nicht, Jeromin", sagte der Geheimrat und stand auf. „Das letzte Brot wird der Mensch einmal brauchen, und vielleicht wird es bald sein . . . es war eine schöne Prüfung, und ich danke Ihnen."

Er reichte Jons die Hand, nickte dem Protokollführer zu, der ihnen wie ein Taubstummer zugehört hatte, und ging mit seinem schweren Gang aus dem Zimmer. Für Jons sah es aus, als trage er die ganze Bürde der Universität auf seinen breiten Schultern. Dieser Universität, die längst verlernt hatte, Menschen zu bilden, die „in Feldern dachten".

Als Jons das alte, düstere Gebäude verließ und die schwere Tür hinter ihm zufiel, war es ihm nun doch wie ein Traum. Er blieb auf der Straße stehen, in seinem blauen, sauber gebürsteten Anzug, denn einen Frack besaß er nicht, stopfte langsam seine kurze Pfeife und blickte dabei zu dem Frühlingshimmel auf, der sich hoch und blau über den Häusern spannte. Eine ernste Freude erfüllte sein Herz, ohne besondere Fröhlichkeit, eine einsame Freude gleichsam, eine ohne Widerhall. Die meisten würden sich wohl nun betrinken, wie es dort üblich war, oder zu ihren Mädchen gehen. Und er stand hier, auf der verlassenen Straße, und drückte den Tabak fest, bis ein alter Straßenpflasterer, der auf einer Hausschwelle sein

Frühstück aß, ihn fragte, ob er Beton in seiner Pfeife mischen wolle.

Da lächelte Jons, nickte ihm zu und ging langsam zum Strom hinunter und am Wasser entlang, wo das Schilf nun schon grün wurde und die Kiebitze über den Wiesen klagten. Er war nun fünfundzwanzig Jahre alt, viel zu jung für seinen Beruf, aber als er auf einer der Buhnen saß und sich über das still ziehende Wasser beugte, war ihm, als müßte sein Haar grau sein. Die Härte, die Kargheit, die Einsamkeit aller Jahre warfen sich noch in der Erinnerung wie ein Berg über ihn. Hoffnung und Liebe waren an ihn gewendet worden, viel Hoffnung und viel Liebe, aber er war doch getrieben worden, auch von ihnen. Menschen hatten ihn ausgewählt, ein ganzes Dorf, und hatten ihn ausgeschickt, das Wasser des Lebens zu finden. Vom Großvater an, der ihn gesegnet hatte, aber der doch gesagt hatte: „Gehe nun, Enkelkind!" Vom Vater an, der auf seinem Laublager leise gesagt hatte: „Ich fürchtete, du würdest bleiben, Jons . . ." bis zu Stilling, der seine goldene Uhr verkaufen wollte, und bis zum Herrn von Balk, der Roggen und Wald für ihn verkauft hatte. Eine lange, schweigende Reihe stiller Männer und Frauen, die in der Ferne gestanden hatten, Jahr für Jahr, und ihm zugesehen, wie man einem zusieht, der eine Last eine Leiter hinaufträgt. Die nichts gesagt hatten, kein Wort der Ungeduld oder der Enttäuschung, aber die gewartet hatten, wie Kinder in einem dunklen Hause auf die Großen warten, die zum Jahrmarkt gegangen sind und versprochen haben, ihnen etwas mitzubringen.

Und nun würde er also zurückkommen vom Jahrmarkt, von dem der Wissenschaft und anderer glänzender Dinge. Er hatte kein Geld vertan, er hatte keine Zeit vertan. Nur ob er ein Stück Leben vertan hatte, wußte er noch nicht. Er hatte nicht „in Brot gedacht", wie der Geheimrat gesagt hatte. Er hatte in lateinischen und griechischen Namen gedacht, in Bildern und Instrumenten, in Rezepten, Messern und Scheren. Er hatte im Geist des Abendlandes gedacht, und oft war er nicht sicher gewesen, ob es derselbe Geist sei wie der seines Dorfes. Ja, ob es der richtige Geist sei oder nur ein allgemein anerkanntes Trugbild, auf dem eine Weltordnung sich aufbaute, und eines

Tages könnte es sein, daß die Weltordnung nicht mehr gelte und eine andere an ihre Stelle rücke, die des Großvaters etwa, oder eine künftige, von der noch niemand wußte.

„Wie ist es nun mit der Wahrheit, Jeromin?" hatte der Leutnant in dem schlammgefüllten Trichter gefragt. Und auch heute, zehn Jahre später, würde Jons die Antworten nicht wissen. Vielleicht wußte das Wunderkind sie, und vielleicht wußten die Toten sie. Vielleicht auch wußte Tobias sie, der seinen Gott gegen das Abendland verteidigte. In dem die vielen Kirchen standen, aber in dem Gott doch wohl nicht ganz zu Hause war. Gott, der lieber bei den Einfachen wohnte statt bei den Klugen, und der im letzten Kriege gezeigt hatte, daß seine Lieblingskinder wohl nicht hier zu Hause waren.

Jons blickte den Strom hinauf, wo über dem anderen Ufer die verrosteten Überbleibsel der Wellbleche lagen. Gras wuchs über sie hin, und die Menschenstimmen waren vergangen, die hier vor Jahren einander begegnet waren. Der Schmerz war nun sanft geworden in der langen Zeit der Arbeit und der Mühsal. Er fraß nicht mehr und zehrte nicht mehr. Er lag still und manchmal vergessen, und nur wenn man die Hand auf ihn legte, war er gehorsam da. Ein schweigsamer Gefährte, der nur antwortete, wenn man ihn fragte.

Ein Dampfer kam langsam den Strom herunter, von einem Schlepper gezogen. Die britische Flagge wehte am Heck, und Jons konnte ohne Mühe die goldenen Buchstaben am Bug lesen: Excelsior. Verse unter diesem Namen fielen ihm ein, die er einmal auf der Schule gelernt hatte, sittliche und ermahnende Verse, und er sagte sie leise vor sich hin. Aber sie erfüllten sich nicht mit einem gegenwärtigen Sinn, sie waren schön und tot, wie Verse auf einem Katafalk.

Es hätte auch der Dampfer mit dem Namen „Margreta" sein können, ein alter Dampfer nun, mit etwas stöhnenden Maschinen und einer ausgebleichten Flagge am Heck. Aber der Name würde immer noch leuchtend gewesen sein, jung und gegenwärtig, nicht sittlich und nicht ermahnend, geringer als der Excelsior-Name, aber mit Glück gefüllt wie der Name einer Göttin.

Er seufzte ein bißchen und stand auf. Er hatte sich das

nun angewöhnt, manchmal ein bißchen zu seufzen, wenn er allein war, wie ein alter Mann, der den abgestellten Sack wieder auf den Rücken hebt. Aber er konnte noch lächeln darüber wie über eine Torheit, und solange war es wohl nicht schlimm. Ein Erbteil wie so viele andere, Erbteil eines Geschlechts und eines armen Dorfes, und man trug es still mit sich, ohne viel davon zu wissen.

Ja, nun müßte er es doch wohl ein bißchen feiern, dachte er, als er langsam in die Stadt zurückkehrte. Aber wie sollte er es feiern? Er war das Feiern nicht gewohnt. Er war nur Arbeit gewohnt, ohne Feiertage, und das mußte er nun also auch lernen. Zuerst würde er schlafen, einen tiefen, seligen Schlaf, den Schlaf eines Mannes, der seinen Dachstuhl errichtet und mit Rohr gedeckt hat. Und dann würde er mit Fräulein Holstein Kaffee trinken und abends bei Lawrenz sitzen. Und in kein Lehrbuch sehen und kein Kollegheft öffnen.

Und morgen würde er für ein paar Tage nach Sowirog fahren und am Ackerrain sitzen und zusehen, wie sie ihre sandigen Felder pflügten. Und dann würde er während der Semesterferien auf Reisen gehen. Lawrenz hatte es befohlen, und er würde gehorchen. Zu Gina würde er fahren und zu dem Stabsarzt, der den grünlichen Knopf aus seinem Körper geholt hatte, und wahrscheinlich zu Tobias, der in einer Industriestadt Pfarrer war. Und nach seiner Rückkehr würde er bei den großen Spezialisten hospitieren oder vielleicht Assistenzarzt sein. Und im nächsten Frühjahr würde am Jeromin-Hause das Messingschild angeschraubt sein: „Dr. Jons Ehrenreich Jeromin, Arzt und Geburtshelfer.“ Die Leute in Sowirog würden davor stehenbleiben, auch wenn sie gar nicht krank waren. Besonders aber die Kinder. Und in den Nächten würden die Toten davor stehen und mit ihren leeren Augen auf das matte Metall blicken. Auch sie hatten ihren Anteil daran, und nicht den geringsten.

Er lächelte nun doch, als er die Treppen hinaufstieg, und fast hätte er Fräulein Holstein einen Kuß gegeben. Aber er wußte nicht, wie es ausgehen würde bei ihr, und so ließ er es.

Am Nachmittag saß sie in der Sofaecke, und er bewirtete sie. „Noch ein Jahr, Herr Jons“, sagte sie, „und was dann?“

„Dann zieht ein richtiger Student ein, Fräulein Holstein, einer mit einer bunten Mütze, der die Hacken zusammenschlägt und mit dem Sie keine Sorgen haben. Früher haben Sie nicht geglaubt, daß die Mark jemals fest werden würde, und nun glauben Sie nicht, daß ein ordentlicher Mensch hier einziehen wird. Ein bißchen muß man schon an das Leben glauben, Fräulein Holstein."

„Meinen Sie, Herr Jons?" fragte sie verzagt. „Aber Sie werden nicht mehr da sein ... nur die Schwestern und die Bande ..."

Dann zog sie aus der tiefen Tasche ihres schwarzen Kleides ein Lederkästchen heraus und reichte es Jons. „Für Ihre Schwester, Herr Jons", sagte sie errötend. „Nicht für die Gräfin. Für die andere, die noch immer wartet. Ich denke, daß sie so gut ist wie Sie, und das hat meiner Großmutter gehört."

Eine altmodische goldene Brosche lag auf dem Samtgrunde des Kästchens, matt vom Alter, aber schön in der Form, und er freute sich sehr.

Fräulein Holstein war schon aufgestanden, hatte die Kuchenkrümel von ihrem Kleid gestrichen und stellte leise das Geschirr zusammen. „Sie würden es mir doch fortnehmen ... wenn ich sterbe", sagte sie ohne Bitterkeit.

Auf dem Wege zu Lawrenz saß er noch eine halbe Stunde unter der Glaskugel des Schusters. Das von der Kellerluft grau gewordene Gesicht mit den leuchtenden Augen war dem kleinen Fenster zugewendet, hinter dem man nur die Beine der Vorübergehenden sah. „Das ist die Bourgeoisie, Herr Doktor", sagte er verächtlich. „Sie lustwandelt noch. Nur Beine und ein Stück Magen. Aber sie wird aufhören zu lustwandeln. Drei Millionen Arbeitslose, und in ein paar Jahren werden es sechs sein! Und unter den sechs werden fünf Millionen Revolutionäre sein ..."

„Und dann?" fragte Jons lächelnd.

„Dann wird die neue Zeit gekommen sein, Herr Doktor!"

„Ach, Moraffke", sagte Jons, „mein Doktor sagt, die neue Zeit ist eine alte Zeit, und wenn ich mir die Fackelzüge ansehe, weiß ich nicht, ob Sie fünf Millionen bekommen werden.

Sie sollten ein Roggenfeld haben, Moraffke, dann würden Sie nicht an die neue Zeit denken, sondern nur an die Jahreszeit."

„Und die Junker werden es mir schenken, das Roggenfeld, was? Enteignung, Herr Doktor, Enteignung! Derselbe Schnitt, als wenn Sie ein Geschwür aufschneiden!"

„Wir schneiden nicht gern, Moraffke", sagte Jons und stand auf. „Wir heilen lieber ohne Messer."

„Das ist es, Jons", sagte Lawrenz, lehnte sich zurück und sah den Wolken seiner Zigarre nach. „Daß sie das Heil von Weltanschauungen erwarten. Es ist so, als wenn Sie einen Wald durch Gläser betrachten, einmal rote, einmal blaue, und so weiter. Ja, selbst wenn Sie ihn nur durch Ihre Augen betrachten, wissen Sie noch nicht, ob er grün ist. Sie wissen nur, daß er auf der Retina mit dem erscheint, was wir ‚Grün' nennen. Sie würden wahrscheinlich ebenso glücklich sein, wenn er Ihnen blau erschiene. Und was haben wir schon gewonnen, wenn wir wissen, daß er grün oder blau ist? Ist das sein Geheimnis? Er hat ganz andere Geheimnisse, Jons. Um Weltanschauungen einander totschlagen, ist das Schlimmste, was es auf dieser Erde gibt. Helfen und heilen, Jons, das Rechte tun und nicht hassen."

„Aber Ihr Volk, Herr Doktor, hat es nie gehaßt?"

„Es hat mehr gehaßt als andere, Jons, tiefer, glühender und erbarmungsloser. Lesen Sie den Fluch, mit dem es Spinoza ausgestoßen hat! Aber es hat sich damit auch den tiefsten Haß erworben, den es auf dieser Erde gibt. Wir haben zu überwinden, Jons, das Gestrige, das Dunkle. Unsere Väter, unsere Nationen, unsere Rassen. Gott hat uns nicht an die ersten Gesetze angeschmiedet. Er hat uns nur an die letzten angeschmiedet, die in der Ferne liegen."

„Fürchten Sie sich manchmal, Herr Doktor?"

„Ich fürchte mich immer, Jons. Aber nur aus der Furcht gibt es Tapferkeit. Aus nichts gibt es keine Tapferkeit. Ohne Furcht gibt es nicht einmal Helden. Ich fürchte mich, weil ich unter Menschen lebe, Jons."

„Ich gehe nicht so zurück, wie ich gedacht hatte, Herr Doktor", sagte Jons nach einer Weile. „Ich bin nicht so sicher, wie ich es mir vorgestellt hatte."

„Worin wollen Sie sicher sein?“

„Nicht im Beruf, Herr Doktor. Dort gibt es keine Sicherheit, nur Zutrauen und guten Willen. Ich wollte im ganzen sicher sein.“

„Im ganzen, Jons“, sagte Lawrenz leise, „sind nur die Gläubigen sicher. Sie können sich fürchten, aber sie sind sicher. Ihr Vater war es, Ihr Großvater. Die Enkel sind es nicht mehr. Ich kann nicht sagen, woran es liegt. Es liegt nicht am Geist allein. Ich kann nur glauben, daß Gott dahinter steht. Auch hinter dem Unglauben. Er will etwas damit, und es ist wie ein Gewitter hinter dem Horizont.“

„Aber es wird ein schweres Gewitter, Herr Doktor?“

„Das schwerste, das je über die Erde ging. Ich kann es nicht beweisen, Jons, aber ich fühle es. Auch von den Tieren sagt man es, daß sie ein Erdbeben voraus wissen. Es gibt Zeichen, und es kommt nur auf ihre Deutung an. Vielleicht deute ich sie falsch. Vielleicht wird Kiewitt sie richtig deuten. Manchmal sucht Gott sich ein geringes Gefäß ...“

Sie besprachen es so, daß Jons auch nach seiner Reise jeden Abend für eine oder zwei Stunden in die Klinik kommen sollte. „Die Kranken werden Sie entbehren“, sagte der Doktor, „und Sie sollen auch in der Übung bleiben. Gott hat auch Nasen und Ohren geschaffen, aber in der Hauptsache hat er doch Menschen geschaffen, Jons.“

Jons sah sich noch einmal um in dem stillen Raum, bevor er ging. „Es wird mir schwer werden, ohne dies zu sein, Herr Doktor“, sagte er. „Sie wissen wohl nicht, wieviel ich hier empfangen habe?“

Lawrenz lächelte auf seine schöne schwermütige Weise und legte seine Hand behutsam auf Jons' Arm. „Ich würde es wissen“, erwiderte er, „wenn Sie wüßten, wieviel *ich* hier empfangen habe.“

Am Bahnhof war Stilling mit einem kleinen Korbwagen und einem kleinen Pferd. Er trug seinen Hohenzollernmantel, aber sein weißes Haar war unbedeckt. Er umarmte Jons auf dem Bahnsteig und wollte etwas sagen, aber es gelang ihm nicht, und er bewegte nur die Hand, die die Peitsche hielt. Kein Fuhrmann in Sowirog ließ die Peitsche im Wagen oder

Schlitten, wenn er ausstieg. Peitschen zu stehlen, galt nicht für ehrenrührig.

„Der Herr von Balk wollte dich holen, Jons", sagte Stilling im Wagen. „Vierspännig, wie man den Kaiser holt. Aber ich habe gebeten, es nicht zu tun. Ich dachte, es würde dir nicht recht sein. Die großen Herren wissen nicht immer, wie es den armen Leuten recht ist. Und vierspännig soll man ja in der Stadt zu Grabe fahren, nicht?"

„Meistens", erwiderte Jons, „und soweit ist es ja mit uns noch nicht."

Es war ein stiller Tag mit weißen Wolken, unter denen die Lerchen hingen. Die Felder waren grün, und die Bussarde kreisten über den Saaten. Es war der alte Weg, ausgefahren wie früher, und die Leute von Sowirog waren ihn in Fröhlichkeit, in Trunkenheit und Trauer gefahren. Korn und Särge waren über seinen Sand dahingezogen, und auch Jons hatte hier hinter zwei Särgen gesessen. Ein alter Mann mit einer Landsturmmütze war ihn gegangen und viele Junge mit Blumen an der Mütze. Er war ein Schicksalsweg für Sowirog, und Jons blickte mit stillen Augen auf die Löwenzahnwiesen, hinter denen die blauen Wälder standen. „Es ist mir feierlich ums Herz, Herr Stilling", sagte er leise.

Stilling ließ die Leine noch lockerer und nickte. „Und mir, Jons Ehrenreich, ist es, als könnte ich nun in Frieden in die Grube fahren. Ich habe nicht bis zum Ende bestanden, sie fiel zu rasch. Aber einen guten Teil habe ich bestanden. Zum Schluß wollten sie mich noch einsperren, aber es war meine eigene Dummheit, Korsanke hatte mich gewarnt."

Und er zog die Leine an, bis das kleine Pferd bereitwillig hielt, nahm die Uhr aus der Tasche und drückte auf die Feder. „Treu und Redlichkeit, Jons", sagte er, als die Töne verklungen waren. „Mehr braucht es nicht für unsereinen. Und wenn es für dich mehr braucht, der du von den hohen Schulen kommst, so laß dies doch immer auf dem Grunde liegen, wie das kleine Pferd bei Jakob auf dem Grunde des Tornisters lag. Und wenn ich sterbe, so sollst du die Uhr haben. Ich habe es aufgeschrieben und auch Elisa gesagt. Sie hat nicht widersprochen, und ich glaube, daß es so ziemlich das erstemal in ihrem Leben war."

Er lächelte ganz leise und hob wieder die Peitsche.

Der Wald nahm sie auf, und die Böschungen waren noch blau von den Sternen der Leberblümchen. Die Drosseln sangen wie berauscht, und die Spechte hämmerten in den trockenen Wipfeln. „Alle waren gut zu mir, Herr Stilling", sagte Jons und legte seine Hand auf die alten Hände, „aber niemand hat soviel getan wie Sie. Ich will Ihnen Ehre machen."

Der Lehrer nickte. „Die Mutter hat es gewußt, Jons Ehrenreich, als sie dich so nannte. Und der Vater. Wir wollen die nicht vergessen, die hundertmal mehr getan haben als ich."

„Ich hatte Angst, Herr Stilling", sagte Jons nach einer Weile. „Ich war nicht sicher. Nicht des Berufes wegen, aber im anderen. Im ganzen. Ich war nicht sicher im ganzen. Die Zeit ist trächtig, Herr Stilling. Sie laufen zu Sterndeutern und Wahrsagern. Sie lassen das Pendel schwingen und lesen im Nostradamus. Sie sind wie Verstörte, alle, auch die Studenten. Lawrenz sagt, daß es wie ein Gewitter hinter dem Horizont stehe."

„Auch Kiewitt sagt es", erwiderte Stilling. „Ich fühle es nicht. Ich bin zu alt, und ich habe die Bibel. Und wer die Bibel hat, hat nicht Angst."

„So sagt es auch Lawrenz."

„Ich fühle, Jons, daß eine neue Zeit da ist. Im Schulhaus tritt sie schon an. Die Kinder folgten ihr noch nicht, denn sie haben ihre Mütter und ihre Lämmer und ihre Beeren. Und manchmal haben sie auch mich. Aber der neue Lehrer tritt an. Er lächelt über das Alte, und damit hat es immer angefangen. Hier sagen sie noch ‚Herr Vater' und ‚Frau Mutter'. Wenn sie damit aufhören, wird es auch hier anfangen . . . Du wirst nicht nur ein Doktor zu sein haben, Jons."

Nein, das wolle er auch nicht. Und nun habe er auch keine Angst mehr, seit er in diesem Wagen sitze. Nur die Gläubigen seien sicher, habe Lawrenz gesagt. Er habe den Gott seiner Väter, und Herr Stilling habe die Bibel. So reich sei er, Jons, wohl nicht. Aber er habe ein ganzes Dorf mit allen Lebenden und allen Toten, und noch einiges dazu. Er wisse, daß er auf einem Grunde stehe und daß viele auf ihn blicken würden. Und wer den armen Mann enttäusche, sei keine alte goldene Uhr wert. Er sei immer enttäuscht worden, von Königen und Präsidenten, aber das vermute er sich nicht, daß er von einem des eigenen Blutes enttäuscht werde.

An den ersten Schonungen standen Kinder, die Birkenzweige geschnitten hatten. „Wir wollen sie fahren lassen, Herr Stilling", bat Jons. „Ich möchte gern zu Fuß ankommen."

„Manchmal denke ich", sagte er nach einer Weile und deutete auf den Wald, „daß es ganz gleich ist, wem dies gehört. Ob dem Staat, oder dem Herrn von Balk, oder den Leuten von Sowirog. Ich kann nicht denken, wie der Schuster Moraffke denkt. Nur daß es da ist, ist wichtig. Nicht der Wirtschaft wegen, sondern der Augen und der Seele wegen. Können Sie sich ein Land ohne Wald denken, Herr Stilling? Wir würden alle anders sein, wenn dieser Wald nicht wäre."

Er blieb stehen und blickte in die sonnigen Räume hinter den grauen Stämmen. Der Seidelbast blühte, und Zitronenfalter schwankten über dem hohen Gras. Es ging kein Wind, aber die Wipfel sangen ganz leise und unaufhörlich. „Ich bin zu Hause, Herr Stilling", sagte er. „Ich bin ganz und gar zu Hause."

Sie hatten das Dorf mit den Fahnen vom Abstimmungstag geschmückt und junge Birken vor die Türen gestellt. Sie waren im Feiertagskleid, und sie schüttelten ihm alle die Hand. Er war einer der Ihren, aus bescheidenem Blut, und nun sahen sie den Kranz in seinem Haar. Für sie war es ein Kranz, aus Lorbeer oder gar aus Gold. Keiner von ihnen hatte je einen Kranz getragen, außer dem schmalen Myrtenkranz zur Hochzeit. Er aber hatte sich aufgehoben aus ihren gebeugten Reihen und war groß geworden. Und größer als alles war, daß er zu ihnen zurückkehrte. Er hätte reich und berühmt werden können, davon waren sie überzeugt, aber er kehrte zurück. Bei ihnen gab es weder Reichtum noch Ruhm, und wer groß war und zurückkehrte, konnte es nur aus Liebe tun. Das fühlten sie, und deshalb empfingen sie ihn, wie sie nur den König empfangen haben würden.

Herr von Balk hatte die Einladungen ausgehen lassen. Wenn

es schon mit der vierspännigen Einholung nichts geworden war, so sollte es doch ein Fest sein. Niemand wußte, wie lange diese Erde noch stehen würde, und niemand wußte, wie lange er selbst noch Feste würde feiern können.

Sie hatten die Tische unter dem Ahorn aufgestellt, der in Blüten stand, und die Tischtücher mit Blumen und Zweigen belegt. Der See lag blau und flimmernd in der Sonne, und die Kiebitze warfen sich über den Schilfwäldern durch die blaue Luft. Maria küßte ihn mit Tränen in den Augen, und er ging einmal durch das Haus, die Kinder an den Händen, bis in seine Kammer hinauf. Der kleine Tisch stand noch vor dem schmalen Fenster, und es war, wie es vor hundert Jahren gewesen war. Das Mädchen aus dem „Paradies" hatte gerade einen Krug mit Gräsern und Birkenzweigen auf den Tisch gestellt und wollte leise aus der Tür. Aber die Kinder hielten sie fest, und Jons streichelte ihre erblaßte Wange. „Ich danke dir, Hanna", sagte er, „und ich möchte gern, daß auch du heute froh bist."

Ihre scheuen Augen füllten sich mit Tränen, aber sie nickte gehorsam und glitt wie ein Schatten in ihre Kammer.

Es waren alle gekommen, außer dem Krugwirt. Sogar der neue Lehrer war da, mit der roten Perücke. „Ich freue mich", sagte er feierlich, „daß auch aus diesem Dorfe ein Geistesheros aufgestanden ist! Ein unerschrockener Forscher, der mithelfen wird, die Ketten zu zerbrechen."

„Nicht soviel Pedal, Maschlanka!" sagte Balk gutmütig. „Wir haben nur Kuhketten hier, und die brauchen wir."

Die Männer grinsten, und Jons gab ihm etwas verlegen die Hand. Er konnte nicht unterlassen, Stilling anzusehen, und dieser nickte ihm nachdenklich zu.

„Maschlanka", sagte Jons leise zu Maria, als sie saßen, „Maschlanka heißt doch ‚Buttermilch' . . . oder habe ich es schon vergessen?"

Nein, es hieß wirklich so. „Merkwürdige Namen haben wir doch hier", sagte er, aber er verschwieg, daß er ‚Gollimbeck' für einen schöneren Namen hielt. Gollimbeck hieß das ‚Täubchen'.

Auch Kiewitt war gekommen, in seinem langschößigen Rock mit den Silberknöpfen, der ihm bis über die Knie reichte.

Er saß feierlich auf seinem Platz, die Hände über dem Stock gefaltet, und ließ seine hellen, durchsichtigen Augen nicht von dem Gesicht des Heimgekehrten. „Er hat sie eingerenkt, Jons", sagte er, als dieser seinen Blick erwiderte. „Eingerenkt, wie ich es dir gesagt habe!" Und das war das einzige, was er an diesem Nachmittag sprach.

Auch Piontek war gekommen, mit seinen silbernen Ohrringen und seinem Rindenhorn, denn er sollte „das Echo wecken" am Abend, wie Barbara es nannte, und Barbara hatte es gewünscht. „Er hört es so gern, Piontek", hatte sie zutraulich gesagt.

Alle waren da, und Jons glaubte, daß keiner fehle. Erdmuthe saß neben dem Schulzen Grünheid und Micha auf der anderen Seite. Jedermann wußte, daß sie zusammengehörten.

Sogar die Witwe Kroll war gekommen und blickte mißbilligend auf ihre Schwiegertochter, die ein seidenes Halstuch trug, und die Witwe Kroll wußte nicht, wie es hergekommen war in die „junge Wirtschaft". Aber sie würde es herausbekommen, das wußte sie.

Christean saß Jons zur Linken, und von allen hatte er wohl das leuchtendste Gesicht. Er konnte nicht sprechen vor Glück, aber seine schönen Hände bewegten sich auf dem weißen Tischtuch, als zeichneten sie Linien, deren Sinn nur ihm bekannt war. Nur einmal beugte er sich zu Jons und flüsterte mit dem stillen Lächeln in seinem alten Gesicht: „Wir beide wissen es, Bruder, wie schwer es am Anfang war, nicht?"

Jons nickte und legte seine Hand auf die Christeans. Aber wie schwer es nachher war, weiß auch er nicht, dachte er.

Er sah die Reihe der frohen und feierlichen Gesichter entlang, und jetzt erst sah er zum ersten Mal, wie alt das Dorf geworden war. Ganz in der Stille war es gealtert, hinter dem Pflug und im kleinen Tagwerk. Alle, die an seinem Leben geformt hatten. Und die, mit denen er zu Stillings Füßen gesessen hatte, trugen schon die Spuren in ihren jungen Gesichtern. Er rechnete schnell nach, daß Micha und Barbara nun schon zwölf Jahre alt sein müßten, und er sah den grauen Streifen in Marias Haar, wenn auch keinen Streifen des Alters, so doch einen des Kummers. Ja, die Jahre waren ihm wie in einem Bergwerk vergangen, und er hatte nicht gewußt, daß er bald an ein paar Totenbetten stehen würde. Die Zeit lief, ob sie alt oder neu war, sie lief unerbittlich und unbemerkt, und es war ihm an diesen Tischen, als lege sie still und ohne Aufheben die Zügel seines Geschlechtes in seine Hände. Er sah zu Stilling hinüber und zu Balk. Das Gesicht des Lehrers war alt und still, ein Abendgesicht unter dem schlichten weißen Haar. Auch das des Herrn von Balk war alt geworden in diesen Jahren, und das wilde und einsame Leben hatte es tief gefurcht. Das Gesicht eines Raubvogels, aus dem die furchtlosen Augen immer noch leuchteten, aber es war ein einsamer Raubvogel, um den die Vögel schwiegen, und einsam würde auch sein Ende sein.

Ja, er würde wohl mehr hier sein müssen als ein Arzt für Kranke und Sterbende. Kein „Geistesheros“, wie der Mann mit Namen ‚Buttermilch‘ gesagt hatte. Keiner, der Ketten zerbrach. Aber einer, der still die Zügel nahm, wenn sie aus den alten Händen glitten. Einer, der ein Erbe antrat, und es war groß, so klein auch das Dorf war. Einer, der zu sorgen hatte, weil sie auf ihn blickten. Und weil sie alle ihn getragen hatten, unbewußt, aber doch getragen. Ein tapferes Leben, so hatte Lawrenz gesagt, und er legte die Arme um seine beiden Geschwister, fast ohne es zu wissen, und fast ohne es zu wissen, sagte er leise: „Keiner soll verlorengehen . . . keiner . . .“

Sie sahen ihn verwundert an, aber mit den gläubigen Augen, mit denen sie immer auf ihn geblickt hatten, seit er aufgebrochen war, Eisen unter den Absätzen, und mit dem hellen Haar, das unter einer irdenen Schüssel geschnitten worden war für die große Welt.

Stilling hielt eine Rede, und Balk hielt eine Rede. Die des alten Lehrers war aus dem Buch der Bücher entnommen und aus einem stillen und weisen Leben. Sie sprach von der Demut und von dem Dank eines armen östlichen Dorfes, und in ihr erschien Jons wie ein junger König, der einem alternden Volke vorausschritt auf dem Wege eines mühseligen, aber getrösteten Daseins. Die des Herrn von Balk war aus dem Buch des Lebens entnommen und aus vielen einsamen und furchtlosen Jahren. Sie sprach von der Tapferkeit und der Würde der stillen Leute, wie Jakob einer gewesen war, und in ihr erschien Jons wie der Hüter eines Erbes, das man draußen verlachte, aber von dem die Erde immer noch lebte: der Hüter der kleinen Herde und der niedrigen Rohrdächer. Einer, der auf den hohen Schulen nicht Hochmut gelernt hatte, sondern das Wesen jedes Edelmannes: den Schild über die armen Leute zu halten.

Beides waren schöne Reden, und über beide weinten die Frauen von Sowirog. Maria blickte über die feierlich Lauschenden hinweg nach dem Moor, wo die Landstraße nach Osten führte, aber ihre Hand lag still in der ihres Bruders. Erdmuthe hatte den Kopf so tief gesenkt, daß man ihre Augen nicht sah, und vielleicht sah sie am Moorrand den alten Lehrer sitzen und zu dem Knaben Michael sprechen, daß er hinausgehen sollte in die Welt, um zu werden, wie Jons geworden war. Und sie sah vielleicht, wie der Knabe Michael den Kopf schüttelte, weil ihm bestimmt sei, in diesem Dorfe zu leben und zu sterben.

Alle sahen still vor sich hin, Christean und das Mädchen aus dem „Paradies", Kiewitt und Piontek und alle anderen, und wahrscheinlich standen alle vergangenen Jahre vor ihnen auf, Krieg und Frieden, der tote Pfarrer und die toten Kinder, und daß es nun besser mit ihnen gehen würde, weil einer von ihnen den Schild über sie halten würde, über Krankheit und Hagelschlag, über neue Lehrer und Landräte, und über alles, was Gott oder die Großen über sie verhängen würden.

Und dann mußte Piontek „das Echo wecken", wie Barbara sagte, bis es rund um den See und das Moor und die Wälder lief, und dann mußten sie aufstehen, weil es Zeit war, die Kühe zu melken und das Tagewerk zu beschließen.

Herr von Balk saß in seinem Wagen mit den hohen Rädern, in seinem Mantel, der ihm bis auf die Fersen reichte, und beugte sich zu Jons herab. „Wir müssen immer leben", sagte er, „als ob wir den richtigen Schlüssel in der Hand hätten. Wir wissen nicht, ob er schließen wird, aber wahrscheinlich sind wir nur zum Probieren da, Jons."

Und er lächelte ihm zu, ein bißchen spöttisch und ein bißchen traurig, hob die Peitsche und verschwand in einer Staubwolke.

Jons ging noch eine Weile unter dem Abendrot hin. Er stahl sich heimlich aus dem Haus, stand eine Weile vor der verlassenen Meilerhütte, am Seeufer und bei dem „toten Pfarrer“ auf dem Kirchenhügel. Und zuletzt, als es schon dämmerte und die Bekassinen vom Moor riefen, ging er zu dem kleinen Friedhof, dessen Mauer noch etwas verfallener war als früher, und stand vor dem aus Latten gezimmerten Tor. Darüber war mit ungeschickten Buchstaben eine Inschrift angebracht, von der es hieß, daß Gogun sie verfaßt hatte und über die die wenigen Fremden, die durch das Dorf kamen, sich lustig zu machen pflegten. Aber für Jons war sie ein Sinnbild des Dorfes, seiner Armut, seiner Unbeholfenheit und seiner Frömmigkeit.

„Hier ist der Ort der stillen Ruh.
Bedenk, o Mensch: hier kommst auch du.“

Er stand vor dem Grab der Mutter und der beiden Brüder, und es schien ihm zum erstenmal ganz in der Ordnung, daß die beiden hier nicht schliefen, die das Geschlecht durch so viele Jahrzehnte getragen hatten. Daß der Großvater von der Insel gen Himmel gefahren war, „im Feuer wie Elias“, und daß der Vater in den großen, fremden, östlichen Wäldern zu Staub wurde. Der Tod hatte keine Grenzen. Der Tod bettete überall.

Dann ging er langsam über die dunkel gewordene Straße ins Haus.

In diesen wenigen Tagen geschah nicht viel, außer daß Jons gleichsam wieder Besitz ergriff von einer Welt, die ihm wie in die Dämmerung entglitten war. Er besprach mit Maria, daß er eine der großen Stuben und seine Kammer für sich einrichten würde und daß die Kranken vorläufig in der Küche warten müßten. „Du wirst ihnen dann solange Märchen erzählen, Schwester“, sagte er lächelnd. Sie nickte zu allem, aber es schien ihm, als nehme sie es nicht ganz ernst. „Wenn du es anders meinst, so mußt du es erzählen“, sagte er schließlich.

Aber sie schüttelte nur lächelnd den Kopf. „Wir werden

sehen, Jons“, sagte sie. „Es wird schon alles werden, wie du es willst.“

Am letzten Abend aber, noch vor der Dunkelheit, winkte Christean ihm heimlich von der Tür seiner kleinen Werkstatt auf den Hof, zog umständlich und verlegen den großen Schlüssel aus der Tasche und sagte, an Jons vorbeiblickend: „Ich muß dir etwas zeigen, Bruder, woran ich dieses Jahr gearbeitet habe . . . und wenn es dir nicht recht ist, mußt du es sagen.“

Er schloß wieder die Tür hinter ihnen, ging zu dem niedrigen, schweren Arbeitstisch und zog langsam das dunkle Tuch fort, das dort über etwas gebreitet war. Seine Hände zitterten, und er mußte zweimal zufassen, ehe er das Werk enthüllt hatte. Dann drehte er Jons den Rücken und sah zum Fenster hinaus.

Jons blieb unbeweglich stehen, und Christean hörte seinen tiefen Atemzug. Was Jons sah, war eine bäuerliche Pieta, aber mit einem umgekehrten Wesen gleichsam. Ein Mann saß mit vorgeneigten Schultern, hielt eine Frau zwischen seinen Knien und beugte sein Gesicht zu ihrer Stirn, die an seiner Brust lag. Die Frau war erschöpft, mit hilflosen Händen, die sie nebeneinander im Schoß hielt, aber um den Gram ihrer Lippen war etwas wie ein ungläubiges Lächeln gebreitet. Der Mann hielt mit seinen schweren Händen ihre Schultern, sein Gesicht war so tief geneigt, als lausche er auf den Herzschlag einer Sterbenden. Sein Körper war müde, aber in der Gebärde der Hände, der Beugung des Hauptes, der schirmenden Haltung der Schultern war ein so gewisser und so unsäglicher Trost, daß er wie eine Mutter erschien und die Frau wie ein Kind, das sich an ihre Brust schmiegte.

Der Mann war Jakob, und die Frau war Marthe.

Die Ähnlichkeit war so bestürzend, daß Jons der Herzschlag stockte. Aber über das Irdische und Vergangene ihrer Form war etwas Höheres gebreitet, was sie aus dem Bereich der Elternschaft hinaushob. Es waren nicht mehr diese beiden, die einander geliebt und Schmerzen zugefügt hatten, nicht mehr Mann und Frau, nicht mehr die Eltern dieser beiden Söhne. Es war der Mann aller armen Dörfer dieses Landes und aller Länder, der Gebeugte, der Entsagende, der Enterbte, und es war die Mutter aller dieser Dörfer, die von Träumen der Jugend Entkleidete, die Verirrte und im Herzen Erstarrte. Aber der Mann war derjenige, der den schmalen Sieg gewonnen hatte, über Einsamkeit und Enttäuschung, der „in Gott ruhte“ und aus dieser Ruhe heraus die Ruhelosen halten konnte. Ein müder Sieger, aber einer, der dieses Sieges gewiß war. Und so groß war der Friede seines schweren, bäuerlichen Gesichts, daß er auch Christus hätte an seiner Brust halten können statt einer Frau, die eine Königin hatte werden wollen und nur eine Ährenleserin geworden war.

Jons ging leise auf Christean zu und strich ihm mit ungeschickter Hand die Tränen von den Wangen. „Weißt du, Bruder, was du getan hast?“ sagte er. „Du hast den Vers verwandelt, mit dem sie gestorben ist. ‚Wandte sein Roß ... und ritt davon ...‘ Er wendet es nicht mehr. Er reitet nicht mehr davon ...“

„Ich will es auf das Grab stellen, Jons“, sagte Christean nach einer Weile. „Dazu habe ich es gemacht. Wir werden ein kleines Gewölbe aus Steinen darüber aufrichten, daß der Regen es nicht trifft, niemand noch hat es gesehen.“

„Wir sind alle Stümper gegen dich, Christean“, sagte Jons, als sie zusammen den Raum verließen. „Alle Wunderkinder und alle Wunderdoktoren. Wahrscheinlich liegt es daran, daß du die Liebe hast und nichts als die Liebe. Und bis du sie gewonnen hast, bist du wohl den schwersten Weg von uns allen gegangen. Aber daß niemand es gemerkt hat, das ist das Große an dir.“

X

Jons saß hinter dem in Nickel und Glas glänzenden Bartisch der Phönix-Bar, von dem Vorhang verborgen, und sah zu, wie der ernste Mann in der weißen Jacke das Getränk in den Gläsern mischte. Es war derselbe Mann von damals, nur sein Gesicht war etwas grauer geworden von den unzähligen Nachtwachen. Aber seine gemessenen Bewegungen waren noch dieselben, die Verbeugung, mit der er Jons begrüßte, die Hochachtung, die er Gina erwies. Er war ein schweigsamer und zuverlässiger Mann, und sein schweres Gesicht hätte gut unter einem der Rohrdächer des Eulenwinkels geboren sein können.

„Fällt es Ihnen auf, Herr Doktor?“ erwiderte er auf eine leise Frage, die Jons in einer Pause an ihn richtete. „Denen da fällt es nicht auf, weil sie nichts zum Vergleichen haben. Es ist immer dieselbe Herde, die sich zum Tränktrog drängt. Aber ich sehe es, und auch die Frau Gräfin sieht es. Die Gesichter sind anders geworden gegen damals. Das Leben hat noch ein bißchen mehr abgewischt.“

Jons hatte es gleich gesehen. Er war niemals in der Zwischenzeit in einer Bar gewesen, und in den Stunden, in denen diese Gesichter auftauchten, in allen Städten, hatte er über seinen Büchern gesessen. „Sie sehen wie Verfolgte oder wie Besessene aus“, sagte er. „Entkleidete Besessene, die sich selbst die Kleider herunterreißen.“

„Nur daß sie nicht schön sind ohne Kleider“, bemerkte der Mixer und nahm mit höflichem Neigen des Kopfes eine Bestellung entgegen.

Jons blickte auf seine Schwester, deren ringgeschmückte Hände über ihre Stickerei glitten. Unbeweglich und unnahbar wie ein Götterbild thronte sie auf ihrem erhöhten Sessel, neigte hier und da ihr schönes Haupt und beantwortete leise einen achtungsvollen Gruß. Sie hätte auch in einem Tempel sitzen können, auf einem silbergetriebenen Sockel, kniende Priester und Gläubige zu ihren Füßen, und den Rauch von Myrrhen und Weihrauch um die makellose, schweigende Stirn. Manchmal schickte sie einen schweigenden Blick zu Jons, und manchmal wandte sie den Kopf in das dämmerige Licht des Raumes, wie eine Frau hinter einem behüteten Fenster auf eine fremde Straße blickt.

Jons aber wurde nicht müde, die Gesichter vor dem Bartisch zu betrachten, Gesichter von verzweifelt und gleichsam rasend Lebenden und Gesichter, die gleich denen von Toten waren, emporgetrieben aus ihren dunklen Wohnungen zwischen Schilf und Schlinggewächsen. Gesichter, die mit verhülltem Haß auf ihr Glas und auf Gina blickten, und solche, die mit Leidenschaft tranken und mit Leidenschaft auf die unerreichbare Schönheit starrten. Aber nicht ein einziges stilles Gesicht, nicht ein einziges von Frieden erfüllt, und wenn die Drehtüren sich leise bewegten und ein leiser, kühler Lufthauch durch den dämmerigen Raum ging, war es Jons, als müßte dies alles schwanken, wie verwitterte Schleifen an verdorrten Kränzen schwanken, wenn der Nachtwind über einen Friedhof geht.

Einmal kam ein Mann in einem offenen Frackmantel herein. Er hatte eine Reihe schimmernder Orden auf der Brust und auf dem Aufschlag seines Fracks ein seltsames Zeichen. Er verlangte mit lauter und scharfer Stimme einen Cocktail. Gina hob unmerklich die Augenbrauen, der Mixer bereitete mit unbeweglichem Gesicht den Trank, mit einer betonten Lautlosigkeit, und in dem Raum breitete sich das Schweigen des Grabes aus. Der Mann sah sich um, als stände jemand hinter seinem Hocker und sah dann Gina an. „Das reine Totenhaus“, sagte er scherzend.

Gina hob kein Auge von ihrer Stickerei, der ernste Mixer schob das Glas geräuschlos über den Tisch, notierte den Preis auf einen Zettel und legte ihn ebenso geräuschlos dazu.

Der Mann zuckte die Achseln, stürzte das Getränk hinunter, legte das Geld klirrend auf die Platte und ging hinaus.

„Wer war das?“ fragte Jons leise.

Der ernste Mann sah zuerst Gina an und trat dann an den

Vorhang. „Einer von den Neuen, Herr Doktor", erwiderte er höflich. „Aus der schlechten Gesellschaft . . ."

Jons hörte ab und zu eine Vorlesung, keine medizinische, und manchmal sah er eine Operation, bei einem berühmten Chirurgen, zu der Gina ihm den Zutritt vermittelt hatte. Und einmal war er in einer Sitzung des Reichstages und einmal in einem Theater. Aus beiden Häusern kam er mit ernstem Gesicht heraus. Er war nicht glücklich in der großen, schäbigen, lauten Stadt, in der es Umzüge, Streiks und Prügeleien gab und in der die Arbeitslosen in unabsehbaren Reihen vor den Stempelstellen standen. Auch hier sah er böse Gesichter, und das Böse in ihnen war nackter und gefährlicher, als er es in seiner Heimat gesehen hatte.

Er sprach viel mit Gina, am Nachmittag oder am Abend, bevor sie in den „Tempel" ging, und er wollte vieles wissen. Aber sie kam ihm zurückhaltend vor, sah ihn nur liebevoll an und strich ihm beim Auf- und Abgehen das Haar aus der Stirne. „Sieh zu, daß du bald fertig wirst, Jons", sagte sie, „und in den Eulenwinkel gehst. Die meisten denken, daß alles gut geht und das Leben eine fröhliche Sache ist und bleiben wird. Aber ich kenne ein paar, die sehr kluge Leute sind, in sehr hohen Stellungen, und sie denken nicht, daß alles gut geht. Sie denken, daß wir eine Revolution bekommen werden, eine sehr ernsthafte, so wie die französische oder die russische, und daß wir Dinge erleben werden, von denen man besser nicht spricht."

„Revolutionen kommen auch in die Dörfer, Schwester", sagte Jons nach einer Weile. „Ich kenne keine, die ein Dorf ausgelassen hätte. Aber vielleicht seht ihr hier nur Gespenster wie Kiewitt oder mein Doktor Lawrenz. Ich weiß es nicht, denn ich habe mich nicht darum gekümmert. Die Gesichter gefallen mir nicht, aber sie haben mir nie gefallen. Und in einem Jahr will ich in Sowirog sein, Gina, spätestens in einem Jahr. Und vielleicht gehst du doch nicht nach dem Stillen Ozean, sondern in den Eulenwinkel?"

Sie lächelte und legte den Arm um seine Schulter. Hinter ihm stehend blickte sie aus dem großen Fenster auf die grünen Wipfel der Straßenbäume. Er konnte ihr Gesicht nicht sehen, aber wahrscheinlich war es ein ernstes Gesicht, denn ihre Stimme war ernst, als sie sagte: „Es ist nicht weit genug, Jons ... für das, was vielleicht kommt, ist es nicht weit genug."

Sie stand auf dem Bahnsteig wie damals vor Jahren. Sie küßte ihn auch wieder, aber als Jons sich aus dem Fenster des langsam anfahrenden Zuges beugte, dachte er, daß sie nicht mehr dieselbe sei. Sie stand da wie eine Heimatlose in dem Kreis, den die Menschen immer frei ließen um sie, und aus der Ferne, aus der man weder ihren Pelz noch ihre Schönheit erkennen konnte, sah sie aus wie ein Mädchen aus Sowirog, verlassen und verloren, auf eine fremde Erde gestellt, die ihr Brot und Obdach gab, aber was die Menschen um sie sprachen, war nicht ihre Muttersprache, und was sie taten, war nicht ihr Tagewerk, zu dem sie einst geboren worden war.

Jons kam am späten Nachmittag in der kleinen Universitätsstadt an. Alle Hügel und Hänge blühten, und als er auf der steinernen Brücke stehenblieb, die den stillen Fluß überquerte, und über die Schieferdächer hinwegblickte, eng und wirr aneinandergebaut, die Reihe der alten Platanen entlang, Mauern und Treppen, von Flieder und Goldregen überhangen, und dahinter Weinberge, Hügel und Wald, in sanften Linien sich überschneidend, stand ihm dahinter das schüchterne Bild seines Dorfes auf, das Unermessene und Unbegrenzte, das Armselige und fast Verlorene einer anderen Erde, die noch Wildnis und Öde gewesen war, als hier schon Stein auf Stein sich legte, zu Straßen, Brücken und Domen, und er erkannte, daß ein Vaterland Bezirke umspannen konnte, die wohl geeint waren durch Sprache, durch Königtum oder Gott, aber in denen die Tagewerke, die Feierabende, ja die Zeit fremd nebeneinander herliefen, und daß es ihm schwer werden würde, den Stabsarzt oder nur die geringste Schwester davon zu überzeugen, daß es für ihn geboten sei, in die Öde zurückzukehren und dort ein kleiner Arzt und Geburtshelfer zu sein für Lebenszeit.

Er stieg langsam viele Treppen hinauf, wo der Blick immer weiter in die Runde ging, bis zu einem fernen, sanften Gebirge, aus dessen blauen Konturen sich Trümmer von Burgen heraushoben, saß eine Weile auf einer der Bänke, von der das schimmernde Band des Stromes weit nach Quelle und Mündung zu übersehen war, und läutete dann mit etwas Herzklopfen an der Tür des schönen Hauses, das tief in einem blühenden Garten stand.

Der Professor sei noch in seiner Privatklinik, wurde ihm freundlich bedeutet und ihm der kurze Weg an den Gärten entlang beschrieben.

Das würde er nun wohl in seinem Leben nicht haben, dachte Jons lächelnd, als er weiterging. Wahrscheinlich würde das Jeromin-Haus seine Privatklinik sein, und er drehte sich noch einmal um, den schönen Besitz mit seinen Augen umfassend, der wie eingesponnen in das Flöten der Amseln lag, ein stilles Reich, von bewachsenen Mauern behütet, hinter dem das erste Abendrot friedvoll seinen Vorhang aushing.

Die abweisende Würde einer Privatklinik machte auch vor Jons und seiner bescheidenen Anfrage nicht halt, und die Oberin, die dazu kam, leise vor sich hinrauschend, wie ein Schiff unter Segeln, bedeutete ihm, daß der Herr Professor gleich zu operieren habe und nicht gestört werden dürfe. Auch wenn er nicht Arzt sei, werde er wohl verstehen, daß sich daran nichts ändern lasse.

Ein bißchen Arzt sei er nun zwar, erwiderte Jons lächelnd, und auch Oberschwestern habe er genug kennengelernt, um einzusehen, daß sich an ihnen niemals etwas ändern lassen werde.

Aber gerade als die so ungewöhnlich Angeredete mit einem schnellen Zorn in den Augen antworten wollte, öffnete sich eine der weißen Türen neben ihr, und der Professor kam mit seinem schnellen Schritt über die Schwelle. Es war, als trüge er immer noch Sporen, dachte Jons, und auch die scharfen, fast harten Augen waren noch dieselben, die über Menschen und Dinge wie über Feindesland flogen, die nie Zeit hatten, weil es damals keine Zeit gegeben hatte, als die Schlachten und die Sanitätswagen einander ohne Pause folgten.

„Was gibt's?“ fragte er kurz und sah von dem Gesicht der Oberin schnell zu dem des Besuchers.

„Da ist ein gewisser ...“, begann die Oberin mit verletzter Würde.

„Es ist nur der Mann mit dem Knopf, Herr Stabsarzt", sagte Jons bescheiden. „Aber er wird gerne warten."

Der Professor zog die Augenbrauen zusammen, als erlaube sich hier jemand einen unpassenden Scherz mit ihm, und der kleine korrekte Assistenzarzt hinter ihm machte ein Gesicht wie der beleidigte Sohn eines großen Vaters.

„Der Schatten eines großen Felsen ... im trockenen Land ...", sagte Jons leise.

Und zu der erstarrten Verblüffung der Umstehenden machte der Professor zwei schnelle Schritte, legte die Arme um die Schultern des Fremden und zog ihn an seinen weißen Mantel. „Jeromin", sagte er leise, „Jons Ehrenreich ... sind Sie es wirklich?"

Seine harten Augen waren von Freude und Güte erfüllt, und eine Weile tat er nichts, als daß er mit seinen Blicken das stille, bewegte Gesicht umfing.

„Ich kann warten, Herr Professor", sagte Jons noch einmal leise, und es war ihm schwer, seine Rührung zu verbergen. Das ganze vergangene Leben schien sich über ihn zu stürzen, die Jahre des Krieges, Mühsal und Schlachten, Regen und Feuer, diese weglose Wanderung über Räume und Zeiten, die Gesichter aller Toten und ihre graue Erstarrung, und dazwischen immer der große, weiße Saal des Friedens und dieser Mann, der an seinem Bett gesessen und die Fingerspitzen auf sein Herz gelegt hatte.

„Kommen Sie, Jeromin", sagte der Professor und nahm seinen Arm. „Sie sind doch Arzt geworden? Armenarzt, ja? Ich habe nichts vergessen. Nichts, Jeromin! Ich muß operieren, und Sie können dabei sein. Resectio pylori. Wahrscheinlich mit Magendarmschnitt."

Es kam so, daß Jons operierte. Er sollte den Anfang machen, einen ganz bescheidenen Anfang, wie der Professor lächelnd sagte. Er wolle nur sehen, was aus ihm geworden sei, und er stand dabei, die rechte Hand schon erhoben, wie bei einem Kinde, dem man die Zügel oder ein Steuer für einen Augenblick anvertraut. Aber er ließ die Hand langsam wieder sinken und sah zu. Er sagte kein Wort, außer daß er ab und zu den korrekten Assistenten leise berief, der aufgeregt und ungeschickt war. Die Operationsschwester verzog keine Miene, aber die Oberin atmete so laut, daß ihre gestärkte Schürze unter dem Mantel sich knisternd hob und senkte.

Der Professor sah sie mißbilligend an, aber er sagte nichts. Er beugte sich nur etwas vor, als Jons das untere Ende des Dünndarmes in die Magenwände einnähte. „Machen Sie zu, Kölble", sagte er leise, als Jons sich aufgerichtet hatte.

Er nahm den Puls des Bewußtlosen, eines kleinen, abgezehrten Weinbauern aus einem der Dörfer am Fluß, und blickte auf den schmalen Körper nieder. „Ein Köhlerssohn ...", sagte er, in Gedanken verloren. „Und mit dem Propheten Jesaja aufgewachsen ..."

Die anderen verstanden ihn nicht ganz, aber das verstanden sie doch, daß er nicht den Kranken meinte.

Der Stabsarzt ging schweigend mit Jons bis zu dem schönen Hause, das nun schon in der Dämmerung lag. Er rauchte hastig an seiner Zigarette, und erst als er sie am Gartentor auf den Kies warf, sah er Jons mit der schnellen Wendung des Kopfes an, die er schon im Lazarett gehabt hatte. „Der ist nun der Beste, den ich auftreiben konnte", sagte er, und Jons verstand sofort, daß er den Assistenten meinte. „Ein korrekter Flickschneider, so wie einer einen Anzug flickt. Aber wie dieser berechnet er jeden Faden und jede Elle Tuch. Und ich denke, daß er sich freuen wird, wenn mir einmal etwas mißlingt ..., ach, Jons Ehrenreich, was haben Sie für einen tröstlichen Namen und was würde ich für eine Klinik haben mit Ihnen ..."

Er blieb stehen und sah zu dem Hause empor, an dem die Rosen hinaufrankten. Ein paar Fenster waren hell, und aus einem, das zur Hälfte geöffnet war, klang eine Frauenstimme in die Dämmerung hinaus. „Frühling, was bist du gewillt? Wann werd' ich gestillt?"

Sie lauschten beide, der Professor mit verschlossenem Gesicht. „Was diese Dichter alles für Sorgen haben!" sagte er dann spöttisch und zog den Schlüssel aus der Rocktasche. „Er ist gewillt, Sommer zu werden. Das ist das Geheimnis ... und das andere? Beneficium mortis, Jeromin. Das ist es."

Die Frau war schön, und sie war kostbar gekleidet. Auch

das Haus war schön und kostbar, und Jons trat vorsichtig auf, um nichts zu beschädigen. Sie sah ihm von der Seite ein bißchen spöttisch und ein bißchen gutmütig zu, aber schließlich sagte sie doch: „Sie können ruhig etwas herunterwerfen, Herr Jeromin. Mein Herz hängt nicht so schrecklich daran." Ihre Oberlippe war ein wenig zu kurz, und wenn sie lächelte, zeigten sich ihre weißen, regelmäßigen Zähne. Aber ihre Bewegungen schienen Jons unruhig, und sie rauchte mehr Zigaretten als der Professor.

„Bei uns zu Hause war es schlimm, wenn wir etwas herunterwarfen", sagte Jons. „Wir hatten sehr wenige Sachen, und deshalb war es schlimm."

Sie saßen in der großen Bibliothek, und der Professor fragte nach dem Dorf mit dem seltsamen Namen und nach seinen Angehörigen.

„Ich dachte, Sie würden alles vergessen haben, Herr Professor", begann Jons zögernd.

„Ich vergesse nichts, was aus der Tiefe kommt", sagte der Professor. „Weder Menschen, noch Krankheiten, noch Worte. Ich bin kein Flickschneider. Schatten eines großen Felsen ... die kleinen Leute ... ich habe alles behalten." Und er erzählte seiner Frau von Jons und seiner Verwundung und wie er ihn geheilt habe. Aber er erzählte es, wie er einem Studenten im ersten Semester den Namen „Chirurgie" erklärt haben würde, ein bißchen abwesend und ein bißchen gelangweilt.

Sie hörte aufmerksam zu, nicht gelangweilt, aber ihre Oberlippe ließ einen Teil der schönen Zähne frei, und Jons dachte, daß sie sich lustig mache über ihn, über ihren Mann und über alles, was so ernsthaft genommen wurde.

Aber er erzählte doch. Daß die Mutter tot sei, und von dem Vers, den sie geflüstert hatte. Von Christean, daß er gottbegnadet sei, und von Maria, die immer noch zum Moorrand gehe. Von Stilling und seiner goldenen Uhr mit der Inschrift von „Treu und Redlichkeit", und dem Herrn von Balk und seinem Papagei, der nun „Allons enfants ..." rufe. Und von dem Krebsfang und wie sie auf der Insel gelegen hätten, unter dem Grabkreuz des Großvaters, der ihn gesegnet und zu ihm gesagt hatte: Gehe nun, Enkelkind!"

Die kleine Uhr auf dem Marmorkamin schlug still und eilig vor sich hin, die Vorhänge bewegten sich leise im Wind, und der Professor hatte den Kopf in die Hand gestützt, rauchte und hörte zu. Mit einem abwesenden, fast finsteren Gesicht, als werde die Geschichte eines bösen Lebens erzählt.

Auch seine Frau hörte zu, und sie lächelte nun nicht mehr. Ein tiefes, kindliches, fast hilfloses Erstaunen ergriff langsam Besitz von ihrem Gesicht und verwandelte es, Jahre zurück und lange Wegstrecken zurück, und ein anderes Gesicht kam zum Vorschein, ein lange vergangenes, so als ob die beiden nicht mehr zusammengehörten und nie mehr in eines zusammenfließen würden.

„Ja, die kleinen Leute, Jons Ehrenreich ...", sagte der Professor nach einem langen Schweigen und blickte durch seine Frau hindurch auf die Reihen der Bücher, die Gemälde, die stillen versammelten Kostbarkeiten. „Solch einen Raum werden Sie nun wohl nie haben, Jeromin?" fragte er mit einem schwermütigen Lächeln.

Jons sah sich noch einmal um, bevor er antwortete. Nein, den würde er wohl nie haben, und das sei gut, denn kein Kranker aus Sowirog würde ihn jemals betreten wollen, auch wenn er die Schuhe vorher ausgezogen hätte.

„Sieben Kinder", sagte der Professor. „Und drei davon wohlgeraten, die Toten nicht gerechnet ... Das ist viel, Jeromin, sehr viel."

„Und dort wollen Sie nun bleiben? Ihr Leben lang?" fragte die Frau, immer noch mit ratlosen Augen.

„Ja, das will er wohl, Sabine", erwiderte der Arzt statt seiner. „Und das ist ihm wohl zugemessen vom Schicksal ... wie uns dieses hier."

Sie schüttelte den Kopf, sah nach ihrer Armbanduhr und stand auf. „Sie sind mir ein bißchen unheimlich, Herr Jeromin", sagte sie mit etwas unsicherem Lächeln. „Grübler sind immer unheimlich. Grübler und Revolutionäre. Man weiß dann nie, ob die Sonne noch einmal aufgehen wird."

„Sie geht schon auf, Sabine", sagte der Professor. „Auch sie weiß, was sie euch schuldig ist."

Frau Sabine hob ihre Hand Jons zum Kuß entgegen, aber

er verstand es nicht. „Das Gästezimmer ist fertig für Sie", sagte sie und lächelte nun wieder wie früher.

Aber Jons lehnte das dankend ab. Er sei schon in einem kleinen Gasthof untergekommen, dicht über dem Fluß. Dies sei alles viel zu schön für ihn, und nur am Abend würde er gern einmal wiederkommen.

„Ein sonderbarer Heiliger sind Sie", sagte sie seufzend und nickte ihnen zu. „Ich denke mir, daß Ihr Eulenwinkel gar nicht mehr in Deutschland liegt ..."

„Doch!" beteuerte Jons ruhig. „Unter 22 Grad östlicher Länge und 53 1/2 Grad nördlicher Breite."

Der Professor seufzte nicht, wie Jons es sich angewöhnt hatte, aber er blickte eine ganze Weile auf die Tür, durch die seine Frau verschwunden war. Dann holte er aus einem Nebenraum eine Flasche und goß den roten, schweren Wein in zwei Gläser. Er hielt sein Glas lange in der Hand, ließ das Licht der Lampe sich darin spiegeln und stieß es dann leise an das andere. „Auf Ihr Dorf, Jons Ehrenreich!" sagte er feierlich. „Das unter dem Mondgebirge liegt."

Dann lehnte er sich zurück und sah Jons an, bis das schöne, gütige Licht wieder in seinen Augen erschien, mit dem er damals auf den Fiebernden geblickt hatte.

„Es sind nun bald zehn Jahre, Jons", sagte er. „Die Zeit läuft, und für die Chirurgen läuft sie doppelt schnell. Auch trinken sie meistens zuviel, ist Ihnen das schon aufgefallen?"

Nein, das war Jons nicht aufgefallen, weder hier noch anderswo. Ja, Dr. Lawrenz trinke ein bißchen viel, und es sei schwerer Portwein, aber er habe wohl auch mehr zu tragen als die Chirurgie.

„Wir alle tragen ein bißchen mehr, Jons", sagte der Professor. „Der eine ein Kreuz, der andere einen Paradiesvogel." Und nach dieser dunklen Bemerkung wollte er wissen, wer Lawrenz sei.

„Dort also haben Sie es gelernt, Jons" sagte er dann. „Nicht auf den Universitäten, und es hat keinen Zweck, wenn ich Sie bitte, zu mir zu kommen. Sie können hier nicht viel mehr lernen als eine Vervollkommnung des Handwerks. Technik, wie das schöne Wort heißt. Und Technik ist vom Teufel. Sie verführt zu dem Glauben, alles zu können, zum mindesten, alles zu versuchen. Kein Beruf ist gefährlicher als der des Chirurgen, Jons. Seine dunkle Liste ist die längste. Er würfelt mit dem Tode. Manchmal gewinnt er, meistens verliert er. Aber das gefährlichste für ihn ist, daß er auf jeden Fall zu verlieren meint, wenn er gar nicht würfelt. Der Mann heute, meinen Sie, daß Sie gewonnen haben, Jons?"

„Wir haben ihn vor schweren Schmerzen und vor dem Verhungern bewahrt, Herr Professor", sagte Jons ruhig. „Und das ist doch kein Würfelspiel?"

Der Arzt sah ihn grübelnd an. „Doch, wir haben um ein paar Jahre gespielt, Jons. Wir haben etwas fortgenommen, was die Schöpfung anders eingerichtet hat, und wir wissen nicht, ob sie nicht ein Wunder vorhatte. Wir haben es vielleicht verhindert. Und die Schöpfung ist voll von Wundern ... glauben Sie, daß Ihr Großvater den Schnitt gemacht haben würde? Nicht einmal Ihr Vater würde ihn gemacht haben, wenn er gleichzeitig ein Köhler und ein Chirurg gewesen wäre. Der Köhler würde seine Hand festgehalten haben, der Teil in ihm, der zu Gottes Füßen gesessen hat. Der andere, der zu den Füßen der Hochschullehrer gesessen hat, der würde geschnitten haben. Der würde alles schneiden, was es nur gibt ...

Wir nennen das Fortschritt, Jons, was uns von den Vätern unterscheidet. Unsere Technik, unseren Wagemut, die Kühnheit, mit der wir binden und lösen. Aber manchmal denke ich, daß schon diese eine Tatsache eine furchtbare Mahnung für uns ist: daß wir das Opfer zuerst betäuben. Haben Sie einmal nachgedacht darüber, Jons? Wir wollen keinen Segen mindern, den die menschliche Hand erfunden hat. Aber alles Wehrlose ist eine schreckliche Mahnung, Jons. Können Sie an Gastroenterostomie auch nur denken, ohne daß Sie das Opfer zuerst betäuben? Ich denke viel darüber nach. Es ist das, was sie ‚Grübeln' nennt. Das Unheimliche für sie ..."

Jons sah ihn voller Mitleid an. Es war nicht das Medizinische, was ihn bedrückte. Auch Lawrenz zweifelte, auch er selbst. Es war das, daß er ‚sie' sagte.

„Ich denke nicht oft darüber nach, Herr Professor", erwiderte er nach einer Weile. „Ich bin noch zu jung, und ich denke auch daran, daß ich nicht hier sitzen und Ihnen zuhören würde, wenn Sie mich damals nicht betäubt hätten. Auch ich war wehrlos, und ich glaube, daß man nicht so denken soll. Vielleicht ist es das Unaufhörliche, das Sie bedrückt. Ich werde alle vier Wochen eine Operation haben oder vielleicht nur alle drei Monate. Und ich denke, daß alles gut ist, was den Wehrlosen Schmerzen nimmt. Der Tod fragt nicht nach Schmerzen, aber es ist schön, daß der Mensch danach fragt. Eine Zeit, die nicht danach fragen würde, wird eine böse Zeit sein. Alle Revolutionen waren solche Zeiten."

Der Professor nickte und holte die zweite Flasche. „Vielleicht ist es auch das, Jons, daß wir uns bezahlen lassen", sagte er dann. „In einem bezahlten Heilen liegt ein Keim von Unsittlichkeit. Aber es ist alles verflochten und verstrickt. Der Mann, den Sie operiert haben, hat ein paar Weinberge, aber er wird mir seinen Wein nicht umsonst geben, obwohl auch er Heilung für mich ist. Ein paar Flaschen, aber nicht mehr, das wird er zur Not geben. Den Knopf, den ich damals herausholte, Jons, haben Sie nicht zu bezahlen brauchen. Das heißt, daß es auch anders geht . . ."

Er bat Jons, ein paar Tage zu bleiben. Tagsüber könne er ihm zusehen, und auch er, der Professor, möchte ihm gerne zusehen. Und am Abend sollte er ein paar Stunden bei ihm sitzen. „Ich spreche gern, Jons, und ich habe niemanden, zu dem ich sprechen könnte. Das war schon damals so, als Sie vom Meiler erzählten. Sie kommen aus einer anderen Welt, wo die Dinge in einer anderen Ordnung stehen. Man braucht gar nicht zu sagen, daß es eine bessere Ordnung sei, aber es ist eine andere. Eine frühere, und das letzte ist nicht immer das beste. Auch mein Assistent hat eine Ordnung, eine sehr ordentliche Ordnung, aber es ist eine gekaufte Ordnung. Man kann sie auf Schulen und Universitäten kaufen, wenn man Geld hat. Und auch die Oberin hat eine Ordnung, eine strenge und würdevolle Ordnung. Aber für sie sind Sie nur „ein gewisser", und dahinter folgt irgendein Name. Jeromin zum Beispiel. Ein Etikett, kein Begriff, kein Mensch. Und das war mir doch damals schon so merkwürdig, daß Sie ein Mensch waren, Jons. Damals gab es nur Soldaten, gleichviel, welchen Rang sie hatten. Sie aber waren ein Mensch. Sie legten Ihre Hand auf meine Hand, auf der Bettdecke. Auf die Hand des Stabsarztes. Das ist das ‚Unheimliche', Jons . . ."

Er brachte ihn bis zum Gartentor. Die Sterne standen ruhig über der blühenden Erde, und man hörte den Fluß leise talwärts rauschen.

Jons blieb drei Tage in der kleinen Stadt. Der Professor ließ ihn ungern gehen, und er wollte in zwei oder drei Jahren nach Sowirog kommen, sobald Jons sich ganz und gar eingerichtet haben würde. Jons lud auch die Frau ein, aber sie schüttelte lächelnd den Kopf. „Es ist zu weit nach Osten, Herr Jeromin", sagte sie. „Zweiundzwanzig Grad östlicher Länge ist zu weit für mich . . ."

Er küßte auch jetzt nicht ihre Hand, und sie sah ihm lächelnd nach, wie er vorsichtig über den Teppich ging und allen Kostbarkeiten behutsam auswich.

Jons schickte seinen kleinen Koffer nach der Stadt, in der Tobias lebte. Er hatte beschlossen, den Weg zu Fuß zu machen, in ruhigen Tagesmärschen, um noch etwas von seinem Lande zu sehen, ehe er hinter den „östlichen Längengrad" ging. Er wanderte über die rauhe Alb und die Donau hinunter, wandte sich dann nach Norden und kam über den Böhmerwald und das einsame Fichtelgebirge in das flache und armselige Land, über dem die hohen Schornsteine rauchten und in dem Tobias nun zu Hause war. Er ging langsam wie ein Spaziergänger, ein bißchen Sorge im Herzen, aber die Augen voller Freiheit und Fröhlichkeit. Er war niemals in seinem Leben so gewandert. Er übernachtete in kleinen Wirtshäusern und am liebsten in einem kleinen Bauernhof. Dort saß er am Herd, sah und hörte zu und erzählte gern von seinem Dorf und dem Leben an der Ostgrenze. Hier war niemand, dem er „unheimlich" war. Die kleinen Leute waren einander nie unheimlich gewesen. Aber er erfuhr von den Sorgen des Landes, von den leisen Strömen, die unter der Oberfläche gingen und manchmal verschwanden, wie das Donauwasser am Anfang seiner Wanderung einmal unter einer Felswand verschwunden war. Er konnte auch hier und da einen ärztlichen Rat geben und ein bißchen „heilen", und am Morgen brachten sie ihn alle bis zum Hoftor und sahen ihm eine Weile nach. Einem Wanderer aus einem fremden Land, der merkwürdige Dinge sagen konnte, aber der doch ihresgleichen war, trotz Studium und Doktortitel.

Durch das Flachland fuhr er mit der Bahn. Es war eine kümmerliche, kleine Stadt, die von der Braunkohle lebte. Die Schornsteine standen wie nackte Bäume über ihr, und der Rauch verdunkelte ihre Fenster. Eine kleine Menschenrasse schlich unfroh über die Straßen, von denen ein dunkler Staub aufstieg, und vor den Amtsgebäuden standen lange Reihen von Arbeitslosen. Ihre finsteren Gesichter waren wie an unsichtbaren Schnüren aufgehängt.

Jons hatte seine Ankunftszeit nicht mehr mitteilen können, aber er fand Tobias zu Hause. Die graue, schmucklose Kirche stand am Rande der Stadt, und das Pfarrhaus erschien viel zu groß unter den kleinen Arbeiterhäusern. Man konnte nicht glauben, daß Gott hier soviel Raum brauchte.

Tobias stand am Fenster und hob beide Hände zum Gruß. Es sah aus, als warte er schon seit Jahren auf einen Gast aus der anderen Welt. Als hätte Gott ihn nur ein bißchen vergessen und müßte ihm doch endlich einen Boten schicken, auch in den Schatten der Schornsteine hinein.

Er war auf eine merkwürdige Art unverändert. Er sah noch immer so aus wie auf den Grabenrändern am ‚Toten Mann', und auch seine Hände waren beim Sprechen so zusammengelegt, als hielte er sie noch immer um einen Stahlhelm, der ihm viel zu groß war. Die Jahre hatten sich nur um seinen Mund gelegt, aber seine Augen waren noch immer Kinderaugen.

„Du darfst nicht denken, daß Gott mich vergessen hat", sagte er, als sie in seinem großen und leeren Arbeitszimmer saßen. „Er hat wohl nur etwas anderes mit mir vor, und er wartet, bis ich reif dazu bin."

„Gibt es denn hier Arbeit für dich?" fragte Jons voller Mitleid und sah aus den großen Fenstern auf den Wald von Schornsteinen hinaus.

„Zuerst habe ich es gedacht, Jons, und nun ist das Schreckliche, daß ich es nicht mehr denke. Hast du die Straßen gesehen, als du vom Bahnhof hergekommen bist? Den dunklen Staub auf ihnen? Siehst du, und so ist es hier auch mit den Seelen. Frau Pötzschler wäscht jede Woche die Fenster ab, aber das hilft nichts. Am Anfang hatte ich Blumen im Garten, Nelken, Goldlack und sogar Levkojen, aber es waren keine richtigen Blumen, weißt du. Sie waren künstlich, und ich mußte sie jeden Tag sprengen, um die Farben zu sehen. Sie wuchsen wie unter der Asche.

Zuerst hörten die Menschen zu. Es war ihnen neu, und es war eine Unterbrechung. Wie ein neues Kinoprogramm. Aber dann fiel auch darauf der dunkle Staub. Auf die Predigten, auf die Kanzel, wahrscheinlich auch auf mich. Und nun ist keiner mehr da, der uns am Abend besprengt. Ich selbst, ich halte noch Gottes Hand, ich fühle es. Aber ich kann es nicht weitergeben. Sie sehen mich nicht vor Staub, und ‚Ihn' sehen sie schon gar nicht. Sie sind arbeitslos und stehen und sitzen herum. Wie Zaunpfähle, zwischen denen die Latten fehlen."

„Und was soll werden, Tobias?"

„Ich muß warten, Jons. Sie wollten mir eine andere Pfarre geben, aber ich habe abgelehnt. Es ist nicht so, daß Gott einen nur ein paar Häuser weiterschickt. Seine Schritte sind größer."

„Aber wie wirst du wissen, wann er das Richtige für dich meint?"

„Das werde ich fühlen, Jons. Ich sagte dir ja, daß ich noch seine Hand halte."

Seine Kinderaugen waren mit einer tiefen Zärtlichkeit auf Jons gerichtet, ganz ohne Traurigkeit oder Verzagtheit. Ein Kind, das auf der Schwelle eines leeren Hauses saß, ganz und gar gewiß, daß die Eltern wiederkehren würden.

„Du bist nun der zweite aus diesen Jahren, Tobias", sagte Jons, „den ich gefunden habe und der in Gott ruht. Der erste war Dr. Lawrenz, aber er hatte einen anderen Glauben."

„Bei Gott gibt es keinen anderen Glauben, Jons. Den gibt es nur bei den Menschen. So wie es bei ihnen andere Städte oder andere Länder oder andere Sprachen gibt. Dort aber ist nur *eine* Stadt, und *ein* Land, und *eine* Sprache."

„Du hast nie gezweifelt, Tobias?"

„Oft, Jons, oft! Aber nur an mir, nie an Ihm."

Jons blieb eine Woche bei ihm. Sie gingen auch manchmal „über Land", wie Tobias es lächelnd nannte, und wenn sie weit genug gegangen waren, fanden sie auch ein paar Felder und sogar ein Stückchen Wald. Beide waren mager, aber sie blieben doch lange in dem spärlichen Schatten und versuchten, die Schornsteine nicht zu sehen. Aber man sah sie überall, soweit der Horizont sich erstreckte.

Es kam niemand in das große, leere Haus, außer bei einem Todesfall oder bei einer Taufe. Und auch Tobias ging nicht aus. „Sie mögen mich nicht, Jons", sagte er ohne Bitterkeit. „Das heißt, mich mögen sie schon, aber Gott mögen sie nicht. Und da ich immer in seiner Begleitung bin, so können sie nicht anders als die Tür verschließen."

Am Sonntag ging Jons in die Kirche und hörte der Predigt zu. Ein Dutzend alter Frauen saßen in den nüchternen Bänken und ein paar Kinder, die einander anstießen und kicherten. Die Predigt war nicht mehr als ein Selbstgespräch, ein schönes, stilles, kindliches Selbstgespräch über die Stelle: „Es ist mir leid um dich, mein Bruder Jonathan . . ."

Es war eine tröstliche Predigt, selbst für Jons, der Trost, der aus einem unerschütterlichen Kinderherzen leuchtete. Für das die Wirklichkeit nur ein Schein war, ein Nebelstreif, von den Menschen mit Namen benannt: Armut oder Hunger oder Tod. Aber dahinter stand die große, goldene Wahrheit, bereit, sich für jeden aufzutun, der den Schein beiseite legte.

War es ein törichtes Leben? Ein vertanes Leben? Jons glaubte es nicht. Es war nur ein Leben, das sich in ein falsches Haus verirrt hatte. Die Tür war zugefallen, aber einmal würde jemand kommen und öffnen und den still Wartenden in das richtige Haus führen.

Als sie auf dem Bahnsteig standen, legte Jons seine Hand um Tobias' Arm. „Damals", sagte er, „dachtest du, daß du dorthin gehen müßtest, wo Gott am meisten gefährdet sei. Aber er ist nicht mehr in Gefahr hier. Er ist Staub geworden für diese Menschen hier, er hat sich aufgelöst . . ."

„Er hat etwas vor, Jons", sagte Tobias leise. „So wie dein Doktor es sagt. Ich weiß noch nicht, was es sein wird, aber er hat etwas vor."

„Und wenn er mit dir vorhätte, dich nach Sowirog zu bringen, was würdest du dann tun, Tobias?"

„Ich würde kommen. Selbstverständlich würde ich kommen, Jons. Nicht deinetwegen ... verzeih, wenn ich das so sage ... aber seinetwegen."

„Wir haben einen toten Pfarrer auf dem Kirchenhügel, Tobias. Schon lange Jahre. Aber wir haben noch keine Kirche."

„Das tut nichts, Jons. Es steht nirgends geschrieben, daß Gott eine Kirche will. Er will nur sein Reich, das Reich Gottes. Die meisten Pfarrer denken, daß sie eine Kirche brauchen, aber das ist nicht so. Sie werden berufen oder bestellt, wie es heißt. Aber rufen, Jons, rufen tut sie nur Gott."

Er sah dem Zuge nicht nach. Er ging gleich zurück, weil er zu einer Beerdigung mußte. Aber Jons sah ihn noch lange, wie er auf der dunkelbraunen Straße vorwärtsschritt, in das weite Rund der hohen Schornsteine hinein. Ein kleines, schmales Menschenwesen, das tapfer und ohne Furcht auf einen leeren, schweigenden, versteinten Wald zuging.

Jons kehrte sehr nachdenklich in seine Heimat zurück, und gleich darauf begann er mit seiner Arbeit, zu der Lawrenz ihm geraten hatte. Er war in der laryngologischen und dann in der Augenstation, und das zweite Halbjahr war er Assistent in einer Kinderklinik. Er hatte gute Lehrer, und da man wußte, daß er nun „in die Einöde" gehen würde, auf nichts als sein eigenes Wissen angewiesen, übertrug man ihm vieles, was sonst den Chefärzten vorbehalten blieb. Niemals enttäuschte er ein Vertrauen, und wo immer er erschien, vor einer bedenklichen Operation, oder in einem Streit der Schwestern, oder bei einem Zornausbruch des leitenden Arztes, immer verschwand alles Nervöse oder Erbitterte vor seinen ruhigen, tiefliegenden Augen. Manchmal sagte er ein Wort aus dem Alten Testament und manchmal eines seines Vaters oder auch des Herrn von Balk, und wer zu Anfang darüber gelächelt hatte, lächelte nun nicht mehr, sondern hörte ihm still zu, ein bißchen verwundert oder ein bißchen wehmütig, und wenn er seinen abgeschabten Mantel am Abend anzog und die alte Pelzmütze aufsetzte, sahen sie ihm mit leisem Kopfschütteln nach und gingen dann wieder seufzend an ihre Arbeit.

„Es ist doch ein Jammer um Sie, Jeromin", sagte der Laryngologe beim Abschied.

„Viele sagen es, Herr Geheimrat", erwiderte Jons, „aber ist es nicht besser, daß es ein Jammer um mich ist statt um mein Dorf und viele andere Dörfer? Und dabei ist es gar kein Jammer um mich. Ein Mann, der zur Arbeit geht, das ist es, Herr Geheimrat. Und um solch einen Mann war niemals ein Jammer bei uns."

Nicht einmal bei Dr. Lawrenz war Jammer. Er rauchte und trank ein bißchen mehr als sonst, aber das war alles. „Zeit für den Eulenwinkel, Jons", sagte er. „Sie warten, und die besten Kinder werden ungeduldig, wenn das Christkind nicht kommt. Es gibt Leute, die ihr Leben lang Assistenten bleiben, nicht nur unter den Medizinern. Wir wollen keinen Abschied nehmen, Jons. Ich habe jeden Abend Abschied von Ihnen genommen."

Aber dieses hatte er sich doch für das letzte Wochenende vorbehalten, daß er mit Jons einen „Ausflug" machen wollte. Er brauchte das Wort mit einem leisen Spott, aber es war ihm anzumerken, daß er an das Ganze lange Zeit gedacht hatte als an ein schönes Ende dieses Jahres. Sie fuhren ans Meer und von dort nach der Bucht des Haffes, von wo der Dampfer an der Nehrung hinauffuhr. Jons hatte weder Zeit noch Geld gehabt, jemals eine solche Fahrt zu machen. Nur einmal als Schüler war er am Fuß der Sandberge gewesen, aber es hatte den ganzen Tag in Strömen geregnet, und da Charlemagne krank gewesen war, so hatte ein anderer Lehrer sie geführt. Er hatte einen Zylinder und einen Regenschirm gehabt, und für Jons war das Ganze wie ein Spuk gewesen.

„Es waren doch arme Jahre, Herr Doktor", sagte er, als er Lawrenz davon erzählte.

„Und das war das Beste an ihnen, Jons", erwiderte dieser. „Daß es so viele Dinge gibt, die dann zum ersten Mal da sind. Das Erstmalige, das sind die großen Geschenke des Lebens, Jons. Das erste Märchenbuch, der erste kleine Hund, die erste Operation, die erste Liebe. Und nun, in einer Woche, Ihre erste Sprechstunde."

Sie saßen im Bug des Schiffes, jeder auf einer Ankertaurolle, und sahen zu, wie die Landschaft aus Wasser, Sumpf und Wald langsam zu ihnen heran und an ihnen vorüberglitt. „Alle große Landschaft, Jons“, sagte Lawrenz, „macht das Herz groß und ein bißchen bang. Deshalb lärmen sie hinter uns auch so. Diese Leute aus den großen Städten haben immer ein bißchen Angst, wenn sie aus ihnen herauskommen. Sie haben keine Polizei mehr, die sie bewacht, keine Straßenbahn, keine Hausnummern. Und dann retten sie sich in die Masse und in den Lärm. Sie können keine Einsamkeit mehr ertragen. Sehen Sie den Kapitän an, er hat sich in den Alkohol gerettet. Er ist zu oft hier gefahren, das große Schweigen entlang. Er hat die Sprache verlernt, mit der man ihm begegnen kann. Und deshalb werde ich gern zu Ihnen kommen, Jons, in Ihr. Dorf, jeden Sommer wahrscheinlich. Ein Volk, das so lange gejagt worden ist, geht gern dorthin, wo die Menschen schweigsam sind.“

Unter den hellen Frühlingswolken zogen Vögel dahin, die Jons noch nie gesehen hatte. Große Möwen mit weitgespannten Flügeln, und einmal ein Adler, weißglänzend, der über den Sandbergen kreiste. Die Luft war tiefblau wie über der Wüste, und alle Konturen flimmerten wie über einem glühenden Ofen.

Sie saßen ganz still und blickten vor sich hin. Die wenigen Dörfer tauchten aus dem Glanz herauf und versanken wieder, und endlich blieb zu ihrer Linken nur ein sanft geformtes Gebirge weißgelblich schimmernden Sandes, das sich ohne Übergang in das Wasser stürzte. Eine Spur lief schräg die Hänge hinauf, und man konnte nicht erkennen, ob es eine Tier- oder eine Menschenspur war. Sie endete am Horizont.

Als sie das Schiff verlassen hatten, gingen sie langsam den schmalen Landstreifen nach Norden zu. Birken und Weiden standen auf den schmalen Wiesenflächen, und links von ihnen stieg das kniehohe Kieferngehölz die Dünenhänge hinauf. Es war so still, daß sie hinter den Sandbergen das Meer rauschen hörten.

„Auf alles dieses“, sagte Jons leise, „hat meine Mutter wohl zwanzig Jahre lang von drüben aus ihrem Kammerfenster gesehen.“

„Ja, und davon ist sie so geworden“, erwiderte Lawrenz

nach einer Weile. „Wandte sein Roß und ritt davon ... ein großes Land, Jons ...“

Sie gingen bis zu dem kleinsten Dorf der Nehrung, von dem es hieß, daß es das ärmste des ganzen Reiches sei, fanden eine kümmerliche Unterkunft und saßen den ganzen Abend auf dem Kamm der Düne. Hinter ihnen lag das Meer wie ein ungeheurer Schild aus Stahl, unnahbar und unbewegt, und vor ihnen, am niedrigen Ostufer des Haffes, hoben die Leuchtfeuer sich immer glänzender aus der wachsenden Schwärze. Verschiedene Zeichen, mit geheimnisvollen Zwischenräumen, als gäben sie ihre Signale an die Sterne und nicht an die verlassene Erde. Zu ihrer Rechten aber begann nun die Mühle des großen Leuchtturms langsam zu mahlen, und die weißen Lichtbalken fegten in regelmäßigen Abständen wie geisterhafte Arme durch das Dunkel. Sandkorn auf Sandkorn rieselte kaum hörbar an ihren Händen vorbei und den steilen Hang hinunter.

Lawrenz trank seinen Portwein in kleinen Schlucken und rauchte. Es war, als ob er in seinem grünen Sessel säße und auf das Bild seiner Mutter blickte. Er war nicht kleiner geworden in dem großen Schweigen.

„Dieses sollten Sie einmal gesehen haben, Jons“, sagte er dann leise. „Sie werden nicht mehr viel sehen, wenn Sie erst in Sowirog sitzen. Und eine große Schöpfung gesehen zu haben, tut uns gut, wenn wir unser Leben an den Menschen wenden müssen, zumal an den kranken. Es heißt, daß hier alles einmal Wald war, Urwald wie am Amazonenstrom. Bis die Menschen ihn zerstörten, um Bauholz für Schiffe zu gewinnen. Die Preußen oder die Russen, ich weiß es nicht genau. Vor zweihundert Jahren haben hier noch Meiler gestanden, wie im Eulenwinkel.

Ich bin gern hier, Jons. Ich denke mir, daß Gott hier wieder in einer Feuersäule erscheinen könnte. Ein großes Land, das ihm gemäß ist. Wie die Wüste vor viertausend Jahren. Und auch die Menschen hier würden noch aufblicken zu ihm wie damals. Nicht die Sommergäste, aber die Fischer. Sie sprechen noch kurisch hier, wußten Sie das?“

Nein, Jons wußte das nicht. Er saß wie in einem Traum, und er verstand nun, daß Lawrenz einmal gesagt hatte, man könnte hier krank werden vor Heimweh. Vor dem letzten Heimweh. Hier könnte der Fuß der Leiter stehen, der aus dem Sande hinauf, an allen Kirchen vorbei, zu dem führte, was die Menschen Gott nannten. Er konnte sich gut denken, daß Lawrenz hier betete, wenn er allein hier saß. In der alten fremden Sprache, die am Hain Mamre gesprochen worden war. Daß er den Riemen um seine Stirn band und die Arme über die Leuchtfeuer hinaus zu den Sternen hob.

„Und noch eins ist hier, Jons", fuhr Lawrenz leise fort. „Daß ich oft denke, ich könnte mich hier verbergen, wenn der Haß wieder auf unserer Fährte ist. Denn die Menschen werden Feuer und Blut sehen wollen. Soviel Raum ist hier, Jons, unter den kleinen Kiefern und im Sande. Soviel, daß man das Schlagen eines Menschenherzens nicht hören könnte. Und das meine würde schlagen, ich weiß es. Auch ich bin nur ein Mensch, Jons, ein armer, furchtsamer Mensch ... es hängt zuviel an uns. Geschichte, Wissen und Erfahrung. Und Ahnungen ... aber wahrscheinlich würden sie auch das hier ‚durchkämmen', wie sie sagen. Ich will lieber zu Ihnen kommen, Jons. Ein Moor kann ein sicherer Boden sein in schwankenden Zeiten ..."

Noch unter dem matten Sternenlicht konnte Jons sein trauriges, wissendes Lächeln sehen.

„Das Gogunkind wird Sie führen, Herr Doktor", sagte er halb im Scherz. „Es weiß, wo die Flügel der Morgenröte sind."

Am nächsten Abend waren sie wieder in der Stadt, und dann packte Jons seine Bücher ein. Fräulein Holstein half ihm schweigend, und als die beiden großen Männer die Kisten hinaustrugen, faltete sie die Hände und sagte: „Wie lauter Särge, Herr Jons ... jede Kiste ein Jahr."

Aber Jons lächelte ihr tröstend zu. „Ich will Ihnen etwas sagen, Fräulein Holstein", erwiderte er. „Im Sommer kommen Sie in den Eulenwinkel. Zu den ersten Ferien in Ihrem Leben. Sie wohnen in unserm Haus, und alle Frauen bei uns sind still. Es ist nicht recht, daß Sie fast zwanzig Jahre für mich gesorgt haben, und wir haben nie für Sie gesorgt."

Sie lächelte unter Tränen. „Schon als Sie das erste Mal auf der Schwelle standen, Herr Jons, habe ich gewußt, daß der liebe Gott Sie geschickt hat. Manchmal schickt er auch in solche Häuser einen. Und ich werde kommen, wenn ich nicht in einen falschen Zug steige."

Jons schenkte ihr den Buchfink, der nun alt geworden war. „Damit er Sie ein bißchen an mich erinnert", sagte er.

Und dann sah er noch einmal über die leere Wand hin und über den ganzen kleinen Raum, in dem er so still gewachsen war wie ein Baum, und als er hinausging, nickte er ihm zu, als stehe in der dunklen Ecke jemand und sehe ihm nach. Ein bißchen lächelnd und ein bißchen spöttisch, und ein bißchen nachdenklich, wie er es nun anfangen werde mit seinen „dreißig Morgen" oder mit der großen Gerechtigkeit.

XI

Der Herr von Balk saß auf der Bank vor dem langen, niedrigen, rohrgedeckten Holzhaus, hatte die Hände über dem Stock gefaltet und sah Jons entgegen, der unter dem Ahorn stand und die Augen mit der Hand beschirmte.

Das Haus lag abseits vom Jeromin-Haus, auf dem Hügel dicht über dem See, und die letzten Kiefern und Eichen am Waldrand warfen ihre Schatten noch über das Dach. Das Haus war ganz aus Holz gebaut, über einem Sockel von großen Feldsteinen. Es war ebenerdig, mit niedrigen, breiten Fenstern, und nur im Dachgeschoß waren zwei Schlafkammern mit schrägen Wänden eingebaut. Abseits stand ein großer Schuppen mit Fenstern, und um den kleinen Garten war schon ein Sprossenzaun mit schweren Eichenpfählen gesetzt.

„Der Herr von Balk hat sich ein Sommerhaus gebaut", hatte Maria gesagt und Jons dann stehen lassen.

Jons hatte nur genickt und war zum Ahorn gegangen. Er war eben angekommen, und das Herz war ihm so voll, daß er zuerst eine Weile dort stehen mußte, ganz allein, um auf das Land unter der Frühlingssonne zu blicken. Die Schornsteine rauchten schon zum Abendbrot, und Micha kam mit dem Gespann von den Feldern des Schulzen zurück. Er pflügte schon mit dem Scharpflug, bei dem er die Hände nicht auf den Griffen zu halten brauchte, weil er auf Rädern lief, und von ferne sah er aus wie Michael, als er noch ein Knabe gewesen war. Pionteks Rindenhorn klang vom Moor herüber, und das Echo lief um den ganzen See herum.

Endlich war es wohl Zeit, den Herrn von Balk zu begrüßen, und Jons ging langsam über das kurze Gras und den Hügel zum Waldrand hinauf.

„Introite!" sagte Balk und wies auf das Haus.

Jons mußte wohl vergessen haben, ihm die Hand zu reichen, denn Balk ließ die seine sinken und folgte dem abwesenden

Blick, der auf das große Messingschild neben der Tür starrte. „Dr. Jons Ehrenreich Jeromin" stand dort, „Arzt und Geburtshelfer." Die Sonne flimmerte auf dem blanken Metall.

Balk war aufgestanden und legte Jons den Arm um die Schultern. „Wollen nun so wenige Worte wie möglich darüber verlieren", sagte er. „Sind meine Steine und mein Holz und mein Rohr. Und was drin ist, habe ich so aus dem goldenen Überfluß dazu getan. Lawrenz hat mir sehr geholfen. Alles für dich ausgesucht. Nur mit der Lichtleitung war es etwas schwierig, weil kein Mensch im Dorf einen Anschluß haben wollte, außer Maschlanka. Ist aber auch gegangen, und Lawrenz meinte, ohne Strom gebe es keinen Röntgenapparat, und ohne Röntgenapparat sei es nur ein halber Doktor in solcher Einöde."

„Herr von Balk . . .", sagte Jons leise.

„Nichts mit Herr von Balk! Auch er wird einmal zu seinen Vätern fahren, wo es ihm übrigens nicht behaglich sein wird, und vorher muß er ein bißchen für die kleinen und großen Leute getan haben. Mit den Kirchenfenstern war es nichts, der Krieg hat sie genommen. Waren auch ein bißchen zu bunt für mein Gefühl. Liebe keine bunten Götter. Wußte schon, daß du ganz klein anfangen wolltest. Wie eine Meilerhütte. Und die Kranken in die Küche, wo sie Maria den Kaffee austrinken würden. Klein kann man im Herzen bleiben, Jons, in der modesta, und klein genug hast du nun gelebt die ganzen Jahre. Aber das Handwerk muß erstklassig sein! Und je kleiner die Leute, desto erstklassiger das Handwerkszeug! Sieh nun also, wie wir uns das ausgedacht haben."

Und er öffnete die Tür und führte ihn über die Schwelle. „Im allgemeinen machen die Leute wohl einen Spruch dazu", sagte er lächelnd. „Mit Gott . . . oder so ähnlich. Denke mir aber, daß der Spruch am Mikroskop genügt. ‚Denn auch hier sind Götter!' Weiß, daß sie zu dir halten und dir den Äskulap-Becher gereicht haben. Und daß du ihn nicht verschütten wirst. Sind stolz auf dich, und damit ‚Sela'!"

Jons sagte noch immer nichts.

Es gab ein kleines Wartezimmer und dahinter den großen Wohnraum, der Sprechzimmer und Bibliothek war. Alle Möbel waren aus dem Schloß. Auf der anderen Seite des Flurs lag die kleine Küche. Oben gab es nur die Schlafkammern und ein Bad. Alle Geräte waren für den elektrischen Gebrauch. Die Schränke schimmerten von blitzenden Instrumenten. Eine Röntgenkammer war da, und nicht einmal eine Zentrifuge für urämische Untersuchungen hatte Lawrenz vergessen.

„Wie für einen Königssohn habt ihr gesorgt", sagte Jons endlich.

„Selten gehört, daß Königssöhne große Ärzte waren", meinte Balk. „Höchstens im Aderlaß ... Und hier ist das wichtigste, Jons, eine Apotheke. Lawrenz sagte es wenigstens, und ich denke, daß er Bescheid weiß." Er öffnete die Türen zu einem breiten Wandschrank und blickte auf die dunklen und grauen Flaschen mit den weißen Schildern. „Soviel Mühe mit dem kleinen Menschenwesen ...", sagte er nachdenklich. „Der alte Herr von Balk kannte nur Alkohol ... auch gegangen."

Sie stiegen schweigend die Treppe hinauf, wo die schweren Dachbalken entlangliefen. „Wie für die Ewigkeit gebaut", sagte Balk, „oder für das, was wir dafür halten." Jons' Schlafkammer war klein, aber sie blickte auf die Insel hinaus, und das Grabkreuz des Großvaters stand deutlich vor dem Abendhimmel.

Aus der anderen Kammer trat das Mädchen aus dem „Paradies" und machte einen tiefen Knicks wie eine Konfirmandin. „Haben gedacht", sagte Balk, „daß sie hier für dich sorgen soll. Führt zu nichts, ein Leben lang in den Spuren der Toten zu gehen. Mußt sie ein bißchen anlernen, daß sie dir bei den Kranken hilft."

„Du mußt dich nicht fürchten, Hanna", sagte Jons. „Dies ist ein Märchenhaus, und alle guten Geister haben es gebaut."

„Auch der Zimmermann Chuchollek war darunter", bemerkte Balk trocken. „Er war immer betrunken, aber weshalb sollen gute Geister nicht auch mal betrunken sein?"

„Chuchollek ...", sagte Jons lächelnd und blieb auf der Treppe stehen. „Ach, Herr von Balk, wie die Jahre vergangen sind ..."

„Das ist so ihre Art, Jons, und wir wollen sie ihnen lassen."

Als sie vor dem Hause standen, mußte Jons noch einmal den

Kopf schütteln. „Weshalb es mich so bedrückt am Anfang, Herr von Balk, ist, daß ich ganz klein anfangen wollte und ganz aus Eigenem. Man hat mir mein Leben lang zuviel geschenkt."

„An Eigenem, mein Lieber, hast du es dein ganzes Leben nicht fehlen lassen. Was du allein erwerben konntest, hast du erworben, im Geistigen und in einigen anderen Dingen. Das andere ist eine Sache des Geldes, also etwas Subalternes. Bitte diese Grenzlinie in aller Klarheit zu ziehen. Grenzsteine verrücken ist bekanntlich sehr strafbar. Du sollst es nicht bequem oder herrlich oder großartig haben, du sollst nur ohne Kette beginnen, verstanden? Der Mann namens Maschlanka hat schon davon gefaselt, aber wie gewöhnlich nichts davon verstanden. Du sollst zu einem Kranken gehen, ohne auszurechnen, ob der Lohn dafür zu einem Stuhlbein reichen wird. Solch einen Arzt wollen wir hier nämlich haben. Jakob würde sich gefreut haben, und auch du sollst es tun. Nur der liebe Gott und Kiewitt wissen, wie lange wir das tun können."

Noch vor dem Jeromin-Haus kehrte Jons um. „Ich kann nicht mitkommen, Herr von Balk", sagte er. „Ich muß es noch einmal ansehen, alles . . ."

„Siehst du, Jons! Dein Schuster würde die Achseln zucken. ‚Eigentum ist Diebstahl', würde er sagen. Aber wenn ihm jemand seine Glaskugel nähme, würde er ihm wahrscheinlich mit dem Schusterhammer über den Kopf hauen. Die Relativitätstheorie ist eine große Theorie, Jons, und Lawrenz ist stolz, daß ein Jude sie gefunden hat. Er hat es mir wenigstens gesagt. ‚Macht vieles gut, Herr von Balk', hat er gesagt, ‚was zuviel an Zinsen genommen worden ist.' Denkt immer an die Sünden der Väter, Jons. Kommt vom Alten Testament her. Mein Vater hat nie daran gedacht. Erinnere mich wenigstens nicht."

Jons ging in das Haus zurück. Eine Weile blieb er vor dem Türschild stehen und dachte, daß seine Mutter, wenn sie noch lebte, wohl heimlich in der Nacht vom Meiler gekommen wäre, um es schweigend anzusehen. Es war kein Kaiserreich, aber es war mehr als das: es war die Hälfte eines Menschenlebens.

Er mußte jedes Instrument in die Hand nehmen und den

Strom durch den Röntgenapparat schicken. Er mußte in jedem Sessel sitzen und vorsichtig um den großen Tisch herumgehen. Er war wie ein Kind, nicht größer als Micha, nur fröhlicher. Der Stabsarzt hat nicht recht behalten, dachte er. Aber es ist anders, als er es gemeint hat.

Er rief das Mädchen und zeigte ihm den großen Raum im Lampenlicht. „Wir wollen es still und gut haben hier, Hanna", sagte er und strich ihr über das dunkle Haar. „Wir haben viel gutzumachen an dir. Du darfst dich nicht fürchten und mußt Geduld mit mir haben. Auch ich muß das Sprechen wieder ein bißchen lernen."

Sie nahm seine Hand und küßte sie, wie sie es in ihrem Dorfe gelernt hatte. Ihre schönen braunen Augen waren immer noch wie damals, als Frau Marthe sie vom Sarge gewiesen hatte. „Ich will alles tun, Herr Doktor", sagte sie leise.

Aber sie lächelte doch schüchtern mit, als Jons lachte. „Zu Herrn von Balk kannst du ruhig ‚Euer Gnaden' sagen, Hanna. Das kommt ihm schon zu. Aber für dich und das ganze Dorf bin ich nicht der ‚Herr Doktor'."

Jedes Leben läuft langsam an in den kleinen östlichen Dörfern. Langsam wie eine schwere Maschine, deren Schwungrad mit der Hand bewegt werden muß, ehe die geheimnisvolle Kraft es zu treiben beginnt, immer schneller und schneller, bis der hohe, gleichmäßige, singende Ton sich aus dem dumpfen Dröhnen des Anfangs aufhebt und anzeigt, daß jedes Lager, jede Welle, jedes Rädchen seine Schuldigkeit tut. Es ist wie mit dem Ton der Dreschmaschine, der an blauen Herbsttagen über den kleinen Dörfern steht und weithin über die Wälder anzeigt, daß aus den Garben Korn fällt und aus dem Korn einmal Brot fallen wird.

Und so ist es auch mit dem Leben des Dorfarztes Jeromin. Zuerst erscheint eine Anzeige im Kreisblatt, und die Anzeige läuft von Haus zu Haus und von Dorf zu Dorf. „Nun ist es also soweit", sagen die Leute nachdenklich und auch ein bißchen stolz. „Die Jeromins . . ." Viel ist von ihnen gesprochen worden in der Landschaft, Helles und Dunkles, und das Dunkle war häufiger als das andere. Aber dies ist nun ein schönes Licht für alle Rohrdächer, die sich über Armut und Krankheit erheben. Der Doktor Lustig war niemals lustig für die kleinen Leute gewesen. Er hatte eine harte Hand, und die Frauen sagten, daß er auch ein hartes Herz habe, und alle sagten, daß seine Hand im Nehmen stärker sei als im Geben.

„Sieh an, ein Jeromin ..." sagte man auch in den großen Gutshäusern. „Der Bruder von den Burschen, mit denen damals die Sache war ... und der Bruder der Bardame, die eine sogenannte Gräfin ist ... da steckt also dieser komische Dorfschulmeister dahinter und auch der rote Balk ... wollen mal sehen, wie viele er umbringen wird ... von Berufs wegen sozusagen ..."

Aber mit diesem ersten dumpfen Ton beginnt das Lebensrad anzulaufen. Es läuft schon am ersten Morgen an, und Jons weiß nicht, ob es ein gutes oder ein schlechtes Zeichen ist, daß die Witwe Kroll als erste an die Tür klopft. Es ist ein schöner schwarzer Knopf in einem kleinen Messingschild an der Tür angebracht und sogar ein kurzer, deutlicher Hinweis, daß dies eine Glocke sei, aber die Witwe Kroll ist mißtrauisch gegen allen Fortschritt und klopft mit den harten Knöcheln ihrer gesunden Hand laut und vernehmlich an die Eichentür.

Das Mädchen Hanna trägt einen weißen Mantel, der ihr wie das Gewand einer Prinzessin erscheint, und öffnet. „Sieh mal an!" sagt die Witwe Kroll und betrachtet das Wunder mit ihren kleinen, rotgeränderten Augen. „Du bist also hier?" So, als sei das Mädchen gestern noch in Afrika oder Amerika gewesen und auf eine höchst wunderbare und auch verdächtige Weise in dieses Zauberhaus überführt worden.

Hanna errötet, aber sie führt die Witwe Kroll unter dem schwarzen Umschlagtuch schweigend in das kleine Wartezimmer, rückt ihr einen Stuhl zurecht und bittet sie leise, ein bißchen zu warten. Sie werde gleich zum Herrn Doktor geführt werden.

„Zum Herrn Doktor ...", wiederholt die Witwe Kroll gedankenvoll. „Ja, ja ..." Und dann starrt sie mit ihren bösen Augen zuerst dem Mädchen nach und dann auf ihre verbundene Hand, in der die Schmerzen wie Feuer brennen.

Es ist ein Panaritium, und zwar böser Art, unsauber gehalten und mit den Anfängen einer Lymphgefäßentzündung.

Sie leugnet die Schmerzen im Oberarm, aber Jons redet ihr freundlich zu. „Mache mir nichts vor, Mutter Kroll", sagte er. „Vor dem Arzt muß man nun schon die Wahrheit sagen. Wahrscheinlich wirst du denken, daß ich ruhig in der Stadt hätte bleiben können, aber wenn ich nicht hier wäre, würdest du deinen Finger und vielleicht die Hand verloren haben."

Sie hört schweigend zu, aber ihre Augen gehen von ihrer geschwollenen und geröteten Hand in den großen Raum, der in der Morgensonne leuchtet. Sie betasten jedes Bild und jedes Buch, die Sessel und den Teppich, und endlich sagt sie mit ihrer beleidigten Stimme: „Ist das alles Deines?"

Er nimmt das Messer aus dem kochenden Wasser und winkt dem Mädchen. „Ja, Mutter Kroll", erwidert er, „das ist alles meines. Das hat der Herr von Balk mir geschenkt. Und nun mache einmal die Augen zu, Mutter Kroll, und schreie nicht. Es wird ein bißchen weh tun."

„Ich habe noch nie geschrien", sagt sie hart und zerbricht sich den alten Kopf, weshalb wohl die Lampen hier an der Decke hängen, statt auf dem Tisch zu stehen.

Es geht so schnell, daß sie nur einmal aufstöhnen kann und daß Hanna nur ein paarmal das Messer aufblitzen sieht. Es sind drei Schnitte, und der Eiter fließt in Strömen heraus. Jons sieht das Mädchen schnell an. Es ist blaß geworden, aber die Hände zittern nicht, und er nickt ihr zu.

„So, Mutter Kroll", sagt Jons. „Es wird nun viel leichter sein mit den Schmerzen. Sieh dir das einmal an!" Und er zeigt ihr auf der Spitze einer Sonde einen winzigen schwärzlichen Splitter.

„Von so 'n bißchen Dreck?" fragt sie verächtlich.

„Ja, und von einem bißchen Mangel an Sauberkeit, Mutter Kroll."

Er verbindet die Wunden, legt die Hand in eine Schlinge und befiehlt ihr Ruhe und Schonung. „Es hätte auch anders ausgehen können", sagt er.

Sie sieht ihn mißtrauisch von der Seite an und geht dann ohne ein Wort. Daß sie am nächsten Tag wiederkommen soll, bestätigt sie nur mit einem Kopfnicken.

Aber am Nachmittag kam ihre Schwiegertochter und reichte

Jons mit verlegenem Knicksen ein farbiges rotes Taschentuch, aus dem er sechs Eier auswickelte.

„Sind die alle sechs von ihr?“ fragte Jons lächelnd.

Sie errötete, und erst nach einer Weile bekannte sie, daß sie selbst drei dazugetan hätte. „Es sah so nach gar nichts aus . . .“, sagte sie.

„Es hätte nach der Schwiegermutter ausgesehen“, erwiderte er fröhlich, „und so sieht es nach dir aus.“

Er trug sie selbst in die Küche, legte sie auf den weißen Tisch und blickte auf sie nieder. „Sieh mal her, Hanna“, sagte er, „das ist nun unser Anfang, und ich finde, er ist gar nicht schlecht. Mein Professor würde zweihundert Mark genommen haben, aber die können wir nicht zum Abendbrot essen.“

Am Nachmittag wurde Jons mit einem kleinen Korbwagen in das Dorf hinter dem „Paradies“ geholt, zu einer Frau mit einer schweren Angina, und noch während er den Abszeß im Halse öffnete, kam ein kleiner klappernder Kraftwagen vorgefahren und nahm ihn in eines der Sägewerke, wo eine Kreissäge einem Mann in die Hand gegangen war. Es gab keine Taschentücher mit Eiern, aber es gab an beiden Stellen eine ehrfürchtige Bewunderung der leisen, freundlichen Art, mit der er den Eingriff vorbereitete, und der unbedingten Sicherheit, mit der er ihn ausführte. Es kam niemandem in den Sinn, daß er sich irren könnte. Es war augenscheinlich, daß er die Schmerzen besiegte, und die Tatsache, daß er Gummihandschuhe benutzte, war so unglaublich, daß sie am Abend schon durch alle Dörfer um den See gelaufen war. Es war das gleiche für die Dörfer, als ob dem Pfarrer auf der Kanzel zu Beginn der Predigt Silberflügel aus dem Talar gewachsen wären.

Sie erreichte auch den Arzt in Kirchdorf mit dem Namen Lustig. Aber er zuckte nur die Achseln, blickte gleichmütig auf seine nicht ganz sauberen Fingernägel und sagte dann verächtlich: „Firlefanz, mit dem diese Burschen ihren Konkurrenzkampf beginnen . . .“

Der dicke Sägewerksbesitzer aber starrte mit seinen leise hervortretenden Augen auf Spritze, Messer, Schere und Nadeln, atmete schwer auf, als alles fertig war, und sagte dann andächtig: „Das soll Ihnen hier mal einer nachmachen, Doktor!

Kenne die Herren Kollegen seit dreißig Jahren, und bei mir passiert jeden Monat was. Können sich drauf verlassen, daß jedes Sägewerk Sie holen läßt, wenn was los ist. Werde dafür sorgen. Ist wie ein Wunder Gottes, was ich gesehen habe!"

Es dämmerte schon, als der klapprige Wagen Jons an der Haustür absetzte. Er war müde, aber er blieb noch eine Weile stehen und sah in das helle Abendrot. Die Läden waren geschlossen, das Feuer brannte im kleinen Kamin, die Stehlampe warf ihren Schein über den stillen Raum, der so aussah, als hätten schon zehn Jahre lang stille Menschen um die Abendzeit hier gesessen. Das Mädchen trug das Essen auf, und wenn Jons nicht hinsah, blickte es sich scheu um, als habe eine Stimme ihr zugerufen, daß dies nun der letzte Tag aus einem Märchen sei und morgen werde es vor einem fremden Herd in einem Kleid von Asche erwachen müssen.

„Ein guter Tag, Hanna", sagte Jons, stand vor dem Feuer und stopfte seine kurze Pfeife.

Die Tage werden länger, und jedesmal, wenn Jons heimkehrt, ist das Abendrot um Fingerbreite mehr nach Norden gerückt. Sie werden länger, aber sie laufen schneller, und manchmal weiß Jons nicht, wie sie so schnell haben vergehen können. Er hat ein altes Fahrrad gekauft, und der Kreis seines Lebens dehnt sich immer weiter aus, in die Wälder hinein und über sie hinaus. Er macht keine Wunderkuren, er ist kein Herr des Todes. Aber sein Auge ist unbestechlich, seine Hand ist ruhig und sanft, und er hat sein Herz nicht vor der Tür gelassen, wenn er sich bückt und in die kleinen, dumpfen Kammern tritt, wo sich die angstvollen Augen auf ihn richten. Er hat die großen Kliniken vergessen, die blitzenden Operationssäle, in die der Geheimrat wie ein Gott tritt. Aber er hat Lawrenz nicht vergessen und nicht seinen Vater. Er hat das Zwischenreich des reinen Geistes durchschritten, und nun knüpft er sein Leben dort wieder an, wo es am Meiler begonnen hat. Er treibt keine Krebsforschungen, er impft keine Meerschweinchen, er grübelt nicht über die Gerechtigkeit auf dem Acker. Er hat arme und kleine Leute vor sich, eine Lungenentzündung, ein von einem stürzenden Baum verletztes Rückgrat, einen Arm, der in die Treibriemen eines Sägewerks gekommen ist. Und Kinder, viele Kinder, schlecht genährt, wenig beaufsichtigt. Englische Krankheit, Scharlach, Diphtherie. Er lebt nicht wie Lawrenz, er denkt nicht an Honorare wie die ‚Koryphäen', er hat keinen Paradiesvogel zu Hause wie der Stabsarzt. Aber es ist seine Landschaft, es sind seine Menschen. Sie haben ihn getragen, so eng und kümmerlich ihre Herzen sein mögen. Viel ist geopfert worden für ihn, gedarbt und entbehrt worden. Und viele haben auf ihn gewartet, daß er sich ihrer annehme, nachdem Geschlechter lang niemand sich ihrer angenommen hatte. Und wenn auf seinen langen Fahrten hinter mageren Feldern wieder eines der kleinen Dörfer auftaucht, vom Walde umschlossen, von einem ungeheuren Himmel überspannt, dann erinnert er sich der Worte des Vaters, daß in jedem dieser kleinen Dörfer Christus hätte geboren werden können, und wenn er absteigt, das Rad an die Holzwand des Hauses lehnt und die große Tasche mit den Instrumenten vom Sattel nimmt, ist ihm jedesmal, als folgten ihm die stillen Augen, wenn er sich unter den Türbalken bückt, und als ermahnten sie ihn, keinen von denen gering zu achten, die nun mit fiebrigen Augen unter den gewürfelten Bettbezügen auf ihn warteten.

Er wundert sich ein bißchen, daß er noch zu keiner Geburt geholt worden ist, aber er versteht, weshalb auch dieses seine Zeit braucht. Jahrhundertelang sind diese großen Dinge still vor sich gegangen, und niemand als die „weisen Frauen" hat sich darum bekümmern dürfen. Der liebe Gott hat im Plan seiner Schöpfung keine Ärzte neben die Gebärenden gestellt, nur die Schmerzen, und so ist es geblieben. Und dann ist ein Hauptgrund der, daß Jons nicht verheiratet ist. Es ist ein kleines Vorurteil, eine Scheu derer, die sich eine altmodische Keuschheit der Seele bewahrt haben, aber Jons weiß, daß auch das vorübergehen wird. Es braucht nur Zeit, und vielleicht bedarf es einer besonderen Gelegenheit.

Sie kommt schneller, als Jons gedacht hat, und später hat er nur mit einem leisen Herzklopfen an die Sonnwendnacht dieses ersten Jahres zurückdenken können.

In Sowirog hatten sie ein Feuer auf dem höchsten Ackerrain angezündet. Jons war noch vor Mitternacht heimgegangen, weil er nicht gern zur Nachtzeit sein Haus verließ, und Hanna hatte am Fernsprecher gestanden und ihm den Hörer gereicht. Es war eines der großen Güter hinter dem See, und der junge Herr von Bohnen, der vor einem Jahr geheiratet hatte, sprach selbst. Seine Stimme war heiser, und es dauerte eine Weile, bis Jons alles verstand. Dr. Lustig sei da und habe erklärt, daß es hoffnungslos sei. Vielleicht könne man das Kind töten, aber auch dann werde die Mutter wahrscheinlich verloren sein. Ein abnorm enges Becken oder so etwas Ähnliches.

‚Lawrenz' ..., dachte Jons. ‚Dies ist Lawrenz, der mich ruft ...'

Weshalb die Frau nicht in das Kreiskrankenhaus gebracht werde, fragte er.

Das sei zu spät, habe Lustig erklärt, und auch dort würden sie nicht helfen können.

Ein paar Sekunden schwieg Jons und lauschte auf die schweren Atemzüge am anderen Ende der Leitung. Sie waren weit fort und ab und zu von einem leise summenden Ton unterbrochen oder überdeckt, wie von Signalen aus dem großen Raum unter den Sternen.

„Lassen Sie mich sofort holen", sagte er endlich, „und lassen Sie nach Dr. Lustigs Anweisungen alles zu einer Operation vorbereiten!"

„Jawohl!" sagte die Stimme. „Jawohl, und tausend Dank, Herr Doktor ..." Jons hängte den Hörer in den Haken, starrte auf die Nummernscheibe und drehte sich dann um. Das Mädchen stand immer noch da. „Hast du Angst?" fragte es leise.

Er schüttelte den Kopf. „Es wird eine schwere Nacht, Hanna", sagte er. „Du mußt mitkommen und sehr tapfer sein. Ich fürchte, daß der Doktor nicht die Absicht haben wird, uns zu helfen."

Sie packten alles in einen Koffer, und Jons sah noch einmal Stück für Stück durch. Er brauchte die Abbildungen nicht mehr aufzuschlagen, die Lawrenz ihm damals zugeschoben hatte. Aber er dachte, daß das Schicksal doch nichts umsonst tue. Es war wie ein weiser Hausvater.

Der große Wagen stand wie ein dunkles Gespenst vor der Tür, nur seine Augen warfen zwei lange Lichtbänder auf die Hütten des Dorfes. Der Chauffeur nahm die Mütze ab, und Jons setzte sich zu ihm. Das Sonnwendfeuer brannte immer noch, und die Gestalten davor erschienen wie Schatten vor der roten Glut. Der Nordosthimmel war schon weißlich, von roten Adern durchzogen, aber es konnte auch noch der Abendhimmel sein, der unmerklich in die Frühe ging. Über dem Moor stand eine weiße Nebelwand, und die Torfhaufen am Wege erschienen wie große dunkle Häuser, bis sie im fahlen Licht der Scheinwerfer zusammenschrumpften. Die Bekassinen riefen, und aus den reifenden Feldern kam der Ton der Wiesenschnarre, eintönig und von allen Seiten.

Sie fröstelten beide und zogen die Decken enger um die Knie.

Herr von Bohnen hatte ein schmales, scharfes Gesicht, das nun grau und verfallen aussah. Als er vor ihnen die Treppe hinaufging, sah Jons, daß er hohe Reitstiefel mit Sporen trug. Die Sporen wenigstens hätte er doch abschnallen können, dachte er noch.

Dr. Lustig nickte kaum merklich mit dem Kopf. Sein schweres Gesicht war finster, und seine müden Augen blickten böse auf Hanna, als trage sie allein die Schuld an dieser Katastrophe.

Frau von Bohnen hatte kleine Schweißtropfen auf der Stirn und richtete die großen, brennenden Augen auf Jons. Es war nicht zu sehen, ob sie sich fürchtete oder ihm vertraute.

Er untersuchte sie schnell und genau, stellte ein paar Fragen und setzte sich dann auf den Bettrand. Er nahm ihre heiße Hand und sah sie mit seinen ruhigen Augen eine Weile an. „Ich habe es einmal gemacht“, sagte er, „und es gelang mir. Es kann das zweitemal mißlingen, aber ich will es verantworten. Dazu bin ich da. Nach dem Gesetz müssen Sie beide Ihr Einverständnis erklären.“

Sie taten es ohne Zögern.

„Ich denke, daß Herr Doktor Lustig mithelfen wird“, sagte Jons.

Der Doktor dachte gar nicht daran. Er lehnte jede Verantwortung ab, und es sei ein Wahnsinn, unter diesen primitiven Verhältnissen eine solche Operation zu wagen. Ja, es sei ein Verbrechen, und er wolle seine Hände frei davon halten.

Jons hörte schweigend zu und streifte nur mit einem schnellen Blick die schweren Hände des Arztes.

Ob sie trotzdem einverstanden seien, fragte er nur.

Sie nickten beide.

„Ist es wahr, daß Sie eines Köhlers Sohn sind?“ fragte die Frau leise.

Ja, das sei wahr, und gerade deshalb tue er es.

Das Bad stieß an das Schlafzimmer, und dort bereiteten sie alles vor. Hannas Hände zitterten, und Jons sprach ihr leise zu. Sie nickte, aber ihre Augen waren groß und voller Angst. Der Doktor stand am Fenster und starrte in das zunehmende Morgenlicht.

Sie legten eine Matratze auf einen langen niedrigen Tisch und hoben Frau von Bohnen mit ihrem Laken darauf. Zwei verstörte Mädchen und die Hebamme halfen. „Sollen alle hinausgehen?“ fragte der Gutsherr. Jons schüttelte den Kopf und wies nur auf die Ecke des Raumes, wo ein grünes Sofa und ein paar Sessel um einen runden Tisch standen. ‚Es ist wie bei Lawrenz‘, dachte er wieder, und er wußte, daß es ihm gelingen würde.

Bevor er Frau von Bohnen die Maske über das Gesicht legte, nahm er ihre Hand, fühlte nach dem Pulsschlag, beugte sich über sie und sagte leise: „Glauben Sie! Nichts weiter.“

Sie lächelte ihm zu. „Für mich sind Sie wie ein Heiland . . .“, flüsterte sie zurück. Ihre Gedanken verwirrten sich wohl schon.

Jons wies mit einer strengen Handbewegung den Arzt zurück, der an den Tisch treten wollte. Dann legten er und das Mädchen die Masken an. Die Narkose begann.

Es war so still im Zimmer wie bei einer Beerdigung. Nur eine kleine Uhr ging mit schnellen Schlägen durch die Zeit, aber Jons konnte nicht erkennen, wo sie stand. Die ersten Vögel riefen im Park, und Jons hörte das Lied der Grasmücke heraus. ‚Es wird ein schöner Tag‘, dachte er. ‚Der Sommer beginnt . . .‘

Er blickte noch einmal in den großen Raum. Sie hatten die stärksten Glühbirnen eingedreht, die sie besaßen, und das Licht war weiß und warf schwere Schatten hinter den Möbeln. Der Doktor lehnte am Fensterbrett und starrte auf den Operationstisch. Seine Augen waren noch immer böse, aber sein Gesicht erschien ganz weiß im Lampenlicht. Herr von Bohnen hatte den Kopf in beide Hände gestützt, so daß seine Augen nicht zu sehen waren. Die Sporen schimmerten wie silberne Sterne. Die Hebamme saß gerade und unbeweglich. Ihr von Runzeln erfülltes Gesicht war streng und feierlich. Die beiden Mädchen beteten.

Frau von Bohnen begann zu zählen, sorgsam und genau wie ein Schulkind. Bei „zehn“ schlief sie ein, und das Schweigen war nun wie ein unermeßlicher Abgrund.

Hanna nahm die beiden vernickelten Instrumente, die wie kleine Klauen aussahen, um die Wundwände auseinanderzuziehen, und Jons setzte leise, mit unendlicher Behutsamkeit, das Messer an. Er sah, daß die Hände des Mädchens aufzuckten, als das erste Rot auf der weißen Haut erschien, und dann still hielten. Er beugte sich tief herunter und sprach kein Wort. Ein paarmal ging er mit einem langen, schnellen Schritt zum Kopfende des Tisches, lauschte auf den Atem der Schlafenden und fühlte den Puls. Er schlug langsam und gleichmäßig.

Als er das Kind heraushob, so sorgfältig, als ob es mit der Mutter aus Glas wäre, und sah, daß es gesund und wohlgebildet war, atmete er tief auf und rief mit einem Blick die Hebamme zu sich. Dann nähte er die Wundränder zusammen, einen nach dem anderen, machte den Verband, schob das Tuch wieder über den Körper und stützte sich mit beiden Händen auf den Tisch. Eine kurze Zeit sah er nichts als einen schwarzen, unbegrenzten, unendlichen Raum, von winzigen Sternen erfüllt, die sich in kleinen Kurven bewegten. Dann hörte er die Vögel wieder und sah die Gestalt des Mädchens, weiß wie eine Nonne in seiner Verhüllung, gleich ihm mit beiden Händen auf den Tisch gestützt und gleich ihm schweigend wie eine Grabfigur.

Er ließ das Licht abschalten und Vorhänge und Fenster öffnen. Das Morgenrot stand wie eine Feuerwand hinter den Wipfeln, und die Luft kam kühl, rein und nach Heu duftend in den Raum.

„Es ist noch nicht alles gewonnen“, sagte er zu dem Gutsherrn. „Nur das Kind ist gewonnen. Aber ich hoffe, daß alles gut werden wird.“

Er sah Tränen in den Augen des anderen und legte ihm die Hand auf die Schulter. Es war ihm, als sei er um ein Menschenleben älter als dieser.

Er gab der Hebamme Anweisungen, und sie nickte ihm zu. „Der Herr Vater ..., wenn er das erlebt hätte ...“, sagte sie leise.

Dr. Lustig sollte dableiben und auf den Puls achten. Der Wagen sollte in Sowirog warten, und jede Stunde sollte Herr von Bohnen anrufen. Am Nachmittag würde Jons wiederkommen. Er würde bis dahin nicht aus dem Hause gehen.

In der Halle und vor der Freitreppe standen viele Menschen. Jons war es, als blickten sie alle auf ihn, und er lächelte ihnen zu, als kennte er jeden einzelnen von ihnen.

„Doktor“, sagte Herr von Bohnen, als er ihm die Decke um die Knie legte, „ich will es nicht vergessen ... bis zu meinem Tode nicht ...“

Sie sprachen kein Wort unterwegs, und erst als sie die Läden zu Hause geöffnet hatten und in dem großen Raum standen, müde und übernächtig, schlug das Mädchen plötzlich die Hände vor sein Gesicht und begann krampfhaft zu weinen.

„Es ist vorbei, Hanna“, sagte Jons und strich ihr tröstend über das Haar. „Es ist vorbei, und du hast es gut bestanden.“ Dann führte er sie die Treppe hinauf bis in ihre Kammer. „Schlafe nun“, sagte er, „bis ich dich wecke.“

Und dann saß er eine Weile auf dem Sand des Seeufers und sah zu, wie die Sonne über den Wald stieg.

Frau von Bohnen überstand es ohne jeden Schaden, und die Leute an dem See machten ein großes Aufsehen von allem. Ein „Lokalreporter“ schrieb einen Aufsatz im Kreisblatt, und danach hätte man meinen können, daß Jons die junge Gutsfrau vom Kinn bis zu den Zehen aufgeschnitten hätte.

Jons brachte die Zeitung mit und las sie ihr vor. „Das könnte Maschlanka geschrieben haben“, sagte er lächelnd. „Er hat schon einmal von einem ‚Geistesheros‘ gesprochen. ‚Mit Pedal‘, wie der Herr von Balk sagt.“ Ob sie Maschlanka kenne?

Nein, sie kannte ihn nicht. Aber sie legte ihre durchsichtige, ringgeschmückte Hand auf seine braunen Hände und sah ihn an. „Als die Hebamme zum erstenmal von Ihnen sprach", sagte sie, „damals in der Nacht, hat der Doktor die Achseln gezuckt und gesagt: ‚Ein Köhlerssohn ...' Und auch mein Mann hat die Achseln gezuckt. Ich aber wußte, wer Sie sind, als Sie auf meinem Bettrand saßen. Ich sah, daß Ihre Augen das Kind sahen ..."

Er nickte. „Das heilige Leben", sagte er. „Daß man wissen muß, daß alles Leben heilig ist ..."

Die Leute von Sowirog gingen umher, als hätte der Kaiser jedem von ihnen sein Bild geschenkt, und Barbara wurde nicht müde, zu fragen, ob das Kind nun die Augen aufgemacht habe, als er es in die Sonne gehoben habe.

Der Herr von Balk sagte nichts, aber eines Tages erschien er mit einem kleinen Korbwagen und einem hochbeinigen Fuchs davor, blickte gedankenvoll auf die Hufe des Pferdes und meinte, das sei nun doch wohl der richtige Renner für einen berühmten Landarzt. Für ‚Jack the Ripper', setzte er hinzu. Zum Winter folge ein Schlitten nach. Radfahren sei gut für Maschlanka, damit es ihm die Rede etwas verschlage. Ein Arzt aber brauche eine ruhige Hand und ein ruhiges Herz.

Ob der Herr von Balk ihm vielleicht nächstens einen Wagen mit hundertfünfzig Pferdekräften anbringen werde, fragte Jons.

Nein, das wollte Balk nicht. „Da ist ein kleiner Unterschied, Jons", sagte er. „Für unsereinen wenigstens. Pferde riechen, Wagen stinken. Das ist es."

Für das Pferd werde also der Gogunsohn sorgen, dem er nun die Fischerei übergeben habe. Eine problematische Natur, aber in Fischen und Pferden sei er zuverlässig.

Es war eine große Erleichterung für Jons. Auch ein geschickter Radfahrer kann auf einem schmalen Fußsteig mit alten Wurzeln nicht denken. Er kann nicht einmal Wald und Wasser und Himmel sehen, außer für einen schnellen Augenblick. Aber nun gab es wieder einen großen Horizont für den Fahrenden, und bei Regen ließ sich sogar ein niedriges Schutzdach heraufschlagen. Ja, es kam vor, daß der junge Doktor auf der Landstraße zu sehen war, in seinen Sitz zurückgelehnt und ein Buch auf den Knien, in dem er las, während die dünne weiße Staubwand hinter ihm sich langsam über die Felder legte. „Er studiert noch immer", sagten die Leute am Moorrand oder bei den Korngarben. „Er wird ja nun wohl der klügste Mann im Lande werden . . ."

Jons hatte nun keinen Anlaß mehr, das Messingschild mit dem Titel „Geburtshelfer" mit einiger Wehmut zu betrachten, und als der erste Kätner aus einem Dorf hinter dem Moor bei ihm erschien und mit unbeholfenen Worten erklärte, daß seine Frau „sich schwer tue", fühlte er sich zum erstenmal ganz und ohne Vorbehalt in seine Landschaft aufgenommen. Dr. Lustig aber saß nun an manchem Abend über seinem Patientenbuch, addierte Zahlen, verglich sie mit denen der letzten Jahre und blickte finster auf das Ergebnis, das er mit seiner schweren Hand niedergeschrieben hatte. „Diese jungen Burschen . . .", murmelte er. „Skrupellos sind sie und ohne Respekt . . ."

Aber erst die Sache mit Piontek schuf das unerschütterliche Fundament, auf dem sein ärztliches Leben nun zu ruhen begann. Auch ihm fehlte es nicht an Mißerfolgen, auch er konnte den Tod nicht besiegen. Aber er hatte für sich, daß er es schnell erkannte und aussprach und daß die Mißerfolge nicht aus einem Fehler seiner Hand oder seines Auges entstanden. Nach der „Sache mit Piontek" aber gab es keinen Zweifel an seiner Kunst in den kleinen Dörfern, denn er hatte an einem kleinen Mann alles getan, was sonst nur an den Großen getan wurde. Ja, er hatte ihn sogar in die „Teufelskammer" genommen, wie der Röntgenraum hieß. Er hatte den Herrn von Balk gezwungen, Handschuhe anzuziehen und eine Maske aufzusetzen, um bei der Operation zu helfen, und als es ans Bezahlen gegangen sei, hätte der Doktor nur gelächelt und gesagt: „Wenn ich wieder am Feuer bei dir sitze, Piontek, dann wirst du mir den schönsten Steinpilz auf die Glut legen und die schönste Geschichte erzählen, und dann werden wir quitt sein, ganz und gar quitt."

Es war an einem Sommerabend, und die Herde war schon ins Dorf zurückgekehrt. Jons saß mit Herrn von Balk an dem offenen breiten Fenster, und sie sahen zu, wie die jungen Taucher auf dem See ihre Abendspiele trieben.

„Piontek ist da“, sagte das Mädchen.

Er wurde hereingeführt, stand da, auf seinen Stock gestützt, und seine fiebrigen Augen glänzten, so wie die Silberringe in seinen Ohren. „Nun weiß ich mir wohl keinen Rat mehr, Jons“, sagte er leise. Es war ihm wohl nicht recht, daß der Herr von Balk da war, aber dann richtete er seine Augen nur auf Jons, die demütigen Augen eines alten Mannes, der nun mit seiner Kraft und seiner Einsamkeit zu Ende war.

Jons stand schnell auf, führte ihn zu einem der Sessel und legte die Finger auf sein Handgelenk. Er hatte hohes Fieber, und Jons legte die Hand auf die rechte Seite seines Unterleibs. „Ich wußte, daß etwas unterwegs war, Jons“, sagte er. „Schon damals. Vielleicht ist es dieses nun. Vielleicht ist es auch etwas anderes. Aber du wirst es wissen. Sie sagen ja, daß du die Menschen aufschneidest und es dann weißt. Mein Lebtag bin ich zu keinem Doktor gegangen, aber zu dir bin ich gekommen, denn du bist Jakobs Sohn.“

Jons blickte eine Weile auf das graue, von hundert Falten durchzogene Gesicht unter dem weißen Haar, in dem für ihn die Geschichte des Dorfes Sowirog beschlossen war. Er sah die kleinen Hirtenfeuer, an denen er gesessen hatte, von seiner Kindheit an, und er hörte den Ton des Rindenhornes, der „das Echo weckte“.

„Wie alt bist du, Piontek?“ fragte er leise.

„Das werden nun wohl an die fünfundsiebzig Sommer sein, Jons. Ich hütete schon, als sie in den Dänischen Krieg zogen.“

„Mach das mal auf, Piontek, daß ich meine Hand dort hinlegen kann.“

Er fühlte die harte Geschwulst, und Piontek zuckte zusammen, als er behutsam mit der Hand darüberglitt.

„Typhlitis stercoralis“, sagte er leise zu Balk.

„Sehr schön und klangreich“, erwiderte Balk, „aber was mag es bedeuten?“

„Blinddarm. Letztes Stadium . . . Ich will dich noch einmal durchleuchten, Piontek“, sagte er. „Ich möchte mich nicht gern irren bei dir.“

„Du wirst dich nie irren, Jons“, erwiderte Piontek und sah ihn an.

Als er hinter den Schirm trat und die Arme auf das kühle Eisen legte, zitterte er. „Umbringen wirst du mich wohl nicht?" fragte er. „Sonst tue es auf dem Moor und nicht in dieser Kammer."

„Jetzt!" sagte Jons.

Das Licht erlosch, und das helle Summen stand wie eine Geisterstimme im Raum. Piontek erbebte wie ein alter Baum, aber er stand still und erwartete den Tod.

„Ich habe mich wohl nicht geirrt", sagte Jons. „Mache schnell alles fertig, Hanna! Wir müssen sofort operieren."

Er ging schnell in den großen Raum zurück und nahm die Instrumente aus dem Schrank. „Sie müssen mir ein bißchen helfen, Herr von Balk", sagte er. „Es kann jeden Augenblick ein Durchbruch erfolgen, und es hängt an einem seidenen Faden."

Sie arbeiteten schnell und lautlos, und ehe Piontek erkennen konnte, was geschehen sollte, lag er auf dem Operationstisch und sah wie durch einen Nebel drei weißgekleidete Gespenster sich um ihn bewegen.

„Ich muß es herausnehmen, Piontek", sagte Jons, beugte sich über den Hirten und sah ihm freundlich in die Augen. „Du wirst keine Angst haben, nicht wahr? Du wirst einschlafen, und nachher wird alles gut sein. Kein Fieber, keine Schmerzen. Ich werde es tun, als ob du mein Vater wärest."

„Ich weiß es, Jons", sagte der Hirte nach einer Weile. „In deine Hände befehle ich meinen Leib."

Balk räusperte sich ein bißchen, als Jons die Bauchwand durchtrennte, aber dann stand er unbeweglich, die Finger am Puls des Bewußtlosen, und blickte auf die Hand, die das Messer führte.

„Vielleicht wäre es in einer Stunde zu spät gewesen", sagte Jons nur, als es zu Ende war.

Er schickte Hanna zum Schulzen, um die Kammer für Piontek in Ordnung bringen zu lassen, und ließ Erdmuthe bitten, die Pflege zu übernehmen. Dann saß er mit Herrn von Balk vor der Tür, stopfte seine Pfeife und blickte in den Abendhimmel, der noch immer rötlich hinter den Kiefern leuchtete.

„Haben Sie das gehört, was er sagte?“ fragte er nach einer Weile leise. „‚In deine Hände ...?‘ Das hat noch niemand zu mir gesagt ...“

Herr von Balk räusperte sich wieder. „Es hat auch noch niemand im Eulenwinkel solche Dinge vorgenommen, Jons“, erwiderte er.

Und dann schwiegen sie, bis die Leute kamen, um die Bahre in Grünheids Haus zu tragen.

Sie gingen alle mit, durch die helle Sommernacht, in der die Fledermäuse flogen. Die Leute von Sowirog standen vor den Türen, und ein Mädchen, das die Zöpfe schon zur Nacht eingeflochten hatte, sagte leise zu den bei ihm Stehenden: „Er hat ihn totgemacht ... er hat ihm den Bauch aufgeschnitten und ihn totgemacht ...“

Aber die Mutter riß es zornig am Arm zurück und schob es in die Haustür hinein.

„Ich will nun fahren, Jons“, sagte Balk, als sie wieder vor dem Jeromin-Haus standen. „Ich werde eine ganze Menge nachzudenken haben, während ich fahre.“

Als er die Leine aus Johannes' Händen nahm, beugte er sich noch einmal zu Jons herunter und sagte: „Und wenn es der ganze Wald gewesen wäre, der letzte Baum: es würde nicht schade gewesen sein ...“

XII

Von diesem Sommer wurde noch lange gesprochen in Sowirog. Auch später, als die dunklen Jahre gekommen waren, erinnerten die Menschen einander an die Zeit, als Jons die Edelfrau und den Hirten Piontek gerettet hatte, und sie erschien ihnen als die Zeit, in der Gottes Antlitz sichtbar über ihnen geleuchtet hatte. Sie waren noch so, daß ein besonderes Menschenwerk ihnen ohne Gottes tätigen Anteil nicht möglich schien.

Draußen, weit hinter den Dörfern, ging es schlechter und schlechter mit der neuen Republik. Sie war wie ein abgetriebenes Pferd, das immer wieder einen Anlauf nahm und dann zitternd stehenblieb, um Atem zu schöpfen. Sie hatten keinen Arbeitslosen in Sowirog, denn die Wälder wuchsen in der Republik, wie sie im Kaiserreich gewachsen waren. Und dasselbe taten die Fische, die Kartoffeln und der Roggen. Aber von den Städten hörten sie ab und zu, und was sie hörten, verstanden sie nicht, und sie schüttelten den Kopf darüber.

In Sowirog aber hatten sie ihr armes Leben, wie sie es immer gehabt hatten. Aber dazu hatten sie nun einen jungen Mann, der furchtlos mit dem Tode rang und der ihn oft genug zu Boden warf, so daß er sich hinkend und beschämt davonmachte. Und der zweitgrößte fast war nun Piontek. Der in der Teufelskammer gestanden und dem Jons den Leib aufgeschnitten hatte, und dessen Puls der Herr von Balk so lange gehalten hatte, daß inzwischen das Wasser in einem Kessel hätte kochen können.

„Du zählst, Bruder“, sagte Piontek, auf seine Ringschleuder gestützt, „wie du in der Schule gezählt hast ... eins ... zwei ... drei ... und so weiter. Es riecht süß in deiner Nase, wie der Faulbaum riecht, aber noch ganz anders. Und plötzlich bekommst du keine Luft und fährst in ein Loch wie in einen schwarzen Brunnen. Du wehrst dich und du willst ihm an die Kehle, aber sie haben dich festgebunden, die Schlauen, und ehe du schreien kannst, hat es dich, als ob sie dir mit der Axt auf den Kopf schlagen.“

Er richtete seine hellen Augen durchdringend auf den Zuhörer, und er genoß mit Behagen den Schauer, der diesem sichtbar über den Körper lief.

„Das andere, Bruder“, fuhr er nachdenklich fort, „das kannst du ja nicht sehen. Das erzählen sie dir so langsam, wenn alles vorbei ist. Und am komischsten ist ja, daß das Mädchen dabei ist, die ganze Zeit. Sie zieht deinen Bauch auseinander wie eine Harmonika, mit zwei Zangen, damit er besser darin herumschneiden kann. Und wenn er ihn draußen hat, den Teufel, der die Schmerzen macht, dann nähen sie alles wieder zu, wie du ein Loch in deinem Rock zunähst, und nach einer Weile stehst du auf und kannst über den Zaun springen wie mit siebzehn . . .“

Er sah mit grübelnden Augen durch den andern hindurch, als sähe er noch ganz andere Dinge, die er diesem verschwiegen hatte, um ihn nicht an der göttlichen Ordnung irrezumachen.

Der Zuhörer seufzte auf, und nach einer Weile sagte er vielleicht: „Aber wenn sie nun etwas vergessen in dir, eine Zange oder eine Säge, und zunähen: was dann?“

Piontek nahm verächtlich eine Prise von seinem Daumennagel und erwiderte mit Würde: „Vergessen? Ein Doktor wie Jons vergißt nichts! Er heißt nicht Lustig, Bruder, sondern Jeromin!“

Und nach einer Weile, als er sich schon wieder seiner Herde zuwendet, dreht er sich noch einmal um und sagt: „Außerdem würde es klappern, wenn du über einen Zaun steigst. Und es klappert nicht.“

Aber als Jons das nächste Mal mit seinem Wagen bei ihm anhält, fragt er doch nach einigen Umwegen, wie es nun wohl wäre, wenn so ein anderer Doktor etwas in dem aufgeschnittenen Bauch vergäße, eine Zange zum Beispiel oder einen Meißel?

„Es soll mal vorkommen, Piontek“, erwiderte Jons lächelnd. „Wenn sie es sehr eilig haben. Aber dann machen sie eben noch einmal auf und nehmen es heraus. Hast du Sorgen?“

Nein, nein, die hatte Piontek nicht. „Aber daß ihr so auf-

und zumachen könnt wie eine Schachtel aus Birkenrinde, das ist schon eine komische Sache ..."

Und er sah lange der weißen Staubwolke nach, die über der Straße aufstand und träge und langsam über das Moor zog.

Der Gogunsohn wohnte nun auf der Insel und war der Nachfolger des Großvaters Michael. Am Morgen und am Abend kam er zu Jons herüber, um das Pferd zu besorgen, und dann stand er gern ein Weilchen am offenen Fenster, blickte in den geheimnisvollen Raum, der ihm königlich erscheinen mochte, und fragte ein bißchen nach den vielen Krankheiten, die der Doktor heilen konnte.

„Möchtest du nicht hier wohnen, Johannes?" fragte Jons. „Im Schuppen ist eine große Kammer, und im Winter wollen wir einen Ofen hineinsetzen."

Aber er schüttelte den Kopf. „In einer Kammer kann ich nicht Atem holen", erwiderte er. „Ich brauche das." Und er machte eine unbestimmte Handbewegung über den See hin. „Und hier können sie auch zu schnell über einen kommen", setzte er nach einer Weile hinzu.

„Wer?"

Aber er zuckte nur die Schultern, bedankte sich dann und ging langsam zu seinem Boot.

Am wenigsten sah Jons von dem kleinen Micha, und er wußte auch am wenigsten von ihm. Er lebte nun fast ganz beim Schulzen, und es war nun sicher, daß er den Hof übernehmen sollte. Wenn Jons über Land fuhr, sah er ihn manchmal in der Ferne, wie er Garben auflud oder ein Stück Brachland pflügte oder mit einem Wagen Brennholz aus dem Walde kam. Eine schmale, stille Gestalt mit lautlosen Bewegungen, ernst und schweigsam wie ein Erwachsener. Und selbst wenn er die Hand hob, um Jons zuzuwinken, sah es aus, als grüße ein alter Mann seinesgleichen.

Er war selten im Doktorhaus, und wenn Jons ihn fragte, ob er nicht Lust habe, sein Gehilfe zu werden, schüttelte er den Kopf, sah Jons mit seinen ernsten Augen an und sagte, daß er lieber pflügen wolle. Die Kranken müßten ja auch Brot haben, um wieder zu Kräften zu kommen.

Er sprach mit Erdmuthe über ihn, aber auch sie schüttelte

den Kopf. „Ich weiß nichts von ihm“, sagte sie. „Ich denke nur, daß er wie Michael ist, und auch von ihm wußte man nichts.“

Barbara war nun ein großes, schönes Mädchen geworden, und sie saß jeden Tag zwei Stunden bei Stilling, „um klug zu werden“, wie sie lächelnd sagte. Aber die meisten Stunden war sie im Doktorhaus und half Hanna während der Sprechstunden. Sie hatte eine weiche, ruhige Hand, und für sie gab es keinen Zweifel, daß sie Schwester werden wollte. „Wir wollen sehen, kleines Mädchen“, sagte Jons. „Nicht alle Schwestern haben es so wie du hier, und du hast noch keine Oberin in deinem Leben gesehen.“

„Sind sie böse?“ fragte Barbara.

„Sie sind streng und von Würde erfüllt, und sie regieren gerne. Und wenn Frauen ihresgleichen regieren, gibt es meistens das, was man eine Diktatur nennt.“

„Und was ist eine Diktatur? Mauern sie denn diejenigen ein, die ungehorsam sind?“

„So ungefähr. Sie mauern ihnen den Mund zu, und das ist fast dasselbe.“

Sie sah eine Weile gedankenvoll vor sich hin, und dann schüttelte sie den Kopf. „Mich wird niemand einmauern, Jons“, sagte sie. „Dazu bin ich zu hübsch.“

Jons zwinkerte mit den Augen. „Gerade die Hübschesten suchen sie sich aus, Barbara. Weil sie nämlich die Gefährlichsten sind. Außerdem wirst du heiraten, und Frau sein ist besser als Schwester sein.“

„Wer weiß ...“, sagte sie überlegen. „Und außerdem bist du ein Hagestolz und weißt nichts davon.“

„Das ist nun sicher wieder von Stilling“, meinte Jons lächelnd. „Von uns sagt niemand ‚Hagestolz‘.“

Er sprach mit Maria über das Kind, aber auch sie schüttelte den Kopf. „Wir sind alle zu hart gezogen worden, Jons“, sagte sie. „Und deshalb tun wir nun gern das Gegenteil. Ich halte nicht mehr viel vom Erziehen. Sie soll uns ansehen, und damit ist es genug.“

In diesem Sommer wohnte Fräulein Holstein in einer der Kammern des Jeromin-Hauses, und für sie mochte es wohl ein

Paradies sein. Johannes hatte sie von der Bahn geholt und am Abend zu Jons gesagt, daß es die merkwürdigste Fahrt seines Lebens gewesen sei. Soviel habe nicht einmal Stilling von ihm wissen wollen in allen Schuljahren, und so komische Dinge schon gar nicht. Auf den Tafeln in den jungen Schonungen stehe ja noch überall das alte Wort „Zakas", und das heiße ja „Verboten", was jedes Kind hier wisse. Aber sie habe gefragt, ob die Försterei Zakas so groß sei, daß man zwei Stunden durch sie fahre.

Und nach einer Weile sagte er gedankenvoll, er glaube, daß sie in Wirklichkeit noch länger sei und daß sie am Abend, wenn niemand zusehe, auf eine Feder drücke und daß dann der verborgene Teil sich ausdehne und sie bis an die Decke reiche. „Wahrscheinlich muß sie auf dem Fußboden schlafen", setzte er hinzu.

Fräulein Holstein besaß nur zwei schwarze Kleider, und sie reichten bis fast zur Erde. Aber sie trug einen „Pompadour" aus bunten Perlen und einen Sonnenschirm in leuchtendem Scharlachrot. Es war kein Wunder, daß die Frauen von Sowirog den Mund offenhielten und daß die Kinder ihr schweigend die Straße entlang folgten, so als ob Maschlanka etwa auf Stelzen durch das Dorf gegangen wäre. Und die Kühnsten zupften ab und zu vorsichtig an ihrem Rock, um zu sehen, ob er über einem Drahtgestell oder über Fleisch und Blut hänge.

„Kleine Kinder müssen immer wohlerzogen und gesittet sein", sagte Fräulein Holstein und drehte sich um, aber das war nun wieder eine Fremdsprache, und sie wurde in Sowirog nicht gelehrt.

Es war also begreiflich, daß sie fortan die Dorfstraße mied und den Waldsteig zur Meilerhütte einschlug, und wenn sie dort schwarz, lang und feierlich unter den hohen Fichten einherschritt, traf sie höchstens ein Holzfuhrwerk, und der Mann zog die Leine an und sah ihr nach, bis sie hinter den Wacholdern verschwunden war. Nur der rote Schirm leuchtete noch eine Weile zwischen den Stämmen, und es war natürlich, daß sie im ganzen Dorf bald „Der Schwarzspecht" hieß.

„Und sie hat für dich gekocht, Jons?" fragte Piontek. „Ich kann mir nicht denken, daß es einen so hohen Herd gibt. Wahrscheinlich hat sie auf dem Schornstein gekocht, währenddes du in der Schule warst."

Aber es war kein Zweifel, daß sie glücklich war, und wenn sie mitunter am Abend bei Jons saß, sagte sie es auch in ihrer unbeholfenen Weise. „Ich denke, Herr Jons", sagte sie, „daß es hier sogar andere Sterne gibt. Sterne für die Armen sozusagen. So erscheint es mir wenigstens. Und ich denke auch, wenn mein Vater das Gut nicht verkauft hätte, dann würde ich vielleicht nicht so groß geworden sein. Vielleicht kommt es daher, daß ich in der Stadt immer versucht habe, über die Häuser zu sehen, und die Häuser waren zu hoch. Wie die Giraffen es tun, Herr Jons."

„Es kommt von anderen Dingen her, Fräulein Holstein", sagte er. „Von bestimmten Drüsen und sogenannten Hormonen."

„Nun ja, Sie müssen es besser wissen, Herr Jons. Aber hier, wo die Bäume so hoch sind, merke ich es gar nicht so. Nur die Kinder sind überall dieselben. Auch sie würden eine ‚Bande' sein, wenn sie zu mir kämen."

„Sie meinen es nicht so, Fräulein Holstein. Es ist nur das Ungewohnte."

„Es schadet auch nichts", sagte sie. „Ich kann ja in den Wald gehen. Aber Sie müssen wissen, Herr Jons, daß dies wie ein Märchen für mich ist. Ich habe wenig Märchen gehabt in meinem Leben."

Nur auf Hanna blickte sie mit einem tiefen, ängstlichen Mißtrauen. Und erst als drei Wochen vorübergegangen waren, fragte sie einmal ganz behutsam: „Sie ist doch diejenige, Herr Jons, mit der damals das Schreckliche war?"

„Was für Schreckliches?" fragte Jons sanft.

Sie errötete und suchte etwas in ihrem perlengestickten Pompadour. „Das Unmoralische, meine ich, Herr Jons. Auch der Konsistorialrat, der Sie einsegnete, hat es ja wohl so genannt . . ."

„Er hat vieles mit großen Worten benannt, Fräulein Holstein. Außer vielleicht seine eigenen Balken. Aber erscheint sie Ihnen nun ‚unmoralisch', wenn Sie sie so ansehen?"

„Nein, das eigentlich nicht. Wie ja hier überhaupt alles

anders ist, Herr Jons. Vielleicht weil es so hinter der Welt liegt ..."

„Ja, wir haben es ziemlich weit fortgeschoben, Fräulein Holstein, damit wir ungestörter an unserem ‚Fortschritt' arbeiten können. Aber es ist immer noch da, und ich denke, daß es auch noch eine Weile dableiben wird."

„Möchte Gott es geben!" sagte sie leise.

Und dann, als sie abgefahren war, ihr weißes Tuch vor den Augen, kam Lawrenz. Ein stiller Gast, der im Jeromin-Hause wohnte, mit Jons ein bißchen über Land fuhr und abends bei ihm saß. Er hatte eine große Kiste Portwein und viele kleine Kisten mit schwarzen Zigarren mitgebracht. Er war dabei geblieben, viele Stunden des Tages so vor sich hin zu wandern, am Moor oder auf den Ackerrainen zu sitzen und in jeder Kate einzukehren, die auf seinem Wege lag.

Und einmal am Abend sagte er so nebenbei, daß sie sich nun doch einmal den Mann Korsanke ansehen müßten. Er habe wenig Hoffnung, aber er denke doch, daß Korsanke darauf warte.

„Ich fürchte mich, Doktor", sagte Jons leise. „Und ich habe es immer hinausgeschoben."

„Das soll man nicht, Jons. Und man weiß ja auch nie, ob es nicht ein Wunder gibt."

Korsanke war sofort einverstanden, und es schien wirklich, als habe er darauf gewartet. „Du weißt ja, Jons", sagte er, „daß es mit dir etwas anderes ist. Und vor dir kann ich auch ruhig meine Uniform ausziehen."

Sie saßen einen ganzen Abend über den Röntgenaufnahmen, und endlich sagte Lawrenz, daß sie es doch wohl versuchen müßten. „Ein paar Jahre können wir doch vielleicht gewinnen, Jons, und er ist doch eben einer von deinen Menschen."

Ja, das war er wohl.

„Wir wollen es Geschwüre nennen, Jons. Das klingt nicht so schlimm, und davon hat er auch schon gehört. Soll ich mit ihm sprechen? Ich denke, daß er etwas Zutrauen zu mir hat."

Korsanke war still und tapfer, und bevor sie ihm die Chloroformmaske auflegten, sah er Jons mit seinen müden, tiefliegenden Augen an und sagte lächelnd: „Ein komisches Leben,

Jons ... damals als ich Daida am Steigbügel hatte und wir den Pfarrer trafen und nachher deine Sache mit der Majestätsbeleidigung war, wer von uns hätte damals gedacht, daß ich hier einmal so liegen würde und du mit dem Messer über mir?"

„Wir wollen es so gut wie möglich machen, Korsanke", sagte Jons. „Was soll aus unserm Dorf werden, wenn du nicht im Sattel sitzen könntest?"

Aber er mußte doch ein bißchen lauschen, als Korsanke in der Narkose vom „Humpelbein" redete. „Es ist die ‚neue Zeit', die ihm nachgeht", sagte er zu Lawrenz.

Die Resektion war umfangreicher, als sie gedacht hatten, die Geschwulst war von erschreckender Größe, und Lawrenz schüttelte den Kopf. „Würden wir auch noch Dienst tun, Jons", fragte er leise, „wenn wir so etwas mit uns schleppen müßten?"

„Wir sind auch nicht Soldaten gewesen, Doktor", erwiderte Jons. „Von der alten Sorte, die noch einen König hatten, für den sie im Frieden ebenso starben wie im Kriege."

Korsanke erholte sich schnell, aber Jons schrieb ihm selbst das Pensionsgesuch. „Davon ist nun keine Rede mehr, Korsanke", sagte er. „Sitze jetzt still bei deinen Bienen und laß junge Leute reiten."

„Du wirst deine Wunder erleben an diesen jungen Leuten, Jons", erwiderte Korsanke. „Aber ich muß dir wohl gehorchen."

Er bestellte heimlich sein Haus und saß nun noch häufiger bei Stilling, um sich aus der Bibel vorlesen zu lassen. „Sie sind klug, Stilling", sagte er, „schrecklich klug. Und Jons ist wahrscheinlich noch klüger als der andere. Aber Korsanke hat vierzig Dienstjahre hinter sich, und es ist nicht so leicht, ihn hinters Licht zu führen."

Ja, es war ein großer Sommer für das Dorf Sowirog. Der „Schwarzspecht" war dagewesen, und unerhörte Dinge geschahen im kleinen Doktorhaus. Und eines Morgens hatten sie bei dem alljährlichen großen Fischfang mit dem Zugnetz einen ungeheuren Wels im Netz. Er war über zwei Meter lang, seine Bartfäden reichten bis zum halben Rücken, und sein breites Maul mit den doppelten Zahnreihen lag wie ein Abgrund des Bösen hinter den Maschen des Netzes.

Das ganze Dorf war um ihn versammelt, erzählte Geschichten von Kindern, die früher beim Baden verschwunden waren, und starrte voller Grauen auf dieses blauschwarze Wesen der Tiefe, dessen Augen mit kaltem Glänzen in eine fremde Welt aufgeschlagen waren.

Selbst Kiewitt war gekommen und stand vor dem Fisch, auf seinen Stock gestützt und die hellen Augen in die kalten des Fisches gerichtet. „Das ist es, ihr Leute", sagte er dann. „‚Und niemand soll kaufen oder verkaufen dürfen, der nicht das Malzeichen an sich hat, nämlich den Namen des Tieres oder die Zahl seines Namens ... wer Verstand hat, rechne die Zahl des Tieres aus; sie ist nämlich die Zahl eines Menschen, und seine Zahl ist sechshundertsechsundsechzig'."

Und obwohl einige lächelten und einige die Achseln zuckten, fröstelte es sie doch alle ein bißchen unter seinen seltsamen Augen, und sie zogen die Kinder an der Hand vom Ufer fort, wo das dunkle Wasser wie ein Spiegel lag, aber niemand wußte, was hinter dem Spiegel war.

Ein großer Sommer für das kleine Dorf, von großen Ereignissen erfüllt. Der Tod hatte ein paarmal am Moorrand gestanden und hatte umkehren müssen, weil Jakobs Sohn nun da war. Ein paar junge Burschen waren dagewesen und hatten mit den Leuten gesprochen, von einer neuen Zeit, einer ganz neuen, aber auch sie hatten umkehren müssen, weil man in Sowirog keine neue Zeit brauchte. Man war sehr zufrieden, wenn es bei der alten blieb.

Und dann, als die Blätter des Ahorns sich schon färbten, hatte es eines Abends leise an die Fensterläden des Doktorhauses geklopft. Jons und das Mädchen hatten den Kopf gehoben und gedacht, daß es ein Kranker sei, einer von den Alten und Ängstlichen, die sich nicht an die Tür zu klopfen getrauten.

Aber als Jons um das Haus herumging, in dem dämmerigen Licht unter den schweren Frühherbstwolken, stand dort seine Schwester Maria, in ein Umschlagtuch gehüllt, und hielt einen großen, in den Schultern gebeugten Mann an ihrer Hand, und der Mann lächelte, wie ein etwas erschrecktes oder etwas betäubtes Kind lächelt.

„Wer ist ...", fragte Jons erschreckt, aber bevor er den

Satz beenden konnte, wußte er es. Er erkannte es an dem weißen Gesicht seiner Schwester und vielleicht aus dem Lächeln des Mannes, das wie der Abglanz eines Lächelns war, das Jons in einer der Kammern seiner Erinnerung trug.

„Ich wollte ihn nicht dort ins Haus bringen", flüsterte Maria, „weil das Kind sich zu Tode erschrecken könnte. Nimm ihn auf, lieber Bruder, und mache ihn gesund. Ach, mache ihn gesund, lieber Bruder!"

Und sie lehnte die Stirn unter dem Tuch an seine Schulter, wobei sie den Mann nicht losließ, der zu lächeln fortfuhr und mit einer kindlichen Neugier den Stoff an Jons' Ärmel betastete.

Martin trug eine hohe, abgeschabte Pelzmütze, wie man sie in Sibirien trug, und alles andere an seinem Körper bestand aus bräunlichen Lumpen, die hier und da mit Bindfaden zusammengehalten waren. Er trug hohe Stiefel, aber auch sie waren mit Bändern umschnürt, und aus ihren Spitzen sahen die nackten Zehen heraus.

Bevor Jons sie ins Haus führte, sah er sich noch einmal um. Die dunkle Mauer des Hochwaldes stand wie an jedem Abend vor dem Haus, mit schweren Wolken, die eilig über die Kronen zogen. Aber etwas war anders geworden. Das Licht oder das Schweigen, das über der dunkelnden Erde stand. Die matt erhellten Fensterscheiben des Dorfes schienen weiter in die Ferne gerückt, und der Kauz in der alten Eiche rief anders, als er sonst gerufen hatte. Die ersten welken Blätter raschelten unter seinem Fuß, und er seufzte, als er die Tür vor sich öffnete.

Während Hanna mit erschreckten Augen das heiße Wasser in die Wanne laufen ließ, saß Martin vor dem Feuer, hatte die Hände gefaltet und blickte lächelnd in die bläulichen Flammen. Sein langes verfilztes Haar war grau geworden, aber das Gesicht war bei aller Verfallenheit und seiner schrecklichen Einsamkeit das alte Gesicht geblieben. Das Gesicht eines fröhlichen, leise verwunderten und ein bißchen ängstlichen Kindes. Der Puls schlug langsam und gleichmäßig.

Jons stand hinter Maria, die Hände auf die Rückenlehne ihres Sessels gestützt und sah den Kranken an. „Wie fandest du ihn, Schwester?" fragte er leise.

Ihre Schultern fröstelten unter dem dunklen Tuch, aber dann war sie wieder ganz ruhig.

„Er saß schon da", sagte sie leise, „am Grabenrand, und sah mir entgegen. Vielleicht sah er auch aufs Dorf. Ich weiß es nicht. Er hat noch kein Wort gesprochen, aber er nahm gleich meine Hand, als ich sie ausstreckte, und stand auf. So als ob er auf sie gewartet hätte."

„Er hat über zehn Jahre auf sie gewartet, Schwester."

„Meinst du . . . meinst du, daß er mich erkennt?"

„Ich weiß es nicht, Schwester. Keiner von uns weiß, was er erkennt oder nicht erkennt. Er muß nun hierbleiben, in Hannas Kammer, und wir müssen ihn zuerst nur pflegen und ganz behutsam mit ihm sein. Keine Frage, keine Träne. Wir brauchen nichts, als sein Lächeln zu erwidern."

Er schickte sie ins Jeromin-Haus, damit sie Wäsche und einen seiner Anzüge bringe, und dann badete er Martin. Seine Haut war weiß, nicht von Ungeziefer zerfressen, und nur auf dem Rücken waren lange, vernarbte Streifen zu sehen.

Sie richteten für Hanna ein Lager in dem großen Wohnraum, und dann brachten sie ihn in die Kammer zur Ruhe. Er trank die Milch in langen, durstigen Zügen, und das Brot zerbrach er mit den Händen still, fast feierlich, wie bei einer heiligen Handlung. Dann streckte er sich aus und schlief sofort ein.

Natürlich konnte es nicht verborgen bleiben, und Jons wünschte auch nicht, daß es verborgen bliebe. Ja, er hatte eine leise, unklare Hoffnung, als könnte aus der Dorfgemeinde ein Wunder kommen. Aus der Gesamtheit aller Alten und Jungen, aller Dächer, Gärten und Zäune, aus dem Boden, in dem er Wurzel geschlagen hatte und aus dem er fortgegangen war, in den großen Krieg, und alle hatten ihm das Geleit gegeben bis zu dem Waldrand, zu dem er heimgefunden hatte.

Denn auf etwas anderes als auf ein Wunder konnte er nicht hoffen. Er hatte den Kranken sorgfältig untersucht und außer seiner Entkräftung nichts gefunden. Auch unter dem nun kurz geschnittenen Haar ließ sich keine Verletzung oder Narbe feststellen. Es war nicht anders zu erklären, als daß ein überweiches und in eine blutige Fremde gestoßenes Gemüt dem

Druck der Bilder und Ereignisse nicht hatte standhalten können und in ein dumpfes Nichtwissen zurückgeglitten war. Wie die Bilder und Ereignisse im einzelnen beschaffen gewesen waren und ob eine Krankheit vorausgegangen war, würde niemals einer von ihnen wissen. Er war in eine Dämmerung gegangen und hatte sich verhüllt, und Jons wußte keine Hand, vor der der Schleier fallen würde.

Er ließ sich von Lawrenz Bücher schicken, aber sie besagten ihm nichts. Und aus des Doktors Begleitbrief ging hervor, daß sie auch ihm nichts besagten. Vom Körper konnte man etwas wissen, auf die Tafel der Seele aber konnte man nur Namen schreiben, und die Namen bezeichneten das Namenlose.

Er war damit einverstanden, daß Martin nach ein paar Wochen ins Jeromin-Haus zog, und der Kranke selbst war mit allem einverstanden. Er liebte es, in der Sonne zu sitzen und über das Dorf hinabzublicken, aber er war nicht zu bewegen, die Dorfstraße zu betreten. Und als Korsankes Nachfolger in seiner Uniform einmal zu dem Hause heraufgeritten kam, flüchtete der Kranke sich die Treppe hinauf und verbarg sich in dem dunklen Winkel hinter dem alten Schrank. Er sprach nichts außer ein paar russischen oder mongolischen Worten. Er lächelte nur. Und dieses stille, ferne, fast totenhafte Lächeln war das Schwerste, was er auf seine Umgebung legen konnte. Es drückte sie zu Boden, und sie fühlten, daß sie sein wahres Gesicht nie erkennen würden, solange diese unveränderte Maske vor ihm hing.

Es war ihnen allen seltsam, daß Barbara mit einer schmerzlichen Liebe an ihm hing und daß diese Liebe anscheinend erwidert wurde. Sie war groß genug, um zu erkennen, was hier geschah, und niemand wunderte sich, daß ihr erstes Gefühl das eines leisen Grauens war. Aber ohne daß sie geklagt oder um Rat gefragt hatte, begann sie eines Morgens damit, sich seiner anzunehmen. Ihr Gesicht verlor plötzlich alles Kindliche, und es wurde über Nacht zu dem, was Jons ein „Schwesterngesicht" nannte. Sie verlor auch das Impulsive und Eckige ihrer Bewegungen, und wenn sie Hand in Hand über den Steig zum Meiler gingen, sahen sie von ferne aus wie ein Liebespaar, in dem die Leidenschaft durch ein stilles Gefühl des Zusammengehörens abgelöst worden war.

Vor der Mutter verschloß sie sich unmerklich, und Jons war der einzige, zu dem sie über alles ein paar Worte sprach. „Ich will ihn heilen“, sagte sie, „ich allein. Und ich weiß, daß kein anderer als ich es kann. Weil ich die einzige bin, die er nicht gekannt hat, bevor er fortging. Ich bin der Spiegel, in den er noch niemals geblickt hat.“

Sie standen vor den Büchern in dem großen Wohnraum, und Jons legte den Arm um ihre Schulter. „Dieses ist nun unser Handwerkszeug, Kind“, sagte er und wies mit der anderen Hand auf die Bücher und den Schrank mit den Instrumenten. „Und wir wissen, daß es ein kümmerliches Handwerkszeug ist. Du hast nichts als ein Herz, ein junges Herz, das bis jetzt fröhlich war, und wenn du es hingibst dafür, so tust du mehr als wir alle. Aber vielleicht gibt es Türen, die sich nicht einmal vor einem nackten Herzen öffnen. Du mußt es versuchen, aber du darfst nicht verzweifeln, wenn es dir nicht gelingt.“

Nein, das Kind verzweifelte nicht. Am Anfang war es ihm genug, daß der Vater sich nicht fürchtete an ihrer Hand, ja, daß sie erkennen konnte, wie seine verschleierten Augen aufleuchteten, sobald sie am Morgen seine Kammer betrat. Und daß er, wenn vor der Haustür fremde Stimmen zu hören waren, den Kopf nach ihr wendete und die unsichere Hand nach ihr ausstreckte. Und daß es ihr gelang, den dumpfen Kreis seines eingeschlossenen Lebens Schritt für Schritt zu erweitern.

Eines Morgens nahm sie ihn in Christeans Werkstätte, und als dieser auf seinen Krücken ihm entgegenkam und sein gütiges Lächeln ihm wie einen warmen Schein entgegentrug, fühlte sie die Hand des Vaters in der ihrigen zucken, aber es war wohl nicht Christean, der in seine Seele eindrang, sondern das Bild der Krücken, an denen seine Augen hingen. Doch ließ er sich bereitwillig umherführen, und als er auf dem großen Arbeitstisch eines der kleinen Holzrehe erblickte, die Christean immer noch schnitzte, kam ein leiser Ton des Entzückens tief aus seiner Brust, ungesprochen wie der Ton eines Taubstummen, und seine Hände ergriffen das kleine Bildwerk, hoben es nahe an die Augen und verbargen es dann unter dem Rock an seinem Herzen, wobei seine Blicke sich mit einem flehenden Ausdruck auf Christean richteten.

„Behalte es, Martin“, sagte dieser schnell. „Es ist deines, ganz deines.“

Darauf drängte der Kranke schnell aus der Tür und saß nun den ganzen Tag still in der Herbstsonne, das kleine Spielzeug in den Händen, und wenn er die Augen über den See hinaus in die Ferne richtete, war es Barbara gewiß, daß er die fernen Räume eines fernen Landes sah, wo er in einem Gebüsch gekauert hatte, friedlos und gejagt, und das stille Bild der Tiere auf einer Lichtung hatte ihn heimgewiesen. Nicht in ein Dorf mit einem Namen, und nicht zu Menschen mit einem Namen, sondern zu einem fernen, unbestimmten Kinderland, wo die gleichen Tiere auf einer Wiese oder einer Lichtung gestanden und ihm ohne Angst entgegengeblickt hatten.

Auch vor der Meilerhütte saß er gern und hörte zu, wie die Eichelhäher im stillen Walde lärmten. Ein tiefer Friede konnte sich dann langsam auf seinem Gesicht ausbreiten, nicht nur der, der aus der Hand des Kindes in ihn überging, sondern einer, der aus seinen eigenen verschütteten Quellen aufwärtsstieg. So langsam, wie Wasser im Stengel einer Pflanze aufwärtssteigt, bis die gesenkten Blätter sich unmerklich zu heben beginnen. Und einmal hob er die freie Hand und deutete auf den Schwarzspecht, der lautlos hinter dem Stamm einer alten Kiefer erschien und langsam auf der borkigen Rinde hinaufstieg, bis die Sonne den leuchtenden roten Fleck auf seinem Kopfe beschien.

„Das ist ein Schwarzspecht, Vater“, sagte das Kind leise. „Er sucht nach Käfern.“

Er erwiderte nichts. Er wandte auch die Augen nicht von dem Vogel ab, aber es war ihr, als drücke er ganz unmerklich ihre Hand, und der Herzschlag stockte ihr. Aber es erfolgte nichts weiter. Sie konnte sich auch getäuscht haben.

Und dann führte sie ihn einmal bis zu Kiewitts Acker. Sie saßen dort auf der Böschung des Grabens, unter den gelben Hainbuchenblättern, und blickten auf das arme Stück Land, auf dem die Stoppel schon gepflügt war. Hier war es ganz still, nur ein ferner Kranichruf war zu hören, und ab und zu ein welkes Blatt, das sich von den Bäumen löste und mit leisem Rascheln die Erde berührte.

Nach einer Weile erschien zwischen den Wacholderbüschen hinter dem leeren Feld das Pferd Kiewitts. Es weidete vor sich hin, langsam und gleichsam herrenlos, und ab und zu hob es den mageren, fahlen Kopf und blickte zu ihnen hin, als hätte es sie längst gesehen.

Wieder fühlte sie die Hand in der ihrigen zucken, und wieder sagte sie ruhig: „Das ist Kiewitts Pferd, Vater. Sie sagen, daß es tausend Jahre alt sei und in die Zukunft blicken könne."

Er ließ sich still zu Kiewitts Schwelle führen und saß dort auf dem warmen Stein, indes Kiewitt am Türpfosten lehnte, einen Harkenzinken aus Eichenholz in den Händen, an dem er schnitzte. Und hier geschah es nun, daß Kiewitt plötzlich den Harkenzinken fallen ließ und die linke Hand auf Martins graues Haar legte, langsam und leise, als habe eine unhörbare Stimme es ihm befohlen. Er sagte nichts, kein Wort aus dem Alten Testament oder den Seligpreisungen oder der Offenbarung, keinen der unzähligen Verse, die er immer bereit hatte, sondern er stand nur still da, den schmalen, gebeugten Körper an den Türpfosten gelehnt und die hellen, unergründlichen Augen in den Abend gerichtet, in dem der Wald sich langsam mit Schatten erfüllte, und aus dem nur der Körper des Pferdes herüberschimmerte, ein bewegungsloser Körper, der wie der eines Sagentieres dastand, eines Einhorns etwa, das den Kopf erhoben hatte und mit fremdartigen Augen zu ihnen herübersah, schweigend, gleichgültig, einem Leben zugehörig, von dem sie nichts wußten und niemals etwas wissen würden.

So stand Kiewitt da, bis die Dämmerung zu fallen begann. Seine Lippen bewegten sich nicht, seine Hand zitterte nicht. Aber es mußte wohl ein Strom seines Lebens in die verstörte Seele des Kranken hinüberfließen, denn das Lächeln um seine Lippen losch ganz allmählich aus, so allmählich, wie ein Wasserspiegel zur Ruhe geht, dieses leere, von nichts erfüllte Lächeln, und statt seiner erschien eine tiefe, fast erschreckte Trauer um die schmalen Lippen, wie die Trauer eines Menschen, vor dem ein Brief geöffnet wird, den er ein paarmal lesen muß, ehe sein Verstand der Trauer des Herzens nachfolgen kann, weil die Trauer des Herzens früher und schneller da ist als die andere.

Er stand so gehorsam auf wie immer, nahm die führende Hand und ging langsam durch die tiefen Schatten, die im Hochwald auf dem schmalen Pfade lagen. Nur dies war anders, daß er ab und zu stehenblieb, die linke Hand vor die Stirn legte und mit geschlossenen Augen zu lauschen schien. Jedesmal erzitterte das Kind vom Kopf bis zu den Füßen, der schrecklichen Einsamkeit bewußt, in der es mit dem Kranken war, und es atmete verstohlen auf, als die ersten Lichter des Dorfes aus dem Abend schimmerten und abseits von ihnen das helle, weiße Licht in den Fenstern des Doktorhauses.

Und dann, eben hier, und niemals so wenig erwartet wie hier, kam es ohne Vorbereitung, daß der Kranke seine Hand aus der des Mädchens zog, sich ihr zuwandte, das verstörte Gesicht nahe zu dem ihren geneigt, und die Lippen zu einer Frage öffnete, zu der ersten Frage in seiner Muttersprache, und sie lautete, mit Mühe, aber in voller Deutlichkeit gesprochen: „Wer . . . bist . . . du?"

Er sah das schmale Gesicht erblassen unter dieser Frage, bis in die Lippen hinein, aber er fuhr fort, seine schweren Augen an dieses Gesicht zu klammern, erbarmungslose Augen, aus der Tiefe auftauchend wie aus einem Strudel und nach einem Halt verlangend wie ein Ertrinkender, gleichviel ob es ein anderes Leben kostete oder nicht.

Es half Barbara nichts, daß sie voller Todesangst wünschte, Jons wäre da, um ihr die richtige Antwort zuzuflüstern. Daß eine nach der andern sich in ihrem Kopf jagten und sie doch wußte, daß es nur eine einzige gab unter Tausenden und daß jede falsche den Vater zurückstoßen würde in den Abgrund der Dunkelheit und des Schweigens.

Auch wiederholte er die Frage nicht, aber er fuhr fort, seine Blicke in ihrem Gesicht einzugraben wie auf einer willenlosen Tafel, und als sie es nicht mehr ertragen konnte, stahl sich ihre Hand ganz leise wieder in die seinige, und nach einem tiefen, unhörbaren Atemzug sagte sie leise und fest: „Ich bin dein Kind!"

Kein Widerschein auf seinem Gesicht, keine Bewegung seiner

Brust oder seiner Hand. Nur eine leise Entspannung der Wangen und des Mundes, während die Lider sich ganz langsam über seine Augen senkten. Es war, als ob ein Vorhang lautlos falle, über einer dunklen und verstörten Bühne, und in dem großen Rund sei kein Atemzug zu vernehmen.

Barbara hörte die Taucher auf dem See und den ersten Kauz im Hochwald hinter sich. Sie hörte eine Haselmaus über das trockene Laub gleiten, und sie hörte ihren eigenen schweren und schmerzhaften Herzschlag. Vom Vater hörte sie nichts.

Dann gingen sie langsam, Hand in Hand, zum See hinunter.

Martin wollte sofort in seine Kammer, und zum erstenmal seit seiner Ankunft drängte er das Mädchen sanft aus der Tür, sobald es das Licht in der kleinen Lampe angezündet hatte. Das Lächeln war immer noch von seinen Lippen verschwunden, und seine Augen gingen unruhig an den niedrigen Wänden umher.

Sie lauschte so lange, bis sie ihn zu Bett gehen hörte, aber außer einem tiefen Seufzer kam kein Laut über seine Lippen.

Dann erst lief sie zu Jons, und hier erst, in dem hellen Licht einer geordneten Welt, löste sich alle Last von ihrer jungen Brust, und sie weinte fassungslos, an seine Schulter gelehnt.

„Wir wollen nicht zuviel daran knüpfen, Barbara", sagte er nach einer Weile. „Wir wissen ja so wenig. Es kann etwas bedeuten, es kann sogar viel bedeuten, aber es kann sich auch wieder verlieren, wie ein Stein im Wasser ... Kiewitt also", fuhr er später fort. „Das Unsichtbare und Schweigende. Keine Medikamente, keine Psychoanalyse. Nur eine alte Hand, und durch sie strömt das Leben über, oder die Erinnerung, oder Gott. Siehst du nun, wie arm wir sind, Kind?"

Wahrscheinlich verlor es sich nicht, aber es verhüllte sich. Er sträubte sich leise, noch einmal zu Kiewitts Hütte zu gehen, und der grübelnde Ausdruck in seinen Augen blieb. Das Kind wurde blaß und mager, als drücke eine heimliche Schuld es nieder, und die junge Stirn war nun manchmal streng gefaltet, als suche es hinter ihr wie hinter des Vaters Augen, schweigend, unablässig und wie in einem Nebel.

Und zu Beginn der Herbstferien, als die Familie Maschlanka für eine Woche zu Verwandten gereist war, die auch

Maschlanka hießen, ging sie eines Abends heimlich zu Stilling und saß lange vor der Weltkugel, auf der das unendliche Tiefland ihr zugekehrt war, das von der Düna bis zum Amurstrom sich erstreckte.

„Wir wollen es versuchen, Kind“, sagte Stilling seufzend. „Es ist ein gefährlicher Versuch, und wir wissen nicht einmal, ob er sich hergeben wird dazu. Aber die Musik ist Gottes Stimme, und so wie diese aus Kiewitts Hand in ihn überging, kann sie es auch aus der deinigen tun. Ich will zu den Eltern gehen und um die Kinder bitten. Es wird sich keines versagen.“

Die Jeromin-Häuser waren die einzigen im Dorf, die nichts wußten. Barbara hatte es nicht gewollt. Sie war in Angst und Zweifel, und für die Mutter würde es schrecklich sein, wenn es mißlang.

Es war schon dunkel, als sie Martin vom Waldrand aus in die Schule führte. „Wir wollen zu Stilling gehen“, sagte sie nur, und der Kranke sträubte sich nicht. Die Kätnerhäuser lagen dunkel, und vielleicht merkte er gar nicht, daß er zum erstenmal das Dorf betrat. Sie gingen zuerst in das Zwergenhaus und traten in den kleinen Raum mit den Büchern und der Weltkugel. Die Lampe brannte, und Stilling in seinem weißen Haar saß still hinter dem aufgeschlagenen großen Buch. Die alte Uhr ging friedlich durch das Schweigen, und Martin blieb vor der Weltkugel stehen, die verschlossenen Augen auf das Bild der Erde gerichtet.

„Da bist du ja, Martin“, sagte Stilling und sah von der Bibel auf. „Ich hab' immer gewußt, daß du wiederkommen würdest. Nun wollen wir einmal zu den Kindern gehen. Sie warten schon so lange auf dich.“

Er hängte seinen Hohenzollernmantel um und nahm Martins andere Hand. Der Schulhof war dunkel. In den alten Linden rauschte leise der Abendwind. Das Haus lag so still, als hätte niemand es betreten, seit der junge Pfarrer die Ausziehenden gesegnet hatte.

In dem großen Klassenraum brannte nur eine einzige Petroleumlampe. Sie stand auf dem Pult und beschien die Tafel, auf die mit Kreide große und kleine Buchstaben geschrieben waren, und die alte Landkarte, die an den Rändern eingerissen war seit undenklichen Zeiten. Die Kinder saßen unbeweglich, die Hände auf den Bänken gefaltet. Keines drehte den Kopf nach den Eintretenden.

„Und das sind nun deine Kinder, Martin", sagte Stilling und schloß die Tür hinter sich.

Die Hände Martins zuckten einmal in ihren Händen, und es schien, als wolle er sich losreißen und fliehen. Sie hörten, daß sein Atem schneller ging, und seine Augen flogen an den dunklen Wänden entlang, aber dann setzte er sich doch in den Sessel, den Stilling hatte hineinstellen lassen, und wendete seine Augen nicht mehr von der kleinen Lampe, die das Pult beschien. Unter ihr lag die Geige mit dem Bogen, und das rötliche Holz schimmerte warm in dem gelblichen Licht.

„Höre nun still zu, Vater", sagte Barbara. „Wir wollen ein bißchen singen für dich." Sie konnte es nicht ändern, daß ihre Stimme heiser klang.

Die Augen des Kranken folgten ihr, wie sie den schmalen Gang zwischen den Bänken nach dem Pult ging und nun dort stand, schmal und mit weißem Gesicht, in dem nur die Augen wie im Fieber leuchteten. Ein junges, tapferes Menschenkind, ernst und alt geworden vor der Zeit, und als ihre Hände die Geige nahmen, war es, als hätte sie dort schon viele Jahre gestanden, eine Hüterin vergangener Güter, und die Kinder die alten Lieder gelehrt, die sie gesungen hatten, als statt ihrer noch Martin dagestanden hatte, mit dem jungen, strahlenden Lächeln um seine Lippen und mit dem unerschütterlichen Glauben an seine Mission, die er im Dorfe Sowirog zu erfüllen hatte.

Barbara hatte nicht viele Stunden bei Stilling gehabt. Sie konnte ein paar Volkslieder spielen und die zweite Stimme dazu, aber als sie nun prüfend die Saiten zupfte und die Geige unter das Kinn hob, sah es auch jetzt so aus, als hätte sie das ihr Leben lang getan, und der erste Ton hob sich zitternd, aber klar und rein aus dem großen Schweigen empor.

Stilling hatte lange nachgedacht, welches Lied sie nun wählen sollten. Zuerst hatte er gemeint, daß es mit Paul Gerhardts „Befiehl du deine Wege ..." am besten sein würde, aber dann hatte er eines Abends den Kopf geschüttelt und gesagt: „Ich weiß es nun, Kind." Und sie hatten das alte Volkslied dieser Landschaft genommen. „Er hatte es nicht gekannt, als er herkam", sagte er. „Ich habe es ihm noch beigebracht, und ich erinnere mich, daß er es mehr liebte als alle anderen."

Und als die Geige die erste Strophe allein gespielt hatte, ließ Barbara ihre Augen von den Fingern ihrer linken Hand zu den Kindern gehen, und sie sangen nun das ganze Lied, die hohen Stimmen der Mädchen die Melodie und die tieferen der Knaben die zweite Stimme, indes die Geige mit leisen Strichen und manchmal mit einem Doppelgriff sie begleitete.

„Es dunkelt schon auf der Heide,
Nach Hause wollen wir gehn.
Wir haben das Korn geschnitten
Mit unsrem scharfen Schwert ..."

Sie sangen das ganze Lied. Sie sangen es vielleicht nicht besonders schön, und die Stimmen der Mädchen waren etwas zu schrill, zumal bei den hohen Tönen. Aber es war zu hören, daß sie nicht nur mit ihren jungen Kehlen sangen. Sie wußten nichts Rechtes von Martins Krankheit, denn sie hatten sie noch nie gesehen. Aber sie wußten, daß er hier Lehrer gewesen war, ein junger und fröhlicher Mensch, und daß er dann verschollen gewesen war, viele Jahre, und jedes von ihnen hatte am Abend Maria zum Moor gehen sehen, und die Mütter hatten gesagt: „Da geht sie wieder, die Arme ..." Und nun war er wiedergekommen, aber er wußte von nichts. Er wußte nicht einmal seinen Namen und wahrscheinlich auch nicht den des Dorfes, und die Mütter hatten an diesem Abend ihre Haare noch einmal gekämmt und gesagt: „Helft ihm nun in Gottes Namen!"

Und so sangen sie nicht nur mit ihren jungen Kehlen. Ihre Stimmen schwankten leise, und ein paar der Mädchen hatten ihre Schürzenzipfel vor den Augen. Aber sie sangen es doch tapfer zu Ende, und dann saßen sie so regungslos wie am Anfang, die gefalteten Hände auf den Bänken, indessen sie nach rückwärts lauschten, wo er saß, den sie nicht sehen konnten, und wo sie nur einen schweren Atem hörten, wie den Atem eines Mannes, der mit einem Zweizentnersack auf dem Rücken die enge Treppe zum Kornspeicher hinaufstieg.

Und dann, als die Herzen ihnen schwer bis zum Hals hinauf schlugen, hörten sie den Ton, von dem sie dann die langen Winterabende immer wieder erzählten. Den Ton eines weinenden Kindes, hoch und schrecklich verlassen, ja, vielleicht nur den Klageruf eines jungen verlassenen Tieres tief aus den Büschen heraus, wo die Farnkräuter über alten feuchten Steinen stehen und die Kreuzotter sich auf dem Moose sonnt. Ein schreckliches Weinen, das ihnen das Herz zerriß, weil es doch das Weinen eines alten Mannes war, mit grauem Haar über seinen verstörten Augen.

Und dann standen sie doch auf, viele von ihnen, von Angst getrieben, und in der tiefen Dämmerung neben der Tür sahen sie das Mädchen vor dem Sessel knien und das weiße Haar des Lehrers darübergebeugt, und sie hörten die junge, bebende Stimme sagen: „Vater ... lieber Vater ...“, und immer nur dieses und nichts anderes.

Und da schlichen sie sich auf einen Wink Stillings leise hinaus. Aber als sie an dem Sessel vorbeikamen, geschah das Große und Unerhörte, daß der weinende Mann seine Hand ausstreckte, nach jedem von ihnen, und daß er immer wieder sagte: „Kinder ... liebe Kinder ...“

Und jedes von ihnen legte die zitternde Hand in die des Mannes, ganz schnell, als ob es so befohlen sei, und ging dann aus der Tür, in der Stilling stand, und seine alte Hand legte sich auf ihr Haar, als segne er sie, und er vergaß keines von ihnen.

Vielleicht war es keine ganze Heilung. Vielleicht war es so, daß nur ein Stück der Kruste aufgebrochen war und darunter erschien die alte Glut, von grauen Adern durchzogen. Aber doch war es so, daß die Seele langsam heimkehrte in ihr altes Haus und sich einzurichten begann, soviel auch vergessen und verloren war. Er wußte nun, wer er war und wo er war, und er erkannte alles wieder. Aber er war sich auch dessen bewußt, daß er wund war und daß hinter seiner Stirn dunkle Felder lagen, auf denen er nie mehr ernten würde.

„Ein toter Mann, Jons“, sagte er und blickte auf die Bücherreihen in dem großen Raum. „Ein Leichnam, der noch wandelt. Aber ein Buch werde ich nie mehr lesen können, Jons. Die Buchstaben sind da und die Worte sind da, aber es knüpft sich nicht mehr zusammen. Es fällt auseinander wie ein Kartenhaus."

„Habe Geduld, Martin", erwiderte Jons. „Versuche nichts mit Gewalt. Und laß dich führen vom Kind wie bisher. Es hat das meiste an dir getan."

„Das Kind . . .", sagte er gedankenverloren. „Das Kind . . ."

Und so blieb er, ein stiller, lächelnder, alter Mann, der an einem Spielzeug schnitzte oder bunte Steine zwischen den Fingern drehte und wieder fallen ließ. Manchmal sang er leise vor sich hin, und manchmal versank er in ein schweres, dumpfes Brüten. Aber immer ging ein Glanz über sein Gesicht, wenn sich jemand zu ihm neigte, Maria oder Jons oder das Kind.

Er war wie ein lebenslänglich Verurteilter, der vor seinem Tode begnadigt worden war.

Ja, lange wurde von diesem Sommer und Herbst gesprochen in Sowirog. So als wenn der liebe Gott vorübergegangen wäre und sein blauer Mantelsaum hätte das kleine Dorf gestreift. Ein kühler Wind war die Dorfstraße entlanggegangen, das Vieh hatte mit den Ketten geklirrt, die Hunde hatten einmal aufgeheult, und dann war alles wie sonst gewesen. Frieden, Stille und der große, schweigende Gang des Jahres über Dächer und Felder und Herzen hin.

XIII

Zwischen Weihnachten und Neujahr wurde Jons am späten Abend zur Gräfin gerufen.

Die Gräfin hatte einen der riesigen Besitze der Landschaft, der sich wie ein kleines Fürstentum über Felder, Forste und Seen erstreckte und wie ein sagenhafter Rest aus dunklen Kolonialzeiten in die eingeengte Gegenwart hineinragte. Es hieß, daß ihr Geschlecht pruzzischen Ursprungs sei, weit über die Jahrhunderte zurückreichend, in denen der Deutsche Ritterorden unter dem Zeichen der himmlischen Jungfrau mit Feuer und Schwert ein Volk ausgerottet hatte, dessen Götter Bernsteinkronen getragen hatten und das nicht davon zu überzeugen gewesen war, daß eine Dornenkrone göttlicher sei als eine aus dem goldenen Harz versunkener Wälder. Auch der Name deutete darauf hin, daß Kalns in der verschollenen Ursprache soviel wie Berg bedeutete.

Und wenn auch der Lauf der Jahrhunderte diesen Ursprung ausgelöscht oder doch ausgeglichen haben mochte, so war an diesem Geschlecht doch immer etwas Besonderes haften geblieben, etwas, das es von anderen Geschlechtern abhob und abgrenzte, sei es durch eine besondere Unbeugsamkeit seiner Träger in Fragen des Rechtes oder der Sitte, durch eine besondere Eigentümlichkeit oder Unabhängigkeit seiner Lebensformen, oder nur durch eine auffällige Schwermut ihrer Seele, die wie ein uralter Schatten über den aufgehellten Wegen der Zeit zu liegen schien.

Der Graf war aus dem Großen Krieg nicht heimgekehrt, und die Einzelheiten seines Todes waren von der Legende einer kühnen und phantastischen reiterlichen Unternehmung zugedeckt worden. Die Witwe, aus demselben Geschlecht stammend, hatte das riesige Erbe angetreten, hatte es mit fester Hand durch die Zeiten der Revolution geführt und galt bei ihren Standesgenossen als eine sehr achtenswerte, aber bedenkliche Erscheinung, da die ungeschriebenen Gesetze des östlichen Adels nicht diejenige unverletzliche und geheiligte Macht über sie besaßen, die ihnen sonst schweigend zugebilligt wurde, und man sich bei ihr niemals in Fragen der Weltanschauung, der Politik oder der sozialen Haltung auf eine vorauszuwissende Meinung verlassen konnte. Es hieß, daß sie mit Schärfe über den letzten Kaiser urteile und mit einem kühlen Spott über die Memoiren aller Generäle und Admiräle, die seit dem verlorenen Kriege erschienen waren, und die sie „Kesselflicker-Memoiren" nannte. Alle ihre Leute hingen ihr wie einer ungekrönten Königin an, und es wurde erzählt, daß zu Beginn der Revolution ein städtischer Streikausschuß, der das Schloß lärmend betreten hatte, von ihren Hausmädchen mit Holzpantoffeln in eine schmähliche Flucht gejagt worden war.

Sie hatte gefragt, ob sie Jons im geschlossenen Schlitten holen lassen solle, aber er hatte gedankt und nur gefragt, worum es sich handle. Dazu bitte sie um seinen Besuch, hatte sie trocken erwidert, aber das könne sie ihm verraten, daß ihr Gesicht schmerze und daß sie im Munde einen Geschmack wie von einer Pestbeule habe. Das genüge vorläufig, hatte Jons lächelnd gesagt, und er werde gleich abfahren.

Die Wälder waren tief verschneit, aber aus den Schlägen war viel Holz gerückt worden, und die Bahn war glatt und eben. Die Sterne funkelten, und die Füchse bellten in den Dickungen. Der helle Mond hing weiß und tot über der Erde, und Jons, in den schweren Wolfspelz gewickelt, den der Herr von Balk ihm geschenkt hatte, hielt die Leine lose in der Hand, rauchte seine kurze Pfeife und dachte an die Kätnersfrau hinter dem Moor, die ihr siebentes Kind erwartete und mit der es nicht zum besten bestellt war.

Er wurde in einen großen, düsteren Bibliotheksraum geführt, und dort, vor dem Kamin, saß die Gräfin. Sie war groß und hager, von einer strengen, abweisenden Schönheit, und ihre dunklen Augen musterten ihn schweigend vom Kopf bis zu den Füßen, bis er ihren Platz erreicht hatte.

Sie deutete schweigend auf den Ledersessel, der ihr gegenüberstand, goß aus einer Steingutflasche eine helle Flüssigkeit in zwei Gläser, schob ihm Zigarren und Zigaretten hin und fuhr dann fort, ihn zu betrachten. Sie hatte graue Strähnen in ihrem dunklen Haar, eine breite, klare Stirn, und ihre furchtlosen Augen blickten auf ihn wie auf einen Gegenstand, den man zum Kauf in ihr Zimmer getragen hatte.

Wenn die Frau Gräfin ihn zur Genüge betrachtet hätte, sagte Jons nach einer Weile höflich, würde er gern wissen, worüber sie zu klagen habe.

Sie nickte ihm zu, als habe sie wohl gehört, aber als sei das Gehörte nicht so wichtig oder habe doch noch viel Zeit, und sagte dann: „Das sind Sie also ..."

Daran sei kein Zweifel, erwiderte Jons nun lächelnd.

„Ich habe Ihren Vater gekannt", fuhr sie fort, ohne sein Lächeln zu erwidern. „Ihn und auch Ihren Großvater. Ich war immer überzeugt, daß sie aus unserem Blut waren, und bei Ihnen wird es mir noch klarer. Wir haben andere Götter, das ist es. Und auch Schulen, Universitäten und Kirchen ändern nichts daran. Kein Blut läßt sich ändern. Wahrscheinlich wissen Sie nichts davon, weil Sie zuviel arbeiten. Sie haben nicht Zeit genug, an Ihr Blut zu denken."

Er habe an anderer Leute Blut mehr zu denken als an sein eigenes, erwiderte Jons.

Sie nickte wieder und sah in das Feuer. „Das war bei Ihrem Vater schon so", sagte sie nach einer Weile, „und das ist auch recht so. Der Landrat denkt an seine Karriere, und Lustig denkt an seine Rechnungen, und die Standesgenossen denken an ‚Deutschland über alles, und im Unglück nun erst recht!' Daß doch verlorene Kriege immer von schlechten Versen besungen werden müssen ... ja, und nun habe ich Sie hergebeten, weil ich einen schlechten Geschmack im Munde habe und auch Schmerzen. Und weil es nicht nötig ist, daß der schlechte Geschmack der Zeit noch durch etwas verstärkt wird, was aus dem eigenen Körper kommt."

„Erzählen Sie nun, Frau Gräfin", sagte Jons und sah sie aufmerksam an.

Es war kein Zweifel, daß es eine Kieferhöhleneiterung war, und Jons riet ihr, in die Hauptstadt zu fahren und es von einem Spezialisten in Ordnung bringen zu lassen. Er sei manches, aber er sei doch nicht der liebe Gott.

Sie habe nie gehört, daß die Spezialisten Götter seien, erwiderte sie. Außer wenn es göttlich sei, ein unschuldiges Kind mit einer Mittelohrentzündung in drei Tagen unter die Erde zu bringen und dafür ein paar tausend Mark einzustreichen.

Das erste könne bei den besten Ärzten vorkommen, sagte Jons, das zweite sei nun anscheinend das Kleid der Wissenschaft. Aber wenn sie darauf bestehe, wolle er es versuchen. Er nahm den Spiegel und das Kokainfläschchen aus der Tasche und saugte nach einer Weile mit dem Gummiball den Eiter aus der Kieferhöhle. Er betrachtete das kleine Glasrohr mit der gelblichen Flüssigkeit, schrieb zwei Namen und die Dosierung der Eleudron-Tabletten auf ein Rezept und bat sie dann, am nächsten Vormittag zu ihm zu kommen. Er müsse Röntgenbilder haben und wahrscheinlich die beiden Zähne ziehen. Er hoffe dann, daß es ohne Eröffnung der Kieferhöhle abgehen werde, aber er mache sie darauf aufmerksam, daß er erst sechsmal in seinem Leben einen Zahn extrahiert habe.

Sie winkte nur mit der Hand. „Ich glaube, daß Sie alles können", sagte sie einfach. „Wenigstens was die Medizin betrifft, und ich bin auch nicht feige. Nicht mehr jedenfalls, als die Natur uns davon eingepflanzt hat."

Aber sie bat ihn, noch etwas zu bleiben, wenn er nicht müde sei. Winternächte seien besonders lang, auch ohne Schmerzen, und sie möchte wohl gerne wissen, was ihre Vorfahren vor tausend Jahren in ihren Holzhäusern in solchen Nächten gedacht hätten.

Wahrscheinlich hätten sie geschlafen, erwiderte Jons, und den Medizinmännern überlassen zu denken oder die Schlafenden vor bösen Geistern zu bewahren.

„Vielleicht . . .", sagte sie. „Es ist eine alte Zunft, der Sie angehören, Jeromin, nur daß sie früher dichter bei den Göttern stand. Aber einige werden wohl trotzdem gedacht haben, weil keine Zeit ihre Kinder so bindet, daß sie nur die Gedanken der Götter denken und keine anderen. Das waren dann die, die auch ihre Götter weitergedacht haben, und die es von den Menschenopfern bis zu Brot und Wein gebracht haben . . . Manchmal, in solchen Nächten, ist es mir, als könnte ich die große Linie sehen, die durch die Geschichte der Menschheit läuft, und als falle alles Gerede wie Zunder von der alten Weltenesche ab. Und als sei Perkunos gar nicht weniger als Buddha oder Christus, nur primitiver, wie die Menschen eben primitiver waren. Und dies alles, Bücher und Felder und Besitz und sogenannte Weltanschauungen, es erscheint mir dann alles wie Tand und Puppenspiele, und dahinter sehe ich die ernsten Augen der Ewigkeit, die schweigend zusieht, ob wir den kleinen Schritt unseres Lebens an der alten führenden Hand auch richtig und ordentlich machen, und ob wir dann so still abtreten, wie es sich für Kinder gehört."

„Sie glauben nicht sehr an den Fortschritt, Frau Gräfin?"

Sie entzündete das Streichholz für eine neue Zigarette und sah ihn durch die Flamme hindurch an. „Es ist wie mit Kindern, Jeromin", sagte sie. „Zuerst sind sie klein und unschuldig und sehr zu lieben. Und dann kommen sie in die Jahre, in denen sie unsympathisch werden, ein bißchen frech und ein bißchen widerspenstig, bis sie uns schließlich als ausrangiert betrachten, so wie ausgestopfte und vermottete Vögel. Und wenn sie sich beruhigt haben, kehren sie gehorsam an die alte Krippe zurück und essen denselben Hafer wie wir. Er wird ihnen nur ein bißchen anders eingeschüttet, und ihr Halfterriemen ist ein bißchen anders, und vielleicht haben sie auch elektrisches Licht in ihren Ställen. Aber das ist so ziemlich alles. Was fortschreitet, ist der Verstand, und was nicht fortschreitet, ist das Herz, und es kommt nur darauf an, was man für wichtiger hält auf dieser Erde."

„Nur mit Ihrer Kieferhöhle würde es vor tausend Jahren schlechter bestellt gewesen sein, Frau Gräfin", sagte Jons.

Aber sie schüttelte den Kopf. „Meine Kinderfrau zog sich jeden Zahn mit einem Bindfaden", erwiderte sie. „Und wenn es schlimm war, band sie ihn an eine Türklinke. Was wir besiegen können, ist nicht der Zahn, sondern der Schmerz, und auch das ist natürlich eine Art von Fortschritt. Nur die Schmerzen der Seele hat noch niemand besiegt. Ich weiß noch nicht, ob Sie es schon wissen, aber Ihr Vater hat es gewußt: was für eine ungeheure, stille Tapferkeit dazu gehört, solch ein Menschenleben zu Ende zu leben. Nicht eines, das schon Trost darin findet, daß die Sonne am nächsten Morgen aufgehen wird, oder daß der Reichstag zusammentritt, oder daß jemand die Atomtheorie entwickelt. Sondern eines, das zusehen muß, wie junge Menschen singend in den Krieg ziehen, und keinen von ihnen habe ich noch singend zum Zahnarzt gehen sehen. Oder eines, das zusehen muß, wie uneheliche Mütter am Pranger stehen müssen, und kein Diener Gottes bindet sie los. Oder eines, das einmal in die Zellen eines Zuchthauses gesehen hat, und nachdem die letzte Zellentür zugefallen ist, steckt sich der Wärter eine Zigarre an und spielt ein bißchen mit seinem kleinen Mädchen. Und auch solch eines nur, das in einer solchen Winternacht am Feuer sitzt und sich Gedanken macht, die nicht in den Zeitungen stehen."

„Ja, mein Vater hat das sehr wohl gewußt", sagte Jons leise.

„Und ich denke, daß auch Sie es einmal wissen werden, Jeromin. Ja, wahrscheinlich wissen Sie schon eine Menge davon. Und deshalb habe ich gerade Sie zu mir gebeten. Die Tapferen vertrauen sich nicht gern den Windbeuteln an. Und noch weniger denen, die man die deutschen Eichen nennt. Die sogar in den Fingerspitzen Mark haben."

„Aber sind wir tapfer, Frau Gräfin?"

„Wer nichts weiß, Jeromin, außer ein bißchen Kinderwissen, und doch ruhig in die Zukunft hineingeht, der ist tapfer. Schon der nächste Morgen ist Zukunft, ja, die nächste Minute, eine verhangene, undurchdringliche, eisigkalte Zukunft. Was ist ein Schlachtfeld gegen diese Zukunft? Soldaten sind keine Helden, Jeromin, und Gläubige sind keine. Für sie ist Zukunft nur eine ausgeweitete Gegenwart. Sie wissen nichts von den letzten Rätseln. Aber unsereiner, der vom Weibe geboren ist, der mit der leisen Traurigkeit und dem großen Nichtwissen, der Unbestechliche, der nicht Geimpfte, der mit dem nackten Herzen, der in das große Grauen still hineingeht, der ist tapfer, Jeromin! Und das Merkwürdige ist, daß er gar nichts daraus macht. Er nimmt ein Wort aus der Sprache und erfüllt es mit seinem Sinn. So wie die Bibel alte Worte neu gefüllt hat. Aber die meisten reichen nur die Hülsen weiter, von Geschlecht zu Geschlecht. So wie sie heute das Wort ‚Vaterland' weiterreichen, oder wie viele Bekenntnisse das Wort

‚Liebe' weiterreichen, und Luther war doch mit Gift so gefüllt wie eine Kreuzotter."

„Aber seine Gegner waren nicht weniger damit gefüllt, Frau Gräfin. Das ist mit den meisten jungen Religionen so. Sie sind zu unsicher. Und das ist wohl überall so, wo es sich um das Nichtzuwissende handelt. Bei Tatsachen ist es schon anders. Das Gefährlichste auf der Welt sind eben die Weltanschauungen. Nicht Krankheiten, Seuchen und Katastrophen."

Sie nickte und sah wieder ins Feuer. „Es läßt schon nach, Jeromin", sagte sie. „Ich wußte doch, daß Sie eine heilende Hand haben. Aber wie ist's mit dem Heimgekehrten? Werden Sie ihn heilen?"

„Nein, Frau Gräfin. Was zu heilen war durch Menschenhand, haben Kiewitt getan und das Kind. Und auch sie waren nichts als Mittler. Das andere kann die Natur heilen oder nicht, wie es ihr gefällt."

„Ja, er hat bezahlt. Einer, der ins Grauen hineinging, und es verschlang ihn . . . die Öde verschlang ihn . . . und die ihn geschickt haben, sitzen auf den goldenen Stühlen . . . und nun bis morgen, Jeromin. Sie müssen schlafen, denn Sie haben schwere Tage. Ich danke Ihnen, denn es war mir leicht, zu Ihnen zu sprechen. Ich habe sonst niemanden als das Feuer, und das Feuer ist unruhig!"

Jons zog die beiden Zähne, mit nicht ganz ruhiger Hand, aber er zog sie. Und nach einer Reihe von Spülungen war die Gefahr behoben.

„Ich könnte Ihnen nun tausend Mark anbieten, Jeromin", sagte die Gräfin vor seinem Kamin, „oder auch zehntausend, wie die ‚Souveräne' das tun. Ich bin so reich, daß es eben nicht mehr anständig ist. Aber ich möchte lieber, daß Sie sich etwas wünschen. Ich möchte Ihnen gern eine Freude machen, und ich weiß, daß Geld Ihnen so wenig ist, wie es Ihrem Vater war. Alte Geschlechter kennen noch kein Geld."

Jons bedankte sich und bat, es sich überlegen zu dürfen. Mit den Wünschen sei es wie im Märchen, und das habe er von der Kinderzeit her noch sehr gut im Gedächtnis.

Aber dann fuhr er doch noch im Winter hinüber und sagte, daß er sich bedacht habe. Es sei ein sehr großer Wunsch, aber nicht eigentlich für ihn, sondern für das Dorf. Und sie könne ruhig nein sagen. Und wenn sie nein sage, so werde er sich ein Fernrohr wünschen, ein großes, vor dem sogar der Schleier der Andromeda sich enthülle, oder einen Steinbaukasten, denn den habe er sich sein Leben lang gewünscht und nie bekommen.

Sie lächelte auch jetzt nicht und wollte es nun also wissen.

Ja, ob sie dem Dorf eine Kirche schenken wolle. Eine aus Holz, aus dem Holz ihrer eigenen Wälder, und auch nicht größer als die alte. Sie wisse ja, was es mit der alten für eine Bewandtnis habe und daß mit ihr mehr versunken sei als nur ein Gebäude.

Die Gräfin war nun doch überrascht, und sie sah ihn lange an. „Sie müssen nicht meinen, daß ich an das Geld denke, Jeromin", sagte sie. „Weshalb sollte ich nicht Kirchen bauen, statt Porzellan zu sammeln? Aber daß Sie es sind und daß Sie es als Arzt für Ihr Dorf wünschen . . ."

„Gerade deshalb, Frau Gräfin. Oder sollte ich für Sowirog einen Lautsprecher wünschen?"

Sie schüttelte langsam den Kopf. „Es ist nur so, Jeromin", sagte sie, „daß man eine Kirche bauen kann, wie man will. Aber mit den Pfarrern kann man das nicht. Man muß sie fertig nehmen, und mit ihren Bauplätzen, von wo sie herkommen, ist es nicht so ganz einfach beschaffen. Das sind staatliche Bauplätze heute, Jeromin."

„Der, an den ich denke, kommt von keinem staatlichen Bauplatz, Frau Gräfin. Andere würden sagen, daß er von Gottes Füßen kommt."

„Das ist weit von hier, Jeromin", sagte die Gräfin nachdenklich. „Vielleicht zu weit. Aber das Dorf Sowirog ist vielleicht noch so, daß es das vertragen kann. Auch der tote Pfarrer kam von Gottes Füßen. Das konnten Sie daran sehen, wie die anderen von ihm dachten. Außer dem, der ihm die Grabrede hielt. Alle Pfarrer sind mit Gottes Wort erfüllt, aber nicht alle mit Christi Liebe. Wir haben noch Hände genug, um Scheiterhaufen anzuzünden, Jeromin. Wir machen es nur nicht mehr mit Holz, wir machen es diskreter."

„Niemand wird ihn verbrennen, Frau Gräfin. Kinder verbrennt man nicht."

„Wissen Sie das so genau, Jeromin?“

Er erzählte ihr von Tobias, und sie hörte zu. „Was Sie an ihm lieben, Jeromin, ist, daß er aus einem anderen Zeitalter stammt. So wie wir beide. Wir wollen es also versuchen mit ihm, und mein Einfluß wird wohl ausreichen, um ihn fortzubekommen von dort. Wie es ausgehen wird, weiß ich nicht. Wer als Kind durch diese Welt geht, ist ebenso gefährdet wie Christus. Er ist dicht am Kreuz, und daran haben wir keinen Mangel. Und nun lassen Sie die alten Pläne hier und sprechen Sie noch nicht darüber.“

Sie kam bis zu seinem Schlitten herunter und sah zu, wie er sich in seine Pelzdecke wickelte. „Ein anderer würde sich ein Ultramikroskop gewünscht haben“, sagte sie nachdenklich. „Oder einen Achtzylinderwagen ... Sie werden es wohl nie zu etwas bringen, Jeromin. Wenigstens nicht zu dem, was die Leute ‚etwas‘ nennen.“

„Nein, Frau Gräfin. Aber vielleicht zu dem, was wir ‚viel‘ nennen. ‚Viel‘ kann weniger als ‚etwas‘ sein.“

Sie nickte ihm zu und sah ihm nach, wie er in die Dämmerung hineinfuhr. Schneewolken hingen am Himmel, und das weite Land sah wie gestorben aus.

Gleich nach der Schneeschmelze begannen sie mit dem Bau, und zu Füßen des Hügels, dicht über dem Ufer, ließ die Gräfin ein kleines Holzhaus für den Pfarrer bauen. „Wir wollen es vollständig machen, Jeromin“, sagte sie. „Auch Pfarrer müssen zu Hause sein. Schon vor ihrem Tode.“

Das Dorf war wie ein Ameisenhaufen. Die alte Zeit war wieder aufgestiegen aus Schutt und Brand, und noch einmal glaubten die Leute von Sowirog, daß Gott eine Nacht lang auf ihrem Ackerrain gesessen und über ihre Rohrdächer hingeblickt habe. „Du hast ihn gesehen, Jons“, sagten sie „und du hast ihn am Mantel festgehalten, bis er es versprochen hat.“ Aber Jons schüttelte den Kopf. Er hatte ihn nicht gesehen. Er hatte nur das Dorf gesehen und ein bißchen von den Herzen der Armen. Und er hatte sich erinnert, daß jemand ihm gesagt hatte, er werde mehr sein müssen als ein Armenarzt.

Nur zwei von ihnen machten ernste Gesichter, Kiewitt und der Herr von Balk. Kiewitt kam von seinem Acker herüber, als sie die ersten Balken auf das alte Fundament legten, in seinem langschößigen Rock, den Stock in der Hand. Er stand auf dem Hügel, neben dem ‚toten Pfarrer', und sah den Leuten zu. Er stand viele Stunden dort, und die Zimmerleute riefen ihm zu Anfang ein Scherzwort zu, aber unter seinen hellen, schweigenden Augen verstummten sie bald, und es würde ihnen lieber gewesen sein, er wäre gegangen. Erst als Jons, der über Land gewesen war, am Fuße des Hügels aus dem Wagen stieg und zu ihm heraufkam, drehte er sich um und schüttelte den Kopf. „Das habt ihr vergessen, Jons", sagte er, „daß sie das gehörnte Tier aus dem See gezogen haben. Und daß niemand kaufen oder verkaufen wird, der nicht das Malzeichen an der Stirn oder den Händen hat. Und auch nicht bauen oder niederreißen ..."

„Kiewitt", sagte Jons, „du sollst ihnen nicht die Freude nehmen. Für sie ist es, als ob Christus noch einmal auferstanden wäre."

Kiewitt nickte. „Auferstehen wird es", erwiderte er. „Aber weißt du, was es sein wird?"

Und dann ging er langsam wieder den Hügel hinunter, und der Seewind bewegte die Schöße seines langen Rockes.

Herr von Balk aber saß am Abend auf den geschnittenen Balken, die Hände mit dem Reitstock um die mageren Knie gefaltet, und blickte nachdenklich auf den wachsenden Bau. „Da hast du nun wieder eine Idee gehabt, Jons", sagte er, „eine von diesen gefährlichen Sachen auf dieser Welt. Du hast nicht einen bösen Finger geschnitten oder einem Kätnerkind auf die Erde geholfen, sondern hast eine Idee gehabt. Keine von der Gerechtigkeit auf dem Acker, aber eine ähnliche. Du bist einen Schritt abseits gegangen von deinem Wege, und da hat die Idee dich überfallen. Sie stehen immer abseits vom Wege. Es ist nichts dagegen zu sagen. Weshalb soll der Eulenwinkel nicht wieder eine Kirche haben? Die erste war eine gestohlene, und die zweite ist eine geschenkte. Aber weißt du, daß ich ein komisches Gefühl zwischen den Schultern habe, Jons? Auf Patrouille hast du das manchmal, wenn du durch einen Wald reitest ..."

„Sie dürfen das nicht aussprechen, Herr von Balk", sagte

Jons leise. „Der Krieg hat nicht nur unsre Kirche genommen, sondern viele im Land. Und alle sind wieder aufgebaut worden. Wir sind doch nicht schlechter hier als anderswo."

„Nein, nein, Jons, das ist es auch nicht. Mir ist nur so, als sollten wir nicht so weit in die Zukunft planen. Ich habe so ein unsicheres Gefühl in den Knien. Wie auf einer Eisfläche, die nicht recht hält. Wahrscheinlich bin ich nur alt, und das wird es sein. Alte Leute bauen keine Häuser mehr."

„Für die Kinder bauen auch alte Leute, Herr von Balk, und Kinder denken immer, daß es für die Ewigkeit sei."

„Möchtest du recht haben, Jons", sagte Balk und stand seufzend auf. „Sonst pflegen ja auch nur Hirten das Zweite Gesicht zu haben. Kleine Leute wenigstens. Und von uns sagt man ja, daß wir große Leute sind, nicht wahr? Wenigstens von dir sagt man es, und auch mit Recht."

Sie gingen langsam den Hügel hinunter, wo Balk das Pferd angebunden hatte. „Aber wie ist es mit den Fenstern, Jons?" fragte er, als er die Zügel ordnete, und das alte Lächeln erschien wieder um seinen schmalen Mund. „Das ist doch nun eigentlich meine Sache, was? Mit dem Kranich war es nichts, das war zu symbolisch und ist danebengegangen. Wie wäre es mit einem Eulenfenster? Das würde doch passen für das Dorf? Aber ich weiß nicht, ob einer der Heiligen eine Eule bei sich gehabt hat ..."

Jons wußte es auch nicht, aber er hielt es für möglich.

„Und noch eines würde gehen", sagte Balk und beugte sich lächelnd aus dem Sattel herunter. „Wenn es nicht eine Eule, sondern ein Phönix wäre. Der aus der Asche aufsteigt, nicht wahr? Man kann ihm ja jedes beliebige Gesicht geben. Auch Vögel haben ihre Gesichter ..."

Und nach einem Jahr, zum Osterfest, weihten die Leute von Sowirog zum zweitenmal ihre Kirche ein. Sie war nicht prächtiger als die erste, ja, die alten Leute sagten, daß man nicht wissen könne, ob es nun die alte oder eine neue wäre. Wieder hing ein Kruzifix über dem Altar, und wieder leuchteten die bunten Fenster. Es waren die gleichen Heiligen, die ihre Hände hoben, nur unten stand wirklich kein Kranich, sondern ein glänzender Vogel hob sich aus einem Feuer auf, und Christean stand lange davor, auf seine Krücken gestützt, und fragte Jons leise, ob er nicht meine, daß es Ginas Gesicht sei. Aber Jons schüttelte den Kopf. Gina hatte eine schöne geschnitzte Kanzel geschenkt, und der Herr von Balk hatte mit zwinkernden Augen davorgestanden. „Wenn dein junger Tobias das nun wüßte", sagte er, „wie all das schöne Geld dafür eingekommen ist . . ."

„Er würde lächeln wie jetzt, Herr von Balk", erwiderte Jons. „Wer so viel Liebe hat wie er, lächelt gern zu unseren Torheiten."

Es waren nicht weniger Gäste da als beim erstenmal, aber es schien Jons, als hätten die Gesichter sich schneller verändert als die Zeit. Die Welt war noch weiter fortgerückt in diesen Jahren, und sie blickte mit noch kühleren Augen auf dieses dörfliche Schauspiel. Sie lächelte nicht, aber es erschien ihr doch wohl wie ein Kinderspiel. Alte Leute, alte Bräuche, alte Verse aus der Kinderzeit. Draußen aber wuchsen die Sorgen wie Unkraut. Hunger, Arbeitslosigkeit, Schulden, Streiks und das leise Grollen, das unter den Sesseln entlanglief und dessen Bedeutung sie wohl erkannten. Der Regierungspräsident sprach behutsam vom „Allmächtigen" und der Landrat noch behutsamer von den „Ewigen Mächten".

Dann wurde Tobias in sein Amt eingeführt, und dann sprach er selbst. Immer noch stand er über dem Kanzelrand wie über einem verschütteten Graben, und seine Hände hielt er immer noch so wie damals. Aber die Leute von Sowirog wußten nun, daß sie den ersten fröhlichen Pfarrer hatten, denn sein Gesicht leuchtete. Er sprach über den Vers aus dem Brief an die Philipper: „Ich vergesse, was dahinten ist, und strecke mich zu dem, was da vorne ist." Und die Männer und Frauen des Dorfes fühlten, daß dieser nicht ein Grübelnder und Leidender und Suchender war wie Agricola, sondern daß er ein Kind war, das gefunden hatte. Er sprach keine großen Worte, und diejenigen, die er sprach, hallten nicht von den Holzwänden wider wie die eines Mannes, der ein Echo suchte. Und sie fühlten, daß er nur für sie da sein würde, nicht für sich, seinen Glauben, seinen Ehrgeiz, sein Behagen. Auch er würde alles verschenken, aber er würde dem Geschenkten nicht nachsehen wie Agricola, ob

Gott es auch annehme. Er würde nicht zürnen oder fluchen oder treiben, wie die Eiferer taten. Er würde still auf der Schwelle seiner Kirche sitzen, und wenn einer käme, der Herzeleid trug oder Armut oder Sünde, so würde er still beiseite rücken und lächelnd sagen: „Gott hat für uns beide Platz, und für dich wahrscheinlich mehr, denn du hast mehr zu tragen."

Er reichte das Abendmahl, und als die Leute aus der Kirche traten und die Lerchen über den Feldern hörten, glänzten ihre Gesichter. Sie hatten vergessen, daß ein junger Pfarrer aus einer fremden Landschaft zu ihnen gesprochen hatte. Sie hatten gemeint, daß Christus zu ihnen gesprochen habe.

Der alte Oberkonsistorialrat, der nun nicht mehr im Amt war, hatte still neben dem Altar gesessen und kein Auge von Tobias gewendet. Nun stand er in der Sakristei, legte ihm beide Hände auf die Schultern und sagte: „Ich habe bei dem Toten gesessen, als er von Gott fortgegangen war, und bei dem Toten gestanden, als er wieder zurückgekehrt war zu ihm. Er war nicht schlechter darum, weil er seinen Glauben verloren hatte, und die Leute liebten ihn. Aber er war ihnen keine Stütze, denn sie mußten ihn stützen. Nun sehe ich, daß Gott es wieder gut mit ihnen meint. Ein Liebender ist eingekehrt, und ein Liebender ist mehr als ein Pfarrer."

Die Gräfin aber, die neben Jons auf dem Hügel stand, sah zu dem Holzturm hinauf, in dem die Glocken schwangen, und sagte: „Er ist noch viel älter als wir, Jeromin. Er stammt aus der Zeit, in der das Wort nicht gedruckt, sondern gesprochen wurde. Ja, vielleicht sogar aus der, in der es gelebt wurde. Und das ist eine sehr alte Zeit, Jeromin . . ."

Das Dorf gab den Gästen auch diesmal kein Festessen, aber Balk hatte sich ein Frühstück ausgedacht. „Für starke Seelen, Jons, und das sind sie doch alle, die aus der großen Stadt kommen." So hatten sie die Tische vor das Jeromin-Haus gestellt wie zur Erntefeier, und es gab nur Krebse und geräucherten Fisch, Aale und Maränen. Dazu wurde aus großen Steinkrügen Wacholderschnaps eingeschenkt, den sie selbst gebrannt hatten. Es war ein dörfliches Mahl, und nach dem ersten lächelnden Erstaunen fanden die Gäste, daß es ein wunderbares Mahl war. Sie hielten noch mehr Reden, in denen nun nicht mehr von den „Ewigen Mächten" gesprochen wurde, sondern von dem „treuen Sinn des arbeitenden Volkes", und die Leute von Sowirog hörten still zu, wie sie immer zugehört hatten, wenn der Staat die Lehren seiner Weisheit an sie gewendet hatte. Sie sahen nur ab und zu den Herrn von Balk an, aber der saß behaglich auf seinem Stuhl, ein Lächeln um seine schmalen Mundwinkel, und die Ostersonne schimmerte in den Knöpfen seiner Ulanka.

„Als ich herkam", sagte die Frau des Regierungspräsidenten leise zu ihm, „habe ich gedacht, es sei ein Heidenvolk, zu dem wir den ersten Missionar brachten. Aber nun sind sie doch fast wie andere Menschen."

„Ja", erwiderte Balk ernsthaft, „wenigstens zahlen sie Steuern und ziehen in den Krieg, wenn es befohlen wird, und darin sind sie ganz menschlich. Aber im übrigen sind sie vollendete Heiden, denn sie glauben noch an Gott."

Sie sah ihn von der Seite an, aber dann schwieg sie lieber. Auch der Adel war etwas merkwürdig in dieser Landschaft.

Dasselbe fand ihr Mann, der neben der Gräfin saß und sie vorsichtig fragte, ob nicht ein großes Kreiskrankenhaus den Bedürfnissen der Landschaft mehr entsprochen haben würde als eine kleine Kirche. Oder eine Volkshochschule etwa, wo die Saat des Wissens in einen etwas dumpfen Acker hätte gestreut werden können.

Die Gräfin ließ sich ihr Glas von Erdmuthe wieder füllen, sagte „Danke schön" und blickte dann an dem Regierungspräsidenten vorbei zum Turm der Kirche hinauf. Was das Kreiskrankenhaus betreffe, erwiderte sie dann langsam, so hätten sie einen Arzt hier, der kein staatlich bezahlter Stümper sei, sondern ein Mann mit einer Meisterhand und mit einem unbezahlten und unbezahlbaren Herzen für die Armen. Und was die Saat des Wissens betreffe, so sei sie eine der verfluchtesten Saaten, die jemals ausgestreut worden seien. Und in den Zeiten, die nun kommen würden, werde diese kleine Kirche wahrscheinlich das letzte Stückchen Brot bedeuten, das man den Armen in die Hand geben werde. Das Seelenbrot, und das sei ja wohl eines, um das sich die Märchen, aber nicht der Staat zu kümmern pflegten.

An was für Zeiten sie denn denke, fragte der Präsident erstaunt.

An die Zeiten, in denen er von Glück sagen könne, wenn er mit einem Stock in der Hand und einem Stück Brot im Taschentuch aus seinem Arbeitszimmer werde gehen können.

Auch er sah sie von der Seite an und schwieg dann lieber. Der Schnaps war gut, aber für Frauen war er doch wohl ein bißchen zu stark. Und diese Latifundienbesitzer aus verschollenen Zeitaltern hätten immer Meinungen gehabt, als ob die Bernsteinwälder hier immer noch wüchsen. Die Revolution hatte vieles versäumt, und die Enteignung und Aufteilung der großen Güter war das größte Versäumnis gewesen. Aber was wußten die Leute in der Reichshauptstadt von diesem östlichen Schattenland? Für sie war es die „Insel im Reich“, und Inseln sollten vorsichtig behandelt werden. Er nahm noch ein Stück von dem Aal, der von Fett triefte und leise nach den Kiefernzapfen schmeckte, über denen er geräuchert worden war. Dieses jedenfalls wollte er nicht versäumen, soviel auch die Revolution versäumt haben mochte.

Und dann fuhren die Wagen wieder ab, und die Gäste waren etwas lauter und redseliger als bei ihrer Ankunft.

Die Leute von Sowirog aber gingen nachmittags über ihre Felder, auf denen das Korn wuchs, und die bunten Schürzen und Kopftücher der Frauen leuchteten weithin über die grüne Saat. Und dann saßen sie bis zum Abend im Gras des Kirchenhügels, tranken dort ihren Kaffee und aßen ihren Osterkuchen, indes die Kinder die gefärbten Eier den Hang hinunterrollen ließen oder sie im Moos unter dem „toten Pfarrer“ versteckten. Die Kirche war eingegangen in das Leben des Dorfes, und jede Stunde läuteten die Glocken, als könnten sie sich nicht genug tun, die feierlichen Töne über den See und den Wald zu schicken, über dem der Fischadler kreiste wie sonst und aus dem die Drosseln ihr Abendlied sangen.

Jons saß auf der Bank vor dem Doktorhaus, hatte die Hände im Nacken gefaltet und sah zu, wie der Abendrauch aus den Schornsteinen stieg. Ein neuer Anfang, dachte er, aber immer noch die alte Erde. Trotz allen Stürmen, aller Mißernte und allem Blutvergießen – die alte Erde. Die Menschen bebauten sie, die Menschen erhielten sie, und sie erhielt die Menschen. Das älteste Gesetz, und in ihm ließ sich ruhen, trotz alledem.

„Weißt du noch, Tobias", sagte er leise, „unser Korporal? Er war aus der großen Stadt, und wahrscheinlich war er ein Heide. Aber es wäre schön für ihn gewesen, hier zu sitzen und das alles zu sehen. Und wahrscheinlich würde er sich gewundert haben, was aus uns beiden ‚Steckkissenkindern' geworden ist . . ."

Tobias nickte mit gefalteten Händen. „Ich sehe ihn vor mir", erwiderte er ebenso leise. „Und ich höre, was er von den kleinen Leuten sagte, die Gott um sich versammeln sollte. Aber ich sehe auch die Schornsteine über den schwärzlichen Straßen, und wie sie nun dasitzen mögen in ihren erstorbenen Gärten . . . und auch den Leutnant sehe ich, wie er in seinem Trichter lag und ein bißchen lächelte und zu dir sagte: ‚Wie ist es nun mit der Wahrheit, Jeromin?' "

Jons seufzte. „Ich weiß es wohl immer noch nicht, Tobias."

„Es war eine falsche Frage, Jons, eine Menschenfrage. ‚Wie ist es nun mit der Liebe, Jeromin?' hätte er fragen sollen. Und darauf hättest du nicht zu seufzen brauchen."

Im Schatten des Hochwaldes aber stand Kiewitt, an eine alte Kiefer gelehnt und die Hände über dem Stock gefaltet. Er blickte unbeweglich auf den stumpfen Holzturm der Kirche, der schwarz vor dem Abendrot stand, und als die Glocken zum letztenmal läuteten, konnte er sie in den Schallöchern schwingen sehen, wie dunkle Eimer, die das Abendrot schöpften. Unter ihnen stand der ‚tote Pfarrer'. Er war so gewachsen, daß der schmale Wipfel bis unter den Dachfirst reichte.

Kiewitt stand so still, daß die Eule über ihm zu rufen begann, als sei sie allein im Walde. Sein Gesicht war so grau wie die Rinde des alten Baumes und ebenso tief gefurcht. Seine Lippen bewegten sich leise, aber es war nicht zu hören, was er sagte. Nur eine nicht zu messende Traurigkeit war um seinen Mund gebreitet, seine Schultern waren tief gebeugt, und die Spitze seines Stockes senkte sich immer tiefer durch das Moos in den weißen Sand.

Ein alter, uralter Mann, der in das Schicksal sah.

XIV

Die Jahre gehen über das Dorf Sowirog. Sommer und Winter, Regen und Wind. Die Giebel werden grau, die Rohrdächer dunkeln nach, und es sieht aus, als ständen sie schon hundert Jahre so. Die Kinder sammeln die Steine von den Äckern, aber sie werden nicht fertig damit. „Die Steine wachsen", sagt Piontek, und er mag recht haben. Wahrscheinlich spülen die schweren Gewitterregen die Erde von den Hügeln, aber Piontek weiß das nicht. Er weiß von seinen Vorfahren, daß die Steine wachsen, und das ist ihm genug.

Auch die Kinder wachsen. Micha geht hinter dem Pfluge her, und Grünheid sitzt nun manchmal auf dem Ackerrain und sieht ihm zu. Er ist alt geworden, und mitunter verwischen sich die Geschlechter vor seinen Augen. Es könnte auch Michael sein, der dort geht, aber Michael ist tot und hat Erde auf seinen Lidern. Dies aber ist sein Blut, ein unverdorbenes und unvermischtes Blut, das schwer und langsam durch die Adern geht und an Brot denkt. Nicht an den Staat oder an die Städte oder an die Mädchen, sondern nur an Brot. Und der am Abend vor der Haustür sitzt, nachdenklich und schweigend, bis die Sterne über dem Scheunendach aufziehen.

Barbara wird nun keine barmherzige Schwester werden, weil sie es schon ist. Der Vater würde sich nicht zurechtfinden auf dieser verdunkelten Erde, wenn sie nicht wäre. Er ist gut zu allen Menschen, und alle Menschen sind gut zu ihm, aber er weiß, daß er ein „Toter" ist. Er wird nicht mehr vor den Kindern stehen und den Geigenbogen heben oder die Geschichte von Joseph und seinen Brüdern erzählen. Er hat die Gedanken verloren in den unabsehbaren Jahren und Räumen der Vergangenheit, er hat nur Bilder zurückbehalten, und sie setzt er still und geduldig zusammen, wie Kinder ein Spiel zusammensetzen. Gedanken haben harte Klammern, mit denen man sie binden muß, wie man Balken bindet. Aber er hat keine Klammern mehr. Er hat nur lose, weiche Fäden, die man um Bilder legen kann, und die schönste Zeit ist die Abenddämmerung, wenn die harten Konturen der Erde verfließen und das sanfte Zwielicht sich mit den wachsenden Schatten mischt. Die Gesichter der Menschen werden dann gütiger, ihre Strenge löst sich, und auch die harten, lauten Worte gehen besänftigt ein in die stille Melodie des Abends. Die Stimmen der Tiere erwachen, wie sie auch über Steppen und Wäldern erwachten, damals, als keine Hand ihn noch führte, und das Licht des Mondes legt sich sanft über Strauch und Halm, über die schmerzende Augen und das in die Nacht sinkende Herz. Dann ist nur noch das Feuer in der Küche, ein langsam zur Ruhe gehendes Feuer, nachdem es Menschen und Tiere satt gemacht hat während der Tageszeit. Und dann ist nur noch der Schein der kleinen Lampe in der Kammer, die schrägen Wände, die Fliege, die müde um die grünliche Glocke kreist. Und nebenan ist der Schritt seines Kindes, der von der Tür zum Fenster geht und wieder zurück, ein fester, tröstender, ganz gewisser Schritt. Und dann ein Vers aus der Bibel, am besten aus den Psalmen, und dann der tiefe, wundersame, traumlose Schlaf.

Manchmal fragt Jons das Kind, wie es mit seiner Jugend sei, aber es schüttelt den Kopf und lächelt. „Zehn Jahre ist die Mutter zum Moore gegangen“, sagt es. „Soll ich weniger sein als sie?“

Trotz allem ist Maria wohl glücklich. Sie hat ein Kind geheiratet, das ein Mann werden sollte und in den Krieg zog, und statt eines Mannes oder Helden kam wieder nur ein Kind zurück. Sie steht am Herd um die Abendzeit, rückt die Töpfe zurecht und blickt in die Flammen, und es ist ihr, als brauche sie nur fortzufahren in ihren Märchen, in dem von Frau Ilsebill oder einem anderen. Sie sitzen still im hellen Licht, Christean, der die Finger leise bewegt, Martin, der in die Flammen lächelt, Erdmuthe mit den Händen im Schoß und Barbara, die an des Vaters Sachen näht. Sie haben alle ihr Tagewerk hinter sich, ein leichtes oder ein schweres, und über die Dämmerung gehen sie nun ein in die große Nacht.

Manchmal weiß sie nicht, ob sie alt ist und die anderen nur

Kinder sind, aber wenn sie die Suppe auf den Tisch setzt und Barbara das Gebet spricht, fühlt sie doch das Blut der Vergangenen durch sich fließen. Sie bricht das Brot in die Suppe und mit ihm das stille Glück der Sorgenden und Entsagenden, der still Leidenden und Bewahrenden. Sie hat einen Mann gehabt und ein Kind, und nun hat sie zwei Kinder, und auch die beiden anderen brauchen ihre Hand, die mütterliche Hand, die nie straft, die geduldig und langmütig ist und voller Zärtlichkeit für alles, was vom Schicksal angerührt worden ist.

Manchmal denkt sie an ihre Schwester, die eine Gräfin ist, aber ohne Neid und auch ohne Kummer. Sie ist ihren Weg gegangen, der in ihr verborgen gelegen ist wie das Keimblatt einer Pflanze. Er führt von ihnen fort, weiter und weiter, vielleicht bis in den Großen oder Stillen Ozean. Aber die Spuren auf diesem Wege führen doch alle zurück bis an diesen Herd und diesen Tisch. Spuren, die immer kleiner werden, bis sie in die Kinderschuhe passen, die zerrissen und verloren sind.

Aber häufiger denkt sie an Jons, dessen Leben sie alle getragen haben, durch Entbehrungen, durch Hoffnung, durch eine nie ermattende Liebe. Und der nun da ist, nicht stolz geworden, nicht hochmütig, nicht fremd. Der immer noch so ist wie auf dem Kirchenhügel, als sie aus dem Dienst bei den Küstersleuten kam, barfuß, und neben ihm saß, eine zweite Mutter, die seine Schmerzen tragen half. Aber der nun groß und stark geworden ist, ein Meister und ein großer Heilender, ein wiedererstandener Vater, aber ohne die Traurigkeit des Vaters.

Ja, die Jahre gehen über das Dorf, aber sie finden nicht viel Neues. Niemand hat die Äcker fortgenommen von ihrem Platz, niemand die Menschenwege. Sie kommen aus dem alten Grund, dem Urgrund der Dörfer und Geschlechter, und was an ihnen anders ist, ist nur ein schmaler Saum am Rande. Das Bild Gottes ist noch da, das Bild des Kaisers ist noch da, und der Lärm der Zeit ist ein ferner Lärm, weit hinter dem Moor, wo sie den Torf für den Winter stechen und auf den Ruf der Rohrdommel lauschen.

Korsanke hat seinen bunten Rock ausgezogen und sitzt vor seinen Bienenstöcken. Der Schmerz ist nicht verschwunden mit dem abgelegten Koppel, aber er ist sanfter geworden, und der Doktor Jons Ehrenreich wird wachen über ihn, daß er nicht Herr werde.

Der neue Landjäger ist jung und ein bißchen zu scharf, einer aus den Städten, wo die Menschen Spreu sind und wo man sie als Spreu behandelt. Aber er fühlt sich nicht ganz wohl unter diesen schweigsamen Wald- und Moorleuten, die die Türen vor ihm zumachen und mit den Armen über dem Zaun lehnen, wenn er vorüberreitet. „Jawohl, Herr Wachtmeister", sagen sie, aber er weiß nicht recht, was sie in ihrem Inneren sagen, und manchmal bindet er das Pferd an Korsankes Gartenzaun und sitzt ein bißchen bei ihm und fragt ihn, wie er es gemacht habe, um nicht ein Fremder geblieben zu sein. „Ich will es Ihnen sagen", erwidert Korsanke und sieht die saubere Uniform und die Revolvertasche an. „Ich habe immer ein bißchen mehr auf das Herz als auf die Paragraphen gesehen. Das ist es. Der Untertan mag etwas Schönes sein, wenn ich es auch nicht mehr genau weiß. Aber Daida oder ein anderer ist etwas mehr als ein Untertan. Er hat eine Frau und sechs Kinder und ein schweres Leben, und was er am meisten braucht, ist ein bißchen Freundlichkeit. Keine Revolver und keinen Gummiknüppel, sondern nur ein bißchen Freundlichkeit. So wie Sie zu Ihrem kleinen Hund sind, und Daida ist doch ein bißchen mehr als ein kleiner Hund."

Der andere schreibt mit seinem Säbel Figuren in den Sand und löscht sie dann wieder aus. „Es war einfacher in der Stadt", sagte er. „Sie wollten keine Freundlichkeit, sondern eine harte Hand, und dazu wurden wir ausgebildet."

„Aber hier ist keine Stadt", erwiderte Korsanke. „Hier ist der Eulenwinkel, und hier gehen die Kinder barfuß. Hier wird nicht gestreikt und demonstriert. Hier ist es noch so, als ob Rebekka zum Brunnen kommt. Hier ist ein altes Land und eine alte Zeit, und hier müssen auch Landjäger ein bißchen still werden."

Dann steht der andere auf, schüttelt ein bißchen den Kopf, bedankt sich aber und führt sein Pferd langsam am Zügel nach seiner Dienstwohnung.

Von allen Alten und Jungen ist Stilling der am wenigsten

sich Verändernde. Sein Haar ist schneeweiß, und seine Hände zittern ein wenig. Aber weißer kann es nicht werden, und eine bestimmte Festigkeit der Hände will die Natur ihm lassen. Sie will ihn so behalten, wie er ist, und so bleibt er. Als habe sie ihn an die Ewigkeit angeschlossen und werde ihn nun nicht mehr fallen lassen. Er sieht aus wie die kleine Unsterblichkeit eines kleinen Dorfes, und niemand aus Sowirog kann sich vorstellen, daß er jemals sterben werde. Für ihn ist die Welt nicht mehr als das runde Abbild, das vor seinen Büchern steht, eine farbige Kugel, die sich gehorsam dreht, wenn jemand die Hand an sie legt. Er hat fünfzig Jahre seines Lebens an den winzigen Punkt gewendet, der das Dorf Sowirog bedeutet, lange, eintönige, aber erfüllte Jahre. Er hat weder Helden noch Propheten erzogen, er hat nur aus dem kleinen und dem großen Buche gelehrt, aus der Fibel und dem Buch der Bücher. Und was er gelehrt hat, hat er mit seinem einfachen Leben dargestellt und wie eine Tafel des Beweises über seine kleine Welt aufgehoben. Er ist an vielem irre geworden im Lauf der Jahre, aber er hat Gottes Wort bewahrt durch alle Anfechtung, und es ist ihm etwas Großes gelungen: er ist ein Wind unter zwei Flügeln gewesen, und er hat den Vogel sich aufheben sehen und still über dem Dorfe kreisen. Er ist nicht umsonst gewesen, er hat an keinem entscheidenden Irrtum zu tragen, er hat sein Leben nicht an ein Phantom vertan. Die goldene Uhr schlägt noch immer ihre zarten, zitternden Töne, und er kann sie nun ohne Scham und Schmerzen hören: „Üb' immer Treu und Redlichkeit . . ." Ja, er kann ein bißchen lächeln, wenn er daran denkt, wie er die große Macht der Inflation besiegen wollte und sich mühsam hinter seinen Schild in das Dorf zurückgerettet hat.

Nur an Maschlanka ist vielleicht eine Änderung zu spüren. Aber Maschlanka gehört nicht zum Dorf. Er ist ein Zugezogener, einer aus dem Reich des halben Geistes, wo man Messing für Gold verkauft, kein Soldat, sondern ein Mietling, der nach der Beute schielt und der nach dem lautesten Trommelschlag lauscht, dem man folgen könnte. Der mit mitleidigem Lächeln auf das Buch der Bücher blickt und für den die Zeit eine Göttin ist, vor der man im Staube knien muß, bis sie einen aufhebt und erhöht.

Niemand merkt, daß er sich ändert, außer Herrn von Balk. Die anderen haben keine Zeit dafür und auch nicht die Schärfe der Augen, die dazu nötig ist. Aber Balk hat immer soviel Zeit, um darauf zu achten, wenn die Welt sich langsam wandelt. Er heißt nicht umsonst der „Habicht", und seine Augen haben längst aufgehört, nach den Küchlein zu spähen.

„Achte ein bißchen auf den Mann, Jons", sagt er. „Er fährt zu Versammlungen, und es heißt, daß die Kinder nun andere Lieder singen. Nichts mehr vom ‚Humpelbein'. Man muß immer wissen, wer im Dunkeln vor der Tür steht."

„Aber wir können ihn doch nicht lebendig begraben, Herr von Balk?"

„Natürlich nicht. Wäre auch schade um die Spaten. Aber ein Landwirt hat ab und zu nach dem Barometer zu sehen oder seinen alten Hirten nach dem Wetter zu fragen."

„Ändert sich das Wetter, Herr von Balk?"

„Ich denke, sehr. Wo Sündenböcke auftreten, ändert sich immer das Wetter. Früher waren es die Juden allein, heute sind es die Juden und die Radfahrer. Das macht der Fortschritt, Jons. Früher gab es noch keine Radfahrer. Aber wo Sündenböcke sind, ist auch Sünde. Viel Sünde sogar. Nur ist sie nicht immer bei den Böcken, sondern oft bei den Schafen . . . Zeitungen liest du wohl nicht viel, Jons?"

Nein, das konnte Jons nicht sagen. Er las seine Zeitschriften, und schon dabei fielen ihm manchmal die Augen zu. Er hatte kein leichtes Tagewerk. Und seine Welt war nicht die der Zeitungen. Seine Welt war die seiner Kranken, und es war eine ernste Welt, in der nicht viel gesprochen wurde. Man hatte zu erkennen in ihr und zu heilen und um jedes Leben zu ringen, das noch an diese Erde mit losen Fäden gebunden war. Das Leben eines Kätnerkindes hinter dem Moor war ihm nicht weniger als das eines Ministers. Es war ein einmaliges Leben, und in keinen Zeiten und Räumen kam es noch einmal ebenso wieder. Gott wiederholte nichts, und die Natur wiederholte nichts. Es war nicht nötig, daß aus diesem Kätnerkind etwas Besonderes wurde, wie etwa der Staatssekretär, der als eines Gastwirts Sohn in einer benachbarten Landschaft geboren worden war. Er hatte die Welt nicht verändert, er hatte nicht einmal den Staat verändert, sondern mit dem umstürzenden Staat war auch er gestürzt. Er war ein kleines Holzpferd auf einem großen Karussell gewesen, mit unechter Farbe und unechten Augen. Ein unsichtbares Räderwerk hatte ihn getrieben, eine lärmende Drehorgel ihn begleitet, wie sie alle anderen Holzpferde begleitete, und als die bunten Lampen erloschen, war auch er wieder in die Dunkelheit zurückgesunken.

Nein, es war nicht nötig, daß etwas Großes aus dem Kätnerkind wurde. Es war genug, daß es dreißig Morgen mageren Ackers bestellte, von der Jugend bis zum Alter. Denn wenn es dies nicht tat, verfiel der Acker, und aus seinem Brot wurden Steine. Und seine Kinder wurden nicht geboren, und es brach etwas in dem Ring des Geschlechtes. Das Dorf ging des Lächelns verlustig, das er vielleicht für die Beladenen gehabt haben würde, einer freundlichen Handreichung, eines gütigen Wortes in einem unguten Jahr. Es war nicht richtig, daß es eine Stellvertretung für alles gab. Der Haushalt der Menschheit arbeitete nicht mit Stellvertretungen. Nicht einmal der eines Landes oder eines Dorfes. Es war nicht so, daß Jons ersetzt werden konnte, durch einen Dr. Lustig oder durch einen Dr. Traurig oder eben durch Dr. Jedermann. Daß Stilling ersetzt werden konnte oder Korsanke. Ja, nicht einmal Piontek. Es konnte jemand an ihre Stelle treten, und die Stelle wurde besetzt. Aber der Mensch war unersetzlich, der sie gehabt hatte. Er war nur einmal aus Gottes Hand gefallen, und Gott hatte an ihm allein geformt, nicht an einer Serie wie die am laufenden Band einer Maschinenfabrik.

Und so hatte er wenig Zeit, auf den Mann Maschlanka zu achten. In den Kätnerhütten, in denen er an den Betten saß, hörte er nichts von den neuen Liedern, und wenn er nach einigem Widerstand die kleinen Fenster der Kammern geöffnet hatte, hörte er nur die alten Lieder aus seiner eigenen Kinderzeit. „In einem kühlen Schatten, da steht ein wilder Birnbaum . . ." das sangen sie immer noch, und während Jons die Hand am Puls der Kranken hielt, sah er einen Augenblick hinaus, über die kleinen Goldlack- oder Geranientöpfe auf dem Fensterbrett, in eine weite Ferne hinaus, und dann kehrte er mit freundlichem Lächeln wieder zurück.

Die Jahre gehen, und die meisten Dörfer denken, daß sie nichts mit sich nehmen als die übliche Last der Tage und Nächte. Neu war für sie der Wels, den sie gefangen hatten, oder daß Jons Pionteks Leib aufgeschnitten hatte, oder daß ein neuer Pfarrer gekommen war. Aber draußen, weit hinter dem Moor, war nichts Neues für sie. Daß sie sich in den Sälen der Abgeordneten prügelten, oder auf der Straße, und daß sie einander als ‚Verräter' beschimpften, war nichts Neues. Daß es einen ‚Krach an der Börse' gab, ging sie nichts an. Keiner von ihnen konnte sich unter einer Börse etwas anderes vorstellen als ein Ledersäckchen, das mit einer Schnur zusammengebunden wurde. Die Steuern trug der Acker zur Not, und wenn er sie nicht trug, half der Herr von Balk. Nicht den Trägen und Trunkenbolden, aber den Rechtlichen und Fleißigen.

Einmal aber greift die Zeit auch an die kleinsten Dörfer. Sie läßt nichts aus, wo Menschen leben. Sie arbeitet mit Menschen und Geld und Worten, und auch das Geringste davon kann einmal wichtig für sie sein. Dem Kaiserreich ging es um Steuern und Soldaten, königstreue Soldaten. Der Republik geht es fast nur um Steuern und Korn. Aber der neuen Zeit geht es anscheinend um alles zusammen. Die Sprache schwillt auf wie ein krankes Organ, ihr Wortschatz, ihre Attribute. Ihre Lautstärke schwillt, ihre Plakate glühen, ihre Verheißungen und Verdammungen.

Und einmal gibt es nun auch eine Versammlung in Sowirog. Sie findet bei Czwallinna statt, an dem einzigen Ort, der dafür möglich ist. Plakate laden zu ihr ein, und Motorräder knattern durch das Dorf. Neue Uniformen sind zu sehen, neue Gebärden, neue Gebräuche, und die Leute von Sowirog schieben sich langsam, ein bißchen widerwillig und ein bißchen neugierig, in die große Gaststube. Sie trinken nichts, und sie verzehren nichts, und der „Tater" schielt mit wütenden Augen nach ihren Bänken.

Auch der Herr von Balk ist gekommen und Jons und Stilling. Und der neue Landjäger steht unbehaglich neben dem kleinen Rednerpult und putzt an seinem Tschako herum.

Die jungen Fremden stellen sich ein bißchen zu den Kätnern

und plaudern ein bißchen. Aber die Kätner schweigen. Sie kennen keine Plauderstunden, und jede Uniform ist ihnen verdächtig. Auch eine Fastnachtsuniform würde ihnen verdächtig sein. Auch sind diese jungen Burschen ihnen etwas zu sicher und zu laut, und die Leute von Sowirog sind beides nicht. Sie sind gewohnt, ihr Tagewerk still zu tun, und wenn sie einmal in die Kreisstadt müssen oder nur zum Landjäger und zum Lehrer, sind sie gewohnt, die Mütze abzunehmen und geduldig zu warten, bis man sie aufruft. Meistens geschieht das nicht sehr höflich, auch in der Republik nicht, aber sie wissen, daß es niemals anders war und daß der liebe Gott es so eingerichtet hat.

So sitzen sie also still da und warten, und inzwischen flüstern sie einander ein paar Bemerkungen zu. Sie haben immer einen natürlichen Sinn für das Komische gehabt, und für sie ist manches von dem komisch, was sie sehen. Die abgezirkelten Bewegungen, die sich wie an Holzfiguren abspielen, das „Forsche" der Gesichter, der Landjäger, der nicht weiß, was für ein Gesicht er machen soll, und vor allem Maschlanka mit der roten Perücke, der Diener macht, aber auch gern „forsch" sein möchte und der zwischen diesen beiden Haltungen hin- und herschwankt.

Am lustigsten aber ist für sie, als der Anführer zum Herrn von Balk geht, die Absätze zusammenschlägt und den Arm in die Luft wirft. Der Herr von Balk setzt sein Glas ins Auge und betrachtet sich den Mann wie einen jungen Zuchtstier, den er kaufen soll. Er betrachtet ihn vom Kopf bis zu den Füßen, mit unbewegtem Gesicht, und er hat eine ganze Menge daran zu betrachten. Er sagt nichts, und erst als der Mann zum zweiten Male sagt, daß er sich freue, eine so bekannte Persönlichkeit des Kreises hier zu sehen, und daß er überzeugt sei, ihn bald in ihren Reihen marschieren zu sehen, erwidert der Herr von Balk, daß er ein alter Kavallerist sei und daß es bei diesen mit dem Marschieren immer etwas gehapert habe. Und ob sie denn hier in Sowirog Marschierunterricht geben wollten.

Das sei natürlich symbolisch zu verstehen, erwidert der Mann etwas unbehaglich, und Balk nickt ihm freundlich zu. „Sie sind schlechte Marschierer hier", sagt er. „Zu lange hinter dem Pfluge hergegangen, um Brot für andere Marschierer zu bauen. Und auch mit den Symbolen hapert es hier etwas. Ein etwas zurückgebliebenes Dorf am Fuße des Mondgebirges ..."

Und er nimmt das Einglas ab und putzt es sorgfältig mit einem weißseidenen Tuch.

Der Mann weiß nicht recht, ob das ein Witz ist, und dann macht er eine scharfe Kehrtwendung und besteigt sein kleines Podium.

Er spricht etwa eine Stunde, und die Leute von Sowirog hören zu. Sie sehen ein bißchen bestürzt aus, so etwa wie eine Viehherde, die man auf den alten Weideplatz treibt, aber der Platz ist über Nacht von einem hohen Zaun umstellt worden. Sie starren durch die Lücken auf die grüne Welt, aber es ist alles anders geworden, und sie wundern sich.

Das meiste verstehen sie auch nicht. Was Juden sind, wissen sie schon, aber daß der alte Hirsch mit seinen Bändern und Schnallen und Halsketten sie aussauge, hören sie zum erstenmal. Und Freimaurer und Marxisten sind ihnen nun ganz und gar böhmische Dörfer. Kutzek mauert nicht frei, sondern läßt sich ganz ordentlich bezahlen, und vor allen Dingen will er viel Schnaps haben. „Es bindet sonst nicht", pflegt er zu sagen.

Sie ducken sich also etwas in den müden Schultern und lassen das Ganze gehorsam über sich ergehen. Der „Schandfrieden" rührt sie nicht sehr an, ihnen ist nur wichtig, daß Friede und nicht Krieg ist. Und dieser Mann auf dem Pult, der die Fäuste ballt, sieht ihnen ganz so aus, als sei er dabei, wieder ein bißchen Krieg zu machen. „Siegreich woll'n wir Frankreich schlagen, sterben als ein He ... e ... ld." Aber sie wollen weder Frankreich schlagen, das haben sie noch zu gut in der Erinnerung, noch als Helden sterben. Sie wollen etwas mehr Acker und die Waldweide, und ab und zu ein Häschen und ein bißchen mehr Geld für Schnaps. Bescheidene Wünsche, aber davon sagt der Mann nicht viel.

Und schließlich denken sie, daß der Mann sich überhaupt geirrt hat. Daß er sich mit seinem Motorrad verfahren hat und ganz woanders hingewollt hat. Nach der Kreisstadt wahrscheinlich, wo die Leute Zeit haben, abends in einen Zirkus zu gehen. Was weiß so ein Mann vom Dorfe Sowirog? Gebt ihm einen

Pflug in die Hand und eine Axt, und dann wollen wir sehen, was er damit anfangen wird. Zum Reden ist der Pfarrer da und manchmal auch der Lehrer, aber junge Burschen sind zum Arbeiten da. So steht es in der Bibel, und so ist die Ordnung der Welt.

Der Landjäger räuspert sich ab und zu, und als von der Juden- und Bonzenrepublik die Rede ist, unterbricht er und bittet, Angriffe gegen den Staat zu unterlassen.

Der Redner blickt ihn nachsichtig an wie einen alten Mann, der nicht ganz mitkommt, aber dann kommt er doch zum Ende, fordert zum Eintritt in die Partei auf und schließt mit einem Ruf, den die Leute von Sowirog zum erstenmal hören und bei dem sie sich noch weniger denken können als bei dem Vorhergegangenen.

Als der Herr von Balk aufsteht und ihnen lächelnd zunickt, stehen auch sie auf und schieben sich langsam aus der Tür. Draußen scheinen die Sterne, und die Luft kommt warm und rein vom See über die Felder. „Der hat eine Kehle, Bruder . . .“, sagt der alte Daida und nimmt mit dem Daumennagel eine Prise. „Und das Leder, das die umgeschnallt haben . . .“, erwidert Gonschor nach einer Weile. „Ein ganzes Sielenzeug könnte man daraus machen . . .“

Und damit ist die Sache für sie beendet.

Es war kein Erfolg, und der Redner schiebt fluchend die Blätter seines Manuskripts wieder in die schöne Aktentasche. „Drecksvolk!“ sagt er wütend. „Ostische Rasse!“

Der Landjäger geht gedankenvoll nach Hause, und Herr von Balk und Stilling sitzen noch eine Weile bei Jons. Für Stilling ist es nicht viel mehr als einer der Späße, an denen das deutsche Volk so reich ist, und der vorübergehen wird, wie Wahrsager und Propheten vorübergehen. Aber Balk starrt finster in den dunklen Kamin und raucht eine Zigarette nach der anderen. „Dämmert es dir nun, Jons?“ fragt er nach einer Weile. „Wenn die Ideale aufgerufen werden, gibt es im allgemeinen schon Klamauk genug in der Weltgeschichte. Aber wenn sie die Instinkte aufrufen, fängt die Weltenuhr an zu rasen.“

„Sie werden immun bleiben“, erwidert Jons langsam. „Es war zu sehen heute, daß sie immun bleiben.“

„Der Puls eines Kranken ist nicht der Puls eines Volkes, Jons. Die Masse hat einen schnellen Pulsschlag, und hundert Injektionen sind mehr als eine."

„Was ist zu tun, Herr von Balk?"

„Geben Sie uns einen Kognak, Jons. Heute fahren sie ab wie von einem falschen Rendezvous. Sie wollten nur eine Vorstellung geben, und es mißlang ein bißchen. Morgen befehlen sie den Eintritt. Hast du die schönen Schnallen an ihren Riemen gesehen? Mit Schnallen fängt es immer an, bei Pferden, bei Menschen und bei Völkern. Und mit Galgen und Scheiterhaufen hört es auf. Zur Gesundheit, Jons! Zur Gesundheit, Stilling! Ich wünschte, ich wäre so alt wie Sie."

„Wir wollen warten, was Gott dazu meint, Herr von Balk", sagt Stilling leise.

„Zuerst meinen die Menschen, Stilling, und nach einer langen Weile meint vielleicht Gott, oder die Menschen bilden es sich wenigstens ein. Wenn die Ernte verhagelt ist, muß doch einer schuld haben. Sie werden auch dies schon zu einer Prüfung frisieren. Ein paar Millionen werden draufgegangen sein, wenn die Prüfung zu Ende ist, und die Übriggebliebenen werden bestanden haben. Aber ihre Note wird wohl auch nicht ‚summa cum laude' sein. Vielleicht wird sie ‚rite' sein, vielleicht nicht einmal das. ‚Schließt eure Herzen und eure Tore!' heißt es ja wohl bei eurem Altmeister. Oder so ähnlich ... Ja, und nun wollen wir nach Hause marschieren. So hat doch der Bursche gesagt, nicht wahr? ‚In unseren Reihen marschieren.' Merkwürdig, manche Völker wandern, und manche schweifen, und manche sind seßhaft. Aber die Deutschen marschieren, von der Wiege an bis ins Grab. Dachte, sie würden genug marschiert haben mit dem letzten Orlog. Keine Rede davon. Sind schon wieder lustig dabei. Gibt einen ewigen Juden und einen ewigen Marschierer. Neugierig, ob sie sich einmal treffen. Haben doch schließlich dasselbe Ziel. ‚O Ewigkeit, du Donnerwort!' "

Und er nahm Handschuhe und Reitstock, nickte ihnen zu und ging auf seinen hageren, gekrümmten Beinen langsam aus dem Zimmer.

Nein, es ist ein Irrtum, zu meinen, daß die Zeit nichts Neues bringe. Sie geht trächtig mit neuen Dingen, neuen Menschen, neuen Weltanschauungen. Sie ist der Urschoß der Fruchtbarkeit, und es ist ihr gleich, was sie gebiert. Ihr Lärm bleibt nicht immer ein ferner Lärm weit hinter dem Moor. Es gibt Zeitungen, es gibt Radioapparate, und wo ihre Stimme zu schwach oder zu vereinzelt ist, gibt es Lautsprecher, die sie über Städte und Dörfer schreien, durch die geschlossenen Fenster hindurch, in die verschlossenen Herzen hinein. Früher lag ein Dorf „hinter dem Walde", und damit war es fern von der Zeit. Monate vergingen, ehe die Zeit in die leeren Räume tropfte und sie erfüllte, wie ein leeres Gefäß sich erfüllt, zuerst mit einem dumpfen, fallenden Ton, der von den Wänden widerklang, und dann langsam heller und heller, bis es erfüllt war und überfloß.

Aber nun liegt nichts mehr „hinter dem Walde". Drähte laufen durch jeden Wald, blitzende Wagen durcheilen ihn, und wo auch Drähte und Wagen zu langsam sind, fährt es unsichtbar durch den Äther. Man weiß nicht, ob der Äther da ist oder ob er nur ein Phantom der klugen Leute ist, aber das, was man so benennt, ist gehorsam und willig, fortzuleiten, was man ihm aufträgt. Botschaften oder Zahlen, Namen oder Verheißungen, Segnungen oder Flüche.

Man kann sagen, daß der Acker da sei, Gott oder der Kaiser. Aber die Botschaften fragen nicht danach. Sie lassen sie aus dem Spiel wie eine zerbrochene und zerrissene Puppe, die auf dem Düngerhaufen liegt. Die Zeit baut ihre eigenen Götterbilder. Einmal war es bunt oder das goldene Kalb, und nun ist es das Reich oder ein Mann oder nur ein Name. Es flattert von den Fahnenstangen, es glänzt über den Versammlungen und Umzügen, es schreit von den Lippen, den Musikkapellen, den Lautsprechern. Es bemächtigt sich. Das ist es. Es bemächtigt sich der Willigen, der Lauen, der Widerstrebenden. Es hebt die Masse hervor aus der Zwiespältigkeit und Vereinzelung, es reißt die Dämme mit, die Ufer, die Böschungen, und endlich braust es wie ein Wildwasser zu Tale, in Donner und Schaum, über die Mühlen hinweg, die das Korn mahlen, über die Sägewerke, die Holz zu Wiegen und Särgen schneiden, weiter und weiter, bis in den Ozean, der so vieles aufgenommen hat und der nun auch die Zeit aufnimmt, die große neue Zeit, die sich für die Ewigkeit hält und nichts ist als ein kurzer Tag „von gestern her", ein „Schatten über der Erde".

Der Winter liegt über Sowirog, ein harter Winter, und die Leute von Sowirog merken noch immer nicht viel von den großen Dingen der Zeit. Sie lesen keine Zeitung, sie haben kein Radio. Sie gehen in der roten, kalten Morgensonne in die Holzschläge, Lappen um die Füße gewickelt, Säge und Axt über der Schulter. Sie bleiben ein bißchen bei den Wildfährten stehen, Hasen und Rehe und ab und zu eine Rotte Sauen. Sie betrachten sie mit fachmännischem Blick, und wenn die Wildschweinfährten frisch sind, bereden sie die kommende Jagd. Jagden sind immer herrlich. Der Schnee in den Dickungen stäubt ihnen in den Hals, und die Hände in den Fausthandschuhen werden kalt. Aber es ist nicht mehr zu tun, als Richtung zu halten und mitunter mit dem Stock an die alten Fichten zu klopfen. Dann bricht ein Schuß durch den zusammenfahrenden Winterwald, noch einer und noch einer, und dann ist es zu Ende oder gibt noch ein paar Treiben. Aber in jedem Falle gibt es Schnaps und Geld und manchmal eine heiße Erbsensuppe und manchmal eine Zigarre.

War es aber mit alledem nichts, so kehren sie im Abendrot heim, müde und hungrig, aber ohne schlechte Laune. Vielleicht gibt es einen kleinen Hasenbraten, vielleicht einen Wacholderschnaps. Das Feuer im Herde brennt, und einmal ist auch wieder Sonntag für das Dorf, mit der neuen Kirche und dem neuen Pfarrer. Sie sind nicht ganz so arm und verlassen, die Leute von Sowirog. Der liebe Gott ist immer noch da, und wahrscheinlich ist auch der Kaiser noch da. Es heißt, daß sie ihn verbannt haben, aber vielleicht schläft er in dem Märchenberg und wird einmal wiederkommen, um diese Burschen mit dem Lederriemen ein bißchen zu exerzieren, damit sie stiller und bescheidener werden.

Aber vorläufig sind diese Burschen da. Es scheint, daß auch die Republik aufgehört hat, wie so vieles einmal aufhört, aber es geht sie nichts an. Hirsch ist dagewesen, der sie aussaugen soll, aber er verkauft Kämme und Bänder und sitzt ein bißchen vor dem Herdfeuer, alt, gebeugt, und sehr müde. „Gott der

Gerechte", seufzt er, „was werden sie machen für eine Zeit aus unserer Zeit..." Und er erzählt, daß es Dörfer gebe, in denen sie die Hunde auf ihn hetzen, aber die Hunde gehorchen nicht. Sie kennen den alten Mann. Und daß sie „Hepp! Hepp!" hinter ihm herschreien. Und wenn der Mensch hinter einem Menschen schreie, sagt er, dann fange es an. Immer habe es so angefangen.

Die Frauen trösten ihn, aber er geht gebeugt aus der Tür, und den Kindern schenkt er kleine Pfeifen aus Zuckerguß, eine ganze Hand voll.

Und noch vor den Tauwinden sehen sie eines Abends, daß Maschlanka eine Uniform trägt. Sie wissen nicht, ob er Soldat gewesen ist. „Wahrscheinlich nicht", sagt Daida, „sonst wäre seine Perücke im Drahtverhau hängengeblieben." Aber nun sieht er aus wie ein Soldat, mit Lederriemen wie die andern, sogar unter der Mütze und sogar, wenn kein Wind geht. Er nimmt es ernst mit seiner Uniform.

Die Lieder werden nun wirklich neu in der Schule, und die Kinder wiederholen sie zu Hause, bis der Vater den Leibriemen abschnallt. Und unter dem Giebeldach der Schule bringt ein Mann in einem blauen Anzug eine große viereckige Holzplatte mit einem runden Loch an, und am Abend klirren Märsche und Reden über das erstaunte Dorf. Und eines Morgens erscheinen andere Leute mit einem langgemachten Wagen, graben ein tiefes Loch in den Schulhof und richten einen Fahnenmast auf, so hoch, wie ihn sonst wohl nur der Kaiser hat, und um die Mittagszeit weht eine riesige Flagge von dem Mast, und die Kinder stehen mit offenem Munde davor und sehen zu, wie der Wind sie bewegt.

Aber in einer der nächsten Nächte, als Maschlanka zu einer Versammlung gefahren ist, einer Frühlingsnacht mit Regen, Sturm und tiefen Wolken, gibt es eine schweigende Bewegung um das Lehrerhaus, als ob Schatten oder Tiere des Waldes sich dort heimlich träfen, und am Morgen, als der Lehrer Maschlanka sein Radio in Gang setzt, schweigt es unter dem Giebel, und als er aus dem Fenster blickt, sieht er, daß der Mast verschwunden ist mitsamt der Fahne. Dicht über der Erde abgesägt, und daß statt des Lautsprechers ein paar Holzstücke unter dem Giebel hängen, von einem verbogenen Draht zusammengehalten.

Maschlanka stürzt zu Korsankes Nachfolger, und dann stehen sie beide an der Stelle der Untat. Der Lehrer fährt mit dem Finger über die Schnittfläche, aber davon wächst der Mast nicht nach. Er flucht und tobt, und auch der Landjäger hat ein ernstes Gesicht. „Es sind Symbole!“ schreit Maschlanka. „Und auch die Wilden achten Symbole!“

Der Landjäger weiß nicht recht, was Symbole sind, aber wahrscheinlich ist es etwas Ernsthaftes, und jedenfalls ist dies hier eine Schweinerei, die ihn den Kragen kosten kann.

Sie suchen nach Spuren, aber der Regen hat alles ausgelöscht, und der Landjäger wird es also weitermelden. Etwas anderes fällt ihm nicht ein, und Maschlanka ist nicht sehr glücklich darüber. Ein besonderes Lob wird er wahrscheinlich nicht ernten.

Die Leute stehen ein bißchen vor den Häusern herum, als der Landjäger durch die Dorfstraße reitet. Er sieht böse aus und grüßt nicht, und die Leute wundern sich nicht sehr darüber. Nicht jeder kann Korsanke sein, und nicht jeder kann Stilling sein. Auch im Walde kann nicht jeder Vogel ein Wanderfalke sein. Mancher ist eine Elster, und mancher ist nur ein Wiedehopf, und auch sie hat der liebe Gott geschaffen.

Es gibt Vernehmungen und unzählige Alibis. In Alibis ist Sowirog groß. Wer Schlingen stellt und in der Nacht mitunter auf den See fährt, braucht solche Einrichtungen sehr nötig.

Es kommt nichts heraus aus den Vernehmungen, und nur die Alibis bleiben. Unantastbar wie eherne Tafeln. Motorräder halten im Dorf, und der Anführer blickt finster über die Neugierigen hinweg die Straße entlang. „Pachulken!“ sagt er. „Mit euch werden wir schon Schlitten fahren ...“

„Nicht vor dreiviertel Jährchen, Herr General“, erwidert der alte Daida treuherzig. „Vor Martini gibt es keinen Schnee bei uns.“

Es wird viel gelacht rings um den See, aber Balk schüttelt bekümmert den Kopf. „Haltet euch still, Leute“, sagt er. „Sie werden euch zerknacken wie eine Laus.“

Und auch Jons sagt dasselbe, wenn er an den Krankenbetten sitzt. Sein Gesicht ist wieder ernst geworden, und manchmal hält er auf einem der Hügel sein Pferd an und blickt eine Weile über die stille Landschaft hin, auf der die Saaten grünen und über der die Bussarde kreisen.

Eine neue Fahnenstange kam, ein neuer Lautsprecher, und sie blieben unbeschädigt. Die Leute machten die Fenster zu, und mitunter war einer der Drähte der Lichtleitung gerissen, die durch Felder und Wälder führte. Es geschah immer im Walde, wo die Fichtenäste bis dicht an den Draht reichten, und vielleicht war es der Wind gewesen, der ihn beschädigt hatte.

Aber trotz allem blieb das Dorf Sowirog ein sogenanntes Unikum im ganzen Kreise. Denn es besaß einen Ortsgruppenführer in der Person Maschlankas und einen Stellvertreter in der Person Czwallinnas. Und weiter besaß es nichts, außer seinen bisherigen Äckern und Weiden und Torfstichen. Es war ein altes Dorf, und es liegt immer noch „hinter dem Walde". Der geheimnisvolle Äther liegt auch über diesem Walde und leitet die Botschaften der Zeit gehorsam bis in Maschlankas Lautsprecher. Aber dort ist es zu Ende mit ihnen. Der leere Raum empfängt und verschlingt sie. Es ist wirklich, als hätten die Leute hier vor zehn Jahren noch gebellt. Sie verstehen nichts, sie hängen am Alten, und es heißt sogar, daß der Herr von Balk den Meiler wieder anzünden lassen wolle. Sie lachen in der Stadt, und sie schimpfen auch, aber schließlich zucken sie die Achseln. „Was wollen wir mit den paar Kuhköpfen?" sagen sie zueinander. „Wollen mal sehen, wie es mit den Kindern wird. Wenn wir die in die neue Kluft stecken, geht das ganze Dorf hoch."

Aber das Dorf geht nicht hoch. Sie haben wieder einmal vergessen, daß man dort noch „Herr Vater" und „Frau Mutter" sagt. Sie bekommen die neue „Kluft", und sie tun, was befohlen wird, aber auch nicht ein Jota darüber. Und sie tun es darüber hinaus so ungeschickt und tölpelhaft, daß die jungen Führer am Verzweifeln sind. Und als der jüngste Daida, der Enkel, beim Treffen in der Kreisstadt, als die Fanfaren geblasen werden sollen, um einen halben Takt zu früh beginnt und mit einem greulichen Mißton beginnt, verzichtet man darauf, die Jugend von Sowirog zu „repräsentativen" Gelegenheiten zu benützen. „Nicht Sowirog, sondern Maupirog müßte es heißen", sagt man, und „maupa" heißt der „Affe".

Grünheid ist nicht mehr im Amt, und Maschlanka übernimmt seinen Posten. Aber als er den alten Schulzenstab haben will, zuckt Grünheid die Achseln. „Er ist nicht mehr da." Wo er sei? „Der liebe Gott hat ihn geholt, über Nacht. Manchmal holt er etwas über Nacht, der liebe Gott..."

Jons muß in die Ärztekammer eintreten. Der Herr von Balk besteht darauf. „Möchtest du, daß irgendein Schwein hierherkommt", sagt er, „und aus unseren Trögen frißt? Wir werden schon wissen hier, weshalb du es tust."

Jons gehorcht, aber er ist finster und in sich gekehrt, und auch Tobias kann ihn nicht aufheitern. „Erinnerst du dich an den schwarzen Staub, Jons?" fragt er. „Dort, wo die Schornsteine standen? Siehst du, manchmal bläst Gott in solchen Staub und läßt ihn über ein ganzes Land treiben. Aber es ist nur Staub. Glaub mir, Jons. Erst wenn er in die Erde bläst oder in das Meer, wird es schlimm. Aber das tut er nicht."

Der Roggen wächst, der Pirol kommt wieder, und die neuen Glocken läuten in ihrem hölzernen Turm. Aber der neue Landjäger ist plötzlich unter die Frommen gegangen und sitzt bei jedem Gottesdienst in der hintersten Bank. Jedesmal steht einer der Jungen hinter ihm und sieht ihm über die Schulter, damit er nicht plötzlich Lust bekommt, Verse in sein kleines Buch zu schreiben. Aber es ist doch nicht mehr so, wie es früher war. Das Dorf ist nicht mehr ein stilles Haus, wo sie unter sich sind, hoch und gering. Etwas steht vor der Tür, in der Dämmerung, aber man erkennt es nicht. Man hört nur seinen Atem, einen verstohlenen Atem, und man weiß nicht, ob er der eines Wolfes oder eines Lammes ist.

Ja, die Jahre gehen über das Dorf wie Ringe durch einen Baum. Die Rinde bleibt dieselbe, aber unter ihr läuft eine neue, vielfach gezackte Linie durch das Holz. Niemand sieht sie, und erst unter der Säge wird man sie sehen. Die Leute singen wieder in Sowirog, sie leben und trinken wie früher. Sie sehen zur Seite, wenn etwas Neues kommt. Auch das Neue wird vorübergehen, wie Hagel vorübergeht. Aber manchmal richten sie sich auf von ihrer Arbeit, im Torfmoor oder auf dem Acker, und lauschen. Sie legen die Hand über die Augen und suchen den Horizont ab, aber dort ist keine dunkle Wand mit fahlen Rändern zu sehen. Sie schütteln den Kopf und graben weiter. Es war ihnen, als hätte es leise gegrollt in der Ferne.

Und manchmal sehen sie nun Kiewitt um die Abendzeit, wie er am Rande des Hochwaldes auf einem Baumstumpf sitzt und über das Dorf blickt. Niemals hat er früher um diese Stunde seine Hütte verlassen, und die Leute von Sowirog wenden den Kopf, wenn sie auf ihren Bänken vor der Tür sitzen, und sehen nach ihm hinüber. Seine kleine Gestalt wird immer grauer und verfließt allmählich mit der Rinde der Bäume und den Wacholderbüschen. Wie die Gestalt eines großen einsamen Vogels, der kein Heim hat und auf die Häuser der Menschen blickt.

Es bedeutet etwas, aber sie wissen nicht, was es bedeutet.

XV

Für Jons, wenn er später an alles zurückdachte, war es nicht leicht zu sagen, wann es begonnen und wie es sich vollendet hatte, wenn von einer Vollendung überhaupt gesprochen werden konnte. Soviel wußte er von seinem Leben, daß das Schicksal, oder welchen Namen er einer geheimnisvollen Prüfung geben wollte, langsam und unmerklich am Werke war, ehe es den Menschen auf eine neue Stufe schob. Da waren viele Dinge, die ein bißchen merkwürdig und ein bißchen willkürlich erschienen. Ein leises Beben im ruhigen Pendelschlag. Eine vergessene Erinnerung, die plötzlich wieder aus dem Unbewußten heraufstieg, und man nicht wußte, wer oder was sie gerufen hatte. Ein Vers, den man einmal gelesen hatte, und eines Abends war er wieder da, am Kaminfeuer oder im Wagen, wenn man über Land fuhr. Eine Begegnung mit einem Menschen, und sie hätte auch unterbleiben können, wenn man ein paar Minuten länger vor einem Bücherladen stehengeblieben oder eine andere Straße gegangen wäre. Das, was die Menschen gern den Zufall nannten, aber später erkannten die Nachdenklichen, daß es ein Gesetz war, eine weise Führung, und sie waren erst da, wenn man reif dazu war. Mit Margreta war es so gewesen, mit Tobias, dem Stabsarzt, mit Lawrenz. Es war, als hätten sie hinter dem Vorhang gestanden und auf ihr Stichwort gewartet, und als das Wort gefallen war, hatten sie die Falten beiseite geschoben und waren in das Licht getreten. Sie waren immer dagewesen, für sich allein da, wie es schien, aber der Schein trog, denn sie waren für „das Ganze“ dagewesen, auch für ihn, Jons Ehrenreich, und für ihn besonders.

Und es war auch nicht so, daß sie nur ein Mittel waren und nichts anderes. Daß das Schicksal sie gespart hatte, um einen neuen Faden in Jons' Gewebe zu schlagen, und nur in seines. Es war vielmehr so, daß auch für sie etwas gemeint war mit dieser Begegnung, eine Wendung, eine Erkenntnis, eine Art von Bereicherung oder Vollendung. Daß es gegenseitige Beziehungen waren, Anziehung und Abstoßung, und erst viel später erkannte man, daß das Leben anders gelaufen sein würde, wenn sie ihr Stichwort versäumt hätten, für jeden von ihnen anders. Und das Geheimnisvolle war nicht die Begegnung. Wenn zwei Menschen in einer dunklen Nacht, in vielen dunklen Nächten zu einem Kohlenlager gehen, um etwas Wärme für ihre kleine Kammer zu holen, so ist es kein besonderes Geheimnis, daß sie einmal einander treffen. Aber dies ist das Geheimnis, daß beider Leben um diese Stunde so weit gegangen ist, daß sie einsam und kummervoll und eines anderen Menschen, gerade dieses Menschen, bedürftig sind. Daß sie bereitet worden sind zu dieser Begegnung, ohne es zu wissen, und daß es dann gleichgültig ist, ob sie später das Bereitende Gott nennen, oder das Schicksal, oder die Sterne. Sie wachsen ihrer Stunde zu, unbewußt und unmerklich, und wenn sie die Haustür hinter sich schließen, heute oder morgen, wissen sie noch nicht, daß die Stunde nun da ist und gehorsam unter den Sternen hängt.

Mit Jons war es wohl so, daß die ‚neue Zeit' ihn nicht aus seiner stillen Bahn geworfen hatte, aber daß sie die Sicherheit seines Lebens erschüttert hatte. Er sah die Sterne schwanken, nach denen er aufgeblickt hatte. Unveränderliche Gesetze wurden von Menschenhänden verändert, und vieles, was er auf einen ewigen Thron gestellt hatte, sah er in den Staub gezogen. Er erkannte, daß es Verbrechen waren, aber er erkannte auch, daß sie geschehen konnten, ohne daß der einzelne, das Volk, die Welt sie verhindert hatte oder verhindern konnte. Er erkannte die Macht des Bösen und daß sie sich des Wortes ebenso bediente wie die Macht des Guten. Ja, daß der Mensch ihr ebenso bereitwillig gehorchte und diente, wie er Gott oder der Menschlichkeit gehorcht und gedient hatte. Es kam nicht darauf an, daß den Menschen Gewalt angetan wurde, sondern daß der sittliche Mensch das Unveränderliche stürzen sah. Es war, als wenn ein Kind sieht, daß seine Eltern Mörder werden und daß sie seine Geschwister schlachten. Eltern, die nicht von jeher Mörder waren, sondern die wie andere Eltern waren, freundlich, zärtlich, fleißig und Gott gehorsam.

Für Jons war es viel mehr als eine Entartung der Zeit. Für ihn war es eine Entartung der Ewigkeit. Ein tödlicher Stoß mitten in das Herz der Macht, die ihn von der Meilerhütte an geleitet hatte. Für ihn war es, als werde sein Vater gekreuzigt, solange er auch in der russischen Erde schon schlafen mochte. Als werde Jumbo gekreuzigt. Als werde Lawrenz nackt und mit Striemen auf seinem Herzen durch eine brüllende Straße gejagt. Und als juble das Volk, daß dies nun das Wahre und Gute sei, das Erwachen aus einem Irrtum, die letzte Erfüllung des letzten Gesetzes. Und es war nicht die geringste Bitternis, daß Balk ihn nun nötigte, wenigstens zum Schein und ganz am Rande schweigend zuzusehen.

Und daraus kam ihm nun die tiefste Liebe zu seinem Dorf, die er jemals gefühlt hatte. Er rechnete ihm nicht an, daß er eben um des Dorfes und vieler Dörfer willen dieses auf sich nahm. Er sah, daß es beim Guten blieb und nicht zum Bösen ging. Ein kleines, armes, verlassenes Dorf, ohne Schutz und Macht, aber es bewahrte die Saat, die Stilling ausgestreut hatte, oder der tote Pfarrer, oder Jakob, oder die lange Reihe gebeugter und demütiger Kätner und Kätnersfrauen, die hinter dem Pflug hergegangen waren und den Spaten geführt hatten, die Steuern und Söhne hingegeben und doch in ihren armen Herzen das bewahrt hatten, was die Reichen und Großen nun von sich warfen wie einen Irrtum oder einen Betrug.

Er liebte das Dorf mit allen seinen Schwächen und Fehlern, ja, er liebte jeden einzelnen aus den armseligen, dumpfen Hütten, weil jeder einzelne den tödlichen Stoß abwehren half, der nach dem unbewehrten Herzen der Güte zielte.

Und so mochte es zu dem gekommen sein, was ihm auf der Heimfahrt von einem der Dörfer hinter dem Moor widerfuhr. Oder es mochte es nur vorbereitet haben, wie es seine Verlassenheit vorbereitet hatte, als er dann den Wagen mit den Gummirädern geholt und zum Kohlenlager über den Strom gegangen war.

In diesem Sommer, ein Jahr nach der Geschichte mit dem Fahnenmast, war Fräulein Holstein wieder dagewesen, ein wegloses und verstörtes Wesen, das von der Pension erzählte, wo die Bilder der Straße nun bis an ihren Tisch getragen wurden und wo unter dem verbissenen Jubel ihrer Schwestern die Söhne der Beamten und Gutsbesitzer die neue Zeit auf ihre eigene rohe und lärmende Weise verkündeten.

Und der Stabsarzt war dagewesen und hatte still am Seeufer gesessen, oder an den Torfhaufen am Moor, oder bei Jons am abendlichen Feuer. Er war ein schweigsamer Mann geworden, aber an einem Abend hatte er erzählt, was es für eine Bewandtnis mit dem berühmten Tage gehabt habe, an dem der angebliche Aufstand niedergeschlagen worden war. Er wußte es bis in die geringsten Kleinigkeiten, und Jons saß schweigend daneben, den Kopf in die Hände gestützt, und hörte zu. „Die Morgenröte, Jeromin“, sagte der Stabsarzt, „erinnern Sie sich noch, daß wir damals von dem Buch sprachen? So sieht sie aus, und sie ist doch noch lange nicht die Mittagshelle oder das Abendrot. Sie ist erst der kleine und bescheidene Anfang, eine Vorprobe auf das Kommende, und Gott sei uns gnädig, jedem, dem es bestimmt ist, es zu erleben!“

Und Jons hatte sie beide abfahren sehen wie in eine Schlacht, die schon drohend über den Wäldern hing, oder wie in ein Niemandsland, über das unbekannte Tiere krochen, vielgliedrig gepanzert, mit eiskalten Augen, und sich leise, unverständliche Signale gaben, wenn ein Menschenwesen am Rande erschien.

Und dann war er mit Hanna in einem Moordorf gewesen, und sie hatten in vielen schweren Stunden einem Kätnerkind zum Leben geholfen. Es war, als sträube sich das Kind mit Händen und Füßen, an das Licht dieser Welt zu kommen, und als die weise Frau es endlich vor sich hin gehalten hatte, war Jons mit seinen Augen nicht von dem winzigen Wesen losgekommen. ‚Was will es auf dieser Erde?‘ dachte er. ‚Weiß es nicht, daß es eine mörderische Erde geworden ist, oder hat es das gewußt und sich deshalb so geweigert?‘

Und als hätte die Kätnersfrau seine Gedanken erraten, hatte sie nach seiner Hand gegriffen, als er sich noch einmal über sie beugte, und leise gesagt: „Der Herr Jesus wird sich über ihn erbarmen wie über alle anderen.“

„Woher weiß sie es?“ fragte er im Wagen das Mädchen.

Hanna verstand ihn sofort. „Die Armen wissen das immer", erwiderte sie nur, und auch sie sagte es wie ein Evangelium.

‚Wahrscheinlich', dachte er weiter, ‚ist es, weil sie nicht durch den Geist gegangen sind. Sie ruhen noch immer im Ursprünglichen und darin sind sie mir überlegen ...'

Der weite Himmel war bewölkt, aber nur so gleichsam, als ob hinter den Wolken noch das Blau zu sehen wäre. Ein gedämpftes, schwermütiges Licht lag über der Erde und beschien die Felder, auf denen noch die Garben standen. Die Luft war ganz still, und sie konnten weit über das Moor hin hören, den einsamen Gesang eines Hüterjungen oder den fernen Ruf der Spechte, die den Regen anzeigten. Zur Linken ging eine dunkle Wolke in schweren Streifen über den Horizont nieder, aber daneben war es hell von der verborgenen Sonne, und die Schwingen eines großen fremden Vogels schimmerten an ihren Rändern, als ob dort oben die Sonne ihn schon wieder treffe. Wahrscheinlich war es einer der großen Adler, die manchmal von der Küste bis ins Binnenland verschlagen wurden.

Und dann hatten sie in der Weißdorn- und Hainbuchenhecke am Wege die jungen Meisen gesehen. Eine verspätete zweite Brut, die eben das Nest verlassen hatte, und die Eltern flatterten aufgeregt und mit ängstlichen Warnrufen um sie herum.

„Da muß etwas sein", sagte Jons und stieg ab. Er vertrieb das Wiesel mit Steinwürfen, und dann sah er, wie Hanna, die ihm gefolgt war, drei der jungen Vögel auf ihrer Hand trug, wohin sie sich in ihrer Angst geflüchtet hatten. Sie wußten noch nichts von Menschen, und das Mädchen mochte ihnen wie ein stiller Busch erschienen sein, mit einem hellen ausgestreckten Ast, der auf ihre jungen, unbeholfenen Füße wartete.

Jons trat leise näher, ganz nahe heran, und blickte auf das wirre, noch ungeglättete Federkleid herunter, aus dem die dunklen Augen arglos umherblickten. „Auch über sie wird sich der Herr erbarmen", sagte Hanna leise.

Die Vögel flatterten auf, gleichzeitig, mit einem leisen Zwitschern, da die Eltern ganz aus der Nähe riefen, und verschwanden im nächsten Hainbuchenbusch. Aber Jons sah ihnen nicht nach. Er sah plötzlich in Hannas Gesicht, in dem die braunen Augen noch immer von der Zärtlichkeit der Begegnung erfüllt waren, und es war ihm ohne alle Gedanken so, als ob der stille, schwermütige Himmel nur über diesen Augen stünde, die er noch nie gesehen hatte, über ihnen beiden, die unter diesem Himmel geboren worden waren, durch ein dunkles Schicksal verbunden, und doch einander fremd geblieben, und als habe die dunkle Zeit, die langsam und rätselvoll fließende, bis zu dieser Stunde gewartet, um sich ihrer Verlassenheit zu bedienen und der hilflosen Vogelkinder, der dunklen, fernen Wolke, aus der der Regen fiel, ja sogar des fremden Vogels, der unter der unsichtbaren Sonne kreiste. Als habe sie sich dieses allen bedient, um einen letzten schweren Tropfen in ein Gefäß fallen zu lassen, und Jons hatte nichts von diesem Gefäß gewußt, nichts von dem leisen Gang der Zeit und dem Schicksal, das sie mit sich führte. Er hatte gearbeitet und gesorgt und gegrübelt und die nahen Menschen nur wie Schatten gesehen, während doch alle Kranken in den Dörfern hell und klar vor ihm standen, mit allen Gebrechen, die jeder trug, und jeder Handreichung, die er an sie zu wenden hatte.

Das Herz schlug ihm mit einem Male schwer in der Brust, und er sah sich noch einmal um, in der großen, schweigenden Runde, ob da etwas sei, was dies alles erklären könnte. Aber es war nichts da. Das Land lag wie sonst, etwas trauriger vielleicht als sonst. Das Pferd rupfte still an dem staubigen Gras neben den Geleisen, und das Mädchen stand wie sonst da, die Hände gefaltet und die leise zitternden Wimpern niedergeschlagen. Ein einfaches, gehorsames, demütiges Kind der Landschaft, durch eine dunkle Stunde gegangen, durch viele dunkle Stunden, mit einem dünnen Faden an sein Leben geknüpft, aber scheu und behutsam in jedem Schritt und Wort, damit er den Faden nicht merke, immer und bei jedem Herzschlag der Stunde bewußt, in der die harte Frau es aus der Gemeinschaft ausgewiesen hatte, und fortan nichts als eine demütige Magd, die nach einem Fehltritt wieder aufgenommen worden war, in einen dunklen Winkel des Hauses, aus dem sie zur Arbeit heraustrat und in dem sie zum Schlafen lautlos wieder verschwand.

Jons ließ den Stein fallen, den er immer noch gegen das Wiesel in der Hand hielt. Er konnte nichts sagen, er konnte es auch nicht unterlassen oder anders machen. Er legte die Arme um ihre schmalen Schultern, zog sie ganz behutsam an sich und küßte sie. Und er war ohne jeden Zweifel gewiß, daß er das Rechte tat und daß er unweigerlich und für immer den Befehl dieser Stunde versäumt haben würde, wenn er es unterließ und sich sträubte.

Er fühlte, daß ihre Lippen seine Zärtlichkeit erwiderten, aber er erschrak doch, als sie aus seinen Armen auf die Erde glitt und seine Knie umfing. „Was tust du?“ fragte er verwirrt. Aber sie schüttelte nur schweigend den Kopf und fuhr fort, leise zu schluchzen und sich an ihm zu halten, als würde sie ohne ihn zur Erde stürzen.

Er sah auf ihren dunklen Scheitel nieder, und die Zärtlichkeit erfüllte sein Herz zum Zerbrechen. Aber er konnte nichts denken. Er sah auf und sah wieder die große, schweigende Landschaft um sich stehen, in der dieses vor sich gegangen war, das gedämpfte, traurige Licht, die Garben auf den Feldern, die Wolke, die sich ausgeregnet hatte, dieses Große, Unveränderte, das sich nun auch um ihn schloß, um das Mädchen, um das neue, traumhafte, erfüllte und selige Leben.

‚Wie schön das alles ist . . .‘, dachte er mühsam. ‚Wie schön und wie groß . . . und weshalb habe ich es denn niemals so gesehen?‘

Ein Eichelhäher rief aus den fernen Kartoffelfeldern, und wieder war es ihm, als hörte er ihn zum ersten Male. ‚Kein Paradiesvogel‘, dachte er. ‚Ein Kind aus dem Dorfe, das hinter dem Paradiese liegt, aber kein Paradiesvogel . . .‘

Und dann hob er Hanna leise vom Boden auf und führte sie zum Wagen. Sie weinte nicht mehr, als sie weiterfuhren. Sie hielt nur seine Hand und sah still vor sich hin auf den einsamen Weg.

Sie hatten bis zum Abend Kranke in dem kleinen Wartezimmer, und erst als die Läden geschlossen waren und das Licht brannte, waren sie allein.

Sie stand an der Tür wie an jedem Abend, bevor sie leise „Gute Nacht“ wünschte.

„Hast du es denn gewußt, Hanna?“ fragte Jons und blieb bei ihr stehen.

Sie sah ihn an und nickte. „Ich habe es immer gewußt“, erwiderte sie. „Schon damals, als du die Hand aufhobst, um mir zu helfen. Von da ab warst du der Nächste an meinem Herzen.“

„Und du würdest es niemals gesagt haben?“

Sie schüttelte schweigend den Kopf, aber ihre Augen waren von Zärtlichkeit erfüllt. „Du warst zu groß für uns“, sagte sie nur.

Dann war sie wie ein Schatten verschwunden.

Er blieb noch eine Weile an derselben Stelle stehen. ‚Zu groß?‘ dachte er. ‚Ach, ich war wohl nie groß ... ich war wohl nur wie ein Blinder im Märchen ...‘

Er setzte sich vor den dunklen Kamin und nahm die schmale silberne Kette von seinem Hals. Er hielt sie still in seiner Hand und blickte auf sie nieder. Nein, die Toten gingen nicht fort. Sie löschten sich nicht aus. Aber sie konnten die Hand heben und in die Zukunft deuten. Sie wollten nicht mehr das Ihre. Sie hatten gehabt und wollten nicht mehr haben. Sie konnten entlassen. Sie klammerten sich nicht an ihr Recht. Sie banden nicht für die Ewigkeit, sie konnten auch lösen.

Die große Vergänglichkeit stand im Raum und sah ihn aus einer blind gewordenen Kette an. Er stand nicht außer ihr, er war eingeschlossen in ihren Kreis. Es gab nicht nur e i n e Kammer des Herzens. Wenn sie erfüllt war, legte der Riegel sich davor und bewahrte sie. Eine andere tat sich auf, eine unberührte, und auch sie erfüllte sich langsam. Das Leben brauchte viele Kammern, um seine Ernte aufzunehmen. Es fragte nicht nur nach Erinnerungen. Es sammelte, es dachte auch an Gegenwart und Zukunft. Vielleicht war es mitleidslos, vielleicht war es weise. Aber es war mehr als Menschenplanung. Niemand kannte seinen Haushalt. Niemand kannte Verlust und Gewinn. Sein Buch blieb verschlossen, und nur in heimlichen Stunden schrieb eine unsichtbare Hand die unsichtbaren Posten ein. Man wurde gewogen und kannte die Maße und Gewichte nicht.

Er stand auf und legte die Kette in einen der kleinen Wandschränke. Das Schloß sprang leise zu, wie der Deckel einer Uhr zuspringt. Die Zeit ging weiter, eine unaufhaltsame Zeit, die morgen nicht mehr war, wo sie heute gewesen war. Das Unwiederbringliche, das zurückblieb, nicht zu halten, außer an dem dünnen Faden der Erinnerung.

Dann ging er langsam die Stufen hinauf.

Als sie im Morgenlicht an seinem Herzen erwachte, preßte sie sich dicht an ihn.

„Fürchtest du dich, Hanna?" fragte er leise.

Sie schüttelte den Kopf an seiner Schulter. „Ich hatte Angst", flüsterte sie, und er fühlte, wie ihr schmaler Körper noch einmal erbebte. „Ich hatte Angst.... daß er da sein würde ... aber er war nicht da ... nur du warst da." Und sie drückte ihn so fest in ihre Arme, als wäre er ein Schatten und könnte an ihrer Brust vergehen.

Auch Jons fühlte einen leisen Schauer über sich hingehen. Wieder streifte ihn die Vergänglichkeit. Hatte er daran gedacht? Nein, das Gesicht war wohl aufgetaucht wie ein Schemen, wie eine wehende Pflanze unter Wasser auftaucht, aber dann war es wieder versunken. Soviel Zeit war verflossen seit damals, ein dunkler, unaufhörlicher Strom, und er hatte alles mitgenommen, was gewesen war. Der Tote mahnte nicht und forderte nicht. Er hob keine blasse Hand zwischen ihn und das Glück. Er sah nicht einmal hin. Ein anderer Raum umfing ihn, ein anderes Gesetz, eine andere Zeit. Eben die Ewigkeit. Und die Ewigkeit war nicht Liebe oder Neid oder Traurigkeit. Sie war nur Ewigkeit.

‚Nur du warst da' ... Ja, nur er. Kein Dieb, kein Hehler, kein Räuber. Das sich leise Anknüpfende, die neue Form der Zeit. Das Weitertragende und Bewahrende. Namenlos, wie das andere namenlos gewesen war.

Ein früher Vogel sang vor dem Kammerfenster, und ein rötliches Licht fiel in den halbdunklen Raum. Sie lauschten auf die zarte, noch schüchterne Stimme, und sie sahen beide die alten Eichen und Kiefern vor dem Hause stehen, den Hochwald, alle dunklen Wälder, die zwischen ihnen und dem Tage standen.

„Ich will dich behüten mein Leben lang", sagte Jons leise.

Sie nickte mit geschlossenen Augen. Ihr dunkles Haar lag auf seinem Herzen, und sie hörte den ruhigen, tröstlichen Schlag, der ihr Bewußtsein erfüllte, ihren ganzen Leib, die Kammer, das ganze Leben . . .

So also war das Glück. Ein erfülltes Leben, von Arbeit, Sorge und Heilung erfüllt, und dazwischen ein Gedanke, der zurückglitt in das kleine Haus, wo sie am Herde stand oder die Instrumente säuberte. Die Sonne stieg und sank wie sonst, die Felder wurden kahl wie sonst, und der Pflug ging über sie hin. Aber es war nicht mehr dieselbe Sonne, es waren nicht dieselben Felder. Sie lagen nicht außen, sie hatten ihn zu sich genommen. Er war aus dem Reich des Geistes herausgetreten und wieder in den Ursprung zurückgekehrt. Er wuchs und blühte wie eine Pflanze. Das Brot, das er aß, die Milch, die er trank, waren verwandelt. Sie waren Speise geworden, sie waren nicht nur Nahrung. Die Schöpfung durchwärmte sie, wie sie ihn durchwärmte. Die schreckliche Einsamkeit war fort, das Abgelöstsein von der lebendigen Erde. Er konnte ruhen, in einem Menschen ruhen, und der andere Mensch ruhte in ihm. Er erkannte, was Hingabe war, eines der alten, schönen Worte, das sich nun erfüllte. Nicht an eine Wissenschaft, an eine Idee, einen Beruf, einen Glauben. Sondern an einen Menschen, an etwas Fremdes, Unerreichbares, das nun nahe wurde. So nahe, daß die Grenzen sich auflösten, daß Leben in Leben strömte, daß die Form schmolz und sich verwandelte. Das Ich verlieren, das war das große Geheimnis. Die Weisen des Ostens hatten es frühe erkannt, das Abendland hatte es nie besessen oder längst verloren. Vielleicht kannte man es in der Religion, aber dort gab es Schöpfer und Geschöpf, und auf dem Geschöpf lag die Sünde. Vielleicht kannte man es in der Kunst, aber das Kunstwerk ging fort, unmerklich, in eine kühle Fremde, und dort stand es, für sich allein, ein Kind, das sich gelöst hatte und in eine unbetretbare Ferne hineinging, immer weiter fort, bis die Hand erschrak, die es berührte.

Aber in der Liebe gab es nicht Schöpfer und Geschöpf, nicht Sünde, nicht Fremde. Sie löste nicht nur auf, sie war Erlösung.

Alles verwandelte sich für Jons, sein kleines Haus, das

Jeromin-Haus, das ganze Dorf. Es war ihm wie eine neue Heimkehr. Die tiefste und letzte. Er war beschlossen darin, und nie würde er fortgehen. Es war wie ein großer Meiler, in dem er mitglühte, nicht mehr und nicht weniger als die anderen. Er war „außer sich" geraten, und auch dies war ein altes, schönes Wort.

Die Leute fühlten es, daß seine Hand noch heilender war als sonst. Es mißlang ihm nichts. Es war, als sei er mit Ewigkeit gefüllt.

Weit hinter dem Walde ging das Wetterleuchten über die Welt. Aber es war nicht ihre Welt. Man hatte sie ausgestoßen, weil sie versagten. Sie wollten Gott und das Alte Testament nicht absetzen. Sie wollten nicht einmal den alten Hirsch absetzen. Sie hatten zu lange „hinter dem Walde" gelebt, und sie verstanden keine neue Zeit mehr. Weder diese noch eine andere. Sie fühlten ganz gut, daß dies nicht immer so weitergehen würde. Sie waren keine Dummköpfe. Aber sie glaubten immer noch, daß es ein Recht auf der Welt gebe. Etwas Unveränderliches und Ewiges, und so wie keiner von ihnen die Hand gegen seine Mutter erhoben hätte, so wenig konnten sie glauben, daß irgend jemand in ihrem Lande die Hand gegen das Recht erheben würde. Sie taten, was das Gesetz befahl, und wenn sie nicht genau wußten, ob es ein Gesetz war oder etwas, was Maschlanka dazu machte, so gingen sie zu Stilling oder zu Jons oder zum Herrn von Balk.

Sie waren noch nicht gebeugt, sie waren nicht einmal ängstlich. Sie bestellten ihren armen Acker vielleicht noch fröhlicher als sonst, und wenn sie die Ernte eingebracht hatten, saßen sie noch fröhlicher als sonst an der langen Tafel vor dem Jeromin-Hause. Maschlanka war nun nicht mehr dabei, aber solange sie Jons und Stilling, den jungen Pfarrer und den Herrn von Balk hatten, brauchten sie niemanden.

Der Herr von Balk aber war der einzige, der sich Gedanken machte. Nicht nur, wie es hatte kommen können und war, sondern auch wie es werden würde. Wieder saß er bei der Ernte auf dem Ackerrain und sah ihnen zu, wie man Kindern zusieht, die Pferde an einen großen Leiterwagen spannen. Er allein wußte, daß es über ihre Kraft ging, sobald es den anderen einfallen würde, ihre Kraft einzusetzen. Noch hatten sie es nicht getan. Noch war ihnen dieses winzige Dorf nichts als ein paar Hütten voller Idioten, die nicht böse, sondern dumm waren. Und an der glänzenden Straße, auf der ein Volk zu den Sternen zog, durften ruhig ein paar Dummköpfe stehen. Aber es konnte anders werden, und wahrscheinlich würde es anders werden. Und man mußte sie vorsichtig führen, diese Armen, so vorsichtig, daß sie gerade um Haaresbreite an der Falle vorüberkamen. Später würde sie doch zuschlagen, über Gerechte und Ungerechte, wenn sie erst aufgestellt war. Aber noch bauten sie daran, leise und heimlich, und sie wollten gern, daß das Wild sich in Sicherheit wiege.

Als die Dienstpflicht wieder eingeführt wurde, kam Balk zu Jons. Sie saßen vor dem Feuer und rauchten, aber nach einer Weile warf Balk die Zigarre in den Kamin. Er sah sich um, beugte sich vor und sagte leise: „Höre zu, Jons. Du wirst vielleicht denken, das sei dasselbe, was es früher war. Es ist etwas ganz anderes. Es ist der Anfang vom Ende. Ich weiß nicht, wie viele Jahre sie brauchen werden, bis sie meinen, es könnte losgehen. Aber sie arbeiten schnell, und wahrscheinlich wird es früher sein, als wir denken. Ein paar aus dem Dorf werden gehen müssen, sonst werden sie das Dorf einfach an die Wand stellen. Aber es sollten nicht alle gehen. Nicht die, die wir brauchen werden. Der Gogunsohn soll nicht gehen, und Micha soll nicht gehen. Und in vier Wochen würden sie doch vor dem Kriegsgericht stehen. Kannst du das so machen, daß die Herren Oberstabsärzte es nicht merken?"

Zuerst starrte Jons ihn doch eine Weile an. „Herr von Balk", sagte er leise. „Vielleicht sind meine Vokabeln zu alt, aber ‚Vaterlandsverräter' ist ein häßliches Wort."

Balk lächelte und schnitt die Spitze von einer neuen Zigarre. „Sehr alt, Jons", erwiderte er nachsichtig. „Uralt! Weiß von keinem Vaterland mehr als von dem, das ich heimlich und verbotenerweise in mir trage. Noch nicht gemerkt, daß das Vaterland verboten ist? Werden es bald alle merken. Wo der liebe Gott gestürzt wird, stürzt bald alles andere nach. Weißt du, was wir zu retten haben? Ein Dorf haben wir zu retten, kein Vaterland! Aber in diesem Dorf liegt vielleicht das Samenkorn zu einem neuen Vaterland. Vielleicht liegt es noch woanders, wo wir es noch nicht sehen können, aber vorläufig weiß ich nur, daß es hier liegt. In den Furchen der Armen, wie es bei dem großen Weisen und Tempelbauer heißt. Und keiner von uns weiß, ob es nicht beim Gogunsohn und bei Micha liegt. Und mache es sorgfältig, Jons, denn in ein paar Jahren wirst auch du es brauchen."

Dann sprach er von anderen Dingen, aber als er wieder gegangen war, blieb Jons lange am Fenster stehen und sah ihm nach. Dachte er zu wenig? Las er zu wenig? War er zu tief eingeschlossen in den engen Kreis seiner Arbeit, seiner Liebe, seines Dorfes? Aber wahrscheinlich fehlte ihm überhaupt der Sinn dafür. Seit dem Splitter am Dünaufer hatte er das abgetan, oder seit dem Tode des Korporals, oder vielleicht schon seit der Frage des Leutnants: „Wie ist es nun mit der Wahrheit, Jeromin?" Die großen Worte, die großen Berauschungen, die Hypnosen, die man über arm und reich hinfließen ließ. Seit er das heilige Leben erkannt hatte, das, bei dem man Hand anzulegen hatte, und es war gleich, ob es ein Kätnerleben oder ein Königsleben war.

Er rief das Mädchen zu sich und legte ihm den Arm um die Schulter. Das Abendrot stand über dem See, und aus dem Schatten der Insel löste sich das Boot, in dem Johannes herüberkam, um das Pferd zu versorgen. „Wir wollen hierbleiben, Hanna", sagte er. „Wir wollen hier arbeiten und glücklich sein und sterben. Oder möchtest du mit mir fortgehen, auf eine Insel im Ozean, wo Palmen wachsen und es nichts Böses gibt?"

Sie schüttelte den Kopf. „Wo du bist, gibt es nichts Böses", erwiderte sie.

Nach einer Weile ging Jons in den Stall. Johannes stand still an der Krippe und sah zu, wie das Pferd den Hafer fraß. Eine Laterne stand auf der Futterkiste, und es war warm und eng in dem dämmerigen Licht.

Jons setzte sich auf die Kiste und stopfte seine Pfeife. „Möchtest du gern zu den Soldaten, Johannes?" fragte er.

Der Sohn des Kranichräubers sah ihn mit seinen schwermütigen Augen an. „Ich gehe hier nicht fort", sagte er.

„Sie werden dich nicht danach fragen, Johannes. Sie werden dich holen.“

„Das Moor ist groß und tief“, sagte Johannes.

Aber er versprach, zu Jons zu kommen, sobald er die Einberufung hätte.

Derjenige, an dem das Neue am unbemerktesten vorüberzufließen schien, war Christean. Wenn er zu Jons kam und die Krücken an den Sessel vor dem Kamin lehnte, war aus seinem Gesicht nichts abzulesen, als daß er vom Feierabend erfüllt war. „Erzähle, Jons“, bat er, und Jons mußte von seinen Kranken erzählen, von den Krankheiten, von den Heilungen und Operationen. Seine glänzenden Augen waren auf das Gesicht des Bruders gerichtet, als sei ein Weltfahrer heimgekehrt in die Enge des Vaterhauses und erzähle von den fernen blauen Küsten. Dann seufzte er leise auf, und nach einer Weile konnte er sagen: „Meinst du nicht, daß ich spiele, Jons? Ein Kinderspiel, indes du die Welt bewegst?“

Aber Jons lächelte. „Wenn alle Ärzte die Welt bewegten, Christean“, erwiderte er, „würde es der Welt vor Bewegung schwindeln. Was ist es denn, was wir können oder zu können meinen? Wir wissen etwas mehr von unserem Körper, als die anderen wissen, und etwas mehr von den Kräften der Natur, die diesem Körper freundlich oder feindlich sind. Schon von der Seele wissen wir so gut wie nichts. Was bewegen wir denn, Christean? Eine geheime Kraft bewegt uns, nicht wir. Wir sind wie einfache Leute in einer großen Maschinenhalle, die mit einer Ölkanne von Schwungrad zu Schwungrad gehen. Was wissen wir von der Macht, die die Räder treibt? Und ich will dir auch sagen, welche von uns die Schlimmsten sind: diejenigen, die glauben, das sei nun alles ein Haufen von Zellen und daraus bestehe das Universum. Der Hunger wie die Liebe, Wachen und Träumen, Gott und der kleinste Wurm. Die nach einer Sektion sich die Hände waschen und denken, das sei ein Haufen Dreck und nichts weiter. Die nichts vom Unerforschlichen wissen. Sie haben vielleicht das meiste dazu getan, daß die Erde leer geworden ist, leer von allem, wovon der Vater sie erfüllt sah, und daß sie nun erfüllt ist von dem kalten Grinsen, mit dem sie die Träume der Menschen betrachten.

Sie sind die großen Entgötterer, Christean, die Gottesmörder, die ihre Messer kochen, bevor sie das Ewige in Stücke zerlegen. Die Wissenschaft hat das meiste dazu getan, daß es nun so gekommen ist. Der Lautsprecher von Maschlanka ist mehr als ein Stück Holz mit einer Membrane vor einer runden Öffnung."

Aber Christean kümmerte sich nicht um den Lautsprecher. Er wollte wissen, ob er selbst nicht nur spiele. Ob dieses Nachschaffen oder Neuschaffen eines Menschengesichtes, eines kleinen Tieres nicht eine Torheit sei im Haushalt Gottes, eine Beharrung auf einer kindlichen Altersstufe, etwas ganz und gar Zweckloses.

Jons schüttelte den Kopf. „Es kommt darauf an", erwiderte er, „was in deinen Augen ein Kind ist. Ob es eine primitive Stufe ist, die zu überwinden ist, damit etwas Größeres daraus werde, ein Mann der Wissenschaft etwa oder einer, der in den Lautsprecher hineinspricht, um seine sogenannte Welt zu bewegen. Oder ob es nicht der Bewahrer der großen und alten Geheimnisse ist, das, wovon Christus gesagt hat: ‚So ihr nicht werdet wie die Kinder ...' Ich denke immer, das, was sie so unverletzlich, ja so ergreifend in unsren Augen macht, ist, daß wir fühlen, daß sie noch im Paradies sind. Sie sind noch nicht ausgestoßen, Christean. Sie haben noch nicht erkannt. Sie sind noch nicht vom Geist besessen, und aller Geist trachtet danach, zu sein wie Gott und zu wissen, was Gut und Böse ist. Wußtest du, daß dies das Geheimnis aller Sünde ist? Das Heraustreten aus dem Garten, das Essen des Apfels. Es gibt Völker, die das noch nicht kennen, und es gibt Völker, die es längst vergessen haben. Das Abendland zum Beispiel. Und es hat teuer bezahlt dafür. Für jeden Lautsprecher schon muß teuer bezahlt werden. Nicht an den Händler, sondern an den Garten Eden. Einmal, vor noch nicht so langer Zeit, gab es Kinderarbeit in den Fabriken, und das war einer der größten Schandflecke unserer Geschichte, der Geschichte des Abendlandes. Aber heute gibt es Schlimmeres als Kinderarbeit. Heute gibt es die Vergiftung der Welt durch die Vergiftung von Kinderseelen. Das ist schlimmer, als wenn du Kinder betrunken machst. Es ist schlimmer als Kinderprostitution. Ja, es ist schlimmer als die Schlange im Paradies. Denn Adam und Eva waren keine Kinder, sie waren nur w i e Kinder."

„Tun sie das denn heute?" fragte Christean erschreckt.

„Ja, das tun sie. Sie reichen ihnen Opium oder Haschisch und erfüllen ihre Seelen mit Rausch. Und nicht, um zuzusehen wie böse, abgelebte Greise, sondern um sich der Berauschten zu bedienen."

Aber Christean schüttelte wieder den Kopf, als sei das alles fremd für ihn. Ein Zeitungsbericht aus einer asiatischen Hafenstadt oder so etwas Ähnliches. „Du meinst also nicht, daß ich spiele?" fragte er hartnäckig.

„Ach, Christean", sagte Jons seufzend, „daß du dich doch immer kleiner machen willst, als du bist! Und wenn du nichts tätest als spielen, ja wenn du nur Wagen aus Garnrollen bautest oder Kreisel aus alten Uhrrädern auf der Tischplatte laufen ließest, dann würdest du immer noch ein Bewahrer Gottes sein, ein Spielender unter allen schrecklich Planenden, ein Daheimgebliebener in einem schrecklichen Kinderkreuzzug. Aber du tust ja viel mehr als das. Du bist ein sinnvoll Spielender, verstehst du? Wer nur spielt und das Spielzeug wieder wegtut, ist ein Kind. Aber wer spielt, um aus dem Spielzeug ein Leben zu machen, ja einen Gottesdienst, der ist ein Künstler. Es ist kein großer Unterschied dazwischen, ein nur fließender, und manche machen ein Handwerk daraus, ein Geschäft. Aber die wirklichen sind wie Gottes Kinder in meinen Augen. Erfüllte, aus denen die Gnade fließt."

„Und solch einer bist du, lieber Bruder", setzte er nach einer Weile leise hinzu.

Christean hatte die Augen geschlossen und den Kopf in die Hände gestützt. „Manchmal denke ich", sagte er wie im Traum, „daß es hätte zu Ende sein können mit mir, damals, als der Scherenschleifer kam. Und daß Agricola für mich gestorben ist. Und wenn Gott das so gewollt hat, so muß er auch mit mir etwas gewollt haben. Und das ist mir wie ein Trost. Ein schwerer Trost, aber doch ein Trost . . ."

„Du mußt immer denken, Christean, daß auch ein kleines Dorf ein Stück von Gottes Haushalt ist. Nichts ist umsonst da. Weder Tobias noch der alte Stilling, weder du noch ich.

Nicht einmal die Witwe Kroll ist umsonst da. Sie stehen alle an ihrem Platz, Gutes und Böses. Ja, ich denke sogar, daß Maschlanka an seinem Platz steht. Wir sehen den Plan noch nicht, aber er wird schon dasein. Es würde nicht sein, wie es ist, wenn du nicht da wärest. Weder in unserem Geschlecht noch im ganzen Dorf. Der Friedhof würde anders sein ohne dein Werk, die Kirche, jede kleine Hütte, in der ein Spielzeug von dir steht. Und deshalb denke ich auch, daß keiner von uns fortgehen darf. Es würde leicht sein, jetzt fortzugehen, so wie Gina fortgehen will, auf eine Insel im Stillen Ozean, aber es würde ein Stein aus dem Gewölbe fallen, Christean, und das Dorf würde es vielleicht nicht ertragen. Selbst Johannes fühlt es, daß er nicht fortgehen darf, und er ist doch nur ein Fischer und ein Kind des Moores."

Christean schüttelte den Kopf. „Wir können hier auch nicht fort", sagte er. „Niemand würde uns aufnehmen. Sie könnten uns einen Platz am Herd oder im Stall geben, aber in ihr Herz könnten sie uns nicht aufnehmen. Wir sind fremd. Ich denke, daß wir aus einem verlorenen Dorf sind, und sie würden auf uns sehen wie damals auf dich und Stilling, als ihr zum ersten Male in die Stadt gingt. Sind wir, was sie altmodisch nennen, Jons?"

„Ja, sehr, Christean." Und Jons dachte an die Frau des Stabsarztes, die ein Paradiesvogel war und der es vor dem östlichen Längengrad geschauert hatte. „Wir sind so altmodisch, daß sie uns schon zu den fremden Völkern rechnen. Zu den Primitivsten. Und wenn sie Piontek mit seinen Ohrringen sähen, würden sie denken, daß unsere Frauen sich Ringe durch die Nasen stecken."

Christean lächelte, griff nach seinen Krücken und stellte sie neben seinen Knien auf. „Ich danke dir, Bruder", sagte er. „Immer ist mein Herz gewiß, wenn ich von dir gehe ... und könntest du wohl so gut sein, ein paar Tage lang Hanna für eine halbe Stunde zu mir zu lassen? Ich möchte eine Heilige anfangen, und es gibt kein Gesicht im Dorf dafür als ihres."

Jons sah ihn schnell und prüfend von der Seite an, aber sein Gesicht war ohne Arg, und er versprach es ihm. „Wenn sie will, Christean“, sagte er. „Manchmal weiß man bei ihr nicht, ob sie wollen wird.“

Hanna wurde blaß, als er es ihr erzählte. „O Jons“, sagte sie leise. „Ich? Hat er nicht gesagt: ‚Eine Sünderin‘? Hat er ‚eine Heilige‘ gesagt?“

„Du törichtes Kind“, erwiderte er und streichelte ihr Haar. „Es ist nur gut, daß du von keiner von beiden weißt, weder von der Sünderin noch von der Heiligen ...“

Die Herbststürme kamen, der Schnee fiel, und die Welt rückte noch weiter fort als zuvor. Sie hatte das Dorf vergessen, und nur ein paar seiner Söhne mußten zu den Soldaten gehen. Sie gingen still und ohne Lieder, und die Leute von Sowirog standen in den Türen und sah ihnen nach. Sie wußten, daß sie ihren Zoll zu zahlen hatten und zahlten ihn schweigend, aber sie dachten an den letzten Auszug, und wenn Martin durch das Dorf ging, blieben sie bei ihm stehen und streichelten seinen Rockärmel. Johannes und Micha waren für untauglich befunden worden.

Und als der Schnee geschmolzen war und die Kraniche wiederkamen, gingen sie wieder auf ihre Äcker wie sonst. Die Glieder schmerzten etwas nach den langen Winternächten, und sie blickten etwas länger auf das Korn nieder, das sie aus dem Sälaken nahmen, und machten das Zeichen des Kreuzes noch langsamer als sonst. An manchem Abend ging die Stimme des Lautsprechers nun wieder über die Dächer hin, diese gespenstische, wesenlose Stimme, und manchmal lauschten sie eine Weile und saßen dann still vor ihrem Torffeuer. Etwas ging um draußen, und wahrscheinlich war es nichts Gutes. Die großen Herren mischten ihr Kartenspiel, und es hörte sich an, als hätten sie die ganze Hand voller Solotrümpfe.

Jons und Hanna aber fuhren am Nachmittag vor Ostern in dem kleinen Boot den See hinunter, wo zwischen hohen Schilfwänden eine schmale, dunkle Straße in ein stilles Waldgewässer führte. Eichen und Kiefern standen über dem sandigen Ufer, und nur nach Westen öffnete der Wald sich und ließ den Blick auf Hügel und Wiesen frei, bis eine ferne, blaue Linie ihn wieder begrenzte, aus der Rauch aufstieg wie aus Dörfern, die in der Einöde lagen.

Sie tranken den heißen Kaffee aus kleinen Bechern, und Jons hatte ein Feuer angezündet, das still und ohne Rauch brannte. Die Gabelweihen waren schon da, und der Wiedehopf rief unermüdlich aus dem hohen Wald. Die Sonne schien heiß, und sie lagen nebeneinander im Sand und sahen zu den weißen Wolken auf, die wie eine stille Herde über den blauen Himmel zogen.

Jons wußte wenig von Ferien. Ein oder zweimal im Jahr fuhr er für eine Woche zu einem Chirurgenkongreß oder zu einer Versammlung der Naturforscher, aber es waren keine Ruhewochen für ihn. Vor drei Tagen hatte man ihm die Leitung eines Kreiskrankenhauses in der Landschaft angeboten, aber er hatte sie ohne Besinnen abgelehnt. Er hatte nicht einmal Balk um Rat gefragt. Und nun war es so schön, hier zu liegen und zu fühlen, wie die Erde warm wurde. Alles war ihm nah und vertraut, jede Stimme des Waldes, jeder Ruf des Geflügels auf dem See, das knisternde Feuer, das Mädchen, das still danebenlag, die geöffneten Hände im Sand und die nackten Füße von der Sonne beschienen. Ach, einmal würde es doch wieder gut werden auf dieser Erde, gut und still, wie es hier war, und man würde sein Leben erfüllen können, wie es ihm bestimmt war, ihm und allen, die zum Helfen und Heilen gerufen worden waren. Die Gespenster des Winters würden vergehen, die Moornebel, die wie eine Wand um die Menschen standen. Auch in den Städten würde nun die Sonne scheinen, auf die Verzagten oder Berauschten, auch auf die Regierungspaläste und auf die Schreibtische der Großen, und der Friede würde ihre Herzen erfüllen nach dem Lärm der Wintermonate, der große Friede, nach dem sie damals getrachtet hatten, als sie auf den verbrannten Straßen marschiert waren. Von dem Tobias damals und am Karfreitag gepredigt hatte. Der große Friede, der auch das Dorf Sowirog einschließen würde und alle armen Dörfer dieser armen Erde.

„Was denkst du, Hanna?" fragte er und legte seine Hand auf die ihre.

„Ich denke", erwiderte sie leise, „daß Christus erstanden sein wird, morgen, und daß er auch für uns erstehen wird."

‚Wie gewiß ihr Leben ist', dachte er voller Ergriffenheit.

‚Eine Heilige, hat Christean gesagt, und er hat sie nur abzubilden brauchen, wie sie ist ...‘

Sie blieben, bis das Abendrot in der Waldlücke erschien und der erste Nebelhauch sich über das Wasser hob. Die letzten Äste verglühten im Feuer, und Jons schüttete mit den Händen Sand darüber, bevor sie ins Boot stiegen. Die Erde war ganz still geworden, nur in den Schilfwäldern saßen die Stare leise schwatzend auf den schwankenden Halmen. Als sie aus der engen Durchfahrt herauskamen, sahen sie die ersten Lichter des Dorfes, und der knarrende Laut des Ziehbrunnens ging weit über das Wasser hin.

„So schön, Hanna“, sagte Jons leise. „So schön und so still ...“

Sie nickte ihm schweigend zu und tauchte die Hand über den Bootsrand in das Wasser. Eine schmale silberne Spur ging von ihr durch den dunklen Spiegel.

Als sie die Haustür öffneten, sah Jons ein schmales Papier im hölzernen Briefkasten liegen. Es war ein Telegramm von Gina. Es kam aus England und besagte, daß sie nun dort leben werde und daß Jons jederzeit zu ihr kommen könne.

Er hielt es eine Weile in der Hand und blickte auf die schmalen beschriebenen Streifen nieder. Die Welt war also noch da, die große weite Welt, und jemand aus ihr hatte nach ihm gerufen. Aber die Stimme reichte wohl nicht bis zum dreiundzwanzigsten Grad östlicher Länge. Das Papier war bis dahin gekommen, durch Drähte unter Wasser und über die Erde. Aber nicht die Stimme. Sie hatte nicht gewußt, daß er nicht fortgehen konnte aus dem kleinen, verlassenen Dorf. Er nicht und Hanna nicht und die übrigen auch nicht.

Aber er blieb den Abend über still und nachdenklich und für sich allein. Es beschäftigte ihn, daß sie fortgegangen war, der Vogel Phönix, und daß sie sicherlich gewußt haben würde, weshalb sie fortging.

Spät holte man ihn noch zu einem Kranken in einem Abbau, wie die abseits gelegenen Gehöfte hießen, und als er um Mitternacht heimging, blieb er ab und zu stehen und lauschte. Es war ihm, als hörte er ganz in der Ferne das Summen eines Motors, aber das Land war nun auch bei Nacht von diesen

Fahrzeugen erfüllt, als hätten die Menschen keine Zeit mehr, zu Fuß zu gehen oder in einem kleinen Korbwagen die stillen Straßen entlangzufahren.

Aber er erschrak doch, als aus dem Schatten des Hauses eine Gestalt sich löste und leise sagte: „Ich bin es, Jons ... Lawrenz ... machen Sie kein Licht, bitte."

Er führte ihn hinein, ohne ein Wort zu sagen, ließ ihn im Flur stehen und sah erst nach den Läden, ob sie fest geschlossen waren. Dann erst machte er Licht und holte ihn.

Er erschrak so, daß seine Hände zitterten. Lawrenz hatte seinen alten Mantel an und einen großen schwarzen Hut. Aber er hatte einen dunklen Vollbart und eine blaue Brille, und als er beides abnahm, waren blutunterlaufene Stellen in seinem Gesicht zu sehen, und um den Kopf trug er einen Verband, aus dem es hier und da rötlich schimmerte.

„Doktor", sagte Jons leise, „lieber Doktor ... was ist mit Ihnen?"

Lawrenz lächelte, und wenigstens sein Lächeln war dasselbe geblieben, das traurige, wissende Lächeln eines alten Mannes, und nur der Spott war aus ihm ausgelöscht worden.

„Ich habe es nicht meinetwegen getan, Jons", sagte er und hob den Bart und die Brille etwas in die Höhe. „Ich habe es Ihretwegen getan und Ihres Dorfes wegen, damit man meine Spur nicht gleich findet. Man hat mich auch im Wagen hergebracht und im Walde abgesetzt. Niemand hat mich gesehen, und ich bleibe nun auch nicht unter Ihrem Dach. Nein, bitten Sie nicht, Jons! Ich weiß schon, was ich Ihnen schuldig bin. Geben Sie mir eine Decke und den Schlüssel zur Meilerhütte. Mehr brauche ich nicht. Am Meiler war immer ein schöner Ort für mich ... Ihr Vater und der Prophet Jesaias waren dort zu Hause ..."

XVI

Hanna hatte alles in ein Bündel zusammengepackt, auch ein kaltes Abendessen und eine Flasche mit Kognak. Es war so dunkel, daß sie sich nur Schritt für Schritt vorwärtstasten konnten, aber sie wußten auch beide, daß die Dunkelheit ein Segen war.

Wieder prüfte Jons sorgfältig die Läden und die Tür in der Meilerhütte, hängte noch Tücher über sie und machte dann erst Feuer im Herd. Es roch nach welkem Laub, und Spinngewebe hingen von den berußten Balken herab. Er sah sich um in dem niedrigen, halbdunklen Raum, in dem sein Leben begonnen hatte, das wahre Leben, und er blickte nach dem schweren Tisch hinüber, ob nicht das alte große Buch dort läge, aufgeschlagen von einer toten Hand, mit den großen, altertümlichen Buchstaben, die vom Hagel über dem Wald erzählten.

„Setzen Sie sich hier ans Feuer, Doktor", sagte er endlich. „Wir wollen etwas essen und trinken, und dann sollen Sie schlafen oder erzählen, wie Sie es wollen."

Sie aßen schweigend, und dann machte Lawrenz schweigend seinen Rucksack auf und nahm eine Kiste Zigarren und eine bestaubte Flasche heraus. Der leise Spott, der verlorengegangen war, erschien wieder um seine Lippen, als er Jons ansah. „Es gibt doch Dinge, die wir ungern vergessen, Jons", sagte er. „Selbst wenn es uns auf den Nägeln brennt. Ein gebrechliches Wesen ist doch der Mensch . . ."

Er öffnete die Flasche und goß den dunklen Wein in zwei zinnerne Becher, die hinter dem Herde standen. „In memoriam, Jons", sagte er nachdenklich. „Die grünen Sessel sind zurückgeblieben, weil ich sie nicht auf den Rücken nehmen konnte. Und manches andere auch. Aber die Erinnerung ist da, und ihr wollen wir den sokratischen Becher weihen."

Die Flamme knisterte, und es wurde schnell warm unter den niedrigen Balken.

„Wenn Sie wollen, Jons, will ich nun erzählen", sagte Lawrenz und blickte in das Feuer. „Wann hat es begonnen? Vor Jahren, vor Jahrzehnten, wahrscheinlich vor Jahrtausenden. Es hat nur geschlafen, und nun ist es aufgewacht. Es ist entbunden worden, und nun wächst es wie eine Flamme ..."

Seine Stimme war schlicht und eintönig, ohne Anspruch oder Klage. Die Stimme eines Mannes, der von einer Schädelstätte kam oder zu ihr geführt werden sollte. Jons sah nun, daß sein Gesicht graugelb und verfallen war, das Gesicht eines Schwerkranken, aber die Augen waren nun wieder die alten, ruhige, sanfte und von keiner Leidenschaft entstellte Augen. Nicht einmal vom Leid entstellt.

„Ja, es ist schwer zu sagen, Jons, wie so etwas geschieht. Es ist wie mit einem chemisch zubereiteten Papier, und Sie sehen nichts als die gewöhnlichen Schriftzeichen, die der Liebe, sagen wir. Aber wenn Sie das Papier übers Feuer halten, erscheinen die anderen, die bisher unsichtbaren, die des Hasses. Eines glühenden, erbarmungslosen Hasses. Und so war es doch bei uns. Daß die Liebe gepredigt wurde, von Schulen und Kanzeln, die Duldung, die humanitas. Aber sie waren nur die gewöhnliche Schrift, die Tagesmünze. Darunter lag das andere, und nun ist es da. Nicht heimlich mehr, sondern offen. Kein Laster, sondern eine Tugend, ein besonderes Verdienst, eine Auszeichnung. Vor den Alten gepredigt, den Frauen, den Kindern. Ja, auch den Kindern. Vor einem ganzen Volke, vor einem Kulturvolk, Jons.

Bei mir begann es also mit Kleinigkeiten. Mit einem gelben Strich aus Ölfarbe über meinem Praxisschild. Schwester Monika hat es abgekratzt. Noch einmal, immer wieder. Und immer wieder hat sie es abgekratzt mit ihren frommen Händen.

Dann war es an den Patienten zu merken. Einige blieben fort, mitten in der Behandlung, in einer schwierigen Behandlung. Und dann in der Klinik. Ja, auch in der Klinik für arme Leute, wo Sie einen Kaiserschnitt für dreißig Mark machten. Zwei Männer kamen ihre Frauen holen, Arbeiter, Jons, und es war erst acht Tage nach der Operation. Sie sagten nichts

Besonderes, nur, daß sie zu Hause gebraucht würden. Auch ich sagte nichts, aber ich sah doch, daß die Frauen sich schämten. Frauen schämen sich ja manchmal für ihre Männer, in allen Kreisen, nicht nur bei den Arbeitern.

Und einmal wurde ich überfallen, nachts, aber es kam Polizei dazu.

Nun, und auch sonst geschahen ein paar Dinge, die aber so in der Methode liegen. Ich ging auch zu unserem Polizeikommissar, dessen Frau ich operiert habe. Er nahm mich in sein Zimmer und sah aus dem Fenster. Auch er schämte sich. ‚Gehen Sie fort, Doktor', sagte er. ‚Noch ist es Zeit. Ich sehe aus den Geheimbefehlen, wohin es treibt. Sie werden immer im Ausland ein großer Arzt sein, und ich werde für Ihren Paß sorgen.' Aber wie sollte ich fortgehen, Jons? Sie vertrauten mir doch, die meisten, und gerade die Ärmsten, und sie brauchten mich doch. Und dann war doch das Grab meiner Mutter da. Vielleicht war das das Entscheidende für mich. Wir sind im allgemeinen nicht sentimental, aber wir sind sehr fromm, Jons, das wissen Sie ja. Frömmigkeit kann auch ein Grab umfassen. Gerade ein Grab.

Und davon ist es auch gekommen.

Ihr hattet einen Feiertag, den heiligen Abend vor dem Osterfest, und wie in jedem Jahr ging ich mit ein paar Blumentöpfen zum Grab. In der Dämmerung erst, denn ich hatte eine lange Sprechstunde, und es war für unsereinen auch besser in der Dämmerung. Ich hatte eine kleine Schaufel mit und grub die Töpfe ein. Und noch während ich auf der Erde kniete, hörte ich den Lärm. Man hört sehr weit in solchen Zeiten, Jons."

Er trank den Wein in kleinen Schlucken und blickte eine Weile in Gedanken verloren auf den Grund des Bechers, der aus der Tiefe silbern hervorschimmerte.

„Es war nichts Besonderes für sie, Jons. Etwas, das sie schon mehrfach getan hatten. Sie zogen zwischen den Gräbern entlang und warfen ein paar Steine um oder rissen die Blumen aus. Vielleicht war es ihnen befohlen worden, und sie waren auch in Uniform. Der alte Aufseher lief hinter ihnen her, und ich sah, daß er die Hände rang. So hell war es noch. Aber sie warfen mit Steinen nach ihm und ließen sich nicht stören. Sie waren auch zu dritt, und vielleicht waren sie etwas betrunken.

Ich verbarg mich hinter dem Stein meiner Mutter. Ja, ich hatte wohl doch ein bißchen Angst, Jons. Ich gehöre wohl nicht zu den Tapfersten. Sie waren schon vorüber, aber da sahen sie doch noch die frischen Blumen und kehrten um. Und als sie die herausrissen und mit den Stiefelabsätzen zertraten, war es mir, als wenn sie das Gesicht meiner Mutter träfen. Wahrscheinlich war es eine dumme Vorstellung, aber sie war eben da. Und da mußte ich mich zur Wehr setzen. War es sehr dumm, Jons?"

Jons schüttelte den Kopf und fuhr fort, in das Feuer zu starren.

Lawrenz hob die Flasche gegen das Licht der Flammen und goß seinen Becher wieder voll.

„Ja, ich hatte ja nichts als meine kleine Schaufel, aber sie war aus Eisen, und an einem Ende hatte sie drei scharfe, kleine Zinken. Damit schlug ich nun zu, und ich muß wohl gut getroffen haben, denn sie taumelten. Sie schlugen zurück mit ihren Riemen, aber sie flohen. Sie waren wohl zu überrascht, und es kamen auch Leute gelaufen.

Aber einer war dabei, den ich kannte. Er war aus unserer Straße, Jons. Aus dem Restaurant, in dem sie am Freitag immer Kartoffelpuffer buken. Besinnst du dich auf das Plakat im Fenster?"

Jons nickte.

„Und das war das schlimmste, Jons. Es dämmerte zwar, aber ich sah doch, daß er mich erkannte. Und auch wenn ich mich geirrt hätte, so würde ja der Stein mit dem Namen dagewesen sein. Ja, ich gab also dem alten Mann Geld, damit er die Blumen erneuern sollte. Daran dachte ich noch, Jons. Und dann fuhr ich schnell in die Stadt zurück. Nicht nach Hause, das hätte schon zu spät sein können. Aber ich fuhr zu einem meiner Patienten, der einen Wagen hat. Ein großer Kaufmann und auch ein großer Mensch. Ich schrieb einen Zettel für Schwester Monika, und sie hat mir die Sachen eingepackt. Sie hat drei Flaschen eingepackt, die Gute, obwohl ich nur eine aufgeschrieben hatte. Dann ordnete ich noch meine

Vertretung, so gut es ging, und dann fuhren wir ab. Der Bart und die Brille waren in einer Faschingskiste."

Er sah nach der Uhr und öffnete die zweite Flasche.

Jons beugte sich vor und legte Holz nach. Es war Birkenholz, und als er es in den Händen hielt, sah er wie eine Vision einen Hügel mit wehenden Bäumen, durch die der Wind ging. Er wußte nicht, weshalb das Bild vor seine Augen trat.

„Carpe diem, Jons", sagte Lawrenz und hob den Becher. „Es war natürlich, daß ich an Sie dachte. An wen hätte ich sonst denken können? Ein alter Mann denkt immer zuerst an die Jugend. Und ich habe es ja auch so eingerichtet, daß Sie nicht in Gefahr kommen."

Jons schüttelte den Kopf, als sei es lächerlich, daran zu denken. „Aber was soll werden, Doktor?" fragte er. Sein Gesicht war grau, wie von innerlichen Schmerzen verändert, und es ähnelte nun Michaels Gesicht, wie es einmal hier, von dieser Schwelle aus, in die Büsche des Waldes gestarrt hatte.

Lawrenz winkte nur mit der Hand, die die Zigarre hielt. „Das ist das geringste, Jons", erwiderte er. „Ich werde einen Paß bekommen, einen großen Paß für die ganze Welt. Der Kommissar wird ihn mir besorgen. Ich brauche nur zwei oder drei Tage hier in der Stille. Sie sind vielleicht klug in diesen Dingen, aber nicht so klug, um es so schnell herauszufinden. Schwester Monika hat Ihre Briefe verbrannt, ich habe es ihr aufgetragen. Nur eines brauche ich, Jons, daß keiner von Ihnen sich hier sehen läßt. Keiner aus dem Jeromin-Haus! Nicht ein einziger! Kiewitt soll jeden Abend zu mir ans Fenster kommen. Er ist ja jetzt mein Nachbar. Durch ihn kann ich Ihnen Nachricht schicken. Ich gehe nicht aus der Hütte. Niemand soll mich sehen. Wenn niemand übrigbleibt, Jons, Sie sollen übrigbleiben."

„Ich weiß nicht, Jons", fuhr er nach einer Weile fort, „ob sie dort alles vernichten oder stehlen werden. Es ist ja möglich. Aber der Kaufmann hat mein Testament. Sie sollen meine Bücher haben, Jons. Das andere bleibt besser für die Armen, die Instrumente und das andere. Und auch das Bild sollen Sie haben. Ja, das möchte ich, Jons. Sie waren viel in meinem Leben, Jons Ehrenreich, mehr, als Sie wissen. Und die Mutter, sehen Sie, die Mutter gibt man doch nur in die besten Hände. Das würden Sie selbst auch nicht anders getan haben, nicht wahr?"

Jons sagte nichts. Er preßte nur seine Hände zusammen und fuhr fort in die Flammen zu starren. Das Schrecklichste war die schreckliche Monotonie dieser Stimme, das von aller Gegenwart unendlich weit Entfernte, das schon Fortgegangene und sich immer weiter Entfernende. Das nicht mehr Aufzuhaltende, mit keiner Beschwörung zu Bindende.

„Ja, das sind die Tatsachen, Jons", sagte Lawrenz nach einer Weile. „Aber die Tatsachen sind manchmal das geringste. Auch das Brot braucht nicht immer das wichtigste zu sein, das Geheimnis ist der Keim, das, was unter der Erde liegt. Ich frage mich immer wieder, wo die Menschheit hintreibt. Nicht, wo ich hintreibe. Wer bin ich, daß ich so fragen sollte? Ist es der Geist, Jons, der sie bis dahin getrieben hat? Die ratio, losgelöst vom magischen Urgrund? Aber weshalb sind wir ihr denn nicht verfallen? Nicht wir beide, nicht Ihr kleines Dorf? Ist es also nicht ein allgemeines Gesetz? Nicht einmal ein abendländisches, sondern nur für die Entwurzelten gültig? Und weshalb sind sie gerade entwurzelt worden? Die beiden Arbeiter zum Beispiel, nicht aber Schwester Monika? Und die anderen Schwestern auch nicht? Wohin treiben wir, Jons?"

Jons wußte es nicht. Er sah sich mit Hanna neben dem kleinen Feuer liegen und hörte den Wiedehopf aus dem Walde rufen. Eine sichere, schöne, friedliche Welt. Der Saft stieg in den Bäumen, die Sonne wärmte Tier und Pflanze, die weißen Wolken kamen still von Osten herauf. Und das Mädchen hatte die Augen aufgeschlagen und leise gesagt: „Ich denke, daß Christus erstanden sein wird, morgen."

Aber etwas anderes war auferstanden, und sein Schatten fiel lang und schwer über die österliche Erde.

„Sie werden fragen, Jons", fuhr Lawrenz wieder fort, „weshalb ich nicht doch bleibe. Ich könnte wieder zu meinem Kommissar gehen und ihm alles erzählen. Es könnte ja doch noch ein Recht geben, ein Notwehrrecht wenigstens, auch für uns. Oder ich könnte in eine andere Stadt gehen und noch einmal anfangen. Aber ich kann es nicht, Jons. Ich fürchte mich. Ja, ich fürchte mich. Es ist nicht der Tod, Jons. Nicht einmal die Marterung, oder was sonst sein könnte. Es ist die Schändung, verstehen Sie, Jons? Das Bespienwerden. Daß man Sie nackt durch eine Straße schleppen kann, ein Schild um den Hals gehängt, und rechts und links steht eine johlende Menge. Ein alter Mann hat viel Schamgefühl, Jons, besonders wenn er immer allein gelebt hat. Wir haben nicht nackt gelebt, Jons, wir beide nicht. Wir haben nie darüber gesprochen, aber wir haben viel Würde in uns getragen, verborgene und heimliche Würde. Die Würde der Menschheit war doch eben bei unsereinem zu Hause.

Und das ist das schwerste, Jons. Es ist auch die schwerste Sünde, die sie tun: daß sie den Menschen der Würde entkleiden, ein ganzes Volk, ja, die Menschheit. Daß sie unter ihre Absätze treten, wozu wir Tausende von Jahren gebraucht haben. Es gibt keine Entschuldigung dafür, es gibt wohl auch keine Vergebung dafür.

Und daß es unser Volk ist, Jons, gerade das unsrige. Nicht daß sie mein Alter schänden, sondern daß sie es mit sich selbst tun, und wir müssen zusehen. Ein Kind sieht seinen Vater nicht gern betrunken, Jons. Es ist eine Entheiligung der Natur, schon im Alten Testament. Sie können sich einem Richter beugen, der Recht spricht, aber Sie können sich nicht einer Rotte von Straßenlümmeln beugen, die Sie anspeit. Sie haben nicht das Recht bei sich, sondern nur die Gewalt.

Die Masse, Jons, vielleicht ist die Masse der Kern des Problems. Das, was bei Katastrophen auftritt, bei der Pest, bei Erdbeben, bei Geißlerumzügen, bei Revolutionen. Das Getriebene, von Dämonen Getriebene, das Blut und Qualen sehen will; das Schaum vor dem Munde hat und Peitschen oder Beile in den Fäusten. Und das ist das, worunter wir nicht leben können, Jons. Es ist keine Kreuzigung, und viele von uns sagen ja, daß es die Strafe sei für die Stunde, in der wir gekreuzigt haben, damals auf Golgatha."

Die Flamme erstarb, und die Birkenscheiter fielen lautlos zusammen. Der erste Vogel rief leise vor dem Fenster, und sie hoben beide den Kopf, um zu lauschen.

„Es ist Zeit, Jons", sagte Lawrenz und sah nach der Uhr.

„Niemand darf Sie sehen, und noch bleibt es dunkel, ehe Sie nach Hause kommen."

Er stand auf, und Jons sah, daß es ihn Schmerzen kostete. Er starrte in das sterbende Feuer, und seine Gedanken mochten wohl weit fort sein. Der Kneifer schaukelte an der schwarzen Schnur leise hin und her.

„Kiewitt wird am Abend zu Ihnen kommen, Doktor", sagte Jons. „Schlafen Sie nun, lange, den ganzen Tag. Auch ich habe dort geschlafen, viele Nächte lang. Es wird Ihnen nichts geschehen hier, und ich werde nachdenken, wie es weiter werden soll."

„Denken Sie nicht, Jons", erwiderte Lawrenz gütig. „Ich weiß es schon." Er legte ihm beide Hände auf die Schultern und sah ihn eine Weile an. Es war fast dunkel in dem niedrigen Raum, aber der Rest der Glut beschien noch ihre blassen Gesichter.

„Schöne Jahre, Jons Ehrenreich", sagte Lawrenz leise. „Schöne Jahre ... ich danke Ihnen."

Unter den Bäumen war es noch tiefe Nacht, und Jons ging wie ein Schatten quer durch den Wald nach seinem Hause. Über dem See stand schon ein erster roter Schein, aber das Dorf schlief, und Tau tropfte von den Eichenästen in das Gras.

Hanna rief ihm leise zu, und er saß noch eine Weile auf dem Rand ihres Bettes und erzählte. „Gestern war es noch der Garten Eden, Hanna", sagte er leise.

Sie richtete sich etwas auf und legte die Arme um seinen Hals. „Er ist erstanden, Jons", flüsterte sie.

„Er ist in Wahrheit erstanden", erwiderte er und küßte sie. Aber sein Gesicht war so finster, daß sie nicht wußte, wie er es meinte.

Nach dem Gottesdienst ging Hanna zu Kiewitt und kam mit der Botschaft zurück, daß er alles besorgen würde. Am Nachmittag mußte Jons über Land fahren, und als er zurückkam, saß Tobias auf der Bank vor dem Hause. Sie blieben dort beide und sahen über das Dorf hin, wo der Rauch aus den Schornsteinen stieg und von wo die Stimmen der spielenden Kinder bis zu ihnen drangen.

„Weißt du jetzt, Jons“, fragte Tobias nach einer Weile, „daß er etwas vorhat mit uns?“

Jons wußte es sehr gut.

„Wir müssen uns nun wappnen, Jons. Es ist anders als damals in den Schluchten am Toten Mann oder an dem Fluß mit dem sanften Namen, aber es ist viel schlimmer, Jons.“

„Ich denke, daß du sehr vorsichtig sein solltest“, sagte Jons. „Es geht nicht, daß sie dich einmal hier fortholen, mit dem Schein eines Rechtes. Das Dorf braucht dich mehr als jeden anderen.“

Tobias lächelte. „Ich strebe nicht nach einer Märtyrerkrone, Jons. Wenn ich bekennen muß, werde ich bekennen, aber es ist nicht nötig, den Finger hochzuheben wie in der Schule, um zuerst heranzukommen. Es scheint mir, daß einige das tun und daß nicht alle die Prüfung bestehen würden. Das Wort des Paulus von der Obrigkeit war ein gefährliches Wort, und Luther hat es noch gefährlicher gemacht. Wir wollen nun zusehen, daß wir ein bißchen von Christus bewahren in diesem Dorf.“

In der Dämmerung kam Kiewitt in seinem langen Rock und saß eine Weile bei ihnen auf der Bank. „Der Wald ist still“, sagte er nach einem langen Schweigen, „und ein Mann ging vor einer Stunde gegen Abend.“

Jons sah ihn unruhig an, aber er sagte nichts.

Erst als die ersten Sterne aufgezogen waren, schob Kiewitt leise einen Briefumschlag in Jons' Hand und stand dann auf. „Du kannst mich holen, wenn es nötig ist, Jons“, sagte er nur.

Während Jons unter der Lampe den Brief las, stand Tobias vor den Bücherreihen und blätterte hier und dort in einem der Bände, wie er zu tun liebte.

Jons wußte es gleich. Er mußte sich setzen und eine Weile warten, ehe er lesen konnte. Das Herz schlug ihm so schwer, daß die Blätter in seiner Hand zitterten.

„Lieber Jons Ehrenreich“, las er, „es ist nun nicht mehr viel zu sagen. Nicht viel mehr als die ‚Tatsachen‘, denn das andere habe ich vor dem Feuer zu sagen versucht. Es ist nicht das allein, daß ich zu alt bin und mich fürchte. Ich weiß nun auch, daß es Krebs ist und daß die Auflösung beginnt. Gott hat es beides ineinandergeschlungen, und mir ist, als gehorche ich nur. Auch Saul stürzte sich ja in sein Schwert, und er war ein großer König. Ich habe einiges Gute getan im Leben, und zuletzt habe ich Dich gehabt. Erlaube mir, daß ich ‚Dich' sage, denn die menschlichen Grenzen haben schon aufgehört für mich.

Du hast mir mehr bedeutet, als Du jemals wissen wirst. Du allein warst genug, um das andere fast auszulöschen. Fast, sage ich, denn das Ganze kann niemals ausgelöscht werden. Ich sah Dich, als Du Eisen unter den Absätzen trugst, und ich sah Dich, als Du mich heute in die Meilerhütte führtest. Dazwischen hat viel gelegen, Jons, und es war Balsam für mich. Balsam von Gilead.

Ich habe nicht Angst. Glaube es mir, daß ich keine Angst habe. Nicht mehr. Ich bin ruhig und heiter, und ich denke, daß Sokrates so gewesen ist. Ich werde dort hingehen, wo wir im letzten Sommer die Linnäa fanden. Du wirst Dich erinnern. Es steht eine verfallene Rohrhütte dort am Ufer, und ein Reisighaufen liegt auf dem Sand. Neben diesem Reisig wird es sein. Du wirst mit Tobias das Grab graben, und vielleicht wird Kiewitt euch helfen. Es ist eine gute Stelle, weil ihr den überflüssigen Sand ans Wasser tragen könnt, und rechts und links sind große Schilfwände. Tobias soll einen Psalm sprechen, und dann sollt ihr das Reisig darüberlegen. Niemand wird etwas merken, und deshalb sage ich es auch so genau. Wenn es später möglich ist, sollt ihr mich neben meiner Mutter begraben, aber ich glaube nicht, daß es möglich sein wird. Alle Erde hängt ja auch zusammen, und die Toten sind wohl alle beieinander.

Ich weiß nicht, ob Du das Kommende überstehen wirst, weil wir es noch nicht kennen. Versuche es, denn Du mußt für das Dorf dableiben. Diese Dörfer sind vielleicht das einzige, was übrigbleiben wird. Sie werden das Samenkorn bewahren, und das ist alles. Es gehört keine Prophetengabe dazu.

Lebe behütet, Jons. Ich kann niemandem einen letzten Gruß sagen, weil niemand es wissen darf außer euch zwei oder drei. Aber Du weißt, daß mein Herz mit vielen Grüßen erfüllt sein wird, ehe es zu schlagen aufhört. Es war immer so, mein

Leben lang. Es war ein törichtes Herz, aber wollten wir beide je etwas anderes haben?

Lebe behütet, Jons Ehrenreich, und versuche in Gott zu ruhen!"

„Was ist es, Jons?" fragte Tobias leise und legte von rückwärts die Hände auf seine Schultern.

Er reichte ihm den Brief.

Als er aufstand, sah er, daß Tobias betete.

„Wir müssen jetzt gehen", sagte er. „Wir müssen zu Kiewitt gehen, er hat auch Spaten für uns. Niemand darf uns sehen." Sein Gesicht war grau, aber er weinte nicht.

Er ging in Hannas Kammer und sprach leise und eindringlich zu ihr. Für den Fall, daß jemand käme oder nach ihm verlangte.

Dann gingen sie schweigend und vorsichtig durch den Wald. Der Mond würde erst spät aufgehen. Sie trugen jeder eine Decke über dem Arm.

Kiewitt saß noch auf der Schwelle. „Ein Mann ging gegen Abend ...", sagte er nur. Dann holte er drei Spaten und ging ihnen voran. Er wußte genau, wo die Stelle war.

Der Wald war wie ein Grab. Die Eulen riefen nah und fern, und manchmal, an den Lichtungen, kam der Duft des Seidelbastes wie eine warme Woge über sie.

Ein schwaches, fahles Licht lag über dem Ufer, von den Sternen her und dem offenen Himmelsgewölbe. Sie sahen ihn gleich, dunkel auf dem hellen Sande. Er hatte den Rucksack unter dem Kopf und die Hände gefaltet. Er lag wie ein Schlafender.

Als sie sich niederbeugten, sahen sie, daß sein Gesicht voller Frieden war. Nur das Lächeln war ausgelöscht.

Jons untersuchte ihn schnell, aber sorgfältig. Die Glieder waren schon kalt.

Kiewitt war der erste, der zu graben anfing, nachdem er seinen langschößigen Rock ausgezogen und behutsam auf den Sand gelegt hatte. Tobias sollte am Ufer stehen und lauschen.

Es gab keine Steine hier, nur lockeren hellen Sand, und nur das leise Rauschen war zu hören, mit dem er von den Spaten glitt. Die Eulen riefen immer noch, und der leiseste Luftzug schickte ein langes, kaum hörbares Flüstern durch die Schilfwälder. Dann richteten die Grabenden sich auf und lauschten, aber es erstarb schon in der Ferne. Jedesmal war es, als ginge ein Mensch leise von ihnen fort.

Als sie tief genug gegraben hatten, hing hinter dem See die abnehmende Scheibe des Mondes in den Kiefernkronen, aber sie warf noch kein Licht auf den schmalen Sandstreifen. Sie wickelten den Toten in die beiden Decken, und Jons ließ ein paar Kiefernäste in das Grab fallen.

Tobias stand zu Häupten des Toten und sprach leise den 126. Psalm: „Wenn der Herr die Gefangenen Zions erlösen wird, so werden wir sein wie die Träumenden . . .“

Dann ließen sie aus ihren Händen die Erde herunterrieseln und warfen dann den Sand über den Toten. Was übrigblieb, trugen sie in zwei Säcken, die Kiewitt mitgebracht hatte, an das Ufer und schütteten es ins Wasser. Zuletzt schichteten sie den Reisighaufen über das Grab und streuten frischen Sand über die alte Stelle.

Sie gingen auf verschiedenen Wegen zurück, und Kiewitt versprach, am nächsten Tag noch einmal hinzugehen und die letzten Spuren zu beseitigen. In der Meilerhütte wollte Jons noch in dieser Nacht nach dem Rechten sehen.

Aber es war nichts zu sehen. Lawrenz war ohne Spur davongegangen. Nicht einmal von der Asche seiner Zigarren war etwas zu finden, und von den Flaschen waren die Papierschilder abgekratzt. Jons sah nach, ob der Name der Firma in das Glas eingeschmolzen wäre, aber es war glatt und ohne Kennzeichen.

Er machte noch einmal Feuer im Herd und saß eine Weile davor, die Hände zwischen den Knien. Der Totenwurm pochte im alten Holz, und er lauschte ohne Gedanken. Wie hatte Tobias gesagt? „Der Herr hat Großes an uns getan, des sind wir fröhlich . . .“ Sind wir fröhlich? Hat er Großes an uns getan? Wer sollte es wissen? Wahrscheinlich war er aus dem Leid in das Leidlose gegangen, aber hatte das Gott getan? Hatte Gott die Hand zu diesem Tode geliehen? Zu einer Sünde konnte Gott nicht die Hand leihen, und dies war doch Sünde in den Augen Gottes. Und hatte er nicht die Hand geliehen, so hatte er auch nicht Großes an ihm getan.

Dann blieb also: „Des sind wir fröhlich", und das erste Wort war falsch. Vielleicht waren die drei anderen Wörter richtig, dann war es immer noch gut. Ein kranker Mann und ein geschändeter Mann, mit Blut unter seinem grauen Haar. Von den Händen derer, die Grabsteine stürzten. Der für die Armen gearbeitet hatte sein Leben lang und den sie nun im Sand begraben hatten, wo die Öde war und kein Tier seine Fährte zog.

Aber ein geretteter Mann, vor der Zeit aus dem Leiden gerettet, und da konnten sie wohl fröhlich sein. Ehe die Herren „von" und ohne „von" die Hunde wieder auf ihn hetzten oder ihn Seife essen ließen. Sand war besser als Seife. Sand kam aus dem Schoß der Natur und nicht aus dem Geist der Menschen. Vielleicht lag er schon hunderttausend Jahre da, als die letzten Gletscher geschmolzen waren. Nur Sonne und Regen waren auf ihn niedergegangen, und Eis und Schnee. Und der Tritt eines Vogels hatte sich auf ihm abgezeichnet oder die Fußspur eines Kindes, das nach Muscheln suchte. Reine Kräfte, reine Dinge. Nichts Entstelltes, nichts aus einem Menschenhirn, keine Weltanschauungen.

‚Dann wird unser Mund voll Lachens sein', hatte Tobias gesagt. Nein, er wird nur voll Erde sein, und Erde ist besser als Lachen. Auch die lachen, die Grabsteine stürzen. Lachen kommt aus den Menschen, und alles, was aus den Menschen kommt, kann böse sein oder doch böse werden. Götter und Tiere lachen nicht. Gesegnet der Mund, der mit Erde gefüllt ist statt mit Lachen. Ein schweigsamer Mund, und auch das ist gut. Was ist das Wort? Ein Trost, eine Gnade, und im nächsten Augenblick ein Tier der Tiefe. Durch den Lautsprecher geschickt, durch alle Lautsprecher der Welt. Ein Dämon, der durch die Herzen rast und sie mit Gift und Aussatz erfüllt. Alles auf des Messers Schneide: Lachen, Weinen, Worte. Es bedarf keiner Worte zum Heilen, zum Trösten, zum Lieben. Das Mädchen aus dem „Paradies" braucht keine Worte. Es braucht eine Hand, die es streichelt, ein Auge, das sich in das seinige senkt, einen Mund, der sein Haar berührt.

‚Versuche, in Gott zu ruhen!‘ Ein Testament mit gelöstem Siegel. Ein großes Testament, größer als das von Königen und Fürsten. Vielleicht brauchten sie dieselben Worte, aber sie bedeuteten etwas anderes. ‚Versuche, das Reich zu mehren‘, bedeuteten sie, oder den Schatz, oder die Macht. Unzählige Testamente konnte man aus Worten zusammensetzen. Aber dies war ein gelebtes Testament, schweigend gelebt, und schon die Frau mit dem Stieglitz hatte es weitergegeben.

Aber was war ‚In Gott ruhen‘? Ruhte er nun in Gott, den sie in den Sand gesenkt hatten? Oder ruhte er nur im Sande? Ein Sandkorn, das man auf der flachen Hand trug, war ein Sandkorn, für jedermann. Aber was war Gott? War es für jeden das gleiche? Und war nicht vielleicht schon das Sandkorn für ein Kind ein Stück Gold, von einer Fee ausgeschüttet über die geduldige Erde?

Wie sollte er in Gott ruhen, Jons Ehrenreich, der durch die Schulen des Geistes gegangen war? Auf den Wegen, an deren Ende ‚sicut Deus‘ stand? ‚Wie Gott.‘ Welch ein Abgrund lag zwischen ihm und dem Vater, der den Meiler bewacht und an seinem Tisch den Propheten Jesaias empfangen hatte. Ein Abgrund mit Formeln und Zeichen, mit Lehren und Ideen, mit Bildern und Erkenntnissen. Eben mit Worten gefüllt, und hinter jedem Wort standen die Reihen der Vorstellungen auf, Gespenster, die einander bei der Hand hielten, eines hinter dem andern, bis sie am Horizont des Bewußtseins zu Punkten wurden.

Und doch mußte es etwas Großes sein, denn der Tote hatte es gesagt. Er hatte den sokratischen Becher getrunken, Wein und Schierling, und es war nicht zu überhören, was er sagte. Das wußte Jons nun schon, was groß und klein war auf der Erde, und besonders unter den Menschen. Das Kleine jagten sie nicht, die mit den Lautsprechern. Das fiel ihnen von selbst zu. Aber das Große mußten sie jagen, damit es ausgerottet wurde und keinen Schatten warf. Damit sie allein übrigblieben und um Haaresbreite über das Kleine hinausragten. Auch so konnte man groß erscheinen. Auf einer Spiegelfläche war schon ein Sandkorn groß, und im Schein einer niedrig gehaltenen Kerze konnte es sogar einen Schatten werfen, der bis an den Rand reichte.

So mußte man also warten, um es zu erfahren. Noch ruhte er nicht, außer vielleicht in seinem Dorf und seinem Geschlecht und seiner Liebe. Vielleicht war es schon Gott, vielleicht war es erst eine Stufe. Auch auf einer Stufe konnte man ruhen und Atem schöpfen.

Das Feuer verglomm, und er saß immer noch da, die Hände zwischen den Knien. Die Arme schmerzten ihn von der Arbeit mit dem Spaten, und das Herz war ihm leer. Eine verlassene Kammer, in der der Tote gewohnt hatte, unbemerkt und lautlos, aber nun war es zu merken, seit er fortgegangen war. Die Türen standen auf, das Fenster klapperte im Wind.

Aber das schlimmste war die Bitterkeit im Munde. ‚Dann wird unser Mund voll Lachens und unsre Zunge voll Rühmens sein . . .‘ Nein, sie lag wie in einer Schale voll Galle. Vielleicht konnten die anderen den Mord rühmen, jeden Mord, der ein vorwurfsvolles Auge schloß. Aber er konnte es nicht. Er war nicht erzogen worden dazu. Er hatte zehn Jahre lang und länger einen Buchfinken bewahrt und behütet. Er hatte Kinder aus einem sterbenden Schoß gehoben und um ihr Leben gekämpft. Er war zu den dreißig Morgen zurückgekehrt, damit das Brot des Lebens auf ihnen wüchse. Das war keine Weltanschauung, das war keine Idee. Es war nichts als ein Gesetz, eines der einfachsten, der ältesten, weder an Völker noch an Religionen gebunden, sondern nur an die Erde, an den Ursinn der Erde. Es war das Heilige, und wer davon abwich, versündigte sich.

Als er aufstand, mußte er sich an der Holzlehne des Stuhles halten, so müde war er. Er bedeckte die letzte Glut mit Asche und sah sich noch einmal um. Keine Spur war zurückgeblieben. Die Spinngewebe hingen ruhig an den Balken, der Totenwurm klopfte. Sie mochten hier suchen, Menschen und Hunde. Es war nichts mehr da, nur Geister waren vielleicht da. ‚Zwischen den Büschen ruhen sie, und unter den Disteln sammeln sie sich.‘ Auch das stand irgendwo geschrieben. Alles Große stand im Buch der Bücher geschrieben. Gottes Wort, nicht Menschenwort, und deshalb klang es so groß.

„Gott helfe mir!“ flüsterte er, als er über die Schwelle trat. Aber er wußte nicht, was er damit meinte. Seine Lippen waren müde, und sein Mund war ihm wie Asche.

Erst am Abend fiel ihm ein, daß Herr von Balk es erfahren mußte. Nichts durfte ihm verborgen bleiben, denn er war es, der über ihnen wachte. Er lenkte das Pferd von der Landstraße ab und fuhr auf Feldwegen zum Schloß. Er sah die Höhe von weitem, auf der sie zu dritt gestanden hatten und auf der Balk gesagt hatte, daß die Erde schwanke.

Balk hörte zu und sagte nichts. Er nickte nur ein paarmal vor sich hin, und dann sah er Jons mit seinen eisgrauen Augen an. „Ihr habt es recht gemacht“, sagte er, „und auch er hat es recht gemacht. Viele werden wünschen, sie hätten es ebenso gemacht. Aber uns kommt es nicht zu, Jons. Uns nicht. Er hatte seine Kranken, aber wir haben das Dorf. Er hat das vom Samenkorn gesagt, und das hat er richtig gesagt. Und wenn der Wind es verweht . . . auch ein verwehtes Samenkorn kann wachsen. Und du, Jons, verbittere dich nicht. Sie warten darauf, daß wir bittere Worte sprechen, und über ein bitteres Wort läßt sich leicht das Beil heben. Bleibe beim Recht, Jons! Und erst wenn sie es dir nehmen und du es nirgends findest als bei der Gewalt, dann gehe zur Gewalt! Recht aus Gewalt ist ein schlechtes Recht, aber Gewalt aus Recht ist eine gute Gewalt.“

Er brachte Jons bis an den Wagen. „Sand ist gut, Jons“, sagte er zum Abschied. „Wenn es hier nichts wird mit Zink und Erbbegräbnis, legt mich in den Sand. Legt mich ruhig zu ihm. Er war ein stiller Mann und wird mich nicht stören. Auch nicht, wenn er aufersteht. Er wird seine Sachen zusammenhalten, ordentlich, wie er war.“

Ein Schimmer des alten Lächelns, aber nur ein Schimmer. Und doch ein Trost für den, der über die dunkelnde Straße nach dem Dorfe fuhr.

Ein paar Tage später kam ein Brief von Schwester Monika, ob Jons nichts von Dr. Lawrenz wisse. Auch daran hatte er also noch gedacht. Nein, schrieb Jons, er wisse nichts. Aber er erinnere sich, daß der Doktor bei seinem letzten Besuch von einer Reise in die Schweiz gesprochen habe, wo er sich einen

Monat lang habe erholen wollen. Sie solle sich nicht beunruhigen, er werde sicherlich bald Nachricht geben.

Und wieder nach ein paar Tagen hielt am Morgen ein grauer Wagen vor der Tür, und ein Mann in einem Staubmantel stieg aus, sah sich ein bißchen um und zeigte flüchtig eine Karte mit einem Lichtbild. Ein Mann, der wie ein kleiner Beamter aussah, glattrasiert, mit einer Hornbrille, nicht unhöflich, aber doch von einer unangenehmen Sicherheit, als sei er hier zu Hause und wolle nur nachsehen, ob sein Mieter alles in Ordnung halte.

Er sah sich in dem großen Wohnraum um, blickte einmal schnell über Instrumente und Bücher und fragte dann so nebenbei, ob Jons etwas von Dr. Lawrenz wisse.

Jons nahm aus den Blättern, die auf seinem Schreibtisch lagen, den Brief von Schwester Monika und einen Durchschlag seiner Antwort und reichte ihn dem Mann, worauf er langsam seine kurze Pfeife zu stopfen begann.

Der Mann las die Briefe, ziemlich flüchtig, als hätte er sie schon einmal gelesen, und wollte dann wissen, wie lange Jons den Doktor kenne und welcher Art ihre Beziehungen seien.

„Wußten Sie, daß er Jude ist?" fragte er schließlich, und nun waren die Augen hinter der Hornbrille plötzlich kalt und scharf.

„Selbstverständlich", erwiderte Jons höflich.

„Und Sie hatten keine Hemmungen, bei ihm zu arbeiten?"

„So wenig wie Ihr Minister Hemmungen hatte, bei einem Juden zu promovieren, das heißt, seine Doktorarbeit zu machen."

Ein kaum merkliches Zucken der Augenbrauen über der Hornbrille und die Antwort, daß ein Minister wohl andere Zwecke damit verbinden könne als nur eine Doktorarbeit.

„Was auch bei einem gewöhnlichen Arzt und Geburtshelfer der Fall sein könnte", sagte Jons.

Der Mann sah sich noch einmal um, ließ sich das Haus zeigen und fuhr dann schweigend wieder ab.

„Suchen sie ihn?" fragte Hanna leise.

„Ja, Kind, aber er ist ihnen weit voraus."

XVII

Die Jahre gehen über das Dorf Sowirog, und manchmal scheint es, als hätten sie es ganz und gar vergessen. Sie geben nur, was sie überall auf der Erde geben: den Wechsel der Jahreszeiten, ein paar Falten mehr in die alten Gesichter, ein paar Furchen mehr in ein neues Ackerstück, und das alte, ausgewogene Maß von Geburt und Tod. Die jungen Leute kommen auf Urlaub oder werden als Reservisten entlassen, und das bißchen Prahlerei, das sie hier und da mitbringen, verschwindet schnell vor dem stillen Gesicht des Dorfes.

Jons merkt es am frühesten, wie das Gesicht des Dorfes in diesen Jahren gewachsen ist. Aus dem duldenden, gebeugten, gehorsamen Gesicht ist unmerklich ein anderes geworden. Kein Heldengesicht, kein Empörergesicht, aber ein waches, aufmerksames und still in sich geschlossenes Gesicht.

Zuerst meint er, daß dies alles Tobias zukomme, seiner stillen Hand, die in alle Häuser hineinreicht, seinem stillen Herzen, das wie ein warmes Feuer in der Öde der Zeit brennt. Seinen Predigten, in denen kein Wort der Klage oder der Anklage steht, so daß Korsankes Nachfolger nichts zu notieren hat. Sondern in denen nur die Gewißheit eines Kindes ist, das seinem Vater vertraut. In denen alle Zeiten und Zeitalter wie flüchtige Augenblicke erscheinen vor der Ewigkeit des Alten und Neuen Bundes. In denen jedes Leben „von gestern her“ erscheint und „wie ein Schatten über der Erde“. Er fragt nicht, er grübelt nicht. Er ruht in Gott, und seine Ruhe geht von Herz zu Herzen, wie Kreise auf einem Wasser immer weiterlaufen, bis an das fernste Ufer.

Aber Tobias will das nicht gelten lassen, daß ihm das zukomme. „Siehst du, Jons“, sagt er, „das, woran die Menschen sich aufrichten, ist niemals eine Lehre gewesen oder eine Idee oder eine Weltanschauung. Es ist immer nur das Leben gewesen, das, was vom Morgen bis zum Abend da ist, allen

Augen sichtbar als ein kleines Beispiel. Nicht die Bergpredigt, sondern daß er einkehrte beim Hauptmann von Kapernaum, oder daß er sich über die Sünderin neigte, oder daß er auf dem hohen Berge stand und die Schätze der Welt eben nicht haben wollte. Und deshalb ist es auch so töricht, was sie in den Prüfungen alles wissen wollen. Daß es das Wissen ist, was sie wissen wollen, und nicht das Leben. Schon beim Glauben können sie nichts mehr wissen. Ich kann in einer Prüfung sagen, daß ich glaube, und kann doch ein Verächter Gottes sein. Aber ich kann nicht ein Jahr in einem Dorfe leben wie in diesem, ohne daß die Menschen fühlen, ob ich bei Gott bin oder ferne von Gott ... Es ist wie damals am Toten Mann, Jons. Ihr lächeltet ein bißchen, und manche schalten auch, aber ihr fühltet doch, daß ich nicht ferne war von Gott, und das half euch doch vielleicht ein bißchen. Und nun sind wir ja nicht nur am Toten Mann. Nun sind wir an einem Berge, für den es noch gar keinen Namen gibt."

Und er meinte, daß das meiste die vor ihm getan hätten, Stilling etwa, oder auch der tote Pfarrer, oder eben die Jahrhunderte, die sie hier still, fleißig und demütig gelebt hätten. „Es liegt eine große Macht in diesen kleinen Dörfern, Jons", sagte er. „Eben daß nicht jeder Tag etwas Neues bringt, sondern daß er nur bringt, was er schon vor hundert Jahren gebracht hat. Wie sollen die Leute in der Stadt ihren Gott mitnehmen, wenn sie jedes Jahr in eine neue Wohnung ziehen? Sie haben so viel mitzuschleppen, daß sie ihn eben vergessen, wie man eine Kiste vergißt. Er bleibt liegen, im Keller oder auf dem Boden, und dann ist er nicht mehr da. Jede Wohnung hat ihren neuen Gott. Es ist fast so, als sei er in die Miete eingeschlossen. Nein, Jons, ein Volk, das seine kleinen Dörfer vergißt, hat das Wasser des Lebens verloren."

Die Gräfin kam oft zu seinen Predigten, nicht nur, weil es ihre Kirche war. „Ich komme Sie überhören, Tobias", sagte sie, aber es war nur ein Scherz, und nach dem Gottesdienst stand sie immer noch eine Weile auf dem Kirchenhügel und hörte zu, wie die Glocken langsam ausschwangen in der stillen Luft. „So einfach könnte alles sein, Tobias", sagte sie dann und blickte in Gedanken über den See und die Wälder. „So einfach, und sie machen es jeden Tag verwickelter, nicht wahr?"

„Sie können nicht anders, Frau Gräfin."

Sie nickte. „Das ist es, Tobias. Aber einmal wird die Hand kommen, die alles ganz einfach machen wird. So einfach, wie es nach der Sintflut war . . ."

Und auch Frau von Bohnen kam manchmal in die Kirche, das Mädchen an der Hand, das Jons aus dem Tode in das Licht gehoben hatte. Ihr Mann war nun ein mächtiger Mann geworden in der neuen Zeit, ein Herr über Tausende von Uniformen, und sie sah ihm mit sorgenvollen Augen zu. „Damals hat er die Schultern gezuckt über Sie, Doktor", sagte sie zu Jons, „als Ihr Name genannt wurde, und auch heute zuckt er die Schultern über vieles, was geschieht. Manche Männer haben das so an sich. Aber er läßt Ihnen sagen, daß er nicht vergessen hat und daß er seine Hand über Sie und das Dorf halten will."

„Es müßte eine große Hand sein", erwiderte Jons und sah ihr in die Augen.

Sie lächelte bekümmert und sah zu den Glocken auf, deren letzte vereinzelte Schläge über das Dorf gingen. „Das ist es ja, was sie glauben", sagte sie, „jeder von ihnen, daß eine Menschenhand groß genug für ein ganzes Dorf ist . . ."

Und eines Tages fuhr ein großer glänzender Wagen vor dem Jeromin-Hause vor, und ein schöner, etwas behäbiger Mann in einer schwarzen Uniform stieg heraus und klopfte lächelnd an die Fensterscheiben, da die Tür geschlossen war. Es war Gotthold, fröhlich und etwas herablassend, und während er die Reitpeitsche über seine glänzenden Stiefel spielen ließ, erzählte er, daß es ihn nun doch wieder in die Heimat gezogen habe, zwar in die Hauptstadt, aber eben doch in die Heimat, und wenn sie Wünsche hätten im Jeromin-Hause, so sollten sie es ihm ruhig sagen. Und er war ein bißchen erstaunt und enttäuscht, daß sie keine Wünsche hatten, nicht einmal Christean, dem er zu einer Ausstellung in der Hauptstadt verhelfen wollte.

Nein, auch Christean wollte nicht. „Vielleicht gehst du nachher ein Weilchen auf den Friedhof, Bruder", sagte er. „Dort ist schon ein Stück meiner Ausstellung. Eines für die Toten."

Gotthold kam etwas verlegen zurück und stand in der Werkstatt herum. „Ein bißchen entartet, Christean", sagte er. „Was sie heute so nennen. Ein bißchen primitiv, und das mögen sie nicht sehr. Etwas heldenhafter müßte es schon sein, weißt du, so wie Hermann und Thusnelda etwa, vielleicht mit einem Schwert über den Knien . . ."

„Aber es ist schön, Christean", sagte er nach einer Weile leise . . . „So waren sie . . . und auch die Mutter, obwohl sie ja eine harte Hand gegen mich hatte . . . sehr schön ist es, Christean . . ." Und er sah eine Weile aus dem Fenster und vergaß seine Reitpeitsche zu bewegen.

Am meisten aber wunderte er sich über Jons und die stille Sicherheit, mit der er sich in dem kleinen Hause bewegte. „Nur daß du es hier so aushältst, Bruder", sagte er am Abend. „Diese Kätnerweiber und ihre Gören . . . ist ja ganz schön, und auch sie gehören ja zur Volksgemeinschaft. Aber möchtest du nicht eine große Klinik haben, eine Musterklinik mit einem Dutzend Assistenten? Wir beide könnten den Namen Jeromin schon wieder zum Glänzen bringen, Jons, und ich könnte dir eine Masse dabei helfen."

Aber Jons wollte nichts zum Glänzen bringen. Er rauchte seine Pfeife und sah den Bruder nachdenklich an. So viele Erinnerungen kamen wieder, das ganze Leben stand wieder auf. Dieser also hatte bei Czwallinna angefangen und trug nun gestickte Eichenblätter auf der Uniform. Und zwei waren erschlagen worden, und eine stand am Herd und blickte mit stillen Augen auf einen Mann, der ein Kind geworden war. Und eine saß in einem fremden Land, ein Phönix, der sich aus der Asche des alten Hauses aufgehoben hatte. Und einer schnitzte Tiere und Tote, und er selbst hatte einen Mann im Sande begraben, den diese gejagt hatten wie ein Wild.

„Er glänzt schon", sagte er leise. „Solange sie hier an den Vater denken, glänzt er schon genug."

Gotthold lächelte ein bißchen, aber so, daß Jons es nicht sah, und stand dann auf. ‚Er knistert in allen Falten', dachte Jons.

„Nun gut, Bruder", sagte Gotthold gutmütig. „Auch der dunkelste Winkel braucht sein Licht. Aber wenn du etwas brauchst, komme zu mir. Ich will schon meine Hand über dich halten."

‚Der zweite also', dachte Jons lächelnd. „Ich werde bald so viele Hände über mir haben", sagte er, „daß ich ganz im Schatten leben werde." Und er erzählte vom Herrn von Bohnen.

„Bohnen?" fragte Gotthold. „Bohnen? Das ist der von der braunen Fakultät. Erinnere mich. Ein ordentlicher Bursche. Aber wir sind mächtiger, Jons, hörst du? Komme nur zu mir, wenn etwas ist. Wir haben nicht umsonst vor demselben Torffeuer gesessen."

Ja, die Jahre gehen, stille, fleißige Jahre, und draußen wächst das Reich. Maschlankas Lautsprecher hat wieder zu tun, und Reden und Märsche donnern aus dem Äther über das kleine Dorf hin. Nur die Äcker wachsen nicht. Die bleiben dieselben kleinen Streifen, hügelauf und hügelab. Auch das groß gewordene Reich nimmt Steuern und Söhne, und was es wiedergibt, scheint den Leuten von Sowirog nichts Rechtes zu sein. Bunte und laute Dinge, und man kann sie nicht in der Kirche aufhängen wie einen Erntekranz oder auf den Herd setzen. Und da sie wenig bekommen, so geben sie auch wenig. Sie sind widerspenstig, mit einer zähen, schweigenden Beharrlichkeit, über die Maschlanka heimlich die Hände ringt. Es gibt Wahlen und Volksabstimmungen, aber das Dorf Sowirog wählt nicht und stimmt nicht ab. „Wir haben schon gewählt, Herr Lehrer", sagt der alte Daida treuherzig und öffnet seine Schnupftabaksdose aus Birkenrinde. „Wir haben das liebe Gottchen gewählt, und das braucht sich nicht jedes Jahr wiederwählen zu lassen. Das hat an einem Mal genug."

Und das Dorf zahlt auch keine Beiträge. Es hat kein Geld. Es zahlt Steuern, und das ist genug für die kleinen Lederbeutel, die man mit einer Schnur zubinden kann. „Und freiwillig, Herr Lehrer", sagt Daida, „ist doch eben freiwillig, nicht wahr? So haben wir es beim Herrn Stilling gelernt, und so wird es ja wohl geblieben sein."

Maschlanka bekommt einen Rüffel nach dem anderen, und wenn er nicht seine rote Perücke hätte, würde er längst grau geworden sein.

Ja, der Staat . . . was ist der Staat für solche kleinen Dörfer?

Ist er etwas wie ‚der Wald'? Aber der Wald besteht aus Bäumen, die man sehen und fühlen kann. Sie blühen und geben Schatten, und wenn sie alt sind, geben sie Herzwärme, Behagen und Frieden. Ist er etwas wie ‚das Wetter'? Aber auch das Wetter besteht aus Sonne und Regen, Hagel und Schnee, und alles zusammen ist erst das Wetter. Besteht er aus allen Landräten zusammen, allen Regierungspräsidenten und so weiter? Aber auch das ist es nicht, denn Korsankes Nachfolger gehört dazu und Maschlanka und die jungen Burschen auf Motorrädern, die ab und zu ein Huhn überfahren und dann aus der Staubwolke mit der Hand winken, als wünschten sie noch Glück zu dem unverhofften Braten.

Nein, er muß etwas anderes sein. Etwas Unsichtbares, wie das Gewissen etwa, das man nicht sieht, aber das da ist, immer da, und gerade, wenn man es am wenigsten erwartet. Und am besten ist, man denkt nicht daran. Man läßt ihn die Länder und die großen Städte regieren, und dann könnte es sein, daß er die kleinen Dörfer vergißt. Sie brauchen ihn nicht, sie sind sich selbst genug, und wenn es an etwas fehlt, ist Jons da oder der Pfarrer oder der Herr von Balk.

Und lange Zeit sieht es auch so aus, als vergäße er sie. Er hat andere Sorgen und Pläne, große Sorgen und große Pläne, die über die Weltkugel laufen, und auf ihr ist Sowirog nur ein winziger Punkt, so winzig, daß er eigentlich nur gedacht und nicht bezeichnet werden kann.

Aber es sieht nur so aus. Er hat nichts vergessen. Er hat nur die Augen geschlossen, aber zwischen den Wimpern sieht er alles, was geschieht. Er ist wie ein ordentlicher Hausvater, der auch das letzte Korn aus dem Scheffelmaß schüttet, wenn es nötig ist, der sogar die Spreu zusammenfegt, wenn er eine saubere Tenne braucht.

Und wenn ein junger Bursche aus solch einem Dorf eines Tages in die Kreisstadt kommt, um ein neues Netz für den Fischfang zu kaufen, so ist es nicht so, daß er nach Belieben durch die steinernen Straßen gehen und tun und lassen darf, was er will. Ein geheimnisvolles Auge ist über der Stadt aufgeschlagen und wacht über seinen Schritten. Ein unsichtbares, das jedem seiner Schritte folgt, eben das Auge des Staates. Wie eine Kreuzspinne, die verborgen im Netz sitzt, aber auch ihre unsichtbaren Augen beginnen zu glühen, sobald ein leises Beben durch die Fäden läuft, und auch sie folgen jeder Bewegung des Fremden, der auf ihre Straßen getreten ist.

Johannes hatte im Doktorhause gesagt, daß er ein Netz kaufen müsse für den Herrn von Balk, aber daß er um die Mittagszeit wieder da sein werde, um das Pferd zu versorgen. „Laß dir Zeit, Johannes", hatte Jons gesagt. „So viel weiß ich auch noch, daß ich Hafer einschütten und einen Eimer Wasser dazustellen kann."

Doch Johannes hatte den Kopf geschüttelt. „Was soll ich dort?" hatte er gefragt.

Aber nun war es Abend geworden, und er war immer noch nicht da. Jons kam von einer Fahrt zurück, sah nach der Uhr und schüttelte den Kopf. Sie saßen an dem runden Tisch unter der Lampe. Jons las, und das Mädchen strickte, aber sie waren beide unruhig und lauschten auf den leisen Wind, der die Eichenblätter bewegte.

Als es dunkel geworden war, ging Jons zum Gogunhaus, aber auch dort war er nicht. Die Witwe Gogun starrte in die kleine Petroleumlampe. „Wenn er auch zu trinken anfängt, Jons . . .", sagte sie müde. Aber Jons lachte sie aus. „Ja, Mutter Gogun", sagte er, „wir beide trinken jeden Abend eine Flasche Rum, jeder eine, und nun wird er wohl meinen mitgetrunken haben."

Aber sie seufzte nur und leuchtete ihm dann über die Schwelle.

Kurz vor Mitternacht rief Jons bei dem Polizeibüro an, in dem Lehrer Stilling mit der goldenen Uhr gesessen hatte. Es kam eine zögernde Antwort. Ja, es sei eine Art von Prügelei gewesen am Vormittag, bei einem Umzug. Es hieße, daß er im Krankenhaus liege. Mehr könnten sie nicht sagen.

Das Krankenhaus antwortete noch zögernder. Schlimm sei es nicht, so das übliche bei einer Prügelei. Aber er werde bewacht. Dann ging die Stimme der Nachtschwester fort und kam nicht wieder.

Aber am Morgen kam ein Anruf aus der Stadt. Eine bekannte Stimme, aber sie nannte ihren Namen nicht. Sie gab hastig und leise einen Augenzeugenbericht. „Weil Sie es sind, Herr Doktor", sagte sie. „Und weil es jemand aus Ihrem Dorfe ist." Dann verschwand auch sie, und nur das große Schweigen blieb in der Hörmuschel, von einem leisen Summen unterbrochen. Ein langes und drohendes Schweigen.

Jons bat Herrn von Balk, ihn zur Bahn zu fahren, er müsse in die Hauptstadt. Balk kam selbst und ließ sich im Wagen alles erzählen. „Ja, Jons", sagte er, „so ist das nun ... Du sollst keinen in die Stadt lassen. Jede Stadt ist heute eine Falle, eine Schlagfalle, und unsere Leute werden immer die Schnur übersehen. Sie denken immer noch, daß sie vom Himmel hängt und daß der liebe Gott sie in den Händen hält. Aber der hat heute andere Sorgen als um den Eulenwinkel."

„Nein, laß die Bahn sein, Jons", sagte er, als das Kopfsteinpflaster begann. „Sie ist zu umständlich, und auch wir können uns ja in eiligen Fällen des sogenannten Fortschritts bedienen. Der Sägewerksmann hat einen großen Wagen, und er hat genug an mir verdient."

Später erwies sich, daß der Augenzeugenbericht die Wahrheit gesagt hatte, daß er nichts hinzugesetzt und nichts verschwiegen hatte.

Danach war es so, daß Johannes das Netz schon unter dem Arm trug, als er aus einem kleinen Tabakladen heraustrat und nach der Sonne sah, um abzuschätzen, ob er noch vor der Mittagszeit wieder in Sowirog sein würde. Der Laden war ein Eckladen, und so kam der Zug mit der Fahne, der Musik, den Uniformen so schnell über ihn, daß er nicht mehr ausweichen konnte. Er sah also ruhig über den Glanz und Schimmer hin, nur daß seine Augenbrauen sich etwas zusammenzogen, als würde er geblendet. Er sah zwar, daß Erwachsene und Kinder den Arm hoben, aber es ging ihn wohl nichts an. Er stand dicht am Bordsteig, und ein paar Zurufe aus den Reihen der Marschierenden galten wohl nicht ihm.

Erst als der Fahnenträger stehenblieb und ein paar Worte zurückrief und der ganze Zug stockte, war es ihm unbehaglich, und er sah sich schnell um, wie ein Tier auf einer Lichtung sich umsieht. Aber es war schon zu spät. Drei oder vier der Burschen mit den seltsamen Mützen kamen schnell auf ihn zu, und ehe er noch die Hand heben konnte, hatte der vorderste ihm schon die Mütze vom Kopf geschlagen und etwas gebrüllt, was er nicht verstand. Das Blut schoß ihm ins Gesicht, und sein Faustschlag unter das Kinn des Angreifers warf diesen wie einen Pfahl in den Rinnstein.

Er wollte sein Messer aus der hinteren Hosentasche ziehen, aber dazu war es zu spät. Er sah Schnallen durch die Luft blitzen, die auf seinen bloßen Kopf niedersausten. Er hörte viele Stimmen aus einer weiten Ferne, dumpf und brausend, als wenn er auf den sandigen Grund des Sees tauchte, und dann wurde es ihm schwarz und rot vor den Augen, und er verlor die Besinnung.

Jons wurde schweigend und nicht ohne Mißtrauen in Gottholds Zimmer geführt, einen großen Raum mit einer „großartigen" Einrichtung. Aber er sah sich nicht um. Er ging auf den riesigen Schreibtisch zu, stützte sich mit beiden Händen auf die Platte und sagte: „Du mußt nun helfen, Bruder, früher, als ich gedacht habe."

Gotthold wies auf einen der schweren Ledersessel und blätterte in einem Aktenstück. Sein Gesicht war von betonter Ernsthaftigkeit. „Wir wissen es natürlich schon", begann er nach einer Pause, die Jons unangemessen lang erschien. „Ja, und es ist eine sehr unangenehme Geschichte. Wissen denn eure Kätnerlümmel noch immer nicht, was sich gehört? Was denkt solch ein Bursche sich, die Uniform anzugreifen? Weißt du, was das bedeutet?"

Nein, Jons wußte es nicht, und er machte auch gar kein Hehl daraus. „Wenn er sich gewehrt hat", erwiderte er finster, „so hat er sich gegen einen Burschen gewehrt, der ihm die Mütze vom Kopf geschlagen hat. Mir ist nicht bekannt, daß er eine Uniform in den Rinnstein befördert hat, sondern einen Mann, und mit dem Mann ist die Uniform eben mitgegangen, wie das ja wohl im allgemeinen üblich ist. Oder sollte er sie ihm vorher ausziehen?"

Gotthold trommelte mit einem langen Bleistift auf der Schreibtischplatte und zog die Augenbrauen zusammen. „Du mußt die Späße besser unterlassen", sagte er. „Die Leute vertragen keinen Spaß in solchen Sachen. Natürlich ist das sozusagen symbolisch gemeint: ‚die Uniform angreifen'. Es ist soviel, als ob du die Fahne herunterreißt."

„Höre nun zu", sagte Jons jetzt ganz ruhig. „Dieser Sohn von Michael Gogun, den du sehr wohl kennst, ist ein schwermütiges Kind seit des Vaters schrecklichem Tod und lebt seit Jahren auf der Insel, wo er für Balk Fische fängt. Er sieht wochenlang keinen Menschen, und wahrscheinlich weiß er gar nicht, was eine Fahne ist. Aus Sowirog weiß er es jedenfalls nicht. Er hat also gar nichts begriffen, als daß ein Wildfremder sich auf ihn stürzte und ihm die Mütze vom Kopf schlug, und das ist weder auf der Insel noch in Sowirog Mode. Das wirst du den Leuten doch wohl begreiflich machen können, und ich will ja auch gar nichts anderes, als daß er sofort vor Gericht gestellt wird."

Gotthold machte sich Notizen und überlas sie dann. „Natürlich kann es so erklärt werden, Jons", sagte er gutmütig. Aber dann hob er den Blick, und nun waren seine Augen nicht mehr gutmütig. „Wir wissen schon etwas Bescheid über euch, Bruder", sagte er scharf, „und es ist nicht sehr wahrscheinlich, daß es so zu erklären ist. Laßt es euch ein bißchen zur Warnung dienen, hörst du? Euch allen, inklusive Balk und Tobias und wie sie alle heißen. Wir haben Geduld und sind nicht kleinlich, aber es gibt Dinge, die wir nicht dulden. Einfach nicht dulden, verstehst du?" Und er klopfte mit dem Bleistift drohend auf den Tisch.

„Ich verstehe nicht ganz, was du meinst", sagte Jons. „Ich sehe nichts, was nicht geduldet werden dürfte, und ich sehe so ziemlich alles im Dorf. Oder sollte es daran liegen, daß wir der Theorie gehorchen und die Praxis vielleicht nicht ganz verstehen?"

Gotthold machte eine abweisende Handbewegung und blickte wieder in seine Notizen. „Das mit dem Gericht schlag dir aus dem Sinn", sagte er. „Für solche Fälle will man kein Gericht, das entscheiden wir selbst. Aber ich will zusehen, daß es milde abgeht, das verspreche ich dir. Schließlich ist es unser Dorf, wenn auch nicht gerade ein hervorragendes. Aber unter einem halben Jahr wird es nicht abgehen, Jons. Ohne mich würden es wahrscheinlich drei bis fünf Jahre werden."

„Was für ein halbes Jahr?“ fragte Jons. „Wenn ihr ihn nicht vor Gericht stellt, was soll es denn für ein halbes Jahr sein?“

Gotthold zuckte die Achseln. „Tue nicht so, als ob du auf dem Monde lebtest, Bruder“, sagte er schroff.

„Und was wird mit den anderen?“ fragte Jons.

„Mit den anderen?“ wiederholte Gotthold und zog die Augenbrauen wieder hoch. „Was soll mit ihnen werden? Sie haben ihre Pflicht getan.“

An der Tür drehte sich Jons noch einmal um. „Weißt du, wie schön es ist, Bruder“, sagte er langsam, „daß der Vater tot ist? Und daß ich hier stehen kann, statt seiner?“

„Es gibt kein sentimentales Zeitalter mehr“, erwiderte Gotthold ruhig. „Es gibt nur noch eines der Tat!“

Langsam ging Jons über Korridore und Treppen hinaus. Es war wohl ein Haus wie andere Häuser auch. Junge Menschen kamen ihm entgegen oder standen auf einem der Vorplätze. Sie streiften Jons mit einem flüchtigen Blick, aber es war nicht derselbe Blick, wie ihn die Leute in Sowirog hatten. Etwas war anders, und es schien Jons, als liege es daran, daß diese jungen Menschen etwas waren, das mit einer Uniform bekleidet war. Eine Uniform wie andere, die der Mensch sich in müßigen Stunden ausdenkt, aber sie war über Wesen gestreift, die aus Holz oder Stein sein konnten. Künstliche Wesen, die ein Erfinder in einer Werkstatt hergestellt hatte, die er mit Lippen und Augen versehen hatte, aber eine eisige, leblose Kühle ging von ihnen aus, wie von Figuren, die ein Zauberer aufzog und wandeln ließ.

Und am unheimlichsten war es ihm, daß Mädchen hier waren, die mit Papieren und Akten die Treppen hinauf- und hinunterliefen, ein Scherzwort auf den bemalten Lippen, ein Lächeln in den Augen. So als könnte auch das Mädchen aus dem „Paradies“ hier von einer Tür zur anderen gehen, wie es zu Hause Kranke hereinbrachte und wieder hinausführte.

Es fröstelte ihn, und während der ganzen Heimfahrt sah er gerade vor sich hin, ohne auf die Landschaft zu achten.

Es gelang ihm, eine der ihm bekannten jungen Schwestern aus dem Krankenhaus zu sprechen, und sie wollte Johannes seine Grüße ausrichten und wie er sich verhalten sollte. Sie wollte es versuchen, denn mehr konnte sie nicht versprechen.

Und das war alles, was er tun konnte. Ein Vorhang war herabgeglitten, lautlos und unsichtbar, und hatte die Welt in zwei Hälften getrennt, in eine der „Sentimentalität" und in eine der „Tat". Und in dieser stand der große Schreibtisch, hinter dem sein Bruder saß, den Bleistift in der Hand, und Recht sprach über die Leute von Sowirog. Derselbe Bruder, den die Mutter geboren und getränkt hatte, und der Glasscherben auf den Steig gestreut hatte, den Jons barfuß zu den Booten hinuntergehen mußte. „Absalom, Absalom ...", hatte der Großvater gesagt, aber auch der Großvater war in der anderen Welt zu Hause gewesen, in der der „Sentimentalitäten".

Der Herr von Balk hörte finster zu. „Der Mann im Sande hat von sich aus ganz recht getan", sagte er endlich. „Aber wir müssen es wohl zu Ende gehen, Jons. Es gibt immer Menschen, die es zu Ende gehen müssen."

Die Witwe Gogun erfuhr nur, daß sie Johannes ein halbes Jahr einsperren würden, und sie nahm es gehorsam hin. Der Kranichräuber war oft genug „auf Reisen" gegangen, und manchmal hatte es etwas länger als ein halbes Jahr gedauert. Es galt nicht als Schande in Sowirog. Sie spielten ab und zu mit dem „Staat", und manchmal gewann der Staat. Nicht immer, aber es war eben ein Lotteriespiel, und man mußte gute Miene dazu machen.

Das Dorf aber erfuhr die Wahrheit doch. Vielleicht durch Maschlanka, vielleicht auf anderen Wegen. Und das Dorf nahm es diesmal nicht als Lotteriespiel. Es wurde ein stiller Sommer für die Leute in Sowirog, und Maschlanka vermied es nach Möglichkeit, sich auf der Straße zu zeigen. Die Leute sahen ihn nicht und hörten seine Stimme nicht, und manchmal taten sie, als könnten sie durch ihn hindurchgehen wie durch einen Nebel. Er war gekränkt, denn er war doch unschuldig, und Recht war eben Recht, ob es nun ein altes oder neues Recht war.

Frau von Bohnen konnte Jons nur ausrichten, daß ihr Mann „seine Hand" über Johannes gehalten habe. Man habe ihm versprochen, daß es bei einem halben Jahr bleiben werde, und er hoffe, daß man das Versprechen halten werde. „Früher brauchten wir nicht zu hoffen, Doktor", sagte sie mit bitterem Lächeln. „Früher wußten wir. Aber wir sind ja auch älter geworden inzwischen . . ."

Es war ein stiller Sommer mit einer stillen Ernte. Selbst Pionteks Rindenhorn schwieg, und niemand „weckte das Echo". Öfter als sonst hoben die Leute von Sowirog den Kopf bei ihrer Feldarbeit und lauschten, aber es war nicht mehr zu hören als sonst. Es grollte hinter dem Horizont, und manchmal kam das Gewitter herauf, manchmal zog es vorbei. Der See lag still und dunkel, und die Fische hatten eine gute Zeit. Niemand legte die Netze aus, niemand zündete ein Feuer auf der Insel an. Nur die Glocken läuteten wie immer, und der junge Pfarrer saß oft auf der Eichenschwelle der Kirche, wenn das Gebälk über ihm zitterte, die Hände um die Knie gefaltet, und blickte über das Dorf hin. Es war ihnen ein Trost, ihn dort sitzen zu sehen, und es war ihnen, als habe der liebe Gott jemanden geschickt, der über ihnen wachen sollte. Einen Engel etwa, dessen Flügel man nicht sah, aber wenn es Zeit wäre, würden sie sich entfalten und silbern über den grauen Rohrdächern schweben. Und solange es so blieb, war das Leben immer noch gut. Wermut war in seinem Becher, aber es war niemals anders gewesen.

Als die Kartoffelfeuer brannten, begann Jons, bis zur Mitternacht unter seiner Lampe aufzubleiben. Er las, was er gerade aus den Bücherreihen herausgezogen hatte, Verse oder chinesische Weisheiten, aber nicht alles ging durch seine Augen bis in sein Herz. Er lauschte auf den leisen Wind in den Eichenkronen, und wenn es ganz still war, glaubte er manchmal den Pfiff einer fernen Lokomotive zu hören. Es war natürlich Unsinn, weil man ihn nicht über zwei Meilen hören konnte, aber er ließ es dabei und begleitete den unsichtbaren Wanderer durch Felder und Wälder dem Dorfe zu. Jeden Schritt, jedes Atemholen und jedes kurze Verweilen auf den vielen Hügeln, über denen die Sterne standen. Er war den Weg oft genug gegangen, und er wußte, wie schön es war, immer tiefer in das große Schweigen hineinzugehen. Die Luft wurde anders, der Boden unter den Füßen wurde anders, das Herz begann ruhiger zu schlagen, und einmal kam dann der Augenblick, in dem man zum erstenmal den Geruch des noch fernen Dorfes spürte, etwas Rauch, der noch in der Luft hängengeblieben war, etwas von der Wärme der Rohrdächer, von dem Duft der kleinen Gärten hinter den morschen Zäunen. Dann hielt der Wanderer den Fuß an und schloß die Augen, um es besser in sich aufnehmen zu können. Und dann ging er schneller in den Schatten zwischen den Kiefernstämmen hinein.

Viele Nächte, lange Nächte. Aber einmal war doch das leise, ganz leise Pochen am Fensterladen, so leise, als habe ein Nachtfalter in seinem Flug das warme Holz gestreift. Der Herzschlag setzte einen Augenblick aus, und dann strömte das Blut zurück und brauste in den Ohren wie in einer Meermuschel. Leise und schnell ging Jons zur Tür, um das Mädchen nicht zu wecken, aber das Mädchen war noch lange nicht eingeschlafen. Es schlief niemals, ehe es nicht den leisen Schritt die Treppe hinauf vernahm, das leise Knarren der siebenten Stufe, das leise Schließen der anderen Kammertür.

Und dann stand Johannes im Dunklen, bewegungslos, und nicht einmal sein Atem war zu hören. Nur sein Gesicht schimmerte blaß aus dem Schatten der Eichen. Ein Gespenst, das um seine irdische Wohnung irrte, um den Rauch des Herdes noch einmal zu atmen.

„Komm herein, Johannes", flüsterte Jons und nahm ihn bei der Hand.

Sie hatten Wort gehalten, fast auf den Tag.

Da saß er nun in dem Sessel vor dem verglühenden Feuer und schwieg. Derselbe junge Mensch, der ausgegangen war, um ein Netz zu kaufen, und doch ein anderer Mensch. Nicht daß sein Haar abgeschoren war und Narben auf seinen Händen waren. Daß sein Gesicht hager war und seine Lippen schmal. Wahrscheinlich lag es in den Augen. Nicht nur, daß sie umherirrten, von den Büchern zu den Instrumenten und wieder zurück. Daß sie Jons' Augen vermieden und in die erlöschende Flamme blickten, wenn er „Ja" oder „Nein" sagte. Sondern in diesen Augen war etwas Neues und Fremdes. Sie waren mit einem neuen Inhalt gefüllt. Nicht mehr mit den Bildern des Sees und des Moores, des Dorfes und Waldes. Nicht mehr mit der alten Schwermut, die weit hinter Dorf und Moor zurückreichte, weiter noch als zu der Stunde, in der er das Haselhuhn zwischen den grünen Pflanzen hatte liegen sehen. Sondern eben mit etwas anderem. Mit dem Widerschein einer anderen Welt, eines anderen Sternes, einer eisigen Kraterlandschaft etwa, wie sie auf dem Monde lag. Mit dem Widerschein von Tagen und Nächten, in denen keine Sonne und keine Sterne geschienen hatten, außer etwa der Sonne der Toten, wenn man sie so nennen wollte. Blinde Augen, oder ertrunkene Augen, oder starre und gebrochene. Immer noch beweglich, ja, vielleicht beweglicher als früher, aber nicht von innen bewegt, sondern so, als bewege eine fremde, kalte Hand ein totes Auge.

„Iß und trink, Johannes", sagte Jons heiser und goß den Kognak in ein großes Glas. „Du brauchst nichts zu sagen, gar nichts."

„Ja", erwiderte Johannes.

Er aß und trank, und Jons ging leise auf und ab auf dem großen farbigen Teppich, die Hände auf dem Rücken, die Augen auf die verschlungenen Muster gerichtet. Rote Streifen, rote Kelche, rote Ranken, die wie Dornenäste waren. „Die Welt der Tat", und sie würden es zu Ende gehen. Balk und er würden es zu Ende gehen, und dieser wahrscheinlich auch, wenn er es nicht schon zu Ende gegangen war. Der Reisighaufen zwischen den Schilfwänden, und darunter das weiße Gesicht, das in Gott ruhte ... und oben das Mädchen aus dem „Paradies", das im Schlaf die Hand auf dem Herzen hielt. Und Sterne über allen kleinen Dörfern des Vaterlandes und Mütter unter den Rohr- oder Schieferdächern, die lauschten, wie das Laub fiel oder die Tropfen fielen ... und ein Bibelvers oder ein Kinderlied, die vor ihnen im Dunklen erschienen, in einer leuchtenden Schrift, einer unbeholfenen, schwerfälligen Kinderschrift ... „Droben stehet die Kapelle ...", oder „Ich will bei euch bleiben bis an der Welt Ende ...". Oder „Am Anfang war das Wort ...". Nein, „Am Anfang war die Tat ...". So hieß es wahrscheinlich.

Ja, Johannes wollte gern rauchen. Seine Hände zitterten, als er die Zigarette hielt, und er trank den Rauch in sich hinein wie die Flüssigkeit aus dem großen Glase. Und dann wurde er ruhiger. Sein Körper entspannte sich und fiel in dem großen Sessel zusammen. Er lauschte nicht mehr hinaus, und seine Augen gingen nicht mehr an den Wänden umher. Er war wie ein armes Tier in seiner dunklen Höhle.

Nein, er wollte nicht wieder auf die Insel zurück. Er wollte ins Moor gehen, wo seine Hütte lag, wenigstens den Winter über. Er würde alles hintragen, was er brauchte. Einen kleinen Ofen und Holz und Decken und Essen. Und im Dunklen würde er kommen, um das Pferd zu versorgen. Nur wenn das Eis kam und noch nicht trug, müßte Jons Geduld haben. „Wenn du es nicht erlaubst, werde ich ins Wasser gehen", sagte er zum Schluß.

Jons erlaubte alles. „Aber wenn das Moor nun zufriert . . .", sagte er nach einer Weile.

„Es friert nicht zu", erwiderte Johannes. „Da sind Stellen um die Hütte, die nie zufrieren. Und ich habe ja auch das Messer . . ."

Jons brachte Kissen und Decken und zog ihn aus. Johannes war so müde, daß er ihm die Arme hochheben mußte, als er das Hemd über seinen Kopf streifte.

Und dann sah Jons seinen Rücken. Das Hemd fiel aus seiner Hand, aber er bückte sich schnell, um es wieder aufzuheben. „Ich bin ein Arzt und so ungeschickt . . .", sagte er.

Johannes merkte gar nicht, daß die Stimme wieder heiser war. Es schien, als merke er von allem nichts. Er schloß die Augen und bewegte nur die Finger seiner rechten Hand wie zu einem Gutenachtgruß. Als das Licht erlosch, atmete er schon ruhig wie im Schlaf.

Bevor Jons die Treppe hinaufstieg, blieb er noch eine Weile im Dunklen stehen, die Stirn an das kühle Holz des Geländers gelehnt, mit geschlossenen Augen. Sanfte Funken und sanfte Lichtkreise erschienen im Dunklen und dazwischen das schwarze Nachtbild der Lampe. Und dann das Bild der tiefen Narben, kaum verheilt, mit rötlichen Rändern. Und rings herum die weiße Haut, weiß und glatt wie die eines Kindes.

Langsam, wie ein ganz alter Mann, stieg er die Treppe hinauf. Er lauschte an der Kammertür auf Hannas Atem, aber sein Herz schlug so schwer, daß er ihn nicht hören konnte.

In seiner eigenen Kammer lag die Bibel des Vaters auf dem Tisch. Das Fenster war geöffnet, und er sah die Sterne über dem See. Die Bibel war aufgeschlagen, und die großen Buchstaben standen in geraden Reihen untereinander, wie Kolonnen, die in eine Schlacht zogen.

Er hob die Hand, um eine Seite umzuschlagen, aber er ließ sie wieder sinken. Er starrte auf die großen grauen Blätter, aber er konnte nichts erkennen, nicht einmal die Überschrift mit den großen, roten Initialen. Vielleicht war es der Prophet Jesaias, vielleicht ein anderer. Er erinnerte sich nicht mehr, an welcher Stelle er sie geöffnet hatte.

XVIII

Niemand erfuhr es, aber jedermann wußte es. Auch die Witwe Gogun. Als Tobias von der Auferweckung des Lazarus predigte, weinte sie, und die Leute von Sowirog nickten ihr bekümmert zu. Nichts blieb mehr verborgen in dem kleinen Dorf. Es ging nun sie alle an, und einer hatte ja der erste sein müssen. Nur wer der letzte sein würde, wußten sie nicht, nicht einmal wer der nächste sein würde. Langsam kam es nun über sie, wie die Pest früher gekommen war. Oder wie die „Tatern". Es half nichts, die Türen zu schließen. Es half nicht einmal, die Herzen zu schließen. Die Erde hatte Augen, die Wälder, die Roggenfelder, die Wolken. Der Friede war aus der Welt gegangen, obwohl noch Friede war. Der Mensch war ein Wolf geworden, ein lautloser, friedloser, schleichender Wolf.

Sie lasen nun viel in der Offenbarung, und die großen Worte und Bilder gingen mit einem leisen Schauder in sie ein. Vielleicht trugen sie alle verborgene Sünde, und so war es über sie gekommen. Andern Dörfern ging es gut, aber sie wurden nicht irre an sich. Sie unterlagen keiner Täuschung. Sie brauchten nur in des Pfarrers Gesicht zu sehen, um zu wissen, daß sie auf dem rechten Wege waren. Oder in das Gesicht ihres großen Doktors, oder in das des Herrn von Balk. Sie waren arme, kleine Leute, und auch sie würden es gern ein bißchen leichter gehabt haben. Aber man konnte nicht gegen das Wort Gottes leben. Andere mochten es können, sie nicht. Und das Wort Gottes war nicht nur in den Gebeten geschrieben, es war in der ganzen Schrift, es durchtränkte sie. Es war ein Lebensatem, und er erfüllte sie.

Tobias auf der Kanzel war es nun oft, als seien diese gefalteten, dumpfen Gesichter reiner geworden in diesen Jahren, wenn er zu ihnen herniederblickte. Er fragte Jons danach, und auch Jons war dieser Meinung. „Sie haben nicht mehr teil", sagte er, „sie sind auf sich selbst zurückgefallen, auf die letzte Speise, die es für sie gibt."

„Woran nicht mehr teil?" fragte Tobias.

„An der Welt. Seit das mit Johannes gewesen ist, haben sie nicht mehr teil. Sie haben das ganze Dorf geschlagen, und sie tragen alle die gleiche Wunde. Deshalb ähneln ihre Gesichter nun auch einander, besonders die der Alten. Ist dir das aufgefallen?"

Ja, Tobias stimmte ihm zu. Der Hauch einer Verwandlung war über das Dorf gegangen und wandelte es weiter. Es wurde ein stilles Dorf, viel stiller als früher, aber es schien selbst dem Herrn von Balk, als sei es ein stärkeres Dorf geworden, von einer unsichtbaren Kraft erfüllt, die auf dem Grunde lag und auf ihre Zeit wartete.

Die Witwe Gogun blieb noch auf dem Kirchenhügel stehen, trocknete ihre Tränen und blickte über den See nach dem großen Moor, an dessen Rand die alten einzelnen Eichen standen. Die Sonne flimmerte, und sie mußte die Hand über die Augen halten. „Wie ein Wolf ...", sagte sie leise. „Wie ein Wolf ..."

Ja, jedermann wußte es, auch der Landjäger, aber er tat, als kümmere es ihn nicht. Er hatte nur einmal zu Anfang vorsichtig bei Jons angefragt, aber Jons hatte nur mit der Hand auf das Moor gedeutet. „Dort", sagte er. „Holen Sie ihn."

Aber der Landjäger wollte ihn gar nicht holen. Er war verlegen, und er versuchte, erkennen zu lassen, daß er nicht alles guthieß.

Jons hörte zu, aber er sah aus dem Fenster. „Sie haben einen schweren Beruf", sagte er endlich, „das weiß ich. Und einmal kommt jeder Beruf an die Stelle, wo es ja oder nein heißt. Tiere treiben ist schlimm, Menschen treiben ist schlimmer. Sehen Sie zu, daß Sie die Zeit nicht versäumen. Gehen Sie zu Korsanke. Sie können viel von ihm lernen."

Der Landjäger bedankte sich und ging. Aber draußen nahm er noch einmal den Tschako ab und wischte sich die Stirn. In der Stadt würde es einfacher sein, weil sie immer zu vielen waren, mindestens zu zweit. Aber hier war er allein, mutterseelenallein, und die Leute waren komisch hier. Alle, auch der

Doktor. Sie sprachen auch komisch, und man wußte nie genau, was sie meinten. Sie hatten einen doppelten Boden. Sie hatten keine Amtssprache, die klar und deutlich war. Sie sprachen wie Wahrsager, und Wahrsager waren immer verdächtig. Es wurde viel vom Krieg gesprochen, und ein Krieg würde gut sein. Er würde gern mitgehen. In Reih und Glied war alles leichter. Es würde sich auch leichter schießen als auf die eigenen Landsleute. Auf die Leute von Sowirog zum Beispiel. Wie sollte man auf Daida schießen, wenn er eine Dummheit machte? Oder gar auf den Doktor? Ja, am Abend wollte er zu Korsanke gehen und mit ihm sprechen. Er war nicht scharf genug, aber er hatte sein ganzes Leben hier zugebracht, und das war schließlich auch etwas.

Aber Korsanke war nicht so, wie er erwartet hatte und wie er ihn kannte. Er war finster und sah ihn an, als komme er von einem Kehrichthaufen. „Sehen Sie ihn sich an, den auf dem Moor", sagte er. „Am besten, wenn er badet. Das tut er wohl immer noch heimlich. Vielleicht können Sie sich im Schilf verstecken dazu ... Ein Junge aus unserem Dorf, der seinen Vater hat versinken sehen!"

Und er drehte sich um und ging ins Haus. „Des Königs Rock habe ich getragen", rief er von der Schwelle zurück. „Auch ein Gendarm kann des Königs Rock tragen!"

Der Landjäger hatte nun nichts, wofür er sich bedanken konnte. Er stand noch eine Weile da und blickte auf die Astern des kleinen Gartens, seufzte ein bißchen und ging. ‚Ich bin doch kein Mörder', dachte er unbehaglich. ‚Und Befehl ist doch Befehl.' Aber es war ihm schwer, die Dorfstraße entlangzugehen, wo die Leute sich umdrehten, wenn er kam.

Johannes aber lebte „in der Öde". Wenn die Morgendämmerung sich über dem Moor aufhob, kam er schon vom Doktorhaus zurück, wo er das Pferd geputzt und gefüttert hatte. Die Kronen der alten Eichen hingen noch im Nebel, aber über dem nassen Gras war die Erde schon klar. Der leise Wind der Frühe ging durch Schilf und Binsen und kräuselte die Wasserblänken, die dazwischen lagen. Die niedrigen Birken standen da wie aus durchbrochenem Gold, und jeder Wacholderbusch war mit silbernen Spinnennetzen bedeckt. Und dann fing der große Horizont ganz langsam an zu glühen, ein düsteres Rot, vor dem die Schilfhalme wie schwarze Lanzen standen. Der erste Vogelruf kam aus der Höhe, der des Wanderfalken oder der eines Reihers, der seinen Schlafbaum schon verlassen hatte, und Johannes blieb stehen und sah zu dem grauen, fließenden Gewölbe hinauf, in dem schon blaßblaue Flecken erschienen. Ein schöner Tag würde es werden, mit Vogelscharen, die über seine Hütte dahinzogen, mit blauer Luft, die sich bis in die Ewigkeit dehnte, und mit der wunderbaren Sonne, die seinen Körper beschien.

Er nahm die kleinen weißlichen Äste auf, die den Pfad bezeichneten, und sammelte sie in seiner linken Hand. Er brauchte sie nun nicht mehr. Und wenn er die Hand vor den Augen nicht erkennen könnte, so würde er doch wissen, wohin er den Fuß zu setzen hatte. Er allein und niemand außer ihm. Ein hartes Lächeln ging um seine schmalen Lippen, als er stehenblieb und die trügerische Decke rechts und links betrachtete. Er würde ruhig zusehen, wenn sie dort versänken, einer oder zwei oder drei. Trugen sie nicht den Totenkopf an der Mütze? So sollten sie ihn auch unter den Stiefelsohlen tragen, und er würde still dabeistehen und ihnen zuhören, wie sie um ihr Leben flehten. Er würde nicht lachen, wie sie es getan hatten. Er würde nur zusehen, ernst und aufmerksam. Der Galgen erhob den Menschen, aber das Moor erniedrigte ihn. Es zog ihn sanft und unwiderstehlich in die dunkle Tiefe. Es nahm ihm nicht den Atem wie der geflochtene Strang. Es ließ ihm den Blick auf die schöne Erde frei bis zuletzt. Auf die Schilfwälder, die goldenen Birken, auf den blauen Himmel, durch den der Altweibersommer schimmernd segelte. Auch den Vater hatte es genommen, und der Vater war ein frommer Mann gewesen. Kein Mörder, kein Henker, kein grinsender Menschenquäler, sondern ein frommer, fröhlicher Mann. „Auge um Auge", dachte Johannes. „Zahn um Zahn ..."

Er war nun nicht mehr zu sehen, weder vom Dorf aus noch von irgendeiner Stelle der Erde. Die Schilfwände verbargen ihn. Nur vom Himmel aus würde er zu sehen sein, von einem dieser brausenden Vögel, die mitunter blitzend über diese Erde dröhnten. Aber dann brauchte man sich nur an den Schilfrand zu legen und die Halme über sich zu beugen. Ein Mann, der hier zu Hause war, war nicht verloren.

Seine Hütte war so in die Sträucher hineingebaut, daß er selbst sie erst sah, wenn er davorstand, und viele Stunden des Tages arbeitete er weiter an ihr, müßig und wie jemand, der unendlich viel Zeit hatte. Zuerst machte er Feuer in dem kleinen Ofen und kochte seine Morgensuppe, oder er wärmte, was Hanna ihm auf die Futterkiste gestellt hatte. Dann saß er auf der niedrigen Schwelle, die Schüssel zwischen den Knien, brach das schwarze Brot hinein und aß. Und dann rauchte er seine Pfeife. Die Sonne schien warm auf seine Stirn, die letzten Kraniche zogen über ihm dahin, und ganz weit in der Ferne war ab und zu ein Menschenlaut zu hören, der Schlag einer Axt, der weithin über die Erde tönte, und manchmal der klirrende Laut des Eimers, der an den Brunnenrand stieß.

Aber er war allein, er war so wunderbar allein. Er hielt die Hände in die Sonne und sah flüchtig über die tiefen Narben hin. Er sah nach rechts und nach links. Niemand war da. Nicht die Hunderte und Tausende, die wie Schemen im Morgennebel gestanden hatten. Nicht die Türme mit den Maschinengewehren, nicht der Galgen, der seinen leeren Arm wie wartend ausgestreckt hatte. Niemand und nichts war da, außer dem Moor, dem stillen, schimmernden, unendlichen Moor mit Gold und Silber, das darüber ausgestreut war. Er schloß die Augen, lehnte den Kopf an das warme Holz des Türpfostens und ließ die Sonne auf die Haut seines Gesichtes scheinen. Das Herz schlug ruhig, der Atem ging leise aus und ein.

Und dann kam an jedem Morgen das leise Zittern, das über den ganzen Körper ging, wie ein Windhauch über ein Wasser. Er wußte, daß es kommen würde, und er ballte die Fäuste, damit es nicht käme. Aber es kam, und er war ohnmächtig wie gegen ein Fieber. Die Bilder kamen, die Schmerzen, die Erniedrigungen. Die Erinnerung kam. Jedes Gesicht, überscharf bis in die letzte Falte hinein, jedes Wort, jeder Arm, jeder Schrei. Die ganze graue und blutige Kette der Stunden, so vieler Stunden, und er lag da, gegen die Tür gelehnt, mit geschlossenen Augen, Schweißtropfen auf der Stirn, und ließ es über sich dahingehen wie Hagel über einen Wald.

Und dann, so plötzlich wie es gekommen war, hörte es auf, war vorbei wie ein Traum, war, als sei es gar nicht gewesen. Er öffnete die Augen, und das Licht der Sonne fiel hinein, das gnadenreiche Licht. Der blaue Himmel hob sich wie ein gewaltiger Dom über das stille Moor, und einer der letzten Adler kreiste ruhevoll über der vergoldeten Öde.

Er stand langsam auf und ging zu seinem Lager aus Laubstreu. Er zog die Decken über sein Gesicht, und nach ein paar Atemzügen war er eingeschlafen. Er fiel wie ein Stein in das Dunkel, wie nach einer schweren Krankheit, und das letzte, was er fühlte, war der kühle Horngriff des Dolches, um den sich seine Hände legten.

Jons war ein guter Arzt, einer des Leibes und auch der Seele. Aber wie sollte er wissen, was in Johannes vorging? Er wußte nichts von den Bildern, die sich in die Haut der Seele gebrannt hatten, er konnte höchstens die Narben erkennen. Der Mund des anderen war versiegelt, und seine Augen sah er nur in der Dämmerung.

Aber als der erste Schnee fiel, gelang es ihm doch, Johannes zu bewegen, daß er in die Meilerhütte zog. „Du kannst deine Spur nicht verbergen, Johannes“, sagte er. „Sie ist von weitem zu sehen, und du kannst sie nicht auslöschen. Der Winter ist der Feind der Wölfe. Und es sucht auch niemand nach dir. Gotthold hat es mir in die Hand versprochen, und du kannst es mir glauben. Es genügt ihnen, wenn sie zerbrochen haben. Mehr wollen sie vorläufig nicht.“

„Keiner wird mich zerbrechen“, erwiderte Johannes ruhig.

Aber er gehorchte doch. Er benützte nicht den Steig vom Jeromin-Haus zur Meilerhütte, sondern er ging jeden Abend und Morgen am See entlang, wo die Waldarbeiter ihren Steig getreten hatten, und an der Stelle, wo die alten Fichten sich heranschoben und niemals Schnee unter den dichten Ästen lag, schlug er sich zur Seite, bis er die Hütte erreichte. Nach den ersten unruhigen Nächten war es ihm wohl dort. Er mochte die niedrigen, berußten Balken und den alten Herd, den Blick auf den verfallenen Meiler und den düsteren Hochwald, und manchmal, in der Dämmerung, wenn er vorsichtig aus dem Schatten trat, war ihm, als sähe er Jakob dort sitzen oder am

Meiler stehen, und er wußte nicht, ob es ein Gespenst war oder ein Trugbild seiner ruhelosen Augen.

Niemand sah ihn dort, niemand suchte ihn dort, und ganz langsam ging er in den düsteren Frieden des Waldes ein. Manchmal am Abend stieg Rauch hinter den Lichtungen auf. Das war der Rauch über Kiewitts Schornstein, und er sah ihm von der Schwelle aus ruhig zu, wie er in der kalten Abendluft sich kräuselte und verging. Kiewitt konnte ruhig sein Nachbar sein. Kiewitt hatte mit Menschen nichts mehr zu tun.

Niemand kam, außer mit langen Zwischenräumen Stilling. Er machte jeden Abend seinen Spaziergang, durch das Dorf und aus dem Dorfe hinaus. Er ging zum Moor oder zu den hohen Ackerrainen, und oft ging er in den Wald. Niemand achtete auf seine Spuren, und manchmal kehrte er bei Johannes ein. Er hängte seinen Hohenzollernmantel an den Holzpflock an der Tür und die Pelzmütze dazu. Und dann saß er vor dem Feuer und wärmte seine Hände.

„Du bist doch einer von den Meinigen, Johannes", sagte er in seiner gütigen Art. „Nicht einer von Maschlankas. Ich habe dir das Lesen beigebracht und einiges andere. Und ich sehe nun, daß du wie ein Wolf lebst, und das bekümmert mich."

„Wie soll ich leben?" fragte Johannes.

„Mit den Menschen, Johannes. Mit den Menschen. Sie sind alle arme Schächer, siehst du, und die dort wahrscheinlich am ärmsten. Vergib, Johannes, oder meinst du, daß du nicht vergeben kannst?"

„Nein!" sagte Johannes.

Stilling schüttelte bekümmert den Kopf. „Und hast du ganz vergessen", sagte er leise, daß Christus am Kreuze gesagt hat: ‚Vergib ihnen, denn sie wissen nicht, was sie tun?' "

„Diese wissen es sehr gut", sagte Johannes, „und auch dort gab es Kreuze. Aber ich habe keinen gehört, der gesagt hat: ‚Vergib ihnen'."

„Aber ist es nur das, Johannes", fuhr Stilling nach einer Weile fort, noch leiser als bisher, „daß sie dich geschlagen haben?"

Johannes zuckte zusammen, als habe der Dolch, den er ohne

Gedanken durch die Hände zog, ihn geschnitten. „Nein“, sagte er schroff, „das ist es nicht. Es ist, daß sie uns in den Schmutz getreten haben, mit den Stiefelabsätzen. Daß sie uns nackt ausgezogen haben und in den Schmutz getreten, wie man eine Maulwurfsgrille in den Schmutz tritt. Und daß sie dazu gelacht haben. Nicht geweint, wie Christus über Jerusalem, sondern gelacht ... Auch der Vater hat mich geschlagen, manchmal, aber er hat nicht gelacht. Manchmal hat er geweint: wenn er getrunken hatte ...“

„Auch diese werden einmal aufhören zu lachen, Johannes“, sagte Stilling.

„Das werden sie wohl“, erwiderte Johannes und prüfte die Schneide des Dolches an seinem Daumennagel.

Nein, er war wie eine Festung, und auch Stilling fand keinen Zugang zu seinem Innern. Auch Tobias nicht. „Gott?“ sagte Johannes und sah ihn mit seinen schwermütigen Augen an. „Habe ich so gesündigt, daß er mich in die Erde treten kann?“

„Nicht er hat getreten, Johannes. Er hat ihnen nur Macht gegeben, es statt seiner zu tun.“

Aber Johannes zuckte die Achseln. „Der Vater hat mir nie Macht gegeben“, sagte er, „seine Kälber zu treten, und wenn er mich dabei betroffen hätte, würde er seinen Riemen abgeschnallt haben. Aber er brauchte es nicht. Er hat mich nie betroffen dabei.“

Aber nicht nur Tobias trug an ihm, als sei er selbst schuldig. Nicht nur Stilling und Jons. Das ganze Dorf trug an ihm. Er war ihnen wie ein Stellvertreter, und auch aus ihm tranken sie Tropfen für Tropfen die Kraft, die sie gewannen. Es war noch nicht so lange her, daß sie Leibeigene gewesen waren, ausgepeitscht und zu Tode gepeitscht, wenn es den Herren einfiel. Sie hatten es nicht erlebt, und ihre Väter hatten es nicht mehr erlebt. Aber die Väter hatten es noch von den Großvätern gewußt, und niemals, hatten sie gedacht, würde es wiederkommen. Weder die Tränen noch der dunkle, fressende Haß. Es war versunken, wie Menschenopfer versunken waren, wie die Greuel der Tatern, wie der bethlehemitische Kindermord. In alten Chroniken zu lesen, im Buch der Bücher zu lesen, aber doch versunken.

Nun aber war es wiedergekommen, verborgen, hinter Draht und Mauern. Der Mensch, den man hetzte wie ein Tier. Den man an den Schweif der Pferde band wie früher, den man kreuzigte.

Aber nun wollten sie sich nicht mehr beugen, stumm und ohne Widerstand. Nicht mehr vor einen Pflug gespannt werden, und über ihnen würde lachend die Peitsche geschwungen. Eine Kirche stand auf ihrem Hügel, ein junger Pfarrer reichte ihnen das Abendmahl. Wenn sie im Land nicht wußten, daß Christus der Herr war über Könige und Vögte: sie wußten es. Und nicht noch einmal sollten sie einen von ihnen auf ihre Schädelstätten führen. Christus war für sie alle gestorben. Er hatte nicht befohlen, daß ein Spiel aus seinem Tode gemacht würde.

Nur der Herr von Balk trug nicht an Johannes. Er trug an der Zeit, und in sie war mehr eingeschlossen als der Sohn des Kranichräubers. Auch er fand einmal den Weg in die Meilerhütte, aber er kam nicht, um zu sprechen. Er schloß die Tür ab und sah nach den Fensterläden, und dann zog er eine schwere, bläulich schimmernde Pistole aus dem Mantel und begann, mit klaren Worten den Gebrauch der Waffe zu erklären. „Wenn Gott sich verhüllt“, sagte er mit seinem kühlen Lächeln, „ist es gut, die Magazine zu füllen. Hätten wir es eher getan, würde es besser um uns stehen.“

Johannes nickte und wog die Waffe in seiner Hand. „Sie reicht weiter, als ein Messer reicht“, sagte er nur. „Sie waren uns immer ein gütiger Herr, und ich will es nicht vergessen.“

Balk sah noch ein wenig ins Feuer, ehe er ging. „Die Herren verschwinden von unserer Erde, Johannes“, sagte er, „und die Knechte stehen auf. Seht zu, daß ihr euch zu den Herren haltet. Ihr werdet sie erkennen. Ein Baum ist leicht zu erkennen über dem Moor.“

Im Frühjahr läuteten die Glocken von den Türmen, weil das Reich wieder gewachsen war. Es wuchs wie eine Spinne, die ihr Netz gesponnen hatte und die nur darauf zu warten hatte, daß die Beute in ihre Fäden flog. Sie trank mit glühenden Augen, und dann saß sie wieder im Dunkeln und wartete.

Die Glocken von Sowirog läuteten nicht, aber der Landjäger

überhörte es, und er gab Maschlanka den dringenden Rat, es auch zu überhören. Eine neue Volksabstimmung kam, ob das Volk einverstanden sei, daß eine neue Beute in die Fäden gekommen war, eine brüderliche Beute, und deshalb sollten auch die Glocken läuten. Aber in Sowirog ging niemand zur Wahlurne. Der Landjäger ritt in die kleinen Moordörfer, um für Ordnung zu sorgen, und er hatte so viel zu tun, daß er erst um die Abendzeit zurückkam. Am Nachmittag lief Maschlanka von Haus zu Haus, aber die Türen waren verschlossen, und kein Fenster öffnete sich. „Leute", rief er, „ihr werdet euch ins Unglück bringen!" Aber nur die Hunde bellten auf der verlassenen Straße, und er ging langsam und müde zu seiner leeren Urne zurück.

Nach der Frühlingssaat verreiste Herr von Balk. Er fuhr zu einem Vetter, der große Güter an der Lüneburger Heide hatte, und er gab Jons seine Anschrift, für den Fall, daß etwas geschehen sollte.

„Was soll geschehen, Herr von Balk?" fragte Jons. „Wir wachsen ohne Schwertstreich. In zehn Jahren sind wir bis an den Mond gewachsen."

„Der Mond ist unbewohnt", sagte Balk nur, „aber die Erde ist bewohnt. Ein kleiner, aber bedeutsamer Unterschied. Paß auf alle Leute im Dorf auf, die nicht taubstumm sind, Jons! Nur die Taubstummen sind heute halbwegs sicher."

Aber es war ebenso, als ob die Leute von Sowirog taubstumm wären. Selbst die Kinder in der Schule antworteten nur auf die Fragen, die Maschlanka stellte und die aus der Fibel oder dem Rechenbuch oder der Erdkunde waren. Auf alle anderen schüttelten sie den Kopf. Sie verstanden eben nicht und waren ja auch schwerfälligen Geistes von jeher. Was der Vater zu der neuen Rede gesagt habe, das verstanden sie schon nicht. Sie hörten keine Reden, sie lasen keine Zeitungen. Piontek sollte etwas vom Jüngsten Gericht gesagt haben, nicht wahr? Das wußten sie nicht, aber wahrscheinlich habe er von einem Gericht Pilze gesprochen, sagte der Daida-Enkel. In Pilzgerichten sei Piontek ein Meister, setzte er ernsthaft hinzu.

Nein, die Leute von Sowirog waren wohl taubstumm, aber trotzdem war es ein schönes Frühjahr für sie. Die Äcker waren früh getrocknet, und sie hatten die Saat gut in die Erde gebracht. Regen war gekommen, und wenn sie über die Felder sahen, lag der grüne Schimmer gleichmäßig und dicht über den schmalen Streifen. Die Wintersaat war unbeschädigt durch den Frost gekommen, und sie konnten die Herde schon zu Anfang des Maimonds in den Wald treiben.

Und dann war etwas Besonderes geschehen. Herr von Balk, bevor er auf seine Reise ging, hatte mit Grünheid auf dem Kirchenhügel gestanden und über den See geblickt, dessen Schilfwälder noch braun gewesen waren. „Du kannst den Leuten sagen, Grünheid", hatte er so nebenbei gemeint, „daß sie in diesem Jahr fischen können, soviel sie wollen. Johannes kann die Netze verteilen, und du wirst zusehen, daß alles in Ordnung und Frieden geschieht."

Grünheid hatte ihn von der Seite angesehen und gesagt: „Das ist ein großes Geschenk, gnädiger Herr, und die Leute werden sich wundern. Solange die Erde hier steht, war so etwas noch nie da. Jagd und Fischfang waren Ritterrecht und dann Herrenrecht, und sie haben viel gebüßt darum in früherer Zeit."

„Eben, weil sie gebüßt haben, Grünheid. Sie sollen auch etwas von der ‚neuen Zeit' haben, und die letzten Herren sollen ein bißchen schenken, bevor es zu spät ist."

Der Herr von Balk werde wohl hundert Jahre alt werden, sagte der Schulze und sah ihn wieder von der Seite an.

Balk bohrte seine Stockspitze in den lockeren Sand, wo die Ameisenlöwen in der Sonne schon ihre Löcher gegraben hatten. „Sieh dir dies an, Grünheid", sagte er. „Auch die Käfer, die hier spazierengehen, denken vielleicht, daß sie hundert Käferjahre alt werden. Aber wenn sie an den Rand dieser kleinen Trichter kommen, fängt der Räuber unten an mit Sand zu werfen, und ehe sie sichs versehen, liegen sie unten, und aus ist es mit den hundert Jahren. Mit der barmherzigen Natur ist es so bestellt wie mit der barmherzigen Weltordnung. Schön zu lesen, aber nicht alles Gedruckte ist wahr. Nicht einmal heute, wo doch so viele schöne Sachen gedruckt werden."

Und er hob mit der Stockspitze einen der grauen Ameisenlöwen aus seiner Höhle und sah ihm nach, wie er eilig und gleich einem ertappten Sünder auf seinen kurzen Füßen über den Sand davonlief. „Alle haben sie kurze Füße", sagte er gedankenvoll, „aber die Hauptsache sind ja nicht ihre Füße ..."

Die Leute von Sowirog machten sich nicht so viele Gedanken wie der Schulze Grünheid oder der Herr von Balk. Sie nahmen das Geschenk als eine Gottesgabe, und auch deshalb wurde es ein schönes Frühjahr für sie.

Johannes aber begann im Auftrag des Herrn von Balk, den Meiler neu aufzubauen, und an einem stillen Maitag sahen die Leute aus dem Dorf zum erstenmal nach so vielen Jahren die blaue Rauchsäule über dem Walde stehen. Sie richteten sich von ihrer Arbeit auf und blickten lange hinüber, und es war ihnen nicht nur so, als sei die alte Zeit wiedergekommen, in der Jakob dort im stillen gelebt hatte, sondern als knüpfe sich nun die Gegenwart ruhig und trostvoll wieder an das Vergangene. Als sei der alte Wald über allen Lärm der letzten Jahre hochgewachsen und als habe er Maschlanka und seinen Lautsprecher und seine Wahlurnen wortlos und ganz ohne Aufheben begraben. Und Piontek, der, auf seine Ringschleuder gestützt, am Moorrande stand, meinte sogar für sich, daß der alte Gott Jehova wieder seine Rauchsäule über dem Volk in der Wüste aufgerichtet habe.

Das Mädchen Hanna aber grub in der freien Zeit die Gartenerde um und pflanzte nun Stauden, die bis über die Fenster reichen sollten, Rittersporn und Malven, Lupinen und Eisenhut ... „Daß die Welt uns nicht mehr sieht, Jons", sagte sie und faltete die Hände um den Spatenstiel.

Er strich ihr über das Haar, das ihr in die feuchte Stirn fiel, und nickte ihr zu. „Sie sieht heute alles, Hanna", sagte er ohne Bitterkeit. „Sie sieht auch durch Blumen hindurch. Aber wir wollen ihr ruhig in die Augen sehen, und wenn es nötig ist, wollen wir uns den Eisenhut aufsetzen, den du gepflanzt hast. Sobald er blühen wird."

Auch für Martin war es ein fröhliches Frühjahr, heller und furchtloser also sonst. Sie gingen nun jeden Tag die Dorfstraße entlang, er und Barbara, und das Mädchen hielt seine Hand. Sie gingen zum Moor, wo die Straße nach Osten in die Wälder führte, und wenn sie wiederkamen, trug er eine

Weidenflöte in der Hand und Barbara einen Kranz von Himmelschlüsseln über dem Arm. Sie sahen wie zwei große Kinder aus, die aus einem Märchenwald kamen, und die Leute sahen ihnen heimlich nach, und manche der Frauen wischte sich mit der Schürze die Augen. Maria aber stand auf der Schwelle und sah ihnen entgegen, ein ernstes Lächeln um den Mund, und manchmal war ihr, als sei es immer so gewesen: daß Kinder auszogen von ihrer Hand und langsam wiederkehrten, und daß es heute nicht anders sei als vor vielen Jahren.

Es war wohl das stillste Leben, das sie in Sowirog führte, aber es war nicht das glückloseste. Man mußte nur nicht meinen, daß das Glück immer unter Blumen und Kerzen daherkomme.

Der Herr von Balk kam zurück, ohne daß im Dorfe etwas „geschehen" war. Er kam sehr ernst zurück, und die Leute wußten nicht, ob es ihm bei seinem Vetter nicht gefallen hatte oder ob er zu lange in der Hauptstadt des Reiches gewesen war, wo die großen Herren überlegten, ob das Reich nun bis an den Mond wachsen sollte oder noch darüber hinaus.

Und am merkwürdigsten war ihnen, als Grünheid mit seinem wiedergefundenen Schulzenstab von Tür zu Tür ging, in der Dämmerung, und sie aufforderte, am nächsten Abend in seine große Scheune zu kommen, wo der Herr von Balk etwas mit ihnen zu bereden habe. Und alle sollten kommen, die über fünfzehn Sommer gesehen hätten.

„Er wird uns etwas mitgebracht haben", sagten die Frauen. „Ein seidenes Tuch oder ein Paar Ohrringe. Er ist gerade beim Schenken, und er ist gerade der Herr danach, seine kleinen Sünden jetzt abzubüßen."

Aber die Männer schüttelten den Kopf. „Es ist etwas anderes", meinten sie. „Und vielleicht ist es eine Kanone, mit der wir auf Maschlanka und seinen Lautsprecher schießen sollen. Er wird sich schon etwas ausgedacht haben."

Und der Herr von Balk hatte sich wirklich etwas ausgedacht. Zuerst stellte er Posten um die Scheune, damit niemand dazukomme, den es nichts angehe, und dann setzte er sich wie die anderen auf einen der Strohbünde, die Grünheid rings um die Tenne gelegt hatte. Er streckte seine langen, hageren Beine aus, stützte das Kinn auf seinen Stock und ließ die grauen Habichtsaugen von Gesicht zu Gesicht gehen. Grünheid hatte eine Hängelampe mit einer langen Schnur an einem der Balken befestigt, und in ihrem Licht waren alle Gesichter mit einer schweigenden Gespanntheit auf den Herrn von Balk gerichtet. Niemand fehlte, nicht einmal Kiewitt, und die Witwe Kroll saß zwischen ihrer Tochter und ihrem Schwiegersohn, und das hatte das Dorf noch niemals gesehen.

Balk sah immer noch von Gesicht zu Gesicht, und es war, als blieben seine Augen an vielen der jungen Frauen besonders lange haften und als bedankte er sich mit einem wehmütigen Lächeln für jedes Erröten, das unter seinen Blicken die jungen Wangen färbte.

„Liebe Leute“, begann er dann, „Leute von Sowirog!“ Und dann wurde es so still wie in der Kirche, wenn Tobias den Kelch mit dem Abendmahlswein erhob.

Dieses also habe er ihnen zu sagen, fuhr er fort und sah nun zu dem Licht der Lampe empor, die wie ein Stern über dem hohen Gewölbe hing. Es sei sein Vetter ein sehr reicher Mann, so reich wie im Märchen. Er habe ein großes Gut neben dem andern und dazu viel Land, das ungenützt daliege, am Rande der Heide und weit in sie hinein. Es sei dort alles nicht so wie hier, aber auch nicht so sehr anders. Es gebe mageren Acker, Torfland und Weide, und Wacholder gebe es, noch zehnmal so hoch wie in Sowirog. Und der Himmel sei groß wie hier und das Land so still und menschenleer wie hier auch.

Er habe es nun mit seinem Vetter so besprochen, daß er jenem sein Gut hier vermachen wolle, wenn er dafür eine große Gemarkung an die Leute von Sowirog gebe. Größer als die, auf der sie hier lebten, und in vielem besser als hier. Und für Steine und Holz und alles andere wollten sie sorgen. Und sie sollten alles mitnehmen, was sie hier besäßen, Vieh und Gerät, Hausrat und Andenken. Nur die Schlingen für das Wild sollten sie dalassen. Und da sie die Kirche nicht abbrechen könnten oder möchten, so würden sie dort eine große Kapelle bauen für den Anfang, aber die Glocken und die Fenster und alles andere würden sie mitnehmen, und der liebe Gott würde schon für die leere Kirche sorgen, auch wenn er vorläufig nur Vögel hineinschickte. Und den „toten Pfarrer“ würden sie nicht zurücklassen, und den lebendigen ebensowenig. Und vor Wintersanfang müßten sie in der Hauptsache fertig sein. Er selbst aber, als ein alter Mann, würde mit ihnen mitziehen, damit er hier nicht allein zu frieren brauche und damit er auch hin und wieder eines der jungen, hübschen Gesichter sich zum Trost ansehen könne, die er schon gekannt habe, als sie Mädchengesichter gewesen seien. Und ein Edelmann sei nun eben einer, der auch in der Fremde den Schild über seine Leute halte, und in der Fremde noch dichter als daheim.

Als er zu Ende gesprochen hatte, nahm er aus seiner Ledertasche Bilder der fremden Landschaft und reichte sie dem Schulzen, der neben ihm saß. Und danach lehnte er den Kopf an die Bretterwand und fuhr fort, in das Licht der Lampe zu blicken.

Die Leute sahen flüchtig auf die Bilder, so flüchtig, als gingen sie die Büsche und Heiden und Moore noch gar nichts an, und dann richteten sie die Blicke wieder auf den Herrn von Balk, als habe er noch lange nicht zu Ende gesprochen und als hätten die Bilder Zeit bis dahin.

Es war so still, daß sie die Flamme im Docht singen hörten, und vielen von ihnen war es so, als hörten sie den leisen Nachtwind über das Dorf Sowirog gehen, der aus den großen Wäldern kam und über die großen Moore dahinging.

Und dann sagte eine leise Stimme: „Und die Gräber ...?“ Und es war die Stimme der Witwe Bojar.

Balk hob den Kopf von der Bretterwand und sah sie an. „Die Gräber, Gina“, sagte er, „bleiben hier. Gräber wandern nicht. Nur die Lebenden wandern, solange es noch Zeit ist ...“

Dann kam eine zweite Stimme, und es war die des alten Piontek. Er hielt die Ringschleuder in den Händen, und seine Ohrringe schimmerten matt im Licht der Lampe. „Und weshalb, gnädiger Herr?“ fragte er.

Bevor Balk antwortete, ging Grünheid vor das Scheunentor und sah sich nach den Posten um. Als er wiedergekommen war, sah Balk den alten Hirten an und sagte langsam. „Weil Krieg kommen wird, Leute, und wir den Krieg verlieren werden. Und weil sie über uns kommen werden, daß kein Stein auf dem anderen bleibt und kein Kind an seiner Mutter Brust! Und das könnt ihr mir glauben wie das Evangelium."

Ein einziger tiefer, schwerer Atemzug, und dann war es wieder still wie in der Kirche.

„Bedenkt es, liebe Leute", sagte der Herr von Balk und stand von seinem Strohbündel auf. „Und nach drei Tagen wollen wir hier wieder zusammen sein."

Aber bevor er ihnen noch zugenickt hatte, stand Kiewitt in seinem alten Rock unter der Lampe, hob die Hände mit dem Stock vor die Brust und sagte: „Bedenkt es nicht, Leute! Bedenkt es nicht! Spannt die Pferde und Kühe vor die Wagen, heute nacht oder morgen nacht. Denn was ist es, Leute, das geschrieben steht? ‚Und ich trat an den Sand des Meeres, und sah ein Tier aus dem Meer steigen, das hatte sieben Häupter und zehn Hörner und auf seinen Hörnern zehn Kronen und auf seinen Häuptern Namen der Lästerung ...' Besinnt ihr euch, Leute? Spannt die Pferde und Kühe an und macht euch auf! ‚Und ich sah, und siehe, ein fahl Pferd; und da drauf saß, des Name hieß Tod, und die Hölle folgete ihm nach ...'"

Da schauerte es sie, und sie standen schnell auf und drängten sich aus der Tür. Auf dem großen Hof aber blieben sie noch eine Weile stehen und sahen die Sterne wie sonst über den Rohrdächern scheinen und den Nebel über dem Moor stehen, und hörten den Reiher heiser über dem Schilf schreien und den tröstlichen Ruf des Wachtelkönigs in der jungen Saat. Und es war ihnen wie ein Traum, was eben gewesen war, oder wie ein Märchen, in dem jemand die Flöte spielte, und man wußte nicht, ob sie in das Leben oder in den Tod lenkte.

Drei stille Tage über dem Dorf. Keine Unruhe, keine Versammlungen, keine nächtlichen Gespräche am Torffeuer. Arbeit wie sonst und Feierabend wie sonst. Jons saß an den wenigen Krankenbetten und fuhr über Land, und wenn er wiederkam, stand Johannes in der Dämmerung da und nahm ihm das Pferd ab, und das Mädchen hatte den Tisch gedeckt und einen Maiblumenstrauß auf das weiße Tuch gestellt. Niemand fragte Jons, niemand sah ihn an, als erwarte er eine Antwort von ihm. Der alte Lehrer ging jeden Abend durch die Dorfstraße, und wie sonst fragten die Leute ihn nach seiner

Gesundheit oder nach seinen Bienen. Piontek trieb die Herde aus, und sein Rindenhorn „weckte das Echo“ wie sonst. Nur kam es vielen vor, als blase er schöner und reiner als sonst, und sie stützten sich auf ihre Spaten oder ließen die Axt sinken und hörten zu, wie der Widerhall um den See herumlief und langsam erstarb. Der Meilerrauch stand über dem hohen Wald, eine schmale, bläuliche Säule, die ruhig in das Abendrot stieg.

Aber am dritten Abend, bevor die Dämmerung kam, gingen drei Frauen aus Sowirog zu Tobias und baten ihn, einen Gottesdienst abzuhalten, und er möchte nur predigen, worüber er wolle, und ihnen nachher das Abendmahl reichen.

Und auch er fragte nichts weiter und versprach es, und sein Gesicht war still und fröhlich wie sonst. Aber die Frau, die ihm in der Wirtschaft half, sah ihn vor dem Bilde des Gekreuzigten knien, lange Zeit, die Stirn an das Holz des Kreuzes gelehnt und die Hände vor der Brust gefaltet.

Es mußte in allen Häusern bekannt gewesen sein, denn als die Glocken riefen, kamen sie aus allen Türen, im Feiertagskleid, das Gesangbuch in den Händen, so langsam und feierlich, als sei es der Karfreitag und nicht ein beliebiger Tag im Jahr. Und selbst aus den Abbauten am Moorrand fehlte niemand.

Das Abendlicht fiel durch die farbigen Fenster, und auf der Altardecke standen zwei große Krüge mit Maiblumen. Ihr Duft erfüllte den ganzen dämmerigen Raum.

Während sie das Lied „Befiehl du deine Wege ...“ sangen, trat der Herr von Balk in die Kirche. Er ließ die schwere Türe weit auf, und das Abendrot über dem Hügel stand wie ein stilles Feuer hinter ihm. Er setzte sich nicht, sondern blieb an der Rückwand des Raumes stehen, und sie sahen nun zum erstenmal, daß sein Haar ganz weiß geworden war über dem schmalen Kopf.

Und dann warteten die Leute von Sowirog, worüber ihr junger Pfarrer predigen würde. Und als er sagte, daß sie die Worte der Heiligen Schrift vernehmen sollten, wie sie aufgezeichnet stünden im Buche Ruth, im ersten Kapitel, ging ein tiefer Atemzug durch die Kirche, und in diesem Augenblick wurde Tobias, der aus der Fremde gekommen und in der

Fremde geboren war, so in die Herzen seiner Gemeinde aufgenommen, als hätte er in Sowirog das Licht der Welt erblickt und hätte niemals den Bezirk dieser Hütten verlassen.

Er predigte nicht, er legte nicht aus, er ermahnte und beschwor nicht. Er las nur die alten Worte vor: „Ruth antwortete: ‚Rede mir nicht ein, daß ich dich verlassen sollte, und von dir umkehren. Wo du hingehst, da will ich auch hingehen, wo du bleibst, da bleibe ich auch. Dein Volk ist mein Volk, und dein Gott ist mein Gott.

Wo du stirbst, da sterbe ich auch, da will ich auch begraben werden. Der Herr tue mir dies und das, der Tod muß dich und mich scheiden.‘ “

Dann legte er die Stirn auf seine gefalteten Hände, die auf dem Kanzelrand lagen, und blieb so eine Weile, und die Leute von Sowirog taten in ihren Bänken dasselbe.

Und danach reichte er ihnen still das Abendmahl, und es war ihnen allen, als lächelte er über dem silbernen Kelch, so voller Freude war sein Gesicht.

Das ganze Dorf nahm das Brot und den Wein, und es war schon dunkel in der Kirche, als Kiewitt als letzter vor dem Altar kniete. Niemals seit Jahrzehnten hatte er das Abendmahl genommen, da er seinen eigenen Glauben hatte, und die Leute standen schweigend und sahen zu, wie ihr junger Pfarrer die Hand auf das weiße Haar legte und sich tief herunterbeugte, um den Kelch an Kiewitts Lippen zu legen.

Nur der Herr von Balk nahm das Abendmahl nicht, aber niemand hatte es von ihm erwartet. Als sie still aus der Kirche traten, stand er neben dem „toten Pfarrer“, auf seinen Stock gestützt, und blickte über den dunklen See in die Ferne.

Sie blieben um ihn stehen, dicht gedrängt, und warteten, indes die Glocken über ihnen langsam ausschwangen.

Als der letzte Ton verklungen war, beugte er sich vor, um ihre Gesichter zu erkennen. „Es ist nun nicht mehr nötig, liebe Leute“, sagte er, „daß wir noch einmal sprechen. Ich weiß es nun, und es soll bleiben, wie ihr es besprochen habt.“

„Wir haben es nicht besprochen, gnädiger Herr“, sagte Piontek und nahm seine Mütze ab. „Wir haben es jeder gewußt. Wir werden alle Erde auf den Augen tragen, heute oder morgen. Aber wir haben gedacht, daß es dann unser Sand sein soll und kein fremder. Und wir danken dem gnädigen Herrn."

Und dann kamen alle Frauen und Mädchen und Kinder des Dorfes an Herrn von Balk vorüber und küßten seine Hand, wie ihre Vorfahren es mit den seinigen getan hatten, und er ließ es geschehen, ohne ihnen zu wehren. Und während er auf die hellen Scheitel hinunterblickte, die sich über seine Hand neigten, war es ihm, als stehe er seit Hunderten von Jahren hier, der Herr der Landschaft, der seinen Schild über den Tod halte. Ein uraltes Geschlecht, das Gesicht nach den dunklen Wäldern gewendet, aus denen die Pest gekommen war, die „Tatern", oder eben nur das grau verhängte Schicksal.

Dann ging er mit Tobias langsam den Kirchenhügel hinunter. „Haben Sie es zu verantworten?" fragte er an der niedrigen Steinmauer.

Aber Tobias schüttelte lächelnd den Kopf. „Ich wußte es längst", sagte er. „Ich hatte nur ein Wort für das zu finden, was sie längst beschlossen hatten."

Herr von Balk nickte. „Das sind die wahren Toren", sagte er. „Die der Meinung sind, ein Volk lasse sich drehen wie ein Wagenrad ..."

In der Nacht, als die Sterne über dem Dorf und dem Doktorhaus standen, schüttelte Hanna den Kopf und legte ihre Wange an die Stelle, wo sie Jons' Herz schlagen hörte. „Wo sollte ich hingehen?" fragte sie lächelnd. „Hast du nicht gehört, was er vorgelesen hat? ‚Wo du stirbst, da sterbe ich auch, da will ich auch begraben werden.' Wir waren niemals klüger als die Bibel, Jons."

XIX

Es ist ein guter Sommer für Sowirog, und die Leute sagen, daß es auch ein glücklicher Sommer sei. Keine Zeichen geschehen. Kein gehörntes Tier wird aus der Tiefe des Sees gezogen, kein Hagel geht über den Wald. Es grollt in der Welt, immer näher und drohender, und stählerne Vögel brausen über die Roggenfelder dahin. Ihr Schatten fliegt schwarz und in rasender Eile über die geneigten Halme, aber er verschwindet so schnell, wie er gekommen ist, und der blaue Himmel spannt sich wieder still über die reifende Erde. Das Dorf denkt nicht an die Welt, sondern an seine Ernte. Die Felder riechen nach Brot, und wenn Tobias in der Nacht noch einmal vor die Schwelle tritt, ist es ihm, als sehe er Gott auf einem der Ackerraine sitzen, die Hände um die Knie gefaltet, und als käme der Ruf des Wachtelkönigs aus dem Saum des blauen Mantels heraus, der über die göttlichen Füße fällt.

Niemals in seinem Leben ist Tobias so glücklich gewesen wie in diesem Sommer. Er ist in die Herzen seiner Gemeinde eingegangen, und es ist ihm so warm wie in der Kinderzeit, als die Arme der Mutter ihn noch umfingen. Er sieht Sorge in Jons' Augen und in Herrn von Balks Augen, und wenn die Gräfin in seinem kleinen Garten sitzt, sieht er ihr zu, wie sie schweigend auf die Nelken blickt, die er ihr geschnitten hat. Sie sieht aus, als wisse sie nicht, auf was für ein Grab sie den Strauß legen solle.

„Haben Sie keine Angst, Tobias?" fragte sie endlich.

Aber er schüttelte lächelnd den Kopf. „Wovor sollte ich Angst haben, Frau Gräfin? Und was würde ich für ein Pfarrer sein, wenn ich das Wort vergäße: ‚Habt nicht Angst in der Welt!'? Ich bin unverletzlich, Frau Gräfin. Mein Leib ist verletzlich, und Schmerzen würde ich fühlen wie jeder andere. Wahrscheinlich würde ich auch stöhnen unter einer Folter, wie andere stöhnen. Aber die Seele, Frau Gräfin, würde nicht stöhnen. Es gibt etwas, an das keine Menschenhand reicht, keine Schicksalshand, keine Todeshand. An das nur Gottes Hand reicht. Und solange er mich hält, bin ich unverletzlich."

Sie sah ihn eine Weile an und blickte dann über den See hinaus. „Man könnte natürlich fortgehen", sagte sie, „solange es Zeit ist, und noch ist es Zeit. Aber wer sollte ein Beispiel geben, wenn nicht wir? Es ist wahr, daß das Schwert schärfer in diesem Lande geherrscht hat, als es nötig war. Und daß es zusammen mit dem Kreuz geherrscht hat. Und das war immer eine schlechte Bruderschaft. Aber nach so vielen Jahrhunderten ist ein Stück Land immer dem zu eigen, dessen Schweiß und dessen Tränen es empfangen hat. Ein gedüngtes Land, Tobias! Nicht mit Worten oder Dokumenten gedüngt, aber mit unserer Seele. Viel Unrecht, viel Gewalt, viel Gedankenlosigkeit. Aber das letzte Wort sprechen immer die Felder und die Särge. Es wird schade sein um dieses Land, Tobias ..."

„Auch die Unschuldigen liegen auf Gottes Tenne, Frau Gräfin", erwiderte Tobias leise. „Vielleicht müssen sie es tun, damit die Schuldigen sanfter geschlagen werden ..."

„Das könnte sein", sagte sie und stand auf. „Das war ein gutes Wort, Tobias, und daran will ich mich erinnern."

Ein guter und ein glücklicher Sommer. Sie leben wie die Kinder, und wie die Kinder feiern sie auch das Erntefest. Unter ihrer Fröhlichkeit erhellen sich auch die sorgenvollen Gesichter. Eine Gemeinde ist immer stärker als der einzelne. Und es kann ja auch vorübergehen. Es können Gespenster der Nacht sein, die am Rande des Waldes stehen, und Jons möchte es immer noch glauben. Nur der Herr von Balk weiß es. Aber er behält es für sich und ist fröhlich mit den Fröhlichen.

Das stille Grab liegt still unter dem trockenen Reisig. Keine Fußspur geht über den weißen Sand, nur der zierliche Tritt eines Strandläufers geht ab und zu am Ufer entlang. Manchmal, wenn sie Zeit hat, sitzt Hanna am Ende der Landzunge, mit nackten Füßen, die Hände um die Knie gefaltet, und blickt über das dunkle, regungslose Wasser. Manchmal muß sie allein sein mit dem tiefen, nicht zu messenden Glück, das ihr das Herz erfüllt. Und nirgends ist es so still wie hier. Es ist, als ob der Friede des Toten den ganzen Boden erfüllte, das

Wasser und die Luft. Und sie hat solange mit einem Toten gelebt, daß sie sich nicht fürchtet. Und auch nichts von dem, was kommen könnte, fürchtet sie. „Da will auch ich begraben sein ..." Mehr ist nicht zu wünschen auf dieser schönen Erde.

In diesem Herbst stirbt Korsanke. Er hat keinen leichten Tod, aber Jons sitzt viele Stunden bei ihm, und er lindert seine Schmerzen so, daß Korsanke lächeln kann. Sein ganzes langes Leben geht an ihm vorbei, Schicksale, Vergehen und Verbrechen, und er erzählt, als stände er vor seinem König und hätte seinen Rapport zu erstatten. „Ein schwerer Dienst, Jons", sagt er leise, „aber meine Uniform ist sauber geblieben, immer sauber, Jons."

Jons hält seine Hand und nickt ihm zu. „Auch dein Herz, Korsanke", sagt er, „und das ist mehr als die Uniform."

Ja, und auf den Jungen mit dem verlorenen Arm hinter dem „Paradies" sollten sie achten. Er werde seinen Verdacht nicht los, und wer Menschenblut vergießt, des Blut solle wieder vergossen werden.

Jons verspricht es. Aber er weiß, daß es durch die Liebe abgewaschen worden ist. Alles Blut kann durch Liebe abgewaschen werden.

„Ein gutes Dorf, Jons Ehrenreich", flüsterte Korsanke am Ende. „Ein gutes Dorf ... wache nun über ihm, wenn ich nicht mehr da bin ..."

Es war ein großes Begräbnis, und es entging niemandem, daß der junge Landjäger sich mit seinen weißen Handschuhen die Augen trocknete.

„Er war der erste von uns Alten, Jons", sagte Stilling und blieb noch vor dem Friedhofstor stehen. Er blickte zu der alten, unbeholfenen Inschrift auf und lächelte. „Bedenk', o Mensch, hier kommst auch du!" wiederholte er leise. „Ich habe es immer fortnehmen und ändern wollen, Jons. Es widerstrebte meinem Sprachgefühl. Aber nun soll es doch ruhig dort bleiben. Die Sprache ist nicht das letzte. Und immer, wenn ich es lese, höre ich die Kinder in der Schule. Die Kleinsten, die zum erstenmal einen Satz aus der Bibel lesen. So sprechen sie auch, und es ist wohl die Seele des Dorfes, die darin beschlossen liegt. Eine etwas zurückgebliebene Seele, aber vielleicht ist sie nur in Gott zurückgeblieben ..."

Ein schöner Sommer, ein schöner Herbst. Trotz Krankheit und Gräbern. Wenn Jons über Land fährt, liest er nicht mehr in einem Buch, das er auf den Knien hält. Er sieht vor sich hin, auf den Rücken des Pferdes oder über das sich färbende Land. Er denkt nicht mehr an die Vergangenheit und kaum an die Gegenwart. Er denkt nur an die Zukunft. Er ist noch jung, und Ältere und Weisere leben rings um ihn. Aber es ist ihm, als werde er nun bald an der Reihe sein, der Weiseste zu sein. Oder wenn nicht der Weiseste, so doch der Ruhigste und Entschlossenste, der, auf den die Augen eines Dorfes sich richten, wenn Hagel über den Wald geht oder Feuer über die Dächer, oder Unrecht über den Acker. Er nimmt es auf sich, wie er Arbeit und Einsamkeit auf sich genommen hat. Er fürchtet sich nicht. Sein Leben ist reich, so reich, daß es über die Ränder fließt. Mit Arbeit, mit Hilfe, mit Liebe gefüllt. Einmal werden sie nicht da sein, die Ratenden und Helfenden, weder Stilling noch Herr von Balk. Und auch die nicht, die die Füße tief im Strom der Vergangenheit halten, Piontek oder Kiewitt. Dann wird er allein sein, mit Hanna, mit dem Jeromin-Haus, mit dem Dorf. Und mit seinem Gewissen.

Er richtet sich auf und läßt das Pferd traben. Die Rauchsäule des Meilers steht blau über dem blauen Wald. Und er sieht den Vater dort stehen, die berußte Stange in der Hand, und es ist ihm, als sei das Leben ganz leicht. Nur dort anzuknüpfen, wo eine gute Hand es losgelassen hat. Die Guten sind es, die das Leben fortführen und bewahren. Und auch die Resignation ist nichts anderes, als die vielen dahinfahren zu lassen wie ein Stück Rinde im Strom und sich an die wenigen Guten halten, an drei, an zwei, ja auch nur an einen. Das wahre Leben hat niemals auf etwas anderem geruht als auf diesem Wenigen. Der Fortschritt ruht auf dem Vielen, das Bequeme des Lebens, das Laute, Glänzende, der Ruhm, der Krieg. Aber nicht das Eigentliche, das Wahre, das, um das es sich zu verzehren und zu fallen lohnt.

Ja, ein schöner Herbst. Rittersporn und Malven haben bis über die Fenster geblüht, und Hanna hat davorgestanden und die Länge der Stauden an ihrem schmalen Körper gemessen. Und nun knien die Leute von Sowirog auf den Kartoffelfeldern, Alte, Frauen und Kinder, und der weiße Rauch steigt hoch in die blaue Luft. Die Eichelhäher sammeln ihren Wintervorrat ein, und die Kraniche stehen in ganzen Familien auf den Moorwiesen. Die wilden Birnbäume brennen auf den Ackerrainen wie Fackeln, und aus dem Ahorn am Jeromin-Haus fallen die ersten großen Blätter. Friede ist ausgespannt über Wald und Feld, ein tiefer unzerstörbarer Friede, und jeder Axtschlag aus dem blauen Wald ist mit seinem Echo in ihm eingeschlossen.

Auch der schwarze, glänzende Wagen, der auf der stillen Straße durch den Wald braust, kann den Frieden nicht zerstören. Er drängt ihn etwas zurück, aber er zerstört ihn nicht. Vier Männer in leuchtenden Uniformen sitzen in dem Wagen. Sie haben den ganzen Tag über einen Geburtstag gefeiert und wohl ein bißchen viel getrunken, denn sie singen laut und nicht sehr wohlklingend. Es sind Lieder mit großen Worten. Aber der Wald nimmt auch sie auf. Er trägt sie eine Strecke weit fort, und dann begräbt er sie in seinem großen Schweigen. Er hat mehr begraben als ein paar Kriegslieder.

Die vier Männer kommen aus der Hauptstadt der Provinz, und sie sind nicht ohne Bedeutung in ihrem Kreis. Sie müssen am Abend wieder zurück sein, aber sie müssen langsam fahren, ehe sie die große Chaussee erreichen, weil die Straße voller Sand und Löcher ist. Und da sie langsam fahren, fällt ihnen ein alter, schiefer Wegweiser auf, der seine Arme in den Wald strecken will, aber der so schief ist, daß er gen Himmel zu weisen scheint. Darüber machen sie nun ihre Scherze, und erst als sie den Namen lesen, der mit unbeholfenen Buchstaben auf das graue Holz geschrieben ist, ist es mit dem Scherz zu Ende. „Aha!" sagt der Mann am Steuer und tritt scharf auf den Bremshebel. „Nach Sowirog" steht auf dem Wegweiser, und dann eine unleserliche Zahl.

Es fällt ihnen etwas ein, bei diesem Namen, es fällt ihnen sogar viel ein. Das kleine Dorf ist nicht ganz unbekannt in ihren Kreisen. Und der Mann am Steuer legt den Fuß wieder auf den Gashebel und biegt in den grünen Weg ein. „Wollen mal sehen, was da los ist", sagt er mit einem merkwürdigen Lächeln, und die anderen sind ganz einverstanden.

Grünheid war nicht auf das Feld gegangen. Es war ihm nicht gut gewesen, und er hatte über sein Herz geklagt, das ihm nun ab und zu Beschwerden machte. So war Micha mit den Frauen und Kindern hinausgefahren, und der alte Schulze saß vor dem Hoftor auf dem warmen Eckstein und achtete auf das Dorf. Wenn alles bei der Kartoffelernte war, mußte jemand ein bißchen aufpassen, daß nicht ein harmloser Wanderer plötzlich über die Zäune stieg oder gar Rauch aus einem der Rohrdächer kroch.

Er saß still da, die Hände um den Stockgriff gefaltet, und blickte wie ein alter Mann die kleinen Gärten entlang, in denen die Astern blühten. Der fröhliche Lärm auf den Feldern kam bis an sein Ohr, aber gedämpft wie ein fernes Kinderspiel, und er dachte an die Zeiten, als Michael noch gelebt hatte, als die Welt anders gewesen war, und wie doch alles auf Erden seinen vergänglichen Weg gehe, Jugend und Lachen, Scherze und Lieder, und wie das Alter gleich einem Reif auf das Menschenhaar falle und nicht viel mehr übrigbleibe als die Herdflamme am Abend und Gottes Wort in dem Heiligen Buch.

Er hörte den Wagen kommen und wendete ihm sein Gesicht zu, noch in seine Gedanken versunken, und als er erkannte, was es für ein Besuch war und aufstehen wollte, um auf den verlassenen Hof zu gehen, war es zu spät.

Der Wagen war schon ein paar Meter an dem Eckstein vorüber, als er mit einem knirschenden Laut der Bremsen hielt. Der Mann neben dem Fahrer beugte sich zurück und fragte, ob er nicht wisse, wie ein Hoheitsträger zu grüßen sei.

Grünheid war aufgestanden, sah den Mann ruhig an, als sei er ein Stück Holz, und ging dann langsam durch das offene Tor auf den Hofplatz zurück. Aber er war gerade bis zu dem Brunnentrog gekommen, aus dem am Morgen und Abend das Vieh getränkt wurde, als die vier schon um ihn standen, mit geröteten, bösen Gesichtern, und derselbe unter ihnen die Frage wiederholte, aber nun drohend und mit kalten Augen, die jede Einzelheit in dem alten Gesicht prüften und zu wägen schienen.

Fremde würden in diesem Dorf nicht so ohne weiteres gegrüßt, erwiderte der Schulze nun kalt, und der Hoheitsträger in Sowirog sei immer noch der liebe Gott.

Das habe man zu hören bekommen, sagte der Mann mit besonderer Betonung. Aber dann habe er doch vielleicht wenigstens den Respekt vor der Uniform? Und nun faßte er Grünheid an seinem Rock und versuchte, ihn hin und her zu schütteln.

Aber er hätte auch versuchen können, den Torpfosten zu schütteln.

Der Schulze war nun weiß geworden in seinem alten Gesicht. Er schlug mit seinem Stock fest über die Finger, die seinen Rock hielten, und sagte langsam, daß er vor Kinderwindeln sein Leben lang Respekt gehabt habe, weil darin die Zukunft seines Dorfes liege, aber daß er die Farbe von Kinderwindeln niemals besonders hoch geachtet habe.

Sie stürzten sich über ihn, und obwohl er immer noch ein starker Mann war, so waren es zu viele für ihn. Die schweren Schnallen der Riemen schlugen in sein Gesicht, das Blut, das in seine Augen floß, blendete ihn, und dann warfen sie ihn über den Brunnentrog und banden seine Arme und Beine darunter zusammen, so daß sein Gesicht ganz nahe über dem feuchten Sande der Tränke lag.

„So“, sagte der Mann, der am Steuer gesessen hatte, „nun wollen wir dir etwas Farbenkunde beibringen ...“ Und sie gingen in das Gebüsch, das am Zaune entlanglief, zogen ihre Dolche aus den Lederscheiden und begannen, sich biegsame Stöcke zu schneiden.

Wie ist es mit dem Schicksal, wenn es über einen Menschen oder über ein Dorf geht? Die Leute werden sagen, daß es blind sei wie alles Schicksal oder daß Gott es gesandt habe. Aber es ist wohl doch wie ein Gewebe, in dem die Fäden wirr durcheinander zu laufen scheinen, und erst wenn wir es in den Händen lange hin und her wenden, erkennen wir Sinn und Gang des Weberschiffchens.

Es steht kein Wegweiser umsonst in der Welt, und auch nicht in den dunklen Wäldern um Sowirog. Und es ist ja auch nicht der Wegweiser allein, sondern daß sein Name etwas bedeutet in den Seelen der Menschen, die vorüberkommen, zu

Fuß oder in glänzenden Wagen. Und daß diese Bedeutung von den Leuten von Sowirog geschaffen worden ist in vielen Jahren. Nicht nur, daß der Wegweiser auf das Dorf deutet, sondern das Dorf hat auch den Wegweiser mit einer Deutung versehen, und diese Deutung ist von den vier Männern begriffen worden. Ohne diese Deutung würden sich die Männer und das Dorf nicht umeinander gekümmert haben, mit ihr aber war es das Dorf, das die Männer an sich zog, und sobald vier betrunkene Männer in glänzenden Uniformen in ein verlassenes Dorf kommen, bringen sie immer etwas Schicksal mit sich.

‚Vielleicht hätte ich es nicht sagen sollen', denkt Grünheid, indes das Blut von seinem Gesicht in den feuchten Sand tropft. ‚Ich habe an mich gedacht und nicht an das Dorf. Aber auch ein Dorf hat seine Ehre, und so soll es nun in Gottes Namen zu Ende gehen, und es ist gut, daß sie niemanden verantwortlich machen können als mich ...'

Alle Fäden hat ein Schicksal in seiner Hand, auch die geringsten, auch die, über die wir zu lächeln pflegen. Es bricht kein festes Wagenrad auf einem Kartoffelacker entzwei, wenn das alte Eichenholz nicht mürbe ist oder unter einer schweren Last von gefüllten Säcken gegen einen Stein stößt.

Und so bindet Micha mit einem leisen Fluch die Leine an die Wagenrunge und geht schnell auf das Dorf zu, wo im Wagenschuppen des Schulzen drei neue Räder stehen und der Hebebaum, mit dem man die Achse aufrichten kann.

Er geht schnell, aber er hat noch Zeit genug, den bläulichen Frieden zu bemerken, der über Dorf und Feldern liegt, den Kranichzug, der den Himmel durchschneidet, die Elster, die schimmernd vor seinen Füßen auffliegt. Bald werden sie wieder pflügen und die Wintersaat in die Erde säen, und ein neues Frühjahr wird kommen, viele Frühjahre, indes die Menschen draußen Lärm machen und Maschlankas Lautsprecher damit erfüllen.

Er hätte beim Anwesen der Witwe Kroll auf die Dorfstraße gehen können, aber es war ein geringer Umweg, und es war eilig, den Wagen aufzurichten, und so stieg er lieber über zwei Zäune und eine Weißdornhecke und kam von der Feldseite her auf den Schulzenhof. Er sah die Räder im offenen Schuppen stehen, als ihm war, als höre er auf dem Hof Gelächter, und obwohl sein Atem schnell ging, gefiel ihm etwas an diesem Gelächter nicht. Er hätte nicht sagen können, was es war, aber es schien ihm nicht zu diesem Hof zu passen und zu den Lauten, die er an ihm gewohnt war. Er hörte noch in Gedanken das leise Dröhnen eines sich nähernden Flugzeuges, und dann war er an der Schuppenecke und sah, was geschehen war.

Er begriff es nicht. Er starrte hinein wie in einen bösen Traum, und sein Gesicht wurde weiß. Er sah nur, daß sein Ziehvater über den Trog geworfen lag wie ein Stück Vieh, das man schlachten wollte, Blut über seinem Gesicht, und daß vier fremde Männer vom Zaun zurückkamen und vier dünne Stöcke lachend in ihren Händen prüften. Niemals in seinem Leben hatte er so etwas gesehen. Er dachte nicht an seinen Vater in diesem Augenblick, aber das Erbe kam wohl über ihn, wie sich Feuer in einen Zugwind stürzt, das Erbe eines lodernden Zornes und einer eisigen Entschlossenheit.

Er lief zu dem offenen Kammerfenster, sprang hinein und kam dann durch die Hintertür in den Viehstall, der sich auf den Tränkplatz öffnete. Noch im Laufen prüfte er das Magazin und spannte die Pistole.

Er öffnete die Tür nur um Handbreite und sah, daß zwei Männer rechts und links des Schulzen standen und auf ein Kommando die Stöcke hoben. Er schoß sofort, ohne Anruf, zuerst auf die beiden und dann schnell hintereinander auf die zwei anderen. Das Flugzeug donnerte gerade über das Scheunendach, und er hörte den Knall der Schüsse nicht. Die Männer brachen zusammen wie Kegel auf einer Diele und lagen so bewegungslos, als wären sie aus Holz.

Er ließ die Pistole sinken und hielt sich mit der linken Hand am Türpfosten. Nun würden sie wohl aufstehen, dachte er, und er würde noch einmal schießen müssen. Aber alles blieb, wie es war, ein gemaltes Bild, in dem sich nichts bewegte, nicht einmal die Blätter in den Büschen am Zaun.

Er griff nach seinem Messer, um die Riemen durchzuschneiden, aber dann sah er hinter dem Zaun einen sich bäumenden Pferdekopf und den weißen Handschuh des Landjägers, der beruhigend auf den braunen Hals klopfte. Das Flugzeug hatte das Pferd scheu gemacht.

Lautlos schloß er die Tür, lief zum Schuppen zurück, nahm das Rad und den Hebebaum und war schon zwischen den Hecken der Felder, als der Landjäger auf den Hof geritten kam. Die Pistole hatte er in der Tasche behalten.

Noch zwei dünne Fäden in dem Gewebe des Schicksals. Lose aneinandergelegt, aber auch sie aus einem zureichenden Grunde in das Ganze hineingeflochten. An der Stallecke sitzt die Witwe Kroll auf einem alten Holzklotz. Sie hat das Tuch über die Augen gezogen, und ihre Hände zittern. Sie hat nicht gewußt, daß Grünheid nicht auf dem Felde ist, und sie hat gedacht, daß ein paar Eier im Stroh des Stalles liegen könnten, die einer alten Frau guttun würden. Sie hat die Männer auf den Hof kommen sehen und alles andere. Sie hat auch die Schüsse gehört, aber sie hat Micha nicht gesehen. „Lieber Gott", flüsterte sie mit ihrem zahnlosen Munde in das schwarze Tuch, „lieber Gott, was tust du mit uns?"

An dem anderen Faden aber wird der Herr von Balk in das Dorf gezogen. Er hat sich wieder etwas ausgedacht für Grünheid, und so kommt er den schmalen Feldweg zwischen den Hecken auf den Hof zu geritten. Er sieht Micha mit einem hellen Wagenrad über das Feld gehen, den Hebebaum auf der linken Schulter, und er wundert sich, weshalb er nicht die Dorfstraße benützt. Wagenräder pflegt man ja nicht über Hecken zu treiben.

Er reitet gleichzeitig mit dem Landjäger auf den Hof, und da halten sie nun beide und starren auf das Bild zu ihren Füßen. Balk springt zuerst aus dem Sattel und läuft zum Brunnen, wobei er das Messer aus der Tasche zieht. Aber dann richtet er sich noch einmal auf und winkt dem Landjäger. „Kommen Sie einmal her, Brenke", sagt er, „und überzeugen Sie sich, daß diese Riemen von dritter Hand gebunden sind. Könnte nötig sein, das zu bezeugen."

Der Landjäger ist weiß im Gesicht, aber er gehorcht, und dann schneiden sie die Riemen durch. Sie müssen den Schulzen zu der Bank vor dem Hause tragen, weil er nicht gehen kann.

„Was ist, Grünheid?" fragt Herr von Balk leise.

„Das Herz, gnädiger Herr, das Herz ..."

Balk geht zum Tor, steckt zwei Finger in den Mund und pfeift zweimal durchdringend. „Zum Doktor!" sagt er zu den Kindern. „Zu Jons! Schnell! Soll sofort herkommen!"

Dann schließt er das Tor.

Und dann stehen sie vor den Leichen und blicken in die gebrochenen Augen, in deren grauen Winkeln schon kleine Fliegen sitzen.

Als der Landjäger vom Schulhaus zurückgekommen war, von wo er die Kreisstadt angerufen hatte, stieg der Herr von Balk wieder in den Sattel. „Selbst den Doktor holen", sagte er kurz und setzte mit einem langen Sprung über das niedrige Tor. Aber er machte einen kleinen Umweg über das Kartoffelfeld und hielt an dem Wagen, den die Leute gerade mit dem Hebebaum aufrichteten. Sein Gesicht war sehr ernst. „Es ist etwas geschehen, Leute", sagte er leise. Ich denke mir, daß seit zwei Stunden niemand das Feld verlassen hat."

Eines der Mädchen öffnet den Mund, aber Balk beugt sich aus dem Sattel herunter und sieht eines der Gesichter nach dem andern an. „Niemand, sage ich, Leute!" wiederholt er. „Es geht um das Dorf!"

„Niemand und nichts, gnädiger Herr!" sagt der alte Daida.

Balk nickte ihnen zu. „Arbeitet weiter, Leute. Ich bin nur gekommen, um euch zu sagen, daß etwas geschehen ist."

Er traf Jons auf der Dorfstraße, und sie kehrten zusammen zum Hof zurück. Als Jons bei den Toten niederkniete, atmete er ein paarmal die Luft ein, die über ihnen hing, und nahm dann eine Spritze aus seinem kleinen Koffer. „Wir wollen eine Blutprobe nehmen", sagte er leise zu Balk. „Ich denke, daß sie betrunken waren."

Dann ging er zum Schulzen, der immer noch schwer atmend auf der Bank lag, und gab ihm eine Kampferspritze.

„Wo ist Johannes?" fragte Balk leise.

Johannes war am Meiler, und er hatte Jons vor einer Stunde zu Kiewitt geholt, der krank war. Sie waren zusammen zurückgegangen.

„Notiere die Zeit, Jons", sagte Balk. „Es könnte nötig sein."

Erst als Balk seine zweite Zigarette fortgeworfen hatte, fiel sein Blick auf die verhüllte Gestalt der Witwe Kroll. Er erschrak und wollte fortsehen, aber der Landjäger war seinem Blick gefolgt. „Was ist los?“ rief er aufgeregt. „Sie da! Wer sind Sie?“

Die Witwe Kroll ließ das schwarze Tuch von ihrem Gesicht fallen und starrte zuerst auf die Toten. „Ich war dabei“, murmelte sie. „Ich war dabei ...“

Balk führte sie zu der Bank, auf der Grünheid lag, und ließ sie sich neben dessen Füße setzen. Er bat sie, zu erzählen, aber sein Blick fiel drohend wie ein Habichtsblick in ihre Augen.

Aber sie hielt ihn aus und erzählte. Ja, sie habe den Schulzen sprechen wollen und sei von hinten auf den Hof gekommen. Und da seien die Männer mit Grünheid durch das Tor gekommen und hätten ihn beschimpft und am Rock hin und her gerissen.

„Notieren Sie, Brenke!“ sagte Balk scharf.

„Weshalb beschimpften sie ihn?“ fuhr er fort.

Sie habe etwas gehört wie „polnisches Schwein“, und dann seien sie schon über ihm gewesen und hätten ihn geschlagen und über den Brunnentrog gebunden. Und dann hätten sie sich Stöcke geschnitten und sich rechts und links von ihm aufgestellt. Und dann, ja dann habe es eben geschossen, aus der Stalltür, und danach sei es ihr so gewesen, als habe sie zwei fremde Männer über das Feld laufen sehen. Ihre Augen seien schwach, und sie könne es nicht beschwören, aber es sei ihr doch so.

„Stimmt es, Grünheid?“ fragte Balk.

Der Schulze nickte, und seine Augen waren mit einem kindlichen Erstaunen auf das Gesicht der alten Frau gerichtet.

Sie öffneten die Stalltür und fanden die Patronenhülsen. Sie ließen sie unberührt liegen, und nach einer Weile hörten sie die Hupen der Wagen, die aus der Kreisstadt kamen. Es waren viele Wagen und viele Uniformen.

Grünheid und die Witwe Kroll, der Herr von Balk und der Landjäger machten ihre Aussagen. Ja, er habe aufstehen und grüßen sollen, sagte der Schulze und hob den Kopf mit dem getrockneten Blut von dem harten Kissen. Und er kenne kein

Gesetz, das einem Mann mit weißem Haar befehle, betrunkene Leute zu grüßen.

Wie er dazu komme, von Betrunkenheit zu sprechen, fragte der Kreisleiter scharf.

Das habe er auf drei Meter riechen können, erwiderte Grünheid ruhig. So alt sei seine Nase noch nicht.

„Was ist mit den Blutproben, Doktor?" fragte Balk und begann sein Einglas zu putzen.

Jons hielt vier schmale Glasröhren zwischen den Fingern und legte sie vorsichtig auf das Fußende der Bank. „Alkoholgehalt, der ausreicht, um einen Mann wegen Steuerung eines Kraftwagens zu bestrafen", sagte er, ohne die Stimme zu heben. „Und noch etwas mehr."

Dr. Lustig, der nun Kreisarzt war, starrte ihn aus seinen geröteten Augen böse an. „Wer hat Sie ermächtigt, Blutproben zu entnehmen, Kollege?" fragte er.

„Das Gesetz", erwiderte Jons ruhig, „und das dürfte auch Ihnen bekannt sein. Aufhellung des Tatbestandes ist Pflicht jedes Arztes."

Die Dämmerung fiel, und die Wagen kamen von den Feldern zurück. Die Leute von Sowirog standen vor dem geschlossenen Tor, schweigend, auf ihre Kartoffelhacken gestützt.

Grünheid wurde ins Haus getragen, die Witwe Kroll folgte, und in der großen Schulzenstube wurde das Protokoll aufgenommen. Die alte Frau blieb bei ihrer Aussage. Mit den beiden fremden Männern, die über das Feld gelaufen waren, „war es ihr so". Mehr könne sie nicht sagen, da sich ihr alles vor den Augen gedreht habe. Und als der Kreisleiter sie anschrie und fragte, ob sich vielleicht der Schnaps in ihrem Kopfe gedreht habe, sah sie ihn mit ihren wimperlosen Augen von oben bis unten an und erwiderte, daß es wohl besser gewesen wäre, er würde sich in ihrem Kopf gedreht haben statt in anderer Leute Köpfen.

Dann wurde das Dorf vernommen, jeder einzelne, aber niemand hatte etwas gesehen. Niemand hatte auch nur die Schüsse gehört, da das Flugzeug gerade über das Dorf gekommen war, und das Feld habe niemand verlassen.

„Ein Wunder, gnädiger Herr Staatsanwalt", sagte Daida bekümmert. „Ein reines Gotteswunder ...“, und klopfte mit dem Deckel an seine Birkendose.

Auch Johannes war vernommen worden. Er stand im Hintergrund, die Hand in der Tasche, und machte seine Aussage. Er war bei Kiewitt gewesen, da er ihn nicht auf dem Felde gesehen habe. Von dort sei er zum Doktor gelaufen und mit ihm zusammen wieder zurückgegangen. Jons hatte nach der Uhr gesehen, und es gab keinen Zweifel an der Aussage. Trotzdem sahen ihn die Leute in den Uniformen prüfend an. Aber der Gogunsohn blickte durch sie hindurch auf die Zimmerwand, an der ein Bild des letzten Kaisers hing. Als niemand mehr fragte, machte er sich lautlos davon.

„Kein Ruhmesblatt für dieses gottverfluchte Nest!“ sagte der Kreisleiter zum Schluß und sah Herrn von Balk an.

Dieser klopfte seine Zigarette am Fingernagel aus und zündete sie dann an. „Betrunkene sind nie ein Ruhmesblatt für ein Dorf“, erwiderte er gleichmütig.

Am nächsten Morgen stieg Gotthold mit drei Zivilisten aus einem großen Wagen, ließ sich zum Schulzen und zur Witwe Kroll führen und schlenderte dann durch das Dorf.

Er blieb bei dem ersten Kind stehen, das er traf, und versuchte, mit ihm zu plaudern. Es war ein Enkelkind des alten Daida, das einen kleinen Mast in ein Schiff aus Kiefernrinde setzte. Aber es antwortete nicht, und als Gotthold ihm ein Stück Schokolade reichte, legte es die Hände auf den Rücken und sah auf seine nackten Fußspitzen.

Darauf riefen die Leute von Sowirog ihre Kinder in die Häuser.

Die drei Zivilisten gingen einzeln von Haus zu Haus und fragten, was ihnen gerade einzufallen schien. Sie gingen auch auf die Felder, und einer kam sogar bis zu Piontek, der die Herde noch draußen hatte. Ob er gestern nichts gehört habe, fragte er und sah ihn an, als sei er von den Hottentotten entlaufen.

Er höre eine ganze Menge, erwiderte Piontek.

Zum Beispiel?

Zum Beispiel den Regenvogel, oder bei Nacht das Käuzchen, und manche Leute behaupten ja, daß er auch das Gras wachsen höre.

Scherze möchte er gefälligst unterlassen, sagte der Mann scharf.

„Scherze?" wiederholte Piontek und sah ihn erstaunt an. In Sowirog scherze man nicht mit fremden Leuten.

Ob er die Schüsse gehört habe?

Nein, er habe keine Schüsse gehört.

Ob er den Wagen gesehen habe?

Klar! Der sei gefahren wie ein betrunkener Scherenschleifer, und die Bäume an der Straße könnten von Glück sagen, daß sie noch ständen.

Ob er zwei Leute über das Feld habe laufen sehen?

Hier liefen manche Leute, sagte Piontek, wenn sie es eilig hätten. Zum Beispiel, wenn ihnen etwas auf die Därme geschlagen habe. Und zwei Leute habe er auch gesehen. Aber es sei weit bis zum Dorf und seine Augen nicht mehr zum besten.

Wo sie hergekommen seien?

Nun, eben aus dem Dorf. Da etwa, wo der Wagen verschwunden sei. Es könnte aber auch woanders gewesen sein.

Der Mensch sah ihn böse an und ging ohne Gruß davon. Piontek beugte sich wieder zu seinem kleinen Feuer und pfiff sich ein Lied dazu. Es war ein getragenes Kirchenlied, und der Mann ging schneller zur Landstraße zurück.

Grünheid lag krank und antwortete nur flüsternd auf alle Fragen.

Um die Mittagszeit kam Gotthold in das Doktorhaus. Er sah böse aus und wartete, bis Hanna aus dem Zimmer gegangen war.

„Ein sauberes Dorf ist das", sagte er, „und ich kann mich sehen lassen mit meinem Geburtsort!"

„Das können wir alle, Bruder", erwiderte Jons ruhig. „Wir tragen hier keinen besonderen Makel. Außerdem weißt du ebensogut wie ich, daß es Fremde gewesen sein könnten, die eine Sache mit den Burschen auszutragen hatten. Es gibt keine Pistolenschützen in Sowirog."

„Man kann nie wissen, was es gibt", erwiderte Gotthold gedankenvoll. „Das mit dem Gogunsohn ist wohl ohne Zweifel?"

„Ich sah nach der Uhr, weil ich einen Anruf erwartete", sagte Jons und sah ihm gerade in die Augen. „Das wird dir wohl genügen?"

Ja, das genügte natürlich. Wo er jetzt sei?

Er sei auf dem Moor und schneide Schilf.

Ja, das tue man ja um diese Jahreszeit.

„Verfluchte Schweinerei!" sagte er, als er aufstand.

„Du wirst wohl nicht finden, daß das eine Heldenrolle war, die sie gespielt haben?" fragte Jons an der Tür. „In Südamerika soll so etwas vorkommen, wenn sie gerade eine Revolution machen. Bei uns bindet man nicht einmal Hunde an einen Brunnentrog."

Gotthold sah ihn finster an. „Revolutionen sind kein Konfirmandenunterricht", erwiderte er kurz. „Nicht einmal bei uns."

Sie blieben noch drei Tage da und fuhren dann ab. Es geschah weiter nichts.

Aber in der nächsten Nacht begannen Micha und Johannes einen Gang von der Meilerhütte in den Wald zu graben. Sie rückten das Lager ab, hoben die Dielen auf und trugen den Sand in Säcken bis zu einer großen Grube unter den Kiefern. Sie stützten den unterirdischen Gang mit Kiefernbohlen, die Johannes am Tage zuschnitt. Sie arbeiteten, bis der erste Schnee fiel. Der Gang mündete in einen verfallenen Meiler, weit von der Hütte entfernt. Ein Windbruch war darüber hingegangen, und die Stämme lagen nach innen kreuz und quer über dem verkohlten Holz.

Micha hatte den Plan erfunden, und Johannes hatte schweigend gehorcht. Er war es auch, der einen Mundvorrat unter der Erde anlegte und ein schweres Schwanenhalseisen in dem Gang aufstellte.

Das Dorf ging ernst und still in den Winter. Es war nicht zu erkennen, ob es etwas wußte oder unter der blutigen Tat litt. Aber wenn es von Zweifeln erfüllt war, so verlor es diese Zweifel, als am Martinstage ein Wagen mit denselben Uniformen durch das Dorf kam und vor Czwallinnas Krugstube hielt. Die jungen Leute gingen lachend und lärmend hinein. Im Wagen aber saß mit gebundenen Händen der alte Hirsch, den Bänderkasten noch auf den Knien, und das Blut lief ihm in seinen weißen Bart.

Die Frauen wischten ihm das Blut ab und sprachen ihm leise zu. Die Kinder standen stumm oder weinend um den Wagen. „Überall", sagte Hirsch, „im ganzen Land . . ." Nein, er habe nichts Böses getan. Seine Nase gefalle ihnen nicht. Und einer von den Seinen habe ja jemanden erschossen. In Paris oder sonstwo in der Welt. Aber er habe keinen erschossen, er wisse nicht einmal, was ein „bixtol" sei. „Gott der Gerechte", flüsterte er leise. „Auf meine alten weißen Tage . . ."

Sie nahmen ihm den Kasten ab und reichten ihn von Hand zu Hand. „Kein Bändchen wird verschwinden, Hirsch", sagten sie „keine Stecknadel . . . nur, daß du ihn wiederfindest, wenn du zurückkommst."

Aber er schüttelte den Kopf. Er werde nicht wiederkommen.

Die jungen Leute kamen heraus und schrien die Frauen an. „Gott der Gerechte behüte euch . . . und euer Dorf!" flüsterte Hirsch.

Die Witwe Kroll aber fuhr mit den Fingernägeln zornig über die Hand, die sie am Arm packte, und spie aus. „Otterngezücht!" zischte sie durch ihren zahnlosen Mund. Und sie war so anzusehen, daß sie vor ihr zurückwichen.

Am Abend desselben Tages rief der Herr von Balk den jungen Micha, als dieser vom Holzrücken aus dem Walde kam. Es war ein unbefahrener Weg, und es sah so aus, als habe der Reiter ihn hier erwartet. „Die Raben sammeln sich, Micha", sagte Balk, indem er neben ihm herritt. „Heute haben sie Hirsch geholt. Auch er hatte Blut im Gesicht."

Micha sah finster auf die Leine, die er hielt. „Auch andere werden Blut im Gesicht haben", erwiderte er.

„Wieviel Patronen hast du?" fragte Balk nach einer Weile leise.

Micha zuckte zusammen, aber er versuchte es zu verbergen, indem er sich niederbeugte und die Decke um seine Stiefel legte.

„Dein Vater würde nicht gezuckt haben", fuhr Balk fort. „Du bist noch jung, Micha. Aber denke daran, daß auch er unterliegen mußte."

„Er hat das Böse getötet, und er hat recht getan."

„Das hat er wohl, Micha. Aber nun ist er nicht da, und er würde wie ein Schild über dem Dorf sein. Jeder Wald wird lockerer, Micha, wenn ein Baum stürzt. Klug sein ist heute kein Makel, Micha."

Er werde vorsichtig sein, sagte Micha nach einer Weile. Und er schlafe jetzt auch in der Meilerhütte. Sie hätten einen unterirdischen Gang gegraben, setzte er hinzu und sah sich um. Niemand werde es erfahren als der Herr von Balk.

Dieser pfiff leise vor sich hin. „Morgen abend werde ich dir zweihundert Patronen bringen", sagte er dann. „Ich werde dich im Walde erwarten."

Als sein Weg von der Straße abbog, hielt er noch einmal das Pferd an. „Rühme dich nicht, Micha", sagte er ernst und beugte sich im Sattel vor. „Zu töten ist immer eine schwere Last. Auch ein Recht kann eine Last sein. Trage es still, als ob du heimlich ausgewählt worden wärest."

„Ich rühme mich nicht, Herr von Balk", erwiderte Micha, und es zuckte um seine Lippen. „Aber er ist mir mehr als meine Mutter oder irgendein anderer Mensch."

„Eben deshalb hat es dich ausgewählt, mein Junge", sagte Balk gütig und ritt dann auf die weißen Felder hinaus.

XX

Nun, Tobias, sagte Jons, „jetzt sind wir also so weit: ‚Wo du stirbst, da sterbe ich auch; da will ich auch begraben werden.‘ “

Das Reich war noch einmal gewachsen und hatte ein fremdes Volk in seine Grenzen gezwungen, und selbst Jons erkannte nun, daß der Herr von Balk ein Prophet gewesen war. Er erkannte auch, daß dieses das letzte Volk gewesen war, das sich nicht gewehrt hatte. Der Mond sei unbewohnt, hatte Balk gesagt, aber die Erde sei bewohnt, und nun würde also die bewohnte Erde gegen diejenigen aufstehen, die fremde Türen aufbrachen, um auch in der Fremde zu Hause zu sein. Es könnte heute oder morgen sein, aber der Wegweiser stand schon aufgerichtet über der Welt, und auch seine Schrift war nun schon für jedermann zu lesen, der Schicksalsschrift lesen konnte.

„Hast du gedacht“, fragte Tobias, „daß die Lüneburger Heide weiter von Gott entfernt sei als das Dorf Sowirog? Auch auf den Flügeln der Morgenröte können wir ihm nicht entgehen.“

„Aber wir wollen ja gar nicht ihm entgehen, Tobias. Wir wollen nur dem entgehen, was sie ohne unsre Schuld über uns bringen.“

„Und weißt du, Jons, daß das zweierlei ist? Gott und ‚sie‘? Und weißt du, daß es ohne unsere Schuld ist?“

„Willst du sagen, daß Gott und sie dasselbe sind?“

„Ich will sagen, daß er sich ihrer bedient, Jons. Auch der Kriegsknechte hat er sich bedient, als das Kreuz aufgerichtet wurde. Auch der Schlange hat er sich bedient, als der Garten Eden verloren wurde. Wenn er sich ihrer nicht bediente, Jons, würden sie nicht so groß und mächtig sein. Sie würden kleiner sein, und wir brauchten sie nicht zu fürchten . . . Und was ist das, ‚ohne unsre Schuld‘? Weißt du das? Dieses wenigstens können wir wissen, daß Blut in unsrem Dorf geflossen ist, und wir haben nicht auf seinen Richterspruch gewartet. Wir haben selbst gerichtet."

„Würdest du gewartet haben?"

„Ja, ich würde wohl gewartet haben, Jons. Und nun warte ich auch auf das andere. Und deshalb tut es mir auch nicht leid, daß ich damals über das Buch Ruth gepredigt habe. Auch wenn ich über das Buch Josua gepredigt hätte oder über ein anderes, würden sie nicht gegangen sein, Jons. Es war längst beschlossen bei ihnen, und ich habe sie nur ruhig gemacht. Weshalb hätte ich sie unruhig machen sollen? Diese können nicht fortgehen, Jons. Alle anderen mögen es können, diese nicht. Und wenn sie einmal fortgehen müssen, wird es ihnen immer sein, als hätte Gott sie fallen lassen aus seiner Hand. Sie werden verloren sein, Jons, ganz und gar verloren. Ein Tod in Gott ist besser als ein verlorenes Leben."

Jons erwiderte nichts. Er hatte den Kopf in die Hand gestützt und blickte auf das Dorf, an dessen Zäunen die Fliederbüsche nun wieder grün wurden.

„Sorge dich nicht, Jons", sagte Tobias leise und legte den Arm um seine Schultern. „Sieh, Reiche sind nie ewig, aber Dörfer können ewig sein. Verbrannte Reiche stehen nicht mehr auf, so wie Karthago nicht mehr aufgestanden ist. Aber verbrannte Dörfer können immer wieder aufstehen. Gott kann sie in andere Hände legen, würdigere oder unwürdigere. Er kann das Eigentum auslöschen, er kann sogar den Namen auslöschen. Aber er löscht nicht die Dörfer aus. Sie sind eingeschrieben bei ihm, und er bewahrt das Eingeschriebene."

Noch einmal fragte Jons das Mädchen, ob es nicht fortgehen wolle. Aber es lächelte nur. Es kniete auf der Erde und wies mit der braunen Hand auf die Blätter der Tulpen, die aus dem welken Laub herauskamen. „Soll ich das allein lassen?" fragte es. „Ist es nicht so, als ob du Kinder allein lässest?"

In diesem Frühjahr starb Kiewitt, der zweite aus der Reihe der Alten. In Maschlankas Lautsprecher dröhnten die Märsche und Lieder, mit denen Soldaten über eine fremde Grenze marschierten, aber sie drangen nicht über den Wald, hinter dem die Hütte an dem armen Acker lag. Hier war der Frieden der Erde. Die Bäume rauschten wie immer, und die Lerchen hoben sich aus der dünnen Saat in den blauen Himmel empor. Der Meilerrauch stieg über den Wald, und alles war, wie es vor fünfzig oder hundert Jahren gewesen war. Die Hand der Mächtigen hatte nicht bis hierher gereicht. Was rings um die Hütte lag, hatte Kiewitts Hand geschaffen, sein Pflug, sein Spaten, der Schweiß seiner gefurchten Stirn. Kein Paradies, keine Kornkammer, keine goldene Schale der Fruchtbarkeit. Ein einfacher Mann im Dienst der Erde, der Gesichte gehabt hatte und zweimal getauft worden war, aber der den Acker ohne Gesichte gepflügt hatte, weil es im ersten Buch Mose so befohlen worden war. Der Pflug stand noch am Rande des Feldes, am Ende der letzten Furche, die er für die Sommersaat gezogen hatte, und das Pferd stand dahinter zwischen den jungen Birken und hob von Zeit zu Zeit den fahlen Kopf, um nach der Hütte zu sehen, aus deren Schornstein kein Rauch stieg.

Niemand war bei Kiewitt als Erdmuthe, ein stiller Schatten, der noch stiller geworden war seit Michas Tat. Von allen, die das Schicksal gebeugt hatte, war sie die einzige, die sich nie wieder aufgerichtet hatte. Sie arbeitete und lächelte und sprach, aber fern von den Menschen, in einem anderen Reich, einem vergangenen, in dem immer noch Michael auf der Schwelle der Meilerhütte lag und auf den ersten Schrei seines Sohnes wartete, um sterben zu können.

Und dann, als es zu Ende ging, war Jons viele Stunden da und die ganze letzte Nacht. Es gab keine Hilfe für das müde Herz, aber es gab Linderung für die Atemnot und die Schmerzen. Kiewitt hatte einen schweren Tod, aber nur den des Leibes, nicht den der Seele. Seine Seele war gewiß und bedurfte keiner Hilfe.

Das Fenster der Hütte war klein und blind, und sie hatten das Bett an die Tür gerückt, so daß die Waldluft hinein konnte und Kiewitt das grüne Feld sehen konnte. Da lag er nun still und ließ die großen hellen Augen hinausgehen über das, was er sehen konnte. Mitten in dem Ausschnitt der Tür stieg der Meilerrauch still über den dunklen Wald.

Er sprach wenig, aber er ließ es gern zu, daß Jons seine Hand hielt. Er lag auch ruhig, wenn die Atemnot ihn nicht bedrängte. Seine Seele ging wohl schon in die Schatten ein, denn um die Mitte der letzten Nacht begann er leise zu sprechen, aber seine Augen waren weit zu den Sternen aufgeschlagen, die über dem Walde funkelten. „Und ich sah, und siehe, eine weiße Wolke ...", begann er.

Das kannte Jons, und er hörte wie von ferne zu.

Aber dann wurde es anders, als es in der Offenbarung geschrieben stand, und nun beugte Jons sich über das Bett und lauschte dem letzten Gesicht, das von den Lippen des Sterbenden kam. Es war wohl kein neues Gesicht für Jons, aber es schauerte ihn doch in der Stille der Nacht vor den Bildern, die den kleinen Raum erfüllten. Erdmuthe hatte den Kopf in ihre Hände auf den Tisch gelegt und schlief, und es war nichts zu hören als der leise Gang der alten Schwarzwälder Uhr und das Flüstern des Entrückten. Und es war, als teile der Schlag des blinden Pendels die Gesichte in Verse und Kapitel ein, ganz wie in der Offenbarung, und als stehe an jedem Anfang das große, uralte Wort: „Und ich sah, und siehe ..."

Alles stieg aus dem Meere auf, das um Patmos geblaut hatte oder aus dem See, der sich vor Sowirog breitete. Tiere und geflügelte Wesen, Feuer und Rauch, Blut und Plagen. Aber zuletzt doch das Lamm und das geöffnete Siegel, aber es war nicht zu erkennen, wessen Augen übrigbleiben würden, um die letzte Schrift zu lesen. Und Jons wollte es auch nicht erkennen. Sein Gesicht war so blaß wie das des Sterbenden, und er sah über ihn hinweg auf den schwarzen Wipfelsaum, über dem die erste Frühe sich rötlich abzeichnete und über dem nun immer deutlicher die weiße Säule erschien, die aus dem Meiler stieg.

Der Puls wurde immer leiser, und Jons drückte seine Finger fester in die kühle Haut, um ihn nicht zu verlieren. ‚Wie ein Schatten über der Erde ...', dachte er müde.

Der Wiedehopf erwachte, die Turteltaube in den Erlen am Fließ, der Kiebitz, der dem Sterbenden seinen Namen gegeben hatte. Das Morgenrot wuchs und flammte, und Jons dachte, daß es schön sein müsse, so in dem zu sterben, in dem man siebzig oder achtzig Jahre gelebt hatte. Er sah die Spritze neben sich auf dem Schemel liegen, auch sie nun rötlich bestrahlt vom wachsenden Licht, und die kleine Flasche mit Kampfer, und es kam ihm gering und töricht vor, mit ihr gegen das Große anzugehen, das nun vor der Tür stand, den Wechsel vom Morgen und Abend, den betauten Acker, die verblassenden Sterne, das Ewige der Erde, an dem dieser Mann seinen Anteil gehabt hatte.

Er beugte sich vor, aber Kiewitts Augen waren immer noch weit aufgeschlagen, auch sie von dem rötlichen Schein erfüllt wie ein schweigendes Wasser im Walde, und um seine Lippen lag die Heiterkeit des letzten Wissens. „Er hat sie ausgerenkt, Jons", flüsterte er, „und hat sie wieder eingerenkt ... fürchte dich nicht ..."

Der Puls schlug noch ein paarmal zu und verstummte dann.

Als Jons aus der Tür trat, stand das weiße Pferd an dem niedrigen Zaun an dem kleinen Hofplatz und sah ihn an. Tau lag auf seiner Mähne und seinem Stirnhaar, aber darunter waren die Augen dunkel und groß. Augen wie die anderer Tiere, aber Jons war es, als wüßten sie um alles, auch um den Tod, der dort drinnen zu Häupten Kiewitts stand, und er ging schnell durch den Wald auf die Meilerhütte zu.

Über das, was er in dieser Nacht gehört hatte, sprach er zu niemandem.

Für das Dorf Sowirog war Kiewitts Tod mehr als jeder andere. Er war das Ende einer Zeit, ja, vielleicht war er das Ende der Zeit überhaupt. Er hatte ferne von ihnen gelebt, aber eben aus dieser Ferne war die Stimme erst deutlich vernehmbar geworden, für die er nur ein Gefäß gewesen war. Er hatte einen anderen Glauben gehabt und vielleicht auch einen anderen Gott, aber es konnte sein, daß dies der Gott der Vorzeit gewesen war, der Gott der Wüste, der eine Feuersäule zur Nachtzeit war. Auch Jakob war bei den alten Propheten zu Hause gewesen, wie Stilling oder Piontek es bei den Patriarchen waren, aber Kiewitts Ursprung reichte weiter zurück, in die graue Urzeit, als der Geist Gottes noch über den Wassern schwebte. Der Pfarrer war in den Evangelien zu Hause, und das war gut und tröstlich für Leben und Sterben und schwere Zeit. Aber wenn das Tier aus dem Meere aufstand, war es gut, jemanden zu haben, dessen Augen so aussahen, als ob sie noch das Urmeer gesehen hätten. „Spannt an, Leute!“ hatte er gerufen. „Spannt an!“ Aber nun war es zu spät zum Anspannen, und sie wollten es auch nicht. Sie spannten nur die vier kleinen Pferde vor den Wagen, weil es zu weit war, den Fichtensarg aus dem Walde zu holen.

Die Sonne schien warm, und die Sprosser am schwarzen Fließ waren deutlich über den See hinweg zu hören. Sie warfen den Sand auf das helle Holz, und Stilling bedachte, wie viele Hände mit diesem weißen, warmen Sand er wohl in seinem langen Leben auf die Särge von Sowirog hatte fallen lassen.

Und dann, als sie sich umgewendet hatten und den Friedhof verließen, erschraken sie alle, und auch der Herr von Balk zog die grauen Augenbrauen hoch. Denn unter den Fliederbüschen, die sich über die niedrige Feldsteinmauer neigten und schon blühten, stand Kiewitts Pferd, hatte die Ohren zurückgelegt und blickte über die Mauer hinweg auf den niedrigen Hügel, auf dem die Kiefern- und Fliederkränze lagen. Sein Haar war ungepflegt, die Mähne wie in Zöpfen geflochten, und das Fell lag in Falten über dem mageren Leib. Aber nicht das war das Unheimliche an ihm, sondern die starre Unbeweglichkeit, in der es dastand, und daß es nicht einmal den langen, bis zur Erde reichenden Schweif hob, um die Fliegen zu vertreiben, die auf dem fahlen Fell saßen.

Sie wagten nicht, es zu vertreiben. Sie gingen mit scheuen Blicken an ihm vorüber, und noch auf der Dorfstraße, ehe sie in ihre Häuser traten, drehten sie sich um und sahen es dort stehen.

„Wie ist es mit der sogenannten Apokalypse, Jons?“ fragte Herr von Balk. „Wenn der Himmel die Pferde schickt, wird es wohl Zeit werden. Pferde sind kluge Tiere ...“

Bei Tage war es nun nicht mehr zu sehen, außer in den Moorwiesen um Kiewitts Hütte. Aber bei Nacht sahen sie es nun auf dem Friedhof stehen, am Rande der Gräber, und das kümmerliche Gras weiden, das an der Mauer wuchs. Sie versuchten es zu vertreiben, aber es kam immer wieder, wenn auch nur unter die Fliederbüsche, und dort ließen sie es nun. Sie konnten es nicht einfangen, und wenn sie es umstellten, legte es die Ohren zurück und zog die Lippen von den alten, gelben Zähnen. „Wie ein Teufel sieht es aus“, sagte Piontek böse und drehte sich um.

Vor der Morgendämmerung aber hörten die Leute von Sowirog einen schweren, langsamen Hufschlag auf der Straße, der vom Friedhof herkam und dem Walde zuging. Und es hörte sich an, als ginge ein schweres und schwerbeladenes Pferd Schritt für Schritt unter seiner Last durch die Nacht.

Dann wachten die Kinder auf, faßten einander bei den Händen und flüsterten: „Kiewitt geht heim ...“

Johannes sorgte nun neben dem Meiler auch für Kiewitts Acker. Aber er schlief mit Micha in der Meilerhütte, und jeden Abend sah er nach dem Schwanenhals, den er in dem unterirdischen Gang aufgestellt hatte.

Wolken über Wolken, die lautlos über den Horizont stiegen und mit fahlen Rändern auf Sowirog und die Erde blickten. Kein Hagel, kein Donner, kein Regen, nur die schweigende Wand, von der Sonne gesäumt. Das Korn wuchs und die Beeren reiften, aber am Sonntag ließen die Männer die Ähren nachdenklich durch die Hände gleiten und blickten von den sandigen Hügeln auf die grauen Dächer hinunter, über denen der Rauch der Schornsteine stand. Schon einmal war es so gewesen, und sie erinnerten sich wohl. Würde es wiederkommen, und wie oft würde es wiederkommen? Weshalb legte Gott das Schicksal in Menschenhand, in weniger Menschen Hände? Weshalb nicht in eine Pfarrerhand oder in eine Doktorhand? Die wußten, was der Tod ist, und noch mehr, was das Leben ist?

Die Glocken riefen den Abend ein, und sie nahmen die Mützen ab und lauschten, bis der letzte Ton verklungen war. Im Osten war der Himmel dunkel über den Wäldern, und dort würden wieder die Feuer brennen. Das wußten sie schon.

„Nun ist es da, Jons“, sagte der Herr von Balk, und auch er sah nach Osten. „Wenn die Zeitungen und die Lautsprecher verkünden, daß die hilflosen Greise und die schwangeren Frauen durch die Wälder irren, dann ist es da. Dann kann es noch ein paar Wochen dauern, aber es ist da. Hast du schon einmal einen dieser Greise irren sehen? Ich nicht. Müssen sich so verirrt haben, daß keines Menschen Auge sie mehr erblickt.“

„Und was wird kommen, Herr von Balk?"

„Das Ende, Jons, das allerletzte Ende. Diesmal werden uns die Augen übergehen, anders als im vorigen Krieg. Diesmal stehen ‚sie' dahinter, und wer sie sind, das könnten wir ja nun begriffen haben in zwölf Jahren ... Aufrecht wollen wir es bestehen, Jons, aufrecht. Damit die armen Leute sich ein bißchen an uns halten können, nicht wahr? Aufrecht leben und aufrecht sterben, das ist ein großes Schicksal, Jons. Für große und für kleine Leute."

Das Dorf brachte eine reiche Ernte ein, die reichste, an die es sich seit langer Zeit erinnern konnte. Und als sie an einem Sonnabend um die letzten Garben standen und die Männer die breiten Hüte abnahmen und sie wie sonst in ihrer Heimatsprache das Lied sangen: „Ach, bleib mit deiner Gnade ...", indes sie die einzelnen Ähren zum Strauß und zur Krone herauszogen, war es Jons und allen anderen, als hätte es noch niemals so feierlich über die Felder geklungen. Und auch dem Herrn von Balk mochte es so klingen, denn er sah lange auf die gelben Ähren nieder, die die Mädchen ihm reichten, als sei diesmal etwas Besonderes daran zu sehen, und als er sie endlich nahm und ‚Danke!' sagte und den beiden die Wangen streichelte, waren seine Augen auf eine besondere Weise mit dem abendlichen Licht erfüllt, und beide Mädchen sagten später, es sei ihnen wie vor dem Altar gewesen, und eines, Gonschors Enkelkind, sagte sogar, es sei gewesen, als habe der Herr von Balk das Abendmahl empfangen.

Aber sie sagten es später, nachdem ein paar Wochen vergangen waren, und es konnte sein, daß sie nachträglich darauf gekommen waren, weil das Schicksal sie an diese Stunde erinnert hatte. Denn jetzt sagten sie nur, daß er ‚wunderlich' gewesen sei.

Aber das war er nun im allgemeinen geworden, denn am späten Abend, als sie vor dem Jeromin-Hause saßen, sah er Micha und Johannes einmal fragend an, und als sie kaum merklich ihm statt einer Antwort zunickten, verkündete er, daß er sich nun wieder etwas „ausgedacht" habe. Keine Reise in die Lüneburger Heide oder zum Mond, wie damals, sondern nur eine kleine Fahrt auf die Insel, wo der Ahnherr dieses alten und schönen Hauses im Feuer gen Himmel gefahren sei. Dort möchte er noch einmal mit ihnen, ehe das zweite und letzte „Stahlbad" komme, das Erntefest richtig feiern, und dazu lade er sie alle ein. Wen er nicht einlade, wüßten sie so gut wie er. Und er denke, daß sie nach der Kirche auf ihren Kähnen alle hinüberfahren sollten, alt und jung, und sein eigener Kämmerer werde solange das Dorf bewachen. Und er möchte gern, daß sie alle Kähne mitnähmen, auch die überflüssigen, damit kein ungebetener Gast sich einstelle, denn mit Gästen hätten sie ja nicht immer die besten Erfahrungen gemacht. Und er werde für alles sorgen, Notdurft des Leibes und der Seele, und sie brauchten nichts anderes mitzubringen als ein fröhliches Herz. Denn dieses möchte er auf seine alten Tage gern noch einmal sehen: das fröhliche Herz des Dorfes Sowirog, das noch alles überstanden habe, was das Schicksal ihm zugedacht hatte, und das auch alles Kommende überstehen solle.

Die Leute wunderten sich, aber es war eine fröhliche Verwunderung, und als sie die halbe Nacht hindurch das Knarren von Wagenrädern hörten, leise Zurufe, und den Ton von vielen Rudern, die gegen Kahnwände schlugen, standen sie nicht auf und sahen nicht aus den Fenstern, denn sie wollten sich überraschen lassen und dem Herrn von Balk nicht die Freude verderben.

Der Tag war warm und ohne Wind. Ein paar Birken auf dem Moor begannen sich schon zu färben, die roten Vogelbeeren leuchteten, und der Altweibersommer zog mit langen weißen Fäden über die stillen Felder.

Sie besorgten alles Vieh, weil es in den Ställen blieb, und gingen dann zur Kirche.

Tobias predigte über das dunkle Wort aus dem Evangelisten Lukas: „An demselbigen Tage, wer auf dem Dache ist, und sein Hausrat in dem Hause, der steige nicht hernieder, denselbigen zu holen. Desselbigengleichen, wer auf dem Felde ist, der wende nicht um nach dem, das hinter ihm ist.

Gedenket an des Lots Weib!

Ich sage euch: In derselben Nacht werden zween auf einem Bett liegen; einer wird angenommen, der andere wird verlassen werden.

Zwo werden mahlen miteinander; eine wird angenommen, die andere wird verlassen werden.

Zween werden auf dem Felde sein, einer wird angenommen, der andere wird verlassen werden."

Er legte es nicht aus, so daß jedes Kind es verstanden hätte. Er sagte nur, daß sie angenommen werden würden, und wie er es sich denke, daß es geschehen werde. Er sprach auch nicht vom kommenden Kriege. Er sprach auch nicht von den „Verlassenen".

Sie gingen still aus der Kirche, und es war ihnen, als habe ihr Pfarrer sie nicht alles wissen lassen, was er wußte. Aber es war ihnen genug, daß er sie „angenommen" hatte, und da er ein Diener Gottes war, so würde wohl auch Gott sie annehmen, wenn es an der Zeit wäre.

Sie hatten sich vieles erwartet von diesem Tag, aber nun war es doch so, daß Sowirog einen solchen Tag noch nicht erlebt hatte. Die mächtige Hand des mächtigen Herrn von Balk hatte sich so weit geöffnet, daß es wie ein Zauberregen auf sie niederfiel. Nur aus den Märchen der Spinnstuben kannten sie das, was sie hier sahen. Unter den alten Eichen hinter der Hütte waren Schnüre gespannt, an denen bunte Lampen hingen. Ein Tanzboden war aufgeschlagen, Würfel- und Schießbuden, Zelte und eine kleine Kegelbahn. Große Sträuße mit fremdartigen Blumen standen in altertümlichen Krügen, und in einem der Eichenäste hing der silberne Käfig, in dem der Papagei saß, alt und mißmutig nun, aber sein Gefieder glänzte noch immer wie das eines Paradiesvogels.

Am Ufer entlang brannten die Feuer, in denen die Kaffeekessel kochten, und vor einem großen Holztisch, mit Gebäck und Süßigkeiten beladen, stand Maria so still und lächelnd wie an ihrem Herd, als könnte sie nun erst das große Märchen erzählen, zu dem die anderen nur eine Einleitung gewesen waren.

Aber das ungeheuerlichste für sie waren doch die Kälber, die an Spießen über den offenen Feuern hingen. Ganze, ungeteilte Kälber, von denen der Saft zischend in die Flammen tropfte, und einer und der andere von ihnen hatten in der Kinderzeit gehört, daß an Fürsten- und Königshöfen solche

Dinge geschehen waren, wenn eine Hochzeit gefeiert worden war. Und von da gingen ihre Augen zu dem feuchten Ufersand, aus dem die Hälse vieler Flaschen herausragten, schlanke Hälse mit bunten Siegeln auf den Korken, und breite irdene, wie sie sie mitunter in der Stadt gesehen hatten und in denen das richtige Feuerwasser verborgen war.

Zuerst standen sie stumm, und viele der Alten falteten die Hände, aber dann, als es nicht verschwand, wie die Bilder einer Laterna magica, sondern dablieb, die Insel, die Eichen, die Zelte und die Kälber, als der Herr von Balk die Arme öffnete und sie heraufkommen hieß vom Ufer, in den Schatten und zum Morgenkaffee, da stießen sie einander verstohlen an, und manche faßten sich bei den Händen, um mehr Mut zu gewinnen, und Piontek war der erste, der mit seiner Ringschleuder tapfer den grünen Hang hinaufstieg. „So werde ich wohl nun bald in die Grube fahren, gnädiger Herr", sagte er und nahm die Mütze ab, „denn solches kommt nicht umsonst und hat seine Bedeutung. Und vielleicht war es dies, was die Rohrdommeln gemeint haben, als sie dieses Jahr gerufen haben wie noch nie zuvor."

„Allons enfants!" schrie der Papagei plötzlich und schlug seinen Schnabel in die silbernen Gitterstäbe.

Und da mußten sie alle lachen, und nun war es erst, als ob sie zu Hause wären.

Der Herr von Balk aber, in weißen Hosen und Schuhen und einer blauen Jacke, atmete ein bißchen auf und zündete sich seine erste Zigarette an, denn selbst er hatte nicht genau gewußt, wie es mit den Leuten von Sowirog auf diesem Erntefest gehen würde.

Aber nun ging es „ganz fermost", wie Piontek sagte.

Sie lagen im warmen Sand oder in dem kurzen, trockenen Moos, das in der Sonne duftete, und aßen und tranken. Sie standen auf und gingen umher, betrachteten die wunderbaren Dinge, würfelten und schossen und kamen zurück, die Preise in den Händen. Oder sie standen wieder eine Weile am Ufer, blickten zu ihrem stillen Dorf hinüber und meinten, daß sie träumten. Aber in der Hauptsache aßen und tranken sie. Die Erntezeit war schwer gewesen, vom Aufgang bis zum Untergang der Sonne, und sie waren an keine Festtafeln gewöhnt. Aber es war doch erstaunlich, was sie essen und trinken konnten, und manchmal sahen sie zum Herrn von Balk hinüber, ob es ihm nicht zuviel sei, was sie hier leisteten. Aber es war ihm nicht zuviel. Er lächelte nur, und manchmal hielt er eines der Kinder zwischen den Knien und fütterte es. Ein verdorbener Magen war ein Unglück, das bald vorüberging. Das wußte er. „Die Freude der Stunde ist eine kurze Freude, Jons", sagte er. „Aber wissen wir, wie viele Jahre sie daran zurückdenken werden? Laß sie essen, Jons. Wozu haben wir einen großen Arzt im Dorf?"

Er ging von einer Gruppe zur andern, saß ein bißchen bei ihnen und stand wieder auf, und manchmal strich er einer der jungen Frauen über das Haar und sah mit ernstem Gesicht auf das Erröten nieder, das die braunen Wangen langsam färbte. „Ich war euch wohl kein harter Herr, Leute", sagte er nachdenklich. „Die Heutigen werden es anders mit euch machen. Aber ich hatte doch ein Herz ... auch ein Habicht kann ein Herz haben."

Dann lag er wieder still und für sich allein unter den Eichen, die Hände unter dem Kopf, und sah zu dem grünen Dach auf, in dem schon die Früchte hingen. „Das ist nun wohl doch das schönste ‚Liebesmahl', das ich in meinem Leben gefeiert habe", sagte er zu Jons, der sich zu ihm in das Moos setzte.

„Und weshalb tun Sie das, Herr von Balk?" fragte Jons leise.

„Ach, Jons Ehrenreich, du Grübler aus dem Eulenwinkel, weil wir alle Verurteilte sind. Hast du das noch nicht gemerkt?"

Der Wachtelkönig rief aus den Haferfeldern, die noch nicht geschnitten waren, und er hörte eine Weile zu. „Es klingt, als ob sie das Beil schärfen, Jons", sagte er. „Und weshalb sollten wir weinen, solange wir fröhlich sein können?"

Auch Jons lauschte dem eintönigen Gesang, der schon dagewesen war, als sie noch in der Kinderzeit in der Kammer geschlafen hatten. Der Gesang der armen und beständigen Erde, der in der Erinnerung mit dem schönen Ton zusammenfloß, mit dem am Morgen die Sensen rings um das Dorf geschärft worden waren. „Und wenn wir nun den Krieg gewinnen, Herr von Balk?" fragte er leise.

„Eben deshalb sage ich ja, daß wir alle Verurteilte sind, Jons. Nur in diesem Falle werden wir zum Tode verurteilt sein. Im anderen Falle können wir noch zu einem kümmerlichen Leben verurteilt werden. In diesem aber ist es der Tod. Der Tod der Herren und der kleinen Leute. Oder wie denkst du, wird die Welt aussehen, wenn die Gottholds und Maschlankas über Städte und Dörfer gesetzt werden? Laß sie essen und trinken, Jons. Sie haben ihr Leben lang gehungert und gedürstet. Nicht nur nach der Gerechtigkeit, wie das schöne Traumbuch sagt. Sondern auch nach diesen Dingen. Hör zu, wie sie die Messer schärfen auf den Feldern, und dann laß uns fröhlich sein, solange wir auf einer Insel sind."

Aber er war wohl nicht ganz fröhlich, der große Herr von Balk. Nicht in seinem Herzen. Seine Lippen lächelten, und sein Mund scherzte, aber seine grauen Augen, die von Gesicht zu Gesicht gingen, waren verlassene Augen, mit Wissen gefüllt, mit Erkenntnis, mit der traurigen Weisheit des Alters, die begriffen hat, daß wir alle ‚von gestern her' sind. Daß wir ein Leben in die Schanze schlagen können, Tausende und Millionen tapferer und reiner Leben, aber daß wir nicht viel mehr gewinnen als eine kleine, verlorene, unverzagte Schar derer, die guten Willens und vielleicht auch reinen Herzens sind. Bei allen Völkern und in allen Zonen der Erde. Sie sind nicht diejenigen, die die Geschicke der Menschen und Völker leiten, nicht diejenigen, die die großen Worte durch die Lautsprecher schicken. Aber daß sie da sind, hinter der Tür, an der ein Arztschild hängt, oder in einem kleinen Pfarrerhaus, in einer Dachstube oder an irgendeinem Herd der kleinen Leute, daß sie da sind und die Worte bewahren, die auf einem galiläischen Berge gesprochen wurden, oder über einer Lotosblume, oder über einem Schierlingsbecher: das ist nicht nur eine wehmütige, sondern eine große Gewißheit.

„Ja, es ist die einzige Gewißheit des Lebens überhaupt, Jons. Die dreißig Morgen, auf denen du Korn wachsen läßt, wenn auch rings um dich Fahnen gehoben und Messer geschliffen werden. Wenn alle Maschlankas der Welt und die gesamte

Kanaille der Welt grinsend um deine dreißig Morgen stehn. Und es ist ganz gleich, ob du Weizen drauf baust oder den Traum vom ewigen Frieden oder von der Gerechtigkeit auf dem Acker. Es ist ganz gleich, Jons. Aber wenn du weißt, daß hinter dem Walde ein ebensolcher Acker liegt, und Stilling setzt dort den Fuß auf seinen Spaten, oder Jumbo, und hinter ihnen, weit hinter ihnen sind viele dreißig Morgen, oder auch nur drei, dann ist es genug für dich, Jons, für ein ganzes, langes, schweres, einsames Leben und Sterben. Verstehst du mich?"

Ja, Jons verstand ihn sehr gut.

„Siehst du", sie werden nun wieder einmal umpflügen, wozu wir tausend oder ein paar tausend Jahre gebraucht haben. Und diesmal werden sie es mit Dampfpflügen umlegen, so gründlich, daß kein Stoppelhalm übrigbleiben wird. Und wir werden wieder von vorne anfangen, so von vorne, als sei die Taube erst gestern aus der Arche ausgeflogen und mit dem Ölblatt wiedergekommen. Aber daß wir anfangen werden, Jons, wir oder die Leute auf den anderen dreißig Morgen, das ist eben das Große an diesem kleinen Leben. Und das ist es, weshalb ich ihnen dieses Fest gebe, Jons. Denn auch sie werden es sein, die wieder anfangen werden, wenn einer von ihnen übrigbleiben wird. Vielleicht werden sie wieder mit einem Holzpflug anfangen und mit einem Haus aus Schilf oder Rasen. Vielleicht werden sie nicht einmal hier anfangen, sondern an der Lüneburger Heide oder am Mondgebirge. Aber sie werden anfangen, Jons. Ohne Rock, ohne Schuhe, ohne Kirche, ohne Pfarrer. Nur mit ihren nackten Händen und mit ihren kleinen, armen Herzen. ‚Einer wird angenommen, der andere wird verlassen werden ...' Ja, Jons, es ist doch etwas Großes um die kleinen Leute auf dieser Welt ..."

Die Kälber waren gegessen, die Flaschen waren geöffnet worden. Sie sahen Maschlanka in seiner leuchtenden Uniform drüben ans Ufer kommen, die Hand über die Augen legen und zu ihnen herüberstarren. Sie taten, als sei er eine Ameise, die drüben über den Sand lief. Sie sahen ihn am Ufer entlanggehen und nach einem Kahn suchen, aber es war keiner da. Sie hatten sie alle mitgenommen. Schließlich legte er die Hände an den Mund und rief, und die Leute von Sowirog hörten andächtig zu, wie das Echo um den See lief.

Und dann ging er langsam zwischen den Häusern wieder in das Dorf zurück.

Die Sonne senkte sich langsam am blauen Himmel, eine milde leuchtende Sonne, als sei auch sie vom Altweibersommer eingesponnen. Keine Wolke am Horizont, kein Ton in den Feldern als der unermüdliche Ruf des Wachtelkönigs. Die Wälder wurden blau, die Äcker begannen rötlich zu schimmern. Die Frauen fuhren hinüber, um zu füttern und zu melken, und kamen wieder zurück. Johannes nahm die Harmonika seines Vaters auf die Knie, und sie tanzten. Als erster der Herr von Balk mit Maria. „Ich habe kein Glück mit den Jerominfrauen", sagte er lächelnd und sah ihr in die Augen.

Sie errötete ein bißchen, und er sah die weißen Streifen in ihrem Haar. „Wir haben zu viele Kinder", erwiderte sie leise. „Es bleibt uns keine Zeit zum Glück."

Die bunten Lampen wurden angezündet unter dem dunklen Riesendach. Die Feuer brannten immer noch. Der Mond stieg schwer und rot aus den Kiefern auf und legte eine zitternde Brücke über das schwarze Wasser. Ein Reiher schrie im fernen Schilf, und für eine Weile wurden sie ganz still. Die Rohrdächer am andern Ufer tauchten rötlich beglänzt aus den Schatten, die weißen Schornsteine, der Sand der Straße. Und nach einer Weile sahen sie das Pferd langsam vom Walde kommen und an der Friedhofsmauer in den Schatten treten. „Kiewitt kommt ...", flüsterten die Kinder.

Und dann, in dem großen Schweigen geschah das Wunderbare, daß die Witwe Kroll in ihrem dunklen Umschlagtuch zu Tobias ging, der auf einem Holzstoß inmitten des Kreises saß, vor ihm niederkniete und beichtete. Sie sprach leise, aber jedes ihrer Worte war so deutlich zu hören wie in einem leeren, schweigenden Gewölbe. Sie hatte die Hände vor der Brust gefaltet und die Augen zu diesen Händen niedergeschlagen. Sie sei böse und hart gewesen, sagte sie, ihr Leben lang. Sie habe ihre Tochter geschlagen und dem Tochtersohn aus der Wirtschaft entwendet, was sie habe entwenden können. Sie habe auch aus den anderen Ställen genommen, was nicht bewacht worden war, immer ein paar Eier oder ein junges Hühnchen. Und sie sei auch zum Schulzen gegangen, damals, weil sie geglaubt habe, daß er auf dem Felde sei und der Stall und Hofraum leer. Sie sei habsüchtig gewesen und zornmütigen Herzens. Sie habe den kleinen Wohlstand der anderen verwünscht und ihre eigene Armut verflucht. Sie sei nicht wert, diesen Feiertag zu begehen und das Abendmahl zu empfangen. Sie bitte jeden um Vergebung, den sie gekränkt habe. Sie gebe alles Ersparte und zu Unrecht Gewonnene ihrer Tochter, und sie bitte, daß davon abgegolten werde, was sie entwendet habe. Und sie bitte den Herrn Pfarrer, ihr zu vergeben um Christi willen.

Keine Träne in ihren wimperlosen Augen. Kein Schluchzen in ihrem zahnlosen Mund. Nur die kniende Gestalt, von dem großen Tuch verhüllt, und die leise, eintönige Stimme, die den ganzen Raum der Insel zu erfüllen scheint.

Herr von Balk zog die Augenbrauen hoch, und die Leute von Sowirog hörten zu, als sei der Geist Gottes über den Wassern erschienen.

Tobias beugte sich zu ihr nieder und legte die Hände auf ihre Schultern. „Zwo werden mahlen miteinander“, sagte er leise. „Eine wird angenommen, die andere wird verlassen werden. Du aber wirst nicht verlassen werden.“

Und er hob sie auf und ging mit ihr von einem zum andern, und vor jedem verneigte sie sich und sagte leise: „Vergib mir um Christi willen!“

Später sagten die Leute von Sowirog, daß dies doch das Schönste vom ganzen Tag gewesen sei, schöner fast noch als die gebratenen Kälber. Es war ihnen, als sei der Herr Jesus auf seiner Wanderung auch über die Insel gekommen, ganz in Gedanken, und habe sie alle wie in Gedanken angesehen, und da sei es nun geschehen.

Nur der alte Daida, der ein Skeptiker war, nahm mit dem kleinen Birkendeckel eine Prise und sagte: „Auch im süßen Schnaps kann das liebe Gottchen wohnen. Nicht nur in einer Kirche ...“

Und dann ließ der Herr von Balk die Raketen unter die Sterne steigen. Auch das hatte er sich ausgedacht. „Weil die

Kinder von Sowirog doch noch niemals eine Rakete gesehen haben", sagte er wie zur Entschuldigung. Und einen größeren Glanz hatte es in Sowirog seit dem letzten Kriege nicht gegeben. Der rote, goldene und grüne Schein ging über die aufwärts gewendeten Gesichter und verwandelte sie, ehe sie wieder ins Dunkle zurückglitten. Die Wipfel der Eichen und das schwarze Wasser leuchteten auf, und wenn die farbigen Kugeln langsam und lautlos sanken, stiegen ihre Spiegelbilder ihnen aus dem Wasser ebenso lautlos entgegen, bis sie beide im selben Augenblick erloschen. Die Augen der Kinder aber waren so, als sähen sie Engel ihre farbigen Flügel über der Insel ausbreiten.

Und dann fuhren die Kähne langsam über das Wasser zurück. Sie durchschnitten die rote Brücke des Mondes und tauchten in die Schatten ein. Die Feuer erloschen, die bunten Laternen brannten nicht mehr. Die Scheibe des Mondes wurde langsam zu Silber, als sie sich aus dem Dunst des Horizontes erhob, und unter ihr war nun nichts mehr zu hören als der leise Gang der fernen Ruder und das Lied des Wachtelkönigs, das bis an die Sterne zu reichen schien.

Der Herr von Balk war mit Jons zurückgeblieben, weil er in der Hütte übernachten wollte. „Wie in alten Zeiten", sagte er. Sie standen im Ufersand, der sich allmählich mit Tau bedeckte, und sahen zu den beglänzten Hütten des Dorfes hinüber. Die Kähne tauchten gerade in den Uferschatten ein, und die silbernen Kreise der letzten Ruderschläge liefen lautlos über den See.

Herr von Balk legte den Arm um Jons' Schulter und drückte ihn leise an sich. „Es war doch ein schönes Leben, Jons . . .", sagte er. „Ein schönes Leben . . . und ich danke dir . . ."

Dann stieg er langsam den Hang zur Hütte hinauf, und sein Schatten glitt lang und schmal über das betaute Gras.

XXI

Und das ist es nun also, was wir beide hier zustande gebracht haben, Herr Stilling?“ fragte Jons. „Daß sie zum zweitenmal die Erde anzünden in einem Menschengeschlecht und unsere Bücher und Weisheiten und Pläne in den Staub treten mit ihren genagelten Stiefeln?“

Er blickte finster auf die Weltkugel, vor der er saß und auf der Stilling das Dorf Sowirog mit einem winzigen roten Stecknadelkopf bezeichnet hatte. Das Fenster war geöffnet, und wenn sie lauschten, konnten sie das ganz ferne Dröhnen von Flugzeuggeschwadern hören, die aus den östlichen Räumen zurückkehrten.

„Nein, Jons“, erwiderte Stilling leise, aber bestimmt. „Das ist es nicht. Aber das ist es, daß hier und woanders und auf der ganzen Erde zwei Menschen zusammensitzen und danach fragen können. Daß nicht alle marschieren und jubeln und lärmen wie die Berauschten, sondern daß überall ein paar Stille da sind, viele Stille, die nicht teilhaben am Lärm und am Blut. Das ist es, was wir beide hier zustande gebracht haben, Jons. Es wird dir wenig erscheinen, aber mir scheint es viel, denn ich bin ein alter Mann, der gerne sehen möchte, daß etwas übrigbleibt von seinem langen Leben, und ich sehe, daß du und dieses Dorf in den Krieg wie in ein Gericht gehst statt wie in ein Fest, und das ist ein Trost für meine weißen Haare.“

Der Monat war vorübergegangen, die Uhr holte zum Schlagen aus, aber das Dorf sprach nicht von dem, was kommen würde, sondern nur von dem, was gewesen war: von dem Erntefest, das der Herr von Balk ihnen auf der Insel ausgerichtet hatte. Es war, als habe er sie damit gepanzert und gefeit gegen alle Plagen der Erde. Auch sie hörten die Flugzeuggeschwader und in den stillen Nächten das leise Dröhnen stählerner Räder, die nach Osten rollten. Auch sie taten es beiseite. Sie wußten, daß es kommen würde, und es bedurfte nicht des Anblicks von

Maschlanka, der die Dorfstraße entlanglief und die letzten Nachrichten in die Häuser schrie. Sie schlugen die Türen zu, oder sie ermahnten ihn, rechtzeitig seinen Tornister zu packen, da er ja wohl unter den ersten sein werde, die den polnischen Lanzenreitern an die Kehle springen würden.

Sie wußten vieles, weil ein Dorf viel weiß, das durch die Jahrhunderte gegangen ist. Wie nach jedem Frieden der Haß sich leise weiterfrißt gleich einem Moorfeuer, das unter der Rasendecke schwelt, immer weiter und weiter, bis er plötzlich ausbricht. Wie von den Kanzeln zu den kleinen Leuten gesprochen wird, und die kleinen Leute bewahren es in ihrem Herzen, aber die Gedanken der Großen sind andere Gedanken, und wenn es Zeit ist nach ihrer Meinung, dann haben auch die Kanzeln es auszusprechen, daß es eine gerechte Sache sei und daß Gott die Waffen der Gerechten segnen solle. Und immer fängt es mit den Kränzen für die Stirn des kleinen Mannes an, und immer hört es mit den Kreuzen für den kleinen Mann auf.

Das wußten sie alle, und viele von ihnen hatten es schon einmal am eigenen Leibe erfahren. Und das beste war, den Pflug in die Hände zu nehmen, solange sie es einen tun ließen, und das Sälaken umzubinden und einen Segen über diejenigen zu sprechen, die hinausgehen mußten. Und auch das war gut, sein Leben noch einmal zu bedenken und das größte Unrecht auszulöschen, wie die Witwe Kroll es getan hatte, ehe es über einen kam und man keine Zeit mehr hatte. Wie damals, als die Kirche in Flammen aufging und dann die Häuser und Ställe und Scheunen, und nichts übriggeblieben war als die nackten Schornsteine, die aus den verkohlten Balken in die dunstige Luft stiegen. „Desselbigengleichen, wer auf dem Felde ist", hatte ihr Pfarrer gesagt, „der wende nicht um nach dem, das hinter ihm ist ... zween werden auf dem Felde sein; einer wird angenommen, der andere wird verlassen werden ..."

Der Monat war vorübergegangen, die Uhr holte zum Schlagen aus. Und als der Zeiger fiel, nahmen sie auf den Feldern die Mützen ab und falteten die Hände zu einem Vaterunser und holten dann wieder mit den Sensen aus, um den goldenen Hafer zu schneiden. Und die meisten sahen verstohlen zum großen Moor hinüber, wo die alten Eichen standen, ob sie die Gestalt des Gogunsohnes erblicken könnten. Denn für ihn war es nun wohl Zeit, in die Öde zu gehen, ehe sie ihn noch einmal holten. Und wenn er den Jerominenkel mit sich nähme, so würde es noch besser sein. Es war nicht nötig, daß das Blut des Dorfes für diejenigen floß, die in großen Wagen durch das Land gefahren waren. Es war schon in Friedenszeiten geflossen, oder doch in den Zeiten, die die anderen so genannt hatten. Das Dorf brauchte sein Blut für sich und für den Acker. Es brauchte keine Kränze.

Das Schicksal ist also wieder aufgestanden, oder es scheint den Menschen wenigstens so. Sie haben vergessen, daß sie es geweckt und gerufen haben, seit sieben Jahren oder seit zwanzig Jahren, und wahrscheinlich noch länger. Sie haben geglaubt, daß sie das Recht gerufen haben, oder die Größe, oder einen der anderen Begriffe, die sie durch die Lautsprecher geschickt haben. Aber in Wirklichkeit rufen sie niemals etwas anderes als das Schicksal. Sie wecken es und bereiten es mit ihren eigenen Händen, mit jedem Wort, das sie sprechen, mit jedem Glaubenssatz, den sie verkünden, mit jedem Urteil, das ihre Richter fällen. Es ist nichts, was außen steht wie ein Räuber im Wald und auf seine Stunde wartet. Es wächst auf den Äckern ihrer Zeit, und wie sie es ausgesät haben, so geht es auf. Ein Samenkorn ist nicht mehr zu verwandeln, wenn es in die Erde gelegt ist.

Und es läßt auch nichts aus, nicht einmal das Dorf Sowirog. Denn auch dort ist gesät worden. Man kann klagen über die Art, wie es die Sichel hebt und zuschlägt, aber später, drei oder zehn Jahre später, wird man erkennen, daß es nur das seinige getan hat und daß auch der Tod seine Gnade haben kann.

Der Herr von Balk war in der Kreisstadt gewesen, um zu ordnen, was für das Kommende noch zu ordnen war, und dann hatte er seine Flasche Burgunder getrunken, als die Nachricht gekommen war, daß die Stunde nun geschlagen habe. Sie war nichts Neues für ihn gewesen, und er hatte nur die Lippen verzogen über die Worte, mit denen man sie in die Herzen der Einfältigen schickte. Aber es waren andere Leute in den kleinen Hotelzimmern gewesen, von den Worten berauschte Leute, und sie hatten zu singen begonnen, mit erhobenen

Armen und einem verzückten Taumel in ihren Gesichtern. Und einer von ihnen hatte gefragt, ob der Herr wohl kein Deutscher sei.

Herr von Balk hatte zuerst das Glas in das rechte Auge geschoben und den Fragenden von seinem Rockkragen bis zu den Spitzen seiner glänzenden Stiefel angesehen, und dann hatte er mit eisiger Miene geantwortet: „Ein Deutscher wohl, aber kein Idiot."

Und dann hatte er noch einiges dazugesetzt, was sich nicht gut wiederholen ließ, und war hinausgegangen und in seinen Wagen gestiegen. Es gab nicht viele Leute in der Kreisstadt, die es gewagt hätten, den Herrn von Balk aufzuhalten, wenn er zu seinem Wagen ging, und diese in dem Hotelzimmer gehörten nicht dazu.

Man hätte sagen können, daß es an der Flasche Burgunder gelegen habe. Aber wahrscheinlich war es so, daß der Zorn und der Ekel, so viele Jahre schweigend beherrscht, einmal den Damm durchbrechen mußten, ehe sie ihm die Seele zerfraßen. Daß das Schicksal des Herrn von Balk, an dem er ein langes Leben lächelnd oder gütig oder verächtlich geformt hatte, nun fertig war, reif und nicht mehr veränderlich, und daß es nun seine Hand hob. Das Dorf mochte es ein bejammernswertes Schicksal nennen, und die Leute in der Hotelstube mochten es ein verdientes nennen. Aber es war keines von beiden. Es war ein sich vollendendes, weiter nichts. Und schon ein paar Jahre später erkannten die Leute von Sowirog, daß es auch ein gnädiges gewesen war.

Denn es war dem Herrn von Balk nicht gegeben, unter Knechten leben zu können. Nicht etwa, daß er hatte leben wollen, wie sein Vater noch gelebt hatte, mit der Reitpeitsche in der Hand und wie einer der Satrapen vergangener Zeit. Aber er hatte als ein Herr leben wollen und gelebt. Als ein adliger Bewahrer eines großen Erbes an Feldern, Menschen und Vieh. Niemandem untertan und niemandes Fronvogt. Nicht einmal dem Wort untertan, geschweige denn der Phrase oder dem Massenwahn. Ein Auserlesener und Ausgewählter aus altem Blut, mit verschlossenem Herzen und verschlossenem Visier, einer, der den Schild über die kleinen Leute hielt, wie seine Vorfahren die Peitsche oder das Schwert über sie gehalten hatten. Und da die Zeit für die Herren erfüllt war, so war auch das Schicksal nichts anderes als ein Spiegel oder Vollender der Zeit, und es war barmherzig, wie alle Vollendung barmherzig ist.

Es war niemand in der Nähe gewesen als der alte Gärtner, der vor der Terrasse die ersten welken Blätter zusammenfegte. Er war verstört, wie alte Leute es sind, wenn Hagel in ihren behüteten Garten schlägt, aber soviel war seinen Reden doch zu entnehmen gewesen, daß in der Morgenfrühe ein Wagen vor dem Schloß gehalten hätte und daß zwei Männer um das Haus herum in den Park gekommen und über die Terrassenstufen in die Bibliothek gegangen waren: Gewöhnliche Männer, sagte er, nur daß sie ihn angesehen hätten, als stehle er Obst in einem fremden Garten.

Dann hatte er die Stimme des gnädigen Herrn gehört, eine scharfe, kalte und zornige Stimme, wie er sie haben konnte, wenn ein Pferd geschlagen wurde, und dann waren Schüsse gefallen, zwei oder drei oder vier, und dann war es still gewesen. Die Knie hatten ihm gezittert, und er hatte sich eine Weile auf seinen Hackenstiel stützen müssen, ehe er die Stufen hinaufgegangen war. Und da hätte der gnädige Herr auf einem roten Teppich gelegen und vor ihm die beiden fremden Männer, und ein anderer, ein dritter hatte dahintergestanden, und er war wahrscheinlich von der anderen Seite in die Bibliothek gekommen, denn die Tür hatte noch offengestanden, die in die Halle führte.

„Mörder!" hatte der Gärtner gerufen. „Zu Hilfe! Mörder!" Und dann hatte der dritte Mann die Pistole gegen ihn gehoben und war schnell hinausgegangen, und er hatte den Wagen vom Hof fahren hören. Und nach einer halben Stunde waren zwei Wagen gekommen, hatten die beiden fremden toten Männer mitgenommen und waren wieder verschwunden. Zu des gnädigen Herrn Füßen aber hatte ein roter Zettel gelegen, ein Haftbefehl, und den hatte er heimlich aufgehoben und in die Tasche gesteckt.

Als Jons und die ersten Leute von Sowirog kamen, lag der Herr von Balk noch immer auf dem roten Teppich, lang und gerade und still wie ein Schlafender. Sie hatten ihm die Augen zugedrückt und die Hände über die Brust zusammengelegt, aber sie hatten die Pistole nicht aus seinen Fingern lösen können, und so lag sie nun bläulich schimmernd auf seiner Brust, wie in früheren Zeiten ein Buch oder ein Schwert auf solchen Toten gelegen hatte. Seine Lippen schienen zu lächeln, und von der Seite, die im Schatten lag, sah es so aus, als sei es ein kühles, spöttisches und durchaus überlegenes Lächeln.

Die tödliche Kugel war von hinten durch seinen Nacken gegangen.

Niemand sprach ein Wort, nur die Mädchen weinten leise vor sich hin.

Jons gab im Nebenzimmer ein Telegramm an den Vetter auf, der am Rand der Lüneburger Heide lebte, und rief die Staatsanwaltschaft an. Dann sprach er ein paar Minuten mit dem Oberinspektor, und dann war vorläufig nichts zu tun. Er stand noch eine Minute vor dem Kamin, in dem die weiße Birkenasche lag, und beugte sich über das geöffnete Buch auf dem kleinen, runden Tisch. Es war der „Schüdderump" von Wilhelm Raabe.

„Kommt nun", sagte er leise zu den Leuten von Sowirog und sah sich noch einmal um.

Die Morgensonne schien auf die Bücherrücken über dem Kamin und erreichte eben die silbernen Stäbe des Käfigs. Der alte Papagei bewegte sich und blickte mit seinen starren, verschleierten Augen auf den Toten und die vielen fremden Menschen. „Otto", sagte er heiser und verschlafen, „sei doch nicht komisch . . ."

Aber der Herr von Balk war allen Bezirken des Komischen schon weit entrückt.

Langsam ging Jons den sandigen Weg nach Sowirog zurück. Auf der Höhe, wo sie damals gestanden hatten, blieb er noch einmal stehen und sah sich um. Hier hatte der Herr von Balk von der schwankenden Erde gesprochen. Die Mähmaschinen gingen durch die letzten Haferfelder, und vor dem blauen Rand der Wälder wurde schon die Stoppel gepflügt. Tau lag auf den Gräsern, und hier und da war eine der Birken schon mit Gold bedeckt. Der Wachtelkönig rief nicht mehr. Das Jahr ging zu Ende, die große Erde hatte das ihrige getan.

Jons wandte sich zur Seite und sah in der Ferne das Dorf liegen, mit dem stumpfen hölzernen Turm der Kirche. Rauch stand über den Schornsteinen, und Piontek trieb die Herde aus. Da waren sie nun, Menschen, Tiere und Häuser, für die er zu sorgen hatte. Er jetzt ganz allein. Es bedurfte keines Testamentes. Er wußte, daß der Tote es nun in seine Hände gelegt hatte. Und er wollte gehorchen. Ohne Widerspruch und ohne Angst. Auch sein Schicksal war nun gekommen. Es ließ niemanden aus.

Aber für das Dorf war es doch, als hätte ein Schlag vor die Stirn es betäubt. Immer, so lange es denken konnte, war es gewesen, als wäre es durch den Herrn von Balk angeknüpft an das, was sie die Vorsehung nannten. Er war die Mauer, die zwischen ihnen und den Großen stand. Er war der Schild, der sie vor der Willkür behütete, vor der Rechtlosigkeit, vor der Gewalt. Von seinen grauen Augen über dem Sattel war soviel Trost ausgegangen, soviel Ruhe, soviel lächelnder Spott über den Lärm der Welt. Nun waren sie nichts als die kleinen Leute, die man wieder vor den Pflug spannen konnte, die man leben und sterben heißen konnte, wie man wollte. Nun war nur noch Jons Ehrenreich da und sie selbst. Der Wegweiser im Wald hatte mit seinem grauen Arm auf sie gewiesen, und da standen sie nun, zusammengedrängt wie vor einer Wagenburg, und warteten.

Der Herr von Balk war in dem großen Ahnensaal aufgebahrt, wo die alten Bilder von den Wänden blickten. Schmale, harte Gesichter über Harnisch oder Halskrause, und die Frauen sahen aus, als hätten sie sich hierher nur verirrt. Die hohen Fenster waren weit geöffnet, und auch der Rasen des Parkes war erfüllt von einer schwarzen, schweigenden Menge.

Das erste, was Jons beim Eintreten erblickte, waren zwei unfeierlich gekleidete Männer, die an der hinteren Tür standen, nicht ganz so sicher, wie sie sich auszusehen bemühten, und ab und zu mit einem geflüsterten Wort sich verständigend.

Er ging sofort auf sie zu und sagte leise, daß er ihnen wohl den Rat geben dürfe, diesen Raum und dieses Haus sofort zu verlassen. Er könne sich für keinen der Hunderte verbürgen, die hierhergekommen seien, nicht einmal dafür, daß nicht viele von ihnen eine Waffe unter dem Rock trügen. An dieser Landschaft und ihren Menschen sei nun genug getan worden, und wenn sie sich die Gesichter ansähen, würden sie vielleicht bemerken, daß hier einiges auf des Messers Schneide stände.

Die beiden versuchten gelassen und hochmütig auszusehen, aber dann zuckten sie doch die Achseln und drückten sich langsam aus der Tür. Ob er sich verbürge, daß hier kein unziemliches Wort gesprochen werde, fragte der eine noch.

Er verbürge sich für gar nichts, erwiderte Jons kalt, und was ziemlich oder unziemlich sei, wisse man in solchen Häusern etwas besser als anderswo.

Tobias stand zwischen den hohen Wachskerzen und sprach über das Wort des Propheten Jesaja: „Aber deine Toten werden leben, meine Leichname werden auferstehen. Wacht auf und rühmt, die ihr liegt unter der Erde! Denn dein Tau ist ein Tau des grünen Feldes; aber das Land der Toten wirst du stürzen."

Er sprach nichts „Unziemliches". Er klagte nicht an. Er sagte nur, daß ein Edelmann von ihnen gegangen sei und daß sie alle nun edler werden müßten, um das Verlorene nicht ganz zu verlieren. Vielleicht habe der Tote Gott nicht gesehen, aber Gott habe ihn gesehen, ja, er habe ihn nicht aus den Augen gelassen. Nur die Menschen verdammten den, der Gott nicht sehe, aber Christus habe die Menschen nicht gelehrt zu verdammen. Der halte nicht Christi Hand, der zu seinem Bruder sage: „Du Narr!" Und wenn der Tote nicht Gott gesehen habe, so habe er doch die Herzen der kleinen Leute gesehen. Er habe ihm nur einen anderen Namen gegeben, nichts weiter. Er sei ein Tau des grünen Feldes gewesen. Er sei abgewischt worden vom Felde, aber die Wurzeln der Gräser würden ihn bewahren für lange Zeit. Und sie selbst, die Menschen dieses Hauses und die Menschen von Sowirog, sollten nicht weniger sein als die Wurzeln der Gräser. „Einer wird angenommen werden, einer wird verlassen werden", schloß er. „Aber wenige werden so angenommen werden wie dieser."

Sie gingen langsam zurück, über die herbstlichen Felder,

die Höhe hinauf und wieder hinunter. Ein langer, schwarzer, schweigender Zug. Die Glocken von Sowirog läuteten noch immer und übertönten den fernen Lärm der Flugzeuge, die nach Osten flogen. Die Sonne sank schon, und viele von ihnen sahen nach der rötlich beglänzten Insel, wo der Tote ihnen das letzte Fest ausgerichtet hatte. Es schien ihnen, als habe er alles vorausgewußt und als habe er die Tür weit aufgemacht, um das Schicksal eintreten zu lassen.

Jons ging allein. Er hatte der Gräfin gedankt, die ihn in ihren Wagen hatte nehmen wollen, und auch der Frau von Bohnen, die mit ihrem Mädchen gekommen war. „Sie denken nun, daß Sie allein sind, Jeromin", hatte die Gräfin gesagt. „Aber Sie sind nicht allein. Es ist ein Irrtum, zu meinen, daß die Toten fortgehen. Keiner geht weniger fort als die Toten. Viel eher die Lebendigen. Stehen Sie nun zwischen den Toten, Jeromin, damit die Lebenden Sie sehen können!"

Jons trug einen versiegelten Brief in der Tasche, den man unter den Papieren des Toten gefunden hatte. Aber er wollte ihn nicht öffnen, noch lange nicht. Der Tote war nicht so weit fort, daß er ihm zu schreiben brauchte. Er hatte den Klang seiner Stimme noch ihm Ohr: „Aufrecht, Jons!" hatte sie gesagt, und mehr konnte auch in einem versiegelten Brief nicht stehen. Die Hüfte war eingerenkt, wie Kiewitt es vorausgesagt hatte, und nun mochte Gott wohl noch manches mit ihm im Sinne haben.

Die erste leise Dämmerung fiel, als er in das Dorf kam. Die Leute standen noch auf der Straße zusammen, wie sie gegangen waren, und blickten mit abweisenden Augen auf die ersten Panzer, die den Weg nach Sowirog gefunden hatten. Das war das Tier, das aus dem Meer aufgestanden war, das gehörnte Tier. Für sie war es nichts anderes, und die Kanonen, die drohend in die Höhe ragten, waren für sie das Zeichen, das Gott dem Tiere gegeben hatte.

Die jungen Leute, die in den Luken standen, lachten ihnen zu, stolz und der Macht gewiß, die sich auf stählernen Raupen unter ihnen unaufhaltsam bewegte. Aber die Leute von Sowirog verzogen keine Miene. Es war ihnen nicht zum Lachen zumute. Und so verstummten die Scherzworte langsam, und die jungen Sieger meinten gekränkt und geringschätzig, daß sie in ein Dorf von Wilden gekommen seien, abseits der aufbrechenden Welt, und manche meinten, daß es ebensogut schon ein polnisches Dorf sein könnte und sie ihre Kanonen ruhig zum erstenmal auf diese grauen, feindseligen Hütten richten könnten.

Und wenn sie noch einen Zweifel gehabt hatten, so waren sie ihrer Sache nun gewiß, als ein alter Mann mit Ohrringen und einem Stab mit merkwürdigen Kettengliedern diesen Stab plötzlich hob und über sie hinaus auf einen der dämmernden Hügel wies. Sie sahen noch, daß die Frauen und die Kinder die gefalteten Hände vor die Brust hoben, und dann sahen sie an einem der Ackerraine ein altes, fahles Pferd stehen, abgemagert wie ein Skelett, mit einem weißen Schweif, der bis zur Erde reichte. Es hatte den Kopf erhoben, als ob es wiehern oder schreien wollte, aber es starrte nur regungslos über das Moor hinaus, aus dem die ersten Nebel aufstiegen, als sehe es dort etwas, was sie alle nicht sehen konnten.

Es war ein bißchen unheimlich, wie alles, was hier in der Dämmerung um sie lag oder stand, und zuerst wurden sie still und blickten mit den Leuten von Sowirog auf die seltsame Erscheinung. Aber dann kam ihnen der Übermut und der Leichtsinn und das Berauschende dieser ersten Fahrt gegen den Feind wieder zurück, und einer von ihnen zog seine Pistole und begann auf die fahle Scheibe zu schießen, die dort vor der fernen, dunklen Hecke aufgebaut stand.

Aber nach dem ersten scharfen Knall, der von den Rohrdächern widerhallte, geschah etwas noch Seltsameres. Das Pferd hob sich auf die Hinterläufe, als ob es getroffen wäre oder als ob es sich nur zornig gegen eine fremde Hand bäumte, und während aus seiner Kehle ein heller, drohender und ganz und gar untierischer Schrei ertönte, schoß es mit einem langen Sprung über die niedrige Hecke und jagte dann wie ein Nebelstreif über Stoppeln und Äcker auf das Moor zu. Die Mähne flatterte, der Schweif wehte hinter ihm her, und der Schlag seiner Hufe gab einen eigentümlichen, dumpfen Ton, als jage es über einen hohlen Boden.

So verschwand es in den Nebeln des Moores, dort, wo noch

kein Tier einen Pfad gefunden hatte. Es verschwamm mit ihnen, es löste sich in ihnen auf, es war wie ein Teil der fahlen und beglänzten Öde, die sich von dort nach Osten erstreckte.

Und das war das letzte, was die Leute von Sowirog jemals von ihm erblickten.

Sie starrten ihm noch nach, als die Panzer schon dröhnend aus dem Dorfe rollten. Der helle Staub blieb wie eine Wand hinter ihnen stehen, und hinter dieser Wand würde es nun vor sich gehen, das Unbekannte, das nicht zu Wissende, das mit Blut gesäumt wurde.

Die Leute von Sowirog seufzten einmal auf, Männer, Frauen und Kinder, und dann drehten sie sich um. Sie wußten, daß sie keinen Engel vor ihren Türen erblicken würden, dessen Silberflügel im Abendrot leuchteten. Und sie sahen ihn auch nicht. Aber auf der Schwelle des Bojarhauses sahen sie Jons Ehrenreich stehen, und er hielt das Enkelkind der Witwe Bojar auf der linken Schulter. Er hatte die nackten, schmutzigen Füße des Kindes in seine Hände genommen und blickte den Panzern nach. Er lächelte nicht, und er hatte auch kein Gesicht wie der Erzengel Michael. Aber als er nun die Augen zurückwendete, zu den Leuten von Sowirog, war es ihnen doch, als habe wenigstens der Fittich eines Engels ihn gestreift, so hell und still und ruhig stand sein Gesicht über ihnen. Er sagte nichts, er sah sie nur an, eines nach dem andern, Männer, Frauen und Kinder, und sie wußten nun, daß alles gut war. Nicht so gut, wie die Menschen es sich bei diesem Wort zu erhoffen pflegten, aber er würde bei ihnen bleiben, ganz und gar einer der Ihrigen, das Klügste und Beste auf der Welt, das sie kannten, und damit eben war es gut.

Das Kind hielt an einer Schnur ein Spielzeug in der Hand, eine schmutzige, ehemals helle Kugel, mit einem verblichenen Kranz von Blumen, der um die Rundung lief. Es bewegte langsam die müdegespielte Hand, und die Kugel schwang an der hellen Schnur langsam hin und her. Es sah aus wie ein Perpendikel, der vor Jons Ehrenreichs Herzen schweigend auf und nieder glitt.

NACHWORT

Den dritten Band dieses Buches hat die Geschichte geschrieben, mit schweren und grauenvollen Buchstaben, und es ist keiner Dichtung das Recht gegeben, über dieses Grauen den Schimmer der Verklärung zu legen. Es bleibt uns nichts, als diese Handelnden und Leidenden still in das Herz zurückkehren zu lassen, aus dem sie einmal aufgestanden sind. Der Sand wird über ihren gebrochenen Augen liegen, und wir wissen nicht, was Gott noch einmal vorhat mit diesem Sand von Sowirog.

Dieses aber soll ihnen still vergönnt sein: Ruhe allen Schlafenden und Friede allen Toten!

Hof Gagert, im Juli 1946

Ernst Wiechert